平水韵速查与多音字辨识

任德坚 编著

图书在版编目（CIP）数据

平水韵速查与多音字辨识 / 任德坚编著. -- 北京：中国书籍出版社，2022.1
ISBN 978-7-5068-8900-1

Ⅰ. ①平… Ⅱ. ①任… Ⅲ. ①诗词格律－基本知识－中国 Ⅳ. ① I207.21

中国版本图书馆 CIP 数据核字（2022）第 013028 号

平水韵速查与多音字辨识
任德坚　编著

策　　划	毕　磊
责任编辑	毕　磊
责任印制	孙马飞　马　芝
图书策划	俊识（北京）文化传媒有限公司
出版发行	中国书籍出版社
地　　址	北京市丰台区三路居路 97 号（邮编：100073）
电　　话	（010）52257143（总编室）　（010）52257140（发行部）
电子邮箱	eo@chinabp.com.cn
经　　销	全国新华书店
印　　刷	北京旭丰源印刷技术有限公司
开　　本	880 毫米 × 1230 毫米　1/32
字　　数	995 千字
印　　张	21.5
版　　次	2022 年 1 月第 1 版　2022 年 4 月第 1 次印刷
书　　号	ISBN 978-7-5068-8900-1
定　　价	158.00 元

版权所有　翻印必究

编撰说明

当代人创作和欣赏中华诗词，应先认知何为声韵"双轨制"。

1954年，中国文字改革委员会成立后进行文字改革，使中国汉字有了一个划时代的变革与飞跃。1958年正式发布的《汉语拼音方案》体现在声韵方面，现代汉语以"阴平、阳平、上声、去声"的新四声代替古人历来沿用"平、上、去、入"的古四声，因此形成名为"平水韵"的古四声与以普通话（简体字）为标准的新四声双轨并行的声韵模式。

汉字声韵自古到今一脉相承，稽古溯源，诗韵亦随着古人最初四个声调的界定以及歌咏形式的发展，相继有编辑的韵书问世。从称为"韵书之祖"的《切韵》，继之《唐韵》《广韵》《集韵》《韵会》《韵略》……直至宋之《韵府群玉》，明之《洪武正韵》，清之《佩文韵府》。时过境迁，这些韵书多已散佚。

当今，我们说"诗韵"就是"平水韵"，这是一个什么概念呢？

《辞源》对"诗韵"的解释：宋以前韵书皆依《切韵》，分韵目206部。南宋平水人刘渊《增修礼部韵略》，始并同用之韵为107部。稍前，有金人王文郁《新刊韵略》，则分为106部。即后世通行的"平水韵"，清《佩文韵府》因之。

《辞源》"韵书"条记云：金人（指王文郁）并广韵、集韵206韵为106韵，即"平水韵"。亦曰"诗韵"。

《辞源》"佩文韵府"条记云：清张玉书等编，康熙五十年成书。《佩文韵府》以宋末元初阴时夫《韵府群玉》和明凌稚隆《五车韵瑞》为蓝本，分106韵。

《辞海》对《诗韵合璧》的解释：《诗韵合璧》系根据《诗韵珠玑》《渔古轩诗韵》二书统辑而成，故称合璧。还参酌《诗韵集成》《诗韵音义注》《诗韵异同辨》诸书，又将《词林典腋》《诗腋》两书刊于正文之上，后人又增其他类书，名为《增广诗韵合璧》。

《辞海》对《诗韵集成》释为：清余春亭编，此书依清代官韵《佩文韵府》之106韵，分类排列韵字。

由此看来，所谓"诗韵（古四声）"或者说"平水韵（古四声）"，即是成书年代距今较近，至今保留较为完整且可供使用的清《佩文韵府》、清汤文璐《诗韵合璧》、清戈载《词林正韵》等韵书。

《佩文韵府》卷帙浩繁,携检不便。《诗韵合璧》以繁体手写刻版印刷,古文无断句。《词林正韵》只对所选用的韵字作韵部合并及增删。这些在实际使用时无疑增加了许多障碍和难度。查阅韵书本就跟查字典一样,遗憾的是《诗韵合璧》不具备查字的检索功能,使用者要花很多时间尚无法应付自如,非常费时费力。

本书以《佩文韵府》《诗韵合璧》为蓝本,参酌了《词林正韵》简称"词林"一书。在保留原来音、义的基础上,尽量提高用韵、查韵的实用性、快捷性,让初学者一看就明白,一查就到位。本书针对性地采取以下几项措施。

一、编制《汉语拼音检字》《汉字笔画检字》两套查字法,使之达到速查方便的目的。

二、"诗韵字表"分列"常用字"和"不常用字"两部分,并对"常用字"中的多音字加以辨识、考订,"不常用字"仅收录字头。

三、"诗韵(平水韵)"常用字中的平仄通用多音字与平仄不通用多音字以及平仄亦通亦异多音字,则以诗例为主分三个章节作详细注释。

四、"诗韵(平水韵)"常用字中的同平多音字,同仄多音字汇录分成二个章节亦作详细注释。

五、"诗韵(平水韵)"入声字(即古四声为入声,新四声为平声)在诗韵字表入声韵部的字头下方以菱形符号"◆"做出标识。

六、"诗韵(平水韵)"常用字平声韵部中的"古平新仄"字汇录一个章节并详细注释(即古四声为平声,新四声为仄声)。

七、"诗韵(平水韵)"常用字仄声韵部中的"古仄新平"字汇录一个章节并详细注释(即古四声为仄声,新四声为平声)。

八、"诗韵(平水韵)"常用字中的简体字头与繁体字、异体字辨识汇录一个章节并详细注释。

学诗必学"平水韵"。流传至今的古诗词、楹联、曲赋俱用"平水韵"定声律,叶韵律。当代绝大多数作者也仍在使用"平水韵"。为此把古韵书的深奥艰涩转化为通俗易懂,让古韵书更适应当代人学习生活的快节奏,乃是本书出版的初衷。

目 录

汉语拼音检字（检索说明）……………………………………………1

诗韵字表（子目录）………………………………………………… 63

同平多音字（子目录）……………………………………………… 109

同仄多音字（子目录）……………………………………………… 131

平仄通用多音字（子目录）………………………………………… 205

平仄亦通亦异多音字（子目录）…………………………………… 251

平仄不通用多音字（子目录）……………………………………… 401

古平新仄多音字（子目录）………………………………………… 511

古仄新平多音字（子目录）………………………………………… 543

简体字头与繁体字、异体字辨识（子目录）……………………… 575

词林正韵字表（子目录）…………………………………………… 593

汉字笔画检字（检索说明）………………………………………… 627

汉语拼音检字

【检索说明】

一、汉语拼音检索以《汉语拼音字母表》字母排列为序。

Aa	Bb	Cc	Dd	Ee	Ff	Gg	Hh	Ii	Jj
Kk	Ll	Mm	Nn	Oo	Pp	Qq	Rr	Ss	Tt
Uu	Vv	Ww	Xx	Yy	Zz				

二、查字时,先找到该字的声母,如查"百"字,先在下表找到【B】,再找到"百"字声母"b"与韵母"ai"拼成的"bai",依序即能找到"百"字,属陌韵。

三、部分字头附录该字繁体或异体,以供辨识。

四、字头之后标注该字所属韵部(有单韵部,有多韵部)。

五、字头分属两个以上韵部(多韵部)的即为多音字,可查"诗韵字表"的"子目录"快速检索。如"单"字,分属寒、先、铣三韵。查"诗韵字表"三个韵部中任意一个韵部,得知属于"平仄不通用多音字",还可以从"平仄不通用多音字"的"子目录"迅速查到该字头,获得"单"字的读音、释义、诗例、注释等相关信息。

六、字头右方不带页码,则表示该字头仅收录在"诗韵字表"。

七、字头右方带页码,打开该页面可查到该字头读音、释义。

八、入声字头右方带菱形标志,如"白◆陌韵",则表示该字头新四声读音为阴平或阳平。入声字头右方无标志,则表示该字头新四声读音为上声或去声。若字头是不常用字也许不作标志。

【A】

a
阿	歌韵	533
嗄	祃韵	

ai
娭	支韵	
捱	佳韵	
挨	佳蟹韵	429
唉	灰纸韵	
哀	灰韵	
埃	灰韵	
欸	灰贿韵	
皑	灰韵	
矮	蟹韵	
蔼	泰韵	
霭	泰韵	
艾	泰韵	
餲	卦韵	
隘	卦韵	
爱	队韵	
碍	队韵	
暧	队韵	
薆	队韵	
僾	队韵	
砨	队韵	
嗌	陌韵	

an
安	寒韵	
鞍	寒韵	
犴	寒删翰韵	
庵	覃韵	
菴	覃韵	
谙	覃韵	
媕	覃韵	
盦	覃韵	
啽	覃韵	
闇暗	覃感韵	
埯	感韵	
黯	豏韵	
岸	翰韵	
案	翰韵	
按	翰韵	
暗	勘韵	
俺	艳韵	

ang
昂	阳韵	
枊	阳韵	
盎	养漾韵	163
醠	漾韵	

ao
凹	肴韵	
坳	肴韵	531
聱	肴韵	
警	肴韵	
廒	豪韵	
遨	豪韵	
敖	豪韵	
嗷	豪韵	
葵	豪韵	
熬	豪韵	
璈	豪韵	
翱	豪韵	
螯	豪韵	
鳌鼇	豪韵	
鏊	豪号韵	350
拗	巧效韵	157
芺	皓韵	
袄	皓韵	
媼	皓韵	
傲	号韵	
奥	号韵	
墺	号韵	
澳	号屋韵	186
懊	号韵	

【B】

ba
巴	麻韵	
疤	麻韵	
芭	麻韵	
笆	麻马韵	476
豝	麻韵	
钯	麻韵	
罢	蟹祃韵	145
把	马韵	
靶	祃韵	
霸	祃陌韵	187
坝壩	祃韵	
灞	祃韵	
菝◆	曷韵	
跋	曷韵	
魃◆	曷韵	
拔◆	曷黠韵	199
八◆	黠韵	
叭◆	黠韵	
捌◆	黠韵	

bai
摆	蟹韵	
败	卦韵	
拜	卦韵	
稗	卦韵	
白◆	陌韵	
百	陌韵	
佰	陌韵	
柏	陌韵	

ban
拌	寒旱韵	446
瘢	寒韵	
般	寒删韵	124
扳	删韵	
班	删韵	
颁	删韵	
斑	删韵	
阪	阮韵	
伴	旱韵	
板	潸韵	
版	潸韵	
钣	潸韵	
螁	潸韵	
半	翰韵	
绊	翰韵	
办	谏韵	
辦	谏韵	

扮	谏韵		豹	效韵		辈	队韵		秕	纸韵	
			爆	效觉韵	185	孛♦	队月韵	183	鄙	纸韵	
bang			报	号韵		北	队职韵	183	婢	纸韵	
邦	江韵		菢	号韵					髀	纸荠韵	137
梆	江韵		暴	号屋韵	186	**ben**			陛	荠韵	
膀	阳韵		瀑	号屋韵	186	贲	文元置韵	435	柲	置韵	
傍	阳漾韵	479	虣	号韵		奔	元愿韵	311	鼻	置韵	562
磅	阳韵	536	趵	觉韵		本	阮韵		庇	置韵	
帮	阳韵		雹♦	觉韵		畚	阮韵		畀	置韵	
浜	庚梗韵		薄♦	药韵		笨	阮韵		恷	置韵	
榜	庚养敬韵	489							贔	置韵	
玤	董讲韵	136	**bei**			**beng**			痹	置韵	
蚌	讲韵		陂	支置韵	409	伻	庚韵		闭	置韵	
棒	讲韵		卑	支韵		祊	庚韵		髲	置韵	
蒡	养韵		悲	支韵		绷	庚韵	536	避	置韵	
谤	漾韵		碑	支韵		绷	庚韵		臂	置韵	
			椑	支齐韵	114	崩	蒸韵		跸	置质韵	172
bao			杯	灰韵		菶	董韵		弊	霁韵	
勹	肴韵		被	纸置韵	138/549	琫	董韵		币幣	霁韵	
胞	肴韵		倍	贿韵		迸	敬韵		闭	霁屑韵	178
苞	肴韵		琲	贿队韵	147				毙斃	霁韵	
包	肴韵		蓓	贿韵		**bi**			敝	霁韵	
刨鉋	肴效韵	463	备	置韵		裨	支韵		蔽	霁韵	
褒	豪韵		精	置韵		俾	支纸韵		壁	霁韵	
饱	巧韵		鞴	置韵		庳	支纸置韵		薜	霁韵	
鲍	巧韵		贝	泰韵		比	支纸置韵	280	澼	霁韵	
保	皓韵		狈	泰韵		诐	支置韵		鷩	霁屑韵	
宝	皓韵		惫	卦韵		狴	齐韵		苾	质韵	
鸨	皓韵		呗	卦韵		篦	齐韵	524	瑟	质韵	
堡	皓韵		背	队韵	567	鎞	齐韵		笔	质韵	
葆	皓韵		褙	队韵		匕	纸韵		必	质韵	
緥	皓韵		悖誖	队月韵	183	妣	纸韵		毕	质韵	
抱	皓韵		焙	队韵		彼	纸韵		鉍	质韵	

弼	质韵	贬	俭韵	**bie**		邴	梗敬韵	
筚	质韵	卞	霰韵	鳖 ◆	屑韵	蛃	梗韵	
驳	质韵	忭	霰韵	蟞 ◆	屑韵	禀	寝韵	
腷	质韵	汴	霰韵	别 ◆	屑韵	柄	敬韵	
饆	质韵	变	霰韵	彆	敬韵	病	敬韵	
辟	陌韵 591	昪	霰韵	瞥别 ◆	屑韵	摒	敬韵	
碧	陌韵	遍	霰韵					
璧	陌韵			**bin**		**bo**		
襞	陌韵	**biao**		宾	真韵	皤	寒韵	
躃	陌韵	标	萧筱韵 334	滨	真韵	波	歌韵	
壁	锡韵	猋	萧韵	彬	真韵	嶓	歌韵	
愎	职韵	镖	萧韵	傧	真震韵 217	跛	哿韵	
腷	职韵	膘臕	萧韵	斌	真韵	簸	哿个韵 159	
逼 ◆	职韵	髟	萧尤咸韵 126	濒	真韵	孛 ◆	队月韵 183	
		熛	萧韵	蠙	真韵	播	个韵 571	
bian		飙	萧韵	缤	真韵	襮 ◆	沃药韵 193	
弁	寒霰韵 319	镳	萧韵	槟	真韵	驳 ◆	觉韵	
边	先韵	臕	萧韵	豳	真韵	皰 ◆	觉韵	
编	先韵	穮	萧韵	膑	轸韵	剥 ◆	觉韵	
鞭	先韵	麃	萧肴筱韵	摈	震韵	艴 ◆	物月韵 196	
扁	先铣韵 447	摽	萧筱啸韵	鬓	震韵	饽 ◆	月韵	
篃	先韵	瀌	萧尤韵 126	殡	震韵	勃 ◆	月韵	
鳊	先韵	杓	萧药韵	汃	黠韵	脖 ◆	月韵	
便	先霰韵 327	麃	肴觉韵			鹁 ◆	月韵	
缏	先韵	彪	尤韵	**bing**		浡 ◆	月韵	
砭	盐艳韵 246	表	筱韵	兵	庚韵	渤 ◆	月韵	
匾	铣韵	裱	筱韵	并	庚梗迥敬韵 582/378	鲅 ◆	月韵	
碥	铣韵	鳔	筱韵	栟	庚韵	鲅 ◆	曷韵	
褊	铣韵	骠	啸韵	冰	蒸韵	拨 ◆	曷韵	
艑	铣韵	裱	啸韵	丙	梗韵	袯 ◆	曷韵	
辫	铣韵	俵	啸韵	秉	梗韵	钵 ◆	曷韵	
辨	铣韵			炳	梗韵	鏺 ◆	曷韵	
辫	铣韵			饼	梗韵	泊 ◆	药韵	

亳◆	药韵	怖	遇韵	灿	翰韵	cen	
博◆	药韵	佈	遇韵	璨	翰韵	岑	侵韵
搏◆	药韵	卜	屋韵			涔	侵韵
箔◆	药韵	醭◆	屋韵	cang			
镈◆	药韵			仓	阳韵	ceng	
铂◆	药韵	【C】		苍	阳养韵 478	曾	蒸韵
薄◆	药韵			沧	阳韵	噌	蒸韵
膊◆	药韵	cai		藏	阳漾韵 482	层	蒸韵
髆◆	药韵	偲	支韵	沧	阳韵	嶒	蒸韵
礴◆	药韵	猜	灰韵	鸧	阳韵	蹭	径韵
擘	陌韵	才纔	灰韵 579	伧傖	庚韵		
檗	陌韵	材	灰韵			cha	
伯◆	陌韵	财	灰韵	cao		差	支佳麻韵 115
帛◆	陌韵	裁	灰队韵 301	操	豪号韵 465	叉	麻韵 534
舶◆	陌韵	采	贿队韵 146	曹	豪韵	杈	麻祃韵 476
鲌◆	陌韵	寀	贿韵	嘈	豪韵	艖	麻韵
僰◆	职韵	彩	贿韵	漕	豪号韵 350	茶	麻韵
踣◆	职韵	綵彩	贿韵	槽	豪韵	槎	麻韵
		蔡	泰韵	艚	豪韵	查	麻韵
bu		菜	队韵	螬	豪韵	侘	麻祃韵
逋	虞韵			慅	豪韵	妊	马祃韵 160
晡	虞韵	can		草	皓韵	姹	遇韵
铺	虞遇韵	餐	寒韵	懆	皓韵	诧	祃韵
瓿	虞有韵	残	寒韵	糙	号韵 570	汊	祃韵
不	尤物韵 497	参	侵覃勘韵 501			杈	祃韵
补	麌韵	骖	覃韵	ce		察◆	黠韵
部	麌韵	蚕蠶	覃韵	厕	置韵	扱◆	洽韵
簿	麌韵	惭	覃韵	册	陌韵	插◆	洽韵
蔀	有韵	掺	咸賺韵 508	策	陌韵	锸◆	洽韵
哺	遇韵	惨	感韵	侧	职韵		
捕	遇韵	憯	感韵	测	职韵	chai	
布	遇韵	黪	感韵	恻	职韵	钗	佳韵
步	遇韵	粲	翰韵				

【C】chan /chang /chao /che /chen /cheng

侪	佳韵		蕆	铣韵	chao		称	蒸径韵 494
柴	佳卦韵 428	谄	俭韵	弨	萧韵	郴	侵韵
豺	佳韵	铲	谏韵	怊	萧韵	琛	侵韵
瘥	歌卦韵	颤	霰韵 569	超	萧韵	綝	侵韵
茝	贿韵	忏	陷韵	朝	萧韵	忱	侵韵
虿	卦韵			潮	萧韵	沉沈	侵寝沁韵 500
拆◆	陌韵	chang		鼂	萧韵		
		伥	阳韵	钞	肴效韵 346	谌	侵韵
chan		昌	阳韵	巢	肴韵	梣	侵韵
孱	删先韵 125	猖	阳韵	嘲	肴韵	趁	铣震韵 153
潺	删先韵 125	菖	阳韵	晁	筱韵 556	踸	寝韵
婵	先韵	阊	阳韵	炒	巧韵	龀	震韵
澶	先韵	鲳	阳韵	焯◆	药韵	榇	震韵
禅	先霰韵 451	长	阳养漾韵 481			儭	震韵
缠	先霰韵 225	肠	阳韵	che		衬觇	震韵
蝉	先韵 529	苌	阳韵	车	鱼麻韵 118	谶	沁韵
廛	先韵	尝	阳韵	硨	麻韵		
躔	先韵	偿	阳漾韵 234	扯	马韵	cheng	
燀	先铣韵	常	阳韵	掣	霁屑韵 179	铛	阳韵
觇	盐艳韵	场	阳韵 534	彻	屑韵	蛏	庚韵
蟾	盐韵	鲿	阳韵	撤	屑韵	琤	庚韵
幨	盐艳韵	倡	阳漾韵 483	澈	屑韵	赪	庚韵
搀	咸韵	徜	阳韵	坼	陌韵	撑	庚韵
谗	咸陷韵 399	厂	养韵			瞠	庚韵
馋	咸韵	昶	养韵	chen		柽	庚韵
巉	咸豏韵 249	敞	养韵	嗔	真韵	呈	庚韵
镵	咸陷韵 399	氅	养韵	瞋	真韵	成	庚韵
僝	潸韵	惝	养韵	尘	真韵	城	庚韵
产	潸韵	怅	漾韵	臣	真韵	诚	庚韵
浐	潸韵	畅	漾韵	辰	真韵	枨	庚韵
刬剗	潸韵	倡	漾韵	陈	真韵	程	庚韵
羼	潸韵	唱	漾韵	晨	真韵	程	庚梗韵
阐	铣韵	鬯	漾韵	宸	真韵	酲	庚韵

橙	庚径韵	488	篪	支韵		春	冬韵		除	鱼御韵	418
晟	庚敬韵		褫	支纸韵		椿	冬韵		锄	鱼韵	
偁	蒸韵		弛	纸韵	547	憧	冬绛韵	407	储	鱼韵	520
承	蒸韵		侈	纸韵		憃	冬江宋绛韵		蹰	鱼药韵	420
丞	蒸韵		齿	纸韵		椿	江韵		蛛	鱼韵	
乘	蒸径韵	493	耻	纸韵		宠	肿韵		滁	鱼韵	
塍塖	蒸韵		豉	置韵					樗	鱼韵	
惩	蒸韵		炽	置韵		chou			摴	鱼韵	
澄澂	蒸韵	537	翅	置韵		裯	虞豪尤韵	119	刍	虞韵	
称	蒸径韵	494	啻	置韵		绸	豪尤韵	127	厨	虞韵	
骋	梗韵		傺	霁韵		抽	尤韵		雏	虞韵	
逞	梗韵		扺	质韵		仇	尤韵		蹰	虞韵	
			叱	质韵		俦	尤韵		杵	语韵	
chi			吃◆	物韵	590	惆	尤韵		础	语韵	
蚩	支韵		斥	陌韵		㥦	尤韵		处	语御韵	139
鸱	支韵		赤	陌韵		畴	尤韵		楮	语韵	
眵	支韵		尺	陌韵		筹	尤韵		楚	语御韵	140
笞	支韵		喫吃◆	锡韵		稠	尤韵	539	褚	语韵	
嗤	支韵		饬	职韵		愁	尤韵		齼	语韵	
媸	支韵		敕	职韵		酬	尤韵		出◆	置质韵	172
摛	支韵		鹜	职韵		雠	尤韵		畜	宥屋韵	190
痴	支韵					紬	尤韵		俶	屋韵	
締	支韵		chong			挡	尤韵		蓫	屋韵	
螭	支韵		充	东韵		瘳	尤韵		搐	屋韵	
魑	支韵		冲沖	东韵	514	㝅	尤韵		滀	屋韵	
池	支韵		忡	东韵		犨	尤韵		触	沃韵	
驰	支韵		虫蟲	东韵		踌	尤韵		亍	沃韵	
迟	支置韵	410	崇	东韵		丑醜	有韵	585	怵	质韵	
泜	支韵		艟	东绛韵	405	恦	宥韵		黜	质韵	
持	支韵		舯	东韵		臭	宥韵				
匙	支韵		蛩	东韵					chua		
墀	支韵		冲衝	冬韵		chu			欻◆	物韵	
踟	支韵		重	冬肿宋韵	263	初	鱼韵				

chuai
揣	纸哿韵	549/137
嘬	卦韵	
啜	屑韵	

chuan
川	先韵	
穿	先霰韵	328
传	先霰韵	332
船	先韵	
遄	先韵	
椽	先韵	
舛	铣韵	
舜	铣韵	
喘	铣韵	
串	谏韵	
钏	霰韵	

chuang
窗	江韵	
摐	江韵	
床	阳韵	
创	阳漾韵	482
疮	阳韵	
怆	阳养漾韵	235
闯	沁韵	

chui
吹	支置韵	268
炊	支韵	
倕	支置韵	
垂	支韵	
陲	支韵	
鎚	支灰韵	
箠	支纸韵	
捶	纸韵	547
锤	置韵	563
槌	置韵	562

chun
春	真韵	
椿	真韵	
纯	真元先轸韵	433
唇	真韵	
淳	真韵	
醇	真韵	
鹑	真韵	
锌	真贿韵	
漘	真韵	
莼	真韵	
蕣	真韵	
惷蠢	轸韵	
踳	轸韵	

chuo
踔	效觉韵	185
逴	觉药韵	194
娖	觉韵	
龊	觉韵	
戳	觉韵	
辍	屑韵	
啜	屑韵	
绰	药韵	

ci
疵	支韵	
辞辤	支韵	
词	支韵	
祠	支韵	
茨	支韵	
瓷	支韵	
磁	支韵	
雌	支韵	
鹚	支韵	
骴	支置韵	
茈	支纸韵	
餈	支韵	
慈	支韵	
此	纸韵	
佌	纸韵	
泚	纸荠韵	137
次	置韵	
刺	置陌韵	172
赐	置韵	
伙	置韵	

cong
匆怱	东韵	
聪	东韵	
丛	东韵	
潨	东韵	
骢	东韵	
璁	东韵	
葱	东韵	
从	冬宋韵	260
枞	冬韵	
淙	冬江绛韵	407

琮	冬韵	
悰	冬韵	
賨	冬韵	
鈆	冬江韵	113
瞛	冬韵	
憁憁	董韵	546

cou
凑	宥韵	
腠	宥韵	
辏	宥韵	

cu
徂	虞韵	
殂	虞韵	
粗麤	虞韵	
醋	遇韵	
蔟	宥屋韵	190
簇	屋韵	
瘯	屋韵	
蹴	屋韵	
蹙	屋锡韵	192
顣慼	屋韵	
促	沃韵	
猝	月韵	
酢	药韵	

cuan
攅欑	寒韵	
窜	翰韵	569
篡	翰韵	
爨	翰韵	
篡	谏韵	

cui

榱	支韵
崔	灰韵
催	灰韵
摧	灰韵
缞	灰韵
漼	灰贿韵
璀	贿韵
翠	寘韵
萃	寘韵
粹	寘韵
瘁	寘韵
悴	寘韵
顇	寘韵
脆	霁韵
毳	霁韵
啐	卦韵
焠	队韵
倅	队韵
淬	队韵

cun

皴	真韵
村	元韵
存	元韵
忖	阮韵
寸	愿韵

cuo

嵯	支歌韵	117
搓	歌韵	
蹉	歌个韵	358
瑳	歌哿韵	

磋	歌个韵	229
矬	歌韵	
醝	歌韵	
痤	歌韵	
锉	歌个韵	473
脞	哿韵	
厝	遇韵	
㫮	遇药陌韵	177
错	遇药韵	176
到	个韵	
挫	个韵	
撮♦	曷韵	

【D】

da

打	马梗韵	558
达	霁韵	587
大	泰个韵	181
怛♦	曷韵	
达逹♦	曷韵	
妲♦	曷韵	
笪♦	曷韵	
靼♦	曷韵	
答♦	合韵	
搭♦	合韵	
嗒♦	合韵	
荅♦	合韵	
褡♦	合韵	

dai

呆獃	灰韵

待	贿韵	553
怠	贿韵	
殆	贿韵	
绐	贿韵	
骀	灰贿韵	431
迨	贿韵	
逮	霁队韵	178
靆	霁韵	
轪	泰韵	
带	泰韵	
代	队韵	
岱	队韵	
贷	队韵	
袋	队韵	
戴	队韵	
埭	队韵	
黛	队韵	
瀻	队韵	
玳	队韵	
瑇	队韵	
襶	队韵	
遝	合韵	

dan

丹	寒韵	
殚	寒韵	
单	寒先铣韵	442
箪	寒韵	
郸	寒韵	
掸	寒韵	529
弹	寒翰韵	444
瘅	寒哿个韵	
澶	先韵	

眈	覃感韵	396
耽	覃韵	
酖	覃韵	
聃	覃韵	
儋	覃韵	
担	覃勘韵	395
澹	覃感勘韵	504
儉	覃韵	
但	旱韵	
诞	旱韵	
亶	旱韵	
胆	感韵	
菼	感韵	
紞	感韵	
黕	感韵	
黵	感韵	
嘾	感韵	
髧	感韵	
憺	感勘韵	168
禫	感韵	
赙	感韵	
旦	翰韵	
疸	翰韵	
悬	翰韵	
淡	勘韵	
啖	勘韵	
啗	勘韵	

dang

当	阳漾韵	363
筜	阳韵	
裆	阳韵	
珰	阳韵	

铛	阳韵		**deng**		第	霁韵	癫	先韵
砀	阳漾韵		瞪	庚径韵 536	谛	霁韵	阽	盐韵
荡潒	养漾韵 161		灯	蒸韵	棣	霁韵	典	铣韵
党	养韵		登	蒸韵	蒂	霁韵	点	俭韵
谠	养韵		簦	蒸韵	禘	霁韵	玷	俭韵
挡	漾韵		僜	蒸韵	睇	霁韵	簟	俭韵
宕	漾韵		等	迥韵	杕	霁韵	电	霰韵
			镫	径韵 573	杕	霁泰韵	甸	霰韵
dao			邓	径韵	踶	霁韵	殿	霰韵
刀	豪韵		凳	径韵	螮	霁韵	奠	霰韵
叨	豪韵		蹬	径韵	滴◆	锡韵	靛	霰韵
忉	豪韵		嶝	径韵	镝◆	锡韵	澱	霰韵
切	豪韵		磴	径韵	狄◆	锡韵	淀	霰韵 588
焘	豪号韵 468				荻◆	锡韵	店	艳韵
幬	尤韵		**di**		迪◆	锡韵	垫	艳韵
岛	皓韵		砥	支纸荠韵 416	籴◆	锡韵	坫	艳韵
倒	皓号韵 157		低	齐韵	笛◆	锡韵		
道	皓韵		堤隄	齐韵	敌◆	锡韵	**diao**	
稻	皓韵		羝	齐韵	嫡◆	锡韵	貂	萧韵
捣	皓韵		鞮	齐韵	涤◆	锡韵	刁	萧韵
擣捯	皓韵		氐	齐荠韵	覿◆	锡韵	凋	萧韵
祷	皓号韵 157		诋	齐荠韵 299	啇	锡韵	雕	萧韵
导	号韵		缔	齐霁韵 298	菂	锡韵	调	萧尤啸韵 456
到	号韵		抵	纸荠韵 136	樀	锡韵	鲷	萧韵
蹈	号韵		底	荠韵	趯	锡韵	鸼	肴韵
悼	号韵		邸	荠韵			掉	筱啸韵 156
盗	号韵		弟	荠霁韵 144	**dian**		吊弔	啸锡韵 184
纛	号沃韵 187		娣	荠霁韵 144	滇	先韵	钓	啸韵
			递	荠霁韵 144	颠	先韵		
de			柢	荠霁韵 144	巅	先韵	**die**	
德◆	置职韵 174		牴	荠韵	佃	先霰韵 225	爹	麻哿韵 231
的	锡韵		地	置韵	钿	先霰韵 224	哚	置质屑韵 172
得◆	职韵		帝	霁韵	瑱	先韵	袟	质韵

跌◆	屑韵		订	径韵		饾	宥韵		缎	旱韵
迭◆	屑韵								段	翰韵
瓞◆	屑韵		**dong**			**du**			锻	翰韵
耊◆	屑韵		东	东韵		都	虞韵		碫	翰韵
垤◆	屑韵		蝀	东韵		阇	虞麻韵 120			
绖◆	屑韵		峒	东董送韵 405		镀	虞遇韵 296		**dui**	
眣◆	屑韵		恫	东送韵 405		堵	虞韵		堆	灰韵
喋◆	叶韵		侗	东董韵 404		睹	虞韵		怼	置韵
堞◆	叶韵		冬	冬韵		赌	虞韵		兑	泰韵
蝶◆	叶韵		董	董韵		肚	虞韵		对	队韵
喋◆	叶洽韵 204		懂	董韵		杜	虞韵		队	队韵
艓◆	叶韵		动	董韵		妒	遇韵		碓	队韵
叠◆	叶韵		峒	董韵		度	遇药韵 176		憞	队韵
蹀◆	叶韵		挏	董韵		渡	遇韵			
牒◆	叶韵		洞	董送韵 136		蠹	遇韵		**dun**	
啑	洽韵		湩	肿送韵		读◆	宥屋韵 190		敦	元寒队愿韵 439
鲽◆	洽韵		冻	送韵		犊◆	屋韵			
			栋	送韵		渎◆	屋韵		墩	元韵
ding						椟◆	屋韵		燉	元韵 528
丁	庚青韵 128		**dou**			黩◆	屋韵		礅	元韵
仃	青韵		都	虞韵		独◆	屋韵		蹲	元韵
玎	青韵		兜	尤韵		读	屋韵		惇	元韵
叮	青韵		斗	有韵 585		渎◆	屋韵		沌	元阮韵 440
疔	青韵		陡	有韵		髑◆	屋韵		囤	元阮韵
钉	青径韵 490		蚪	有韵		督	沃韵		盾	轸阮韵 147
酊	迥韵 560		枓	有韵		毒◆	沃韵		遁遯	阮愿韵 150
鼎	迥韵		抖	有韵		笃	沃韵		钝	愿韵
顶	迥韵		斗鬭	宥韵					顿	愿韵
订	径韵		豆	宥韵		**duan**				
定	径韵		窦	宥韵		端	寒韵		**duo**	
锭	径韵		逗	宥韵		耑	寒韵		堕	支哿韵 415
矴	径韵		脰	宥韵		短	旱韵		垛	歌哿韵 473
碇	径韵		酘	宥韵		断	旱翰韵 152		多	歌韵

哆	麻纸哿马置韵	颔	曷韵	饵	置韵	燔	元韵	
朵	哿韵	噩	药韵	二	置韵	繙	元韵	
舵	哿韵	垩	药韵	贰	置韵	蘩	元韵	
亸	哿韵	萼	药韵	樲	置韵	繁	元寒韵	123
鬌	哿韵	谔	药韵	蚎	置韵	矾礬	元韵	
惰	哿个韵	159	鳄	药韵			帆	咸陷韵	247
剁	个韵	鄂	药韵	【F】		凡	咸韵	
柮	月韵	愕	药韵			返	阮韵	
咄◆	月曷韵	196	锷	药韵	fa		饭	阮愿韵	150
夺◆	曷韵	崿	药韵	发發髮◆	月韵	犯	豏韵	
掇◆	曷屑韵 199	鹗	药韵	伐◆	月韵	范範	豏韵 586
剟◆	曷屑韵 199	额◆	陌韵	罚◆	月韵	贩	愿韵
铎◆	药韵	搹	陌韵	阀◆	月韵	氾	陷韵
踱◆	药韵	厄	陌韵	筏◆	月韵	梵	陷韵
		扼	陌韵	垡◆	月韵		
				乏◆	洽韵	fang	
【E】		en		法	洽韵	方	阳韵
		恩	元韵			坊	阳韵
e				fan		芳	阳韵
恶	虞遇药韵 423	er		泛汎	东陷韵 207	妨	阳漾韵 370
讹	歌韵	而	支韵	反	元阮韵 312	防	阳漾韵 362
莪	歌韵	儿兒	支齐韵 114	番	元歌韵 124	肪	阳韵
俄	歌韵	洏	支韵	幡	元韵	鲂	阳韵
峨	歌哿韵 357	胹	支韵	墦	元韵	邡	阳韵
娥	歌韵	栭	支韵	膰	元韵	钫	阳韵
鹅	歌韵	腼	支韵	翻	元韵	房	阳韵
妸	歌哿韵 474	鸸	支韵	藩	元韵	枋	阳韵
睋	歌韵	鲕	支韵	烦	元韵	彷	阳韵
蛾	歌韵 533	尔	纸韵	蕃	元韵	仿	养韵 558
饿	个韵	耳	纸韵 548	樊	元韵	纺	养韵
阏	月曷韵 197	迩	纸韵	蹯	元韵	舫	养韵
遏	曷韵	珥	纸韵	燔	元韵	傲	养韵
		駬	纸韵			放	养漾韵 162

舫	漾韵	吠	队韵	枫	东韵	柎	虞麌韵	
访	漾韵	废	队韵	丰	豐 东韵	跗	虞韵	
		肺	队韵	冯	东蒸韵 112	敷	虞韵	
		柿	队韵	逢	东冬江韵 112	麩	虞韵	
fei				沨	东韵	尭	虞韵	
飞	微韵	**fen**		酆	东韵	孚	虞韵	
妃	微韵 519	份	真韵 526	疯	东韵	扶	虞韵	
非	微韵	分	文问韵 305	丰	冬韵 577	芙	虞韵	
绯	微韵	纷	文韵	封	冬宋韵 406	泭	虞韵	
菲	微尾韵 283	芬	文韵	峰	冬韵	俘	虞韵	
扉	微韵	氛	文韵	蜂	冬韵	枹	虞肴尤韵 119
霏	微韵	坟	文吻韵 437	锋	冬韵	郛	虞韵	
肥	微韵 520	汾	文韵	烽	冬韵	荸	虞韵	
淝	微韵	枌	文韵	缝	冬宋韵 262	蚨	虞韵	
腓	微韵	焚	文韵	葑	冬宋韵	桴	虞尤韵 120
腓	微韵	雰	文韵	唪	董韵	符	虞韵	
诽	微尾未韵 213	棼	文韵	奉	肿韵	苻	虞韵	
裶	微韵	蕡	文韵	覂	肿韵	柎	虞麌韵 423
斐	微尾韵 417	豮	文韵	讽	送韵	罦	虞尤韵	
痱	微贿未韵 417	鲼	文韵	凤	送韵	稃	虞韵	
匪	尾韵 550	辌	文韵	俸	宋韵	鉄	虞韵	
悱	尾韵	賾	文韵			罘	尤韵	
朏	尾队月韵 139	粉	吻韵	**fo**		浮	尤韵	
蜚	尾韵	愤	吻韵	佛◆	物韵	蜉	尤韵	
棐	尾韵	蚡	吻韵			涪	尤韵	
榧	尾韵	坋	吻问韵 149	**fou**		抚	虞韵	
篚	尾韵	忿	吻问韵 149	否	纸有韵 137	甫	麌韵	
蜰	尾未韵	奋	问韵	缶	有韵	府	麌韵	
	551/139	偾	问韵			斧	麌韵	
沸	未韵	粪	问韵	**fu**		釜	麌韵	
翡	未韵			夫	虞韵	俯	麌韵	
痱	未韵	**feng**		玞	虞韵	脯	麌韵 551
狒	未韵	风	东韵 515	肤	虞韵	辅	麌韵	
费	未韵							
黂	未物韵 175							

腑	麌韵	幅◆	屋职韵 192	垓	灰韵	灂赣	感送勘韵	
滏	麌韵	福◆	屋韵	陔	灰韵			168
腐	麌韵	箙◆	屋韵	賅	灰韵	旰	翰韵	
簠	麌韵	蝠◆	屋韵	改	贿韵	矸	翰韵	568
黼	麌韵	鹏◆	屋韵	溉	未韵	骭	翰谏韵	183
父	麌韵	複	屋韵	溉	未队韵	174	干幹	翰韵
妇	有韵	腹	屋韵	丐匃	泰韵		绀	勘韵
负	有韵	蝮	屋韵	盖	泰合韵	181		
阜	有韵	輹	屋韵	概	队韵	gang		
芾	未韵	564	馥	屋韵			釭	东江韵	112
髴	未物韵	175	懊◆	沃韵	gan		杠	江韵	517
讣	遇韵	弗◆	物韵	干	寒韵	580	矼	江韵	
付	遇韵	佛◆	物韵	干乾	寒先韵	124	缸	江韵	
附	遇韵	咈	物韵	干幹	寒翰韵	322	冈	阳韵	
驸	遇韵	怫	物韵	忓	寒韵		刚	阳韵	
袝	遇韵	拂◆	物韵	玕	寒韵		纲	阳韵	
赴	遇韵	绂◆	物韵	肝	寒韵		钢	阳韵	535
傅	遇韵	茀◆	物韵	竿	寒韵		坑阬	庚韵	
赋	遇韵	袚◆	物韵	杆	寒韵	529	港	讲韵	
鲋	遇韵	韍◆	物韵	甘	覃韵				
赙	遇韵	黻◆	物韵	坩	覃韵		gao		
跗	遇韵	绋◆	物韵	泔	覃韵	541	皋	豪韵	
副	宥屋职韵	191	缚	药韵	柑	覃韵		羔	豪韵
富	宥韵			泔	覃勘韵		高	豪韵
伏◆	宥屋韵	190	【G】	疳	覃韵		槔	豪韵
覆	宥屋韵	189		秆	旱韵		膏	豪号韵	466
复復	宥屋韵	189	ga		笴	旱哿韵	151	篙	豪韵
辐	宥屋韵	191	伽	歌韵	敢	感韵		糕	豪韵
服◆	屋韵		嘎	黠韵	感	感韵		櫜	豪韵
洑	屋韵				橄	感韵		杲	皓韵
茯◆	屋韵		gai		澉	感韵		缟	皓号韵	158
匐	屋职韵	193	荄	佳灰韵	赣贑	感送勘韵		槁	皓韵
箙	屋职韵	193	该	灰韵			168	稿	皓韵

镐	皓韵	**gen**		龔	冬韵	豹	觉韵	
告	号沃韵 186	根	元韵	共	冬宋韵 406			
诰	号韵	跟	元韵	觥	庚韵	**gu**		
郜	号韵	艮	愿韵	肱	蒸韵	孤	虞韵	
		亘	径韵	汞	董韵	姑	虞韵	
				唝	董韵	沽	虞韵 522
ge				拱	肿韵	罛	虞韵	
戈	歌韵	**geng**		巩	肿韵	鸪	虞韵	
哥	歌韵	更	庚敬韵 377	珙	肿韵	菇	虞韵	
歌	歌韵	庚	庚韵	栱	肿韵	蛄	虞韵	
舸	哿韵	耕	庚韵	贡	送韵	觚	虞韵	
哿	哿韵	赓	庚韵			轱	虞韵	
个箇	个韵 588	羹	庚韵	**gou**		辜	虞韵	
疙◆	物韵	鹒	庚韵	枸	虞麌有韵	酤	虞麌遇韵 290
纥◆	月韵	絙	蒸韵	沟	尤韵	估	麌韵 552
割◆	曷韵	哽	梗韵	钩	尤韵	古	麌韵	
葛◆	曷韵	埂	梗韵	缑	尤韵	股	麌韵	
阁◆	药韵	绠	梗韵	篝	尤韵	罟	麌韵	
各	药韵	耿	梗韵	構	尤韵	牯	麌韵	
硌	药韵	梗	梗韵	狗	有韵	瞽	麌韵	
格◆	药陌韵 201	鲠	梗韵	苟	有韵	罟	麌韵	
胳骼◆	陌韵	骾	梗韵	笱	有韵	羖	麌韵	
革	陌韵			耇	有韵	盬	麌韵	
鬲◆	陌锡韵 203	**gong**		垢	有韵	诂	麌韵	
隔	陌韵	公	东韵	构	宥韵	鼓	麌韵	
膈	陌韵	功	东韵	购	宥韵	雇	麌遇韵 142
槅	陌韵	工	东韵	姤	宥韵	嘏	马韵	
鸽◆	合韵	弓	东韵	诟	宥韵	固	遇韵	
閤◆	合韵	攻	东韵	遘	宥韵	故	遇韵	
蛤◆	合韵	躬	东韵	媾	宥韵	顾	遇韵	
		宫	东韵	觏	宥韵	痼	遇韵	
gei		供	冬宋韵 258	彀	宥韵	锢	遇韵	
给	缉韵	恭	冬韵	彀	宥韵	涸	遇韵	
		蚣	冬韵					

谷	屋韵	589	guan		gui		辊	阮韵
榖	屋韵		观	寒翰韵 316	妫	支韵	绲	阮韵
毂	屋韵		官	寒韵	龟	支尤韵 117	鲧	阮韵
鹄◆	沃韵		冠	寒翰韵 321	规	支韵	棍	阮韵
梏	沃韵		倌	寒韵	瑰	支微韵 113	滚	阮韵
牿	沃韵		棺	寒韵	归皈	微韵		
汩	月韵		涫	寒韵	圭	齐韵	guo	
骨	月韵		莞	寒潸韵 443	闺	齐韵	过	歌个韵 351
搰	月韵		关	删韵	邽	齐韵	埚	歌韵
鹘	月黠韵 197		瘝	删韵	袿	齐韵	锅	歌韵
扢	月韵		鳏	删韵	鲑	佳马韵	過涡	歌韵
			琯	旱韵	瑰	灰韵	果	哿韵
gua			馆	旱翰韵 151	轨	纸韵	裹	哿韵
呱	虞韵		盥	旱翰韵 151	诡	纸韵	聒◆	曷韵
瓜	麻韵		痯	旱韵	癸	纸韵	郭◆	药韵
绢	麻韵		管	旱韵	晷	纸韵	蝈◆	陌韵
騧	麻韵		鹳	翰韵	跪	纸韵	帼◆	陌韵
寡	马韵		灌	翰韵	簋	纸韵	掴◆	陌韵
剐	马韵		罐	翰韵	宄	纸韵	虢◆	陌韵
卦	卦韵		瓘	翰韵	氿	纸韵	馘◆	陌韵
挂	卦韵		贯	翰韵	佹	纸韵	啯◆	陌韵
诖	卦韵		裸	翰韵	匦	纸韵	国◆	职韵
絓	卦韵		惯	谏韵	姽	纸韵		
鸹◆	曷黠韵 199				鬼	尾韵	【H】	
刮◆	黠韵		guang		柜	语韵		
			光	阳韵	贵	未韵	ha	
guai			洸	阳韵	桂	霁韵	蛤◆	合韵
乖	佳韵		胱	阳韵	鳜	霁月韵 178		
拐枴	蟹韵		桄	阳漾韵	袿	泰韵	hai	
怪	卦韵		广廣	养漾韵 162	桧	泰韵	骸	佳韵
夬	卦韵		犷	养梗韵 161	gun		孩	灰韵
					衮	阮韵	咍	灰韵

【H】han /hang /hao /he /hei /hen /heng /hong　17

咳	灰韵		焊釬	翰韵		耗	号韵		欱◆	合洽韵 204
駭	蟹韵		閈	翰韵		秏	药韵		阖◆	合韵
海	贿韵		瀚	翰韵					盍◆	合韵
亥	贿韵 553		憾	勘韵		**he**			盒◆	合韵
醢	贿韵		玲	勘韵		熇	萧屋沃药韵		颌◆	合韵
害	泰韵					诃	歌韵			
			hang			呵	歌个韵		**hei**	
han			杭	阳韵		禾	歌韵		黑◆	职韵
寒	寒韵		航	阳韵		何	歌韵			
韩	寒韵		顽	阳漾韵		河	歌韵		**hen**	
翰	寒翰韵 313		吭	阳养漾韵 233		和	歌个韵 469		痕	元韵
顸	寒翰韵		远	阳		荷	歌哿韵 471		很	阮韵
汗	寒翰韵 445		沆	养韵		菏	歌韵		恨	愿韵
銲	寒韵					喝◆	卦曷韵 182			
钳	覃韵		**hao**			阂	队韵 567		**heng**	
酣	覃韵		蒿	豪韵		劾	队职韵 183		桁	阳庚漾韵
憨	覃勘韵 505		薅	豪韵		贺	个韵		亨	庚韵
颔	覃感韵 396		蠔	豪韵		纥◆	月韵		珩	庚韵
含	覃韵		豪	豪韵		龁	月屑韵 198		横	庚敬韵 486
邯	覃韵		毫	豪韵		核	月陌韵		衡	庚韵
函	覃咸韵 129		嗥	豪韵			590/199		蘅	庚韵
哈	覃勘韵		濠	豪韵		曷◆	曷韵		恒	蒸韵 539
涵	覃韵		号	豪号韵 348		褐	曷韵			
罕	旱翰韵 152		壕	豪韵		鹖	曷韵		**hong**	
暵	旱翰韵 152		好	皓号韵 157		鞨	曷韵		红	东韵
悍	旱翰韵 153		昊	皓韵		赫	屑陌韵 200		洪	东韵
早	旱韵		浩	皓韵		涸◆	药韵		虹	东绛韵 255
盰	潸韵		滈	皓韵		貉◆	药韵		讧	东韵 516
喊	感赚韵		皞	皓韵		鹤	药韵		烘	东韵
菡萏	感勘韵 168		颢	皓韵		壑	药韵		鸿	东韵
撼	感韵		灏	皓韵		盍	药韵		潢	东韵
汉	翰韵		皓	皓韵		翮◆	陌韵		訇	庚韵
捍扞擀	翰韵		罅	皓韵		赫	陌韵		吰	庚韵
					|合◆|合韵|		

宏	庚韵		虖	虞韵	忽♦	月韵	欢	寒韵
纮	庚韵		怙	虞韵	搰	月韵	獾	寒韵
闳	庚韵		弧	虞韵	笏	月韵	驩	寒韵
泓	庚韵		狐	虞韵	昒♦	月韵	峘	寒韵
翃	庚韵		胡	虞韵			桓	寒韵
轰轟	庚韵		壶	虞韵	**hua**		瓛	寒韵
黉	庚韵		湖	虞韵	花	麻韵	还	删先韵 124
淘	庚韵		葫	虞韵	华崋	麻祃韵	环	删韵
薨	蒸韵		瑚	虞韵	哗	麻韵	鬟	删韵
弘	蒸韵		鹕	虞韵	骅	麻韵	寰	删韵
澒	董韵		醐	虞韵	桦	麻祃韵 230	阛	删韵
哄	送韵 561		糊	虞韵 522	划	麻陌韵	澴	删韵
蕻	送韵		餬	虞韵		581/477	镮	删韵
鬨	送绛韵 170		瓠	虞遇韵 294	话	卦韵	缓	删韵
			猢	虞韵	画	卦陌韵 182	鍰	删韵
hou			虎	麌韵	化	祃韵	轘	删谏韵
侯	尤韵 540		浒	麌韵	滑♦	月黠韵 197	擐	删谏韵
猴	尤韵		户	麌韵	猾♦	黠韵	患	删谏韵 224
喉	尤韵		沪	麌韵	姡	陌韵	鲩鯇	阮韵
篌	尤韵		岵	麌韵	砉♦	陌锡韵 203	缓	旱韵
糇餱	尤韵		怙	麌韵			澣	旱韵
鲧	尤韵		琥	麌韵	**huai**		皖	潸韵
吼	有宥韵 166		祜	麌韵	怀	佳韵	奂	翰韵
后後	有宥韵		扈	麌韵	淮	佳韵	涣	翰韵
	585/165/166		护	遇韵	槐	佳灰韵 121	换	翰韵
厚	有宥韵 165		冱	遇韵	徊	灰韵	焕	翰韵
垕	宥韵		冔	遇韵	踝	马韵 558	唤	翰韵
候	宥韵		互	遇韵	坏	卦韵	逭	翰韵
堠	宥韵		縠♦	屋韵			漶	翰韵
鲎	宥韵		斛♦	屋韵	**huan**		幻	谏韵
			槲♦	屋韵	萑	支寒韵 116	宦	谏韵
hu			觳♦	屋觉韵 192	洹	元寒韵 123	豢	谏韵
乎	虞韵		忽♦	月韵	貆	元寒韵	缳	谏韵 569
呼謼	虞遇韵 565							

huang

肓	阳韵
荒	阳韵
皇	阳韵
凰	阳韵
隍	阳韵
黄	阳韵
喤	阳庚韵 128
徨	阳韵
惶	阳韵
湟	阳韵
遑	阳韵
煌	阳韵
潢	阳漾韵
璜	阳韵
篁	阳韵
艎	阳韵
蝗	阳韵
簧	阳韵
锽	阳韵
慌	阳养韵 485
偟	庚韵
晃	养韵
幌	养韵
滉	养韵
榥	养韵
熀	养韵
怳	养韵
恍	养韵
谎	养韵

hui

麾	支韵
晖	微韵
翚	微韵
辉煇	微韵
徽	微韵
挥	微韵
袆	微韵
灰	灰韵
诙	灰韵
恢	灰韵
回	灰队韵 429
洄	灰韵
茴	灰韵
虺	灰尾韵
悝	灰韵
燬	纸韵
毁	纸韵
卉	尾未韵 139
悔	贿队韵 146
汇匯	贿韵
贿	贿韵
恚	寘韵
翠	寘霁韵 170
嘒	寘韵
讳	未韵
汇彙	未韵
惠	霁韵
慧	霁韵
蕙	霁韵
憓	霁韵
槥	霁韵
篲	霁韵
蟪	霁韵
会	泰韵

浍	泰韵
绘	泰韵
荟	泰韵
桧	泰韵
翙	泰韵
哕	泰韵
诲	队韵
晦	队韵
秽	队韵
喙	队韵
缋	队韵
阓	队韵

hun

荤	文韵
昏	元韵
婚	元韵
浑	元韵 527
魂	元韵
惛	元韵
阍	元韵
棔	元韵
溷	元愿韵
馄	元韵
混	阮韵 554
慁	愿韵
诨	愿韵

huo

伙夥	蟹哿韵 144
火	哿韵
祸	哿韵
获穫	遇药陌韵 176

货	个韵
豁	曷韵
活◆	曷韵
霍	药韵
藿	药韵
镬	药韵
攉◆	药韵
蠖	药韵
癨	药韵
臛	药韵
或	职韵
惑	职韵

【J】

ji

饥	支微韵 577/113
肌	支韵
姬	支韵
基	支韵
畸	支韵
箕	支韵
羁	支韵
锜	支韵
鞿	支韵
欹攲	支韵
掎	支纸寘韵 211
赍齎	支齐韵 115
剂	支霁韵 414
伎	支韵 519
几幾	微尾寘韵 283

讥	微韵		暨	置未韵 170	踖◆	陌韵	家	麻韵
叽	微韵		冀	置韵	鲫	陌职韵 203	筊	麻韵
机機	微纸韵 584		骥	置韵	击◆	锡韵	葭	麻韵
玑	微韵		芰	置韵	绩	锡韵	嘉	麻韵
矶	微韵		洎	置韵	勣绩	锡韵	加	麻韵
畿	微韵		惎	置韵	寂	锡韵	痂	麻马韵 231
讥	微未韵		概	置韵	激◆	锡韵	珈	麻韵
鸡	齐韵		瘵	置韵	即	职韵	跏	麻韵
笄	齐韵		既	未韵	极	职韵	痂	麻韵
嵇	齐韵		计	霁韵	亟	职韵	麚	麻韵
跻	齐韵		际	霁韵	棘	职韵	袈	麻韵
稽	齐荠韵 427		继	霁韵	殛	职韵	贾	麌马韵 141
齑	齐韵		祭	霁卦韵 177	稷	职韵	假	马祃韵 160
挤	齐荠霁韵 298		偈◆	霁屑韵 179	缉	缉韵	罦	马韵
虮	齐韵		蓟	霁韵	及	缉韵	槚	马韵
己	纸韵		霁	霁韵	伋◆	缉韵	煆	马韵
纪	纸韵		髻	霁韵	岌	缉韵	驾	祃韵
妓	纸韵		穄	霁韵	汲	缉韵	价價	祃卦韵 588
技	纸韵		唶	霁韵	级	缉韵	稼	祃韵
倚	纸韵		藉◆	祃陌韵 188	急	缉韵	架	祃韵
麂	纸韵		唧	质职韵 196	笈	缉叶韵 203	嫁	祃韵
几	纸韵		吉	质韵	戢	缉韵	夏◆	黠韵
	547/584		疾◆	质韵	集	缉韵	荚◆	叶韵
虮	尾韵		嫉	质韵	辑	缉韵	颊	叶韵
济	荠霁韵 144		蒺	质韵	戴	缉韵	浃	叶韵
积積◆	置陌韵		佶	质韵	圾	缉韵	铗	叶韵
	173		姞	质韵	芨	缉韵	蛱	叶韵
记	置韵		踖	药陌韵 202	楫	叶韵	甲	洽韵
忌	置韵		迹	陌韵			夹袷◆	洽韵
諅忌	置韵		屐	陌韵	**jia**		胛	洽韵
季	置韵		瘠	陌韵	佳	佳韵	钾	洽韵
觊	置韵		脊	陌韵	枷	歌麻韵 127	郏◆	洽韵
寄	置韵		籍	陌韵	迦	歌麻韵 127	跲◆	洽韵
悸	置韵		戟	陌韵	伽	歌韵		

jian

鞬	元铣韵		楗	阮韵		鉴鑑	陷韵		鹪	萧韵	
犍	元先韵	124	蹇	阮铣韵	150				僬	萧筱韵	341
奸	寒韵	580	拣揀	潸霰韵	153	**jiang**			徼	萧啸韵	456
间	删谏韵	323	柬	潸韵		江	江韵		峤	萧啸韵	338
艰	删韵		简	潸韵		豇	江韵		轿	萧啸韵	339
菅	删韵		件	铣韵		降	江绛韵	408	矫	萧筱韵	458
靬	删韵		剪翦	铣韵		茳	江韵		噍	萧尤啸韵	
姦	删韵		践	铣韵		姜	阳韵	581	交	肴韵	
戋戔	先韵		茧繭	铣韵		将	阳漾韵	483	佼	肴巧韵	461
坚	先韵		饯	铣霰韵	154	浆	阳韵	534	郊	肴韵	
肩	先韵		筧	铣韵		僵	阳韵		姣	肴巧韵	462
笺	先韵		揃	铣韵		薑姜	阳韵		茭	肴韵	532
湔	先韵		戬	铣韵		疆	阳韵		蛟	肴韵	
煎	先霰韵	450	謇	铣韵		礓	阳韵		鲛	肴韵	
濺	先霰韵	330	謇	铣韵		缰	阳韵		胶	肴效韵	342
豜	先韵		俭	俭韵		蒋	阳养韵	369	剿劋	肴筱韵	464
鞯	先韵		检	俭韵		强	阳养韵	367	教	肴效韵	343
鬋	先铣霰韵		捡	俭韵		讲	讲韵		艽	肴韵	
笺	先铣霰韵		减	豏韵		耩	讲韵		鸡	肴韵	
鍵	先铣韵		舰	豏韵		奖	养韵		膠	肴韵	
尖	盐韵		槛	豏韵		桨	养韵		箋	肴巧韵	
歼	盐韵		鹻硷	豏韵		绛	绛韵		窌	肴效肴韵	
兼	盐艳韵	245	建	愿韵		匠	漾韵		皎	筱韵	
渐	盐俭韵	397	健	愿韵		酱	漾韵		挢撟	筱韵	
缣	盐韵		涧	谏韵					跤	筱药韵	
蒹	盐韵		谏	谏韵		**jiao**			徼	筱韵	
鹣	盐韵		裥	谏韵		娇	萧筱韵	227	狡	巧韵	
熸	盐韵		见	霰韵		浇	萧韵		绞	巧韵	
鎌	盐韵		荐	霰韵		骄	萧韵		铰	巧韵	
监	咸陷韵	508	贱	霰韵		椒	萧韵		搅	巧韵	
缄	咸韵		箭	霰韵		焦	萧韵		叫	啸韵	
緘	咸韵		剑	艳陷韵	191	蕉	萧韵		醮	啸韵	
			僭	艳韵		燋	萧药韵		噍	啸韵	

嗷	啸韵	藉	祃陌韵 188	津	真韵		缙	震韵
窖	效韵	诘◆	质韵	珒	真震韵		搢	震韵
酵	效韵	拮	质屑韵 195	堇	真震韵		瑨	震韵
较	效觉韵 185	羯◆	月韵	斤	文问韵 307		殣	震韵
校	效韵	楬	月黠屑韵 197	筋	文韵		靳	问韵
角	觉韵			廑	文韵		劲	敬韵
脚	药韵	讦	月屑韵 198	堇	文吻韵		妗	沁韵
缴	药韵	竭	月屑韵 198	矜	蒸韵			
爵	药韵	碣	月屑韵 198	今	侵韵		jing	
嚼◆	药韵	颉	黠屑韵 200	金	侵韵		京	庚韵
		秸	黠韵	襟	侵韵		茎	庚韵
jie		劼	黠韵	禁	侵沁韵 392		秔	庚韵
阶	佳韵	截	屑韵	祲	侵沁韵		荆	庚韵
街	佳韵	桀	屑韵	浸	侵寝沁韵 503		惊	庚韵
皆	佳韵	结	屑韵	衿	侵沁韵		旌	庚韵
喈	佳韵	洁◆	屑韵	衿	侵韵 541		菁	庚韵
痎	佳韵	杰	屑韵	紧	轸韵		晶	庚韵
谐	佳韵	节◆	屑韵	尽	轸韵		睛	庚梗韵 489
嗟	麻韵	孑◆	屑韵	谨	吻韵		粳	庚韵
罝	麻韵	疖	屑韵	槿	吻韵		精	庚韵
解	蟹卦韵 145	袺◆	屑韵	卺	吻韵		鲸	庚韵
姐	马韵	岊	屑韵	近	吻置问韵 149		鶄	庚韵
揭◆	霁屑韵 179	喈	陌韵	锦	寝韵		麖	庚韵
偈◆	霁屑韵 179	睫◆	叶韵	噤	寝沁韵 167		经	青径韵 380
介	卦韵	捷	叶韵	仅	侵韵		泾	青径韵 386
戒	卦韵	婕	叶韵	馑	震韵		兢	蒸韵
芥	卦韵	接◆	叶韵	瑾	震韵		井	梗韵
届	卦韵	菨	叶韵	进	震韵		颈	梗韵
玠	卦韵	健	叶韵	荩	震韵		景	梗韵
界	卦韵	刦◆	洽韵	晋	震韵		警	梗韵
疥	卦韵	蚧	洽韵	烬	震韵		憬	梗韵
诫	卦韵			赆	震韵		璟	梗韵
借	祃陌韵 187	jin		觐	震韵		靓	梗敬韵 163
		巾	真韵					

靖	梗韵		啾	尤韵		椐	鱼御韵		踞	御韵
境	梗韵		揪揫	尤韵		琚	鱼韵		遽	御韵
静	梗韵		樛	尤韵		腒	鱼韵		倨	御韵
阱	梗韵		纠	尤有韵	498	籧	鱼语御韵		具	遇韵
婧	梗韵		酒	有韵		醵	鱼御药韵		惧	遇韵
到	迥韵		赳	有韵	560	咀	鱼语韵	286	屦	遇韵
胫	迥径韵	164	九	有韵		沮	鱼语御韵	288	飓	遇韵
儆	敬韵		久	有韵		俱	虞韵	521	埧	祃韵
净	敬韵		玖	有韵		瞿	虞遇韵	293	菊♦	屋韵
竞	敬韵		韭	有韵		拘	虞韵		掬♦	屋韵
竟	敬韵		臼	有韵		驹	虞韵		鞠♦	屋韵
敬	敬韵		舅	有韵		姁	虞韵		鞫♦	屋韵
镜	敬韵		究	宥韵	573	跔	虞韵		踘♦	屋韵
獍	敬韵		灸	宥韵		句勾	虞尤遇宥韵	291	局♦	沃韵
径	径韵		旧	宥韵					挶♦	沃韵
			柩	宥韵		罝	麻韵		挙♦	沃韵
jiong			救	宥韵		举	语韵		跼♦	沃韵
扃	青韵		就	宥韵		榉	语韵		偈♦	沃韵
冏	青韵		鹫	宥韵		巨	语韵		橘♦	质韵
駉	青韵		僦	宥韵		讵	语御韵	139	桔♦	屑韵
䋹	青韵		疚	宥韵		岠	语韵		剧	陌韵
窘	轸韵		厩	宥韵		拒	语韵			
迥	迥韵					苣	语韵		**juan**	
炯	迥韵		**ju**			炬	语韵		娟	先韵
洞	迥韵		居	支鱼韵	114	秬	语韵		捐	先韵
颎	迥韵		据	鱼韵	578	距	语韵		涓	先韵
褧	迥韵		据據	御韵		钜	语韵		悁	先韵
			狙	鱼御韵	285	龃	语韵		鹃	先韵
jiu			苴	鱼麻语韵		矩	麌韵		䌟	先韵
揪	肴尤韵	126	疽	鱼语韵		蒟	麌遇韵	143	镌	先韵
咎	豪有韵	465	趄	鱼韵	520	踽	麌韵		蠲	先韵
鸠	尤韵		雎	鱼韵		聚	麌遇韵		卷	先铣韵	448
阄	尤韵		裾	鱼韵		窭	麌遇韵		巻	先霰韵
						锯	御韵			

埢	先韵	鴶◆	屑韵			**kang**	
獧	先铣霰韵 226	镢	屑韵	**【K】**		扛	江韵
隽	铣韵	憍◆	屑韵	**ka**		康	阳韵
倦	霰韵	噱◆	药韵	喀◆	陌韵	糠	阳韵
眷	霰韵	爵	药韵			亢	阳漾韵 371
绢	霰韵	矍◆	药韵	**kai**		慷	阳养韵 235
睊	霰韵	攫◆	药韵	揩	佳韵	伉	漾韵
鄄	霰韵	镢爝	药韵	楷	佳蟹韵 428	抗	漾韵
胃	霰韵	玃	药韵	开	灰韵	炕	漾韵
				锴	蟹韵	阋	漾韵
jue		**jun**		恺	贿韵		
蹶◆	霁月韵 178	钧	真韵	铠	贿队韵 146	**kao**	
爝◆	啸药韵 184	均	真韵	垲	贿韵	尻	豪韵
觉◆	效觉韵 185	筠	真韵	凯	贿韵	栲	豪皓韵
角◆	觉韵	菌	真轸韵 218	忾	未队韵 174	考	皓韵
催◆	觉韵	竣	真先韵	喟	霁泰韵 177	拷	皓韵
桷◆	觉韵		527/123	慨	队韵	薨	皓韵
珏◆	觉韵	窘	真轸韵			犒	号韵
倔◆	物韵	君	文韵	**kan**		靠	号韵
崛◆	物韵	军	文韵	刊	寒韵		
厥◆	物月韵 196	鞫	文问韵 438	看	寒翰韵 221	**ke**	
掘◆	物月韵 196	麋	文韵	龛	覃韵	颏	灰贿韵 217
撅◆	月韵	狻	寒韵	堪	覃韵	苛	歌韵
蕨◆	月韵	峻	震韵	戡	覃韵	科	歌韵
橛◆	月韵	浚	震韵	嵁	覃韵	柯	歌韵
劂◆	月韵	濬	震韵	鹌	咸韵	珂	歌韵
谲◆	屑韵	骏	震韵	侃	旱翰韵 152	轲	歌哿个韵 356
绝◆	屑韵	畯	震韵	坎	感韵	窠	歌韵
诀◆	屑韵	俊	震韵	阚	赚勘陷韵 169	蚵	歌韵
抉◆	屑韵	儁	震韵	勘	勘韵 574	牁	歌韵
玦◆	屑韵	俊	震韵	瞰	勘韵	疴	歌韵
决决◆	屑韵	郡	问韵			稞	歌马个韵 359
觖◆	屑韵	捃	问韵			可	哿韵

【K】ken /keng /kong /kou /ku /kua /kuai /kuan /kuang /kui 25

砢	哿韵		悾	东江韵	112	kua			况	漾韵	
坷	哿个韵	158	崆	东韵		夸誇	麻韵	581	旷	漾韵	
颗	哿韵	557	箜	东韵		姱	麻韵		贶	漾韵	
欬	置卦队韵		孔	董韵		胯	麻遇祃韵	360			
		563/171	恐	肿宋韵	136	跨	祃韵		kui		
磕◆	泰合韵	181	控	送韵					亏	支韵	
课	个韵		鞚	送韵		kuai			窥	支韵	
壳殼◆	觉韵					侩	泰韵		逵	支韵	
渴	曷韵		kou			脍	泰韵		葵	支韵	
恪	药韵		抠	尤韵		郐	泰韵		馗	支尤韵	117
客	陌韵		口	有韵		狯	泰卦韵	180	夔	支韵	
克	职韵		扣	有宥韵	166	蒯	卦韵		骙	支韵	
尅	职韵		釦	有韵		快	卦韵		峞	支纸置韵	211
刻	职韵		叩	有韵		哙	卦韵		奎	齐韵	
榼◆	合韵		寇	宥韵		块	队韵		暌	齐韵	
溘	合韵		蔻	宥韵					睽	齐韵	
嗑	合韵		筘	宥韵		kuan			刲	齐韵	
瞌◆	合韵					宽	寒韵		魁	灰韵	
			ku			髋	寒韵		傀	灰纸韵	301
ken			枯	虞韵		款	旱韵		悝	灰纸韵	
恳	阮韵		刳	虞韵					盔	灰韵	
垦	阮韵		骷	虞韵		kuang			揆	纸韵	548
肯	迥韵		苦	虞遇韵	143	匡	阳韵		跬	纸韵	
			楛	虞韵		筐	阳韵		磈	贿韵	
keng			库	遇韵		狂	阳韵		愧媿	置韵	
吭	阳养漾韵	233	绔	遇韵		眶	阳韵	536	匮	置韵	
坑阬	庚韵		袴	遇韵		助	阳韵		馈	置韵	
铿	庚韵		哭◆	屋韵		恇	阳韵		篑	置卦韵	170
硁	庚韵		酷	沃韵		诓	阳韵		蒉	置卦韵	171
牼	庚韵		㝛	沃韵		矿	梗韵		喟	卦韵	
			窟◆	月韵		诳	漾韵	572	聩	卦韵	
kong			砣	月韵		圹	漾韵		溃	队韵	
空	东董送韵	257	堀	月韵		纩	漾韵		愦	队韵	
倥	东韵	516									

kun

坤	元韵
昆崑	元韵 580
裩	元韵
琨	元韵
鹍	元韵
鲲	元韵
髡	元韵
稇	轸韵
捆	阮韵
梱	阮韵
悃	阮韵
阃	阮韵
壸	阮韵
焜	阮韵 554
困	愿韵

kuo

括	曷韵
阔	曷韵
栝	曷韵
筈	曷韵
廓	药韵
鞹	药韵
漷	药韵
扩	药韵

【L】

la

剌	曷韵
辣辢	曷韵
瘌	曷韵
拉◆	合韵
腊臘	合陌韵 591
蜡蠟	合祃韵 588
邋◆	合韵

lai

来	灰韵 525
莱	灰韵
徕	灰队韵 430
崃	灰韵
濑	泰韵
赖	泰韵
籁	泰韵
癞	泰韵
睐	队韵
赉	队韵

lan

拦	寒韵
阑	寒韵
栏	寒韵 528
兰	寒韵
澜	寒翰韵 314
谰	寒翰韵 222
蕳	寒韵
襕	寒韵
斓	删翰韵 323
岚	覃韵
婪	覃韵
蓝	覃韵
褴	覃韵
篮	覃韵
懒孏	旱韵
览	感韵
揽擥	感韵
榄	感韵
罱	感韵
滥	豏勘韵 169
烂	翰韵
缆	勘韵

lang

郎	阳韵
狼	阳韵
茛	阳韵
廊	阳韵
稂	阳韵
琅	阳韵
榔	阳养韵
粮	阳韵
蜋	阳韵
浪	阳漾韵 362
锒	阳韵
阆	阳漾韵
朗	养韵
悢	漾韵

lao

唠	肴韵 532
捞	豪韵
劳	豪号韵 466
牢	豪韵
劳	豪韵
醪	豪韵
涝	豪皓号韵 464
磱	豪韵
姥	麌韵
老	皓韵
栳	皓韵
嫪	号韵
烙	药韵
酪	药韵

le

乐	效觉药韵 185
勒	职韵
扐	职韵
泐	职韵
仂	职韵

lei

羸	支韵
累	支寘韵 277
樏	支纸韵
螺	支寘韵
雷	灰韵
罍	灰韵
儡	灰贿韵 431
絫	纸韵
垒	纸韵
诔	纸韵
磊礧	贿韵
蕾	贿韵
礌	贿队韵 147
泪	寘韵
类	寘韵
酹	泰队韵 180
擂攂	队韵
耒	队韵

纇	队韵	黎	齐韵	砺	霁泰曷韵 177	廉	盐韵	
肋	职韵	藜	齐韵	蛎	霁韵	帘簾	盐韵	583
		藜	齐韵	蠡	霁韵	鐮	盐韵	
leng		犂	肴韵	栗	质韵	磏	盐韵	
棱	蒸韵 538	李	纸韵	慄	质韵	蠊	盐韵	
楞	蒸韵 539	俚	纸韵	溧	质韵	鬑	盐韵	
冷	梗韵	里裏	纸置韵	篥	质韵	敛	盐韵	
			584/138	溧	质韵	琏	铣韵	
li		娌	纸韵	跞	药韵	变	铣霰韵 155/555	
狸	支韵	逦	纸韵	历曆	锡韵	敛	俭艳韵 168	
离離	支霁韵	理	纸韵	砾	锡韵	潋	俭艳韵 169	
	277/578	鲤	纸韵	栎	锡韵	脸	俭韵	
蓠	支韵	礼	荠韵	郦	锡韵	练	霰韵	
篱	支韵	澧	荠韵	雳	锡韵	炼鍊	霰韵	
漓	支韵 577	醴	荠韵	疬	锡韵	恋	霰韵	
璃璢	支齐韵 115	鳢	荠韵	轹	锡韵	楝	霰韵	
骊	支齐韵 114	棚	荠霁韵	沥	锡韵	殓	艳韵	
鹂	支齐韵 114	苙涖	置韵	苈	锡韵			
蠡	支齐荠韵 412	莉	置韵	枥	锡韵	**liang**		
罹	支韵	利	置韵	力	职韵	良	阳韵	
蜊	支韵	吏	置韵	劣	职韵	凉	阳韵 534	
褵	支韵	詈	置韵	立	缉韵	梁	阳韵	
醨	支韵	痢	置韵	笠	缉韵	樑	阳韵	
劙	支韵	荔	置霁韵 170	粒	缉韵	粮	阳韵	
厘釐	支韵	厉	霁韵			踉	阳韵 535	
嫠	支韵	砺	霁韵	**lian**		量	阳漾韵 477	
藜	支韵	励	霁韵	连	先韵	两	养漾韵 162	
缡	支韵	例	霁韵	联	先韵	緉	养漾韵	
犂	支齐韵 115	戾	霁韵	涟	先韵	蜽	养韵	
梨	支齐韵 115	隶	霁韵	莲	先韵	魉	养韵	
鲡	支齐韵 115	俪	霁韵	怜	先韵	谅	漾韵 571	
悝	支纸韵	唳	霁韵	鲢	先韵	亮	漾韵	
丽	支霁韵 279	疠	霁韵	链	先韵 530	悢	漾韵	
				奁	盐韵			

liao

聊	萧韵	
辽	萧韵	
寥	萧韵	
撩	萧韵	
寮	萧韵	
僚	萧筱韵	333
嘹	萧啸韵	335
獠	萧巧皓韵	460
镣	萧啸韵	459
料	萧啸韵	342
憭	萧韵	
缭	萧筱韵	340
瞭	萧筱韵	458
鹩	萧啸韵	
嫽	萧筱啸韵	
燎	萧筱啸韵	337
潦	萧皓韵	460
廖	萧啸宥韵	459
了	筱韵	
蓼	筱屋韵	156
憭	筱韵	
疗	啸韵	570

lie

捩	霁屑韵	180
列	屑韵	
烈	屑韵	
冽	屑韵	
裂	屑韵	
劣	屑韵	
埒	屑韵	

咧	屑韵	
猎 獵	药叶韵	591
鬣	叶韵	
躐	叶韵	

lin

邻	真韵	
鳞	真韵	
麟	真韵	
粼	真韵	
磷	真震韵	303
辚	真韵	526
璘	真韵	
嶙	真轸韵	218
潾	真韵	
燐	真韵	
瞵	真震韵	
林	侵韵	
霖	侵韵	
琳	侵韵	
淋	侵韵	540
临	侵沁韵	499
禀	寝韵	
凛	寝韵	
廩	寝韵	
懔	寝韵	
遴	震韵	567
吝	震韵	
蔺	震韵	
躏	震韵	
恡	震韵	
赁	沁韵	

ling

零	先青韵	125
令	庚敬韵	376
伶	青韵	
灵	青韵	
囹	青韵	
泠	青韵	
苓	青韵	
玲	青韵	
瓴	青韵	
铃	青韵	
羚 鷿	青韵	
翎	青韵	
聆	青韵	
舲	青韵	
鸰	青韵	
酃	青韵	
龄	青韵	
蛉	青韵	
棂 櫺	青韵	
陵	蒸韵	
凌 淩	蒸径韵	388
绫	蒸韵	
菱	蒸韵	
鲮	蒸韵	
岭	梗韵	
领	梗韵	

liu

飗	萧尤宥韵	
流	尤韵	
旒	尤韵	
留	尤宥韵	495

浏	尤有韵	
榴	尤韵	
骝	尤韵	
刘	尤韵	
遛	尤韵	540
瘤	尤宥韵	243
镠	尤韵	
硫	尤韵	
琉	尤韵	
鎏	尤韵	
柳	有韵	
绺	有韵	
罶	有韵	
馏	宥韵	573
廇	宥韵	
鹨	宥韵	
雷	宥韵	
溜	宥韵	573
六	屋韵	

long

咙	东韵	
昽	东韵	
栊	东韵	
珑	东韵	
胧	东韵	
砻	东送韵	255
笼	东董韵	254
聋	东韵	
隆	东韵	
癃	东韵	
癃	东韵	
龙	冬韵	

苙	冬韵		泸	虞韵		渌	沃韵	
泷	江韵		舻	虞韵		逯	沃韵
拢	董韵		栌	虞韵		箓	沃韵
陇	肿韵		旅	虞韵		菉	沃韵
垄	肿韵		鸬	虞韵		醁	沃韵
哢	送韵		舮	虞韵		騄	沃韵

			轳	虞韵		
lou			戮勠	尤屋韵		**lü**
娄	虞尤韵 120		卤	麌韵		驴	鱼韵
蒌	虞尤麌韵 215		澛	麌韵		闾	鱼韵
溇	虞有韵		虏	麌韵		榈	鱼韵
镂	虞宥韵 422		鲁	麌韵		虑	鱼御韵 286
偻	尤麌宥韵 389		橹艣	麌韵		履	纸韵
楼	尤韵		艪	麌韵		吕	语韵
篓	尤麌有韵 242		露	遇韵		侣	语韵
搂	尤韵 540		赂	遇韵		旅	语韵
髅	尤韵		辂	遇韵 564		稆	语韵
蝼	尤韵		路	遇韵		膂	语韵
嵝	麌有韵 141		潞	遇韵		偻	麌韵
窭	麌韵		璐	遇韵		褛	麌韵
喽	有韵 561		鹭	遇韵		屡	遇韵
漏	宥韵		陆	屋韵		绿	沃韵
陋	宥韵		鹿	屋韵		率	质韵
			僇	屋韵		律	质韵
lu			禄	屋韵		
胪	鱼韵		碌	屋韵		**luan**
庐	鱼韵		漉	屋韵		鸾	寒韵
卢	虞韵		璗	屋韵		銮	寒韵
鲈	虞韵		盝	屋韵		栾	寒韵
炉鑪	虞韵		睩	屋韵		峦	寒韵
颅	虞韵		轳	屋韵		滦	寒韵
芦蘆	虞韵		麓	屋韵		孪	先韵
垆	虞韵		簏	屋韵		卵	旱哿韵 151
			录	沃韵		

脔	铣韵 555
娈	铣霰韵
	555/155
乱	翰韵
孪	谏韵 569

lüe
掠	漾药韵 188
略	药韵

lun
抡	真元韵 122
伦	真韵
轮	真韵
沦	真韵
纶	真删韵 122
仑崙	元韵
论	元愿韵 308

luo
罗	歌韵
啰	歌韵
萝	歌韵
锣	歌韵
箩	歌韵
骡驘	歌韵
螺	歌韵
椤	歌韵
逻	歌哿个韵 359
瘰	贿韵
裸	哿韵
蠃	哿韵
瘰	哿韵

砢	哿韵	霢	陌韵	**mao**		**mei**		
荦	觉韵			髳	东韵	眉	支韵	
捋	曷韵	**man**		罞	东肴韵 112	郿	支韵	
洛	药韵	瞒	寒韵	鳌	支豪韵 118	嵋	支韵	
络	药韵	馒	寒韵	猫	萧韵	楣	支韵	
骆	药韵	鳗	寒韵	犛	肴韵	湄	支韵	
珞	药韵	曼	寒愿韵 316	茅	肴韵	枚	灰韵	
落	药韵	镘	寒韵	蝥	肴韵	梅	灰韵	
泺	药韵	墁	翰韵	毛	豪韵	媒	灰韵 525
雒	药韵	漫	寒翰韵 315	旄	豪号韵 467	煤	灰韵	
濼	合韵	谩	寒翰谏韵 222	髦	豪韵	莓	灰韵	
		颟	寒韵	芼	豪号韵	脢	灰队韵	
		蛮	删韵	矛	尤韵	禖	灰韵	
【M】		鬘	删韵	蛑	尤韵	酶	灰韵	
		满	旱韵	瞀	尤宥觉韵	玫	灰韵	
ma		蔓	愿韵 568	卯	巧韵	美	纸韵	
麻	麻韵	幔	翰韵	泖	巧韵	每	贿韵	
蟆	麻韵	缦	翰谏韵 183	昴	巧韵	浼	贿韵	
马	马韵	慢	谏韵	茆	巧有韵	媚	寘韵	
玛	马韵	嫚	谏韵		557/157	寐	寘韵	
祃	祃韵			冒	皓号韵 158	魅	寘韵	
骂	祃韵	**mang**		眊	号觉韵 187	袂	霁韵	
		尨	江韵	瑁	队号韵 182	昧	泰队韵 181
mai		骙	江韵	兒貌	觉韵	妹	队韵	
埋	佳韵	忙	阳韵	耄	号韵	眛	队韵	
霾	佳韵	茫	阳韵	冒	号职韵 187	痗	队韵	
买	蟹韵	芒	阳韵	帽	号韵	没没	月韵	
荬	蟹韵	邙	阳韵	懋	宥韵			
迈	卦韵	铓	阳韵	茂	宥韵	**men**		
卖	卦韵	盲	庚韵	贸	宥韵	门	元韵	
劢	卦韵	莽	麌养韵 141	袤	宥韵	扪	元韵	
脉	陌韵	蟒	养韵			璊	元韵	
麦	陌韵	漭	养韵	**me**		懑	旱韵	
				么麽	歌哿韵 354			

闷	愿韵	568	劇	支歌韵	117	缅	銑韵	
			迷	齐韵		涊	銑韵	
meng			靡	纸韵	546	靦	銑韵	
薨	东蒸送韵		弭	纸韵		悗	銑韵	
懵	东冬董韵	208	敉	纸韵		偭	霰韵	
蒙	东韵	515	祢	荠韵	552	面	霰韵	
濛	东韵		米	荠韵		麪麵	霰韵	
幪	东董送韵	207	眯眯	荠韵	553			
曚	东董韵	207	泌	寘质韵	171	**miao**		
朦	东韵		秘	寘韵		苗	萧韵	
矇	东韵		谜	霁韵	566	描	萧韵	
艨	东韵		密	质韵		猫	肴巧韵	
梦	东送韵	256	蜜	质韵		渺	筱韵	
萌	庚韵		谧	质韵		缈	筱韵	
氓	庚韵		宓	质韵		淼	筱韵	
盟	庚敬韵	486	汨	质锡韵	195	杪	筱韵	
甍	庚韵		覓	锡韵		秒	筱韵	
蝱	庚韵		幂	锡韵		眇	筱韵	
虻	庚韵		塓	锡韵		藐邈	筱觉韵	
蠓	董韵					妙	啸韵	
猛	梗韵		**mian**			庙	啸韵	
艋	梗韵		眠	先韵				
蜢	梗韵		绵緜	先韵		**mie**		
孟	敬韵		棉	先韵		灭	屑韵	
			黾	轸銑梗韵	147	蔑	屑韵	
mi			娩	阮韵		蠛	屑韵	
麋	支韵		免	銑韵		蠛	屑韵	
弥瀰	支纸荠韵		沔	銑韵				
		518/210	勉	銑韵		**min**		
糜	支韵		勔	銑韵		珉	真韵	
縻	支韵		眄	銑霰韵	155	民	真韵	
蘼	支纸韵		俛	銑韵		缗	真韵	
醿	支韵		冕	銑韵				

旻	真韵				
岷	真韵				
泯	真轸韵	304			
闽	真韵	526			
闵	轸韵				
悯	轸韵				
敏	轸韵				
愍	轸韵				
皿	梗韵				

ming
名	庚韵	
明	庚韵	
鸣	庚韵	
洺	庚韵	
冥	青迥韵	491
螟	青韵	
铭	青韵	
瞑	青霰韵	381
暝	青径韵	381
溟	青迥韵	382
莫	青韵	
茗	迥韵	560
酩	迥韵	
命	敬韵	

miu
缪	尤宥屋韵	497
谬	宥韵	

mo
模	虞韵	
谟	虞韵	

【M】mou /mu 【N】na /nai /nan /nang /nao /ne /nei /nen /neng /ni

摹	虞韵	mu		衲	合韵	瑙	皓韵
模	虞韵	母	虞有韵 422			闹	效韵
膜	虞药韵 297	亩畝	有韵	nai		淖	效韵
么麽	歌哿韵 354	牡	有韵	艿	蒸韵		
摩	歌个韵 473	拇	有韵	奶	蟹韵	ne	
磨	歌个韵 469	墓	遇韵	乃	贿韵	呢	支韵
魔	歌韵	暮	遇韵	鼐	贿队韵 147	讷	月韵
殁	月韵	慕	遇韵	奈	泰个韵 181		
末	曷韵	募	遇韵	柰	泰韵	nei	
抹	曷韵	姆	宥韵	耐	队韵	馁	贿韵
秣	曷韵	木	屋韵			内	队韵
沫	曷韵	目	屋韵	nan			
摸◆	药韵	牧	屋韵	难	寒翰韵 320	nen	
寞	药韵	沐	屋韵	南	覃韵	恁	寝韵
瘼	药韵	苜	屋韵	男	覃韵	嫩	愿韵
漠	药韵	穆	屋韵	楠柟	覃盐韵 129		
镆	药韵	睦	屋韵	喃	咸韵	neng	
莫	药陌韵 200	霂	屋韵	赧	潸韵	能	灰蒸韵 121
陌	陌韵	幕	药韵				
蓦	陌韵			nang		ni	
貊	陌韵			囊	阳韵	尼	支质韵 411
貘	陌韵	【N】		曩	养韵	怩	支韵
墨	职韵					柅	支纸韵
默	职韵	na		nao		泥	齐荠霁韵 426
纆	职韵	那	歌哿个韵 472	蛲	萧韵	倪	齐韵
		哪	歌韵	铙	肴韵	霓	齐屑锡韵 216
mou		拿挐	麻韵	呶	肴韵	猊	齐韵
谋	尤韵	娜	哿韵 557	譊	肴韵	輗	齐韵
牟	尤韵	捼	曷韵	硇	肴韵	鲵	齐韵
眸	尤韵	肭	黠韵	挠	豪巧韵 351	麑	齐韵
侔	尤韵	妠	黠韵	猱	豪韵	你	纸韵
鍪	尤韵	呐	屑韵	脑	皓韵	拟	纸韵
某	有韵	纳	合韵	恼	皓韵		

【N】nian /niang /niao /nie /ning /niu /nong /nou /nu /nü /nuan /nüe /nun /nuo

旎 纸韵
儗 纸置队韵 138
腻 置韵
睨 霁韵
昵暱 质韵
逆 陌韵
溺 锡韵
愵惄 锡韵
匿 职韵

nian
年 先韵
拈 盐韵
鲇 盐韵
粘黏 盐韵
撚 铣韵
辇 铣韵
碾 铣霰韵 155
辗 铣霰韵 155
念唸 艳韵
廿 缉韵
捻 叶韵

niang
娘 阳韵
酿 漾韵

niao
鸟 筱韵
袅嫋 筱药韵 156
嬲 筱韵
尿 啸韵
茑 啸韵

nie
枿 曷韵
陧 黠韵
捏♦ 屑韵
涅 屑韵
糱 屑韵
臬 屑韵
啮齧 屑韵
孽 屑韵
蘖 屑韵
蘗 屑韵
苶♦ 屑叶韵 200
陧 屑韵
嵲 屑韵
峟 屑韵
聂 叶韵
镊 叶韵
蹑 叶韵
籋 叶韵
喢 叶韵

ning
狞狰 庚韵
儜 庚韵
鬡 庚韵
宁寜甯 青径韵 386
聍 青韵
咛 青韵
凝 蒸径韵 239
宁 语韵
苧 语韵
泞濘 迥径韵 464
佞 径韵

niu
牛 尤韵
拗 巧效韵 157
纽 有韵
钮 有韵
狃 有宥韵 166
忸 有韵
扭 有韵
扭 有韵

nong
农 冬韵
侬 冬韵
浓 冬韵
脓 冬韵
秾 冬韵
醲 冬韵
哝 冬韵
弄 送韵

nou
耨 宥韵

nu
孥 鱼韵
奴 虞韵
驽 虞韵
笯 虞麻韵 119
呶 虞麌韵
努 麌韵
弩 麌韵

怒 麌遇韵 142

nü
女 语御韵 140
籹 语韵
衄 屋韵
恧 屋职韵 193

nuan
煖 旱韵
暖 旱韵 555

nüe
虐 药韵
疟 药韵

nun
暾 元韵

nuo
懦 虞韵
傩 歌哿韵 357
挪 歌韵
捼 歌个韵
㦬 铣个韵
喏 马韵
稬 个韵
糯 个韵
搦 觉韵
诺 药韵

【O】

o
哦 歌韵
噢 屋韵

ou
呕 虞尤韵 121/523
欧 尤有韵 560
讴 尤韵
鸥 尤韵
瓯 尤韵
沤 尤宥韵 390
殴 有韵 560
偶 有韵
耦 有韵
藕 有韵

【P】

pa
葩 麻韵
把 麻祃韵 474
钯 麻韵
爬 麻韵
琶 麻韵
怕 祃韵
帕 黠韵
汃 黠韵

pai
俳 佳韵

排 佳韵
牌 佳韵
徘 灰韵
派 卦韵
湃 卦韵
拍♦ 陌韵

pan
祊 元韵
潘 寒韵
蟠 寒韵
盘 寒韵
磐 寒韵
蟠 寒韵
擎 寒韵
蹒 寒韵
槃 寒韵
胖 寒翰韵 445
攀 删韵
判 翰韵
泮 翰韵
叛 翰韵
畔 翰韵
盼 谏韵
襻 谏韵

pang
庞 东江韵 112
庬 江韵
逄 江韵
滂 阳韵
螃 阳韵
雱 阳韵
旁 阳韵

傍 漾韵 572

pao
刨铇 肴效韵 463
咆 肴韵
庖 肴韵
鲍 肴韵
跑 肴韵 532
泡 肴效韵 346
脬 肴韵
抛 肴韵
袍 豪韵
疱鲍 效韵
炮礮砲 肴效韵 581/463

pei
柀 支置韵 415
胚 灰韵
醅 灰韵
陪 灰韵
培 灰有韵 430
裴 灰韵
伾 灰韵
辔 置韵
沛 泰韵
旆 泰韵
霈 泰韵
佩 队韵
配 队韵

pen
濆 文韵

喷 元愿韵 219
盆 元韵
溢 元韵

peng
蓬 东韵
篷 东韵
彭 阳庚韵 127
抨 庚韵
砰 庚韵
怦 庚韵
烹 庚韵
蟛 庚韵
泙 庚韵
棚 庚韵
弸 庚韵
輣 庚韵
澎 庚韵
膨 庚韵
朋 蒸韵
鹏 蒸韵
堋 蒸径韵
漰 蒸韵
髬 蒸韵
捧 肿韵

pi
丕 支韵
披 支韵
皮 支韵
疲 支韵
伾 支韵
邳 支韵

【P】pian /piao /pie /pin /ping /po /pou /pu   35

纰	支韵		劈◆	锡韵		撇◆	屑韵		颇	歌哿韵	355
铍	支韵		甓	锡韵					婆	歌韵
駓	支韵		澼	锡韵		pin			皤	歌韵
毗	支韵					贫	真韵		鄱	歌韵
貔	支韵		pian			嫔	真韵		叵	哿韵
翍	支韵		篇	先韵		频	真韵		破	个韵
邳	支韵		偏	先韵		蘋	真韵		泼◆	曷韵
脾	支韵		翩	先韵		颦	真韵		粕	药韵
陴	支韵		骈	先韵		嚬	真韵		魄	药陌韵	201
埤	支纸韵		胼	先韵		拚	寒问霰韵318		迫	陌韵
椑	支齐韵	114		楩	先韵		姘	庚韵		珀	陌韵
琵	支韵		蹁	先韵		聘	青敬韵	491			
枇	支韵		谝	铣韵		牝	轸韵		pou	
砒	齐韵		片	霰韵		品	寝韵		掊	灰肴尤有韵
批	齐屑韵	300					聘	敬韵			432
鼙	齐韵		piao						抔	尤韵
笓	齐韵		飘	萧韵		ping			哀	尤韵
膍	齐韵		漂	萧啸韵	455		平	先庚韵	125		剖	麌有韵
坏	灰韵	579		瓢	萧韵		缾	先青韵	125			552/141
妣	纸韵	549		剽	萧啸韵	454		苹	庚韵			
痞	纸韵		薸	萧韵		枰	庚韵		pu	
圮	纸韵		僄	萧啸韵		评	庚敬韵	236		铺	虞遇韵	421
噽	纸韵		嫖	萧韵	531		坪	庚韵		蒲	虞韵
庀	纸韵		螵	萧韵		俜	青韵		酺	虞遇韵	215
擗	荠韵		殍	筱韵		屏	青梗韵	382		痛	虞韵
睥	霁韵		慓	筱韵		瓶	青韵		蒱	虞韵
媲	霁韵		缥	筱韵	556		萍	青韵		匍	虞韵
疋	质韵		颢	筱韵		胼	青韵		莆	麌韵	551
辟闢	陌韵		票	啸韵		凭憑	蒸径韵		普	麌韵
癖	陌韵		骠	啸韵			582/240		浦	麌韵
僻|陌韵|						|谱|麌韵
擗	陌韵		pie			po			圃	麌遇韵	142
霹◆	陌锡韵	203		撇◆	屑韵		坡	歌韵		溥	麌韵
								|抪|遇韵|565

仆	遇宥韵	祺	支韵	屺	纸韵	qian		
	566/587/175	淇	支韵	芑	纸韵	悭	删韵	
瀑	号屋韵 186	麒	支韵	杞	纸韵	前	先韵	
仆僕◆	屋沃韵	蜞	支韵	岂	尾韵	千	先韵	
	192	锜	支纸韵 279	启	荠韵	仟	先韵	
扑◆	屋韵 589	疷	支韵	棨	荠韵	阡	先韵	
濮◆	屋韵	蚑	支寘韵	綮	荠韵	芊	先韵	
朴樸	屋觉韵	骐	支韵	弃	寘韵	迁	先韵	
	192	其	支韵	器	寘韵	牵	先霰韵 325	
蹼	屋韵	綦	支韵	气氣	未韵 586	虔	先韵	
鏷◆	沃韵	馨	支韵	乞	物韵	悭	先韵	
璞◆	觉韵	鳍	支韵	砌	霁韵	骞	先韵	
扑撲◆	觉韵	蕲	支文韵 116	契	霁屑韵 178	铅	先韵	
		荠	支荠韵 281	憩	霁韵	鞯千	先韵	
【Q】		芪	支韵	愒	霁泰韵 177	钱	先铣韵 447	
		颀	微韵	槭	屋韵	乾	寒先韵 124	
qi		圻	微韵	七◆	质韵	搴	先铣韵	
期	支韵	祈	微韵	柒	质韵	褰	先韵	
欺	支韵	旂	微韵	漆◆	质韵	汧	先霰韵	
踦	支纸韵	碕	微纸韵	讫	物韵	岍	先韵	
祁	支韵	妻	齐霁韵 425	迄	物韵	黔	侵盐韵 128	
欹攲	支韵	凄淒	齐韵	汔	物韵	鍼	侵盐韵 128	
歧	支韵	栖	齐韵 579	碛	陌韵	金	盐韵	
岐	支韵	萋	齐韵	戚◆	锡韵	谦	盐韵	
其	支寘韵 272	悽	齐韵	慼	锡韵	签	盐韵	
奇	支韵	蹊	齐韵	葺	缉韵	钤	盐韵	
耆	支韵 518	齐	齐霁韵 424	泣	缉韵	潜	盐艳韵 506	
崎	支韵	脐	齐韵			箝	盐韵	
骑	支寘韵 276	唯	齐韵	qia		籤	盐韵	
棋	支韵	蛴	齐韵	洽	洽韵	拑	盐韵	
旗	支韵	绮	纸韵	恰	洽韵	钳	盐韵	
琦	支韵	起	纸韵	掐◆	洽韵	嵌	咸感韵 248	
琪	支韵	企	纸寘韵 137	恰	洽韵	浅	铣韵 555	
		跂	纸寘韵					
			550/138					

【Q】qiang /qiao /qie /qin /qing /qiong

遣	铣霰韵	154	铃	庚韵		qie		锓	寝韵
缱	铣霰韵	155	锖緀	养韵		且	鱼马韵 419	沁	沁韵
椠	感艳韵	168	褯	养韵		茄	歌麻韵 127	撤	沁韵
嗛	俭韵					切♦	霁屑韵 180		
慊	俭韵		qiao			窃	屑韵	qing	
芡	俭韵		乔	萧韵		挈	屑韵	庆	阳敬韵 478
歉	俭赚韵	168	桥	萧韵 530		锲	屑韵	轻	庚敬韵 488
谴	霰韵		侨	萧韵		妾	叶韵	倾	庚韵
茜	霰韵		荞	萧韵		惬	叶韵	卿	庚韵
倩	霰敬韵	184	谯	萧韵		箧	叶韵	清	庚韵
蒨	霰韵		憔	萧韵		怯	洽韵	情	庚韵
绮	霰韵		樵	萧韵				晴	庚韵
欠	艳陷韵	191	翘	萧韵 531		qin		擎	庚韵
堑壍	艳韵		悄	萧韵		亲	真震韵 433	檠	庚梗敬韵 379
			锹鍫	萧韵		秦	真韵	黥	庚韵
qiang			橇	萧霁屑韵 227		溱	真韵	顷	庚梗韵 488
腔	江韵		悄愫	萧韵		蓁	真韵	勍	庚韵
羌	阳韵		菝	萧韵		芹	文韵	蜻	庚韵
枪	阳庚韵	127	跷	萧韵		勤	文韵	鲭	庚韵
锖	阳韵		敲	肴效韵 229		懃	文韵	青	青韵
强	阳养韵	367	鞘	肴啸韵 461		廑	文韵	檾	荠韵
墙	阳韵		烧	肴韵		侵	侵韵	请	梗敬韵 163
嫱	阳韵		碻	肴韵		钦	侵韵	謦	迥韵
蔷	阳韵		骹	肴韵		衾	侵韵	磬	径韵
樯	阳韵		悄	筱韵 556		芩	侵韵	罄	径韵
抢	阳养韵	366	愀	筱韵		琴	侵韵		
跄	阳韵	535	巧	巧韵		禽	侵韵	qiong	
戕	阳韵		诮	啸韵		擒	侵韵	穹	东韵
蜣	阳韵		峭陗	啸韵		檎	侵韵	穷	东韵
玱	阳韵		窍	啸韵		嶔	侵韵	茕	东韵
蹡	阳韵		俏	啸韵		骎	侵韵	邛	冬韵
斨	阳韵		壳殻♦	觉韵		寝	寝韵	筇	冬韵

蛩	冬韵	516	糗	有韵	屈◆	物韵	榷	觉韵
蛬	冬肿韵				诎◆	物韵	慤	觉韵
銎	冬韵		qu		阒	锡韵	推	觉韵
跫	冬江韵	113	祛	鱼韵			阙	月韵
琼	庚韵		胠	鱼御韵	quan		缺◆	屑韵
茕嫈	庚韵		袪	鱼韵	圈	元阮愿韵 441	阕	屑韵
			蛆	鱼韵	全	先韵	雀	药韵
qiu			渠	鱼韵	权	先韵	鹊	药韵
丘	尤韵		蕖	鱼韵	佺	先韵	却	药陌韵 200
秋	尤韵		磲	鱼韵	诠	先韵	碏	药韵
虬	尤韵		璩	鱼韵	泉	先韵		
湫	尤筱韵	496	蘧	鱼韵	荃	先韵	qun	
楸	尤韵		蠼	鱼韵	拳	先韵	囷	真轸韵
鞦	尤韵		岖	虞韵	铨	先韵	逡	真韵
鳅	尤韵		区	虞尤韵 120	筌	先韵	群	文韵
蝤	尤韵		驱	虞遇韵 293	痊	先韵	裙	文韵
鹙	尤韵		躯	虞韵	颧	先韵		
囚	尤韵		趋	虞韵	鬈	先韵	【R】	
求	尤韵		劬	虞韵	悓	先韵		
泅	尤韵		胊	虞韵	惓	先韵	ran	
俅	尤韵		鸲	虞韵	悛	先韵	然	先韵
莤	尤韵		臞	虞韵	踡	先韵	蚺	覃韵
裘	尤韵		朐	虞韵	绻	阮愿韵 151	髯	盐艳韵 507
逑	尤韵		瞿	虞遇韵 293	犬	铣韵	冉	俭韵
球毬	尤韵	583	去	语御韵 140	畎	铣韵	苒	俭韵
赇	尤韵		龋	麌韵	劝	愿韵	染	俭韵
銶	尤韵		取	麌有韵 141	券	愿韵	姌	俭韵
道	尤韵		趣	有遇韵 164	缫	霰韵		
璆	尤韵		觑	御韵			rang	
蝤	尤韵		娶	遇韵	que		攘	阳养韵 367
邱	尤韵		麴粬曲◆	屋韵	瘸	歌韵	禳	阳韵
蚯	尤韵		曲◆	沃韵	确	觉韵	勷	阳韵

瀼	阳韵	刃	震韵	蝾	庚韵	**ruan**		
瓤	阳韵	认	震韵	冗	肿韵	阮	元阮韵	439
穰	阳养韵	仞	震韵			堧	先韵	
壤	养韵	轫	震韵	**rou**		软輭	铣韵	
让	漾韵	韧	震韵	柔	尤韵	奭	铣韵	
		牣	震韵	揉	尤有韵	偄	翰韵	
rao		仞	震韵	蹂	尤有宥韵			
饶	萧啸韵			鞣	尤有韵	**rui**		
桡	萧效韵	**reng**		輮	宥韵	蕤	支韵	
荛	萧韵	仍	蒸韵	糅	宥韵	绥	支韵	
娆	萧筱啸韵	礽	蒸韵	肉	屋韵	桵	支韵	
绕	筱啸韵	扔	蒸韵			蘂	纸韵	
扰	筱韵	艿	蒸韵	**ru**		蕊	纸韵	
遶绕	筱韵			如	鱼御韵	瑞	寘韵	
		ri		茹	鱼语御韵	芮	霁韵	
re		日	质韵	洳	鱼御韵	锐	霁韵	
惹	马韵	驲	质韵	帤	鱼韵	叡	霁韵	
热	屑韵			儒	虞韵	枘	霁韵	
		rong		嚅	虞韵	汭	霁韵	
ren		戎	东韵	濡	虞韵	睿	霁韵	
人	真韵	肜	东韵	襦	虞韵			
仁	真韵	绒	东韵	繻	虞韵	**run**		
仞	真韵	狨	东韵	孺	虞遇韵	润	震韵	
堪	侵寝韵	融	东韵	汝	语韵	闰	震韵	
壬	侵韵	茸	冬肿韵	乳	麌韵			
任	侵沁韵	容	冬韵	擩	宥韵	**ruo**		
妊	侵沁韵	蓉	冬韵	辱	沃韵	若	马药韵	160
纴	侵沁韵	溶	冬肿韵	褥	沃韵	偌	祃韵	
忍	轸韵	榕	冬韵	蓐	沃韵	爇	屑韵	
荏	寝韵	瑢	冬韵	缛	沃韵	弱	药韵	
稔	寝韵	镕	冬韵	蓐	沃韵	箬	药韵	
饪	寝韵	荣	庚韵	溽	沃韵	婼	麻药韵	
衽	寝沁韵	嵘	庚韵	入	缉韵			

蒻	药韵	sao		砂	麻韵	掺	咸豏韵 508
		慅	豪韵	杀◆	卦黠韵 182	埿	铣韵
【S】		搔	豪韵 532	铩◆	卦黠韵 182	墡	铣韵
		骚	豪韵	刹◆	黠韵	鲜	铣韵
		臊	豪韵 533	萐	叶洽韵 204	鳝	铣韵
sa		缫	豪皓韵 467	箑	叶洽韵 204	善	铣霰韵 154
洒	蟹马韵 145	扫埽	皓号韵 158	霎	叶洽韵 204	嬗	铣霰韵
萨	曷韵	嫂	皓韵	唼	洽韵	闪	俭韵
飒	合韵			歃	洽韵	陕	俭韵
卅	合韵	**se**		翜	洽韵	剡	俭韵
靸	合韵	瑟	置质韵 172			睒	俭韵
		色	职韵	**shai**		汕	谏韵
sai		穑	职韵	筛	支韵	鄯	霰韵
鰓	灰韵	嗇	职韵	晒	置卦韵 171	缮	霰韵
腮顋	灰韵	轖	职韵			擅	霰韵
赛	队韵	濇涩	职韵	**shan**		膳	霰韵
塞	队职韵 183	涩澀	缉韵	姗	寒韵	赡	艳韵
				珊	寒韵	掞	艳韵
san		**sen**		蹣	寒韵		
三	覃勘韵 394	森	侵沁韵 394	山	删韵	**shang**	
毿	覃韵			删	删韵	伤	阳韵
伞	旱韵	**seng**		潸	删潸韵 223	殇	阳韵
散	旱翰韵 152	僧	蒸韵	疝	删谏韵	觞	阳韵
馓	旱韵	鬙	蒸韵	讪	删谏韵 223	商	阳韵
糁	感韵			羴	先韵	裳	阳韵
		sha		膻	先韵	赏	养韵
sang		挲挱	歌韵	煽	先霰韵 226	上	养漾韵 163
桑	阳韵	莎	歌韵	扇	先霰韵 451	尚	漾韵
丧	阳漾韵 480	沙	麻韵	痁	盐艳韵		
颡	养韵	纱	麻韵	苫	盐艳韵 246	**shao**	
磉	养韵	裟	麻韵	衫	咸韵	烧	萧啸韵 228
嗓	养韵	鲨	麻韵	杉	咸韵	茗	萧韵
				芟	咸韵	韶	萧韵

蛸	萧肴韵		熠	叶韵	sheng		氏	支纸韵 413
佋	萧筱韵 453		涉	叶韵	生	庚韵	史	纸韵
哨	萧啸韵 334				甥	庚韵	矢	纸韵
劭	萧啸韵 455		shen		笙	庚韵	豕	纸韵
捎	肴韵		神	真韵	牲	庚韵	使	纸置韵 138
梢	肴韵		申	真韵	声	庚韵	始	纸置韵 138
筲	肴韵		伸	真韵	鼪	庚韵	驶	纸韵
艄	肴韵		绅	真韵	晟	庚敬韵	士	纸韵
绍	筱韵		呻	真韵	盛	庚敬韵 487	仕	纸韵
少	筱啸韵 156		身	真韵	升昇	蒸韵 582	市	纸韵
邵	啸韵		娠	真震韵 217	绳	蒸韵 538	视	纸韵
稍	效韵 570		侁	真韵	胜	蒸径韵 239	恃	纸韵
勺 ◆	药韵		诜	真韵	湺	蒸韵 538	是	纸韵
芍 ◆	药韵		駪	真韵	省	梗韵	柿柹	纸韵
			莘	真韵	眚	梗韵	舐	纸韵
she			深	侵沁韵 499	圣	敬韵	事	置韵
蛇	支麻韵 117		渗	侵沁韵 503	剩	径韵	示	置韵
畲	鱼麻韵 118		椹	侵寝韵	賸剩	径韵	侍	置韵
奢	麻韵		葚	侵寝韵			试	置韵
赊	麻韵		哂	轸韵	shi		谥諡	置韵
佘	麻韵		肾	轸韵	师	支韵	嗜	置韵
社	马韵		脤	轸韵	诗	支韵	莳	置韵
舍捨	马祃韵 588		蜃	轸震韵 148	施	支置韵 271	识 ◆	置职韵 173
赦	祃韵		审	寝韵	尸屍	支韵 577	食 ◆	置职韵 174
射	祃陌韵 188		婶	寝韵	狮	支韵	势	霁韵
麝	祃韵		甚	寝沁韵 167/561	时	支韵	世	霁韵
舌 ◆	屑韵		谂	寝韵	埘	支纸韵 416	贳	霁祃韵 178
设	屑韵		瞫	寝韵	鲥	支韵	逝	霁韵
揲	屑韵		沈瀋	寝韵 583	鲺	支韵	筮	霁韵
歙 ◆	缉叶韵 203		糁	感韵	蒔	支韵	噬	霁韵
摄	叶韵		黮	感韵	著	支韵	失 ◆	质韵
慑	叶韵		慎	震韵	匙	支韵	虱 ◆	质韵
滠	叶韵				酾	支纸韵		

【S】shou /shu /shua /shuai /shuan /shuang /shui /shun /shuo

实寔◆	质职韵		狩	宥韵		庶	御韵		shuang	
		195	授	宥韵		薯	御韵		双	江韵
室	质韵					戍	遇韵		霜	阳韵
适	曷韵 590		shu			澍	遇韵		孀	阳韵
石◆	陌韵		书	鱼韵		属	遇沃韵 176		骦	阳韵
适適	陌锡韵 202		纾	鱼语韵 214		漱	宥韵		鹴	阳韵
释	陌韵		蔬	鱼韵		叔◆	屋韵		爽	养韵 559
鼫	陌韵		梳	鱼韵		淑◆	屋韵		塽	养韵
奭	陌韵		疏	鱼御韵 289		菽	屋韵			
螫	陌韵		舒	鱼韵		倏儵◆	屋韵		shui	
蚀◆	职韵		摅	鱼韵		孰◆	屋韵		谁	支韵
式	职韵		㯤	鱼韵		熟	屋韵		水	纸韵
拭	职韵		諸薯	鱼韵		塾	屋韵		睡	寘韵
轼	职韵		疋	鱼马韵		束	沃韵		税	霁韵
饰	职韵		枢	虞韵		蜀	沃韵		悦	霁韵
湜◆	职韵		殊	虞韵		赎◆	沃韵			
栻	职韵		姝	虞韵		述	质韵		shun	
湿	缉韵		输	虞遇韵 421		秫	质韵		眴	真霰韵
十	缉韵		受	虞韵		沭	质韵		楯	轸韵
拾	缉韵		毹	虞韵				吮	轸铣韵 147
什◆	缉韵		㨨	语韵 551		shua		顺	震韵
			暑	语韵		刷◆	黠韵		舜	震韵
shou			鼠	语韵		唰◆	屑韵		瞬	震韵
收	尤宥韵 496		黍	语韵				蕣	震韵
售	尤宥韵 243		墅	语韵		shuai			
手	有韵		竖	麌韵		衰	支韵		shuo	
守	有宥韵 165		桓	麌韵		帅	寘质韵 171		说◆	霁屑韵 179
首	有宥韵 164		树	麌遇韵 142		蟀	质韵		朔	觉韵
寿	有宥韵 166		数	麌遇觉韵 143		率	质韵		槊	觉韵
绶	有宥韵 165		术術	寘质韵 172				搠	觉韵
受	有韵		曙	御韵				烁	药韵
兽	宥韵		署	御韵				铄	药韵
瘦	宥韵		恕	御韵		拴	先韵			

【S】si /song /sou /su /suan /sui /sun

妠	药韵		饲	寘韵	撒	有韵	狻	寒韵
硕	陌韵		肆	寘韵	薮	有韵	算	旱翰韵 152
			嗣	寘韵	嗾	有宥韵 166	蒜	翰韵
si			驷	寘韵	嗽	宥韵		
丝	支韵		泗	寘韵			**sui**	
司	支寘韵 274		笥	寘韵	**su**		虽	支韵
私	支韵				苏甦	虞韵	睢	支寘韵 273
思	支寘韵 269		**song**		酥	虞韵	随	支韵
偲	支韵		嵩	东韵	稣	虞韵	绥	支韵
斯	支韵		菘	东韵	涑	尤屋韵	荽	支韵
虒	支韵		崧	东韵	素	遇韵	隋	支哿韵 411
罳	支韵		松鬆	冬韵 577	嗉	遇韵	髓	纸韵
飔	支韵		淞	冬送韵 208	泝	遇韵	穗	寘韵
澌	支齐寘韵		凇	冬韵	诉	遇韵	遂	寘韵
枲	支纸韵		忪	冬韵	塑	遇韵	邃	寘韵
厮	支韵		悚	肿韵	愫	遇韵	燧	寘韵
蛳	支韵		悚	肿韵	溯	遇韵	隧	寘韵
嘶	齐韵		耸	肿韵	宿	宥屋韵 189	祟	寘韵
撕	齐韵		怂	肿韵	夙	屋韵	谇	寘队韵 171
巳	纸韵		送	送韵	速	屋韵	睟	寘韵
汜	纸韵		宋	宋韵	肃	屋韵	穟	寘韵
祀	纸韵		颂	宋韵	谡	屋韵	襚	寘韵
死	纸韵		诵	宋韵	蔌	屋韵	繸	寘韵
似	纸韵		讼	宋韵	觫	屋韵	岁	霁韵
姒	纸韵				觳	屋韵	碎	队韵
俟	纸韵 548		**sou**		簌	屋韵		
涘	纸韵		艘	豪韵	俗♦	沃韵	**sun**	
耜	纸韵		叟	尤有韵 241	粟	沃韵	孙	元韵
兕	纸韵		廋	尤韵	窣♦	月韵	荪	元韵
騃	蟹韵		搜摉	尤韵	㦺	陌韵	飧	元韵
四	寘韵		溲	尤韵			狲	元韵
寺	寘韵		蒐	尤韵	**suan**		隼	轸韵
伺	寘韵		飕	尤韵	酸	寒韵	笋	轸韵

损	阮韵	塌◆	合韵	醈	覃感韵	趟	庚韵 537
潠	愿韵	遢	合韵	贪	覃韵	慃	养漾韵 162
		蹋	合韵	昙	覃韵	倘	养韵 559
		沓	合韵	壜坛	覃韵	淌	养韵
suo				谈	覃韵	惝	养韵
娑	歌哿韵 471			痰	覃韵		
挲抄	歌韵	**tai**		郯	覃韵	**tao**	
蓑	歌韵	抬	灰韵	锬	覃韵	陶	萧豪韵 126
梭	歌韵	胎	灰韵	探	覃勘韵 244	涛	豪韵
唆	歌韵	台臺	支灰韵 578	坦	旱韵	滔	豪韵
桫	歌韵	苔	灰韵	袒	旱韵	韬	豪号韵 468
所	语韵	骀	灰贿韵 431	毯	感韵	绦	豪韵
璅	皓韵	鲐	灰韵	菼	感韵	饕	豪韵
锁	哿韵	邰	灰韵	黮	感韵	弢	豪韵
琐	哿韵	炱	灰韵	炭	翰韵	慆	豪韵
缩◆	屋韵	臺	灰韵	赕	勘韵	匋	豪韵
索	药陌韵 200	钛	霁泰韵			淘	豪韵
		泰	泰韵			萄	豪韵
		太	泰韵	**tang**		绹	豪韵
【T】		汰	泰韵	帑	虞养韵	醄	豪韵
		汱	泰曷韵 181	汤	阳漾韵 372	咷	豪韵
ta		态	队韵	镗	阳韵	洮	豪韵
他	歌韵			唐	阳韵	逃	豪韵
铊	麻韵			堂	阳韵	桃	豪韵
闼	曷韵	**tan**		螳	阳韵	梼	豪韵
挞	曷韵	摊	寒翰韵 445	棠	阳韵	掏	豪韵
达	曷韵	滩	寒翰韵 444	塘	阳韵	泰	豪号韵 468
獭	曷黠韵 199	坛	寒韵 528	搪	阳韵	骕	筱皓韵
跶◆	合韵	檀	寒韵	溏	阳韵	讨	皓韵
塔	合韵	叹	寒翰韵 221	瑭	阳韵	套	皓韵
踏	合韵	弹	寒翰韵 444	餹糖	阳韵		
榻	合韵	嘽	寒韵	糖	阳韵	**te**	
遝	合韵	覃	覃韵	塘	阳韵	螣	蒸职韵
阘	合韵	潭	覃韵	饧	庚韵		
		谭	覃韵				

【T】teng /ti /tian /tiao /tie /ting /tong 45

特	职韵		鯷	霁韵		佻	萧韵		亭	青韵	
忑	职韵		鶗	霁韵		迢	萧韵		停	青韵	
慝	职韵		剃	霁韵		条	萧韵		葶	青韵	
			殢	霁韵		髫	萧韵		町	青迥韵	
teng			摘	陌韵		跳	萧啸韵 341		桯	青韵	
腾	蒸韵		惕	锡韵		苕	萧韵		婷	青韵	
滕	蒸韵		踢♦	锡韵		铫	萧啸韵		听	吻韵 585	
幐	蒸韵		剔♦	锡韵		鲦	萧韵		挺	迥韵	
藤	蒸韵		裼	锡韵		蜩	萧韵		艇	迥韵	
籐	蒸韵		倜	锡韵		窕	筱韵		铤	迥韵	
縢	蒸韵		逖	锡韵		朓	筱啸韵 156		珽	迥韵	
滕	蒸职韵		遏	锡韵		眺	啸韵		脡	迥韵	
						粜	啸韵		颋	迥韵	
ti			tian			频	啸韵				
洟	支韵		填	真先震霰韵					tong		
提	支齐韵 115			305		tie			通	东韵	
梯	齐韵		天	先韵		铁	屑韵		痌	东韵	
锑	齐韵		田	先韵		餮	屑韵		同	东韵	
绨	齐韵		阗	先霰韵 331		帖♦	叶韵		铜	东韵	
啼	齐韵		畋	先韵		贴♦	叶韵		桐	东韵	
蹄	齐韵		钿	先霰韵 224		怗♦	叶韵		筒箇	东韵 514	
题	齐霁韵 425		添	盐韵		跕	叶韵		衕	东韵 516	
缇	齐荠韵		甜	盐韵					鲖	东肿韵	
禔	齐韵		恬	盐韵		ting			酮	东韵	
騠	齐韵		湉	盐韵		听聽	青径韵 384		童	东韵	
鹈	齐韵		殄	铣韵		厅	青韵		僮	东韵	
鹈	齐韵		腆	铣韵		汀	青韵 537		瞳	东韵	
醍	齐荠韵		忝	俭艳韵 169		廷	青径韵 237		曈	东韵	
体	荠韵 552					庭	青径韵 490		潼	东韵	
悌	荠韵		tiao			霆	青韵		侗	东董韵 404	
涕	荠霁韵		挑	萧豪筱韵 339		蜓	青铣韵 490		橦	冬江韵 113	
替	霁韵 144		佻	萧筱韵 337		莛	青迥韵		彤	冬江韵	
嚏	霁韵		调	萧尤啸韵 456		渟	青韵		桶	董韵	
			祧	萧韵					捅	董韵	

tou
痛	送韵	
恸	送韵	
统	宋韵	

tou
婾	尤韵	
偷	尤韵	
头	尤韵	
投	尤韵	
骰	尤韵	
透	宥韵	

tu
涂	鱼韵	578
屠	鱼虞韵	118
塗	虞麻韵	119
图	虞韵	
徒	虞韵	
途	虞韵	
荼	虞韵	
菟	虞遇韵	297
酴	虞韵	
土	虞韵	
吐	虞遇韵	142
悇	御韵	
兔	遇韵	
秃♦	屋韵	
突♦	月韵	
凸♦	月屑韵	198
腯	月韵	

tuan
抟	寒韵	528
团	寒韵	
湍	寒韵	
貒	寒韵	
猯	寒韵	
篿	先韵	
疃	旱韵	
彖	翰韵	

tui
推	支灰韵	116
蹪	灰韵	
頽	灰韵	
腿	贿韵	
骽	贿韵	
蜕	霁泰韵	177
退	队韵	
褪	愿韵	

tun
屯	真元韵	122
吞	元韵	
暾	元韵	
豚	元韵	
臀	元韵	
饨	元韵	
芚	元韵	
啍	元韵	

tuo
佗	歌韵	
陀	歌韵	
沱	歌哿韵	358
驼	歌韵	
跎	歌韵	
酡	歌韵	
鮀	歌韵	
拖拕	歌哿韵	230
駄	歌个韵	470
鼍	歌韵	
堶	歌韵	
詑	歌韵	
妥	哿韵	
舵柁	哿韵	557/585
媠	哿个韵	159
椭	哿韵	
唾	个韵	
脱♦	曷韵	
托♦	药韵	
託扡♦	药韵	
饦	药韵	
橐♦	药韵	
拓	药韵	
柝	药韵	
箨	药韵	

【W】

wa
娃	佳麻韵	121
哇	佳麻韵	121
蜗	佳麻韵	121
蛙	佳麻韵	121
洼窪	麻韵	581
瓦	马韵	
嗢	月韵	

wai
袜襪	曷韵	
外	泰韵	

wan
蜿	元阮韵	309
宛	元阮韵	438
完	寒韵	
莞	寒潸韵	443
剜	寒韵	
丸	寒韵	
纨	寒韵	
汍	寒韵	
芄	寒韵	
皖	寒潸韵	
弯	删韵	
湾	删韵	
顽	删韵	
婉	阮韵	
菀	阮物韵	151
琬	阮韵	
踠	阮韵	
畹	阮愿韵	150
晚	阮韵	
挽	阮韵	
盌	旱韵	
碗	旱韵	
椀	旱韵	
脘	旱韵	
绾	潸谏韵	153
万	愿韵	
玩	翰韵	568

腕	翰韵		委	支纸韵	413	猥	贿韵		抆	吻问韵	150
惋	翰韵		隗	支灰贿韵		魃	贿韵		搵	吻韵
浣	个韵		威	微韵		伪	寘韵		稳	阮韵
			葳	微韵		诿	寘韵		问	问韵
wang			微	微韵		位	寘韵		紊	问韵
王	阳漾韵	481	薇	微韵		未	未韵		璺	问韵
亡	阳韵		巍	微韵		味	未韵			
汪	阳韵		韦	微韵		谓	未韵		**weng**	
尪	阳韵		围	微韵		畏	未韵		翁	东韵
忘	阳漾韵	232	帏	微韵		尉	未物韵	174	螉	东韵
望	阳漾韵	360	闱	微韵		蔚	未物韵	175	嗡	东韵
罔	养韵		违	微韵		慰	未韵		塕	董韵
辋	养韵		隈	灰韵		魏	未韵		滃	董韵
惘	养韵		偎	灰韵		纬	未韵		蓊	董韵
魍	养韵		煨	灰韵		胃	未韵		瓮	送韵
网網	养韵		桅	灰贿韵		渭	未韵			
往	养韵		桅	灰纸韵	431	蔚	未韵		**wo**	
枉	养韵		嵬	灰贿韵	300	卫	霁韵		倭	支歌韵	117
蜩	养韵		鲔	灰韵		轊	霁韵		蜗	佳麻韵	121
妄	漾韵		硊	歌韵		硙	队韵		涡	歌韵
旺	漾韵		唯	纸韵	547				窝	歌韵
			洧	纸韵		**wen**			踒	歌韵
wei			痏	纸韵		文	文韵		硪	歌哿韵
危	支韵		鲔	纸韵		纹	文韵		挝	麻韵
逶	支韵		颏	纸韵		蚊	文韵		我	哿韵
萎	支寘韵	210	尾	尾韵		雯	文韵		卧	个韵
痿	支贿韵		苇	尾韵		闻	文问韵	436	涴	个韵
为	支寘韵	266	伟	尾韵		汶	文问韵	437	沃	沃韵
沩	支韵		韪	尾韵		温	元韵		喔◆	觉韵
帷	支韵		炜	尾韵		辒	元韵		偓	觉韵
维	支韵		玮	尾韵		瘟	元韵		幄	觉韵
惟	支韵		暐	尾韵		吻	吻韵		握	觉韵
潍	支韵		娓	尾韵		刎	吻韵		渥	觉韵

龌	觉韵		昿	虞韵	曦	支韵	意	置韵
斡	曷韵		忤	遇韵	娭	支韵	咥	置质屑韵 172
			悟	遇韵	巇	支韵	饩	未韵
wu			务	遇韵	钀	支齐韵 114	系	霁韵 587
乌	虞韵		雾	遇韵	蠆	支齐韵 115	系繋	霁韵
污汙	虞麻遇韵		婺	遇韵	绲	支纸韵	细	霁韵
	294		鹜	遇韵	蓰	支纸韵	禊	霁韵
无	虞韵		误	遇韵	戏	支置韵 414	悉◆	质韵
芜	虞韵		悟	遇韵	希	微韵	膝厀◆	质韵
巫	虞韵		寤	遇韵	欷	微未韵 212	胁◆	质物韵 194
诬	虞韵		晤	遇韵	晞	微韵	蟋◆	质韵
毋	虞韵		鹜	遇屋韵 175	睎	微韵	晣暂	屑韵 566
梧	虞韵		戊	宥韵	稀	微韵	昔◆	药陌韵 202
吴	虞韵		屋◆	屋韵	豨	微尾韵	夕◆	陌韵
吾	虞麻韵 119		鋈	沃韵	兮	齐韵	汐◆	陌韵
忨	虞麇韵		物	物韵	西	齐韵	穸◆	陌韵
鼯	虞韵		勿	物韵	栖	齐韵	惜◆	陌韵
呜	虞韵		芴	物韵	奚	齐韵	蓆◆	陌韵
钨	虞韵		兀	月韵	溪谿	齐韵	席◆	陌韵
蜈	虞韵		阢	月韵	傒	齐韵	隙	陌韵
庑	虞麇韵 424		杌	月韵	徯	齐荠韵 216	舄	陌韵
侮	虞韵				犀	齐韵	潟	陌韵
五	虞韵		**【X】**		醯	齐韵	舄	陌韵
午	虞韵				鷈	齐韵	锡◆	锡韵
伍	虞韵		**xi**		鼷	齐韵	晳◆	锡韵
仵	虞韵		牺	支韵	玺	纸韵	析◆	锡韵
迕	虞韵		僖	支韵	徙	纸韵	淅◆	锡韵
妩	虞韵		嘻	支韵	喜	纸韵	蜥◆	锡韵
坞隖	虞韵		嬉	支纸韵 212	枲	纸韵	樨◆	锡韵
舞	虞韵		熹	支韵	屣	纸置韵 137	阋	锡韵
武	虞韵		禧	支韵 519	唏	尾韵 550	蓆	锡韵
鹉	虞韵		熙	支韵	洗	荠铣韵 143	觋◆	锡韵
鄔	虞韵		羲	支韵	蹝	蟹韵	裼	锡韵

息◆	职韵	峡◆	洽韵	衔啣	咸韵	瓖	阳韵	
熄◆	职韵	硖◆	洽韵	憪	阮韵	湘	阳韵	
皙	职韵	袷◆	洽韵	限	潸韵	厢	阳韵	
吸◆	缉韵			铣	铣韵	箱	阳韵	
翕◆	缉韵	**xian**		显	铣韵	缃	阳韵	
歙◆	缉叶韵 203	掀	元韵	藓	铣韵	庠	阳韵	
习◆	缉韵	鶱	元韵	燹	铣韵	祥	阳韵	
袭◆	缉韵	闲閒	删韵 581	狝	铣韵	详	阳韵	
霫	缉韵	娴	删韵	毨	铣韵	翔	阳韵	
渝	缉韵	鹇	删韵	筅	铣韵	项	讲韵	
卌	缉韵	痫	删韵	蚬	铣霰韵 155	蚷	讲韵	
		先	先霰韵 449	岘	铣韵	享	养韵	
xia		仙	先韵	睍	铣霰韵	响	养韵	
霞	麻韵	籼	先韵	冼	迥韵	向嚮	养漾韵 588	
瑕	麻韵	跹	先韵	险	俭韵	饷饟	养漾韵 163	
遐	麻韵	鲜	先铣韵 446	猃	俭艳韵 169	想	养韵	
虾蝦	麻韵	鱻鲜	先韵	豏	豏韵	鲞	养韵	
騢	麻韵	弦	先韵	宪	愿韵	蠁	养韵	
下	马祃韵 159	絃弦	先韵	苋	谏韵	像	养韵	
夏	马祃韵 160	贤	先韵	霰	霰韵	象	养韵	
厦	马韵	涎	先霰韵 452	现	霰韵	橡	养韵	
罅	祃韵	县	先韵 450	线	霰韵	飨	养韵	
暇	祃韵 571	舷	先韵	羡	霰韵	巷	绛韵	
點◆	黠韵	玹	先韵	陷	陷韵			
瞎◆	黠韵	跣	先铣韵 453			**xiao**		
辖◆	黠韵	献	歌愿韵 471	**xiang**		萧	萧韵	
吓	陌韵	铦	覃韵	香	阳韵	箫	萧韵	
侠◆	叶韵	纤	盐韵	乡	阳韵	枭	萧韵	
呷◆	洽韵	暹	盐韵	芗	阳韵	潇	萧韵	
匣◆	洽韵	嫌	盐韵	相	阳漾韵 370	骁	萧韵	
狎◆	洽韵	忺	盐韵	襄	阳韵	宵	萧韵	
柙	洽韵	銛	盐韵	骧	阳韵	消	萧韵	
狭◆	洽韵	咸鹹	咸韵	镶	阳韵	霄	萧韵	

xie

绡	萧韵	
逍	萧韵	
销	萧韵	
硝	萧韵	
魈	萧韵	
蛸	萧肴韵	
翛	萧屋韵	459
嚣	萧豪韵	126
哓	萧韵	
枵	萧韵	
鸮	萧韵	
哮	肴韵	531
崤	肴韵	
虓	肴韵	
謼	肴韵	
洨	肴韵	
骹	肴韵	
筱篠	筱韵	
小	筱韵	
晓	筱韵	
啸	啸韵	
笑	啸韵	
肖	啸韵	570
效	效韵	
孝	效韵	
校	效韵	
敩	效韵	
削◆	药韵	

xie

携	齐韵	
偕	佳韵	
谐	佳韵	
鞋	佳韵	
些	麻霁个韵	231
斜	麻韵	
邪	麻韵	
衺	麻韵	
蟹	蟹韵	
獬	蟹韵	
澥	蟹韵	
写	马韵	
泻	马祃韵	160
泄	霁屑韵	587/179
械	卦韵	
薤	卦韵	
懈	卦韵	
廨	卦韵	
瀣	卦队韵	182
齘	卦韵	
邂	卦韵	
卸	祃韵	
谢	祃韵	
榭	祃韵	
胁脅◆	艳洽韵	191
歇◆	月韵	
猲	月曷韵	
蝎	月曷韵	
颉	黠屑韵	200
屑	屑韵	
楔	屑韵	
亵	屑韵	
絜	屑韵	
撷	屑韵	
缬	屑韵	
襭◆	屑韵	
渫	屑韵	
蝶	屑韵	
协◆	叶韵	
挟◆	叶韵	
勰◆	叶韵	
燮	叶韵	
躞	叶韵	

xin

辛	真韵	
莘	真韵	
新	真韵	
薪	真韵	
欣	文韵	
昕	文韵	
炘	文韵	
訢	文韵	
骍	庚韵	
馨	青韵	
心	侵韵	
歆	侵韵	
镡	侵覃韵	128
信	震韵	
衅釁	震韵	
焮	问韵	

xing

行	阳庚漾敬韵	373
猩	庚韵	
惺	庚韵	
星	青韵	
腥	青韵	
惺	青梗韵	492
醒	青迥径韵	238
形	青韵	
刑	青韵	
邢	青韵	
型	青韵	
陉	青径韵	
钘	青韵	
铏	青韵	
硎	青韵	
兴	蒸径韵	492
杏	梗韵	
幸	梗韵	
荇	梗韵	
悻	梗韵	
倖	梗韵	
婞	迥韵	
姓	敬韵	
性	敬韵	

xiong

雄	东韵	
熊	东韵	
芎	东韵	
讻	冬韵	
凶	冬韵	577
匈	冬韵	
兇	冬韵	
胸	冬韵	
汹洶	冬肿韵	209
恟	冬肿韵	
兄	庚韵	
诇	迥敬韵	164

xiu

休	尤韵	539
修	尤韵	
脩	尤韵	
羞	尤韵	
貅	尤韵	
咻	尤虞韵	
髤	尤韵	
朽	有韵	
滫	有韵	
琇	有宥韵	166
秀	宥韵	
绣	宥韵	
袖	宥韵	
岫	宥韵	
褎	宥韵	
宿	宥屋韵	189

xu

胥	鱼韵	
湑	鱼语韵	
虚	鱼韵	
嘘	鱼御韵	213
徐	鱼韵	
墟	鱼韵	
歔	鱼韵	
魖	鱼韵	
谞	鱼语韵	
稰	鱼语韵	
盱	虞韵	
须鬚	虞韵	579
婆	虞韵	
需	虞韵	

姁	虞遇韵	
诩	虞韵	
欨	虞韵	
许	语韵	
序	语韵	
叙	语韵	
绪	语韵	
溆	语韵	
醑	语韵	
魣	语韵	
诩	虞韵	
栩	虞韵	
煦	虞遇韵	142
俖	置职韵	174
絮	御韵	
酗	遇韵	
婿壻	霁韵	
畜	宥屋韵	190
蓄	屋韵	
蓿◆	屋韵	
续	沃韵	
旭	沃韵	
勖	沃韵	
项	沃韵	
戌◆	质韵	
恤	质韵	
欻◆	物韵	
耇◆	陌锡韵	203
洫	职韵	

xuan

昫	真霰韵	
轩	元韵	527

喧	元韵	
萱	元韵	
諠	元韵	
咺	元阮韵	
晅	元韵	
谖	元阮韵	312
宣	先韵	
揎	先韵	
瑄	先韵	
玄	先韵	
旋	先霰韵	329
漩	先霰韵	
儇	先韵	
翾	先韵	
懁	先韵	
璇	先韵	
悬	先韵	
镟	先韵	
烜	阮韵	
癣	铣韵	
选	铣霰韵	154
泫	铣韵	
铉	铣韵	
楦	愿韵	
炫	霰韵	
绚	霰韵	
衒	霰韵	
眩	霰韵	

xue

靴鞾	歌韵	
学◆	觉韵	
噳	觉韵	

鸴	觉韵	
雪	屑韵	
薛◆	屑韵	
穴◆	屑韵	
血	屑韵	
泬	屑韵	
谑	药韵	
嗷◆	药韵	

xun

旬	真韵	
巡	真韵	
驯	真韵	525
询	真韵	
洵	真韵	
峋	真韵	
恂	真韵	
荀	真韵	
珣	真韵	
循	真韵	
紃	真韵	
郇	真韵	
勋	文韵	
熏	文问韵	438
薰	文韵	
曛	文韵	
醺	文韵	
纁	文韵	
獯	文韵	
埙	元韵	
壎	元韵	
寻	侵韵	
浔	侵韵	

煁	侵韵	訝	祃韵	閹	盐韵	彦	霰韵	
鱏	侵韵	迓	祃韵	阉	盐韵	谚	霰韵	
汛	震韵	砑	祃韵	檐	盐韵	唁	霰韵	
讯	震韵	揠	黠韵	严	盐咸韵 129	酽	霰韵	
迅	震韵	压◆	洽韵	猒厭	盐 541	艳	艳韵	
徇	震韵	鸭◆	洽韵	岩	咸韵	验	艳韵	
殉	震韵	押◆	洽韵	嵒	咸韵	掞	艳韵	
训	问韵			偃	阮韵	滟	艳韵	
逊	愿韵	**yan**		蝘	阮韵	酀	艳韵	
巽	愿韵	湮	真韵	堰	阮愿霰韵 151	餍	艳韵	
		言	元韵	嶮	阮铣韵 150	厌猒	艳叶韵 191	
【Y】		芫	元韵	眼	潸韵	阏	月曷韵 197	
		颜	删韵	兖	铣韵	焱	锡韵	
ya		咽嚥	先霰屑韵 324	衍	铣霰韵 154			
涯	支佳麻韵 116	烟	先韵	演	铣韵	**yang**		
衙	鱼麻语韵 420	焉	先韵	宴	铣霰韵 155	央	阳韵	
疋	鱼马韵	鄢	先阮韵	讌	铣屑韵 155	泱	阳养韵 366	
厓	佳韵	嫣	先韵	揜	感韵	鸯	阳韵	
崖	佳韵	延	先霰韵 452	琰	俭韵	殃	阳韵	
睚	佳韵	筵	先韵	广	俭韵 586	秧	阳韵	
呀	麻韵	蜒	先韵	剡	俭韵	铁	阳韵	
丫	麻韵	妍	先韵	焰	俭韵 561	阳	阳韵	
桠	麻哿韵	研	先霰韵 326	奄	俭韵	杨	阳韵	
牙	麻韵	燕	先霰韵 449	掩	俭韵	扬	阳韵	
芽	麻韵	沿	先韵	俺	俭韵	飏	阳漾韵 233	
琊	麻韵	弇	覃韵	魇	俭叶韵 169	炀	阳漾韵 479	
岈	麻韵	渰	覃俭韵	鷖	俭韵	疡	阳韵	
鸦	麻韵	盐	盐艳韵 506	郾	愿韵	旸	阳韵	
哑	麻马陌韵 475	炎	盐韵	晏	翰谏韵 184	洋	阳韵	
雅	马韵	淹	盐陷韵 397	嗯	翰韵	徉	阳韵	
亚	祃韵	崦	盐俭韵	雁	谏韵	佯	阳韵	
娅	祃韵 571	腌醃	盐洽韵 247	贗	谏韵	羊	阳韵	
				鷃	谏韵	鞅	阳养韵 375	
				砚	霰韵			

【Y】yao /ye /yi

怏	阳养漾韵 485	鹞	萧啸韵	液	陌韵	颐	支韵	
养	养漾韵 161	肴	肴韵	叶	叶韵	疑	支韵	518
痒	养韵 558/585	爻	肴韵	晔	叶韵	彝	支韵	
仰	养漾韵 161	嵪	肴韵	烨	叶韵	椅	支韵	519
蛘	养韵	淆殽	肴韵	靥	叶韵	嶷	支职韵 282
漾	漾韵	咬齩	肴巧韵	馌	叶韵	移	支韵	
恙	漾韵		462	业	洽韵	酏	支纸韵	
样	漾韵	杳	筱韵	邺	洽韵	椸	支韵	
羕	漾韵	窈	筱韵	岇	洽韵	箷	支韵	
		窅	筱韵			黟	支韵	
yao		舀	筱韵	**yi**		锜	支纸韵 279
幺	萧韵	曜	啸韵	伊	支韵	衣	微未韵 416
夭	萧筱皓韵 457	耀燿	啸韵	医醫	支霁韵	依	微韵	520
妖	萧韵	药	觉药韵		588	沂	微韵	
尧	萧韵		589/193	祎	支韵	緊	齐韵	
遥	萧韵	钥	药韵	咿	支韵	鷖	齐韵	
姚	萧韵 530			猗	支韵	蓺	齐韵	
摇	萧啸韵 338	**ye**		漪	支韵	旖	纸韵	
谣	萧韵	耶	麻韵	噫	支卦韵	已	纸韵	
瑶	萧韵	椰	麻韵	仪	支韵	以	纸韵	
腰	萧韵	挪揶	麻韵	圯	支韵	矣	纸韵	
邀	萧韵	爷	麻韵	夷	支韵	蚁螘	纸尾韵
要	萧啸韵 335	也	马韵	宜	支韵		136
窑窰	萧韵	冶	马韵	怡	支韵	倚	纸韵	
峣	萧韵	野	马韵	饴	支韵	苡	纸韵	
轺	萧韵	曳	霁韵	迤	支纸韵 280	舣	纸韵	
珧	萧韵	夜	祃韵	姨	支韵	扆	尾韵	
傜	萧韵	谒	月韵	贻	支韵	颀	尾韵	
飖	萧韵	暍♦	月曷韵 197	宧	支韵	诒	贿置韵
猺	萧韵	噎♦	屑韵	痍	支韵		553/145
繇	萧尤宥韵	揲♦	屑韵	移	支韵 517	义	置韵	
鳐	萧韵	页	屑韵	遗	支置韵 410	议	置韵	
徭	萧韵	披	陌韵	眙	支置韵	异異	置韵 586
		腋	陌韵	贻	支置韵	谊	置韵	

意	置韵	益	陌韵	**yin**			尹	轸韵
肄	置韵	嗌	陌韵	寅	支真韵	116	引	轸震韵 148
缢	置韵	驿	陌韵	因	真韵		蚓	轸韵
懿	置韵	疫	陌韵	姻	真韵		靷	轸震韵 148
勚	置韵	译	陌韵	茵	真韵		隐	吻问韵 149
劓	置韵	奕	陌韵	氤	真韵		饮	寝沁韵 167
易	置陌韵 173	弈	陌韵	垠	真文元韵 122		印	震韵
毅	未韵	役	陌韵	狺	真文韵 122		胤	震韵
裔	霁韵	亦	陌韵	银	真韵		慭	震韵
艺	霁韵	埸	陌韵	龈	真韵		荫廕	沁韵
呓	霁韵	蜴	陌韵	龂断	真文阮韵			
羿	霁韵	怿	陌韵			434	**ying**	
翳	霁韵	峄	陌韵	堙	真韵		英	庚韵
诣	霁韵	绎	陌韵	禋	真韵		瑛	庚韵
瘗	霁韵	舣	锡韵	駰	真韵		霙	庚韵
殪	霁韵	鹢	锡韵	闉	真韵		嘤	庚韵
瞖	霁韵	鷁	锡韵	鄞	真韵		鹦	庚韵
殖	霁韵	亿	职韵	闛	真韵		婴	庚韵
瘞	霁韵	忆	职韵	訚	真韵		缨	庚韵
枻	霁韵	臆	职韵	嚚	真韵		罌	庚韵
乂	队韵	翼	职韵	裀	真韵		罂	庚韵
刈	队韵	翌	职韵	絪	真韵		樱	庚韵
一 ♦	质韵	翊	职韵	殷	文删吻韵 435		瓔	庚韵
乙	质韵	抑	职韵	慭	文		莺	庚韵
壹 ♦	质韵	薏	职韵	阴	侵韵		茔	庚韵
逸	质韵	弋	职韵	音	侵韵		萦	庚韵
佚	质韵	杙	职韵	喑	侵沁韵 500		攖	庚韵
佾	质韵	揖 ♦	缉韵	愔	侵韵		盈	庚韵
泆	质韵	熠	缉韵	吟唫	侵寝沁韵		楹	庚韵
轶	质屑韵 195	邑	缉韵			501	瀛	庚韵
溢	质韵	悒	缉韵	淫	侵韵		赢	庚韵
镒	质韵	挹	缉韵	霪	侵韵		嬴	庚韵
屹	物韵	浥	缉韵	廕	侵韵		营	庚韵
仡	物韵	裛	缉叶韵	窨	侵沁韵		莹	庚径韵 237

【Y】yong / you / yu

荥	庚韵		雝	冬韵		蝣	尤韵		鱼	鱼韵
滢	庚韵		鱅	冬韵		猷	尤韵		渔	鱼韵
迎	庚敬韵 487		嚾	冬韵		麀	尤韵		淤	鱼御韵 213
籯	庚韵		癕	冬韵		鄾	尤韵		余馀	鱼韵 578
濚	庚韵		饔	冬韵		疣	尤韵		妤	鱼韵
瀴	庚梗韵		喁	冬虞韵 113		莜	尤韵		舆	鱼韵
荧	青韵		颙	冬韵		蚰	尤韵		誉	鱼御韵 284
萤	青韵		拥	肿韵 546		輶	尤宥韵		狳	鱼韵
荣	青韵		甬	肿韵		卣	尤有韵		于於	鱼虞韵
应鹰	蒸径韵 387		俑	肿韵		蚴	尤有韵			579/118
膺	蒸韵		勇	肿韵		右	有宥韵 165		予	鱼语韵 417
鹰	蒸韵		涌	肿韵		有	有韵		与	鱼语御韵 418
蝇	蒸韵		恿	肿韵		友	有韵		敔	鱼虞语韵 214
郢	梗韵		踊	肿韵		酉	有韵		欤	鱼御韵
颍	梗韵		蛹	肿韵		莠	有韵		吁	虞韵 521
颖	梗韵		永	梗韵		牖	有韵		喻	虞韵 523
影	梗韵		用	宋韵		黝	有韵		鹢	虞韵
映	敬韵		咏	敬韵		诱	有韵		虞	虞韵
硬	敬韵		泳	敬韵		羑	有韵		纡	虞韵
滢	径韵					宥	宥韵		迂	虞韵
塍	径韵		**you**			又	宥韵		渝	虞韵
			尤	尤韵		幼	宥韵		盂	虞韵
yong			优	尤韵		佑	宥韵		臾	虞韵 522
佣	冬韵 517		忧	尤韵		侑	宥韵		俞	虞韵 521
痈	冬韵		攸	尤韵		柚	宥屋韵 189		竽	虞韵
邕	冬韵		呦	尤韵		囿	宥屋韵 190		娱	虞韵
庸	冬韵		幽	尤韵		祐	宥韵		谀	虞韵
雍	冬宋韵 261		悠	尤韵		狖	宥韵		萸	虞韵
墉	冬韵		由	尤韵		鼬	宥韵		隅	虞韵
慵	冬韵		犹	尤宥韵 494					零	虞韵 521
壅	冬肿宋韵 262		邮	尤韵		**yu**			嵎	虞韵
镛	冬韵		油	尤宥韵 495		禺	冬虞遇韵 408		愉	虞韵
廱	冬韵		游	尤韵		喁	冬虞韵 113		揄	虞韵
									腴	虞韵

逾	虞韵	御禦	语御韵	郁鬱	物韵	鸢	先韵	
愚	虞韵		587	域	职韵	悁	先韵	
榆	虞韵	豫	御韵	蜮	职韵	蜎	先铣韵	
瑜	虞韵	预	御韵	魊	职韵	橼	先韵	
觎	虞遇韵 297	饫	御韵	棫	职韵	苑	阮韵 554
瘉愈	虞麌韵 292	驭	御韵	阈	职韵	远	阮愿韵 150
邘	虞韵	瘵	御韵			愿願	愿韵
歈	虞韵	蓣	御韵	yuan		掾	霰韵 569
窬	虞韵	滪	御韵	员	文先问韵 307	瑗	霰韵
褕	虞萧韵 118	遇	遇韵	元	元韵	院	霰韵
输	虞韵	妪	遇韵	园	元韵		
髃	虞韵	谕	遇韵	沅	元阮韵	yue	
瘐	虞韵 524	寓	遇韵	垣	元韵	约◆	啸药韵 184
麌	虞麌韵	裕	遇韵	原	元韵	岳	觉韵
芋	虞遇韵 423	籲吁	遇韵	源	元韵	鹫	觉韵
颙	虞韵	奥	号韵	鼋	元韵	鸑	物韵
屿	语韵	育	屋韵	冤	元韵	月	月韵
圄	语韵	郁	屋韵 589	怨	元愿韵 220	曰◆	月韵
圉	语韵	彧	屋韵	鸳	元韵	粤	月韵
敔	语韵	昱	屋韵	袁	元韵	钺	月韵
语	语御韵 140	煜	屋韵	媛	元霰韵 219	越	月曷韵 196
伛	麌韵	毓	屋韵	援	元霰韵 310	樾	月韵
羽	麌韵	鬻	屋韵	猿猨	元韵	刖	月黠韵 197
雨	麌遇韵 141	淯	屋韵	辕	元韵	軏	月韵
禹	麌韵	玉	沃韵	湲	元删先韵 123	悦	屑韵
宇	麌韵	狱	沃韵	眢	元寒韵 123	阅	屑韵
庾	麌韵	浴	沃韵	鹓	元韵	钥籥	药韵
瑀	麌韵	欲	沃韵 589	爰	元韵	跃	药韵
俞	麌韵	鹆	沃韵	螈	元韵	龠	药韵
貐	麌韵	聿	质韵	羱	元寒韵 123	爚	药韵
傴	麌韵	鹬	质韵	圆	删韵	瀹	药韵
俁	麌韵	遹	质韵	圆	先韵	禴	药韵
燠	皓号屋韵 158	欥	质韵	缘	先霰韵 331	鸙	药韵
				渊	先韵	汋	觉药韵

篔	药韵	恽	问韵	噆	曷韵	ze	
		孕	径韵			泎	药韵
yun		熨	物韵	zang		笮◆	药韵
匀	真韵			臧	阳韵	泽◆	药陌韵 201
昀	真韵			赃贓	阳韵	择◆	陌韵
纭	真韵	【Z】		藏	阳漾韵 482	责◆	陌韵
蒬	真韵			牂	阳韵	啧◆	陌韵
赟	真韵	za		奘	阳养韵	帻◆	陌韵
云雲	文韵 579	扎紥◆	黠韵	脏髒	养韵 559	箦◆	陌韵
纭	文韵	匝◆	合韵	驵	养韵	赜◆	陌韵
芸	文韵	杂◆	合韵	脏臟	漾韵	啫	陌韵
耘	文韵			葬	漾韵	舴	陌韵
氲	文韵	zai				舴◆	陌韵
妘	文韵	葘	支韵	zao		则◆	职韵
沄	文元韵	仔	支纸韵	糟	豪韵	仄	职韵
	580/123	崽	佳韵 525	遭	豪韵	昃	职韵
煴	文韵	栽	灰队韵 429	早	皓韵	崱	职韵
郧	文韵	哉	灰韵	缫	皓韵		
箉	文韵	灾	灰韵	枣	皓韵	zei	
缊	文元问韵	宰	贿韵	蚤	皓韵	贼◆	职韵
蕴薀	元吻问韵	在	贿队韵 146	澡	皓韵		
	440	载	贿队韵 146	藻	皓韵	zen	
陨	轸韵	再	队韵	燥	皓韵	怎	寝韵
殒	轸韵			璪	皓韵	谮	沁韵
允	轸韵	zan		皂	皓韵		
狁	轸韵	攒	寒翰韵 320	造	皓号韵 157	zeng	
恽	吻韵	簪	侵韵	灶	号韵	曾	蒸韵
蕴	吻韵	鏨	覃感勘韵 245	噪譟	号韵	增	蒸韵
运	问韵	趱	旱韵	躁	号韵	憎	蒸韵
晕	问韵 567	瓒	旱韵	慥	号韵	罾	蒸韵
韵	问韵	酂	旱翰韵	趮	号韵	缯	蒸韵
鄆	问韵	昝	感韵				
酝醖	问韵	赞讚	翰韵	凿鑿◆	号药韵		
愠	问韵	暂蹔	勘韵		187	缯	蒸韵

【Z】zha /zhai /zhan /zhang /zhao /zhe /zhen

甑 蒸径韵 389	zhan	彰 阳韵	着著 语御药韵
赠 径韵	毡氈 先韵	漳 阳韵	140
	旃 先韵	璋 阳韵	
zha	邅 先铣韵	獐麞 阳韵	zhe
楂 麻韵	鹯 先韵	鄣 阳韵	折 齐屑韵 427
溠 麻韵	饘 先韵	嫜 阳韵	遮 麻韵
樝 麻韵	鱣 先韵	涨 阳漾韵 234	赭 马韵
㨨 麻韵	湛 侵覃嗛韵	障 阳漾韵 365	者 马韵
渣 麻韵	502	丈 养韵	浙淛 霁屑韵
咤吒 麻祃韵 475	占 盐艳韵 505	仗 养漾韵 162	590/180
鲊 马韵	佔 盐韵	杖 养韵	晢晣◆ 霁屑韵
痄 马韵	沾 盐艳韵 507	掌 养韵	566
栅 谏陌韵 184	霑 盐韵	帐 漾韵	蔗 祃韵
乍 祃韵	詹 盐韵	胀 漾韵	柘 祃韵
诈 祃韵	瞻 盐韵	嶂 漾韵	鹧 祃韵
札◆ 黠韵 590	粘 盐韵	瘴 漾韵	哲◆ 屑韵
轧◆ 黠韵	蘸 咸韵 541		辙◆ 屑韵
咋◆ 陌韵	盏琖 潸韵	zhao	着著 语御药韵
蚱 陌韵	栈 潸铣谏韵 153	招 萧韵	140
闸◆ 合韵	轏 潸谏韵	昭 萧筱韵 453	谪 陌韵
眨 洽韵	醆 潸韵	佋 萧筱韵 453	磔 陌韵
劄◆ 洽韵	展 铣韵	钊 萧韵	褶 缉叶韵 203
	辗 铣霰韵 155	啁 肴尤韵 126	蛰 缉韵
zhai	飐 俭韵	沼 筱韵	摺 叶韵
斋齋 佳韵	斩 嗛韵	赵 筱韵	辄 叶韵
寨 卦韵	绽 谏韵	兆 筱韵	褻 叶韵
砦 卦韵	战 霰韵	肇 筱韵	謺◆ 叶韵
债 卦韵	蘸 陷韵	旐 筱韵	
瘵 卦韵	站 陷韵	召 啸韵	zhen
窄 陌韵		诏 啸韵	真 真韵
宅◆ 陌韵	zhang	照 啸韵	珍 真韵
翟◆ 陌锡韵 202	张 阳漾韵 480	笊 效韵	甄 真先韵 122
摘◆ 陌锡韵 202	章 阳韵	罩 效韵	臻 真韵
	樟 阳韵	棹櫂 效韵	榛 真韵

蓁	真韵		筝	庚韵		觪	支置韵	
畛	真轸韵		峥	庚韵		衹只	支韵	
缜	真轸韵	434	铮	庚韵		只	纸韵	583
稹	真轸韵	218	征	庚蒸韵	582	徵	纸韵	
振	真震韵	302	钲	庚韵		纸	纸韵	
贞	庚韵		怔	庚韵		止	纸韵	
侦	庚敬韵	237	狰	庚梗韵		旨	纸韵	
桢	庚韵		正	庚敬韵	378	址	纸韵	
祯	庚韵		蒸	蒸韵		芷	纸韵	
祯	庚韵		烝	蒸径韵		沚	纸韵	
针鍼	侵盐韵		症癥	蒸韵		沘	纸韵	
	583/128		整	梗韵		咫	纸韵	
砧碪	侵韵		拯	迥韵		指	纸韵	
斟	侵韵		绩	霰韵		枳	纸韵	584
箴	侵韵		证	敬径韵	188	轵	纸韵	
轸	轸韵		政	敬韵		趾	纸韵	
胗	轸韵		郑	敬韵		豸	纸韵	
疹	轸韵		诤	敬韵	572	峙	纸韵	
诊	轸震韵	148				痔	纸韵	
袗	轸震韵	148	**zhi**			雉	纸韵	
紾	轸韵		支	支韵		畤	纸韵	
赈	轸震韵	148	枝	支韵		鹰	纸蟹韵	137
朕	轸寝韵	147	之	支韵		茝	贿韵	
纼	轸韵		芝	支韵		置寘	置韵	
枕	寝沁韵	167	卮	支韵		值	置韵	563
震	震韵		知	支韵		植◆	置职韵	173
镇	震韵		肢	支韵		埴◆	置职韵	174
阵	震韵		治	支置韵	274	至	置韵	
帧	敬韵	572	栀	支韵		志誌	置韵	586
鸩	沁韵		祗	支韵		帜	置韵	
椹	沁韵		胝	支韵		挚	置韵	
			脂	支韵		致	置韵	
zheng			榰	支韵		贽	置韵	
争	庚韵		蜘	支韵		智	置韵	

痣	置韵	
稚穉	置韵	
忮	置韵	
轾	置韵	
鸷	置韵	
踬	置韵	
缀	置韵	
直◆	职韵	
织◆	置职韵	173
滞	霁韵	
制	霁韵	587
猘	霁韵	
彘	霁韵	
疐	霁韵	
炙	祃陌韵	188
质	质韵	
侄姪◆	质屑韵	
		195
帙	质韵	
栉	质韵	
桎	质韵	
秩	质韵	
窒	质韵	
蛭	质屑韵	195
郅	质韵	
株	质韵	
铁	质韵	
铚	质韵	
鸷	质韵	
锧	质韵	
隻只◆	陌韵	
跖蹠◆	陌韵	
摭◆	陌韵	
踯◆	陌韵	

掷	陌韵	洲	尤韵	诛	虞韵	逐◆	屋韵
摘	陌韵	舟	尤韵	洙	虞韵	舳◆	屋韵
蹢	锡韵	诌	尤韵	蛛	虞韵	祝	屋韵
职◆	职韵	妯	尤锡韵 498	铢	虞韵	烛◆	沃韵
殖◆	职韵	辀	尤韵	邾	虞韵	瞩	沃韵
陟	职韵	赒	尤韵	硃	虞韵	躅◆	沃韵
汁◆	缉韵	帚	有韵	茱	虞韵	蠋	沃韵
执◆	缉韵	肘	有韵	袾	虞韵	瘃	沃韵
絷◆	缉韵	纣	有韵	渚	语韵	嘱	沃韵
		咒呪	宥韵	煮	语韵	尣◆	质韵
zhong		宙	宥韵	伫竚	语韵 584		
中	东送韵 257	骤	宥韵	纻	语韵	**zhua**	
忠	东韵	皱	宥韵	苎	语韵	抓	肴麻巧效韵
终	东韵	绉	宥韵	杼	语韵		347
盅	东韵	昼	宥韵	贮	语韵	髽	歌韵
衷	东送韵 255	籀	宥韵	著	语御药韵 140	挝	麻韵
螽	东韵	酎	宥韵	主	麌韵	髽	麻韵
种種	东肿宋韵	甃	宥韵	麈	麌韵	檛	麻韵
	136 / 577	胄	宥韵	炷	麌遇韵 143	爪	巧韵
钟锺鐘	冬韵	粥◆	屋韵	拄	麌韵		
重	冬肿宋韵 263	轴◆	屋韵	柱	麌韵	**zhuai**	
冢	肿韵	碡◆	屋韵	助	御韵	拽	霁韵
肿	肿韵	嚼	觉韵	翥	御韵		
踵	肿韵			箸	御韵	**zhuan**	
尰	肿韵	**zhu**		铸	遇韵	专	寒韵
众	送韵	诸	鱼韵	住	遇韵	专	先韵
仲	送韵	猪豬	鱼韵	註注	遇韵	砖甎	先韵
		櫫	鱼韵	驻	遇韵	颛	先韵
zhou		潴	鱼韵	蛀	遇韵	篆	旱韵
咮	虞遇宥韵	朱	虞韵	属	遇沃韵 176	撰	潸铣韵 153
鸼	肴韵	侏	虞韵	竹◆	屋韵	篆	铣韵
啁	肴尤韵 126	珠	虞韵	竺	屋韵	转	铣霰韵 154
周	尤韵	株	虞韵	筑	屋韵 589	瑑	铣韵
州	尤韵						

【Z】zhuang /zhui /zhun /zhuo /zi /zong /zou /zu

謜撰	銑霰韵	窀	真韵	襩	药韵	漬	寘韵
啭	霰韵	迍	真韵			眦	寘霁卦韵 170
馔篹	霰韵	肫	真韵	zi			
赚	陷韵	准	轸屑韵 149	仔	支韵	zong	
				孜	支韵	鬃鬷	东韵
zhuang		zhuo		兹	支韵	鬉	东韵
撞	江绛韵 209	棹櫂	效觉韵	咨	支韵	总	东董韵 404
幢	江绛韵 409	啄◆	屋韵	姿	支韵	㚇	东董韵
桩椿	江韵	卓◆	觉韵	赀	支韵	棕椶	东韵
妆粧	阳韵	倬◆	觉韵	资	支韵	宗	冬韵
庄	阳韵	捉◆	觉韵	淄	支韵	踪	冬韵
装	阳漾韵 484	涿◆	觉韵	滋	支韵	纵	冬宋韵 260
壮	漾韵	琢◆	觉韵	辎	支韵	偬	董送韵 136
状	漾韵	诼	觉韵	锱	支韵	㚇	董韵
		椓	觉韵	缁	支韵	椶椶	送韵
zhui		斫斲斮◆	觉药韵 193	髭	支韵	综	宋韵 562
追	支韵			嵫	支韵		
锥	支韵	浊◆	觉韵	粢	支韵	zou	
椎	支韵	擢◆	觉韵	觜	支纸韵	驺	虞尤韵 120
骓	支韵	濯◆	觉韵	訾	支纸韵	诹	虞尤韵 120
隹	支韵	镯◆	觉韵	秭	支纸韵	邹	尤韵
坠	寘韵	泥◆	觉韵	孳	支寘韵 282	陬	尤韵
缒	寘韵	鋜	觉韵	孖	支韵	菆	尤韵
膇	寘韵	鸑	觉韵	子	纸韵	緅	尤韵
惴	寘韵	茁	质黠屑韵 194	姊	纸韵	鲰	尤有韵
贅	霁韵			秭	纸韵	走	有宥韵 165
缀	霁屑韵 179	梲	月屑韵 198	梓	纸韵	奏	宥韵
醊	霁屑韵 179	拙	屑韵	紫	纸韵		
畷◆	霁屑韵 180	灼◆	药韵	滓	纸韵	zu	
錣	黠韵	酌◆	药韵	第	纸韵	菹	鱼韵
		着著	药语御韵 140	自	寘韵	租	虞韵
zhun				字	寘韵	阻	语韵
谆	真震韵 432	妁	药韵	恣	寘韵	俎	语韵

组	麌韵	纂	旱韵	尊	元韵	作	遇个药韵 175
祖	麌韵	篡	旱韵	樽罇	元韵	佐	个韵
驵	养韵	缵	旱韵	嶟	元韵	座	个韵
诅	御韵			鳟	阮韵	捽♦	月韵
足♦	遇沃韵 176	**zui**		撙	阮韵	昨♦	药韵
族♦	屋韵	罪皋	贿韵			柞	药陌韵 201
镞♦	屋韵	醉	寘韵	**zuo**		怍	药韵
卒♦	质月韵 194	最	泰韵	坐	哿个韵 159	笮♦	药韵
崒♦	质月韵 194	晬	队韵	左	哿个韵 159	酢	药韵
				祚	遇韵		
zuan		**zun**		胙	遇韵		
钻	寒翰韵 442	遵	真韵	咋	遇韵		

诗韵字表

（子目录）

上平声十五韵

【一东】	66
【二冬】	66
【三江】	67
【四支】	67
【五微】	68
【六鱼】	68
【七虞】	69
【八齐】	70
【九佳】	70
【十灰】	70
【十一真】	71
【十二文】	71
【十三元】	72
【十四寒】	72
【十五删】	73

下平声十五韵

【一先】	74
【二萧】	74
【三肴】	75
【四豪】	75
【五歌】	76
【六麻】	76
【七阳】	77
【八庚】	77
【九青】	78
【十蒸】	78
【十一尤】	79
【十二侵】	80
【十三覃】	80
【十四盐】	80
【十五咸】	81

上声二十九韵

【一董】	81
【二肿】	81
【三讲】	82
【四纸】	82
【五尾】	82
【六语】	83
【七麌】	83
【八荠】	84
【九蟹】	84
【十贿】	84
【十一轸】	84
【十二吻】	85
【十三阮】	85
【十四旱】	85
【十五潸】	85
【十六铣】	85
【十七筱】	86

【十八巧】	86	【八霁】	93	**入声十七韵**			
【十九皓】	86	【九泰】	93				
【二十哿】	87	【十卦】	94	【一屋】	101		
【二十一马】	87	【十一队】	94	【二沃】	101		
【二十二养】	87	【十二震】	94	【三觉】	102		
【二十三梗】	88	【十三问】	95	【四质】	102		
【二十四迥】	88	【十四愿】	95	【五物】	102		
【二十五有】	88	【十五翰】	95	【六月】	103		
【二十六寝】	89	【十六谏】	96	【七曷】	103		
【二十七感】	89	【十七霰】	96	【八黠】	104		
【二十八俭】	89	【十八啸】	96	【九屑】	104		
【二十九豏】	89	【十九效】	97	【十药】	105		
		【二十号】	97	【十一陌】	105		
去声三十韵		【二十一个】	97	【十二锡】	106		
		【二十二祃】	97	【十三职】	106		
【一送】	90	【二十三漾】	98	【十四缉】	107		
【二宋】	90	【二十四敬】	98	【十五合】	107		
【三绛】	91	【二十五径】	99	【十六叶】	107		
【四置】	91	【二十六宥】	99	【十七洽】	108		
【五未】	92	【二十七沁】	99				
【六御】	92	【二十八勘】	100				
【七遇】	92	【二十九艳】	100				
		【三十陷】	100				

【说明】

一、本字表按诗韵（平水韵）106韵部顺序排列。

二、每个韵部分为"常用字"和"不常用字"两大部分。

三、"常用字"中多音字分为四个部分，均标注"又某韵"以便检索。

㈠同平多音字（或作：同仄多音字）

㈡平仄通用多音字。

㈢平仄亦通亦异多音字。

㈣平仄不通用多音字。

四、"不常用字"仅存字备索，凡多音字仅标注"又某韵"。字头繁体、简体并存，仅少量予以标识。

五、部分字头并录繁体字或异体字，均在该字头后标注繁、简、异、通、同，以供辨识，如［虫蟲繁］、［匁忽异］、［邈貌通］、［冲沖同］。

六、入声韵部十七韵（即入声字）字头下方加"◆"标识，表示该字头新四声读音为阴平或阳平，无标识的字头新四声读音为上声或去声。

七、为简约篇幅，个别"常用字"附录于"不常用字"，反之亦然。

八、本表增录少量《佩文韵府》校勘字，在字头下方加"△"标识；增录部分《词林正韵》常用字，在字头下方加"▲"标识。

九、常用字平声三十韵中凡"古平新仄多音字"字头下方加"○"标识，如［筒箇］；常用字上声二十九韵、去声三十韵中凡"古仄新平多音字"字头下方加"●"标识，如"播"。可分别检索"古平新仄多音字""古仄新平多音字"两个章节，均有详细注释，以供辨识。

十、诗韵中出现的某些简化字形，其实并非文字改革后公布的简体字，其音、义有别，在字头下方加"■"标识，可检索"简体字头与繁体字、异体字辨识"章节子目录，以查阅详细注释。

上平声十五韵

【一东】

常用字： 东同铜桐[筒箇异]童僮瞳忠[虫蟲繁][沖同冲，衝字见冬韵]终戎崇嵩弓躬宫融雄熊穹[穷窮繁]风枫[丰豐繁]充隆公功工攻蒙濛聋[栊櫳同]珑洪红鸿[丛叢繁]翁葱[聪聰繁]骢[駿鬃某义项的异体]通蓬篷烘潼曚昽[匆怱异]螽讧瞳忡彤[棕椶异]窿朦咙昽衚盅芎侗艨绒疯崆箜嗡

(一)同平多音字《又冬、江韵：[逢某义项逢同]》《又江韵：庞悾釭》《又蒸韵：[冯馮繁]》《又宥韵：罦》

(二)平仄通用多音字《又董、送韵：懵》《又董韵：曚》《又陷韵：[泛汎异]》《又冬、董韵：憹》

(三)平仄亦通亦异多音字《又董韵：笼》《又董、送韵：空》《又绛韵：虹》《又送韵：衷碃梦中》

(四)平仄不通用多音字《又董韵：[总總繁總同]侗》《又绛韵：幢》《又送韵：[恫痌某义项同]》《又董、送韵：峒》

不常用字： 菘䒳罿狨[澧沣]癃[瀜同溁]薐[蔓同峻]猣牰[崧同嵩]芃鄤䴌樏[璁同瑽]銾[髼鬆某义项的异体]蝀犝

毦爣[融同融]戇溴薿篆艭幢犝[戚同戚某义项]穜駧[种直弓切，稚也，有僮，姓]紧䁖[䨜霯]茙駥㧒汎薹恍玑[䪥同馨]䨦悾刅[冡同蒙某义项]髽襱[廲同廱][軪同軪]稯[軪同軪]埬狨髼[壅同蓬]螉螉巄酮涃

多音字《又送韵：涷緵絧詷夎䦯》《又肿韵：莑從齈》《又蒸、送韵：曹》《又江、绛韵：泽》《又宋、宥韵：[雺某义项同霿]》《又绛韵：澋》《又径韵：[懵同懵]》《又江韵：玒䂫》

【二冬】

常用字： 冬农宗[锺鐘某义项的繁体][鐘钟某义项的繁体]龙舂[松息中切，木名，今鬆的简体，见本韵][沖衝繁]容蓉庸胸浓[踪蹤异]峰蜂锋烽[虽蛋同][笻筇同]慵恭琮侬[松鬆繁]苁凶墉镛[傭佣某义项的繁体]镕[酕醲繁]秾邛邕龚枞脓淞颙匈[兇凶某义项的异体]讻蚣揩榕彤哝

(一)同平多音字《又东、江韵：[逢某义项逢同]》《又江韵：鏦跫橦》《又虞韵：喁》

(二)平仄通用多音字《又送韵：凇》《又肿韵：[汹洶异]》《又东、董韵：憹》

(三)平仄亦通亦异多音字《又肿韵：溶茸》《又宋韵：[纵縱繁]缝从供雍》《又肿、宋韵：壅重》

(四)平仄不通用多音字《又宋韵：共封》《又绛韵：憧》《又江、绛韵：淙》《又虞韵：禺》

不常用字： 惊廯[癰痈简]饔窨忪忪

[衡衝的异体]瑢[雍雝异]噰[雝同雍，同雝][丰符风切，张三丰、丰采，某义项作豐字简体]秱鱅夆零霳攏[踪同桩某义项]驄[驄同鬷]劕轏穜蹱[邅遃]戳[鰫鮡同]犎碐颽灉禮蝩棒毦郲梁邦箞[鼞冬某义项的繁体]裕瞢臃

多音字〖又宋韵：葑〗〖又肿韵：恟[蛬同蛩]〗〖又江、宋、绛韵：憃〗

【三江】

常用字：江杠矼扛窗邦缸[双雙繁]腔[椿桩某义项的繁体]豇梆

㈠同平多音字〖又东韵：庞怔釭〗〖又冬韵：橦澄摐〗〖又东、冬韵：[逄同逢某义项]〗

㈡平仄通用多音字〖又绛韵：撞〗

㈢平仄不通用多音字〖又绛韵：降幢〗〖又冬、绛韵：淙〗

不常用字：厖龙哤駹摐泷鬃㦗茫妌胮腔崆谸瑽漎戆[蛖某义项同蚌]埅㺜篗蹖㨁栙

多音字〖又冬、宋、绛韵：憃〗〖又东、绛韵：泽〗〖又东韵：玒[缸同玒]〗

【四支】

常用字：支枝移垂碑[奇又本韵]宜仪皮知驰池规危夷师姿眉悲之芝时诗[棋棊异]旗[辞辤繁辭异]词期祠基疑姬丝葵[医醫繁]帷滋持[随隨繁][痴癡异]维卮巵异麋螭麾埵[弥彌繁]慈肌脂雌披[尸式之切，陈也、主也、利也、通屍，今屍字简体，见本韵][狸貍异]炊湄[篱籬繁][兹又本韵]疲茨卑[亐虧繁]蕤陲曦歧岐谁斯私窥[皷皼同]熙欸疵赀笞羁[燊彝同]髭颐资縻[衰又本韵]锥姨楣夔[祇某义项为"只"的繁体;某义项通祇]伊蓍追缁箕椎[羆羆繁]篪[蓙厘某义项的异体]匙脾[尸屍异]怡漪[牺犧繁]饴而縻祁绥迻咿羲嬴肢狮嘶[毗𣬉同]咨萁[漓灕繁]骓辎鳍淇蜊淄筛厮痍斄貔贻祺嬉瓷[鹚鷀异]琦嵋熹孜蚩罹魑絘丕琪耆惟猗潍犛[祇某义项通祇]魮禧[栀梔异]锤[又灰韵锤、置韵锤、槌]畸椅磁镃[虽雖繁]鲥麒蜞摛崎嶷緦逶踟圮袆蜘缡芪螭呢琵桸孖[伎伎]唯

㈠同平多音字〖又微韵：[饥饑繁飢繁][𬳼駓繁]〗〖又鱼韵：居〗〖又齐韵：[儿兒繁]骊鹂镭桦𧕃提[璃瓈异]齌[赍齎异]梨犁〗〖又佳、麻韵：差涯〗〖又灰韵：推〗〖又真韵：寅〗〖又文韵：蕲〗〖又寒韵：萑〗〖又豪韵：麾〗〖又歌韵：倭嵯剺〗〖又麻韵：蛇〗〖又尤韵：[龟龜繁]馗〗

㈡平仄通用多音字〖又置韵：萎〗〖又纸、荠韵：[弥彌繁]〗〖又纸、置韵：掎屹〗〖又纸韵：嬉〗

㈢平仄亦通亦异多音字〖又置韵：为吹思施[其又本韵]司治[睢又本韵]骑[累纍繁]挐〗〖又纸韵：锜[迤迆同]〗〖又荠韵：荠〗〖又霁韵：离

離繁][丽麗繁]》《又职韵：嶷》《又纸、置韵：比》

(四) 平仄不通用多音字《又置韵：陂迟遗[戏戲繁]帔》《又哿韵：隋堕》《又霁韵：剂》《又质韵：尼》《又纸韵：氏委埘》《又齐、荠韵：蠡》《又纸、荠韵：砥》

不常用字：罳澌妳飔縈鸥巇絺骐驎粊茴襺邳胝綏柸陴㢆藜娭[菁期某义项的异体]榱娭鼚[辀輈同]䐌肜嫠儇[艤鶼同]葹搞铍罗洏痕洟驍髫呢訑呢駏[台与之切，我也，今臺字简体]褳[褳同褳]虒䒵椸儌絁[羇同羈]伾偲吚䤯[同醿]魗魶峞[糍餈异]鬐蚳雔残䏶樢跜䤲秱峓郇脆䨣櫰[离丑知切，同螭，猛兽，今離字简体]諔賏孋勞佳簂簃䧹摡郫鬵[嘻譆异]鄌橸鍉鴯軝峜裾篁晭犠郭齝蜍嗚[麋同麋某义项]蛦娸樆榯羆麾䕻旎狓藋錤䃈鉺趍鶒鳽鸁桐鑆䨢[甤同㽔]皻秜粏逛怑泜[茬同苔某义项]葅[濔同资，水名]跮㥄黟稦瓾悷陳峨俙郲汍翍[臺同釜]蕠䠁瓵[覶同]伺某义项]瑈汦儀䪻㪗悡㰦儀㭿劙穲龉赶[穼同宩]䝿[籭同箷]㭂[剓同劙]棓篌徛桵榴[玂同螭]龓諅綦䙅

多音字《又纸韵：巸刟眥壇葐釃纚渒裾酏玭妗唯㠖䎹䆂[櫄同樏][筀榬的异体]仔襯䫡芘梔坤虋梩俾》《又置韵：詖敎[鍦同铊某义项][髀骳同]䠴歧欐觧䏾伭眙媷》《又卦韵：㜩》《又

纸、置韵：㡰》《又齐、置韵：漸》《又灰、贿韵：隗》《又贿韵：瘣》《又锡韵：[鄌酈平读zhī、lí，仄声lì，姓]》《又纸、荠韵：[坻某义项同坁]》《又齐韵：禔錍鑢楟》《又灰韵：蓷》

【五微】

常用字：微薇晖[辉輝异]徽挥翚[韦韋繁]围帏闱违霏妃绯飞非扉肥威祈[旗旂异]畿[机機繁]讥矶玑稀希晞依沂巍[归歸繁]袆湋葳[叽嘰繁]顽圻睎裶

(一) 同平多音字《又支韵：[饑饥的繁体字][騩騩繁]》

(二) 平仄通用多音字《又未韵：欷》《又尾、未韵：俳》

(三) 平仄亦通亦异多音字《又尾韵：菲》《又尾、置韵：[几幾繁]》

(四) 平仄不通用多音字《又未韵：衣》《又尾韵：斐》《又贿、未韵：㵇》

不常用字：骓腓韔溦[微徵某义项的异体]樺𦸶駪𩨖䗃肵鐖刏機鶀譩㵦犚酣裴

多音字《又纸韵：碕》《又尾韵：狶》《又未韵：幾》

【六鱼】

常用字：鱼渔初[书書繁]舒裾渠蕖[余以诸切，我也，今餘字简体，见本韵]與[余餘繁]胥[锄耡异]蔬梳虚徐[猪豬繁]闾庐[驴驢繁]诸储墟琚樗摅䖳袪祛蛛挐桐胪好雎蘧赸璩㴔歟[据九

鱼切，拮据，今据字简体，见御韵］［涂音chú。古水名，滁河。通"除"，涂月。今塗字简体］

(一) 同平多音字〖又支韵：居〗〖又虞韵：[于於繁]屠〗〖又麻韵：车畲〗

(二) 平仄通用多音字〖又御韵：嘘淤〗〖又虞、语韵：龉〗〖又语韵：纾〗

(三) 平仄亦通亦异多音字〖又御韵：誉狙[慮虑某义项的繁体]如疏〗〖又语韵：咀〗〖又语、御韵：茹沮〗

(四) 平仄不通用多音字〖又御韵：除〗〖又语、御韵：与〗〖又麻、语韵：衙〗〖又马韵：且〗〖又药韵：踞〗〖又语韵：予〗

不常用字：菹旟玙猞砠［潴同潴］陆帤篨胠鶌鸖袽橻駕蝽筡磹蒢練礛瑹蠕壚嗏驢璖摴雓篨［寙同居］鷔楈魖鋙駼懙蒢藘㺄［藷薯的异体字］

多音字〖又御韵：洳胠呿椐欤〗〖又语韵：䊷谞湑疽〗〖又语、御韵：鐻葅〗〖又御、药韵：醵〗〖又麻、语韵：苴〗〖又马韵：疋"匹"某义项的异体。同"雅"某义项〗〖又麻韵：挐〗〖又虞韵：鶨同鶬〗

【七虞】

常用字：虞愚娱隅［刍芻繁］无芜巫［于羽俱切，单于，今於字简体，古通用，见鱼、虞韵］盂臒衢儒濡襦［须相俞切，所欲也，通鬚，今鬚字简体，见本韵］［鬚须某义项的繁体］株诛蛛殊铢瑜谀愉腴躯朱珠趋［扶又本韵］符凫雏敷［夫又本韵］［肤膚繁］纡枢[厨廚异]俱驹模谟蒲胡湖瑚乎[壶壺繁]狐弧孤辜姑[菇某义项同菇]徒途荼图奴[呼又遇韵谭]梧吴租卢鲈[炉鑪异][芦蘆繁][苏蘇繁]酥乌枯[粗麤异]都嵎诬竽吁盱劬需俞逾揄萸臾渝岖苻孚俘[趺又遇韵跗]迂姝[蹰躕异]拘摹醐糊鹁沽呱蛄驽逋舻垆徂[孥通奴][泸瀘繁]晡嚅蚨毋芙觚颅轳洙麸媭[喻又遇韵谕]鸤侏葫稣[懦又铣、个韵懊、翰韵便]媒袾硃荣[瘐痩]匍殂酴猢骷蜈鸪呜

(一) 同平多音字〖又冬韵：喁〗〖又鱼韵：[於同于]屠〗〖又萧韵：褕〗〖又肴、尤韵：枹〗〖又豪、尤韵：裯〗〖又麻韵：吾笯閣［涂塗繁］〗〖又尤韵：[区區繁]娄诹桴驺呕〗

(二) 平仄通用多音字〖又鱼、语韵：龉〗〖又遇韵：酺〗〖又尤、虞韵：蒌〗

(三) 平仄亦通亦异多音字〖又虞、遇韵：酤〗〖又尤、遇、宥韵：[句勾]〗〖又虞韵：瘐〗〖又遇韵：瞿驱瓠觎菟孺镂〗〖又麻、遇韵：[污汙异]〗〖又药韵：膜〗

(四) 平仄不通用多音字〖又宥韵：镂〗〖又虞韵：拊庑〗〖又遇韵：输铺芋〗〖又有韵：母〗〖又遇、药韵：恶〗〖又冬、遇韵：禺〗

不常用字：觚朐絇䌷繻貙殳窬歔荸郚铁[氁同瓻]捕[餬糊某义项的异体]鹕駼憮鹕橆玙踽鷡姁玞昫軥罛瘏㟺㾕杅邘訏橚玈舒吁戭邾黐蝓[閭同雩某义

项][秗某义项同麸][汭同枘]隃箵筎樟[虖呼某义项的异体。某义项同乎]菹刏髑躍隃[校同殳]斾[斯同斨]瓐赽鼛瓾甈瑜繏鮷欋瑀蜗鍋獂趼渼萭憨傿鮃鴼漢禂罴忾翎[廲同廛]瓵悇瓿艅颰穊嫋秩猛陓鐇[柷同瓯][盇同涂某义项]瑛籚疴瘷朽誧悙鮯崶[鸆同鹚]欨

多音字〖又虞韵:䅵膴舅醹怃稌麌枡梀〗〖又遇韵:舖姁[䑃同䑞]〗〖又有韵:溇瓴〗〖又养韵:帤〗〖又遇、宥韵:唻〗〖又虞、有韵:枸〗〖又尤韵:倭舳腧[捄某义项救的异体]膢罦〗〖又豪韵:臑〗〖又麻韵:鋙苓〗〖又鱼韵:[鯠同鶎]〗

【八齐】

常用字:脐黎藜萋[凄淒某义项的异体]悽[陧堤某义项的异体]低[蹄蹏异][啼嗁异]篦[鸡鷄异]笄兮奚嵇蹊傒豯溪某义项的异体,又本韵]倪醯西[栖棲某义项的异体]犀嘶撕梯罄跻[齑齏繁]迷圭闺睽奎[携擕异]睢乩魘砒

(一)同平多音字〖又支韵:[儿兒繁]骊鹂[镳鑣繁]椑螷提[璃瓈异]鼇[赍齎异][犁犂异][梨棃异]〗

(二)平仄通用多音字〖又屑、锡韵:[蜺霓某义项的异体]〗〖又荠韵:傒〗

(三)平仄亦通亦异多音字〖又屑韵:批〗〖又荠韵:诋〗〖又霁韵:缔〗〖又荠、霁韵:挤〗

(四)平仄不通用多音字〖又霁韵:齐妻题

〖又荠、霁韵:泥〗〖又荠韵:[稽䅦同]〗〖又屑韵:折〗〖又支、荠韵:蠡〗

不常用字:蛴羝鞮䃅秭荑餟霓锑螗绨騠媞鮨鹈鸍罥鎎[陞《词林正韵》录作狴]娞骙䜋鹭磬[竖同壇]黳齯猊鲵輗脆甀齏[麎某义项同麑]袿窐邦刲珪[蔾藜的异体]縭睨幰卟繄祲榽[鳨鸍同]刲[睩同睽]䐗酁䨘轊[笓某义项同箄]栖

多音字〖又支韵:鍉錍觿桭〗〖又荠韵:媞缇氐醍〗〖又纸韵:䮭巂〗〖又支、霁韵:惿〗〖又先韵:枅〗

【九佳】

常用字:佳街鞋牌钗[阶階繁]偕谐骸排乖怀淮豺侪埋霾[斋齋繁]皆喈揩湝俳崖睚捱[崽崺]

(一)同平多音字〖又支、麻韵:差涯〗〖又灰韵:槐〗〖又麻韵:娲蜗娃哇蛙〗

(二)平仄不通用多音字〖又寘韵:柴〗〖又蟹韵:楷[挨捱同]〗

不常用字:厓[齌同秸某义项]膎飙痎櫰鍇偕[篺同箄某义项][蠯同薜]闉䍮喗裏[篺同篊][菙作瓜]

多音字〖又马韵:鲑〗〖又麻韵:騧敳〗〖又歌、麻韵:緺〗〖又灰韵:荄〗

【十灰】

常用字:灰恢魁隈徊枚梅媒煤瑰雷催摧堆陪杯醅开哀埃[臺台某义项的繁体]苔该[才墙来切,文才也,通作材,今纔字简

体，见本韵]材财来莱哉[灾災异]猜胎[腮顋异]孩洄莓崔裁[坏壞同坏某义项，与卦韵壞异]垓陔皑诙煨[鎚支韵锤、椎；寘韵锤、槌][胚肧异][纔才某义项的繁体]苢酶偯[抬擡同][獃呆某义项的异体]咳赅盔颏俳玫

(一) 同平多音字〖又支韵：推〗〖又佳韵：槐〗〖又蒸韵：[能奴来切]〗

(二) 平仄通用多音字〖又贿韵：颏〗

(三) 平仄亦通亦异多音字〖又队韵：裁〗〖又贿韵：嵬〗〖又纸韵：傀〗

(四) 平仄不通用多音字〖又队韵：回栽徕〗〖又有韵：培〗〖又贿韵：骀儓〗〖又纸韵：桅〗〖又肴、尤、有韵：掊〗

不常用字：嵦隤[台土来切，三台星，今臺字简体]㾯䝞襟缞騋憝毸鍀終峽㧺緦㾿頦䲙[㑆同㕅]邰䊀[㾦某义项同胚]烸儓薹㑢佽峐秾鰓[㨿挪某义项的异体]哈磑鮠

多音字〖又尾韵：㐜〗〖又纸韵：悝[㗐《诗韵合璧》录作咳]〗〖又队韵：脢〗〖又贿韵：敱灌棍〗〖又支、贿韵：隗〗〖又佳韵：荄〗〖又支韵：摧〗〖又元韵：燂〗

【十一真】

常用字：真因茵辛新薪晨辰臣人仁神申伸绅身[宾賓繁]滨[邻鄰繁]鳞麟珍瞋[尘塵繁]陈春津秦频颦颦银筠巾民珉缗贫莼淳醇[唇脣异]伦轮沦匀旬巡驯钧均臻榛姻宸嫔旻彬鹑皴遵循岷椿询恂峋莘埂呻鄰辚璘濒闽

洵溱[燐磷某义项的异体]槟荀纫斌氤嗔缤槟[份价，音bīn同彬]绲裀肫赟蕁

(一) 同平多音字〖又支韵：蕲〗〖又文韵：猎〗〖又文、元韵：垠〗〖又元韵：屯抡〗〖又删韵：纶〗〖又先韵：甄竣〗

(二) 平仄通用多音字〖又震韵：娠傧〗〖又轸韵：嶙穑菌〗

(三) 平仄亦通亦异多音字〖又震韵：振磷〗〖又轸韵：泯〗〖又先、震、霰韵：[填陟邻切]〗

(四) 平仄不通用多音字〖又震韵：谆亲〗〖又元、先、轸韵：纯〗〖又轸韵：缜〗〖又文、阮韵：[㜷同䰭]〗

不常用字：[㖧同嚬]闉禋湮駰䌐罠筼㘥逡踆昀㐛[旼某义项同旻]桭郇迍紃蓁輴礥帪踬箘諲麐柛蓁齑鷷珣䯐窀[樠同椿][僎同撰某义项]鬯裇牲㴐豩䐜絍甄

多音字〖又震韵：骥伈珢堙媵㛪〗〖又贿韵：鐏〗〖又轸韵：困菌畛〗〖又文韵：闉䌐[襈同衿某义项，矛柄]鄞䴢㲓〗〖又铣韵：姺〗〖又先韵：欽蜑〗〖又霰韵：昀〗〖又元韵：鵻䡞〗

【十二文】

常用字：文纹[蚊䗽异][云雲繁]氛纷芬焚[群羣异]裙君军勤筋[勋勳异]薰曛醺荤耘[云于分切，人云亦云，今雲字简体，见本韵]芸汾粉氲欣芹昕炘纭雯贲訢

(一) 同平多音字〖又支韵：蕲〗〖又真韵：猎〗〖又真、元韵：垠〗〖又元韵：沄〗

㈡ 平仄亦通亦异多音字〖又问韵：分斤〗
〖又先、问韵：员〗
㈢ 平仄不通用多音字〖又元、霰韵：贲〗
〖又删、吻韵：殷〗〖又问韵：闻熏靰
汶〗〖又吻韵：[坟墳繁]〗〖又真、
阮韵：辊〗

不常用字：纁梦溃[雾某义项氛的异体]
翁熅幡蕡焄邷貒妘薽礥[盼同颁]馈
鶱膹獯岎葐[磤某义项同殷。雷声]愍
殷某义项的异体]瀃憗[憼勤某义项的异体]
懂廑瘫[閺同阒]耹莙衯[鵝同鸢]涃澐
樠鲂衯鞼蚠

多音字〖又吻韵：堇〗〖又皓韵：媪〗〖又
元、问韵：缊〗〖又真、轸某义项：闉緷[穜同
秎某义项]鄞麋鹼〗〖又未韵：麜〗

【十三元】

常用字：元原源[黿鼋同][園园某义项
的繁体][猨猿异]辕垣烦蕃樊翻幡喧萱
喧冤言轩藩魂浑温孙门尊[罇樽某义
项的异体]存蹲墩燉豚村盆坤昏婚痕根
恩吞[矾礬繁]幡墦啍埻鹭鸳掀[昆古
浑切，后昆，今崑字简体，见本韵]鲲扪[飧
飱异][崙仑某义项的异体]磨跟袁[崑
昆某义项的异体]燉炖同]饨臀溢馄瘟
狲壎

㈠ 同平多音字〖又真韵：屯[扽掄繁]〗
〖又真、文韵：垠〗〖又文韵：沄〗〖又
寒韵：繁洹獂智〗〖又删、先韵：湲〗
〖又先韵：犍〗〖又歌韵：番〗

㈡ 平仄通用多音字〖又愿韵：喷怨〗〖又
霰韵：媛〗
㈢ 平仄亦通亦异多音字〖又愿韵：论奔〗
〖又阮韵：蜿谖反〗〖又霰韵：援〗
㈣ 平仄不通用多音字〖又阮韵：宛阮沌〗
〖又寒、队、愿韵：敦〗〖又文、置韵：
贲〗〖又真、先、轸韵：纯〗〖又吻、
问韵：[蕴蘊]〗〖又阮、愿韵：圈〗

不常用字：裈阍骦嫄膰蹯燔爰蘋繁
[祥某义项同襌][繙翻某义项的异体]鞶璠
琨鹍荪[愇同惇]苉髡[恲同潘][潘
同潘某义项，淘米水]輐[管同言某义项，大
箫]擈榵犍蹇蓀敦犉辊榅唔㹫[縕某
义项同袞]杬芫蚖榞邧[龘同鐇]鳘筡暖旰
袑鹓鼲琨韗璊蘥嶟綧蟫楷报

多音字〖又阮韵：烜庵沇囦〗〖又愿韵：
[潬某义项同浑]〗〖又尾韵：[罋某
义项同疊，罪过]〗〖又铣韵：鞬〗〖又霰、
铣韵：䡇〗〖又文、问韵：缊〗〖又灰韵：
焞〗〖又真、鹍侖〗〖又删韵：轩〗
〖又寒韵：楥狟〗

【十四寒】

常用字：寒韩丹殚安鞍餐[坛壇繁。与
覃韵壜异]檀残[干非乾字简体]肝竿阑
[栏欄繁][兰蘭繁]刊丸桓纨端湍酸
团[抟摶繁]官 [鸾鸞繁]銮栾峦欢宽
[盘盤繁]蟠郸姗珊玕[奸与删韵姦别]
剜棺磐瘢瞒潘跚箪拦完磻掸偘馒鳗
忏深鼾[杆杅]襕槃蹣颟峃

㈠ 同平多音字〖又支韵：萑〗〖又元韵：繁

洹潩窅》〖又删韵:般》〖又先韵:[干
乾繁]》

(二) 平仄通用多音字〖又翰韵:看[叹欺
异]谰》〖又翰、谏韵:谩》

(三) 平仄亦通亦异多音字〖又翰韵:翰澜漫
观攒[难難繁]冠[干榦异]》〖又愿
韵:曼》〖又问、霰韵:㧌同拚]》〖又
霰韵:弁》

(四) 平仄不通用多音字〖又翰韵:[钻鑚某义
项的繁体]滩弹汗摊胖》〖又先、铣韵:
单》〖又清韵:莞》〖又元、队、愿韵:
敦》〖又旱韵:[拌俗作拚,同㧌]》

不常用字: 刊溥愽[驩某义项欢的异体]
[讙某义项欢的异体]謦镘髯嘽[劓同劕,
同制][㡊同襕]璊岏[貛獾的异体]髋
[萑同雈]巑汍芄綄[攒同欑某义项。积
聚]穳痐禪籣屻貒猯洤虉濦

多音字〖又翰韵:顸》〖又删、翰韵:豻》
〖又哿、个韵:癉》〖又清韵:皖》〖又
先韵:驙》〖又元韵:樠貆》

【十五删】

常用字: 删关[瘝瘝同][弯彎繁]湾
环鬟寰班斑颁蛮颜[姦奸某义项的异体]
菅攀顽山鳏[艰艱繁][闲防也、习也,
通作閒,今作閒的简体字][閒闲的异体,又本
韵作间]娴悭扳癎

(一) 同平多音字〖又真韵:纶》〖又元、先韵:
湲》〖又寒韵:般》〖又先韵:[还還繁]
孱潺》

(二) 平仄通用多音字〖又潸韵:潸》〖又谏
韵:讪患》

(三) 平仄亦通亦异多音字〖又翰韵:斓》〖又
谏韵:间》

(四) 平仄不通用多音字〖又文、吻韵:殷》

不常用字: 阛[镮同环]锾[圜某义项同
圆]蒝鹇嫆啳[鷳同鷳。不同鸢][睍同瞷
某义项]髫獮鬌㘎鼳渂嫚魟賨

多音字〖又潸韵:眅悃》〖又谏韵:擐轘
疝》〖又寒、翰韵:豻》〖又元韵:軒》
〖又先韵:跧》

下平声十五韵

【一先】

常用字：前千阡笺天坚肩贤［絃弦某义项的异体］［煙烟某义项的异体］莲［怜憐繁］田年颠巅妍眠渊涓蠲［边邊繁］编玄泉［迁遷繁］仙然筵［毡氈繁］［氊膻某义项的异体］蝉连联涟篇偏［绵緜异］全宣［镌鐫同］川鸢铅捐娟船鞭铨筌专［砖甎异］圆虔愆骞［权權繁］拳椽焉跹芊舷鹃翩沿诠痊佺荃遄颧鬈挛仟湔滇蜓婵颠嫣［籼粞的异体］棉鲢蹁癫悬［链鍊］拴

(一) 同平多音字〖又真韵：甄竣〗〖又元韵：犍〗〖又元、删韵：湲〗〖又寒韵：乾〗〖又删韵：還是宣切,通旋〗潺孱〗〖又庚韵：平〗〖又青韵：零骿〗

(二) 平仄通用多音字〖又霰韵：钿佃缠煽〗〖又铣、霰韵：狷〗

(三) 平仄亦通亦异多音字〖又霰、屑韵：［咽嚥异］〗〖又霰韵：［牵牵繁］研便穿旋溅阗缘传〗〖又真、震、霰韵：［填徒年切〗］〗〖又文、问韵：员〗

(四) 平仄不通用多音字〖又霰韵：先燕县煎禅扇延涎〗〖又铣韵：鲜钱扁跣卷〗〖又寒、铣韵：单〗〖又真、元、轸韵：

纯〗

不常用字：[輤同輤]邅旃鱣廛躔綖挻儃挺梴鋋嗎楊牷腃儇翾瑼悁痯瀍鯿悛篅帣戔豜开[轏千某义项的繁体。秋千]袆嫣痃畋磌蹎騝肨[虈同虇]亶梗琁蠉懁騗瞑撊螓[璿璇的异体]筳簨寒鄢襈硙[衍衍]鷏瘨某义项同癫]岍繯餅䚕秵麚廷鄽澶[佺某义项同仙]譞駩絟駏籛蟬汨靬楄焆蠡錎鶰揎堧璇滠蹮鬈橼鰋

多音字〖又铣韵：蜎骞鍵煇亶〗〖又霰韵：汧[淀后作漩][弮弩弓]莛涎犴〗〖又阮韵：鄢〗〖又铣、霰韵：譞鬋〗〖又齐韵：枅〗〖又真韵：歅蠕〗〖又寒韵：驙〗〖又删韵：跧〗〖又庚韵：嬛〗

【二萧】

常用字：萧箫貂刁凋[彫某义项作雕的异体]雕迢[条條繁]髫苕枭浇聊辽寥撩寮尧幺宵消霄绡销超[朝又本韵]潮樵谯骄焦蕉椒遥[傜徭同]姚谣瑶韶招飙瓢苗描[猫貓异]腰邀乔桥侨妖飘翘桃潇骁硝魈[毳毳繁、同鼂]窑窰异]钊[膘臕异]荞迢憔[鍫锹的异体]鲷跷猋[嫖嫖异]螵

(一) 同平多音字〖又虞韵：褕〗〖又豪韵：嚣陶〗〖又尤韵：濂〗〖又尤、咸韵：髟〗

(二) 平仄通用多音字〖又筱韵：娇〗〖又霁、屑韵：橇〗〖又啸韵：烧饶〗

(三) 平仄亦通亦异多音字〖又筱韵：僚标佻佻僚〗〖又啸韵：哨嘹摇峤轿要跳料〗〖又筱、啸韵：燎〗〖又豪、筱韵：挑〗

(四) 平仄不通用多音字〖又筱韵：昭仯瞭矫〗〖又筱、啸韵：娆〗〖又啸韵：剽漂劭徼镳〗〖又尤、啸韵：调〗〖又筱、皓韵：夭〗〖又屋韵：翛〗〖又啸、宥韵：廖〗〖又皓韵：潦〖獠獠同〗〗〖又效、皓韵：桡〗

不常用字：蜩[峣同峞]荛鞘[镳某义项同镖，投掷暗器]鸮恌誉飂哓[蘸同薡]枵猇穛膲飙鲯佻僄僄[穮同穮]儦喓岹趫舩[鰷鰠]憥篸饶痟歊譙鷮鷍珧猺潐蟜彯[莜荞某义项的异体][彌亦作彌]觖肇憿敹遼[垚同尧]摽怊馨[熛同熿]珧谣佋瞟缏紗[嵺峭]翱

多音字〖又啸韵：鹩葽銚鹞僄〗〖又尤、啸韵：噍，亦作狖〗〖又肴、筱韵：[麃同麃，亦作狍]〗〖又尤、宥韵：繇飈〗〖又筱、啸韵：摽嫽〗〖又药韵：杓燋〗〖又皓韵：橑〗〖又屋、沃、药韵：熇〗〖又尤、蓊怊裱〗〖又筱韵：篻〗〖又肴韵：蛸〗

【三肴】

常用字：肴巢交郊茅嘲包爻苞梢蛟庖匏坳胞抛鲛崤铙骹哮㧌茭[淆同殽]跑咆[犛牦某义项的异体]唠硗凹蝥䏚

(一) 同平多音字〖又东韵：罦〗〖又虞、尤韵：枹〗〖又尤韵：啁摎〗

(二) 平仄通用多音字〖又效韵：敲〗

(三) 平仄亦通亦异多音字〖又效韵：[胶膠繁]教钞泡〗〖又麻、巧、效韵：抓〗

(四) 平仄不通用多音字〖又啸韵：鞘〗〖又巧韵：佼姣咬〗〖又效韵：炮[铇刨某义项的异体]〗〖又筱韵：[剿勦的异体]〗〖又灰、尤、有韵：抔〗

不常用字：髇[筲箾为异体]吺譊虓猇烋硇恔猇境謷翼潲詨顐簥謜輘髐鴞[樔某义项同巢]嘹硇飑撽鄛脬䈻洨庨菁芃侑[冂同包]䬂挬䫊[罾同罩]嶚巢鞄[貗同媌]聯洨鏊梢僛婋颵

多音字〖又巧韵：媌笅〗〖又筱韵：籹〗〖又皓、药韵：鄗〗〖又效、宥韵：窌某义项同窖，地窖〗〖又萧、筱韵：麃〗〖又效、药韵：犞〗〖又觉韵：骲〗〖又豪韵：謷〗〖又萧、筱韵：蛸〗〖又尤韵：鹛〗

【四豪】

常用字：豪毫[條绦的异体]髦刀萄猱[褒襃异]桃糟袍蒿涛[臯皋某义项的异体]螯翱[鼇某义项作鳌的异体]敖曹遭[糕餻异]篙羔高嘈搔毛艘滔骚牢醪逃槽濠叨饕獒熬臊淘尻捞嗥[鑣同麃]壕遨掏痨

(一) 同平多音字〖又支韵：[氂牦某义项的异体]〗〖又虞、尤韵：襴〗〖又萧韵：嚻陶〗〖又尤韵：绸〗

(二) 平仄亦通亦异多音字〖又号韵：号骜漕〗〖又巧韵：挠〗〖又萧、筱韵：挑〗

(三) 平仄不通用多音字〖又皓、号韵：涝〗〖又有韵：咎〗〖又号韵：操膏劳旄

韬泰】〖又皓韵：繰】

不常用字：鼛髐绚筹艚魛洮愺慆醩颴璈舠螬切樔梼猱匋发螃薯佻橰鞠[聱同嗷]蜟嶒薅橐楸耗謟䑩騧麤敖猱嵤滒[蠔蚝某义项的异体]鼟同螯】

多音字〖又号韵：芼翿】〖又侵、感韵：慘】〖又皓韵：栲】〖又虞韵：臑】〖又肴韵：警】

【五歌】

常用字：歌多[罗羅繁]河戈阿波科柯陀娥峨鹅萝何螺禾窠哥驼[佗又本韵]鼍苛诃珂[疴痾异]莎蓑梭婆魔讹[骡驘异][靴鞾异]坡[挲抄异]酡莪俄[哦吟也]皤涡窝伽跎搓蜾[挼挪某义项的异体]箩锅啰埚矬锣杪他楞鄾唆痤瘥

(一) **同平多音字**〖又支韵：倭嵯劘】〖又元韵：番】〖又麻韵：茄迦柳】

(二) **平仄通用多音字**〖又个韵：磋】〖又哿韵：[拕拖的异体字]】

(三) **平仄亦通亦异多音字**〖又个韵：过蹉】〖又哿韵：[么麼繁]颇峨偨沱】〖又哿、个韵：轲逻】〖又马、个韵：髁】

(四) **平仄不通用多音字**〖又个韵：和磨驮摩铧】〖又哿韵：荷娑[婀婳异]垛】〖又愿韵：[獻献繁]】〖又哿、个韵：那】

不常用字：詑鮀迱䢔痾傞瑳訑[磋某义项磻]莐騲醝囮齞嶓駊娥灑絅[輷同䡮]【濄同涡】跢麼䯉驼嗢坷荞

多音字〖又哿韵：瑳硪】〖又卦韵：瘥】〖又个韵：挼呵】〖又佳、麻韵：緺】〖又麻韵：髾】

【六麻】

常用字：麻花霞家[茶檚同]华沙牙瓜斜邪芽嘉瑕纱鸦遮叉葩奢楂琶赊[夸誇繁]巴加耶嗟遐笳蟆[䓈哗某义项的异体][虾蝦繁][拿拏异]葭挓呀爬爷芭鲨[窪洼某义项的繁体]洼丫[夸苦瓜切，kuā，奢也，通婍、通跨，又姓、夸父。今作詑字的简体字]袈椰[揶挪同]疤砂渣查袈

(一) **同平多音字**〖又支韵：蛇】〖又支、佳韵：差涯】〖又鱼韵：车畬】〖又虞韵：吾敠阇[塗涂某义项的繁体]】〖又佳韵：娲蜗娃哇蛙】〖又歌韵：茄迦枷】

(二) **平仄通用多音字**〖又祃韵：桦】〖又马韵：瘕】〖又哿韵：爹】〖又霁、个韵：些】

(三) **平仄亦通亦异多音字**〖又虞、遇韵：[污汙异]】〖又遇、祃韵：胯】〖又肴、巧、效韵：抓】

(四) **平仄不通用多音字**〖又祃韵：杷咤杈】〖又马、陌韵：哑】〖又鱼、语韵：衙】〖又马韵：笆】〖又陌韵：划】

不常用字：貑髽橵罝宨犻珈騢衺[枒丫某义项的异体][鈢某义项同鄁]骅椵蠯艖駕薱䎬鉈舥迦[樝同楂某义项，山楂]畬痂姶蚆溠[裦衺某义项的异体]碬麚葌節斜荂黁砢齖煆㕥㑡㒻㟱[珈同

下平声十五韵　诗韵字表　77

琊][齇同齟]颰齟煆鍜廬[瘥同瘥]嗟
鎈瑳剐摩廬鵝毟穱敨菹洂罃瘵顝窼
耖觚㞢錏砟袓鄐佘[钯某义项同耙]梁
咩

多音字〖〖又遇韵：秅〗〖又鱼、语韵：苴〗
〖又纸、哿、马、置韵：哆〗〖又祸韵：
侘〗〖又哿韵：[丫桠异]〗〖又药韵：
娖〗〖又虞韵：鋘荂〗〖又佳韵：騧靫〗
〖又歌、佳韵：緺〗〖又鱼韵：挐〗〖又
歌韵：髿〗

【七阳】

常用字：阳杨扬香乡光昌堂章房芳
塘[妆妝繁]常[凉涼异]霜场央鸯秧
嫱狼[床牀异]方[浆漿繁]觞[梁某义
项作樑]娘[庄莊繁]黄[仓倉繁]皇肪
殇襄骧湘[厢廂异]箱芒[尝嘗繁]樯
坊囊郎唐狂肠康[冈崗俗]匡荒遑棠
翔良航牫羌姜僵[薑某义项简体作姜]缰
疆[粮糧繁][墙牆异]桑刚祥详洋徉
佯梁羊[伤傷繁]鲂樟彰漳[麞獐某义
项的异体]璋猖商筐煌篁隍凰徨蝗惶璜
廊筜裆沧[纲綱繁]钢[糠穅异]肓簧
忙茫汪臧[琅浪俍，琅汤即浪汤]挡庠裳
昂[糖餹异]疡锵镗杭[賍赃同]湟滂
跄螳踉眶菖铛闾亡殃芗蔷镶孀搪[彷
彷佛同仿佛]胱磅螃锒帮徜疮迒旁鹴

(一)同平多音字〖〖又庚韵：[枪槍繁]彭喤〗

(二)平仄通用多音字〖〖又漾韵：忘飏[偿償
繁]涨〗〖又养、漾韵：吭怆〗〖又养

韵：慷〗

(三)平仄亦通亦异多音字〖〖又漾韵：望防浪
[当當繁]障妨相亢[汤又本韵]〗〖又
庚、漾、敬韵：行〗〖又养韵：泱抢
攘强蒋鞅〗

(四)平仄不通用多音字〖〖又漾韵：创张王藏
[将又本韵]量丧傍炀装倡〗〖又敬韵：
庆〗〖又养、漾韵：长怏〗〖又养韵：
苍慌〗

不常用字：缃鳖樎苂旸铓艎[蚃螂的
异体]鹅鄣[㡊同㡊，同尪]碙邙羘
[桹同榔]溏騞篔襄鸧螫瀼瓢枋螗戕宋
钖粮洸[蛖同蚌]舱[䠧同瓊，同跄]劻
纕篗浙塌嫜鲳䃐璗场[敭扬某义项的异
体]酿漳鸁[汸同滂]邡钫將洭萇芫磄
欶赹馇沍柳僙矿滄聊戕艎劻驝眕殿
[奁与奩有别][羘某义项同翔]綡悀蠦[蚄
某义项同蚌]苢鋳糖傏瑭[穮同荒]䱔[同
鳇]輬霠[雰某义项同滂，水漫流]稂

多音字〖〖又养韵：脼穰梛㮕〗〖又漾韵：
潢颃砀阆桄〗〖〖又庚、漾韵：桁〗

【八庚】

常用字：庚羹[粳秔异]阬坑[某义项
的异体]盲甇棚亨[鐺chēng酒器。枪某义
项的异体]英瑛烹枰京[惊驚繁]荆明
鸣[荣榮繁]兵兄卿生甥笙牲擎鲸黥
衡耕萌氓甍宏茎[罂甖异]莺樱泓争
筝清情晴精菁晶旌盈楹瀛嬴赢营婴
缨贞成城诚呈程[声聲繁][征诸成切

zhēng，行、伐、取、税也，今徵字某义项简体，徵字见蒸、纸韵]钲名倾萦[琼瓊繁]赓黉[撑撑异]瞠[伧傖繁]崝[苹符兵切，水草，今蘋字简体，见真韵]猩珩蘅铿嵘嘤嘤[伫伫繁，不作伫，见语韵][髳髳繁]铮砰怦[绷繃异][轰轟繁]訇[瞪宅耕切，见径韵]蜻荥莹[璎桢柽蛏[狞獰繁]抨赪[蜇蟶同]坪澎膨浔姘盯怔濙荥

(一) 同平多音字〖又先韵：平〗〖又阳韵：[枪槍繁]彭喤〗〖又青韵：丁〗

(二) 平仄通用多音字〖又敬韵：评侦〗〖又径韵：[莹瑩繁]〗

(三) 平仄亦通亦异多音字〖又敬韵：令更正〗〖又梗、迥、敬韵：[并竝异併并异]〗〖又梗、敬韵：檠〗〖又阳、漾、敬韵：行〗

(四) 平仄不通用多音字〖又敬韵：盟横迎盛轻〗〖又径韵：橙〗〖又梗韵：顷睛〗〖又养、敬韵：榜〗

不常用字： 纮闳[荥同罃某义项]酲锡鹀[蝱某义项虻的异体]鍠䄂輣韸霙麖枨騁勍砰脛翃琤伻甹銞鹒籯攖頳郲程鯖悙骍泞[解同觧]枅[鸭同鵞][蟶鼉的本字][訸諲]绷振䁪鐄飍虋蠑瀅嶸泙鸫[紭某义项同纮]浤吰琴[请《韵府拾遗》慈盈切，音同情，《诗韵合璧》注：通作情，朝请]

多音字〖又漾韵：搒〗〖又梗韵：程瓔浜狰〗〖又敬韵：謍甞晟〗〖又阳、漾韵

桁〗〖又青韵：娙〗〖又青、迥韵：娭〗〖又先韵：嬛〗

【九青】

常用字： 青形刑邢型亭霆停仃馨星[腥鲲同]俜[灵靈繁]櫺醽龄铃苓伶泠玲翎鸰瓴囹聆[厅廳繁]汀螟铭瓶萍荧萤荥扃[鹰羚同]軿疔叮婷蛉咛

(一) 同平多音字〖又先韵：零輧〗〖又庚韵：丁〗

(二) 平仄通用多音字〖又径韵：廷〗〖又迥、径韵：醒〗

(三) 平仄亦通亦异多音字〖又径韵：听经暝泾[宁寧繁]〗〖又霰韵：瞑〗〖又迥韵：溟〗〖又梗韵：屏〗

(四) 平仄不通用多音字〖又径韵：庭钉〗〖又铣韵：蜓〗〖又敬韵：娉〗〖又迥韵：冥〗〖又梗韵：悾〗

不常用字： 砒[鉶某义项同硎，磨刀石]淳樗玎篁蠕舲蓂坰駉葶䡇輧鄡[聤聍]桯濴[絅同褧]俜钘綎[筵某义项莛，草茎][軖同軴][綎同縌]桱

多音字〖又迥韵：町莛姃〗〖又径韵：陘〗〖又庚韵：娙〗〖又庚、迥韵：娭〗

【十蒸】

常用字： 蒸承丞惩[澂澄某义项的异体]陵绫[菱蔆异]冰膺鹰绳渑膡[昇升某义项的异体][升识蒸切shēng，量具，昇、陞是异体字][凭憑繁]仍兢矜[征徵繁]倗登[镫某义项同灯，《佩文韵府》录作燈，

灯的繁体]僧[甏崩同]增[曾又本韵]憎[层層繁]棱朋鹏弘肱薨腾縢[藤籘异][恒恆异][癥症某义项的繁体]扔[誊謄繁][楞楞]

(一) 同平多音字〖又东韵：[冯馮繁]〗〖又灰韵：能〗

(二) 平仄通用多音字〖又径韵：胜凝[凭皮冰切，依几，今憑字简体，见本韵]〗

(三) 平仄亦通亦异多音字〖又径韵：[应應繁]〗[淩同凌]甑〗

(四) 平仄不通用多音字〖又径韵：[兴興繁]乘[称稱繁]〗

不常用字：[膺同应某义项，应答]缯簦登鬠罾矰橧嶒靯縢[緪同縆，同絚，同綆]脀澂倰鲮崚殗輘憴鱱陾芿鄑騬僜噌磳毞顱莔掤[軯同軱]菾塍[癥同疼]掟鼟篜殑[佼同凌。超越；欺凌]蟷潃譝騋礽矰[硔同砨][翸同繃]髼竑鸏洬

多音字〖又径韵：烝堋〗〖又职韵：騰〗〖又迥韵：庱〗〖又东、送韵：甑〗

【十一尤】

常用字：尤[邮郵繁][优優繁][忧憂繁]流旒榴骝刘由游猷悠攸牛修[脩修某义项的异体]羞秋楸周州洲舟酬雔柔俦畴筹稠丘抽遒鸠[揫搜某义项]愁休囚求裘[毬球某义项的异体]仇浮谋牟眸俘矛侯猴喉呕鸥瓯楼陬偷头投[钩鉤异][沟溝繁]幽[虬虯异]彪遛[鳝某义项同鳅]鞦蟉啾[揪挈异]菆邹

狱麻泅[球渠尤切qiú，美玉貌，琉球]述蜉鳌鯈[欧姓也，与有韵异]搂抠哀髅蝼兜惆篝抔呦[媮偷某义项的异体]讴骰邱蚯踌璙硫鎏蝤颸涪

(一) 同平多音字〖又支韵：馗[龟龜繁]〗〖又虞韵：[区區繁]娄诹桴驺呕〗〖又虞、豪韵：裯〗〖又虞、肴韵：枹〗〖又萧韵：漉〗〖又萧、咸韵：彫〗〖又肴韵：啁摎〗〖又豪韵：绸〗

(二) 平仄通用多音字〖又宥韵：瘤售〗〖又有、宥韵：蹂〗〖又有韵：叟揉〗〖又虞、有韵：篓〗〖又虞、麋韵：蒌〗

(三) 平仄亦通亦异多音字〖又虞、宥韵：偻〗〖又宥韵：沤〗〖又虞、遇、宥韵：[句勾]〗

(四) 平仄不通用多音字〖又宥韵：犹[留霤异]油收〗〖又筱韵：湫〗〖又宥、屋韵：缪〗〖又物韵：[不通否]〗〖又萧、啸韵：调〗〖又灰、肴、有韵：掊〗〖又锡韵：妯〗〖又有韵：纠〗

不常用字：[斿同游，同旒]瘳辀鞲疣[訧同尤]稵麀飍叴嚘镠鹠鹜秵犨赒潊[蒐搜某义项的异体][飍同颸][鍭同鏅]廋溲搊篍髳紬畴儦絿銶鯄俅赇罘犨䗪[餱糇的异体][窶同窭某义项]彄璆敖疁褠缑[髸同髼某义项]蓝樛艘剹皢呦鮈鳑迶琈烰[稃某义项麸的异体]郰鴍碻籼[鵂同鳶]腓鞧楢[抌本字当作抗]尤蚰瞅䞃鋈睺脙[駵同馏]椒錀笼[蓇同糟某义项]飱緅鱃鮋俰[頄同頯]艽芣鎀[郲同鄹]

多音字〖又萧韵：蘨愮筄〗〖又宥韵：輶鍭睺鞣〗〖又有韵：浏鲰掫卣庮蟉阄蚴〗〖又有、宥韵：槱〗〖又萧、宥韵：繇飂〗〖又萧、啸韵：噍〗〖又麌韵：咻〗〖又屋韵：涑［勠戮某义项的异体。同心戮力］〗〖又宥、觉韵：瞀〗〖又虞韵：慺軥牏捄膢罜〗〖又肴韵：鸼〗

【十二侵】

常用字：侵［寻尋繁］浔林霖箴斟［砧碪异］淫心琴禽擒钦衾今襟金音［阴陰繁］岑簪琳琛谌忱壬霪愔歆芩淋郴［黔某义项同阴］梣［衿衿］

㈠ 同平多音字〖又覃韵：镡〗〖又盐韵：［针鍼异］黔〗

㈡ 平仄通用多音字〖又沁韵：妊〗

㈢ 平仄亦通亦异多音字〖又沁韵：任禁森〗

㈣ 平仄不通用多音字〖又沁韵：临深喑渗〗〖又寝、沁韵：［沉沈同］吟浸〗〖又覃、勘韵：参〗〖又覃、豏韵：湛〗

不常用字：骎嵚崟［瘖某义项喑的异体］蓡涔嵾焓橬鱏霒綝

多音字〖又沁韵：纴鵟紟祲窨〗〖又豪、感韵：椮〗〖又寝韵：［椹某义项同砧。同葚，桑实］〗〖又盐韵：灊鬵綅〗〖又覃韵：蟫〗

【十三覃】

常用字：覃潭谭［昙曇繁］南男谙庵含涵岚［蚕蠶繁］贪耽龛堪戡谈甘酣篮柑［惭慙异］［聃聸同］坩蓝泔邯儋盦蚶痰婪［菴庵某义项的异体］酖襤［坛墵异。与寒韵壇别］痄

㈠ 同平多音字〖又侵韵：镡〗〖又盐韵：［楠枏异］〗〖又咸韵：函〗

㈡ 平仄通用多音字〖又勘韵：探〗〖又感、勘韵：錾〗

㈢ 平仄亦通亦异多音字〖又勘韵：三［担擔繁］〗〖又感韵：颔眈〗

㈣ 平仄不通用多音字〖又感、勘韵：澹〗〖又勘韵：憨〗〖又侵、豏韵：湛〗〖又侵、勘韵：参〗

不常用字：驔骖篸弇［惔某义项通淡，恬静；淡泊］锬郯谽［妉同媅，乐］醃藍蜬鬖毵鄟瘷甝嵁藫［鸕同鹳］傪鋡憯篰［諵同喃］［甜同谽］峆倓苷鐕嗿醰［甜同甜］餤橝窞趛譂婪

多音字〖又感韵：醰［闇乌含切，治丧庐。某义项暗的异体］〗〖又陷韵：韽〗〖又勘韵：淦甔啥〗〖又侵韵：蟫〗〖又俭韵：［渰某义项通淹］〗

【十四盐】

常用字：檐廉［簾帘某义项的繁体］嫌谦［奁匳异］［纤纖繁］［籤签某义项的繁体］瞻蟾炎添尖［阎閻同］镰［粘黏同］甜恬拈暹詹［歼殲繁］钤［恹懕同懨繁］［猒厌同，见艳、叶韵。餍同，又艳韵］［帘离盐切，酒望，今簾字简体］佥阉拑钳

㈠ 同平多音字〖又侵韵：［针鍼异］黔〗〖又覃韵：［楠枏异］〗〖又咸韵：［严

嚴繁]》

(二)平仄通用多音字〖又艳韵：兼砭苫〗〖又洽韵：[腌醃异]〗

(三)平仄亦通亦异多音字〖又陷韵：淹〗〖又俭韵：渐〗

(四)平仄不通用多音字〖又艳韵：占[盐鹽繁]潜沾髯〗

不常用字：縑[霑沾某义项的异体][箝同钳]铦襜蒹鲇[鲇某义项同鲶][蕲某义项同芰][鳌同燆]呫鶼磏菼憸憸佥[雲同雲][蚚同蚺某义项]湉挦[佔占某义项的异体]䗖薕襜鬑韅燂瀺鰜[枮同砧]

多音字〖又艳韵：幨痁嗛觇[礛同册]〗〖又侵韵：灩鬵[縿同綅]〗〖又咸韵：詀枚籤〗〖又俭韵：[崦通崼]〗

【十五咸】

常用字：咸[鹹咸⊖]缄[岩巖岩的异体]衔衫杉凡馋芟喃[搀攙繁]崭嶄嶄异]

(一)同平多音字〖又萧、尤韵：彡〗〖又覃韵：函〗〖又盐韵：[严嚴繁]〗

(二)平仄通用多音字〖又陷韵：帆〗〖又感韵：嵌〗〖又豏韵：巉〗

(三)平仄亦通亦异多音字〖又陷韵：谗镵〗

(四)平仄不通用多音字〖又陷韵：监〗〖又豏韵：掺〗

不常用字：瑊劖[嵒某义项同岩]諴櫼毚[飘帆的异体][椷某义项缄的异体]麙馦鹹鹐縿獑

多音字〖又陷韵：儳〗〖又盐韵：詀枚籤〗

上声二十九韵

【一董】

常用字：董[动動繁]孔汞桶[拢攏繁][偬傯同]懂捅

(一)同仄多音字〖又讲韵：玤〗〖又送韵：偬洞〗

(二)平仄通用多音字〖又东、送韵：幪〗〖又东韵：曚〗〖又东、冬韵：懵〗

(三)平仄亦通亦异多音字〖又东韵：笼〗〖又东、送韵：空〗

(四)平仄不通用多音字〖又东韵：[总總繁]恫〗〖又东、送韵：峒〗

不常用字：澒蠓滃琫蓊穗哄挏[鬆同鬆]菶硐塕埲唪瀪

多音字〖又东韵：莑嵷瓮〗

【二肿】

常用字：[肿腫繁]踵宠陇垄[拥擁繁]冗冢奉捧勇涌踊甬俑[恿慂异]蛹尰拱[巩鞏繁]竦悚耸[聳繁]伀

(一)同仄多音字〖又宋韵：[种種繁]恐〗

(二)平仄通用多音字〖又冬韵：[汹洶异]〗

(三)平仄亦通亦异多音字〖又冬韵：茸溶〗〖又冬、宋韵：壅重〗

不常用字：[氄同氄]偅琫拱挊拲栱顈

騋鯄鞁輁

多音字〖又冬韵：蚣倥〗〖又东韵：鮦〗〖又送韵：湩〗

【三讲】

常用字：[讲講繁]港棒蚌项

同仄多音字〖又董韵：玤〗

不常用字：䱅傋搆恾耩

【四纸】

常用字：纸[只诸氏切，语助词，只缘、只有，今隻、衹的简体，见陌、支韵]咫是枳[糜又支韵糜]彼毁诡髓紫妓绮此[蕊蘂异]豸徙[尔爾繁]迩弭婢侈弛豕紫捶旨指视美[几𠘧，居履切，案属，亦作机，今幾字简体，见微、尾、置韵]姊匕妣轨水唯止市恃[徵不简化作征]喜己纪跪技鄙[麂麜同]畾宄子梓矢雉死履[垒壘繁]诔揆癸趾芷已似耜枲巳祀史驶耳[里𨚕良以切，邑也，路程。今裏字简体，见纸、置韵]理李俚鲤起士仕[柿枾异][俟万俟，平声]峙痔[齿齒繁]矣[拟擬繁][耻恥异]祉滓玺迤跻圮痞旎址娌秭倚[你你同]旖媿[虮虱]

(一) 同仄多音字〖又尾韵：[螘螘同]〗〖又荠韵：抵泚髀〗〖又蟹韵：廌〗〖又哿韵：揣〗〖又有韵：[否又本韵]〗〖又置韵：屣企使始被跂[里裏繁]置、队韵：儗〗

(二) 平仄通用多音字〖又支、荠韵：[弭灡繁]〗〖又支、置韵：掎峙〗〖又支韵：嬉〗

(三) 平仄亦通亦异多音字〖又支韵：锜[迤迆同]〗〖又灰韵：傀〗〖又支、置韵：比〗

(四) 平仄不通用多音字〖又支韵：氏委坬〗〖又支、荠韵：砥〗〖又灰韵：硊〗

不常用字：諰釶[煅毁某义项的繁体]灑兕薾誃簠甀[菌同屎]洧鮪汜晊苡汜騛枲苣杞屺涘𠂤蘳第[肺某义项肺肺腑][凯同㨲]𦩘𧞧邌[鞞某义项鞞。同鼙]䎊[芊本字作芈][呰同訾][𦟧同舐]庀頍秕[机居里切，同几，今作機字简体]沘[嶛同巂]庤郿[庪同庋][義同巇][蘬花的异体]阤[阯某义项址的异体]佹仳施[鞾同屣，鞋]諨庡痏緺簶

多音字〖又支韵：匜剞訾壝葰觜襹[簁同簎，同甓]酏珥酾纙夥[欙欙同]㠂踦籽秠仔襹頯苉柅𡎷藦樎俾〗〖又齐韵：醍襛〗〖又灰韵：悝唉〗〖又微韵：碕〗〖又支、置韵：庳〗〖又麻、哿、马、置韵：哆〗〖又支、荠韵：[坻某义项同坁]〗〖又置韵：㙻珥〗

【五尾】

常用字：尾鬼[苇葦繁]𣯂伟篚炜悱[岂豈繁]匪玮晞娓

(一) 同仄多音字〖又纸韵：[螘螘同]〗〖又未韵：韪卉〗〖又队、月韵：朏〗

(二) 平仄通用多音字〖又微、未韵：诽〗

(三) 平仄亦通亦异多音字〖又微韵：菲〗〖又

微、置韵：[几幾繁]》
㈣平仄不通用多音字〖又微韵：斐〗

不常用字： 篚顗[韗某义项同靴][棐某义项通榧。通篚]虮橸荙佋[暐同炜][䬃同飚]蜰虇梞

多音字〖又灰韵：𠁼〗〖又元韵：亹〗〖又微韵：狶〗〖又未韵：䵳〗

【六语】

常用字： 围圄[禦御某义项的繁体]吕侣旅[纻紵繁][苎苧繁zhù。又音"薴níng诗韵未录字头"，简体字作"苧níng"，与苎音义异]抒杼[伫佇异，与庚韵"儜"音义俱异]渚煮汝暑鼠黍杵[贮貯繁]楮许拒距炬钜所[础礎繁]阻俎举[叙敘异]序绪屿墅巨榉[柜木似柳，柜jǔ柳。今作"櫸"的简体字]龃

㈠同仄多音字〖又御韵：诅[处處繁]女语楚去〗〖又御、药韵：著〗

㈡平仄通用多音字〖又鱼、虞韵：龉〗〖又鱼韵：纾〗

㈢平仄亦通亦异多音字〖又鱼韵：咀〗〖又鱼、御韵：茹沮〗

㈣平仄不通用多音字〖又鱼、御韵：与〗〖又鱼、麻韵：偦〗〖又鱼韵：予〗

不常用字： 敔罄[宁直吕切，门屏之间，今作宁字简体]竚[褚同楮，纸也]酌粔怚虡秬苣莒筥鱮蘆峿稰衪[簴同簬]梠[懅同懊]蟖癙[稰同糈，精米]駆岠澨齱韷龃貤[篽某义项同筥]溆儢

【七虞】

多音字〖又鱼韵：稰谞湑疽〗〖又鱼、御韵：薁鎨〗〖又鱼、麻韵：苴〗

【七虞】

常用字： 羽禹宇舞[父又本韵]府[鼓鼓同皷异]虎古股[蛊蠱繁]土谱庾户廑怙昈仵[滷卤某义项的繁体]努肚妩[沪滬繁]龋辅组乳弩[补補繁]鲁橹艣[睹覩异][竖豎异]腐[卤鹵繁]簿姥普侮五斧聚午伍缕部柱矩武脯抚浦主杜[坞隖异]祖堵[愈某义项的异体作瘉][虏虜繁]甫莆腑俯估诂牡瞽踽楛浒诩栩拄鹉岵溥赌伛偶釜褊褛迕

㈠同仄多音字〖又马韵：贾〗〖又养韵：莽〗〖又有韵：取剖嵝〗〖又遇韵：雨吐圃树煦雇怒蒟炷苦〗〖又遇、觉韵：数〗

㈡平仄通用多音字〖又尤、有韵：嫠〗〖又虞、尤韵：蒌〗

㈢平仄亦通亦异多音字〖又尤、宥韵：偻〗〖又虞、遇韵：酗〗〖又虞韵：瘘〗

㈣平仄不通用多音字〖又虞韵：拊庑〗

不常用字： 毇[貐同㺄]琥珇谟弣咢觙祜㾕黼魷簠盬俣瑀祤麰瓬瀖煦

多音字〖又尤韵：呴〗〖又虞韵：麌醹怃忤㒒稃筟楀树〗〖又虞、有韵：枸〗〖又有韵：簸〗

【八荠】

常用字：礼[体體繁]米[启啟异]醴陛邸底悌澧[祢禰繁][眯眯异]

(一) 同仄多音字〖又纸韵：抵泚陴〗〖又铣韵：洗〗〖又霁韵：柢弟娣[递遞繁]涕济〗

(二) 平仄通用多音字〖又支、纸韵：[瀰弥某义项的繁体字]〗〖又齐韵：傒〗

(三) 平仄亦通亦异多音字〖又齐韵：诋〗〖又齐、霁韵：挤〗〖又支韵：荠〗

(四) 平仄不通用多音字〖又支、齐韵：蠡〗〖又支、纸韵：砥〗〖又齐、霁韵：泥〗〖又齐韵：稽諮同〗

不常用字：[牴抵某义项的异体]鳢紫棨[鮛同鮆某义项][瘠同脊]萐

多音字〖又支、纸韵：坻〗〖又齐韵：媞醍緹氐〗〖又霁韵：脔欘〗

【九蟹】

常用字：蟹骇[买買繁]獬[奶嬭异]锴[摆擺繁][枴拐某义项的异体]矮

(一) 同仄多音字〖又纸韵：[廌豸同]〗〖又哿韵：[夥伙某义项的繁体]〗〖又马韵：[洒灑繁]〗〖又卦韵：解佳买切，又本韵下买切〗〖又祃韵：[罢罷繁]〗

(二) 平仄不通用多音字〖又佳韵：楷挨〗

不常用字：澥[駴某义项骇的异体]躃[駭同骇]荚

【十贿】

常用字：贿改[綵彩某义项的异体]海

[罪皋异]宰醢[恺某义项通凯]待怠殆倍猥[磥磊同]蕾[腿骹异]蓓[汇匯繁]璀每亥乃凯迨瘰馁

(一) 同仄多音字〖又置韵：诒〗〖又队韵：悔采在载铠礧鼎琲〗

(二) 平仄通用多音字〖又灰韵：颏〗

(三) 平仄亦通亦异多音字〖又灰韵：嵬〗

(四) 平仄不通用多音字〖又微、未韵：琲〗〖又灰韵：骀儑〗

不常用字：魄皚痗楣腲尵[采采某义项的异体]聚苢给箈塏庡洈膗顂[鰄某义项同鰄]痩磈

多音字〖又真韵：錞〗〖又灰韵：欸漼椳〗〖又支、灰韵：隗〗〖又支韵：瘥〗〖又置韵：餧〗

【十一轸】

常用字：轸敏允尹[尽盡繁]忍隼[笋筍某义项作笋的异体]闵悯蚓哂肾朕牝窘陨殒[惷蠢异]紧愍

(一) 同仄多音字〖又阮韵：盾〗〖又铣韵：吮〗〖又铣、梗韵：[黾黽繁]〗〖又寝韵：朕〗〖又震韵：引靷诊赈赈抮〗〖又屑韵：[準准某义项的繁体，準同]〗

(二) 平仄通用多音字〖又真韵：嶙積菌〗

(三) 平仄亦通亦异多音字〖又真韵：泯〗

(四) 平仄不通用多音字〖又真、元、先韵：纯〗〖又真韵：缜〗

不常用字：[楯某义项同盾]纼朕[胗某义项同疹][参同鬓]紾脤鞁狁簛踳俥實朕[稇同稛]

多音字〖又真韵：畛黰囷〗

【十二吻】

常用字：吻粉愤谨恽槿吞刎韫愠

(一) 同仄多音字〖又置、问韵：近〗〖又问韵：[隐隱繁]忿坋扢〗

(二) 平仄不通用多音字〖又文韵：[坟墳繁]〗〖又文、删韵：殷〗〖又元、问韵：[蕴蘊]〗

不常用字：弅[听宜引切,笑貌,又牛谨切,今作聽字简体]蘁[蚡同鼢]

多音字〖又文韵：堇〗〖又震韵：[龀同齔]〗

【十三阮】

常用字：本晚苑返阪损偃[衮同袞]稳[楗键同]婉阃梱[壸壺繁,苦本切,与虞韵"壶"音义异]捆很[恳懇繁]｜[垦墾繁]畚[混通溷]娩焜棍滚笨忖挽

(一) 同仄多音字〖又轸韵：盾〗〖又铣韵：蹇巘〗〖又愿韵：远饭[遁遯异]畹绻〗〖又愿、霰韵：堰〗〖又物韵：菀〗

(二) 平仄亦通亦异多音字〖又元韵：婉谖反〗

(三) 平仄不通用多音字〖又真、文韵：龈〗〖又元韵：阮宛沌〗〖又元、愿韵：圈〗

不常用字：幰捷跾婘鲧悃辊绲鳟尊撙刐[鼅鼄的异体]蜎忲噂烜鱞[鱓同鱔]

多音字〖又先韵：鄢〗〖又元韵：庵㾇囤沅〗

【十四旱】

常用字：旱[煖暖某义项的异体]管琯满短缓[碗盌异椀异]款[懒嬾异][伞繖异]伴诞瓉但坦袒[秆稈异]㦂[纂簒异纂同]趱缎

(一) 同仄多音字〖又哿韵：卵笴〗〖又翰韵：馆盥散[罕罕同]断侃算嘆悍〗

(二) 平仄不通用多音字〖又寒韵：拌〗

不常用字：[澣浣某义项的异体]疃缵蛋[癉通瘅某义项]脘亶窾粄痯懒

多音字〖又翰韵：鄹衍𢤿〗

【十五潸】

常用字：眼简版[盏琖异]产限睅赧柬钣板

(一) 同仄多音字〖又铣韵：撰〗〖又铣、谏韵：栈〗〖又谏韵：绾〗〖又霰韵：[拣揀繁]〗

(二) 平仄通用多音字〖又删韵：潸〗

(三) 平仄不通用多音字〖又寒韵：莞〗

不常用字：轡戁浐嵼[盏醆异]划羼[弗某义项通串]僝睅僴蚾[㺃某义项同嵼,同㠭]

多音字〖又寒韵：皖〗〖又删韵：眅僩〗〖又谏韵：轏〗〖又铣韵：㦃〗

【十六铣】

常用字：铣浅典犬冕辇免展[茧繭繁]辩辨篆勉[翦某义项同剪,又姓][显顯繁]践喘藓[软輭异]謇演舛匾兖腆

辫件琏[撚拈某义项的异体]殄觃缅沔洒
燹癣[隽雋异][誷谢简体,谝同誷同]
匾嬗

(一) 同仄多音字〖又荠韵:洗〗〖又轸韵:
吮〗〖又轸、梗韵:[黾黽繁]〗〖又
阮韵:巘寋〗〖又潸韵:撰〗〖又潸、
谏韵:栈〗〖又震韵:趁〗〖又霰韵:
善遣转衍选饯晛奱蚬[辗某义项同
碾]缱宴〗〖又屑韵:谳〗

(二) 平仄通用多音字〖又先、霰韵:狷〗

(三) 平仄不通用多音字〖又寒、先韵:单〗
〖又先韵:鲜钱扁跣卷〗〖又青韵:蜓〗

不常用字:岘莽戬[铉某义项通弦]筧
[螾蠕的异体字]硍泫埩[鱓某义项鳝的异
体]墡畖裶[惼同褊某义项]鯿瑑[俛某
义项俯的异体][報同辗]㞼同冒]狑襺歲
蜑琄睍埝勔恢齴戬筅鄹㙇僲毶[篊
典,经籍]揃[歂某义项同喘]忍[愓同陘]
崿燀奆谝碥俓跈

多音字〖又先韵:键搴蜎煇遣〗〖又先、
霰韵:谫鬋〗〖又元韵:鞔〗〖又元、
霰韵:鄾〗〖又霰韵:眩贊跰[鞯同韂]
剸[譔撰某义项的异体]〗〖又真韵:姺〗
〖又潸韵:㺉〗〖又个韵:[愞同懦]〗

【十七筱】

常用字:[篠筱同]小表鸟了晓[扰擾
繁]绍杪秒沼眇皎杳窈窕肇缥渺缈藐
淼[縹裱某义项同]殍悄赵兆旮鳔]晁晄

(一) 同仄多音字〖又啸韵:少绕脁掉〗〖又
屋韵:蓼〗〖又药韵:褭嫋异裹异〗

(二) 平仄通用多音字〖又萧韵:娇〗

(三) 平仄亦通亦异多音字〖又萧韵:僚标佻
缭侥〗〖又萧、啸韵:燎〗〖又萧、豪韵:
挑〗

(四) 平仄不通用多音字〖又萧韵:昭侣暸
矫〗〖又萧、啸韵:娆〗〖又萧、皓韵:
夭〗〖又肴韵:[剿勦异]〗〖又尤韵:
湫〗

不常用字:[遶绕某义项的异体]皫礿窅
嬲僥皛淐旐挑鮡眇醥祒蟜[挢撟繁]
鱎䚯嫖㵿驡愀鈥

多音字〖又萧、啸韵:㶾燎〗〖又肴韵:
眇〗〖又萧、肴韵:麃〗〖又药韵:[蹻
某义项跷的异体]〗〖又萧韵:篻〗〖又
啸韵:㵿篠〗〖又皓韵:駣〗

【十八巧】

常用字:巧饱卯狡爪鲍搅绞炒铰

(一) 同仄多音字〖又有韵:茆〗〖又效韵:
拗〗

(二) 平仄亦通亦异多音字〖又肴、麻、效韵:
抓〗〖又豪韵:挠〗

(三) 平仄不通用多音字〖又肴韵:佼姣[齩
咬某义项的异体]〗〖又萧、皓韵:[獠
同獠]〗

不常用字:昂泖狗珧

多音字〖又肴韵:猫笅〗

【十九皓】

常用字:皓宝藻早[枣棗繁]老道稻
脑恼岛[捣擣异]抱讨考燥嫂槁保葆

堡褓鸨［稿稾异］草昊浩颢镐［袄襖
繁］蚤澡薻灏媪［套套同］拷瑙

(一) 同仄多音字〖又号韵：好造倒祷［埽某
义项通扫］缟媪〗〖又号、屋韵：燠〗

(二) 平仄不通用多音字〖又豪、号韵：涝〗
〖又豪韵：缲〗〖又萧、筱韵：夭〗〖又
萧韵：潦〗〖又萧、巧韵：獠同獠〗

不常用字：皞懆滈缲璪［皁皂的异体字］
薂麌杲［暠皓的异体字］轈兖槖栳［碯同
瑙］［璅同璅］恅芙［薐同薐］蒌同藁，藁
同稿］菂［艁同造］

多音字〖又肴、药韵：鄗〗〖又萧韵：獠〗
〖又文韵：蝹〗〖又豪韵：栲〗〖又筱韵：
晁〗

【二十哿】

常用字：哿火舸［柁柁，某义项同舵］我
娜可果裹朵锁琐妥裸跛叵祸颗舵

(一) 同仄多音字〖又纸韵：揣〗〖又蟹韵：
［夥伙某义项的繁体］〗〖又旱韵：笴卵〗
〖又个韵：坷左惰坐簸媠〗

(二) 平仄通用多音字〖又歌韵：［扡拖的异体
字］〗〖又麻韵：爹〗

(三) 平仄亦通亦异多音字〖又歌韵：［么么
同麽繁］颇峨傩沱〗〖又歌、个韵：
舸逻〗

(四) 平仄不通用多音字〖又支韵：隋［堕墮
繁］〗〖又歌韵：荷娑垜［婀婴异］〗〖又
歌、个韵：那〗

不常用字：［弾同彈］蜾蠃蓏砢懡髻筁
駥［吙同呵某义项］［媠同婑某义项］脞庈

粿埵倮［媒某义项娲的异体］橢［陊同堕
墮］［媠同媠］

多音字〖又歌韵：瑳硪〗〖又寒、个韵：
瘅〗〖又麻、纸、马、置韵：哆〗〖又
麻韵：椏〗〖又马韵：罔鞎〗〖又个韵：
堁〗

【二十一马】

常用字：马者野雅瓦寡社［写寫繁］
冶也把［捨舍某义项的繁体］赭厦嘏惹踝
姐［扯撦异］［冎同剮］玛喏［打打］

(一) 同仄多音字〖又麌韵：贾〗〖又蟹韵：
［灑洒某义项的繁体］〗〖又祸韵：下泻
夏假［妊奼同］〗〖又药韵：若〗

(二) 平仄通用多音字〖又麻韵：痖〗

(三) 平仄亦通亦异多音字〖又歌、个韵：髁〗

(四) 平仄不通用多音字〖又麻、陌韵：哑〗
〖又鱼韵：且〗〖又麻韵：笆〗

不常用字：鲊髂槚怟銙［啁同呵，大笑］
魀欁跒［諔同諔］庌厊痄

多音字〖又鱼韵：［疋语下切］〗〖又麻、纸、
哿、置韵：哆〗〖又佳韵：鲑〗〖又哿韵：
罔鞎〗

【二十二养】

常用字：［痒痒］像象橡朗［奖獎繁］
桨敞昶氅枉沆惘［仿倣作仿某义项的异
体］谠曩杖［响響繁］掌［党黨繁］想爽
享丈幌晃［缰俗作镪、同繦］襁纺［髒脏
某义项的繁体］［网網繁］壤赏往冈辋蟒
魍［厂廠异廞同］［鄉向某义项的繁体］惝

恍谎魍嗓[倘俲]蜩䗩淌

(一) 同仄多音字〖又虞韵：莽〗〖又梗韵：犷〗〖又漾韵：养仰[盪荡某义项的异体]放两傥[廣广某义项的繁体]仗盎上[饷饟异]〗

(二) 平仄通用多音字〖又阳、漾韵：吭伧〗〖又阳韵：慷〗

(三) 平仄亦通亦异多音字〖又阳韵：泱[抢抢繁]攘[彊强某义项的异体]蒋鞅〗

(四) 平仄不通用多音字〖又阳韵：苍慌〗〖又庚、敬韵：榜〗〖又阳、漾韵：长怏〗

不常用字：颡崵漭磉舫驵蠁漭蛧[鱉同鲎]块欀[㳽同荡。荡漾]兢㳽榥灢蚢剠[髈同髆]駚磻䁪[怳恍的异体字]蚌蛘同]縩壠[旐同瓬]吭曭臁蒡

多音字〖又阳韵：膬穰㭁㮂〗〖又虞韵：紵〗〖又漾韵：[瀁某义项同漾]迋絧〗

【二十三梗】

常用字：梗影景井[嶺岭简]领境警饼永骋逞颍颖整静[省所景切，又本韵息井切]幸眚颈郢猛炳杏丙[打德冷切，音等，击也]哽秉[鲠骾异]耿憬皿矿艋蜢冷靖埂倖悻婞䣷

(一) 同仄多音字〖又轸、铣韵：[黾鼋繁]〗〖又养韵：犷〗〖又敬韵：请靓〗

(二) 平仄亦通亦异多音字〖又庚、迥、敬韵：[并併异竝异並同]〗〖又青韵：屏〗〖又庚、敬韵：[檠擎同]〗

(三) 平仄不通用多音字〖又庚韵：顷睛〗〖又青韵：悻〗

不常用字：绠璟荇[囧同囧]燛䰤蜗[窎同病]痭䈰奟悍

多音字〖又庚韵：瘿裎浜狰〗〖又敬韵：鄗怲〗

【二十四迥】

常用字：迥炯茗挺艇酊冼等鼎顶肯拯酩

(一) 同仄多音字〖又敬韵：诇〗〖又径韵：胫[汀濘繁]〗

(二) 平仄通用多音字〖又青、径韵：醒〗

(三) 平仄亦通亦异多音字〖又庚、梗、敬韵：[并併异竝异並同]〗〖又青韵：溟〗

(四) 平仄不通用多音字〖又青韵：冥〗

不常用字：梃鋌䞭妠腚磬鉶褧殑琾到泂婞倖颎浧

多音字〖又青韵：町娗莛〗〖又蒸韵：庱〗〖又青、庚韵：娙〗

【二十五有】

常用字：有酒手口[柳桺异]友[妇婦繁][斗当口切dǒu，量器，酒具。鬥：繁体字；鬬：异体字。见宥韵]狗久负[醜丑某义项的繁体]受牖偶耦阜九薮帚垢[亩畝繁]舅纽藕朽臼肘韭诱牡缶酉[欧呕吐也，与尤韵异]黝钮莠[丑辰名、地支]苟糗某玖拇纣起蚪擞绺陡殴扭叩抖[嗾嗾]

(一) 同仄多音字〖又纸韵：否〗〖又虞韵：剖取嵝〗〖又巧韵：[茆茆同]〗〖又

上声二十九韵　诗韵字表

遇韵：趣〗〖又宥韵：首［後后某义项的繁体］厚走守绶右［后后土］吼扣狃嗾琇寿〗
㈡平仄通用多音字〖又尤、宥韵：蹂〗〖又尤韵：叟揉〗〖又尤、虞韵：篓〗
㈢平仄不通用多音字〖又灰韵：培〗〖又灰、肴、尤韵：掊〗〖又豪韵：咎〗〖又尤韵：纠〗〖又虞韵：母〗

不常用字：笱蔀［耇同耇］［湪同溲某义项］罶杻［䏖同䐑］嶁忸岿懰潹彀甀［酭俗作酭］［牯同牰］［鈕扣某义项的异体，纽扣］㪉苟妞狃［㼌同内，同㪉］莥齵呦鹠［䏑聊本字］鸥䊵羑［輮作鞣］［橾同樔］㪃

多音字〖又虞韵：瓿瘘〗〖又尤韵：卣浏撒盾鲰蟉蚴闽〗〖又尤、宥韵：槱〗〖又虞、麌韵：枸〗〖又麌韵：簌〗

【二十六寝】

常用字：寝锦品［审審繁］廪饪稔禀凛［瀋沈某义项的繁体］荏恁［婶嬸繁］怎

㈠同仄多音字〖又轸韵：朕〗〖又沁韵：饮枕甚衽噤〗
㈡平仄不通用多音字〖又侵、沁韵：［沈详见侵韵注］［唫某义项吟的异体］浸〗

不常用字：懔谂朕瘭蹕嗿寢訦潕锓頵

多音字〖又侵韵：［葚同椹］〗〖又沁韵：顉〗〖又赚韵：渗〗

【二十七感】

常用字：感览［揽撋同］榄［胆膽繁］

坎惨敢萏撼毯菡捔橄

㈠同仄多音字〖又赚韵：喊〗〖又送、勘韵：［贛頿灨异］〗〖又勘韵：憯答〗〖又艳韵：槧〗
㈡平仄通用多音字〖又覃、勘韵：䂳〗〖又咸韵：嵌〗
㈢平仄亦通亦异多音字〖又覃韵：颔䏌〗
㈣平仄不通用多音字〖又覃、勘韵：澹〗

不常用字：噉憾襌窞黵［糝同糁某义项］菼紞磁䐡晻黕黪䐭澉錽頷䡼糂［轗同轗］寁［䁈同醓］噆髧旮轖［頷同颔］䘒顩甝繱欿

多音字〖又豪、侵韵：㯏〗〖又覃韵：［闇乌感切，隐晦也］醰〗〖又沃韵：欦〗

【二十八俭】

常用字：俭琰［焰餤异爛某义项同焰］险检脸染掩点簟贬冉苒陕谄奄玷芡闪慊㒹睒婶捡

㈠同仄多音字〖又赚韵：歉〗〖又艳韵：敛忝㴿猃〗〖又叶韵：魇〗
㈡平仄亦通亦异多音字〖又盐韵：渐〗

不常用字：剡㓧㵩嗛㵘㡘［广疑检切，因广为屋，今廣字简体］厣㡣㡉襝

多音字〖又覃韵：䆲〗〖又盐韵：［嶮同崄］〗

【二十九赚】

常用字：赚槛［範范某义项的繁体］［减減异］［舰艦繁］犯斩黯［范草也，蜂也，

又姓〗

㈠同仄多音字〖又感韵：喊〗〖又俭韵：歉〗〖又勘韵：滥〗〖又勘、陷韵：阚〗

㈡平仄通用多音字〖又咸韵：巉〗

㈢平仄不通用多音字〖又侵、覃韵：湛〗〖又咸韵：掺〗

不常用字： 帆鬖［錽同錽］圙㺭㺎嵁轞［笵範某义项的本字］蝹［黵同黵］瀔瀺

多音字〖又寝韵：渰〗

去声三十韵

【一送】

常用字： 送凤［众眾异］［瓮甕异］弄贡冻痛栋仲［粽糉异］讽恸控哄

㈠同仄多音字〖又董韵：洞㷓〗〖又感、勘韵：［赣赣异灨异］〗〖又绛韵：鬨〗

㈡平仄通用多音字〖又东、董韵：幪〗〖又冬韵：淞〗

㈢平仄亦通亦异多音字〖又东韵：梦中衷碰〗〖又东、董韵：空〗

㈣平仄不通用多音字〖又东韵：恫〗〖又东、董韵：峒〗

不常用字： 鞚唪𦠜［霜见东韵霁］䂽𩂯曭蕻䏲

多音字〖又东、蒸韵：䒲〗〖又东韵：詷㦒䌌涷緵〗〖又肿韵：㦓〗

【二宋】

常用字： 宋用颂诵统讼综俸

㈠同仄多音字〖又肿韵：［种種繁］恐〗

㈡平仄亦通亦异多音字〖又冬韵：［纵縱繁］缝从供雍〗〖又冬、肿韵：［壅壅同］重〗

㈢平仄不通用多音字〖又冬韵：共封〗

不常用字： 㿇

多音字〖又冬韵：葑〗〖又东、宥韵：雺〗〖又冬、江、绛韵：憃〗

【三绛】

常用字：绛巷

㈠同仄多音字〖又送韵：閧〗
㈡平仄通用多音字〖又江韵：撞〗
㈢平仄亦通亦异多音字〖又东韵：虹〗
㈣平仄不通用多音字〖又江韵：降幢〗〖又冬、江韵：淙〗〖又冬韵：憧〗〖又东韵：戅〗

不常用字：轒䡴 [靚本作覴] [胖同胖某义项] 糉䮠

多音字〖又东、江韵：泽〗〖又东韵：潨〗〖又冬、江、宋韵：憃〗

【四寘】

常用字：[寅某义项作置的异体] 置事地意志 [泪涙某义项作泪的异体] 吏赐字 [义義繁] 利器位至次 [伪偽繁] 寺瑞智记 [异異异] 致 [备備繁] 肆翠试 [类類同] [弃棄异] 饵媚鼻辔坠醉议翅避 [帜幟繁] 粹侍谊 [厕廁异] 寄睡忌贰萃穗二臂嗣遂恣四骥季痣寐魅邃燧隧睟 [悴顇异] 谥諡异 炽饲芰懿悸觊冀 [愧媿某义项作愧的异体] 匮馈庇屁 [秘祕异] 贽渍 [稚穉异] 祟攰示伺嗜自莅痢莉譬肄惴缢啻耻腻 [槌又支、灰韵锤，椎] 值 [异强举也，今作異字的简体] 锤诿挚瘁痔 [柜櫃繁]

多音字〖又纸韵：使被企跂屣始 [里裏繁]〗〖又纸、队韵：儗〗〖又贿韵：诒〗〖又吻、问韵：近〗〖又未韵：暨〗〖又霁韵：荔鬵〗〖又霁、卦韵：[眦眥异]〗〖又卦韵：簀黉 [晒曬繁]〗〖又卦、队韵：[欬咳某义项的异体字]〗〖又队韵：译〗〖又质韵：帅泌出 [术術繁] 跸瑟〗〖又质、屑韵：咥〗〖又陌韵：刺易 [积積繁]〗〖又职韵：识植织食埴值德〗

㈡平仄通用多音字〖又支韵：萎〗〖又支、纸韵：掎峜〗

㈢平仄亦通亦异多音字〖又支韵：为吹思 [施又本韵] 其司治睢骑 [累纍繁] 挚〗〖又支、纸韵：比〗〖又微、尾韵：[几幾繁]〗

㈣平仄不通用多音字〖又支韵：陂陴迟遗 [戏戲繁]〗〖又佳韵：柴〗〖又文、元韵：贲〗

不常用字：笥驷柶泗誋毲襬璲穟繸犙懫螁泊溉 [鐩同鐆] 恚罼 [痺痹的异体] 㝮閟驇瘈踶蚻咡刵眢 [緻致某义项的繁体] 轾蔄忲歋 [勩同勴] 劓餽劚膇䊤酁鏇柲邲辒楠屎鴬儓记溳螱槂髲㲄辌 [髊同骴] 碓躄夎 [澨同澨] 呰 [槸通柅某义项] 禩讆绐虮廙 [牑同㹇] 坒同毗] [愻亦作憘] 欥鸄 [憒《诗韵合璧》录作擩] 駚 [㬢同曁] 甄 [䤁同䤌] [獯同獯某义项] 柂莳杫牅

多音字〖又寒韵：诐孜鏸觯 [觟同觟] 腄㘈蚑䬸胎倠媛〗〖又支、齐韵：澌〗

〖又支、纸韵：[庳同庳]〗〖又麻、纸哿、马韵：哆〗〖又黠韵：眦〗〖又纸韵：垝珥〗〖又贿韵：餒〗〖又未韵：墍摡〗〖又宥韵：䧳〗

【五未】

常用字：未味[气氣繁]贵费沸畏慰魏纬胃渭[彙汇某义项的繁体，汇本字见贿韵]谓讳毅既芾[闠同狒，亦作罻、禺]翡

(一) 同仄多音字〖又尾韵：卉蕍〗〖又寘韵：暨〗〖又队韵：溉忾〗〖又物韵：尉蔚髴〗

(二) 平仄通用多音字〖又微韵：欷〗〖又微、尾韵：诽〗

(三) 平仄不通用多音字〖又微韵：衣〗〖又微、贿韵：痱〗

不常用字：[饮同欥]旡燨槩獯忥摡氥[㾱㾱的异体字]韢浠嘼扉[踣同剕]尉愑絸[气去既切，云气，同乞，今作氣字简体][蘱即穀祷]伎

多音字〖又微韵：幾〗〖又文韵：靥〗〖又寘韵：墍摡〗

【六御】

常用字：御署[據据某义项的繁体]驭曙助絮豫嵛箸恕遽庶诅预倨踞锯饫[覷覰同]薯

(一) 同仄多音字〖又语韵：[处處繁]去语女讵楚〗〖又语、药韵：著〗

(二) 平仄通用多音字〖又鱼韵：嘘淤〗

(三) 平仄亦通亦异多音字〖又鱼韵：誉狙[慮慮繁]如疏〗〖又鱼、语韵：茹沮〗

(四) 平仄不通用多音字〖又鱼韵：除〗〖又鱼、语韵：与〗

不常用字：[勴某义项同剧]澦蕷瘀桬鑢瘲[怚误作怛]忩礜鷽櫖悇稰[麆同粗]欪屔[忬同豫]

多音字〖又鱼韵：洳胠咀椐欤〗〖又鱼、药韵：醵〗〖又鱼、语韵：鏮萸〗

【七遇】

常用字：遇路潞辂赂璐露鹭渡赋布步固痼锢素具[務务繁]雾骛附兔故[顧顾繁]墓暮慕募注註澍驻祚裕误悟寤晤住戍库[护護繁]屦诉蠹妒[惧懼繁]娶铸绔傅[付与副异，副见宥、屋、职韵][谕又虞韵喻]妪捕哺忤措醋赙赴互怖寓[諭呼某义项的异体]屦塑[跗又虞韵跌]捂讣婺[籲籲同]酗涸厝驸扤[姥妩同，妩见马、祃韵]飓蛀佈愫溯裤

(一) 同仄多音字〖又虞韵：树怒雇炷煦吐雨圃苦蔻〗〖又虞、觉韵：数〗〖又有韵：趣〗〖又个、药韵：作〗〖又宥韵：[僕仆芳故切，僵仆，今僕字简体，见屋、沃韵]〗〖又屋韵：鹜〗〖又沃韵：足[属屬繁]〗〖又药韵：度错〗〖又药、陌韵：[穫获某义项的繁体]厝〗

(二) 平仄通用多音字〖又虞韵：醋〗

(三) 平仄亦通亦异多音字〖又虞韵：瞿驱瓠孺镀觎菟〗〖又虞、麌韵：酤〗〖又虞、

麻韵：[污汙异]》〚又虞、尤、宥韵：句〛〚又麻、祃韵：胯〛
(四)平仄不通用多音字〚又虞韵：输铺芋〛〚又虞、药韵：恶〛〚又冬、虞韵：禺〛

不常用字： 胙阼𩜶濩鲋衬[沍同冱][泝溯的异体字]嗉𥳑同籙呴銼某义项通注、赌注]𩨾柘嫭霂[坿附的异体字]僳[鰛同钬]鞋蚹攄

多音字〚又虞韵：姁舖斛〛〚又麻韵：耗〛〚又虞、宥韵：味〛〚又陌韵：数〛

【八霁】

常用字： 霁制计[势勢繁]世岁[卫衛繁]第[艺藝繁]惠慧[币幣繁]砌滞际厉弊[毙斃繁]帝蔽敝髻戾裔袂[繫系某义项的繁体][隶隸繁]逝翳[製制某义项的繁体]替细桂税[婿壻异]例誓蕙诣砺励噬继[脆脃异]谛[系胡计切，继也，世系，今作繫字简体，见本韵]叡毳曳蒂憩芮蓟[蛎螭同蠣繁]嚏疠棣觑赘俪唳薛吃羿谜[荏𦺀异][晢晣同]媲睿屉剃殢

(一)同仄多音字〚又荠韵：济涕杝弟[递遞繁]娣〛〚又寘韵：荔彗〛〚又寘、卦韵：[眦眥异]〛〚又泰韵：愒蜕〛〚又卦、曷韵：秣〛〚又卦韵：祭〛〚又队韵：逮〛〚又祃韵：贳〛〚又月韵：鳜蹶〛〚又屑韵：契闭缀偈酨掣说揭泄捩畷[浙淛异]切〛

(二)平仄通用多音字〚又萧、屑韵：橇〛〚又麻、个韵：些〛

(三)平仄亦通亦异多音字〚又齐韵：缔〛〚又齐、荠韵：挤〛〚又支韵：[离離繁][丽麗繁]〛

(四)平仄不通用多音字〚又支韵：剂〛〚又齐、荠韵：泥〛〚又齐韵：齐妻题〛

不常用字： 篲瘈睇睨垼繐寱𥯤汥枘禘㜑獘稧禊墆遰[达他计切，足滑也，今达字简体]璏踶[槸某义项同蓺][咄同泄某义项][寐同呓][瘱同瘱]颭[瞖翳某义项的异体]襧契[砅同厉某义项，涉水而过]睥笙籭螯枘簪遪猘劈瞢沏悦[蒞某义项剃的异体字]殪滋唼[劇剧简]懑轊𩪷禘稧濞𩬷𣫒杕[憓同惠][蜺同蜺某义项，音lì]芡𦯉瘌緆算墆鯢瓶愱瞟[蜗同蚋，蚊类]嘒嫕瀟㡀[屜同屉，鞋垫]揥湁忕踶蠙蟪[医于计切，藏弓矢器，今醫字的简体]槇cuì，重捣也]緪[襰同襰，衣袖]槥[劓同劓]

多音字〚又齐韵：懠〛〚又荠韵：脐欐〛〚又泰韵：𨋜钗〛〚又霰韵：罋〛〚又屑韵：澈鷩〛

【九泰】

常用字： 泰[会會繁，又本韵]带外旆濑赖籁蔡害最贝霭蔼沛艾兑[丐匃异]柰绘桧脍侩荟太汰癞㵣狈

同仄多音字〚又霁韵：愒蜕〛〚又霁、曷韵：秣〛〚又卦韵：狯〛〚又队韵：酹昧〛〚又个韵：大[奈柰同]〛〚又曷韵：汏〛〚又合韵：[盖蓋繁]磕〛

不常用字：浍禬艡郐襘襘[塏同塲，音 ài，尘埃][忲同忕，奢侈]峴翽哕憎没藾 餲娧

多音字〖又曷韵：濊〗〖又霁韵：钬鈥〗〖又队韵：茷〗

【十卦】

常用字：卦[挂掛异罣异]懈[廨廨同] 隘[卖賣繁]派债怪[坏壞繁，灰韵坏作坏]诫戒界介芥薤拜快迈话败粺[届屆异]疥玠湃聩[急懃繁]哙虿蒯喟呗寨邂啐

同仄多音字〖又蟹韵：解〗〖又置韵：[晒曬繁]黄簀〗〖又置、队韵：[欬咳某义项的异体]〗〖又霁韵：祭〗〖又霁、置韵：[眦眥异]〗〖又泰韵：狯〗〖又队韵：濊〗〖又曷韵：喝〗〖又黠韵：[铩鎩繁][杀殺繁]〗〖又陌韵：[画畫繁]〗

不常用字：瘵夬嘬齘[鞴某义项同箙。箭袋]犗繲絓[粺某义项粺的异体]魪界[价居拜切，善也，同介，今價字简体]懖[砎某义项塞的异体]诖劢孈

多音字〖又歌韵：瘥〗〖又支韵：嚖〗〖又曷韵：餲〗

【十一队】

常用字：[队隊繁]内爱辈佩代退碎[态態繁][背又本韵蒲昧切]秽菜对废诲晦昧[碍礙繁]戴贷配妹喙溃黛[赉賚繁]吠[概槩异]岱[岱袋同]埭肺未慨嘅[块塊繁]硙塞刈耐暖倅碎淬焙再[柿fèi，与柿异]瑷睐碌焠[擂同擩字某义项]褙[阂阂]

(一)同仄多音字〖又纸、置韵：儗〗〖又尾、月韵：朏〗〖又贿韵：载铠在礧采[辈韭同]悔薾〗〖又置韵：谇〗〖又置、卦韵：[欬咳某义项的异体]〗〖又未韵：溉忾〗〖又霁韵：逮〗〖又泰韵：醅昧〗〖又卦韵：濊〗〖又号韵：瑁〗〖又月韵：[悖誖异]字〗〖又职韵：塞北劾〗

(二)平仄亦通亦异多音字〖又灰韵：裁〗

(三)平仄不通用多音字〖又元、寒、愿韵：敦〗〖又灰韵：回栽徕〗

不常用字：缋[义某义项同刈]态愦阓硇颣[鄁同邶，bèi]痏[蕨同秽，古族名]霭憝篹蒉镦襊瞮韥[癹同癹]颙垇縡薱[璀玳的异体字]棌[癱废某义项的异体字]殠

多音字〖又灰韵：晦〗〖又泰韵：茷〗

【十二震】

常用字：震信印进润阵镇刃顺慎鬓晋骏闰峻[衅釁繁][俊儁异]舜吝恪烬讯胤仞轫殡迅瞬荩谨蔺濬徇殉觐[仅僅繁][认認繁]遴[赍赆同][衬襯繁]瑾韧汛躏浚缙搢

(一)同仄多音字〖又轸韵：赈靷引袗诊蜃〗〖又铣韵：趁〗

(二)平仄通用多音字〖又真韵：娠僆〗

(三)平仄亦通亦异多音字〖又真韵：振磷〗

去声三十韵 诗韵字表

〖又真、先、霰韵:[填陟刃切]〗

(四)平仄不通用多音字〖又真韵:谆[亲親繁]〗

不常用字: 榇儭愁殡畯馂摈瑨酳籾晙髩莽楝认辚䏖濵[麐麟的异体]疢馺揗[粦磷某义项的异体,黄磷、红磷]

多音字〖又真韵:瑻侲驎墐瞵毣〗〖又吻韵:齓〗〖又霰韵:瑱蒚〗

【十三问】

常用字: 问[运運繁]晕韵训[粪糞繁][奋奮繁][酝醖繁]郡紊靳郓[捃攟同擤同]

(一)同仄多音字〖又吻韵:忿抆[隐隱繁]坋〗〖又吻、置韵:近〗

(二)平仄亦通亦异多音字〖又寒、霰韵:拚〗〖又文韵:分斤〗〖又文、先韵:员〗

(三)平仄不通用多音字〖又文韵:闻汶熏靷〗〖又元、吻韵:蕰〗

不常用字: 偾愠焮繶餫壝[鞞又作鞴]儳

多音字〖又文、元韵:缊〗

【十四愿】

常用字:[願愿某义项的繁体,愿见本韵]恨[万萬]健寸困顿建[宪憲繁][劝勸繁]蔓[券劵异]钝闷逊嫩贩褪诨

(一)同仄多音字〖又阮韵:饭[遁遯异]远绻畹〗〖又阮、霰韵:堰〗

(二)平仄通用多音字〖又元韵:喷怨〗

(三)平仄亦通亦异多音字〖又元韵:论奔〗〖又寒韵:曼〗

(四)平仄不通用多音字〖又歌韵:[献獻繁]〗〖又元、寒、队韵:敦〗〖又元、阮韵:圈〗

不常用字: 巽渂艮坴恩鄢楦

多音字〖又元韵:[溷某义项同浑]〗

【十五翰】

常用字: 岸汉[乱亂繁][幹干某义项的繁体]畔旦玩[烂爛繁]贯半案按炭[赞讚同,见本韵]灌[窜竄繁]幔粲灿璨换焕唤[扞(一)作捍的异体,(二)同擀]惮段判叛腕涣夬绊惋锻旰瀚[釬某义项作焊的异体]蒜[罐鑵异]泮逭矸撢[鹳鸛某义项同鹳]疸

(一)同仄多音字〖又旱韵:[断斷繁]散算悍暵[罕罕同]侃馆盥〗〖又谏韵:缦骭晏〗

(二)平仄通用多音字〖又寒韵:看[叹歎繁]澜〗〖又寒、谏韵:谩〗

(三)平仄亦通亦异多音字〖又寒韵:翰澜漫观攒[难難繁]冠[榦干某义项的异体]〗〖又删韵:斓〗

(四)平仄不通用多音字〖又寒韵:[鑽钻某义项的繁体]滩弹汗摊胖〗

不常用字: 爨偄闬驿爟瓘泇嗲[泮同泮]裸漶塄豢骹鴠旰皯坢襻癱騆

多音字〖又寒韵:顸〗〖又寒、删韵:豻〗〖又旱韵:鄷衍忥〗

【十六谏】

常用字：谏[雁鴈异]涧宦慢[办辦繁]盼豢惯赝串绽幻汕瓣篹铲[李欅同欒繁]扮[缏縬]

(一) 同仄多音字〖霰韵：绾〗〖又霰、铣韵：栈〗〖又翰韵：晏骭缦〗〖又陌韵：[栅栅异]〗

(二) 平仄通用多音字〖又寒、翰韵：谩〗〖又删韵：汕患〗

(三) 平仄亦通亦异多音字〖又删韵：间〗

不常用字：鹇苋[艹某义项同矿]嫚蔳樤糦睽覵[裥同裥]虥虥犴榩襻

多音字〖又删韵：轏擐疝〗〖又霰韵：輚〗

【十七霰】

常用字：霰殿堂练切，又本韵都甸切]面[变變繁]箭[战戰繁]膳见[见胡甸切，通作现]砚院练[炼鍊异]醮宴某义项的异体]贱[电電繁][馈饙异]荐薦繁]绢彦掾甸眷[麵面某义项的异体麵繁][线線异]倦羡奠[遍徧异][恋戀繁]啭眩钏卞汴片谴绚谚颤擅淀缮唁茜楝炫现孂碾

(一) 同仄多音字〖又阮、愿韵：堰〗〖又霰韵：[拣揀繁]〗〖又铣韵：[选選繁]宴善缮遣蚬变眄衍[辗某义项同碾]转钱〗〖又敬韵：倩〗

(二) 平仄通用多音字〖又元韵：媛〗〖又先韵：煽钿佃缠〗〖又先、铣韵：狷〗

(三) 平仄亦通亦异多音字〖又元韵：掾〗〖又青韵：瞑〗〖又寒、问韵：拚〗〖又寒韵：弁〗〖又先、屑韵：[嚥咽某义项的异体]〗〖又先韵：[牵牽繁]研便穿旋溅阗缘传〗〖又真、先、震韵：[填堂练切]〗

(四) 平仄不通用多音字〖又先韵：先燕[县縣繁]煎禅扇延涎〗

不常用字：蒨怖瑗[溅淀某义项的繁体，古作靛]鄑胃睍衒祄嬊琁渷栫牧㴼鄄昇倪榗绢偭縓涀健

多音字〖又先韵：卷[淀后作漩]汧莚梴貆〗〖又元、铣韵：飌〗〖又先、铣韵：鬋諓〗〖又铣韵：晛瓚蚦[韉同韉]劗[譔撰某义项的异体]〗〖又真韵：眴〗〖又霁韵：毳〗〖又震韵：瑱皷〗

【十八啸】

常用字：啸笑照[庙廟繁][窍竅繁]妙诏召邵曜耀[燿某义项作耀的异体]钓叫眺[峭陗异]诮肖尿[粜糶繁]疗醮醋褾傧俏票

(一) 同仄多音字〖又筱韵：少掉佻绕〗〖又药韵：爝约〗〖又锡韵：[吊弔异]〗

(二) 平仄通用多音字〖又萧韵：烧饶〗

(三) 平仄亦通亦异多音字〖又萧韵：哨嘹摇峤轿要跳料〗〖又萧、筱韵：燎〗

(四) 平仄不通用多音字〖又萧、筱韵：嬈〗〖又萧韵：剽漂劲徼镖〗〖又萧、尤韵：调〗〖又萧、宥韵：廖〗〖又肴韵：[鞘鞘同]〗

不常用字：踃藋噭[窔同突]僬骠㷖趒

覻[觀㈠俯的异体。㈡同眺]頯[訆某义项同叫]艍[勦同剽某义项]篍箂臑嬥搫璙趒

多音字〖又萧韵：鷍銚蔈鷯僄〗〖又萧、筱韵：摽嫽〗〖又萧、尤韵：[噍同嚼]〗〖又筱韵：慓篠〗〖又药韵：敹〗〖又锡韵：獥〗

【十九效】

常用字： 效貌[校居效切，又本韵胡教切]孝闹淖豹罩窖酵稍[碻炮某义项的异体碾异砲异][疱皰异][櫂棹某义项的异体]

㈠ 同仄多音字〖又巧韵：拗〗〖又觉韵：爆踔较觉〗〖又觉、药韵：[乐樂繁]〗

㈡ 平仄通用多音字〖又肴韵：敲〗

㈢ 平仄亦通亦异多音字〖又肴韵：[胶膠繁]教钞泡〗〖又肴、麻、巧韵：抓〗

㈣ 平仄不通用多音字〖又肴韵：炮铇〗〖又萧韵：桡〗

不常用字： 虭儤趠[衵同靿][傚效某义项的异体]恔笍磽垎[敩教]鞠

多音字〖又肴、药韵：嗃〗〖又肴、宥韵：窌〗

【二十号】

常用字： 帽报[导導繁]盗[噪譟异][灶竈繁]奥诰到蹈傲耄躁悼懊犒墺靠糙耗

㈠ 同仄多音字〖又皓韵：好造倒媢缟[埽通扫]祷〗〖又皓、屋韵：燠〗〖又队韵：瑁〗〖又屋韵：暴澳瀑〗〖又沃韵：

告纛〗〖又觉韵：眊〗〖又药韵：[凿鑿繁]〗〖又职韵：冒〗

㈡ 平仄亦通亦异多音字〖又豪韵：[号號繁]骜漕〗

㈢ 平仄不通用多音字〖又豪韵：操膏[劳勞繁]旄薵韬〗〖又豪、皓韵：涝〗

不常用字： 隩憃嫪㬥[趮某义项同躁]萢藃郜𥹳鳓椙[耗某义项同耗]

多音字〖又豪韵：翿芼〗

【二十一个】

常用字： [箇个某义项的异体個繁][个古贺切gè，明堂四面偏室。今作为個字简体]贺佐饿挫课唾播到[糯糯的异体]座破[卧臥同]货剁

㈠ 同仄多音字〖又哿韵：坷簸坐左惰媠〗〖又遇、药韵：作〗〖又泰韵：大奈〗

㈡ 平仄通用多音字〖又歌韵：磋〗〖又麻、霁韵：些〗

㈢ 平仄亦通亦异多音字〖又歌韵：过蹉〗〖又歌、哿韵：轲[逻邏繁]〗〖又歌、马韵：髁〗

㈣ 平仄不通用多音字〖又歌、哿韵：那〗〖又歌韵：和磨驮锉摩〗

不常用字： [譒同播]莝涴奵襬

多音字〖又寒、哿韵：癉〗〖又歌韵：挼㕵〗〖又哿韵：堁〗〖又铣韵：[愞同懦]〗

【二十二祃】

常用字： 祃驾夜谢榭暇灞嫁赦蔗化

[舍 始野切，书冶切 shè，屋也，今捨字简体，见马韵][價价某义项的繁体]骂稼架诈亚娅罅跨麝怕讶诧迓[蜡助驾切 zhà，年终祭名，今蠟字简体，见合韵]柘[崋亦作华；崋山]卸靶乍[坝壩繁埧同。与埧 jù 异：堤塘]鹧偌汉袆

(一) 同仄多音字〖又蟹韵：[罢罷繁]〗〖又马韵：下夏假[妊姹同][泻瀉繁]〗〖又霁韵：贳〗〖又陌韵：霸借藉炙[射神夜切，又本韵羊谢切]〗

(二) 平仄通用多音字〖又麻韵：桦〗

(三) 平仄亦通亦异多音字〖又麻、遇韵：胯〗

(四) 平仄不通用多音字〖又麻韵：杷咤杈〗

不常用字：嗄稰[櫚同杷某义项，杷；器物的柄]帊祂[醝本字醡。醉同榨][耙同穲]砑

多音字〖又麻韵：侘〗

【二十三漾】

常用字：漾[状狀繁]帐[让讓繁][旷曠繁][壮壯繁][向许亮切，通嚮；又本韵式亮切，姓、地名]畅葬匠谤尚[样樣繁]舫访酱嶂抗[酿釀繁][况況异][臓脏某义项的繁体]瘴[纩纊繁]谅亮妄怅[圹壙繁]宕伉羕胀炕诳徬旺挡

(一) 同仄多音字〖又养韵：上放仗[饷饟异，见本韵]养两[广廣繁][荡盪异]盎仰傥〗〖又药韵：掠〗

(二) 平仄通用多音字〖又阳韵：涨忘飏[偿償繁]〗〖又阳、养韵：吭怆〗

(三) 平仄亦通亦异多音字〖又阳韵：望防浪[当當繁]障妨相亢汤〗〖又阳、庚、敬韵：行〗

(四) 平仄不通用多音字〖又阳韵：创张王藏将量丧傍炀[唱亦作倡]装〗〖又阳、养韵：长怏〗

不常用字：贶鬯[㓷同创]悢輰羡踼闶[暴向某义项的异体。某义项同晌]醠珦

多音字〖又阳韵：砀阆颃潢枕〗〖又阳、庚韵：桁〗〖又庚韵：撜〗〖又养韵：[漾某义项同漾]迋緉〗

【二十四敬】

常用字：敬命政性镜[圣聖繁][咏詠异]姓映病柄[郑鄭繁][劲勁繁][竞競繁][净淨异]竟孟进聘诤泳硬儆[帧幀繁]摒

(一) 同仄多音字〖又梗韵：请靓〗〖又迥韵：词〗〖又霰韵：倩〗〖又径韵：[证証繁證繁]〗

(二) 平仄通用多音字〖又庚韵：评侦〗

(三) 平仄亦通亦异多音字〖又庚韵：令更正〗〖又庚、梗、迥韵：[并併异竝并异]〗〖又庚、梗韵：榠〗〖又阳、庚、漾韵：行〗

(四) 平仄不通用多音字〖又庚韵：盟横迎盛轻〗〖又阳韵：[庆慶繁]〗〖又庚、养韵：榜〗〖又青韵：娉〗

不常用字：[穽阱的异体]清獍夐[遺侦的异体]

多音字〘〚又庚韵:礸縈晟〛〚又梗韵:邴怲〛〙

【二十五径】

常用字:[径徑繁]定磬赠佞罄[邓鄧繁]孕锭滢[剩賸异]镫磴凳[亙互异]订蹭[瞪又庚韵]

(一)同仄多音字〘〚又迥韵:胫[汀濘繁]〛〚又敬韵:[证証繁證繁]〛〙

(二)平仄通用多音字〘〚又庚韵:莹〛〚又青韵:廷〛〚又青、迥韵:醒〛〚又蒸韵:胜凝[凭依凣,非憑字简体]〛〙

(三)平仄亦通亦异多音字〘〚又青韵:[听聽繁]经暝泾[宁甯同]〛〚又蒸韵:[应應繁]甑[淩凌同]〛〙

(四)平仄不通用多音字〘〚又庚韵:橙〛〚又青韵:庭钉〛〚又蒸韵:兴乘[称稱繁,亦作秤]〛〙

不常用字:䞈頲[矴碇的异体]艳嶝[隥同磴,石级]䔲蹬仃

多音字〘〚又东韵:[㟏同幪]〛〚又蒸韵:烝堋〛〚又青韵:胫〛〙

【二十六宥】

常用字:宥[候候同]堠就授秀[绣繡异]奏富[兽獸繁][斗鬭异]漏陋狩[昼晝繁]寇茂懋[旧舊繁]胄[又本韵]宙袖岫救[厩廄异]臭幼佑祐豆窦竇繁逗溜[构構繁]购購繁透瘦漱[咒呪异]贸鹜诟究[凑湊同]谬籀疚灸[槱褥同]枢骤[皱皺繁]绉縐繁

戊袤姆又[鲎鱟繁][餾馏某义项同]輳逅蔻嗽

(一)同仄多音字〘〚又有韵:寿守右走首狃嗾[后後繁]后厚扣琇吼绶〛〚又遇韵:[仆僕芳故切]〛〚又屋韵:宿柚[覆某义项通复][復复某义项的繁体]囿畜蔟伏[读讀繁]辐〛〚又屋、职韵:副〛〙

(二)平仄通用多音字〘〚又尤韵:瘤售〛〚又尤、有韵:蹂〛〙

(三)平仄亦通亦异多音字〘〚又尤、虞韵:偻〛〚又尤韵:沤〛〚又虞、尤、遇韵:句〛〙

(四)平仄不通用多音字〘〚又萧、啸韵:廖〛〚又尤韵:犹[留霤异]油收〛〚又尤、屋韵:缪〛〚又虞韵:镂〛〙

不常用字:[袤某义项同袖][齅同嗅]侑䐈𦞦廇遘媾覯[莓某义项构的本字]瘢狖糅酹㱿雊榖堥鼬僦貁妒䐜鹫篍鍑饾[瘘某义项同偻][妯同胄]𥊀酭楱愁㱿毃穮增㑳蓒諔懰椆怐[欘同柚某义项][篍同篍]𨜷槱[荗同茂]謏

多音字〘〚又尤韵:鞣鍭輶睺〛〚又虞、遇韵:呕〛〚又肴、效韵:㬦〛〚又东、宋韵:霩〛〚又尤、有韵:檨〛〚又萧、尤韵:䚻飂〛〚又尤、觉韵:瞀〛〚又置韵:雊〛〙

【二十七沁】

常用字:沁[荫蔭繁]谶潜烬赁[闯闖繁]妗[搇揿异]

(一)同仄多音字〘〚又寝韵:饮枕衽噤甚〛

㈡平仄通用多音字〖又侵韵：妊〗
㈢平仄亦通亦异多音字〖又侵韵：任禁森〗
㈣平仄不通用多音字〖又侵韵：[临臨繁]深喑渗〗〖又侵、寝韵：[沉沈同]吟浸〗

不常用字：堪僸罙㯱伣[吟同噤。闭口]

多音字〖又侵韵：祲寴[紝同纴]篤紟〗〖又寝韵：顉〗

【二十八勘】

常用字：勘[暗亦作闇，又覃韵异，感韵通][啖啗某义项的异体]憾缆瞰绀暂淡赣

㈠同仄多音字〖又感韵：憺莟〗〖又感、送韵：[贛灨异頳异]〗〖又豏、陷韵：阚〗
㈡平仄通用多音字〖又覃韵：探〗〖又覃、感韵：錾〗
㈢平仄亦通亦异多音字〖又覃韵：三[担擔繁]〗
㈣平仄不通用多音字〖又覃、感韵：澹〗〖又侵、覃韵：参〗〖又覃韵：憨〗

不常用字：琀磡[搚同馨]瞰憪

多音字〖又覃韵：瓺淦唅〗〖又艳韵：燄〗

【二十九艳】

常用字：[艳豔异]念验赡[埝壂繁墊同]店滟[垫墊繁][僭僣同]酽殓掞啖俺

㈠同仄多音字〖又感韵：桼〗〖又俭韵：敛潋猃忝〗〖又陷韵：剑欠〗〖又叶韵：

[厌厭繁]〗〖又洽韵：[胁脅繁]〗
㈡平仄通用多音字〖又盐韵：兼砭苫〗
㈢平仄不通用多音字〖又盐韵：占[盐鹽繁]潜沾髯〗

不常用字：[爓㈠同焰，㈡同焊，沉肉于汤]窆坫韂屟[嬐同睑]黇晻鶼[阁同檐]稴畬硷[奁或作奩]㛪姂赸[坅同垫]鲶甗耆綌埝蹥陁羹覘嬐厣惗[揜同揞]婁橬曮壛傔

多音字〖又盐韵：幨嬐痁[蘟同冊]觇〗〖又勘韵：燄〗

【三十陷】

常用字：陷[鉴鑑异]梵[忏懺繁][赚賺同]蘸站

㈠同仄多音字〖又豏、勘韵：阚〗〖又艳韵：剑欠〗
㈡平仄通用多音字〖又咸韵：帆〗〖又东韵：[汎泛某义项的异体]〗
㈢平仄亦通亦异多音字〖又盐韵：淹〗〖又咸韵：赚鑱〗
㈣平仄不通用多音字〖又咸韵：监〗

不常用字：甉

多音字〖又咸韵：儳〗〖又覃韵：韽〗

入声十七韵

【一屋】

常用字： 屋木竹目［服新四声另义项仄读fù，另仄读bì］福禄［穀谷某义项的繁体］熟谷肉族鹿腹菊陆［轴新四声另义项仄读zhòu］逐牧犊渎牍椟黩［轂毂辘平读轱gū辘］［粥新四声另义项仄读yù］肃育六［缩新四声另义项仄读sù］哭斛蓄叔淑菽独［卜新四声另义项平读bo］［馥新四声另义项仄读bì］沐速祝麓镞蹙［築筑某义项的繁体］穆睦啄［麯曲某义项的异体］秃縠［扑扑普木切pū，击打，今撲字简体，见觉韵］鬻鹈竺筑簇掬濮鞠鞫［郁于六切yù，地名。文盛貌，通彧。又鬱字的简体，见物韵］蠹［複复某义项的繁体］蓿塾蹴煜谡碌跼毓觸蝠昱辘夙彧俶［儵儵异］觳首茯孰蹼簌漉掭噢

(一) 同仄多音字〖又筱韵：蓼〗〖又皓、号韵：燠〗〖又遇韵：鹜〗〖又号韵：澳瀑［暴新四声另义项平读bó］〗〖又宥韵：伏宿［读新四声另义项仄读dòu］［復复某义项的繁体］畜［覆某义项通复］辐蔟［柚新四声另义项平读yóu，另平读zhú］囿〗〖又宥、职韵：副〗〖又沃韵：［仆僕繁]〗〖又觉韵：[朴樸繁，新四声另义项仄读

pò，另平读pō，另平读pú，另平读piáo］[毂新四声另义项仄读què]〗〖又锡韵：[頔新四声另义项平读dí]〗〖又职韵：幅愊蝠匐〗

(二) 平仄不通用多音字〖又尤、宥韵：[缪新四声另义项平读móu，另仄读miù]〗〖又萧韵：[翛翛]〗

不常用字： 蕭衄漉蔌洑蕧[䓘同掬]簏嫁璓醁醭朒憴楸稑蹜鍑鰊柷涑觫鱐霂僇殡撼鞣艑䗪䴷鸀[澓同洑某义项]榍[蹜同蹴]劓苜蓬棘蒉菖罩滲腺蝮纑礛[毱同鞠]噈械翻睩瘯偪[偪逼的异体]礴髑裗虑柣鵏摗奠[穀木名]

多音字〖又萧、沃、药韵：熇〗〖又尤韵：[勠戮某义项的异体]涑〗〖又沃韵：狢〗〖又职韵：椱〗

【二沃】

常用字： 沃俗玉[曲新四声另义项仄读qǔ]粟[燭烛繁][錄录繁]辱狱绿毒局欲束[鵠新四声另义项仄读gǔ]蜀促[触觸繁]续浴酷瞩躅褥旭[慾欲某义项的异体]梏襥蠋笃督赎跼[勖勗异最同]醁渌逯营[鏃镞]嘱丁荥[偏偏]

同仄多音字〖又遇韵：[足新四声另义项仄读jù]属〗〖又号韵：纛告〗〖又屋韵：[仆僕繁]〗〖又药韵：襮〗

不常用字： [籙箓的繁体]缛蓐顼褧湙[劚同斸]瘯[䒷同曲，蚕箔]摾韰駷特

鄘鸰鋬

多音字〖又萧、屋、药韵：熇〗〖又感韵：欿〗〖又屋韵：狖〗

【三觉】

常用字：[角新四声另义项平读jué，另仄读gǔ]桷[珏玨同][榷搉异][搉摧异][嶽岳某义项的异体]泥鸷捉朔卓涿逴琢桌剥[趵新四声另义项平读bō][驳駁异]邈[皃同貌]雹[扑撲同]觼璞[殼同壳又读qiào][確确某义项的繁体][浊濁繁]擢镯[榷棹某义项的异体]濯幄喔握渥搦[戳某义项同戳]荦学豿[傕隺]醒槊㮑龊

同仄多音字〖又虞、遇韵：数〗〖又号韵：眊〗〖又效韵：[觉新四声另义项仄读jiào]爆踔较〗〖又效、药韵：乐〗〖又屋韵：[朴樸繁，新四声另义项仄读pò，另平读pō，另平读pú，另平读piáo][毂新四声另义项仄读què]〗〖又药韵：[斫斱异斲异]药逴〗

不常用字：捔嚣鷟溂稐穛妠[䅉同㮕]筲[欶某义项同嗽，咳嗽][嚗某义项同味]岧曓慄鳆驺鮊朦㲉璞[慤简体悫]㙲毃硞鋜鹔鸐[鷽亦作剧]偓椢啈鷽硪氉[某义项同醒]

多音字〖又肴韵：㚁〗〖又尤、宥韵：瞀〗〖又药韵：泘〗

【四质】

常用字：质日笔室疾一乙壹吉秩密率律逸佚失漆栗[毕畢繁]恤蜜橘溢[膝卾同][匹通作疋]述慄黜弼七叱[虱蝨异]悉谧[朮与术异]诘袟戌佶栉[暱昵的异体]窒新四声另义项平读dié]必秩蟀嫉鶛筚佾怵聿桎蒺[蟋蟀同][密新四声另义项平读fú]漯沭

(一)同仄多音字〖又寘韵：出[术術繁]瑟踥泌帅〗〖又寘、屑韵：[咥新四声另义项平读dié]〗〖又物韵：肸〗〖又月韵：卒崒〗〖又黠、屑韵：苙〗〖又屑韵：轶[佚姪异]蛭拮〗〖又锡韵：汨〗〖又职韵：[实實繁寔异]唧〗

(二)平仄不通用多音字〖又支韵：尼〗

不常用字：[桼同漆][邮恤的异体]氕镒芯篥通[隝同鹜]縡珌鎉韠潏磎蛄抶驲郅[屖某义项同犀]铚颷拴陧耴泆潏榉槺駜樲铋髯鶒麋鞑[秷同稩]裀[溧栗某义项的异体]蓉骦鴑瑏獝飶秼鲽颲渾[歍同鸡]抌愰僳

多音字〖又物韵：汩〗〖又职韵：聖〗〖又屑韵：蛣〗

【五物】

常用字：物佛拂[屈新四声另义项平读jué][鬱郁某义项的繁体]乞讫[吃吃]绂黻韍弗诎崛勿熨[仡新四声另义项平读gē，另仄读wù]迄汔屹[倔新四声另义项仄读juè][绋绋][疙疙]

入声十七韵　诗韵字表　103

㈠ 同仄多音字〖又阮韵：菀〗〖又未韵：髴尉蔚〗〖又质韵：肦〗〖又月韵：掘厥黦〗

㈡ 平仄不通用多音字〖又尤韵：不〗

不常用字：［綍同绋某义项fú］茀袚欿［刜同㓸］鈯怫刜芴岉裱瓢［岪同弗］怫埻噈泭

多音字〖又质韵：汩〗

【六月】

常用字：月［骨新四声某义项平读gō］［髪发某义项的繁体］［阙新四声某义项平读quē］谒［没同没新四声某义项平读méi］伐罚窟笏钺歇［發发某义项的繁体，新四声某义项平读bō］突忽勃［揭同揭见霁、屑韵］筏蕨阀讷殁粤兀猝橜［橛㮢异］羯［汩新四声某义项仄读yù，另平读hú］窣惚猝渤［蝎蠍异］刖纥饽堡谲［撅新四声某义项仄读guì］曰［脖脖］［鹁鹁］［吻吻］

同仄多音字〖又尾、队韵：胐〗〖又霁韵：［蹶新四声某义项仄读guì］鳜新四声某义项平读jué］〗〖又队韵：［誖悖的异体］孛新四声某义项仄读bèi］〗〖又质韵：卒崒〗〖又物韵：掘厥黦〗〖又曷韵：［越新四声某义项平读huó］咄喝［阏新四声平读yān，另仄读è，另仄读yù］〗〖又黠韵：［鹘新四声某义项平读hú］滑刖〗〖又黠、屑韵：[楬新四声某义项仄读qià]〗〖又屑韵：竭碣矻龁枂［讦新四声某义项仄读jì］〗〖又陌韵：［核核，新四声某义项平读hú］〗

不常用字：［韈袜的异体。袜子］軏腒浮砝澠鷩敖敿掯蠪柮稡捔蚎蚁犻魀机锌抇矹朏橍烽［敄同勃］［嶱某义项同窟］溆喁沭［堀某义项同窟］［棒通脆。易折；易碎］扢扣狘愲䏌擽［钀某义项同轙］［崫某义项同崛］

多音字〖又曷韵：揭獦〗

【七曷】

常用字：曷［达達又本韵他达切］末［阔濶异］［活又本韵］钵脱［夺奪繁］褐割沫［葛新四声另义项仄读gě］阏渴拨［豁新四声另义项平读huō，另平读huó］括聒［抹新四声另义项仄读mò，另平读mā］秣遏挞栝萨跋魃［撮新四声另义项仄读zuǒ］怛［剌新四声另义项平读lá］［辢辣的异体］栝笞钹泼［茇新四声另义项仄读pèi］鹣［捋新四声另义项平读luō］袜袯笪妲［蝎蝎］［鞈鞈］瘌捺

同仄多音字〖又霁、泰韵：粝〗〖又泰韵：汏〗〖又卦韵：［喝新四声另义项仄读hè，另仄读yè］〗〖又月韵：［越新四声另义项平读huó］咄喝［阏新四声平读yān，另仄读è，另仄读yù］〗〖又黠韵：拔獭鸹〗〖又屑韵：掇挒〗

不常用字：［轕同轇］敧頞捼栚同，捼指］靺鶡髬鰴噿蕇［适古活切，疾也，人名，今作適字简体］掇［撮㈠同擦。㈡同撒某义项］撻鶿馺佸萿夌沕盰䒧呾鏺娺

多音字〖又泰韵：懑〗〖又卦韵：餲〗〖又

月韵：堨猲〗〖又黠韵：鶏鷢〗〖又屑韵：蕐[蘖同蹳]〗

【八黠】

常用字： 黠[札札]猾八察[刹新四声另义项仄读chà][轧新四声另义项仄读yà，方言平读gá]劼戛秸[嘎嘎异，新四声另平读gā]擖瞎刮帕[刷新四声另义项仄读shuà][捌捌][叭叭][扎紮扎某义项的异体][轄辖]

同仄多音字〖又卦韵：[杀新四声另义项仄读shài，另仄读sà]铩〗〖又月韵：[鹘新四声另平读hú]滑刖〗〖又月、屑韵：[楬新四声另义项仄读qià]〗〖又曷韵：拔獭鸹〗〖又屑韵：頡〗

不常用字： [辇某义项同辖]蛰菝觚刖髂鰔僭蛨喒豽肐鱳蔡扴磍圠[獙同猰某义项，yà][蒰同椴]汃椴疕圿黜砐圚鶷䨮鍥[鶛作鷝]妠[袜某义项同袜，袜子]裃

多音字〖又寘韵：眣〗〖又曷韵：鶏鷢〗〖又洽韵：擖〗

【九屑】

常用字： 屑节雪绝列烈结穴血舌[洁潔繁][别又本韵]缺裂热[决決异][铁鐵繁][灭滅繁]拙悦辙诀噎[杰傑繁][彻徹繁]哲[鳖鼈异]设[啮齧异]劣谳玦[截截同]窃竊孽孼异蠥阅餮瞥[撆同撇新四声另义项仄读piē]臬[鴂同鴃]昳锲耋抉挈洌[楔常读xiē]

整蒅胅襭经蠛峃[疗瘵繁]涅擷撤跌蔑篾[撲新四声另义项仄读yè]澈垤子闑[蘖糵异]薛啜桀辍[晢晣同]迭呐冽挈[觖新四声另义项仄读kuī]揑页[桔桔][袺袺][橘橘][鳖鳖][唎唎]咧

(一)同仄多音字〖又轸韵：[準准某义项的繁体準同]〗〖又铣韵：谳〗〖又寘、质韵：[咥新四声另义项平读dié]〗〖又霁韵：[说新四声另义项仄读shuì，另仄读yuè][切新四声另义项仄读qiè]泄挈缀挟醳契浙揭闭[偈新四声另义项仄读jì、qì]暧〗〖又质、黠韵：苶〗〖又质韵：铁[侄姪异]蛭拮〗〖又月韵：竭碣凸龁桵[讦新四声另义项仄读jǐ]〗〖又月、黠韵：[楬新四声另义项仄读qià]〗〖又曷韵：掇劂〗〖又黠韵：頡〗〖又陌韵：礟〗〖又叶韵：苶〗

(二)平仄通用多音字〖又齐、锡韵：[霓蜺异]〗〖又萧、霁韵：橇〗

(三)平仄亦通亦异多音字〖又齐韵：批〗〖又先、霰韵：咽〗

(四)平仄不通用多音字〖又齐韵：[折又本韵]〗

不常用字： 纈垤苶蚏闑蹀跽巀嶭陧篾鐍[鱊同鐍某义项]截窡[威同灭]跌瞲菆荝铽继橠薎沴渫[糱同糵]蛥[敁同刷某义项][藝同蓺]歇僁颮趹[齸某义项同噎]蠮[鰈同继某义项]

多音字〖又霁韵：澈鷩〗〖又曷韵：蕐[蘖同蹳]〗〖又质韵：蛣〗

【十药】

常用字：[藥药某义项的繁体][薄新四声另义项平读báo，另仄读bò]略落阁鹤爵弱[脚腳异，新四声另义项平读jué]雀幕洛壑郭博[跃躍繁]缚酌[託托某义项的异体][削新四声另义项平读xiāo]铎灼络鹊诺萼[橐同橐新四声另义项仄读luò]漠[钥鑰繁]虐泊搏箬锷藿[嚼新四声另义项仄读jiào]勺酪谑廓[绰新四声另义项平读chāo]霍烁镤铄[缴新四声另义项平读zhuó]谔鄂亳恪箔攫涸[疟瘧繁]骆粕妁礴拓镈鳄昨柝酢摸[貉新四声另义项仄读mò，另平读háo]珞愕寞筰膊[繫通繫]嚎瘼箬烙焯攉噩矍各[猎祥亦切xì又音xī。七雀切què，兽名，犬名，今獵字简体，见叶韵。][芍常读shuò，新四声另义项仄读què]踱雠[铂鉑]扩

㈠同仄多音字〖又语、御韵：[著着同]〗〖又筱韵：[袅嫋异]〗〖又马韵：若〗〖又遇韵：[度新四声另义项平读duó]错〗〖又遇、个韵：[作新四声另义项平读zuò]〗〖又遇、陌韵：[获穫繁]厝〗〖又啸韵：[约新四声另义项平读yāo，另仄读yào][爝又读jiào]〗〖又效、觉韵：乐〗〖又号韵：[凿鑿繁]〗〖又漾韵：掠〗〖又沃韵：襫〗〖又觉韵：[斫斱异]药遆〗〖又陌韵：索[却卻异]莫格[柞新四声另义项平读zé][魄新四声另义项平读bó，另仄读tuò]泽踏昔〗

㈡平仄亦通亦异多音字〖又虞韵：膜〗

㈢平仄不通用多音字〖又虞、遇韵：恶〗

〖又鱼韵：躇〗

不常用字：崿簿蒴玓鸑燩钀鸙袹郝髆鬲镆饦霩遌潡洓筰跞蠖臄荝蘥膜炸[鞟同鞹]垩[貜玃同][鑮同镈]臑蒻狘藻[攉同攉yuē。标准；法度]堮謞[簅同箑]呺碏硞敆獶瞙矔躩縶嗝碻浛禚蠕[霩某义项同霍][瘵同疗]裶劇戄崿同岞]鮥都迮澤鹬[隺同隺]豂榨[貜同獲]皭鲊蚄蜋

多音字〖又鱼、御韵：醵〗〖又肴、皓韵：郜〗〖又萧、屋、沃韵：熇〗〖又萧韵：杓燺〗〖又肴、效韵：嗃〗〖又麻韵：婼〗〖又筱韵：[蹻某义项蹺的异体]〗〖又啸韵：敫〗〖又觉韵：汋〗

【十一陌】

常用字：陌[石新四声另义项仄读dàn]客白[伯新四声另义项仄读bǎi]迹宅席策碧籍役帛戟璧驿[麦麥繁]额柏[脉脈异]夕液[冊册异]尺隙逆[百又本韵][闢辟某义项的繁体]赤革脊翮屐帻[劇剧繁]碛隔益窄掷责惜癖僻[辟又本韵][掖新四声另义项平读yē]腋释舶拍择礋绎斥奕弈迫疫译瘠赫谪虢[腊膰思积切xī，干肉，若得鱼离而腊之，久、极也，今臘字简体，见合韵]簀硕赜螫夌亦擗戚[骼胳某义项同][隻只某义项的繁体]珀膈嚄踯蜴帼掴蓆擘檗[跖蹠异]馘汐撼[咋新四声另义项仄读zhà、zǎ，另平读zhā][吓嚇繁]躄躃同蓦蝈佰[鮊鲌]

坼[拆拆][喀喀新四声另义项仄读kè]蚱[痄痄][槁槁]厄扼[呃呃]

(一) 同仄多音字〖又置韵：[积積繁]易刺〗〖又遇、药韵：[获獲繁]厝〗〖又卦韵：[画畫繁，通划某义项]〗〖又谏韵：栅〗〖又祃韵：射炙[藉新四声另义项仄读jiè]借霸〗〖又月韵：[核核新四声另义项平读hú]〗〖又屑韵：[毂核某义项的异体]〗〖又药韵：[索通索][却卻异]莫格[柞新四声另义项平读zé][魄新四声另义项平读bó,另仄读tuò]泽踖昔〗〖又锡韵：[适適繁]摘翟耆[鬲新四声另义项仄读lì]霹〗〖又职韵：鲫〗

(二) 平仄不用多音字〖又麻、马韵：哑〗〖又麻韵：[劃划的繁体字]〗

不常用字：[厃厄的异体][舄同鳥][塀同坼][軛同軶]怿岙奭襞喵袥獏舶齪[搚扼某义项的异体]埸踖妮嘈搣崞绤貊摘[陀同厄]堉碏剢洰撖醳唶[龗同霡][齰同齮]潟襫[瓯亦作瓯]帼觋襌鼫耤

多音字〖又遇韵：歖〗

【十二锡】

常用字：锡壁[歷历某义项的繁体歴同]枥[击擊繁]绩勩笛[敌敵繁]滴镝檄激寂觋逖[籴糴繁]析[晰晳异晳异]溺觅狄荻[幂羃异]戚[涤滌繁]的新四声另义项平读dí、de]芍[吃喫异]沥雳惕踢[剔新四声另义项仄读tī]砾栎嫡商[阅閱繁][焱呼臭切]迪覡浙蜥倜怒

[劈劈，新四声另义项仄读pī]逷

(一) 同仄多音字〖又啸韵：[吊弔异]〗〖又屋韵：[踧新四声另义项平读dí]〗〖又质韵：泪〗〖又陌韵：[适適繁]摘耆[鬲新四声另义项仄读lì]霹〗

(二) 平仄通用多音字〖又齐、屑韵：[霓蜺异]〗

(三) 平仄不用多音字〖又尤韵：妯〗

不常用字：鹝[鏚同戚某义项。兵器斧][慼戚某义项的异体]甓苈疬[鏣同鬲某义项。古代炊具]裼緆轹欶靮闃[鶃同鷊]蹢荻頔篥逷鶺澼趯[蕥同鶂][毄同𤔕]塓吴殈蕮驹楠艒𡔁

多音字〖又支韵：[酈简体郦，音lì,姓]〗〖又啸韵：獥〗

【十三职】

常用字：职国蚀色力翼墨极息直[得新四声另义项仄读děi]黑侧饰贼刻则式轼域殖敕饬棘惑默匿亿臆忆特[勒新四声另义项平读lēi]慝仄昃稷逼克剋蝕即拭弋陟测翊抑恻[肋新四声另义项平读lē][亟新四声另义项仄读qì]殛忒崱樴蹐熄稡啬忾魊或愎翌杙薏濇

(一) 同仄多音字〖又置韵：德[食新四声另义项仄读yì]植织[识新四声另义项仄读zhì]填仳〗〖又队韵：北[塞新四声另义项仄读sài,另平读sāi]勒〗〖又号韵：冒〗〖又宥、屋韵：副〗〖又屋韵：幅恶蔟匐〗〖又质韵：[实實繁]寔异唧〗〖又陌韵：鲫〗

(二) 平仄亦通亦异多音字〖又支韵：嶷〗

不常用字：扐泐湜緎棫淢罭嫛愜葥[鷘同鶒]阈纆𧜵妭洫釴芅[隿同弋某义项]黓瀷犆膱轖檝繶檍防玏腷湢赩餩𪎿螺沠[鰂同鲗。乌贼]奭[樴枳某义项的繁体，木桩]𧜵杙愊仂[蠈同贼某义项]醷堿稄𧍙䮞䳼琙

多音字〖又蒸韵：塍〗〖又屋韵：楅〗〖又质韵：垕〗

【十四缉】

常用字：缉辑戢立集邑急入泣[湿新四声另义项仄读chì 溼异][习習繁]给十[拾新四声另义项仄读jiè][什新四声另义项平读shén]袭及级[涩澀同]粒[揖又本韵]汁蛰笠执汲吸縶葺伋岌翕浥熠悒廿挹卅[芨芨][圾圾]

同仄多音字〖又叶韵：笈[褶新四声另义项平读dié，另平读xí][歙新四声另义项仄读shè]〗

不常用字：隰湁岦濈槢潝霫䩞霵[岦同崆]蕺𥙡湆霵

多音字〖又叶韵：裛堨〗〖又合韵：唈钑〗

【十五合】

常用字：[合又本韵古沓切]塔答纳榻阁[杂雜繁][腊新四声另义项平读xī 臘繁][蠟蜡某义项的繁体]匝阖[蛤新四声另义项平读há]衲[沓新四声另义项平读dá]榼鸽[踏新四声另义项平读tā]飒[拉新四声另义项仄读lǎ]搭盍[趿新四声另义项仄读qì][嗑新四声另义项平读hé，另平读xiā][卅卉同，卌同][嗒新四声另义项仄读tà][盒盒][颌颌][褡褡][瞌瞌][闸闸][塌塌]蹋[邋邋新四声另义项仄读liè]遢

同仄多音字〖又泰韵：[盖蓋繁]礚〗〖又洽韵：欱〗

不常用字：[搨拓某义项的异体，搨印]遝潔[鞳通鞈，钟鼓声]靸馺噆阘誻軜溘[荅某义项同答]鞜[蹹同踏某义项]姶涾鞳𠹻䶀

多音字〖又缉韵：唈钑〗〖又洽韵：鞈〗

【十六叶】

常用字：[葉叶某义项的繁体，又本韵][帖新四声另义项仄读tiě，另仄读tiè]贴牒接[猎獵繁]妾蝶[叠疊异]箧涉捷颊楫摄蹑谍堞[协協繁]侠荚晔惬觋睫浃慑蹀挟铗燮镊靥烨詟摺怗牒辄[捻新四声另义项平读niē]婕聂蛱嗫

同仄多音字〖又俭韵：魇〗〖又艳韵：[厌厭繁]〗〖又屑韵：苶〗〖又缉韵：笈[褶新四声另义项平读dié，另平读xí][歙新四声另义项仄读shè]〗〖又洽韵：喋箑萐霎〗

不常用字：鬣氎[慴慑的异体]屧[楪某义项同碟]韘[爗烨的异体]讘馌跕欇褋[擪同擫]躐擸踕緁褶謵躞惵鍱滠衱牒

勐敢[籥亦作籲]鐷鎈梜[椄同接。连接；嫁接][萐同翣某义项]獦徤浹鮫鱬

多音字〖又缉韵：裛堨〗〖又洽韵：霅〗

【十七洽】

常用字：洽狭峡硖[法灋异浍异]甲[业業繁]邺匣[压新声另义项仄读yà 壓繁]鸭乏怯劫插歃押狎袷帢掐[夹袷异，另义项平读jié]恰眨呷胛扱劄钾[鲽鰈]

$(-)$ 同仄多音字〖又艳韵：[胁脅繁]〗〖又合韵：欱〗〖又叶韵：喋箑萐霅〗

$(二)$ 平仄通用多音字〖又盐韵：俺〗

不常用字：[蚵石蚵，即石砌]憎锸[牐闸的异体]翣嶪婕筴枻郟鹟蹋鯝嚉歃鮨[唈同欱]圚怢渫

多音字〖又黠韵：擖〗〖又合韵：韐〗〖又叶韵：霅〗

同平多音字

（子目录）

（按"上平一东"至"下平十五咸"顺序排列）

【逢】	112	【提】	115	【於】	118	【蜗】	121
【庞龐】	112	【璃瓈】	115	【屠】	118	【娃】	121
【悾】	112	【鼙】	115	【车】	118	【哇】	121
【釭】	112	【赍齎】	115	【畬】	118	【蛙】	121
【冯馮】	112	【梨】	115	【揄】	118	【能】	121
【茅】	112	【犁】	115	【枹】	119	【猎】	122
【镂】	113	【差】	115	【裯】	119	【垠】	122
【瞪】	113	【涯】	116	【涂塗】	119	【屯】	122
【橦】	113	【推】	116	【吾】	119	【抡掄】	122
【喁】	113	【寅】	116	【姣】	119	【纶綸】	122
【饥】	113	【蕲】	116	【阇】	120	【甄】	122
【騩】	113	【崔】	116	【区區】	120	【竣】	123
【居】	114	【倭】	117	【娄婁】	120	【沄】	123
【兒儿】	114	【嵯】	117	【谀】	120	【繁】	123
【骊】	114	【刿】	117	【桴】	120	【洹】	123
【鹏】	114	【蛇】	117	【驺騶】	120	【羱】	123
【镳】	114	【龟龜】	117	【呕】	121	【智】	123
【桦】	114	【馗】	117	【槐】	121	【湲】	123
【蠕】	115	【麋】	118	【娲】	121	【犍】	124

【番】	124	【骈】	125	【茄】	127	【针鍼】	128
【般】	124	【嚣】	126	【迦】	127	【黔】	128
【乾】	124	【陶】	126	【枷】	127	【楠枏】	129
【还還】	124	【漉】	126	【枪槍】	127	【函】	129
【屏】	125	【彭】	126	【彭】	127	【严嚴】	129
【溽】	125	【啁】	126	【哩】	128		
【平】	125	【摎】	126	【丁】	128		
【零】	125	【绸】	127	【镡】	128		

【说明】

　　在诗韵上平声、下平声三十韵中某些字头分录于不同韵部，古四声称之为重字，本书称之为同平多音字。其中大部分是异音、异义，不同韵。有小部分同音、同义、不同韵。字头分录于二个不同韵部的占大多数，分录于三个以上不同韵部的字头数量较少。

　　本章节字头之下的内容分录该字头所在的韵部名称、读音、释义、例词、例句。[附录]主要选录于新四声的现代普及版字典（《袖珍字海》江苏教育出版社）对该字头的读音、释义、例词、例句。选用普及版字典在于此类字典的容量、层次较为实用、适用。至于诗韵中某些字头的读音、释义超出普及版字典的读音、释义范围，本章节不作深入的搜索与研讨。

【逢】

东韵：蒲蒙切，音蓬péng。象声词，鼓声也：鼓声逢逢(逢逢同)，又姓。又冬韵异。

冬韵：符容切，音缝féng。遇见，迎合。大也：子孙其逢也。相逢，重逢，邂逅逢，逢迎。又值也，苏轼诗：旧德年来岂易逢。又东韵异。

[附录]江韵作"逄"，符方切。从"夆"者，音庞；从"夅"者，音缝、又音蓬。

普及版字典：
1. 读作féng。
2. 读作péng。
3. 同"逄páng"，姓。

【庞龐】

东韵：卢东切，音笼lóng。[庞庞]充实，强壮：四牡庞庞《诗经》。又江韵异。

江韵：薄江切，音páng。高大。坚实。多而杂乱。面孔：脸庞。又高屋也，又姓。又东韵异。

[附录]普及版字典：
1. 读作páng。
2. 读作lóng。

【悾】

东韵：苦红切，音空kōng。真诚，诚恳：臣悾悾推情《后汉书》。悾悾：无知貌。悾悾无所有也。又江韵。

江韵：枯江切，音腔qiāng。信悾也。信悾，悾悾。朱熹诗：城南且细说，慰我心悾悾。又东韵。

[附录]普及版字典：读作kōng。

【钉】

东韵：古红切，音工gōng。车毂中的铁环。古宫室门饰的环状物。又江韵别。

江韵：古双切，音缸gāng。灯也。夜钉，残钉，寒钉，渔钉，短檠钉。又东韵异。

[附录]普及版字典：读作gāng，又读gōng。

【冯馮】

东韵：房戎切，音逢féng。冯妇：重操旧业的人。大小冯，歌冯，冯翼，冯京，冯道，冯唐老。又马行疾貌。又郡名。又姓。又蒸韵异。

蒸韵：扶冰切，音凭píng。马疾驰。通"淜"，涉水过河：暴虎冯河《诗经》。有冯，百冯，公子冯，冯夷，冯河。马行疾貌，乘也，相视也。《诗经》：削屡冯冯。又东韵异。

[附录]普及版字典：
1. 读作féng。
2. 读作píng。

【罞】

东韵：莫红切，音蒙méng。《诗经》：麋罟谓之罞。又肴韵。

肴韵：莫交切，音茅máo。麋罟也，捕捉麋鹿的网。又东韵。
[附录]普及版字典：读作máo，捕捉麋鹿的网。

【鏦】

冬韵：七恭切，音葱cōng。短矛，用矛冲刺，亦作斧。江淮吴楚间谓之鏦。又江韵同。

江韵：楚江切，音窗或音囪，矛属，一曰戟。撞刺也，打钟鼓也。又冬韵同。

[附录]普及版字典：读作cōng。

【跫】

冬韵：苦江切，音蛩qióng。踢地声，行人之声。又虚空切，音匈xiōng。又江韵同。

江韵：音、义与冬韵同。

[附录]普及版字典：读作qióng。①脚步声：闻人足音跫然而喜(《庄子》)。②行走。

【橦】

冬韵：职容切，音钟zhōng。击、刺也。又昌容切，音冲chōng。又江韵异。

江韵：宅江切，音幢chuáng。帐柱也。又徒红切，音同tóng。木名。又冬韵异。

[附录]普及版字典：
1. 读作tóng，木棉。

2. 读作chuáng，竿、柱：决帆摧橦，戕风起恶(《文选》)。
3. 读作chōng。①通"冲"：古代冲锋战车。②击；刺。
4. 读作zhōng，古时木材计量词。

【喁】

冬韵：鱼容切，音颙yóng。鱼口向上露出水面，《韩诗外传》：水浊则鱼喁，令苛则民乱。声相和，喁喁：形容众人应和、相慕的情状。又虞韵。

虞韵：元俱切，音愚yú。声相呼也，应和声。喁喁：低语声，喁喁私语。又冬韵。

[附录]普及版字典：
1. 读作yóng。
2. 读作yú。

【饥】

支韵：录作飢，居夷切，音肌jī。饿也。充饥，饥寒。又姓。微韵同。

微韵：录作饑，居衣切，音机jī。谷不熟曰饥。岁饥，饥馑，饥国，饥色。饿也与支韵通。

[附录]《说文》："飢""饑"分录二个字头。"飢"训饿，居夷切；"饑"训谷不熟，居衣切。

普及版字典：读作jī。"飢、饑"同是"饥"的繁体字。

【騩】

支韵：居追切，音龟guī。马浅黑色。

微韵山名，独用。

微韵：举韦切，音归guī。浅黑色的马，骓䮕。古山名，独用。又支韵。

[附录]普及版字典：读作guī。①浅黑色的马。②古山名。

【居】

支韵：居之切，音基jī。语助辞。《礼记》檀弓曰：何居？我未之前闻也。

释：怪之之辞，犹言何故也。似居，谁居，居诸。又鱼韵异。

鱼韵：九鱼切，音车jū。处也。侨居，久居，居官，居然，居贫，居士屋。又姓，支韵异。

[附录]普及版字典：

1. 读作jū。
2. 同"乎"，语气词：日居月诸，照临下土（《诗经·邶风》）。居、诸，语尾助词。

【兒儿】

支韵：汝移切，音尔ér。孺子也，孩子也，男曰儿，女曰婴，儿郎。又倪也，人之始，如木有端倪也。齐韵异。

齐韵：五稽切，音霓ní。弱小。支韵异。

[附录]普及版字典：

1. 读作ní。①通"觬"。②同"倪"。弱小。③同"郳"。姓。
2. "儿"的繁体字。

【骊】

支韵：吕支切，音离lí。马，深黑色。又姓。齐韵同。

齐韵：郎奚切，音黎lí。又支韵同。

[附录]普及版字典：读作lí。

【鹂】

支韵：吕支切，音离lí。鸟名：黄鹂。齐韵同。

齐韵：音、义与支韵同。

[附录]普及版字典：读作lí。

【鑴】

支韵：许规切，音灰huī。古器名，鼎属，一曰大钟。又日旁云气。又齐韵。

齐韵：户圭切，音希xī。大钟，又支韵。

[附录]普及版字典：读作xī，又读huī。

【椑】

支韵：府移切，音卑bēi。木名似柿，椑柿又名漆柿，又齐韵。

齐韵：部迷切，音皮pí。员榼也，又齐人谓斧柯为椑也。盛酒器，椑榼。酒椑，金椑。又支韵。

[附录]普及版字典：

1. 读作pí。
2. 读作bēi。
3. 读作bì，内棺。

【蠵】

支韵：悦吹切，音希 xī。大龟，蠵龟。又户圭切，又齐韵。

齐韵：音、义与支韵同。

[附录]普及版字典：读作 xī。

【提】

支韵：是支切，音时 shí。群飞貌。又齐韵。

齐韵：杜奚切，音题 tí。挈也，提携，举持。掷击。又菩提。又支韵异。

[附录]普及版字典：
1. 读作 tí 义项略。
2. 读作 dī，提防，防备。
3. 读作 dǐ。①掷击。②断绝。
4. 读作 shí。[提提]①安然舒适。②形容群飞。

【璃瓈】

支韵：录作璃，吕支切，音离 lí。玻璃。苏轼诗：海风吹碎碧琉璃。又齐韵同。

齐韵：录作瓈，郎奚切，音黎 lí。玻瓈，琉瓈。苏轼诗：老枕胜玻瓈。又支韵同。

[附录]普及版字典：读作 lí。瓈是异体字。

【鯠】

支韵：力脂切，音黎 lí。垢鯠，黑色带黄，面目鯠黑。又齐韵同。

齐韵：郎奚切，音黎 lí。黑色带黄，面目鯠黑。形鯠，缁鯠。又支韵同。

[附录]普及版字典：读作 lí。

【赍齎】

《佩文韵府》录于支韵：相稽切，音机 jī。装赍，轻赍，远客赍，各有赍，赍钱，赍粮，赍金，赍装。又齐韵同。

齐韵：相稽切，音机 jī。持也，付也，遗也，送也。装赍，轻赍，远客赍，各有赍，赍钱，赍粮，赍金，赍装。又支韵同。

[附录]普及版字典：读作 jī。

【梨】

《佩文韵府》录于支韵：力脂切，音黎 lí。果树名，水果名。又齐韵同。

齐韵：郎奚切。音黎 lí。果树名，水果名。又支韵同。

[附录]普及版字典：读作 lí。

【犁】

《佩文韵府》录于支韵：郎奚切，音黎 lí。农具。又齐韵同。

齐韵：郎奚切。音黎 lí。农具，垦田器，亦耕也。又支韵同。

[附录]普及版字典：读作 lí。

【差】

支韵：楚宜切，音疵 cī。次也，不齐等也。参差（或作参篸）：指排箫长短不齐也，《楚辞·九歌》：吹参差兮谁思。肩差，影参差，差池，差缪，差别。次序，等级。分别，区分。不齐整：参差不齐。又佳韵、麻韵。

佳韵：楚皆切，音钗chāi。使也。官差，好差，选差。公务：公差。又支韵、麻韵俱异。

麻韵：初牙切，音叉chā。择也，又差舛也。岁差，景差，肩差，分差，一念差，一毫差。又支韵、佳韵并异。

[附录]普及版字典：
1. 读作chā，余数，差异。
2. 读作chà，缺欠，短少。
3. 读作chāi，派遣，差役。
4. 读作cī，区分，不整齐。

【涯】

支韵：鱼羁切。水际。天涯，海涯，无涯。又佳韵、麻韵同。

佳韵：五佳切，音崖yá。水际：水涯，际涯。秋兰被涯（《东京赋》序），香草复水也。又支韵、麻韵。

麻韵：宜加切，音崖yá。水际：水涯，无涯，涯岸，涯间。或作"厓见佳韵"。又古音读宜，义同。又支韵、佳韵。

[附录]普及版字典：读作yá。

【推】

支韵：叉佳切，音谁chuī。首推，类推，推荐，推测。顺迁也，一曰穷诘，择也，奖也，奉也，寻绎也。排也，进也。又灰韵。

灰韵：他回切，音退平声tuī。解推，推类，推进，推演，推促。盈也，挤也。排也，进之也，又支韵。

[附录]普及版字典：读作tuī。

【寅】

支韵：以脂切。敬也：寅奉。辰名，斗当寅，降庚寅。又真韵。

真韵：翼真切，音夤yín。辰名。建寅，同寅，斗转寅，又支韵。

[附录]普及版字典：读作yín。

【蕲】

支韵：渠之切，音其qí。蕲艾，香草，诗：蕲茝，蘼芜。州名，又姓，又求也，通"祈"。又文韵。

文韵：渠斤切，音芹qín。草也，马蕲，山蕲(当归)，牛蕲。又姓。又支韵异。

[附录]普及版字典：读作qí。①当归，草本。②通"祈"。③马衔。④通"垠yín"，边际：跨天下而无蕲（《荀子》）。⑤姓。

【萑】

支韵：职追切，音锥zhuī。草多貌。一曰草名茺蔚也，又名益母。又寒韵。

寒韵：胡官切，音桓huán。苇属，萑蒲也作萑苻，萑苇：长大的芦苇。萑兰：形容流泪。又支韵。
[附录]普及版字典：
1. 读作huán。
2. 读作zhuī。

【倭】

支韵：於为切，音委wēi。顺貌。倭迟即逶迤。倭妥：美好。又歌韵异。

歌韵：乌禾切，音涡wō。东倭，海外国名，日本也。又支韵异。

[附录]普及版字典：
1. 读作wō。
2. 读作wēi，倭迟即逶迤。倭妥：美好。
3. 读作wǒ，倭堕：古代妇女发髻的式样。

【嵯】

支韵：楚宜切，音雌cī。参嵯：参差不齐，山不齐貌。又歌韵异。

歌韵：仓何切，音磋cuó。嵯峨，高峻，山石貌。又支韵异。

[附录]普及版字典：
1. 读作cuó。
2. 读作cī。

【劘】

支韵：靡为切，音靡mí。切劘，分也。又歌韵。

歌韵：莫婆切，音磨mó。削，切：沙石刺足如刀劘。磨砺，切磋。迫近。又支韵。

[附录]普及版字典：
1. 读作mó。①削；切。②磨砺；切磋。③迫近：气劘屈贾垒（杜甫）。
2. 读作mí，分散下垂的样子：束其发而劘角过于耳（《晋书》）。

【蛇】

支韵：弋支切，音移yí。委蛇即委它。又麻韵异。

麻韵：时遮切，音阇shé。毒虫。蛇属：爬行动物。龙蛇，蛇吞象。又姓。又支韵异。

[附录]普及版字典：
1. 读作shé。
2. 读作yí。
3. 读作chí，改易。

【龟龜】

支韵：居追切，音归guī。旧也，外骨内肉者也，介虫之长，四灵之一。决疑之物。乌龟：爬行动物。又山名。又尤韵异。

尤韵：居求切，音丘qiū。龟兹：国名。又支韵异。

[附录]普及版字典：
1. 读作guī。
2. 读作qiū。

【馗】

支韵：渠追切，音逵kuí。与逵同，俗伪作"馗"。中馗：菌也，土菌，亦曰馗厨。野馗，老馗，庄馗，荒馗。又神名：锺馗。又尤韵。

尤韵：渠鸠切，义同。又支韵。

[附录] 普及版字典：读作kuí，"馗"同"逵"。

【氂】

支韵：里之切，音lí。《说文》：牛尾也，又十毫曰氂。又豪韵。

豪韵：莫袍切，音máo。氂牛尾也，又支韵。

[附录] 普及版字典：
1. 读作lí，通"厘"，《礼记》：差若豪氂。
2. 读作máo，牦牛尾，也指马尾。
3. "氂"作"牦"的异体字。

【於】

鱼韵：录作於，于字的繁体字。央居切，音淤yú。相于，于越。居也，代也，语辞也，又地名，又姓。虞韵异。

虞韵：录作於。哀都切，音乌wū。於戏即呜呼。又鱼韵异。

[附录] 虞韵另录字头"于"，某些义项异义，不与"於"通。

普及版字典：
1. 读作wū。①同"乌"，鸟名：於鹊与处（《穆天子传》）。②赞美声：於穆清庙（《诗经》）。
2. 同"于"某义项。
3. 读作yú。①助词，无义。②姓。

【屠】

鱼韵：直鱼切，音除chú。休（音朽）屠：匈奴王号。又姓。屠龙手，屠苏酒。又虞韵。

虞韵：同都切，音徒tú。屠杀，裂也，刳也，又浮屠。又姓。屠龙手，屠苏酒。又鱼韵。

[附录] 普及版字典：读作tú。

【车】

鱼韵：九鱼切，音居jū。舟车。车辂，又姓。副车，轻车，香车，车舆，车马稀。又麻韵同。

麻韵：尺遮切，音砗chē。《史记·天官书》：斗为帝车。水车，车骑，车驾，车轴，车载，车马。又鱼韵通。

[附录] 普及版字典：
1. 读作chē。
2. 读作jū。

【畬】

鱼韵：以诸切，音余yú。耕畬，春畬。开垦了二三年的田地，田一岁曰菑，二岁曰畬，三岁曰新田。又麻韵。

麻韵：式车切，音奢shē。烧种田。山畬，石畬。同"畲"。刀耕火种的田地，火种也。又鱼韵。

[附录] 普及版字典：
1. 读作shē。
2. 读作yú。

【褕】

虞韵：羊朱切，音愉yú。后衣。袆褕，翟褕。襜褕：古代一种长而宽大的单衣。美也：褕衣甘食。又萧韵。

萧韵：余昭切，音遥 yáo。后衣。褕狄，袆褕，翟褕。又虞韵。

[附录]普及版字典：读作 yú。

【枹】

虞韵：风无切，音敷 fú。击鼓杖也。援枹，秉枹。又肴韵、尤韵。

肴韵：布交切，音包 bāo。木名，树丛生。扬枹，菜枹，援枹，枹鼓，枹遵。又虞韵、尤韵。

尤韵：缚谋切。鼓槌也。扬枹，援枹，投枹，玉枹。又虞韵、肴韵。

[附录]普及版字典：
1. 读作 fú，鼓槌。
2. 读作 bāo，木名。

【裯】

虞韵：直诛切，音厨 chú。床帐也，禅衣也。又豪韵、尤韵并异。

豪韵：都劳切，音刀 dāo。衹裯：短衣、汗衫之类。荷裯。衣袂。又虞韵、尤韵俱异。

尤韵：以由切，音俦 chóu。禅被也。衾裯，敝裯，荷裯，鸳鸯裯。又虞韵、豪韵俱异。

[附录]普及版字典：
1. 读作 chóu，床帐；被子。
2. 读作 dāo，衹裯。

【涂塗】

虞韵：录作塗，涂字某义项的繁体字。同都切，音徒 tú。泥也，污也。又地名。糊涂，椒涂，涂抹，涂炭。又麻韵异。

麻韵：录作塗，宅加切，音 chá。沮洳，涂饰。柳宗元诗：善幻迷冰火，齐谐笑柏塗。东门牛屡饭，中散虱空爬。又虞韵异。

[附录]鱼韵另录"涂"字头，异义。
普及版字典：
1. [涂]读作 tú。姓。
2. [塗]涂的繁体字，音 tú。①泥。②通"途"。③抹去：涂改。④涂抹。⑤涂鸦。
3. [涂]读作 chú。①古水名，滁河。②通"除"。涂月又称除月。

【吾】

虞韵：五乎切，音无 wú。我的自称。一曰御也，又姓。肩吾，执金吾，吾曹，吾侪。又麻韵。

麻韵：五加切，音牙 yá。《汉书》：金城郡允吾县。又虞韵。

[附录]普及版字典：
1. 读作 wú。①我。②通"御"。③姓。
2. 读作 yú，吾吾：疏远。

【笯】

虞韵：乃都切，音奴 nú。笼鸟也。雕笯，篝笯，风在笯。又麻韵同。

麻韵：女加切，音拏 ná。鸟笼也。笼

【阇】

虞韵：当孤切，音都dū。城阇，闉yīn阇：城上重门。白居易诗：佳丽溢闉阇。麻韵异。

麻韵：视遮切，音蛇shé。里门也，闉阇。浮阇，寺名。梵言：阇维(读作蛇皮)即荼毗，僧死而焚之也。苏轼诗：曹溪夜岑寂，灯下读传灯。不觉灯花落，茶毗一个僧。虞韵异。

[附录]普及版字典：
1. 读作dū，城门上的台。
2. 读作shé，佛教高僧阇黎的省称。

【区區】

虞韵：岂俱切，音驱qū。藏物处。居止之所。薮名。寰区，名区，区别，区处，区分。建筑物一处为一区。区区：自谦词。藏隐也，屈生曰区，又小室名，又姓。又尤韵异。

尤韵：乌侯切，音欧ōu。盈区，十六升为区。又姓。又虞韵异。

[附录]普及版字典：
1. 读作qū。
2. 读作ōu。

【娄婁】

虞韵：力朱切，音缕lú。牵也。曳娄，邾娄。又愚也。传说中的兽名。《公羊传》：系马曰维，系牛曰娄，牛马维娄。又尤韵。

尤韵：落侯切，音楼lóu。空也，星名。又姓：邾娄国之后。离娄，奎娄。又虞韵。

[附录]普及版字典：
1. 读作lóu，疏，空。兽名。星名。姓。
2. 读作lú，拖，曳。《诗经》：子有衣裳，弗曳弗娄。
3. 读作lǚ，栓，系。又通"屡"，多次。

【诹】

虞韵：子于切。谋划也。又尤韵。

尤韵：将侯切，音陬zōu。咨事为诹。咨询：咨诹，嗟诹。又虞韵。

[附录]普及版字典：读作zōu，通"诌"zhōu，信口编造。

【桴】

虞韵：芳无切，音敷fú。屋栋也。鼓槌。桴鼓，夜桴，玉桴，栋桴。小筏子：乘桴浮于海。大曰筏，小曰桴。尤韵作栋桴同。

尤韵：缚谋切，音浮。桴鼓，黄桴，重桴，桧桴。屋栋谓之桴，作"栋桴"与虞韵通。

[附录]普及版字典：读作fú。

【驺騶】

虞韵：逡须切。车马驰也。尤韵异。

尤韵：侧鸠切，音邹zōu。厩御，又驺虞仁兽，驺御。又姓，驺忌。虞韵异。

[附录]普及版字典：读作zōu。

【呕】

虞韵：羌于切xū。《韵会》悦言也，慈爱之声，《史记》：项王见人恭敬慈爱，言语呕呕。呕哑，呢呕，相呕。又尤韵"讴"。又有韵"欧"。

尤韵：乌侯切ōu，呢呕：小儿语也。吐也，呕呢，啜呕，噎呕，呕心，呕呕。与"讴"通。又虞韵。

[附录]普及版字典：读作ǒu。①吐：呕心沥血。②呕气。③通"讴ōu"，歌唱。④通"煦平声xū"。(1)和悦：(项王)言语呕呕(《史记》)。(2)养育。也作呕咐。⑤象声词。

【槐】

佳韵：户乖切，音怀huái。木名，又姓。古槐，三槐。又灰韵。

灰韵：户恢切，音灰huí。古槐，槐木者虚星之精也。又姓。守宫也，又国名、郡县名。又佳韵。

[附录]普及版字典：读作huái。

【娲】

佳韵：古蛙切，音蛙wā。女娲：伏羲之妹。娲皇。麻韵通。

麻韵：音、义与佳韵通。

[附录]普及版字典：读作wā。

【蜗】

佳韵：古蛙切，音窝wō。蜗牛小螺，蜗居。通"娲"wā，麻韵通。

麻韵：音、义与佳韵通。

[附录]普及版字典：读作wō。

【娃】

佳韵：於佳切，音窊wā。美女貌，少女，小孩，动物之幼者。馆娃。又麻韵通。

麻韵：音、义与佳韵通。

[附录]普及版字典：读作wá。

【哇】

佳韵：於佳切，音娃wā。小儿声。又呕吐也。淫哇之声。哭喊。乐声。象声词。语气词：啊的变音。又麻韵通。

麻韵：音、义与佳韵通。

[附录]普及版字典：读作wā。

【蛙】

佳韵：乌娲切，音哇wā。蝦蟆属，青蛙：两栖动物。井蛙。又麻韵通。

麻韵：音、义与佳韵通。

[附录]普及版字典：读作wā。

【能】

灰韵：奴来切，音搙nái。三足鳖。又兽名。又通"台"tái，三能也，星名。又蒸韵异。

蒸韵：奴登切néng。工善也。又兽名，熊属、足似鹿。亦贤能也，才能。又灰韵异。

[附录]普及版字典：
1. 读作néng。通"台tái"。
2. 读作nài。通"耐"，鸟兽毳毛，其性能寒。又姓。

【狺】

真韵：语巾切，音银yín。狗叫声，犬声狺狺。引申为叫嚷、叫嚣。文韵同。

文韵：语巾切，音银yín。狗争斗，犬争狺狺。又真韵同。

[附录]普及版字典：读作yín。

【垠】

真韵：语巾切，音银yín。地垠也，岸也，崖也，界也。边际，尽头。无垠。又文韵、元韵。

文韵：语巾切，音银yín。垠堮。又真韵、元韵。

元韵：五根切，音痕hén。垠堮，无垠。又厓也，岸，水边陆地。又真韵、文韵。

[附录]普及版字典：读作yín。

【屯】

真韵：陟纶切，音谆zhūn。难也。仁厚也。亦作迍，屯邅即迍邅。艰难、险恶也，难行不进貌。元韵别。

元韵：徒浑切tún。聚集也，勒兵驻守，兵耕曰屯田。又姓。真韵异。

[附录]普及版字典：
1. 读作tún。
2. 读作zhūn。①屯邅同迍邅。②艰难。③通"肫"。仁厚。④吝惜。⑤卦名。

【抡掄】

真韵：力迍切，音崙lūn。择也。世所抡，选抡，匠石抡，抡元。又元韵。

元韵：力迍切，音伦lún。亦择也，又贯也。选择，挑选，择人才也。抡选，抡才，抡文，抡元。又真韵。

[附录]普及版字典：
1. 读作lūn，手臂挥动。
2. 读作lún，选择。

【纶綸】

真韵：力迍切，音轮lún。丝纶，垂纶，又姓。删韵异。

删韵：古顽切，音关guān。青绿绶也。纶巾：配有青丝带的头巾。又真韵异。

[附录]普及版字典：
1. 读作lún。
2. 读作guān。

【甄】

真韵：侧邻切，音真zhēn。姓也，又陶也，制陶器，甄陶。甄擢，甄别气甄，雨甄，化元甄。又先韵。
先韵：居延切，音籈jiān。察也，勉也。押姓真韵独用。又真韵。
[附录]普及版字典：读作zhēn。

【竣】
真韵：七伦切，音逡jūn。止也，倨也，改也。事毕，结束，竣工。颜竣，又先韵异。
先韵：此缘切，音圈。退也，返回。又真韵异。
[附录]普及版字典：读作jùn。

【沄】
文韵：录作沄，王分切，音云yún。水流转也，水流回旋也。浛沄，汾沄，潺沄。杂句：积浪下沄沄。元韵同。
元韵：录作沄，户昆切。江中的巨浪。沄沄水流，沄沄：流水汹涌貌。柳宗元《惩咎赋》：凌洞庭之洋洋，泝湘流之沄沄。文韵通。
[附录]普及版字典：读作yún。

【繁】
元韵：附袁切，音烦fán。慨也，繁多也。繁文，繁星，叶繁，繁衍，繁盛，繁密。寒韵异。
寒韵：薄官切，音鞶pán。通"鞶"，马腹带：谓今马大带也。繁缨：马饰也。元韵异。

[附录]普及版字典：
1. 读作fán。通"鞶"pán。
2. 读作pó，姓。

【洹】
元韵：於元切，音袁yuán。古水名，今河南安阳河。祇洹，陁洹。泥洹：即涅槃也。又寒韵。
寒韵：胡官切，音桓huán。水名。流洹，注洹，会洹，般泥洹，洹洹：流也。又元韵。
[附录]普及版字典：读作huán，古水名，即今河南安阳河。

【羱】
元韵：愚袁切，音元yuán。羱羊：即北山羊。角大者可为器。又寒韵。
寒韵：五丸切，音岏。野羊角大，羊角大可为器者。又元韵。
[附录]普及版字典：读作yuán，即北山羊。

【眢】
元韵：於袁切，音冤yuān。目空貌，又眼球枯陷失明，眼未眢。井眢，又废井，又寒韵。
寒韵：一丸切，音剜。井无水，干枯也，井眢。一曰目无睛。又元韵。
[附录]普及版字典：读作yuān。

【湲】
元韵：于元切，音袁yuán。潺湲，水

流貌，湲湲潺潺。又删韵、先韵俱通。

删韵：获顽切。水流貌，潺湲。与元韵、先韵俱通。

先韵：王权切，音员 yuán。潺湲：水慢慢流淌。又元韵、删韵俱通。

[附录]普及版字典：读作 yuán。

【犍】

元韵：居言切，音鞬 jiān。犗牛名，犁犍，又郡名：犍为。先韵同。

先韵：渠焉切，音虔 qián。地名：犍为，四川乐山市县名。犗也，兽似豹，人首一目。又元韵。

[附录]普及版字典：
1. 读作 jiān，犗牛，怪兽。
2. 读作 qián，县名：犍为。

【番】

元韵：附袁切，音烦 fān。数也，递也，更也。更番，前番，廿四番，番新。歌韵异。

歌韵：博禾切，音波 bō。勇也，番番：勇武的样子。元韵异。

[附录]普及版字典：
1. 读作 fān。
2. 读作 pān，县名，姓。
3. 读作 bō，番番。
4. 读作 pó，通"鄱"某义项。通"皤"，鬓发易皤皤（梅尧臣）。

【般】

寒韵：北潘切，音 bān，般运。又薄官切，音盘 pán。乐也。又音 bō，般若(音惹)台，般若门。又数别之名。几般，一般，多般，千般，乐且般，一般般。又删韵异。

删韵：布还切，音搬 bān。还师亦作般师，一般。又人名，颜般，门尹般，公输般。足足般般：薛道衡文，足足凤也，般般麟也。又寒韵异。

[附录]普及版字典：
1. 读作 bān。通"搬"。通"班"。通"斑"。通"瘢"。
2. 读作 pán，通"磐"。通"盘"。
3. 读作 bō，般若：佛教用语。

【乾】

寒韵：录作乾，干某义项的繁体字。古寒切，音甘 gān。干湿。又桑干河名。舌干，露未干，干肉，干燥，干枯。又先韵异。

先韵：录作乾，渠焉切 qián。乾坤，天也，君主，男性。又姓，又卦名。又寒韵异。

[附录]普及版字典：
1. 读作 gān，简体字作"干"。
2. 读作 qián，不简化作"干"，如"乾坤"不作"干坤"。

【还還】

删韵：录作還，还的繁体字。户关切，音环huán。复也，偿也。往还，去复还，折桂还，还珠，还元，还家。又先韵异。

先韵：录作邌，似宣切，音旋xuán。还返，通作"旋"。凯还，孤云还，鸟自还，还途。又删韵异。

[附录]普及版字典：
1. 读作huán，归还。以牙还牙。通"环"，环绕。通"营"，谋求。通"旋xuán"，旋转；立刻；迅速。
2. 读作hái，副词。仍旧。再；又。更加。反而。已经。

【孱】

删韵：昨闲切zhán。窄小也。孱劣貌。软弱也。老孱，虚孱，病孱，酒肠孱，孱颜。又先韵同。

先韵：士连切，音潺chán。呻吟也，弱也，劣也。菜孱，虚孱，酒肠孱。删韵同。不肖貌。冀州人谓懦弱曰孱。删韵异。

[附录]普及版字典：
1. 读作chán，窄小，软弱，低劣，自词称谦。
2. 读作càn，孱头：懦弱者。
3. 读作jiān，窘迫。迫近。

【潺】

删韵：昨闲切，音戏zhán。潺湲水流也，水潺潺。潺湲，幽潺，又先韵。

先韵：士连切，音孱chán。又删韵。

[附录]普及版字典：读作chán，水声；雨声。水流动。水名。

【平】

先韵：房连切，音偏阳平pián。平平，辨治也，古作"辨"字。又庚韵异。

庚韵：符兵切，音píng。无凹凸。均等。凭空。平息，平常，平生，平稳，平野，平时，水平，治平。正也，和也，易也，坦也，均也，亦州名，又姓。又先韵异。

[附录]普及版字典：
1. 读作píng。
2. 读作pián，古"辨"字。

【零】

先韵：落贤切，音连lián。先零羌：西羌也，古羌族一支。又青韵异。

青韵：郎丁切，音灵líng。落也。下雨。液体下淌。草木枯落。零碎，涕零，凋零，零落，零丁，零星。又先韵异。

[附录]普及版字典：
1. 读作líng。
2. 读作lián。

【軿】

先韵：部田切。车帷幕，四面屏蔽妇人车。軿帷，辎軿，雷軿，云軿，韶軿。青韵同。

青韵：薄经切，音瓶píng。兵车也。

辎軿，云軿，彩軿，玉軿。轻车：
重曰辎，轻曰軿。先韵通。
[附录]普及版字典：
1. 读作píng，有帷幕的车。也指车的帷幕。拼合；凑合。
2. 读作pēng，軿訇：形容大声。

【嚻】

萧韵：许娇切，音枵xiāo。喧也。叫嚻，喧嚻，嚻尘，又豪韵同。

豪韵：牛刀切，音敖áo。喧也，一曰地名，又众多貌。喧嚻，嚻尘，萧韵同。又莫嚻，同"敖"。官名。萧韵异。

[附录]普及版字典：
1. 读作xiāo，喧哗。通"枵"，饥饿。
2. 读作áo，嚻嚻：傲慢，诋毁，恨。

【陶】

萧韵：余昭切，音摇yáo。斯陶，陶钧，陶然，陶陶。皋陶：舜臣，一作咎繇。又豪韵异。

豪韵：徒刀切，音桃táo。陶甄。陶正：官名。又喜也，正也，化也，又姓。定陶，熏陶，陶侃，陶潜，陶唐，陶令，陶朱。又萧韵异。

[附录]普及版字典：
1. 读作táo。
2. 读作yáo，通"窑"。
3. 读作dào，陶陶：驱驰。诗曰：驷介陶陶。

【瀌】

萧韵：甫遥切，音猋biāo。云貌。瀌瀌，雨雪盛貌。《诗经》：雨雪瀌瀌。又尤韵。

尤韵：皮彪切，音biāo。雨雪大貌。又萧韵。

[附录]普及版字典：读作biāo。

【髟】

萧韵：甫遥切，音猋biāo。发长貌，发长髟髟（猋猋）。又尤韵、咸韵。

尤韵：甫烋切，音彪biāo。髟髟，发垂貌。又萧韵、咸韵。

咸韵：所咸切，音杉shān。屋翼也。又髟髟，长发貌。又萧韵、尤韵异。

[附录]普及版字典：读作biāo。

【嘲】

肴韵：陟交切，音嘲zhāo。嘲嘹也，通作"啁"。朝嘲，戏嘲，诙嘲，嘲嘲。调笑：嘲啁无方。嘲哳：声音杂碎或模糊不清。又尤韵异。

尤韵：张流切，音輈zhōu。嘲嗽，鸟声。嘲啾，嘲嘲。又肴韵异。

[附录]普及版字典：
1. 读作zhōu，嘲啾，嘲嗽。
2. 读作zhāo，声音细碎。
3. 读作tiào，调笑：嘲嘲。

【搅】

肴韵：古肴切，音交jiāo。束也，挠

也，合摎。又尤韵异。

尤韵：居求切，音鸠jiū。绞缚也，绞缠也，相摎。又姓。又肴韵异。

[附录]普及版字典：读作jiū，绞缠。通"求"qiú，寻求。又姓。

【绸】

豪韵：土刀切，音韬tāo。缠也，韬也。诗曰：素锦绸杠。释：以白地锦韬旗之竿。蕙绸。又尤韵异。

尤韵：直由切，音俦chóu。绸缪，犹缠绵也。蕙绸。又豪韵异。

[附录]普及版字典：读作chóu。通"稠"。通"韬tāo"，裹；套：素锦绸杠。

【茄】

歌韵：求伽切，音伽qié。茄子。清茄，紫茄。又麻韵异。

麻韵：古牙切，音嘉jiā。荷梗。荷茄，五茄，倒茄，茎茄。又歌韵异。

[附录]普及版字典：
1. 读作qié。
2. 读作jiā。

【迦】

歌韵：居伽切，音加jiā。释迦牟尼。又麻韵异。

麻韵：居牙切，音嘉jiā。本作迦，迦互，令不得行也。徐锴曰：迦互，犹曰犬牙左右相制也。又歌韵异。

[附录]普及版字典：

1. 读作jiā。
2. 同"邂"。
3. 读作qié，迦蓝即伽蓝。

【枷】

歌韵：求伽切，音加jiā。刑具。破枷，敲枷。又麻韵通。

麻韵：古牙切，音加jiā。枷锁。又连枷：打谷脱粒农具，独用。金枷，脱枷。椸yí枷jià，与"架"通，男女不同椸枷，衣架也。又歌韵通。

[附录]普及版字典：读作jiā。古代刑具。古指衣架。农具：连枷。

【枪槍】

阳韵：录作槍，枪的繁体字。七羊切，音锵qiāng。槊也，拒也，木两头锐也，田器也。长枪，金枪，天枪(紫宫左三星)，櫰(檀木)枪，神枪。兵器。又庚韵。

庚韵：录作槍。楚耕切，音峥chēng，亦叶音锵。櫰枪：彗星。妖星也。左枪，天枪(紫宫左三星)。又阳韵。

[附录]庚韵另录字头"鎗"异义。

普及版字典：
1. 读作qiāng。
2. 读作chēng，櫰枪：彗星。

【彭】

阳韵：逋旁切，音榜平声bāng。多也，盛也，壮也，行也，道也。又蒲光切，音旁páng。近也，一曰彭亨骄貌。

又庚韵。

庚韵：薄庚切，音棚péng。行也，道也，盛也，又象声词，鼓声也。彭彭，彭殇，大彭，彭祖，彭越，彭泽令。又姓。又阳韵。

[附录]普及版字典：
1. 读作péng。通"膨"，彭亨。通"旁páng"。彭湃即澎湃。又姓。
2. 读作bāng，彭彭：丰盛，壮大。张藉诗句：战车彭彭旌旗动。

【喤】

阳韵：胡光切，音黄huáng。喤喤，小儿声，又钟鼓喤。又庚韵。

庚韵：户盲切，音横。象声词，泣声喤喤，钟鼓喤喤。按《释文》喤读音"皇、宏、横"，三音皆可读。又阳韵。

[附录]普及版字典：读作huáng，象声词。谦辞：喤引，指"序文"。

【丁】

庚韵：中茎切，音争zhēng。象声词，伐木丁丁（《诗经》）。与青韵异。

青韵：当经切，音叮dīng。当也，亦辰名，又姓。添丁，白丁，零丁，六丁，丁壮，丁珰，丁香，丁冬，丁令威。与庚韵异。

[附录]普及版字典：
1. 读作dīng。义项略。
2. 读作zhēng，[丁丁]①象声词。②壮健：黑雕丁丁（白居易）。

【镡】

侵韵：徐林切，音心xín。剑鼻：宝剑鼻、柄、身连接处突出的部分，霜镡。剑镡。杂句：自有龙泉出宝镡。又姓。覃韵同。

覃韵：徒含切，音覃tán。剑耳鼻也。《东京赋》：底柱辍流，镡以大岯。注：言大岯之险同乎剑口也。杂句：黄金饰剑镡。又侵韵通。

[附录]普及版字典：读作xín又读tán。

【针鍼】

侵韵：录作鍼，针某义项的异体字。职深切，音斟zhēn。缝绣，亦作"针"，通作"箴"。金针，穿针，针眼。与盐韵异。

盐韵：录作鍼，"鍼"字不简化作"针"。巨淹切，音箝qián。面刑也，用铁钳夹取。侵韵异。

[附录]普及版字典：
1. 读作zhēn。针某义项的异体字。
2. 读作qián。①用铁钳夹取。②姓。

【黔】

侵韵：巨金切，音琴qín。黑而黄，黎民也，又姓。黔首。苍黔，巴黔，邑中黔，黔南，黔娄，黔之驴。与盐韵同。

盐韵：巨淹切，音箝qián。黑黄色，黧也，秦谓民为黔首。突无黔，乌黔，畏日黔。杂句：惠化及苍黔。与侵韵同。
[附录]普及版字典：读作qián。通"黥qíng"。

【楠枏】

覃韵：录作枏或作柟，楠的异体字。那含切，音南nán。木名。老楠，古楠，楠树，楠阴，杂句：论才愧杞楠。又盐韵同。

盐韵：录作枏或作柟，汝盐切，音冉nán。梅也，子如杏而醋。梅楠，樟楠。与覃韵通。

[附录]普及版字典：读作nán，楠木。

【函】

覃韵：胡南切，音含hán。包含，容纳也。内函，万物函，万里函，函文。王世贞诗句：瑶池万里函。又咸韵异。

咸韵：胡谗切，音咸xián，匣也。又函谷关名，又函书，又姓。封套、信件，书函。石函。杂句：空镜出尘函。覃韵异。

[附录]普及版字典：读作hán。

【严嚴】

盐韵：录作嚴，疑枚切，音籛yán。庄严，尊严，森严，威严，严肃，严寒，严光，严厉，严父，严训。苏轼诗：敢将诗力斗深严。又咸韵。

咸韵：录作嚴，语翰切。急迫也。严毅也，威也，敬也，又姓。又盐韵。

[附录]普及版字典：读作yán。

同仄多音字

（子目录）

（按"上声一董"至"入声十七洽"顺序排列）

【玤】	136	【儗】	138	【树樹】	142	【诒】	145
【偬】	136	【蜇】	139	【煦】	142	【悔】	146
【洞】	136	【卉】	139	【雇】	142	【采】	146
【种種】	136	【肚】	139	【怒】	142	【在】	146
【恐】	136	【讵】	139	【蒟】	143	【载】	146
【蚁螘】	136	【处處】	139	【烓】	143	【铠鎧】	146
【抵】	136	【女】	140	【苦】	143	【磓】	147
【沘】	137	【语】	140	【数數】	143	【鼐】	147
【髀】	137	【楚】	140	【洗】	143	【琲】	147
【廌】	137	【去】	140	【柢】	144	【盾】	147
【揣】	137	【著】	140	【弟】	144	【吮】	147
【否】	137	【贾】	141	【娣】	144	【黾黽】	147
【扆】	137	【莽】	141	【递遞】	144	【朕】	147
【企】	137	【取】	141	【涕】	144	【引】	148
【使】	138	【剖】	141	【济濟】	144	【靷】	148
【始】	138	【嶙】	141	【伙夥】	144	【诊】	148
【被】	138	【雨】	141	【洒灑】	145	【赈】	148
【跂】	138	【吐】	142	【解】	145	【蜃】	148
【里裹】	138	【囿】	142	【罢罷】	145	【袗】	148

【准】	149	【绾】	153	【扫埽】	158	【饷饟】	163
【近】	149	【拣揀】	153	【缟】	158	【请】	163
【隐】	149	【趁】	153	【媚】	158	【靓】	163
【恁】	149	【善】	154	【燠】	158	【诇】	164
【坋】	149	【遣】	154	【坷】	158	【胫】	164
【扰】	150	【转轉】	154	【左】	159	【泞濘】	164
【寨】	150	【衍】	154	【情】	159	【趣】	164
【嵚巘】	150	【选選】	154	【坐】	159	【首】	164
【远】	150	【饯餞】	154	【簸】	159	【后後】	165
【饭】	150	【眄】	155	【婧】	159	【厚】	165
【逗遘】	150	【娈孌】	155	【下】	159	【走】	165
【畹】	150	【蚬】	155	【泻瀉】	160	【守】	165
【缱】	151	【辗】	155	【夏】	160	【绶】	165
【堰】	151	【缱】	155	【假】	160	【右】	165
【菀】	151	【宴】	155	【姹蛇】	160	【后】	166
【卵】	151	【谳】	155	【若】	160	【吼】	166
【筭】	151	【少】	156	【犷獷】	161	【扣】	166
【馆】	151	【绕】	156	【养養】	161	【狃】	166
【盥】	151	【朓】	156	【仰】	161	【喉】	166
【散】	152	【掉】	156	【荡】	161	【琇】	166
【军罕】	152	【蓼】	156	【盈】	161	【寿】	166
【断斷】	152	【袅嫋】	156	【放】	162	【饮】	167
【侃】	152	【茆】	157	【两】	162	【枕】	167
【算】	152	【抝】	157	【傥儻】	162	【甚】	167
【暵】	152	【好】	157	【广廣】	162	【衽】	167
【悍】	153	【造】	157	【仗】	162	【喋】	167
【撰】	153	【倒】	157	【盎】	163	【喊】	167
【栈】	153	【祷禱】	157	【上】	163	【赣贛滇灨】	168

【憺】	168	【刺】	172	【逮】	178	【杀殺】	182
【荅】	168	【易】	173	【贳】	178	【画畫】	182
【筑】	168	【积積】	173	【鳜】	178	【珇】	182
【歉】	168	【识識】	173	【蹶】	178	【悖】	183
【敛】	168	【植】	173	【契】	178	【字】	183
【忝】	169	【织織】	173	【闭】	178	【塞】	183
【潋】	169	【食】	174	【缀】	179	【北】	183
【猃】	169	【埴】	174	【偈】	179	【劾】	183
【魇】	169	【佴】	174	【酸】	179	【缦】	183
【滥】	169	【德】	174	【挈】	179	【骱】	183
【阚】	169	【溉】	174	【说】	179	【晏】	184
【阐】	170	【氕】	174	【揭】	179	【栅】	184
【暨】	170	【尉】	174	【泄】	179	【倩】	184
【荔】	170	【蔚】	175	【捩】	180	【爝】	184
【彗】	170	【髯】	175	【畷】	180	【约】	184
【眦眥】	170	【作】	175	【浙淛】	180	【吊弔】	184
【篑】	170	【仆】	175	【切】	180	【爆】	185
【蒉】	171	【鹜】	175	【猞】	180	【踔】	185
【晒曬】	171	【足】	176	【酹】	180	【较】	185
【咳欬】	171	【属】	176	【眛】	181	【觉】	185
【诨】	171	【度】	176	【大】	181	【乐】	185
【帅】	171	【错】	176	【奈】	181	【暴】	186
【泌】	171	【获穫獲】	176	【汏】	181	【澳】	186
【出】	172	【厝】	177	【盖蓋】	181	【瀑】	186
【术術】	172	【愒】	177	【磕】	181	【告】	186
【哗】	172	【蜕】	177	【瀣】	182	【蠹】	187
【瑟】	172	【砺】	177	【喝】	182	【眙】	187
【哑】	172	【祭】	177	【铄鑠】	182	【凿鑿】	187

【冒】	187	【朴樸】	192	【艴】	196	【索】	200
【霸】	187	【赦】	192	【越】	196	【却卻】	200
【借】	187	【踧】	192	【咄】	196	【莫】	200
【藉】	188	【幅】	192	【睗】	197	【格】	201
【炙】	188	【恧】	193	【阋】	197	【柞】	201
【射】	188	【蕨】	193	【鹝】	197	【魄】	201
【掠】	188	【訇】	193	【滑】	197	【泽澤】	201
【证証證】	188	【襮】	193	【刖】	197	【踏】	202
【宿】	189	【斫斮斲】	193	【楬】	197	【昔】	202
【柚】	189	【药藥】	193	【竭】	198	【适適】	202
【覆】	189	【违】	194	【碣】	198	【摘】	202
【复復】	189	【胙】	194	【凸】	198	【翟】	202
【囿】	190	【卒】	194	【龁】	198	【耆】	203
【畜】	190	【崒】	194	【桅】	198	【鬲】	203
【蔟】	190	【苗】	194	【訐】	198	【霹】	203
【伏】	190	【轶】	195	【核】	199	【鲫】	203
【读】	190	【姪侄】	195	【拔】	199	【筴】	203
【辐】	191	【蛭】	195	【獭】	199	【褶】	203
【副】	191	【拮】	195	【鹖】	199	【歙】	203
【剑】	191	【泪】	195	【掇】	199	【欲】	204
【欠】	191	【实實寔】	195	【劓】	199	【喋】	204
【厌厭】	191	【唧】	196	【颉】	200	【箧】	204
【胁脅】	191	【掘】	196	【核毂】	200	【蓋】	204
【仆僕】	192	【厥】	196	【茶】	200	【霎】	204

【说明】

　　在诗韵上声、去声、入声七十六韵中某些字头分录于不同韵部,古四声称之为重字,本书称之为同仄多音字。其中大部分是异音、异义、不同韵。有小部分同音、同义、不同韵。字头分录于两个不同韵部的占大多数,分录于三个以上不同韵部的字头数量较少。

　　本章节字头之下的内容分录该字头所在的韵部名称、读音、释义、例词、例句。另有极少数字头两次录在同一韵部,则分作两个段落,如【射】祃韵(一)神夜切……。祃韵(二)羊谢切……。[附录]主要选录于新四声的现代普及版字典(《袖珍字海》江苏教育出版社)对该字头的读音、释义、例词、例句。选用普及版字典在于此类字典的容量、层次较为实用、适用。至于诗韵中某些字头的读音、释义超出普及版字典的读音、释义范围,本章节不作深入的搜索与研讨。

【玤】

董韵：补孔切，音琫běng。石次玉者。与讲韵同。

讲韵：部项切，音棒bàng。蛤也，蜯同。地名，虢地，虢公为王宫於玤。与董韵同。

[附录] 普及版字典：读作bàng。

【倥】

董韵：作孔切，音总zǒng。倥偬，事烦迫也，又困貌。愁倥偬于山陆（《楚辞》）。杂句：王事多倥偬。与送韵同。

送韵：作弄切。倥偬。董韵通。

[附录] 普及版字典：
1. 读作zǒng。
2. 同"匆"，倥偬作匆匆：仓促。

【洞】

董韵：杜孔切，音动dòng。又送韵。

送韵：徒弄切，音恫dòng。空也，又洞庭湖。空洞，鸿洞，仙洞，洞穴，洞房，洞箫，白鹿洞。又透彻，苏轼诗：文选识密鉴亦洞。又洞洞，质悫què貌：诚笃、恭谨也。又董韵。

[附录] 普及版字典：
1. 读作dòng。
2. 读作tóng，洚hòng洞：弥漫无际，亦作鸿洞。

【种種】

肿韵：之陇切，音肿zhǒng。种类，物种。与宋韵异。

宋韵：之用切，音偅zhòng。种植，栽种。与肿韵异。

[附录] 东韵另录"种chóng"字，音义异。

普及版字典：
1. 读作zhǒng。
2. 读作zhòng。
3. 读作chóng，姓。

【恐】

肿韵：丘陇切，音恐kǒng。惧也。无恐，恐吓，忧恐，恐惧，恐怖，恐后，畏惧，使人畏惧之事。担心。恫吓。与宋韵异。

宋韵：區用切，音恐去声kòng。疑也，虑也，意度也。与肿韵异。

[附录] 普及版字典：读作kǒng。

【蚁螘】

纸韵：录作螘，同蚁。鱼倚切，音舣yǐ。虫名。浮蚁，白蚁，蚁梦，蚁阵，蚁穴。尾韵异。

尾韵：录作螘。鱼岂切，音以yǐ。绿蚁，杂句：酿作鹅黄蚁。纸韵异。

[附录] 普及版字典：读作yǐ。

【抵】

纸韵：诸氏切，音纸zhǐ。抵掌，侧手击也。相触，抵挡，抵触。又荠韵。

荠韵：都礼切，音邸dǐ。挤也，掷也。触抵，过抵，抵当，抵拒。又纸韵。

[附录]普及版字典：读作 dǐ。

【沝】

纸韵： 雌氏切，又千礼切，音此 cǐ。水清也，清澈。朱沝。与荠韵同。

荠韵： 千礼切，音玼 cǐ。水清也，寒沝，清沝，颜有沝，香雾沝。纸韵通。

[附录]普及版字典：读作 cǐ。

【髀】

纸韵： 并弭切，又步米切，音俾 bì。股也，股部，股骨。骱髀，燕髀，豚髀，两髀。与荠韵同。

荠韵： 傍礼切，音陛 bǐ。髀股，左髀，枯髀，赤髀，坐髀。股也。纸韵同。

[附录]普及版字典：读作 bì。

【廌】

纸韵： 池尔切，音豸 zhì。獬廌，通作"豸"。簪廌，张廌。与蟹韵同。

蟹韵： 同豸，宅买切，音 zhài。解廌，簪廌，张廌，花廌，冠廌，李廌，服廌。纸韵同。

[附录]纸韵另录"豸"字，或读"冠豸 zhài 山"。
普及版字典：读作 zhì。

【揣】

纸韵： 初委切，音桋上声 chuǎi。度也，试也，量也，除也。不揣，研揣，揣摩，揣分，揣量，揣度。又驾韵。

驾韵： 丁果切，音朵 duǒ。或作"採 duǒ"，称量忖度也。摇也。不揣，默揣，细揣。又纸韵。

[附录]普及版字典：
1. 读作 chuǎi。
2. 读作 chuāi，藏，塞。强加，捏造。
3. 读作 chuài，挣扎：挣揣。
4. 读作 zhuī，击，捶击。

【否】

纸韵： 符鄙切，音痞 pǐ。闭塞也。否泰(否极泰来)，否极，否臧。又本韵补美切，音鄙 bǐ，恶也，臧否，替否。又有韵。

有韵： 方久切，音缶 fǒu。表否定，不也。可否，是否，能否。又纸韵。

[附录]普及版字典：
1. 读作 fǒu。
2. 读作 pǐ。①贬，非议。②卦名。③否极泰来。④恶：不择善否(《庄子》)。

【屣】

纸韵： 所绮切，音縰 xǐ。弃，视如敝屣。履不蹑跟，拖着鞋走，屣履出迎。与置韵同。

置韵： 所寄切。履不蹑跟。冠屣，纳屣，曳屣，倒屣。与纸韵同。

[附录]普及版字典：读作 xǐ。

【企】

纸韵： 丘弭切，音跂 qǐ。企望也。延企，翘企，企仰，企及。与置韵异。
置韵：去智切，音器qì。举踵也。遥企，鹤企，渺企，翘企，勤企，瞻企，延企，企脚。与纸韵通。
[附录]普及版字典：读作qǐ。

【使】
纸韵：疎士切，音史shǐ。役也，又令也。驱使，官使。役使，驿使，使节，使者，使君。与置韵异。
置韵：疏吏切，音驶shǐ。将命者也，又遣人聘问曰使。天使，奉使，星使，节度使，使馆。与纸韵异。
[附录]普及版字典：读作shǐ。

【始】
纸韵：诗止切，音姑shǐ。初也。本始，始终，复始，更始，原始。苏轼诗：文章余正始。又置韵。
置韵：式吏切，音试shì。从此始。方始为之也。与纸韵异。
[附录]普及版字典：读作shǐ。

【被】
纸韵：皮彼切，音备beì。寝衣也，又姓。衣被，锦被，覆被，黄纱被，九州被。又置韵。
置韵：平义切，音髲bì。被服也，覆也。恩德被，广被，光被，衫衣被，被逯，被泽，被渐。又纸韵。

[附录]普及版字典：
1. 读作beì，通"髲bì"，假发。
2. 同"披pī"。

【跂】
纸韵：丘弭切，音起qǐ。踶跂。《山海经》云：有跂踵国，人行脚跟不著地，如人之跂足也。离跂，凤跂，归跂，踦跂，鸟跂，攀跂，翼跂，跂足。与置韵同。
置韵：去智切，音器qì。垂足坐，又举足望也。鹤跂，离跂，蹲跂，矜跂，鸾跂，踦跂。又纸韵通。
[附录]普及版字典：
1. 读作qí，多生的脚趾。
2. 读作qǐ，通"企"。
3. 读作qì，垂足而坐，脚跟不落地。

【里裏】
纸韵：录作裏，里字的繁体字。良士切，音里lǐ。表里，里外。苏轼诗：孤舟出没烟波里。中裏，衣内也。又置韵。
置韵：录作裏。良志切，音吏lì。衣内也，与纸韵同。
[附录]纸韵另录字头"里"，释：故里，长度。非简体字。
普及版字典：读作lǐ。

【儗】
纸韵：鱼纪切，音尼上声nǐ。僭也。

比也，类比也。自儗。儗儗：草木茂盛。置韵、队韵并异。

置韵：鱼记切，音异 yì。不前，迟疑也。佁 chì 儗不前：停滞不前。纸韵、队韵并异。

队韵：海爱切 ài。痴也，儓 tái 儗：痴呆貌。纸韵、置韵俱异。

[附录]普及版字典：
1. "拟"某义项的异体字。
2. 读作 nǐ，儗儗：①草木茂盛。②迟疑；凝滞。
3. 读作 yì，佁 chì 儗：①停滞不前。②舒缓。③犹豫不决。
4. 读作 ài，儓 tái 儗：痴呆。

【蜚】

尾韵：府尾切，音斐 fěi。虫名。咸蜚。又未韵。

未韵：扶沸切，音屝 fèi。又芳未切，音费 fèi。臭虫，蜚蠊即蟑螂。山蜚，循蜚。又兽名。又尾韵。

[附录]普及版字典：
1. 读作 fēi，通"飞"，流言蜚语。
2. 读作 fěi。

【卉】

尾韵：许伟切，音诙上声 huǐ。百草总名。花卉，芳卉，百卉，嘉卉。未韵同。

未韵：许贵切，音讳 huì。百卉。杂句：台榭罗嘉卉。与尾韵同。

[附录]普及版字典：读作 huì。

【朏】

尾韵：敷尾切，音斐 fěi。月生之名，月未盛之明。谢朏，丙午朏，庚午朏。又队韵、月韵。

队韵：滂佩切，音配 pèi。向曙色也。月朏三日也。又尾韵、月韵。

月韵：苦骨切，音窟入声 kū。朏臀，朏朏。又尾韵、队韵。

[附录]普及版字典：读作 fěi 又读 pèi。

【讵】

语韵：其吕切，音巨 jù。岂也。讵犹，讵能必，讵足差。又御韵同。

御韵：其据切，音巨 jù。岂也。与语韵通。

[附录]普及版字典：读作 jù，岂；难道。如果。曾。无；非。不料；哪知。

【处 處】

语韵：昌与切，音杵 chǔ。居也，止也，制也，息也，留也，定也，又姓。出处，久处，处士，处子，处置。与御韵异。

御韵：昌据切，音 chù。处所也。军机处，归何处，云深处，处处新。杂句：最是一年春好处。与语韵异。

[附录]普及版字典：
1. 读作 chǔ。
2. 读作 chù。

【女】

语韵：尼吕切，音茹上声nǔ。女，与男相对，女者如也，如男子之教。淑女，男女。雌性的：畜一女猫。苏轼诗：笑问散花女。御韵异。

御韵：尼据切，音茹去声nù。以女nǔ妻qì人曰女nù：公主乃女nù乌孙。与语韵异。

[附录]普及版字典：
1. 读作nǔ。
2. 读作nù，以女嫁人：公主乃女nù乌孙。
3. 通"汝rǔ"。

【语】

语韵：鱼巨切，音鱼上声yǔ。梦语，花解语，语音殊。苏轼诗：塔上一铃独自语。论也，与御韵异。

御韵：牛倨切，音鱼去声yù。说也。告也。花解语，谁语，可语，欲语。与语韵异。

[附录]普及版字典：
1. 读作yǔ。
2. 读作yù。①告诉，告诫：吾语汝。②通"悟"，醒悟。

【楚】

语韵：创举切，音处chǔ。丛木，又酸楚也。荆楚，又姓，国名。翘楚，凄楚，西楚，楚囚，楚材。杂句：笛怨音含楚。又御韵异。

御韵：疮据切，音粗去声chù。楚，利也，又木名，出历山。翘楚，木楚。又语韵异。

[附录]普及版字典：读作chǔ。

【去】

语韵：羌举切，音墟上声qǔ。除也。藏去。与御韵异。

御韵：丘倨切，音墟去声qù。离也。东去，秋去，去帆，去邪，去来，去路悠悠。苏轼诗：寒鸿正欲摩天去。与语韵异。

[附录]普及版字典：读作qù。

【著】

语韵：象吕切。居也，门屏之间曰"著"，又位次也。门著，朝著，俟著。又丁吕切，著任。御韵、药韵并异。

御韵：陟虑切，音箸zhù。明也，处也，立也，补也，成也，定也。昭著，盛名著，著述。杂句：名岂文章著。又语韵、药韵。

药韵：(一) 录作著，"着"同。张略切，音灼zhuó。被服也。衣着，装着，着衣。与语、御韵并异。

药韵：(二) 录作著，"着"同。直略切，音擆zhuó。直也，附也，丽也，粘也。收着，倚着，附着，睡着，着意看，着物妍。与语、御韵俱异。

[附录]普及版字典：
1. 读作zhù。①显明。②撰述。③明白。④记载。

⑤滞留。⑥门屏之间。⑦通"贮"。⑧土著。
2. 同"着"，读作zhuó。①穿：穿红着绿。②附着；附上。③在：落魄闲行不着家。④下落。⑤用；下：着眼，着手，着意。⑥使；派遣。⑦公文辞令：着即施行。

【贾】

虞韵：公户切，音古gǔ。商贾也。蛮贾，西域贾，洛阳贾，富贾。与马韵异。

马韵：居亚切，音假jiǎ。姓也，又人名。屈贾，贾岛，贾傅，贾谊，贾浪仙。虞韵异。

[附录]普及版字典：
1. 读作gǔ。
2. 读作jiǎ，通"价jià"，价值，价格：求善贾而沽诸（《论语》）。

【莽】

虞韵：莫补切，音姆mǔ。又莫厚切，音某mǒu。宿草。草深貌。《楚辞·九章》：陶陶孟夏兮，草木莽mǔ莽。又养韵。

养韵：模朗切，音蟒mǎng。草莽，苍莽，林莽，莽盪。谓犬善逐兔于草中为莽，又姓。又虞韵。

[附录]普及版字典：读作mǎng。

【取】

虞韵：七庾切，音娶上声qǔ。收也，受也。又有韵。

有韵：此苟切，音趣qù。索也，人与而我取也。又仕垢切。多取，寡取，为我取。又虞韵。

[附录]普及版字典：读作qǔ，通"娶"。通"聚"。通"趋"。

【剖】

虞韵：方武切，音抚fǔ。判也。分剖，明白剖。《汉书》：剖符封功臣。剖巨蚌于回渊（左思）。又有韵。

有韵：普后切，音掊pǒu。判也，破也。分剖，剖决，剖判，剖割，剖瓜，剖符封，剖蚌。又虞韵。

[附录]普及版字典：读作pōu，破开：解剖。明辨；分析：剖析。

【嵝】

虞韵：力主切，音镂lǒu。连嵝，岣嵝，山名。崎嵝。与有韵同。

有韵：郎斗切，音楼lǒu。山巅，又山名，岣嵝，衡山之代称。又虞韵同。

[附录]普及版字典：读作lǒu又读lǔ。岣嵝：衡山主峰名，也作衡山代称。

【雨】

虞韵：王矩切，音羽yǔ。水从云下也，风雨也，实用作名词。好雨，喜雨，梅雨，苦雨。苏轼诗：卧闻疏响梧桐雨。又遇韵异。

遇韵：玉遇切，音芋yù。《诗经》：雨雪其雱。自上而下曰雨。风雨之雨上声，雨下之雨去声。例如：夏雨 yǔ 雨 yù 人。又麌韵异。

[附录]普及版字典：
1. 读作 yǔ，汽凝聚成水，下落为雨。
2. 读作 yù，下雨：数月不雨。

【吐】

麌韵：他鲁切，音土 tǔ。吞吐，月初吐，新菊吐，谈吐，吐露，吐痰，吐气。苏轼诗：明月翳复吐。人共吐之。又遇韵。

遇韵：汤故切，音兔 tù。欧也。醉吐，呕吐，吐血，吐哺，吐舌。又麌韵。

[附录]吞吐、呕吐，有上声、去声之分。普及版字典：
1. 读作 tǔ，谈吐。
2. 读作 tù，呕吐；吐血。

【圃】

麌韵：博古切，音普 pǔ。园圃，农圃，书圃，艺圃，芳圃，圃畦。又姓。与遇韵通。

遇韵：博故切，音布 bù。园圃，种菜曰圃。与麌韵通。

[附录]普及版字典：读作 pǔ。

【树 樹】

麌韵：臣庾切，音竖 shù。种也，又立也，树之言竖也。建树，树立。与遇韵异。

遇韵：常句切，音殊去声 shù。木总名也，立也，又姓。玉树，古树，树碑，树阴，树影疏，苏轼诗：秋风昨夜入庭树。与麌韵异。

[附录]普及版字典：读作 shù。

【煦】

麌韵：况羽切，音诩 xǔ。蒸也，温也。和气煦，春煦，阳煦，煦育，煦物如春。与遇韵同。

遇韵：香句切，音姁 xù。日光，日出温也，"昫"同。春煦，韶阳煦，和煦。与麌韵同。

[附录]普及版字典：读作 xù。

【雇】

麌韵：侯古切，音户 hù。同"鳸 hù"，九雇（鳸），农桑候鸟。亦作"扈"。又音顾，赁也。遇韵异。

遇韵：古暮切，音顾 gù。本音户，鳸鸟也，相承借为雇赁，一作"僱异体字"。召雇，官雇，典雇，转雇，佣雇。与麌韵异。

[附录]普及版字典：
1. 读作 gù。
2. 读作 hù，鸟名，鸠的一种。"鳸"通"雇"。

【怒】

麌韵：奴古切，音弩 nǔ。恚 huì 怒也；愤怒；恚恨。震怒。与遇韵同。

遇韵：乃故切，音奴去声 nù。恚怒，赫然怒，震怒，不迁怒，怒涛，怒叱。与麌韵通。
[附录]普及版字典：读作nù。

【蒟】

麌韵：俱雨切，音矩 jǔ。邛乡蒟，橙蒟。蒟酱：出蜀地，其叶似桑，实似椹。与遇韵同。

遇韵：九遇切，音屦 jù。蒟酱，蒌叶（枸）果实制酱也。与麌韵通。

[附录]普及版字典：读作jǔ。

【炷】

麌韵：之庾切，音主 zhǔ。灯炷，下炷。与遇韵同。

遇韵：之戍切，音注 zhù。灯炷，一炷，兰炷，香炷。与麌韵通。

[附录]普及版字典：读作zhù。①灯芯；灯烛；柱状燃烧物。②点燃；烧。③量词：一炷香。④同"主"。

【苦】

麌韵：康杜切，音笴 kǔ。味苦，五味之一。孤苦，苦海，苦寒，苦吟，苦战。粗也，勤也，患也。苏轼诗：诗人例穷苦。又遇韵异。

遇韵：枯故切，音库 kù。困也。与麌韵异。

[附录]普及版字典：
1. 读作kǔ。
2. 读作gǔ，劣：辨其苦良（《周礼》）。

【数數】

麌韵：所矩切，音署 shǔ。计算也，又责也。点数，责数，细数，悉数，数其罪。苏轼诗：水清石出鱼可数。遇韵、觉韵并异。

遇韵：色句切，音揀 shù。算数，数目，度数，天数，计数，术数，数年。苏轼诗：园中草木春无数。又麌韵、觉韵俱异。

觉韵：所角切，音硕 shuò。频数也。事君数，数则疏。《礼记》：祭不欲数，数则烦。麌韵、遇韵并异。

[附录]普及版字典：
1. 读作shù，数目。
2. 读作shǔ，点数。
3. 读作shuò。①屡次：数见不鲜。②亲密亲近。③通"速sù"，快。中医诊脉术语。④细密。

【洗】

荠韵：先礼切，音徙 xǐ。涤也，洗浴，又姓。盥洗，泪如洗，洗濯，洗尘。杂句：自采药苗临涧洗。又铣韵异。

铣韵：苏典切，音铣 xiǎn。姑洗：律名，又钟名。酒具也，酒足也。洁也。盥洗，湔洗，涤洗。洗 xiǎn 马，官名。又姓。与荠韵异。

[附录]普及版字典：
1. 读作xǐ。
2. 读作xiǎn。

【柢】

荠韵：都礼切，音邸 dǐ。本也，根也，通作"氏"。根柢。又霁韵同。

霁韵：都计切，音帝 dì。木根也，根柢。又荠韵通。

[附录]普及版字典：读作 dǐ，通"氏"：大略。

【弟】

荠韵：徒礼切，音第上声 dǐ。兄弟，子弟。苏轼诗：天涯老兄弟。又霁韵。

霁韵：特计切，音第 dì。孝弟，孝"弟"之弟为去声。又荠韵异。

[附录]《集韵》以兄弟、岂弟为上声，孝弟为去声。《礼部韵略》：上、去二声通押。普及版字典：

1. 读作 dì。
2. 读作 tuí，[弟佗]颓唐；歪斜：弟佗其冠（《荀子》）。[弟靡]柔顺；随波逐流。

【娣】

荠韵：徒礼切，音弟 dǐ。娣姒，弟妻曰娣。娣姪。又霁韵同。

霁韵：特计切，音第 dì。娣姒，女弟也。姪从娣，良娣。又荠韵同。

[附录]普及版字典：读作 dì。

【递遞】

荠韵：徒礼切，音弟 dǐ。更代也。驿递。迢递，传递，递代。又霁韵同。

霁韵：特计切，音第 dì。更递。又荠韵同。

[附录]普及版字典：

1. 读作 dì。
2. 读作 dài，围绕。

【涕】

荠韵：他礼切，音体 tǐ。目汁，涕泣。又霁韵同。

霁韵：他计切，音替 tì。涕泪，垂泣涕，涕零，流涕，挥涕。又荠韵。

[附录]普及版字典：读作 tì。

【济濟】

荠韵：子礼切，音泲 jǐ。定也，止也，齐也，又济济多威仪貌，众盛之貌，济 jǐ 济多士。又地名，水名或作泲，又姓。与霁韵异。

霁韵：子计切，音霁 jì。渡也，定也，止也，又卦名。共济，永济，广济，济世，济时。又荠韵异。

[附录]普及版字典：

1. 读作 jǐ。
2. 读作 jì。

【伙夥】

蟹韵：户买切，音骇 hǎi。多也，楚人谓多为夥。又哿韵。

哿韵：胡果切，音祸上声 huǒ。楚人云多也曰夥。又同本营财曰夥。又蟹韵。

[附录]普及版字典:
1. 读作 huǒ。①多。②夥颐:惊叹声。
2. "伙"某义项的繁体字。

【洒灑】

蟹韵: 所蟹切,音靸 sǎ。洒水,大瑟谓之洒。潇洒,挥洒,洒泪,洒血。又马韵。

马韵: 所下切,音沙上声 sǎ。洒水之洒,与蟹韵同。又落也,泛也。洒扫庭内,言以水洒地而扫,令尘不起也。又洒钓投网,释"投也"。又蟹韵。

[附录]普及版字典:
1. [灑]读作 sǎ,通"洗 xǐ":诣水中澡洒手足(《三国志》)。
2. [灑]读作 xiǎn,形容惊恐寒栗。
3. [洒]读作 xiǎn,洒然:①肃敬,群臣莫不洒然变色(《史记》)。②整齐,户楣洒然(徐霞客)。③形容寒冷,洒然在冰壶之中(范仲淹)。

【解】

蟹韵:(一)佳买切,音皆上声 jiě。讲也,说也,脱也,散也。剖解,讲解。迎刃解,瓦解,解嘲,解体,解脱。又本韵(二),又卦韵。

蟹韵:(二)下买切,音蟹 xiè。已解散也,物自解也,又晓也。又姓:解缙。妙理解,解事。又本韵(一),又卦韵。

卦韵: 古隘切,音皆去声 jiè。除也。

一曰闻于上也,凡官司解报皆此音。取解,选解,起解,免解,省解。解元:贡试夺魁者。又蟹韵(一)(二)异。

[附录]普及版字典:
1. 读作 jiě。
2. 读作 jiè,起解。
3. 读作 xiè,通"蟹"。通"懈"。通"獬"。姓。

【罢罷】

蟹韵: 薄蟹切 bà。休也,止也,又罢遣。又闽人呼父曰"郎罢"。舞罢,欲罢,风罢。释"休止"义,与祃韵同。

祃韵: 皮驾切,音坝 bà。休也,已也,废也,止也,又黜也。朝罢,酒罢,曲罢,梦罢,妆罢,罢市,罢休,罢官。释"休止"义,又蟹韵。

[附录]普及版字典:
1. 读作 bà。
2. 同"吧",语气助词。
3. 同"疲"。①劳累。②软弱无能。
4. 读作 bǎi,方言,福建人称父。

【诒】

贿韵: 徒害切,音给上声 dǎi。义同"绐":相欺也,欺诒。巧诒,疑诒,空诒。又置韵异。

置韵: 羊吏切,音怡去声 yì。遗也,贻也:赐、赠。致诒,馈诒。通"贻 yí"。又贿韵异。

[附录]诒,古声有平、去二音。
普及版字典:读作yí。①通"贻yí",流传,赠送。②通"绐dài",欺骗。③通"怠dài",诒诒:疲倦委顿。

【悔】

贿韵:呼罪切,音贿huǐ。后悔,追悔,悔吝,悔罪,悔恨,悔过。又队韵。

队韵:荒内切,音诲huì。改悔也。无悔,后悔,感悔,追悔,深悔。又贿韵异。

[附录]普及版字典:读作huǐ。①懊恼;悔恨。②悔过;改正。③过失;灾祸。④卦名。⑤通"晦",(1)尽。(2)倒霉。

【采】

贿韵:亦作採,采某义项的异体字。仓宰切cǎi。事也,又择取(采取)也,又姓。纳采,博采,食采,采薪,采风,采芹,采桑,采薇,采集。又队韵异。

队韵:仓代切,音菜cài。臣食邑:采地(因官食地故曰采地),"采"同"寀",封邑也。采官,食采,甲采,有采,含采。又贿韵异。

[附录]普及版字典:
1. [採]读作cǎi。
2. [采]读作cǎi。①同"彩"某义项。②精神;神态。③饰;浮夸。④通"睬",理会。⑤姓。

3. [寀]读作cài,寀地即采地,古代卿大夫封邑。

【在】

贿韵:昨宰切zài。存也,居也,察也。安在,老母在。苏轼诗:冷烟湿雪梅花在。又队韵。

队韵:昨代切,音再zài。所在。恰在,何在,安在,在兹,在即,苏轼诗:二士同一在。又贿韵。

[附录]普及版字典:读作zài。

【载】

贿韵:作亥切,音宰zǎi。年也。百载,一年半载,记载,据报载。又队韵异。

队韵:作代切,音再zài。年也,事也,则也,乘也,始也,盟辞也,运也,又姓。载重,水能载舟,怨声载道,载歌载舞。又贿韵异。

[附录]普及版字典:
1. 读作zǎi。
2. 读作zài。

【铠鎧】

贿韵:苦亥切,音恺kǎi。甲铠也。又队韵同。

队韵:苦盖切。甲铠,献铠,解铠。又贿韵通。

[附录]普及版字典:读作kǎi。

【礌】

贿韵：落猥切，音磊lěi。礌硌，大石也。硫礌，礌礌，磕礌，磷礌。又队韵异。

队韵：卢对切，音类lèi。礌硌，重也。礌碌，下礌，举礌，礌礌，磈礌。又贿韵。

[附录]普及版字典：读作léi，从高处下击的滚石。通"擂"。通"磊lěi"。

【鼐】

贿韵：奴亥切，音乃nǎi。鼎大者曰鼐，鼎鼐。又队韵同。

队韵：奴代切，音耐nài。大鼎也，鼎鼐。又贿韵同。

[附录]普及版字典：读作nài，大鼎。

【琲】

贿韵：录作琲，蒲罪切，音蓓bèi。珠五百枚也，成串的珠。苏轼诗：泉流下珠琲。又队韵同。

队韵：录作琲，同琲。蒲昧切，音备bèi。珠百枚曰一琲贯，又珠五百枚也，玑琲，又贿韵同。

[附录]普及版字典：读作bèi，成串的珠，也泛指珠子。

【盾】

轸韵：食尹切，音顿dùn。所以捍身自蔽者，亦作"楯"。剑盾，藤盾。

又阮韵。

阮韵：徒损切tǔn。人名，赵盾，臧盾。又轸韵。

[附录]普及版字典：读作dùn，盾牌。

【吮】

轸韵：食尹切，音顺上声shǔn。吮舐也。嗽吮，吮墨，吮笔。又铣韵同。

铣韵：徂兖切，音隽。嗽也。嗽吮，吻吮。又轸韵同。

[附录]普及版字典：读作shǔn，用口含吸：吮奶。

【黾黽】

轸韵：录作黾，黽的繁体字。武尽切，音泯mǐn。勉也。蛙黾之行，勉强自力，故曰黾勉。"黾池县"与铣韵同，余义铣韵、梗韵并异。

铣韵：录作黾，弥兖切miǎn。俗作"渑"，渑池：县名。又轸韵、梗韵。

梗韵：录作黾，武幸切，音瞢měng。蛙属，水黾。又轸韵、铣韵俱异。

[附录]普及版字典：
1. 读作měng，蛙属。
2. 读作mǐn，勤勉；努力：黾勉。
3. 读作miǎn，黾池。
4. 读作méng，古要塞名，今河南信阳平靖关。

【朕】

轸韵：丈忍切，音纼zhèn。《周礼·考工记》：视其朕，欲其直也，谓革制也。又天子自称，又兆也。又寝韵。

寝韵：直稔切 zhèn。我也，又轸韵。

[附录] 普及版字典：读作 zhèn。①缝隙，也特指船缝。②预兆；形迹：朕兆。③古人贵贱皆自称朕，秦之后作天子专称。

【引】

轸韵：余忍切，音蚓 yǐn。开弓也，牵引也，证也。词曲发端曰引。又长也，《诗经》：勿替引之。又日月长也。笛引，援引，导引，引经，引荐，引剑看，引领。曲引。震韵同。

震韵：羊晋切，音蚓去声 yìn。与"靷"同，引车前行的皮带。执引，引升，引绳，引领，引犊。又轸韵异。

[附录] 普及版字典：读作 yǐn。

【靷】

轸韵：余忍切，音引 yǐn。引轴也。结靷，两靷，执靷，挽靷，靷环，靷如绳。又震韵同。

震韵：羊晋切，音印 yìn。引轴也。结靷，两靷，执靷，挽靷。又轸韵通。

[附录] 普及版字典：读作 yǐn。①引车前行的皮带。②牛鼻绳。

【诊】

轸韵：章忍切，音轸 zhěn。视也，验也，候脉：诊切其脉也。善诊，求诊，杂诊，扁鹊诊。又震韵同。

震韵：直刃切，音阵 zhèn。候脉也，又验也。推诊，原诊，善诊，杂诊。又轸韵通。

[附录] 普及版字典：读作 zhèn。①看病。②察看；查考。③症状。

【赈】

轸韵：章忍切，音轸 zhěn。隐赈，富也。殷赈，富赈。富裕：乡邑殷赈（《西京赋》）。又震韵。

震韵：章刃切，音震 zhèn。赡也，救济。赈济，赈灾，赡赈，恤民赈，开仓赈，赈赐。又轸韵通。

[附录] 普及版字典：读作 zhèn。①富裕：乡邑殷赈（张衡《西京赋》）。②救济：赈灾。

【蜃】

轸韵：时忍切，音肾 shèn。大蛤也，雉入水所化。老蜃，文蜃，海蜃，蜃窟，蜃楼。震韵同。

震韵：时刃切，音慎 shèn。蛟蜃。大蛤也。又县名。轸韵通。

[附录] 普及版字典：读作 shèn。①大蛤。②蜃形祭器。③蚌蛤壳烧成的灰。④传说中的一种蛟。

【袗】

轸韵：章忍切，音轸 zhěn。玄服也，单也，又画衣。被袗。又震韵同。

震韵：章刃切，音震 zhèn。玄服。单衣也。又轸韵通。

[附录]普及版字典:读作zhěn。①衣纯色。②穿单衣。③华美:被袗衣。④重申。

【准】

轸韵:录作準(俗作凖),准字的繁体字。之尹切,音肫上声zhǔn。均也,平也,度也,又准则也。规准,标准,准绳。又屑韵异。

屑韵:录作準。职悦切,音拙zhuó。《史记·高祖本纪》:隆準而龙颜。准,颊权也;准,鼻也。轸韵俗作"準"。又轸韵异。

[附录]普及版字典:
1. [准]读作zhǔn。①允许。②许可;依照:准此。③比照;程度接近:准科学。
2. [準]读作zhǔn。①水平:水準。②以此为準。③準确。④一定;确实。⑤观看;揣度;比较:以古準今。⑥抵算;折合。⑦鼻子:隆準。⑧姓。

【近】

吻韵:其谨切,音尽jìn。远近也。迫近,亲近,将近,近邻,近来。杂句:故乡梦中近。又寘韵、问韵。

寘韵:居吏切,音记jì。辞也,已也。《诗经》:往近王舅,南土是保。注:辞也。又吻韵、问韵。

问韵:巨靳切,音觐jìn。附也。引而近之也。昵近,嫟近,难亲近,民可近,新人近。又吻韵、寘韵。

[附录]普及版字典:读作jìn。

【隐】

吻韵:於谨切,音引yǐn。藏也,痛也,私也,安也,定也,微也,又姓。索隐,豹隐,隐隐。又问韵异。

问韵:于靳切,音印yìn。隈隐之貌。凭倚:隐几而卧。构筑:厚筑其外,隐以金椎。又吻韵异。

[附录]普及版字典:
1. 读作yǐn。
2. 读作yìn。①凭倚:隐几而卧(《孟子》)。②构筑:隐以金椎,树以青松(《汉书》)。

【忿】

吻韵:敷粉切,音鈖上声fěn。怒也,同愤。忿嫉。小忿,积忿,私忿,怒忿。又问韵。

问韵:芳问切,音奋fèn。怒也。恚忿,《书·君陈》:尔无忿疾于顽。《传》:无忿怒疾之也。争忿,忿切。又吻韵通。

[附录]普及版字典:读作fèn。①同"愤"。②甘愿;服气:不忿其事,拔刀相助。

【坋】

吻韵:房吻切,音愤fèn。尘也,一曰大防也。又问韵同。

问韵:扶问切,音份fèn。尘也。又吻韵通。

[附录]普及版字典:读作fèn。①尘土。②以粉状物敷洒于他物。③大堤。

【抆】

吻韵：武粉切，音吻wěn。拭也。又问韵同。

问韵：亡运切，音问wèn。拭也。又吻韵通。

[附录] 普及版字典：读作wěn，擦：孤子……抆泪兮（《楚辞》）。

【蹇】

阮韵：居偃切，音俭jiǎn。蹇跛也，又屯难也，亦卦名。驽蹇，疲蹇，蹇马，蹇拙。又铣韵同。

铣韵：九辇切，音搴上声jiǎn。跛也，屯难也，行蹇也，又姓。驽蹇，偃蹇。又阮韵同。

[附录] 普及版字典：读作jiǎn。①跛，也指跛驴或劣马。②艰难。③通"謇"。④卦名。⑤姓。

【巘𪩘】

阮韵：语偃切，音言上声yǎn。山形如甑。绝巘，层巘。苏轼诗：徙倚望云巘。又铣韵同。

铣韵：鱼蹇切，音言上声yǎn。山峰也。绝巘危崖。又阮韵同。

[附录] 普及版字典：读作yǎn。

【远】

阮韵：云阮切，音爰上声yuǎn。远近之远，望远。苏轼诗：淡淡烟村远。又愿韵异。

愿韵：于愿切，音爱去声yuàn。离也，远之也。相远，远佞人，远谗，远怨，远小人。又阮韵异。

[附录] 普及版字典：读作yuǎn。

【饭】

阮韵：扶晚切，音泛fàn。餐饭，食之也。杂句：金精深处苓堪饭。又愿韵。

愿韵：符万切，音烦去声fàn。食饭。苏轼诗：新稻香可饭。又阮韵。

[附录] 普及版字典：读作fàn。

【遁遯】

阮韵：录作遯，遁字的异体字。徒损切，音顿dùn。兵败潜逃。逃遁，遁世。苏轼诗：古来真遁何曾遁。又愿韵同。

愿韵：录作遯，徒困切，音钝dùn。逃也，隐也，去也。戎马遁，遁迹。杂句：影沉潭底龙惊遁。阮韵通。

[附录] 普及版字典：读作dùn，通"循"。通"逯"。

【畹】

阮韵：於阮切，音宛wǎn。田亩也，园圃也。又国戚曰畹。戚畹，兰畹，蕙畹。又愿韵。

愿韵：纡愿切，音怨yuàn。田二十亩为畹，或曰十二亩，或曰三十亩。芳畹，蘅畹，芝畹。又阮韵。

[附录] 普及版字典：读作wǎn。

【缱】

阮韵： 去阮切，音捲 quǎn。谨慎。厚也，又束缚也。缱绻，绠缱。又愿韵同。

愿韵： 去愿切，音券 quàn。意厚。志盟。缱绻。又阮韵同。

[附录] 普及版字典：读作 quǎn。

【堰】

阮韵： 於幰切，音匽 yàn。壅水为埭曰堰，筑堰挡水也。沙口堰，石堰，都江堰。又愿韵、霰韵俱同。

愿韵： 於建切，音晏 yàn。壅水堰也，筑堰挡水。石堰，高堰。又阮韵、霰韵俱通。

霰韵： 於扇切，音匽 yàn。堰埭，护水堰也。畦堰，肥水堰，千金堰，海堰。又阮韵、愿韵。

[附录] 普及版字典：读作 yàn。

【菀】

阮韵： 於阮切，音婉 wǎn。紫菀：药名。又茂木也。又姓。女菀，睢菀，菀枯，菀柳。又物韵。

物韵： 纡勿切，音郁 yù。药草名也。沉菀。又阮韵。

[附录] 普及版字典：
1. 读作 wǎn，草名。
2. 读作 yù。通"郁"，①茂盛。②郁积。

【卵】

旱韵： 卢管切，音鸾 上声 luǎn。动物无乳者。卵生，累卵，蚕卵，卵育，卵色天。又哿韵。

哿韵： 郎果切，又五果切，又力管切。鸟卵也。完卵，危卵，鱼卵，鸡卵，鹅卵。又旱韵。

[附录] 普及版字典：
1. 读作 luǎn。
2. 读作 kūn，卵酱：鱼子酱。

【笴】

旱韵： 古旱切，音秆 gǎn。同簳。箭榦也。箭笴，羽笴。又哿韵。

哿韵： 古我切，音舸 gě。箭榦也，今作箭杆。箭笴，霜笴，笴竹。又旱韵。

[附录] 普及版字典：读作 gǎn。

【馆】

旱韵： 古玩切，音管 guǎn。馆舍。杂句：洞壑仙人馆。又翰韵同。

翰韵： 古玩切，音管 guǎn。客舍也。公馆，授馆。又旱韵通。

[附录] 普及版字典：读作 guǎn。

【盥】

旱韵： 古满切，音贯 上声 guǎn。澡手也。盥洗，洁盥。杂句：披衣就清盥。又翰韵同。

翰韵： 古玩切，音贯 guàn。澡手也。

盥沐。又旱韵通。

[附录]普及版字典：读作 guàn。

【散】

旱韵：苏旱切，音伞 sǎn。布也，诞也。《庄子·养生主》：散人又恶知散木。又离也，又姓，又酒樽名，又药石屑曰散。又琴曲名。苏轼诗：庭空鸟雀散。又翰韵。

翰韵：苏旰切，音繖 sàn。分离也，布也，杂肉也。聚散，解散，离散，鸟兽散，分散，春社散。又旱韵。

[附录]普及版字典：
1. 读作 sàn。
2. 读作 sǎn。

【罕罕】

旱韵：录作罕，同罕。呼旱切，音暵 hǎn。鸟网也，希也，又旌旗也，又姓。希罕，罕见，人迹罕，旌罕，罕有。又翰韵。

翰韵：录作罕，同罕。呼旰切，音寒上声 hǎn。希罕也，又杞罕(县名)。又旱韵异。

[附录]普及版字典：读作 hǎn。

【断断】

旱韵：都管切，音短 duǎn。断绝也。续断，间断，音信断，肠断，断绝，断桥，断章取义。又翰韵。

翰韵：(一) 徒玩切，音段 duàn。截也。寸断，断桥。苏轼诗：客梦冷随枫叶断。又旱韵异。

翰韵：(二) 都玩切，音锻 duàn。决断也。判断，割断，审断，断狱，善断。又旱韵异。

[附录]普及版字典：读作 duàn。

【侃】

旱韵：空旱切，音看上声 kǎn。刚直也，又侃侃合乐貌，又人名，陶侃。又翰韵同。

翰韵：苦旰切，音㸎 kǎn。正也，刚直也。侃侃。又旱韵通。

[附录]普及版字典：读作 kǎn。①刚直。②和乐。③从容不迫。④调侃；戏弄。

【算】

旱韵：录作算，苏管切，音笋 suàn。物之数也。无算，不算。又翰韵异。

翰韵：录作筭，同算。苏贯切，音蒜 suàn。计也，数也。妙算，计算，运算。又旱韵异。

[附录]普及版字典：读作 suàn。

【暵】

旱韵：呼旱切，音罕 hàn。日干也。干枯，干旱。曝晒：暵地。旱暵，秋暵。又翰韵同。

翰韵：呼旰切，音汉 hàn。日气干也。干枯，干旱。曝晒：暵地。炎暵，暵叹。又旱韵同。

[附录]普及版字典：读作hàn。

【悍】

旱韵：合罕切，音旱hǎn。急也。勇也。勇悍。又翰韵同。

翰韵：侯旰切，音翰hàn。猛悍，骄悍，悍妇。又旱韵通。

[附录]普及版字典：读作hàn。

【撰】

潸韵：雏鲩切，音馔上声zhuǎn。造述，又则也，事也。撰述，杜撰，抄撰，伪撰，撰刻，撰文。又铣韵同。

铣韵：士免切，音譔zhuǎn。述也，定也，持也，又择也。白金曰白撰，独用。又潸韵。

[附录]譔本字录于铣韵、霰韵。
普及版字典：
1. [譔]读作zhuàn。撰某义项的异体字。①写作；著述：撰稿。②善言。③造：杜撰。④具备。
2. [撰]读作zhuàn。①自然现象的变化规律：天地之撰。②持；拿：撰杖观涛得几人（龚自珍）。③通"选xuǎn"，择：撰良辰而将行。

【栈】

潸韵：士限切，音轏上声zhǎn。阁也，又阁木为路，又车栈也。栈道。杂句：芳树笼秦栈。又铣韵、谏韵。

铣韵：士免切，音伐jiàn。道也，又栅也。驽恋栈，木栈，羊栈，马栈。栈道。又潸韵、谏韵。

谏韵：士谏切，音轏去声zhàn。木栈道也。编木也。盘江栈，云栈，蜀道栈。马栈。又潸韵、铣韵。

[附录]普及版字典：读作zhàn。

【绾】

潸韵：乌板切，音碗wǎn。系也。梳绾，高绾，斜绾。杂句：绿绶君重绾。又谏韵。

谏韵：乌患切，音绽wàn。钩紧也。手绾。杂句：乌云一髻绾。又潸韵通。

[附录]普及版字典：读作wǎn。

【拣揀】

潸韵：古限切，音简jiǎn。选也。拣择，汰拣，不拣。又霰韵。

霰韵：郎甸切，音练liàn。拣择也。选拣。又潸韵。

[附录]普及版字典：读作jiǎn。①挑选；选择：挑精拣肥。②拾取：拣柴。

【趁】

铣韵：尼展切，音蹍niǎn。亦作"蹍"，践也，跨趁。又震韵异。

震韵：丑刃切，音衬chèn。趁逐也。追趁，趁马蹄，趁春栽，趁早潮。又铣韵异。

[附录] 普及版字典：读作 chèn。

【善】

铣韵：常演切，音墠 shàn。吉也，良也，大也，佳也。伐善，好善，友善，善言，善政，善士。又霰韵异。

霰韵：时战切，音缮 shàn。善忘，善终，善射，善谈，善谋，善用兵。又铣韵。

[附录] 凡善恶之善则上声，彼而善之则去声。

普及版字典：读作 shàn，通"缮"。

【遣】

铣韵：去演切，音缱 qiǎn。纵遣也，送也，责也，自遣也，又排遣。消遣，驱遣，调遣，遣兴。又霰韵异。

霰韵：去战切，音缱去声 qiàn。人臣赐车马曰遣车。书遣，车犊遣，遣送。又铣韵异。

[附录] 普及版字典：读作 qiǎn。

【转轉】

铣韵：陟兖切，音专上声 zhuǎn。动也，运也。辗转，运转，流转，转变，转化，转移。又霰韵异。

霰韵：知恋切，音专去声 zhuàn。以力转物。流转，力能转，运转，旋转，转乾坤。又铣韵异。

[附录] 凡物自转则上声，以力转物则去声。

普及版字典：
1. 读作 zhuǎn。
2. 读作 zhuàn。①旋转；绕某物打转。②游逛。③量词：圈；次。

【衍】

铣韵：以浅切，音演 yǎn。达也。云水朝宗于海，故从水行也。广衍，流衍，曼衍，繁衍，推衍，绵衍。苏轼诗：乾策数大衍。又霰韵通。

霰韵：于线切，音延去声 yàn。水也，溢也，广也，丰也。又铣韵通。

[附录] 普及版字典：读作 yǎn。

【选選】

铣韵：思兖切，音癣 xuǎn。择也。首选，选将，选择。又霰韵。

霰韵：息绢切，音缫 xuàn。择选，特选，选能，选材。又铣韵。

[附录] 普及版字典：
1. 读作 xuǎn。
2. 读作 suàn。①通"算"，计算。②数词，万：五亿十选九千八百步（《山海经》）。

【饯餞】

铣韵：慈衍切，音浅 jiǎn。酒食送行也。郊饯，壶觞饯，饯别。又霰韵。

霰韵：才线切，音贱 jiàn。酒食送行也。饮饯，荣饯，道饯。又铣韵通。

[附录] 普及版字典：读作 jiàn。

【眄】

铣韵：弥殄切，音免miǎn。邪视。斜眄，仰眄，慈眄，流眄，惊眄，眄睐，眄伺。又霰韵同。

霰韵：莫甸切，音麪miàn。衺视也。顾眄，游眄，睇眄，长眄，欢眄，仰眄，流眄。又铣韵通。

[附录]普及版字典：读作miǎn。

【奱孌】

铣韵：力兖切，音脔上声luǎn。美好也。婉奱，姝奱。又霰韵同。

霰韵：力卷切，音恋liàn。美好貌，又顺也。婉奱，思奱。又铣韵通。

[附录]普及版字典：

1. 同"恋"，思慕。
2. 读作luán，美好：内惧娇妻，外惧奱童（《红楼梦》）。

【蚬】

铣韵：呼典切，音显xiǎn。又胡典切，音岘xiàn。虫名。小蛤也。瀸蚬。蚬缢女：小黑虫赤头喜自经死，故曰缢女。又霰韵。

霰韵：苦甸切。蛤蚬，白蚬。又铣韵通。

[附录]普及版字典：读作xiǎn。

【辗】

铣韵：知辇切，音展zhǎn。辗转也，辗迟。又复姓。又霰韵。

霰韵：女箭切，音碾去声niàn。水辗也，转轮治穀也，同"碾"。又铣韵。

[附录]普及版字典：

1. 读作zhǎn。①旋转。②辗转。
2. 读作niǎn。①同"碾"。(1)石碾。(2)滚压：晓驾炭车辗冰辙（白居易）。②方言，追赶。

【缱】

铣韵：去衍切，音遣qiǎn。缱绻不相离貌，又黏也。绻缱，情缱。又霰韵同。

霰韵：去战切，音遣去声qiàn。缱绻，振缱。又铣韵通。

[附录]普及版字典：读作qiǎn。

【宴】

铣韵：于殄切。安也，安乐，安闲。酒席，清宴。又霰韵同。

霰韵：於甸切，音燕yàn。安也，息也。赐宴，酣宴，宴安，宴犒，宴饮，宴娱。又铣韵。

[附录]普及版字典：读作yàn。

【讞】

铣韵：鱼蹇切，音衍yǎn。又鱼战切，音彦yàn。议狱。奏讞，平讞，详讞，上讞，讞定。又屑韵。

屑韵：鱼列切，音孼niè。正狱，议罪也。论讞，劾讞，决讞，秋讞。又铣韵。

[附录]普及版字典：读作yàn。

【少】

筱韵：书绍切，音烧上声shǎo。少，与多相对。行人少，识字少，少闻，少有。又啸韵异。

啸韵：失照切，音烧去声shào。少，与老相对。年轻，又副职。少小，少年，少壮，少女，少妇，少长，恶少。又筱韵。

[附录]普及版字典：
1. 读作shǎo，数量小。
2. 读作shào，年轻人。

【绕】

筱韵：而沼切，音扰rǎo。缠绕，又姓。环绕，梦绕，萦绕，缭绕，绕梁，绕树飞。又啸韵异。

啸韵：人要切，音蛲去声rào。卷取物貌。缭绕，溪绕，山绕，峰绕。又筱韵异。

[附录]普及版字典：
1. 读作rǎo。弯曲，姓。
2. 读作rào。环绕、围绕。

【朓】

筱韵：土了切，音挑上声tiǎo。晦而月见西方曰朓，偏旁从月，啸韵则偏旁从肉，异也。谢朓，晦朓，西朓，望舒朓。又啸韵。

啸韵：丑召切，音哨shào。祭也。胙朓。谢朓，王朓，月朓，朓胙。又筱韵异。

[附录]筱韵偏旁从月，月行貌；啸韵从肉，祭也。

普及版字典：读作tiǎo。①夏历月底月亮在西方出现。②盈；有余。③速度快。

【掉】

筱韵：徒了切，音窕tiǎo。摇尾，又动也。掉头。又啸韵。

啸韵：徒吊切，音调去声diào。摇也，振也。掉转，掉尾。又筱韵。

[附录]普及版字典：读作diào。

【蓼】

筱韵：卢鸟切，音了liǎo。辛菜。集蓼，野蓼，蓼花，红蓼，紫蓼，白蓼，蓼岸。苏轼诗：秋风槭槭鸣枯蓼。又屋韵异。

屋韵：力竹切，音鹿lù。蓼莪，长大貌，草木长大、高大。《诗经》：蓼蓼者莪。蓼莪篇。又筱韵异。

[附录]普及版字典：
1. 读作liǎo。①水蓼、荭草等蓼属植物的泛称。②辛苦。③古国名。④姓。
2. 读作lù，形容草木长大或高大：蓼蓼者莪（《诗经》）。

【袅嫋】

筱韵：分录袅、嫋、裹三字，奴鸟切，音裹niǎo。风动貌，长弱貌。烟袅，香袅，斜袅，袅袅。苏轼诗：残磬风中袅。又药韵异。

药韵：录作嫋，日灼切，音弱ruò。弱也，姌嫋。又筱韵异。
[附录]"嫋、裊、嬝"同是裹的异体字。
普及版字典：读作niǎo。

【茆】
巧韵：莫饱切，音卯mǎo。凫葵，蓴菜也，莼菜也。采茆，芹茆。又有韵。
有韵：录作茆，力久切，音柳liǔ，凫葵，水草。芹茆，蓴菜也。采茆，水茆。又巧韵。
[附录]普及版字典：读作mǎo。①莼菜。②通"茅"。(1)茅草：茆屋。(2)姓。

【拗】
巧韵：於绞切，音坳上声ǎo。手拉也。手拗，力拗。杂句：世路终难拗。又效韵。
效韵：於教切，音坳去声ào。折也，又违拗也，拗捩固相违也。性拗，执拗，拗折，拗口。又巧韵。
[附录]普及版字典：
1. 读作ǎo，用手折断。
2. 读作ào，不顺：拗口。
3. 读作niù。①固执：脾气拗。②通"扭niǔ"。
4. 读作yù，抑制。

【好】
皓韵：呼皓切，音蒿上声hǎo。好，与坏相对。美好，好友，修好。苏轼诗：

水光潋滟晴方好。又号韵异。
号韵：呼到切，音耗hào。喜好。又姓。又璧孔也。好勇，好静，好善，好学，好奇。敦厚也，不忘也，宿好素所好也。又皓韵异。
[附录]普及版字典：
1. 读作hǎo。
2. 读作hào。①喜爱。②容易发生：这布好掉色。③玉器中间的孔。

【造】
皓韵：昨早切，音皂zào。造作也。肇造，营造，改造，再造，造物，造化。又号韵异。
号韵：七到切，音慥cào。至也，就也。深造，造次。又皓韵异。
[附录]普及版字典：读作zào。

【倒】
皓韵：都皓切，音刀上声dǎo。仆也。颠倒，倾倒，压倒，潦倒。又号韵异。
号韵：都导切，音到dào。倒悬，潦倒，倒置，倒骑驴。又皓韵异。
[附录]普及版字典：
1. 读作dǎo。倒塌，倒闭，倒手。
2. 读作dào。倒茶，倒打一耙。

【祷禱】
皓韵：都皓切，音倒dǎo。请也，求福也。祈祷，焚香祷，祷雨，祷福。又号韵同。

号韵： 都导切，音到。祭也，请也，得福曰祠，求福曰祷，祈祷也。禳祷，颂祷，拜祷。又皓韵同。

[附录] 普及版字典：读作dǎo。

【扫埽】

皓韵： 录作埽，通"扫"。苏老切，音嫂sǎo。扫除也。洒扫，扫花阴。苏轼诗：落花满地无人扫。又号韵同。

号韵： 录作埽，通"扫"。苏到切，音臊sào。《礼记》：氾埽曰埽，席前曰拚。注：氾埽，席埽也；拚，除秽也。挥扫，花未扫，扫洒，扫除。又皓韵同。

[附录] 诗韵未录"掃"本字。
普及版字典：
1. [埽]①读作sào，河工上用的材料。②用埽做成的堤坝或护堤。③通"扫sǎo"，洒扫穹室（《诗经》）。
2. [掃]①读作sǎo，使用扫帚的动作。②读作sào，扫地用具：扫帚。

【缟】

皓韵： 古老切，音杲gǎo。素也。素缟，缟服，缟素，缟冠。又号韵同。

号韵： 古到切，音诰。素也，白缣。雪缟，衣缟。苏轼诗：往复纷苎缟。又皓韵同。

[附录] 普及版字典：读作gǎo。

【媢】

皓韵： 武道切，音旄去声mào。夫妒妇也，又号韵同。

号韵： 莫报切，音冒mào。夫妒妇。妒媢，忌媢。又皓韵同。

[附录] 普及版字典：读作mào，男子嫉妒妻妾，也泛指嫉妒。

【燠】

皓韵： 乌皓切，音襖ǎo。甚热也。寒燠，烦燠，温燠，郁燠，炎燠。又号韵、屋韵。

号韵： 乌到切，音奥ào。暖也，燠釜以水添釜。寒燠，渥燠，燠釜。又皓韵、屋韵。

屋韵： 於六切，音yù。热也，暖也。寒燠，郁燠，炎燠，烦燠，温燠，和风燠。又皓韵、号韵。

[附录] 普及版字典：读作yù又读ào。①暖；热。②鲜明。③熬。④燠咻：(1)安抚。(2)病痛的呻吟声。

【坷】

哿韵： 枯我切，音可kě。行不利也，坎坷。困坷。又个韵。

个韵： 口个切，音蚵去声kè。人行不利曰坎坷。慵懒坷，山径坷。又哿韵。

[附录] 普及版字典：
1. 读作kě，坎坷。

2. 读作kē，坷拉：土块；块状物。

【左】

哿韵：臧可切，音佐zuǒ。左，与右相对。又姓。江左，海左，祖左，尚左，左道，左慈。又个韵异。

个韵：子贺切，音佐zhuǒ。手相左助也，同"佐"，"佐"本字录于个韵。又哿韵异。

[附录] 普及版字典：读作zuǒ。某义项同"佐zuǒ"，(1)辅助。(2)证据；证人。

【惰】

哿韵：徒果切，音垛。不敬也，一作惰，又作媠。懒惰，怠惰，懈惰，慵惰。又个韵同。

个韵：徒卧切，音𡚩duò。惰懈也。怠惰，百骸惰，四肢惰，惰农，惰傲。又哿韵通。

[附录] 普及版字典：读作duò。

【坐】

哿韵：徂果切。稳坐，闭户坐，坐忘，坐镇，坐卧。苏轼诗：清夜除灯坐。又挫，骨节挫屈也。又个韵。

个韵：徂卧切，音座zuò。行之对也，又被罪也。端坐，稳坐，久坐，并坐，闲坐，花下坐。又哿韵。

[附录] 诸字书、韵书注："坐"有上、去二音。

普及版字典：读作zuò，通"座"，坐位。

量词：一坐。

【簸】

哿韵：补火切，音跛bǒ。扬米去糠也。簸扬，扬簸，掀簸，舂簸，翻簸，颠簸起伏。又个韵同。

个韵：补过切，音播bò。扬米也。簸扬，扬簸，簸箕，簸糠，簸浪。又哿韵通。

[附录] 普及版字典：
1. 读作bǒ，扬谷去糠秕。颠动；摇动。
2. 读作bò，簸箕：扬净谷物的用具。似畚箕。

【媠】

哿韵：他果切，音妥tuǒ。好也，娃媠。媠媠：柔美，媠娜即婀娜。又吐卧切，音唾tuò。吴、楚、衡、淮之间谓好曰娃，南楚之外美妇曰媠，故吴有馆娃之宫、滕媠之室。又婀媠。又个韵。

个韵：徒卧切duò。懒妇人也，通"惰"。又哿韵。

[附录] 普及版字典：读作tuǒ。①美好。媠媠：柔美。②通"惰duò"。

【下】

马韵：胡雅切，音遐上声xiǎ。下，与上相对，上下之下。苏轼诗：遥知读易东窗下。又去也，后也，底也，降也，古作"丅"。又祃韵。

祃韵：亥驾切，音遐去声xià。行下，降也。谦下，下诏，下场，下车，下嫁。又马韵。

[附录] 普及版字典：读作xià。

【泻瀉】

马韵：悉姐切。泄水也。倾泻，泪如泻。苏轼诗：竹露无声浩如泻。又通作"写"。又祃韵。

祃韵：司夜切，音卸xiè。吐泻，泄泻，泻溜，泻水，泻潋。又马韵异。

[附录] 普及版字典：读作xiè。①快速下流：一泻千里。②排泄：腹泻。③通"潟xì"，盐碱地：泻斥卤兮生稻粮（《农政全书》）。

【夏】

马韵：胡雅切，音遐上声xiǎ。中国也。乐名。大也。又诸夏，亦州名。中夏，虞夏，西夏。大夏，华夏。又祃韵异。

祃韵：胡驾切，音暇去声xià。春夏秋冬，四季称名之一。盛夏，炎夏，初夏，孟夏，夏鼎，夏葵，夏吕，夏官，夏王祠。苏轼诗：棋局消长夏。又马韵异。

[附录] 普及版字典：读作xià。某义项通作"槚jiǎ"，夏楚即槚楚，古代体罚用具。

【假】

马韵：古雅切，音贾jiǎ。偕也，大也，且也，借也，非真也。又至也，又姓。虚假，休假，请假，假借，假手，假道，假托，狐假虎威。又祃韵异。

祃韵：居亚切，音价jià。休假，休沐也。又借也，至也，易也。告假，乞假，假借。又马韵异。

[附录] 普及版字典：
1. 读作jiǎ。某义项通"遐xiá"，远。通"格gé"，到。
2. 读作jià，假期。
3. 读作xià，嘉；美：假哉皇考（《诗经》）。

【姹妊】

马韵：录作妊，同姹。丑下切，音诧上声chǎ。少女也，河上妊女。娅妊，娇妊。又祃韵同。

祃韵：录作妊，同姹。陟驾切，音吒去声chà。美女也。娅妊，娇妊，妊女。又马韵。

[附录] 普及版字典：读作chà。①姹紫嫣红。②姹女：(1)少女；美女。(2)水银：药炉烧姹女（刘禹锡）。③娅妊：(1)妖娆多姿。(2)美女。(3)象声词：娅妊鸟鸣春（陆游）。④通"诧"，夸耀；赞扬。

【若】

马韵：人者切，音惹rě。干草也。又般若rě：佛教名词。又药韵。

药韵：而灼切，音弱ruò。香草也，又顺也，如也，汝也。辞也：语助词。又杜若。又姓。何若，俨若，岂若，未若，自若，若何，若将，若耶溪。

苏轼诗：无限芳洲生杜若。又马韵。
[附录]普及版字典：
1. 读作 ruò。
2. 读作 rě，般若：佛教名词。意为智慧。

【犷獷】

养韵：居枉切，音俇 guǎng。犬也，又犷平县。强犷，粗犷，犷悍，犷犷。又梗韵异。

梗韵：古猛切，音广 guǎng。犬状。又犷犷：粗恶之貌。顽犷，犬犷。又养韵异。

[附录]普及版字典：读作 guǎng，粗野；豪放：犷悍；粗犷。

【养養】

养韵：余两切，音痒 yǎng。养育，乐也，饰也，又姓。培养，涵养，颐养，驯养，素养，养廉，养晦，养生。又漾韵。

漾韵：余亮切，音恙 yàng。下奉上曰"养 yàng"。供养，就养，迎养，奉养，养亲，养志。又养韵异。

[附录]普及版字典：读作 yǎng，通"恙 yàng"。通"痒"。

【仰】

养韵：语两切，音鸯上声 yǎng。偃仰也，又反首望也，通作卬。俯仰，景仰，钦仰，仰攀，仰视，仰慕。苏轼诗：水枕能令山俯仰。又漾韵异。

漾韵：鱼向切，音样 yàng。资也，待也，有望于上则仰 yàng。依仰，仰给。又养韵异。

[附录]普及版字典：读作 yǎng。

【荡】

养韵：徒朗切，音盪 dàng。大也，又水名，又姓。扫荡，浪荡，放荡，骀荡，板荡，震荡，荡舟，荡桨。又漾韵异。

漾韵：他浪切。荡荡，广大貌。又板荡。法度废坏也。浩荡，鼓荡，放荡，游荡，动荡，荡垢，荡涤。渠名：蒗荡渠亦名狼汤渠。又养韵异。

[附录]普及版字典：
1. [蕩、盪]读作 dàng。①动摇；摆动：动盪。②闲逛：游盪。③弄光；清除：扫荡。④冲杀。
2. [蕩]读作 dàng。①流通；疏通。②放纵；淫：荡妇。③平坦；宽敞：坦荡。④广大：浩荡。⑤长草的洼地；浅水湖：黄天荡。⑥姓。

【盪】

养韵：徒朗切，音荡 dàng。涤盪，摇动貌，同"荡"，又涤器也。又漾韵异。

漾韵：他浪切，音唐去声 tàng。盪行。又度朗切 dàng。推盪也，同"荡"。荡舟。又养韵。

[附录]普及版字典：读作 dàng。"荡"某义

项的异体字。

【放】

养韵：分网切，音访 fǎng。学也，通"仿"。效放，模放，后人放。又漾韵异。

漾韵：甫妄切，音舫去声 fàng。逐也，去也，废也。奔放，流放，放浪，放佚，放遣，放牛，放荡。苏轼诗：心闲诗自放。又养韵。

[附录]普及版字典：
1. 读作 fàng。
2. 读作 fǎng。①依据：放於利而行（《论语》）。②到达：摩顶放踵。③通"仿"，仿效可作放效。

【两】

养韵：良奖切，音良上声 liǎng。二十四铢为一两，又双数也。两心同，两岸葭。又漾韵异。

漾韵：力让切，音良去声 liàng。车数，同"辆"。车两，百两。又养韵异。

[附录]诗韵未录"辆"字。
普及版字典：
1. 读作 liǎng。
2. 读作 liàng。同"辆"。古代的车一般两个轮子，故车一乘称一两，后写作"辆"。

【傥儻】

养韵：他朗切，音汤上声 tǎng。倜傥不羁，卓异也。又苟也。或然之辞，俗作"倘"。俶傥，清傥，傥来物。又漾韵异。

漾韵：他浪切，音烫 tàng。倖也，侥幸。又不羁也。倜傥，俶傥，又养韵。

[附录]普及版字典：
1. 读作 tǎng。①怅然若失。②倜傥：俶傥。③同"倘"某义项，如果：傥有他意。④通"党"，偏颇。⑤通"躺"。⑥或许。
2. 读作 tàng。①侥幸；偶然：孔孟久已亡，富贵得亦傥（梅尧臣）。②姓。

【广廣】

养韵：古晃切，音光上声 guǎng。广大也，阔也，又人名。地广，李广，宽广，见闻广，广寒宫，广陵散。又漾韵异。

漾韵：古旷切，音光去声 guàng。二十兵车名，十五乘为一广。又广轮。左广，右广。东西为广，南北为轮。又养韵异。

[附录]"广"本字录于俭韵。与"廣"字异。
普及版字典：
1. [廣] 读作 guǎng，地廣。两廣。某义项通"旷 kuàng"。
2. [廣] 读作 guàng，兵车。廣袤。廣阔。
3. [广] 读作 yǎn，就山崖建造的房屋：开廊架崖广（韩愈）。
4. [广] 同"庵"。

【仗】

养韵：直两切，音长 zhǎng。剑戟总名，又兵仗也。器仗，排仗，黄麾仗。

又凭仗，从漾韵。

漾韵：直亮切，音杖 zhàng。器仗也，又持也。兵仗，又倚仗也。委仗，全仗，仰仗，依仗，不足仗。又凭仗，独用。又养韵。

[附录] 普及版字典：读作 zhàng。

【盎】

养韵：乌朗切，音昂上声 ǎng。盆也，又盛貌。瓦盎，银盎，瓮盎，盆盎，碧玉盎，盎背，盎盎。苏轼诗：鹅儿破壳酥流盎。又漾韵。

漾韵：乌浪切，音昂去声 àng。盆也，又盛貌，又姓。瓦盎，银盎，盎于背，盎盎。又养韵通。

[附录] 普及版字典：读作 àng。

【上】

养韵：时掌切，音商上声 shǎng。上声，汉语声调之一。登也，升也。扶摇上，上天梯，上寿，苏轼诗：小楼看月上。又漾韵。

漾韵：时亮切，音尚 shàng。上，下之对也，上下之上。又君也，犹天子也。苏轼诗：天女织绡云汉上。又养韵异。

[附录] 普及版字典：

1. 读作 shàng，某义项通"尚"，崇尚；尊重：上农除末（《史记》）。

2. 读作 shǎng，汉语声调之一，上声之上。

【饷饟】

养韵：录作饟，饷的异体字。书两切，音赏 shǎng。通"晌"。又式亮切。食饷 xiǎng，周人呼饷食。见漾韵。

漾韵：（一）录作饷。式亮切，音响 xiǎng。饷馈。又本韵(二)，又养韵。

漾韵：（二）录作饟，式亮切，音响 xiǎng。馌饷：馈也。又自家之野曰饷。又本韵(一)，又养韵。

[附录] 普及版字典：读作 xiǎng。①月饷。②军饷。③赠送；款待。④通"晌 shǎng"，一会儿。

【请】

梗韵：七静切，音清上声 qǐng。乞也，求也，问也，谒也。奏请，启请，恳请，请期，请谥，请铭，请缨。又敬韵。

敬韵：疾正切，音情去声 qìng。延请，亦朝请。古代朝会名也，又梗韵异。

[附录] 普及版字典：

1. 读作 qǐng。通"情 qíng"，情况或作请况。

2. 读作 qìng，古代朝会名：春曰朝，秋曰请（颜师古）。

【靓】

梗韵：疾郢切，音静 jìng。装饰也。女容徐靓，又静也。妆靓，明靓，华靓。又敬韵同。

敬韵：疾政切，音净 jìng。装饰也。

妆靓，明靓。又梗韵通。

[附录]普及版字典：
1. 读作jìng。①靓妆。②美好。③思；想。④通"静"，平和；寂静：清靓可以为天下正(马王堆汉墓帛书)。
2. 读作liàng，方言。漂亮：靓女。

【诇】

迥韵：火迥切。明悟了却也。候伺也，又刺探也。《唐书》：覢诇长安。又窥诇时事。覢诇，侦诇，窥诇，诇刺。又敬韵。

敬韵：休正切，音敻xiòng。候伺也，刺探也。覢诇，候诇，窥诇，侦诇。又迥韵。

[附录]普及版字典：读作xiòng，音兄去声
①侦察；刺探。②求：诇诸史乘，历历可稽(梁启超)。

【胫】

迥韵：胡顶切。脚胫也。鹤胫，凫胫，雪没胫。又径韵。

径韵：胡定切，音径jìng。脚胫，叩胫，鹤胫，雪没胫，凫胫。又迥韵。

[附录]普及版字典：
1. 读作jìng，小腿。
2. 读作kēng，通"硻"。

【泞凁】

迥韵：录作凁，泞的繁体字。乃挺切，音宁上声nǐng。泞汀也。苦泞，道泞

又径韵。

径韵：录作凁。乃定切，音宁去声nìng。泥淖也。泥泞，道泞，远泞，泞汀。又迥韵。

[附录]依《佩文韵府》录作"凁"。
普及版字典：
1. [凁]读作nìng，泥泞：(1)泥浆：陷入泥泞。(2)烂泥粘陷难走：道路泥泞。
2. [泞]"汘zhù"的繁体字。[淡泞]明净；潇洒太湖岸，淡泞洞庭山(苏舜钦)。"淡泞"也作"澹泞"。"淡泞"不作"澹凁"。

【趣】

有韵：仓苟切，音剠cǒu。《尚书·立政》：趣马。《传》：七口反，掌马之官。《诗经·小雅·十月之交》：蹶(guì)维趣(cǒu)马。笺：掌王马之政。疏：七走反。《周礼·夏官·趣马注》：趣马，趣养马者也。又遇韵。

遇韵：七句切，音去qù。趣向，变通者，趣时者也。志趣，野趣，成趣，真趣，佳趣，清趣，殊趣，烟霞趣，趣同，趣途。苏轼诗：偶得酒中趣。又有韵。

[附录]普及版字典：
1. 读作qù。通"取qǔ"，趣舍无定(《荀子》)。
2. 同"促"。①催促。②急促；赶快。
3. 同"趋"某义项。

【首】

有韵：书九切，音手shǒu。头也，始

也。稽首，岁首，风华首，首选，首推，首尾。又宥韵。

宥韵： 舒救切。自首也，又尚也。陈首，东首。又有韵。

[附录] 普及版字典：读作shǒu。

【后後】

有韵： 胡口切，音厚上声hǒu。先后之后。又迟也，时间晚的。又后嗣。启后，前后，后悔，后裔，苏轼诗：土软春雨后。又宥韵。

宥韵： 胡遘切，音厚hòu。我后，不后，瞠乎后。后于人也，又先后犹娣姒也，又后此。又有韵。

[附录] 普及版字典：读作hòu，方位词。未来：日後。时间晚的：後起之秀。後代。

【厚】

有韵： 胡口切，音候上声hǒu。厚薄之厚，又重也，广也，又姓。笃厚，积厚，宽厚，深厚，厚惠，厚爱，厚颜，厚泽。又宥韵通。

宥韵： 胡遘切，音候hòu。不薄也。又有韵。

[附录] 普及版字典：读作hòu。

【走】

有韵： 子苟切，音奏上声zǒu。趋走也。出走，奔走，走兽，走笔，走马。苏轼诗：醉笔龙蛇走。又宥韵。

宥韵： 则候切，音奏zòu。同"奏"，疾趋曰走，《诗经》：予曰有奔走。又有韵异。

[附录] 普及版字典：读作zǒu。

【守】

有韵： 书九切，音首shǒu。主守，又姓。固守，戍守，守藩，守廉，守拙，守成难。又宥韵异。

宥韵： 舒救切，音兽shòu。太守，守之也，所守也，为之守也。天子巡诸侯所守曰巡守，诸侯为天子守土曰守。汉置郡太守。留守，巡守，郡守，守贤，守土。又有韵异。

[附录] 普及版字典：
1. 读作shǒu。
2. 读作shòu。①官职；职守。②州、郡、府长官：太守。③暂代职务。

【绶】

有韵： 殖酉切，音受shòu。组绶，绶长一丈二尺法十二月，广三尺法天地人也。韍维也。结绶，锦绶，印绶，绶带。又宥韵同。

宥韵： 承咒切，音授shòu。韍维也，又彩衣貌。青绶，花绶。又有韵通。

[附录] 普及版字典：读作shòu。

【右】

有韵： 云久切，音有yǒu。左右之右，江右。无出其右。又宥韵。

宥韵：于救切，音宥yòu。左之。右之，通"侑"，《诗经》：钟鼓既设，一朝右之。又有韵。

[附录]按《集韵》有上、去二音，义通同。上声训左右手，去声训右助。

普及版字典：读作yòu。

【后】

有韵：胡口切，音後hòu。君也，又妃后。母后，后土。又宥韵同。

宥韵：胡遘切，音候。迎后，求后，皇后，后妃。又有韵通。

[附录]普及版字典：读作hòu，皇后。后土。

【吼】

有韵：呼后切，音齁上声hǒu。传说中的怪兽名。动物吼叫，狮吼。又宥韵同。

宥韵：呼漏切，音侯去声hòu。声也。又有韵通。

[附录]普及版字典：读作hǒu。

【扣】

有韵：苦后切，音口。击也。大扣，内扣，扣钟，扣肩，扣关。亦作"叩"。又宥韵。

宥韵：苦候切，音寇kòu。扣击也。丝丝入扣。又有韵通。

[附录]"釦"录于有韵。读作kòu，扣某义项的异体字。

普及版字典：读作kòu。

【狃】

有韵：女久切，音纽niǔ。相狎也，又狐狸。狃狭。又宥韵同。

宥韵：女救切，音纽去声niù。习也，就也，又狐狸也。叔无狃。又有韵通。

[附录]普及版字典：读作niǔ。

【嗾】

有韵：苏后切，音叟sǒu。唤狗声，教唆。嗾使：指使也。指嗾。又宥韵。

宥韵：苏奏切，音漱sù。使狗也。又有韵通。

[附录]普及版字典：读作sǒu。

【琇】

有韵：与九切。次于玉的美石，又玉名。琇莹。又宥韵同。

宥韵：息救切，音秀xiù。玉名，石似玉。又有韵。

[附录]普及版字典：读作xiù，次于玉的美石：充耳琇莹（《诗经》）。

【寿】

有韵：殖酉切，音受shòu。五福之一曰寿，寿考。又星名，木名，州名，姓。南山寿，仁者寿。又宥韵。

宥韵：承咒切，音授shòu。寿考，万寿，介寿，寿而康，寿星。又有韵同。

[附录]普及版字典：读作shòu。

【饮】

寝韵：於锦切，音音上声yǐn。饮食也。又入也，没石饮羽。夜饮，豪饮，饮鸩，饮恨。杂句：壶中泻酒看云饮。又沁韵。

沁韵：于禁切，音荫yìn。以饮饮之也。渴饮，酣饮。杂句：落帽恣欢饮。又寝韵微异。

[附录]普及版字典：
1. 读作yǐn。
2. 读作yìn，给牲畜喝水：饮马。

【枕】

寝韵：章荏切，音斟上声zhěn。卧荐首者。高枕，孤枕，枕石，枕席，枕簟。苏轼诗：板阁独眠惊旅枕。又沁韵。

沁韵：之任切，音振zhèn。枕之也，以头枕物，枕头也。卧枕，流可枕，枕江楼。又寝韵异。

[附录]普及版字典：
1. 读作zhěn。
2. 读作chén。①木名。②通"沉"，深：坎险且枕。

【甚】

寝韵：常枕切，音哂shěn。剧过也，尤安乐也。太甚，相思甚，甚易，甚矣。杂句：随风蛱蝶颠狂甚。又沁韵。

沁韵：时鸩切，音渗shèn。过甚也，太甚，更甚。又寝韵。

[附录]普及版字典：
1. 读作shèn。
2. 读作shén，什么；怎么：管他作甚。

【衽】

寝韵：如甚切，音稔rěn。卧席也，衣襟也，亦作"袵"。茵衽，敛衽，振衽。衽席，又沁韵。

沁韵：汝鸩切，音妊rèn。衣襟也。帷衽，床衽。又寝韵。

[附录]普及版字典：读作rèn。

【噤】

寝韵：渠饮切，音颔jǐn。寒而口闭也。钳噤，噤口。杂句：容我懒自噤。又沁韵同。

沁韵：巨禁切，音灊jìn。口闭也。又寝韵同。

[附录]普及版字典：读作jìn。

【喊】

感韵：呼览切，音罕hǎn。高声叫也。众喊。又赚韵。

赚韵：下斩切，音赚。喊声，众喊。又感韵。

[附录]普及版字典：读作hǎn。

【贛贑灨灨】

感韵：录作贑，贛字的异体字。古禫切，音感gǎn。县名，章、贡二水合流其处，因以为名。又送韵、勘韵。

送韵：（一）录作灨，古送切，音贡gòng。水名，出豫章。亦作"灨"，通"贛"。章灨，云灨。又感韵、勘韵。

送韵：（二）又字头"贛"，古送切，音贡gòng。赐也，赐贛，赏贛。

勘韵：录作灨，贛字的异体字。古暗切，音幹gàn。水名，又县名。又感韵、送韵。

[附录] 普及版字典：
1. [贛、灨、贑] 读作gàn，贛是繁体字。灨、贑是异体字。江西省或贛江的简称。
2. [贛] 读作gòng，赏赐：一朝用三千钟贛（《淮南子》）。

【憺】

感韵：徒敢切，音淡dàn。安缓也。憯憺，恬憺，憺憺。又勘韵。

勘韵：徒滥切，音馀dàn。动也。威憺，憺邻国，憺华戎。又恬静也，"惔"同。又感韵。

[附录] 普及版字典：读作dàn。①安乐；安定。②通"惮"，恐吓；震动。③忧愁。④恬淡；清静。

【莟】

感韵：户感切，音颔hàn。花开也，通"菡"。小莟，初莟，放莟。又勘韵。

勘韵：胡绀切，音憾hàn。苗含心欲秀也。亦作花蕊也。又感韵。

[附录] 普及版字典：读作hàn。同"菡"。

【椠】

感韵：才敢切，音嵌qiǎn。削版牍也，古人书写的木片。简椠，铅椠，削椠，椠露版。又艳韵。

艳韵：七艳切，音堑去声qiàn。插也，椠版长三尺者也。椠渐也，言渐渐然长也。牍朴也。简椠，木椠，笔椠，椠版。又感韵。

[附录] 普及版字典：读作qiàn。①古代用以书写的木片。②书的版本：宋元旧椠。③书信。

【歉】

俭韵：苦减切，音嗛qiǎn。岁荒歉也，食不饱。岁歉，谷歉。又赚韵。

赚韵：苦簟切，音嵌qiàn。丰歉之歉，食不饱也。李商隐诗：腹歉衣裳单。又俭韵。

[附录] 普及版字典：读作qiàn。

【敛】

俭韵：良冉切，音脸liǎn。敛藏。收敛，眉敛，敛锋，敛容。杂句：暑将潮气敛。又艳韵异。

艳韵：力验切，音殓liàn。聚也。聚敛，收敛，重敛，厚敛，敛束，敛棋，敛收。又俭韵异。
[附录]普及版字典：读作liǎn，某义项通"殓"，殡敛。

【忝】

俭韵：他点切，音餂上声tiǎn。辱也，谦辞也，忝列门墙。愧忝。杂句：管乐有才真不忝。又艳韵。

艳韵：他念切，音舚tiàn。辱也。漫忝。又俭韵同。

[附录]普及版字典：读作tiǎn，谦词。辱：忝列门墙。

【㶘】

俭韵：良冉切，音敛liǎn。水溢貌，㶘滟，㶘㶘。又艳韵同。

艳韵：力验切，音殓liàn。泛㶘，一曰水波也，水溢貌，㶘滟。又俭韵同。

[附录]普及版字典：读作liàn，㶘滟。

【猃】

俭韵：良冉切，音敛liǎn。长喙之犬，长嘴猎狗。獫猃，猃狁即狎狁。又艳韵。

艳韵：力验切，音殓liàn。长喙犬。又俭韵。

[附录]普及版字典：读作xiǎn，长喙之犬，猃狁。

【魇】

俭韵：于俭切，音晏上声yǎn。梦魇，睡中魇也，梦中受惊。眠受魇，梦成魇，睡中魇。又叶韵。

叶韵：於叶切，音压yā。恶梦也，或作壓。痴魇，昏魇，祛魇。又俭韵。

[附录]普及版字典：读作yǎn，梦中受惊：梦魇。

【滥】

赚韵：胡黤切，音槛jiàn。泉正出也，泛滥，滥厕。泉名，《尔雅·释水》：滥泉正出。又溢也。亦作"槛"，又水名：降狄道东有白石山滥水（《汉书》）。又勘韵。

勘韵：卢瞰切，音缆去声làn。泛滥，刑滥，竹声滥，滥诛，滥觞。又淫刑曰滥。《诗经》：不僭不滥。又文章除烦去滥，谓浮词也。水涎漫也。又滥觞：初出小流也。又赚韵异。

[附录]普及版字典：读作làn。

【阚】

赚韵：虎槛切，音喊hǎn。虎声。《传》曰：阚然如虎之怒。释文：火斩反。虎阚，哮阚，阚泽（人名）。又勘韵、陷韵。

勘韵：苦滥切，音瞰kàn。视也，临也，又邑名：鲁阚。亭名：阚亭。又姓。窃阚，私阚，使人阚。俯阚海湄。

又赚韵、陷韵俱异。

陷韵：许监切，音陷xiàn。虎怒声也，虎怒吼的样子，《诗经》：阚如虓虎。虓阚。又赚韵、勘韵并异。

[附录]普及版字典：
1. 读作kàn。①看、望：俯阚海湄（嵇康）。②临近：麋奔而阚于崖（刘基）。③姓。
2. 读作hǎn，虎怒吼的样子：阚如虓虎（《诗经》）。引申为口大张：而口阚然（庄子）。

【鬨】

送韵：录作"鬨"，胡贡切，音讧hòng。鬨声。喧鬨，笑鬨，市鬨。又绛韵。

绛韵：录作"鬨"，胡降切。或作"閧"xiàng，陌也，又备也。又送韵。

[附录]普及版字典：
1. 读作hòng，争斗。
2. 哄某义项的异体字，起鬨同起哄。
3. "鬨"与"閧"，同为"哄"某义项的异体字。

【暨】

置韵：居冀切，音既jì。与也，不及也，至也，又诸暨县。又未韵同。

未韵：居豙切，音既jì。不及也。又诸暨县。又置韵同。

[附录]普及版字典：读作jì。①同；与：江苏省暨上海市。②到；达：暨今。③姓。

【荔】

置韵：力智切，音丽lì。荔枝，辟荔，

又霁韵通。

霁韵：郎计切，音丽lì。薜荔：香草也。荔枝，辟荔。又置韵。

[附录]普及版字典：读作lì。

【彗】

置韵：除醉切，音遂suì。帚也，同"篲"。妖星名，流彗，短彗。又霁韵。

霁韵：祥岁切，音篲huì。日中必彗（《六韬》）。流彗，扫彗。又置韵。

[附录]普及版字典：读作huì。

【眦眥】

置韵：录作眥，眦字的异体字。疾智切，音渍zì。目眦，拭眦，眦裂。又霁韵、卦韵。

霁韵：录作眥，在诣切，音剂jì。目际也，眼角也。目眦，赤眦，眦裂。又置韵、卦韵。

卦韵：录作眦，士懈切，音柴去声chài。睚眦裂也：怒目而视，恨视貌也。又瞋目貌。又置韵、霁韵。

[附录]普及版字典：读作zì。

【篑】

置韵：求位切，音匮kuì。土笼，盛土的竹器。竹篑，土篑，复篑，功亏一篑。又卦韵。

卦韵：苦怪切，音块kuài。亦笼也，

盛土的竹器。石篑，积篑，复篑，功亏一篑，又置韵。

[附录]普及版字典：读作kuì，功亏一篑。

【蒉】

置韵：求位切，音匮kuì。草器曰蒉。荷蒉，织蒉，蒉桴，蒉山。又卦韵。

卦韵：苦怪切，音块kuài。草器也，又赤苋也，又姓。荷蒉，织蒉。山名，踰蒉山。又置韵通。

[附录]普及版字典：
1. 读作kuì，草编的筐。
2. 读作kuài，①红苋菜。②姓。

【晒曬】

置韵：所寄切，音是shì。曝晒，晒书。又卦韵。

卦韵：所卖切，音筛去声shài。曝干物也。又置韵。

[附录]普及版字典：读作shài。

【咳欬】

置韵：录作欬，咳某义项的异体字。去冀切。謦欬言笑也，俗渭嗽为欬。又卦韵、队韵。

卦韵：录作欬，於犗切。通食气也，打饱嗝。风欬，謦欬。又置韵、队韵。

队韵：录作欬，苦盖切，音慨去声kài。謦咳，广咳，欬癥即咳嗽，咳唾音。又置韵、卦韵。

[附录]普及版字典：读作ké。①欬嗽也作

咳嗽。欬唾落九天，随风生珠玉（李白）。②通"侅gāi"，奇异：奇欬术。

【谇】

置韵：虽遂切，音cuì，又音祟suì。言也，《诗经》：歌以谇止。妄谇，诟谇。又队韵。

队韵：苏内切，音碎suì。告也，诟谇，谇语。又置韵。

[附录]普及版字典：读作suì。某义项通"悴cuì"，忧：百姓之谇也（《墨子》）。

【帅】

置韵：所颣切，音率shuài。将帅。通作率。又质韵。

质韵：所律切，音蟀shuài。将帅，又佩巾。师帅，充帅，身帅。又姓。又置韵。

[附录]普及版字典：读作shuài。

【泌】

置韵：兵媚切，音秘mì。涌泉貌。幽泌，李泌，衡泌，清泌，泌泌，泌水。又质韵。

质韵：毗必切，音邲bì。水积流也。李泌，衡泌。又置韵。

[附录]普及版字典：
1. 读作bì。①涌出的泉水。②地名：泌阳。
2. 读作mì，分泌。

【出】

寘韵：尺类切，音推去声。《论语》：出纳之吝，谓之有司。言"奖赏吝啬，舍不得拿出去"。《诗经·小雅·雨无正》：匪舌是出（吹去声）。《正韵》：凡物自出则入声，非自出而出之则去声，然亦有互用者。又质韵。

质韵：赤律切，音初入声 chū。出入也，与入相对。又进也，见也，远也。苏轼诗：笙歌丛里抽身出。又寘韵。

[附录] 普及版字典：读作 chū。

【术術】

寘韵：徐醉切，音燧 suì。六乡之外地。一曰道途也。通"遂"，《周礼》：万二千五百家为遂。径术，使术。又质韵。

质韵：食聿切，音 shù。技术也，业也，又邑中道也，又姓。艺术，星术，术数。又寘韵。

[附录] 普及版字典：读作 shù。

【哔】

寘韵：必至切，音畀 bì。止行也。又质韵同。

质韵：卑吉切，音必 bì。出称哔，入言警，警戒肃也，哔止行人也。驻哔，传哔，仙哔，哔警。又寘韵。

[附录] 普及版字典：读作 bì，某义项同"趕"。

【瑟】

寘韵：疏吏切 shì。乐器也。萧瑟独用。又质韵。

质韵：所栉切，音啬 sè。乐器，世本曰庖牺作瑟。奏瑟，琴瑟，鼓瑟。苏轼诗：夜雨何时听萧瑟。又寘韵。

[附录] 普及版字典：读作 sè。某义项通"索 suǒ"，离散；孤独。瑟居即索居。

【咥】

寘韵：许意切，音系 xì。咥然笑貌，大笑也。讥笑。又质韵、屑韵。

质韵：丑栗切，音抶。笑也，鼓咥。又寘韵、屑韵。

屑韵：徒结切，音迭 dié 入声。啮也：咬。与寘韵、质韵异。

[附录] 普及版字典：
1. 读作 xì，大笑；讥笑。
2. 读作 dié，咬：今反欲咥我（《中山狼传》）。

【刺】

寘韵：七赐切，音此 cì。针刺，刺杀。释名曰书，投刺。刺史，官名。乖刺，讥刺，刺绣，刺促，刺股，刺桐，刺眼。又陌韵。

陌韵：七迹切，音碛入声 qì。穿也，针䇹也。绣刺，讥刺，促刺，补刺，缝刺。刺促：劳苦不歇。又寘韵。

[附录] "刺 cì"字从"朿"从"刀"，与曷韵"刺 la"字从"朿"从"刀"异。

普及版字典：
1. 读作cì。
2. 读作qì，[刺促]劳苦不歇：二十男儿那刺促（李贺）。

【易】

置韵：以豉切，音异yì。难易，难之对也。又陌韵。

陌韵：羊益切，音亦yì。辟易，变也，始也，改也，夺也，转也，又水名，州名，又姓。变易，周易，易水悲歌，易理。又置韵。

[附录]普及版字典：读作yì。

【积積】

置韵：子智切，音恣zì。聚也，储蓄也。藏积，储积，积仓，积蓄。又陌韵异。

陌韵：资昔切，音迹入声jī。聚也。堆积，郁积，积水流，积忧，积累。又置韵。

[附录]普及版字典：读作jī，某义项通"迹"，积射：寻迹追捕。某义项通"渍zì"，病重：卒积死。

【识識】

置韵：职吏切，音志zhì。标记也，标识。记载也。记住：默而识之。多识，题识，默识，铭识，镌识，记识，心识。又职韵异。

职韵：赏识切，音式shí入声。知识也。

相识，旧识，博识，远识，鉴识，雅识，识面，识荆，识字。苏轼诗：此间有句无人识。又置韵。

[附录]普及版字典：
1. 读作shí。
2. 读作zhì。①通"志"。(1)记住：默而识之（《论语》）。(2)记载：以识事之先后（《资治通鉴》）。②通"帜"。旗帜；标记。③古代钟鼎上凸出的文字。

【植】

置韵：直吏切，音致zhì。种也，种植。又职韵同。

职韵：常职切，音殖入声zhí。播种也。又立志也。培植。植物。苏轼诗：月里仙人亲手植。又置韵。

[附录]普及版字典：读作zhí。某义项通"置"，搁置；放置：昏则缓急俱植（《管子》）。

【织織】

置韵：职吏切，音置zhì。《尚书·禹贡》：厥篚织文。《传》：织文，锦绮之属。同"帜"，文织，《礼记》：士不衣织。又职韵异。

职韵：之翼切，音职入声zhí。织作布帛总名。耕织，夜织，纺织，罗织，蛛网织，织女。又置韵。

[附录]普及版字典：读作zhī，某义项通"帜"，旗帜。

【食】

寘韵：祥吏切sì。以食shí食sì人，吃也，食物也。箪食，酒食，飨食，食志，食功。又职韵。

职韵：乘力切，音蚀入声shí。饮食，又用也，伪也，又姓。肉食，玉食，素食，蚕食，食苦，食禄，食言，食邑。苏轼诗：共藉梨花作寒食。又寘韵异。

[附录]普及版字典：
1. 读作shí。某义项通"饲sì"，喂食。
2. 读作yì，用于人名：汉代郦食其。

【埴】

寘韵：昌志切。粘土，陶埴，瓦埴。又职韵。

职韵：常职切，音直入声zhí。粘土，又陶工也。粘埴，陶埴，摘埴，赤埴，瓦埴。埏埴：揉，埏埴以为器。又寘韵。

[附录]普及版字典：读作zhí。①土；粘土：譬如陶埴……（谭嗣同）。②土地。

【侐】

寘韵：火季切，音呬xì。静也，清静，寂静。又职韵。

职韵：况逼切，音序xù。静也，清静，寂静。有侐，侐侐。又寘韵。

[附录]普及版字典：读作xù，清静；寂静。

【德】

寘韵：竹利切，音置zhì。与"置"通。《礼记》：立容德，盖如有所置物于前也。又职韵异。

职韵：多则切，音得入声dé。古作"惪"，德行，又惠也，升也，福也，亦州名。德惠，功德，报德，君子德，德政，德化，德范，德泽，德望，德业。苏轼诗：先生本全德。又寘韵。

[附录]普及版字典：读作dé。

【溉】

未韵：居毅切，音既jì。溉灌。杂句：枯菱仰沾溉。又队韵。

队韵：古代切，音概gài。灌溉，引泉溉，浇溉，灵雨溉，溉种，溉花。又洗涤也，又水名。又未韵。

[附录]普及版字典：读作gài，某义项通"漑xiè"，沉溉即沉漑。

【忾】

未韵：许既切，音欷去声xì。太息也，忾然。又队韵。

队韵：苦盖切，音概去声kài。太息。敌所忾，窹叹忾。忾然。又未韵。

[附录]普及版字典：读作 kài。

【尉】

未韵：於胃切，音畏wèi。官名，又候也。又持火所以申缯也。火斗亦曰尉，与"熨"同。廷尉，县尉，都尉，太尉，校尉，尉佗。杂句：莫学陇西逢醉尉。又物韵。

物韵：纡物切，音郁yù。古有尉缭子，又尉迟，复姓。又未韵。

[附录]普及版字典：
1. 读作wèi。
2. 读作yù，姓；复姓。
3. 同"熨"。

【蔚】

未韵：於胃切，音尉wèi。牡蒿也，荒蔚也。草木茂盛，文采深密貌。霞蔚，炳蔚，蔚兰天。杂句：格言多彪蔚。又物韵。

物韵：纡物切，音郁yù。草名，又曰无子蓏也。又蔚兰，又州名。又未韵。

[附录]普及版字典：
1. 读作wèi。
2. 读作yù，某义项通"郁"，忧郁。

【髴】

未韵：芳味切，音费fèi。发乱貌。髣髴，又物韵。

物韵：分勿切，音弗入声fú。妇人首饰也，不加髴，首忘髴。又敷勿切，音拂入声。髣髴，亦作彷佛。又未韵。

[附录]普及版字典：
1. "佛"某义项的异体字。
2. 同"髯fú"，妇人首饰。

3. 读作fèi，头发散乱。

【作】

遇韵：臧祚切，音做zuò。造也。安作。又个韵、药韵。

个韵：子贺切，音佐zuò。俗为做，造也，作事也。如此作，何所作。又遇韵、药韵。

药韵：则落切，音做zuò。造也，行也，始也。力作，造作，振作，动作，操作，作祟，作为。苏轼诗：微雨止还作。又遇韵、个韵。

[附录]普及版字典：
1. 读作zuò，某义项通"斫"，削除。
2. 读作zuō，作坊：洗衣作。

【仆】

遇韵：录作仆，芳故切，音赴fù。僵仆，醉仆，惊仆，偃仆，颠仆，跌仆，前仆后继。又宥韵。

宥韵：录作仆。敷救切，音否去声。同"踣"。惊仆，颠仆，又遇韵。

[附录]普及版字典：
1. [僕]读作pú，简体字作"仆"。
2. [仆]读作pū，向前跌倒：前仆后继。

【鹜】

遇韵：亡遇切，音务wù。鸟名，凫属。孤鹜，野鹜。又屋韵。

屋韵：莫卜切，音木mù。凫属，野鸭曰凫，家鸭曰鹜。又云：可畜而不能高飞曰鸭，野生高飞曰鹜。野鹜，孤鹜，寒鹜。又乱驰也。又遇韵。

[附录]普及版字典：读作wù，某义项同"鹜"，奔驰。

【足】

遇韵：子句切，音据jù。添物也，补足。又过分，足恭，与沃韵异。

沃韵：即玉切，音卒入声zú。手足。趾足也，又满也，止也。两足，赤足。丰衣足食。苏轼诗：日暖风轻春睡足。又遇韵异。

[附录]普及版字典：
1. 读作zú。
2. 读作jù。①补足：以昼足夜（《列子》）。②过分。[足恭]过分恭顺以取媚于人：巧言，令色，足恭（《论语》）。

【属】

遇韵：之树切，音著zhù。注也，连续，连接。五属，六属，七属，奔属。又沃韵异。

沃韵：市玉切，音蜀入声shǔ。附也，类也，又之欲切，音烛入声zhǔ。付也，足也，会也，官众也，侪等也。戚属，亲属，属纩，属意，属托。又遇韵异。

[附录]普及版字典：
1. 读作shǔ。
2. 读作zhǔ，某义项通"嘱"。属写之笺，亦早写就（鲁迅）。

【度】

遇韵：徒故切，音渡dù。法度，又姓。百度，制度，初度，调度，前度，度曲，度牒，度数，度外。又药韵异。

药韵：徒落切，音夺入声duó。谋也，又度量也。审度，裁度，测度，忖度，臆度，度势。又遇韵异。

[附录]普及版字典：
1. 读作dù。
2. 读作duó。①量；计算：事以度功（《左传》）。②推测；估计。③投入；填入。

【错】

遇韵：仓故切，音醋cù。金塗，又姓。举错，错枉。又药韵。

药韵：仓各切，音厝cuò。金涂也，又镀也，杂也，误也，列也，磨也。金错，交错，觥筹错，犬牙错，错乱，错杂，错落，错愕。又遇韵异。

[附录]普及版字典：
1. 读作cuò。
2. 读作cù。①通"措cuò"。②过去；以后：午错时。

【获穫獲】

遇韵：录作穫，获字的繁体字。胡误切，音护hù。焦穫hù：地名，独用。又药韵、陌韵。

药韵：录作穫，胡郭切，音霍huò。刈谷也，收成。秋获，耕获，收获，焦穫。又遇韵、陌韵。

陌韵：录作获，获字的繁体字。胡麦切huò。捉、擒，猎得之物。争夺，得到。又臧获。采获，田获，渔获，获罪，获胜。亦姓。又遇韵、药韵。

[附录]普及版字典：
1.[获]读作huò。①捉住：捕获。②猎得之物。③得到：获奖。④争夺。⑤适宜。⑥安心。得以；能够：不获前来。
2.[穫]读作huò，割庄稼；收成：收获。

【厝】

遇韵：仓故切，音措cuò。安置也。与"措"同。杂厝，投厝，安厝。又药韵、陌韵。

药韵：仓各切，音错cuò。砺石也，又杂厝通"错"。别厝。又遇韵、陌韵。

陌韵：秦昔切。县名，独用。与遇韵、药韵俱异。

[附录]普及版字典：读作cuò。①磨刀石。②同"措"，安置；措办：厝火积薪。③殡葬。④方言，房屋。⑤通"错"，错杂：五方杂厝，风俗不纯（《汉书》）。

【愒】

霁韵：去例切，音憩qì。息也，同"憩"，休息。又贪也，玩愒。又泰韵。

泰韵：苦盖切，音忾kài。玩愒，岁月愒。贪也，不及时而葬曰愒葬也。愒，急也。又霁韵。

[附录]普及版字典：
1.同"憩"，休息。
2.读作kài。①珍惜。②荒废。③急切。④贪。

【蜕】

霁韵：舒芮切，音税shuì。蜕皮，蝉蜕，蛇蜕，委蜕。又泰韵。

泰韵：他外切，音娧tuì。蛇易皮。蝉蜕，委蜕，肤蜕，蜕形，蜕壳蛇。又霁韵。

[附录]普及版字典：读作tuì。

【粝】

霁韵：力制切，音励lì。粗糙，石质粗粝。食粝，粝食。又泰韵、曷韵。

泰韵：落盖切，音赖。粗米，粗粝，疏粝。又霁韵、曷韵。

曷韵：力达切，音辣。脱粟，粗粝。藿香。又霁韵、泰韵。

[附录]普及版字典：读作lì。

【祭】

霁韵：子例切，音霁jì。祭祀也，享也，荐也，至也，察也。社祭，祭酒，祭品，又卦韵。

卦韵：侧界切，音寨zhài。周邑名，又姓。胙祭。又霁韵。

[附录]普及版字典：
1.读作jì。
2.读作zhài，春秋国名。又姓。

【逮】

霁韵：特计切，音第 dì。逮逮：安和貌。《诗经》：威仪逮逮。又逮，及也，又队韵。

队韵：度耐切，音代 dài。又荡亥切，音歹 dǎi。及也，不逮，行必逮。又霁韵。

[附录] 普及版字典：
1. 读作 dài。①到；及：力有未逮。②逮捕。③同"迨"。④逮逮，同棣棣，娴雅。
2. 读作 dǎi，捉；抓：猫逮老鼠。

【贳】

霁韵：舒制切，音世 shì。赊也，贷也。贳贷。又祃韵。

祃韵：式夜切，音赦 shè。赊也，贷也。斗酒贳。又霁韵。

[附录] 普及版字典：读作 shì。

【鳜】

霁韵：居卫切，音桂 guì。鱼名。又月韵。

月韵：居月切，音厥入声 jué。鱼名，肥鳜，鲈鳜。又霁韵。

[附录] 普及版字典：
1. 读作 guì，亦名桂鱼。
2. 读作 jué，鱼名，鳜鯞。

【蹶】

霁韵：居卫切，音贵 guì。行急遽貌，又月韵。

月韵：居月切，音厥入声 jué。失脚，又走也，速也，嘉也，僵也，一曰跳也，亦作蹷。竭蹶，猖蹶。又霁韵。

[附录] 普及版字典：
1. 读作 jué。
2. 读作 guì。①动；感动；扰动；移动：蹶石伐木（宋玉）。②姓。

【契】

霁韵：苦计切，音气 qì。契约也。官契，文契，默契，契阔，契合。苏轼诗：愿存金石契。又屑韵。

屑韵：私列切，音泄 xiè。人名用字，殷商始祖"契"，也作偰、禼。稷契，夔契。又霁韵。

[附录] 普及版字典：
1. 读作 qì。
2. 读作 xiè。
3. 读作 qiè。①[契阔] (1) 劳苦：风尘契阔（王闿运）。(2) 久别：江湖契阔几风烟（杨万里）。(3) 相约：契阔谈䜩（曹操）。②通"挈"，拿；取。

【闭】

霁韵：博计切，音必 bì。掩闭，阖门也。启闭，幽闭，重门闭，柴扃闭，扉尽闭，闭塞。又屑韵。

屑韵：必结切，音鳖。闭塞也。幽闭，掩闭，重门闭，柴扃闭，扉尽闭。又霁韵。

[附录] 普及版字典：读作 bì。

【缀】

霁韵：陟卫切，音赘zhuì。连缀，行缀，点缀，缀辑，缀缉。又屑韵。

屑韵：陟劣切，音辍chuò。缝。又牵系也。补缀，缀补，缀辑。又霁韵。

[附录] 普及版字典：
1. 读作zhuì。
2. 读作chuò。①牵系。②通"辍"，停止。

【偈】

霁韵：其例切，音偈jì。息也，通"憩"。又释氏诗词、忏语也，偈句。梵偈，天竺偈，偈陀。又屑韵。

屑韵：渠列切，音竭入声jié。勇武也。车偈，英偈。又霁韵。

[附录] 普及版字典：
1. 读作jié，某义项通"憩"，休息。
2. 读作jì，佛经唱颂词"偈陀"略称"偈"。

【醊】

霁韵：陟卫切，音缀zhuì。祭酬也，以酒洒地。又屑韵。

屑韵：陟劣切。祭酬酒也。奠醊，薄醊。又霁韵。

[附录] 普及版字典：读作zhuì。

【掣】

霁韵：尺制切。掣曳。又屑韵。

屑韵：尺列切，音彻chè。揭也，挽也。电掣，牵掣，风掣，掣肘，掣曳。

又霁韵。

[附录] 普及版字典：读作chè。

【说】

霁韵：舒芮切，音税shuì。游说，说诱，说士。又屑韵。

屑韵：失藝切，音妁入声shuō。讲也。浪说，别说，异说，说项，说法，说愁。苏轼诗：醉翁诗话谁续说。又霁韵异。

[附录] 普及版字典：
1. 读作shuō。
2. 读作shuì。①游说。②通"税"，止息。
3. 读作yuè。①通"悦"，喜悦：学而时习之，不亦说乎（《论语》）。②姓。

【揭】

霁韵：去例切，音憩qì。举也。厉揭，揭揭。又屑韵。

屑韵：渠列切，音杰入声jiē。高举，又去谒切，担也。又居列切，揭起。昭揭，掀揭，揭竿。葭菼tǎn揭揭（《诗经》）：葭芦也，菼荻也，揭揭长盛也。又霁韵。

[附录] 普及版字典：
1. 读作jiē。
2. 读作qì，提起衣裳：揭衣涉水。

【泄】

霁韵：余制切，音意yì。亦作"洩异体字"。水名。又舒徐貌：飞禽鼓翼，泄泄其羽（《诗经》）。和乐：其乐也泄泄（《左传》）。又屑韵。

屑韵：私列切，音瀄xiè。漏泄也，歇也，"洩异体字"同，又姓。发泄，泄泄。又霁韵。

[附录]普及版字典：
1. 读作xiè。
2. 读作yì，泄泄：①飞禽飞翔的样子。②和乐。

【捩】

霁韵：郎计切，音丽lì。琵琶拨子也，撇捩，又屑韵。

屑韵：力结切，音列liè。拗捩也。捩拖，撇捩，又霁韵。

[附录]普及版字典：读作liè。

【畷】

霁韵：陟卫切，音缀zhuì。井田间道，畛畷，农畷，田畷。又屑韵。

屑韵：陟劣切，音卓入声zhuó。田间道也，古畷，畛畷，农畷，田畷。又霁韵。

[附录]普及版字典：读作zhuó。①田间的道路。②通"缀zhuì"，连结。

【浙渐】

霁韵：录作渐，浙的异体字。征例切，音制zhì。水名，与屑韵"浙"同。

屑韵：录作浙。旨热切，音这zhè。浙水，浙东，浙西，浙江潮。又霁韵

"渐"同。

[附录]普及版字典：读作zhè，江名，即钱塘江。又浙江省的简称。

【切】

霁韵：七计切，音砌qì。众也，一切，大凡也。又屑韵。

屑韵：千结切，音窃qiè。割也，刻也，迫也，近也，要也，义也，折也。凄切，恳切，愤切，真切，切切，悲切，切齿。又霁韵。

[附录]普及版字典：
1. 读作qiē。切菜、切磋、切点。
2. 读作qiè，某义项通"砌qì"，阶石。

【狯】

泰韵：古外切，音脍kuài。狡狯，小儿戏。诈狯，黠狯，谲狯。又卦韵。

卦韵：古卖切。狡狯，诈狯，黠狯，谲狯，贪狯。又泰韵。

[附录]普及版字典：读作kuài，狡诈；滑头。

【酹】

泰韵：郎外切，音类lèi。祭奠或立誓，以酒沃地也。酹酒，酹月。又队韵同。

队韵：卢对切，音类lèi。举觞酹，酹酒，酹一觞。又泰韵同。

[附录]普及版字典：读作lèi。

【眛】

泰韵： 莫贝切，音妹mèi。目不明也，曚眛。又队韵同。

队韵： 莫佩切，音妹mèi。目暗也。又泰韵通。

[附录] 普及版字典：读作mèi，眼睛看不清。

【大】

泰韵： 徒盖切，音汏dà。大，与小相对。宽大，光大，夜郎自大，大凡，大觉，大治，大观。又个韵通。

个韵： 唐佐切。巨也，不小也。曲大，我大，正大，雨声大。杂句：春风不似春愁大。又泰韵。

[附录] 普及版字典：
1. 读作dà，大王。古官职：大夫。
2. 读作dài。①医生：大夫。②药名：大黄。③山大王。④通"待"，将要：打算。⑤县名：大城。⑥通"泰、太"，古代只作"大"，如：大后即太后、大监即太监。

【奈】

泰韵： 奴带切，音耐nài。如也，遇也，那也，亦作"柰"。不奈，且奈，奈之何。苏轼诗：应知客路愁无奈。又个韵。

个韵： 奴个切。奈何也。无奈，怎奈，何奈。又泰韵。

[附录] 普及版字典：读作nài，某义项通"耐"，天寒奈九秋（杜甫）。

【汏】

泰韵： 徒盖切，音态tài。同"汰"。涛汏，水激过也。淘汏，击汏，江汏，鼓汏，晚汏。又曷韵。

曷韵： 他达切，音闼tà。汏，过也，或作"汰"。又泰韵。

[附录] 普及版字典：
1. 同"汰tài"。
2. 读作dà，吴方言，冲洗：汏衣裳。

【盖葢】

泰韵： 录作葢，古太切gài。复也，掩也，又语词，俗作盖。宝盖，盖世。苏轼诗：荷叶已无擎雨盖。又合韵。

合韵： 录作葢，古沓切入声gě。地名，齐下邑也。又复姓：盖楼。又胡腊切，音盍入声hé。白盖谓之苫，苦盖也。通"盍"，何不也。又泰韵。

[附录] 普及版字典：
1. 读作gài。①某义项通"盍hé"，何不。②某义项通"阖hé"，门扇。③某义项通"害hài"，祸患；伤害。④妨碍。
2. 读作gě，复姓：盖楼。后改作单姓"盖"。

【磕】

泰韵： 苦盍切，音榼去声kè。硠磕，石相击声。雷鼓磕。又合韵同。

合韵： 苦盍切，音科入声kē。两石相击声。雷鼓磕。又泰韵。

[附录] 普及版字典：读作kē。

【瀣】

卦韵：胡介切，音械xiè。沆瀣，北方夜半之气。又海气，一曰露气。又队韵。

队韵：胡概切。沆瀣，气也。又卦韵。

[附录]普及版字典：读作xiè。

【喝】

卦韵：於犗切，音谒yè。嘶声。鸣喝，苗喝，蝉喝，喘喝。又曷韵。

曷韵：许葛切，音阁入声hē。诃也。呼喝，棒喝，恐喝。又卦韵。

[附录]普及版字典：
1. 读作hē。①吸食流体。②惊讶声。
2. 读作hè。①大声喊叫。②吓唬。③喝采。
3. 读作yè，声音幽咽、嘶哑：榜人歌，声流喝（司马相如）。

【铩鎩】

卦韵：所拜切，音杀去声shà。剪翮也。羽毛铩，野鸟铩。又黠韵。

黠韵：所八切，音杀入声shā。长刃矛也，又鸟羽病。刀铩，劲铩，修铩，铩羽鹰。又卦韵。

[附录]普及版字典：读作shā，古兵器，长矛。伤残：铩羽。

【杀殺】

卦韵：所拜切，音晒shài。杀害也，疾也，猛也，亦降杀。衰退，凋落。丰杀：不丰不杀（《礼记》）。礼杀：国新杀礼，凶荒杀礼（《周礼》）。又黠韵。

黠韵：所八切，音沙入声shā。杀命，戮也。俗作"煞"。扑杀，肃杀，嗜杀，奸杀，杀生，杀身。又卦韵。

[附录]普及版字典：
1. 读作shā，通"弑shì"，臣有弑君（《庄子》）。
2. 读作shài，衰退；减少；凋落；下降：地日削，子孙弥杀（《吕氏春秋》）。
3. 读作sà，颜色干枯。

【画畫】

卦韵：胡挂切，音话huà。图畫也。索畫，品畫，字畫，古畫，畫船，畫楼。

杂句：闲云舒卷无声畫。又陌韵。

陌韵：胡麦切。计策也，分也，卦畫也。界限。刻畫，筹畫，畫地，畫轴，畫策，畫图。又卦韵。

[附录]普及版字典：读作huà，汉字的一笔叫一画：笔画。也作"划"。

【瑁】

队韵：莫佩切，音妹mèi。玳瑁，玫瑁。又号韵。

号韵：莫报切，音冒mào。圭名，古代天子所拿的玉器。执瑁，玳瑁。又队韵。

[附录]普及版字典：读作mào。

【悖】

队韵：蒲昧切，音背bèi。心乱，逆也。狂悖，言悖，心矫悖，不相悖。又月韵。

月韵：蒲没切，音勃入声bó。逆也。贪悖，荒悖，悖慢。又队韵。

[附录]异体字"誖"录于队韵、月韵。

普及版字典：读作bèi，某义项通"勃bó"，兴起；旺盛。悖然而怒。

【孛】

队韵：蒲昧切，音倍bèi。星也，妖孛，彗孛。又月韵。

月韵：蒲没切，音勃入声bó。星也，又怪气。孛彗，孛星。又队韵。

[附录]普及版字典：

1. 读作bèi。
2. 读作bó，某义项通"勃"。①旺盛。②形容变色。

【塞】

队韵：先代切，音赛sài。边塞也。塞下曲。苏轼诗：露布朝驰玉关塞。又职韵。

职韵：苏则切，音色sè。满也，实也，隔也。茅塞，闭塞，淤塞，塞不通。又队韵。

[附录]普及版字典：

1. 读作sè。①闭塞。②滞塞。③搪塞。
2. 读作sài。①要塞。②同"赛"，祭祀酬神。③通"簺"，一种赌戏。

3. 读作sāi。①塞子：瓶塞。②强行放进：塞进。③堵：塞漏洞。

【北】

队韵：蒲昧切，音背bèi。分异也，分北。又职韵。

职韵：博墨切，音陂入声běi。南北也，亦奔也。江北，北海。又队韵。

[附录]普及版字典：读作běi，某义项通"背bèi"，乖违；相背。

【劾】

队韵：胡概切，音核去声hè。推劾，考劾，犹"核"也。又职韵。

职韵：胡得切，音核入声hé。推穷罪人也。弹劾，劾奸佞。又队韵。

[附录]普及版字典：读作hé。

【缦】

翰韵：莫半切，音幔màn。缯无文也，没有色彩花纹的丝织品。夏缦，阴缦，彩帛缦。又谏韵。

谏韵：谟晏切，音幔màn。弦索也，又缓也。纠缦，缦缦。又翰韵。

[附录]普及版字典：读作màn。

【骭】

翰韵：古案切，音幹gàn。胁也，肋骨。露骭，骭疡。又谏韵。

谏韵：下晏切，音幹gàn。胫骨也，脚胫也。脚骭，泥没骭，两骭，衣至骭。又翰韵。

[附录]普及版字典：读作gàn。

【晏】

翰韵：乌旰切，音宴yàn。晚也，安也，和也。又谏韵。

谏韵：乌涧切，音宴yàn。天清也，晚也，安也。和柔也，《诗经》：言笑晏晏。又鲜盛貌，《诗经》：羔裘晏兮。又姓，晏婴。岁晏，海晏。杂句：山僧好睡钟声晏。又翰韵。

[附录]普及版字典：读作yàn。

【栅】

谏韵：所晏切，音讪shàn。篱栅，栅篱，深栅。又陌韵。

陌韵：楚革切，音策cè。竖木以立栅也。村栅，山栅，柴栅，栅栏，篱栅。又谏韵。

[附录]普及版字典：

1. 读作cè，地名用字：上栅、下栅（在广东中山县）。
2. 读作zhà，栅栏：木栅。
3. 读作shà，地名用字：大栅栏（在北京）。
4. 读作shān，栅极：电极专有名称。

【倩】

霰韵：仓甸切，音千去声qiàn。倩利，曼倩，壻亦为倩。又巧美貌，又使也。盼倩，巧笑倩。又敬韵异。

敬韵：七政切，音清去声qìng。假倩也。代倩，倩人扶，倩人抬，倩儿童，倩盼。又霰韵。

[附录]普及版字典：

1. 读作qiàn。①笑靥美好：巧笑倩兮（《诗经》）。②男子的美称。
2. 读作qìng。①请：笑倩旁人为正冠（杜甫）。②挨近：酒熟凭花劝，诗成倩鸟吟（白居易）。③古时称女婿。

【燋】

啸韵：子肖切，音醮jiào。炬火也。萤燋，微燋，累燋。又药韵。

药韵：即略切，音爵入声jué。炬火。萤燋，微燋，燋沙，燋萤。又啸韵。

[附录]普及版字典：读作jué又读jiào。火把；火炬。

【约】

啸韵：一笑切，音要yào。约剂，券书也。要也：要领；关键。又药韵。

药韵：於略切，音悦入声yuē。俭约也。吹笙之音也。婉约，隐约，简约，爽约，约法，约束。苏轼诗：黄鸡白酒云山约。又啸韵。

[附录]普及版字典：

1. 读作yuē。
2. 读作yāo，用秤称：你约约有多重？
3. 读作yào，要领；关键：文武者，法之约也（《商君书》）。

【吊弔】

啸韵：录作弔，吊字的异体字。多啸切，音钓 diào。问终，又吊古。吊唁，吊影单，凭吊，杂句：旧碑行客吊。又锡韵。

锡韵：录作弔，都历切，音帝入声 dì。至也，到也，女子吊场数语。《诗经·小雅》：神之吊矣。又啸韵异。

[附录]普及版字典：
1. 读作 diào。
2. 读作 dì，到：女子吊场数语（《聊斋志异》）。

【爆】

效韵：北教切，音豹 bào。火裂也。爆砾，豆子爆。又觉韵异。

觉韵：北角切，音剥入声 bó。火烈也，又效韵。

[附录]普及版字典：
1. 读作 bào。
2. 读作 bó，爆 bó 烁 luò：枝叶稀疏。

【踔】

效韵：丑教切。越也，逾越。猿踔，蹈踔。又觉韵。

觉韵：敕角切，音逴入声 chuō。一足行貌，跛也，犹瘸也。又超也，逾越。腾踔，卓踔，超踔，蹈踔。又效韵。

[附录]普及版字典：读作 chuō，某义项通"卓 zhuó"，卓然突立：声誉踔起。

【较】

效韵：古孝切，音教 jiào。不等也，较量也。计较，岁较，锱铢较。又觉韵异。

觉韵：古岳切，音觉入声 jué。直也，略也。又车箱，车箱两旁板上横木，金较。猎较，倚较，鹿较，平较，重较，三尺较，较力。又效韵。

[附录]普及版字典：
1. 读作 jiào，某义项通"校"。
2. 读作 jué。①车箱两旁板上的横木：俯倚金较，仰抚翠盖（曹植）。②法：岂与世儒闒於大较（《史记》）。

【觉】

效韵：古孝切，音教 jiào。寤也，睡眠。梦觉，鸳鸯觉，大觉。杂句：鹤静共眠觉。又觉韵。

觉韵：古岳切，音角入声 jué。晓也，大也，明也，寤也，知也。大觉，梦觉，慧觉，先觉。又效韵。

[附录]普及版字典：
1. 读作 jué，感觉。
2. 读作 jiào。①睡眠。②通"较"，比较。

【乐】

效韵：五教切，音药 yào。好也，爱好：知者乐水，仁者乐山。好乐，所乐，三乐。又觉韵、药韵。

觉韵：五角切，音岳 yuè。礼乐也，五声总名，又姓。鼓乐，音乐，古乐，钧天乐，乐毅，乐律，乐府。又效韵、药韵异。

药韵：卢各切，音泐lè。喜也，喜悦。宴乐，伯乐，康乐，乐尧天，乐土，乐事，乐天。苏轼诗：早知农圃乐。又效、觉韵俱异。

[附录]普及版字典：
1. 读作yuè，音乐。姓。
2. 读作lè，通"疗liáo"，可以乐饥(《诗经》)。又喜悦；安乐；姓("乐yuè"与"乐lè"为不同姓)。
3. 读作yào，爱好：知者乐水，仁者乐山(《论语》)。
4. 读作luò。①爆乐：树枝稀疏。也作剥落。②乐托，即落拓。

【暴】

号韵：薄报切，音菢bào。侵暴，猝也，急也，又晞也，亦姓。又凶、残也。御暴，除暴，自暴，强暴，贪暴，暴戾，暴秦。又屋韵异。

屋韵：蒲木切，音仆入声pù。日干也，俗作"曝"，晒也。秋阳暴，十日暴，暴日。又号韵异。

[附录]普及版字典：
1. 读作bào。
2. 同"曝"某义项，晒。
3. 读作bó，暴乐：树木稀疏。

【澳】

号韵：乌到切，音奥ào。深澳也，海边弯曲可以停船的地方。又水名。南澳。又屋韵异。

屋韵：於六切，音郁yù。隈厓也，崖内近水曰澳，又作"隩"，水涯弯曲处。江澳，鱼澳。又号韵异。

[附录]普及版字典：
1. 读作ào。
2. 同"隩yù"。①水涯弯曲处。②通"奥"。(1)室内西南角。(2)深。③通"墺"。可定居的地方。④通"燠"，暖；热。

【瀑】

号韵：薄报切，音暴bào。疾雨也，瀑雨。瀑布泉，瀑布悬。与屋韵异。

屋韵：蒲木切，音仆入声pù。瀑布水流下也，飞泉悬水也。奔瀑，悬瀑，飞瀑。又号韵异。

[附录]普及版字典：
1. 读作pù，瀑布。
2. 读作bào。①急雨。②溅起的水。

【告】

号韵：古到切，音诰gào。报也，告语也。文告，控告，告劳。苏轼诗：酒酣上马去无告。又沃韵。

沃韵：古沃切，音梏gù。告上曰告，发下曰诰。忠告，弗告，无告，出必告。又号韵。

[附录]普及版字典：
1. 读作gào，说给别人听。提起诉讼。请求。表明。宣布。
2. 读作gù，[告朔]周制：(1)天子于秋冬之交把来年的历书颁给诸侯，也称颁告朔。(2)诸侯藏历书于祖庙，每月初一祭庙听政，也称告月。

3. 读作 jū，通"鞠"，审讯定罪。

【纛】

号韵：徒到切，音道 dào。大纛，大旗也。风中纛，左纛，执纛。又沃韵。

沃韵：徒沃切。大纛，大旗也。宝纛，左纛，六纛。又号韵。

[附录]普及版字典：读作 dào。

【眊】

号韵：莫报切，音冒 mào。目少睛也。眊眊，眸子眊。又觉韵。

觉韵：莫角切。眸眊，目眊，昏眊，精眊，眊眊，眊焉。又号韵。

[附录]普及版字典：读作 mào。

【凿鑿】

号韵：在到切，音早去声 zào，穿空也，穿木也。穴也。又员凿。方凿，改凿，柄凿，量其凿。又药韵。

药韵：（一）在各切，音昨入声 záo。鑿也，穿木也。斧凿，雕凿，穿凿，开凿，凿井，凿壁。又圆凿，又本韵(二)、号韵俱异。

药韵：（二）即各切，音作入声 zuò。鲜明也，又凿镂花叶。《诗经》：白石凿凿。又同"繓 zuò"，精细米也，杜甫诗：秋菰成黑米，精凿传白粲。又本韵(一)、号韵俱异。

[附录]普及版字典：读作 záo。某义项通"繓 zuò"，舂糙米为精米：精凿传白粲(杜甫)。

【冒】

号韵：莫报切，音貌 mào。复也，涉也。假冒，复冒，触冒，贪冒，冒寒，冒雨。又职韵。

职韵：莫北切，音默 mò。贪也。廉冒，忝冒，抵冒，贪财冒贿。又号韵。

[附录]普及版字典：

1. 读作 mào，某义项同"帽"。又通"媢"，嫉妒。又通"瑁"，天子所执的玉。
2. 读作 mò，冒顿：古匈奴的一个君主。

【霸】

祃韵：必驾切，音罢 bà。从雨，把也，把持诸侯之权，又姓。五霸，图霸，霸道，霸业成。又陌韵异。

陌韵：匹陌切，音破 pò。从雨，月体黑者谓之霸，通作"魄"。又祃韵异。

[附录]普及版字典：

1. 读作 bà。
2. 读作 pò，夏历月初始见的月亮。

【借】

祃韵：子夜切，音嗟去声 jiè。资借，假借，或作"藉"。双不借，借力，借誉，借势，借助，借观。苏轼诗：绕城骏马谁能借。又陌韵同。

陌韵：资昔切，音积入声 jí。假借也，双不借，草屦也。又祃韵同。

[附录]普及版字典：

1. [借]读作 jiè。
2. [藉]读作 jiè。①凭借；利用：藉酒浇愁。

②假托：藉古讽今。③假使；即使：藉如今日死，亦足了一生（元稹）。

【藉】

祃韵：慈夜切，音解去声jiè。以兰茅藉地，荐藉物，又蕴藉也，慰藉也。蹈藉，仰藉，藉重，藉用，藉口，藉庇。又陌韵。

陌韵：秦昔切，音籍入声jí。蹈藉也，又藉藉声名。通"籍"。又姓。狼藉，凌藉，崩藉，枕藉，藉甚。又祃韵。

[附录]普及版字典：
1. 借某义项的繁体字。
2. 读作jiè，蕴藉：宽容。慰藉：安慰。
3. 读作jí，欺凌。奉献。藉藉；狼藉。

【炙】

祃韵：之夜切，音蔗zhè。炙肉，炮肉也，烤、灼。嗜炙，割炙，炮炙，脍炙人口，炙藙。又陌韵。

陌韵：之石切，音智zhì。炮肉，炮炙也，又烧也。焚炙，脍炙，九炙，蒸炙，炙手。又祃韵。

[附录]普及版字典：读作zhì。

【射】

祃韵：（一）神夜切，音蛇去声shè。射弓也，骑射，又姓。神射，弹射，驰射，含沙射影，射雕手。射干，草本植物。又陌韵异。

祃韵：（二）羊谢切，音夜yè。仆射，官名独用。

陌韵：羊益切，音斁yì。无射，九月律名，《诗经》：好尔无射。《礼记》：季秋气至则无射之律应。又姑射，山名。又同"斁yì"厌弃也。弹射，射日，喷射，射隼，射石虎。又祃韵异。

[附录]普及版字典：

1. 读作shè。①以矢射物。②古代掌射的官名。③古代刑法名：(1)用箭穿耳。(2)通"磔zhé"，分裂肢体。④通"麝"，射香即麝香。

2. 读作yè。①姑射：(1)山名。(2)仙女：超然自有姑射姿（秦观）。②射干：(1)草本植物；一说木名。(2)兽名：射干似狐，能缘木（颜师古）。

3. 同"斁yì"某义项，厌弃：好尔无射（《诗经》）。

【掠】

漾韵：力让切，音亮liàng。笞也，治也：下狱掠治。亦夺取也，抢也。剽掠，侵掠。又药韵。

药韵：离灼切，音略lüè。抄掠，劫人财物。剽掠，扫掠，劫掠，侵掠，掠捷，掠美。又漾韵。

[附录]普及版字典：读作lüè。

【证証證】

敬韵：录作証，证的繁体字，之盛切，音政zhèng。谏证也。证今。又诸盈切，音政平声。人名：司农卿证。又径韵。

径韵： 录作證，证的繁体字，诸应切，音蒸去声zhèng。验也。指证，证明，证谬，花作证。又敬韵。

[附录] 普及版字典：读作 zhèng。

【宿】

宥韵： 息救切，音秀 xiù。列星也，星宿，言星各止其所。斗宿，二十八宿，列宿，辰宿，苍龙宿。又宿留。又屋韵。

屋韵： 息逐切，音夙 sù。素也，大也，舍也，宿止也。耆宿，归宿，名宿，宿酒，宿怨，宿愿，宿鸟投林。又宥韵。

[附录] 普及版字典：
1. 读作 sù。
2. 读作 xiǔ，量词：一夜为一宿。
3. 读作 xiù，星的集合体：星宿。

【柚】

宥韵： 余救切，音右 yòu。似橘而大，文旦也。橘柚，云梦柚，闽中柚，楚柚。又屋韵异。

屋韵： 直六切，音逐入声 zhú。杼柚，也作杼轴。杼(梭子)，柚(滚筒)，机具也。又宥韵。

[附录] 普及版字典：
1. 读作 yòu，文旦。
2. 读作 yóu，柚木。
3. 读作 zhú，[杼柚] 也作杼轴。

【覆】

宥韵： 甫救切，音副去声 fù。盖也，遮盖、掩蔽。《诗经·大雅》：鸟覆翼之。覆舟，亦作复舟。覆灭，覆盖，覆手，覆盆，覆载，覆掌，射覆，瓦覆，万物覆，金瓯覆。又屋韵异。

屋韵： 芳福切，音蝮 fù。翻、倾覆，反、颠倒。舟覆，颠覆，反覆，覆被，覆手，覆盂，覆舟，覆釜，覆水，覆又翻。又败也，倒也，审也。又宥韵。

[附录] 普及版字典：读作 fù。①翻；倾覆：水则覆舟。②覆灭。③覆盖。④伏击；备敌覆我。⑤反手为云，覆手为雨。⑥察看；审察：使者即复来覆我(《汉书》)。⑦庇护；遍及：而仁覆天下矣(《孟子》)。⑧通"复"，(1)重覆。(2)答；告；回：函覆。

【复復】

宥韵： 录作復，复字某义项的繁体字。扶富切，音浮去声 fù。又、返也，往来也，安也，白也，告也，更也。将复，谁复。又屋韵。

屋韵： 录作復。房六切，音伏入声 fù。重也，还、返也。恢复，往复，复古，复兴，复仇，复何如，复何言。又宥韵。

[附录] 屋韵录有"復、複"二字，同为"复"的繁体字。

普及版字典：
1. [復] 读作 fù。①又；更：年复一年。②恢复；还；返：复旧。③报复：复仇。④卦名。

⑤姓。
2.[複]读作fù。①夹衣。②重复；繁复：复制品；复分数。

【囿】

宥韵：于救切，音右yòu。园林、园子也。苑囿，艺囿，文囿，蔬囿。又屋韵同。

屋韵：于六切，音唷yòu。园林、园子也。苑囿。又宥韵同。

[附录]普及版字典：读作yòu。

【畜】

宥韵：丑六切，音触chù。六牲为六畜，受人饲养的禽兽。家畜，老畜。又屋韵。

屋韵：许竹切，音旭xù。饲养也，畜牧。又止也。养畜，人畜，耕畜，畜怨，畜养，又宥韵。

[附录]普及版字典：
1. 读作chù，泛指禽兽。
2. 读作xù，某义项同"蓄"，聚；储；容。

【蔟】

宥韵：仓奏切，音凑còu。古代律名(太蔟、大蔟)：十二律的第三律。春蔟。或作"簇"。又屋韵。

屋韵：千木切，音簇cù。丛聚、堆积也，又巢也。折蔟，蚕蔟，花蔟。或作"簇"。又宥韵。

[附录]普及版字典：

1. 读作cù。
2. 读作còu。
3. 读作chuò，又取：翡翠不裂，瑧瑁不蔟(张衡)。

【伏】

宥韵：扶富切，音浮去声fù。鸟菢子，通"孵"，菢，孵也。伏卵也。又屋韵异。

屋韵：房六切，音服入声fú。匿藏也，伺也，隐也，历也。拜伏，三伏，赤伏，又姓。蛰伏，屈伏，虎伏，潜伏，驯伏，伏腊，伏匿，伏阙，老骥伏枥。又宥韵异。

[附录]普及版字典：读作fú。①某义项通"服"。(1)心里不伏。(2)伏罪；伏法。(3)降龙伏虎。(4)水土不伏。(5)隶属：西下四十里，就不伏我管了。②通"孵fū"：雌鸡伏子(《汉书》)。③通"匐"，蒲伏即匍匐。

【读】

宥韵：大透切，音豆dòu。亦作"逗"。又屋韵别。

屋韵：徒谷切，音独入声dú。诵读也。展读，把读，勤读，读书。苏轼诗：旧书不厌百回读。又宥韵异。

[附录]普及版字典：

1. 读作dú。
2. 读作dòu，语句中较短的停顿：句读，也作"逗"。

【辐】

宥韵：方副切，音福去声fù。辐辏，集聚也。又屋韵通。

屋韵：方六切，音福入声fú。车辐，脱辐，轮辐，员辐。又辐辏。又宥韵。

[附录]普及版字典：读作fú。

【副】

宥韵：敷救切，音复fù。贰也，佐也，次要、居第二位。车副，兼副，副车，副笄。又屋韵、职韵。

屋韵：芳福切，音复fù。剖也，又宥韵、职韵。

职韵：芳逼切，音批入声pì。劈也，裂开、剖分。削副，《诗经》：不坼不副。又宥韵、屋韵。

[附录]普及版字典：
1. 读作fù。
2. 读作pì，裂开；剖分；判析：不坼不副（《诗经》）。

【剑】

艳韵：居欠切，音检去声jiàn。试剑，斩蛇剑，剑霜，剑鞘。苏轼诗：未成报国惭书剑。又陷韵同。

陷韵：居欠切，音检去声jiàn。试剑，淬剑，舞剑，操剑，三尺剑，上方剑。又艳韵同。

[附录]普及版字典：读作jiàn。

【欠】

艳韵：去剑切，音谦去声qiàn。张口呼气，哈欠也。悟也，又不足也。伸欠，酒债欠，负欠。苏轼诗：诏书宽积欠。又陷韵同。

陷韵：去剑切，音谦去声qiàn。气乏则欠，又缺也。又艳韵同。

[附录]普及版字典：读作qiàn。

【厌厭】

艳韵：於艳切，音盐去声yàn。厌弃也，又厌厌其苗（《诗经》）。不厌，厌旧，厌听，厌繁，厌闻蝉。又叶韵。

叶韵：於叶切，音压入声yà。同"压"。厌伏，亦恶梦，同"魇"。沉厌，震厌，抑厌，镇厌，弹厌，摧厌，倾厌，覆厌，霜厌，控厌。又艳韵异。

[附录]普及版字典：
1. 读作yàn。①嫌；憎恶。②满足。③通"餍"，美好：有厌其杰（《诗经》）。④通"愔"，安闲；安稳：厌厌夜饮，不醉无归（《诗经》）。
2. 读作yà。①符合。②通"压yā"某义项，(1)崩坏；倾覆。(2)泰山压顶。(3)压阵。(4)镇压。(5)压境。(6)堵塞。(7)积压。(8)通"押"，押宝可作压宝。③通"擪yè"，用手指按捺。

【胁脅】

艳韵：录作脅，胁的繁体字。许欠切，音xiàn。妨也，又洽韵异。

洽韵：录作脅。虚业切，音斜入声 xié。胸胁，迫胁。折胁，胁逼，胁胁，胁肩。又艳韵。

[附录]普及版字典：读作 xié。

【仆僕】

屋韵：录作僕，仆字的繁体字。蒲木切，音扑入声 pú。奴仆，义仆，臣仆，仆妾，仆从。又沃韵。

沃韵：录作僕。蒲沃切，音扑入声 pú。僮仆，给事者也。又屋韵。

[附录]普及版字典：读作 pú。

【朴樸】

屋韵：博木切，音破 pò。朴樕：小木，平庸之材也。柞朴，栎朴，槭朴，抱朴，朴素，朴略。又觉韵异。

觉韵：匹角切，音璞入声 pǔ。木素同"朴"，朴素也。质朴，怀朴，简朴，俭朴，抱朴，守朴，朴诚，朴薮。又屋韵异。

[附录]诗韵未录"朴"字。屋、觉韵录作"樸"。

普及版字典：
1. [樸]朴的繁体字，读作 pǔ。
2. [朴]读作 pò。①木名。②树皮。③朴硝。
3. [朴]读作 pō，朴刀：短把大刀。
4. [朴]读作 pú，姓。
5. [朴]读作 piáo，姓。

【斛】

屋韵：胡谷切，音斛入声 hú。同"斛"，受一斗四升。又觉韵异。

觉韵：苦角切，音雀 què。盛脂器也，又尽也，《庄子》：其道大斛。俭斛，五斛，不斛，俎斛，长及斛。又屋韵异。

[附录]普及版字典：
1. 读作 hú。
2. 读作 què。

【踧】

屋韵：子六切，音蹴 cù。蹜踧：声音急促、激烈。踧踖：恭谨的样子。《论语》：君在，踧踖如也。踖踧，穷踧，驱踧。又锡韵异。

锡韵：徒历切，音狄入声 dí。踧踧，平坦也。《诗经》：踧踧周道。又屋韵异。

[附录]普及版字典：
1. 读作 cù。
2. 读作 dí。

【幅】

屋韵：方六切，音福入声 fú。锦幅，边幅，横幅，幅巾，幅员，幅裙。苏轼诗：一挥三十幅。又职韵。

职韵：彼则切，音逼入声 bī。幅，若今行縢。同"偪"。又屋韵。

[附录]普及版字典：读作 fú。

【恧】

屋韵： 女六切，音女入声nǜ。或作"忸"，惭愧也。惭恧，缩恧，顾恧，愧恧，自恧，悚恧。又职韵。

职韵： 女力切，音匿nì。怀恧，哽恧。又屋韵。

[附录]普及版字典：读作nǜ，惭愧：章句繁芜，心神愧恧（骆宾王）。

【菔】

屋韵： 房六切，音浮入声fú。莱菔、芦菔：萝卜也。蔔菔，菔根。又职韵同。

职韵： 蒲北切，音匐入声fú。莱菔、芦菔：萝卜也。萝菔，蔔菔。又屋韵通。

[附录]普及版字典：读作fú。

【匐】

屋韵： 房六切，音浮入声fú。匐，伏地貌。匍匐，颠匐。又职韵。

职韵： 蒲北切，音浮入声fú。伏地也。匍匐，颠匐。又屋韵通。

[附录]普及版字典：读作fú。

【襮】

沃韵： 博沃切，音爆入声bó。黼襮，绣着花纹的衣领。表襮：暴露也。朱襮。又药韵同。

药韵： 补各切，音博入声bó。衣领也。朱襮。又沃韵通。

[附录]普及版字典：读作bó。

【斫斵斮】

觉韵：（一）录作斵，斫的异体字。竹角切，音琢入声zhuó。削也。斤斫：斤以斫之。匠斫，巧斫，斫轮，斫削。又本韵、药韵。

觉韵：（二）录作斮，斫的异体字。侧角切，音捉入声zhuó。斩也。《尔雅》：鱼则斮之。注：谓削鳞也。琢斫，刿斫，斫胫。又本韵、药韵。

药韵：（一）录作斮，侧略切，音灼入声zhuó。斩也。琢斫，床斫。又本韵、觉韵。

药韵：（二）录作斫。之若切，音灼入声zhuó。力斫也，又斩也。刺斫。芟斫，快斫，剑斫，斫伐，斫地，斫机。又本韵、觉韵。

[附录]普及版字典：读作zhuó。

【药藥】

觉韵： 录作药。于角切，音约入声yuè。白芷也。英药，秋药，芳药。药房，又药韵。

药韵：（一）录作藥。以灼切，音约入声yuè，常读yào。治病草也。芍药，採药，炼药，和药，丹药，药笺，药丸，药篮。苏轼诗：细雨郊原聊种药。又觉韵。

药韵：（二）录作药。於略切，音约入声yuè，常读yào。白芷叶也。苴药，採药，秋药，兰药，芳药，茎药，药房，觉韵通。

[附录]藥、药分录两个字头，"藥"是"药"某义项的繁体字。

普及版字典：
1. [藥]读作yào，常读yuè。
2. [药]读作yuè。①白芷。②通"约"，缠裹。

【逴】

觉韵：敕角切，音踔入声chuò。远也，一曰惊走也，又作趠。舳逴，凌逴，超逴，腾逴，逴行，逴运。又药韵。

药韵：丑略切，音绰入声chuò。远也，又行走，巡行。蹇也，略逴行貌；体偏长短也。又觉韵。

[附录]普及版字典：读作chuò。

【肸】

质韵：义乙切，音稀入声xī。吷肸，孙肸，侨肸，肸蠁：笑声。
肸蚃：散布、传播。又物韵。
物韵：许讫切。肸蚃：散布、传播。又质韵。

[附录]普及版字典：
1. 读作xī。
2. 同"鄪bì"，古地名。

【卒】

质韵：子聿切，音足入声zú。终也，尽也。有卒，始卒，卒岁忧。又月韵。

月韵：(一)臧没切，音足入声zú。戍卒，秦卒，士卒，走卒，卒徒，卒旅，隶卒。又本韵、质韵。

月韵：(二)苍没切，音促cù。急也，遽也。又子没切，又将律切，多通作猝。又本韵、质韵。

[附录]普及版字典：
1. 读作zú，某义项通"倅cuì"，副职。又通"萃"，聚集。
2. 同"猝"，突然。

【崒】

质韵：录作崒，同崪。慈恤切，音足入声zú。山高，险峻也。崒崒，屹崒，崔崒，崷崒。又月韵。

月韵：录作崒。昨没切。崔崒，屼山貌，高、险峻也。又质韵。

[附录]普及版字典：
1. 读作zú，高；险峻：崒若断崖(鲍照)。
2. 通"萃"，萃集；停留。

【茁】

质韵：徵笔切。草芽初生也。草茁，笋茁，翠蒲茁，萌茁，茸茸茁，兰心茁。又黠韵、屑韵。

黠韵：邹滑切，音札入声zhá。草初生也，又牛羊茁。萌茁，笋茁，绿茁，莼茁，兰茁。又质韵、屑韵。

屑韵：侧劣切，音拙入声zhuó。芽茁也，草芽初生也。新茁，笋茁，兰茁，嫩茁，初茁，翠茁茁，紫茸茁。又质韵、黠韵。

[附录]普及版字典：读作zhuó。

【轶】

质韵：夷质切，音佚yì。车过，又突也。突轶，侵轶，超轶，奔轶，驰轶，轶材，轶伦。又屑韵。

屑韵：徒结切，音经入声dié。通"迭"，车相出也。奔轶，侵轶。又质韵。

[附录]普及版字典：读作yì。①超越。②突击。③通"佚"，佚事。④通"溢"。⑤通"逸"，(1)安闲。(2)逃跑。⑥通"迭dié"，更替；轮流。⑦通"辙"：螳螂之怒臂以当车轶（《庄子》）。

【姪侄】

质韵：录作姪，侄字的异体字。直一切，音秩入声zhí。兄弟之子女。令侄，叔侄。又屑韵。

屑韵：录作姪。徒结切。娣侄，姑侄。又质韵。

[附录]普及版字典：读作zhí。

【蛭】

质韵：之日切，音质zhì。水蛭，蚂蝗也。蜻蛭，草蛭，蛙蛭，泥蛭，蛭蚓。又屑韵。

屑韵：丁结切，音垤入声dié。水蛭也。又质韵。

[附录]普及版字典：读作zhì，某义项通"垤dié"，小山丘；蚁冢。

【拮】

质韵：居质切，音吉入声jí。拮据：劳苦（辛勤拮据）、经济窘迫（手头拮据）。又屑韵。

屑韵：古屑切，音结入声jié。拮据：劳苦（辛勤拮据）、经济窘迫（手头拮据）。又质韵。

[附录]普及版字典：
1. 读作jié，[拮据]劳苦：辛勤拮据。经济窘迫：手头拮据。
2. 读作jiá，逼迫；欺压：拮而杀之（《战国策》）。

【汨】

质韵：于笔切，音密mì。从日月之日，旁水疾流也。荡汨，汩汩，分流汨，汨越，汨乘流，汨低回。又锡韵。

锡韵：莫狄切，音觅mì。从日月之日，江名。淢汨，赠汨，汨罗江，汩汨。又质韵。

[附录]普及版字典：读作mì，汨罗江。

【实實寔】

质韵：录作實，实字的繁体字。神质切，音石入声shí。物成实，又充足也，满也，又诚也。口实，果实，实可师，实府库。又职韵。

职韵：录作寔，实字的异体字。常职切，音石入声shí。陈实，崔实，刘实，张实。又质韵。

[附录]普及版字典：读作shí。

【喞】

质韵：资悉切，音基入声jī。喞喞，虫声。啁喞，啾喞声。又职韵。

职韵：子力切，音即入声jī。啾喞，虫声也。喞喞，又质韵。

[附录]普及版字典：读作jī。

【掘】

物韵：衢物切，音倔入声jué。掘地，穿掘，笋堪掘，发掘，掘鼠。杂句：不惮林泉新厮掘。又月韵。

月韵：其月切，音决入声jué。穿也。採掘，开掘，厮掘，凿掘，掘井。又物韵。

[附录]普及版字典：读作jué。①挖；刨。②竭尽。③辱骂。④通"倔"，倔强。⑤通"崛"，突起。⑥通"拙"，愚笨；粗劣。⑦通"窟"，洞穴。

【厥】

物韵：九勿切，音决入声jué。突厥，厥筐。又月韵。

月韵：居月切，音蕨入声jué。其也，亦短也，又人名，又姓。劣厥，播厥，突厥，陆厥，贻厥，厥田，厥土。又发石也，作"礏"，亦通瘚气逆。又物韵。

[附录]普及版字典：读作jué，某义项通"橛"，树桩。又通"掘"，厥为泽溪（《山海经》）。

【艴】

物韵：敷勿切，音弗入声fú。浅色。愧艴，怒艴，艴然。又月韵。

月韵：蒲没切，音勃入声bó。又物韵。

[附录]普及版字典：读作bó，艴然不悦：形容生气。

【越】

月韵：玉伐切，音粤yuè。坠也，于也，於也，远也，走也，逾也，曰也，扬也，度也，又国名：吴越。又姓。古越，激越，超越，清越，越境，越溪吟。又曷韵。

曷韵：户括切，音活入声huó。疏越，瑟下孔也。《礼记》：越席，疏布（萑蒲为席也）。《左传》：大路越席（结草也）。蒲越，葛越，升越。又月韵。

[附录]普及版字典：

1. 读作yuè。

2. 读作huó。①瑟底的小孔。②泛指孔穴：辕有越，加箭，可弛张焉（陆龟蒙）。③一种蒲属植物，茎可编席：越席。

【咄】

月韵：当没切，音多入声duō。呵也。叱咄，震咄，呵咄，咄咄。又曷韵。

曷韵：丁括切，音多入声duō。呵咄，叱咄，咄咄。又月韵。

[附录]普及版字典：读作duō。

【暍】

月韵：於歇切，音谒入声yē。伤热，亦作"煬、瘍"。中暑。大旱。荫暍，热暍，吉暍，扇暍。又曷韵。

曷韵：许葛切，音入声yē。热貌，又月韵。

[附录]普及版字典：读作yē。①热；中暑：夏，大旱，民多暍死（《汉书》）。②变颜色。

【阏】

月韵：於歇切，音谒yè。太岁在甲曰阏逢，太岁在卯曰单阏。又曷韵。

曷韵：乌葛切，音遏è。止也，塞也。单阏，拥阏，天阏，抑阏，沉阏，郁阏，淤阏，阏伯坛。又月韵。

[附录]普及版字典：
1. 读作è。①阻塞；阻碍。②闸板；遮挡物。
2. 读作yān。①阏氏。②山名。③县名。
3. 读作yù。①阏与：古邑名。②通"淤"，淤泥：渠成而用注填阏之水（《汉书》）。

【鹘】

月韵：古忽切，音骨入声gǔ。鹰属。鹘鸠，鹘鸼，又名鹘鸠。又回鹘。青鹘，健鹘，霜鹘，苍鹘。又黠韵。

黠韵：户八切。鹘鸠，斑鸠也。摩天鹘，雕鹘，苏轼诗：独爱孤栖鹘。又月韵。

[附录]普及版字典：

1. 读作gǔ，鹘鸠，鹘鸼，又名鹘鸠。
2. 读作hú。①鹰类鸟名。②鹘突，即糊涂。

【滑】

月韵：古勿切，音骨入声gǔ。滑稽，谓俳谐也。颉滑，汩滑，淫滑，汹滑，滑乱，滑涽。又黠韵。

黠韵：户八切，音猾入声huá。利也，又州名，又姓。苔滑，石头滑，危磴滑，泥滑滑，滑稽，滑腻，滑欲流。又月韵。

[附录]普及版字典：读作huá，某义项通"汩gǔ"。①扰乱。②滑滑：水急流声。③姓。

【刖】

月韵：鱼厥切，音月yuè。绝也，刖足，断足刑也。迷邦刖，屡遭刖。又黠韵。

黠韵：五刮切。去足，刖足，断足刑也。双刖，卞和刖，一刖，不辞刖，剸刖。又月韵。

[附录]普及版字典：读作yuè，古代一种砍脚的酷刑。

【楬】

月韵：其谒切，音揭入声jié。表楬阀阅。又黠韵、屑韵。

黠韵：丘瞎切，音恰qià。古打击乐器，柷楬，即柷敔（柷qiāng，柷zhù也，楬qià，敔yǔ也。柷以起乐，敔以止乐）。又木豆也，《礼记》：楬豆（古祭器）。又月韵、屑韵。

屑韵：渠列切，音杰入声jié。有所表识也，标志。《礼记·秋官》：古葬而置楬，书死者姓名于上。秃楬，书楬，作楬。又月韵、黠韵。

[附录]普及版字典：
1. 读作jié。①做标志的小木桩。②标明：楬而玺之（《周礼》）。
2. 读作qià。①古代终止乐声时敲击的木制伏虎状乐器。②古祭器：楬豆。

【竭】

月韵：其谒切，音杰入声jié。尽也。困竭，力竭，穷竭，匮竭，衰竭，才竭，竭力，竭忠，又屑韵。

屑韵：渠列切，音杰入声jié。尽也，举也。力竭。又月韵。

[附录]普及版字典：读作jié。

【碣】

月韵：其谒切，音杰入声jié。碑碣也。石碣，断碣，古碣，铭碣。碣石，海中山名。又屑韵。

屑韵：渠列切，音杰入声jié。碣石，山名。又碑碣也。又月韵通。

[附录]普及版字典：读作jié。

【凸】

月韵：陀骨切，音突入声tū。凸出貌，中间高，四周低也。凹凸，又屑韵。

屑韵：徒结切，音迭入声dié。高起，中间高，四周低也。凹凸，金尊凸，一峰凸。又月韵。

[附录]普及版字典：读作tū。

【龁】

月韵：下没切，音纥入声hé。啮也，咬也。啄龁，饮龁，胡龁，虫龁，龁咬。又屑韵。

屑韵：胡结切。啮也，咬也。啄龁，饮龁，虫龁。又月韵。

[附录]普及版字典：读作hé。

【棁】

月韵：他括切，音脱入声tuō。又他骨切，音突入声。棁杖也，大木棒。又屑韵。

屑韵：职悦切，音拙入声zhuō。梁上短柱。藻棁，紫棁。棁軏：车衡之环。又月韵。

[附录]普及版字典：
1. 读作zhuō，梁上短柱。
2. 读作tuō。①木棒。②通"脱"，疏略。③通"锐"，锐利：揣而棁之（《老子》）。

【讦】

月韵：居谒切，音揭入声jié。讦，攻人之阴私也。当面斥责人之过失。又屑韵。

屑韵：居列切，音子入声jié。讦发人私。肆讦，告讦，诋讦，鲠讦。又月韵。

[附录]普及版字典：
1. 读作jié，揭人阴私；斥责别人过失：攻讦。
2. 读作jì，直言不讳：讦群臣之得失（《颜氏家训》）。

【核】

月韵：下没切，音入声hú，果中实也。蟠桃核。又陌韵。

陌韵：下革切，音覈入声hé。果中核，榖核，空中核，汉核，丁香核，钻核，去核，怀其核，青田核。又月韵。

[附录]普及版字典：
1. [核]读作hé，果核。
2. [覈]读作hé，某义项作核的异体字，①仔细查对：覈实。②真实；正确。
3. [核]读作hú，①义同"1义项"，②用于某些口语词：桃核儿；煤核儿。

【拔】

曷韵：蒲拨切，音跋入声bá。回也，抽也，擢也，又疾也。舍拔则获（《诗经》），舍拔：箭的末端。拔起，挺拔，荐拔，甄拔，提拔，拔一毛，拔茅。又黠韵。

黠韵：蒲八切，音跋入声bá。拔擢，又尽也。攻拔，不可拔。怒拔，简拔，挺拔，拔萃，拔擢，苏轼诗：妙论推英拔。又曷韵。

[附录]普及版字典：读作bá。

【獭】

曷韵：他达切，音闼入声tǎ。水狗。石獭，海獭，沙獭，眠獭，獭祭。又黠韵。

黠韵：他辖切，音塔入声tǎ。捕鱼兽。黑獭，白獭，山獭，海獭，獭祭鱼，獭猫。又曷韵。

[附录]普及版字典：读作tǎ。

【鸹】

曷韵：古活切，音括入声guā。鸧鸹，即九头鸟。又黠韵。

黠韵：古頒切，音刮入声guā。鸟名，逆毛九尾。又曷韵。

[附录]普及版字典：读作guā，老鸹：乌鸦的俗称。

【掇】

曷韵：丁括切，音朵入声duō。拾掇，一芥掇，手掇，掇拾，掇之。又屑韵。

屑韵：陟劣切，音辍。拾取也。採掇，俯掇，收掇，拾掇，掇颐，掇英。又曷韵。

[附录]普及版字典：读作duō，某义项通"惙chuò"。某义项通"聉zhuō"，短的样子。

【剟】

曷韵：丁刮切，音掇入声duō。削剟，击也。刺剟，捷剟。又屑韵。

屑韵：陟劣切。辍削也，刊刻。又曷韵。

[附录]普及版字典：读作duō。

【頡】

黠韵：古黠切，音戛入声jiá。减刻也，轹釜：敲、刮也。又直项也。又盗頡，克也。又减，羹頡。苍頡，轩頡，秦頡，第五頡。又屑韵。

屑韵：胡结切，音缬入声xié。直项也。又苍頡，古史官。頑頡，皇頡，頡卫。頡頑：鸟虫上下飞。又黠韵。

[附录]普及版字典：读作xié又读jié，古人名：仓頡。

【核覈】

屑韵：录作覈，核字某义项的异体字。奚结切，音协入声xié。邀覈，又陌韵。

陌韵：录作覈，下格切，音核入声hé。研覈，通作核，仔细查对、真实、正确。细核，考核，捡核，核实，核得失，核事。又屑韵。

[附录]普及版字典：读作hé。①仔细查对：覈实。②真实；正确。

【茶】

屑韵：奴结切，音涅入声niè。茶然疲役，疲倦貌。衰茶，萎茶，气茶，疲茶，茶流。又叶韵。

叶韵：奴协切，音涅入声niè。病劣貌，疲倦貌。蹇茶，衰茶，疲茶，气茶。又屑韵。

[附录]普及版字典：读作niè。

【索】

药韵：苏各切，音梭入声suǒ。缆索，又尽也，散也。素索，又八索，郭索，巧索，萧索，凋索，探索，蟹郭索，辘轳索，秋千索，青琴索，珠落索，索隐，索居，索句，索价，索求，索和，索酒债。又陌韵。

陌韵：录作㩁，通"索"。山戟切。求取也，寻求，孤寂。又药韵。

[附录]普及版字典：读作suǒ。"㩁"通"索"。①寻求。②孤寂。

【却卻】

药韵：去约切，音確què。退也。推却，摈却，畏却，抛却，却之，却难描。又陌韵。

陌韵：绮戟切。八却，三却，地名。又姓，又间隙也。又药韵异。

[附录]普及版字典：

1. [却]读作què。
2. [卻]①"却"的异体字。②读作xì，通"隙"。(1)空隙。(2)嫌隙；隔阂：及为将相，有卻(《史记》)。

【莫】

药韵：慕各切，音寞mò。无也、没有，不可也，安定也，又遮莫(尽教)，又姓。切莫，落莫，莫违，莫疑，莫愁，莫逆交，莫求，莫测，莫邪，莫能知。又陌韵。

陌韵：莫白切，音陌mò。清静而敬至也。民莫，莫逆。又药韵。

[附录]普及版字典：
1. 读作mò。
2. 读作mù。①同"暮"。(1)日落时：日莫人倦（《礼记》）。(2)晚；时间将尽：曰归曰归，岁亦莫止（《诗经》）。②通"幕"。帐篷。③昏暗：悖乱昏莫无终极（《荀子》）。④草名：即酸模。

【格】

药韵：古落切，音各入声gé。树枝，庋格，又庪格，阻隔也。书格，笔格，茶格，竹格，亦作"阁"。又陌韵。

陌韵：古伯切，音隔入声gé。式也，度也，量也，来也，至也。资格，降格，体格，规格，风格，窗格，格言，格致，格调高。又药韵。

[附录]普及版字典：
1. 读作gé。
2. 读作gē。①象声词。②清皇族的女儿称格格。③相抵触：格格不入。

【柞】

药韵：则落切，音作zuò。柞木，柞蚕，以栎叶为主食的一种蚕。五柞，芰柞，柞械。栎也，又陌韵。

陌韵：初格切，音责入声zé。除草曰芟，除木曰柞，砍伐。芟柞，柞朴。又药韵。

[附录]普及版字典：
1. 读作zuò。①栎的通称，柞蚕。②柞木。
2. 读作zé。①砍伐：柞木翦棘。②通"窄"。③通"咋"，声大。
3. 读作zhà，县名：柞水。

【魄】

药韵：他各切，音托入声tuò。落魄，也作落拓、落托，失业无倚也。与"薄"同。又陌韵。

陌韵：普伯切，音破入声pò。魂魄也。月魄，失魄，精魄。又药韵异。

[附录]普及版字典：
1. 读作pò，某义项同"粕"，糟魄即糟粕。
2. 读作bó。①旁魄即磅礴。②象声词。
3. 读作tuò，[落魄]也作落拓、落托。①穷困失意。②放浪。

【泽泽】

药韵：达各切，音铎入声duó。星名：格泽（音"鹤铎"）。格泽星，如炎火之状（《史记》）。一曰妖气。又陌韵。

陌韵：丈伯切，音择入声zé。州名，又姓。川泽，润泽，恩泽，德泽，手泽，遗泽，泽国，泽畔，泽物。苏轼诗：作诗继彭泽。又药韵。

[附录]普及版字典：读作zé。某义项通"泽duó"，洛泽即洛泽。冻冰。

【踖】

药韵：七雀切，音鹊入声què。行貌。踖踖，敏捷而恭敬的样子。又陌韵。

陌韵：资昔切，音及入声jí。踧踖：恭敬貌。踖踖，敛足也。又践也。躐踖。又药韵异。

[附录]普及版字典：读作jí。

【昔】

药韵：仓各切，音错cuò。安也。《周礼·冬官》：老牛之角纱(tiǎn)而昔。注："绞昔"读为"交错"之错，谓牛角觕(cū)理错也。又陌韵。

陌韵：思积切，音惜入声xī。往也，始也，明日也。昔，犹夜也，《左传》：为一昔之期。宿昔，今胜昔。苏轼诗：寒灯相对记畴昔。又药韵异。

[附录]普及版字典：读作xī，某义项通"夕"，夜晚。又通"错cuò"，粗糙：老牛之角纱而昔（《周礼》）。

【适適】

陌韵：录作適，施只切，音释shì。乐也，善也，悟也，往也，又姓。自适，安适，清适，畅适，顺适，适意，适用，适情。又锡韵异。

锡韵：录作適，都历切，音抵入声dí。从也，与"嫡"同。莫适，谁适，无适，天位适。又陌韵异。

[附录]普及版字典：

1. "适"：①读作shì，某义项用于人名如"叶適"不作"叶适"。②读作kuò，某义项用于人名：南宫适。又姓。
2. "適"：①适的繁体字。②读作shì，古人名用字，南宋哲学家叶適。③读作zhé，通"谪"。(1)责备；惩罚。(2)天象等变异。(3)过失。④读作dí，某义项通"嫡"：立適以长，不以贤（《公羊传》）。⑤读作tì，適適：恐惧的样子。

【摘】

陌韵：陟格切，音谪入声zhé。手取也。抉摘，採摘，攀摘，甄摘，摘星，摘花，又指摘。又锡韵。

锡韵：他历切。发也，挑也，动也，拓果树实也，亦作"擿"，又指摘。手摘，採摘，一摘，再摘。元稹诗：共邀连榻坐，兼去摘船行（自注：音剔）。又陌韵。

[附录]普及版字典：读作zhāi。

【翟】

陌韵：场伯切，又直格切，并音宅入声zhái。地名，又姓。简翟，阳翟，翟茀。又锡韵。

锡韵：徒历切，音狄入声dí。雉也，长尾野鸡。又国名（中国古代北方少数民族），同"狄"。秉翟，墨翟，宋翟，驯翟，翟茀，翟羽。又陌韵。

[附录]普及版字典：

1. 读作dí，某义项同"狄"。

2. 读作 zhái，姓。

【耆】

陌韵：胡陌切，音谹 huò。皮骨相离声，洞耆，霍耆，骕耆，地耆。又锡韵。

锡韵：呼昊切，音殈入声 xū。耆然物相离声，一曰皮骨相离声，骕耆，歘耆，磔耆。又陌韵。

[附录] 普及版字典：读作 xū 又读 huā。

【鬲】

陌韵：古核切，音隔入声 gé。县名，人名，又姓。有鬲，胶鬲。又锡韵异。

锡韵：郎迪切，音历 lì。鼎属。宝鬲，釜鬲，瓦鬲，鼎鬲，铛鬲，周鬲，戊己鬲。又陌韵异。

[附录] 普及版字典：
1. 读作 lì。
2. 读作 gé。

【霹】

陌韵：匹辟切，音僻入声 pī。雷霆之急击者，霹雳迅雷。又锡韵同。

锡韵：普击切，音澼入声 pī。震霹，雷霆霹，霹雳。又陌韵通。

[附录] 普及版字典：读作 pī。

【鲫】

陌韵：资昔切，音积入声 jì。鱼名。金鲫，绿鲫，青鲫，银鲫，鲜鲫，冬鲫，又职韵同。

职韵：子力切，音即入声 jì。鱼名。脍鲫，金鲫。又陌韵通。

[附录] 普及版字典：读作 jì。

【笈】

缉韵：其立切，音及入声 jí。负书箱。负笈，药笈，书笈，担笈，藤笈，笈囊。又叶韵同。

叶韵：其辄切。负书箱也。药笈，书笈，藤笈。又缉韵。

[附录] 普及版字典：读作 jí。

【褶】

缉韵：是执切，音习入声 xí。袷也。袴褶，又叶韵同。

叶韵：徒协切，音牒入声 dié。袷也。香袖褶，紫褶。袴褶，又缉韵通。

[附录] 普及版字典：
1. 读作 zhě，衣裙上的折叠：百褶裙。
2. 读作 dié，夹衣。
3. 读作 xí，①上衣。②裤：罗薰裤褶香（李贺）。③褶子：古代的一种便服。

【歙】

缉韵：许及切，音吸入声 xī。缩鼻也，又敛气，又州名。歙耆，歙歙。又叶韵异。

叶韵：书涉切，音摄 shè。县名。歙县，宣歙，黟歙，欱歙，欨歙。与缉韵异。

[附录]普及版字典：
1. 读作xī。
2. 读作shè，歙县（在安徽）。

【歙】

合韵：呼合切，音部入声hē。歙酒也。吐歙，呵歙。又洽韵异。

洽韵：呼洽切，音瑕入声xiá。歙也，尝也，与"歃"同。吐歙，喷歙。又合韵。

[附录]普及版字典：读作hē。

【喋】

叶韵：徒协切，音牒入声dié。便语也，又血流貌。嗫喋，喋喋，咽喋，新喋，喋血。唼喋：水鸟或鱼类争食的样子。又洽韵。

洽韵：丈甲切，音闸入声zhá。唼（zā）喋（zhá）：鸭食也。又叶韵异。

[附录]普及版字典：
1. 读作dié。①喋喋不休。②喋血：流血满地。也作蹀血。
2. 读作zhá，喋呷也作唼喋。

【箑】

叶韵：山辄切，音翣shà。扇也。宝箑，画箑，鼓箑，白羽箑，蕉箑，摇箑，蒲葵箑。又洽韵同。

洽韵：山洽切，音翣shà。扇之别名也，叶韵同。

[附录]普及版字典：读作shà。①扇子。②同"箑"，行书。

【萐】

叶韵：山辄切，音歃shà。萐莆，瑞草也。翠萐，厨萐。又洽韵同。

洽韵：山洽切，音歃shà。萐莆，大叶植物，叶可作扇，瑞草也。王者孝德至则，萐莆生于厨，其叶不摇自扇饮食。厨萐。又叶韵同。

[附录]普及版字典：读作shà，萐莆也作萐脯。

【霎】

叶韵：所洽切，音煞shà。小雨。霎霎，一霎。又洽韵同。

洽韵：山洽切，音煞shà。小雨也。又叶韵通。

[附录]普及版字典：读作shà。①风雨声。②很短的时间：一霎时。

平仄通用多音字

（子目录）

（按"上平一东"至"下平十五咸"顺序排列）

【幪】	207	【颔】	217	【橇】	227	【胜】	239
【曚】	207	【娠】	217	【烧】	228	【凝】	239
【泛汎】	207	【傧】	217	【饶】	228	【凭】	240
【懵】	208	【嶙】	218	【敲】	229	【踩】	241
【凇】	208	【稹】	218	【磋】	229	【叟】	241
【汹洶】	209	【菌】	218	【拖拕】	230	【篓】	242
【撞】	209	【喷】	219	【桦】	230	【瘤】	243
【菶】	210	【媛】	219	【瘕】	231	【售】	243
【弥瀰】	210	【怨】	220	【爹】	231	【揉】	243
【掎】	211	【看】	221	【些】	231	【妊】	244
【峭】	211	【叹】	221	【忘】	232	【探】	244
【嬉】	212	【谩】	222	【飑颰】	233	【鏊】	245
【欷】	212	【谰】	222	【吭】	233	【兼】	245
【诽】	213	【渧】	223	【偿】	234	【砭】	246
【嘘】	213	【汕】	223	【涨】	234	【苦】	246
【淤】	213	【惠】	224	【慷】	235	【腌】	247
【鋙】	214	【钿】	224	【怆】	235	【帆】	247
【纾】	214	【佃】	225	【评】	236	【嵌】	248
【酺】	215	【缠】	225	【侦】	237	【巉】	249
【萎】	215	【煽】	226	【莹】	237		
【霓】	216	【猵】	226	【廷】	237		
【徯】	216	【娇】	227	【醒】	238		

【说明】

一、字头，如：【幪】。

二、字头以下分项：

（一）该字头所处的平声韵部（多个平声韵部，序号顺延）。

（二）该字头所处的仄声韵部（多个仄声韵部，序号顺延）。

三、字头释义：

【幪】

（一）诗韵上平一东，谟蓬切 méng，幪幪，绣幪，覆幪，锦幪。姘幪，又董、送韵并同。

（二）诗韵上声一董，母总切……

（三）诗韵去声一送，莫弄切……

内容均保留《诗韵合璧》《佩文韵府》原注，不作辩释。

四、释义之下，平声、仄声各韵分别录有"诗例"或标示"暂无诗例"。

五、关于"诗例"，"诗例"中字头加下画线"—"标记以醒目，它处于韵脚或处于格律诗的声律节点。"诗例"中遗留有少量繁体字。

六、关于[附录]，上部分依据诗例介绍该字头在"诗韵"中的音义状况；下部分摘录该字头"新四声"读音、释义、例句等（源于现代字典、词典，以供参考，不宜与"古四声"混用）。

七、编者建言："平仄通用多音字"中，有一部分两读通用字多见于古今名家名句，如："看、叹、探、醒、忘、过"等，已形成"约定俗成"且广泛使用；另有一部分在诗词韵文中一例难求。对此，知之即可，不提倡创作时推广使用。

八、检索步骤：先从"诗韵字表"中查明该字头属于哪一类多音字，然后从总目查找该类多音字"子目录"的页码，即可查到该字头。

【幪】

一、诗韵上平一东,谟蓬切méng,幪幪,绣幪,覆幪,锦幪。骈幪,又董、送韵并同。

宋·杨万里·律诗颔联、颈联
嫩绿峰当新雨後,乱红花发烂晴中。
仙姿玉骨丹青写,雾鬓风鬟锦绣<u>幪</u>。

二、诗韵上声一董,母总切měng,绣幪,覆幪,锦幪,骈幪。又东、送韵并同。茂盛貌异,独用。暂无诗例。

三、诗韵去声一送,莫弄切,幪幪,縠盖巾也。锦幪,骈幪,帷幪。又东、董韵并同。

宋·曾巩·路中对月·诗句
爱之不能飧,但以目睛送。
想知吾在庐,皎皎上修栋。
慈亲坐高堂,切切儿女众。
怜其到吾前,不使降帷<u>幪</u>。

[附录]
(一)幪字分录于东、董、送三韵。取"骈幪",帐幕义,东、送韵通用。又董韵取茂盛貌,如"麻麦幪幪"与东、送韵异,独用。参阅新四声释义。
(二)幪字新四声
1. 读作méng。①帐幕:旁为骈,上为幪。②遮盖:驽骀怕锦幪(杜甫)。
2. 读作měng。[幪幪]茂盛的样子:麻麦幪幪(《诗经》)。

【曚】

一、诗韵上平一东,莫红切méng,曚昽,日未明也。通"冡méng",又董韵同。

宋·梅尧臣·律诗颈联
汀沙沮洳潮新落,山日曈<u>曚</u>雾始开。

二、诗韵上声一董,莫孔切,音蠓měng,未明也,曈曚,曤曚。又东韵通。暂无诗例。

[附录]
(一)曚字分录于东、董二韵。释义注"日未明也"义同通用。《诗韵合璧》董韵误作"朦",依《佩文韵府》更正为"曚"。
(二)曚字新四声读作méng。①模糊,昏昧:今晚生曚弱,何论於此(《晋书》)。②曚昽:日光不明。

【泛汎】

一、诗韵上平一东,录作"汎",一作泛,房戎切féng,浮也,又陷韵同。暂无诗例。

二、诗韵去声三十陷,录作"汎",亦作泛,孚梵切fàn,浮貌,与东韵同。酒名"泛齐"异,仄声独用。

宋·陆游·律诗颈联
钓船夜<u>泛</u>吴江月,醉眼秋看楚泽天。

宋·戴复古·律诗颔联
绿<u>泛</u>新荷出,青铺细草生。

宋·苏辙·律诗颈联
钓船梦想沿溪<u>泛</u>，酒盏遥思向日酣。

宋·张舜民·律诗颈联
市舍柔桑围幄幕，弄风新麦<u>泛</u>波涛。

[附录]

㈠泛字分录于东、陷二韵。同录作"汎"，汎为"泛1."的异体字。释义注"浮貌"通用。诗例多作仄声，宜取仄声。陷韵取酒名"泛齐"仄声独用，暂无平声诗例。泛齐：酒色最浊，上有浮蚁。见五齐：泛齐、醴齐、盎齐、醍齐、沉齐。

㈡泛字新四声

1.[汎、氾]读作 fàn。①浮行：泛舟。②透出：白里泛红。③浮而不实：空泛。④水涨溢：泛滥。⑤一般地：泛称。

2.[泛]读作 fěng。通"覂"。翻，覆。

【憕】

一、诗韵上平一东，莫红切 méng，无知貌。憕憕，坐憕。又冬韵异用，与董韵同。

唐·孟郊·诗句
夜镜不照物，朝光何时升。
……
古人贵从晦，君子忌党朋。
倾败生所竞，保全归<u>憕</u>憕。

二、诗韵上平二冬，藏宗切 cóng，谋也，虑也。通"悰"。又东、董韵俱异。

宋·陆游·律诗首联
画阁无人昼漏稀，离<u>悰</u>病思两依依。

三、诗韵上声一董，母总切 měng，心乱貌，憕憕，惛憕。又东韵同，与冬韵异。

宋·司马光·律诗颔联
顾我何为者，逢人独<u>憕</u>然。

[附录]

㈠憕字分录于东、冬、董三韵。释义注：东、董韵同。诗例极少。冬韵"憕"，"悰"分列两个字头，"憕"字注作：藏宗切，通作"悰"。

㈡憕字新四声

1.读作 měng。不明白：昧道憕学。

2.读作 měng。①形容心迷乱。②昏昧无知。③憕懂，同蒙懂，糊涂。④[憕忪]蒙眬；迷糊：憕憕酣睡。也作憕腾。

【凇】

一、诗韵上平二冬，息恭切 sōng，冻落貌，水结如珠也。杂句：月淡千门雾凇寒。又送韵同。暂无诗例。

二、诗韵去声一送，苏弄切 sòng，冻淞，冰也。霜淞，暮淞，野淞。又冬韵通。

宋·曾巩·律诗颈联
香清一榻氍毹暖，月淡千门雾<u>凇</u>寒。

宋·曾巩·绝句首联
园林初日静无风，雾<u>凇</u>花开处处同。

[附录]
(一)凇字分录于冬、送二韵。依释义"冻落貌"通用，诗例极少，平声暂无诗例，古四声作仄声。
(二)凇字新四声读作sōng。寒冷天，在地表地物上，雾或水汽凝成的细冰花。称作雾凇。

【汹洶】

一、诗韵上平二冬，许容切，音匈xiōng，水势也，水势汹汹。汹涌。听波声之汹汹（《楚辞》）。又肿韵。

> 唐·韩愈·诗句
> 恶溪瘴毒聚，雷电常汹汹。
> 鳄鱼大于船，牙眼怖杀侬。

二、诗韵上声二肿，许拱切xiǒng，水貌，水势涌也，水声，鼓动声，汹欻。苏辙诗句：潮来声汹汹，望极空漫漫。又冬韵。

> 宋·范成大·律诗颈联
> 东郭风喧三鼓市，西城石汹二江涛。

> 宋·戴表元·律诗颈联
> 汹汹城喷海，疏疏屋漏星。

> 宋·赵蕃·诗句
> 欲行雨如蓰，既出云若涌。
> 山高一身微，风动万国汹。
> 岂唯林木悲，亦为毛发悚。
> 众谓当亟回，吾行便贾勇。

[附录]
(一)汹字分录于冬、肿二韵。同录作"洶"，"洶"为"汹"的异体字。依释义"水势汹涌、水声、水貌"通用，仅收录一例平声诗句，诗例多作仄声。
(二)汹字新四声读作xiōng。①汹汹：波涛声。②形容气势盛：气势汹汹。③形容喧扰：天下汹汹，人怀危惧（《三国志》）。④汹涌：水奔腾上涌，波涛汹涌。

【撞】

一、诗韵上平三江，宅江切zhuāng，突也，击也。与绛韵同。

> 宋·苏轼·绝句首联
> 暮鼓晨钟自击撞，闭门孤枕对残缸。

> 宋·范成大·诗句
> 岷江漱北渚，庐阜窥南窗。
> ……
> 明发挂帆去，晓钟烟外撞。

> 宋·魏了翁·律诗尾联
> 且幸碑铭识，无从亲扣撞。

二、诗韵去声三绛，直绛切zhuàng，义同。与江韵同。

> 明·李东阳·律诗颔联
> 今日眼看埋玉树，当年心许撞烟楼。

> 宋·释正觉·绝句首联
> 不妨行细输先手，自觉心粗愧撞头。

[附录]
(一)撞字分录于江、绛二韵。义同，通用。
(二)撞字新四声读作zhuàng。①敲，击：撞钟。②闯：横冲直撞。③碰见：撞见。④跌：扑通撞下马来。

【萎】

一、诗韵上平四支，于为切wéi，蔫也，病也。草木枯也，荣萎，枯萎，百草萎，哲人萎。又寘韵同，余异。

宋·苏轼·律诗首联、颈联
非无伯鸾志，独有子云悲。
儿曹莫凄恻，老眼欲枯萎。

宋·楼钥·律诗颈联
奏罢未闻宫漏转，归来俄见哲人萎。

唐·刘禹锡·绝句首联
玉儿已逐金镮葬，翠羽先随秋草萎。

二、诗韵去声四寘，于伪切wěi，枯萎也，与支韵通。药草，蓄缩貌，地名，又离萎、猗萎独用。暂无诗例。

[附录]
(一) 萎字分录于支、寘二韵。释义注"枯萎、草木枯也"义同通用。余异，离萎，猗萎独用。
(二) 萎字新四声读作wěi。①植物干枯：枯萎。引申指人的死亡：哲人其萎乎（《礼记》）。②衰落：萎靡不振。

【弥瀰】

一、诗韵上平四支，武移切mí，大水貌，渺弥，水旷远之貌。雾雨弥，弥漫，弥澜。又纸、荠韵。

宋·戴表元·绝句
数尺枯槎底易骑，海风吹浪白瀰瀰。
如今市上君少少，曾到天河也不知。

宋·曹勋·绝句首联
瀰瀰水槛俯横桥，水面新荷影动摇。

宋·虞俦·律诗尾联
凭君试向松江望，绿涨蒲萄正渺瀰。

宋·欧阳修·诗句
晋人歌蟋蟀，孔子录於诗。
菌苔间红绿，鸳鸯浮渺瀰。

二、诗韵上声四纸，绵婢切mǐ，水盛貌，水流貌，又支、荠韵并同。

南北朝·何逊·诗句
行路一孤坟，路成坟欲毁。
空疑年代积，不知陵谷徙。
几逢秋叶黄，骤见春流瀰。

三、诗韵上声八荠，莫礼切，音米，水流貌，弥弥，有弥，春流弥，与支、纸韵并通。

宋·苏轼·诗句
凉飙呼不来，流汗方被体。
稀星乍明灭，暗水光瀰瀰。
香风过莲芰，惊枕裂魴鲤。

宋·释文珦·野步·律诗颔联
陂塘波瀰瀰，坡垄麦青青。

宋·张嵲·律诗颔联
过雨溪流初瀰瀰，无风竹影自泠泠。

[附录]
(一) 弥（瀰）字分录于支、纸、荠三韵，同录作"瀰"。支韵分录"瀰""彌"两个字头，"彌"为"弥1、3"的繁体字。释义作沙弥，须弥，弥坚，与"瀰"字有别，另义异用。

瀰、彌，简体字均作"弥"。"瀰"为"弥2"的繁体字。依释义"弥（瀰）字"取水流貌，大水貌，水盛貌，义同通用。

(二)弥字新四声
1. 弥（彌）读作mí。①久，远：弥历千载。②遍，满：弥天大谎。③更加：欲盖弥彰。④补救，填合：弥补。⑤终于，尽于：履霜坚冰，弥不可长（《新唐书》）。⑥姓。
2. 弥（瀰）读作mí。①水满：有弥济盈（《诗经》）。②义同遍，满。
3. 弥（彌）读作mǐ。①通"弭"，止息。②收敛：狐之捕雉，必先卑体弥耳以待其来也（《淮南子》）。

【掎】

一、词林支韵，居宜切，音羁，偏引也，偏持其足也。暂无诗例。
二、诗韵上声四纸，居绮切jǐ，角掎，牵掎，亦偏引也，牵一脚也。掎摭，掎扶，掎衡，与支、置韵同。暂无诗例。
三、诗韵去声四置，角掎，纸韵通。

宋·宋祁·绝句首联
一马浮江拥瑞图，青规群彦掎长裾。

宋·曾丰·诗句
永嘉之重自晋始，积至本朝多士。
大科异等固其常，文章道德相角掎。

[附录]
(一)掎字诗韵分录于纸、置二韵，作仄声，支韵无字头。词林分录于支、纸二韵，今增录。依释义"偏引也"义近通用，暂无平声诗例。
(二)掎字新四声读作jǐ。①拉，抓：蹑踵侧肩，掎裳连袂（《文选》）。②发射：机不虚掎，弦不再控（班固）。

【岿】

一、词林支韵，丘追切，音盔kuī。小而众岿：小山二众，业萃罗列。

宋·刘过·绝句首联
地蟠江汉节岿然，劲气扶舆几倍年。

宋·王炎·律诗首联
湖水无波亦蹴天，君山蟠结独岿然。

宋·陈傅良·律诗首联
向来诸老独岿然，赢不胜衣万事便。

二、诗韵上声四纸，丘诔切kuǐ，高峻貌，与置韵异。暂无诗例。
三、诗韵去声四置，邱愧切kuì，独貌，岿然有余。山岿，云岿，鬼岿，与支、纸韵异。

宋·虞俦·诗句
庭空吏散无公事，一枕清风供午睡。
……
连筒灌水瀑泉飞，薄岸临坻盘石岿。

宋·范成大·律诗首联
翰墨门阑正岿然，故应婉娩亦儒先。

宋·楼钥·律诗首联
趣还宗老侍经筵，宿望訏谟信岿然。

宋·苏颂·绝句尾联
系风捕影谁能问，空见遗踪尚岿然。

[附录]

㈠ 屵字诗韵分录于纸、置二韵，作仄声，支韵无字头。词林分录于支、纸二韵，今增录。"屵然"义同通用。

㈡ 屵字新四声读作 kuī。①高峻独立：屵然不动。②小山丛立。

【嬉】

一、诗韵上平四支，虚宜切 xī，聚嬉，戏嬉，宴嬉，舞彩嬉，儿嬉，群嬉，勿荒嬉，嬉笑，嬉游。

宋·牟巘·律诗首联
篇章何事等嬉游，尚想挥毫剪烛秋。

宋·陆游·律诗颈联
群嬉累瓦塔，独立照盆池。

宋·苏轼·律诗首联、颔联
残腊多风雪，荆人重岁时。
客心何草草，里巷自嬉嬉。

二、词林纸韵，许里切，音喜 xǐ。

宋·黄庭坚·诗句
至静在平气，至神惟顺心。
道非贵与贱，达者古犹今。
功名属廊庙，闲暇归山林。
畜鱼观群嬉，笼鸟听好音。

唐·白居易·诗句
越国政初荒，越天旱不已。
风日燥水田，水涸尘飞起。
……
四月芰荷发，越王日游嬉。

[附录]

㈠ 嬉字诗韵录于支韵，作平声，纸韵无字头。词林分录于支、纸二韵，今增录。"群嬉、嬉游与游嬉"义同通用。诗例多作平声。

㈡ 嬉字新四声读作 xī。①戏乐，玩耍：嬉戏。②气盛。

【欷】

一、诗韵上平五微，香衣切 xī，悽欷，涕欷，嗟欷，歔欷，亦作唏。又未韵同。

宋·陆游·开岁·律诗首联
绿襦新画卫门扉，贺刺相欺可累欷。

宋·柴望·律诗颈联
羸马病僮旋僱倩，寺禽山獠亦欷歔。

宋·陆游·律诗首联
抚枕时时犹叹欷，陀穷已极畏凶饥。

二、诗韵去声五未，许既切 xì，泣余声，忍哀也。歔欷。又微韵通。

宋·王灼·赠赵当可·诗句
晚交得王孙，每见心辄醉。
平生虎豹韬，近者诗酒累。
流光迫壮怀，抚事我亦欷。

宋·司马光·诗句
予今幸已多，敢不自知愧。
无谋忝肉食，念尔但增欷。

宋·卫宗武·诗句
兴亡成古今，感忾重歔欷。
转柁迓城堤，觥筹犹未既。

[附录]
㈠歔字分录于微、未二韵。"歔歔与歔歔"义同通用。
㈡歔字新四声读作xī。①叹息，抽泣。②歔呼：嗟叹声。③歔歔：叹息声，抽咽声。

【诽】

一、诗韵上平五微，甫微切fēi，谤言也。谤诽，怨诽，毁诽，外诽，腹诽。又尾、未韵并同。

宋·陈耆卿·诗句
商道昔波荡，周王網九围。
二子如冥鸿，翩然独高飞。
周粟固可耻，薇亦周之薇。
云胡挟孤愤，了不悟众诽。

二、诗韵上声五尾，妃尾切fěi，谤也。怨诽，公诽，诽訾，诽谤，又微、未韵并通。暂无诗例。

三、诗韵去声五未，方味切fèi，谤也。又微、尾韵并同。

宋·黄庭坚·绝句尾联
监巫执节诛腹诽，不除乡校独何心。

宋·赵蕃·诗句
君言固邹鲁，君笔犹汉魏。
绝倒岂自文，善谑非加诽。

[附录]
㈠诽字分录于微、尾、未三韵。谤也，谤言也，义同通用。
㈡诽字新四声读作fěi。①污蔑，说人坏话：诽谤。②通"俳pái"。③滑稽。诽谐同诙诽。

【嘘】

一、诗韵上平六鱼，休居切xū，急曰吹，缓曰嘘。吹嘘，呵嘘，嘘嘘，嘘气，嘘呵。又御韵同。

宋·陆游·律诗
鬓毛焦秃齿牙疏，老病灯前未废书。
卷里光阴能属我，人间声利久忘渠。
穷山藏拙犹嫌浅，粝饭支羸不愿余。
雨露安能泽枯朽，故人枉是费吹嘘。

二、诗韵去声六御，许御切xù，吹嘘。又鱼韵同。暂无诗例

[附录]
㈠嘘字分录于鱼、御二韵。释义注"吹嘘"义同通用。诗例多作平声，宜取平声。
㈡嘘字新四声
1. 读作xū。①吐气，呼气：嘘了口气。②叹息：长吁短叹。③嘘唏：叹息，哽咽，也作歔欷。④用嘘声制止或驱逐：将他嘘走。
2. 读作shī。制止或驱逐声：嘘！别响。

【淤】

一、诗韵上平六鱼，央居切yū，泥淤，潮淤，沙淤，塞淤，淤塞。又御韵同。

宋·陈师道·律诗尾联
北州豪杰知谁健，乞我黄淤十里秋。

宋·艾性夫·律诗颈联
图传笠泽三分画，梦绕黄淤十里秋。

宋·苏籀·律诗首联
归一岂应无以返，要言湛谛滓淤淘。

二、诗韵去声六御，依据切yù，淀滓浊泥。泥淤，阇淤，花淤，河淤。又鱼韵通。

宋·徐照·律诗首联、颔联
东岸沙新淤，西村半失田。
夕阳明望外，寒雁落愁边。

宋·司马光·律诗尾联
厌烦犹不读，何况淤泥莲。

宋·张镃·绝句尾联
纵教一衲被云水，无奈胸中著淤泥。

[附录]
(一) 淤字分录于鱼、御二韵。释义注"泥淤"义同通用。
(二) 淤字新四声读作yū。①水中沉淀的泥沙：淤泥。②泥沙冲积成的地带：楚人种麦满河淤（苏轼）。③滞塞，不流通：淤血。④方言，溢出。⑤通"饫yù"，饱足。

【龉】

一、诗韵上平六鱼，语居切yū，齿不相值。龃龉，啎龉。又虞、语韵。暂无诗例。

二、诗韵上平七虞，五乎切，音吾，龃龉，啎龉。又鱼、语韵并通。

唐·皮日休·诗句
兹山有石岸，抵浪如受屠。
……
厚赐以睬睬，远去穷京都。
五侯土山下，要尔添岩龉。

三、诗韵上声六语，鱼举切，音语

yǔ，龃龉，齿不相值也，口齿龉，添啎龉，龉龉，又鱼、虞韵并通。

宋·王安石·律诗颔联
两地尘沙今龃龉，二年风月共婆娑。

宋·苏轼·诗句
高谈付梁罗，诗律到阿虎。
归来一调笑，慰此长龃龉。

[附录]
(一) 龉字分录于鱼、虞、语三韵。诗例多作仄声。
(二) 龉字新四声读作yǔ。①牙齿不齐，泛指参差不齐。②龃龉：上下齿不相合。③意见不合，不融洽：意见龃龉。④不相聚：两地尘沙今龃龉（王安石）。⑤不连续，不顺畅：既熟读，无一字不龃龉（归有光）。

【纾】

一、诗韵上平六鱼，伤鱼切shū，缓也，解也，纾祸也。俯纾，又语韵同。

宋·苏洵·绝句
便腹应难饱以书，今年田谷未宽纾。
朋从相过无祗待，自起园中摘我蔬。

宋·刘克庄·律诗尾联
一事可纾存没恨，即今丹穴有双雏。

宋·苏辙·律诗颔联
笑谈容我聊纾放，文字凭君便去留。

宋·梅尧臣·诗句
去年燕营巢，衔泥入我庐。
……
乃媒长黄口，逐之宁白纾。

宋·苏籀·律诗首联
亟纾多难一群心，惕厉咨嗟憯测深。

宋·吴泳·律诗首联
身驾青牛老子车，行云来去自纡徐。

宋·张栻·律诗颔联、颈联
能来数月款，端是百忧纾。
师友洛川上，人才元佑初。

二、诗韵上声六语，神与切，音墅，缓也。解纾，匡纾，民力纾。又鱼韵通。暂无诗例。

[附录]
(一)纾字分录于鱼、语二韵。释义"缓也"通用，暂无例句。诗例多作平声。宜取平声。
(二)纾字新四声读作 shū。①解除：毁家纾难。②宽裕，宽舒：民力稍纾（《宋史》）。③舒展，抒发：何以纾幽情（陆游）。

【酺】

一、诗韵上平七虞，薄胡切 pú，饮酒，春秋祭酺。赐酺，大酺，又遇韵同。

宋·梅尧臣·诗句
被褐思怀宝，游都学卖珠。
车皆陈錾錾，人尽得琼腴。
缟已赠吴札，席将开汉酺。

唐·元稹·诗句
我病方吟越，君行已过湖。
……
应召逢鸿泽，陪游值赐酺。
心唯撞卫磬，耳不乱齐竽。

二、诗韵去声七遇，薄故切 pù，赐酺，大酺，酒酺，又虞韵同。

宋·梅尧臣·诗句
昨夜轻雷起风雨，芍药红牙竹栏土。
南庭梅花如杏花，东家残朱涂颊酺。

[附录]
(一)酺字分录于虞、遇二韵。释义注"赐酺，大酺"通用，暂无此义项例句。
(二)酺字新四声读作 pú。①泛指聚饮。②神名，主宰人物灾害。

【蔆】

一、诗韵上平七虞，力朱切。草名。蒿蔆，刈蔆，又尤、虞韵并同。

宋·陈著·诗句
岁事有丰歉，官税无减除。
谁知山中田，沙土多蒿蔆。
秋来倘有成，犹恐才半租。

宋·赵万年·绝句
豆红米白间青蔬，彷佛来从香积厨。
异日大官还饱饫，不应忘却在芜蔆。

二、诗韵下平十一尤，落侯切 lóu，蔆属也，蔆蒿。地名。又虞、虞韵并同。

宋·郑清之·律诗颔联
翠浪半天岐麦咏，玉簪数箸刈蔆诗。

宋·贺铸·律诗颈联、尾联
水牯负鸲鹆，山枢悬桔蔆。
坐惭真隐子，物我两悠悠。

宋·范成大·绝句尾联
扣腹将军犹未快，棹船西岸摘蔆蒿。

宋·陆游·绝句尾联
芜蒌豆粥从来事,何恨邮亭坐簪床?

三、诗韵上声七麌,力主切,音缕lǚ,草可烹鱼,与虞、尤韵并通。

宋·方岳·律诗首联
岁月半行李,与君荆蒌间。

[附录]
(一)蒌字分录于虞、尤、麌三韵。蒿属也,义同通用。仄用例句极少。
(二)蒌字新四声读作lóu。①蒌蒿。②蒌叶,植物名。③通"柳liǔ",蒌翠也作翠柳。④古代棺饰。⑤姓。

【霓】

一、诗韵上平八齐,五稽切ní,雌虹,与屑、锡韵并同。

宋·范仲淹·律诗尾联
启心知有嘉谟在,足乱云霓忆帝台。

宋·苏轼·绝句
江神河伯两醯鸡,海若东来气吐霓。
安得夫差水犀手,三千强弩射潮低。

二、诗韵入声九屑,录作蜺(霓的异体),五结切,屈蜺,虹也,通作霓,又齐、锡韵并同。蜺作"秋蝉"异义。

宋·秦观·绝句首联
连卷雌蜺挂西楼,逐雨追晴意未休。

三、诗韵入声十二锡,倪历切nì,雌虹,雌霓,云霓。又齐、屑韵并通。

宋·苏轼·律诗颔联
垂天雌霓云端下,快意雄风海上来。

[附录]
(一)霓字分录于齐(录作霓)、屑(录作蜺、通作霓)、锡(录作霓)三韵。释义注"雌虹"义同通用。
(二)霓字新四声读作ní。①副虹,位于主虹外侧。②姓。
(三)蜺字新四声释义:①霓的异体字。②秋蝉。

【傒】

一、诗韵上平八齐,胡鸡切xī,待也,危也。兒傒,苏傒,傒我后。又荠韵同。

宋·项安世·诗句
鄞宫夜梦朱轮蹄,晓占熊虎嬉磻溪。
鱼竿没浪豹韬出,金印斗大封全齐。
百年梁柱出公族,外间国子中高傒。

二、诗韵上声八荠,胡礼切xǐ,亦待也,民傒,众傒。亦作蹊:傒径,与齐韵同。

宋·陈棣·律诗尾联
共傒公归缘底事,嗷嗷四海望陶甄。

宋·强至·诗句
学舍勉栖托,亨会复倾傒。
黄卷乐往圣,青襟列诸弟。

宋·陈杰·律诗首联
正傒朝阳听凤鸣,忽传鹈鴂作秋声。

宋·李曾伯·律诗首联
中原百战徯来苏，浸喜衣冠复旧区。

[附录]
㈠徯字分录于齐、荠二韵。释义注"待也"义同通用，暂无此类诗例。
㈡徯字新四声读作xī。①等待。②徯径同蹊径，小路。

【颏】

一、诗韵上平十灰，户来切hái，颐下，脞颏，手承颏。又贿韵。

宋·周必大·绝句首联
马通薪熟夜炉深，拄膝承颏梦欲成。

宋·贺铸·寄杜仲观·诗句
中春雨收霁，与子登丛台。
形胜宛然在，太行西北来。
无情百尺土，千载未摧颏。
四顾发悲啸，凄风振颐颏。

二、诗韵上声十贿，古亥切，音亥，颐下曰颏，颏颏，手承颏。义同，又灰韵。

近代·陈三立·诗句
世乱陋斯文，八儒晦光采。
栖遁偶皂帽，吟落尾闾海。
……
元气湿古怀，观生手承颏。

[附录]
㈠颏字分录于灰、贿二韵。释义注"颐下也"义同。"承颏"通用。诗例多作平声。《广韵》古亥切，《集韵》已亥切，并音改，颏

颏也。
㈡颏字新四声
1. 读作kē。下巴。
2. 读作ké。鸟名。有红点颏，蓝点颏。

【娠】

一、诗韵上平十一真，失人切shēn，女妊身动也，孕也，又震韵同。暂无诗例

二、诗韵去声十二震，章刃切，音震，妊娠，怀娠，义同。通"身"，又真韵通。

宋·毛滂·踏莎行上片
映竹幽妍，
临池娟靓。
芳苞先暖香初娠。
南枝微弄雪精神，
东君早寄春音信。

[附录]
㈠娠字分录于真、震二韵。孕也，义同通用。暂无平声诗例。
㈡娠字新四声读作shēn。①怀孕。②包含，孕育：水娠黄金山空青（苏轼）。

【傧】

一、诗韵上平十一真，必邻切bīn，敬也。三傧，佐傧。通作"摈"。又震韵同。暂无诗例。

二、诗韵去声十二震，必刃切bìn，相也，导也，进也，陈也。傧礼，傧者，又真韵同。暂无诗例。

[附录]

㈠傧字分录于真、震二韵。《礼记》：卿为上傧，大夫为承傧，士为绍傧。《周礼》注：出接宾曰傧，入赞礼曰相。释义注：震韵同、真韵同，通用。

㈡傧字新四声读作bīn。①引导或迎接宾客：傧于东序（《礼记》），也指接待宾客的人。②陈列：傧尔笾豆（《诗经》）。③尊敬：所以傧鬼神也（《礼记》）。④通"摈bìn"，排斥，抛弃。⑤通"颦"，皱眉：傧笑连便（枚乘）。

【嶙】

一、诗韵上平十一真，力珍切lín，深崖状，嶙峋，隐嶙，嶙嶙，山崖重深貌。又轸韵同。

宋·文同·律诗首联
群峰高拥碧<u>嶙</u>峋，亭宇清华气象新。

宋·陆游·律诗颈联
独木架成新略彴，一峰买得小<u>嶙</u>峋。

二、诗韵上声十一轸，力忍切lǐn，山高峻貌，嶾嶙。又真韵通。

宋·陆游·绝句
秋山瘦<u>嶙</u>峋，秋水渺无津。
如何草亭上，却欠倚阑人。

[附录]

㈠嶙字分录于真、轸二韵。"嶙峋"通用，诗例多作平声。

㈡嶙字新四声读作lín。①嶙峋：山崖高耸层叠。②人刚正不阿：风骨嶙嶙。③人瘦：瘦骨嶙嶙。

【稹】

一、词林真韵，之人切，音真，义同。暂无诗例。

二、诗韵上声十一轸，之忍切zhěn，丛緻也。又聚物也。苞稹也，物丛生曰苞。又人名。赵稹，元稹，稹薄，稹理。

宋·陈造·律诗颈联
乐天不幸逢元<u>稹</u>，季友而来有彦升。

[附录]

㈠稹字诗韵录于轸韵，作仄声，真韵无字头。词林分录于真、轸二韵，今增录。释义注"义同"。诗例俱作仄声。

㈡稹字新四声读作zhěn。①丛生。②通"缜"，细密。

【菌】

一、词林真韵，区伦切，音鞃jūn。菌桂：杂申椒与菌桂兮（《离骚》）。菌薰也，其叶谓之蕙。瞋菌。

宋·李廌·诗句
石头槎牙占官道，松树老怪柄断云。
骊龙睡隐潭水黑，雨积粪壤生朝<u>菌</u>。

宋·方蒙仲·绝句首联
沸鼎乾坤尘未消，椒<u>菌</u>杂袭少高标。

二、诗韵上声十一轸，渠陨切jùn，地蕈也，菌，食之有味，而常毒杀人。朝菌，槿也。又山名。菌蠢，芝貌。地菌，石菌，芝菌，野菌，紫菌，菌肥，菌耳，漆园菌，仙菌，松菌。

宋·陆游·绝句
冰霜难与夏虫语，晦朔岂容朝菌知。
忿欲至前能小忍，人人券内有期颐。

宋·刘克庄·律诗颈联
宫花毕竟非真色，朝菌安知有大年。

[附录]

(一) 菌字诗韵录于轸韵，作仄声，真韵无字头。词林分录于真、轸二韵，今增录。参阅新四声释义。

(二) 菌字新四声

1. 读作 jūn。低等植物的一类：细菌，粘菌和真菌。
2. 读作 jùn。①通"菌"，竹笋。②通"蕈xùn"。③姓。

【喷】

一、诗韵上平十三元，普魂切 pēn，鼓鼻也，吐气也。水喷，香喷，瀑泉喷，喷气，喷薄，喷沫。又愿韵同。

宋·梅尧臣·诗句
都水借船轻复浅，急趁寒汴流浑浑。
耳清眼明见野色，一听江鹤醒若喷。

宋·戴表元·律诗颈联
汹汹城喷海，疏疏屋满星。

宋·释正觉·偈颂首联
一亘清虚夜正央，桂宫老兔冷喷霜。

宋·魏了翁·绝句尾联
才喷一霎挂龙雨，又卷云霓还翠旻。

二、诗韵去声十四愿，普闷切 pèn，叱也，吐气，鼓鼻也。烟雾喷，泉喷，喷饭。与元韵通。

宋·林逋·律诗颈联
云喷石花生剑壁，雨敲松子落琴床。

宋·陆游·诗句
余龄垂八十，虽惫犹强饭，
正如老病马，风沙时一喷。
玉关眇何许，道里何啻万。

宋·陆游·律诗颈联
久类寒蛟潜岫穴，忽如老马喷风埃。

宋·杨万里·绝句尾联
坐看跳珠复抛玉，忽然一喷与檐齐。

[附录]

(一) 喷字分录于元、愿二韵。释义注"鼓鼻也、吐气也"义同通用。参阅新四声释义。

(二) 喷字新四声

1. 读作 pēn。①受压力而射出。②喷嚏。③怒叱。
2. 读作 pèn。气味浓烈：喷香。
3. 读作 fèn。吹奏管乐器：片帆西去，一声谁喷霜竹（辛弃疾）。

【媛】

一、诗韵上平十三元，雨元切 yuán，婵媛，枝柱连引也，美女也。又霰韵同。

宋·晁说之·诗句
岂但喜囚冠，故亦慰纍魂。
我既美子志，为子尽婵媛。

宋·上清真人·律诗颈联
仙媛虚见桑田变，世事谁经海水枯。

二、诗韵去声十七霰，于眷切 yuàn，
淑媛，美女也。又元韵通。

宋·范成大·律诗首联、颔联
洵美相门裔，有齐邦媛贤。
藻蘋南涧下，萱竹北堂前。

宋·杨亿·律诗颈联
三年送目愁邻媛，七泽迷魂怨楚辞。

宋·刘克庄·律诗首联
女子谈天世有之，福唐吴媛独神奇。

宋·刘克庄·律诗颈联
畿民犹说张京兆，宫媛皆知李翰林。

唐·苏颋·律诗首联
灵媛乘秋发，仙装警夜催。

唐·宋之问·律诗首联
传道仙星媛，年年会水隅。

[附录]
(一) 媛字分录于元、霰二韵。释义注"美女也"义同，如"仙媛与灵媛、星媛"通用。婵媛，从平声，暂无仄声诗例。
(二) 媛字新四声
1. 读作 yuàn。美女：名媛。
2. 读作 yuán。婵媛：交错相连。义同婵娟。

【怨】
一、诗韵上平十三元，于袁切 yuān，
雠怨也。愁怨，匿怨，仇怨，偿怨，
辟怨。又愿韵。

宋·黄庭坚·绝句尾联
十方无壁落，中有昔怨人。

宋·辛弃疾·南乡子下片
别后两眉尖，
欲说还休梦已阑。
只记埋怨前夜月，
相看，不管人愁独自圆。

明·刘基·诗句
今日何不乐，振策登高山。
深林仰无见，藤蔓阴以繁。
……
徘徊岁华晚，感激生愁怨。

二、诗韵去声十四愿，于愿切 yuàn，
恨也，仇也，怨恨也。匿怨，宿怨，
结怨，新怨，报怨，怨艾，怨尤，怨
妇。又元韵。

宋·范成大·诗句
溟蒙云酿雪，浩荡风落雁。
松篁渐清幽，猿鹤或悲怨。

宋·洪皓·律诗颈联
莫言地广频修怨，应念民劳早戢兵。

宋·苏轼·绝句尾联
大夫行役家人怨，应羡居乡马少游。

宋·王同祖·绝句尾联
禁中恐有题红怨，不放涓流出内前。

[附录]
(一) 怨字分录于元、愿二韵。释义"雠怨、怨恨"义同，如"愁怨与悲怨、埋怨与修怨、怨人与人怨"通用。诗例多作仄声。
(二) 怨字新四声读作 yuàn。①不满意，责怪：

任劳任怨。②仇恨：结怨。③悲哀。④通"冤"，冤屈。⑤通"蕴 yùn"，蕴藏，蓄积：富有天下而无怨财（《荀子》）。

【看】

一、诗韵上平十四寒，苦寒切 kān，视也，姓。又翰韵同。

  宋·曾巩·律诗颈联
  素心已向新书见，大法常留后世<u>看</u>。

  宋·曾巩·绝句首联
  花开日日去<u>看</u>花，迟日犹嫌影易斜。

二、诗韵去声十五翰，苦旰切 kàn，义同，又寒韵通。

  宋·黄庭坚·绝句尾联
  可惜不当湖水面，银山堆里<u>看</u>青山。

  宋·范成大·律诗颈联
  霁月钻窗<u>看</u>，鸣琴侧枕听。

[附录]
(一) 看字分录于寒、翰二韵。释义：视也，义同通用。
(二) 看字新四声
1. 读作 kàn。①眼睛注视。②观察，估量：看情况。③观赏：看戏。④访问：看朋友。⑤对待：刮目相看。⑥照料：看孩子。⑦诊治：看病。⑧取决于：就看你了。⑨注意，小心：看我怎么收拾你。⑩姓。
2. 读作 kān。①守护：看护。②监视：看管。

【叹】

一、诗韵上平十四寒，他干切，音滩，叹息，慨叹，咏叹，仰叹，浩叹，叹嗟。又翰韵同。

  宋·范成大·诗句
  我塗未渠穷，一晴愧天悭。
  倒塔桥已断，壁破渡无船。
  路人相告语，未到先长<u>叹</u>。

  宋·陆游·律诗尾联
  挑灯搔短发，顾影发吾<u>叹</u>。

  宋·杨万里·律诗尾联
  风颠雨急关侬事，时序撩人只暗<u>叹</u>。

  宋·刘克庄·诗句
  一时雩舞乐，千古孔林寒。
  渔父击舟听，门人舍瑟<u>叹</u>。

二、诗韵去声十五翰，他但切 tàn，吞叹也，太息也。叹息，慨叹，咏叹，愧叹，聊自叹，仰天叹，嗟叹，兴叹，叹赏。又寒韵通。

  宋·梅尧臣·律诗尾联
  我今才薄都无用，六十栖栖未<u>叹</u>穷。

  宋·范成大·诗句
  履綦故仿佛，盖瓦已零乱。
  经营三十年，成毁一飞电。
  摩挲土花碧，小立为三<u>叹</u>。

  宋·范成大·律诗首联
  相逢已<u>叹</u>十年迟，冷淡贫交又语离。

  宋·范成大·律诗颔联
  偶问客年惊我老，忽闻莺语<u>叹</u>春深。

[附录]

㈠叹字分录于寒、翰二韵，同录作"歎"，叹的异体字。释义注"叹息、慨叹、咏叹"义同通用。诗例多作仄声。

㈡叹字新四声读作 tàn。①叹气。②赞美：叹服。③吟哦，和唱：一唱三叹。④姓。

【谩】

一、诗韵上平十四寒，母官切，音瞒 mán，欺毁也，缓也，嫚汙也，汗谩也，欺谩也，夸谩，面谩，悖谩。又翰、谏韵。

　　宋·陆游·律诗首联
　　末俗纷纷只自谩，惟公肯向静中观。

　　宋·陆游·律诗颈联
　　村仆欺谩少，邻翁语笑真。

　　宋·杨万里·绝句首联
　　贤尹如何受吏谩，青天白日万人看。

　　宋·苏轼·绝句尾联
　　若教从此成千里，巧历如今也被谩。

二、诗韵去声十五翰，莫半切 màn，欺语也，欺谩也。遭谩，面谩。又寒、谏韵。暂无诗例。

三、诗韵去声十六谏，谟晏切 màn，欺谩，面谩，悖谩。谩与，谩谰。又寒、翰韵。

　　唐·罗隐·律诗颔联
　　多事林莺还谩语，薄情边雁不回头。

　　宋·曾巩·律诗颈联
　　少陵骚雅今谁和，东海风流世谩传。

　　唐·韩愈·诗句
　　崔君初来时，相识颇未惯。
　　但闻赤县尉，不比博士慢。
　　……
　　为官不事职，厥罪在欺谩。

　　宋·陆游·绝句首联
　　老知世事谩纷纷，纸帐蒲团自策勋。

　　宋·苏轼·律诗首联
　　投章献策谩多谈，能雪冤忠死亦甘。

[附录]

㈠谩字分录于寒、翰、谏三韵。释义：欺语，欺谩，义同。参阅新四声释义。

㈡谩字新四声

1. 读作 mán。①用同"瞒"，欺骗。②诋毁。
2. 读作 màn。①通"慢"，轻慢，无礼：谩骂。②缓慢：轻歌谩舞。③通"漫"，空泛：大谩，愿闻其要（《庄子》）。④徒然：学诗谩有惊人句（李清照）。⑤不要：谩叹息。

【谰】

一、诗韵上平十四寒，落干切 lán，诬言相加也，逸言也。诡谰，抵谰，谩谰，又翰韵同。

　　宋·司马光·诗句
　　至乐存要眇，失易求之难。
　　……
　　或欲立私意，妄取旧史刊。
　　古今互龃龉，大抵皆欺谰。

二、诗韵去声十五翰，郎旰切，兰去声làn，逆言，诬言也。言谩谰，满谰，相谰。与寒韵通。

宋·梅尧臣·诗句
朝回思见子，疲马不及换。
蒙评芜累音，亦发颜背汗。
铅刀况易缺，徒假以金焊。
他人焉可欺，适足见谩<u>谰</u>。

[附录]
(一) 谰字分录于寒、翰二韵。释义注：逸言，诬言也，义同通用。
(二) 谰字新四声读作lán。①抵赖。②诬陷，诬妄：无耻谰言。

【潸】

一、诗韵上平十五删，所奸切shān，涕出貌，又潸韵同。

宋·苏辙·律诗颈联
寒煤舒卷开云叶，清露霡流发涕<u>潸</u>。

宋·张舜民·绝句尾联
万里风波行欲尽，停桡南望一<u>潸</u>然。

二、诗韵上声十五潸，数版切shǎn，泪下貌。又所宴切，音汕，涕流貌，雨潸潸，泪潸潸，又删韵同。

宋·黄庭坚·诗句
宫槐弄黄黄，莲叶绿婉婉。
时同二三友，竹轩凉夏晚。
……
长篇题远筒，封寄泪空<u>潸</u>。

宋·仲并·诗句
心求千佛印，手罢七年板。
胜概何时无，羁怀自悲<u>潸</u>。

[附录]
(一) 潸字分录于删、潸二韵。释义注：涕出貌、涕流貌，义同通用。叶韵诗例多仄用。诗例多作平声。
(二) 潸字新四声读作shān。①形容流泪：潸然泪下。②泪水：至今清夜梦，枕衾有余潸（苏轼）。

【讪】

一、诗韵上平十五删，所奸切，音删shān，谤也，谤讪，嘲讪，怨讪，妻妾讪，下流讪。又谏韵。

宋·陆游·律诗尾联
客来常谢病，老钝耐嘲<u>讪</u>。

唐·元稹·诗句
忆在开元馆，食柏练玉颜。
……
学随尘土坠，漫数公卿关。
唯恐坏情性，安能惧谤<u>讪</u>。

二、诗韵去声十六谏，所晏切shàn，谤讪，讪笑，讪骂，妻妾讪，下流讪。毁语也，妄誉，妄毁，又删韵通。

宋·舒岳祥·律诗颔联
孤芳群<u>讪</u>集，一笑百忧多。

宋·梅尧臣·诗句
许公运国储，岁入六百万，
欲倍即能倍，但勿惑谤<u>讪</u>。

宋·欧阳修·诗句
吾生本寒儒，老尚把书卷。
……
庶几垂後世，不默死刍豢。
信哉蠹书鱼，韩子语非讪。

宋·王阮·律诗颈联
子固当承父，臣其可讪君。

[附录]
(一) 讪字分录于删、谏二韵。释义注：谤也，义同，"谤讪"通用。嘲讪，从平声，暂无仄声例句。
(二) 讪字新四声读作shàn。①讽刺，诽谤：讪笑。②羞惭：讪讪地红了脸。③搭讪：为打破尴尬局面而找话说。又作搭赸。

【患】

一、诗韵上平十五删，胡关切，音还huán，弊也，忧也。无患，何足患，同患，不知患，又谏韵同。

宋·苏轼·诗句
不愧惠山味，但无陆子贤。
……
不食我心恻，於泉非所患。

宋·陆游·律诗首联
饶舌忧患始，铭膺劝戒深。

唐·皮日休·诗句
晓景澹无际，孤舟恣回环。
试问最幽处，号为明月湾。
……
对此老且死，不知忧与患。

唐·白居易·诗句
我年日已老，我身日已闲。
……
岂唯乐肥遁，聊复祛忧患。

二、诗韵去声十六谏，胡惯切huàn，疾也，祸也，忧也，恶也，苦也。忧患，防患，边患，祸患，同患，后患，患失，患难。与删韵通。

宋·陆游·律诗颈联
衰迟惭逸气，忧患足危心。

宋·陆游·律诗颈联
均节贫无患，安恬疾可除。

宋·苏轼·律诗颈联
帝假一源神禹迹，世流三患梗尧乡。

[附录]
(一) 患字分录于删、谏二韵。释义注：忧也，义同，"忧患"通用。诗例多作仄声。
(二) 患字新四声读作huàn。①祸害，灾难：水患。②忧虑：患得患失。③害病：患脚气。④苦于：南方患赋重，北方患徭多。⑤姓。

【钿】

一、诗韵下平一先，徒年切tián，金花，妇人首饰。花钿，金钿，钿螺，翠钿，贴花钿，又霰韵同。

宋·杨万里·绝句首联
篱下黄花最恨它，金钿香少泪痕多。

宋·苏辙·绝句首联
遍地花钿叹百年，苍颜白发意凄然。

宋·杨万里·律诗颈联
雪揩玉质全身莹，金缘冰钿半缕纤。

宋·王安石·绝句尾联
金钿一一花总老，翠被重重山更寒。

二、诗韵去声十七霰，堂练切，音电diàn，花钿，金雀钿，钿钗，蝉钿，钿合，又先韵通。

宋·杨万里·律诗颔联
薄揉肪玉围金钿，浅染鹅黄剩素纱。

唐·白居易·律诗颔联
金谷踏花香骑入，曲江碾草钿车行。

宋·晏几道·蝶恋花下阕
分钿擘钗凉叶下，
香袖凭肩谁记当年话。
路隔银河犹可借，
世间离恨何年罢。

宋·陆游·绝句首联
少逢重九事豪华，南陌雕鞍拥钿车。

唐·刘言史·绝句首联
宝钿云和玉禁仙，深含媚靥衮朱弦。

[附录]
(一) 钿字分录于先、霰二韵。"金钿"义同通用。花钿、金钿，诗例多从平声。钿车，诗例多从仄声。
(二) 钿字新四声读作tián又读diàn。
①珠宝首饰。②以金、银、贝壳之类镶嵌的器物：金钿、螺钿。③钱币：铜钿。

【佃】
一、诗韵下平一先，徒年切tián，

治田也，田猎，佃渔与畋同。陆佃，营佃，渔佃，耕佃。又霰韵。

宋·度正·律诗尾联
有言堪记忆，随处是耕佃。

二、诗韵去声十七霰，堂练切diàn，治田也，耕佃，营佃，治佃，佃渔，先韵通。

明·唐寅·绝句尾联
山佃驮柴出换酒，邻翁陪坐自捞虾。

明·陶安·诗句
我闻龟头山，乃在麻城县。
……
低叶拂婆娑，大叶展葱蒨。
草深妨长茂，耘耨如治佃。

[附录]
(一) 佃字分录于先、霰二韵。释义注：治田也，义同通用。
(二) 佃字新四声
1. 读作diàn。租种田地：佃农。也指佃户。
2. 读作tián。①耕作，开垦：方佃作时，且请罢屯（《汉书》）。②捕猎。

【缠】
一、诗韵下平一先，直连切chán，绕也。纠缠，古藤缠，羁缠，缠绕，缠身。又霰韵同。姓，独用。

宋·徐侨·律诗首联
岩泉溅洒著根纤，拳石相依自纠缠。

宋·苏轼·诗句

溪堂醉卧呼不醒，落花如雪春风颠。
我游兰溪访清泉，已办布袜青行缠。

唐·杜甫·诗句

绝塞乌蛮北，孤城白帝边。

……

缺篱将棘拒，倒石赖藤缠。
借问频朝谒，何如稳醉眠。

二、诗韵去声十七霰，持碾切 chàn，绕物也。纠缠也，蛟龙缠，双行缠，藤缠，羁缠，牵缠，丝缠，蔓草缠，睡魔缠。与先韵通。

宋·宋庠·律诗首联

纠缠空惊祸福频，沈舟未拯更摧轮。

宋·罗与之·律诗颈联

不觉儒酸同纠缠，极知妄想尽销磨。

明·刘基·诗句

天王有万国，抚治不能遍。

……

奸贪遂乘隙，民病孰与喧。
大臣国柱石，忧喜相连缠。

[附录]

(一) 缠字分录于先、霰二韵。释义注：绕也、绕物也，义同，"纠缠"通用。

(二) 缠字新四声读作 chán。①扎束，盘绕：缠足。②骚扰，牵绊：纠缠不清。③应付，打交道：难缠。④缠绵：纠缠而不能解脱。⑤通"躔"：日月初躔（《汉书》）。⑥姓。

【煽】

一、词林先韵，式连切，音羶 shān，火盛也。

宋·方回·律诗颔联

盗起屡煽邻县火，军兴全赭近城山。

二、诗韵去声十七霰，式战切，音扇 shàn，炽盛也，火盛貌。鼓煽，狂煽，谗口煽，毒炽煽，云雷煽。

宋·乐雷发·律诗颈联

毕方夜煽杭都火，大角秋缠蜀道兵。

宋·陆游·排闷·诗句

造物冥冥中，与我无一面，
不知获罪由，动辄被诃遣。

……

么然性命微，日畏谗口煽。

明·陶安·诗句

我闻龟头山，乃在麻城县。

……

有蛇白花纹，刚尾插石健。
直立长丈余，吐气毒炽煽。

[附录]

(一) 煽字诗韵录于霰韵，作仄声，先韵无字头。词林分录于先、霰二韵，今增录。释义注：火盛也，通用。

(二) 煽字新四声读作 shān。①火旺，气势盛。②扇火使之旺。③鼓动：煽动。

【狷】

一、词林先韵，圭悬切，音涓，有所

不为也。疑，犹豫也。

宋·刘过·律诗颈联
古者狂狷士，人间自在身。

二、诗韵上声十六铣，古泫切，音琄。或作"猥狷的异体字"，有所不为。狂狷，性狷，狷介，狷狭。

唐·杜牧·诗句
子性剧弘和，愚衷深褊狷。
相舍嚣谤中，吾过何由鲜。
楚南饶风烟，湘岸苦萦宛。

三、诗韵去声十七霰，吉掾切，又古县切，音绢 juàn。狂狷，迂狷，轻狷，忠狷，狷介，铣韵通。

宋·梅尧臣·诗句
君今齿尚壮，好学常不倦。
二者定非惑，吾言亦狂狷。

宋·陆游·诗句
忆昔绍兴中，束带陪众彦，
巍巍阙里门，未尝弃狂狷。

宋·苏辙·律诗首联
少年真狷浅，射策本粗疏。

[附录]
(一) 狷字诗韵录于铣、霰二韵，作仄声，先韵无字头。词林分录于先、铣、霰三韵，今增录。释义注：有所不为，义同。"狂狷"通用。
(二) 狷字新四声读作 juàn。①偏激，急躁：不罪狂狷之言（《汉书》）。②耿直，固执：狷傲自负。③拘谨：狂者有所裁，狷者知

所进（刘球）。④狷介：守分，洁身自好。

【娇】

一、诗韵下平二萧，举乔切 jiāo，妖娆也。阿娇，莺燕娇，鸟声娇，柳眼娇，娇态，娇喘，娇娥，娇艳，娇姿。又酒名。又筱韵。

唐·罗隐·律诗颔联
歌绕夜梁珠宛转，舞娇春席雪朦胧。

宋·苏洞·绝句首联
柳思花情分外娇，青楼消息夜迢迢。

二、诗韵上声十七筱，居夭切，妖娆也。又禹妃名。女娇。眉娇，媚娇，鸟声娇，莺燕娇。又萧韵。

宋·赵善括·律诗颔联
天娇老杉龙欲舞，纵横卧石虎方狞。

[附录]
(一) 娇字分录于萧、筱二韵。释义注：妖娆也，义同通用。诗例多作平声。
(二) 娇字新四声读作 jiāo。①妩媚可爱。②宠爱：娇生惯养。③怕苦，脆弱：娇气。④美女：金屋藏娇。⑤清润，轻柔：风娇雨秀。⑥困倦：侍儿扶起娇无力（白居易）。⑦通"骄"，骄横。

【硗】

一、诗韵下平二萧，起嚣切 qiāo，蹻摘行，又禹所乘也，禹四载泥乘硗，畚硗，乘硗，鹿卢硗，又霁、屑韵。
暂无诗例

二、词林霁韵，增录"橇"。又萧、屑韵。暂无诗例

三、诗韵入声九屑，租悦切cuì，泥行所乘车，或作毳，又萧、霁韵。暂无诗例。

[附录]

(一) 橇字分录于萧、霁、屑三韵。释义注：泥行所乘也，义同通用。

(二) 橇字新四声读作qiāo。①古代在泥路上行走的乘具。②雪橇：在冰雪上拖拉滑行的交通工具。

【烧】

一、诗韵下平二萧，式招切shāo，火也，燃也。羌名。高烧，带叶烧，野火烧，烧烛，烧痕。又啸韵同。

　　宋·苏辙·律诗首联、颔联
　　一卧怜君三十朝，呼医仍苦禁城遥。
　　灵根自逐新阳发，病枿从经野火烧。

　　宋·蒋白·律诗颔联
　　屋腥龙挂影，岩墨电烧痕。

　　唐·刘长卿·律诗首联
　　龙骧校猎邵陵东，野火初烧楚泽空。

　　宋·苏轼·绝句尾联
　　只恐夜深花睡去，故烧高烛照红妆。

二、诗韵去声十八啸，失照切shào，放火也。野火也。山烧，秋烧，引烧，红于烧，烧痕，烧灰。又萧韵。

　　唐·方干·律诗颈联
　　凉风吹古木，野火烧残营。

　　宋·欧阳修·律诗颔联
　　野烧侵河断，山鸦向日飞。

　　宋·曾巩·律诗首联
　　枉渚荒源百里间，草根经烧旧痕乾。

　　唐·白居易·律诗首联
　　夕照红于烧，晴空碧胜蓝。

　　宋·王安石·绝句尾联
　　只恐终随崒嵂尽，西风吹烧满秋原。

　　宋·范成大·绝句首联
　　四股涧松雷斧碎，十围岩桂烧痕枯。

　　唐·司空图·律诗颔联
　　塔影萌泉脉，山苗侵烧痕。

[附录]

(一) 烧字分录于萧、啸二韵。"烧痕、野火烧"通用。"烧香、烧丹、烧酒"暂无仄声诗例。"野烧"暂无平声诗例。参阅新四声释义。

(二) 烧字新四声

1. 读作shāo。①着火。②照射：寺多红药烧人眼（王建）。③加热：烧饭。④烹调方法：(1)烤制。(2)加汤汁煮：烧茄子。⑤体温增高：发烧。

2. 读作shào。①放火烧野草以肥田。②野火：夕照红于烧，晴空碧似蓝（白居易）。

【饶】

一、诗韵下平二萧，如招切ráo，多也，饱也，丰也，厚也，余也，益也，剩也。国名，县名，州名，姓。饶恕，丰饶，富饶，饶舌。

宋·向子谭·浣溪沙上片
绿玉丛中紫玉条，幽花疏淡更香饶。
不将朱粉污高标。

元·王冕·绝句首联
疏枝照清浅，一见兴何饶？

二、词林啸韵，人要切。暂无诗例。

[附录]
(一)饶字诗韵录于萧韵，作平声，啸韵无字头。词林分录于萧、啸二韵，今增录。诗例多作平声，宜取平声。
(二)饶字新四声读作ráo。①富裕；多：(1)丰饶。(2)饶有兴味。(3)饶舌：多嘴；唠叨。②增添；多给：饶一个。③让；饶恕：饶他一回。④安逸：沃地之民多不才，饶也（《淮南子》）。⑤尽管：饶这么严，还是出错。⑥姓。

【敲】
一、诗韵下平三肴，丘交切qiāo，击头也，击也。金镫敲，碧玉敲，风竹敲，蕉雨敲，敲诗，敲秋，敲棋。又效韵同。

刘克庄·六言诗首联
风窗有竹相敲，地炉无叶可烧。

宋·王禹偁·绝句首联
禁鼓楼头第一敲，弯弯新月上林梢。

宋·王令·律诗尾联
思之无见日，梦把客门敲。

二、诗韵去声十九效，苦教切，音侥，击也。闲敲，推敲，僧敲，竹风敲，蕉雨敲。与肴韵通。

宋·王迈·诗句
神明倘见怜，医药须课效。
……
一斤襭三官，连年绝廩稍。
我罪坐狂愚，令受人击敲。

[附录]
(一)敲字分录于肴、效二韵。释义注：击也，义同通用。诗例多作平声。
(二)敲字新四声读作qiāo。①击，叩：僧敲月下门（贾岛）。②推敲，斟酌：明主敲诗曾咏菊（洪秀全）。③敲诈：敲他一笔钱。④短杖。

【磋】
一、诗韵下平五歌，七何切cuō，治象牙曰磋。切磋。又个韵同。

宋·洪咨夔·律诗尾联
西风未用轻分手，尚欲从君细切磋。

宋·王迈·绝句首联
阅君吟稿日频哦，句法金熔字玉磋。

宋·曾丰·律诗首联
轻甘相润泽，清苦自磨磋。

二、诗韵去声二十一个，初卧切，音剉cuò，治象牙曰磋，磨治也。切磋，如磋，角待磋。又歌韵通。

宋·曾巩·诗句
先生卓难攀，材真帝王佐。
皎皎众所病，蜿蜿龙方卧。
……
遥源窅难窥，盘石坦如磋。

宋·曾丰·诗句
大川三百小三千，源委吾须俱勘破。
下从乐职溯商那，上自国风沿楚些。
江西社冷况岭南，喜得君来与磨䃹。

[附录]
㈠ 䃹字分录于歌、个二韵。释义注：治象牙曰䃹、磨治也，义同，"磨䃹"通用。
㈡ 䃹字新四声读作 cuō。磨光，引申为细商量：切磋。

【拖拕】

一、诗韵下平五歌，托何切 tuō，录作拕，俗作拖。拖：曳也，读平声。裙拖，斜拖，烟拖，拖紫，拖练。又哿韵同。

　　宋·王禹偁·律诗尾联
　惆怅昔年曾侍从，而今翻似鼠拖肠。

　　宋·黄庚·绝句首联
　烟拖野色入书窗，一亩平田隔草塘。

　　宋·陆游·绝句尾联
　拂枕欹眠不成梦，却拖藤杖出门行。

二、诗韵上声二十哿，徒可切 tuǒ，录作拕，同拖。引也，又音拓，牵车也。力拖，徐拖，拖舟，又歌韵同。

　　宋·韩维·律诗颈联
　风至披襟后，云消倚拖前。

　　宋·范成大·绝句首联
　背倚天峰涌化宫，横空阁道拖双虹。

宋·王禹偁·诗句
去年七月七，直庐闲独坐。
西日下紫微，东窗晖青琐。
……
玄发半凋落，紫绶空垂拖。

[附录]
㈠ 拕（拖的异体字）分录于歌、哿二韵。释义注：曳也、引也，义同通用。
㈡ 拖字新四声读作 tuō。①牵引，拉：拖车。②下垂：拖辫子。③拉长，延长：拖时间。④不打招呼而随便取走：他常来拖东西。⑤夺：于山中遇盗，拖其衣被（《淮南子》）。

【桦】

一、诗韵下平六麻，户花切，音滑，木名。陶里桦，松桦。又祃韵同。暂无诗例。

二、诗韵去声二十二祃，胡化切 huà，木名，皮可为烛，桦烛，与麻韵通。

　　宋·晁公溯·诗句
　决科在此举，定取一战霸。
　……
　家贫无丝竹，作诗助陶写。
　归时更过我，扪虱同倚桦。

　　宋·陆游·律诗颔联
　拥衾假寐篮舆稳，夹道吹烟桦炬香。

　　宋·苏轼·律诗颔联
　卷帘堂上檀槽闹，送客林间桦烛香。

[附录]
㈠ 桦字分录于麻、祃二韵。释义注：木名，义同通用。

(二)桦字新四声读作huà。木名。

【瘕】

一、诗韵下平六麻，何加切，音遐xiá，病也，又马韵同。同"瑕"，异义。

全唐诗·李后主童谣
索得娘来忘却家，后园桃李不生花。
猪儿狗儿都死尽，养得猫儿患赤<u>瘕</u>。

宋·梅尧臣·诗句
明珠满纸上，剩畜不为奢。
玩久手生胝，窥久眼生花。
尝闻茗消肉，应亦可破<u>瘕</u>。

二、诗韵上声二十一马，举下切jiǎ，腹中久病，病腹。症瘕。又麻韵通。

明·刘基·诗句
绕舍荒池底且寒，蛰蛙齐候鸣雷社。
鸟鸢逐响蛇听音，宁顾入腹生症<u>瘕</u>。

[附录]
(一)瘕字分录于麻、马二韵。释义注：病也，义同通用。
(二)瘕字新四声读作jiǎ。①腹中积块的病。②通"瑕"，污点，缺点：唯恐长疵瘕（柳宗元），引申指过失、罪过。

【爹】

一、诗韵下平六麻，陟邪切diē，羌人呼父也。又哿韵同。

宋·陈著·律诗颔联
唤<u>爹</u>若有褰裳语，恋母犹多泪席痕。

宋·释云岫·颂古尾联
阿<u>爹</u>死了有钱使，醉酒狂歌日日嬉。

二、诗韵上声二十哿，徒可切，音舵duò，北方人呼父。又麻韵通。暂无诗例。

[附录]
(一)爹字分录于麻、哿二韵。释义注：父也，义同通用。暂无仄声诗例。
(二)爹字新四声读作diē。①父。②对老人的尊称。

【些】

一、诗韵下平六麻，写耶切xiē，少也，减些，些些，楚些，又霁、个韵。

宋·杨万里·绝句首联
昨来风日较暄<u>些</u>，破晓来游特地佳。

宋·刘奉世·诗句
当年贾傅去长沙，吊屈无灵赋楚<u>些</u>。
万里不忘宣室夜，未舒三策不成家。

宋·贺铸·浣溪沙下片
笑撚粉香归洞户，
更垂帘幕护窗纱。
东风寒似夜来<u>些</u>。

宋·释师观·偈颂首联
南泉水牯自天然，随分<u>些些</u>任变迁。

二、词林霁韵，又麻、个韵。暂无诗例。

三、诗韵去声二十一个，苏个切，音娑去声suò，楚语词。楚些，招些，九些。又麻、霁韵。

宋·陈师道·诗句
将老蒙误恩，受吊不受贺。
吴吟未至慢，楚语不假些。
怀远已屡叹，论昔先急唾。

唐·殷尧藩·绝句首联
骚灵不可见，楚些竟谁闻。

宋·徐元杰·律诗尾联
观音山路黯，飞些重欷歔。

宋·陆游·书感·律诗首联
楚些难招去斡魂，正令舌在向谁论？

宋·陆游·秋夕·律诗首联
羁魂虚仗些词招，病骨那禁积毁消。

宋·释文礼·颂古首联
薤歌声咽些声长，听得哀哀忽断肠。

宋·苏轼·诗句
我生天地间，一蚁寄大磨。
……
饥贫相乘除，未见可吊贺。
澹然无忧乐，苦语不成些。

[附录]
(一)些字诗韵分录于麻、个二韵。词林分录与麻、霁、个三韵，今增录。"楚些"通用。诗例多取仄声。
(二)些字新四声读作xiē。①表示不定的数量：有些人。②表示多：好些事。③一点儿，少许：些许薄礼。④用在形容词后表示比较的程度：好些了。

【忘】

一、诗韵下平七阳，无方切，音亡wáng，不识也，遗也，病也，无思虑也。善忘，坐忘，忘本，忘忧，忘饥，忘归，忘形，忘怀，忘情，忘机鸟，忘恩，忘年交。又漾韵同。

宋·陆游·律诗首联
放翁虽老未忘情，独卧山村每自惊。

宋·洪咨夔·绝句尾联
坐忘老子慵开眼，强聒痴儿任挽须。

宋·陆游·律诗尾联
赖有铭心语，南华论坐忘。

宋·刘克庄·律诗尾联
但忆初强记，谁知晚健忘。

二、诗韵去声二十三漾，巫放切wàng，遗忘也，志不在也。坐忘，多忘，善忘，健忘，旋忘。又阳韵。

宋·王禹偁·律诗尾联
家门记得咸通事，莫忘论兵夜召时。

宋·范成大·律诗颔联
僚旧姓名多健忘，家人长短总伴聋。

[附录]
(一)忘字分录于阳、漾二韵。释义注：遗忘也，义同，如"健忘"通用。
(二)忘字新四声读作wàng。①忘记，不记得：忘恩负义。②遗弃，不顾念：得意忘形。③无：天下忘干戈之事(《史记》)。④通"妄"：不知常，忘作，凶(《老子》)。⑤通

"亡wáng"，失去。终止，灭亡。⑥通"亡wú"。忘其即亡其。抑或；还是。

【飏颺】

一、诗韵下平七阳，与章切yáng，风所飞扬也，大言而疾，簸飏，貌不扬显，鸟飞去。高飏，舟轻飏，飘飏，烟飏，任风飏，飏言，飏帆，飏飘。漾韵亦押风飏。

  宋·王安石·绝句尾联
窥人鸟唤悠飏梦，隔水山供宛转愁。

  毛泽东·蝶恋花上片一、二句
   我失骄杨君失柳，
   杨柳轻飏直上重霄九。

  宋·林季仲·律诗首联
仕途多汨没，归袖独飘飏。

  宋·陈著·律诗颈联
风舞南人新万户，灰飏西岭旧三归。

二、诗韵去声二十三漾，余亮切，音漾。风飏，飘飏，茶烟飏，征帆飏，飏酒旗。与阳韵通。

  唐·杜牧·绝句尾联
今日鬓丝禅榻畔，茶烟轻飏落花风。

  宋·杨皇后·绝句首联
剪剪轻风二月天，柳丝飘飏倍堪怜。

  宋·张耒·诗句
  我行陈许郊，千里平若掌。
  居民杂荆榛，耕少地多旷。
  野兔乍跳奔，惊鸢或高飏。

  宋·魏了翁·绝句首联
宅在道傍如宝坊，一宵明玉飏新妆。

  宋·魏了翁·绝句尾联
芸鼓渐稀铃索静，茶烟摇飏晚香中。

[附录]

(一)飏字分录于阳、漾二韵。义同，"轻飏、飘飏"通用。

(二)飏字新四声读作yáng。丢开，撇下：教人怎飏（《西厢记》）。

【吭】

一、诗韵下平七阳，胡郎切háng，鸟喉弄吭，引吭。咽也，吞也，又养、漾韵并同。

  宋·陆游·律诗颈联
新晴乾蝶翅，微暖滑莺吭。

  宋·洪咨夔·律诗首联
负卦龟藏尾，鸣皋鹤引吭。

  宋·洪咨夔·律诗首联
万斛精神一握身，清吭宛转欲飞尘。

  宋·陆游·律诗颔联
幽吭弄暖闲相命，劲翮凌风远有声。

  宋·苏轼·诗句
  西斋深且明，中有六尺床。
  ……
  鸣鸠得美荫，困立忘飞翔。
  黄鸟亦自喜，新音变圆吭。

二、诗韵上声二十二养，胡朗切，音沆，鸟喉也，又声也。弄吭，清吭，圆吭。又阳、漾韵并通。

三、诗韵去声二十三漾，下浪切，音沆hàng，鸟喉也。鸟咽声也。鸟吭，圆吭，弄吭，清吭。又阳、养韵并通。

  宋·梅尧臣·诗句
  冒暑驻轮毂，徘徊北壖上，
  ……
  蜻蜓立栏角，朱鲤吹荷浪。
  岸木影下布，水鸟时引吭。

  宋·强至·律诗首联
  清吭临风啭较迟，春光相背去如遗。

  宋·梅尧臣·律诗颔联
  关关哕清吭，蒨蒨发朱蕤。

[附录]
(一)吭字分录于阳、养、漾三韵。释义注：鸟喉弄吭也，义同，如"清吭、引吭"通用。
(二)吭字新四声
1. 读作háng。喉咙，颈项：引吭高歌。
2. 读作kēng。出声，一声不吭。

【偿】

一、诗韵下平七阳，市羊切cháng，还所值也，酬报也。责偿，十倍偿，索谁偿，诗债偿，偿债，偿怨，偿失。又漾韵同。

  宋·陆游·律诗首联
  平生绝爱山居乐，老去初心亦渐偿。

  宋·曾巩·读书·诗句
  吾性虽嗜学，年少不自强。
  所至未及门，安能望其堂。
  ……
  搜穷力虽惫，磨励志须偿。

  宋·刘克庄·绝句尾联
  老去未偿文字债，始知前世孽缘深。

二、诗韵去声二十三漾，他浪切，音尚，义同，还直也。代偿，追偿，责偿，十倍偿，索谁偿，诗债偿。与阳韵通。

  宋·释印肃·诗句
  说有即是无，说无无伎俩。
  不会自转经。依语成妄想。
  梦裏推木轮，信施谁酬偿。

[附录]
(一)偿字分录于阳、漾二韵。释义注：还直也，义同通用。诗例多取平声。
(二)偿字新四声读作cháng。①归还；抵补：得不偿失。②酬报：有偿服务。③满足；实现：如愿以偿。④回答：西邻责言，不可偿也(《左传》)。

【涨】

一、词林阳韵，中良切，音张，义同。

  宋·司马光·诗句
  诚知才智微，吏治非所长。
  惧贻知己羞，敢不益自强。
  因思瓯闽远，南走侵溟涨。

  唐·骆宾王·诗句
  井络双源浚，浔阳九派长。
  沧波通地穴，输委下归塘。
  别岛笼朝蜃，连洲拥夕涨。

二、诗韵去声二十三漾，知亮切，音帐，水大貌也。溢也。南海名。雪涨，寒涨，春涨，涨海，涨痕。

唐·李商隐·绝句首联
君问归期未有期，巴山夜雨涨秋池。

宋·秦观·律诗颔联
润及玉阶春涨雨，光浮藻井夜涵星。

宋·王令·律诗颈联
尘涨风声浊，天昏雪气深。

宋·姜夔·绝句首联
卧榻看山绿涨天，角门长泊钓鱼船。

[附录]
(一) 涨字诗韵录于漾韵，作仄声，阳韵无字头。词林分录于阳、漾二韵，今增录。释义注：义同通用。诗例多作仄声。
(二) 涨字新四声
1. 读作 zhǎng。①水升高。②增长；提高：涨价。③盛：梅残数点雪，麦涨一川云。
2. 读作 zhàng。①体积增大，膨胀：豆子泡涨了。②充满，弥漫。③头部充血：头昏脑涨。④多出来。

【慷】

一、词林阳韵，丘冈切 kāng，《曹操·短歌行》：慨以当慷，忧思难忘。何以解忧？唯有杜康。

毛泽东·律诗颔联
虎踞龙盘今胜昔，天翻地覆慨而慷。

宋·朱熹·诗句
荒榛适剪除，圣谟已汪洋。

亦有皇华使，肯来登此堂。
问俗良恳恻，怀贤增慨慷。

宋·陆游·律诗颔联
徂岁聿云暮，揽衣慨以慷。

元·王冕·律诗尾联
相望多少相思意，倚遍危楼尚慨慷。

二、诗韵上声二十二养，苦朗切 kǎng，慨慷，激昂之意。与"忼"同。慷慨志，慷慨送。

宋·魏兴祖·律诗颈联
慨慷陆公奏，详明贾谊书。

宋·楼钥·诗句
公家忠献公，勋名照穹壤。
……
人多惜公去，地位切台两。
惟公不择地，引义犹慨慷。

[附录]
(一) 慷字诗韵录于养韵，作仄声，阳韵无字头。词林分录于阳、养二韵，今增录。"慨慷"通用。诗例多作平声。
(二) 慷字新四声读作 kāng。①意气激昂。②慷慨：激昂。③胸怀开阔。④感叹。⑤大方，不吝啬。

【怆】

一、词林阳韵，初良切，音昌。悲怆。

近代·宋教仁·律诗尾联
夜阑不成寐，抚剑独怆神。

二、词林养韵，初两切 chuǎng，怆

悦（恍的异体字），失意貌。暂无诗例

三、诗韵去声二十三漾，初亮切 chuàng，悲伤也。凄怆，情怆，怆别，怆恻，怆裂。

唐·冯道·律诗首联
莫为危时便怆神，前程往往有期因。

宋·文同·诗句
余于岐雍间，屡走官道上。
终南百里近，不得迂马访。
……
此意殊未谐，临风一悽怆。

宋·陆游·初夏·律诗尾联
浣花光景应如昨，回首西州一怆情。

宋·苏洞·绝句首联
莲花博士去骑鲸，镜曲回瞻一怆情。

宋·王令·律诗首联
东风柔弱事春权，剧雨无端转怆然。

[附录]
㈠ 怆字诗韵录于漾韵，作仄声，阳、养韵无字头。词林分录于阳、养、漾三韵，今增录。"怆神"通用。诗例多作仄声。
㈡ 怆字新四声读作 chuàng。凄切，伤悲：怆然泪下。

【评】

一、诗韵下平八庚，符兵切 píng，评量，议也，绳理也，官名，邑名，姓。公评，细评，史评，乡评，论评，讥评。又敬韵同。

宋·戴复古·律诗尾联
讥评到泉石，吾敢望知音。

宋·梅尧臣·诗句
一叶与风舞，已知天地情。
将令百果实，竞振群虫声。
陶令欲收秫，豳人思誓觥。
更吟君丽句，谁为写锺评。

宋·陆游·律诗颈联
闲评琴价留僧话，静听松声领鹤行。

二、诗韵去声二十四敬，皮命切 bìng，平言，讥评也。批评，漫评。又庚韵同。

宋·陆游·诗句
观人如观玉，拙眼喜讥评。
得失顾在人，玉固非所病。
……
乃知天下士，成败各有命。

宋·梅尧臣·诗句
我从江南来，挂席江上正。
轻舟自行速，不与风力竞。
……
衮衮不足为，试共幽人评。

宋·陆游·律诗尾联
向来不道无讥评，敢保诸人未及门。

[附录]
㈠ 评字分录于庚、敬二韵。"讥评"通用。诗例多取平声。
㈡ 评字新四声读作 píng。①议论是非高下：评理。②评论：短评，诗评。③评语：好评。④犁的部件。⑤姓。

【侦】

一、**诗韵下平八庚**，丑贞切 zhēn，侦候，探伺也。游侦，中侦，载侦，远侦，预侦，闪眸侦，复塗侦，又敬韵。暂无诗例。

二、**诗韵去声二十四敬**，丑郑切，侦问，探伺也。游侦，候侦，伺侦，探侦，又庚韵。

宋·曾巩·喜寒·诗句
纯阳四时行，无复气节劲。
日火相吐吞，乾离力还併。
……
积阴类潜师，形势久已侦。

[附录]
(一)侦字分录于庚、敬二韵。释义注：探伺也，义同通用。
(二)侦字新四声读作 zhēn。①同"贞"，卜问。②暗中察看，调查：侦探。③探子，间谍。

【莹】

一、**诗韵下平八庚**，永兵切 yíng，玉色也，美石也，明也，凋也，乐名，人名。光莹，玉莹，珠莹，莹魄，莹且润，莹澈骨。又径韵。

宋·吴孔锜·绝句首联
鸣泉出涧洁而莹，尽日锵锵解佩声。

二、**诗韵去声二十五径**，萦定切 yìng，玉色光洁也，与庚韵通。心精明也。同"莹"。又磨莹，聪莹，独用。

宋·岳珂·律诗颈联
晓露走盘珠颗莹，晚风飐盖雪衣寒。

宋·曾几·绝句尾联
水光入座杯盘莹，花气侵人笑语香。

宋·张耒·华月·诗句
华月流春宵，散我高林影。
披衣步其下，爱此扫地静。
吾心方浩然，万境一澄莹。

宋·杨万里·律诗颔联
励操兰薰仍雪莹，作民冬日与春风。

宋·郑侠·律诗尾联
云开与石裂，精莹自分明。

[附录]
(一)莹字分录于庚、径二韵。释义注：玉色也，义同通用。诗例多作仄声。
(二)莹字新四声读作 yíng。①类玉的美石：温乎如玉（宋玉）。②珠玉的光采，引申为明亮、光洁：晶莹。③磨之使光亮：莹拂。④装饰，涂饰。⑤使明白：抱照莹疑怪（韩愈）。⑥通"荧"。迷惑：其谈说足以饰邪莹众（《孔子家语》）。

【廷】

一、**诗韵下平九青**，特丁切，音亭 tíng，平也，正也。人所集之处，布政之所。天廷，朝廷，廷辨，边廷，内廷。与径韵同。

宋·范仲淹·绝句尾联
待看朝廷兴礼让，天衢何敢斗先鞭。

宋·毛滂·律诗首联
内廷吴陆善文书，绝代如公可数渠。

宋·王禹偁·律诗首联
出入西垣与内廷，十年四度直承明。

二、诗韵去声二十五径，徒径切，亭去声，即朝廷之廷，义同。又青韵通。

宋·李薰·诗句
君看青云士，窘步争捷径。
……
彼应疾此固，我亦恶夫佞。
人生出处耳，山林与朝廷。

宋·金君卿·南埜书怀·诗句
险途吁可憎，浅俗浸浇竞。
……
骐骥絷于野，无嫌困泥泞。
一旦亨天衢，挺身立朝廷。

[附录]

(一)廷字分录于青、径二韵。朝廷之廷，义同，叶韵读仄声，通用。诗例多作平声，宜取平声。

(二)廷字新四声读作 tíng。①朝廷。②官府。③通"庭"：满堂盈廷（《论衡》）。

【醒】

一、诗韵下平九青，桑经切 xīng，醉解也，梦觉也。不醒，睡醒，未能醒，梦未醒，酒初醒，我独醒，鸡唤醒。又迥、径韵并同。

宋·陆游·律诗首联、尾联
有客南山至，相携饭野亭。
……
从今同保社，日醉不须醒。

宋·苏轼·律诗尾联
明日酒醒空想像，清吟半逐梦魂销。

宋·戴复古·绝句尾联
今日独醒无用处，为公痛饮读离骚。

宋·陆游·绝句首联
乍晴乍雨忽经旬，半醉半醒还过春。

二、诗韵上声二十四迥，苏挺切 xǐng，义同，醉歇也。独醒，初醒，睡醒，梦醒，唤醒，酒醒，惊醒，清醒，醒目，醒世，又青、径韵俱通。

宋·杨万里·律诗尾联
唤醒老夫江海梦，呼儿索镜整乌纱。

宋·许琮·律诗首联
酒醒雨声至，新欢不可寻。

宋·秦观·诗句
客从南方来，酌我一瓯茗。
我酌初不啜，彊啜且复醒。
既凿浑沌氏，遂出华胥境。

宋·戴复古·律诗尾联
贤似屈平因独醒，不禁憔悴赋离骚。

宋·苏轼·律诗颈联
惊飘簌簌先秋叶，唤醒昏昏嗜睡翁。

宋·白玉蟾·绝句首联
晓风吹醒桃花醉，暮雨添成柳叶愁。

三、诗韵去声二十五径，苏佞切 xìng，酒醒也，睡醒也。梦醒，清醒，初醒，醉醒，未醒，惊醒，鸡唤醒，昏不醒。又青、迥韵俱通。

宋·王令·诗句
长江万顷明如镜，江面无风江水静。
白日当空照江底，蛟穴龙居难隐映。
乱山影落碧波寒，渔翁醉卧愁不醒。

[附录]
(一) 醒字分录于青、迥、径三韵。睡醒也，酒醒也，义同，如"酒醒、独醒"通用。
(二) 醒字新四声读作 xǐng。①酒醉或昏迷后神志恢复正常。②睡后觉来。③觉悟，明白，提醒：醒世恒言。④明显：醒目。⑤用同"腥"。⑥用同"擤"：擤鼻涕。

【胜】

一、诗韵下平十蒸，识蒸切 shēng，任也，举也，堪也，复姓。难胜，能胜，未胜，胜任，胜衣，胜杯，不胜。又径韵。小胜：劝酒女鬟也，独用。

宋·范成大·绝句尾联
揉叶煮泉摩腹去，全胜石髓畏风吹。

宋·苏轼·绝句
霜降红梨熟，柔柯已不胜。
未尝蠲夏渴，长见助春冰。

宋·晁补之·绝句尾联
淮山杨柳春千里，尚有多情忆小胜。

宋·杨万里·绝句首联
山间幽步不胜奇，政是深寒浅暮时。

宋·陆游·律诗首联
家近蓬莱白玉京，草堂登望不胜清。

二、诗韵去声二十五径，诗证切 shèng，负之对。加也，优过之也。克也，州名，又姓。决胜，不胜，制胜，全胜，胜衣，胜日，胜事，胜境，胜游，胜负分。又蒸韵。

宋·黄庭坚·律诗颈联
霸主三分割天下，宗臣十倍胜曹丕。

宋·范仲淹·绝句尾联
江山如不胜，光武肯教来。

宋·陆游·诗句
乃知天下士，成败各有命。
愿君姑安之，天定岂不胜。

宋·范成大·律诗颈联
黄壤无情埋玉树，青衫有道胜金籯。

宋·范成大·绝句首联
潇洒王郎亦胜流，今年何事阻清游？

[附录]
(一) 胜字分录于蒸、径二韵。"不胜"通用。小胜，平声独用。
(二) 胜字新四声
1. 读作 shèng。①赢，胜利。②打败，超过：以少胜多。③克制，制服：不胜悲伤。④优美的：胜迹。⑤盛。⑥胜任，禁得起：高处不胜寒。⑦尽：数不胜数。⑧首饰。⑨姓。
2. 读作 shēng。即肽（有机化合物名）。
3. 同"腥"。

【凝】

一、诗韵下平十蒸，鱼陵切 níng，

水结也，又成也，定也，徐声引调。霜凝，晓寒凝，暗香凝，露华凝，凝结，凝思，凝愁，凝脂，凝滞，凝眸，凝神，又径韵同。

  宋·李吕·律诗首联
  过尽重湖复过山，阴凝忽变雪花团。

  宋·黄庭坚·诗句
  床帷夜气馥，衣桁晚烟凝。
  瓦沟鸣急雪，睡鸭照华灯。

  宋·杨万里·绝句首联
  长乐昏岚着地凝，程乡毒雾噢人腥。

  宋·刘克庄·律诗颈联
  主圣方当亲上辇，时清未可梦凝香。

  清·纳兰性德·律诗颔联
  眼凝清露重，眉敛翠烟深。

二、诗韵去声二十五径，牛孕切nìng，止水也，凝凝。又蒸韵通。

  宋·范成大·律诗首联
  烟凝山如影，云寒日射毫。

  宋·文天祥·发宿迁县·诗句
  夜梦入星槎，晓行随斗柄。
  衣暖露自乾，鬓寒冰欲凝。

  宋·苏辙·律诗颈联
  烟熏晴日云容薄，色凝秋霜玉性奇。

  宋·苏辙·绝句首联
  晓起钟犹凝，朝回露欲干。

[附录]
(一) 凝字分录于蒸、径二韵。"烟凝"通用。诗例多作平声。

(二) 凝字新四声读作níng。①液体变成固体。②形成：鲜血凝成的友谊。③坚定，巩固。④集中，专注：凝神。⑤音调舒缓：凝笳翼高盖（谢朓）。

【凭】

一、诗韵下平十蒸，皮冰切píng，依几也，依也，托也，通冯，姓。外窗凭，曲阑凭，醉中凭，画楼凭，凭几。又径韵。

  宋·陆游·律诗首联
  屏迹山村病日增，乌皮几稳得闲凭。

  宋·刘克庄·律诗尾联
  纵有望乡楼百尺，淡烟衰草莫凭栏。

  宋·陆游·绝句尾联
  身在范宽图画里，小楼西角剩凭阑。

  宋·戴复古·律诗颔联
  依凭林谷住家稳，奔走儿童见客惊。

  宋·刘克庄·律诗颈联
  翠巘供凭几，寒江照读书。

  宋·张耒·绝句尾联
  绀滑秋天称行草，却凭秋雁作挥翰。

二、诗韵去声二十五径，皮命切，凭去声，依几也。曲阑凭，画楼凭，小窗凭，绮楼凭。又蒸韵同。

  宋·王令·诗句
  久撄末俗喧，脱就绿野静。
  方随巾屦便，那暇宾客命。

……
酒阑纷起坐，白发忽两凭。

宋·范成大·律诗颔联
峡中无处堪停棹，雨后今朝始凭阑。

宋·陆游·律诗颔联
不成浮舴艋，故作凭阑干。

唐·白居易·绝句尾联
莫凭水窗南北望，月明月闇总愁人。

宋·刘克庄·律诗尾联
却凭朱楼同望海，一规寒玉帖西南。

宋·陆游·律诗尾联
夕阳又凭阑干立，谁画三山岸帻图？

宋·苏轼·律诗尾联
谁凭阑干赏风月，使君留意在斯民。

宋·杨万里·律诗颔联
竹兼树影眠天底，人凭栏干立镜中。

[附录]
(一)凭字分录于蒸、径二韵，同录作"凭"。"凭阑"通用。诗例多作平声。蒸韵中"凭"与"憑"分列二个字头，"憑"简体字作"凭"，依凭也。
(二)凭字新四声读作píng。①倚靠，仗恃：凭借。②证据：凭据。③根据：凭票入场。④任，随：海阔凭鱼跃。⑤请，请求：凭君莫射南来雁（杜牧）。⑥满：凭不厌乎求索（《楚辞》）。⑦大，盛：帝凭怒（《列子》）。⑧姓。

【糅】

一、诗韵下平十一尤，耳由切róu，践糅，以水润米，必当糅之，使湿。糅躏，糅践。又有、宥韵并同。暂无诗例。

二、诗韵上声二十五有，人九切，践也。杂糅。又尤、宥韵并通。

宋·苏轼·诗句
楚山固多猿，青者黠而寿。
化为狂道士，山谷恣腾糅。

三、诗韵去声二十六宥，人又切ròu，兽足糅地也。芟糅，驰糅，糅践。又尤、有韵并通。

宋·梅尧臣·诗句
闻君奉宸诏，瑞祝疑灵岫。
山水聊得游，志愿庶可就。
……
竞欢相扶持，芒屩恣践糅。

宋·冯时行·律诗尾联
公余成践糅，心事等云闲。

[附录]
(一)糅字分录于尤、有、宥三韵。释义注：践也，义近通用。
(二)糅字新四声读作róu。①糅躏。②践踏，侵凌：糅强翼弱，名四驰也（戴良）。③通"揉"，用手搓擦。

【溲】

一、诗韵下平十一尤，先侯切sōu，淅米声，亦作溲，与有韵异。尊老之称，又有韵。

宋·陆游·诗句
　　吾亲之没今几秋，尚疑舍我而远游。
　　心冀乘云反故丘，再拜奉觞陈膳羞。
　　陶盎治米声叟叟，木甑炊饼香浮浮。

魏晋·刘琨·诗句
　　握中有玄璧，本自荆山璆。
　　惟彼太公望，昔在渭滨叟。
　　邓生何感激，千里来相求。

二、诗韵去声二十五有，苏后切sǒu，老也，老叟也。田叟，钓叟，烟波叟，白叟，邻叟，叟垂纶，叟传道，姜叟，山叟，叟荷锄。又尤韵。

宋·苏轼·律诗颈联
　　赵叟近闻还印绶，竺翁先已反林泉。

宋·戴复古·律诗尾联
　　时无渭滨叟，白首致功名。

宋·刘克庄·律诗尾联
　　应怜垂白叟，计日望回辕。

宋·苏轼·律诗尾联
　　欲向蟠溪问姜叟，仆夫屡报斗杓倾。

宋·陆游·律诗首联
　　雁阵横空送早寒，白头病叟住江干。

宋·刘克庄·律诗尾联
　　从今野叟凝尘几，无复三溪字数行。

[附录]
(一) 叟字分录于尤、有二韵。"淅米声，叟叟"异义，平声独用。"渭滨叟"通用。诗例多作仄声，如：村叟，病叟，野叟，邻叟，一叟，鲁叟，迂叟，蒙叟，枚叟，山叟，智叟，渔叟，鳌叟，醉叟，鳏叟，老叟，樵叟，田叟，龙钟叟，垂白叟，骑驴叟，垂纶叟，深衣叟，扶犁叟，齐物叟。

(二) 叟字新四声
1. 读作 sǒu。年老的男人：童叟无欺。
2. 读作 sōu。象声词。古称蜀为叟：吕布军有叟兵内反（《后汉书》）。

【篓】
一、诗韵下平十一尤，落侯切，音楼lóu，笼也。又虞、有韵并同。

明·刘基·诗句
　　酒酣大笑杂语话，跪拜交错礼数稠。
　　或起顿足舞侏儒，或坐拍手歌匝篓。

二、诗韵上声七麌，力主切，音缕lǔ，小筐，竹笼也。箧篓，又尤、有韵并通。

唐·皮日休·诗句
　　生于顾渚山，老在漫石坞。
　　语气为茶荈，衣香是烟雾。
　　庭从𣗋子遮，果任獳师虏。
　　日晚相笑归，腰间佩轻篓。

三、诗韵上声二十五有，郎斗切，音塿lǒu，笼也，轻篓。又尤、麌韵俱通。

宋·梅尧臣·诗句
　　骚人比画工，丹青出其口。
　　欲分栏下苗，驰奴仍置篓。
　　主人可无咎，所尚非独有。

[附录]
(一) 簍字分录于尤、麌、有三韵。释义注：笼也，义同通用。
(二) 簍字新四声读作lǒu。竹子、荆条编的盛物器具。

【瘤】
一、诗韵下平十一尤，力求切liú，肉起疾也。瘤：流也，流聚而生肿也，瘿瘤也。楠瘤，赘瘤。又宥韵同。

宋·王禹偁·诗句
凭栏忆王粲，望阙同子牟。
自甘成潦倒，无复事声猷。
身世喻泡幻，衣冠如赘瘤。

宋·范成大·律诗尾联
入峡初程风物异，布裙跣妇总垂瘤。

二、诗韵去声二十六宥，力救切，音溜，肿病，赤瘤。又尤韵通。暂无诗例。

[附录]
(一) 瘤字分录于尤、宥二韵。释义注：肿病、肉起疾也，义近通用。
(二) 瘤字新四声读作liú。①体内、体表的赘生物。②物体表面隆起的疙瘩。

【售】
一、诗韵下平十一尤，时流切，音酬chóu，卖物去手也。义兼买卖不许售贵。鸡售，又宥韵同。

宋·孔武仲·诗句
长堤夹天沟，浩荡东风流。

上有骑马客，枯髯清两眸。
……
携金入市卖，十铺不一售。

宋·沈遘·诗句
西风送霜河水落，东都归客不可留。
橘丹尊紫新荐俎，若下醴美不计售。

二、诗韵去声二十六宥，承咒切shòu，卖物出手，卖去也。不售，争售，速售，见售，尤韵通。

宋·苏轼·诗句
日落红雾生，系舟宿牛口。
居民偶相聚，三四依古柳。
负薪出深谷，见客喜且售。

宋·陆游·律诗颔联
潦收溪椴鱼争售，岁乐村场酒易沽。

宋·刘过·律诗首联
匏大从来速售难，依人高戴误儒冠。

宋·胡仲弓·律诗颔联
自是直言难见售，却於大义颇相关。

宋·文天祥·绝句尾联
却笑荆山空自售，未应有智不如葵。

[附录]
(一) 售字分录于尤、宥二韵。释义注：卖物去手也，卖物出手，通用。诗例多作仄声，宜取仄声。
(二) 售字新四声读作shòu。①卖。②达到，实现。

【揉】
一、诗韵下平十一尤，尔由切，音柔

róu。捻也。顺也。以手挻之，揉之使顺善也。娇揉，香可揉，风揉，纷揉，矫揉，暖手揉。

宋·杨万里·绝句首联
日透微风暖，风揉嫩日佳。

唐·归氏子·绝句首联
八片尖裁浪作球，火中焊了水中揉。

宋·杨万里·绝句首联
轻薄西风未办霜，夜揉黄雪作秋光。

二、词林有韵，人久切rǒu，矫揉，屈申木也。

宋·王义山·律诗颈联
蠖屈蛇伸非矫揉，鸢飞鱼跃自升沉。

宋·苏轼·诗句
北风吹寒江，来自两山口。
初闻似摇扇，渐觉平沙走。
孤舟倦鸦轧，短缆困牵揉。

宋·徐积·诗句
谁知花下情，犹能忆杨柳。
中心卒无累，外物任相揉。
余方寓之乐，自号闲人叟。

[附录]
㈠揉字诗韵录于尤韵，作平声，有韵无字头。词林分录于尤、有二韵，今增录。《正字通》注："揉"有平、上、去三声，义实相通，不必分属。即义同通用。
㈡揉字新四声读作róu。①来回擦或搓：揉面。②使木头弯曲或伸直：揉木为耒（《易经》）。③使顺报：揉此万邦（《诗经》）。④错杂：众说纷揉。⑤牵引，攀援：揉木缘崖。

【妊】

一、诗韵下平十二侵，如林切rén，孕也，怀孕。又沁韵同。暂无诗例。

二、诗韵去声二十七沁，汝鸩切rèn，身怀孕也，怀妊。又侵韵同。

唐·彭晓·律诗颈联
女妊朱砂男孕雪，北藏荧惑丙含壬。

[附录]
㈠妊字分录于侵、沁二韵。孕也，义同通用。
㈡妊字新四声读作rèn。妊娠。

【探】

一、诗韵下平十三覃，他含切tān，摸取，试探，寻求，看望。俯探，深探，此中探，探索，探讨，探春，探奇，探梅，探源，探幽，探花游。

唐·李商隐·律诗尾联
自探典籍忘名利，欹枕时惊落蠹鱼。

宋·苏轼·诗句
自昔怀幽赏，今兹得纵探。
长江连楚蜀，万派泻东南。
合水来如电，黔波绿似蓝。

宋·范成大·绝句首联
银须玉璞紫金精，犯难穷探亦有名。

宋·曾巩·律诗颔联
翠岭嫩岚晴可掇，金舆陈迹久谁探。

宋·吴泳·绝句尾联
闻道晚年偏好易，手探月窟足天根。

宋·林光朝·律诗尾联
诸生考古头浑白，禹穴何时更许探。

二、词林勘韵，他绀切，音儳tàn，义同，又覃韵。

唐·李商隐·无题·律诗尾联
蓬莱此去无多路，青鸟殷勤为探看。

宋·苏轼·律诗首联
幽人自恨探春迟，不见檀心未吐时。

宋·文天祥·律诗尾联
风雪江南路，梦中行探梅。

宋·方回·律诗首联
近沿关洛至乾淳，远探羲图未画真。

明·唐寅·绝句尾联
迂疏任是傍人笑，要探梅花信息难。

[附录]
(一)探字诗韵录于覃韵，作平声，勘韵无字头。词林分录于覃、勘二韵，今增录。义同通用。《佩文韵府》覃韵注又勘韵，勘韵查无字头。《唐韵》《集韵》《韵会》《正韵》并他含切，音贪tān。远取之也。伺也。索也。试也。《集韵》《类篇》《韵会》《正韵》并他绀切，音儳tàn。义同。
(二)探字新四声读作tàn。①试图发现：探矿，探口气。②侦察：探案，密探。③看望，访问：探亲。④预先支借：探租黄犊待寒耕（陆游）。⑤伸：探头。⑥过问：方言，探闲事。

【錾】
一、词林覃韵，锄咸切，音谗。又财甘切，音蚕。义并同。

宋·钱公辅·律诗首联
一朵云根压众岚，古传深坎自天錾。

明·徐贲·诗句
商飙吹秋天如蓝，出户圆月生东南。
曾闻月乃七宝合，坳处修补须斤錾。

二、诗韵二十七感，在敢切，音橄qiǎn。镌石也。小凿也。又凿也。雕錾，镌錾。暂无诗例

三、诗韵二十八勘，昨滥切zàn，义同。镌石。雕錾，镌錾。暂无诗例。
[附录]
(一)錾字诗韵录于感、勘韵，作仄声，覃韵无字头。词林分录于覃、感、勘三韵，今增录。义同通用。
(二)錾字新四声读作zàn。①小凿，雕琢金石的工具。②在金石上雕刻。③磨刀出锋。

【兼】
一、诗韵下平十四盐，古甜切jiān，并也，姓。并兼，相兼，难兼，水云兼，兼备，兼济，兼并，兼收，兼有。与艳韵同。

宋·戴复古·律诗颈联
老境可怜归未得，羁怀长是病相兼。

宋·杨万里·律诗颈联
人物王兼谢，诗声岛与郊。

宋·陈师道·律诗颔联
水**兼**汴泗浮天阔，山入青齐焕眼明。

唐·杜甫·律诗颈联
盘飧市远无**兼**味，樽酒家贫只旧醅。

宋·陆游·绝句首联
病与愁**兼**怯酒船，巴歌闻罢更凄然。

宋·陆游·律诗颈联
野实丹**兼**漆，村醪蜜与苴。

二、诗韵去声二十九艳，古念切 jiàn，并也，并兼也。智兼，才兼，难兼，力兼，思兼，职兼。又盐韵通。暂无诗例。

[附录]
(一)兼字分录于盐、艳二韵。释义注：并也，义同通用。诗例多作平声，宜取平声。
(二)兼字新四声读作 jiān。①同时具有：兼收并蓄。②两倍的：风雨兼程。③并吞：兼并。④尽，竭尽。⑤全部，整个：兼天下之众。⑥连，同：江间波浪兼天涌（杜甫）。⑦并且，加之：王气已尽，兼与北只隔一江（《南史》）。⑧颇，很：此心兼笑野云忙，甘得贫闲味甚长（韩偓）。⑨姓。

【砭】

一、诗韵下平十四盐，悲廉切 biān，以石刺病也，石针。攻砭，割砭，针砭，痛砭。又艳韵同。

宋·陆游·律诗颈联
危途本自难安步，恶石何妨更痛**砭**。

宋·范成大·律诗尾联
通身都放下，何用觅**砭**针？

宋·黄庶·律诗尾联
冬温成俗疫，得此胜针**砭**。

二、诗韵去声二十九艳，方验切，音窆，石针，以石刺病也。针砭，痛砭，石砭，廉且砭，铭作砭，砭剂，砭熨。又盐韵通。

宋·刘克庄·律诗颔联
迩英两讲烦箴**砭**，文德三麻待播敷。

宋·陆游·诗句
西郊梅花矜绝艳，走马独来看不厌。
似羞流落蒙市尘，宁堕荒寒傍茆店。
余花岂无好颜色，病在一俗无由**砭**。

宋·苏辙·诗句
渼陂霜落鱼可掩，枯荄破盘蒲折剡。
人生饱足百事已，美味那令一朝欠。
少年勿笑贪七箸，老病行看费针**砭**。

宋·孔武仲·律诗颔联
除疴得针**砭**，作解有风雷。

[附录]
(一)砭字分录于盐、艳二韵。释义注：以石刺病也，义同，如"针砭"通用。
(二)砭字新四声读作 biān。①古时治病用的石针。②针砭：用针扎皮肉治病，引申为救治、医病。③刺，扎：冷风砭骨。④批评，批判：论丧礼痛砭陋习。⑤方言：山坡。

【苫】

一、诗韵下平十四盐，失廉切 shān，

以草复屋也，姓。耕苫，寝苫，披苫，苫块，苫盖，苫茨。与艳韵同。

宋·陆游·律诗尾联
坚忍莫为秋雨叹，牵萝犹足补茅苫。

宋·陈普·律诗尾联
天翁如错误，流涕看苫苴。

宋·刘克庄·律诗尾联
欲买冉溪三亩地，手苫茅栋径移居。

宋·刘克庄·绝句尾联
白发社巫云日吉，明朝渫井更苫墙。

宋·陆游·绝句尾联
物我元须各安稳，自苫牛屋织鸡栖。

二、诗韵去声二十九艳，舒赡切shàn，以草复屋。鸦子苫，白茅苫。与盐韵通。

唐·贾岛·绝句尾联
白茅草苫重重密，爱杀秋天夜雨淙。

宋·梅尧臣·诗句
结庐野田中，其高足以觇。
坐卧劣自容，巢栖未尝厌。
但能风雨蔽，何惜茅蓬苫。

[附录]
(一) 苫字分录于盐、艳二韵。释义注：草复屋也，义同通用。
(二) 苫字新四声
1. 读作 shān。①草编的盖或垫：草苫子。②苫次：常作居亲丧的代称。③颤动。④用同"赡"，供养。⑤姓。
2. 读作 shàn。用物遮盖：苫屋。

【腌】

一、诗韵下平十四盐，于严切 yān，菹也，渍藏物也。韭新腌，盐腌。

宋·陆游·律诗颔联
饼香油乍压，齑美韭新腌。

宋·梅尧臣·诗句
穷腊一尺雪，跨春气逾严。
童仆苦病瘵，庭户无与扶。
日消夜复冻，霰积泥相腌。

二、词林洽韵，于业切，音浥。渍肉也，盐渍鱼也。暂无诗例。

[附录]
(一) 腌字诗韵盐韵录作醃，腌的异体字，作平声，洽韵无字头。词林分录于盐（腌、醃两个字头）、洽（录作腌）二韵，今增录。释义注：渍也，义同通用。诗例多作平声，宜取平声。
(二) 腌字新四声
1. 读作 yān，用盐浸渍食物：腌鱼。
2. 读作 āng。①脏，丑恶：揽这场不分明的腌勾当。②贫困，穷酸：腌见识。

【帆】

一、诗韵下平十五咸，符炎切，音凡 fán，舟上幔。片帆，轻帆，客帆，满帆，征帆，云帆，归帆，孤帆，飞帆，帆影。又陷韵同。

唐·杜牧·绝句首联
石城花暖鹧鸪飞，征客春帆秋不归。

宋·释宝昙·律诗首联
故著青山尽底围，直疑挂起片帆飞。

宋·彭秋宇·律诗首联
西风卷地送凄凉，目断归**帆**落日黄。

唐·李白·绝句尾联
孤**帆**远影碧空尽，唯见长江天际流。

宋·范成大·律诗尾联
西风满棹蒲**帆**饱，秉烛相寻语夜深。

唐·皮日休·律诗尾联
乞求待得西风起，尽挽烟**帆**入太湖。

元·王冕·律诗首联
拍河健橹比长驱，百尺飞**帆**下直沽。

二、诗韵去声三十陷，扶泛切，音梵 fàn，船使风也，随风张幔使舟疾行。远帆，旅帆，徂帆，归帆，孤帆，飞帆。与咸韵微通。

宋·刘删·绝句首联
迴乘一派水，举**帆**逐分风。

唐·王琚·律诗尾联
帝城驰梦想，归**帆**满风飙。

唐·贯休·律诗颈联
孤**帆**好风千里暖，深花黄鸟一声长。

唐·张说·律诗颔联
夏云随北**帆**，同日过江来。

唐·杜甫·律诗首联
浦**帆**晨初发，郊扉冷未开。

[附录]
(一) 帆字分录于咸、陷二韵。"归帆、孤帆"通用。陷韵又通"汎（泛）也"，随风张幔使舟疾行，汎汎然也。
(二) 帆字新四声读作 fān。①船桅上的布篷。②帆船：沉舟侧畔千帆过（刘禹锡）。③张帆行驶：不枉古人书，无因帆江水（韩愈）。④旗、帆等物被风吹拂：江船午帆风（王士祯）。

【嵌】

一、诗韵下平十五咸，口衔切 qián，岩山也，山深貌，嵌岩深谷。崭嵌，岩嵌，穿嵌，空嵌，西嵌，湖嵌，嵌壁，嵌巘。与感韵同。

宋·司马光·诗句
邻几虽久病，始不妨朝参。
饮歠浸衰少，厥逆生虚痰。
逮於易箦辰，皮骨余腔**嵌**。

明·唐顺之·律诗尾联
功成他日谁能颂，海上磨厓大字**嵌**。

唐·王建·绝句尾联
遥指上皇翻曲处，百官题字满西**嵌**。

宋·唐弼·绝句首联
倚天寒碧锁**嵌**空，咫尺丹霄有路通。

二、诗韵上声二十七感，在敢切，音赞 zhàn，开张山貌。坎旁孔，又开也。岩嵌，崭嵌，又咸韵同。

宋·程公许·律诗颔联
带水净涵青甃甓，画屏中**嵌**玉屏颜。

宋·释大观·绝句首联
旋营屋子**嵌**云山，旧日灵泉气象还。

当代·启功·鹧鸪天下片
头尾**嵌**，四边镶，千冲万撞不曾伤。

并非铁肋铜筋骨,匣里磁瓶厚布囊。

[附录]
㈠嵌字分录于咸、感二韵。释义注:义同通用。
㈡嵌字新四声读作qiàn。①把东西卡进别物的凹、缝处。②凹陷,洞穴:峰顶下嵌(徐霞客)。③地名用字:读作kàn,赤嵌。

【巉】

一、诗韵下平十五咸,锄衔切chán,险也,高也,险峻貌,亦作巑。巉岩,岩巉,嵌巉,巉巖。又覃韵同。

唐·温庭筠·律诗首联
紫气氤氲捧半岩,莲峰仙掌共巉巖。

宋·陆游·绝句首联
湖水无风镜面平,巉巖倒影万峰青。

宋·苏轼·律诗首联
溪山愈好意无厌,上到巉巖第几尖。

二、诗韵上声二十九豏,仕槛切chǎn,峻巉貌,高峻貌。绝巉,峰巉,巉铡,巉巖。又咸韵通。暂无诗例。

[附录]
㈠巉字分录于咸、豏二韵。释义注:山高峻貌、险峻貌,义同通用。
㈡巉字新四声读作chán。①山势高险:登巉岩而下望兮(宋玉)。②尖刻:不为巉刻斩绝之言(苏洵)。③地名:甘肃巉口。

平仄亦通亦异多音字

（子目录）

（按"上平一东"至"下平十五咸"顺序排列）

【笼】	254	【施】	271	【虑】	286	【挤】	298
【虹】	255	【其】	272	【咀】	286	【诋】	299
【砻】	255	【睢】	273	【茹】	287	【批】	300
【衷】	255	【司】	274	【沮】	288	【觊】	300
【梦】	256	【治】	274	【疏】	289	【裁】	301
【中】	257	【骑】	276	【如】	290	【傀】	301
【空】	257	【累纍】	277	【酤】	290	【振】	302
【供】	258	【离離】	277	【句】	291	【磷】	303
【纵縱】	260	【丽麗】	279	【瘀】	292	【泯】	304
【从從】	260	【锜】	279	【驱】	293	【填】	305
【雍】	261	【迤迆】	280	【瞿】	293	【分】	305
【缝】	262	【比】	280	【瓠】	294	【斤】	307
【壅】	262	【荠】	281	【污汙】	294	【员】	307
【重】	263	【嶷】	282	【孺】	296	【论】	308
【溶】	264	【孳】	282	【镀】	296	【蜿】	309
【茸】	265	【菲】	283	【觎】	297	【援】	310
【为】	266	【几幾】	283	【菟】	297	【奔】	311
【吹】	268	【誉】	284	【膜】	297	【谖】	312
【思】	269	【狙】	285	【缔】	298	【反】	312

【翰】	313	【嘹】	335	【傩】	357	【菜】	379
【澜】	314	【要】	335	【沱】	358	【经】	380
【漫】	315	【佻】	337	【蹉】	358	【暝】	381
【曼】	316	【燎】	337	【逻】	359	【瞑】	381
【观】	316	【摇】	338	【髁】	359	【溟】	382
【挤拼】	318	【峤】	338	【胯】	360	【屏】	382
【弁】	319	【轿】	339	【望】	360	【听】	384
【攒】	320	【挑】	339	【防】	362	【宁】	386
【难】	320	【缭】	340	【浪】	362	【泾】	386
【冠】	321	【佬】	341	【当】	363	【应】	387
【斡】	322	【跳】	341	【障】	365	【凌】	388
【斓】	323	【料】	342	【泱】	366	【甑】	389
【间】	323	【胶】	342	【抢】	366	【偻】	389
【咽】	324	【教】	343	【攘】	367	【沤】	390
【牵】	325	【钞】	346	【强】	367	【任】	390
【研】	326	【泡】	346	【蒋】	369	【禁】	392
【便】	327	【抓】	347	【妨】	370	【森】	394
【穿】	328	【号】	348	【相】	370	【三】	394
【旋】	329	【骛】	350	【亢】	371	【担】	395
【溅】	330	【漕】	350	【汤】	372	【颔】	396
【闻】	331	【挠】	351	【行】	373	【眈】	396
【缘】	331	【过】	351	【鞅】	375	【淹】	397
【传】	332	【么麼】	354	【令】	376	【渐】	397
【僚】	333	【颇】	355	【更】	377	【谏】	399
【标】	334	【轲】	356	【正】	378	【镰】	399
【哨】	334	【峨】	357	【并】	378		

【说明】

一、字头，如：【壅】。

二、字头之下分项：

（一）该字头所处的平声韵部（多个平声韵部，序号顺延）。

（二）该字头所处的仄声韵部（多个仄声韵部，序号顺延）。

三、字头释义：

【壅】

（一）诗韵上平二冬，于容切 yōng，塞也，障也，遏也，通"雍"。五壅，蔽壅，土半壅。壅塞、壅积，塞也，肿、宋韵同。

（二）诗韵上声二肿，于陇切……

（三）诗韵去声二宋，录作壅，同壅，于用切……

内容均保留《诗韵合璧》《佩文韵府》原注，不作辩释。

四、释义之下，平声、仄声各韵分别录有"诗例"或标示"暂无诗例"。

五、关于"诗例"，"诗例"中该字头下方用下画线"—"标记以醒目，它处于韵脚或处于格律诗的声律节点。"诗例"中遗留有少量繁体字。

六、关于[附录]，上部分依据诗例介绍该字头在"诗韵"中的音义状况；下部分摘录该字头"新四声"读音、释义、例句等（源于现代字典、词典，以供参考，不宜与"古四声"混用）。

七、编撰建言："平仄亦通亦异多音字"中，有一部分两读亦通亦异字多见于古今名家名句，如"供、吹、思、奔、浪、望、令、听"等，已形成"约定俗成"且广泛使用；另有一部分在诗词韵文中一例难求。对此，知之即可，不提倡创作时推广使用。

八、检索步骤：先从"诗韵字表"中查明该字头属于哪一类多音字，然后从总目查找该类多音字"子目录"页码，即可查到该字头。

【笼】

一、诗韵上平一东，卢红切 lóng，举土器，竹籧也。一曰所以畜鸟。又笼罩，又州名，与董韵异。牢笼，烟笼，纱笼，笼括，笼络。

宋·陆游·律诗颈联
蒲龛纸帐藏身稳，香碗灯笼作梦新。

唐·杜甫·野人送朱樱·律诗首联
西蜀樱桃也自红，野人相赠满筠笼。

宋·范成大·绝句首联
谁与幽人暖直身，筠笼冲雪送乌薪。

宋·戴复古·律诗颔联、颈联
新来尝小绿，又胜擘轻红。
大嚼思千树，分甘仅一笼。

宋·陆游·律诗颔联
出笼鹅白轻红掌，藻藻鱼鲜淡墨鳞。

宋·黄庭坚·诗句
丘壑诗书虽数穷，田园芋栗颇时丰。
他日过饭随家风，买鱼贯柳鸡著笼。

宋·梅尧臣·绝句首联
茗园葱蒨与山笼，一夜惊雷发旧丛。

宋·陆游·律诗颔联
委肉本知居几上，翦翎何恨著笼中。

唐·韦庄·绝句尾联
无情最是台城柳，依旧烟笼十里堤。

元·倪瓒·律诗颈联
池水云笼芳草气，井床露净碧桐花。

唐·杜牧·绝句首联
烟笼寒水月笼沙，夜泊秦淮近酒家。

二、诗韵上声一董，力董切 lǒng，箱笼，同"泷"，沾湿貌。竹器，又冬韵兼活用。药笼，书笼，铁笼，笼绊，笼络。

宋·陆游·律诗颔联
倾篮鱼白白，出笼菜青青。

宋·苏轼·绝句尾联
赠君一笼牢收取，盛取东轩长老来。

宋·苏颂·绝句首联
红旗筠笼过银台，赤印囊封贡茗来。

宋·姜特立·绝句首联
香泥筠笼远擎来，曾向河阳县里开。

宋·丘崈·鹧鸪天下片
江日晚，更迟留。争传五马足风流。
论车载酒浑闲事，著笼藏花说未休。

明·高启·律诗颈联
山笼输茶至，溪船摘芰行。

宋·李流谦·律诗颔联
未忘牛背约，端忆笼中书。

唐·王维·律诗颈联
归鞍竞带青丝笼，中使频倾赤玉盘。

宋·陆游·律诗颈联
邻父筑场收早稼，溪姑负笼卖秋茶。

宋·陆游·律诗尾联
闽川茶笼犹霜及，肺渴朝来顿欲苏。

宋·熊蕃·绝句尾联
一尉鸣钲三令趣，急持烟笼下山来。

[附录]

㈠笼字分录于东、董二韵,同录作"籠"。"筠笼、一笼、出笼、著笼、山笼、笼中"通用。余异义,不通用。如"急持烟笼下山来(熊蕃)"与"依旧烟笼十里堤(韦庄)","烟笼"平、仄二例异义,不通用。参阅新四声释义。

㈡笼字新四声

1. 读作lóng。名物义。①用竹木制成盛物或罩物的器具。②囚禁犯人的地方:牢笼。③竹名。笼竹和烟滴雾梢(杜甫)。

2. 读作lǒng。动作义。①遮盖;罩住:笼罩。②收拢;包罗:笼统、笼括、笼络。

【虹】

一、诗韵上平一东,户公切hóng,蝃蝀也,草名,剑名。彩虹,垂虹,虹桥,虹饮涧。绛韵同。

宋·黄庭坚·律诗首联
横阁晴<u>虹</u>渡石溪,几年钥锁镇瑶扉。

唐·陆龟蒙·绝句首联
横截春流架断<u>虹</u>,凭栏犹思五噫风。

宋·苏轼·律诗颔联
东海独来看出日,石桥先去踏长<u>虹</u>。

宋·陆游·律诗首联
落涧泉奔舞玉<u>虹</u>,护丹松老卧苍龙。

二、诗韵去声三绛,古巷切,音绛jiàng,又县名。东韵同。

宋·王十朋·律诗首联、颔联
北望中原万里遥,南来喜见洛阳桥。
人行跨海金鳌背,亭压横空玉<u>虹</u>腰。

(注:音绛,四库本作蛛)

[附录]

㈠虹字分录于东、绛二韵,同录作"虹"。桥的代称,通仄声,读作jiàng。余义异,不通用。诗例多作平声,宜取平声。

㈡虹字新四声读作hóng。口语单用时读作jiàng。①雨后彩虹:色艳叫虹,色淡叫霓。②桥的代称。③虹洞:相连的样子。④通"讧hòng",惑乱。

【砻】

一、诗韵上平一东,卢红切lóng,磨砻,又送韵同。

宋·陆游·律诗颈联
缩项鳊鱼收晚钓,长腰粳米出新<u>砻</u>。

宋·陆游·示友·律诗颈联
学问更当穷广大,友朋谁与共磨<u>砻</u>?

宋·王洋·律诗尾联
寂寞门阑感恩客,曾将顽质谢磨<u>砻</u>。

二、诗韵去声一送,卢贡切,音弄lòng,义同磨谷为砻,又东韵同。暂无诗例。

[附录]

㈠砻字分录于东、送二韵,同录作"礱"。释义注"磨砻"通用。诗例多作平声,宜取平声。

㈡砻字新四声读作lóng。①去稻壳的器具,也指用砻磨稻谷去壳。②磨,磨砺:造兹宝刀,既砻既砺(曹植)。

【衷】

一、诗韵上平一东,陟弓切zhōng,

善也，中也，诚也，通也，姓。折衷，由衷，和衷，衷情，降衷，抚衷，又送韵亦与折衷义同。

> **宋·刘克庄·律诗颔联**
> 诸老不能回横议，孤臣犹记寤清衷。

> **宋·魏了翁·律诗首联**
> 有生同得本来公，凛凛渊冰保降衷。

> **宋·洪皓·律诗尾联**
> 过从莫惮塗泥汙，六艺遗文要折衷。

二、诗韵去声一送，陟仲切 zhòng，当也，不轻不重也。折衷义与东韵通，余异。

> **宋·朱槔·诗句**
> 冥冥纸钱底，千室罗盎瓮。
> 祀先不暇尝，一夜惊入梦。
> ……
> 诗情写物色，心匠与折衷。

> **宋·刘克庄·律诗首联**
> 古书蹖驳承讹久，新义支离折衷难。

> **宋·秦观·诗句**
> 所以古达人，脱身事高纵。
> 我生尤不敏，胸腹常空洞。
> 行谋买竿桄，名理就折衷。

[附录]
(一) 衷字分录于东、送二韵。释义注"折衷"义同通用。余义异，不通用。
(二) 衷字新四声读作 zhōng。①内衣。②内心。③正中不偏。④善，福。⑤通"中 zhòng"。⑥适合，恰当：服之不衷，身之灾也（《左传》）。⑦姓。

【梦】

一、诗韵上平一东，莫中切，音蒙 méng。不明也，又楚谓草中曰梦，通作薎。又送韵异。

> **宋·魏了翁·绝句**
> 早年豪气盖区中，晚岁颓然一病翁。
> 负许才华竟何事，有皇上帝岂梦梦。

> **宋·陆游·律诗颔联**
> 幸能胸著云梦泽，何恨家无担石储。

二、诗韵去声一送，莫凤切 mèng，梦寐，寐中神游，泽名，姓。又东韵异。

> **宋·范成大·律诗尾联**
> 早晚北窗寻噩梦，故应含笑老榆枌。

> **宋·范成大·五绝**
> 窗外尘尘事，窗中梦梦身。
> 既知身是梦，一任事如尘。

> **宋·张耒·律诗颔联**
> 柯家山下有幽筑，云梦泽南非故乡。

[附录]
(一) 梦字分录于东、送二韵，同录作"夢"。"云梦泽、梦梦"通用，平声例句极少。诗例常用"梦寐"义，从仄声。诗例多作仄声，宜取仄声。
(二) 梦字新四声
1. 读作 mèng。①睡时梦境。②愿望，想象。③湖泽。④姓。
2. 读作 méng。梦梦：昏愦。

【中】

一、诗韵上平一东，陟弓切 zhōng，正也，心也，和也，平也，又中央四方之中也。按：中酒之中，平声。中舆之中，去声。又送韵异。

宋·陆游·绝句首联
风雨声豪入梦<u>中</u>，不知身世寄孤蓬。

宋·赵蕃·律诗颔联
已见陈诗歌上寿，更须作颂纪<u>中</u>兴。

宋·杨万里·律诗首联
不堪万虑搅<u>中</u>肠，打破愁城入醉乡。

宋·释绍昙·绝句首联
面皮顽恶发须忪，磨墨元来也不<u>中</u>。

宋·刘克庄·绝句尾联
山人无复金莲梦，稳听琵琶到曲<u>中</u>。

二、诗韵去声一送，陟仲切 zhòng，当也，射中，律中，矢至的曰中，与东韵别。

宋·陆游·诗句
放翁五十犹豪纵，锦城一觉繁华梦。
竹叶春醪碧玉壶，桃花骏马青丝鞚。
斗鸡南市各分朋，射雉西郊常命<u>中</u>。

宋·黄庭坚·诗句
大隗七圣迷，许田连城重。
……
世纷甚峥嵘，胸次欲空洞。
读书开万卷，谋国妙百<u>中</u>。

宋·魏了翁·律诗颈联
壮观要还全盛日，图回须似<u>中</u>兴年。

宋·晁补之·绝句首联
吾慕斯人不以官，会昌一梦<u>中</u>兴间。

宋·曾丰·绝句尾联
不知猫在旁窥伺，才堕其机辄<u>中</u>肠。

宋·陈杰·绝句尾联
正堪持献云霄士，不<u>中</u>山间倦客听。

宋·陈宓·绝句尾联
三百威仪皆曲<u>中</u>，胸中冰雪照人寒。

[附录]
(一) 中字分录于东、送二韵。"中兴"通用，"不中、曲中"按音、义辨读。例句多从平声。参阅新四声释义。
(二) 中字新四声
1. 读作 zhōng。①中间，当中：日中时分。②内里：山中。③中国的简称：古今中外。④半：中途。⑤居间人：中人。⑥不高不低，不偏不倚：中等。⑦通"忠"，适合：中听。⑧古代盛筹的器皿。⑨姓。
2. 读作 zhòng。①适合，恰好对上：中意。②正着目标：百发百中。③感受，受到：中毒。④科考及格：中举。⑤满。

【空】

一、诗韵上平一东，苦红切 kōng，空虚也，大也，尽也，地名，姓。董、送韵并异。

宋·苏轼·绝句尾联
歌咽水云凝静院，梦惊松雪落<u>空</u>岩。

宋·苏轼·绝句尾联
共坐船中那得见，乾坤浮水水浮<u>空</u>。

宋·苏轼·律诗颔联
坐谈足使淮南惧，归去方知冀北空。

宋·苏轼·绝句首联
出处荣枯一笑空，十年社燕与秋鸿。

宋·王炎·律诗颈联
田间老稚交相语，秋后仓箱定不空。

宋·陈著·律诗颈联
经哨地空如大漠，逃生山险甚飞狐。

宋·方岳·绝句尾联
我更鏖空难着语，蹇驴粗记雪桥春。

宋·释法全·绝句首联
相逢把手上高峰，四顾寥寥天宇空。

宋·释法薰·绝句首联
南山近日饭篱空，衲子难教口欱风。

二、诗韵上声一董，苦动切kǒng，穴也，窍也，通作"孔"，又东、送韵并异。暂无诗例。

三、诗韵去声一送，苦贡切kòng，穷也，虚也。空缺也，东、董韵俱异。

唐·白居易·律诗颈联
水南地空多明月，山北天寒足早霜。

清·龚自珍·绝句尾联
此是商鞅垦土令，不同凿空误开边。

宋·陆游·诗句
商周去不还，盛哉汉唐宋。
苏公本天下，谪堕为世用。
……
晚途迁海表，万里天宇空。

宋·邵雍·律诗颈联
台上喧呼成蝶梦，眼前零落空杨花。

宋·章康·律诗颈联
巷深政恐难邀客，地空何妨学种花。

[附录]
(一) 空字分录于东、董、送三韵。"地空、凿空、天宇空"通用。董韵独用。参阅新四声释义。
(二) 空字新四声
1. 读作kōng。①虚，没有东西。②使空虚，万人空巷。③广阔，空旷。④浮泛不实，空想。⑤天空，空中。⑥无，没有。⑦穿通，破。⑧徒然，无效果。⑨仅，只，空余下杨柳烟。⑩指佛门。
2. 读作kòng。①被占用的空间。②欠，缺，亏空。③贫穷，空乏。④闲暇，抽空。⑤可乘之机，钻空子。
3. 同"孔"。

【供】
一、诗韵上平二冬，九容切gōng，设也，供给，姓。上供，供养，岁供，供送，供职，供食。又宋韵。

宋·陆游·律诗首联、颔联
冬日乡闾集，珍烹得遍尝。
蟹供牢九美，鱼煮脍残香。

宋·范成大·绝句尾联
滩声悲壮夜蝉咽，并入小窗供不眠。

宋·苏轼·律诗颈联
吾国旧供云泽米，君家新致雪坑茶。

宋·杨万里·律诗颔联
风月不<u>供</u>诗酒债，江山长管古今愁。

宋·陈师道·律诗颔联
起倒不<u>供</u>聊应俗，高低莫可只随缘。

宋·王禹偁·律诗颈联
山行马拂湘川石，寺宿僧<u>供</u>岳麓茶。

宋·程公许·律诗颈联
红叶不知人恨远，黄花惯与客<u>供</u>愁。

宋·陆游·律诗颈联
瓮头酒压松肪熟，盘里蔬<u>供</u>药苡肥。

宋·张舜民·律诗颈联
上<u>供</u>旋捣新禾米，行部时惊旧水痕。

宋·叶梦得·浣溪沙下片
瓮底新醅<u>供</u>酩酊，城头曲槛俯涳濛。
山翁老去此山间。

宋·吴芾·绝句首联
晚上危亭为少留，亭前暝色已<u>供</u>愁。

宋·陈造·绝句尾联
素娥封殖非无意，准拟公家不尽<u>供</u>。

二、诗韵去声二宋，居用切 gòng，供养。通"共"。上供，斋供，供需。又冬韵。

宋·姚勉·绝句尾联
有鱼不<u>供</u>行人买，莫是渔翁不爱钱。

宋·杨万里·绝句尾联
如何造物者，百巧<u>供</u>先生。

宋·释智愚·颂古首联
好将真法<u>供</u>如来，花在幽岩险处开。

宋·袁说友·诗句
宦海足风波，汹涌百态动。
……
政成余啸坐，事定略衔挫。
人生五马贵，愿公还旧<u>供</u>。

宋·顾逢·律诗颔联
画图看水石，僧<u>供</u>款茶瓜。

宋·曹勋·律诗颈联
晓厨寻晚笋，客<u>供</u>摘新菘。

宋·赵蕃·绝句尾联
闻道城中少蔬<u>供</u>，急令健步走倾筐。

宋·杨万里·绝句尾联
长将潭底水，普<u>供</u>世间人。

宋·杨万里·律诗首联
老禅分得破丛林，薄<u>供</u>微斋也不曾。

宋·高翥·育王寺·律诗颈联
名花千佛<u>供</u>，乔木万夫身。

宋·王洧·绝句尾联
晚烟深处蒲牢响，僧自城中应<u>供</u>回。

宋·陆游·绝句尾联
尚阙邻僧分<u>供</u>米，敢烦地主送园蔬。

[附录]

(一)供字分录于冬、宋二韵。"不供、旧供、僧供、客供、蔬供"通用。在律句的句尾，①读作平声"瓮底新醅供酩酊（叶梦得）"与读作仄声"好将真法供如来（释智愚）、百巧供先生（杨万里）"句式；②读作平声"准拟公家不尽供（陈造）"与读作仄声"名花千佛供（高翥）"句式；③读作平声"亭前暝色已供愁（吴芾）"与读作仄声"尚阙邻僧分供米（陆游）"三类句式，亦通用。余异义，不通用。

(二) 供字新四声
1. 读作 gōng。①供给，供应：供不应求。②通"恭"：富而能供。③姓。
2. 读作 gòng。①祭祀，供奉：供佛。②祭品：蜜供。③陈述案情：供词。④担任职务：供职。⑤安放：兰花供在桌上。

【纵縱】

一、诗韵上平二冬，即容切 zōng，纵横也，通"踪"。纵横志，纵横策，纵横辩。宋韵异。

宋·梅尧臣·诗句
从何求故步，往返自憧憧。
观君百篇诗，善画人形容。
毫发无不似，落笔任横<u>纵</u>。

宋·苏轼·诗句
朝见吴山横，暮见吴山<u>纵</u>。
吴山故多态，转侧为君容。

唐·杜甫·绝句首联
庾信文章老更成，凌云健笔意<u>纵</u>横。

宋·王仲修·绝句首联
银河清浅夜<u>纵</u>横，鱼钥传呼锁禁城。

宋·朱淑真·绝句首联
画舸寒江江上亭，行舟来去泛<u>纵</u>横。

清·龚自珍·绝句首联
终贾华年气不平，官书许读兴<u>纵</u>横。

二、诗韵去声二宋，子用切 zòng，恣也，放也，乱也，纵言。放纵也，

娇纵，天纵，英纵，纵骑，纵谈，纵横术，与冬韵异。

唐·元稹·律诗首联
谢公恣<u>纵</u>颠狂掾，触处闲行许自由。

宋·王禹偁·诗句
申湖在陕服，自昔名所重。
许昌遗唐律，人口尚传诵。
……
量移还恩宥，方寸稍放<u>纵</u>。

宋·司马光·绝句首联
雷鼓千通破大幽，天开狱钥<u>纵</u>累囚。

宋·王令·绝句首联
春城儿女<u>纵</u>春游，醉倚层台笑上楼。

[附录]
(一) 纵字分录于冬、宋二韵，同录作"縱"，纵的繁体字。"纵横（古诗"纵横"从平声，暂无仄声例句）"。余义异，不通用。
(二) 纵字新四声读作 zòng。①发，放。②放任。③广泛地。④直；上下方向；南北方向：纵横交错。⑤虽然，即使。⑥通"怂 sǒng"，纵臾同怂恿。⑦通"踪 zōng"。⑧姓。

【从從】

一、诗韵上平二冬，疾容切 cóng，相听也，顺也，就也，姓。顺从，相从，从来，从政。又宋韵异。

宋·贺铸·律诗尾联
樵朋与渔伴，它日会相<u>从</u>。

清·黄景仁·绝句首联
千家笑语漏迟迟，忧患潜<u>从</u>物外知。

宋·戴复古·律诗颔联
人以廉称少，官从辟奏多。

宋·郑刚中·初夏·律诗颈联
煮酒情怀还是客，异乡歌笑且相从。

明·边贡·绝句首联
自采民风问老农，微行不遣近官从。

唐·徐铉·律诗首联
紫微垣里旧宾从，来向吴门谒府公。

宋·陆游·律诗颔联
客从县令初何有，醉忤将军亦偶然。

二、诗韵去声二宋，疾用切zòng，随行也，欲不可从。宾从，随从，从者，从游。冬韵异。

宋·苏轼·诗句
诗人固长贫，日午饥未动。
偶然得一饱，万象困嘲弄。
……
君为三郡守，所至满宾从。

唐·马怀素·律诗颈联
帝跸千官从，乾词七曜光。

宋·李新·绝句首联
金阖铜枢唤仗开，越班侍从荐高才。

宋·陆文圭·绝句尾联
雪堂二客能相从，姓字当时惜不传。

明·刘昌·绝句尾联
当时官从皆能事，只说相如有谏书。

宋·宋白·绝句首联
南内天花照从官，上皇春醉圣情欢。

[附录]
(一) 从字分录于冬、宋二韵，同录作"從"。"官从、宾从、相从"通用。余异义，不通用。
(二) 从字新四声读作cóng。①跟随。②跟随的人：侍从。③依顺：言听计从。④从事，参加：从军。⑤次要的：从犯。⑥任凭：海阔从鱼跃。⑦自，由：从无到有。⑧向来，一向：从未见过。⑨通"纵zòng"，(1)南北向。(2)放纵：欲不可从(《礼记》)。⑩通"踪zōng"，踪迹。

【雍】

一、诗韵上平二冬，于容切yōng，和也，又四方有水曰雍，水名，姓，又宋韵异。

宋·苏辙·律诗尾联
腐儒最喜南迁后，仍见西雝白鹭行。

宋·王令·何处难忘酒·律诗颈联
万玉丛丹陛，千簪合辟雍。

宋·范成大·律诗颔联
肃雍成孝敬，燕喜助平反。

宋·黄庭坚·绝句首联
平时游此每雍容，掩袂今来对晚风。

二、诗韵去声二宋，于用切yòng，拥也，九州名，又冬韵异。

宋·刘克庄·律诗颔联
诸公从上雍，一老立东门。

宋·苏辙·律诗尾联
不才似我真当去，零落衡茅隔雍岐。

宋·李新·绝句尾联
可怜了了重瞳子，不见山河绕雍州。

宋·欧阳修·绝句尾联
湿尽青衫司马泪，琵琶还似雍门琴。

唐·李商隐·绝句首联
离思羁愁日欲晡，东周西雍此分涂。

[附录]
(一)雍字分录于冬、宋二韵。"西雍"通用。释义"雍容、临雍、辟雍"从平声。地名，州名，如："雍门、雍州、秦雍"取仄声。
(二)雍字新四声读作yōng。①池沼，水泽：振鹭于飞，于彼西雍(《诗经》)。②雍渠：鸟名，即鹡鸰。③和睦，和谐：金石雍谐(《清史稿》)。④通"饔"，熟食。雍人：掌烹调之官。⑤通"壅"，阻塞。⑥通"拥"，持有：雍天下之固(《战国策》)。⑦古州名。

【缝】

一、诗韵上平二冬，符容切féng，补合也，以针缝衣。密密缝，纤手缝，缝纫，缝秋裳。又宋韵异。

宋·王禹偁·律诗颈联
身上霓衣慵整顿，天边华盖会裁缝。

宋·梅尧臣·律诗尾联
化俗似禅衲，破来缝不缝。

宋·萧澥·绝句首联
衣缝密密今垂老，襁褓呱呱渐趁行。

宋·苏辙·律诗颈联
妻孥应念我，风雨未缝衣。

二、诗韵去声二宋，扶用切fèng，衣缝也，石缝，瓦缝，无缝，天一缝，又冬韵异。

唐·贾岛·律诗颔联
石缝衔枯草，查根上净苔。

宋·李若水·律诗尾联
久客天涯衣缝断，梦魂合眼到亲旁。

唐·孟浩然·律诗首联
闺夕绮窗闭，佳人罢缝衣。

[附录]
(一)缝字分录于冬、宋二韵。"缝衣"通用。"衣缝"，应依音、义辨读，释义参阅新四声。
(二)缝字新四声
1. 读作féng。用针线连缀：缝衣裳。
2. 读作fèng。①缝合处，接合处：天衣无缝。②缝隙：门缝。

【壅】

一、诗韵上平二冬，于容切yōng，塞也，障也，竭也，通"雍"。五壅，蔽壅，土半壅。壅塞，壅积，塞也，肿、宋韵同。

唐·元稹·诗句
北祖三禅地，西山万树松。
门临溪一带，桥映竹千重。
……
影帐纱全落，绳床土半壅。

唐·无可·诗句
庐岳东南秀，香花惠远踪。
……
棕径新苞拆，梅篱故叶壅。

宋·罗与之·卫生·律诗首联
屏去鸡壅与豕零，试听我诵卫生经。

二、诗韵上声二肿，于陇切，音勇，壅堨，亦塞也，障也。翳壅，蔽壅，道路壅。壅滞，无壅，与冬韵通。

宋·陆游·绝句首联
三受降城无壅城，贼来杀尽始还营。

宋·梅尧臣·律诗尾联
东风莫摇撼，培壅未应深。

宋·曾巩·诗句
一登此亭高，夐脱藩庑拥。
……
牧放手幽鞭，耕锄躬瘦陇。
尚或此心谐，岂云吾道壅。

三、诗韵去声二宋，录作壅，同壅，于用切 yòng。加土，雍田，培覆根土。塞也，浇灌花草，草名。五壅，道壅，沙漠壅，篱壅，与冬、肿韵并异。

宋·朱长文·律诗颈联
静装松桂仙枝老，深壅芝兰土脉肥。

宋·文同·律诗颈联
簿领无烦壅，图书好燕安。

唐·元稹·诗句
宝地琉璃坼，紫苞琅玕踊。
亭亭巧于削，一一大如拱。
……
居然霄汉姿，坐受藩篱壅。

[附录]
(一) 壅字分录于冬（录作壅）、肿（录作壅）、宋（录作壅）三韵。释义注"塞也"通用，暂无通用的诗例。诗例多作仄声。

(二) 壅字新四声读作 yōng。①阻塞。②蒙蔽。③壅土。

【重】

一、诗韵上平二冬，直容切 chóng，复也，叠也，多也，地名，姓。重叠，又肿、宋韵并异。按"重"训：再、重见之类，平、去亦通。

宋·范仲淹·律诗尾联
莫虑故乡陵谷变，武当依旧碧重重。

宋·杨万里·律诗颔联
十载才重见，百年当几何。

宋·吴芾·律诗首联
碧云暮合首重回，正拟前村共探梅。

宋·陆游·律诗首联
垣屋参差竹坞深，旧题名处懒重寻。

宋·陈与义·绝句尾联
欲识此花奇绝处，明朝有雨试重来。

宋·释智朋·绝句尾联
潮满沙头起寒雁，葛藤芽蘖又重生。

宋·陆游·律诗颈联
万里沧波鸥乍没，千年华表鹤重归。

宋·林光朝·绝句首联
楼橹千重铁作门，不堪聚米更重论。

宋·陆游·绝句尾联
何日群胡遗种尽，关河形胜得重游。

唐·赵嘏·绝句首联
碧树如烟覆晚波，清秋欲尽客重过。

宋·孔武仲·律诗尾联
山齐亦欲君<u>重</u>访，逆水如今是顺流。

二、诗韵上声二肿，直陇切zhòng，厚也，善也，慎也。轻重也，又冬、宋韵并异。暂无诗例。

三、诗韵去声二宋，柱用切zhòng，更为也，厚也，难也，贵也，尊也，甚也。起重，慎重，与冬、肿韵异。又再也，如：重见之类，与冬韵同。

宋·苏轼·律诗颔联
髻<u>重</u>不嫌黄菊满，手香新喜绿橙搓。

唐·李商隐·律诗颈联
锦长书郑<u>重</u>，眉细恨分明。

宋·姚宽·绝句尾联
如何更下章安浦，缥缈山城首<u>重</u>回。

宋·杨时·绝句首联
云根修蔓绿成阴，风雨园林懒<u>重</u>寻。

唐·杜牧·绝句尾联
明年未去池阳郡，更乞春时却<u>重</u>来。

唐·王贞白·律诗颈联
溪鸟寒来浴，汀兰暖<u>重</u>生。

宋·曾丰·绝句尾联
已觉卑飞难得路，未容高蹈<u>重</u>归田。

宋·陆游·律诗颈联
平生旧学宁当负，同志良箴亦<u>重</u>违。

宋·尤袤·律诗尾联
天寒好伴罗浮醉，明月清风许<u>重</u>论。

唐·白居易·律诗首联
泗水亭边一分散，浙江楼上<u>重</u>游陪。

宋·李处权·律诗尾联
典衣尚可供汤饼，畲作清凉肯<u>重</u>过。

[附录]

(一)重字分录于冬、肿、宋三韵。释义注：再，重见之类，平、去亦通，如"重回、重寻、重来、重生、重归、重论、重游、重过"通用。有的词语虽同，还应依音、义辨读。"重见"，暂无通用的诗例。余义异，不通用。

(二)重字新四声

1. 读作zhòng。①重量，重量大：重担。②极，甚：野色重萧条。③重要：任重道远。④庄重：魁然厚重，长者之风。⑤尚，重视：重农轻商。⑥慎，不轻易：重用兵者强，轻用兵者弱。⑦权力：窃君之重。⑧通"湩dòng"，乳汁。⑨姓。

2. 读作chóng。①重叠：重床架屋。②再次：重振旗鼓。③连累，牵连。④量词，层：万重浪。⑤通"穜tóng"，先种后熟的农作物。

【溶】

一、诗韵上平二冬，余封切róng，人名(明·吴宽律诗首联：晏眠不觉过残冬，枕上哦诗仿鲍溶)。又月盛貌(唐·许浑诗句：林疏霜撼撼，波静月溶溶)。水盛貌，摇溶，溶溶水貌，肿韵同。

宋·张耒·绝句首联
花枝袅袅水<u>溶溶</u>，杨柳轻明二月风。

宋·崔敦诗·绝句首联
日溶凤沼摇波暖，云护龙楼倒影长。

二、诗韵上声二肿。余陇切，音勇，动溶，汹溶。摇溶，水波溶溶，水貌与冬韵同。

宋·王安石·诗句
地卷江海浮，天吹河汉涌。
北风散作花，巧丽世无种。
……
赖逢阳气蒸，转作水波溶。

[附录]
(一) 溶字分录于冬、肿二韵。释义注"水貌"通用，暂无通用的诗例。人名，月盛貌，异义，不通用。水盛貌，仄声叶韵。诗例多作平声，宜取平声。
(二) 溶字新四声读作róng。①在液体中化开：溶化。②水盛。③摇动：黄龙摇溶天上来（李商隐）。

【茸】

一、诗韵上平二冬，而容切róng，草生貌。绿茸，蓊茸，茸修，紫茸，草聚貌稍别，又肿韵。

宋·贺铸·律诗颔联
襟芊不加带，犹如被蒙茸。

宋·文同·绝句首联
一色阴云蔽晓空，粉英琼屑乱茸茸。

宋·司马光·绝句首联
脍肉纷银缕，兰牙簇紫茸。

宋·杨万里·绝句尾联
行到秋苗初熟处，翠茸锦上织黄云。

二、诗韵上声二肿，乳勇切rǒng，草生貌。聚貌，阘茸，与冬韵异，余同。修茸，龙茸，荒茸，绿云茸，蓊茸。

宋·魏了翁·诗句
烟草暝江湖，霜风缬郊垄。
黎明北门道，杂遝冠盖拥。
……
帝念夔子国，侧耕地荒茸。

宋·阮阅·绝句尾联
万岫千岩皆阘茸，一峰孤秀不须多。

宋·仲并·诗句
九重圣端拱，慨念人材重。
澄清鸳鹭行，拔尤锄猥茸。

明·顾璘·诗句
蕉岭何嵯峨，峻极侵汉耸。
岩峦势崚嶒，草树影蒙茸。
羊肠仄径回，螺髻尖峰拥。

[附录]
(一) 茸字分录于冬、肿二韵。释义注"草生貌""蒙茸"通用，平声例句较多。"草聚貌"有别，不通用。"阘茸"，从仄声独用。参阅新四声释义。
(二) 茸字新四声
1. 读作róng。①柔细的（毛、发、草等）：茸毛。②通"绒"，刺绣用的丝线（高启诗句：绣茸留得唾痕香）。③鹿茸。
2. 读作rǒng。①推入。②阘茸：阘，小户；茸，小草。引申为地位卑下，品格卑鄙。也作阘茸：阘茸之辈。

【为】

一、诗韵上平四支，薳支切wéi，治也，使也，作造。不为，有为，难为，不可为，作为，修为，何为，为期，为云，为刀俎。又母猴也，又造作也，又姓，置韵异。

  宋·陆游·律诗尾联
苦学勿为干禄计，宦途虽乐不如归。

  宋·戴复古·律诗颈联
能转祸为福，毋令圣作狂。

  宋·王禹偁·绝句尾联
见说解梁难种植，此君相别若为情。

  宋·张舜民·律诗颔联
斋前怪石曾为枕，门外长杨忆系船。

  宋·周麟之·绝句尾联
起就汉宫三十六，固知无德只为殃。

  宋·陆游·绝句尾联
饱饭不为明日虑，酣歌便过百年中。

  宋·陆游·律诗颔联
正使有为终淡泊，未能无疾已轻安。

  宋·陆游·绝句尾联
三十五年身未死，却为天下最穷人。

  宋·陆游·律诗颈联
萧散且为无算饮，猖狂未免不平鸣。

  宋·王禹偁·绝句首联
谪居不敢咏江蓠，日永门闲何所为。

  宋·陈宓·律诗首联
擎天端作柱，度汉可为梁。

  宋·王令·绝句尾联
旁人莫道能为雨，惟恨青山未得归。

  宋·施枢·律诗尾联
得丧总为身外事，不如委命乐樵苏。

  宋·詹初·绝句首联
心如明月物如云，心放应为物所分。

  宋·唐仲友·律诗首联
凌寒不独早梅芳，玉艳更为一样妆。

  宋·晁补之·绝句首联
半刺还为权刺史，朝衙不坐坐铃斋。

  宋·韩维·律诗首联
早为书殿同游客，尝贰侯藩共理臣。

  宋·赵蕃·绝句首联
两岸多为激水轮，创由人力用如神。

  唐·元稹·绝句首联
曾经沧海难为水，除却巫山不是云。

  近代·鲁迅·律诗颈联
横眉冷对千夫指，俯首甘为孺子牛。

  宋·戴复古·律诗首联
北风三日弭行舟，登陆因为岛寺游。

二、诗韵去声四寘，于伪切wèi，缘也，被也，获也，与也，助也。谁为，何为，为名利，为天下，为谁忙，为酒贫，为我留，与支韵异义。

  宋·黄庭坚·律诗颈联
春入莺花空自笑，秋成梨枣为谁攀。

  唐·罗隐·绝句尾联
采得百花成蜜后，为谁辛苦为谁甜？

宋·司马光·律诗尾联
勿<u>为</u>卑飞困，青冥尽此来。

唐·姚岩杰·律诗尾联
圣朝若<u>为</u>苍生计，也合公车到薜萝。

宋·贺铸·绝句首联
丞相园林半手栽，清樽曾<u>为</u>几人开。

宋·陈景沂·绝句尾联
只<u>为</u>北枝太寒苦，东君消息故应迟。

宋·陆游·律诗颔联
纵无夜雨何曾寐，不<u>为</u>秋风也自愁。

宋·王柏·律诗首联
圣贤不出此心公，有<u>为</u>为之未必充。

宋·陆游·律诗尾联
一尊尚有临邛酒，却<u>为</u>无忧得细倾。

宋·陆游·律诗尾联
一杯且<u>为</u>江山醉，百万呼卢迹已陈。

宋·宋祁·律诗尾联
瑶华何所<u>为</u>，从古伴离忧。

宋·陈与义·律诗尾联
可<u>为</u>一官妨快意，眼中唯觉欠扁舟。

宋·陈师道·绝句尾联
千乘莫从公子後，百壶能<u>为</u>故人东。

宋·赵兰皋·律诗首联
总<u>为</u>门无马足尘，败簧悬壁亦天真。

宋·杨皇后·绝句尾联
将见红葩斗新艳，君王应<u>为</u>探花来。

宋·吴芾·绝句首联
我老只思还旧隐，君今更<u>为</u>卜新阡。

宋·程公许·绝句尾联
龛中片石费锥鉴，还<u>为</u>两翁须点头。

宋·刘克庄·律诗尾联
不知谁侍传柑宴，早<u>为</u>君王靖塞尘。

宋·杨万里·律诗首联
吾诗多<u>为</u>海棠哦，花意依前怨不多。

宋·赵蕃·绝句首联
日和犹有采花蜂，日冷凄然难<u>为</u>容。

明·唐寅·律诗颈联
漏刻已随香篆了，钱囊甘<u>为</u>酒杯空。

明·唐寅·绝句尾联
有人独对芭蕉坐，因<u>为</u>春愁不放心。

[附录]

(一) 为字分录于支、置二韵，同录作"為"。"勿为、若为、曾为、只为、不为、有为、却为、且为、所为、可为、能为、总为、应为、更为、还为、早为、多为、难为、甘为、因为"通用。在律句的句尾，①读作平声"溪山好处便为家（苏轼）、简斋绝句天为笑（方蒙仲）"与读作仄声"怨月愁烟长为谁（晏几道）、岁岁花开知为谁（李顺）"句式；②读作平声"莫把我言为戏弄（宋太宗）、雨顺风调为上瑞（宋太宗）"与读作仄声"暂时流转为风光（苏轼）、和霜和月为精神（张道洽）"二类句式，亦通用。余义异，不通用。

(二) 为字新四声

1. 读作wéi。①做，干。②制，造。③成为，变成：一分为二。④治理：为川者决之使导（《国语》）。⑤是，作为：十寸为一尺。⑥谓，以为。⑦被：为群众所乐见。⑧加重语气：尤为重要。⑨感慨，诘问：何以家为。⑩姓。
2. 读作wèi。①因：为有牺牲多壮志。②表示行为对象。替；给：为人民服务。③表示目的：为实现理想而奋斗。④与，对：不足为外人道。⑤通"伪"，假装。

【吹】

一、诗韵上平四支，昌垂切chuī，嘘也。如风嘘，嘘嘘之类，与置韵异。又笙吹，横吹之类亦通。

宋·杨万里·绝句尾联
好风借与归船便，吹近琼林却不吹。

宋·岳珂·绝句首联
曾见中庭舞素衣，夜凉桂殿玉笙吹。

宋·释祖珍·绝句尾联
贴肉汗衫才脱下，横吹木笛倒骑牛。

宋·张镃·绝句首联
阵阵翻空回旋飞，缀巾沾袖却横吹。

宋·杨公远·律诗尾联
却喜虚檐外，清吹满竹林。

宋·赵彦端·鹧鸪天上片
有女青春正及笄。蕊珠仙子下瑶池。箫吹弄玉登楼月，弦拨昭君未嫁时。

宋·林逋·律诗尾联
堪笑胡雏亦风味，解将声调角中吹。

宋·陆游·绝句尾联
夜阑卧听风吹雨，铁马冰河入梦来。

二、诗韵去声四置，尺伪切chuì，乐正（古乐官之长）习吹。鼓吹，蛙吹之类与支韵异。又笙吹，横吹之类亦通。

宋·杨万里·律诗颈联
松梢鼓吹汤翻鼎，瓯面云烟乳作花。

宋·杨万里·律诗颈联
风才小动即停吹，竹自不凉那及人。

宋·陆游·诗句
香火课夙兴，风月留晚睡。
直言散吏闲，亦未尽无事。
旧闻云台翁，高枕阅尘世。
至今青嶂间，鼻息乱松吹。

唐·张说·律诗尾联
何时枉飞鹤，笙吹接人间。

宋·释崇岳·绝句首联
少林无孔笛横吹，此曲谁人和得亲。

宋·王安石·诗句
绿草无端倪，牛羊在平地。
芊绵杳霭间，落日一横吹。

宋·杨亿·律诗首联
兰台清吹指冠缕，薤草新居对渺弥。

宋·曹勋·诗句
朝来天无风，秋旸剧炎锐。
当午屏翳动，松竹发清吹。

宋·岳珂·绝句首联
池上繁红沁曙霞，喧天箫吹教坊家。

宋·张元干·律诗颈联
松荫晴泉听落涧，蝉嘶晚吹助裁诗。

宋·陆游·律诗颔联
闲愁掷向乾坤外，永日移来歌吹中。

宋·陆游·律诗首联
常年春日少春晴，拂面今朝暖吹轻。

宋·释道枢·颂古首联
谁将画角吹江城，一曲梅花隔岸听。

[附录]
(一)吹字分录于支、置二韵。"笙吹、横吹、清吹、箫吹"通用。在律句的句尾，①读作平声"解将声调角中吹(林逋)、短笛无腔信口吹(雷震)"与读作仄声"风才小动即停吹(杨万里)"句式；②读作平声"夜阑卧听风吹雨(陆游)"与读作仄声"拂面今朝暖吹轻(陆游)"句式；③读作平声"屋上松风吹急雨(辛弃疾)"与读作仄声"谁将画角吹江城(释道枢)"三类句式，亦通用。余义异，不通用。
(二)吹字新四声读作chuī。①吐气，吹奏。②空气流动。③说大话。④传播，谈论。⑤事情不成功。⑥姓。

【思】

一、诗韵上平四支，息兹切 sī，睿也，念也，虑也，愿也，又姓。苦思，春夜思。相思，梦思，两地思，思虑，思旧，思慕，思乡。语起词(思齐，思乐)。语己词(咏思，格思)。念也与置韵同。又语己词，又州名与置韵异。

宋·苏轼·律诗尾联
岂敢便为鸡黍约，玉堂金殿要论思。

宋·秦观·律诗颈联
天涵秋色山山共，树搅乡思叶叶重。

宋·孙应时·律诗颔联
百岁难逃少壮老，多思何益去来今。

宋·释重显·律诗尾联
欲究劳生问，归思莫厌频。

唐·张旭·绝句首联
濯濯烟条拂地垂，城边楼畔结春思。

宋·陈元晋·律诗颈联
苦思那有酸寒气，妙斫浑无斧凿痕。

宋·方回·律诗尾联
反终更原始，不寐试深思。

宋·司马光·绝句首联
遥思花寨交横锦，未分春心斗顿灰。

宋·黄庭坚·律诗首联
文思昭日月，神武用雷霆。

宋·富弼·绝句尾联
拟将敛黛强消遣，却是幽思苦未兰。

宋·杜范·律诗首联
纳履终朝役，挑灯独夜思。

唐·郑准·律诗首联
洛阳才子旧交知，别后干戈积咏思。

宋·冯时行·律诗颈联
一年已是逢寒食，千里谁能慰客思。

宋·戴复古·绝句尾联
白首归来入诗社，犹思渭北与江东。

宋·陈宓·绝句首联
南方地暖开仍早，容易离思岁月长。

宋·王柏·律诗颔联
清思奎画重，忠简物情怜。

宋·陆游·绝句尾联
每过名山思小憩，天风浩浩不容留。

宋·陆游·律诗尾联
日长倦睫惟思闭，茗碗真须抵死宽。

宋·马之纯·绝句首联
松山父老至今思，尝问将军归不归。

二、诗韵去声四寘，相吏切 sì，念也。春思，乡思，文思，旅思，幽思，才思，绮思，妙思，诗思，遐思。又支韵稍分动静。

宋·苏轼·绝句尾联
岭北霜枝最多思。忍寒留待使君来。

宋·欧阳修·律诗颈联
夜闻归雁生乡思，病入新年感物华。

宋·陆游·律诗颔联
吴樯楚舵动归思，陇月巴云空复情。

宋·戴复古·律诗颈联
杨柳含春思，梅花耐岁寒。

唐·刘威·律诗颔联
都由苦思无休日，已证前贤不到心。

唐·许浑·律诗首联
吴歌咽深思，楚客怨归程。

唐·马戴·律诗颔联、颈联
炎州结遥思，芳杜采应空。秦雁归侵月，湘猿戏袅枫。

宋·刘克庄·律诗颔联
素无文思加衰竭，薄有时名合折磨。

宋·王安石·绝句首联
千古雄文造圣真，眇然幽思入无伦。

宋·贺铸·律诗尾联
孤蓬别夜思，霜月满沧洲。

唐·昙域·律诗颈联
凉风吹咏思，幽语隔禅关。

宋·丘葵·律诗颔联
客思凄凉无奈老，水光潋滟最宜秋。

唐·陆龟蒙·绝句首联
横截春流架断虹，凭栏犹思五噫风。

宋·朱淑真·律诗颔联
秋色夕阳俱淡薄，泪痕离思共凄凉。

宋·宋祁·绝句尾联
早须跋马收清思，莫看沈西日暮云。

宋·苏轼·绝句首联
柴桑春晚思依依，屋角鸣鸠雨欲飞。

唐·方干·律诗首联
御题百首思纵横，半日功夫举世名。

宋·伍乔·律诗首联
匹马嘶风去思长，素琴孤剑称戎装。

宋·吴泳·绝句首联
花含别墅无边思，水放长渠自在流。

[附录]
㈠ 思字分录于支、寘二韵。"多思、归思、乡思、春思、苦思、深思、遥思、文思、幽思、夜思、咏思、客思、犹思、离思、清思"通用。在律句的句尾，①读作平声"每过名山思小憩（陆游）"与读作仄声"御题百首思纵横（方干）、柴桑春晚思依依（苏轼）"句式；②读作平声"日长倦睫惟思闭（陆游）"与读作仄声"匹马嘶风去思长（伍乔）、正在有情无思间（范成大）"句式；③读作平声"松山父老至今思（马之纯）"与读作仄声"花含别墅无边思（吴泳）、欲去还留无限思（黄公度）"三

类句式，亦通用。余异义，不通用。如"论思、相思、梦思、思虑、思乡"，从平声，暂无仄声例句。又如"绮思、妙思、诗思、巧思、冶思"，从仄声，暂无平声例句。

(二) 思字新四声

1. 读作 sī。①考虑；想：百思不解。②思想；想法：构思。③心情，思绪：俱怀逸兴壮思飞（李白）。④想念。⑤悲伤；哀愁。⑥助词。用于句首或句中（无义）：无思不服（《诗经》）。⑦语气词，啊：今我来思，雨雪霏霏（《诗经》）。⑧姓。

2. 读作 sāi。腮，于思：形容胡须多。

【施】

一、诗韵上平四支，式支切 shī，张也，用也，加也，施施，喜悦之貌，姓。设施，施与，又置韵。按："设施"之施，平声。"施与"之施，平去通韵。措施，西施，恩施，施惠，施舍，施教，施德。

宋·徐钧·绝句尾联
后来医国非无药，仁义良方惜不施。

宋·黄庭坚·诗句
和氏有尺璧，楚国无人知。
青山抱国器，岁月忽如遗。
……
吴溪浣纱女，不用朱粉施。

宋·陈棣·律诗颔联
瓶罂虽屡罄，砭剂已难施。

宋·邵雍·律诗颈联
返魂丹向何人用，续命汤於甚处施。

宋·仇远·律诗颔联
不愿青黄施断木，且将苍白看浮云。

宋·胡寅·律诗颈联
金重百斤兼赐爵，车高一丈更施茵。

宋太宗·律诗尾联
阳施阴授宜消息，不识时人在眼前。

二、诗韵去声四置：

施①，施智切 shì，惠也，与也。"施与"平去通押。布施，厚施，普施，恩施。设施之施，义不通。

施②，羊吏切 yì，及也，延也。施施，帝皇施，葛藟施，茑萝施，与本韵异义。

宋·陈宓·绝句
天生栋梁质，挺挺自幽伦。
斧斤浑不施，绕柱起龙鳞。

宋·范成大·律诗尾联
大施门开须满愿，愿均此施匝天涯。

宋·刘克庄·律诗颈联
药贵逢人施，方灵克日痊。

唐·刘崇龟·绝句首联
碧幢仁施合洪钧，桂树林前倍得春。

宋·何耕·绝句尾联
布施与他三尺地，休夸谁弱又谁强。

宋·余靖·律诗颔联
深恩未报云天施，弱质易惊蒲柳秋。

宋·魏野·律诗颈联
炉中香想诸方施，笼里灯应数世传。

宋·王柏·律诗颔联
共期霖雨施，忽掩斗枢光。

宋·刘克庄·律诗颔联
赐金存日施，遗珥病时分。

宋·毕田·绝句尾联
绿丝绦带何人施，长到春来挂满林。

宋·苏轼·律诗尾联
未信诸豪容郭解，却从他县施千金。

宋·钱闻诗·律诗首联
庙奉神龙乐施钱，薛君矫首亦行天。

唐·周昙·绝句尾联
是知阳报由阴施，天爵昭然契日彰。

[附录]
(一) 施字分录于支、置(分录两个字头)二韵。"不施、阳施与阴施"通用。在律句的句尾，①读作平声"续命汤於甚处施(邵雍)、中郎制作遂无施(王安石)"与读作仄声"深恩未报云天施(余靖)、炉中香想诸方施(魏野)、共期霖雨施(王柏)、赐金存日施(刘克庄)"句式；②读作平声"不愿青黄施断木(仇远)"与读作仄声"却从他县施千金(苏轼)、都人长见施金钱(杨亿)、槛前常有施生台(苏颂)"句式；③读作平声"五车安重惠施多(刘克庄)"与读作仄声"庙奉神龙乐施钱(钱闻诗)、须信文儒泽施长(苏颂)、不择贫家荷施平(王之道)"三类句式，亦通用。余义异(如：张也，用也，加也，设施之施)，不通用。置韵施②，音yì，与本韵"施①"及支韵异义，独用。参阅新四声释义。

(二) 施字新四声
1. 读作shī。①施行；施展。②设置。③给于；施舍：施恩。④用上，加上：施肥。⑤通"弛chí"，解脱；遗弃。⑥姓。
2. 读作yì。①蔓延；延续：施及三王（《庄子》）。②通"移yí"，变易：德畜不施(曾巩)。③通"迤yǐ"，斜行。

【其】

一、诗韵上平四支，"其"字分列两个字头：

其①：渠之切 qí，语助辞，指物之词，又岂也，姓，与置韵异。

其②：居之切 jī，语辞，置韵同。

宋·赵蕃·绝句首联
南风纵急但温其，小雨虽微却透肌。

元·释梵琦·渔家傲下片
赵括才疏空自许。强秦用间欺其主。
四十万军生入土。悲前古。
至今鬼哭长平下。

宋·刘克庄·诗律颔联
掉齿房舌何其易，斩郅支头岂不豪。

宋·姜夔·鹧鸪天下片
欢正好，夜何其。明朝春过小桃枝。
鼓声渐远游人散，惆怅归来有月知。

宋·赵蕃·律诗颈联
羲和送日何其怯，天女司花不解神。

宋·方蒙仲·绝句首联
方见横斜忽乱飞，噫其造物未昌时。

唐·李频·律诗尾联
客有归欤叹，凄其霜露浓。

清·龚自珍·绝句首联
志乘英灵琐屑求,岂其落笔定阳秋。

二、诗韵去声四置,居吏切 jì,语气助词,彼其,与支韵"其①"异,与支韵"其②"通。

宋·方岳·水调歌头下片第一句
夜何其,秋老矣,盍归来。
试问先生归否,茅屋欲生苔。
……

宋·苏洞·律诗尾联
彼其皆车服,嗟嗟如命何。

元·余阙·律诗首联
鄂渚会江汉,兹亭宅其幽。

[附录]
(一) 其字分录于支、置二韵。支韵"其"字分列两个字头,其①:音 qí,平声独用;其②:音 jī,助语辞,与置韵通,如"夜何其"通用。余异义,不通用。参阅新四声释义。
(二) 其字新四声
1. 读作 qí。①他(她、它)的;他(她、它)们的:各得其所。他(她、它);他(她、它)们:任其自流。②那个,那样:不厌其烦。③虚指:忘其所以。④表示揣测,反诘:其奈我何。⑤表示命令,劝勉:子其勉之。⑥将要。⑦很,极,甚:北风其凉(《诗经》)。⑧词尾:极其,尤其。⑨通"期"qī",死其将至(《易经》)。⑩姓。
2. 读作 jī。表疑问语气:彼人是哉,子曰何其(《诗经》)。
3. 读作 jì。语气助词,用在"彼""何"后:何其相似乃尔?

【睢】

一、诗韵上平四支,息遗切,音绥 suī,水名,县名,州名,姓。渡睢,游睢。与本韵及置韵并异。

宋·徐琦·律诗首联
每说天兵出守疆,忽闻劲敌犯睢阳。

唐·杜甫·夔府书怀四十韵·诗句
昔罢河西尉,初兴蓟北师。
不才名位晚,敢恨省郎迟。
……
衣冠迷适越,藻绘忆游睢。

二、诗韵上平四支,"睢"又本韵,许规切 huī,仰目也,怒视也,自用之貌。恣睢、睢睢。与本韵异,与置韵通。

宋·苏轼·浣溪沙上片
照日深红暖见鱼,连溪绿暗晚藏乌。
黄童白叟聚睢盱。

唐·韩愈·诗句
西城员外丞,心迹两屈奇。
……
无能食国惠,岂异哀癃罴。
久欲辞谢去,休令众睢睢。

三、诗韵去声四置,香季切 huì,恣睢,暴戾,与支韵同。

宋·司马光·诗句
穷秋直省舍,大雨吁可畏。
九河翻层空,入夜愈恣睢。
……
予今幸已多,敢不自知愧。

[附录]

㈠ 睢字分录于支、置二韵。支韵"睢"字分列两个字头，"一、睢suī"：水名，县名，州名，姓，独用。"二、睢huī"与置韵"睢huì"，"恣睢"义同。余异义。诗例多作平声。

㈡ 睢字新四声
1. 读作suī。①地名。②水名。③姓。
2. 读作huī。①欢乐自得：歌者扬袂睢舞（刘禹锡）。②睢盱：(1)浑朴。(2)眼朝天，仰视：睢盱跋扈（张衡）。

【司】

一、**诗韵上平四支**，息兹切sī，主也，司事也，又置韵亦与"主"义通。职司，有司，典司，攸司，专司，官司，司直，司晨，司仪，司徒，司马。又州名，又姓。

宋·王禹偁·诗句
迁谪独熙熙，襟怀自坦夷。
孤寒明主信，清直上天知。
……
叨荣偕计吏，滥吹谒春司。

宋·刘克庄·绝句尾联
谁能如李密，更望一台司。

宋·葛立方·律诗颔联
未应黑帝专司杀，谁道青阳独斡权。

宋·王炎·绝句首联
有怀冉水柳司马，更忆浯溪元道州。

宋·刘克庄·绝句尾联
给札曾来为学士，拂衣不爱作司徒。

宋·王禹偁·律诗颈联
天上若无司报者，世间争向不平人。

二、**诗韵去声四置**，相吏切sì，义同，攸司，典司，专司，又支韵通，余异。暂无诗例。

[附录]

㈠ 司字分录于支、置二韵。诗例多作平声。

㈡ 司字新四声
1. 读作sī。①掌管。②官吏。③署衙名称。④姓。
2. 读作sì。①同"伺"某义项，暗察，侦候，伺机而动。②等待。

【治】

一、**诗韵上平四支**，澄之切，音持chí，水名。平治，整治，医治，治民，治兵，治国。又置韵作己治解略同。

宋·王安石·诗句
刘侯少慷慨，天马脱羁鞚。
一官不得意，州县老委蛇。
新居当中条，墙屋稍补治。

宋·陈宓·绝句尾联
连月心胸成菀结，通宵一雨为医治。

宋·王安石·律诗颔联
平治险秽非无德，润泽焦枯是有才。

宋·苏轼·律诗颈联
康济此身殊有道，医治外物本无方。

宋·陆游·律诗颔联
方书无药医治老，风雨何心断送春。

宋·方回·律诗颔联
甫得木瓜治膝肿，又须荆芥沐头疡。

宋·刘克庄·律诗尾联
此士未应无着处，栖栖十载六治中。

宋·陆游·绝句尾联
世事恰如风过耳，微聋自好不须治。

二、诗韵去声四寘，直利切zhì，理也，简习也，校也，有所求乞也，监督也，治所也。理效也，支韵异。

宋·曹彦约·律诗颈联
时有亨嘉会，天无平治心。

唐·刘禹锡·绝句尾联
繁霜一夜相撩治，不似佳人似老人。

宋·张耒·律诗首联
为官不治民，清坐晚秋晨。

宋·李石·诗句
君之家为夔龙氏，龙之威神爪牙利。
……
后来诸孙颖与路，元祐衣冠相整治。

宋·欧阳修·律诗尾联
铃斋幸得亲师席，东向时容问治民。

宋·朱长文·律诗尾联
旧治昔年应画像，庞眉闻讣泪先流。

宋·欧阳修·绝句首联
圣主忧勤致治平，仁风惠泽被群生。

宋·马廷鸾·律诗颈联
生民厌乱思平治，造物开先毓圣明。

宋·许月卿·律诗颈联
何必怨尤难舍我，欲教平治直须天。

宋·苏洞·绝句尾联
诗穷到处无医治，愁绝湘江浸楚魂。

宋·张栻·绝句首联
秋风想已治归装，吾亦扁舟具碧湘。

宋·陆游·绝句首联
莫笑山家拙治生，正缘亦足得身轻。

宋·夏竦·绝句尾联
仰奉椒闱宣内治，湛恩鸿庆永如春。

[附录]
㈠治字分录于支、寘二韵。释义注：作已治解略同。如"平治，医治"通用。在律句的句尾，①读作平声"甫得木瓜治膝肿（方回）、欲疗左肩治谷疸（方回）"与读作仄声"秋风想已治归装（张栻）、千金无药治膏肓（邓肃）"句式；②读作平声"栖栖十载六治中（刘克庄）、乡山此际当治麦（敖陶孙）"与读作仄声"宵旰今逢愿治时（陆游）"句式；③读作平声"微聋自好不须治（陆游）、肯把语言生事治（邵雍）"与读作仄声"仰奉椒闱宣内治（夏竦）、侍臣醉饱皇欢治（魏了翁）"三类句式，亦通用。"医治"之"治"诗例多从平声。又水名，从平声，不通用。参阅新四声释义。《毛氏韵增》：治字本平声，修治字借为去声。《经典释文》：治道平治字，直史切。

㈡治字新四声
1. 读作zhì。①管理，统治：治国。②有秩序，安定：天下大治。③整理：治河。研究：治学。诊疗：治病。④修养：此治心之道也。⑤制服，惩处。⑥做，作。⑦修建：大治宫室。⑧司，主管。政绩。⑨较量，匹敌。⑩姓。

2. 读作 chí。①古水名。②通"辞 cí",讼辞,言辞:听其治讼(《周礼》)。

【骑】

一、诗韵上平四支,渠羁切 qí,跨马也,又置韵异。

宋·王禹偁·律诗颈联
尚对交朋赊酒饮,遍看卿相借驴骑。

宋·陆游·绝句尾联
却骑黄鹤横空去,今夕垂虹醉月明。

宋·丘葵·律诗尾联
后身定是青霞老,何日分骑鲸背游。

宋·吴泳·绝句首联
醉骑花影少年间,谑弄风光古将坛。

宋·白玉蟾·律诗尾联
九转内丹成也未,快骑白鹤去天衢。

宋·黄庭坚·律诗首联
人骑一马钝如蛙,行向城东小隐家。

明·唐寅·绝句首联
白马曾骑踏海潮,由来吴地说前朝。

清·顾炎武·律诗尾联
自笑漂萍垂老客,独骑羸马上关西。

二、诗韵去声四置,奇寄切 jì,马军也,骑乘,又姓。支韵异。

唐·李商隐·律诗颔联
夜卷牙旗千帐雪,朝飞羽骑一河冰。

宋·陆游·绝句尾联
条华朝驱云外骑,河潼夜听月中鸡。

宋·杨蟠·律诗颔联
初愁翠袖凌风去,却骑飞鸾下月来。

宋·梅尧臣·绝句首联
大鱼人骑上天去,留得小鳞来按觞。

宋·魏了翁·绝句首联
蘼芜风清醉骑香,满身花影踏斜阳。

宋·杨亿·排律对句
翠羽芳洲近,青丝快骑过。

宋·陆游·律诗颔联
分骑霜天伐狐兔,张灯雪夜掷枭卢。

宋·林表民·律诗颈联
民输界首攀车送,君向城隅枉骑过。

唐·杜牧·绝句尾联
一骑红尘妃子笑,无人知是荔枝来。

明·何景明·鲥鱼·律诗颈联
白日风尘驰驿骑,炎天冰雪护江船。

[附录]

(一)骑字分录于支、置二韵。骑行从平声;马军、坐骑从仄声。新四声释义中③ ④ ⑤义项,古四声用作仄声。"却骑、分骑、人骑、醉骑、快骑"通用。有的字面虽同,并非通用。应依音、义辨读。"骑鲸、骑鹤、骑虎、骑鳌"从平声,暂无仄声例句。"一骑、十骑、百骑、千骑、万骑、单骑、数骑、归骑、驿骑、羽骑、胡骑、飞骑、骠骑、骁骑、散骑、步骑"从仄声,暂无平声例句。

(二)骑字新四声读作 qí。①两腿跨坐:骑马。②兼跨着两边:骑墙派。③骑兵:铁骑。④骑的马:坐骑。⑤一人一马的合称:翩翩两骑来是谁(白居易)。⑥姓。

【累纍】

一、诗韵上平四支，录作纍，累的繁体字。力追切léi，缚结也。湘累，羁累，缀得也，又索也，亦作缧，又姓，置韵异。

　　宋·王安石·律诗颔联
　　羌兵自此无传箭，汉甲如今不解累。

　　宋·刘克庄·律诗颈联
　　点点垂鲛泪，累累夺蚌胎。

　　宋·陆游·律诗颔联
　　老虽齐渭叟，穷不减湘累。

　　宋·王禹偁·诗句
　　有客遗竹杖，九节共一枝。
　　鹤胫老更长，龙骨乾且奇。
　　……
　　樊僮与笭马，入贡何累累。

二、诗韵去声四寘，录作累，力遂切lèi，缘及也，坫也，与纸韵"絫"字异，又支韵异。

　　宋·王禹偁·律诗颈联
　　便休禄仕饥寒累，强逐班行面目惭。

　　宋·汪元量·绝句首联
　　一匊吴山在眼中，楼台累累间青红。

　　唐·云表·绝句尾联
　　平原累累添新冢，半是去年来哭人。

　　宋·丘葵·律诗尾联
　　口体犹相累，终朝觅细鳞。

　　宋·陆游·律诗颈联
　　烟水幸堪供眼界，世缘何得累心君。

　　宋·李之仪·鹧鸪天上片
　　节是重阳却斗寒，可堪风雨累寻欢。
　　虽辜早菊同高柳，聊榰残蕉共小栏。

[附录]
(一) 累字分录于支（录作纍，累的繁体字）、寘（录作累）二韵。"累累"通用。"湘累"从平声。参阅新四声释义。
(二) 累字新四声
1.[纍]读作léi。①重叠，聚积：危如累卵。累累：罪行累累。②屡次，连续：累犯。③牵连：连累。④加起来：累计。⑤同"縲"某义项。
2.[累]读作lèi。①疲劳：劳累。②负担，麻烦。③伤害。④委托，嘱咐：以国事累君（《战国策》）。⑤毛病，过错，罪行：累多而功少（《荀子》）。⑥亏欠：亏累。⑦家眷：贱累亦不久到矣（苏轼）。
3.[累]读作lěi。①绳。②捆绑。③不以罪死：湘累。④累赘：(1)麻烦。(2)繁复，啰唆：文字累赘。⑤姓。

【离離】

一、诗韵上平四支，吕支切lí，别离，支离，陆离，锺离，流离，离弃，离蓠，离恨，离奇，离骚。散也，分也，地名，又卦名，又水名，草名，又姓：离娄。霁韵异。

　　宋·王禹偁·律诗首联
　　薄宦苦流离，壮年心已衰。

宋·范仲淹·绝句尾联
年年忆着成离恨，祗托春风管句来。

宋·刘克庄·律诗首联
忽枉高轩访，殷勤不忍离。

宋·曾协·律诗颔联
香罗蘸透因稠叠，縠玉裁成却附离。

宋·梅尧臣·诗句
天子赐烛昏夜时，嫦娥闭月栽桂枝。
称量高下唯妍辞，相与尽心无附离。

宋·张伯端·绝句尾联
真精既返黄金室，一颗灵光永不离。

宋·刘克庄·律诗首联
西山仙去各离群，穷达区区不足云。

清·纳兰性德·诗句
东园桃李姿，是妾嫁君时。
燕婉为夫妇，相爱不相离。

宋·苏轼·律诗首联
昨夜霜风入袂衣，晓来病骨更支离。

宋·张道洽·律诗颈联
驱遣山蜂离境界，招呼野鹤作比邻。

二、诗韵去声八霁，郎计切lì，偶也。
附离，相离，与支韵异。

唐·皮日休·诗句
宰邑著嘉政，为郡留高致。
移官在书府，方乐鸳池贵。
玉季牧江西，泣之不忍离。

宋·程公许·绝句首联
胶漆论心忽离群，柳边躞蹀马蹄尘。

宋·李复·诗句
众草费薙锄，回首已荒翳。
随处竞茀冗，苟生无远意。
时亦吐柔蔓，牵引强附离。

唐·王建·诗句
远客无主人，夜投邯郸市。
飞蛾绕残烛，半夜人醉起。
垆边酒家女，遗我缃绮被。
合成双凤花，宛转不相离。

宋·吴芾·诗句
忆我初仕时，不敢望高位。
……
有诗谁伴吟，有酒谁同醉。
正欲汝相随，俄然又相离。

宋·释延寿·律诗颔联
潜龙不离滔滔水，孤鹤唯宜远远天。

宋·苏轼·律诗首联
大耿疲劳已离群，小冯慈爱且当门。

宋·释印肃·绝句首联
实离贯穿理不俱，一人直下体同渠。

宋太宗·绝句首联
逍遥本意离尘埃，日见愚痴足可哀。

[附录]

(一) 离字分录于支、霁二韵，同录作"離"，离的繁体字。支韵另录字头"离"，异音异义（见本书"简体字头与繁体字、异体字辨识"）。释义"附离、忍离、不离、离群、相离"通用。在律句的句尾，①读作平声"驱遣山蜂离境界（张道洽）、秋思渐消离思长（王镃）"与读作仄声"逍遥本意离尘埃（宋太宗）、自闻宽法离新州（赵蕃）"句式；②读作平声"去尘犹是未离尘（袁燮）、将雏燕子渐离巢（陆游）"与读作仄声"道不依形不离形（释印肃）、积执冥迷厌离劳（苏籀）"二类句式，亦通用。余义异，不通用。诗例多作平声。

(二) 离字新四声
1. 读作lí。①分开，分别：离析。②缺少。③距离。④明：离显先帝之光耀（《大戴礼记》）。⑤通"罹"，遭受。⑥通"䅻"。⑦通"缡"。⑧通"丽lì"，依附。⑨姓。
2. 同"螭chī"。

【丽 麗】

一、诗韵上平四支，吕支切lí，施也，附着也，离也。纤丽，鱼丽，高丽。又国名，山名。又霁韵。

宋·苏洞·绝句首联
高丽寺里访诗僧，懒上湖船独自行。

唐·卢象·诗句
黠虏多翻覆，谋臣有别离。
智同天所授，恩共日相随。
汉使开宾幕，胡笳送酒卮。
风霜迎马首，雨雪事鱼丽。

（鱼丽：古代战阵名，以车居前，以伍次之，此盖鱼丽阵法，亦省称"鱼丽"）

唐·周昙·绝句尾联
鱼丽三鼓微曹刿，肉食安能暇远谟。

宋·陈棣·律诗颔联
阵合鱼丽司马法，字排草圣右军书。

二、诗韵去声八霁，郎计切lì，行步进止貌，美也，光明也，地名，姓。附着也。艳丽，壮丽，佳丽，丽景，丽姝，丽质，与支韵异。

宋·苏轼·诗句
楚山澹无尘，赣水清可厉。
散策尘外游，麾手谢此世。
山高惜人力，十步辄一憩。
却立浮云端，俯视万井丽。

明·王守仁·律诗首联
楼船金鼓宿乌蛮，鱼丽群舟夜上滩。

宋·郑侠·绝句尾联
不知人世何珍丽，可与诗书气味双。

宋·文同·寻春·律诗颔联
盎盎日光丽，鲜鲜云色新。

[附录]
(一) 丽字分录于支、霁二韵。同录作麗，丽的繁体字。"鱼丽（形容阵势）"通用。国名，高丽，从平声。诗例多作仄声。
(二) 丽字新四声读作lì。①光采，美丽：风和日丽。②成对的：丽马一圉，八丽一师（《周礼》）。也指驾双马。③附着：日月丽乎天，百谷草木丽乎土（《周易》）。④拴，系：君牵牲……丽于碑（《礼记》）。⑤通"罹lí"。遭遇。

【锜】

一、诗韵上平四支，渠羁切qí，釜属。甗锜，兰锜，锜䥯，纸韵同。暂无诗例。

二、诗韵上声四纸，渠绮切，音技jì，釜也，有足曰锜，无足曰釜。木锜，兰锜，与支韵通。

唐·罗隐·律诗首联
西班掌禁兵,兰锜最分明。

宋·洪咨夔·律诗颈联
藻锜明疏牖,萱窝护碧除。

[附录]
㈠锜字分录于支、纸二韵。释义注"釜属"通用,暂无通用的诗例。参阅新四声释义。
㈡锜字新四声
1. 读作qí。①古代的一种三脚锅。②古代的一种凿木工具。
2. 读作yǐ。①悬弓弩的架:列兰锜,造城郭(汤显祖)。②姓。

【迤迆】
一、诗韵上平四支,录作"迆",亦作迤,弋支切yí,自得貌。逶迆,迆衍,迤迆,靡迆。演迆,弥迆,逦迆,与纸韵异。

宋·曾巩·律诗首联
池上红深绿浅时,春风荡漾水透迤。

二、诗韵上声四纸,录作"迤",亦作迆,移尔切yǐ,迤逦,旁行连延也。逦迤,连接也,与支韵异。

宋·郭印·律诗颔联
地阔群山争透迤,天低远树立微茫。

宋·范成大·诗句
导江自海阳,至县乃澜迆。
……
至今舟楫利,楚粤径万里。
人谋夺天造,史禄所始。

宋·陆游·律诗首联
江天云断漏斜晖,靡迤群山翠作围。

宋·汪应辰·律诗颔联
齐鲁风流方演迤,渊云文采自纡馀。

唐·陆龟蒙·诗句
春庭晓景别,清露花逦迤。
黄蜂一过慵,夜夜栖香蕊。

唐·杜牧·绝句首联
旧事参差梦,新程逦迤秋。

清·钱载·律诗首联
广宁门外二千程,齐鲁河淮坦迤行。

[附录]
㈠迤字分录于支、纸二韵。同录作"迆","迆"同"迤"。"逶迤"通用。余异义,不通用。参阅新四声释义1、2.义项。
㈡迤字新四声
1. 读作yǐ。①斜行,倾斜。②延伸。③迤逦:曲折连绵。
2. 读作yí。逶迤。
3. 读作tuǒ。迤逗:勾引,挑逗。

【比】
一、诗韵上平四支,房脂切pí,和也,并也,比邻犹并邻。皋比,师比,纸置韵并异。

宋·戴复古·律诗尾联
闻道明朝新醅熟,不妨祭灶请比邻。

宋·姜夔·诗句
杨侯笔力天下奇,早岁豪彦相追随。
……

人皆炫耀身陆离，见草而悦忘皋比。

唐·戴叔伦·律诗颔联

猊坐翻萧瑟，皋比喜接连。

元·王冕·律诗尾联

寄语儒林赵诗伯，好收风月作比邻。

二、诗韵上声四纸，卑履切bǐ，校也，并也，类也，支、置韵并异。

宋·贺铸·诗句

君虞兴圣孙，诗律早专美。
乐府度新声，宫酺奉天子。
鲜风猎兰苕，华月濯桃李。
独有连眉郎，才称劣相比。

唐·王勃·律诗颈联

海内存知己，天涯若比邻。

宋·胡寅·律诗首联

律吕旋相六十宫，声如佳句比南风。

宋·杨亿·律诗尾联

乘龙择对真无比，月桂宫中第一仙。

三、诗韵去声四置，毗至切bì，亲也，近也，从也。又大比，又及也。栉比，朋比，排比，骈比，比如。支、纸韵并异。

宋·文天祥·诗句

北风吹春草，阳乌日已至。
天时岂云爽，人事胡乃异。
……
长平与新安，露胔如栉比。

宋·宋自逊·绝句首联

朋比趋炎态度轻，御人口给屡憎人。

宋·晁补之·律诗首联

周行枢比未应充，荐庙方求古鼎钟。

[附录]

(一) 比字分录于支、纸、置三韵。"比邻"通用。"皋比"，从平声。参阅新四声释义。

(二) 比字新四声

1. 读作bǐ。①比较，考核。②比喻，比拟。③对着，向着。④成例，条例。⑤并列，亲近，挨近：比邻。⑥勾结：朋比为奸。⑦和顺，协调。等同，齐同。⑧屡屡，频频：比比皆是。⑨表示两者的数量关系：三比一。⑩姓。

2. 读作pí。皋比：虎皮。也指武将的坐席。

【荠】

一、诗韵上平四支，疾资切qí，又才资切，音疵cī。蒺藜也，通作茨。采荠，楚荠，绿子荠，短如荠，荠韵异。暂无诗例

二、诗韵上声八荠，徂礼切jì，绿荠，摘荠，甘如荠，新荠。甘菜也，与支韵异。

宋·黄庭坚·诗句

陈侯大雅姿，四壁不治第。
碌碌盆盎中，见此古罍洗。
薄饭不能羹，墙阴老春荠。

宋·陆游·律诗颈联

冷饼供新荠，轻裘换故貂。

宋·宋祁·律诗颔联
饥鸥守冰沼，寒荠犯蔬畦。

宋·陆游·律诗尾联
从今供养惟春荠，莫羡愚公日万钱。

宋·陈著·律诗颔联
贫因好客甘如荠，诗解醒人苦似茶。

宋·苏辙·律诗颔联
稍喜荒畦添野荠，坐看新竹补疏林。

[附录]
(一) 荠字分录于支、荠二韵，同录作"薺"。诗例多作仄声。参阅新四声释义。
(二) 荠字新四声
1. 读作jì。绿叶野菜。
2. 读作qí。荸荠。

【嶷】
一、诗韵上平四支，语其切yí，山名，亦作疑，职韵异。

宋·苏轼·绝句首联
山头孤鹤向南飞，载我南游到九嶷。

毛泽东·律诗首联
九嶷山上白云飞，帝子乘风下翠微。

宋·李新·律诗首联
与竹他年仅有衣，敢愁天赋鲜岐嶷。

二、诗韵入声十三职，鱼力切nì，岐（岌）嶷：小儿有知识也，德高也。屼嶷，明嶷，英嶷，峣嶷，嶷嶷。又支韵。

宋·张嵲·绝句首联
嶷嶷群峰当户立，泠泠绝涧出山长。

宋·王炎·窗外紫竹·律诗首联
疏篱短栅外钩联，聚立龙孙已嶷然。

宋·胡寅·律诗首联
莫嗤公子务农时，后稷生民亦嶷岐。

宋·王大烈·律诗颈联
岐嶷两全真鲜克，之无二字已先知。

[附录]
(一) 嶷字分录于支、职二韵。"岐嶷"通用。释义及使用与新四声类同。
(二) 嶷字新四声
1. 读作nì。①幼年聪慧。②高尚，杰出。③镇定：嶷然自若。④高峻：嶷乎兹山（元·虞集）。
2. 读作yí。山名，又叫苍梧山，相传虞舜葬于此。

【孳】
一、词林支韵，录作"孳"。于之切zī。汲汲生也，息也。又与"孜"同。

宋·魏了翁·律诗颔联
孳孳求友意，恳恳爱君心。

宋·李处权·诗句
青松百尺余，宛彼山之陲。
白鹤巢其高，皂鹤巢其卑。
红鹤不敢来，下巢枫树枝。
阳春一动荡，百鸟俱蕃孳。

宋·陆游·绝句首联
我钻故纸似痴蝇，汝复孳孳不少惩。

宋·陈杰·律诗尾联
新林有孳尾，珍重莫呼鹰。

二、诗韵四置，录作"孳"。疾置切，音字zì。乳化也，鸟兽孳尾，乳化曰孳，交接曰尾。乳孳，种孳，孳孳。

宋·方回·诗句
尧舜上圣姿，犹以学为事。
矧伊匪生知，不学知不致。
……
生生滋无穷。科斗积乳孳。

[附录]
(一)孳字诗韵录于置韵，支韵无字头，词林分录于支、置二韵，今增录。暂无通用的诗例。"孳孳"，从平声。诗例多作平声。诗韵上平四支"孜"字注：孜，勤也，通作"孳"。
(二)孳字新四声读作zī。①生息，繁殖。②通"孜"，孳孳无怠。

【菲】
一、诗韵上平五微，芳非切fēi，草茂貌，香也，杂也。芳菲，春菲，菲菲，采菲，尾韵异。

宋·苏辙·律诗首联
首夏寻芳也未迟，绕园红紫尚菲菲。

宋·王之道·绝句首联
清风习习晚香微，坐使诗人赋采菲。

宋·晏殊·绝句首联
昔闻游客话芳菲，濯锦江头几万枝。

唐·刘禹锡·绝句尾联
今宵更有湘江月，照出菲菲满碗花。

二、诗韵上声五尾，敷尾切fěi，菲草，薄也，怅也。庸菲，菲才，荒菲，菲仪，饮食菲。又菜名，微韵异。

宋·黄庭坚·律诗颈联
采菲直须论下体，链金犹欲去寒沙。

宋·廖行之·律诗颈联
食芹有美吾思献，采菲无遗利可专。

[附录]
(一)菲字分录于微、尾二韵。"采菲"通用。余义异，不通用。参阅新四声释义。
(二)菲字新四声
1. 读作fēi。①植物名。②微，薄。
2. 读作fěi。①花草美，香味浓。②通"扉fēi"，草鞋：足下无菲（《乐府诗集》）。

【几幾】
一、诗韵上平五微，居依切，音机jī。动之微，危也，时也，察也，将及也，庶几，知几，几时，又尾、置韵并异。

宋·方回·律诗首联
至节今年始得归，祀先牲酒亦无几。

宋·杨万里·律诗首联
承华下直直几廷，新暑醺人睡不成。

宋·蔡戡·律诗颈联、尾联
衰颜得酒还如少，病骨添衣却似肥。
只为莼鲈动归思，非关勇退早知几。

宋·陆游·古绝
羲皇一画开百圣，学者即今谁造微？
文词害道第一事，子能去之其庶<u>几</u>。

宋·杨万里·律诗首联
南海行<u>几</u>遍，东潮欠一来。

二、诗韵上声五尾，居狶切 jǐ，几多，无几，知几，第几，几时，几曾，与微、置韵并异。

宋·杨万里·绝句首联
行者南来今<u>几</u>春，一回举似一回新。

宋·仇远·律诗颔联
梨花知<u>几</u>逢寒食，麦饭谁能洒墓田。

宋·杨万里·绝句尾联
飞绕金灯来又去，不知能有<u>几</u>多香。

宋·楼钥·绝句首联
名画法书知<u>几</u>编，俸余宁复计求田。

宋·卫宗武·绝句尾联
牡丹开尽春无<u>几</u>，狼籍东风杨柳花。

三、诗韵去声四置，几利切 jì，谓望也，未已也，微、尾韵俱异。暂无诗例。

[附录]
(一) 几字分录于微、尾、置三韵。同录作"幾"，几的繁体字。纸韵另录有字头"几"：几属也，或作"机"。"无幾"通用，"知幾"或依释义辨读。在律句的句尾，如读作平声"南海行幾遍（杨万里）、承华下直直幾廷（杨万里）"与读作仄声"绮罗知幾重（舒亶）、名画法书知幾编（楼钥）、行者南来

今幾春（杨万里）"一类句式，亦通用。余义异，不通用。"庶幾"从平声，暂无仄声例句。诗例多作仄声。

(二) 几字新四声
1. [几] 读作 jī。小桌或矮桌：茶几。
2. [幾] 读作 jī。①同"机"某义项。②几乎，将近：柔肠几断。③大概，也许。④通"冀 jì"，期望。⑤通"纪 jì"，岁。⑥通"颀 qí"，形容身长。⑦通"岂 qǐ"。⑧姓。
3. [幾] 读作 jǐ。①数量不多；所剩无几。②表示数目：烧几样菜。③询问数量：几岁。
4. [几几] 读作 jǐ。①形容鞋头装饰很美：赤舄几几 (《诗经》)。②偕同，在一起：饮食几几 (《太玄经》)。

【誉】

一、诗韵上平六鱼，以诸切 yú，声美也，姓。扬人之善而过其实，"誉"从平声。美誉，令誉，过誉，毁誉，叹誉，名誉，虚誉。御韵通。

宋·徐元杰·律诗颈联
继世多先烈，诸郎总令<u>誉</u>。

宋·王奕·律诗首联
丰碑大字极<u>誉</u>扬，并祀渊明与狄梁。

唐·张九龄·诗句
祗役已云久，乘闲返服初。
块然屏尘事，幽独坐林间。
……
但乐多幽意，宁知有毁<u>誉</u>。

宋·方大琮·律诗尾联
福星何事轻移去，久矣世无公毁<u>誉</u>。

宋·方岳·律诗首联
山畦夜雨入春蔬，此手犹存足自誉。

宋·彭龟年·绝句尾联
夫君若踏归愚路，坐断人间毁与誉。

宋·杜范·律诗颔联
自怡还自足，谁毁又谁誉。

二、诗韵去声六御，羊洳切 yù，义同。毁誉，令誉，广誉，驰誉，廉誉，千古誉，鱼韵通。

宋·徐玑·律诗颔联
只缘多自誉，翻以致人疑。

宋·李曾伯·律诗颈联
廉誉盈诗卷，忠谋在奏编。

唐·皮日休·律诗颔联
郡侯闻誉亲邀得，乡老知名不放还。

唐·白居易·诗句
送春君何在，君在山阴署。
忆我苏杭时，春游亦多处。
……
江上易优游，城中多毁誉。

宋·陆游·律诗首联
两楹梦后少真儒，毁誉徒劳岂识渠？

宋·晁说之·绝句首联
卫霍功名无素誉，韩彭富贵晚堪悲。

宋·刘敞·绝句尾联
先生此去非沽誉，留与时人作样看。

宋·陆游·律诗尾联
纷纷谤誉何劳问，但觉邯郸一梦长。

宋·陈文蔚·律诗颈联
君赠名章多过誉，我惭衰朽不胜文。

宋·白玉蟾·诗句
公本箧仙后，缘何出自闽。
……
满朝俱叹誉，八秩向精神。

清·龚自珍·绝句首联
不是逢人苦誉君，亦狂亦侠亦温文。

唐·方干·律诗颔联
流传千古誉，研炼十年情。

宋·欧阳修·绝句尾联
自顾岂劳君借誉，偶然章服裹猿狙。

[附录]

(一) 誉字分录于鱼、御二韵，同录作"譽"。"毁誉、自誉"通用。在律句的句尾，①读作平声"丰碑大字极誉扬（王奕）"与读作仄声"不是逢人苦誉君（龚自珍）"句式；②读作平声"坐断人间毁与誉（彭龟年）、谁毁又谁誉（杜范）"与读作仄声"流传千古誉（方干）、自顾岂劳君借誉（欧阳修）"二类句式，亦通用。余异义，不通用。

(二) 誉字新四声读作 yù。①名声。②赞美，称颂。③通"豫"，欢乐。④姓。

【狙】

一、诗韵上平六鱼，七余切 jū，伺也。猿属，御韵同。猿狙，群狙，狙公，狙狙。

宋·司马光·律诗尾联
自伐憎狙巧，颓然忧木鸡。

宋·陆游·律诗尾联
从渠造物巧，赋芋戏群狙。

宋·贺铸·律诗颈联
儋耳吉音无雁使，峨眉爽气属狙公。

宋·方岳·律诗颈联
一生出处龟藏六，万事乘除狙赋三。

宋·强至·律诗颔联
民投牒讼千狙诈，吏抱文书百雁行。

宋·杨公远·律诗颈联
人生穷达乘轩鹤，世事盈虚赋芋狙。

二、诗韵去声六御，七虑切，音聚，伏伺也。玃(狗似玃，玃似母猴，母猴似人)属，一曰狙犬，又曰狙如，鱼韵通。暂无诗例。

[附录]
(一)狙字分录于鱼、御二韵。"猿狙"从平声。释义"伏伺"通用，暂无通用的诗例。诗例多作平声，宜取平声。参阅新四声释义。
(二)狙字新四声读作 jū。①猕猴。②伺察。③狙击：暗中埋伏，伺机袭击。

【虑】

一、诗韵上平六鱼，凌如切，音闾 lú，遵韵府拾遗增入。思虑也，木名，又地名，又御韵。

元·许有壬·南乡子上片
波漾石粼粼，浮磬依稀类泗滨。
回首林虑千万丈，嶙峋，
不效修蛾一点颦。

二、诗韵去声六御，良据切 lù，谋思也，度也，虑及众物，姓，又鱼韵。远虑，虑因。澄心剪思虑(汉·高彪)：高彪清诚，言澄静心志，断绝众虑也。

宋·秦观·诗句
逍遥北窗下，百事远客虑。
无端叶间蝉，催促时节去。

宋·戴复古·律诗尾联
醉中忘万虑，安得酒如池。

宋·张舜民·律诗首联
近市铜章泊近郊，炯无尘虑挂秋毫。

宋·王柏·律诗颈联
此外不忧还不惧，於中何虑更何思。

唐·白居易·律诗颈联
早夏我当逃暑日，晚衙君是虑囚时。

[附录]
(一)虑字分录于鱼、御二韵，同录作"慮"，诗例多作仄声，宜取仄声。参阅新四声释义。
(二)虑字新四声
1. 读作 lǜ。①思考。②忧愁。③意念，心思。④打扰。⑤大概。⑥通"录 lù"，录囚即虑囚。⑦姓。
2. 读作 lú。山名。

【咀】

一、诗韵上平六鱼，子鱼切 jú，犹嘘也。马喷咀，咀吞，咀咀，咀华，咀啮，咀嚼。又语韵。

宋·郑清之·绝句首联
肝脾何药解清虚，不用参苓不哎咀。

明·徐渭·诗句
草蘷始一寸，及壮丈有余。

岂直薮即带，兼以馆蚊胥。
夜热不可寐，宁止不露居。
窃恐值此辈，股髀遭其咀。

二、诗韵上声六语，慈吕切 jǔ，含味也。吐咀，吟咀，含咀，耽咀，咀啮，咀嚼。又鱼韵。

宋·梅尧臣·诗句
采采向桑郊，盈盈自持筥。
挂钩带月往，稚叶和烟贮。
一心恐蚕饥，搔首促侪侣。
到家倾嫩绿，刀几为咬咀。

宋·王志道·绝句尾联
为爱新吟贪咀嚼，霜髭捻断日西斜。

宋·艾性夫·绝句尾联
我类文园病消渴，晓窗和露咀青梅。

宋·廖行之·绝句尾联
齿颊犹能识珍味，乞渠细咀辨甘酸。

[附录]
(一) 咀字分录于鱼、语二韵。"哎 fǔ 咀（中医用语）"通用。余异义，不通用。诗例多作仄声。
(二) 咀字新四声
1. 读作 jǔ。细嚼，品尝。
2. 读作 zǔ。咀咒即诅咒。咒骂。
3. 读作 zuǐ。嘴的俗字。

【茹】

一、诗韵上平六鱼，人诸切 rú，受也，食也，贪也，恣也，度也，柔也，草名，水名，地名。根相牵引貌，菜茹，

茅茹，拔茅连茹：言茅之根相连而起，如君子之连茅而进也。吐茹，与语韵同。又茅茹，又姓，与语、御韵并异。

宋·梅尧臣·律诗尾联
此地结根千万岁，联华荣莫比茅茹。

宋·华岳·诗句
岳昔游时卿，兄尝过敝庐。
愿兄此召还，巍然奉中除。
前岩与西阁，谈笑看连茹。

清·龚自珍·绝句首联
熙朝仕版快茹征，五倍金元十倍明。

二、诗韵上声六语，人渚切 rǔ，干菜也，臭烂也，又杂揉也，鱼、御韵并异。食也，又根也，饮茹，茅茹，蔬茹，连茹，茹根，茹茶。吐茹，与鱼韵同。茹字有平、上、去三声，皆与字义无系。

三、诗韵去声六御，人怒切 rù，饭牛，又度也，诗不可以茹，又来茹，匪茹。魏都赋：神蕊形茹，物自死亦曰茹也。又菜茹也，甘茹，茹血，茹毛。又鱼、语韵并异。

宋·梅尧臣·律诗颈联
越箭抽萌供美茹，秦山堆翠照高牙。

宋·苏辙·律诗尾联
比闻蔬茹随僧供，相见能容醉后颠。

宋·富弼·诗句
朔方之兵，劲于九土。
尤劲而要，粤惟定武。

……
乃营帛粟，寒衣饥<u>茹</u>。

宋·白珽·诗句
婴啼闻木枝，羝乳见茅<u>茹</u>。
何如百年身，反尔无根据。

唐·白居易·诗句
送春君何在，君在山阴署。

……
杭土丽且康，苏民富而庶。
善恶有惩劝，刚柔无吐<u>茹</u>。

宋·蔡襄·绝句首联
庙下春行香雾合，观中朝<u>茹</u>药牙尖。

宋·赵蕃·绝句尾联
我亦买之将作腊，要和蔬<u>茹</u>给饥喉。

宋·曹勋·和黄虚中韵·律诗颈联
连<u>茹</u>缙绅游北阙，如公文采似东京。

[附录]
(一)茹字分录于鱼、语、御三韵。"茅茹、连茹(诗例多见仄声)"通用。余异义，不通用。茹字有平、上、去三声，皆与字义无系。《唐韵》人诸切，音如。《集韵》《韵会》并忍与切，音汝。《正韵》而遇切，音孺。
(二)茹字新四声读作rú。①蔬菜的总称。②吞，吃。③忍受。④柔软，柔弱。⑤猜想：我心匪鉴，不可以茹(《诗经》)。⑥腐臭。⑦姓。

【沮】

一、诗韵上平六鱼，七余切 jū，止也，语韵同。水名，人名，地名，又姓，语、御韵异。

宋·陆游·律诗颈联
歌吹恍思登北固，弓刀谁记渡南<u>沮</u>。

宋·张九成·绝句首联
看来桀溺与长<u>沮</u>，固是其言太阔疏。

宋·陆游·律诗颈联
归休固已师<u>沮</u>溺，承学犹能陋汉唐。

唐·耿湋·酬畅当·律诗首联
同游漆<u>沮</u>后，已是十年馀。

宋·刘克庄·律诗颈联
取友肯遗<u>沮</u>桀溺，论功不下弃勾龙。

宋·陆游·律诗首联
冰开地<u>沮</u>洳，云破日曈曨。

二、诗韵上声六语，慈吕切 jǔ，止也，与鱼韵同。遇也，败也，泄漏也，丘名。又愧沮，与鱼、御韵异。

三、诗韵去声六御，将预切 jù，沮洳，渐湿也，与鱼、语韵并异。

唐·李商隐·律诗颔联
岭云春<u>沮</u>洳，江月夜晴明。

唐·耿湋·律诗尾联
若问幽人意，思齐<u>沮</u>溺贤。

清·龚自珍·绝句尾联
时流不<u>沮</u>狂生议，侧立东华僻佩声。

宋·李处权·律诗颔联
异时果有臧仓<u>沮</u>，他日宁无雍齿侯。

宋·曾协·律诗尾联
异日相从话功业，知无愧色<u>沮</u>刚肠。

宋·袁说友·绝句首联
楚王下见溯江舟,岂是城隅沮洳头。

宋·胡寅·绝句首联
陶公春日事西畴,不是同群沮溺流。

[附录]
(一) 沮字分录于鱼、语、御三韵。释义注:"止也",鱼、语韵同。"沮洳、沮溺"通用。在律句的句尾,如读作平声"取友肯遗沮桀溺(刘克庄)"与读作仄声"知无愧色沮刚肠(曾协)、自存生气沮奸谋(李曾伯)、早共裂麻沮裴相(刘克庄)"一类句式,亦通用。余异义,不通用。水名,人名,地名,从平声。沮洳,诗例多作仄声。参阅新四声释义。

(二) 沮字新四声
1. 读作 jū。①水名。②姓。
2. 读作 jǔ。①终止,阻止。②颓丧,消沉:沮丧。③毁坏:沮舍之下,不可以坐(《淮南子》)。④惊吓:婢果惊沮(元稹)。
3. 读作 jù。低湿:孙吴兵法,却利于山林沮泽(《水浒传》)。

【疏】

一、诗韵上平六鱼,所菹切,音梳 shū。通也,远也,分也,稀也,治也,刻也,枝叶盛貌,窗也,又通作疏稀也,又姓。穀善也,均平也。御韵异。

宋·范成大·律诗颔联
熟透晚梅红的皪,展开新箨翠扶疏。

宋·李至·律诗颈联
芸香欲辟鱼心蠹,汗简犹嫌吏手疏。

宋·陈著·绝句首联
交不缘诗有密疏,诗能宣与此心初。

二、诗韵去声六御,所故切,音数 shù。记注也,条陈也。记也。章疏,奏疏,注疏,手疏,上疏,草疏,万言疏,与鱼韵异。

宋·陈元晋·律诗首联
手疏宜归十,心知昨梦非。

宋·王禹偁·律诗首联
密疏封来乙夜看,延英召对议安边。

宋·刘克庄·律诗颔联
孤忠尽见万言疏,十口同登一叶船。

宋·许应龙·绝句尾联
经帷讲罢看章疏,至扆犹闻食未遑。

宋·陆游·绝句首联
少日飞扬翰墨场,忆曾上疏动高皇。

宋·曾巩·律诗颔联
忆归慷慨无私计,抗疏频烦有古风。

清·龚自珍·绝句首联
径山一疏吼寰中,野烧苍凉弔达公。

[附录]
(一) 疏字分录于鱼、御二韵。"手疏"通用。余异义,不通用。"上疏、章疏、抗疏、一疏"从仄声,暂无平声例句。"密疏"字面相同,应依音、义辨读。

(二) 疏字新四声读作 shū。①开浚,开导。②分散,分赐。③不熟悉。④不密。⑤疏远。⑥粗心。⑦浅薄。⑧通"蔬"。⑨书信,奏章,祝告文。⑩姓。

(三)疎字新四声识作：疏的异体字。

【如】

一、诗韵上平六鱼，人诸切 rú，从随也，往也，至也，语助词，县名，姓。粲如，宛如，九如，真如，自如，如砥，如意，如梦。又御韵。

宋·苏轼·诗句
先君昔未仕，杜门皇祐初。
道德无贫贱，风采照乡闾。
……
我时年尚幼，作赋慕相如。

宋·苏辙·诗句
筑室力已尽，种花功尚疏。
山丹得春雨，艳色照庭除。
末品何曾数，群芳自不如。

宋·晁补之·绝句尾联
不畏秦强畏廉斗，古来只有蔺相如。

宋·文同·律诗尾联
野兴渐多公事少，宛如当日在山家。

二、诗韵去声六御，入怒切 rù，自不如，蔺相如，人名与鱼韵通。

宋·苏轼·诗句
孟德黠老狐，奸言嗾鸿豫。
哀哉丧乱世，枭鸾各腾翥。
……
昆虫正相啮，乃比蔺相如。

[附录]
(一)如字分录于鱼、御二韵。人名：蔺相如（仄声叶韵）通用。余义异，不通用。诗例多作平声，宜取平声。

(二)如字新四声读作 rú。①似，像。②符合，按照：如愿。③相当于，比得上：整旧如新。④到，往：如厕。⑤将要。⑥连词：(1)若：他如不来。(2)与，和：公如大夫入（《仪礼》）。(3)或：方六七十，如五六十。(4)而，就见利如前，乘便而起（《盐铁论》）。⑦介词，于：春来江水碧如蓝（白居易）。⑧语气助词：空空如也。⑨姓。

【酤】

一、诗韵上平七虞，古胡切 gū，卖酒，买酒，一宿酒也。市酤，村酤，清酤，与虞韵同。又遇韵异。

宋·王禹偁·律诗颔联
见碑时下岸，逢店自徵酤。

明·高启·律诗首联
秋塘门掩竹穿沙，为客邻酤未易赊。

唐·白居易·律诗颔联
谁家红树先花发？何处青楼有酒酤。

宋·王之道·绝句尾联
蔬肠不奈村酤涩，笑挽长条沃井花。

宋·白玉蟾·绝句首联
坐对梅花撚白须，吟边有酒不须酤。

二、诗韵上声七麌，侯古切 hù，一宿酒，与虞韵同，余异。村酤，暑酤，仙酤，清酤。又遇韵异。

宋·王令·诗句
春风谁相呼，鸟语到庭户。
罢书起何游，系马城西树。
……

起解身上衣，就贳青旗酤。

三、诗韵去声七遇，古暮切，卖也。与沽同，与虞韵同。余与虞、麌韵并异。清酤，市酤。

宋·苏轼·诗句
神山无石髓，生世悲暂寓。
坐待玉膏流，千载真旦暮。
青州老从事，鬲上非所部。
惠然肯见从，知我憎市酤。

宋·陈傅良·律诗颔联
公燕有时令市酤，村春不继待炊新。

宋·方回·律诗颈联
岂惟无酒酤，不复有床眠。

[附录]
㈠酤字分录于虞、麌、遇三韵。释义"买酒、卖酒"，如"酒酤、市酤与村酤"通用。在律句的句尾，如读作平声"吟边有酒不须酤（白玉蟾）、瓶罄樽空还复酤（吴去疾）、何处青楼有酒酤（白居易）"与读作仄声"公燕有时令市酤（陈傅良）、岂惟无酒酤（方回）"一类句式，亦通用。释义注"一宿酒"，虞、麌韵通。余仄义，不通用。
㈡酤字新四声读作gū。①薄酒，清酒。②通"沽"，买酒、卖酒。

【句】

一、诗韵上平七虞，其俱切qú，履头饰也，地名，县名。倭句，龟名。又青句，履名。又须句（亦作朐），国名。与尤、遇、宥韵并异。

唐·韩愈·律诗颔联
再领须句国，仍迁少昊司。

二、诗韵下平十一尤，古侯切gōu，曲也。高句丽，国名。春神句芒，社神句龙。句吴，地名。姓。通作"勾"，与虞、遇、宥韵异。句栏，句当。

宋·王禹偁·诗句
郡城无大小，雉堞皆有楼。
其间著名者，不过十数州。
……
山形如八字，会合势相句。

宋·宋白·绝句首联
春雪轻轻洒露盘，直珠箔外玉句栏。

宋·虞俦·律诗首联
云酿南山雨，风句北牖凉。

唐·白居易·律诗尾联
五欲已销诸念息，世间无境可句牵。

宋·楼钥·绝句尾联
一笔从今句断了，一瓶一钵任江湖。

三、诗韵去声七遇，九遇切jù，言语章句止也，妙句，得句，长短句，章句，索句，句未工，句寒涩，虞、尤、宥韵俱异。地名，古代国名，又虞、尤、宥韵。

宋·苏轼·绝句尾联
闲吟绕屋扶疏句，须信渊明是可人。

毛泽东·律诗首联
饮茶粤海未能忘，索句渝州叶正黄。

明·陶望龄·律诗首联
今日何园<u>句</u>，能无忆少陵。

四、诗韵去声二十六宥，古候切 gòu，张弓也，与"勾"同。拘也，又姓。总句，巡句，句当。虞、尤、遇、韵异。

宋·王案·浣溪沙下片
借问谁教春易老，几时能<u>句</u>夜何长。
旧欢新恨总思量。

宋·邵雍·律诗颈联
田园管<u>句</u>凭诸子，樽俎安排仰老妻。

宋·艾性夫·律诗颔联
曾借春风闲管<u>句</u>，喜从劫火报平安。

宋·吴炯·律诗颈联
少日紫心但黄奶，暮年使鬼<u>句</u>青奴。

[附录]
(一) 句字分录于虞、尤、遇、宥四韵，同录作"句"。诗韵未录"勾"本字，"句"通作"勾"，尤韵（音 gōu）、宥韵（音 gòu）通用。在律句的句尾，如读作平声"一笔从今（句勾）断了（楼钥）"与读作仄声"暮年使鬼（句勾）青奴（吴炯）"一类句式，亦通用。虞韵释为"履头饰"等义项，音 qú；遇韵释为"章句"等义项，音 jù。异义，不通用。参阅新四声释义。
(二) 句字新四声
1. 读作 jù。①由词组成的能表示完全意思的话。②量词：两句话。
2. 读作 gōu。①古国名：高句丽。②同"勾"，(1)弯曲。(2)姓。
3. 通"绚 qú"，古鞋头上的装饰。

(三) 勾字新四声
1. 读作 gōu。①弯曲。②用笔画出符号，表示删除或截取：一笔勾销。③画出轮廓勾勒。④引出；引起：勾引。⑤结合；联系：勾通。⑥调和使粘：勾卤。⑦几何名词：勾股定律。⑧姓。
2. 读作 gòu。①勾当，事情。今指坏事情。②通"够"：大圣吃勾了多时（《西游记》）。

【瘐】

一、诗韵上平七虞，羊朱切 yú，赢瘐，交瘐，神志瘐，玉生瘐，病也，与麌韵同，余异。

唐·李绅·诗句
九五当乾德，三千应瑞符。
……
燕客书方诈，尧门信未孚。
谤兴金就铄，毁极玉生<u>瘐</u>。

宋·刘敞·诗句
津梁善类植泰道，柱石明堂开远模。
丹心炳炳照白发，力扶国是消民<u>瘐</u>。

二、诗韵上声七麌，以主切 yǔ，病也，病差也，疾瘐，小瘐，俾瘐，交相瘐，与虞韵通。又病瘳也，与虞韵异。

宋·陈普·绝句首联
父母何曾使我<u>瘐</u>，自将身去徇尘埃。

宋·释印肃·绝句尾联
指头消息甚分明，病<u>瘐</u>何须重点药。

宋·蔡襄·诗句
大雪拥都门，子行亦良苦。
……
志虑固精明，利病前可睹。

姑能务均一，瘝瘼庶苏瘉。

宋·陈宓·诗句
儿饥谁与哺，衣破谁与补。
……
遂使强惭颜，缪称事摩抚。
日冀天色寒，旧恙或可瘉。

[附录]
㈠瘉字分录于虞、麌二韵。释义注"病也"通用。在律句的句尾，如读作平声"力扶国是消民瘉（刘蔌）"与读作仄声"父母何曾使我瘉（陈普）"通用。余义异，不通用。
㈡瘉字新四声
1."愈 yù"字某义项的异体，病好：痊愈。
2.读作 yù。①病。②灾难，危害：不令兄弟，交相为瘉（《诗经》）。

【驱】

一、诗韵上平七虞，岂俱切 qū，逐遣也，奔驰也，军前锋曰先驱。驰驱，并驱，长驱，驱骋，驱逐，驱遣，驱除，又遇韵同。

宋·杨万里·绝句尾联
未委前头花好否，且令蜂蝶作前驱。

宋·强至·绝句首联
上公分陕半年馀，驷马东还不待驱。

宋·陆游·律诗颈联
万里驰驱曾远戍，六朝涵养忝遗民。

二、诗韵去声七遇。区遇切 qù，先驱，东驱，翼驱。叶读去声与虞韵通，余异。

南北朝·何逊·诗句
宿昔敦远游。名分乃异路。
……
伊我念幽关。夫君思赞务。
短翮方息飞。长辔日先驱。

[附录]
㈠驱字分录于虞、遇二韵，同录作"驱"。释义注：叶读去声与虞韵通。暂无通用的诗例。诗例多作平声，宜取平声。
㈡驱字新四声读作 qū。①鞭马前进。②赶走，排除：驱逐。③行进，奔驱：并驾齐驱。④驾驭：驱车前往。⑤逼迫：饥来驱我去（陶渊明）。

【瞿】

一、诗韵上平七虞，其俱切，音衢 qú，义同，鹰隼视。又瞿塘峡，又姓，氐瞿，执瞿，商瞿。瞿宝，瞿童，瞿瞿，又遇韵异。

清·万寿祺·律诗颈联
蹙蹙江湖窄，瞿瞿天地深。

宋·刘克庄·律诗颈联
老爱家山安畏垒，早知世路险瞿唐。

宋·刘克庄·律诗尾联
作饮中仙殊不恶，何须苦淡学瞿聃。

宋·吴时显·律诗首联
尘埃谁复识瞿昙，高座风生玉麈谈。

宋·晁说之·绝句首联
骇雉丹青人姓边，无花无石自瞿然。

二、诗韵去声七遇，九遇切 jù，惊

视貌,心惊貌,惊遽不审貌,瞪视貌,又俭也,瞿瞿,目瞿,心瞿,耳瞿,虞韵异。

宋·高斯得·诗句
维舟候新铉,薄言憩兹山。
丛祠倚层阜,回阡俯澄湾。
竚立心目瞿,白鹤悬榜颜。

宋·楼钥·诗句
岂惟足生骜,垂耳纷败絮。
掉尾固自若,狸奴为惊瞿。
侧耳实畏之,冲目犹敢怒。

[附录]
(一) 瞿字分录于虞、遇二韵。"瞿塘、瞿昙、瞿聃"从平声,独用。释义"鹰隼视、瞪视貌"义同,暂无通用的诗例。余义异,不通用。诗例多作平声。
(二) 瞿字新四声
1. 读作qú。①古兵器名。②通"衢",四通八达的地方。③姓。
2. 读作jù。①惊视的样子。②害怕,惊动:闻名心瞿(《礼记》)。

【瓠】

一、诗韵上平七虞,户吴切hú,瓠芦,瓢也,通作"壶",破瓠,坚瓠,瓜瓠,遇韵同,余异。

宋·释道济·偈颂首联
小黄碗内几星麸,半是酸齑半是瓠。

宋·赵汝域·绝句首联
醉梦腾腾听打衙,三年踪迹类瓠瓜。

二、诗韵去声七遇,胡误切hù,瓠也,平、去二声义同。匏也,与虞韵同。又大瓠瓠邱,又姓,俱读去声,异。巨瓠,破瓠,坚瓠,瓠壶。

宋·陆游·绝句尾联
不用更烦人祝鲠,输囷瓜瓠是常珍。

宋·苏轼·律诗颔联
厌伴老儒烹瓠叶,强随举子踏槐花。

宋·释文珦·诗句
吾方慕孤贞,俗苦尚冯附。
一身天地间,瓠落如大瓠。
短寄无百年,倏忽已迟暮。

[附录]
(一) 瓠字分录于虞、遇二韵。释义注"匏也、瓠也、瓢也",平、去二声义同,如"瓠瓜与瓜瓠"通用。余义异,不通用。诗例多作仄声。参阅新四声释义。
(二) 瓠字新四声
1. 读作hù。瓠瓜,又称葫子、扁蒲。
2. 读作hú。①瓠芦即葫芦。②用老葫芦制作的盛器:以瓠盛酒,冬即暖,夏即凉(苏轼)。③通"壶"。
3. 读作huò。瓠落,形容大,空廓:瓠落无所容(《庄子》)。

【污汙】

一、诗韵上平七虞,乌孤切wū,录作汙,浊水不流也,行浊,劳事。又羽俱切yú,水名,曲也,麻韵异。又遇韵作"污染"异用。泥污,尘污,粉污,纳污,贪污,卑污,墨污,合污,沾污，污浊。

宋·蔡襄·律诗首联
不是穷轮始问途，肯将全璧混泥污。

宋·艾性夫·律诗尾联
江湖好是横行处，草浅泥污过一生。

宋·魏了翁·律诗首联
举头西日远，满扇北尘污。

宋·于石·律诗颔联
水浊不污明月色，人闲方见白云心。

宋·刘克庄·绝句尾联
五出至今污宋史，半妆当日怨萧郎。

宋·胡寅·绝句首联
玄德骁雄世所知，蛟龙宁肯在污池。

宋·刘子翚·律诗颈联
庾岭风光仍似旧，汉宫铅粉莫相污。

二、诗韵下平六麻，乌瓜切wā，录作汙，凿地为尊，汙尊而抔饮。山污，小污，石作污，污尊，虞、遇韵俱异。

唐·柳宗元·诗句
弱岁游玄圃，先容幸弃瑕。
名劳长者记，文许后生夸。
……
隐几松为曲，倾樽石作汙。

三、诗韵去声七遇，乌路切wù，录作汙，染也，秽也。垢污，泥污，尘污，墨污，铅华污，素丝污，虞韵同，麻韵异。

唐·韦应物·律诗颔联
花里棋盘憎鸟汙，枕边书卷讶风开。

宋·王迈·诗句
书工亦无数，好手不可遇。
非是画事难，难得画中趣。
老色虽上颜，庾尘莫能污。

唐·韩偓·律诗颈联
总得苔遮犹慰意，若教泥污更伤心。

宋·孔武仲·律诗颈联
崎岖广市黄泥污，冷淡群山彩日红。

唐·刘禹锡·律诗颔联
尘污腰间青鞶绶，风飘掌下紫游缰。

宋·张栻·绝句尾联
千年尚忆唐羌疏，不污华清驿骑尘。

宋·陆游·绝句尾联
宁使终身迂比景，莫令一物污灵台。

宋·艾性夫·绝句尾联
凭谁为障西风起，万里黄尘竟污人。

宋·张耒·绝句首联
偏憎游骑香蹄污，最称佳人素手团。

明·高启·诗句
莫扫雨余绿，任满闲阶路。
留藉落来花，春泥免相污。

[附录]

(一)污字分录于虞、麻、遇三韵，同录作汙，污的异体字。"泥污、尘污、不污、相污"通用。在律句的句尾，①读作平声"五出至今污宋史（刘克庄）、浊流若解污清济（苏轼）"与读作仄声"莫令一物污灵台（陆游）、却怕香脂污玉箫（夏竦）"句式；②读作平声"蛟龙宁肯在污池（胡寅）、咄哉韩子休污我（杨简）"与读作仄声"万里黄尘竟污人（艾性夫）、举扇西风欲污人（苏轼）"句式；③读作平声"汉宫铅粉莫相污（刘子翚）、皦皦出尘良易污（王迈）"与读作仄声"偏憎游骑香蹄污（张耒）、莫遣瑶林生染污（刘子翚）"三类句式，亦通用。余义异，不通用。又麻韵异义，独用。参阅新四声释义。

(二)污字新四声

1. 读作wū。①停积不流的水。也指池塘：一牛眠山污中（《晋书》）。②浑浊的水。泛指脏东西：污垢。③弄脏：沾污。④腐败；不廉洁：贪官污吏。⑤洗去污垢：雪污玉关泥（李贺）。⑥低洼：污下而幽暗（文天祥）。⑦下降；衰落：治道之污隆，在乎用人（欧阳修）。

2. 读作yū。①大；夸大：污不至阿其所好（《孟子》）。②通"纡"。曲；绕弯。

3. 读作wā。挖地，掘地：污之则为薮泽（阮籍）。

【孺】

一、词林虞韵，汝朱切，音儒rú，义同去声遇韵。暂无诗例

二、诗韵去声七遇，而遇切，音茹rù，尚小也，子幼弱也。属也，大夫之妻曰孺，言属于夫也，不敢自专也。姓。稚孺，婴孺，徐孺，庸孺，孺子。

宋·司马光·律诗颔联
忠纯汲长孺，高洁夏黄公。

唐·白居易·诗句
旧居清渭曲，开门当蔡渡。
……
插柳作高林，种桃成老树。
因惊成人者，尽是旧童孺。

唐·罗隐·律诗颈联
千里山河轻孺子，两朝冠剑恨谯周。

唐·杜甫·律诗颔联
礼加徐孺子，诗接谢宣城。

[附录]

(一)孺字诗韵录于遇韵，作仄声，虞韵无字头。词林分录于虞、遇二韵，今增录。暂无通用的诗例。诗例俱作仄声，宜取仄声。

(二)孺字新四声读作rú。①幼儿：妇孺。②幼小。③亲近，友好：兄弟既具，和乐且孺（《诗经》）。④通"乳"rǔ，生育。⑤姓。

【镀】

一、词林虞韵，同都切，音徒tú，义同去声遇韵。暂无诗例。

二、诗韵去声七遇，独故切dù，金饰物也。

唐·李绅·绝句首联
假金方用真金镀，若是真金不镀金。

宋·白玉蟾·绝句首联
素馨蕊点粉描笔，红藕花开金镀杯。

唐·元稹·诗句
闲窥东西阁，奇玩参差布。
隔子碧油糊，驼钩紫金镀。

[附录]

(一)镀字诗韵录于遇韵。作仄声，虞韵无字头。词林分录于虞、遇二韵，今增录。暂

无通用的诗例。诗例多作仄声，宜取仄声。
(二) 镀字新四声读作 dù。将某种金属涂附在其他金属或其他材料的表面。

【觎】

一、诗韵上平七虞，云俱切，音俞 yú。觊觎：欲得也，又人名，又通"窬"。窥觎。

　　唐·徐夤·律诗颔联
　　直指宁偏党，无私绝觊觎。

　　宋·桑柘区·律诗首联
　　粟爵瓜官懒觊觎，生涯云水与烟胦。

　　宋·方回·诗句
　　夜卧户不闭，夫岂无窥觎。
　　偷儿定知我，空室一物无。
　　向来穷太守，解官五载余。

二、词林遇韵，俞戌切，音俞上声。义同虞韵。暂无诗例。

[附录]
(一) 觎字诗韵录于虞韵。作平声，遇韵无字头。词林分录于虞、遇二韵，今增录。暂无通用的诗例。诗例多作平声，宜取平声。
(二) 觎字新四声读作 yú。①冀望，企求。②希图。觊觎：非分的希望或企图。

【菟】

一、诗韵上平七虞，同都切 tú，元菟，郡名，与遇韵同。神马，又虎也，遇韵异。

　　近代·鲁迅·绝句尾联
　　知否兴风狂啸者，回眸时看小於菟。

　　宋·乐雷发·律诗首联
　　楚砧岷葛饱清游，金节银菟照几州。

　　宋·张嵲·绝句尾联
　　议将此地为菟圃，种药栽花二十春。

　　宋·刘克庄·绝句尾联
　　待得伏菟堪采掘，此翁久矣作飞仙。

二、诗韵去声七遇，汤故切 tù，菟丝，草名。瓜名，药名，通"兔"。元菟，白菟，羔菟，菟裘，虞韵异。

　　宋·周必大·律诗尾联
　　当年悔不分银菟，空把新诗反复观。

　　元·王冕·律诗颔联
　　铜驼踪迹埋荒草，元菟风尘识战场。

　　唐·李商隐·律诗尾联
　　可惜前朝玄菟郡，积骸成莽阵云深。

[附录]
(一) 菟字分录于虞、遇二韵。"银菟"通用。余义异，不通用。参阅新四声释义。
(二) 菟字新四声
1. 读作 tù。①通"兔"。②菟丝子：也叫菟丝，寄生蔓草。
2. 读作 tú。于菟，老虎的别称。

【膜】

一、诗韵上平七虞，莫胡切 mó，南膜，膜拜也。云膜，纸也。药韵异。

　　宋·杨亿·律诗尾联
　　贤守相逢膜拜后，都人争劝施珠玑。

宋·陈造·律诗颔联
龙树难逢刮膜手，孟公顾有独醒孙。

二、诗韵入声十药，慕各切mò，肉膜，肉间脉膜也。幕也，抚也，眼膜，竹膜，天膜，榴膜，虞韵异。

宋·欧阳修·诗句
群峰拥轩槛，竹树阴漠漠。
公胡苦思山，规构自心作。
……
偶来玩兹亭，尘眼刮昏膜。

唐·徐夤·律诗颔联
龙绡壳绽红纹粟，鱼目珠涵白膜浆。

宋·朱长文·律诗首联
万法都明一瞬中，可怜情膜久相蒙。

宋·陆游·律诗尾联
衡茅明我眼，刮膜谢金篦。

[附录]
㈠膜字分录于虞、药二韵。"刮膜"通用。余异义，不通用。
㈡膜字新四声读作mó。①薄皮组织。②通"漠"，沙漠。③膜拜。

【缔】

一、诗韵上平八齐，杜奚切dí，结也，闭也，结不解也。自缔，深缔。又霁韵同。

明·虞淳熙·诗句
白月青莲社，文星远聚奎。
长庚秋映桂，太乙夜分藜。
……

时情讥廓落，交道愿深缔。

二、诗韵去声八霁，特计切dì，结也，泽也。缔交，缔姻，又齐韵通。

宋·梅尧臣·诗句
朝闻单骑归，径走至其第。
扣门童仆顽，拒我色甚戾。
……
况与二三子，交分久已缔。

宋·岳珂·绝句首联
鳌山彩缔耸仙峰，万盏华灯宝篆宫。

宋·陈著·律诗首联
马头姻缔热相寻，谁识清交旧绂簪。

宋·牟巘·律诗首联
两君先后缔交承，一笑何防玉斝倾。

[附录]
㈠缔字分录于齐、霁二韵。释义注"结也"通用，暂无通用的诗例。齐韵例句叶读平声。诗例多作仄声，宜取仄声。
㈡缔字新四声读作dì。①结合：缔交。②订立：缔约。③约束，关闭：取缔。④构建：缔造。

【挤】

一、诗韵上平八齐，相稽切，音齑jī。排挤，倾挤，推挤，撞挤，又霁韵义同。

宋·苏轼·律诗首联
推挤不去已三年，鱼鸟依然笑我顽。

宋·苏轼·诗句
群鲸贯铁索，背负横空霓。
首摇翻雪江，尾插崩云溪。
……
奔舟免狂触，脱筏防撞挤。

宋·陆游·律诗颈联
狼藉鸦挤銮，纵横叶满园。

宋·陆游·律诗颈联
人欲见挤真砥石，身宁轻用作投琼。

宋·陆游·律诗尾联
迂阔自知无著处，敢因穷厄怨推挤。

宋·陈造·绝句首联
畴昔相期襆被来，饭馀归意类挤排。

二、诗韵去声八霁，子计切，音霁 jì。排挤，推也，推挤，坠也。沟壑挤，挤抑，与齐韵异，独用。

当代·启功·鹧鸪天上片
铁打车箱肉作身，上班散会最艰辛。
有穷弹力无穷挤，一寸空间一寸金。

[附录]
(一)挤字分录于齐、霁二韵，同录作"擠"。齐韵注：又霁韵义同，暂无通用的诗例。古四声诗例多作平声，类似"古平新仄"字。
(二)挤字新四声读作 jǐ。①压出，引申为排挤。②钻：挤进人群。③人和物相互紧挨着：拥挤。④损伤：飞鸟铩羽，走兽挤脚。

【诋】

一、诗韵上平八齐，杜奚切 dí，诃诋，

相诋，诋诃。又荠韵义同。

宋·李流谦·律诗颔联
深惭诋佛奏，更著广交书。

宋·韩缜·诗句
久闻云际山，中有古招提。
……
胜概亦陈迹，茫然失端倪。
为诗记仿佛，吾友无诃诋。

宋·洪迈·诗句
玉峰点寥廓，霄汉疑可梯。
玉水环城阴，潋潋方拍堤。
向来丘壑怀，语发人所诋。

二、诗韵上声八荠，都礼切 dǐ，讦也，诬也，毁也，辱也，诃也。巧诋，丑诋，历诋，深诋，诋讦，诋訾。又齐韵通。

宋·苏轼·律诗首联
反观皆自直，相诋竟谁诹。

宋·陈淳·律诗颔联
阳尊孔孟阴排斥，深怯周程浪诋诃。

宋·赵汝鐩·诗句
解维武陵岸，江肥雨新止。
兼程趋洞庭，势疾建瓴比。
……
舟子惶束手，喧呼互排诋。

[附录]
(一)诋字分录于齐、荠二韵。释义作"诃诋与诋诃"通用。诗例多作仄声。
(二)诋字新四声读作 dǐ。①骂，诽谤，诬蔑：

诋毁。②通"柢"，根底，要素。③通"抵"，抵赖。

【批】

一、诗韵上平八齐，匹迷切 pī，击也，推也，转也，示之也。御批，朱批，批风，批示，批露行，屑韵亦训击。

  宋·杨亿·律诗颔联
  禁中铃索夜<u>批</u>诏，阁上芸香昼草玄。

  宋·窦仪·律诗颈联
  视草健毫从席选，受降恩诏待公<u>批</u>。

  宋·杨公远·绝句尾联
  博得酒归明月夜，呼儿作脍旋<u>批</u>鲈。

  宋·李昉·律诗颔联
  五载滥<u>批</u>黄纸敕，半生曾典紫泥书。

  宋·方回·律诗颈联
  华盖天临<u>批</u>凤诰，长杨日侍射熊侯。

  宋·刘克庄·绝句尾联
  不是银台<u>批</u>敕手，北司将谓国无人。

二、诗韵入声九屑，匹蔑切 pì，批捩，批却，击也，齐韵通，余异。

  宋·刘克庄·律诗颈联
  孤士但知怒螳臂，先皇不罪<u>批</u>龙鳞。

  宋·刘克庄·律诗首联
  曾<u>批</u>龙鳞捋虎须，君恩天大偶全躯。

[附录]

(一)批字分录于齐、屑二韵。释义注"击也"通用。在律句的句尾，如读作平声"华盖天临批凤诰(方回)、不是银台批敕手(刘克庄)"与读作仄声"迁疏谁遣批龙鳞(刘克庄)"一类句式，亦通用。诗例多作平声。

(二)批字新四声读作 pī。①手击打。②评定，评改。③签发。④批判。⑤排除。⑥量词。

【嵬】

一、诗韵上平十灰，五灰切 wéi，高不平也，高大貌。马嵬，崔嵬，嵬嵬，层嵬。又贿韵同。

  宋·陈宓·律诗颔联
  胸次<u>嵬嵬</u>山立壁，书丛矻矻鸟粘黐。

  宋·苏轼·律诗首联
  霹雳收威暮雨开，独凭栏槛倚崔<u>嵬</u>。

  宋·欧阳修·浪淘沙下阕
  往事忆开元，妃子偏怜。
  一从魂散马<u>嵬</u>关。
  只有红尘无驿使，满眼骊山。

  宋·晁公迈·律诗首联
  地辟天分碧峡<u>嵬</u>，雷奔电激驾潮回。

二、诗韵上声十贿，五罪切，音伟 wěi，山貌，磊嵬，马嵬，崔嵬，又灰韵通。暂无诗例。

[附录]

(一)嵬字分录于灰、贿二韵。释义"山貌，高大貌"通用。诗例多作平声，宜取平声。

(二)嵬字新四声读作 wéi。①嵬峨即巍峨，高大雄伟。②崴嵬：形容山高，突兀不平。③崔嵬：(1)有石头的土山；(2)高耸。④通"傀 kuī"，怪异。

【裁】

一、诗韵上平十灰，昨哉切，音材 cái。制衣，裁度，鉴别也。制也，队韵异。剪裁，删裁，裁制，裁衣，裁云，裁断。

宋·王令·绝句首联
如飞如舞对瑶台，一顶春云若剪裁。

宋·方蒙仲·绝句尾联
貌就寒林差易事，玉堂云雾欠人裁。

宋·李石·绝句首联
白团扇子合欢裁，出水菱花镜面开。

唐·贺知章·绝句尾联
不知细叶谁裁出，二月春风似剪刀。

宋·赵崇璠·律诗颔联
天挺孤姿培相业，风裁老干肃台纲。

二、诗韵去声十一队，昨代切，音在 zài。制裁也。风裁，殊裁，栽裁，灰韵异。

宋·楼钥·律诗尾联
始终无玷阙，风裁许谁攀。

宋·欧阳修·律诗尾联
自惭衰病心神耗，赖有群公鉴裁精。

宋·魏了翁·律诗颔联
肯来芹泮提英裁，要取芳编阅旧香。

宋·陈造·律诗颔联
价比连城容品裁，句专八米见风流。

宋·楼钥·律诗颔联
敢从象齿窥清裁，屡批龙鳞奋大忠。

[附录]
(一) 裁字分录于灰、队二韵。"风裁"通用。在律句的句尾，如读作平声"玉堂云雾欠人裁（方蒙仲）、红焰炉深岂易裁（宋太宗）"与读作仄声"肯来芹泮提英裁（魏了翁）、价比连城容品裁（陈造）、敢从象齿窥清裁（楼钥）"一类句式，亦通用。余义异，不通用。诗例多作平声。

(二) 裁字新四声读作 cái。①剪裁，割裂。②刎颈，杀。③削减，取消。④控制。⑤判断，决定。⑥估量，识别。⑦制作，写作。⑧体制。⑨通"才"，(1)仅仅。(2)只有。⑩刚，才。

【傀】

一、诗韵上平十灰，公回切，音圭 guī，大貌，大也，怪异也，美也，盛也，又倭傀，丑妇，纸韵异。

宋·释从瑾·颂古首联
棚前夜半弄傀儡，行动威仪去就全。

二、诗韵上声四纸，矩鲔切 kuǐ，大也，怪异也，傀儡，傀怪，灰韵异。

宋·黄庭坚·绝句首联
万般尽被鬼神戏，看取人间傀儡棚。

宋·汪元量·绝句首联
鲁港当年傀儡场，六军尽笑贾平章。

清·张问陶·律诗首联
胶革全崩傀儡场，岐雷医命竟无方。

[附录]
(一) 傀字诗韵分录于灰、纸二韵。词林录于灰、贿二韵，未予增录。释义注"大也，怪

异也"通用。"傀儡"纸韵三例均处可平可仄位置,仅供参考。

(二)傀字新四声读作kuǐ。①怪异,大傀异灾(《周礼》)。②魁伟高大。③傀儡:(1)木偶。(2)比喻被操纵。(3)傀垒:比喻苦闷郁积心中。

【振】

一、诗韵上平十一真,之人切zhēn,举救也(拯义,赈济也,济民养德也),与震韵同。厚也(仁厚也,振振公子),盛貌(均服振振),与震韵异。又奋也(振奋,奋起也),裂也(释义动也,孟春蛰虫始振),整也(拂整也,拂去尘也)。

宋·司马光·诗句
上圣固天纵,英艺皆绝伦。
时乘万几闲,翰动如有神。
……
琶瑟灵凤翔,郁怒虬龙振。

宋·吴芾·律诗尾联
还须益励青云志,门户何忧不再振。

宋·李廌·诗句
揭来游汝海,初识鲁公真。
……
蜡书通帝所,羽檄论邦邻。
许国心无二,孤军气复振。

宋·吴芾·律诗首联
乡里衣冠久不振,后来犹喜有斯人。

宋·方蒙仲·绝句尾联
生纵不陪振鹭列,死犹可葬伯鸾山。

唐·元稹·诗句
何事花前泣,曾逢旧日春。
……
掉荡云门发,蹁跹鹭羽振。

唐·白居易·诗句
意气骄满路,鞍马光照尘。
……
食饱心自若,酒酣气益振。
是岁江南旱,衢州人食人。

二、诗韵去声十二震,章刃切zhèn,奋也,整也,举救也,与真韵同。又收也(包容,《礼记》:振河海而不泄),独用。又裂也,止也(《诗经》:振旅阗阗)。

宋·范仲淹·律诗颔联
清风又振东南美,好梦多亲咫尺颜。

宋·黄榦·律诗颔联
家声今益振,母训昔应多。

宋·陈知柔·律诗尾联
此道寥寥今复振,不应渔水是东邻。

宋·徐冲渊·律诗尾联
金声玉振掩前作,汉祖空怀猛士忧。

唐·王昌龄·绝句尾联
城头铁鼓声犹振,匣里金刀血未干。

宋·苏轼·律诗颈联
旧政犹传蜀父老,先声已振越溪山。

宋·邓肃·诗句
老松古柏争清劲,社稷元勋李文正。
风流千古照人寒,家有白眉声益振。

宋·曾丰·绝句尾联
长歌商颂声初振,细听韶音味可忘。

唐·齐己·律诗颔联
凤阙几传为匠硕，龙门曾用振风雷。

[附录]

㈠振字分录于真、震二韵。"益振、复振"通用。在律句的句尾，①读作平声"乡里衣冠久不振（吴芾）、门户何忧不再振（吴芾）、乱后相逢气益振（李处权）"与读作仄声"长歌商颂声初振（曾丰）、多病早衰才不振（晁公溯）、苕雪儒风从此振（吴芾）"句式；②读作平声"生纵不陪振鹭列（方蒙仲）"与读作仄声"汉皇老傅振须眉（张耒）、新从海上振轻翰（蔡襄）"二类句式，亦通用。余义异，不通用。如："金声玉振"，从仄声。参阅新四声释义。

㈡振字新四声读作zhèn。①奋起，显扬：振奋。②挥动：振笔；振翅。③赈济：赐贫穷，振乏绝（《礼记》）。④收；包容：振河海而不泄（《礼记》）。⑤止；中止：振於无竟（《庄子》）。⑥极；远：振古罕有（薛福成）。⑦成群，众多：振鹭在庭（《文选》）。⑧弃除；拂拭：弹冠振衣。⑨通"震"：振地锣鸣。⑩通"整"，整治；整理。⑪通"侲"，幼童。⑫通"袗"，单衣。⑬振振：(1)威武；理直气壮：振振有词。(2)形容鸟群飞：振振鹭，鹭于下（《诗经》）。(3)仁厚：振振薛公，惟德之造（柳宗元）。⑭姓。

【磷】

一、诗韵上平十一真，力珍切 lín，水在石间，映耀也，与粦同，震韵异。

宋·秦观·诗句
翩翩曾公子，子猷定前身。
嗜好准畴昔，了然不缁磷。

寄食平准官，植竹当比邻。

宋·王禹偁·律诗首联
修篁瑟瑟石磷磷，去谒荒祠不厌频。

唐·元稹·诗句
何事花前泣，曾逢旧日春。
……
破船沉古渡，战鬼聚阴磷。

二、诗韵去声十二震，良刃切 lìn，薄石也，磨而不磷。云母也。石砾也。磨磷，磷磷，真韵异。

宋·陆游·律诗颈联
庭下宵游磷，盘中昼扫蝇。

宋·刘克庄·律诗颈联
诃房几亶粉，还朝不磷缁。

宋·陆游·诗句
策名委质本为国，岂但空取黄金印。
故都即今不忍说，空宫夜夜飞秋磷。

宋·陆游·律诗颔联
林昏见飞磷，村近有惊龙。

宋·范成大·绝句尾联
土伯不能藏碧磷，三三两两照前冈。

宋·欧阳修·律诗颈联
野磷惊行客，烽烟入远尘。

宋·艾性夫·律诗颔联
似因漱石磨成磷，幸免投梭折得疏。

宋·赵蕃·绝句尾联
府主甚贤宾得士，岂忧磨磷涅能缁。

[附录]

㈠磷字分录于真、震二韵，同录作"磷"，燐是磷某义项的异体字，"缁磷与磷缁"通用。如"磷磷"同"粼粼"义，从平声。取"磨磷"义，从仄声。参阅新四声释义。

(二)磷字新四声

1. 读作lín。①形容水、石明净。②形容色泽鲜明。
2. 读作lìn。①薄。②损伤，瑕疵。③通畅。

【泯】

一、诗韵上平十一真，弥邻切mín，义同，夷泯，风泯，化不泯，鼎字泯，轸韵同。

宋·张舜民·律诗首联
冻云积雪黯洮泯，晏岁辂车晤过秦。

宋·文同·诗句
将欲言治人，必先由正身。
身正人自治，此化行如神。
……
有坏则请修，使之名不泯。

宋·陈傅良·律诗颈联
嘉与九城俱晏粲，讫无一事尚棼泯。

宋·释正觉·颂古尾联
只在一尘分变态，高名勋业两难泯。

宋·文天祥·无锡·律诗首联
金山冉冉波涛雨，锡水泯泯草木春。

二、诗韵上声十一轸，武尽切mǐn，水貌，尽也，茫茫也。夷泯，泯没，泯泯，字不泯，与真韵通。

唐·韩愈·诗句
崔侯文章苦捷敏，高浪驾天输不尽。
……

能来取醉任喧呼，死后贤愚俱泯泯。

宋·仇远·律诗颔联
夕阳有恨荒荒白，江水无声泯泯流。

宋·梅尧臣·律诗颈联
未泯生前恨，而追没後踪。

宋·释如珙·颂古尾联
座主高茅心未泯，如何胡乱妄通言。

宋·陈宓·绝句尾联
清标自是人难泯，不为区区一剑传。

唐·杜甫·诗句
水陆迷畏途，药饵驻修畛。
古人日以远，青史字不泯。

唐·李白·诗句
巢父将许由，未闻买山隐。
道存迹自高，何惮去人近。
纷吾下兹岭，地闲喧亦泯。

近代·鲁迅·律诗尾联
度尽劫波兄弟在，相逢一笑泯恩仇。

[附录]

(一)泯字分录于真、轸二韵。"不泯与未泯、难泯、泯泯"通用。在律句的句尾，如读作平声"讫无一事尚棼泯(陈傅良)"与读作仄声"座主高茅心未泯(释如珙)"一类句式，亦通用。余义异，不通用。诗例多作仄声。

(二)泯字新四声

1. 读作mǐn。①灭，尽：泯灭。②混淆，混合：禅能泯人我(白居易)。
2. 读作miàn。眩泯：眼昏花。

【填】

一、诗韵上平十一真，陟邻切，音珍。压也，先、震、霰韵并异。

> 宋·穆修·秋浦会遇·诗句
> 踧踧幽遐地，栖栖会遇人。
> 合力邪攻正，连谋伪瞽真。
> ……
> 椎埋旹直堕，排陷堵潜填。

二、诗韵下平一先，徒年切 tián，加也，满也，顺也，人名。又鼓声，真、震韵异。又训塞也，与霰韵同。

> 宋·金梁之·绝句尾联
> 为嫌梅影太清瘦，几片飞来疏处填。

> 宋·陈襄·诗句
> 庆历甲申岁，旱极忧民田。
> 倏惊西郊寒，霭霭离山巅。
> 急雨下滂沱，迅雷亦填填。

> 宋·张至龙·律诗颔联
> 禽学乡谈语，山填野烧痕。

三、诗韵去声十二震，陟刃切 zhèn，同镇，抚也，定也，又土星名，真、先、霰韵俱异。暂无诗例。

四、诗韵去声十七霰，堂练切 diàn，塞也。又徒偃切，音颤 chàn，填填（《庄子》：至德之世，其行填填）。厚重貌，先韵通，与真、震韵俱异。

> 宋·赵善括·律诗首联
> 紫荷余爱在，皂盖填名城。

[附录]
(一) 填字分录于真、先、震、霰四韵。先、霰韵释义"塞也"通用，暂无通用的诗例。余义异，不通用。诗例多使用先韵义，从平声。参阅新四声释义。

(二) 填字新四声读作 tián。①垫平：填海造田。②塞满；充满：义愤填膺。③填写；补充：填空。④涂饰；着色：填金。⑤填填，稳重（《庄子》：其行填填）。⑥通"殄"，(1) 穷苦，(2) 杀灭。⑦通"镇"，安定：填国家，抚百姓（《汉书》）。⑧通"陈"，长久：孔填不宁（《诗经》）。⑨通"置"，安放：以填后宫。⑩象声词。

【分】

一、诗韵上平十二文，府文切 fēn，赋也，施也，与也，别也，裂也，隔也，半也。区分，均分，分手，分寸，分野，分支，分权，分流，分曹。问韵异。

> 宋·陆游·绝句首联
> 花阴扫地置清尊，烂醉归时夜已分。

> 宋·释文礼·绝句尾联
> 问伊遮得何人眼，梵语唐言总不分。

> 宋·宋伯仁·云云·律诗颔联
> 素志肯随时节改，清贫难许利名分。

> 宋·释正觉·律诗颔联
> 照彻有无方得我，缘分生灭不干他。

> 宋·詹初·律诗颈联
> 云自无心出，水从有本分。

宋·马大同·过九嶷·绝句首联
宇宙才<u>分</u>便有山，兹山戢戢序成班。

宋·吴潜·律诗首联
覆盖无<u>分</u>实与虚，太平有象史官书。

宋·陆游·绝句尾联
已<u>分</u>邻舍红莲米，更啜僧房紫笋茶。

宋·阮阅·绝句首联
不<u>分</u>涓滴溉田畴，只有重滩碍巨舟。

唐·白居易·律诗颔联
谪居终带乡关思，领郡犹<u>分</u>邦国忧。

宋·张载·绝句首联
出异归同禹与颜，未<u>分</u>黄阁与青山。

宋·王阮·绝句首联
灵台一似大圆镜，妍丑自<u>分</u>吾不知。

宋·楼钥·律诗首联
漕台生处寝之床，丛桂还<u>分</u>一叶芳。

宋·陈棣·绝句首联
寒菊已枯<u>分</u>正色，春兰未秀借幽香。

二、诗韵去声十三问，扶问切fèn，均也，分剂，名分也，职分也。缘分，名分，守分，天分，随分，分外明，与文韵异。

宋·黄庭坚·诗句
尝闻马南郡，少有拔俗韵。
寒灰几见溺，铩翮常思奋。
桐薪鸣灶间，剑气吐吴<u>分</u>。

唐·可朋·律诗颔联
月里岂无攀桂<u>分</u>，湖中刚爱钓鱼休。

明·高启·律诗首联
已<u>分</u>栖迟不自疑，江边林下傃幽期。

宋·宋庠·律诗颔联
不<u>分</u>伯劳随阿母，生憎蛱蝶效当涂。

宋·曾丰·绝句首联
此邦名<u>分</u>久无知，初政专精立等夷。

宋·李新·律诗首联
直向忙中得少休，一生缘<u>分</u>属清幽。

宋·石延年·绝句首联
本<u>分</u>桃花寒食前，小桃长是上春天。

宋·陆游·绝句尾联
到此宛然诗不进，始知才<u>分</u>有穷时。

清·龚自珍·绝句尾联
可惜语儿溪畔路，白头无<u>分</u>棹归舷。

宋·种放·律诗颔联
自委渔樵<u>分</u>，因思出处难。

宋·赵师秀·律诗尾联
平生无饮<u>分</u>，空愧酒旗招。

宋·王阮·绝句首联
已<u>分</u>余生老一丘，尚因微禄少迟留。

宋·杨万里·绝句首联
不<u>分</u>唐人与半山，无端横欲割诗坛。

宋·王安石·律诗尾联
渊明久负东篱醉，犹<u>分</u>低心事折腰。

宋·陈造·绝句尾联
不妨东阁撩诗兴，未<u>分</u>愁听起夜来。

宋·陆游·绝句首联
幽谷那堪更北枝，年年自<u>分</u>著花迟。

宋·吴芾·律诗首联
我家还分有园池，正愿春迟春又归。

宋·赵蕃·绝句首联
识字才能项籍欺，灶煤研瓦分甘之。

[附录]

(一) 分字分录于文、问二韵。"已分、不分、犹分、未分、自分、还分"通用。在律句的句尾，如读作平声"寒菊已枯分正色（陈棣）、同本君为分鲁卫（楼钥）、一迳石墙分竹色（程公许）"与读作仄声"灶煤研瓦分甘之（赵蕃）、僵寒危病分泉台（陈著）"一类句式，亦通用。余异义，不通用。"名分、缘分、本分、才分、无分"依音、义辨读。"几分、可分、更分、欲分、何分、中分、平分"从平声，暂无仄声例句。参阅新四声释义。

(二) 分字新四声

1. 读作 fēn。①分开，划出。②给与。③辨别。④部分。⑤程度。⑥长度，时间。
2. 读作 fèn。①成分，物质组成。②料想。③情缘。④满意。⑤同"份"某义项。

【斤】

一、诗韵上平十二文，举欣切 jīn，古时十六两为斤。又斧斤也，斫木也，姓，又问韵异。

宋·苏轼·律诗首联
才名谁似广文寒，月斧云斤琢肺肝。

宋·曹勋·诗句
蒔松须落残腊，栽花宜早春。
移竹日随月，种麻月及辰。
旺方八卦定，农诗七月陈。
物性无不然，农业宜斤斤。

宋·张耒·绝句首联
论斤上国何曾饱，旅食江城日至前。

唐·陆龟蒙·律诗尾联
清斋若见茅司命，乞取朱儿十二斤。

宋·陆游·绝句首联
鸿冥固自辞赠缴，樗散犹能谢斧斤。

二、诗韵去声十三问，居焮切 jìn，察也，斤斤，明察也，又文韵异。

宋·方回·绝句首联
论斤买麨遗俗在，街头商贾问童儿。

宋·苏颂·诗句
我昔就学初，龆童齿未龀。
……
任重才难胜，位高躬易陨。
丹衷徒蹇蹇，明诚乏斤斤。

[附录]

(一) 斤字分录于文、问二韵。"论斤、斤斤（仄声叶韵）"通用。余异义，不通用。诗例多作平声，宜取平声。

(二) 斤字新四声

1. 读作 jīn。①斧头。②砍，削。③删改文字。④斤斤：(1)细小，琐屑。(2)明察。⑤姓。
2. 勔 jīn（斤的异体字），量词。

【员】

一、诗韵上平十二文，王分切 yún（郑音云），于权切 yuán（毛音圆），皆可读。益也，物数也，员幅，伍员（伍子胥），先韵略同，问韵异。

唐·元稹·律诗尾联
鲲鲸归穴东溟溢，又作波涛随伍<u>员</u>。

宋·梅尧臣·诗句
河湟宿兵地，劲勇天下闻。
侵疆古甚炽，薄伐诗所云。
……
实由持阻懈，抉目悲伍<u>员</u>。

二、诗韵下平一先，于权切 yuán（毛音圆），物数也，幅员。官数也，官员，备员，文、问韵俱异。

宋·文天祥·诗句
三月初五日，索马平山边。
疾驰趋高沙，如走阪上圆。
……
秦客载张禄，吴人纳伍<u>员</u>。

宋·杨万里·绝句尾联
随分垂杨兼老桧，备<u>员</u>野寺更残僧。

宋·范成大·律诗颈联
交情敢说同方友，句法甘从弟子<u>员</u>。

三、诗韵去声十三问，王问切 yùn，姓也，文、先韵俱异。

宋·李新·律诗尾联
若令新岁能翻舌，先寄城东老<u>员</u>诗。

宋·梅尧臣·律诗首联
伍<u>员</u>奔吴日，苍皇及水滨。

[附录]
(一) 员字分录于文、先、问三韵。"伍员"通用，余义异，不通用。诗例多作平声，宜取平声。参阅新四声释义。

(二) 员字新四声
1. 读作 yuán。①人员。②量词。③周围。④通"圆"。
2. 读作 yún。①语气词无义。②增加。
3. 读作 yùn。姓。

【论】

一、诗韵上平十三元，卢昆切 lún，议也，说也，伦也，温也，州名，姓。评论，愿韵异。按：虚用读平声。讨论，高论，论文，论语。

宋·苏辙·律诗首联
囊空口众不堪闲，却喜平生得细<u>论</u>。

宋·陆游·律诗尾联
此身且健天余恨，行路虽难莫更<u>论</u>。

宋·曾巩·律诗颈联
旧学资详正，新仪属讨<u>论</u>。

宋·刘克庄·律诗首联
昔梦趋旂厦，巍冠预讲<u>论</u>。

宋·吴说·律诗颔联
田父语言时近道，世人嘲笑尚<u>论</u>文。

宋·苏泂·绝句尾联
如今寄食城隍庙，异代君臣莫更<u>论</u>。

宋·朱敦儒·浣溪沙下片
拥髻凄凉<u>论</u>旧事，曾随织女度银梭。
当年今夕奈愁何。

宋·胡寅·绝句首联
宁须较短复<u>论</u>长，拖白施朱亦两忘。

宋·苏轼·律诗尾联
年来渐识幽居味，思与高人对榻<u>论</u>。

二、诗韵去声十四愿，卢困切lùn，议也，言有理也，辩论。清论，佳论，高论，公论，元韵异。

宋·戴复古·律诗颔联
出人意表发高论，入我眼中多好诗。

宋·萧廷之·西江月下片
须共真师细论，无令妄动轻为。
幽微玄妙最深机。言语仍须避忌。

元·王冕·律诗尾联
不须更论江南事，击剑长歌且漫斟。

宋·方岳·律诗首联
柳边又报瑞莲开，持与南薰讨论来。

宋·陈宗远·律诗尾联
茅店倾醨酒，相看亦论文。

宋·陆游·律诗颈联
未能剧论希扪虱，且复长歌学叩辕。

唐·孟浩然·律诗颈联
讲论陪诸子，文章得旧朋。

宋·于石·绝句首联
四海同推月旦评，是非公论至今存。

宋太宗·律诗尾联
智者无言皆口默，敢将容易论玄机。

宋·释印肃·绝句
弹指圆成八万门，有无无有岂堪论。
假设千经并万论，直应迦叶不闻闻。

[附录]
(一) 论字分录于元、愿二韵，同录作"論"。如"细论、更论、讨论、讲论、论文"通用。在律句的句尾，①读作平声"拥髻凄凉论旧事（朱敦儒）、一坐便应论十劫（陆游）"与读作仄声"敢将容易论玄机（宋太宗）、便与颜回论不投（张九成）"句式；②读作平声"宁须较短复论长（胡寅）、犹闻神鬼夜论兵（苏洞）、先持清静后论功（宋太宗）"与读作仄声"诗是尧夫确论时（邵雍）"句式；③读作平声"思与高人对榻论（苏轼）、斗酒新丰不足论（陆游）、桃粗杏俗未应论（郭印）"与读作仄声"从今束起书生论（刘克庄）、难从陆羽毁茶论（陆游）"三类句式，亦通用。余义异，不通用。如"论语"从平声，暂无仄声例句。"高论"从仄声，暂无平声例句。

(二) 论字新四声
1. 读作lùn。①分析，讲述。②学说，主张。③衡量，评定。④文体名称。⑤定罪。⑥推知。⑦顾及，考虑。⑧凭，靠。
2. 读作lún。①特指《论语》上伦、下伦。②通"伦"，伦理。③通"抡"，选择。④姓。

【蜿】

一、诗韵上平十三元，乌丸切wān，蜿蜒，蛇行也，龙状也。蜷蜿，龙蜿，蟠蜿，阮韵同。

宋·苏轼·律诗颈联
至人旧隐白云合，神物已化遗踪蜿。

清·龚自珍·绝句首联
太行一脉走蝹蜿，莽莽畿西虎气蹲。

宋·黄庭坚·绝句首联
一规苍玉琢蜿蜒，藉有佳人锦段鲜。

宋·陆游·律诗颔联
璗璗水纹生细縠，蜿蜿沙路卧修蛇。

二、诗韵上声十三阮，于阮切wǎn，蜿蟺（蜿蟮），蚯蚓也，蟠蜿，蟺蜿，元韵通。

宋·李新·律诗首联、颔联
有花栽性地，余法寄灯房。
虬蜿骈松瘦，锤寒殷谷长。

宋·李新·律诗首联
万里车书自一家，新城蜿蜿卧龙蛇。

[附录]
(一)蜿字分录于元、阮二韵。"蜿蜿"通用。余异义，不通用。
(二)蜿字新四声读作wān。①蜿蜒。②盘旋曲折。

【援】

一、诗韵上平十三元，雨元切yuán，牵也，拔也。援引，霰韵异。又畔援：跋扈也，亦同。外援，牵援，援抱，援琴。

宋·范仲淹·律诗颈联
忘忧曾扣易，思古即援琴。

宋·苏辙·律诗颈联
归路逢僧暂容与，登山无力强扳援。

唐·韦应物·诗句
山夕绿阴满，世移清赏存。
吏役岂遑暇，幽怀写朝昏。
云泉非所灌，萝月不可援。

宋·王安石·诗句
走马白下门，投鞭谢公墩。
昔人不可见，故物尚或存。

……
天机自开阖，人理孰畔援。

明·吴宽·律诗颔联
三缄口不思援上，九转肠应为热中。

明·薛蕙·律诗颈联
接条时自挂，饮水复相援。

唐·元稹·诗句
柳阴覆岸郑监水，李花压树韦公园。
每出新诗共联缀，闲因醉舞相牵援。

唐·方干·律诗颈联
镪金五字能援笔，钓玉三年信直钩。

宋·刘子翚·绝句首联
忽惊风袂去翻翻，老子吟毫强更援。

二、诗韵去声十七霰，于眷切yuàn，救助也，接也，结援，攀援，又马援，人名，与元韵异。畔援，亦通。芳援，高援。

宋·董嗣杲·律诗尾联
身悭风露甘修洁，谁托斯馨欲援琴。

宋·陈宓·诗句
我来一载强，再觌凤山面。
时当秋末垂，群木尚葱倩。
……
圣主肩有虞，斯瑞遂可援。

宋·王禹偁·律诗颔联
两度黜官谁是援，二毛侵鬓自堪惊。

唐·白居易·律诗首联
慕贤入室交先定，结援通家好复成。

唐·卢仝·卓女怨·律诗颈联

托援交情重，当垆酹意深。

宋·陆游·律诗颔联
去沙通断涧，插援护新荷。

宋·戴复古·律诗颈联
百姓各逃命，四旁无援兵。

宋·梅尧臣·律诗尾联
马援当时见，曾将禹贡评。

宋·董嗣杲·律诗尾联
便可放怀天地外，揽将奇思援孤琴。

宋·梅尧臣·律诗首联
楚人住处将为援，越使传时合有诗。

[附录]
㈠援字分录于元、霰二韵。"援琴、可援"通用。在律句的句尾，①读作平声"万历年中援海日（阮汉闻）"与读作仄声"揽将奇思援孤琴（董嗣杲）、大宁无路援开平（尹耕）"句式；②读作平声"镪金五字能援笔（方干）、世家矜伐敢援恩（李处权）"与读作仄声"四旁无援兵（戴复古）。一驿赋成应援笔（欧阳修）"句式；③读作平声"老子吟毫强更援（刘子翚）、春来谁挽去难援（晁说之）"与读作仄声"楚人住处将为援（梅尧臣）、两度黜官谁是援（王禹偁）"三类句式，亦通用。人名，独用。余义异，不通用。
㈡援字新四声读作 yuán。①牵引。②救助。③引用。④篱笆。⑤拿，持。⑥姓。

【奔】

一、诗韵上平十三元，博昆切 bēn，走也，又姓。狂奔，飞奔，万马奔，岁月奔，铁骑奔，大江奔，奔走，奔赴，奔放，奔命，奔驰，奔雷，奔流，奔湍，奔波。

宋·陆游·绝句首联
势掠郊原飞急雪，声摇窗户过奔雷。

宋·杨万里·律诗尾联
馆人只冷眼，还为惜奔驰。

宋·邓深·绝句首联
水合百源争一关，正须㳽㳽控奔湍。

宋·范成大·绝句首联
一身半世走奔波，疑是三生宿债多。

宋·李弥逊·律诗颔联
望与游云奔落日，步随流水赴前溪。

二、词林愿韵，补闷切 bèn，急赴也，变也，有急变奔赴之意。

宋·释心月·绝句尾联
伎俩由来只如此，放教急急奔前程。

宋·叶茵·律诗首联
新月试新晴，扁舟夜奔程。

宋·陈著·律诗颔联
传闻妻奔北，邂逅子随西。

宋·杨万里·绝句尾联
枯梗折教无一寸，并驱春力奔花梢。

[附录]
㈠奔字诗韵录于元韵，从平声，愿韵无字头。词林分录于元、愿二韵，今增录。释义注"奔赴，急赴也"通用。在律句的句尾，①读作平声"一身半世走奔波（范成大）、正须㳽㳽控奔湍（邓深）"与读作仄声"传闻

妻奔北(陈著)、扁舟夜奔程(叶茵)"句式；②读作平声"望与游云奔落日(李弥逊)、谁夸玉帛奔侯服(晁说之)"与读作仄声"放教急急奔前程(释心月)、并驱春力奔花梢(杨万里)"二类句式，亦通用。余义异，不通用。诗例多作平声。参阅新四声释义。

(二) 奔字新四声

1. 读作bēn。①急走，奔驰。②逃亡：出奔；私奔。③崩落，塌陷。④姓。
2. 读作bèn。①投向，朝：奔他而来。②将近，接近：奔四十岁。③为某事奔走：疲于奔命。
3. 读作fèn。通"贲""偾"。失败：奔军之将。

【谖】

一、诗韵上平十三元，许元切，音暄xuān。诈也。忘也。诈谖，弗谖，不可谖，莫与谖。

　　明·唐顺之·山庄闲居·律诗首联
　　身名幸自谢笼樊，白首为农誓不谖。

　　宋·韩维·律诗颔联
　　见义舍生安为己，怀谖保位独何人。

　　宋·陈师道·律诗首联
　　侯门谁预识冯谖，岁晚宁知范叔寒。

　　宋·司马光·诗句
　　天衢名利场，尘泥继朝昏。
　　……
　　高谈金石谐，逸笔风雨奔。
　　得朋诚多欢，孤陋未可谖。

二、词林阮韵，火远切，音暄上声，义同。

　　宋·徐集孙·诗句
　　狰狞古怪虬龙枝，着花传舍宾岁晚。
　　往往来来几番人，老大相期疑未谖。

[附录]

(一) 谖字诗韵录于元韵，从平声，阮韵无字头。词林分录于元、阮二韵，今增录。暂无通用的诗例。诗例多作平声。宜取平声。

(二) 谖字新四声读作xuān。①欺诈：虚造诈谖之策。②遗忘，忘记。③谖草：传说中一种使人忘忧之草，也作萱草。

【反】

一、诗韵上平十三元，孚袁切fān，断狱，理冤狱也，平反，偏反，阮韵异。

　　宋·戴复古·律诗颔联、颈联
　　那使民无讼，须知狱有冤。
　　心常存正直，法不尚平反。

　　宋·曾丰·绝句尾联
　　不反君眼青为白，可使吾庐故作新。

　　宋·钱时·绝句首联
　　世态炎凉反覆易，交情贵贱死生殊。

二、诗韵上声十三阮，府远切fǎn，反覆也，不顺也，回还也。往反，反观，反手。元韵异。

　　宋·戴复古·律诗尾联
　　自此南人不知反，使君还亦是天人。

　　宋·李流谦·律诗首联
　　船头饱钣看扬舲，忽作翻桨不反瓶。

宋·戴复古·律诗颔联
似枯元不死，因病反成奇。

[附录]
㈠反字分录于元、阮二韵。"不反"通用，在律句的句尾，如读作平声"世态炎凉反覆易（钱时）"与读作仄声"因病反成奇（戴复古）"一类句式，亦通用。余异义，不通用。参阅新四声释义。
㈡反字新四声
1. 读作fǎn。①颠倒，与"正"相对。②反抗。③反对。④重复。⑤同"返"。⑥反省，相反。⑦报复。⑧类推。⑨通"贩"。⑩慎重，和善。
2. 读作fān。①纠错。②倾倒。③古注音："切"与"反切"。

【翰】

一、诗韵上平十四寒，胡安切，音寒，义同。羽翮也，文翰，羽翰，凤翰，飞翰，霜翰，华翰，翰音，翰翩，翰韵同。

宋·陆游·律诗尾联
华山阻绝岷山远，安得冥鸿借羽翰。

宋·刘子翚·孤翼吟·诗句
哀哀孤飞禽，声鸣何悲酸。
含情若有诉，口讷无由宣。
瞻云忆旧侣，悠悠隔山川。
零霜解叠翼，错彩销文翰。

宋·张耒·绝句尾联
绀滑秋天称行草，却凭秋雁作挥翰。

宋·李曾伯·律诗尾联
虽云归棹晚，犹及附飞翰。

宋·杨冠卿·律诗尾联
我愧么微难接武，飞笺亦欲寄青翰。

宋·郭磊卿·律诗颔联
宣室每前深夜席，木天时染秘书翰。

宋·王洋·律诗首联
不用丹青染素翰，疏烟分染碧云端。

二、诗韵去声十五翰，侯旰切hàn，笔也，高飞也。尺翰，文翰，墨翰，驰翰，藩翰，芳翰，挥翰，翰林，青翰，与寒韵同。

宋·黄庭坚·律诗颈联
杜陵白发垂垂老，张翰黄花句句新。

宋·张孝祥·浣溪沙上片
射策金门记昔年，又交藩翰入陶甄。
不妨衣钵再三传。

宋·苏辙·律诗首联
平时出处常联袂，文翰叨陪旧服膺。

宋·秦观·律诗颈联
春风天上曾挥翰，迟日江边独杖藜。

宋·孔武仲·诗句
楚水千百源，洞庭为壮观。
……
来之岂为益，去亦未足算。
胡不吹清波，纵发如飞翰。

宋·贺铸·浣溪沙上片
青翰舟中被褉筵，粉娥窥影两神仙。
酒阑飞去作非烟。

宋·李昂英·律诗颈联
声歌洋溢行人口，书翰纵横健笔头。

宋·陆游·律诗尾联
湖上秋来频入梦，凭谁词翰与招魂？

宋·陈宓·绝句尾联
若是只教夸染翰，献之难受属羲之。

唐·方干·月·律诗尾联
庾亮恃才高更逸，方闻墨翰已成章。

宋·司马光·律诗尾联
龙鸾舞宸翰，万古照松楸。

宋·袁说友·绝句尾联
自是荆山为屏翰，更看江汉日朝宗。

[附录]
(一)翰字分录于寒、翰二韵。"文翰、挥翰、飞翰、青翰"通用。在律句的句尾，如读作平声"清游一接凤池翰（郭翼）、预惊灵鹤整翎翰（张继先）、新从海上振轻翰（蔡襄）"与读作仄声"自是荆山为屏翰（袁说友）、萧萧共倚青云翰（赵蕃）、书习练裙聊弄翰（宋祁）"一类句式，亦通用。余义异，不通用。如"羽翰"，从平声，暂无仄声例句。又人名、藩翰、翰林、翰苑，从仄声。
(二)翰字新四声读作hàn。①赤羽山鸡。②鸟羽。③毛笔。④才能。⑤白马。⑥高飞。⑦通"干gàn"。主干，栋梁：之屏之翰（《诗经》）。

【澜】
一、诗韵上平十四寒，落干切lán，大波也，淋漓貌，洪涛澜汗。扬澜，碧澜，微澜，文澜，波澜，翻涛澜，翰韵同，余异。

宋·苏轼·江月五首·律诗首联
一更山吐月，玉塔卧微澜。

宋·朱槔·绝句首联
来伴秋风十日闲，笔端久已识波澜。

明·邵宝·绝句首联
漪澜堂下水长流，暮暮朝朝客未休。

宋·苏轼·诗句
曹子本儒侠，笔势翻涛澜。
往来戎马间，边风裂儒冠。

宋·苏轼·诗句
昼卧玉堂上，微风举轻纨。
铜瓶下碧井，百尺鸣飞澜。

毛泽东·十六字令
山，倒海翻江卷巨澜。
奔腾急，万马战犹酣。

宋·王禹偁·律诗首联
兰清时雨和甘棠，石壁洄澜映塔光。

宋·陈师道·绝句尾联
只待白头能潦倒，不虞青眼已澜翻。

二、诗韵去声十五翰，郎旰切，音烂，义同，波澜，漪澜，寒韵同。

魏晋·刘桢·诗句
职事烦填委，文墨纷消散。
驰翰未暇食，日昃不知晏。
……
安得肃肃羽，从尔浮波澜。

唐·储光羲·诗句
凤驾出东城，城傍早霞散。
初日照龙阙，峨峨在天半。
……

矫首来天池，振羽泛漪澜。

[附录]

㈠澜字分录于寒、翰二韵。"波澜、漪澜"，叶韵作仄声，通用。余义异，不通用。诗例多作平声，宜取平声。

㈡澜字新四声读作 lán。①大波浪。②波纹。③淘米水。④散。

【漫】

一、诗韵上平十四寒，谟官切，音瞒 mán，水大貌，路长貌。淼漫，汗漫，夜漫漫，水弥漫，思渺漫，翰韵同，余异。

宋·姜夔·绝句首联
阑干风冷雪漫漫，惆怅无人把钓竿。

宋·黄庭坚·绝句首联
满院青杨吐白绵，未多柳絮解漫天。

宋·苏泂·绝句尾联
碑字已漫青草死，酸风吹杀石麒麟。

宋·辛弃疾·绝句首联
草梢出水已无多，村路弥漫奈雨何。

宋·张镃·绝句首联
忍冻拖筇月下看，烟笼繁影共汗漫。

宋·苏泂·绝句尾联
罪人斯得勿漫喜，岂有父母残其儿。

宋·杨公远·绝句尾联
方知搅下漫空雪，已积阶前尺许深。

宋·文天祥·律诗颔联
北海风沙漫汉节，浯溪烟雨暗唐碑。

宋·蔡戡·绝句尾联
懒对春风争妩媚，从他桃李自漫山。

宋·释明辩·绝句首联
当堂古路白云漫，碧眼黄头尚未谙。

二、诗韵去声十五翰，莫半切 màn，大水也，长远貌，汗漫，渺茫貌，流离貌。与寒韵通，又且也，谩也，独用。淼漫，水漫，花气漫，散漫，弥漫，漫漫。

宋·梅尧臣·律诗颔联
重腊雪花方漫漫，宿厅书架自层层。

清·赵翼·绝句首联
只眼须凭自主张，纷纷艺苑漫雌黄。

宋·王安石·绝句首联
白烟弥漫接天涯，黯黯长空一道斜。

宋·姜特立·绝句尾联
便欲乘风游汗漫，白云顶上玩清辉。

宋·陈师道·绝句尾联
老著江湖才一得，病占风雨漫多知。

宋·曹勋·律诗颈联
稍摅云水安闲计，得展江湖漫浪心。

宋·陆游·绝句首联
行遍天涯只漫劳，归来登览兴方豪。

宋·王安石·渔家傲上片
灯火已收正月半，
山南山北花撩乱，
闻说浐亭新水漫。
骑款段，穿云入坞寻游伴。

[附录]

㈠ 漫字分录于寒、翰二韵。"漫漫、弥漫、汗漫"通用。在律句的句尾，①读作平声"北海风沙漫汉节（文天祥）、方知搅下漫空雪（杨公远）、断云漫远浦（白玉蟾）"与读作仄声"纷纷艺苑漫雌黄（赵翼）、病占风雨漫多知（陈师道）"句式；②读作平声"从他桃李自漫山（蔡戡）、肩挑重负路漫延（蔡格）、雨麦浑漫垄（张耒）"与读作仄声"行遍天涯只漫劳（陆游）、野竹漫山水漫门（韩元吉）"句式；③读作平声"当堂古路白云漫（释明辩）、即今积雨厌霎漫（陈造）"与读作仄声"闻说浐亭新水漫（王安石）、一幅粉旐春水漫（郑居中）"三类句式，亦通用。且也，谩也，独用。余义异，不通用。

㈡ 漫字新四声读作màn。①形容长，远。②水外溢。满，遍。③不受约束。④徒然。⑤莫，不要。⑥模糊。散乱。⑦污蔑。⑧穿越，跨过。⑨铺设。⑩瞒。⑪沿，顺。

【曼】

一、诗韵上平十四寒，母官切，音瞒mán，路远，长也，路曼曼其修远兮（《离骚》）。曼曼路远，作漫，与愿韵异。作夜曼曼，与愿韵同。

宋·何梦桂·律诗尾联
曼曼世路成孤愤，惭愧山前读墓碑。

宋·赵蕃·诗句
应念登门旧，几嗟行路难。
蒸湘方渺渺，淮楚忘曼曼。

宋·林景熙·诗句
老矣杜陵客，草堂倚江干。
……
城边夜归鹤，杳杳发长叹。
朱甍昔峨峨，碧草今曼曼。

二、诗韵去声十四愿，无贩切màn，轻细也，美也，姓。引也，长也，又与寒韵异。又夜曼曼亦通。靡曼，柔曼，秀曼，曼陀，曼衍，曼延，曼倩。

宋·范成大·诗句
虽云北山愚，聊快南溟运。
此意竟萧索，劳歌谩凄曼。
日日望平陆，念念到彼岸。

宋·魏了翁·诗句
和戎八十年，尺棰不施寸。
……
兵端实蔡启，深入非始愿。
况今狃承平，士气方曼曼。

宋·赵蕃·绝句首联
独行曼曼绕江湄，正是春风日暮时。

[附录]

㈠ 曼字分录于寒、愿二韵。"曼曼"通用。余异。诗例多作仄声。

㈡ 曼字新四声读作màn。①柔和。②长，远。③没有，不。

【观】

一、诗韵上平十四寒，古丸切guān，视也，游也，占也，显也。外观，纵观，静观，反观，美观，观潮，观望，观览，翰韵异。

宋·杜范·律诗首联
远寻幽侣对清闲，落笔烟霞写壮观。

宋·苏轼·律诗颔联
风光归啸傲，云物寄游观。

宋·刘子翚·律诗首联
并溪取次得奇观，更舞新薨翠木端。

宋·程珌·诗句
外物不足恃，翻覆百年间。
唯有万卷书，可以解我颜。
男儿贵立志，达人得大观。

宋·胡寅·绝句首联
大壑谽谺十里宽，云庄高榭渺雄观。

宋·吴芾·律诗颔联
坐对一池水，净观千古心。

唐·广宣·律诗尾联
观空复观俗，皇鉴此中闲。

宋·邵雍·律诗颔联
常观静处光阴好，亦恐闲时思虑多。

宋·廖行之·绝句首联
当年上苑得殊观，尔许匀圆讶走盘。

宋·邵雍·律诗颈联
闲行观止水，静坐看归云。

宋·陆游·律诗尾联
须信西游有奇事，今年三伏夜观书。

宋·陆游·绝句首联
夸士骑牛著铁冠，往来城市拥途观。

二、诗韵去声十五翰，古玩切 guàn，

楼观，观者于上观望也，谛视也，容貌仪观，景趣壮丽。贞观。又姓。达观，仙观，史观，清风观，桃花观，云台观，寒韵异。

宋·晁端礼·鹧鸪天下片
歌舜日，咏尧年。竞翻玉管播朱弦。
须知大观崇宁事，不愧生民下武篇。

宋·苏轼·律诗颈联
衰年壮观空惊目，险韵清诗苦斗新。

宋·陈淳·律诗尾联
回环四望真奇观，识破乾坤洒落情。

宋·冯时行·诗句
蜀江滟新肥，送客上霄汉。
……
君行此其时，国光炳大观。

宋·陆游·律诗颈联
积雪楼台增壮观，近春鸟雀有和声。

宋·王安石·律诗首联
游观须知此地佳，纷纷人物敌京华。

宋·吴芾·绝句尾联
我将一变成雄观，长与邦人作宴游。

宋·曹勋·律诗颔联
每谓肉身求净观，犹胜饭袋绕诸方。

宋·秦观·律诗首联
橡叶冈头释马衔，区中奇观得穷探。

宋·曾巩·绝句首联
红纱笼烛照斜桥，复观翚飞入斗杓。

唐·张九龄·律诗颔联、颈联
连空青嶂合，向晚白云生。

彼美要殊观，萧条见远情。

　　　唐·杜牧·绝句尾联
可怜贞观太平后，天且不留封德彝。

　　　宋·苏轼·律诗颔联
桂观飞楼凌雾起，仙幢宝盖拂天来。

　　　宋·刘克庄·绝句尾联
村墟忽有殊尤观，茅屋俄成富贵家。

[附录]
(一) 观字分录于寒、翰二韵，同录作"觀"。"大观、壮观、游观、雄观、净观、奇观、复观、殊观"通用。在律句的句尾，如读作平声"往来城市拥途观（陆游）、书卷如曾隔世观（陆游）"与读作仄声"村墟忽有殊尤观（刘克庄）、病夫欲作天花观（胡寅）"一类句式，亦通用。又"贞观、楼观、陆务观"仄声独用。余义异，不通用。

(二) 观字新四声
1. 读作 guān。①看。②看法。③景象。④游览。
2. 读作 guàn。①楼阙。②庙宇。③通"贯"，贯通，引申为众多。

【抃挬】

一、词林正韵录入寒韵：录作"抃"，或省作"挬"，普官切，音潘 pān，捐弃也。久抃，先抃，难抃，谁抃。

　　　宋·张舜民·律诗颈联
肺疾须抃醉，牙疏不耐尝。

　　　宋·杨万里·绝句尾联
已抃腻粉涂双蝶，更费雌黄滴一蜂。

　　　宋·刘克庄·律诗尾联
却笑吴儿抃命者，潮头如屋靠腰壶。

　　　宋·文天祥·绝句首联
不抃一死报封疆，忍使湖山牧虎狼。

　　　宋·陈与义·绝句尾联
从此不贪江路好，剩抃心力唤真真。

　　　宋·王迈·律诗首联
君家一箸万钱抃，分我银丝侑客欢。

　　　唐·李茂复·绝句首联
落日西山近一竿，世间恩爱极难抃。

二、诗韵去声十三问，录作"拚"，方问切，音奋 fèn。扫除也，扫席前曰拚，拚是除秽，扫是涤荡。洒拚，扫拚。又霰韵异。暂无诗例。

三、诗韵去声十七霰，录作"拚"，皮变切 biàn，击手也，与"抃"同。通作"弁"，股弁，窃拚，音卞，"抃"本字，与"拚"同，①拊手也，歌拚就路(注：手舞貌)。②龟戴山拚(抃)，何以安之(注：击手曰抃)。③伶人作唐歌，有抃以为节(注：两手相击也)。笑拚，舞拚，击拚，歌拚，庆拚。又赵拚，人名。与问韵异。

　　　宋·杨巽斋·绝句尾联
千金须抃豪家赏，一笑春风无向隅。

　　　宋·姜夔·绝句尾联
已抃新年舟上过，倩人和雪洗征衣。

宋·张舜民·律诗颈联
已拚今朝须尽醉，预愁明日又辞乡。

宋·章甫·律诗首联
余生自拚一虚舟，未害寻诗慰客愁。

宋·王安石·绝句首联
谈经投老拚悠悠，为吏文书了即休。

[附录]

(一) 诗韵"拚"字分录于问、霰二韵。释义：弃捐也。问韵释义：扫除也。霰韵释义：手舞貌，两手相击也。"拚"字上、去声义并同。从"平声pīn、去声pàn二读"，如"须拚、已拚"通用。在律句的句尾，如读作平声"却笑吴儿拚命者(刘克庄)、今日共君拚一醉(苏辙)"与读作仄声"谈经投老拚悠悠(王安石)、恼花颠酒拚君瞋(贺铸)"一类句式，亦通用。余义异，不通用。参阅新四声释义。

(二) 附注：

1.《佩文韵府》《诗韵合璧》《词林正韵》均不收录"拼"字。

2.《词林正韵》寒韵录作"拚"，同"拚"，不录作"拌"。"拌"录于旱韵。

3.《诗韵合璧》与《佩文韵府》旱韵均不收录"拌"字。

4.《诗韵合璧》寒韵收录"拌"字注，俗作"拚"，弃捐也，与问韵异，霰韵通。

5. 本书从《词林正韵》增入寒韵"拚"字。增入旱韵"拌"字。

(三) 拼字新四声读作pīn。①连合，缀合：拼凑。②义同"拚1.2."，不顾惜。

(四) 拚字新四声

1. 读作pàn又读pīn。舍弃，不顾惜，拚命。

2. 同"拼②"，不顾惜。

3. 读作fèn。扫除。

4. 读作fān。通"翻"，飞翔。

(五) "拚"字新四声识作：同"拚"。

(六) 拌字新四声

1. 读作bàn。①搅和，拌菜。②争吵，拌嘴。

2. 读作pàn。①舍弃，不顾惜。②施展，表露。③通"判"，分开，剖割。

【弁】

一、诗韵上平十四寒，蒲官切pán，同般，乐也，《诗经·小弁》：弁彼鸒斯，归飞提提(弁：快乐也)。又霰韵异。

宋·刘克庄·绝句首联
辇毂尝新着价高，土人弃掷梗弁髦。

二、诗韵去声十七霰，皮变切biàn，周冠冕名。又弁行，急也。战惧状。手搏，姓。股弁，会弁，侧弁，皮弁，弁缨，弁髦。与寒韵异。

宋·陆游·律诗首联
枡榈小弁野人装，八十三年旧话长。

宋·林季仲·律诗首联
富贵功名等弁髦，何如声迹翳蓬蒿。

宋·宋祁·律诗尾联
学诗梦草丰馀暇，万寿称觞醉弁俄。

唐·独孤及·律诗颔联
咨嗟斑鬓今承弁，惭愧新荷又发池。

唐·司空曙·律诗颔联
豸冠亲毂弁，龟印识荷衣。

[附录]

(一) 弁字分录于寒、霰二韵。"弁髦"通用。余异义,不通用。诗例多作仄声。参阅新四声释义。

(二) 弁字新四声

1. 读作 biàn。①古代男帽。②古时男子成年加冠。③古代低级武官。④快,急促:弁行。⑤害怕,发抖:予甚弁焉(《汉书》)。⑥书的序言:弁言。⑦姓。

2. 读作 pán。快乐。

【攒】

一、诗韵上平十四寒,徂丸切,音巑 cuán。聚列也。星攒,眉攒,野竹攒,攒眉,攒眸,攒珠,攒翠。

宋·赵蕃·绝句首联
一冬风雪苦多寒,春至冰霜更积<u>攒</u>。

宋·刘克庄·律诗尾联
僧言明受事,相对各<u>攒</u>眉。

唐·韦庄·律诗颈联
绣户夜<u>攒</u>红烛市,舞衣晴曳碧天霞。

元·王冕·绝句首联
疏篱潇洒绿烟寒,老树鳞皴艾叶<u>攒</u>。

二、词林翰韵,子罕切 zǎn,折也。又徂畔切,音趱。亦聚也。暂无诗例。

[附录]

(一) 攒字诗韵录于寒韵。从平声,翰韵无字头。词林分录于寒、翰二韵。今增录。暂无诗例。参阅新四声释义。

(二) 攒字新四声

1. 读作 zǎn。①积蓄:攒钱。②通"趱"。

③催促,赶。④弯曲。⑤通"钻",攒下水去。

2. 读作 cuán。①聚集,集中:万头攒动。②停放棺木,暂不葬。③量词。

【难】

一、诗韵上平十四寒,那干切 nán,难也,艰也,不易之称也。又木难,珠名。姓,与翰韵异。

宋·陈造·绝句首联
挥毫丽句得旁观,字字悬黎间木<u>难</u>。

宋·陈杰·绝句尾联
二南四字始,万古一解<u>难</u>。

宋·陈造·诗句
李侯西州英,早著武士冠。
……
解榻一瓯茗,敢作粗官看。
今者连日语,衮衮为发<u>难</u>。

宋·王安石·律诗颔联
悠远山川嗟我老,急<u>难</u>兄弟想君愁。

宋·萧立之·绝句首联
雨妒游人故作<u>难</u>,禁持闲了下湖船。

毛泽东·律诗尾联
君今不幸离人世,国有疑<u>难</u>可问谁?

宋·秦观·时宣义挽词·律诗首联
奋发多<u>难</u>里,哀荣後夜中。

宋·曾丰·律诗颈联
奋臂有余勇,撄鳞不苦<u>难</u>。

宋·赵榛·绝句首联
遣公直往面天颜,一奏临朝莫避<u>难</u>。

宋·杨万里·绝句首联
平生行路敢求安,便要求安也大难。

二、诗韵去声十五翰,奴案切nàn,患也,诘辨也,拒也,辞也,责也。发难,蒙难,患难,殉难,靖难,又寒韵异。

宋·苏轼·律诗首联
去蜀初逃难,游秦遂不归。

宋·李洪·律诗颔联
鲁连解难高千古,回纥投戈见此公。

宋·虞俦·律诗颈联
销印不知谁发难,投珠那得谓无因。

宋·黎廷瑞·律诗颈联
平居慕悦空闾巷,急难周旋如弟兄。

宋·于石·绝句尾联
一夫作难随倾覆,千古青山独受污。

宋·吕声之·律诗颔联
六经疑难言前解,千古兴亡笔下陈。

宋·苏轼·律诗颈联
平生多难非天意,此去残年尽主恩。

宋·陆游·绝句尾联
从此渐须都画断,正如避难在空山。

宋·范成大·白善坑·绝句首联
银须玉璞紫金精,犯难穷探亦有名。

宋·陈杰·律诗尾联
还胜罹难天涯者,荒冢无人酹一卮。

[附录]
(一)难字分录于寒、翰二韵,同录作"難"。

"发难、急难、作难、疑难、多难"通用。余异义,不通用。"解难、避难"依音、义辨读。"大难、不难、非难、艰难、苦难"从平声,暂无仄声例句。"犯难"从仄声,暂无平声例句。参阅新四声释义。

(二)难字新四声
1. 读作nán。①不容易。②不好。③姓。
2. 读作nàn。①灾难。②质问。③抵挡。④反抗,捣乱。⑤争论,论说。

【冠】

一、诗韵上平十四寒,古丸切guān,綦也,綦发弁冕之总名也,姓。又翰韵异。

唐·李白·律诗颔联
吴宫花草埋幽径,晋代衣冠成古丘。

宋·李鹰·律诗颈联
玄冥借魄知神物,男子无闻已弱冠。

二、诗韵去声十五翰,古玩切guàn,冠束,冠礼,男子幼娶必冠。弹冠,冠军,勇冠三军,又寒韵异。

宋·范仲淹·律诗首联
芳洲名冠古南都,最惜尘埃一点无。

宋·司马光·律诗首联
弱冠交游鬓发苍,饱谙官况好深藏。

宋·杨亿·律诗首联
六鳌云海冠蓬莱,玉署深严枕斗魁。

清·龚自珍·绝句首联
弱冠寻芳数岁华,玲珑万玉嫮交加。

[附录]
㈠ 冠字分录于寒、翰二韵。"弱冠"通用。余异义,不通用。参阅新四声释义。
㈡ 冠字新四声
1. 读作 guān。帽子。
2. 读作 guàn。①戴帽子。②男子成年冠礼。③加在前面的。④超出众人。⑤覆盖。⑥姓。

【榦】

一、诗韵上平十四寒,录作"榦",胡安切 hán,井垣也,亦作幹。井榦,断榦,翰韵异。

宋·任随·律诗颔联
银阙尚沈沧海阔。井榦空拂绛河高。

唐·上官仪·诗句
木落园林旷,庭虚风露寒。
北里清音绝,南陔芳草残。
远气犹标剑,浮云尚写冠。
寂寂琴台晚,秋阴入井榦。

二、诗韵去声十五翰,录作"榦",古案切 gàn,亦作幹。筑垣板。炳也,树本根也。桢幹,板榦,栽榦,杶榦。寒韵异。

宋·蔡襄·律诗颔联
横柯圆若张青盖,老榦孤如植紫芝。

宋·尹直卿·律诗颔联
椿榦岂因更节健,松江自饮菊潭香。

宋·包拯·律诗颔联
秀榦终成栋,精钢不作钩。

唐·高适·律诗首联
他日维桢榦,明时悬镆铘。

元·王逢·诗句
朝辞凤巢村,晚次鰕妾岸。
起望大角间,太白光有烂。
……
谁家缭崇垣,辘轳卧井榦。

[附录]
㈠ 榦字分录于寒、翰二韵。同录作"榦","干"某义项的异体,亦作幹。与寒韵"干乾繁"、先韵"乾"二字均有别(见同平同仄多音字)。"井榦"通用。参阅新四声释义。
㈡ 榦字新四声
1. "干4."的异体字。
2. 读作 hán。井垣,井栏;榦石三尺。也指井栏上支撑辘轳的构件。
㈢ 幹字新四声
1. "干3.4."的繁体字。
2. 读作 gàn。姓。
3. 读作 hán。井栏。
㈣ 干字新四声
1. [干] gān。相干;干戈;江干;天干;若干;通"竿";姓。
2. [乾] gān。干湿;枯竭;干杯;外强中干;干着急;干爹;饼干;干嚎。
3. [幹] gàn。①动植物的躯体:躯干;枝干。②事物的主体:干线。③做事;办事:干活。④办事能干:干练。⑤事情:有何贵干?⑥干部:干群关系。⑦主管的:干吏。
4. [榦、幹] gàn。树干。
5. [干] gàn。①捍卫:赳赳武夫,公侯干城(《诗经》)。②建立:后知张顺干了功劳(《水浒传》)。

【斓】

一、诗韵上平十五删，力闲切 lán，色杂也，斒斓同斑斓。

宋·曾巩·诗句
横江舍轻楫，对面见青山。
……
崖声梦犹闻，谷秀坐可攀。
倚天巉岩姿，青苍云斒斓。

宋·万俟绍之·律诗尾联
欲去欲留松下路，藤花染泪路斓斑。

二、词林翰韵，郎旰切，又郎干切，音阑，义同。暂无诗例。

[附录]
㈠ 斓字诗韵录于删韵，作平声，翰韵无字头。词林分录于删、翰二韵，今增录。诗例多作平声，宜取平声。
㈡ 斓字新四声读作 lán。灿烂，多彩：斓裙裾之烁烁兮（《红楼梦》）。常作斑斓。

【间】

一、诗韵上平十五删，居颜切，音菅 jiān，隙也，容也，简也，中间，又姓。谏韵异。

宋·陆游·律诗颈联
天上欃枪端可落，草间狐兔不须惊。

宋·王令·律诗颈联
学术思无际，诚明去一间。

宋·陆经·律诗颈联
猿鸟窥人知旧识，藤萝引径入无间。

宋·苏轼·诗句
平生我与尔，举意辄相然。
岂止磁石针，虽合犹有间。
此外一子由，出处同偏仙。

宋·刘克庄·再送蒙仲·律诗首联
昔人曾叹择栖难，今子翱游二相间。

宋·方岳·绝句尾联
借得祁山两间屋，一间分与月明居。

二、诗韵去声十六谏，古苋切 jiàn，厕也，瘳也，代也，送也，迭也，隔也，谍也，空也，远也，离也，又间隙也，又非也，又间出，间道，间行。删韵异。

宋·范成大·诗句
峡江饶暗石，水状日千变。
不愁滩泷来，但畏溃淖见。
人言盘涡耳，夷险顾有间。

宋·曾协·律诗颈联
神交顿觉千年近，心远初无一间分。

宋·汪应辰·绝句尾联
此心自与天无间，岂待丹缯始辟兵。

宋·杨时·律诗颈联
刃投有间多余地，语到无言辄自忘。

宋·欧阳修·绝句首联
浅深红白宜相间，先后仍须次第栽。

宋·赵蕃·律诗尾联
寄谢同参二三老，未妨乘间数经过。

唐·周昙·绝句尾联
陈谋不信怀忧惧，反间须防却害身。

[附录]
㈠ 间字分录于删、谏二韵，同录作"閒，同間"。"无间、有间、相间、一间"通用。"一间"释作"房间或其间数"时，平声独用。余异义，不通用。"反间、乘间"从仄声，暂无平声例句。"间关"从平声，暂无仄声例句。参阅新四声释义。

㈡ 间字新四声
1. 读作 jiān。①两种事物当中或相互关系：朋友之间。②时间，空间：晚间，田间。③房间或其间数：草屋八九间。④一会儿，顷刻：立有间，不言而出（《列子》）。⑤近来：帝间颜色黑瘦（《汉书》）。⑥姓。
2. 读作 jiàn。①空隙，缝隙，引申为嫌隙：团结无间。②距离，隔开，差别：间断，丑美有间（《淮南子》）。③离间。④更迭：寒热间作。⑤参与：食肉者谋之，又何间焉（《左传》）。⑥送：令人持璧归，间至赵矣（《史记》）。⑦间谍：常为匈奴间（《汉书》）。

【咽】
一、诗韵下平一先，乌前切 yān，咽水候气也，下咽，咽喉，霰、屑韵并异。

唐·许浑·律诗颔联
刁斗严更军耳目，戈铤长控国咽喉。

宋·王令·诗句
巡瞠睨远两眦拆，怒嚼齿碎鬣张肩。
恨身不毛剑无翼，不能飞去残贼咽。

宋·张九成·诗句
相马须相骨，探水须探源。
……
有时阴求人，得意初无言。

如闻失一士，每食不下咽。

宋·朱翌·律诗首联
食不下咽当奈何，千金不惜聘秦和。

宋·文天祥·诗句
常山义旗奋，范阳哽喉咽。
胡雏一狼狈，六飞入西川。
……
人世谁不死，公死千万年。

二、诗韵去声十七霰，录作"嚥"，咽某义项的异体。于甸切 yàn，吞也，嚥喋同咽，先、屑韵俱异。

宋·陈鹏飞·诗句
阑干一幅鹅溪绢，中有五箴排小篆。
古字今文认未了，火剂针铓俱瞑眩。
平生卷轴有膏盲，首尾年来逾错乱。
剩储药物走医门，掉头呕冷不下咽。

宋·梅尧臣·绝句尾联
细粒吴粳谁下咽，尖头越管底能操。

宋·范成大·律诗颈联
水暖玉池添漱咽，花生银海费揩摩。

宋·苏轼·送孙勉·诗句
昔年罢东武，曾过北海县。
……
君才无不可，要使经百炼。
吾诗堪咀嚼，聊送别酒嚥。

宋·陆游·诗句
造物冥冥中，与我无一面。
……
骑壖蒙陇干，阵云暗秦甸。
赍粮杂沙堁，掬水以三咽。

三、诗韵入声九屑，乌结切，音噎yè，声塞也，先、霰韵俱异。

宋·梅尧臣·诗句
亦当念君君行南，南方无冰地不裂。
此身不到五侯门，肥羔酿酒槐槽咽。

宋·苏轼·诗句
吏民莫扳援，歌管莫凄咽。
吾生如寄耳，宁独为此别。
别离随处有，悲恼缘爱结。

宋·陆游·枕上作·律诗首联
山雨萧萧过，沙泉咽咽流。

[附录]
(一) 咽字分录于先（录作"咽"）、霰（录作"嚥"）、屑（录作"咽"）三韵。释义"吞也"，如"下咽"，先、霰韵通用。"咽喉"从先韵，独用。余义异，不通用。诗例多作仄声。声塞也，从屑韵，如"幽咽、悲咽、凄咽、哽咽、声咽"独用。
(二) 咽字新四声
1. 读作 yān。①咽喉。②姓。
2. 读作 yàn。嚥，吞食。
3. 读作 yè。①声音滞涩：马蹄声碎，喇叭声咽（毛泽东）。②气息，阻塞。

【牵】

一、诗韵下平一先，轻烟切 qiān，引前也，挽也，连也，速也，拘也，姓。引牵，挽牵，名利牵，萦牵，牵缆，牵肠，牵强，牵制，牵连，牵愁，霰韵异用。

宋·梅尧臣·绝句首联
汴涨溅溅费挽牵，轻舟难若上青天。

宋·吕炎·绝句尾联
唳鹤清愁牵犬恨，料应不到菜园家。

宋·张明中·绝句尾联
如何不管人孤寂，却把繁声暗里牵。

二、诗韵去声十七霰，轻甸切 qiàn，牵，同纤。挽也，亦作縴（纤的繁体字），纤夫也。挽舟索，先韵异。挽牵，报牵，石上牵，百丈牵。

宋·苏辙·律诗颈联
引纤低徊疑上坂，打凌辛苦甚攻城。
（縴：某义项同牵，本例当作纤）

宋·洪咨夔·律诗颔联
风趁港回帆落柱，草迷路断牵收车。

宋·汪莘·诗句
解榻经两眠，天寒恐冰霰。
主意厚且真，惜别如挽牵。
握手紫竹杖，眴转含飞电。

宋·范成大·诗句
峡江饶暗石，水状日千变。
不愁滩泷来，但畏渍淖见。
……
九死船头争，万苦石上牵。

宋·杨万里·绝句首联
水面光浮赤玉盘，也应知我牵夫寒。

宋·郑清之·绝句尾联
未用锋车便脂牵，小须千里遍春霖。

宋·陈著·绝句尾联
舟行曲港难为纤，峰有佳山莫问程。

[附录]
(一) 牵字分录于先、霰二韵，同录作"牵"。如"挽牵"通用。在律句的句尾，①读作平声"唳鹤清愁牵犬恨（吕炎）、一把藕丝牵不断（晏殊）"与读作仄声"草迷路断牵收车（洪咨夔）"句式；②读作平声"却把繁声暗里牵（张明中）"与读作仄声"未用锋车便脂牵（郑清之）"二类句式，亦通用。"也应知我牵夫寒（杨万里）"从"缏"。余义异，不通用。
(二) 牵字新四声
1. 读作 qiān。①拉。②涉及，连累。③制约。④拘泥。⑤姓。
2. 同"纤"某义项。

【研】

一、诗韵下平一先，五坚切 yán，磨也，穷究也，水名，关名。精研，尽力研，墨研，手自研，研推，研究，研丹。又研墨、磨研通入霰韵。

唐·元稹·律诗首联
紫河变炼红霞散，翠液煎研碧玉英。

宋·陈知柔·律诗尾联
古音秘矣尤难识，聊与磨铅一究研。

唐·皮日休·律诗颔联
石墨一研为凤尾，寒泉半勺是龙睛。

宋·林之奇·律诗尾联
理欲从今罢研究，无工夫处是工夫。

唐·李山甫·古石砚·律诗尾联
凭君更研究，何啻直千金。

宋·仇远·律诗颔联
应使山中隐，重研世上书。

宋·刘克庄·律诗首联
短发萧萧老日侵，遗编未敢废研寻。

唐·王建·诗句
忆昔门馆前，君当童子年。
今来见成长，俱过远所传。
诗礼不外学，兄弟相攻研。

宋·卫宗武·律诗首联
蠹简钻研眼欲穿，读书何似夏侯玄。

宋·苏轼·律诗尾联
肯把参同较同异，小窗相对为研丹。

近代·鲁迅·绝句尾联
愿乞画家新意匠，只研朱墨作春山。

宋·释宝昙·律诗颈联
早为汉庭归籯俊，未妨周易去研几。

宋·刘克庄·律诗颔联
非有珠犀堪自献，若无栀蜡可为研。

宋·杨万里·绝句首联
摸索陶泓不忍研，阿瞒故物尚依然。

二、诗韵去声十七霰，吾甸切，音彦 yàn，滑石也，与砚同，但"研究"不得借"砚"也。磨研，枷研，精义研，研究。先韵同，余异。

宋·黄庭坚·律诗尾联
相看绝叹女博士，笔研管弦成古丘。

宋·丘葵·律诗颔联
残杯冷炙成何味，只研孤灯盏固穷。

宋·黄庭坚·律诗首联
扶醉三竿日，题诗一研埃。

宋·陈傅良·诗句
我意何不乐，我颜复何腆。
止斋有新畲，耕犊角已茧。
……
旧学枉初心，新功费重研。

宋·牟巘·律诗尾联
补研去来须猛省，不由自己更谁由。

宋·汪晫·律诗颈联
春研有诗吟即事，夜灯无梦到相思。

宋·范成大·律诗颔联
尘土簿书憎铁研，水云蓑笠傲金章。

宋·李新·律诗首联
北窗冰研碎鱼鳞，未伏徐翁笔有神。

宋·刘克庄·律诗尾联
老去尤于朋友笃，未忘几研琢磨心。

宋·洪咨夔·律诗颈联
春风帘影暖，霜月研声寒。

宋·刘克庄·律诗颔联
死方抛笔研，贫不浼珠琛。

[附录]
㈠研字分录于先、霰二韵。如"磨研、精研、研精、穷研、研穷、讨研、究研"即磨也，从平声。"笔研、几研、铁研、铜雀研"即砚也，从仄声。又如例句"只研朱墨"，平声释义"只，唯也，唯磨朱墨也"；例句"只研孤灯"，仄声释义"只，单也，一只砚、一只灯也"，并非通用。例句"一研"亦与此类同。先韵释义注：穷究也，又研墨、磨研通入霰韵，"重研"叶韵通用。霰韵释义注：但"研究"不得借"砚"也。"研究"从平声，暂无仄声诗例。"补研"一例不借"砚"义，亦通用。参阅新四声释义。
㈡研字新四声读作 yán。①细磨，碾压。②研究。③专，竭尽。④通"砚 yàn"。⑤姓。

【便】

一、诗韵下平一先，房连切，音骈 pián，辨也，肥满貌，姓。安也，习也，霰韵异。

宋·苏轼·律诗颔联
绕城骏马谁能借，到处名园意尽便。

宋·钱时·绝句尾联
虑患谋身每如许，不应容易落便宜。

宋·陆游·律诗首联
岸帻临窗究未便，又拖筇杖出庭前。

宋·苏轼·诗句
先生生长匡庐山，山中读书三十年。
旧闻饮水师颜渊，不知治剧乃所便。

宋·陈造·绝句首联
县曹文墨厌拘缠，野饭山行旧所便。

宋·陆游·律诗颈联
混俗岂须名赫赫，耐嘲唯可腹便便。

二、诗韵去声十七霰，婢面切 biàn，顺也，利也，宜也，先韵异。

宋·黄庭坚·绝句首联
淘沙邂逅得黄金，莫便沙中著意寻。

宋·文天祥·绝句首联
荒郊下马问何之，死活元来任便宜。

唐·杨凌·绝句尾联
西江风未便，何日到荆州。

宋·王洋·律诗尾联
渊明不共真香醉，只与黄花作便宜。

宋·苏轼·诗句
我昔南行舟击汴，逆风三日沙吹面。
……
至人无心何厚薄，我自怀私欣所便。

宋·俞桂英·律诗颔联
自从生便有，直到死方休。

唐·杜牧·绝句尾联
东风不与周郎便，铜雀春深锁二乔。

宋·陆游·绝句尾联
莫道归休便无事，时时被襥伴园丁。

[附录]
㈠便字分录于先、霰二韵。如"便宜、未便、所便"通用。肥满貌，"便便"从平声，独用。余异义，不通用。参阅新四声释义。
㈡便字新四声
1. 读作 biàn。①方便，便利。②简便。③不勉强。④顺便的机会。⑤擅长。就，即。⑥大小便。⑦通"辨"，分别。⑧通"辩"，善于言辞。
2. 读作 pián。①安适。②腹部肥满。③便姗：(1)步履安详，(2)衣服飘舞。④便宜：(1)合算，(2)好处。⑤姓。

【穿】
一、诗韵下平一先，昌缘切 chuān，孔也，钻也，凿也。通也，霰韵异。又九曲穿，亦通。穿戴，穿蝶，穿客履，曲巷穿，柳丝穿，穿凿，穿杨箭，穿帘，穿篱，穿花蝶。

宋·赵师秀·律诗颔联
峰高秋月射，岩裂野烟穿。

宋·富弼·律诗颈联
贯穿百代尝探古，吟咏千篇亦造微。

宋·司马光·诗句
先生负材气，弱冠游穷边。
麻衣揖钜公，决策期万全。
……
羲农讫周孔，上下皆贯穿。

宋·陈起·律诗首联
六经宇宙包无际，消得斯文一贯穿。

二、诗韵去声十七霰，尺绢切 chuàn，贯也，贯穿经传也，先韵异。又九曲穿，亦通。贯穿，掌穿，百家穿。

宋·文同·诗句
正午风色高，遂泊苍溪县。
层崖抱林木，有寺藏葱蒨。
……
老僧晓经论，言语何贯穿。

宋·高斯得·诗句
紫阳礼编甫尽卷，亟偿通典平生愿。
增损温公鉴目成，要把二岩书贯穿。

宋·刘克庄·诗句
半山字说行，精义极贯穿。
世好鸦蚓书，谁识虫鱼篆。

宋·周文璞·诗句
吾与空门友，相扶历芳甸。
天机久深妙，梵本亦贯穿。

[附录]
㈠穿字分录于先、霰二韵。"贯穿"通用，余义异，不通用。参阅新四声释义。
㈡穿字新四声读作chuān。①刺透，凿通。②洞孔。③连通。④破，透。⑤通"串"，串通。

【旋】

一、诗韵下平一先，旬缘切xuán，还也，疾也，霰韵异。旋旋。

宋·戴复古·律诗颔联
荒池蛙叫噪，破屋燕周旋。

宋·苏轼·律诗颈联
江侵平野断，风卷白沙旋。

宋·范寅孙·律诗首联
峻极藤为道，盘旋百转多。

宋·王安石·律诗颈联
知子有才思奋发，嗟余无地与回旋。

宋·郭三益·律诗首联
洗光朝日上旋旋，瑞色分临此地先。

宋·黄庭坚·绝句首联
玉座天开旋北斗，清班鸟散落余花。

宋·胡寅·绝句首联
轩辕逸驾已旋归，赤水玄珠却背驰。

宋·周麟之·绝句首联
江上春风风盖旋，郁葱佳气霭中天。

二、诗韵去声十七霰，随恋切xuàn，绕也。盘旋，回旋，羽旋，旗旋，射姑旋，香尘旋。先韵异。

唐·顾况·五绝
吹沙复喷石，曲折仍圆旋。
野客漱流时，杯粘落花片。

宋·晏殊·玉楼春上片
池塘水绿风微暖，记得玉真初见面。
重头歌韵响铮琮，入破舞腰红乱旋。

宋·范成大·律诗颔联
稳作被炉如卧炕，厚裁绵旋胜披毡。

宋·喻良能·绝句尾联
欲知回旋空中舞，恰似杨家静婉腰。

宋·尤袤·律诗首联
飞英回旋逐风飘，爽气令人意欲消。

唐·李山甫·律诗颈联
青罗舞袖纷纷转，红脸啼珠旋旋收。

宋·胡寅·律诗颈联
长短骤看森雨笋，高低难觅旋风花。

宋·陆游·律诗首联
楼上鼟鼟初发更，断云收雨旋成晴。

宋·张榘·绝句首联
日移花影上疏帘，香鼎烧残逐旋添。

[附录]
㈠旋字分录于先、霰二韵。"回旋、旋旋"通用。在律句的句尾，①读作平声"玉座天开旋北斗（黄庭坚）、天上玉京旋日骑（刘溥）"与读作仄声"断云收雨旋成晴（陆游）、百年我亦旋枝梧（陆游）"句式；②读

作平声"轩辕逸驾已旋归(胡寅)、昔人厅下才旋马(姜特立)"与读作仄声"香鼎烧残逐旋添(张榘)、寸寸强弓且旋弯(陆游)"句式;③读作平声"江上春风凤盖旋(周麟之)、玉兔金乌火裹旋(释法全)"与读作仄声"双蝶舞馀红便旋(李结)、入破舞腰红乱旋(晏殊)"三类句式,亦通用。余异义,不通用。

(二) 旋字新四声

1. 读作xuán。①转动。②归来。③通"璇",美玉。④漫然,随意。⑤不久,立刻。⑥逐渐。
2. 读作xuàn。①旋转的。②临时做,现做。③副词:屡,频。
3. [镟繁]作读xuàn。①旋转切削:旋床。②旋子:温酒器具。

【溅】

一、诗韵下平一先,则前切jiān,水疾流貌,水溅,霰韵异。

　　宋·陆游·律诗颈联
　　幽涧<u>溅溅</u>溜,长堤浅浅泥。

　　唐·李馀·绝句尾联
　　翦渡归来风正急,水<u>溅</u>鞍帕嫩鹅儿。

　　宋·方岳·道中即事·绝句首联
　　春泥滑滑欲<u>溅</u>裾,肯为梅花顾草庐。

　　宋·胡铨·绝句首联
　　幽花卧雨滋<u>溅</u>泪,秀色可人羞冶容。

　　宋·朱翌·律诗尾联
　　我是乡人君是客,兴言及此泪如<u>溅</u>。

　　宋·王之道·绝句首联
　　草满池塘水满川,雨余溪溜正<u>溅溅</u>。

二、诗韵去声十七霰,子贱切jiàn,溅水,水激也,同湔。雨溅,雪溅,银浪溅,珠玑溅,先韵异。

　　宋·陆游·诗句
　　海如黛色深,浪作雪点<u>溅</u>。
　　数峰黄山,巉绝出水面。
　　此非想与因,了了目中见。

　　宋·吴锡畴·绝句首联
　　下舆扶杖过山蹊,雨<u>溅</u>征裾屐<u>溅</u>泥。

　　宋·释绍嵩·绝句尾联
　　移舟水<u>溅</u>差差绿,吹面轻风与送香。

　　唐·贯休·律诗颔联
　　乳鹿暗行桴径雪,瀑泉微<u>溅</u>石楼经。

　　宋·褚伯秀·律诗颈联
　　坐觉云藏树,吟忘雪<u>溅</u>亭。

　　宋·陈师道·律诗颔联
　　袍争烂锦催诗笔,雨<u>溅</u>明珠落酒船。

　　宋·陈允平·律诗颔联
　　春尽瀑泉犹<u>溅</u>雪,地幽篁竹亦生苔。

　　唐·白居易·律诗颈联
　　白花浪<u>溅</u>头陀寺,红叶林笼鹦鹉洲。

　　宋·阳枋·诗句
　　东出峡如筒,北行溪似线。
　　……
　　滩高石嵚崎,浪急珠玑<u>溅</u>。

　　宋·曾极·绝句首联
　　百花堂里赏芳菲,江左霸臣泪<u>溅</u>衣。

[附录]

(一)溅字分录于先、霰二韵,同录作"濺"。"溅溅"疾流貌,取平声,独用。"水激溅(溅起貌)",如"水溅"通用,仄用诗例较多。在律句的句尾,①读作平声"春泥滑滑欲溅裾(方岳)"与读作仄声"春尽瀑泉犹溅雪(陈允平)、江左霸臣泪溅衣(曾极)"句式;②读作平声"兴言及此泪如溅(朱翌)"与读作仄声"浪作雪点溅(陆游)、浪急珠玑溅(白居易)"二类句式,亦通用。余异义,不通用。

(二)溅字新四声
1. 读作jiàn。水花四溅。
2. 读作jiān。溅溅同浅浅。

【阗】

一、诗韵下平一先,亭年切tián,阗阗,盛也,声也。满也。地名。于阗,阗於。

毛泽东·浣溪沙下片
一唱雄鸡天下白,万方乐奏有于<u>阗</u>。
诗人兴会更无前。

宋·舒岳祥·绝句首联
春衫露染玉肌寒,来自于<u>阗</u>植小园。

宋·黄庭坚·诗句
茶如鹰爪拳,汤作蟹眼煎。
……
笑谈非世故,独立万物先。
春风引车马,隐隐何<u>阗阗</u>。

宋·华清淑·忆江南
燕塞雪,片片大如拳。
蓟上酒楼喧鼓吹,帝城车马走骈<u>阗</u>。
羁馆独凄然。

宋·廖行之·绝句首联
晓雪才过天气清,喧<u>阗</u>钲鼓笑迎春。

宋·宋庠·读史二首·绝句首联
孝武威灵动百蛮,将军辛苦到<u>阗</u>颜。

二、词林霰韵,荡练切,音电。于阗,古国名。

唐·刘复·绝句首联
簨簴高悬于<u>阗</u>钟,黄昏发地殷龙宫。

唐·陆龟蒙·律诗颔联
襡褼满地贝多雪,料峭入楼于<u>阗</u>风。

宋·张公庠·绝句尾联
彩床百步黄罗帕,于<u>阗</u>名王进玉来。

[附录]
(一)阗字诗韵录于先韵,录作"阗",作平声,霰韵无字头。词林分录于先、霰二韵,今增录。"于阗"通用。余异义,不通用。如"阗阗(鼓阗阗、雷阗阗、声阗阗)"以及"骈阗、喧阗、阗颜"从平声,暂无仄声诗例。

(二)阗字新四声读作tián。①充满:宾客阗门。②形容大声:振旅阗阗(《诗经》)。③形容浩大的场景:飞龙在天,云雨阗阗(薛逢)。④于阗,古国名。

【缘】

一、诗韵下平一先,与专切yuán,因也,循也,顺也,连络也,缘由也,霰韵异。

宋·苏轼·律诗颈联
伤心一念偿前债,弹指三生断后<u>缘</u>。

唐·韩愈·诗句
太华峰头玉并莲,开花十丈藕如船。

冷比雪霜甘比蜜，一片入口沉疴痊。
我欲求之不惮远，青壁无路难夤缘。

宋·陈宓·律诗颔联、颈联
事姑追孝妇，教子作儒师。
狱为平反喜，金缘赈贷施。

宋·朱翌·律诗首联
人老江湖外，官拘簿领缘。

唐·田澄·律诗首联、颔联
蜀郡将之远，城南万里桥。
衣缘乡泪湿，貌以客愁销。

宋·胡寅·绝句首联
老屋萧疏四五橼，瓦炉香冷断诸缘。

二、**诗韵去声十七霰**，以绢切 yuàn，衣纯也。衣缘，金缘，领缘，纯袂缘，锦缘，云锦缘，偏诸缘、皂缘。纯边：广各寸半。先韵异。

宋·杨万里·律诗颔联、颈联
莫遣下盐伤正味，不曾着蜜若为甜。
雪揩玉质全身莹，金缘冰钿半缕纤。

宋·司马光·绝句首联
春衣不用蕙兰熏，领缘无加刺绣文。

宋·苏轼·绝句尾联
谁识长身古君子，犹将缌布缘深衣。

宋·释文珦·诗句
十载栖山楹，影不入州县。
……
上下岩壑间，幽赏不知倦。
一一全天真，断断非饰缘。

宋·杨万里·律诗颔联

白玉杯将青玉缘，碧罗领衬素罗裳。

宋·范成大·诗句
两头纤纤探宫茧，半白半黑鹤氅缘。
腽腽膰膰上帖箭，磊磊落落封侯面。

宋·刘克庄·律诗尾联
皂缘黄绖安且吉，不妨藉草更眠莎。

[附录]
(一)缘字分录于先、霰二韵。"金缘、领缘"通用。余异义，不通用。诗例多作平声，宜取平声。参阅新四声释义。

(二)缘字新四声
1. 读作 yuán。①边：叶缘。②沿，顺着：缘溪行。③攀援：缘木求鱼。④机遇，缘分：一面之缘。⑤原故：无缘无故。⑥因为：只缘身在此山中(苏轼)。
2. 读作 yuàn。衣服的边饰。

【传】

一、**诗韵下平一先**，直挛切 chuán，转也，授也，续也，布也。邮传，家传，万口传，传邮，传观，传闻。又霰韵异。

宋·苏轼·律诗颈联
袖里宝书犹未出，梦中飞盖已先传。

宋·白玉蟾·律诗尾联
家传衣钵归龙凤，自指冰壶嗣颍滨。

宋·楼钥·律诗颔联
邮传千里计，哀动五州民。

宋·司马光·绝句首联
拜表归来抵寺居，解鞍纵马罢传呼。

二、诗韵去声十七霰，直恋切zhuàn，训也，转也，又邮马相传，递也，以传示后人，列传也。经传，传记，先韵异。

　　宋·陆游·律诗尾联
　无米博佳传，虚名那可图？

　　宋·苏轼·诗句
　落日岸葛巾，晚风吹羽扇。
　松间野步稳，竹外飞桥转。
　……
　荣华坐销歇，阅世如邮传。

　　唐·沈佺期·律诗颈联
　郊筵乘落景，亭传理残秋。

　　宋·黄庭坚·律诗尾联
　割鸡不合庖丁手，家传风流更著鞭。

　　宋·史弥宁·律诗颈联
　邮传一分手，河山再见秋。

　　宋·陆游·诗句
　贱贫百年愁，老大万事倦。
　……
　行当自劾去，暂寓等邮传。
　十月夜正长，岁事到冰霰。

　　宋·小郯道人·绝句首联
　日转庭槐影渐移，重门复屋传呼迟。

[附录]
(一) 传字分录于先、霰二韵，同录作"傳"。"邮传，家传、传呼"通用。余义异，不通用。参阅新四声释义。
(二) 传字新四声
1. 读作chuán。①传授：师传。②散布：传播。③遗留，继承：世代相传。④递送，转达：传令兵；击鼓传球。⑤传导：传电。⑥表达：传神。⑦传讯，召唤：传审。⑧姓。
2. 读作zhuàn。①传记：自传。②驿站，驿站的车马：发人修道，缮理亭传（《后汉书》）；驱传迷深谷，瞻星记北辰（戴叔伦）。③凭证，符信：复置津关，用传出入（《史记》）。

【僚】

一、诗韵下平二萧，连条切liáo，劳也，共劳事也。朋也，与筱韵同。又同官为僚，与寮同，与筱韵异。

　　唐·窦常·律诗颔联
　五色诏中宣九德，百僚班外置三师。

　　宋·范仲淹·律诗颈联
　勤歌兰珮招逋隐，懒事尘缨逐寀僚。

　　宋·楼钥·绝句尾联
　陈连幸出百僚底，正恐翁归不受私。

　　宋·司马光·律诗尾联
　旧僚空执酒，相与泪滂沱。

　　唐·白居易·律诗颔联
　北省朋僚音信断，东林长老往还频。

　　宋·杜范·律诗尾联
　官僚有如此，共保岁寒盟。

二、诗韵上声十七筱，力小切liǎo，朋也（朋僚：关系密切的人），好貌，亦作嫽。《诗经》：月出皎兮，佼人僚兮。萧韵中训"朋也"同，余解异。

宋·苏轼·西江月下片
云鬟风前绿卷，玉颜醉里红潮。
莫教空度可怜宵。月与佳人共僚。

宋·刘克庄·诗句
好事过子云，谪仙访贺老。
载醪谈文字，其乐侔击考。
子猷稍崖异，入剡殊草草。
船头一簾篠，船尾一村僚。

[附录]
㈠僚字分录于萧、筱二韵。依释义注："朋也"通同，暂无通用的诗例。释义"官吏，同官为僚"从平声。诗例多作平声，宜取平声。
㈡僚字新四声
1. 读作liáo。①官吏。②朋辈。③通"嫽"，美好。④姓。
2. 读作lǎo。云贵川少数民族的泛称。

【标】
一、诗韵下平二萧，甫遥切biāo，木末也，高枝曰标。表也，旌旗也，位置也，书也。风标，孤标，高标，锦标，仰清标，标题，标榜，标准，标识，标设。举也，筱韵异，又木杪也，与筱韵同。

宋·戴表元·律诗尾联
缁流太清朴，亭榭不标名。

宋·文同·六言绝句尾联
湖上水禽无数，其谁似汝风标。

宋·戴复古·梅·律诗首联
孤标粲粲压群葩，独占春风管岁华。

宋·王安石·绝句首联
沉魄浮魂不可招，遗编一读想风标。

宋·陈良翰·律诗首联
巨镇标闽越，灵踪肇晋齐。

宋·萧元之·绝句首联
昔年传得文标集，每对青灯一起予。

二、诗韵上声十七筱，方小切，音褾biǎo，义同，标杪，木标，立标，绛林标，与萧韵训木末同，余解异。

唐·吴筠·诗句
琼台劫万仞，孤映大罗表。
常有三素云，凝光自飞绕。
羽幢泛初霞，升降何缥缈。
鸾凤吹雅音，栖翔绛林标。

宋·王迈·诗句
我生之辰日在亢，斗牛之宿晻无耀。
独有首尾二魗星，角立昴氏争击标。

宋·宋祁·律诗首联
朝阳浓澹雪云垂，汤沐馀闲似标枝。

[附录]
㈠标字分录于萧、筱二韵，同录作"褾"。释义注"木杪也，木末同"通用。暂无通用的诗例。余异义，不通用。诗例多作平声。
㈡标字新四声读作biāo。①树梢。②事物的枝节或表面。③顶端。④标志。⑤举，树立。⑥标准。⑦格调，风度。⑧美好。⑨投掷。⑩量词。

【哨】
一、诗韵下平二萧，相邀切，音宵。

哨哨，口不正也，啸韵异。

宋·姜特立·报恩·绝句
报恩须烈士，拂意是忠臣。
君看倾邪辈，哨哨似妇人。

二、诗韵去声十八啸，七肖切 shào，小也，谦辞。不正貌，壶口不正也，又哨哨，多言也。阵哨，巡哨，遍哨，枉哨，哨鹿，萧韵异。

宋·刘克庄·律诗首联
边地犹防哨，中原屡失机。

宋·王柏·律诗颔联
百年乔木支秋哨，一旦新萌长露丛。

明·唐顺之·绝句首联
梯悬半绠哨台高，胡汉邻家隔一壕。

[附录]
(一)哨字分录于萧、啸二韵。释义注"口不正也"通用。暂无通用的诗例。诗例多作仄声，宜取仄声。

(二)哨字新四声
1. 读作 shào。①巡逻。②细长。③叫，鸟叫。④用口或叫子发声。
2. 读作 qiào。不正。
3. 同"哨"。哨聚山林。

【嘹】

一、诗韵下平二萧，落萧切 liáo，鸣也，闻远声。萧嘹，嘹嘹，风嘹。嘹亮，啸韵异。

宋·宋伯仁·律诗首联
至友惜分飞，嘹嘹雁独知。

宋·傅梦得·律诗颈联
驀惊塞雁声嘹呖，静看沙鸥独往来。

唐·顾况·律诗首联
鸣雁嘹嘹北向频，渌波何处是通津。

唐·元稹·诗句
晚荷犹展卷，早蝉遽萧嘹。
露叶行已重，况乃江风摇。
炎夏火再伏，清商暗回飙。

明·唐寅·绝句尾联
犬吠嘹嘹惊夜梦，月明千里故人来。

二、诗韵去声十八啸，力吊切 liào，义同，嘹唳，远声。又病呼也，萧韵异。暂无诗例。

[附录]
(一)嘹字分录于萧、啸二韵。释义注"闻远声"义同，通用，暂无通用的诗例。诗例多作平声，宜取平声。

(二)嘹字新四声
1. 读作 liáo。声音清晰响亮。
2. 读作 liào。闯荡，奔走。

【要】

一、诗韵下平二萧，伊消切，音邀 yāo，要勒，劫也，求也，察也，约也，会也，要求，又姓。与啸韵异，要领，要人。

宋·苏轼·律诗颔联、颈联
晋阳岂为一门事，宣政聊同五月朝。

忧患半生联出处，归休上策早招要。

宋·李新·律诗首联
际天州县出要荒，始觉承平日月长。

宋·晁公溯·律诗颔联
飞来黄鹄陂已复，归去白鸥盟可要。

宋·邓肃·律诗颔联
採栗久要工部拙，骑鲸偶厕谪仙豪。

宋·邵雍·律诗颔联
不弃既能存故旧，久要焉敢忘平生。

宋·释印肃·绝句尾联
只要真底无丝隔，状若千灯一室明。

宋·苏辙·律诗颈联
觜距方强要一斗，君臣已定势三分。

宋·王安石·绝句首联
风来风去岂尝要，随分铿锵与寂寥。

二、诗韵去声十八啸，于笑切 yào，约也，要也，会也，久要，紧要，秘要，简要，要津，要冲，要道，枢要，与萧韵异。

唐明皇·李隆基·律诗颈联
寰中得秘要，方外散幽襟。

清·赵翼·绝句尾联
熊鱼自笑贪心甚，既要工诗又怕穷。

宋·张耒·绝句尾联
平远起君千里恨，清诗可要助江山。

宋·陈师道·律诗尾联
久要尚怜君子在，为言鸡黍亦迟留。

宋·韩琦·绝句尾联
当轩不是怜苍翠，只要人知耐岁寒。

宋·戴复古·律诗颔联
纵怀千里志，也要一枝安。

唐·白居易·绝句尾联
多幸乐天今始病，不知合要苦治无？

宋·陆游·绝句尾联
纸上得来终觉浅，绝知此事要躬行。

宋·苏洵·绝句尾联
悲凉物色须弹压，粉白脂红却要渠。

宋·陆游·绝句尾联
百钱斗米无人要，贯朽何时发积藏？

[附录]

(一)要字分录于萧、啸二韵。"可要、久要、只要"通用。在律句的句尾，①读作平声"觜距方强要一斗（苏辙）、不然我尔要相似（赵蕃）"与读作仄声"绝知此事要躬行（陆游）"句式；②读作平声"际天州县出要荒（李新）"与读作仄声"粉白脂红却要渠（苏洵）"句式；③读作平声"风来风去岂尝要（王安石）"与读作仄声"百钱斗米无人要（陆游）"三类句式，亦通用。余异义，不通用。诗例多作仄声。参阅新四声释义。

(二)要字新四声

1. 读作 yào。①重大，值得重视的。②重点。③想，希望。④索取。⑤叫，让。⑥应该，必须。⑦如果。⑧总之。

2. 读作 yāo。①腰的古字。②通"邀"，邀请，拦截。③通"约"，盟约，控制。④探求。⑤胁迫。⑥符合，迎合。⑦审察。⑧姓。

【佻】

一、诗韵下平二萧，徒聊切 tiáo，独行貌，偷也，行不耐劳苦貌，窃取名，国名。轻佻，言佻，佻佻，佻巧，佻薄。又筱韵同。

宋·陈普·绝句首联
贾生晁错总<u>佻</u>轻，博陆营平亦好兵。

宋·刘弇·律诗首联
功名惭鹗瞬，龟组困鸠<u>佻</u>。

二、诗韵上声十七筱，徒了切 tiǎo，轻佻，躁佻，佻佻，巧佻，又萧韵通。暂无诗例。

[附录]

(一) 佻字分录于萧、筱二韵。释义注：筱韵同、萧韵通。暂无通用的诗例，宜取平声。

(二) 佻字新四声读作 tiāo。①轻薄，不庄重。②偷取：佻天之功以为己力（《国语》）。③宽延，延缓：佻其期日（《荀子》）。

【燎】

一、诗韵下平二萧，力昭切 liáo，庭火也，火在地曰燎。庭燎，手燎，燎原，燎寒。筱韵异，啸韵同。暂无诗例。

二、诗韵上声十七筱，力小切 liǎo，放火也。原燎，寒燎，庭燎，燎原。萧韵异，啸韵同义。

宋·苏轼·诗句
清溪到山尽，飞路盘空小。

……
归途风雨作，一洗红日<u>燎</u>。
……
更将掀舞势，把烛画风筱。

三、诗韵去声十八啸，力照切 liào，放火也，若火之燎于原。树火以照也。桂燎，庭燎。燎原，萧韵通，又燎明也，与筱韵通。

宋·李流谦·律诗首联
圣道灰秦<u>燎</u>，残编出汉初。

唐·卢纶·律诗颈联
古原收野<u>燎</u>，寒笛怨空邻。

唐·李商隐·律诗颔联
沈香甲煎为庭<u>燎</u>，玉液琼苏作寿杯。

宋·陆游·律诗首联
我行随处叩岩扉，觅得生薪旋<u>燎</u>衣。

宋·王安石·绝句首联
竹鸡呼我出华胥，起灭篝灯拥<u>燎</u>炉。

宋·晏殊·律诗尾联
三殿端辰得嘉瑞，不须庭<u>燎</u>夜如何。

宋·王禹偁·律诗颈联
珠旒微乱埙篪韵，柴<u>燎</u>轻笼剑佩光。

宋·曾巩·诗句
日高行忽又别君，从此闭门谁可啸。
……
今年霜霰虽未重，室冷尚无薪可<u>燎</u>。

[附录]

(一) 燎字分录于萧、筱、啸三韵。释义注"庭火也，树火以照也，放火也" 筱、啸韵通用。

诗例多作仄声。参阅新四声释义。

(二) 燎字新四声
1. 读作 liáo。①火炬：庭燎之光（《诗经》）。②火烫：燎起了泡。
2. 读作 liǎo。①燃烧：燎原之火。②烧焦：燎了眉毛。③烘干：对火燎衣。
3. 读作 liào。①照亮：若暗夜而烛燎也（《吕氏春秋》）。②焚柴祭天。也指柴：积燎曾欲燔（元稹）。

【摇】

一、诗韵下平二萧，余昭切 yáo，动也，作也，姓。招摇，扶摇，步摇，山岳摇，酒旗摇，影摇，摇影，摇扇，漂摇，动摇，红裙摇，麦浪摇，摇撼，摇落，摇曳，摇舌，摇荡，摇尾。啸韵亦作动意。

宋·陆游·律诗颈联
半暗残灯摇北壁，常饥老马卧东厢。

宋·范成大·绝句首联
搔头珠重步微摇，约臂金寒束未牢。

二、诗韵去声十八啸，弋照切 yào，动也。摇动，扇摇，影摇，灯影摇，酒旗摇，山岳摇，叶读去声与萧韵通。

宋·喻良能·律诗首联
长松夹道摇苍烟，十里绝如灵隐前。

[附录]
(一) 摇字分录于萧、啸二韵。释义注"动也"通用。在律句的句尾，如读作平声"半暗残灯摇北壁（陆游）"与读作仄声"长松夹道摇苍烟（喻良能）"一类句式，亦通用。诗例多作平声，宜取平声。

(二) 摇字新四声读作 yáo。①摆动：摇铃。②上升，飘扬：风举云摇（班固）。③疾速：愿摇起而横奔（《楚辞》）。④通"遥"：负手曳杖，消摇于门（《礼记》）。⑤通"犹"：尚且：精摇靡览（《淮南子》）。⑥姓。

【峤】

一、诗韵下平二萧，巨娇切，音乔 qiáo。古通"乔"，及河峤岳（《诗经·周颂·时运》）。山锐而高，比峤，峻峤，啸韵同。暂无诗例。

二、诗韵去声十八啸，渠庙切 jiào，山锐而高，山径也，山名。和峤，海峤，越峤，月峤，孤峤，云峤，温峤，李峤，野峤。与萧韵同。

唐·杜甫·律诗颈联
风杉曾曙倚，云峤忆春临。

唐·李商隐·律诗颔联
羊权须得金条脱，温峤终虚玉镜台。

宋·晏殊·律诗首联
海峤黄金刹，安禅不记秋。

唐·姚合·律诗颈联
宿愿眠云峤，浮名系锁闱。

宋·苏轼·菩萨蛮上片
峤南江浅红梅小，小梅红浅江南峤。窥我向疏篱，篱疏向我窥。

[附录]

㈠峤字分录于萧、啸二韵,同录作"嶠"。
释义注"山锐而高"通用,暂无平声诗例。
圆峤、闽峤、员峤、岭峤、南峤、蓬峤、巴峤、岳峤、寒峤、远峤、嵩峤,从仄声。
宜取仄声。参阅新四声释义。

㈡峤字新四声
1. 读作jiào。①山道。②尖而高的山:鼻准高隆如峤耸(《西游记》)。
2. 同"乔",高。

【轿】

一、诗韵下平二萧,巨娇切,音桥qiáo,小车也,肩舆也,舆轿,又啸韵同。暂无诗例。

二、诗韵去声十八啸,渠庙切jiào,舆轿,竹轿,又萧韵通。

宋·杨万里·律诗颈联
山<u>轿</u>声声柔觕紧,葛衣眼眼野风清。

宋·楼钥·律诗颈联
登途已厌频舆<u>轿</u>,得意何妨且榜舟。

[附录]

㈠轿字分录于萧、啸二韵,同录作"轎"。
释义注"平声萧韵通"。暂无平声诗例,宜取仄声。

㈡轿字新四声读作jiào。泛指由人抬着走的交通工具。

【挑】

一、诗韵下平二萧,吐彫切tiāo,挑拨,取也,肩荷也,器名。琴心挑,

杖头挑,挑剔,挑灯,挑逗,挑琴,又杖荷也,豪、筱韵并异。

宋·苏轼·浣溪沙下片
废圃寒蔬<u>挑</u>翠羽,小槽春酒冻真珠。
清香细细嚼梅须。

宋·晁公溯·诗句
文正垂芳久,风流八叶萧。
……
成家自褵结,高节陋琴<u>挑</u>。

唐·杜荀鹤·律诗颈联
时<u>挑</u>野菜和羹煮,旋斫生柴带叶烧。

宋·刘克庄·诗句
风窗有竹相敲,地炉无叶可烧。
乱书翻覆未了,一灯明灭频<u>挑</u>。

宋·李流谦·律诗颔联
四壁图书聊隐几,半窗风雨屡<u>挑</u>灯。

宋·李天才·绝句首联
青裙白面哄<u>挑</u>菜,茅舍竹篱疏见梅。

宋·苏辙·律诗首联
林竹抽萌不忍<u>挑</u>,谁家盈束伴晨樵。

二、诗韵下平四豪,土刀切tāo,挑达,往来相见貌,萧、筱韵俱异。

宋·梅尧臣·律诗尾联
是非不道任<u>挑</u>挞,唯忆当时阮步兵。

三、诗韵上声十七筱,徒了切tiǎo,引也,拨也,戏也,又相呼,诱也,弄也,轻也,又挑战,琴挑,琴心挑。萧、豪韵并异。

宋·刘启之·律诗颔联
自是东篱窥宋玉，非关司马<u>挑</u>文君。

宋·赵必象·绝句尾联
当年自是文君误，未必琴心解<u>挑</u>人。

宋·苏辙·诗句
将贤士气振，令肃军声悄。
城空巷无人，里社转相晓。
……
翩翩白马将，手把青丝<u>挑</u>。

宋·刘克庄·绝句首联
琴<u>挑</u>何曾动，梭投未免惭。

宋·刘兼·律诗首联
琴中难<u>挑</u>孰怜才，独对良宵酒数杯。

宋·刘克庄·绝句首联
箫能妻弄玉，琴可<u>挑</u>文君。

宋·杨蟠·律诗尾联
相思未免还相<u>挑</u>，莫竖旗幨却诈降。

[附录]
(一)挑字分录于萧、豪、筱三韵。"琴挑"萧、筱韵通用。在律句的句尾，①读作平声"废圃寒蔬挑翠羽（苏轼）、白雪阳春挑我和（曾丰）"与读作仄声"非关司马挑文君（刘启之）、琴可挑文君（刘克庄）"句式；②读作平声"青裙白面哄挑菜（李天才）、晓岑云白杖挑壶（冯时行）"与读作仄声"未必琴心解挑人（赵必象）"句式；③读作平声"林竹抽萌不忍挑（苏辙）、点盘生菜为谁挑（苏辙）"与读作仄声"相思未免还相挑（杨蟠）"三类句式，亦通用。豪韵释义"挑达"，独用。余义异，不通用。参阅新四声释义。

(二)挑字新四声
1. 读作tiāo。①用肩担着。②挑选。③挑剔。④通"佻"，轻佻。
2. 读作tiǎo。①举起，支起。②拨动或剔出来。③拨弄。④挑逗。
3. 读作tāo。挑达：来往，轻薄放纵。

【缭】

一、词林萧韵，落萧切，又连条切，并音聊。缠也，绕也。人名。县名。
暂无诗例

二、诗韵上声十七筱，朗鸟切liǎo，又力照切liào，义并同。绕缭，回缭，相缭，岑缭，环缭，翘缭，青缭，缭乱，缭绕。

宋·司马光·律诗颈联
嗅香行<u>缭</u>绕，撚蕊立徘徊。

宋·秦观·律诗首联
画舫珠帘出<u>缭</u>墙，天风吹到芰荷乡。

明·高启·诗句
衍师本儒生，眉骨甚疏峭。
轩然出人群，快若击霜鹘。
……
坐敷云中衾，薜屋一洞<u>缭</u>。

宋·赵师秀·律师首联
万年山木有千年，石路阴深到<u>缭</u>垣。

[附录]
(一)缭字诗韵录于筱韵，从仄声，萧韵无字头。词林分录于萧、筱二韵，今增录。暂无平声诗例，宜取仄声。
(二)缭字新四声读作liáo。①围绕，缠绕：缭绕。②用针斜着缝：缭贴边。③通"撩"，缭乱。

【僥】

一、诗韵下平二萧，五聊切，音尧。
僬僥，短人，国名也（古代西南少数民族）。

> 宋·赵希逢·律诗颈联
> 早知造物难僥倖，何似虚怀任屈伸。

> 宋·刘克庄·绝句尾联
> 乃知犬子揄扬者，才是僬僥国里人。

> 宋·苏轼·诗句
> 刘生望都民，病羸寄空窑。
> 有子曰丑厮，十二行操瓢。
> ……
> 人事岂易料，勿轻此僬僥。

> 宋·刘子翚·诗句
> 何州无战争，闽粤祸未销。
> ……
> 往往衣冠门，继嗣无双髫。
> 前知饮啄定，妄以人力僥。

二、词林筱韵，吉了切 jiǎo，僥幸，求利不止貌。暂无诗例。

[附录]
(一) 僥字诗韵录于萧韵，录作"僥"，从平声，筱韵无字头。词林分录于萧、筱二韵，今增录。暂无仄声诗例，宜取平声。
(二) 僥字新四声
1. 读作 jiǎo，希求意外获得成功或幸免。今多作僥幸。
2. 读作 yáo，僬僥：中国古代传说中的矮人。

【跳】

一、诗韵下平二萧，徒聊切，音迢。跃也。上也，如草木枝条务上行也。又徒刀切，音陶，通"逃"，谓走也。龙跳，白鱼跳，雀跳，雨珠跳，泥蛙跳，跳月，跳波。

> 宋·杨万里·绝句尾联
> 旋汲井花浇睡眼，洒将荷叶看跳珠。

> 唐·赵嘏·绝句首联
> 去跳风雨几奔波，曾共辛勤奈若何。

> 宋·文同·律诗颈联
> 山鸟忽双下，池鱼时一跳。

> 宋·李璜·绝句尾联
> 便请炉边叉手坐，从他鼠子自跳梁。

> 唐·徐夤·律诗颈联
> 秋晚卷帘看过雁，月明凭槛数跳鱼。

> 宋·杨万里·绝句尾联
> 乱走不停跳不住，忽然跳入水精瓶。

> 宋·陆游·诗句
> 浣江之东当筰桥，奔流啮桥桥为摇。
> 分洪初疑两蛟舞，触石散作千珠跳。

> 宋·梅尧臣·绝句尾联
> 蠹穴荒陂有多少，干风湿雨各飞跳。

二、词林啸韵，徒吊切，行貌。

> 宋·潘牥·律诗首联
> 薄暮檐牙雨跳珠，儿童指似雪先驱。

> 明·何白·绝句首联
> 城上惊飞白项乌，黄蒿隐见跳黄狐。

> 宋·释宗杲·绝句首联
> 瞎驴一跳众皆惊，正法那堪付与人。

宋·净端·渔家傲下片
轻舟再奈长江讨，重添香饵为钩钓，
钓得锦鳞船里<u>跳</u>。
呵呵笑，思量天下渔家好。

宋·刘克庄·律诗首联
涨水侵门堂<u>跳</u>蛙，偶来常是到昏鸦。

明·唐寅·律诗颈联
人言死后还三<u>跳</u>，我要生前做一场。

[附录]

(一) 跳字诗韵录于萧韵，从平声，啸韵无字头。词林分录于萧、啸二韵，今增录。"跳珠、一跳"通用。在律句的句尾，如读作平声"干风湿雨各飞跳（梅尧臣）"与读作仄声"钓得锦鳞船里跳（净端）、人言死后还三跳（唐寅）"一类句式，亦通用。余义异，不通用。诗例多作平声。

(二) 跳字新四声读作tiào。①跛脚。②蹦，跃：跳蚤。③越过，越级。④一起一伏地动：心跳。⑤疾行。⑥摆弄。⑦跳板。⑧冲动地表现，捣乱：让他们跳。⑨通"逃"：淮边夜闻贼马嘶，跳去不待鸡号旦（陆游）。

【料】

一、诗韵下平二萧，落萧切，音聊liáo，料：理也，量也，度也，又声清而不乱。卢䣛（良医卢扁、俞䣛的并称）料，啸韵异。

宋·戴复古·律诗首联
岁事费<u>料</u>理，三杯意适然。

宋·黄庭坚·绝句尾联
睡魔正仰茶<u>料</u>理，急遣溪童碾玉尘。

二、诗韵去声十八啸，力吊切liào，料，度量也；人物材质也；禄料也。逆料，材料，岂料，出所料，料理，料度。萧韵异。

宋·陆游·诗句
农事未兴思一笑，春荠可采鱼可钓。
……
人生百年会有尽，世事万变谁能<u>料</u>？

宋·陆游·律诗尾联
归迟不是寻诗<u>料</u>，秫寨民家偶小留。

宋·戴复古·律诗颔联
午困政须茶<u>料</u>理，春愁全仗酒消除。

[附录]

(一) 料字分录于萧、啸二韵。"料理"通用。余义异，不通用。诗例多作仄声。

(二) 料字新四声读作liào。①清查，计数。②预料。③材料。④挑选。⑤管理，治理。⑥通"撂"，扔。

【胶】

一、诗韵下平三肴，古肴切jiāo，胶漆，所以固物，邪曲也，太学也，地名，水名，姓。效韵亦作胶粘，孔胶，鸾胶，如胶，松胶，漆胶，阿胶，胶固，胶庠。弓胶：《史记·田敬仲世家》：弓胶昔干所以为合也。

宋·黄庭坚·律诗首联
岑寂东园可散愁，<u>胶胶</u>扰扰梦神州。

宋·刘兼·律诗尾联
鸾<u>胶</u>处处难寻觅，断尽相思寸寸肠。

宋·戴复古·律诗尾联
风骚将断绝,谁有续弦胶。

宋·梅尧臣·律诗颔联
塘冰胶燕觜,野水涩芹牙。

明·钟惺·律诗尾联
快舫蚀波才寸许,急湍底复怨舟胶。

二、诗韵去声十九效,古孝切,音教,义同,胶粘物,固也。孔胶,如胶,漆胶,段胶,鸾胶,杯则胶,与肴韵同,余异。

唐·皮日休·诗句
芒鞋下蒴中,步步沈轻罩。
既为菱浪呫,亦为莲泥胶。
满手掬霜鳞,思归举轻棹。

宋·张九成·诗句
物理情不齐,人生各有好。
所好傥不获,亦各骋奇巧。
浅者不及门,深者入堂奥。
名利工欺人,市朝徒胶胶。

唐·白居易·绝句首联
三杯蓝尾酒,一碟胶牙饧。

宋·杨朴·绝句首联
一壶村酒胶牙酸,十数胡皱彻骨乾。

元·杨维桢·绝句首联
麟角煮为胶,续弦弦在弓。

[附录]
㈠胶字分录于肴、效二韵,同录作"膠"。释义注"胶粘",如"胶胶"通用。在律句的句尾,如读作平声"塘冰胶燕觜(梅尧臣)、此话无人胶凤觜(方回)"与读仄声"一壶村酒胶牙酸(杨朴)、一碟胶牙饧(白居易)、春盘先劝胶牙饧(白居易)"一类句式,亦通用。余异义,不通用。"胶庠、胶西"平声独用。

㈡胶字新四声读作jiāo。①粘住。②牢固。③欺诈。④周代的大学。⑤姓。

【教】

一、诗韵下平三肴,古肴切jiāo,义同。天教,错教,懒教,悔教,谁教,教曲,教歌舞,教鹦鹉,使之为也,又效韵异。

宋·黄庭坚·律诗颈联
付与儿孙知伏腊,听教鱼鸟逐飞沈。

唐·罗隐·律诗尾联
若教颜闵英灵在,终不羞他李老君。

宋·韩淲·浣溪沙下片
安得有诗同尔句,可教无酒泛其杯。
相思常苦易离携。

唐·王昌龄·绝句尾联
但使龙城飞将在,不教胡马度阴山。

宋·张耒·绝句尾联
芰尽黄云见原隰,却教风雨洗长空。

宋·岳珂·绝句尾联
二圣止戈元有指,未教狡穴尽秋鹰。

唐·白居易·绝句首联
老去将何散老愁,新教小玉唱伊州。

宋·释行海·律诗尾联
昨夜不知人未去,误教魂梦过南州。

唐·杜甫·律诗尾联
枉沐旌麾出城府，草茅无径欲<u>教</u>锄。

宋·周必大·绝句首联
心正能<u>教</u>笔不欹，古来书法独知。

唐·王建·绝句尾联
飞龙老马曾<u>教</u>舞，闻著音声总举头。

明·高启·竹枝歌尾联
郎行若有思家日，应<u>教</u>江水复西流。

宋·张伯玉·绝句尾联
不敢登门谒樽酒，且<u>教</u>山仆送花来。

宋·释惟茂·绝句尾联
老僧只恐山移去，日午先<u>教</u>掩寺门。

宋·陆游·绝句尾联
已<u>教</u>清彻骨，更向月中看。

唐·李商隐·律诗首联
何事荆台百万家，惟<u>教</u>宋玉擅才华。

宋·赵汝鐩·律诗尾联
归遇田翁醉邀我，旋<u>教</u>买酒旋烹鸡。

宋·陈普·田畴·绝句尾联
不为犬羊残士类，肯<u>教</u>曹操识卢龙。

近代·鲁迅·绝句首联
谋生无奈日奔驰，有弟偏<u>教</u>各别离。

清·谭嗣同·律诗颔联
自向冰天炼奇骨，暂<u>教</u>佳句属通眉。

宋·武衍·绝句尾联
唯有落红官不禁，尽<u>教</u>飞舞出宫墙。

宋·范成大·律诗颈联
登高事了从<u>教</u>雨，刈熟人忙却要晴。

宋·刘过·律诗颔联
无可奈何<u>教</u>老去，有时猛省忽愁来。

宋·释云岫·绝句尾联
每每见僧陪面笑，祖师门户放<u>教</u>低。

二、诗韵去声十九效，古孝切 jiào，训也，令也。教训也，圣教，名教，文教，尊儒教，三教，雅教，设教，垂教，胎教，受教，施教，教典，教化，教诲，教无类，又训也，孺子可教。看韵异。

宋·黄庭坚·律诗尾联
公退但呼红袖饮，剩传歌曲<u>教</u>新翻。

宋·王炎·律诗尾联
待看楂梨粗可<u>教</u>，老夫耕钓即韬藏。

宋·刘奉世·自究放还·绝句尾联
不<u>教</u>微生同腐草，青山依旧水西流。

宋·黄庶·绝句尾联
数竿冬日浑无价，暖靠牛眠不<u>教</u>人。

宋·房子靖·律诗尾联
近日有心来听<u>教</u>，奈何方面事匆匆。

宋·辛弃疾·鹧鸪天下片
新剑戟，旧风波。天生予懒奈予何。此身已觉浑无事，却<u>教</u>儿童莫恁麼。

唐·白居易·绝句尾联
亦应不得多年听，未<u>教</u>成时已白头。

唐·王建·绝句尾联
新<u>教</u>内人唯射鸭，长随天子苑东游。

宋·张景·绝句首联
桃花谩说武陵源，误<u>教</u>刘郎不得仙。

宋·马廷鸾·律诗尾联
何须飞白人人赐，始悟君王欲<u>教</u>忠。

宋·胡寅·律诗颔联
中馈克脩惟六二，义方能<u>教</u>亦三迁。

宋·陈藻·绝句尾联
郎堉已灰题柱志，亲闻曾<u>教</u>断机贤。

明·高启·绝句尾联
不材未敢修封事，把笔闲题应<u>教</u>诗。

宋·刘克庄·律诗颔联
莫随夷甫举遗逸，且<u>教</u>伯温成大贤。

唐·刘禹锡·律诗颔联
欲抛丹笔三川去，先<u>教</u>清商一部成。

宋·郑獬·绝句尾联
已<u>教</u>吴娘学新曲，凤山亭下赏江梅。

宋·吴则礼·六言律诗尾联
传语东坡居士，后来惟<u>教</u>江郎。

宋·陆游·律诗颈联
似闻旋<u>教</u>新歌舞，且慰重临旧吏民。

宋·张埴·律诗尾联
一段江湖真活计，阿戎肯<u>教</u>第三联。

唐·王维·诗句
灵芝三秀紫，陈粟万箱红。
王礼尊儒<u>教</u>，天兵小战功。

唐·皇甫冉·诗句
异俗知文<u>教</u>，通儒有令名。
还将大戴礼，方外授诸生。

唐·卢士衡·律诗尾联
且住人间行圣<u>教</u>，莫思天路便登龙。

清·龚自珍·绝句尾联
桑梓温恭名<u>教</u>始，天涯何处不家江。

宋·释正觉·律诗首联
乞食因循答<u>教</u>迟，想能心照未相疑。

宋·赵师秀·律诗尾联
故人劳见念，相过<u>教</u>丹砂。

[附录]

(一) 教字分录于肴、效二韵。"可教、不教、听教、却教、未教、新教、误教、欲教、能教、曾教、应教、且教、先教、已教、惟教、旋教、肯教"通用。在律句的句尾，①读作平声"祖师门户放教低（释云岫）、亲朋欲语浇教醉（李昂英）"与读作仄声"乞食因循答教迟（释正觉）、父老何妨兄教来（陈著）"句式；②读作平声"已有紫泥教诣阙（杨万里）、辟作小斋教子侄（陈宓）"与读作仄声"剩传歌曲教新翻（黄庭坚）、相过教丹砂（赵师秀）、玉人何处教吹箫（杜牧）"二类句式，亦通用。余义异，不通用。莫教、敢教、从教、悔教、错教、暂教、谁教、若教、偏教、还教、长教、忍教、试教、又教、只教、管教、便教、任教、许教、劳教、每教、常教、犹教、须教、全教、更教、免教、也教、故教、独教、空教、宁教、待教、直教、勿教、仍教、亦教、争教、休教、枉教、那教、早教、总教、定教、要教、但教、固教、徒教、难教、岂教、漫教、谩教、才教，古四声多从平声，暂无仄声例句。参阅新四声释义。

(二) 教字新四声
1. 读作 jiào。①训诲。②训练。③宗教。④谕告。⑤怂恿。⑥姓。
2. 读作 jiāo。①传授知识技能。②给，使，令。③能够。

【钞】

一、诗韵下平三肴，楚交切 chāo，略也，掠也，抄同，誊写也。姓。五钞，钞诗，钞集。又钱钞也，效韵别。

> 宋·陆游·绝句首联
> 入市归村不跨驴，蝇头细字夜<u>钞</u>书。

> 唐·韩偓·绝句首联
> 缉缀小诗<u>钞</u>卷里，寻思闲事到心头。

> 宋·祖无择·绝句首联
> 年长身多病，闲<u>钞</u>已试方。

> 清·龚自珍·绝句尾联
> 哭过支硎山下路，重<u>钞</u>梅冶一夜诗。

二、诗韵去声十九效，初教切 jiào，略取也，抄同，鸢也，货币，印信文凭，末也。楮（纸的代称）货名，银钞，大钞，交钞，造钞。钞略，与肴韵通，又宝钞，独用。

> 宋·杜衍·律诗首联
> 希文健笔<u>钞</u>韩文，文为首阳山下人。

> 清·龚自珍·绝句尾联
> 不行官<u>钞</u>行私<u>钞</u>，名目何人饷史家。

> 宋·曹勋·律诗颈联
> 聊味青龙<u>钞</u>，行趋白虎通。

> 宋·汪元量·律诗尾联
> 闻已挂冠归故里，尚方宣赐<u>钞</u>成船。

> 宋·释文珦·律诗颔联
> 已全忘疏<u>钞</u>，变不事推敲。

> 唐·周贺·律诗首联
> 林径西风急，松枝讲<u>钞</u>余。

> 宋·释智愚·绝句尾联
> 台石藓花将半蚀，不知焚<u>钞</u>复谁来。

> 宋·宋祁·绝句首联
> 喜<u>钞</u>寒鸥六翮轻，萧条墟落恣飞鸣。

> 宋·汪元量·绝句尾联
> 内家遗<u>钞</u>三千锭，添赐三宫日用钱。

> 明·钟惺·律诗颔联
> 土音偏不移鸡犬，市里通行杂<u>钞</u>钱。

[附录]
(一) 钞字分录于肴、效二韵。在律句中读平声"重<u>钞</u>梅冶一夜诗（龚自珍）、闲<u>钞</u>已试方（祖无择）"与读作仄声"喜<u>钞</u>寒鸥六翮轻（宋祁）"句式；以及在律句的句尾读作平声"缉缀小诗<u>钞</u>卷里（韩偓）"与读作仄声"希文健笔<u>钞</u>韩文（杜衍）"二类句式，释作"抄也"通用。释作"钞钱、宝钞"从仄声，"钞"字古今音义有别，参阅新四声释义。

(二) 钞字新四声读作 chāo。①纸币。②通"抄"，(1)誊写，(2)强取。③文集。④通"眇 miǎo"，微小，深远。⑤姓。

【泡】

一、诗韵下平三肴，披交切 pāo，水名。水上浮沤也。如梦幻泡景（梵书）

又蒲交切páo，泡泡，流也，水喷涌之声也。同泡，二泡，砌下泡，泡影水，泡流。

  宋·欧阳修·诗句
  夏簟解箨阴加椽，卧斋公退无喧嚣。
  清和况复值佳月，翠树好鸟鸣咬咬。
  又闻浮屠说生死，灭没谓若梦幻泡。

  宋·李流谦·律诗颔联
  褕翟翻经外，尘泡隐几中。

  宋·刘克庄·律诗颔联
  西方佛比于泡影，南面王输与髑髅。

  唐·白居易·律诗颈联
  清净久辞香火伴，尘劳难索幻泡身。

  宋·程公许·律诗尾联
  君能勘破皆泡幻，长与乔松燕玉房。

  宋·王千秋·西江月上片
  梦幻影泡有限，风花雪月无涯。
  莫分粗俗与精华。日醉石间松下。

  唐·白居易·律诗首联
  雨露难忘君念重，电泡易灭妾身轻。

  唐·李绅·律诗颈联
  定心池上浮泡没，招手岩边梦幻通。

二、词林效韵，皮教切pào，水泉也。鱼名。

  宋·陈棣·律诗颈联
  富贵浮云曾唾去，死生幻泡独先知。

  宋·姜特立·律诗尾联
  已知真幻泡，感至一悲悽。

  宋·刘黻·律诗颈联
  自悟浮生如泡幻，渠知党祸炽株连。

  宋·郑清之·绝句首联
  阅尽恒河水上波，声尘何似泡沤多。

  宋·薛嵎·律诗首联
  五马归来绝送迎，全将沤泡视浮荣。

[附录]
(一)泡字诗韵录于肴韵，从平声，效韵无字头。词林分录于肴、效二韵，今增录。"幻泡、泡幻"通用。余异义，不通用。
(二)泡字新四声
1. 读作pào。①气体在液体内鼓起的球状体：肥皂泡。②泡状物：灯泡。③用液体浸物品：泡茶。④沉浸，陷入。⑤消磨。⑥方言：打开水。
2. 读作pāo。①质地松软而鼓起：发泡。②量词：(1)一泡尿。(2)发了一泡议论。

【抓】

一、诗韵下平三肴，侧交切，音朝zhāo。虎抓，频抓，痒处抓，谁抓，抓痒，抓掐。

  唐·姚合·律诗颔联
  霹雳划深龙旧攫，屈槃痕浅虎新抓。

  唐·杜牧·绝句
  杜诗韩集愁来读，似倩麻姑痒处抓。
  天外凤凰谁得髓，无人解合续弦胶。

  宋·乐雷发·律诗颈联
  虎抓崖树供僧爨，猿摸廊碑认客题。

二、词林麻韵，壮交切zhuā，古音

俱读 zhāo。

宋·方回·律诗颔联
读书快意如抓痒，得句言怀当写真。

宋·释梵琮·绝句尾联
蓦然痒处轻抓著，便向人前露尾巴。

三、词林巧韵，侧绞切，音蚤 zhǎo，搔也，掐也，杜甫诗注：玉搔头，今之抓头也。

四、词林效韵，阻教切，音笊 zhào，爪剌也。

明·刘基·诗句
山川出云霓，谿谷藏虎豹。
枯树缯绫身，怪石魂礧貌。
……
萁纤草堪籍，伤覃棘能抓。

[附录]
(一)抓字诗韵录于肴韵，从平声，麻、巧、效韵均无字头。词林分录于肴、麻、巧、效四韵，今增录。诗例多作平声。抓字始自"爪"，表示用指甲挠，加手分化的"抓"仍读 zhāo 或 zhǎo，如杜牧诗：似倩麻姑痒处抓。"抓"原本是"搔"的异体字，音变的结果读作 zhuā，仍表有"搔、挠"义。词林录于麻韵，读作 zhuā。又"爪"字，在诗韵、词林均录于巧韵，未注通、同于"抓"。
(二)抓字新四声读作 zhuā。①(1)用手或爪拿取：抓小鸡。(2)挠：抓痒。②捕捉：抓贼。③把握住，注意领导好：抓工作。④吸引：抓住观众。

【号】

一、诗韵下平四豪，胡刀切 háo，大呼也，哭也，叫号，啼号，夜号，悲号，猿号，万籁号，风怒号，哀号，号恸，号泣，号寒，与号韵异。

宋·戴复古·律诗颔联
溪路湾环转，滩声日夜号。

宋·苏轼·律诗尾联
牛酒不来乌鸟散，白杨无数暮号风。

清·康有为·律诗尾联
抚剑长号归去也，千山风雨啸青锋。

唐·吕岩·律诗颈联
鬼哭神号金鼎结，鸡飞犬化玉炉空。

宋·司马光·绝句尾联
众窍怒号成地籁，也胜终日在红尘。

宋·曾由基·绝句首联
风号谷应树声喧，阴雨潇潇南北村。

宋·文同·律诗颔联
抚膺成一恸，复魄遂三号。

宋·汪元量·绝句首联
琵琶切切更嘈嘈，高柳群蝉遂不号。

宋·李洪·绝句尾联
觌面相呈了无得，岩前万窍自号风。

宋·释绍嵩·律诗颈联
碧嶂前兼后，青猿断更号。

唐·杜甫·律诗颔联
看云莫怅望，失水任呼号。

宋·赵善括·律诗颈联
暗引风声<u>号</u>绿野，密留云影挂苍枝。

元·王冕·律诗尾联
匣底豪曹苔欲满，夜来忽作老龙<u>号</u>。

元·王逢·律诗颔联
一聚劫灰私属尽，三边阴雨国殇<u>号</u>。

元·王恽·浣溪沙上片
老雨长河壮怒涛，客亭夜久听喧<u>号</u>。平明两涘渺江皋。

二、诗韵去声二十号，胡到切hào，号令，召也，呼也，谥也。又名也，大号，显号，发号，僭号，名号，军号，号召，豪韵异。

宋·陆游·诗句
虬枝六尺藤，方屋九寸帽；
……
悠然万念空，快若河卷扫。
寄声幔亭云，行拜散人<u>号</u>。

唐·郑谷·律诗首联
文君手里曙霞生，美<u>号</u>仍闻借蜀城。

唐·许浑·律诗颈联
柳营出<u>号</u>风生纛，莲幕题诗月上楼。

宋·戴复古·绝句尾联
只写江湖散人<u>号</u>，不然书作醉乡侯。

唐·杜荀鹤·律诗颔联
戍楼三<u>号</u>火，探马一条尘。

宋·宋白·律诗尾联
从今改题品，不<u>号</u>醉为乡。

宋·杨万里·律诗颔联
来从真蜡国，自<u>号</u>小黄香。

宋·章友直·绝句首联
岩因更<u>号</u>震山居，台上犹存旧钓矶。

宋·欧阳修·绝句尾联
雷声初发<u>号</u>，天下已知春。

宋·任希夷·律诗颈联
万人耸听风雷<u>号</u>，四海均沾雨露恩。

宋·王禹偁·律诗首联
样标龙凤<u>号</u>题新，赐得还因作近臣。

唐·李白·绝句首联
华阳春树<u>号</u>新丰，行入新都若旧宫。

[附录]

(一) 号字分录于豪、号二韵，同录作"號"。释义注"呼也、大呼也"通用，暂无通用的例句。在律句的句尾，①读作平声"暗引风声号绿野（赵善括）、沙上湿云号断雁（陆游）"与读作仄声"华阳春树号新丰（李白）、样标龙凤号题新（王禹偁）"句式；②读作平声"客亭夜久听喧号（王恽）、滩声日夜号（戴复古）"与读作仄声"万人耸听风雷号（任希夷）"二类句式通用。余异义，不通用。如诗例中，读作平声"高柳群蝉遂不号（汪元量）、岩前万窍自号风（李洪）、青猿断更号（释绍嵩）"与读作仄声"不号醉为乡（宋白）、自号小黄香（杨万里）、岩因更号震山居（章友直）"应当依词组、词语的表意定音。豪韵"呼也"从"啼号"义，号韵"呼也"从"名号"义。"不号、自号、更号"异义不通用。"复魄遂三号（文同）"与"戍楼三号火（杜荀鹤）"亦非通用。参阅新四声释义。

(二) 号字新四声

1. 读作 hào。①名称。②标志。③呼唤，命令。④夸张地说。⑤登记。⑥种，类。⑦量词。⑧姓。

2. 读作 háo。①发出大的声音。②大声哭。③通"胡"，何、为何。

【骜】

一、**诗韵下平四豪**，五劳切 áo，骏马，马骄不驯，骏骜，号韵异。

宋·陈著·诗句
笠峰秀甲东南郊，面势雄特根基牢。
上与日月星辰交，下走海脉通六鳌。
……
朝讲暮说音奏谐肆骜。

二、**诗韵去声二十号**，五到切 ào，马名。马不驯也。鸳骜，雄骜，豪韵异。

宋·洪咨夔·读汉事·律诗首联
病禹逢沉骜，酣参事懦盈。

宋·王迈·诗句
悠悠我之思，东里陈惊坐。
更阑梦持环，昼永心摇蘘。
……
盗亦有道者，仁里敢桀骜。

唐·韩愈·诗句
周诗三百篇，雅丽理训诰。
曾经圣人手，议论安敢到。
……
有穷者孟郊，受材实雄骜。

[附录]

(一) 骜字分录于豪、号二韵，同录作"驁"。释义注"马不驯"通用，暂无通用的例句。余异义，不通用。

(二) 骜字新四声读作 ào 又读 áo。①骏马：良马期乎千里，不期乎骥骜（《吕氏春秋》）。②通"傲"，轻视，傲慢：桀骜不驯。

【漕】

一、**诗韵下平四豪**，财劳切 cáo，水运曰漕。城漕，庐漕，漕河，漕运，漕艘。邑名，号韵异。

唐·罗隐·律诗首联
分漕得洛川，谠议更昭然。

二、**诗韵去声二十号**，在到切 cào，水运谷也。转漕，理漕，引漕，岁漕。漕运，漕河，豪韵异。

唐·元稹·诗句
年年买马阴山道，马死阴山帛空耗。
……
万束刍茭供旦暮，千钟菽粟长牵漕。

唐·白居易·律诗首联
凄凄苦雨暗铜驼，袅袅凉风起漕河。

宋·秦观·律诗颔联
流马木牛通蜀漕，葛巾羽扇破渠戎。

宋·熊禾·诗句
七闽古要荒，是为越南徼。
秦汉列职方，居民亦稀少。
……
但令官无亏，一任民转漕。

宋·杨万里·律诗颔联
雪山郫宝白，水漕太仓红。

[附录]

(一)漕字分录于豪、号二韵。诗例多作仄声。

(二)漕字新四声读作cáo。①水道运输：漕运。②姓。

【挠】

一、诗韵下平四豪，呼毛切，音蒿，搅也，挠乱也，屈也。曳挠，风挠，不肤挠，又人名：黄帝使"大挠"造甲子。又巧韵同。

宋·吴潜·律诗颔联
外白内黄常抱守，出朱入墨任纷挠。

宋·释梵琮·绝句尾联
这些痒处才挠著，便向人前孟八郎。

宋·郑刚中·绝句首联
刘郎桃树欲挠春，一夜飘零最恼人。

宋·张舜民·绝句尾联
万里风波行欲尽，停挠南望一潸然。

宋·释智朋·绝句首联
不是轻舟荡漾戏，一挠未展命如丝。

二、诗韵上声十八巧，乃巧切nǎo，乱也，扰也，屈挠也。不挠，肤挠，计挠，吟情挠。又豪韵通。

宋·陈宓·律诗首联
黄陂不挠已称贤，况复胸中别有天。

宋·宋祁·律诗颔联
谋多真逗挠，师老但诛求。

宋·戴复古·律诗颈联
梅花高可折，横浦挠无浑。

宋·梅尧臣·诗句
啄木欲除蠹，蠹去树亦挠。
何须食微虫，尔腹岂不饱。
天下本无事，自为庸人扰。

唐·孙元晏·绝句首联
发遣将军欲去时，略无情挠只贪棋。

唐·周贺·律诗颈联
玉帛已知难挠思，云泉终是得闲身。

[附录]

(一)挠字分录于豪、巧二韵，同录作"挠"。在律句的句尾，①读作平声"出朱入墨任纷挠(吴潜)"与读作仄声"谋多真逗挠(宋祁)"，②读作平声"这些痒处才挠著(释梵琮)、刘郎桃树欲挠春(郑刚中)"与读作仄声"玉帛已知难挠思(周贺)、六计西来思挠楚(陈基)"二类句式，亦通用。古"桡"同"挠"，如"兰挠、归挠、停挠"作平声。余异义，不通用。诗例多作仄声。

(二)挠字新四声读作náo。①搅动：使水浊者，鱼挠之。②扰乱：阻挠。③弯曲：不屈不挠。④搔，抓：挠痒痒。⑤通"交"，交往：以聘挠四邻(《墨子》)。

【过】

一、诗韵下平五歌，古俄切guō，经也，转也。经过，又过所即行路，又引也，或曰传过也，移所在识以为信也。又过涧，又国名，又姓，个韵异。

宋·陆游·绝句首联
江边小市旧经过，岁月真如东逝波。

唐·陆龟蒙·绝句首联
朱阁前头露井多，碧梧桐下美人过。

宋·苏轼·律诗颈联
问禅时到长干寺，载酒闲过绿野堂。

宋·赵师秀·律诗颈联
病令诗懒作，闲喜客频过。

宋·司马光·律诗尾联
欲过南浦去，篱下出渔舟。

宋·杨万里·绝句首联
平叔曾过魏秀才，何如老子致元台。

宋·周必大·绝句尾联
今岁从头数，重过一万春。

宋·姜特立·绝句首联
时时缓步到如山，松竹风过绕懦弦。

宋·汪藻·绝句尾联
钩帘百顷风烟上，卧看青云载雨过。

宋·陆游·律诗首联
已过社雨尚春寒，小醉初醒怯倚栏。

宋·文同·律诗尾联
门前便是红尘道，谁肯同过洗俗缨。

宋·王珪·律诗颔联
天涯芳草春过尽，楼北浮云客望孤。

宋·廖行之·绝句首联
晓雪才过天气清，喧阗钲鼓喜迎春。

宋·陆游·律诗首联
寂寞又过桃李时，东园微雨草离离。

宋·仇远·律诗颔联
行过绿水尽头路，步入白云生处山。

宋·陆游·律诗尾联
等闲一日还过却，又倚柴扉数暮鸦。

宋·张镃·寒食·律诗首联
地僻人稀到，檐虚燕未过。

宋·陆游·律诗颈联
等死不过赊岁月，长闲勿更问妻孥。

宋·陈宓·绝句首联
四山围绕池居内，百雉周遭人莫过。

宋·梅尧臣·律诗尾联
灯前相对饮，还似昔过时。

宋·苏颂·律诗颈联
都无车马尘过眼，唯有尊罍酒惬心。

宋·陈与义·绝句尾联
惟有病夫能省事，北窗三友是过从。

宋·沈说·律诗颈联
酒病因过量，棋输为好奇。

宋·刘攽·律诗颔联
以予眠不稳，知汝夜难过。

宋·戴复古·绝句尾联
便使老夫年满百，无过二十二重阳。

宋·释印肃·绝句尾联
黑白不分难下手，放过一著大惊神。

宋·陆游·律诗颔联
人生只似驹过隙，世事莫惊雷破山。

宋·赵蕃·律诗首联
半百还过半，平安殊未平。

宋·姜夔·绝句首联
我家曾住赤栏桥，邻里相过不寂寥。

宋·文同·律诗尾联
便觉成羁旅，归心逐雁过。

宋·苏轼·赠梁道人·律诗首联
采药壶公处处过，笑看金狄手摩挲。

宋·赵师秀·绝句尾联
有约不来过夜半，闲敲棋子落灯花。

宋·刘克庄·律诗颔联
飘如迁客来过岭，坠似骚人去赴湘。

二、诗韵去声二十一个，古卧切guò，度也，越也，超也，不识而误犯也，罪愆也。误也，责也。悔过，补过，无大过，改过，超过，规过，过谦，过誉，过当，过眼，过从，过时，过墙竹，歌韵异。

宋·傅梦得·律诗尾联
三高千古英灵在，经过祠前菊正黄。

宋·范成大·绝句尾联
煮酒青梅寒食过，夕阳庭院锁鞦韆。

宋·苏轼·绝句尾联
只应闲过商颜老，独自吹箫月下归。

宋·陆游·律诗首联
夜榜孤舟掠岸行，村墟频过不知名。

宋·司马光·绝句首联
行人白马去遥遥，初上金堤欲过桥。

宋·杨万里·绝句尾联
昨朝曾过芙蓉渡，寻到溪源一线初。

宋·苏轼·绝句尾联
黄公酒肆如重过，杳杳白苹天尽头。

宋·秦观·律诗颈联
风过忽闻花外笑，日长时奏水中嬉。

宋·陆游·律诗首联
帘栊雨过不胜清，秋气依依似有情。

唐·李白·绝句尾联
两岸猿声啼不住，轻舟已过万重山。

宋·华岳·绝句尾联
检早不逢陶靖节，唤船同过鲤鱼沙。

宋·陆游·律诗尾联
更待风霜都过尽，却从春野看春农。

宋·韩淲·浣溪沙上片
一抹青山拍岸溪，麦云将过笋初齐。不知何处水流西。

宋·李廌·律诗首联
轻云细雨放花时，才过清明已夹衣。

宋·陆游·绝句首联
桃李吹成九陌尘，客中又过一年春。

宋·陆游·绝句尾联
行过山村倾社看，绝胜小剑压戎衣。

宋·陆游·律诗尾联
一日转头还过却，纷纷世事不须知。

宋·王禹偁·泛吴松江·绝句首联
苇篷疏薄漏斜阳，半日孤吟未过江。

宋·陆游·律诗尾联
自作东篱後，经旬不过邻。

宋·戴复古·绝句尾联
青衫着了寻归路，莫过羊裘七里滩。

宋·文同·律诗颔联
朵露深开处，香闻瞥过时。

宋·蒲寿宬·律诗颔联
万点残红空过眼，一番新绿又从头。

宋·张师正·律诗首联
忆昔荆州屡过从，当时心已慕冥鸿。

宋·王之道·绝句首联
病怯酒杯微过量，瘦怜衣带颇宽痕。

宋·陆游·律诗颈联
细磴敧难过，危栏曲可凭。

宋·张九成·绝句尾联
如何五十云无过，盖欲从初学到今。

宋·白玉蟾·绝句尾联
一片紫菱开十字，中间放过采莲船。

宋·钱时·绝句尾联
多少荣华驹过隙，莫教容易负东风。

宋·陆游·律诗颔联
细数一春才过半，正令百岁亦无多。

宋·陈藻·律诗颔联
百岁都来如过客，一生大半似幽囚。

宋·范成大·绝句尾联
舍后荒畦犹绿秀，邻家鞭笋过墙来。

宋·陆游·律诗颔联
燕去燕来还过日，花开花落即经春。

宋·苏轼·绝句首联
湖上萧萧疏雨过，山头霭霭暮云横。

[附录]
(一) 过字分录于歌、个二韵，同录作"過"。
"经过、闲过、频过、欲过、曾过、重过、

风过、雨过、已过、同过、过尽、才过、又过、行过、还过、未过、不过、莫过、过时、过眼、过从、过量、难过、无过、放过、过隙、过半"通用。在律句的句尾，①读作平声"有约不来过夜半（赵师秀）、病养精神初服药（陆游）"与读作仄声"邻家鞭笋过墙来（范成大）"句式；②读作平声"飘如迁客来过岭（刘克庄）、等闲一日还过却（陆游）"与读作仄声"燕去燕来还过日（陆游）"句式；③读作平声"碧桃树下美人过（苏轼）、采药壶公处处过（苏轼）、小阁重帘有燕过（晏殊）"与读作仄声"煮酒青梅寒食过（范成大）、湖上萧萧疏雨过（苏轼）"三类句式亦通用。余异义，不通用，如"悔过、思过、罪过、功过、都过、且过"从仄声，暂无平声诗例。古国名、姓，从平声。参阅新四声释义。

(二) 过字新四声

1. 读作 guò。①经过，度过。②过去。③转移。④太甚。⑤过失，错。⑥责备。⑦赘入。⑧量词；遍，次。

2. 读作 guo，用在动词后，表示动作完毕或曾发生过。

3. 读作 guō，①古国名。②姓。

【么麼】

一、诗韵下平五歌，眉波切，音摩 mó，义同，细小。什么，换得么，归去么，么么，驾韵同。

宋·刘兼·律诗尾联
北山更有遗文者，白首无尘归去么。

唐·王建·绝句尾联
众中遗却金钗子，拾得从他要赎么。

宋·宋白·绝句尾联
常娥装束还何似,潜问君王记得<u>么</u>。

二、诗韵上声二十哿,亡果切mǒ,微也,细小也,歌韵通。

宋·王令·寄王正叔·诗句
微生不过人,气力两眇<u>么</u>。
力学失自谋,径古与今左。
病世相陷贼,树性期刚果。

宋·王之望·律诗尾联
遗孤<u>么</u>么何能报,泉下幽魂傥有知。

宋·魏了翁·绝句尾联
莫疑来日是来岁,万古光阴只<u>么</u>看。

宋·张镃·律诗颈联
见处青山还委<u>么</u>,遮回居士太呆生。

宋·方岳·律诗首联
玲珑碧树巧临池,影在窗前作<u>么</u>移。

宋·李若水·诗句
风高天宇寒,朝来几鸿过。
长铗诉新怀,短檠续旧课。
霜梧触阶棱,铿然警痴坐。
吾发半已白,功名况<u>么</u>么。

[附录]
㈠ 么字分录于歌、哿二韵。同录作"麽",么字1.2.3.义项的繁体字。释义注"微也,细小"通用,暂无通用的诗例。参阅新四声释义。
㈡ 么字新四声
1. 读作me。①用于词尾:多么。②这么;那么;什么:干么事。③歌词中衬字:花儿开呀么开满园。

2. 读作ma。①表疑问。吗;明天他来么?②用于句子停顿处,点出话题:这件事么,真有点难。
3. 读作mǒ。细小:江浦之间生么虫(《列子》)。
4. 同"幺"。
㈢ 幺字新四声读作yāo,"麽"同,诗韵二萧录作"幺"。①数目"一"的一种说法。②微小;幼小;排列最后的:幺妹。③姓。

【颇】

一、诗韵下平五歌,滂禾切pō,不平也,偏也,偏颇,颇侧,又人名,哿韵异。

宋·欧阳修·诗句
忆在太学年,大雪如翻波。
生徒日盈门,饥坐列雁鹅。
……
夭寿反仁鄙,谁尸此偏<u>颇</u>。

唐·李商隐·律诗尾联
唱尽阳关无限叠,半杯松叶冻<u>颇</u>黎。

宋·苏辙·律诗颈联
汉代谁令收汲黯,赵人犹欲用廉<u>颇</u>。

宋·刘子翚·律诗颈联
左思赋咏名初出,玉局揄扬论岂<u>颇</u>。

宋·魏了翁·律诗颈联
北边旧叹无<u>颇</u>牧,西贼今闻有范韩。

二、诗韵上声二十哿,普火切pǒ,头不正也。少也,今亦颇,廉颇,志犹颇,颇牧,颇不,歌韵异。

> 宋·陆游·航海·诗句
> 我老卧丘园，百事习慵惰。
> 惟有汗漫游，未语意先可。
> ……
> 纷纭旋或忘，追记今亦颇。

> 宋·贺铸·律诗颔联
> 青衫初试吏，白面颇能文。

> 宋·陆游·律诗颈联
> 湖上风光犹淡沱，尊前怀抱颇清真。

> 宋·刘克庄·律诗颔联
> 箪瓢斋颇奢颜巷，书画船堪垺米家。

> 宋·文同·山堂偶书·律诗首联
> 几日无公事，山堂兴颇清。

> 元·王冕·幽居次韵·律诗首联
> 城市居何僻？山林境颇同。

[附录]
(一) 颇字分录于歌、哿二韵。暂无通用的诗例。在律句的句尾，①读作平声"半杯松叶冻颇黎（李商隐）"与读作仄声"山堂兴颇清（文同）"句式；②读作平声"谁尸此偏颇（欧阳修）"与读作仄声"追记今亦颇（陆游）"二类句式通用。余异义，不通用。诗例多作仄声。
(二) 颇字新四声读作 pō。①偏，不平正。②很，甚。③略微，稍微。④通"叵"，不可。⑤表示语气。⑥姓。

【轲】

一、诗韵下平五歌，苦何切 kē，车接轴也，车行不利，喻人不得志。辘轲，又孟轲，哿、个韵并同。别作牁，坎轲，荆轲。

> 宋·苏辙·律诗首联
> 疏傅思归不待时，孟轲出画苦行迟。

> 宋·文同·律诗颔联
> 提槌击朱亥，引剑刺荆轲。

> 清·龚自珍·绝句首联
> 陶潜诗喜说荆轲，想见停云发浩歌。

> 元·王冕·律诗尾联
> 临清不是长安道，时听凌空响玉轲。

二、诗韵上声二十哿，枯我切，音可 kě，车行不利也，辘轲，坎轲，与歌、个韵俱通。

三、诗韵去声二十一个，口个切 kè，辘轲，坎轲，不遇也，歌、哿韵俱通。

> 宋·赵蕃·律诗尾联
> 才名或遭骂，坎轲分低颜。

> 宋·苏轼·律诗颔联
> 疏狂似我人谁顾，坎轲怜君志未移。

> 宋·赵蕃·律诗尾联
> 故同坎轲荆蛮徙，昔所悲歌今放吟。

[附录]
(一) 轲字分录于歌、哿、个三韵，同录作"軻"。释义注"辘轲"古同"坎轲"。暂无通用的诗例。余异义，不通用。如"孟轲、荆轲、丘轲、轲丘、邹轲"从平声，暂无仄声例句。"坎轲（辘轲）"暂无平声例句。参阅新四声释义。
(二) 轲字新四声读作 kē。①泛指车。②轲峨，形容高。③通"坷 kě"。④通"柯"，斧柄。

⑤姓。

【峨】

一、诗韵下平五歌，五何切 é，高貌。岷峨，嵯峨，嶒峨，峨冠，峨峰，峨峨，峨嵋巅。又哿韵同。

宋·戴复古·律诗首联
半天轮奂独嵬峨，遥望青原瞰碧螺。

宋·文同·律诗颔联
有时临缥缈，尽日对嵯峨。

唐·白居易·律诗首联
官桥晴雪晓峨峨，老尹行吟独一过。

宋·苏轼·律诗首联
挺然直节庇峨岷，谋道从来不计身。

唐·李商隐·闻歌·律诗首联
敛笑凝眸意欲歌，高云不动碧嵯峨。

二、诗韵上声二十哿，五可切 ě，山高也。又歌韵通。

宋·陆游·醉卧道傍·律诗颈联
唤起瘦躯犹嵬峨，扶归困睫更芒洋。

宋·陆游·律诗颈联
江路醉归常嵬峨，僧窗闲过即徘徊。

[附录]
(一) 峨字分录于歌、哿二韵，同录作"峩"，"峨"的异体字。释义"山高貌"如"嵬峨（诗例多取仄声）"通用。余异义，不通用，如"嵯峨、峨峨、岷峨、峨嵋"从平声，暂无仄声例句。
(二) 峨字新四声读作 é。①高峻：巍峨。②清

高：峨然不群。③峨眉山：莫恨久为峨下客（陆游）。

【傩】

一、诗韵下平五歌，诺何切 nuó，猗傩，佩玉傩，亦作难。傩：驱疫，傩除阴气也。哿韵异。

宋·苏轼·律诗颈联
爆竹惊邻鬼，驱傩聚小儿。

宋·陆游·律诗颔联
山果啼呼觅，乡傩喜笑随。

唐·王建·律诗颔联
半夜进傩当玉殿，未明排仗到铜壶。

宋·刘克庄·绝句尾联
惟有三彭黠，深藏不畏傩。

二、诗韵上声二十哿，乃可切，音娜，猗傩，佩傩，玉傩。行有节也。歌韵异。

宋·强至·诗句
国朝广仁恩，法令去烦苛。
三官贵持平，除用不轻可。
……
当即趋要途，鸣玉清以傩。

[附录]
(一) 傩字分录于歌、哿二韵，同录作"儺"。诗例多作平声，如"乡傩、傩鼓、大傩"从平声，暂无仄声例句。
(二) 傩字新四声读作 nuó。①行步有节奏：佩玉之傩（《诗经》）。②傩戏：古代腊月驱疫歌舞仪式。③和睦：公心和傩（洪秀全）。

【沱】

一、诗韵下平五歌，徒何切 tuó，滂沱大雨也，又江为沱，又涕垂貌。漙沱，江沱，同涕沱，与哿韵异。

> 宋·陆游·律诗颈联
> 黄流舞浩荡，白雨助滂沱。

> 宋·王令·诗句
> 朝歌忧思多，暮歌无奈何。
> 偶叹气亦绝，未恸血先沱。

> 宋·吴潜·律诗首联
> 高桥第一战功收，从此江沱岁月悠。

二、诗韵上声二十哿，徒可切 duǒ，瀢沱(亦作陀)，沙水往来貌。随波貌。淡沱，渣沱，又潭沱：潭沱青帷闭，玲珑朱扇开(梁简文帝)。歌韵异。

> 宋·陆游·律诗颈联
> 湖上风光犹淡沱，尊前怀抱颇清真。

> 宋·方回·诗句
> 乾涵坤毓万汇夥，独得为人赖钧播。
> 八尺身为天地赘，一寸心将天地裹。
> ……
> 通达居然今贾傅，岂容栖迟老江沱。

> 宋·陈棣·律诗颔联
> 松荫凄迷日，荷香澹沱风。

> 宋·叶适·律诗颈联
> 淡沱磨冰砚，萧条倚帐门。

[附录]

(一) 沱字分录于歌、哿二韵。"江沱"通用。余异义，不通用。释义及使用与新四声类同。

(二) 沱字新四声

1. 读作 tuó。①支流或水湾。②涕泪如雨。③形容大雨。

2. 读作 duò。淡沱：形容风光明净。

【蹉】

一、诗韵下平五歌，仓何切 cuō，蹉跎：失时也。过也。跌也：蹉跌。

> 宋·王令·庭草·律诗首联
> 平时已多病，春至更蹉跎。

> 宋·张耒·绝句尾联
> 功名老去皆蹉跌，相见谆谆劝学仙。

> 宋·张元干·浣溪沙上片
> 睡起中庭月未蹉。繁香随影上轻罗。
> 多情肯放一春过。

二、词林个韵。

> 宋·杨万里·绝句尾联
> 却被花枝笑娘子，嫁期已是蹉春前。
> 蹉自注：去声

> 宋·陈著·律诗首联
> 人生等是蚋蚊微，年到如今死蹉时。

> 元·吴存·踏莎行上片
> 夜溜瓶悬，朝阴墨锁，
> 一年桃李糊涂过。
> 欲留晴赏待清明，
> 晴时只恐清明蹉。

[附录]

(一) 蹉字诗韵录于歌韵，从平声，个韵无字头。词林分录于歌、个二韵，今增录，暂无通用的例句。在律句的句尾，①读作平声"只坐尘缘蹉一念（王迈）"与读作仄声"嫁期已是蹉春前（杨万里）"句式；②读作平声"功名老去皆蹉跌（张耒）"与读作仄声"年到如今死蹉时（陈著）、数日因忙偏蹉事（苏洵）"句式；③读作平声"睡起中庭月未蹉（张元干）、城上三更树影蹉（张耒）"与读作仄声"晴时只恐清明蹉（吴存）"三类句式通用。余异义，不通用。诗例大量使用"蹉跎"入诗，多从平声。参阅新四声释义。《佩文韵府》歌韵注：七何切，跌也，又个韵。旁蹉，爽蹉，手蹉，日蹉，足蹉，八维蹉，问路蹉，壮志蹉，月未蹉，查个韵未录"蹉"字。

㈡蹉字新四声读作cuō。①跌，倾斜。②踩，踏。③赶，赶路。④交错，错位。⑤差误，差错。⑥蹉跎：(1)失足：鲸鱼失流而蹉跎（张衡）。(2)失意：念我今蹉跎（白居易）。(3)时间白白流逝：蹉跎岁月。⑦姓。

【逻】

一、词林歌韵，良何切，音罗，义同。

宋·员兴宗·诗句
斯须望敌来何多，千里断岸皆遮逻。
天低野旷笳鼓咽，众寡不敌将奈何。

二、诗韵去声二十一个，郎佐切，音罗去声，巡逻也。遮也，山色环绕也，遮逻。紫塞逻，水逻，戍逻，羊逻，侦逻，惊逻，逻卒。

宋·范成大·律诗颈联
触石涌云埋紫逻，流金飞火烛苍巅。

宋·司马光·诗句
透疏缘隙巧百端，通夕爬搔不能卧。
我归彼出疲奔命，备北惊南厌搜逻。

宋·黄庭坚·演雅·诗句
桑蚕作茧自缠襄，蛛蝥结网工遮逻。
燕无居舍经始忙，蝶为风光勾引破。

宋·李若水·诗句
秋风秀庭槐，举子勤朝课。
咫尺看青霄，三年困巡逻。
虚名损富贵，此生分寒饿。

[附录]
㈠逻字诗韵录于个韵，录作"邏"，从仄声，歌、哿韵无字头。词林分录于歌、哿、个三韵，今增录。"遮逻"通用。余异义，不通用。诗例多作仄声。

㈡逻字新四声读作luó。①巡行，巡察：巡逻。②遮拦：遮逻。③山溪的边缘。

【髁】

一、词林歌韵。暂无诗例。

二、词林个韵，苦卧切，音课，膝骨，髀骨也。

宋·洪咨夔·绝句首联
寒根不与物俱陈，髁髁梢头寂寂春。

三、诗韵上声二十一马，苦瓦切kuà，同胯。不正也。又髀骨，蓬髁，謑髁。

宋·范成大·律诗首联
青泥没髁仆频惊，黄涨平桥马不行。

明·徐渭·诗句
箭叫饿鸱，龙腾快马。

……
牵犬莫迟，见兔辄打。
倘遇大兕，一发断髁。

[附录]
(一)髁字诗韵录于马韵，从仄声，歌、个韵无字头。词林分录于歌、马、个三韵，今增录。释义注"髀骨也，义同"通用，诗例极少，暂无通用的例句。参阅新四声释义。
(二)髁字新四声
1. 读作kē。①膝盖骨：膝髁。②髁骨。③骨的关节端呈圆丘状的部分。
2. 读作kuà。髋骨即胯骨。

【胯】

一、词林麻韵，苦瓜切，音夸，股也，两股间。

明·宋濂·次刘经历韵·诗句
便合催归玉堂署，天子左右宣黄麻。
营乖卫逆结疮痏，攻啮胫踝将侵胯。

明·刘基·诗句
谷风哀鸣灌木应，雨脚四垂如乱麻。
……
前度长洲绝短涧，舆从沾湿水没胯。

二、诗韵去声七遇，苦化切kuà，又苦故切，音库。胯下两股间，或作跨，与祃韵同。犀胯，纽胯，方团胯，钿胯，薑胯，银压胯。

宋·王义山·律诗颔联
贾臣负担行吟日，韩信低头出胯时。

三、诗韵去声二十二祃，枯买切，音铐。两股间，亦作跨。腰胯，银压胯，胯下，胯鹤，与遇韵同。

宋·梅尧臣·诗句
少客两京间，熟游嵩与华。
归来宛溪上，厌往昭亭下。
……
常防恶少年，豪横使出胯。

宋·曾几·律诗尾联
宝胯无多子，留须我辈人。

[附录]
(一)诗韵录于遇、祃二韵，作仄声，麻韵无字头。词林分录于麻、遇、祃三韵，今增录。释义注"两股之间"通用。暂无通用的例句。诗例多作仄声，宜取仄声。
(二)胯字新四声读作kuà。①两股之间：胯下。②古时革带上的饰物。③同"跨"。

【望】

一、诗韵下平七阳，武方切，音亡，月半照为弦，满照成望。永望，令望，远望，瞻望，引领望，万夫望，民之望，互相望，漾韵同，余异。

宋·方回·律诗首联
南望闽浙北望淮，山水江东此郡佳。

宋·贺铸·律诗首联
曾见君家亭上碑，东望风月动闲思。

宋·陈师道·望夫石·律诗尾联
谁将望远意，歌作送征诗。

宋·苏轼·律诗颔联
枕上溪山犹可见，门前冠盖已相望。

宋·胡仲弓·律诗首联
一握乾坤尽在望，江山好处即家乡。

宋·苏轼·诗句
闻公少已悟，拄杖久倚床。
笑我老而痴，负鼓欲求亡。
庶几东门子，柱史安敢望。

宋·方回·绝句尾联
上到岭头望应喜，人烟今密旧时疏。

二、诗韵去声二十三漾，巫放切wàng，视远茫茫也，观望，惭愧之貌，为人所仰，又责望，怨望。令望，远望，瞻望，渴望，眺望，德望，绝望，翘首望，望眼，望乡台。月既望：月光满也，阳韵通。又博望地名，又祭名独用。

毛泽东·西江月上片
山下旌旗在望，山头鼓角相闻。
敌人围困万千重，我自岿然不动。

清·龚自珍·己亥杂诗·绝句尾联
北望觚棱南望雁，七行狂草达京华。

宋·晁端礼·菩萨蛮下片
断肠空望远，远望空肠断。
楼上几多愁，愁多几上楼。

宋·李觏·律诗尾联
吾生与君类，东望涕交挥。

宋·柳永·凤栖梧上片
蜀锦地衣丝步障。
屈曲回廊，静夜闲寻访。
玉砌雕阑新月上，朱扉半掩人相望。

宋·姜特立·绝句尾联
敢望凝香如燕寝，竹炉聊欲试氤氲。

宋·陆游·雨·律诗首联
晓望横斜映水亭，暮看飘洒湿帘旌。

宋太宗·绝句首联
逍遥物外世相传，远望清虚碧似天。

宋·王安石·绝句尾联
不畏浮云遮望眼，只缘身在最高层。

宋·杨万里·律诗尾联
谁令贪眺望，却道废看书。

唐·李益·绝句尾联
不知何处吹羌管，一夜征人尽望乡。

宋·陆游·书愤·律诗颔联
剧盗曾从宗父命，遗民犹望岳家军。

宋·廖行之·律诗尾联
居乡多令望，治国蕴嘉猷。

宋·喻良能·律诗首联
德望堂堂重，威名凛凛寒。

宋·苏籀·律诗尾联
楚挽凄酸泄遗恨，柏台金殿望隆优。

[附录]
(一)望字分录于阳、漾二韵。"北望、南望、东望、相望、在望、望远、敢望"通用。在律句的句尾，如读作平声"上到岭头望应喜（方回）、月魄哉生望已几（李弥逊）"与读作仄声"柏台金殿望隆优（苏籀）"一类句式，亦通用。余异义，不通用。如"怅望、野望、入望、晚望、远望、望中、望眼、晓望、眺望、望乡、犹望、令望、德望、久望、弥望、莫望、正望、宿望、时望"

从仄声,暂无平声诗例。地名,祭名,独用。诗例多作仄声,平声例句极少。参阅新四声释义。

(二) 望字新四声读作 wàng。①月中曰望日。②向高处、远处看。③视力所及。④拜访,察看。⑤盼望。⑥声誉。⑦显赫的。⑧古酒店招帘。⑨责怪。⑩朝向。⑪通"方 fāng",比较。⑫姓。

【防】

一、诗韵下平七阳,符方切 fáng,障也,备也,守御也,地名,国名,姓。边防,设防,堤防,关防,防卫,防微,防范,防患,须防,防寒,漾韵同。

宋·梅尧臣·律诗首联
功既高天下,身何不自<u>防</u>。

宋·王禹偁·诗句
元精育万汇,羽族何茫茫。
为怪有鸥鹭,为瑞称凤皇。
……
报国惟直道,谋身昧周<u>防</u>。

唐·韦庄·律诗颈联
劚开岚翠为高垒,截断云霞作巨<u>防</u>。

宋·黄庭坚·律诗尾联
想见哦诗煮春茗,向人怀抱绝关<u>防</u>。

宋·释绍嵩·山居即事·律诗尾联
荣枯不经意,何用密<u>防</u>奸。

唐·杜甫·绝句尾联
翅在云天终不远,力微矰缴绝须<u>防</u>。

二、诗韵去声二十三漾,符况切 fàng,守御也,与阳韵通。

唐·高适·诗句
香界泯群有,浮图岂诸相。
登临骇孤高,披拂欣大壮。
……
盛时惭阮步,末宦知周<u>防</u>。

唐·郑世翼·诗句
步登北邙坂,踟蹰聊写望。
宛洛盛皇居,规模穷大壮。
三河分设险,两崤资巨<u>防</u>。

[附录]

(一) 防字分录于阳、漾二韵。释义注"守御也,通、同",如"周防、巨防"叶韵通用。诗例多作平声。宜取平声。

(二) 防字新四声读作 fáng。①戒备,防范。②海防。③堤坝。④堵塞。⑤可比,相当。⑥姓。

【浪】

一、诗韵下平七阳,鲁当切 láng,放荡貌,惊扰貌,水名,地名。沧浪,淋浪,洪浪,汪浪,钓沧浪,发苍浪,漾韵异。

唐·钱起·律诗首联
失志思<u>浪</u>迹,知君晦近名。

宋·李弥逊·律诗首联
漫<u>浪</u>行地一舟虚,神手逢场乐有馀。

宋·文天祥·绝句尾联
博<u>浪</u>力士犹难觅,要觅张良更是难。

宋·杨亿·律诗尾联
游宦十年归未得，尘缨却悔濯沧浪。

宋·张耒·绝句首联
苍浪鬓发一衰翁，何事年来到骨穷。

宋·文同·律诗尾联
如今每念及，惟有泪浪浪。

宋·陶弼·绝句首联
旧策扫开浪泊雾，新诗装就桂林春。

二、诗韵去声二十三漾，来宕切làng，波也，鼓也，不敬也，井名，姓。浪得名，与阳韵异。

宋·戴复古·律诗颈联
自古诗人皆浪迹，谁知贤妇有关心。

宋·赵崇鉘·绝句尾联
我已浮湛君漫浪，谩煎我水试君茶。

宋·邵雍·绝句尾联
子房不得宣遗恨，博浪沙中中副车。

宋·张舜民·绝句尾联
任使云帆能破浪，不知归客已心灰。

毛泽东·律诗尾联
喜看稻菽千重浪，遍地英雄下夕烟。

元·王冕·律诗首联
浊世儒名多浪得，先生高隐冠当今。

宋·杨万里·绝句尾联
渠侬狡狯何须教，说与旁人莫浪愁。

唐·贾岛·律诗尾联
一夕瘴烟风卷尽，月明初上浪西楼。

宋·方回·律诗颔联
驾驭孟嘉真得势，滑稽方朔浪言工。

[附录]

(一) 浪字分录于阳、漾二韵。"浪迹、漫浪、博浪"通用。在律句的句尾，如读作平声"旧策扫开浪泊雾(陶弼)"与读作仄声"滑稽方朔浪言工(方回)"一类句式，亦通用。释作"沧浪、浪浪"取平声；释义"波浪、浪得、浪愁"取仄声。参阅新四声释义。

(二) 浪字新四声

1. 读作làng。①波浪。②水波涌起。③轻率，随便。④放纵，淫荡。⑤徒然，无用。⑥姓。
2. 读作láng。①不止地流：沾余襟之浪浪(《离骚》)。②沧浪：(1) 古水名。(2) 清水。

【当】

一、诗韵下平七阳，都郎切dāng，任也，敌也，直也，遇也，适可也，主也，偶也，抵也，蔽也。适当，何当，相当，担当，当面，当空，当路，当窗，当歌，当归，当垆。又山名，漾韵异。

宋·释梵琮·绝句首联
生死到来何抵当，石人头上忽生疮。

宋·释师观·绝句首联
前三三与后三三，不可承当不可参。

宋·戴复古·律诗颔联
夜凉风动竹，人静月当楼。

宋·范仲淹·律诗颈联
笋迸饶当户，云归半在林。

宋·赵文·诗句
蜀江洗妍姿，万里献君王。
君王不我幸，弃置何怨伤。
……
得为胡阏氏，揣分已过当。

明·邵宝·律诗颔联
春水稳当新涨后，晚山青在旧游中。

宋·朱长文·律诗颈联
百忙好向闲中息，万动宜当静处看。

宋·杨万里·律诗首联
夜渡惊滩有底忙，晓攀绝磴更禁当。

宋·李流谦·律诗首联
颇爱晚凉出，适当秋霁初。

宋·司马光·律诗颈联
啸咏谁当共，登临未索扶。

宋·王仲修·绝句尾联
天气清寒当腊日，沈香甲煎赐诸房。

二、诗韵去声二十三漾，丁浪切 dàng，合礼也，事理合宜也，底也，代也，出物质钱也。过当，稳当，了当，权当，的当，典当，聊当，质当，与阳韵异。

宋·魏了翁·绝句首联
指麾红紫思无滨，抵当丹青笔有神。

宋·杨万里·律诗颔联
苍颜华发差排老，急雨颠风屏当春。

宋·黄庭坚·宿旧彭泽怀陶令·诗句
平生本朝心，岁月阅江浪。
空余诗语工，落笔九天上。

向来非无人，此友独可尚。
欲招千载魂，斯文或宜当。

宋·汪莘·南乡子上片
茅舍起疏烟，家在寒溪阿那边。
修竹当篱梅当户，萧然，
问是尧天是葛天。

宋·陈普·绝句尾联
造物留人殊过当，终当结屋此云栖。

宋·黄庭坚·绝句首联
万事实头方稳当，十分足陌莫蹉除。

宋·方岳·绝句尾联
今年雪屋亲曾见，的当南枝先着花。

唐·元稹·绝句首联
一树芳菲也当春，漫随车马拥行尘。

宋·贺铸·律诗尾联
径买一舟归自好，五云溪接当家湖。

宋·释智愚·绝句首联
有问自知无答处，却将柏树当门庭。

[附录]
(一) 当字分录于阳、漾二韵，同录作"當"。"抵当、当户、过当、稳当、宜当"通用。在律句的句尾，①读作平声"人静月当楼（戴复古）"与读作仄声"一树芳菲也当春（元稹）、急雨颠风屏当春（杨万里）"句式；②读作平声"天气清寒当腊日（王仲修）"与读作仄声"却将柏树当门庭（释智愚）"二类句式，亦通用。余异义，不通用。参阅新四声释义。

(二) 当字新四声
1. 读作 dāng。①对着，向着。②相等。③应该。④在，值。⑤阻挡。⑥担任。⑦主持。

⑧姓。
2. 读作 dàng。①抵押。②适合，适宜。③以为。④目前的；事情发生的时日。
3. 读作 dāng。象声词。

【障】

一、诗韵下平七阳，诸长切 zhāng，义同，隔也，或作"墇"。自障，保障，又障泥，漾韵同。

宋·司马光·和子渊元夕·律诗颈联
清醴横飞金凿落，香尘不染锦障泥。

明·刘基·诗句
天弓拨其弦，平地跃虎狼。
……
面海负山林，实维瓯闽疆。
闽寇不到瓯，倚兹为保障。

唐·李百药·律诗尾联
面花无隔笑，歌扇不障声。

宋·陈杰·律诗首联
凉意萧萧起白蘋，凭高小扇一障尘。

宋·张耒·律诗首联
低幨仅障风，深炉宿火红。

宋·喻良能·律诗颈联
粉笔有心争试巧，红妆无面可障羞。

宋·陆游·律诗颈联
道边尘起频障扇，门外波清剩濯缨。

宋·范成大·律诗首联
刮地晴飙退海痕，出门无扇可障尘。

宋·刘筠·律诗颔联
已有万丝能结怨，不须千盖强障羞。

二、诗韵去声二十三漾，之亮切 zhàng，界也，隔也，卫也，步障也，或作"鄣"。保障，尘障，千障，障蔽，阳韵通，又屏障，步障，异用。

宋·陆文圭·绝句尾联
令尹若能为保障，长衾尽覆洛城人。

宋·董嗣杲·律诗尾联
忧患转深头转白，江云不障夕阳西。

宋·李石·诗句
天雷裂山崖，骤雨翻盆盎。
田亩怀政最，草木知治状。
使君富经术，暂屈乘一障。

宋·陆游·律诗颔联
聊置尊罍师北海，尽除屏障学东平。

宋·文同·披锦亭·五绝
繁红层若云，密绿叠如浪。
青帝下寻春，满园开步障。

宋·陆游·律诗首联
十里山光翠障开，重游何事意徘徊？

宋·秦观·绝句尾联
出门尘障如黄雾，始觉身从天上归。

宋·范成大·绝句首联
玉节经行房障深，马头醂酒莫疏林。

宋·姜夔·律诗首联
前日松间步屦归，更将荷叶障秋晖。

[附录]
(一) 障字分录于阳、漾二韵。"保障、不障、一障"通用。余异义，不通用。
(二) 障字新四声读作 zhàng。①阻塞，遮掩。②屏障。③保卫，捍卫。④通"幛"。⑤通

"瘴"。

【泱】

一、诗韵下平七阳，于良切 yāng，云气起貌，水深广貌，宏大也。水泱泱，美泱泱，养韵略异。

　　宋·秦观·律诗首联
　　春溜泱泱初满池，晨光欲转万年枝。

　　宋·蒋堂·律诗颔联
　　小园香寂寂，一派晓泱泱。

　　宋·陆游·诗句
　　稽山何巍巍，浙江水汤汤。
　　……
　　我老述此诗，妄继古乐章。
　　恨无季札听，大国风泱泱。

二、诗韵上声二十二养，乌朗切 yǎng，泱瀁，水广大貌。浤泱，水漂疾貌。泱泱，郁泱，泱水，泱郁，阳韵异。

　　唐·薛据·诗句
　　长江漫汤汤，近海势弥广。
　　在昔胚浑凝，融为百川泱。
　　地形失端倪，天色溃混漾。

　　宋·宋祁·律诗颔联
　　远迷天泱泱，低隐雉斑斑。

　　宋·赵湘·绝句首联
　　暖日晖晖动，清渠泱泱流。

　　宋·曾丰·律诗首联
　　芒芒草色木方枯，泱泱乾坤气又嘘。

　　宋·陈与义·律诗颔联
　　前冈春泱漭，后岭雪槎牙。

　　宋·李邴·谒迪上人·律诗颈联
　　万木深藏云泱莽，一溪空锁月弯环。

[附录]
(一) 泱字分录于阳、养二韵。"泱泱"通用。余异义，不通用。
(二) 泱字新四声读作 yāng。①泱泱：云起的样子。形容水深广：维水泱泱（《诗经》）。②形容宏大。③流淌。

【抢】

一、诗韵下平七阳，七羊切 qiāng，拒也，集也，飞掠也，抢搪，养韵异。

　　宋·陈傅良·律诗颔联
　　无端太史头抢地，安得扬雄赋上天。

　　宋·戴复古·律诗颔联
　　笋拆头抢地，松高气拂云。

　　元·王恽·浣溪沙上片
　　隋末唐初与汉亡，干戈此际最抢攘。
　　一时人物尽鹰扬。

　　明·唐顺之·绝句尾联
　　灵台向夕占星色，已报槎抢堕海中。

二、诗韵上声二十二养，七两切 qiǎng，突也，争取也。头抢地，黑抢，大抢，飞抢，抢攘，抢揄，阳韵异。

　　宋·陆游·律诗首联、颔联
　　贫困虽终老，胸中尚浩然。
　　直令头抢地，未害鼻撩天。

宋·释正觉·绝句首联
出门跃马扫槐抢，万国烟尘自肃清。

[附录]

(一) 抢字分录于阳、养二韵，同录作"搶"。如"抢地"通用。余异义，不通用。诗例多以"抢地，搀抢、槐抢、抢攘、抢榆"入诗。参阅新四声释义。

(二) 抢字新四声

1. 读作 qiǎng。①争夺，劫取。②赶快。③刮，擦。
2. 读作 qiāng。①同"戗"某义项。②逆，不顺。③触，撞。
3. 读作 qiàng。①生硬。②同"戗"某义项。③同"呛"某义项。
4. 读作 chēng。①抢攘：纷乱。②搀抢，即搀枪：彗星，古人以为妖星，主兵祸，引申指凶渠。鸿门消薄蚀，垓下殒搀抢（薄蚀、搀抢皆指项羽也）。③美丽：脸儿说不得的抢（《西厢记诸宫调》）。

【攘】

一、诗韵下平七阳，汝阳切 ráng，以手御，窃也，除也，逐也，止也，又攫也，又养韵亦押攘夺。外攘，寇攘，攘攘，方攘，安攘，攘袂，攘羊，攘磔，攘翰。

元·王恽·浣溪沙上片
隋末唐初与汉亡，干戈此际最抢攘。
一时人物尽鹰扬。

宋·文天祥·律诗首联
出师自古尚张皇，何况长江恣扰攘。

宋·陆游·律诗颈联
异学方攘斥，浮文亦扫除。

宋·陆游·书喜·律诗颈联
夺攘不复忧山越，安乐浑疑是地仙。

宋·张耒·律诗颈联
远客防猜嫉，官居备寇攘。

二、诗韵上声二十二养，如两切 rǎng，扰攘，夺攘，抢攘，狂攘，攘窃，阳韵异。

宋·方回·诗句
夜闻舟人呼，江水溢二丈。
岸薪随波流，救者何扰攘。
亥子十月交，地气不当上。

宋·金朋说·晨鸡吟·五绝
司晨兼五德，曾伴宋宗窗。
日攘能防慎，终当免镬汤。

宋·贺铸·绝句尾联
六国三秦随扰攘，锦衣何暇到江东。

清·龚自珍·绝句尾联
五都黍尺无人校，抢攘廛间一饱难。

[附录]

(一) 攘字分录于阳、养二韵。如"抢攘、扰攘"通用。余义异，不通用。诗例多作平声。

(二) 攘字新四声读作 rǎng。①抢。②排斥，抵御。③窃取。④通"禳"，求神消灾。⑤通"让"，谦让。⑥通"飨"，用酒食款待人。

【强】

一、诗韵下平七阳，巨良切 qiáng，

胜也，暴也，姓。健也，通作彊（强字的异体字）。屈强，弱胜强，坚强，刚强，强项，强夺，强秦，强弩，强谏，强暴，强笑，强颜，强识，强国，养韵异。

宋·杨万里·绝句首联
秋来二笑再芬芳，紫笑何如白笑强。

宋·廖行之·律诗首联
老懒渠能更倔强，邻墙可恋瓮头香。

宋·苏辙·诗句
道书世多有，吾读老与庄。
……
所读嗟甚少，所得半已强。

宋·白玉蟾·律诗首联
困兽犹强剑未红，少年羞见白苹风。

宋·杨时·绝句首联
少年力学志须强，得失由来一梦长。

唐·严维·示外生·律诗颈联
相宅生应贵，逢时学可强。

明·高启·律诗尾联
不扶灵寿杖，筋力老能强。

宋·刘克庄·律诗尾联
但忆初强记，谁知晚健忘。

宋·白玉蟾·律诗尾联
也须趁取些强学，作个唐人五达灵。

宋·仲并·绝句尾联
准拟新来强作意，又从愁裹过花时。

宋·周必大·绝句尾联
老夫脚力犹强在，不记登临日几回。

宋·曹彦约·律诗颔联
病来欲废传杯旧，老去唯思著帽强。

二、诗韵上声二十二养，录作彊，强字的异体字。其两切qiǎng，勉也，劝也，勉强也。崛强，牵强，强记，强学，强欢，强辨，矫强。阳韵异。

宋·杨万里·律诗尾联
客舍瓶中两三朵，可怜向客强婵娟。

宋·刘子翚·律诗颈联
紫色蛙声真倔强，翠华龙衮暂徘徊。

宋·王令·诗句
高堂华发亲老矣，四海无家寄几杖。
世外言高信独奇，人前腰折嗟已强。

宋·杜范·绝句尾联
枕上不堪良夜永，起来犹强作伊吾。

宋·毛滂·绝句首联
穆生不许聊须强，他日瀛洲是故人。

宋·袁甫·律诗尾联
痛饮春醪那可强，胸中磊块把诗浇。

宋·毛滂·上元夜·律诗尾联
六街鼓舞谁能强，三尺儿童识帝功。

宋·李龙高·绝句尾联
莫怪一身多崛强，渠侬元是石心人。

宋·苏辙·律诗颔联
烹煎崖蜜真牵强，惭愧山蜂久蓄藏。

唐·李商隐·律诗首联
春物岂相干，人生只强欢。

宋·石介·绝句首联
一言胆落折藩臣，屈强何人敢恃勋。

宋·陈宓·绝句尾联
十日离家劳梦远，一行无字强颜开。

宋·曾几·绝句首联
春泥滑滑强知时，野日荒荒已露机。

宋·陆游·绝句尾联
东厨羊美聊堪饱，北面铃稀莫强愁。

宋·舒邦佐·律诗颈联
莫作桧花添项强，且随梅点闹眉尖。

[附录]
(一) 强字分录于阳（录作"强"）、养（录作"彊"，强的异体字）二韵。"倔强、已强、犹强、须强、可强、能强"通用。在律句的句尾，①读作平声"准拟新来强作意（仲并）、但得此身强健在（杨公远）"与读作仄声"春泥滑滑强知时（曾几）、何人作计强留春（胡寅）"句式；②读作平声"老夫脚力犹强在（周必大）"与读作仄声"北面铃稀莫强愁（陆游）、老去无情不强吟（高翥）"句式；③读作平声"老去唯思著帽强（曹彦约）、不为并州戏葛强（曹彦约）"与读作仄声"莫作桧花添项强（舒邦佐）、四体不佳谈舌强（赵蕃）"三类句式，亦通用。余异义，不通用。"崛强、牵强、强欢、屈强、强颜"从仄声，暂无平声例句。"强记、强学"从平声，暂无仄声例句。参阅新四声释义1、2. 义项。

(二) 强字新四声
1. 读作qiáng。①健壮。②盛，大。③坚硬。④程度高。⑤超越。⑥勉励。⑦有余，略多。⑧长：身强八九尺。⑨强蜉：米虫。⑩姓。

2. 读作qiǎng。①勉强。②硬要，迫使。③通"襁"，襁褓。
3. 读作jiàng。固执，强硬不屈：脾气强。
4. 读作jiāng。①通"疆"，开强展土。②通"僵"。③强强：(1)鸟群飞时相随。(2)有条不紊：务要强强有办……（唐顺之）。(3)直挺挺：和衣强强眠（《西厢记诸宫调》）。

【蒋】

一、诗韵下平七阳，即良切jiāng，苽蒋也。攒蒋，菰蒋，草也，养韵异。

宋·贺铸·律诗颈联
江田经雨菰蒋熟，石路无风蟪蠓飞。

宋·陆游·律诗颈联
菰蒋入馔浑家喜，砧杵催寒并舍闻。

唐·韦庄·律诗颔联、颈联
满岸秋风吹枳橘，绕陂烟雨种菰蒋。
芦刀夜鲙红鳞腻，水甑朝蒸紫芋香。

二、诗韵上声二十二养，即两切jiǎng，山名，国名，又姓，又菜名。菰蒋，茭蒋，茅蒋，蒋山，蒋子文，阳韵异。

宋·黄庭坚·诗句
学省困蕭盐，人材任尊奖。
……
野鹤疲笼樊，江鸥恋菰蒋。
本来丘壑姿，不著刍豢养。

唐·戴叔伦·律诗颈联
狭道通陵口，贫家住蒋州。

宋·张舜民·绝句尾联
浮云却是坚牢物，千古依栖在蒋山。

宋·张镃·诗句
昨夜月色佳，孤坐不及赏。
……
盆池局墙角，刺历认菰蒋。

唐·贯休·律诗尾联
但似前朝萧与蒋，老僧风雪亦相寻。

[附录]
㈠蒋字分录于阳、养二韵。"菰蒋"，叶韵通用。余义异，不通用。
㈡蒋字新四声读作 jiǎng。①菰，即茭白。②通"奖"。③周代国名。④姓。

【妨】

一、诗韵下平七阳，敷方切 fáng，害也，碍也。不妨，何妨，妨碍，妨蔽，妨贤路。又漾韵。

宋·杨万里·绝句尾联
生愁踏碎千花影，回顾千花总不妨。

宋·司马光·律诗尾联
迨此军中暇，无妨文雅游。

宋·杨万里·绝句首联
豺虎深交雁鹜行，到官管取汝无妨。

宋·杨亿·律诗颔联
积忧偏损寿，多病未妨吟。

宋·赵师秀·律诗尾联
心事对床应细语，得归如此亦何妨。

二、诗韵去声二十三漾，甫亮切，音访 fàng，害也。身妨，无妨，事妨，相妨。又阳韵。

宋·陈造·律诗尾联
不妨习池风月主，只今何处问诗家。

唐·韩愈·诗句
洞庭九州间，厥大谁与让。
南汇群崖水，北注何奔放。
……
轩然大波起，宇宙隘而妨。

宋·曹勋·清平乐上片
风休雨罢，三五春寒夜。
翠额重帘何妨下，一炷非兰非麝。

[附录]
㈠妨字分录于阳、漾二韵。释义"害也"，如"不妨、何妨"通用。余异义，不通用。平声诗例极多，仄声诗例极少。
㈡妨字新四声读作 fāng。①损害。②阻碍，妨碍：足软妨行便坐禅（白居易）。③相克：妨死老子妨死娘（李季）。

【相】

一、诗韵下平七阳，息良切 xiāng，省视也，交相也，质也，木名，共也，漾韵异。

宋·苏轼·律诗颈联
无事亦知君好饮，多才终恐世相縻。

宋·文同·诗句
胡侯外补来钱塘，所居之山名凤凰。
……
前人眼俗不知顾，会有贤者来形相。

宋·曾由基·律诗首联
月韵梅梢漏未央，缓寻梦境小相羊。

宋·汪莘·绝句尾联
天帝座边元是客，刘郎何得欲相臣。

宋·方轸·绝句首联
太极岩图出道州，兹岩名道宝相犹。

唐·施肩吾·绝句首联
谁能枉驾入荒榛，随例形相土木身。

宋·欧阳修·绝句首联
深红浅白宜相间，先后仍须次第栽。

宋·苏轼·绝句尾联
欲把西湖比西子，淡妆浓抹总相宜。

宋·陆游·雨中示子聿·律诗首联
穷阎父子自相依，寂寂茅庐映竹扉。

宋·陆游·律诗颈联
青鞋白拂真相称，湘竹溪藤误得名。

宋·曾极·绝句首联
金玉其相一两花，遏心空为尔兴嗟。

宋·张公庠·绝句尾联
侍宴佳人相与语，姚黄争及御袍黄。

二、诗韵去声二十三漾，息亮切xiàng，视也，助也，导也，赞勉也，选择也，官名，地名，复姓，又卿相也，又洲名，阳韵异。

宋·陆游·律诗首联
不向神林乞雨晴，天公自解相西成。

宋·魏了翁·律诗首联
庄重知为女，宽和解相夫。

宋·杨亿·律诗颔联
身事汉庭为小相，家传楚国是骚人。

宋·梅尧臣·律诗首联
沧海东边会稽郡，朱轮远下相臣家。

宋·范成大·绝句尾联
雪白荼蘼红宝相，尚携春色见薰风。

宋·刘谊·绝句首联
谩说人间假像真，老君形相亦虚言。

宋·刘克庄·绝句首联
舒黯淹留守相间，平津千载有惭颜。

宋·陆游·律诗颈联
食肉定知无骨相，珥貂空自逛头颅。

宋太宗·绝句首联
般若须将法相宗，四生九类化归空。

[附录]
(一) 相字分录于阳、漾二韵。"小相、相臣、宝相、形相"通用。余义异，不通用。"交相、相宜、相依、相称、其相、相与、相属、相辅、相顾、相逐、相并、相期、相承、相随、相求、相关、相兼、相当"从平声。"卿相、将相、骨相、法相、无相"从仄声。参阅新四声释义。

(二) 相字新四声
1. 读作xiāng。①交互。②实质：金玉其相。③姓。
2. 读作xiàng。①观看。②状貌。③治理。④辅助。⑤选择。⑥劳动时的谣唱：悲歌夜夜闻春相（苏轼）。⑦教导。⑧官名。⑨姓。

【亢】

一、诗韵下平七阳，古郎切gāng，人颈也。星名，又重亢：累栋也。角亢，昏亢，漾韵异。

宋·方回·律诗颈联
京兆旧游张敞马，督亢遥望剧辛台。

宋·项安世·律诗首联
寿星合在角亢旁，为尔来临翼轸乡。

宋·张九成·绝句首联
窃怪陈亢问伯鱼，子今亦有异闻乎。

明·张羽·诗句
茫茫高邮城，下有古战场。
……
嗟哉三里城，百万莫与亢。

二、诗韵去声二十三漾，苦浪切 kàng，过也，愈也，强也，无所卑屈曰亢。星名，又极也，高也，不屈也，又旱也，又督亢，又姓也。高亢，角亢，骄亢，强亢，气亢，亢宗，亢阳，阳韵异。

宋·钱惟演·律诗颔联
金椎漫筑甘泉道，匕首还随督亢图。

宋·欧阳修·诗句
已见洛阳人，重闻画楼唱。
怡然台郁写，矗尔累囚放。
自从还邑来，会此骄阳亢。

宋·刘克庄·绝句首联
吾老方期汝亢宗，爱怜不与众雏同。

宋·楼钥·律诗颔联
廉介有余无矫亢，谦恭已甚自崇深。

[附录]
(一) 亢字分录于阳、漾二韵。"督亢"通用。余义异，不通用。诗例多作仄声。参阅新四声释义。
(二) 亢字新四声
1. 读作 kàng。①高傲。②过度。③庇护。④干旱。⑤兴起。⑥通"抗"，匹敌，抵挡。⑦姓。
2. 读作 gāng。颈项，咽喉：不搤其亢（《史记》）。

【汤】

一、诗韵下平七阳，吐郎切 tāng，热水也，攘也，昌也，水名，州名。沸汤，兰汤，金汤，汤镬，汤沐，汤饼，又姓，漾韵异。

宋·陆游·律诗首联、颔联
午枕初回梦蝶床，红丝小磴破旗枪。
正须山石龙头鼎，一试风炉蟹眼汤。
注：水初沸泛起小气泡。未沸无眼曰盲汤，渐大者曰鱼眼汤。

宋·秦观·律诗颔联
一区成小市，数垟引温汤。

宋·潘牥·绝句首联
透屋松风蟹眼汤，野人纱帽自煎尝。

清·龚自珍·绝句尾联
新诗急记销魂事，分与胭脂一掬汤。

二、诗韵去声二十三漾，他浪切 tàng，热水沃也。又同荡，《诗经》曰：子之汤兮。雨汤，浪汤，阳韵异。

宋·曹勋·诗句
尘境得闲适,尘事从如麻。
且发蟹眼<u>汤</u>,一试鹰爪芽。

宋·陆游·诗句
风霜践残岁,我乃羁旅人。
如何得一室,床敷暖如春。
……
聊呼蟹眼<u>汤</u>,瀹我玉色尘。

宋·司马光·律诗颈联
拜手觚棱晓,浮舟狼<u>汤</u>春。

唐·贯休·律诗颈联
炭烧犹<u>汤</u>足,雪片似粘须。

[附录]
㈠汤字分录于阳、漾二韵,同录作"湯"。"蟹眼汤"通用。诗例多作平声,宜取平声。参阅新四声释义1.、2.义项。

㈡汤字新四声
1. 读作 tāng。①沸水。②冲冒,当。③古人名。④汤池,护城河。⑤姓。
2. 读作 tàng。①同"烫"。②冲撞。③通"荡 dàng",放荡,摇动。
3. 读作 shāng。大水急流的样子,浩浩汤汤(《岳阳楼记》)。
4. 读作 yáng。地名,"汤谷"同"旸谷"。

【行】

一、诗韵下平七阳,胡郎切 háng,伍也,列也,雁行,泪成行,随行,几行,数行,行伍,行列,庚、漾、敬韵并异。

宋·任希夷·绝句尾联
三人俱汉杰,一老玷周<u>行</u>。

宋·贺铸·律诗颈联
载听远鸡唱,稍分征雁<u>行</u>。

宋·程师孟·律诗颈联
远岸渔樵三两两,近村鹅鸭一<u>行行</u>。

宋·晁迥·绝句首联
牢收长物金三品,密写虚名墨一<u>行</u>。

宋·苏轼·律诗尾联
惟有诗人被磨折,金钗零落不成<u>行</u>。

宋·王炎·律诗颈联
春来雨禁鸟乌乐,天末风回鸿雁<u>行</u>。

宋·方蒙仲·绝句尾联
白之谓白何分别,毕竟还梅是当<u>行</u>。

宋·苏轼·律诗首联
病中闻汝免来商,旅雁何时更著<u>行</u>。

宋·赵崇嶓·绝句首联
秋风淮水白苍茫,中有英雄泪几<u>行</u>。

宋·彭龟年·律诗尾联
黄花不解知人意,开遍篱根数百<u>行</u>。

宋·胡仲弓·绝句首联
带草行书十数<u>行</u>,也随匹马到钱塘。

二、诗韵下平八庚,户庚切 xíng,行步也,适也,往也,去也,歌行,姓。晓行,横行,壮行,推行,夜行,风行,行色,行贿,行路,行止,行权,行吟,行踪,行期,阳、漾、敬韵并异。

宋·苏轼·律诗首联
东风知我欲山行，吹断檐间积雨声。

宋·赵蕃·律诗颔联
内外有轻重，言行无易难。

宋·苏轼·和王定国·律诗首联
离歌添唧唧，古曲拟行行。

宋·郑刚中·律诗首联
昔同令子业胶庠，知有德行厥后昌。

宋·韩元吉·律诗颔联
优诏才三接，嘉言未一行。

宋·王同祖·绝句首联
岁云暮矣始成行，珍重刘公半月程。

唐·罗邺·律诗颔联
愁看飞雪闻鸡唱，独向长空背雁行。

唐·李建勋·律诗尾联
闲忆昔年为客处，闷留山馆阻行行。

宋·熊禾·诗句
世事良可见，浩荡书生心。
先民亦会计，儒道终当行。

宋·释普宁·偈颂首联
往复落人绻缱间，那知同步不同行。

宋·苏轼·律诗首联
门外山光马亦惊，阶前展齿我先行。

宋·庄师熊·律诗首联、尾联
白鹤峰前放棹晚，金鳌背上驾楼成。
幸陪宴笑栏干曲，醉后不知杯几行。

宋·陆游·律诗颔联
浮世不堪供把玩，安心随处是修行。

宋·张元干·绝句首联
前贤一节皆名世，此道终身公独行。

宋·戴表元·律诗颔联
黄鸡亭馆琴三弄，青果杯盘酒数行。

三、诗韵去声二十三漾，户浪切 hǎng，次第，辈行也，同行，几行，丈人行，兄弟行，阳、庚、敬韵俱异。

宋·陆游·诗句
千里一纸书，殷勤问亡恙。
呜呼亦已矣，遗语寄悲怆。
我亦迫桑榆，便恐无辈行。

宋·陈瓘·绝句首联
仲由行行终身诵，师也堂堂带上书。

宋·杨万里·绝句首联
一行谁栽十里梅，下临溪水恰齐开。

宋·陈造·律诗尾联
来岁归时君记取，恩袍成行拥龙头。

宋·白玉蟾·律诗颔联
偶尔诗家鸿雁行，为今酒岛鹡鸰徒。

宋·文天祥·律诗颔联
二三辈行惟须醉，多少公卿未得归。

宋·曾丰·律诗颔联
不放乔松为独行，犹容修竹作同人。

唐·杜牧·律诗尾联
再拜宜同丈人行，过庭交分有无同。

四、诗韵去声二十四敬，下更切 xìng，景迹，又事也，言也，姓。德行，百行，修行，洁行，金玉行，孝行，卓行，景行，儒行，高行，行果，行表，阳、庚、漾韵俱异。

宋·刘克庄·律诗颈联
善和书即传家宝，儒行篇方聘席珍。

宋·赵希逢·律诗首联
忧辱都非言行招，孤忠自莫胜群嚣。

宋·姚勉·律诗颔联
群辈总皆推德行，三年稔已听文章。

宋·邵雍·律诗首联
人行一善已为优，何况夫君百行修。

宋·强至·律诗首联
独行先生旧隐荒，大名宁受一棺藏。

[附录]

(一) 行字分录于阳、庚、漾、敬四韵。"一行、成行、鸿雁行、行行"阳、漾韵通用。"言行、德行"庚、敬韵通用。余异义，不通用。"百行、独行、同行"依音、义辨读。"行"字：古四声分作平声 háng、xíng 两读，仄声 hǎng、xìng 两读。参阅新四声释义。

(二) 行字新四声

1. 读作 háng。①行列。②班辈；排行。③职业。④商店。⑤时兴；流行。⑥古代军制。
2. 读作 xíng。①走；旅行；路程。②反映品质的行为：德行。③从事；进行。④流通；推行；流动；临时性的。⑤去；离开。⑥可以；能干。⑦将；快要；经历。⑧乐府和古诗的一种体裁（长歌行），与汉字的一种字体（行书）。⑨姓。

【鞅】

一、词林阳韵，于两切 yāng，颈组也，牛羁也。鞅掌：烦劳之状也。人名。通"怏"。

清·龚自珍·绝句尾联
此是商鞅垦土令，不同凿空误开边。

二、诗韵上声二十二养，于亮切，又于两切 yàng，马颈组也，马驾之具也。棹鞅，解鞅，绣鞅，商鞅，金鞅，吏鞅，揽鞅，羁鞅，鞅掌。

宋·王安石·商鞅·绝句尾联
今人未可非商鞅，商鞅能令政必行。

宋·陈普·绝句尾联
莫道汉家杂王霸，十分商鞅半分周。

宋·张耒·诗句
我行陈许郊，千里平若掌。
……
嗟予走薄宦，奔走年将壮。
长抱羁旅愁，何时税归鞅。

宋·陈造·绝句首联
掉鞅词场缺寸长，端如策塞趁蛮黄。

宋·刘克庄·绝句首联
秦贱儒冠贵鞅斯，士生此际命如丝。

宋·黄庭坚·律诗尾联
异日淮阴傥相见，安能鞅鞅似平生。

[附录]

(一) 鞅字诗韵录于养韵，从仄声，阳韵无字头。词林分录于阳、养二韵，今增录。"商鞅"通用。余异义，不通用。诗例多作仄声。

(二)鞅字新四声

1. 读作 yāng。①套在牛马脖子上的皮带。②[鞅掌]：形容公务忙碌：公门若鞅掌（白居易）。③羁绊：未能脱尘鞅（白居易）。④姓。
2. 读作 yàng。①牛鞅，牛拉东西时架在脖子上的器具。②通"怏"，不满意，不愉快。

【令】

一、诗韵下平八庚，吕贞切，音零 líng，使令，地名，复姓，环铃声。令人羡，使也。又脊令(鹡鸰)，鸟名。丁令，夷名。敬韵异。

宋·陆游·渔扉·律诗颔联
迂疏自计难谋食，老病谁<u>令</u>未拂衣？

宋·文同·律诗尾联
凭君且学龙山饮，一醉能<u>令</u>万事休。

宋·秦观·绝句尾联
解手莫<u>令</u>书信断，故园桑梓幸相邻。

宋·张嵲·即事·绝句首联
屐齿休<u>令</u>破紫苔，柴门无客不须开。

宋·陈普·祖逖·绝句尾联
北伐不<u>令</u>持寸铁，楫声空震大江流。

宋·方蒙仲·绝句尾联
通仙诗胜多多许，咀嚼无<u>令</u>一字遗。

宋·施枢·端平除夕·律诗颈联
但<u>令</u>世道皆平地，此外身名任老天。

宋·赵蕃·律诗颔联
公虽鼃黾尔淹时用，天岂特<u>令</u>继凤游。

宋·陈师道·绝句尾联
任使轻衫污娇色，可<u>令</u>纤手洗春泥。

唐·李商隐·绝句首联
明神司过岂<u>令</u>冤，暗室由来有祸门。

唐·戎昱·律诗尾联
桃李不须<u>令</u>更种，早知门下旧成蹊。

近代·柳亚子·律诗颔联
从此中原虚正朔，遂<u>令</u>骄虏擅皇都。

元·王冕·杂兴·律诗颔联
种菜每<u>令</u>除宿草，煮茶常自拾枯薪。

二、诗韵去声二十四敬，力政切 lìng，律法也，时令，善也。命也。又县令，庚韵异。

宋·梅尧臣·律诗首联
寒<u>令</u>夺春<u>令</u>，六花侵百花。

宋·方蒙仲·绝句尾联
谁<u>令</u>春风来得晚，梅花也不傲春风。

宋·司马光·柳枝词尾联
莫<u>令</u>透入华梁燕，那堪负汝更双双。

宋·黄庭坚·绝句尾联
能<u>令</u>汉家重九鼎，桐江波上一丝风。

宋·宋祁·律诗首联
门依北郭最闲坊，休<u>令</u>归来白昼长。

宋·陆游·诗句
豫章濒大江，气候颇不<u>令</u>，孟冬风薄人，十室八九病。俗巫医不艺，呜呼安托命。

宋·李新·律诗尾联
当年若尽毫端计，魏狗还羞不<u>令</u>无。

唐·徐夤·律诗尾联
他日有书随雁足，东溪无<u>令</u>访渔船。

宋·黄公度·律诗颈联
襟怀但令有馀地，刀笔从教不若人。

毛泽东·律诗尾联
陶令不知何处去，桃花源里可耕田。

宋·陆游·梅花·律诗首联
玄冥行令肃冰霜，墙角疏梅特地芳。

宋·敖陶孙·律诗颈联
万马萧萧闲律令，孤峰隐隐出旌旗。

清·龚自珍·绝句尾联
此是商鞅垦土令，不同凿空误开边。

[附录]
(一)令字分录于庚、敬二韵。"莫令、谁令、能令、休令、不令、无令、但令"通用。在律句的句尾，如读作平声"桃李不须令更种（戎昱）"与读作仄声"辕门寂寂令严威（陈汝言）"一类句式，亦通用。诗例多作平声，如"可令、每令、遂令、坐令、难令、且令、还令、试令、会令、岂令、犹令、只令、偏令、却令、长令、致令、总令、徒令、独令、欲令、都令、空令、勿令、顿令、肯令、故令"从平声，暂无仄声例句。释义"律法、时令、县令"从仄声。
(二)令字新四声
1. 读作 líng。①命令。②时令。③官名。④敬辞。⑤美好，善。⑥词调。⑦姓。
2. 读作 lǐng。量词。
3. 读作 lìng。①同"鸰"，鸟名。②同"聆"，听从。③古地名。④复姓。

【更】

一、诗韵下平八庚，古行切，音庚，gēng，改也，代也，偿也。迭更，报更，初更，更换，更新，更番，敬韵异。

宋·陆游·律诗颔联
坐更拂石芥城劫，时说开皇龙汉年。

宋·苏轼·律诗尾联
枯肠未易禁三碗，卧听山城长短更。

宋·王安石·律诗颈联
音容想像犹如昨，岁月萧条忽已更。

二、诗韵去声二十四敬，古孟切，gèng，改也，再也。变更，更改，更佳，更有谁，更谁能，与庚韵异。

宋·赵师秀·庵西·律诗首联
数里庵西路，东风去更吹。

宋·陆游·雨後·律诗颈联
笔砚行常具，轩窗晚更明。

宋·苏轼·律诗尾联
雪里盛开知有意，明年开后更谁看。

宋·王洋·诗句
客行仍别离，此恨亦已更。
去语已莫留，来愁不须聘。
七闽何贪贤，四海方仰圣。

[附录]
(一)更字分录于庚、敬二韵。释义注"改也、已更"通用。余义异，不通用。参阅新四声释义。
(二)更字新四声
1. 读作 gēng。①改变。②经历。③了解。④古代夜间计时。⑤姓。
2. 读作 gèng。①愈加。②再，又。③岂，

难道。

【正】

一、诗韵下平八庚，诸盈切，音征 zhēng。正朔也，又敬韵异。按：三正，平、去亦通用。夏正，新正，元正，周正，正鹄，正阳。

> 唐·李百药·律诗首联、颔联
> 化历昭唐典，承天顺夏正。
> 百灵警朝禁，三辰扬旆旌。

> 宋·丁谓·律诗颈联
> 尽志三正内，矜能一发中。

> 宋·晏殊·律诗首联
> 夏正标吉朔，尧历载初辰。

二、诗韵去声二十四敬，之盛切 zhèng，正当也，长也，定也，平也，是也，君也，姓。庚韵异。又夏正，三正，亦通。

> 宋·文同·盖宽饶·诗句
> 次公清而狂，其本出天性。
> 惜哉公廉质，不以儒术正。
> 陷害公峭刻，奸犯语坚劲。

> 宋·陈杰·律诗颔联、颈联
> 思文重揭日，皇武在中天。
> 多难扶三正，弥留痛八埏。

[附录]
(一) 正字分录于庚、敬二韵。释作"三正"通用。余义异，不通用。诗例多作仄声。参阅新四声释义。

(二) 正字新四声
1. 读作 zhèng。①正中。②端正。纯正。③整治。治罪。④决定。⑤规范，标准。⑥恰好。⑦纵然，即使。这么。⑧通"政"。⑨通"证"。⑩姓。
2. 读作 zhēng。①夏历正月。②箭靶的中心。③通"征"，征伐，征役。

【并】

一、诗韵下平八庚，录作并，卑盈切 bīng，合也，兼也，州名，姓。幽并，互吞并，交并，相并，并兼，并州。剪合也，敬韵异。

> 宋·秦观·律诗首联
> 风流公子四难并，更引清漪作小亭。

> 宋·杜范·绝句首联
> 平生习懒怕逢迎，相望何时可合并。

> 宋·范成大·律诗首联
> 万家罗绮兢喧阗，乐事能并在锦川。

> 宋·刘潜·六州歌头上片
> 秦亡草昧，刘项起吞并。
> 驱龙虎，鞭寰宇，斩长鲸，扫欃枪。

> 明·杨基·绝句尾联
> 愿得汝长并我老，太平还说乱离时。

二、诗韵上声二十三梗，部迥切，录作併，同并，相并也。吞并，并包，并侣。未注与庚、敬韵同或异。暂无诗例。

三、诗韵去声二十四敬，录作并，卑政切 bìng，专并也，同併（并某义项的异体）。专也，与庚韵异义。敬韵又另录字头"併"，兼并，合并，归并，并驱。与梗韵同。

唐·罗隐·律诗颈联
汉武巡游虚轧轧，秦皇吞<u>并</u>漫驱驱。

宋·韩维·律诗颈联
秾李惭同列，芳橙合<u>并</u>枝。

宋·喻良能·律诗颈联
凛然风义谁能<u>并</u>，伟甚衣冠众所高。

宋·罗公升·绝句首联
胡羯宁知分，中原欲<u>并</u>驱。

宋·周直孺·律诗首联
三吴冠盖<u>并</u>驱弛，名德如公亦已稀。

[附录]
(一) 并字分录于庚（录作并）、梗（录作併，并1. 义项的异体字）、敬（录作併）三韵。"吞并，合并，能并"通用。余异义，不通用。

(二) 并字新四声
1. [併] 读作bìng。①合在一起。②同，齐。③通"屏 bǐng"，屏弃。
2. [並、竝] 读作bìng。①相挨着。②相等，匹敌。③表示两事并存。④都，皆。⑤并且，而且。⑥介词，连。⑦通"傍 bàng"。⑧并非。⑨姓。
3. 读作bīng。太原市别称。

(三) [並、竝] 新四声注作："并2." 义项的异体字。

【檠】

一、诗韵下平八庚，渠京切 qíng，所以正弓也，榜也，借作灯檠架也。与梗韵"橄"字同，亦作灯檠。与敬韵异。宵檠，孤檠，短檠，寒檠，弓檠，雪窗檠。

宋·刘克庄·记梦·绝句尾联
纸帐铁<u>檠</u>风雪夜，梦中犹诵小时书。

近代·鲁迅·绝句尾联
最是令人凄绝处，孤<u>檠</u>长夜雨来时。

宋·苏辙·律诗尾联
家世读书难便废，漫留案上铁灯<u>檠</u>。

宋·陆游·示子聿·绝句首联
儒林早岁窃虚名，白首何曾负短<u>檠</u>。

宋·黄彦平·妙音方丈·律诗颔联
炉残文武火，灯暗短长<u>檠</u>。

二、诗韵上声二十三梗，录作"橄"，同"檠"。短檠，长檠，灯檠，孤檠，所以正弓。与庚韵"檠"同，敬韵异。
暂无诗例

三、诗韵去声二十四敬，渠敬切，音竞 jìng。檠子，垒名，有足所以几物，即隔子也。灯檠，庚韵通。弓檠，梗韵通。

唐·李商隐·律诗颈联
六曲屏风江雨急，九枝灯<u>檠</u>夜珠圆。

宋·刘筠·律诗首联
紫雾函灯<u>檠</u>，彤霞逼绮寮。

宋·苏颂·律诗颔联
灯残短<u>檠</u>人初静，月上虚廊户不扃。

宋·韩维·律诗颈联
坐对华灯燃宝<u>檠</u>，行看红艳发珍丛。

宋·刘筠·律诗颔联
蟾蜍吐耀祥轮满，菡萏凝华宝<u>檠</u>新。

[附录]

(一) 檠字分录于庚（录作檠）、梗（录作"橄"，同"檠"）、敬（录作檠）三韵。释作"灯檠架也"，"灯檠、短檠与长檠"通用。孤檠、铁檠，亦指灯架也。余义异，不通用。

(二) 檠字新四声读作 qíng。①矫正弓弩的器具。②灯架，也指灯。③同"擎"，举，托。④灯的量词。

【经】

一、**诗韵下平九青**，古灵切，音泾 jīng，常也，径也，织也，道之常，度之也，法也。九经，穷经，明经，引经，道经，壁经，经世，经济，经纬，经邦，经筵，经史，经历，经营，讲经，曾经，与径韵略异。

宋·方岳·律诗尾联
九<u>经</u>幸自澜翻熟，但守青灯雪屋寒。

宋·黄庭坚·律诗颈联
风光错综天<u>经</u>纬，草木文章帝杼机。

宋·苏轼·律诗颔联
空闻韦叟一<u>经</u>在，不见恬侯万石时。

宋·苏轼·律诗颈联
治<u>经</u>方笑春秋学，好士今无六一贤。

宋·李谨思·律诗首联
狰狰多羝屈，幽幽独雊<u>经</u>。

宋·高斯得·律诗颈联
剪裁花柳春刀尺，错综江山帝纬<u>经</u>。

宋·李弥逊·律诗颈联
江流带月分清浊，星汉无云见纬<u>经</u>。

二、**诗韵去声二十五径**，古定切 jìng，经纬也，织也。织经，经纬，经星。纬经，又雊经，与青韵同义，余不通。

宋·梅尧臣·诗句
我从江南来，挂席江上正。
轻舟自行速，不与风力竞。
乃省少时学，强勉无佳兴。
初如弄机杼，未解布丝<u>经</u>。

唐·韩愈·诗句
少年气真狂，有意与春竞。
行逢二三月，九州花相映。
……
岸树共纷披，渚牙相纬<u>经</u>。

[附录]

(一) 经字分录于青、径二韵，同录作"經"。"纬经"叶韵通用。余异义，不通用。诗例多作平声，宜取平声。

(二) 经字新四声读作 jīng。①与纬相对。②南北方向。③常理。④中医名词。⑤经典。⑥从事，筹划，治理。⑦经历。⑧缢死。⑨度量，划界。⑩数目。⑪姓。

【暝】

一、诗韵下平九青，莫经切 míng，幽也，晦也，姓。晦暝，径韵微异。

> 宋·苏颂·律诗首联
> 高阁清寒夜未<u>暝</u>，独持铅笔校中经。

> 唐·周贺·寄新头陀·律诗颔联
> 相逢竹坞晦<u>暝</u>夜，一别苕溪多少年。

> 宋·秦观·律诗首联
> 乡国秋行暮，房栊日已<u>暝</u>。

> 宋·黄大受·律诗首联
> 台高日欲<u>暝</u>，晚眺眼增明。

二、诗韵去声二十五径，莫定切 mìng，夕也，夜也。晦暝，日暝，野暝，池暝，柳暝，川色暝，海天暝，林霭暝，青韵微异。

> 宋·真山民·绝句首联
> 未<u>暝</u>先啼草际蛩，石桥暗度晚花风。

> 唐·方干·律诗颈联
> 远壑度年如晦<u>暝</u>，阴溪入夏有凌澌。

> 宋·张康国·诗句
> 路转下层崖，乱石通微径。
> 山深万象虚，叶脱千林静。
> 连苔苍欲横，衮雪飞泉迸。
> 有睹那可言，寒烟日向<u>暝</u>。

> 宋·王安石·诗句
> 午鸠鸣春阴，独卧林壑静。
> 微云过一雨，淅沥生晚听。
> 红绿纷在眼，流芳与时竞。
> 有怀无与言，伫立钟山<u>暝</u>。

> 宋·释惠崇·律诗颈联
> 黄猿知日<u>暝</u>，青树觉春深。

> 宋·陈与义·律诗首联
> 野<u>暝</u>犹闻远，川明不恨迟。

[附录]

(一)暝字分录于青、径二韵。"未暝、晦暝"通用。在律句的句尾，如读作平声"高阁清寒夜未暝（苏颂）、房栊日已暝（秦观）、台高日欲暝（黄大受）"与读作仄声"寒烟日向暝（张康国）、黄猿知日暝（释惠崇）、山烟寒日暝（蔡榤）"一类句式，亦通用。余义异，不通用。诗例多作仄声。

(二)暝字新四声读作 míng。①昏暗，夜。②愚昧。③幽深，深沉。④高远。⑤通"溟"，大海。⑥通"瞑"，睡眠。⑦姓。

【瞑】

一、诗韵下平九青，莫经切 míng，合目也，合目瞑瞑，目不明也，视不审之貌。与先韵眠字通，霰韵异。

> 宋·张镃·绝句
> 切莫撞钟领众迎，作家相见要情真。
> 亦庵自是优婆塞，知事当人定不<u>瞑</u>。

> 唐·李山甫·律诗颈联
> 穷理多<u>瞑</u>目，含毫静倚松。

> 宋·强至·律诗首联
> 寂寞湖边寺，荆溪目已<u>瞑</u>。

二、诗韵去声十七霰，莫甸切，音面 miàn。瞑眩剧也，愦乱貌。小瞑，合瞑，双鹊瞑，瞑眩，瞑眴，青韵异。

宋·姜特立·绝句首联
老人夜不瞑，宿鸟未安栖。

宋·顾逢·律诗颔联
一龛常瞑目，长日不开门。

宋·陆游·律诗颔联
雪棘并栖双鹊瞑，金环斜绊一猿愁。

宋·贺铸·律诗颈联
愁信鱼难瞑，寒凝酒亦冰。

宋·苏颂·律诗颔联
初欣药瞑眩，俄痛疾弥留。

[附录]
㈠瞑字分录于青、霰二韵。"不瞑、瞑目"通用。余异义，不通用。诗例多作仄声。
㈡瞑字新四声
1. 读作míng。①闭眼。②眼睛昏花。③昏暗。④暮，黄昏。
2. 读作mián。①通"眠"，睡。②菜名。③瞑眩：头晕目眩。

【溟】
一、诗韵下平九青，莫经切míng，溟濛小雨，溟海，水势渺深激荡也。北溟，鲲溟，四溟，云溟，沧溟，穷溟，溟海，迥韵异。

宋·司马光·律诗颔联
微生轻草芥，圣泽阔沧溟。

宋·刘克庄·律诗颈联
鲲鲸有量真溟涬，蜗蠃无知妄异同。

宋·苏辙·律诗尾联
还似临淄贡，随风起北溟。

二、诗韵上声二十四迥，莫迥切mǐng，溟涬，大水貌。瀴溟，水远绝貌。杳溟，水势深，激也。又嵁溟，山气暗昧也。溟涬。青韵异。

宋·周文璞·律诗颔联
要令参溟涬，端合罢飞腾。

宋·方岳·律诗颔联
一醉真成吞溟涬，三人曾共住蓬莱。

[附录]
㈠溟字分录于青、迥二韵。"溟涬"通用。余义异。四溟，东溟，溟蒙，溟渤，沧溟，溟溟，俱从平声，诗例多作平声，宜取平声。参阅新四声释义。
㈡溟字新四声
1. 读作míng。①海。②细雨迷濛。③模糊不清。
2. 读作mǐng。溟涬：混沌之气。

【屏】
一、诗韵下平九青，旁经切píng，屏风，屏蔽也。又薄冰切，屏营也。画屏，锦屏，列屏，翡翠屏，孔雀屏，内屏，竹屏，云母屏，屏翳，屏护，屏障，梗韵通，余异。

明·苏伯衡·律诗颈联
藩屏归付托，画诺仗材贤。

宋·许月卿·律诗颔联
僮仆触屏成蝶梦，姬姜压笛作蝉声。

明·皇甫濂·诗句
冥冥雨露集，熙熙岁始更。

灵蠢各有化，人理独无生。
……
清尘布虚室，寒晦凝轩<u>屏</u>。

宋·包恢·绝句首联
六月浑如九月清，霁天月色冷幽<u>屏</u>。

宋·杨备·绝句首联
岩<u>屏</u>晚树噪寒鸦，岚翠楼台释子家。

宋·陆游·律诗首联
面面秋山拥翠<u>屏</u>，天留三亩著云扃。

宋·傅察·律诗颔联
风摇波面琉璃簟，雨洗山光翡翠<u>屏</u>。

宋·晏几道·蝶恋花下片
十二楼中双翠凤，缥缈歌声，
记得江南弄。醉舞春风谁可共，
秦云已有鸳<u>屏</u>梦。

宋·孙应时·律诗颔联
死骨不应雠未雪，哀歌长觉气如<u>屏</u>。

宋·张耒·绝句尾联
半卷画帘<u>屏</u>扇掩，朦胧春睡拥春衣。

宋·宋祁·律诗颈联
两剑作关<u>屏</u>对绕，二江联派练平铺。

宋·王之望·绝句首联
千尺高崖<u>屏</u>翠琰，六时甘露雨真珠。

元·张昱·律诗颔联
清宵酒压杨花梦，细雨灯深孔雀<u>屏</u>。

唐·陆龟蒙·绝句尾联
洞宫寂寞人不去，坐见月生云母<u>屏</u>。

唐·李商隐·绝句首联
龙池赐酒敞云<u>屏</u>，羯鼓声高众乐停。

二、诗韵上声二十三梗，必郢切，音丙bǐng，蔽也，屏谓之树，罘罳谓之屏。除也，弃也，与青韵异。又蔽也，亦通，作屏退，屏彻，屏扫，屏万缘，屏尘事，屏绝，屏纷。

宋·孔武仲·律诗颔联
才子登临嗟昔别，使君藩<u>屏</u>值新迁。

唐·骆宾王·律诗首联
暂<u>屏</u>嚣尘累，言寻物外情。

宋·郭印·律诗尾联
畴能呼<u>屏</u>翳，一霎荡炎埃。

宋·陆游·述意·律诗首联
忧患无穷生有涯，惟须百事<u>屏</u>纷华。

宋·梅尧臣·诗句
朝游翔凤池，暮直中书省。
高闳一何新，未归闾巷静。
版刺留姓名，不遑伫轩<u>屏</u>。

宋·赵蕃·律诗颈联
有客成幽<u>屏</u>，谈诗记昔来。

宋·苏轼·诗句
朝阳入北林，竹树散疏影。
短篱寻丈间，寄我无穷境。
旧居才一席，逐客犹遭<u>屏</u>。

宋·陆游·绝句尾联
麈尾唾壶俱<u>屏</u>去，尚存余习炷炉香。

宋·姜特立·绝句尾联
大奸钜猾宜深<u>屏</u>，且避当年御史骢。

宋·曹彦约·律诗首联
昌谷喧声渐<u>屏</u>除，湖庄新意亦空疏。

[附录]
㈠屏字分录于青、梗二韵。释义"屏蔽"，如"藩屏、轩屏、幽屏"通用。在律句的句尾，①读作平声"半卷画帘屏扇掩（张耒）、两剑作关屏对绕（宋祁）、千尺高崖屏翠琰（王之望）"与读作仄声"惟须百事屏纷华（陆游）、更将利益屏群雄（宋太宗）"句式；②读作平声"秦云已有鸳屏梦（晏几道）"与读作仄声"麈尾唾壶俱屏去（陆游）"二类句式，亦通用。"屏"从名物义，如"画屏、御屏、素屏、九叠屏、帏屏、金屏、罗屏、古屏、屏障"从平声。"屏"取动作义，如"暂屏、屏翳"诗例多从仄声。

㈡屏字新四声
1. 读作píng。①遮挡：屏蔽。②屏障，屏风。③对着门的小墙。④长条字画。⑤姓。
2. 读作bǐng。①抑制。②排除。③退避，隐蔽。
3. 读作bìng。料理，收拾。
4. 读作bīng。屏营：彷徨，惊慌失措。

【听】

一、诗韵下平九青，他丁切tīng，聆也，听受也。闲听、细听、不忍听，谁听、倾耳听、隔墙听、带雨听、信可听、不堪听、听虫吟、隐约听。径韵训"聆"义亦同。

　　宋·苏轼·律诗颈联
　断弦挂壁知音丧，挥麈空山乱石听。
　　宋·陆游·律诗尾联
　拥炉莫恨无僧在，满院松风要细听。
　　宋·张耒·律诗尾联
　短歌时自和，愁绝更谁听。

　　宋·刘攽·绝句尾联
　水土平治今几载，犹听父老说艰难。
　　宋·汪元量·绝句首联
　晓鬓鬅鬆懒不梳，忽听人说是南徐。
　　宋·陆游·绝句首联
　江湖春暮多风雨，点滴空阶实厌听。
　　宋·陆游·律诗颔联
　豪吞平野宜闲望，急打虚窗入静听。
　　宋·黄庚·绝句首联
　石床弹月鹤听琴，玉宇凝秋绝点尘。
　　宋·王洋·律诗颔联
　小大不同俱示病，穷通有命只听天。
　　宋·刘克庄·绝句首联
　长兄开卷每随声，大母繙经亦谛听。
　　宋·刘克庄·绝句尾联
　瞒得庭中相泣者，难瞒屏后窃听人。
　　宋·胡仲弓·绝句尾联
　此心只在人心做，说与行人莫误听。
　　宋·王之道·律诗颔联
　所得岂容人继和，朗吟应被鹤听闻。
　　宋·王元·听琴·律诗尾联
　纵有来听者，谁堪继子期。
　　清·纳兰性德·鹧鸪天上片
　别绪如丝睡不成，那堪孤枕梦边城。
　因听紫塞三更雨，却忆红楼半夜灯。
　　宋·范成大·绝句尾联
　老翁欹枕听莺啭，童子开门放燕飞。
　　宋·陆游·律诗颔联
　小楼一夜听春雨，深巷明朝卖杏花。

宋·刘克庄·绝句首联
淮汉沄沄战血腥，蜀山鬼哭不堪听。

唐·杜牧·律诗尾联
远忆湘江上，渔歌对月听。

二、诗韵去声二十五径，他定切 tìng，聆也。厌听，静听，听琴，听天，听政，听命，偏听，倾听，听雨窗，听夜蛩，清听。与青韵通。待也，受也，从也，候也，任也，断也。异义，独用。

宋·黄庭坚·律诗尾联
别后寄诗能慰我，似逃空谷听人声。

宋·陆游·律诗颈联
闲随戏蝶忘形久，细听啼莺得意同。

宋·曾巩·律诗尾联
素交千里远，谁听此时歌。

宋·欧阳修·律诗颔联
独过伊水渡，犹听洛城钟。

宋·文天祥·绝句尾联
忽听路人嗟叹说，昨朝哨马到江头。

宋·王令·世言·诗句
纷纷世俗言，病客久厌听。
圣贤没已远，是非久无定。
六经纸上言，黑白欲谁证。

宋·陆游·律诗颈联
邻曲新传秧马式，房栊静听纬车声。

宋·顾逢·律诗颔联
喜于同坐处，乐在听琴时。

宋·杨万里·绝句尾联
春花秋月冬冰雪，不听陈玄只听天。

唐·姚合·绝句尾联
远近持斋来谛听，酒坊鱼市尽无人。

宋·刘克庄·律诗尾联
牧童窃听商歌起，此老胸中不著愁。

唐·唐彦谦·绝句尾联
月明午夜生虚籁，误听风声是雨声。

宋·孙正平·绝句首联
窗前修竹霭如云，巧语春禽只听闻。

宋·高翥·律诗颈联
因听酒边谈旧事，便从客裏定交情。

宋·文同·绝句首联
去年中伏在南园，同听清泉引绿樽。

宋·陆游·律诗颔联
一片常愁见花落，三声最怕听猿鸣。

宋·范仲淹·律诗尾联
斜阳幸无事，沽酒听渔歌。

宋·欧阳修·绝句尾联
始知锁向金笼听，不及林间自在啼。

唐·白居易·听歌·绝句尾联
诚知不及当年听，犹觉闻时胜不闻。

[附录]
㈠ 听字分录于青、径二韵，同录作"聽"。释义注"聆也"，如"细听、谁听、犹听、忽听、厌听、静听、听琴、听天、谛听、窃听、误听、听闻、因听"通用。在律句的句尾，①读作平声"老翁欹枕听莺啭（范成大）、小楼一夜听春雨（陆游）"与读作仄声

"三声最怕听猿鸣（陆游）、沽酒听渔歌（范仲淹）、似逃空谷听人声（黄庭坚）"句式；②读作平声"渔歌对月听（杜牧）、挥麈空山乱石听（苏轼）"与读作仄声"始知锁向金笼听（欧阳修）、诚知不及当年听（白居易）"二类句式，亦通用。余异义，不通用。
(二)听字新四声读作tīng。①用耳朵接受声音。②顺从，接受：言听计从。③处理，考察：听政。④听任，任凭：听其自然。⑤同"厅"，府衙，厅堂。⑥译音字：听装。⑦姓。

【宁】

一、诗韵下平九青，录作"寕"，奴丁切níng，安也，愿词也，亦州名。归宁，康宁，社稷宁，安宁，熙宁，泰宁，四海宁，宁馨。

宋·戴复古·律诗尾联
一时勤卜筑，百世享康宁。

宋·王令·律诗首联
十日身无一日宁，病源知向百忧生。

宋·戴复古·律诗尾联
但了耕桑□门户，我生安分合宁馨。

宋·刘克庄·律诗颈联
上欲夺情俾归衮，臣宁断腕不操麻。

宋·陆游·律诗颈联
风宁可系功名误，日不能粘岁月迁。

宋·杨万里·绝句首联
燕宁轩里集群仙，薄宦归来又两年。

宋·刘克庄·绝句首联
商略红儿何足比，丁宁青女不须嗔。

二、诗韵去声二十五径，录作"甯"，乃定切nìng，邑名，姓，又所愿也。悲歌宁，牛口宁，宁戚。贱同牛口宁，隐愧鹿门庞（刘曙）。

宋·王禹偁·律诗尾联
赖有古人踪迹在，只应蘧宁是吾师。

宋·范成大·律诗首联
积庆今如许，生儿得宁馨。

[附录]
(一)宁字分录于青（录作"寕"）、径（录作"甯"）二韵。"宁馨"通用，余义异，不通用。参阅新四声释义。诗韵语韵录作"宁"，直吕切zhù，门屏之间，今"宁"字的简体，与青、径韵俱异。
(二)宁字新四声
1. [寕（繁）、甯（同）、宁（异）、寗（异）]读作níng。①安宁；康宁。②已嫁女子探望父母，也泛指省亲、探望：宁祖母于堂（王安石）。③因父母之丧告假：予宁三月。④地名：南京市的简称；宁夏回族自治区的别称。
2. [寕（繁）、甯（同）、宁（异）、寗（异）]读作nìng。①宁可；宁愿：宁死不屈。②岂，难道。③乃，曾，而。表示语气。④姓。
3. [宁]同"㝉"。①同"贮"。贮藏；积聚。②古代宫殿的门与屏风之间。

【泾】

一、诗韵下平九青，坚灵切jīng，通也。水名。州名。县名。浊泾，跃泾，渭泾，会泾，泾水。

宋·张舜民·律诗首联
汴上相从又几星，尚淹符竹守临泾。

宋·范成大·绝句尾联
记取南泾荾叶露，明明风熟更重来。

宋·陆游·绝句首联
花泾二月桃花发，霞照波心锦裹山。

宋·杜衍·律诗尾联
相看最忆吴船路，万里芙蓉水满泾。

二、词林径韵，古定切，音径。泾涎，直流也。暂无诗例。

[附录]

(一)泾字诗韵录于青韵，录作"泾"，从平声，径韵无字头。词林分录于青、径二韵，今增录。暂无通用的诗例。泾渭之"泾"从平声。

(二)泾字新四声读作 jīng。①水名，泾渭分明。②水径直涌流。③沟渠，多用作地名。

【应】

一、诗韵下平十蒸，於陵切 yīng，皆是也，受也，国名，又姓。当也，不相应，应知，应教，径韵异。

宋·陈师道·律诗尾联
不应须礼乐，始作后程仇。

唐·杜荀鹤·律诗尾联
任是深山更深处，也应无计避征徭。

宋·贺铸·绝句尾联
未应无地栽桃李，江北江南一样春。

宋·苏轼·律诗尾联
只应陶靖节，会取北窗凉。

宋·黄庭坚·绝句尾联
他时若有相应者，莫负开轩人姓黄。

宋·赵与辟·绝句首联
甲年谢策志应酬，今日分符力已优。

宋·叶适·陈待制挽诗·绝句首联
世事从来半局棋，夜眠还有不应时。

宋·陆游·岁暮·绝句尾联
一坐便应论十劫，不知岁月去骎骎。

宋·黄庭坚·绝句尾联
正是风光懒困时，姚黄开晚落应迟。

二、诗韵去声二十五径，於证切 yìng，答也，物相应也，乐名，正门也，州名。内应，报应，响应，酬应，声相应，山谷应，应变，应酬，应召，应对募，应接，蒸韵异。

宋·陆游·雨晴·律诗颈联
寒霭细分山远近，野歌相应路高低。

宋·贺铸·律诗颔联
寒潮不应溪流涩，病客未行舟子嗔。

宋·陈师道·律诗颔联
良辰也应纯乾策，吉梦先符太卜占。

宋·苏轼·律诗首联
未应将军聘，初从季直游。

宋·朱继芳·绝句首联
长楸走马却归来，雉挟春骄未应媒。

宋·张耒·律诗尾联
请君点检当时事，只应朱颜非旧时。

宋·陆游·律诗颔联
闲云一片自舒卷，幽鸟数声相应酬。

宋·程大昌·浣溪沙上片
兽炭香红漫应时，遮寒姝丽自成围。
销金暖帐四边垂。

宋·陆游·绝句首联
久读仙经学养形，未容便应少微星。

宋·章甫·律诗首联
日落帆归疾，天寒潮应迟。

[附录]

(一) 应字分录于蒸、径二韵，同录作"應"。"不应、也应、未应、只应(平声诗例极多)、相应、应酬、应时、便应、应迟"通用。余异义，不通用，如"应知、应有、犹应"从平声，暂无仄声例句。"内应、报应、响应、酬应、感应"从仄声，暂无平声例句。参阅新四声释义。

(二) 应字新四声
1. 读作 yìng。①回答：应和。②承诺。③接受。④对待。⑤适合。⑥付给，供给。
2. 读作 yīng。①该当。②答应。③允许。④是。⑤随即。⑥可能，恐怕。⑦古国名。⑧姓。

【凌】

一、诗韵下平十蒸，力膺切 líng，冰凌，积冰也。凌遽：战栗也。凄凌，与淩(越也，历也)异。

宋·张耒·律诗颈联
千里尘埃长旅泊，五年忧患困侵凌。

宋·胡铨·律诗颔联
八咏格高凌太白，千林地迥切西清。

宋·陆游·诗句
孤翁痴钝如寒蝇，霜夕不瞑愁严凝。
寝衣触体起芒粟，鼻息嘘润成冰凌。

宋·赵长卿·满庭芳上片
爆竹声飞，屠苏香细，
华堂歌舞催春。
百年消息，经半已凌人。

二、词林径韵，里孕切，音陵去声，冰也。又淩：驰也，历也。战栗也。水名。姓。

宋·廖行之·绝句尾联
端向岁寒观雅操，须知冰凌不为灾。

宋·马之纯·律诗首联
向日周家有凌人，后来此事特相因。

宋·潜说友·律诗尾联
太平君子方宵旰，想读豳风到凌阴。

[附录]

(一) 凌字诗韵录于蒸韵(录作"凌"、"淩"两字头)，从平声，径韵无字头。词林分录于蒸(录作"凌"、"淩"两字头)、径(录作"淩")二韵，今增录。"冰凌、凌人"通用。余异义，如"侵凌、凄凌、欺凌、凌波、凌空、凌风、凌霄、凌烟、凌云、凌虚、凌历、凌乱、凌辱"从平声，暂无仄声例句。诗例多作平声，宜取平声。

(二) 凌字新四声读作 líng。①积冰：冰凌。②侵犯，欺侮：盛气凌人。③通"淩"，逾越。④冒着：亭亭凌霜雪(李白)。⑤升登：凌云。⑥乘。⑦迫近：水星凌月。⑧战栗。⑨姓。

(三)凌字新四声识作：同"凌"。

【甑】

一、词林蒸韵，慈陵切，音缯 zēng，炊器。暂无诗例。

二、诗韵去声二十五径，子孕切，音增去声，甗也，破釜甑，又草名。石甑，生尘甑，甑室，甑尘，丹甑。

宋·王禹偁·长洲遣兴·律诗首联
妻儿莫笑甑中尘，只患功名不患贫。

宋·苏籀·律诗首联
槛桹生菌地生衣，釜甑有鱼盘有薇。

宋·杨万里·绝句首联
不是城中是甑中，雨余日色更明红。

[附录]

(一)甑字诗韵录于径韵，从仄声，蒸韵无字头。词林分录于蒸、径二韵，今增录。暂无通用的诗例。诗例多作仄声。宜取仄声。

(二)甑字新四声读作 zèng。①古蒸食炊器，蒸笼。②今实验室中的器皿，曲颈甑。

【偻】

一、诗韵下平十一尤，落侯切 lóu，躯偻，身向前也。伛偻，麌、宥韵并同。

宋·文天祥·渡瓜洲·绝句尾联
坐上有人正愁绝，胡儿便道是偻儸。

二、诗韵上声七麌，力主切 lǚ，尪也，

伛疾也，又俯也。曲背也。伛偻，俯偻，御偻，一命偻，却克偻，尤、宥韵并通。

宋·王安石·金山寺·诗句
招提凭高冈，四面断行旅。
......
忆昨狼狈初，只见石与土。
荣华一朝尽，土梗空俯偻。

宋·苏轼·徐大正闲轩·诗句
君看东坡翁，懒散谁比数。
......
卧看盗取毡，坐视麦漂雨。
语希舌颊强，行少腰脚偻。

宋·刘克庄·击壤图·诗句
昔闻华胥与净土，道释寓言非目睹。
此图物色皆华人，太平气象在里许。
竞披野服装束侴，旋泻薄醪盆盎古。
小姑丘嫂丑骇人，襁儿于背行伛偻。

宋·陆游·律诗首联
步迟腰伛偻，面瘦骨峥嵘。

三、诗韵去声二十六宥，卢候切，音楼去声。偻佝，短丑貌，尤、麌韵俱通。又偻句龟，与尤韵通。

宋·陆游·绝句首联
儿扶行饭出柴扉，伛偻方嗟气力微。

宋·苏轼·失题·律诗颔联
深衣伛偻如初命，卮酒从容向晚斟。

宋·苏辙·律诗颔联
宦游暂比凫鹥集，归计长遭句偻欺。

[附录]
㈠偻字分录于尤、麌、宥三韵，同录作"僂"。"佝偻"从平声，暂无仄声例句。"伛偻"从仄声，暂无平声例句。诗例多作仄声。宜取仄声。参阅新四声释义。
㈡偻字新四声
1. 读作lǚ。①身体前倾。②弯曲，屈指。③迅速，立刻。
2. 读作lóu。①佝偻。②偻㑩同喽啰。③同"娄"。④姓。

【沤】

一、诗韵下平十一尤，乌侯切 ōu，浮沤，池沤，沤麻，沤营，沤苎，宥韵异。

　　宋·陆游·律诗颈联
　　年华冉冉飞双翼，梦境悠悠寄一沤。

　　宋·杨亿·律诗尾联
　　浮沤一念归心起，本寺房前见偃松。

　　宋·杨万里·绝句首联
　　淡日轻云雨点疏，大沤随雨起清渠。

二、诗韵去声二十六宥，乌候切 òu，久渍也，东门之池，可以沤麻。可沤，清沤，沤麻，沤丝，尤韵异。

　　宋·陆游·诗句
　　人情所愿欲，莫若贵与富。
　　……
　　偶然当后死，鬼录自遗漏。
　　山陂粟屡收，池水麻可沤。

　　宋·章樵·绝句首联
　　试将生计问农家，儿大扶犁女沤麻。

　　宋·魏了翁·律诗颔联
　　桃李贪看炫春昼，菅麻谁解沤东池。

[附录]
㈠沤字分录于尤、宥二韵，同录作"漚"。"沤麻"从仄声。"浮沤、一沤"从平声，暂无通用的诗例。诗例多作平声。参阅新四声释义。
㈡沤字新四声
1. 读作òu。①长时间地浸泡，使起变化：沤肥。②闷在心里：沤气。
2. 读作ōu。①水泡，幻世春来梦，浮生水上沤（白居易）。②通"鸥"，海鸥。

【任】

一、诗韵下平十二侵，如深切rén，堪也，保也，当也。负荷也，沁韵同。又诚笃也，又姓，独用。保任，力任，择任，胜任，自任，治任，肩任，女为任，任负，任恤，任良，任昉。

　　宋·杨万里·律诗首联
　　幽屏元无恨，清愁不自任。

　　宋·韩玉·鹧鸪天上片
　　披拂芝兰便断金，顿成南北岂胜任。
　　三年尊酒半生话，千里云山一寸心。

　　唐·郑谷·绝句尾联
　　如今寒晚无功业，何以胜任国士知。

　　宋·邵雍·律诗首联
　　年老逢春春不任，不任缘被老来侵。

宋·袁说友·律诗尾联
老恐不<u>任</u>奔走力,问侬何日赋归田。

宋·陈普·绝句首联
无德那堪力不<u>任</u>,重关如掌寇戎深。

宋·赵蕃·诗句
北风不<u>但</u>江流白,天色往往吹作阴。
……
鸱鹃属玉尔自得,短咏长歌吾亦<u>任</u>。

宋·吴潜·律诗尾联
消磨乡思凭杯酒,力不能<u>任</u>莫放深。

唐·韦庄·诗句
素律初回驭,商飙暗触襟。
……
楼高思共钓,寺远想同寻。
入夜愁难遣,逢秋恨莫<u>任</u>。

唐·杜甫·天河·律诗首联
常时<u>任</u>显晦,秋至辄分明。

宋·牟巘·绝句首联
病余井臼不<u>任</u>劳,欲饮无钱可是高。

宋·赵蕃·律诗颔联
石蒜榆皮那得饱,刀耕火种岂能<u>任</u>。

二、诗韵去声二十七沁,汝鸩切rèn,用也。克也,所负也,侵韵通。又委任,宠任,独用。肩任,独任,重任,大任,责任,不胜任,任意,任去留,任驰驱。

宋·戴复古·律诗颔联
公勤为己<u>任</u>,清白取人知。

宋·宋祁·观烧·律诗尾联
方阳休自<u>任</u>,阮瑀久从军。

宋·张咏·律诗首联
才薄难胜<u>任</u>,空销懒惰情。

宋·于石·钓台·绝句尾联
三公不<u>任</u>云台将,物色何须及钓台。

宋·何梦桂·律诗尾联
推敲不<u>任</u>骑驴去,却讶昌黎识浪仙。

宋·刘克庄·律诗颈联
架坏尽教花卧薜,砌荒亦<u>任</u>草侵兰。

宋·罗椅·律诗尾联
商量能<u>任</u>不,胜欲饮公荣。

宋·范成大·绝句尾联
一<u>任</u>颠风聒高浪,满船欢笑和诗忙。

宋·张耒·律诗尾联
时时客问字,醉帽<u>任</u>倾斜。

宋·曾丰·律诗颔联
越女娇红纯<u>任</u>白,杨妃惩瘦少教肥。

宋·刘克庄·绝句尾联
惟有毫祠尤久<u>任</u>,白头三度入冰衔。

[附录]

(一)任字分录于侵、沁二韵。"胜任,自任、不任、亦任、能任"通用。在律句的句尾,①读作平声"常时任显晦(杜甫)、但得灯浓任月淡(钱钟书)"与读作仄声"醉帽任倾斜(张耒)、天阔云闲任卷舒(陆游)"句式;②读作平声"病余井臼不任劳(牟巘)、年来地阁不任尖(李新)"与读作仄声"越女娇红纯任白(曾丰)"句式;③读作平声"刀耕火种岂能任(赵蕃)、终日饱餐不易任（宋太宗）、物涵生意总怀任（卢钺）"与读作仄声"惟有毫祠尤久任（刘克庄）"三类句式，亦通用。余义异，不通用。大量律句的句尾，"任沉沦、任纵横、任君夸、任喧呼、任去留、任生死、任飘蓬、任白头、任春风"句式，多从仄声。又"所任、相任、难任、何任、未任"从平声。"己任、已任、一任、且任、更任、尽任、独任、但任、应任、任渠、任使、任随、任从"从仄声。参阅新四声释义。

(二) 任字新四声
1. 读作rèn。①信赖。②任用。③担当。④保举。⑤职务。⑥听凭。⑦放纵。⑧能力。⑨能，堪。⑩不论，无论。⑪通"妊"，怀孕。
2. 读作rén。①古乐曲。②奸佞：辟邪说，难任人（王安石）。③周代诸侯国名。④姓。

【禁】

一、诗韵下平十二侵，居吟切 jīn，胜也，力所加也。不禁，谁禁，难禁，莫禁，寒禁，能禁，独禁，匪禁，几度禁，苦自禁，沁韵异。

　　宋·陆游·新春·律诗首联
　　柳淡春初破，梅寒瘦不禁。

　　宋·陆游·律诗颔联
　　抵死愁禁千斛酒，薄情雨送一城花。

　　宋·贺铸·浣溪沙下片
　　易失旧欢劳蝶梦，难禁新恨费鸾肠。今宵风月两相忘。

　　宋·陈造·律诗尾联
　　衰年离绪谁禁得，镜里新丝莫计长。

　　宋·王柏·律诗颈联
　　诗非得意贫难遣，酒已忘情恨莫禁。

　　明·张以宁·至直沽·律诗颈联
　　雪拥芦芽短，寒禁柳报缄。

　　宋·邓肃·律诗颔联
　　落花几阵遮山密，穿褐余寒赖酒禁。

　　宋·叶适·绝句尾联
　　说与东家小儿女，涂红染绿未禁春。

　　宋·梅尧臣·律诗颈联
　　掠水飞殊捷，迎风去已禁。

　　宋·陈著·绝句首联
　　香在溪头古晋林，潇潇风雨惯曾禁。

　　宋·董嗣杲·顾城·律诗尾联
　　寂寞旅怀禁得否，断腔渔笛钓船归。

　　宋·林季仲·绝句首联
　　残霙初伴梅梢月，小雨仍禁柳底春。

　　宋·陈造·律诗颈联
　　挑灯旋拂穿帷雪，揽辔还禁逆帽风。

　　宋·廖行之·绝句尾联
　　人生要自得，穷困吾能禁。

　　宋·赵文·律诗颈联
　　雨带痴寒禁草色，雪吹残片上须根。

　　宋·杨万里·绝句首联
　　今年秋暑更禁它，无计商量奈热何。

　　宋·王洋·律诗首联
　　八节滩头老醉吟，年来愁也不胜禁。

二、诗韵去声二十七沁，居荫切 jìn，制也，谨也，止也，又天子所居有禁，故曰宫禁。大禁，犯禁，禁城，禁军，禁烟，禁欲，禁苑，禁地，禁令，禁漏，禁卫，禁弛，禁屠，酒禁，侵韵异。

宋·夏竦·绝句首联
青逵布序和风扇，紫<u>禁</u>延禧瑞日长。

宋·晁端礼·鹧鸪天下片
流协气，溢欢声。更将何事卜升平。天颜不<u>禁</u>都人看，许近黄金辇路行。

宋·项安世·律诗尾联
非君湖海气，谁<u>禁</u>此崔嵬。

宋·姚勉·绝句尾联
但令奸猾销声好，莫<u>禁</u>民跻寿域中。

宋·叶茵·绝句首联
寒<u>禁</u>蕨芽拳尚小，雨缄茶觜舌无香。

宋·刘克庄·律诗尾联
酒<u>禁</u>近来开一线，霜天便觉满怀春。

宋·欧阳修·玉楼春上片
红楼昨夜相将饮，月近珠帘花近枕。银缸照客酒方酣，玉漏催人街已<u>禁</u>。

宋·晁说之·律诗颔联
不日频逢中酒客，何时曾<u>禁</u>折花人。

宋·邵雍·律诗尾联
愁中闻处肠先断，似此伤怀<u>禁</u>得无。

宋·陆游·绝句尾联
赐食敢思烹细项，家庖仍<u>禁</u>擘团脐。

宋·汪晫·绝句尾联
枝间杏蕊开还<u>禁</u>，陌上春泥滑未干。

宋·晁说之·律诗颔联
三市尽迷南北向，入驺争<u>禁</u>短长行。

清·方文·绝句尾联
闻说内廷新有<u>禁</u>，微醺不敢厕宫僚。

宋·朱槔·律诗颔联
明朝知谷雨，无策<u>禁</u>花风。

宋·郑清之·绝句尾联
有口自鸣谁<u>禁</u>汝，乱啼何必待残春。

宋·王安石·律诗尾联
青盖皂衫无复<u>禁</u>，可能乘兴酒家眠。

[附录]

(一) 禁字分录于侵、沁二韵。"不禁、谁禁、莫禁、寒禁、酒禁、已禁、曾禁、禁得、仍禁、还禁"通用。在律句的句尾，①读作平声"雨带痴寒禁草色（赵文）、况是客怀禁不得（余桂）"与读作仄声"无策禁花风（朱槔）、病脾亦复禁寒蔬（陆游）"句式；②读作平声"今年秋暑更禁他（杨万里）、风前别酒能禁几（陈宓）"与读作仄声"有口自鸣谁禁汝（郑清之）、晚岁修真食禁多（陆游）"句式；③读作平声"年来愁也不胜禁（王洋）、晚风不易阿环禁（方岳）"与读作仄声"青盖皂衫无复禁（王安石）、冷撩久严红妓禁（方蒙仲）"三类句式，亦通用。余异义，不通用。"能禁、愁禁、可禁、更禁、那禁"从平声。"紫禁、宫禁、丹禁、鹤禁、有禁"从仄声。参阅新四声释义。

(二) 禁字新四声

1. 读作jìn。①忌讳。②制止，不许。③拘押。④古代皇帝居住地。⑤姓。

2. 读作jīn。①受得住。②自持，控制。③相当，抵得上：疾禁千里马（杜甫）。④通"衿"，腰带。

【森】

一、诗韵下平十二侵，所今切sēn，木多貌，萧森繁茂。盛也。植也。郁森，夏木森，紫笋森，阴森，松森，竹森，森邃，森爽，森茂，森严，森木，森疏。

> 宋·秦观·律诗颈联
> 黄卷香焚春晼晚，绛纱人散夜萧森。

> 宋·黄庭坚·诗句
> 张侯堂堂身八尺，老大无机如汉阴。
> 四十未曾成老翁，紫髯垂颐郁森森。

> 宋·陆游·绝句首联
> 文章在眼每森然，力弱才疏挽不前。

> 宋·强至·律诗尾联
> 主人风骨争森爽，无处容尘到客衣。

> 宋·张耒·绝句首联
> 野水弯环夏木森，清蝉晚噪碧云深。

> 宋·蔡襄·律诗首联
> 叠耸青峰宝炬森，端门初晚翠华临。

二、词林沁韵，所禁切，音渗。

> 宋·杜曾·诗句
> 滥觞岷山侧，朝宗盖自然。
> ……
> 浮沫逢槎聚，垂瀑依岸穿。
> 哀猿藏森耸，渴鹿听潺湲。
> （森自注：上声）

[附录]

㈠森字诗韵录于侵韵，从平声，沁韵无字头。词林分录于侵、沁二韵，今增录。暂无通用的诗例。诗例多作平声，宜取平声。

㈡森字新四声读作sēn。①树木繁密：森林。②多；盛：森罗万象。③阴沉幽暗。④森严：戎车森已行（李白）。⑤高耸：苍松郁郁森岩壁（郭沫若）。⑥因惊愕毛发竖起：倒影毛发森（刘因）。⑦姓。

【三】

一、诗韵下平十三覃，苏甘切sān，数名，姓，与勘韵异。

> 宋·陆游·上巳·律诗首联
> 残年登八十，佳日遇重三。

> 宋·杨万里·绝句尾联
> 梨子要肥千取百，菊苗每摘一生三。

> 宋·陆游·律诗颈联
> 古训必三复，危途仍十思。

> 宋·杜范·律诗首联
> 羁栖余两载，尘扰费三思。

> 宋·赵蕃·律诗首联
> 吾王不解去三思，石显端能杀望之。

> 宋·胡寅·律诗首联
> 莫嗤文子动三思，我亦今来去鲁迟。

> 唐·贯休·律诗颔联
> 宰嚭一言终杀伍，大夫七事只须三。

> 宋·赵时韶·绝句尾联
> 再三辨认枝头雪，万一无香恐未花。

二、诗韵去声二十八勘，苏暂切sàn，再三，不一也至三。三复。三思而后行。本作参，例句："不待三。"
又覃韵。

宋·陈郁·读淮阴侯传·绝句
必得真王乃镇齐，假王虽有亦奚为。
区区吕姥何能尔，自是将军不三思。

宋·张九成·绝句
文子平生不妄为，仲尼想亦喜闻之。
或能再矣斯犹可，何况加之以三思。

[附录]
㈠ 三字分录于覃、勘二韵。"三思"通用。"再三、三复"暂无仄声诗例。余异义，不通用。
㈡ 三字新四声读作sān。①数词。②数量多：再三。③数量少：三言两语。

【担】

一、诗韵下平十三覃，都甘切 dān，担负任力所胜也。步担，力担，代担，行担，担荷，担当，担笈，担夫，担囊。负也，勘韵异。

宋·黄庭坚·律诗颔联
左贩洞庭橘，右<u>担</u>彭蠡鱼。

宋·张九成·绝句尾联
从前一向空<u>担</u>板，大道元来亦未闻。

宋·释梵琮·绝句首联
坐断孤危未肯休，荷<u>担</u>杰阁与层楼。

宋·刘克庄·律诗颔联
盖棺只着深衣去，行李空<u>担</u>语录回。

宋·苏辙·绝句尾联
却到山前人已寂，亦无一物可<u>担</u>回。

清·龚自珍·绝句首联
龙树灵根派别三，家家柳栗不能<u>担</u>。

宋·辛弃疾·绝句尾联
何处幽人来问讯，横<u>担</u>竹杖过溪来。

宋·姚勉·绝句首联
玉帐元戎过福州，谁<u>担</u>此担向边头。

宋·杨朴·对句
就客饮时<u>担</u>酒去，见鱼游处拨萍开。

宋·仇远·律诗首联
避喧迁出郭，岁晚尚<u>担</u>簦。

宋·杨万里·绝句首联
大桶双<u>担</u>新井花，松盆满泻莫留些。

二、诗韵去声二十八勘，都滥切 dàn，负也。荷担，负担，弛担，压樵担，卖花担，担石无。杂句：荷担夕阳迟，所谓负也，覃韵异。

宋·李曾伯·绝句尾联
山深不见牛羊下，惟有樵人荷<u>担</u>归。

明·袁宏道·律诗颈联
江烟一<u>担</u>充行李，流水三叉各路歧。

宋·衢州士人·绝句首联
千夫荷<u>担</u>在山阿，膏血如何有许多。

宋·王梦雷·律诗尾联
下官虽有忧民泪，一<u>担</u>难肩万姓忧。

宋·陆游·律诗颔联
断行初到雁，空<u>担</u>暮归人。

宋·方回·绝句首联
花<u>担</u>移来锦绣丛，小窗瓶水浸春风。

宋·陆游·绝句尾联
络绎交亲来作贺，羊腔酒担拥柴荆。

宋·方回·绝句尾联
每日盆梅千百担，倚楼闲作看花人。

宋·姚勉·绝句首联
玉帐元戎过福州，谁担此担向边头。

[附录]
(一)担字分录于覃、勘二韵，同录作"擔"。"荷担、空担"依音、义辨读。释作：担子，如"酒担、花担、千百担"从仄声。释作："肩担"从平声。参阅新四声释义。
(二)担字新四声
1.[擔]读作dān。①肩挑：担水。②担负，承担：担风险。
2.[擔]读作dàn。①担子。②量词：(1)市担的简称。(2)成挑的东西：一担柴。
3.[担]读作jiē。①通"揭"，举。②担拣，高举。

【颔】
一、诗韵下平十三覃，胡男切hán，面黄也。两颐间也，感韵异。

宋·刘克庄·律诗颈联
三千首探骊颔宝，九万里抟鹏背风。

明·刘基·诗句
焦根裂坦断，毙鹬蚌脯含。
水井为汤池，冶容成病颔。
渡水翅帖帖，守门口舏舏。

二、诗韵上声二十七感，胡感切hàn，面黄也。腮颔也。虎颔，燕颔笑颔，颐颔，覃韵异。

宋·刘克庄·律诗颔联
臣方抗奏婴龙颔，上已批依免豸冠。

宋·何平仲·律诗颔联
树长琼枝生较晚，珠根骊颔得来迟。

宋·黄庭坚·律诗颔联
燕颔封侯空有相，蛾眉倾国自难昏。

唐·张为·绝句首联
霜髭拥颔对穷秋，著白貂裘独上楼。

宋·杨万里·绝句尾联
要啄稻梁无半粒，只教满颔饱珠玑。

[附录]
(一)颔字分录于覃、感二韵。"骊颔"通用。诗例多作仄声。
(二)颔字新四声读作hàn。①下巴。②点头。③颐颔：(1)因食不饱而面容憔悴，(2)腮部骨名。

【眈】
一、诗韵下平十三覃，丁含切dān，视近而志远，独用。虎视眈眈，感韵亦通。

宋·周必大·绝句首联
老僧九十视眈眈，二十年来不下山。

宋·辛弃疾·律诗首联
鹅湖山麓湛溪湄，华屋眈眈照绿漪。

二、诗韵上声二十七感，都感切，音黕dǎn，虎视也，虎视眈眈。与覃韵通。余异。暂无诗例。

[附录]
㈠眈字分录于覃、感二韵。暂无通用的诗例。诗例多作平声，宜取平声。
㈡眈字新四声读作dān。①雄视，威武地看：虎视眈眈。②形容宫室深邃：眈眈帝宇（左思）。③沉缅：晚上悄悄地眈读（夏衍）。

【淹】

一、诗韵下平十四盐，衣炎切 yān，渍也，滞也，淹留久也，败也。又留滞也。漫淹，久淹，江淹，岁月淹，道途淹，水半淹，淹缓，淹渍，淹滞，淹蕴。陷韵异义。

> 宋·苏轼·律诗尾联
> 先生坐待清阴满，空使人人叹滞<u>淹</u>。

> 宋·洪皓·绝句首联
> 独活他乡已九秋，刚肠续断更<u>淹</u>留。

> 宋·郑刚中·绝句尾联
> 舟子勿生<u>淹</u>泊恨，偶然迟速我殊安。

二、诗韵去声三十陷，于剑切 yǎn，没也，又缫丝一淹也，缫丝出绪也，水涯也，又赣也，盐韵异。

> 宋·宋祁·律诗首联
> 滞<u>淹</u>连春晦，层阴接夜分。

> 宋·曾丰·律诗颔联
> 长专太白山涵润，独<u>淹</u>中秋月渗清。

> 宋·宋祁·律诗颔联
> 刻羽彫章传雪市，煎波丽赋<u>淹</u>云溟。

[附录]
㈠淹字分录于盐、陷二韵。"滞淹"通用。在律句的句尾，如读作平声"舟子勿生淹泊恨（郑刚中）"与读作仄声"煎波丽赋淹云溟（宋祁）"句式亦通用。余义异，不通用，如"淹留"从平声，暂无仄声例句。诗例多作平声。
㈡淹字新四声读作 yān。①水浸，沉没。②滞留，迟延。③广博，深入。④满。⑤腐败。⑥同"腌"。⑦姓。

【渐】

一、诗韵下平十四盐，将廉切，音尖 jiān，入也，渍也。东渐，沾渐，下渐，教化渐，池水渐，渐渐，渐离筑。渐没也，俭韵异。

> 宋·王安石·送郓州知府宋谏议·诗句
> 盛世千龄合，宗工四海瞻。
> 通班三殿邃，徙部十城兼。
> 申甫周之翰，龟蒙鲁所詹。
> 地灵奎宿照，野沃汶河<u>渐</u>。

> 宋·刘克庄·律诗尾联
> 曾丞郡民<u>渐</u>教化，眼看双旐一沾襟。

> 宋·苏籀·律诗首联
> 恤患周流喜逮鳏，当官掣肘汗<u>渐</u>颜。

> 宋·陈淳·律诗颈联
> 手拈纸伞凝犹瘴，足踏皮鞋冻亦<u>渐</u>。

> 宋·何耕·绝句首联
> 陇麦<u>渐渐</u>满意青，只忧春旱起蟊螟。

> 宋·杨公远·律诗尾联
> 添得明朝诗兴好，池塘草长水<u>渐渐</u>。

宋·吴潜·律诗颔联
北瞰登莱山不碍，东渐倭丽汛难期。

宋·王仲修·绝句首联
仁渐动植露华滋，朱实累累近玉墀。

宋·方蒙仲·绝句首联
莫恃千芳胜一荄，兰渐芝瀹便休休。

宋·傅察·律诗首联
汪汪万顷浸清波，千里旁渐惠泽多。

宋·刘克庄·律诗颔联
未许丛台夸袨服，却将淇水易渐裳。

宋·陈傅良·绝句尾联
太史不知收拾未，邦人父老泪渐襟。

宋·黄庭坚·律诗尾联
愿得两公俱投报，不唯朱墨要渐摩。

宋·林同·绝句首联
既渐夫子教，罔有不分均。

宋·欧阳修·律诗颔联
入峡江渐曲，转滩山更多。

宋·林亦之·律诗尾联
还家渐近病渐好，得句自题时自吟。

宋·程公许·律诗颈联
似闻公馆小轩辟，遥揖灵峰万石渐。

二、诗韵上声二十八俭，疾染切
jiàn，渐次也，进也，稍也，事之端先睹之始也。水名。羽渐，鸿渐，萌渐，日渐，渐老，渐稀，渐渍，渐亏，渐佳，渐渐，渐离筑，盐韵异。

宋·左瀛·律诗首联
妾貌微微改，君恩渐渐疏。

唐·罗隐·律诗颈联
风催晓雁看看别，雨胁秋蝇渐渐痴。

宋·张伯端·绝句尾联
只因火力调和后，种得黄芽渐长成。

宋·司马光·绝句首联
迩来友义渐隳颓，直谅多闻贵不回。

宋·陆游·绝句首联
开尽梅花柳渐青，东风又满会稽城。

宋·苏籀·律诗颔联
大知直截揣摩渐，积执冥迷厌离劳。

[附录]
(一) 渐字分录于盐、俭二韵，同录作"渐"。"渐渐"通用。在律句的句尾，①读作平声"曾忝郡民渐教化（刘克庄）、书号醇儒渐者远（刘克庄）"与读作仄声"迩来友义渐隳颓（司马光）"句式；②读作平声"当官掣肘汗渐颜（苏籀）、入峡江渐曲（欧阳修）"与读作仄声"开尽梅花柳渐青（陆游）"句式；③读作平声"足踏皮鞋冻亦渐（陈淳）、遥揖灵峰万石渐（程公许）、喜对农夫洗汗渐（虞俦）"与读作仄声"大知直截揣摩渐（苏籀）"三类句式，亦通用。余义异，不通用。如读作仄声"种得黄芽渐长成（张伯端）、瑶台有路渐无尘（毛滂）、渐离巢、渐报秋、渐老时"句式，例句多见仄声。又"东渐"从平声。"渐"字入诗使用率较高，诗例多作仄声。参阅新四声释义。

(二) 渐字新四声
1. 读作 jiàn。①逐步。②征兆。③加剧。④疏导。⑤正当。⑥旋即。⑦通"潜"，隐

平仄亦通亦异多音字　399

伏。⑧通"巉"，突兀的岩石。
2.读作jiān。①流入，东渐于海。②沾湿，浸渍。③欺诈。④影响。

【谗】

一、诗韵下平十五咸，锄咸切，士咸切，并音馋chán。谮也，诐也。喜谗，听谗，信谗，伤谗，巧言谗，畏谗，谗毁，谗妒，谗谤，谗诬，谗谄，与陷韵同。

　　　　宋·苏轼·律诗尾联
　　世事渐艰吾欲去，永随二子脱讥谗。

　　　　宋·王令·律诗颈联
　　虽然邪正皆归死，奈有忠谗各异书。

　　　　宋·陆游·律诗颈联
　　平生爱睡如甘酒，晚岁忧谗剧履冰。

　　　　宋·徐钧·绝句尾联
　　抚筝一曲开谗谄，臣泣君惭各自惩。

二、诗韵去声三十陷，士监切，又士忏切，并音馋去声。义同。谮也，妄诞也，信谗，去谗，受谗，听谗，面谗，谤谗，巧言谗，背面谗，咸韵通。暂无诗例。

[附录]
(一)谗字分录于咸、陷二韵，同录作"讒"。暂无仄声例句，诗例多作平声。
(二)谗字新四声读作chán。①说别人坏话：伤良曰谗，害人曰贼(《荀子》)。②进谗言的人：谗与佞，俱小人也(《论衡》)。③谗言；坏话：公…不蔽于谗(王安石)。

【镵】

一、诗韵下平十五咸，锄衔切chán，犁铁，锐器也，镌镵与劖同。天镵，腰镵，表镵，雪镵，药镵，镌镵，荷镵，白木镵，镵削，长镵。又陷韵作犁铁亦同。

　　　　宋·朱槔·律诗尾联
　　负口不应还负眼，长镵烦尔镇相随。

　　　　宋·张九成·律诗颈联
　　青镜不堪看白发，长镵何处觅黄精。

　　　　宋·刘子翚·绝句尾联
　　长镵委地黄精老，时有寒猿啸砚山。

　　　　宋·陈与义·绝句尾联
　　瓦砾却镵今日砚，似教人世写兴亡。

　　　　宋·王令·律诗颈联
　　镌镵物象三千首，照耀乾坤四百春。

　　　　宋·王宁·律诗尾联
　　向来纪胜归名笔，喜为重镵置石崖。

二、诗韵去声三十陷，士忏切zhàn，镵土具。长镵，白柄镵，药镵，与咸韵同，余义不通用。

　　　　宋·蔡肇·律诗颔联
　　若许残铅除白发，敢辞长镵厮青冥。

　　　　宋·陆游·律诗颈联
　　山桃溪杏栽俱活，药镵渔竿动自随。

　　　　宋·陆游·律诗颈联
　　厮药有时携短镵，奏书无路请长缨。

[附录]

㈠镵字分录于咸、陷二韵,同录作"镵"。"长镵"通用。余义异,不通用。

㈡镵字新四声读作chán。①中医九针之一,古代专指砭石、石针。②锐利:以宜镵石定砭灸处(《史记》)。③刺:以黛墨镵肤(《新唐书》)。④凿,刻:以石镵辞(陆龟蒙)。⑤犁头:装上弯曲长柄后用以掘土,称为长镵:长镵长镵白木柄(杜甫)。

平仄不通用多音字

（子目录）

（按"上平一东"至"下平十五咸"）

【总總】	404	【戏戲】	414	【庑】	424	【缜】	434
【侗】	404	【堕】	415	【齐】	424	【龈齗】	434
【幢】	405	【陂】	415	【妻】	425	【贲】	435
【恫】	405	【圫】	416	【题】	425	【殷】	435
【峒】	405	【砥】	416	【泥】	426	【闻】	436
【共】	406	【衣】	416	【稽】	427	【坟】	437
【封】	406	【斐】	417	【折】	427	【汶】	437
【憧】	407	【痱】	417	【柴】	428	【熏】	438
【淙】	407	【予】	417	【楷】	428	【鞭】	438
【禺】	408	【除】	418	【挨】	429	【宛】	438
【降】	408	【与與】	418	【回】	429	【阮】	439
【憧】	409	【且】	419	【栽】	429	【敦】	439
【陂】	409	【蹯】	420	【俫】	430	【沌】	440
【迟】	410	【衙】	420	【培】	430	【蕰蘊】	440
【遗】	410	【输】	421	【骀】	431	【圈】	441
【隋】	411	【铺】	421	【僵】	431	【钻】	442
【尼】	411	【镂】	422	【桅】	431	【单】	442
【蠡】	412	【母】	422	【掊】	432	【莞】	443
【氏】	413	【拊】	423	【谆】	432	【滩】	444
【委】	413	【芋】	423	【亲】	433	【弹】	444
【荠】	414	【恶】	423	【纯】	433	【汗】	445

【摊】	445	【鞘鞘】	461	【量】	477	【称】	494
【胖】	445	【佼】	461	【苍】	478	【犹】	494
【拌】	446	【姣】	462	【庆】	478	【留】	495
【鲜】	446	【咬】	462	【炀】	479	【油】	495
【钱】	447	【炮】	463	【傍】	479	【收】	496
【扁】	447	【鲍刨】	463	【丧】	480	【湫】	496
【卷】	448	【剿勦】	464	【张】	480	【缪】	497
【先】	449	【涝】	464	【王】	481	【不】	497
【燕】	449	【谷】	465	【长】	481	【妯】	498
【县】	450	【操】	465	【藏】	482	【纠】	498
【煎】	450	【膏】	466	【创】	482	【临】	499
【禅】	451	【劳】	466	【将】	483	【深】	499
【扇】	451	【旄】	467	【倡】	483	【喑】	500
【延】	452	【缧】	467	【装】	484	【沉沈】	500
【涎】	452	【韬】	468	【慌】	485	【吟】	501
【跣】	453	【泰】	468	【怏】	485	【参】	501
【昭】	453	【和】	469	【盟】	486	【湛】	502
【召】	453	【磨】	469	【横】	486	【渗】	503
【娆】	453	【驮】	470	【迎】	487	【浸】	503
【剽】	454	【荷】	471	【盛】	487	【澹】	504
【漂】	455	【娑】	471	【轻】	488	【憨】	505
【劭】	455	【献】	471	【橙】	488	【占】	505
【徼】	456	【那】	472	【顷】	488	【盐】	506
【调】	456	【摩】	473	【晴】	489	【潜】	506
【夭】	457	【锉】	473	【榜】	489	【沾】	507
【桡】	458	【垛】	473	【庭】	490	【鬓】	507
【瞧】	458	【婀娿】	474	【钉】	490	【监】	508
【矫】	458	【杷】	474	【蜓】	490	【掺】	508
【镣】	459	【哑】	475	【婷】	491		
【僚】	459	【咤】	475	【冥】	491		
【廖】	459	【权】	476	【惺】	492		
【潦】	460	【爸】	476	【兴】	492		
【獠】	460	【划】	477	【乘】	493		

【说明】

一、字头，如：【淙】。

二、字头以下分项：

（一）该字头所处的平声韵部（多个平声韵部，序号顺延）。

（二）该字头所处的仄声韵部（多个仄声韵部，序号顺延）。

三、字头释义：

【淙】

（一）诗韵上平二冬，藏宗切cóng，水声也，水流貌。淙淙水声，又江、绛韵。

（二）诗韵上平三江，士江切……

（三）诗韵去声三绛，色绛切……

内容均保留《诗韵合璧》《佩文韵府》原注，不作辩释。

四、释义之下，平声、仄声各韵分别录有"诗例"或标示"暂无诗例"。

五、关于"诗例"，"诗例"中该字头用下画线"—"标示以醒目，它处于韵脚或处于格律诗的声律节点。"诗例"中遗留少量繁体字。

六、关于[附录]，上部分依据诗例介绍该字头在"诗韵"中的音义状况；下部分提供该字头"新四声"读音、释义、例句等（源于现代字典、词典，以供参考，不宜与"古四声"混用）。

七、检索步骤，先从"诗韵字表"中查明该字头属于哪一类多音字，然后从总目查找该类多音字"子目录"页码，即可查到该字头。

【总總】

一、诗韵上平一东，祖丛切zōng，缝也。今俗以"總"为總(总)，"總"音匆：丝数名：素丝五總(《诗经》)。林总，五总，总总。又董韵异。

　　唐·李贺·诗句
　　曲池眠乳鸭，小阁睡娃僮。
　　褥缝鹴双线，钩绦辫五总。
　　蜀烟飞重锦，峡雨溅轻容。

　　宋·王安石·绝句尾联
　　金钿——花总老，翠被重重山更寒。

二、诗韵上声一董，作孔切zǒng，聚也，聚束，皆也，合也，中也。外总，分总，统总，总章，总戎，总干，总角交。又东韵异。

　　宋·苏轼·绝句尾联
　　欲把西湖比西子，淡妆浓抹总相宜。

　　宋·陈岩·绝句首联
　　巧石排成五总龟，人间无事不前知。

　　宋·宋祁·绝句首联
　　总总长柯上，离离翠实疏。

[附录]
(一) 总字分录于东、董二韵，同录作"總"。诗例多作仄声，宜取仄声。
(二) 总字新四声
1. 读作zǒng。①扎，束：以麻总发。②总括，汇集：汇总。③全部，全面。④概括全部的，为首的，领导的。⑤一直，一向：总是。⑥一定。⑦毕竟：总归。⑧总总：(1)形容众多。(2)杂乱。⑨通"纵zòng"，虽然，纵然：药裹关心诗总然，花枝照眼句还成(杜甫)。⑩通"匆cōng"，急促，骤然：寒气总至(《礼记》)。
2. 读作zōng。丝数名，素丝五总(總)，八十根为一总：惠我五总蚕素丝(《诗经》)。

【侗】

一、诗韵上平一东，他红切tóng，愚也，无知也。侗无识，倥侗，倧侗。又董韵异。

　　宋·曾巩·诗句
　　好问逢真主，能言迈古风。
　　犯颜天意沃，造膝众情通。
　　……
　　衮衣天下咏，岂独是倥侗。

二、诗韵上声一董，他孔切tǒng，直也。又东韵异。

　　宋·释智愚·绝句尾联
　　堪笑冬瓜长侗侗，翻成瓠子曲弯弯。

　　宋·释休·诗句
　　此土与西天，一队黑漆桶。
　　诳惑世间人，请看灭胡种。
　　……
　　瓠子曲弯弯，冬瓜直侗侗。

[附录]
(一) 侗字分录于东、董二韵。"侗侗"，从仄声。诗例多作平声，宜取平声。
(二) 侗字新四声
1. 读作tóng。①幼稚，无知。②幼童。
2. 读作tǒng。通达无阻。侗侗即笼统。

3. 读作 dòng。少数民族名。

【艟】

一、诗韵上平一东，昌中切 chōng，又徒东切 tóng。艨艟：战船狭而长曰艨艟，以冲突敌船也，又绛韵异。

  宋·张耒·律诗首联
  圣朝无复用舟师，戏遣艨艟插戟枝。

  宋·苏轼·律诗颔联
  贪看艨艟飞斗舰，不知颢灏舞钧天。

二、诗韵去声三绛，直绛切，音撞。短船名，与东韵异。暂无例诗。

[附录]
(一) 艟字分录于东、绛二韵。艨艟，从平声，诗例多作平声，宜取平声。
(二) 艟字新四声读作 chōng。艨艟：古战船名。

【恫】

一、诗韵上平一东，他红切 tōng，痛也，呻吟也。怨恫，心恫，罔恫。或作痌，恫瘝即痌瘝。又送韵异。

  明·刘基·诗句
  江上火云蒸热风，欲雨不雨天瞢瞢。
  ……
  一民一物吾肺腑，仁者自是哀鳏恫。

  宋·苏籀·律诗颈联
  月窟日畿遵驿置，燕南越北洗恫瘝。

  宋·方回·诗句
  水旱厄运古亦有，皇天得不怜民穷。

辛丑定数不可免，愿言少杀神怨恫。

  宋·孙应时·诗句
  用舍关轻重，声名擅始终。
  堂堂今日尽，海宇尽哀恫。

二、诗韵去声一送，徒弄切 dòng，骇恫，心恫。惚恫：不得志也，与东韵异。

  宋·张嵲·诗句
  积雪天欲晴，山深雾犹拥。
  ……
  羁怀醉里宽，离念风前恫。
  游宦愧吹竽，剧谈犹贾勇。

[附录]
(一) 恫字分录于东、送二韵。平声作"痛"义，仄声取"骇"义，不通用。参阅新四声释义。
(二) 恫字新四声
1. 读作 dòng。①恐惧：百姓恫恐（《史记》）。②吓唬：虚声恫喝。③惚恫：(1)形容不得志：惚恫酒悲生半酣（黄景仁）(2)无知，鲁莽。(3)奔逐，钻营：惚恫官府之间（《抱朴子》）。
2. 读作 tōng。痛：哀恫中国（《诗经》）。

【峒】

一、诗韵上平一东，徒红切 tóng，崆峒，崔峒。

  宋·文天祥·律诗尾联
  正好王师出，崆峒麦熟时。

二、词林董韵，在孔切 dǒng，山穴，

三、词林送韵，徒弄切dòng，山一穴也，一曰参差不齐也。

宋·陆游·绝句首联
一枝黎峒桃榔杖，二寸羊城蟛蜞冠。

唐·柳宗元·律诗颔联
青箬裹盐归峒客，绿荷包饭趁虚人。

[附录]
㈠峒字诗韵录于东韵，从平声，董、送韵无字头。词林分录东、董、送三韵，今增录。诗例多从平声。黎峒，峒蛮，从仄声。参阅新四声释义。
㈡峒字新四声
1. 读作tóng。崆峒：(1)山洞宽阔。(2) 水声响。(3)山名。(4)岛名。
2. 读作dòng。①山洞。②旧时对南方少数民族聚居地的泛称。

【共】

一、诗韵上平二冬，九容切gōng，义同恭，共敬即恭敬。民未知礼，未生其共（《左传》）。又国名，地名，姓。又宋韵别。

宋·范成大·绝句
群儿欺老少陵穷，口燥唇乾发漫冲。
颠沛须臾犹执礼，古来惟有一高共。

二、诗韵去声二宋，渠用切gòng，同也，皆也，又冬韵异。

唐·许棠·律诗首联
陇山高共鸟行齐，瞰险盘空甚蹑梯。

宋·苏轼·律诗颈联
忘怀杯酒逢人共，引睡文书信手翻。

宋·朱熹·绝句首联
半亩方塘一鉴开，天光云影共徘徊。

宋·范仲淹·绝句尾联
使君无一事，心共白云空。

[附录]
㈠共字分录于冬（录作"共"同"共"）、宋（录作"共"）二韵。平声通"恭"。诗例多作仄声，宜取仄声。参阅新四声释义。
㈡共字新四声
1. 读作gòng。①共同，一样。②共有，一齐使用或承受：共患难。③总计：总共。④跟，同，和：秋水共长天一色（王勃）。⑤极，非常：共怜芳意晚（刘长卿）。
2. 读作gōng。①通"恭"，恭敬：君令臣必共（魏源）。②通"供"，供奉。③姓。
3. 同"拱"，拱手：众星共之（《论语》）。

【封】

一、诗韵上平二冬，府容切fēng，封爵，华封，冰封，尘封，万户封，封疆，封禅，又州名，姓。又宋韵亦与封爵同。

宋·贺铸·律诗尾联
寄语虞卿谩多赋，九泉无路达鱼封。

宋·司马光·律诗尾联
惭非班定远，弃笔取封侯。

二、诗韵去声二宋。方用切fèng，与冬韵封爵意同，余异。前汉刑法誌同十为封,封十为畿,畿方千里。

宋·刘克庄·绝句
粟泉竭泽剥床肤,券封如山泄尾闾。
埒国贾胡成小贩,专城太守甚癯儒。

[附录]
(一) 封字分录于冬、宋二韵。释义注:与冬韵封爵意同。余义异,不通用。诗例多作平声。
(二) 封字新四声读作fēng。①领地,疆域,邦国。②界,田界,疆界。③局限。④帝王赏赐亲属、臣子:封侯。⑤堵,密闭,查封。⑥帝王封禅。⑦同"峰",隆起的物体。⑧同"丰",(1)大,封豕:大猪,比喻贪暴的首恶。(2)富厚:自封而瘠民(《国语》)。⑨通"窆biǎn",棺木下葬。⑩姓。

【憧】

一、诗韵上平二冬,尺容切chóng,意不定也,易憧憧往来,又烦也。绛韵别。

唐·方干·律诗首联
世途扰扰复憧憧,真恐华夷事亦同。

宋·方回·律诗首联
浩浩观今古,憧憧角利名。

宋·程公许·律诗首联:
憧憧行李不曾休,消遣年华古渡头。

宋·杨万里·绝句首联
南海惊涛卷玉缸,北山野烧展红憧。

二、诗韵去声三绛,直绛切chòng,凶顽貌,冬韵异。暂无诗例。

[附录]
(一) 憧字分录于冬、绛二韵。诗例多作平声,宜取平声。
(二) 憧字新四声读作chōng。①心神不定。②痴呆,傻。愚憧而不逮事(《史记》)。③通"冲"某义项:臭憧於天(《论衡》)。④憧憬: (1) 理想境界:美好的憧憬。(2) 向往:憧憬未来。

【淙】

一、诗韵上平二冬,藏宗切cóng,水声也,水流貌。淙淙水声,又江、绛韵。

宋·陆游·律诗颈联
平野横吹看凌厉,画檐高泻听淙潺。

宋·吕愿中·绝句首联
乱崖深峭水淙幽,六夏来游俨似秋。

唐·于鹄·诗句
扁鹊得仙处,传是西南峰。
年年山下人,长见骑白龙。
行久路转窄,静闻水淙淙。

二、诗韵上平三江,士江切,音鬃zōng。水声,冬韵同。水流貌,又冬、绛韵。

宋·范成大·绝句首联
何事冬来雨打窗,夜声滴滴晓声淙。

元·丁鹤年·律诗颈联
日晏卷帘延叠嶂,雨晴欹枕听流淙。

唐·顾况·律诗首联
群峰雨过涧淙淙,松下扉肩白鹤双。

三、诗韵去声三绛，色绛切 shuàng，水出貌。淙淙，冬、江韵互详。暂无诗例。

[附录]

(一) 淙字分录于冬、江、绛三韵。诗例多从冬、江二韵，宜取平声。

(二) 淙字新四声读作 cóng。①瀑布：百丈注悬淙（沈约）。②水流声：石泉淙淙若风雨（高适）。③灌，冲击：偶有悬水淙石（元结）。

【禺】

一、诗韵上平二冬，鱼容切，音颙。地名，虞韵同。暂无诗例。

二、诗韵上平七虞，遇俱切 yú，番禺，南禺，闽禺，封禺，附禺，日转禺，冬韵同。

　　宋·释文珦·律诗首联
　　封禺山水国，曾是郭文游。

　　宋·宋祁·绝句首联
　　漠漠轻花著早桐，客瓯饧粥对禺中。

　　宋·杨亿·律诗首联
　　新官佐邑近闽禺，令伯欢心就养初。

三、词林遇韵，牛具切 yù，兽名。猴属。禺似猕猴而大，赤目，长尾。暂无诗例。

[附录]

(一) 禺字诗韵分录于冬、虞二韵，从平声，遇韵无字头，词林分录于冬、虞、遇三韵，今增录。异义，不通用。诗例多作平声，宜取平声。参阅新四声释义。

(二) 禺字新四声

1. 读作 yù。①兽名。②猴属。③通"寓"，寄禺。

2. 读作 yú。①区域。②地名，山名。③通"愚"，笨。④通"偶"，合，成对。⑤木偶：犹木禺之于人也（《后汉书》）。⑥姓。

【降】

一、诗韵上平三江，下江切 xiáng，落也，下也，受降，伏也，降伏。又人名，佐舜如庞降。又生也，维庚寅吾以降（《离骚》）。又绛韵异。

　　宋·戴复古·律诗尾联
　　杨陆不再作，何人可受降。

　　宋·释智圆·绝句尾联
　　一夜欲降降不得，纷纷徒属更来多。

　　宋·岳珂·律诗颈联、尾联
　　风节又新唐十道，恩波仍浃禹三江。
　　澄清何事先经济，尚使尊贤志未降。

　　唐·李益·绝句首联
　　回乐烽前沙似雪，受降城外月如霜。

二、诗韵去声三绛，古巷切 jiàng，升降也，降下之降，又江韵异。

　　宋·文同·律诗颔联
　　火铃未降真君宅，金钮曾盟太帝家。

　　唐·李益·绝句尾联
　　焚香欲降三青鸟，静拂桐阴上玉坛。

　　宋·李洪·橘·律诗颔联
　　逾淮易质从为枳，书尾重题未降霜。

宋·魏了翁·绝句尾联
拟把谷帘从黜降，却将此水为超迁。

[附录]
(一) 降字分录于江、绛二韵。异义，不通用。"欲降、未降"，依音、义辨读，释义及使用与新四声类同。
(二) 降字新四声
1. 读作 jiàng。①降下，落下，降低。②出生，出世：不拘一格降人才（龚自珍）。③赐予，给予：降旨，降罪。④下嫁。⑤停止。
2. 读作 xiáng。①降服：降龙伏虎。投降：降敌。②欢悦，悦服。③同"详"。④姓。

【幢】

一、诗韵上平三江，宅江切 chuáng，旌旗之属，麾也。旌幢，佛幢，七宝幢，绛韵异。

宋·杨万里·绝句首联
老桧如幢翠接连，山茶作塔绿萦缠。

宋·刘克庄·律诗颈联
海山大士寒蒙衲，月殿仙姝夜拥幢。

宋·秦观·律诗颔联
照海旌幢秋色里，激天鼓吹月明中。

二、诗韵去声三绛，直绛切 zhuàng，后妃车帷幔，江韵异。暂无诗例。

[附录]
(一) 幢字分录于江、绛二韵。旌旗之属与帷幔，名物略异。诗例多作平声，宜取平声。
(二) 幢字新四声
1. 读作 chuáng。①仪仗用旌旗。②经幢。③幢幢：(1)来回，晃动：人影幢幢。(2)高而葱茏：华山高幢幢（元稹）。④古代军事编制单位，百人为幢：幢将。
2. 读作 zhuàng。①车船上的帘幔。②量词：一幢高楼。

【陂】

一、诗韵上平四支，彼为切 bēi，泽障曰陂。地名。路陂：路傍也。又置韵异。

宋·王禹偁·律诗首联
淮海丰登接帝畿，家家耕破旧荒陂。

宋·贺铸·律诗颈联
鸟声投古戍，马力倦长陂。

宋·雷震·绝句首联
草满池塘水满陂，山衔落日浸寒漪。

宋·文同·绝句尾联
定有葛陂种，不知何处藏。

二、诗韵去声四置，彼义切 bì，倾也，邪也。险陂，偏陂，夷陂。支韵异。

宋·苏轼·诗句
谱牒推关右，风流出靖恭。
时情任险陂，家法故雍容。

宋·魏了翁·诗句
吾家令兄弟，异氏而同气。
雅知义利分，不作温饱计。
……
植治贵和平，用人戒偏陂。

[附录]
(一) 陂字分录于支、置二韵。异义，不通用。

诗例多作平声。参阅新四声释义。
(二)陂字新四声
1. 读作bēi。①池塘。②山坡，水岸：彼泽之陂，有蒲与荷（《诗经》）。③边际，旁边。④倾斜。
2. 读作bì。不正，邪佞：无平不陂（《易经》）。
3. 读作pí。地名。
4. 读作bō。陂陀亦作陂陁：(1)坎坷不平。(2)倾斜不平的坡地。

【迟】

一、诗韵上平四支，直尼切chí，久也，缓也。委迟：回远貌。栖迟：息也。姓。又置韵异。

  宋·苏轼·绝句尾联
只从昨夜十分满，渐觉冰轮出海迟。

  宋·陈造·律诗颔联
天畀臧孙当有后，人迟汲直未居中。

  唐·羊士谔·绝句首联
临风玉管吹参差，山坞春深日又迟。

  清·袁枚·箴作诗者·律诗颔联
物须见少方为贵，诗到能迟转是才。

二、诗韵去声四置，直利切zhì，迟明即黎明。待也，徐行以待。虚迟，喜迟，临风迟，迟客。支韵异。

  唐·陆龟蒙·诗句
摇摇倚青岸，远荡游人思。
风欹翠竹杠，雨瀸香醪字。
才来隔烟见，已觉临江迟。

  宋·张先·律诗尾联
人迟归轩香接路，一分新月管弦楼。

  宋·陈杰·和敖教谕·律诗首联
又迟东南缉落毛，儿衣折尽海纹涛。

  宋·韩维·律诗尾联
归轩未必能相迟，梦绕西湖春水生。

[附录]
(一)迟字分录于支、置二韵，同录作"遲"。"人迟、又迟"，依音、义辨读。平声释义：缓也。仄声释义：待也。诗例多作平声。
(二)迟字新四声
1. 读作chí。①慢，缓：迟缓。②晚：迟到。③迟钝：少言重迟。④犹豫：迟疑。⑤姓。
2. 读作zhì。①等待：临江迟来客（谢灵运）。②未，迟明：天将明。③比及，等到：迟帝还，赵王死（《汉书》）。④乃。

【遗】

一、诗韵上平四支，以追切yí，弃也，失也，留也，余也，亡也，又陈迹，便旋，又姓，又置韵异。

  宋·戴复古·律诗颈联、尾联
三春花柳天裁剪，历代兴衰世转移。
李杜陈黄题不尽，先生模写一无遗。

  宋·黄公度·律诗尾联
肯把浮荣衒流俗，欲遗典则到仍昆。

  宋·苏轼·绝句尾联
枕曲先生犹笑汝，枉将空腹贮遗编。

  宋·陆游·律诗首联
拾遗遗迹付缁郎，槁叶凝尘欲满堂。

宋·陆游·绝句首联
古人学问无遗力，少壮工夫老始成。

宋·赵蕃·律诗首联
有竹相娱道岂孤，信知造物未遗予。

宋·陈元鉴·律诗颈联
曹刘谩有经营志，王谢空遗富贵羞。

宋·陈允平·绝句首联
毓圣功成宴太清，曾遗双履下清冥。

二、诗韵去声四置，以醉切wèi，投赠也，又支韵异。

宋·苏辙·诗句
建元一二间，多士四方至。
翩翩下鸿鹄，一一抱经纬。
功名更唯诺，爵禄相馈遗。

宋·苏轼·律诗尾联
搔首凄凉十年事，传柑归遗满朝衣。

宋·陆游·律诗颈联
风雨偏宜宿茅店，盐齑不遗到藜羹。

宋·汪炎昶·绝句首联
腊瓮香浓未遗开，琴书先自扑斋埃。

宋·刘望之·律诗颔联
不禁一饱死，空遗百生怀。

宋·赵蕃·绝句尾联
折得芳馨无所遗，寄怀空诵碧云诗。

[附录]
(一)遗字分录于支、置二韵。异音异义，不通用。释义及使用与新四声类同。
(二)遗字新四声
1. 读作yí。①丢失。②留，剩余。③舍弃。

④脱离。⑤坠，落下。⑥不自觉地排泄。⑦姓。
2. 读作wèi。①赠送。②通"匮kuì"，匮乏。③通"随suí"，谦虚，随和：莫肯下遗（《诗经》）。

【隋】

一、诗韵上平四支，旬为切suí，国号，姓。翼余隋，杂唐隋，隋苑，隋下，隋宫采，隋堤柳。又哿韵。

宋·杨万里·绝句首联
传道临春昔丽华，不从陈帝入隋家。

宋·贺铸·绝句首联
捷也当年避畏途，寄身一叶泛隋渠。

宋·文同·律诗颔联
秋容遍丰镐，古恨入隋唐。

二、诗韵上声二十哿，杜果切，音惰duò，裂肉也，落也，懈也，遵"韵府拾遗"增入。又支韵。暂无诗例。

[附录]
(一)隋字分录于支、哿二韵。国号，姓，从平声。异义，不通用。诗例多作平声宜取平声。参阅新四声释义。
(二)隋字新四声
1. 读作suí。①朝代名。②姓。
2. 读作duò。①残余的祭品。②通"堕"，坠落、垂下。③通"惰"。④通"椭tuǒ"，椭圆形。⑤通"隳huī"，毁坏。

【昵】

一、诗韵上平四支，女夷切ní，昵也，

和也，女僧。摩尼，牟尼，尼山，仲尼，宣尼，质韵异。

宋·黄庭坚·绝句尾联
自非车骑将军势，愧使王尼常作兵。

宋·苏轼·诗句
水性故自清，不清或挠之。
君看此廉泉，五色烂摩尼。

宋·林同·绝句
枕边何所有，一卷仲尼居。
无处觅卢扁，应当宝此书。

二、诗韵入声四质，女乙切 nì，近也，通"昵"。止也，与支韵异。

宋·文天祥·绝句首联
公子方张奉使旗，行行且尼复何为。

宋·刘克庄·律诗首联
祖帐方涒吉，公车已尼行。

宋·李曾伯·律诗首联
历峡浮江万里归，一湖乃尔尼留之。

宋·虞俦·律诗颔联
此去不烦推谢令，向来宁是尼臧仓。

[附录]
(一) 尼字分录于支、质二韵。异义，不通用。诗例多作平声。释义及使用与新四声类同。

(二) 尼字新四声
1. 读作 ní。①女佛教徒。②安定。③姓。
2. 读作 nì。①阻止。②通"昵"，亲近。

【蠡】

一、诗韵上平四支，吕支切 lí，瓠勺也，又人名，范蠡。铜蠡，引蠡，倾蠡，测海蠡，蠡蠡，蠡窄，齐韵同，荠韵异。

宋·姜特立·绝句首联
甲蠡浅俗枣仍昏，沉水龙涎气最芬。

宋·刘克庄·律诗颈联
括帖不离初学记，管蠡乌睹大方家。

宋·释绍昙·绝句首联
一片虚凝鉴古今，持蠡难测几何深。

宋·戴仔·律诗首联
说经蠡测海，且欲付家藏。

二、诗韵上平八齐，怜题切 lí，瓠瓢也，瓠蠡，支韵通，荠韵异。

唐·李益·诗句
结发逐鸣鼙，连兵追谷蠡。
山川搜伏虏，铠甲被重犀。
故府旌旗在，新军羽校齐。

三、诗韵上声八荠，卢启切 lǐ，蠡吾，县名。又里弟切，啮木虫。彭蠡，范蠡，越蠡。谷蠡，蠡测，蠡海，又支、齐韵并异。

宋·陆游·律诗颔联
铸形尊越蠡，抉眼悼荆员。

唐·温庭筠·律诗尾联
谁解乘舟寻范蠡，五湖烟水独忘机。

唐·周贺·律诗颔联
远书来隔巴陵雨,衰鬓去经彭蠡秋。

宋·傅文翁·诗句
滟滪拓瞿塘,二孤障澜蠡。
大哉神禹功,天地相终始。

宋·洪咨夔·绝句尾联
扬澜左蠡天垂碧,梦与盟鸥共往还。

[附录]
(一)蠡字分录于支、齐、荠三韵。支、齐韵并从瓠瓢义,瓠蠡,从平声。与荠韵异义,不通用。参阅新四声释义。
(二)蠡字新四声
1. 读作lí。①虫蛀木,引申为器物经久磨将断。②通"蠃luó",田螺。③古人名,范蠡。
2. 读作lí。瓠瓢,蠡测:以瓠瓢测海水的量。比喻见识短浅:管窥蠡测。

【氏】

一、诗韵上平四支,章移切zhī,月氏,阏氏,乌氏,国名,纸韵异。

宋·车若水·绝句首联
万里来朝拜宠归,琵琶下马册阏氏。

唐·王维·律诗尾联
须令外国使,知饮月氏头。

二、诗韵上声四纸,承旨切shì,氏族也,族氏,姓,又支韵异。

宋·郑侠·律诗尾联
惟应祝融氏,偷窃玩余年。

宋·戴复古·律诗颔联
不立仙人宅,都为释氏家。

[附录]
(一)氏字分录于支、纸二韵。异义,不通用。释义及使用与新四声类同。
(二)氏字新四声
1. 读作shì。姓氏。姓。
2. 读作zhī。月氏。阏氏。

【委】

一、诗韵上平四支,于为切wēi,雍容自得貌,随也,委屈之貌。委委,槃委,委蛇,纸韵异。

宋·苏辙·律诗颈联
终日正言何忌讳,几人余力尚委蛇。

宋·赵蕃·绝句首联
去岁诸公祖敬之,我曾同席共委蛇。

二、诗韵上声四纸,于诡切wěi,任也,属也,弃置也,委而去之。山名。姓也。推委,委垂,又支韵异。

宋·杨万里·绝句尾联
未委前头花好否,且令蜂蝶作前驱。

宋·释正觉·绝句尾联
玲珑侍者能相委,盘走明珠珠走盘。

宋·陆游·律诗尾联
绿沉金锁俱尘委,雪洒寒灯泪数行。

宋·吴潜·诗句
伶仃七十翁,间关四千里。
相慰亦何言,眼眼自相视。

龙川水泱泱，敖山云<u>委</u>委。

[附录]
㈠委字分录于支、纸二韵。异义，不通用。诗例多作仄声。参阅新四声释义。
㈡委字新四声
1.读作wěi。①顺从，听随：委曲。②委托，委以重任。③抛，推：委过于人。④垂下：马忽委首于枥（《太平广记》）。⑤确实：委系实情。⑥曲折：委婉。原委。⑦堆积：寒炉委灰（刘禹锡）。⑧通"萎"，委顿、委靡。⑨通"猥"，委琐。⑩姓。
2.读作wēi。①委蛇yí：敷衍，应付（虚与委蛇）。②同"逶迤"，曲折。

【剂】

一、诗韵上平四支，遵为切 jī，剪齐也，券也。质剂，约剂，调剂，霁韵异。

宋·陈造·律诗尾联
酬我质<u>剂</u>当倍称，学书还复慰清真。

二、诗韵去声八霁，在诣切 jì，分剂，药剂，砭剂，约剂，调剂，通"齐"，百药齐和，与支韵异。

宋·戴复古·律诗尾联
有时能起死，一<u>剂</u>直千金。

宋·贺铸·律诗首联
麝煤新<u>剂</u>黝而坚，谁谓奚生法不传。

唐·陆龟蒙·律诗颈联
闲分酒<u>剂</u>多还少，自记书签白间红。

宋·陆游·绝句首联
揠苗农害稼，过<u>剂</u>药伤人。

宋·辛弃疾·诗句
世无扁和手，遗恨归砭<u>剂</u>。
嗟谁使之然，刻舟宁复记。

[附录]
㈠剂字分录于支、霁二韵，同录作"劑"。异义，不通用。"砭剂、灵剂、妙剂、香剂、丹剂、一剂"从仄声。诗例多作仄声。
㈡剂字新四声读jì。①剪断，割破：永不轨，其命剂也（《太玄》）。②调节，调和：调剂。③药剂，制剂：催化剂。④量词：一剂药。⑤古代买卖时用的一种契券，相当于现在的合同。⑥剂子：面剂儿。

【戏 戲】

一、诗韵上平四支，许羁切 xī，呜戏，於戏，叹词。伏羲作伏戏。又戏下，又姓，又地名，娱戏，置韵异。

宋太宗·律诗颈联
妍丑随情意，於<u>戏</u>细酌量。

宋·许月卿·律诗尾联
未妨赋诵铭颜乐，正学於<u>戏</u>无已时。

宋·邵雍·诗句
人有精游艺，予尝观弈棋。
……
视人若蟪蚁，用财如沙泥。
阿房宫未毕，祖龙车至<u>戏</u>。

二、诗韵去声四寘，香义切 xì，戏弄也，谑也，嬉也，姓。博戏，嘲戏，游戏，儿戏，戏谈，戏水，戏弄，戏狎，与支韵异。

宋·文天祥·绝句尾联
楚人犹自贪儿戏，江上年年夺锦标。

宋·项安世·律诗尾联
无人自娱戏，多病欠医治。

宋·陆游·律诗颈联
矮纸斜行闲作草，晴窗细乳戏分茶。

宋·张镃·绝句尾联
何事连年无此景，老天游戏不循常。

清·赵翼·绝句尾联
矮人看戏何曾见，都是随人说短长。

[附录]
(一) 戏字分录于支、寘二韵。同录作"戲"，戏的繁体字。诗例多作仄声。
(二) 戏字新四声
1. 读作xì。①玩耍。②嘲弄。③戏剧。④通"麾huī"。⑤通"呼hū"，呜呼亦作於戏。⑥姓。
2. 读作xī。通"羲"。水名。

【堕】
一、诗韵上平四支，许规切huī，坏也，同"隳"。与哿韵异。

宋·司马光·律诗尾联
令典久堕今更举，行闻美俗遍中州。

宋·苏辙·律诗颈联
花存故苑丽，樵出旧城堕。

宋·王安石·求全·律诗颈联
未妨徐出昼，何苦急堕成。

二、诗韵上声二十哿，徒果切dùo，毁也，又倭堕，髻也。支韵异。

宋·苏轼·绝句尾联
不须更待飞鸢堕，方念平生马少游。

宋·徐元杰·律诗首联
倦倚阑干小院东，蜘蛛惊雀堕虚空。

宋·葛立方·绝句尾联
怪得中庭红叶堕，琉璃帐底唱回风。

宋·陆游·律诗颔联
欲睡手中书自堕，半酣窗外雪初来。

[附录]
(一) 堕字分录于支、哿二韵，同录作墯，堕的繁体字。同"隳"作平声。诗例多作仄声。释义及使用与新四声类同。
(二) 堕字新四声
1. 读作dùo。①落，掉：堕地。②通"惰"，懈怠：其民迷惑而堕焉（《荀子》）。③垛：有中藤纸一堕（王士祯）。
2. 读作huī。①输，献：披心腹……堕肝胆（《汉书》）。②同"隳"，毁坏：伐国堕城（《资治通鉴》）。

【帔】
一、词林支韵，攀糜切，音披pī。暂无诗例。

二、诗韵去声四寘，披义切pèi，披也，披之肩背，不及下也。羽帔，霞帔，道帔，葛帔，锦帔。

宋·曹勋·绝句首联
密叶素华青羽帔，繁香秀色六铢衣。

【帔】

唐·李贺·绝句尾联
谁遣虞卿裁道帔，轻绡一匹染朝霞。

宋·陆游·律诗首联
沧漪一曲绕茅堂，葛帔纱巾喜日长。

[附录]
㈠帔字诗韵录于寘韵，从仄声，支韵无字头。词林分录于支、寘二韵，今增录。不通用。诗例多作仄声。
㈡帔字新四声
1. 读作pèi。披肩。
2. 读作pī。传统戏曲中帝后将官的便服。

【堁】

一、诗韵上平四支，市之切shí，凿垣为鸡作栖曰堁。鸡堁，栖堁，雉堁，于堁。

宋·丁谓·律诗首联
戒旦知宵漏，栖堁识晚阳。

宋·王安石·绝句首联
豚栅鸡堁奄霭间，暮林摇落献南山。

宋·王镃·绝句首联
栖桀栖堁岁月深，咿咿喔喔放豪音。

二、词林支韵，又纸韵。暂无诗例。

[附录]
㈠堁字诗韵录于支韵，录作"堁"，从平声，纸韵无字头。词林分录于支、纸二韵，今增录。诗例多作平声，宜取平声。
㈡堁字新四声读作shí。在墙上挖洞做成的鸡窝。

【砥】

一、词林支韵。暂无诗例。
二、诗韵上声四纸，典礼切，音邸dǐ。如砥，砮砥，平砥，砥行，砥砺，砥硖，砥柱。

宋·陆游·律诗首联
处世如灰冷，持心似砥平。

唐·杨巨源·律诗首联
亲扫球场如砥平，龙骧骤马晓光晴。

[附录]
㈠砥字诗韵录于纸韵，从仄声，支韵无字头。词林分录于支、纸、荠三韵，今增录。诗例多作仄声，宜取仄声。
㈡砥字新四声读作dǐ。①细的磨刀石。细者为砥，粗者为砺。②磨，磨炼：砥砺意志。③平，均。④阻滞，挡：石砥中流。

【衣】

一、诗韵上平五微，于希切yī，衣，隐也，衣裳，又姓，未韵异。

宋·曾巩·律诗尾联
自笑病容随步见，未衰华发满缁衣。

二、诗韵去声五未，于既切yì，著衣曰"衣yì"，微韵异。

宋·梅尧臣·诗句
岂敢以贫贱，而辄傲贤贵。
……
近因秋雨来，纤纤有凉气。
九陌可以行，轻服可以衣。

宋·郑清之·律诗首联
为乏刀圭饮卯卮，黄庭空想衣朱衣。

宋·张九成·绝句首联
愿乘车马衣轻裘，便与颜回论不投。

[附录]
㈠衣字分录于微、未二韵。动作（著衣）取仄声，名物（衣裳）作平声。异义，不通用。参阅新四声释义。

㈡衣字新四声
1. 读作yī。①衣服。②外罩，外表皮。③苔藓。④鸟羽。⑤通"依"，顺从，答应。⑥姓。
2. 读作yì。①穿。②遮盖，裹扎。

【斐】

一、词林微韵，匪微切，音非fēi，姓也，初斐豹隶也。暂无诗例。

二、诗韵上声五尾，敷尾切fěi，其文斐也。萋斐，文章相错也。同"匪"，有斐君子。文斐，君子斐，斐如，斐然，斐成章。

宋·王安石·律诗首联
绣篚含风下玉除，宫商挟奏斐然殊。

宋·王洋·律诗首联
方外参军语太賖，文茵萋斐锦成霞。

[附录]
㈠斐字诗韵录于尾韵，从仄声，微韵无字头。词林分录于微、尾二韵，今增录。异义，不通用。诗例多作仄声，宜取仄声。

㈡斐字新四声读作fěi。①五彩斑斓。②文采，

胸藏秘诀多文斐（《封神演义》）。③斐然：有文采的样子。④显著：成绩斐然。⑤姓。

【痱】

一、诗韵上平五微，符非切féi，病也，偏痱，未韵异。

宋·黄庭坚·诗句
石趺谷中玉子瘦，金刚窟前药草肥。
仙家枰耘成白璧，道人煮掘起风痱。

宋·程俱·诗句
余发已种种，我怀亦依依。
风林无安巢，寒日无余辉。
……
自从伏嵁岩，风淫得偏痱。

二、诗韵去声五未，扶沸切fèi，热疮也。念我老且病，赤痱生枯皮（梅尧臣），与微韵异义。暂无诗例。

[附录]
㈠痱字分录于微、未二韵。又词林分录微、贿二韵，今增录。不同病症，异义，不通用。参阅新四声释义。

㈡痱字新四声
1. 读作féi。①病名。②中风，瘫痪。
2. 读作fèi。痱子，夏季多发。

【予】

一、诗韵上平六鱼，以诸切yú，我也，欺予，语韵异。

宋·苏轼·诗句
江湖渺故国，风雨倾旧庐。
……

后夜龙作雨，天明雪填渠。
梦回闻剥啄，谁呼赵陈予。

宋·王洋·律诗颈联
倦仆欺予远，疲舆念汝功。

二、诗韵上声六语，余吕切 yǔ，赐予也。颁予，赋予，予夺，与鱼韵异。

宋·苏轼·诗句
薄云霏霏不成雨，杖藜晓入千花坞。
……
固知我友不终穷，岂弟君子神所予。

宋·何颉之·绝句尾联
九州四海黄棉袄，谁似天公赐予均。

[附录]
㈠予字分录于鱼、语二韵。异义，不通用。参阅新四声释义1.、2.义项。
㈡予字新四声
1. 读作 yú。我。
2. 读作 yǔ。①通"与"，授予，给予。②赞许。③认为。④卖。
3. 读作 zhù。古帝王名。

【除】

一、诗韵上平六鱼，直鱼切 chú，殿陛也，门屏之间，去也，开也，治也，易也，算法名称，县名。涤除，驱除，破除，扫除，丹除，阶除，除暴，除夕，除恶，除岁，除害。又御韵。

宋·司马光·诗句
赤日裂后土，万家如烘炉。
……

扁舟乘长风，倏忽变三吴。
六年羁旅倦，一旦谁扫除。

宋·范成大·绝句首联
陵谷迁移尚故墟，天盈商罪未翦除。

二、诗韵去声六御，迟据切 zhù，去也，开也。日月除，风雨除。今我不乐，日月其除（《诗经》）。鱼韵异。

诗经·小雅·小明
昔我往矣，日月方除。
曷云其还？岁聿云莫。
念我独兮，我事孔庶。

[附录]
㈠除字分录于鱼、御二韵。异义，不通用。诗例多作平声，宜取平声。参阅新四声释义。
㈡除字新四声
1. 读作 chú。①去掉。②台阶。③授职。④减免。⑤治疗。⑥姓。
2. 读作 zhù。①施予：何福不除（《诗经》）。②时间过去。

【与與】

一、诗韵上平六鱼，以诸切 yú，语辞，蕃庑貌（茂盛），又蕃庶貌（繁盛、繁衍），舒也，山名，又威仪中式也，又疑词也，又叹词：一作欤。语、御韵并异。又容与，亦通语韵。

明·陈献章·律诗颔联
夫我何为者，先生非过与。

唐·刘禹锡·律诗颔联
汉庭无右者，梁苑重归<u>与</u>。

宋·仇远·律诗颈联
悬知成漫尔，可笑赋归<u>与</u>。

二、诗韵上声六语，
余吕切 yǔ，善也，待也，党与也，许也，从也，如也，施与也，语辞，姓。又取与，鱼、御韵俱异。又容与，亦通鱼韵。

唐·杜牧·绝句尾联
东风不<u>与</u>周郎便，铜雀春深锁二乔。

宋·陈宓·诗句
黄君真可人，乡校久推许。
……
迩来公私匮，孰能明取<u>与</u>。

宋·甄龙友·绝句尾联
一介古来难取<u>与</u>，先生伤惠我伤廉。

宋·曾丰·律诗尾联
归<u>与</u>友朋笑相贺，江西后社有人同。

三、诗韵去声六御，
羊洳切 yù，参与也，同预。其犹与，通"豫"，县名。容与，参与，犹与，方与，与谋，又鱼、语韵俱异。

唐·孟浩然·诗句
落景余清辉，轻桡弄溪渚。
泓澄爱水物，临泛何容<u>与</u>。
白首垂钓翁，新妆浣纱女。

宋·王禹偁·绝句尾联
谁道无心便容<u>与</u>，亦同翻覆小人心。

唐·牛峤·诗句
小玉窗前嗔燕语，红泪滴穿金线缕。
雁归不见报郎归，织成锦字封过<u>与</u>。

[附录]

(一) 与字分录于鱼、语、御三韵，同录作"與"。"过与、归与（语辞也，通欤）"字面同，应依音、义辨读。诗例多作仄声。释义及使用与新四声类同。

(二) 与字新四声

1. 读作 yǔ。①给与：与人方便。②交往，友好：连与成朋（《汉书》）。③赞许，赞助：与人为善。④和，及：父与子。⑤等待：岁不我与（《论语》）。⑥跟，同：与日俱增。⑦通"举 jǔ"选拔：选贤与能（《礼记》）。
2. 读作 yù。参预，在其中：与会者共十人。
3. ①同欤 yú。②与与：(1)慢走：与与如也（《论语》）。(2)茂盛：我黍与与（《诗经》）。

【且】

一、诗韵上平六鱼，
子鱼切 jū，荐也，多貌。语余声（语助词）。又巴且即芭蕉。马韵异。

宋·王令·诗句
吾求一屋逮两月，贫不谋贵何以图。
……
苟求暂安急旦夕，反以身就殒压虞。
乃知穷则失自爱，死得正命有几<u>且</u>。

宋·刘克庄·诗句
秦法严堂陛，秦兵绕殿庐。
如何危急际，只有一无<u>且</u>。

宋·陈普·绝句尾联
四顾次<u>且</u>天狱裹，蚤如仲达卤城时。

二、诗韵上声二十一马，七也切qiě，借曰之辞，未定之词，又也，此也，姑且也，将也，苟且也，语辞，姓。聊且，且听之，且莫叹，又鱼韵异。

宋·梅尧臣·诗句
虞舜已去苍梧野，秦女骖鸾无复下。
……
晏识文公始致来，劝接贱生宜强且。

宋·王安石·律诗颔联
百年唯有且，万事总无如。

宋·方回·律诗颔联
是非姑且置，来往不为遥。

[附录]
(一)且字分录于鱼、马二韵。异义，不通用。诗例多作仄声。参阅新四声释义。
(二)且字新四声
1. 读作qiě。①尚，还：死且不惧。②暂且，姑且：得过且过。③将要，将近：年且九十。④而且，并且。⑤经久，耐：这鞋且穿呢。⑥两件事同时进行：且战且退。⑦语气助词：用于句首或句中。⑧姓。
2. 读作cú。通"徂"，往：号泣而且行（曹操）。
3. 读作jū。①盛，多：有萋有且（《诗经》）。②通"趄"，趑趄。③助词，用于句末，相当于"啊"。

【踷】
一、诗韵上平六鱼，陈如切chú，住足也，进退貌，踟踷，跨踷，药韵异。

宋·范成大·律诗首联
竹杖芒鞋俗纲疏，每逢绝胜更踟踷。

宋·陆游·律诗颈联
比邻怪疏索，风月伴跨踷。

二、诗韵入声十药，丑若切chuò，踷阶而走，与"踱"同。犹超也，鱼韵异。暂无诗例。

[附录]
(一)踷字分录于鱼、药二韵。古来多以"踟踷，跨踷"入诗，从平声。诗例多作平声，宜取平声。参阅新四声释义。
(二)踷字新四声
1. 读作chú。①踟踷：(1)犹豫不定。(2)住足，徘徊不前（也作踟伫）。(3)从容自得：踟踷满志。(4)反复思量。②缠绕：径褭蛛丝踷（毕沅）。③踩，踏。
2. 读作chuò。越级，不按顺序而进：踷阶而走（《公羊传》）。

【衙】
一、诗韵上平六鱼，语居切yú，行貌：衙衙。语韵同，麻韵异。疏远貌，又麻、语韵。

宋·李洪·律诗颈联
要补离骚衙宋玉，岂期仙袂挹浮邱。

二、诗韵下平六麻，五加切yá，衙府，参也，姓。蜂衙，官衙，早衙，押衙，鱼、语韵并异。

宋·白玉蟾·律诗尾联
春光索弹压，万象晓排衙。

宋·陆游·律诗颈联
花深迷蝶梦,雨急散蜂衙。

三、诗韵上声六语,鱼巨切 yù,止也,同"御"。衙衙行貌,与鱼韵通,麻韵异。暂无诗例。

[附录]
(一)衙字分录于鱼、麻、语三韵。异义。不通用。诗例多取"署衙"义,从麻韵。宜取平声。参阅新四声释义。
(二)衙字新四声
1. 读作 yá。①官署。②排列成行。③姓。
2. 读作 yù 又音 yǔ。①衙衙:行走的样子。②强暴。③通"御",阻止。

【输】

一、诗韵上平七虞,式朱切 shū,委输,均输,交输。送也,又输赢,遇韵异。

宋·汪元量·绝句首联
金陵昨夜有降书,更说扬州一战输。

宋·袁正规·律诗首联
沉漼亭前景最豪,委输江汉任滔滔。

二、诗韵去声七遇,伤遇切 shù,送也,经穴也。灌输,挽输,岁输。委输:指所送之物,虞韵异。暂无诗例。

[附录]
(一)输字分录于虞、遇二韵,同录作"輸"。诗例多作平声,宜取平声。
(二)输字新四声读作 shū。①运送,转运。

②流泻,灌注:输血。③失败,丧失:输球。④差,赶不上:略输文采(毛泽东)。⑤缴纳,献纳:愿输家财半助边(《汉书》)。⑥倒毁,倾颓:载输尔载(《诗经》)。⑦报告,泄露。⑧罚役:输作右校(《后汉书》)。⑨姓。

【铺】

一、诗韵上平七虞,普胡切 pū,门首也,陈也,又金铺,门铺。衔环者,又铺颁,又刘公铺,豆属。月色铺,铺陈,布也,病也,遇韵异。

宋·陆游·律诗首联
金铺一闭几春风,咫尺心知万里同。

宋·杨万里·律诗首联
石子密铺径,竹茎疏作行。

宋·王禹偁·律诗颈联
云生碧殿萦鸱尾,风触金铺动兽环。

宋·戴复古·律诗颔联
夜暖试铺新枕簟,晓寒仍索旧衣裳。

宋·范仲淹·绝句首联
长忆西湖胜鉴湖,春波千顷绿如铺。

宋·陆游·绝句首联
地旷月明铺素练,霜寒河浅拂轻绡。

二、诗韵去声七遇,普故切 pù,一作舖(铺2.的异体字),铺首,贾肆。书铺,行铺,虞韵异。

宋·刘克庄·律诗尾联
空传场屋义,留与铺家开。

宋·韩玉父·诗句
南行逾万山，复入武阳路。
黎明与鸡兴，理发漠口铺。
盱江在何所，极目烟水暮。

宋·文天祥·绝句首联
不时徇铺路纵横，小队戎衣自出城。

唐·张籍·绝句首联
长安多病无生计，药铺医人乱索钱。

[附录]

㈠铺字分录于虞（录作"舖"）、遇（录作"舖"，注：一作"舗"）二韵。异义，不通用。参阅新四声释义。

㈡铺字新四声

1. 读作pū。①铺首：门上衔环的金属兽面。②安排，把东西散开放置：铺轨。③普遍：铺观列代，而情变之数可鉴（《文心雕龙》）。④水沸而溢出：饭铺了。⑤通"痡"。

2. 读作pù，舖为异体字。①床：上下铺。②商店：杂货铺。③驿站：今时十里一铺（顾炎武）。

【镂】

一、诗韵上平七虞，力朱切lú，属镂，剑名。宥韵异。

宋·陆游·绝句首联
入郢功成赐属镂，削吴计用载厨车。

宋·罗公升·绝句尾联
今人自有长驱策，不待君王赐属镂。

宋·郑霖·绝句首联
属镂堪为后人伤，池溜清泉有恨长。

二、诗韵去声二十六宥，卢候切lòu，刻镂，彫镂，镂金，虞韵异。

唐·皮日休·诗句
汉水碧于天，南荆廓然秀。
庐罗遵古俗，鄢郢迷昔囿。
……
斯文纵奇巧，秦玺新雕镂。

宋·卫宗武·律诗颔联
水涵春屿碧，林镂夕阳红。

宋·王珪·绝句首联
数骑红妆晓猎还，销金罗袜镂金环。

宋·吴潜·律诗颈联
砖花似镂多奇异，檐柱如排少阔疏。

[附录]

㈠镂字分录于虞、宥二韵，同录作"鏤"。异义，不通用。参阅新四声释义。

㈡镂字新四声

1. 读作lòu。①雕刻：镂花。②疏通。③可供雕刻的刚铁。④姓。

2. 读作lú。属镂，剑名。

【母】

一、诗韵上平七虞，蒙晡切mú，象也，熬饵也，八珍之一（淳熬、淳母、炮豚、炮牂、捣珍、渍、熬和肝膋）。有韵异。
暂无诗例。

二、诗韵上声二十五有，莫厚切mǔ，父母也，慈母。王母，母后，云母，漂母，与虞韵异。

宋·苏轼·诗句
先生堂前霜145苦，弟子读书喧两庑。
推门入室书纵横，蜡纸灯笼晃云母。
先生骨清少眠卧，长夜默坐数更鼓。

宋·秦观·律诗颔联
老兵随卧起，漂母给朝曛。

宋·司马光·绝句尾联
借问此何处，昆山王母家。

宋·范成大·律诗首联
衿蜕虞鳏后，诗书孟母邻。

[附录]
(一)母字分录于虞、有二韵。异义，不通用。诗例多作仄声，宜取仄声。
(二)母字新四声
1. 读作mǔ。①母亲。女性长辈。②根本，根源：失败乃成功之母。③养育，哺育：后宫有生子者，命妃母之（《新五代史》）。④通"模mú"，模子，模样。⑤姓。
2. 同"毋"某义项：无、不要。

【拊】

一、诗韵上平七虞，风无切，音肤fū。《泰始黄帝扁鹊俞拊方》，遵"韵府拾遗"增入。又虞韵。暂无诗例。
二、诗韵上声七麌，芳武切fǔ，击也，拍也，拊我畜我，乐器名，弓把也。搏拊，两手拊，击拊，拊背，拊膺。又虞韵。

宋·陈造·律诗尾联
仙曹应拊掌，顾我簿书丛。

宋·范成大·绝句首联
泉螭无语笑经过，欲拊牂鳏奈拙何。

[附录]
(一)拊字分录于虞、麌二韵。俞拊：即俞跗，黄帝时的良医，人名，从平声。常见以"击、拍、抚"等义入诗，诗例多作仄声，宜取仄声。
(二)拊字新四声读作fǔ。①同"抚"。②搏拊：古打击乐器。③器物的把。

【芋】

一、诗韵上平七虞，羽俱切yú，草盛貌。轩芋。君子攸芋（《诗经》）。遇韵别。暂无诗例。
二、诗韵去声七遇，王遇切yù，大叶实根也，野芋，山芋，水芋，煨芋，紫芋，与虞韵异。

宋·陆游·律诗颈联
孤村月白闻衣杵，破灶烟青煮芋糜。

[附录]
(一)芋字分录于虞、遇二韵。多取"球茎植物"义入诗。诗例多作仄声，宜取仄声。
(二)芋字新四声读作yù。①球茎植物。②通"宇yǔ"，居住。

【恶】

一、诗韵上平七虞，哀都切wū，安也，何也，又遇、药韵并异。暂无诗例。
二、诗韵去声七遇，乌路切wù，憎恶，疾也，耻也，忌也。好恶，恶臭，恶小，虞、药韵俱异。

> 宋·王令·春游·诗句
> 春风谁相呼，鸟语到庭户。
> ……
> 独酌不待劝，兴至还自注。
> 对物无所语，似若喧哗恶。

三、诗韵入声十药，乌各切è，不善也，过也，丑陋也，美恶也。隐恶，怙恶，臭味恶，风波恶，丑恶，疾恶，恶少，恶竹，虞、遇韵异。

> 宋·郑侠·诗句
> 大郎性纯淑，至宝受磨琢。
> 二郎资秀美，白璧光闪烁。
> ……
> 慎勿学舅痴，直指世奸恶。

> 宋·戴复古·律诗颔联、颈联
> 稻田秋后雀，茅舍午时鸡。
> 野饭自不恶，村醪亦可携。

[附录]
(一) 恶字分录于虞、遇、药三韵，同录作"恶"。诗例多作仄声，宜取仄声。参阅新四声释义。
(二) 恶字新四声
1. 读作è。①罪过。②不好。③凋谢。④丑陋。⑤凶猛。⑥腐坏。⑦暴病。
2. 读作wù。①讨厌。②羞耻。③忌讳。④诋毁。⑤得罪。
3. 读作wū。①何，怎么。②驳斥声。
4. 读作ě。①恶心：想呕吐的感觉。②使人厌恶。

【庑】

一、词林虞韵，微夫切wú，蕃庑，草木茂盛。又读上声，《国语》曰：黍不为黍，不能蕃庑(注：音武)。暂无诗例。
二、诗韵上声七麌，罔甫切wǔ，堂下周屋也。大屋曰庑。廊庑，堂庑，读书庑。

> 宋·陆游·律诗颈联
> 露湿乱萤飞暗庑，霜清饥雀噪空囷。

> 清·龚自珍·绝句尾联
> 至今守定东京本，两庑如何阙马融。

[附录]
(一) 庑字诗韵录于麌韵，录作"廡"，从仄声，虞韵无字头。词林分录于虞、麌二韵，今增录。异义，不通用。诗例多作仄声，宜取仄声。参阅新四声释义。
(二) 庑字新四声读作wǔ。①堂周围的廊屋，泛指房屋。②大屋。③通"芜"wú，草木茂盛。

【齐】

一、诗韵上平八齐，前西切qí，整也，齐中也，庄也，疾也，等也，古国名，亦州名，姓。霁韵异。

> 宋·苏辙·律诗尾联
> 相望鲁卫虽兄弟，终畏邻封大国齐。

> 宋·文同·律诗颈联、尾联
> 黯澹寒云结，萧疏野草齐。
> 兴亡尽遗迹，立马看扶犁。

宋·陆游·律诗颔联
可怜鸠取招麈速,谁似云知出处齐?

二、诗韵去声八霁,在诣切jì,和齐也,周礼酒正辨五齐之名:泛齐、醴齐、盎齐、缇齐、沈齐。火齐,分齐,上齐,下齐。齐韵异。

宋·敖陶孙·诗句
黄云护灵芝,丈人非独醉。
……
君堂定果耳,或者楼阁气。
是间堪底用,万瓮盛醴齐。

宋·黄庭坚·律诗颔联
梢头红糁杏花发,瓮面浮蛆酒齐销。

宋·陆游·律诗颔联
未爱满盘堆火齐,先惊探颔得骊珠。

[附录]
(一) 齐字分录于齐、霁二韵,同录作"齊"。异义,不通用。诗例多作平声。参阅新四声释义1、2义项。
(二) 齐字新四声
1. 读作qí。①平整。②并排。③整治。④达到。⑤通"脐",肚脐。⑥通"剪",修剪。⑦古国名。⑧姓。
2. 读作jì。①合金。②浊酒。③界限。④通"剂",调配,调节。药剂。⑤调味品。⑥通"济",成。⑦止息。⑧通"跻",升,登。⑨通"齑",酱菜。
3. 读作zī。①长衣下摆。②通"粢",祭祀的谷物。③通"资",财物。
4. 读作zhāi。①庄重,肃穆。②同"斋"。

【妻】
一、诗韵上平八齐,七稽切qī,妻妇与己,小妻,山妻,贤妻,老妻,艳妻,荆妻,妻党。霁韵异。

宋·刘克庄·绝句首联
稚子呼牛女拾薪,莱妻自鲙小溪鳞。

唐·杜甫·律诗颈联
老妻画纸为棋局,稚子敲针作钓钩。

二、诗韵去声八霁,七计切qì,以女妻人也,妻妻,可妻。又齐韵。

宋·陈普·六言诗
孔门缧绁可妻,董生孝慈有翁。
天与仲尼不恕,人间处处流通。

[附录]
(一) 妻字分录于齐、霁二韵。异义,不通用。诗例多取平声。释义及使用与新四声类同。
(二) 妻字新四声
1. 读作qī。男子的配偶。
2. 读作qì。①以女嫁人:身可杀,女不可妻方贼(洪深)。②娶女子为妻:妻帝之二女。③奸淫:吴王阖闾尽妻其后宫(薛福成)。

【题】
一、诗韵上平八齐,杜奚切tí,书题,霁韵异。

宋·王禹偁·律诗尾联
尘侵烟染尤堪重,年号标题历武宗。

宋·苏轼·律诗颈联
花前白酒倾云液，户外青骢响月题。

二、诗韵去声八霁，特计切tì，视也，与齐韵异。暂无诗例。

[附录]
㈠题字分录于齐、霁二韵。异义，不通用。诗例多作平声，宜取平声。参阅新四声释义。
㈡题字新四声读作tí。①额头。②标签。③题目，问题。④署评。⑤通"提"，说起。⑥通"睇"，视。⑦通"啼"。⑧姓。

【泥】

一、诗韵上平八齐，年题切ní，水和土也，污也，水名，姓，荠、霁韵并异。

宋·秦观·绝句首联
新淬鱼肠玉似泥，将军唾手取河西。

毛泽东·律诗颔联
五岭逶迤腾细浪，乌蒙磅礴走泥丸。

宋·苏轼·律诗首联
薄雷轻雨晓晴初，陌上春泥未溅裾。

宋·释正觉·绝句首联
泥泥水水一年农，收拾将来碓下春。

宋·陈纪·律诗首联
幽人宁免俗，蹀躞且泥行。

宋·陈文叔·绝句首联
混然天性本天成，何必拘泥守意城。

二、诗韵上声八荠，奴礼切nǐ，录

作泥，同"苨"，露浓貌，柔泽貌，与齐、霁韵并异。

元·王冕·律诗首联
露华泥泥湿桐丝，渐觉新凉袭敝帏。

诗经·小雅·蓼萧
蓼彼萧斯，零露泥泥。
既见君子，孔燕岂弟。
宜兄宜弟，令德寿岂。

三、诗韵去声八霁，奴计切nì，滞陷不通，拘泥，又齐、荠韵俱异。

宋·陆游·律诗颔联
愁看场上禾生耳，且泥杯中酒到脐。

宋·邵雍·诗句
俊快伤灭裂，厚重伤滞泥。
趋造随所尚，不免有同异。
异同必为非，同己必为是。

宋·孟点·诗句
污渎横鳣鲸，蝼蚁得而制。
沧溟有时竭，鼇鼊何足恃。
惟龙神以天，不足以迹泥。

[附录]
㈠泥字分录于齐、荠、霁三韵。"泥泥"，齐、荠韵释义异，不通用。释义及使用与新四声类同。
㈡泥字新四声
1. 读作ní。①烂泥。②姓。
2. 读作nǐ。①露水浓重：零露泥泥（《诗经》）。②茂盛，柔润。
3. 读作nì。①纠缠，拘执，死板：泥古不化。②涂抹：泥墙。③阻塞。

【稽】

一、诗韵上平八齐，古奚切 jī，考也，同也，当也，留止也，又山名，又姓。滑稽，考稽，无稽，会稽，不可稽，稽首，稽颡，稽古，稽考，稽疑，稽违，稽留。

宋·苏辙·律诗首联
少年漂泊马光禄，末路骞腾朱会稽。

宋·楼钥·律诗首联
高士终为簿，岂惟勾小稽。

宋·欧阳修·律诗颈联
报国无功嗟已老，归田有约一何稽。

宋·陆游·律诗尾联
明晨炊米尽，吾起不容稽。

宋·陈与义·律诗颔联
青嶂足稽天下士，锦囊今有峤南诗。

宋·杨万里·律诗颔联
极知储后勤稽古，却是儒生懒读书。

宋·朱翌·律诗颈联
吾徒老矣成何事，生理茫然更久稽。

二、诗韵上声八荠，录作"䭫"，同"稽"。康礼切 qǐ，首至地也，稽首。稽问，又齐韵。

宋·陆游·绝句尾联
应有世人遥稽首，紫箫余调落云间。

宋·苏轼·诗句
上党天下脊，辽东真井底。
玄泉倾海腴，白露洒天醴。

......
糜身辅吾生，既食首重稽。

[附录]
(一)稽字分录于齐（录作"稽"）、荠（录作"䭫"，同"稽"）二韵，"稽首、首重稽"从仄声，暂无平声例句。诗例多作平声。参阅新四声释义。

(二)稽字新四声
1. 读作 jī。①耽误，停留。②考核，查考。③统计，计算。④计较，争论。⑤至，及。⑥通"乩"。⑦通"楷"，准则，效法。⑧相合。⑨姓。
2. 读作 qǐ。①稽首。②通"棨"，棨戟：一种仪仗。

(三)䭫字新四声识作：同"稽"。

【折】

一、诗韵上平八齐，杜奚切 tí，安舒貌。折折：安逸貌，屑韵异。

明·虞淳熙·诗句
白月青莲社，文星远聚奎。
长庚秋映桂，太乙夜分藜。
......
祥风欣习习，吉事正折折。

二、诗韵入声九屑。
"折①"：旨热切，音浙 zhè，拗折也，断之也。又之列切，物折也。周折，曲折，挫折，折节，折衷，折柳，折腰。齐韵异。

"折②"：常列切，音舌，又音浙。断也，断而犹连也。曲也，挫也，屈也，止也，直指人过失，姓。玉簪折，花堪折，枯荷折，折角，折拉，折挫，折肱，折肢。齐韵异。

宋·苏轼·诗句
寒厅不知春，独立耿玉雪。
闭门愁永夜，置酒及明发。
忽惊庭户晓，未受烟雨没。
浮光风宛转，照影水方折。

宋·陆游·律诗颈联
尘埃幸已赊腰折，富贵深知欠面团。

[附录]
㈠折字分录于齐、屑二韵。屑韵分录"折①""折②"二个字头，本韵通用。"折折"，齐、屑韵异义，不通用。诗例多作仄声，宜取仄声。参阅新四声释义。
㈡折字新四声
1. 读作zhé。①弄断。②死亡。③弯，曲。④损失。⑤翻转，回转。⑥心服。折扣。挫败。⑦指责。⑧通"窒zhì"，堵塞。⑨又摺：折叠。⑩折子。
2. 读作shé。①方言，瘸：折脚。②亏损。
3. 读作tí。折折：安逸舒适。

【柴】

一、诗韵上平九佳，锄佳切chái，薪也，小木也。拾柴，柴市，柴门，柴扉，柴荆，柴桑。又姓，置韵异。又卦韵"砦"作柴，亦异。

宋·杨万里·律诗尾联
念汝野梅官柳路，地炉松叶买茅柴。

二、诗韵去声四寘，子智切zì，积也，举柴谓积。助我举柴，禽柴，与佳、卦韵俱异(卦韵"砦"作柴，异也)。决拾既佽，弓矢既调，射夫既同，助我举柴(《诗经·小雅·车攻》)。暂无诗例。

[附录]
㈠柴字分录于佳、寘二韵。诗例多作平声，宜取平声。参阅新四声释义。
㈡柴字新四声
1. 读作chái。①柴火。②姓。
2. 读作zhài。①通"寨"，营垒。②用木材围护。
3. 读作cī。柴池：参差不齐。

【楷】

一、诗韵上平九佳，居谐切jiē。木名，孔子冢上树。两楷，蜀楷，强楷，蟹韵同。

宋·方回·律诗尾联
倚杖吟还喜，新分孔墓楷。

宋·辛弃疾·律诗颈联
天教有象皆楷写，世已无书可校仇。

二、诗韵上声九蟹，苦骇切kǎi，模也、法也、式也，又木名，孔子家盖树。书法有正楷。端楷，行楷，小楷，工楷。楷式，楷模，义详佳韵。

宋·苏轼·绝句尾联
净几明窗书小楷，便同尔雅注虫鱼。

宋·魏了翁·律诗颔联
言行端和今世楷，貌心醇质古人风。

宋·周必大·律诗首联

惠政郡州楷,清名万口传。

[附录]

㈠楷字分录于佳、蟹二韵。释义注:"木名"义同,通用,暂无此义项例句。模也,法式也,又书法,义异,不通用。参阅新四声释义。

㈡楷字新四声

1. 读作jiē。①木名,枝干直而硬。②形容刚直。
2. 读作kǎi。①法式,典范。②汉字书体。③姓。

【挨】

一、诗韵上平九佳,录作㧯,同"挨1."。英皆切āi,推也,凡物相近谓之挨。搪挨,狂挨。

宋·刘克庄·绝句

上水船须寸寸挨,摩挲空腹愧非才。
热瞒舍下痴儿女,道是先生视草来。

二、词林蟹韵,录作挨,倚骇切ǎi,击背也。暂无诗例。

[附录]

㈠挨字诗韵录于佳韵,录作"㧯",同"挨1.",从平声,蟹韵无字头。词林录于佳、蟹二韵,并录作"挨",今增录。异义,不通用。诗例多作平声,宜取平声。

㈡挨字新四声

1. 读作āi。①打。②依次:挨家挨户。③挤,靠拢:挨肩而坐。
2. 读作ái。①通"捱",遭受。②熬。③拖

延。④磨。

㈢挨字新四声识作:同"挨1."。

【回】

一、诗韵上平十灰,户恢切huí,违也,转也,邪也,曲也,返也,屈也,徘徊,低回纡衍貌,又回中,地名,又姓,又队韵。

宋·王令·律诗首联

直枝难与鸟徘徊,地瘦根孤碍石回。

宋·司马光·绝句尾联

惊回一觉游仙梦,又逐流莺过短墙。

二、诗韵去声十一队,胡对切huì,曲也,绕也,路迂回也。又避也,畏避也,避回,灰韵异。暂无诗例。

[附录]

㈠回字分录于灰、队二韵。诗例多作平声,宜取平声。

㈡回字新四声

1. 读作huí。①返,归:回国。②旋转,回旋。③答复,报答:回话,回敬。④违背。⑤偏私,迷惑:富贵不能回其虑(《后汉书》)。⑥奸邪:好正直而不回兮(班昭)。⑦谢绝,辞退:把他回了。⑧事情动作的次数:两回事。⑨少数民族名。⑩姓。
2. 迴huí 同回,"廻,异体字"。曲折,旋转:回廊。

【栽】

一、诗韵上平十灰,将来切zāi,种也,栽者培之,栽种,队韵异。

宋·王禹偁·绝句首联
王母庭中亲见裁，张骞偷得下天来。

二、诗韵去声十一队，作代切zài，筑墙板，设筑版曰栽，里而栽（《左传》），灰韵异。暂无诗例。

[附录]

(一) 栽字分录于灰、队二韵。异义，不通用。诗例多作平声，宜取平声。释义及使用与新四声类同。

(二) 栽字新四声

1. 读作zāi。①种植。②安上。③跌。④姓。
2. 读作zài。筑墙立板。

【徕】

一、诗韵上平十灰，落哀切lái，古"来"字，还也，又山名，徂徕。招徕，天马徕，队韵异。

宋·刘克庄·绝句首联
应对诙谐路亦开，汉家天子日招徕。

宋·陆游·忆昔·律诗首联
忆昔高皇绁柄臣，招徕贤隽聚朝绅。

宋·梅尧臣·律诗颔联
鸿雁汀洲去，牛羊井落徕。

宋·苏辙·律诗尾联
不识徂徕石夫子，兼因女婿觅遗书。

二、诗韵去声十一队，洛代切lài，劳也，劳徕，招徕，灰韵异。

宋·周文璞·诗句
幕府才方盛，军师意最高。
何年燕巢木，几处马腾槽。
驰骋心方壮，指麾身更劳。
周诗歌劳徕，费誓说逋逃。

[附录]

(一) 徕字分录于灰、队二韵。诗例多作平声，宜取平声。

(二) 徕字新四声读作lái。同"来"，招徕：招揽。

【培】

一、诗韵上平十灰，蒲枚切péi，益也，助也，治也，随也，重也，培敦，土地山川也，栽者，培之。栽培，培植，又有韵异。

宋·王令·律诗尾联
谁与东风记霜雪，争令平地肯栽培。

宋·吴潜·律诗颈联
自是功名难躲避，须知气节要壅培。

二、诗韵上声二十五有，蒲口切pǒu，培嵝，小阜也。垒培，灰韵异。

宋·黄庭坚·绝句尾联
巴人漫说虾蟆培，试裹春芽来就煎。

宋·洪咨夔·诗句
舍车不涉猢狲愁，行舟未入过虾蟆培。
咸池乐部十二锺，六丁挈置巫山背。

[附录]

(一) 培字分录于灰、有二韵。诗例多作平声。

参阅新四声释义。

(二) 培字新四声
1. 读作péi。①壅土曰培。②养育。③涂抹。④屋后墙。⑤凭借,乘。
2. 读作pǒu。培塿:土丘。

【骀】

一、诗韵上平十灰,堂来切tái,驽马衔脱也。骀荡,旷远貌。荡骀,羸骀,贿韵异。

宋·王安石·绝句首联
自古能全已不才,岂论骐骥与驽<u>骀</u>。

宋·胡寅·律诗颔联
清风正<u>骀</u>荡,细雨忽飞浮。

二、诗韵上声十贿,徒亥切dài,疲也,钝也,骀荡,广大意。春色舒放貌,丑貌。驽骀,弱骀,又与灰韵异。

宋·文同·绝句
日光明<u>骀</u>荡,天气暖氤氲。
草木遍庭槛,清香朝暮闻。

[附录]
(一) 骀字分录于灰、贿二韵。诗例多取平声。"骀荡"处于诗例出句可平声亦可仄声的节点上,仅供参考。参阅新四声释义。
(二) 骀字新四声
1. 读作tái。①能力低下的马,比喻庸才。②马嚼子脱落:马骀其衔(《后汉书》)。③通"鲐",骀背即鲐背,长寿:举杯更献酬,各尔祝骀背(梅尧臣)。④骀藉:践踏。⑤姓。

2. 读作dài。[骀荡](1)放荡。(2)舒缓荡漾,形容声调及景色:春物方骀荡(谢朓)。(3)汉宫殿名。

【儡】

一、词林灰韵,鱼鬼切léi,儡然,意不安定貌,刘基诗:儡然多病身。儡,读"若雷",相败也。相格斗谓之对儡,通作"对垒"。暂无诗例。

二、诗韵上声十贿,落猥切lěi,木偶戏也。又思儡,木名,思儡不腐,女贞不凋。又儡,败坏貌。傀儡。

明·唐寅·律诗颈联
身后碑铭徒自好,眼前傀<u>儡</u>任渠忙。

宋·黄庭坚·绝句首联
万般尽被鬼神戏,看取人间傀<u>儡</u>棚。

[附录]
(一) 儡字诗韵录于贿韵,从仄声,灰韵无字头。词林分录于灰、贿二韵,今增录。"傀儡"从仄声。义异,不通用。诗例多作仄声,宜取仄声。
(二) 儡字新四声读作lěi。①疲困。②损,破败。③憔悴,瘦。④傀儡,儡块。

【桅】

一、诗韵上平十灰,五灰切wéi,樯也,舟上帆竿。去桅,高桅,眠桅,风桅。

宋·王安石·律诗首联
扁舟畏朝热,望夜倚<u>桅</u>樯。

宋·陆游·律诗颈联
桥畔逢游衲，云边数过桅。

二、词林纸韵，过委切，音诡 guǐ。黄木可染者。短矛也。暂无诗例。

[附录]

(一) 桅字诗韵录于灰韵，从平声，纸韵无字头。词林分录于灰、纸二韵，今增录。诗例多作平声，宜取平声。

(二) 桅字新四声读作 wéi。桅杆。

【掊】

一、词林灰韵。暂无诗例。

二、诗韵下平三肴，蒲交切，音庖 páo，引取也。一掊，锄掊，虎掊，叶落掊。手掊。有韵别。

唐·元稹·诗句
官借江边宅，天生地势坳。
欹危饶坏构，迢递接长郊。
……
庭草佣工薙，园蔬稚子掊。

宋·刘克庄·律诗首联
厌闻桑孔工掊克，少见龚黄出拊循。

三、词林尤韵，蒲侯切 póu，把也，盐官掊坑而得盐。聚敛也。通"裒"，减也。

宋·龚炳·律诗颔联、颈联
万事无心闲日月，一杯有味小公侯。
痴儿粗尔逃讥议，家训从来戒刻掊。

四、诗韵上声二十五有，彼口切 pǒu，击掊，攻掊，掊掘，肴韵异。

明·王九思·诗句
百姓欢呼羽客走，殿宇尘生谁把帚。
当日台臣尚秉钧，寄语县官碑可掊。

[附录]

(一) 掊字诗韵录于肴、有二韵，灰、尤韵无字头。词林分录于灰、尤、有三韵，肴韵无字头。今增录。异义，不通用。

(二) 掊字新四声

1. 读作 pǒu。①抨击：掊击。②破开：吾为其无用而掊之（《庄子》）。③通"踣" bó，倒仆。

2. 读作 póu。①同"抔"。②收括，聚敛：不义财，尽力掊（《辍耕录》）。

【谆】

一、诗韵上平十一真，章伦切 zhūn，至也，诚恳貌，详熟也，姓。谆谆诲，震韵同。

宋·曾巩·诗句
四海文章伯，三朝社稷臣。
功名垂竹帛，风义动簪绅。
此道推先觉，诸儒出后尘。
忘机心皎皎，乐善意谆谆。

宋·丘葵·律诗颔联
无复谆谆诱，空令咄咄书。

宋·李兼·绝句首联
官家为是爱斯民，临遣知州诲尔谆。

二、诗韵去声十二震，之闰切 zhùn，告之丁宁也，忠谨之貌，佐也。诲尔谆谆，听我藐藐（《诗经·释文注》）谆谆读去声）。真韵通。

> 宋·苏颂·诗句
> 我昔就学初，韶童齿未龀。
> 严亲念痴狂，小艺诱愚钝。
> ……
> 惧尔志悠悠，故吾言谆谆。

[附录]
(一) 谆字分录于真、震二韵。释义注：真、震韵通、同。诗例多作平声，宜取平声。
(二) 谆字新四声读作 zhūn。①诚恳。②谨慎。③辅佐。④形容迟钝。

【亲】

一、诗韵上平十一真，七人切 qīn，亲，爱也，近也，至也，躬也，姓。六亲，亲属，震韵异。

> 宋·王禹偁·律诗颔联
> 阶前不见朱衣吏，堂上空辞白发亲。

二、诗韵去声十二震，七遴切 qìng，亲家也，又真韵异。

> 宋·黄庭坚·诗句
> 络纬声转急，田车寒不运。
> 儿时手种柳，上与云雨近。
> ……
> 招延屈父党，劳问走婚亲。

> 宋·苏颂·诗句
> 我昔就学初，韶童齿未龀。
> 严亲念痴狂，小艺诱愚钝。
> ……
> 应门待宾客，睦族周分亲。

> 唐·卢纶·绝句首联
> 人主人臣是亲家，千秋万岁保荣华。

[附录]
(一) 亲字分录于真、震二韵，同录作"親"。异义，不通用。诗例多作平声，宜取平声。参阅新四声释义。
(二) 亲字新四声
1. 读作 qīn。①亲人。②亲密的。③宠爱。④准确。⑤通"新"。⑥姓。
2. 读作 qìng。亲家。

【纯】

一、诗韵上平十一真，常伦切 chún，笃也，至也，精好也，文也，大也，丝也，纯粹不杂，纯一也，量名，又元、先、轸韵并异。

> 宋·高似孙·律诗首联
> 数寸清纯玉不如，入波陶发冷萧疏。

> 宋·刘克庄·绝句首联
> 礼成虽曰非常庆，圣敬居然不已纯。

> 宋·韩维·诗句
> 人情纷言伪，吾道本一纯。
> ……
> 邀我醉华馆，正逢雪花春。

二、诗韵上平十三元，徒浑切，音屯 tún。包束也，锦绣千纯。又丝绵布帛一段为一纯。真、先、轸韵俱异。暂无诗例。

三、诗韵下平一先，从缘切，音全 quán。投壶二算为纯。投壶计算一纯、若干纯。真、元、轸韵俱异。暂无诗例。

四、诗韵上声十一轸，主尹切，音准zhǔn。缘也，下纯，画纯，真、元、先韵并异。暂无诗例。

[附录]
(一)纯字分录于真、元、先、轸四韵。异义，不通用。诗例多取真韵义，从平声。宜取平声。参阅新四声释义。
(二)纯字新四声
1. 读作chún。①蚕丝。②单一，不杂。③完善，美好：君子之容，纯乎其若钟山之玉（《吕氏春秋》）。④笃厚，质朴。⑤大：众好纯誉之人，非真贤也（《论衡》）。⑥净：纯利。⑦全、皆、都：数人纯著红罗绵背裆（杨慎）。
2. 读作zhǔn。①古代衣冠的镶边，泛指边缘。②古代布帛的幅度。
3. 读作tún。①包，裹：野有死鹿，白茅纯束（《诗经》）。②古代量词，纺织物一段为一纯。
4. zhūn。纯纯同谆谆，诚挚。

【缜】

一、词林真韵，昌真切，音㻃。纑缕也，纑谓之缜。缤纷，众盛也。暂无诗例。

二、诗韵上声十一轸，章忍切zhěn，缜，缴也，又黑也，与"鬒"同。又结也，单也。谁缜，范缜，玉缜。

宋·舒岳祥·律诗尾联
欲向小窗成扇面，世无陶缜倩谁描。

宋·陆游·律诗颈联
退傅寄声情缜密，晦翁入梦语蝉联。

[附录]
(一)缜字诗韵录于轸韵，从仄声，真韵无字头。词林分录于真、轸二韵，今增录。异义，不通用。诗例多作仄声。
(二)缜字新四声读作zhěn。①周密，仔细。②精致，细润。③通"鬒"。

【龈齗】

一、诗韵上平十一真，录作齗，语斤切yín，与龈通，齿根肉。齗齗，冰齗，重齗，牙齗，腭齗。

宋·苏轼·诗句
朔野方赤地，河堧但黄尘。
秋霖暗豆荚，夏旱臞麦人。
逆旅唱晨粥，行庖得时珍。
青斑照匕箸，脆响鸣牙齗。

宋·危積·绝句首联
痛入香龈是不禁，三郎心痛亦何深。

宋·释绍昙·绝句尾联
冷地思量吃亏处，咬牙不觉把龈吞。

二、诗韵上平十二文，录作龈，齿根肉。龈龈。

宋·魏了翁·律诗颔联
读史功夫头没膝，疾时风论齿穿龈。

宋·卫宗武·律诗颈联
古树藏山胁，幽泉漱石龈。

三、词林阮韵，录作龈，起限切，音

遭，齿声。又口很切，音恳，啮也。
暂无诗例。
[附录]
(一)龈字诗韵录于真韵（录作齗）、文韵（录作龂）二韵，从平声，阮韵无字头。词林文韵（录作齗），阮韵（录作龂），今增录。真、文二韵通用，余异义，不通用。诗例多作平声。
(二)齗字新四声读作 yín。①同"龈1."，齿根肉。②[齗齗](1)露齿的样子。(2)争辩：洙、泗之间，齗齗如也（《史记》）。(3)忿嫉：朝臣齗齗（《汉书》）。
(三)龈字新四声
1. 读作 yín。①齿根肉：牙龈炎。②龈龈：争辩的样子。
2. 同"啃"。龈瓜皮，说大话。

【贲】

一、诗韵上平十二文，符分切 fén，龟三足，大也，大鼓也，又元、置韵并异。

宋·白玉蟾·律诗尾联
岸柳江枫共招手，西风吹我出<u>贲</u>隅。
（即番禺，原校：一作罗浮）

二、诗韵上平十三元，博昆切 bēn，勇士也，勇也，虎贲，文、置韵俱异。

宋·葛立方·绝句尾联
孔融天下无双士，并坐尊前对虎<u>贲</u>。

三、诗韵去声四置，彼义切 bì，贲，饰也，卦名，文、元韵俱异。

宋·范仲淹·诗句
古籍东南美，蔚蔚幕中议。
……
赠我百馀言，升堂出而示。
土木朽且陋，黼黻谬增<u>贲</u>。

宋·曹勋·律诗首联
十篇妙唱<u>贲</u>幽光，秀韵凌虚桂影凉。

宋·姜特立·律诗尾联
已被荣封犹未已，更看褒赠<u>贲</u>新坟。

[附录]
(一)贲字分录于文、元、置三韵。异义，不通用。释义及使用与新四声类同。
(二)贲字新四声
1. 读作 bēn。①通"奔"。虎贲即虎奔，勇武状。②姓。
2. 读作 fén。①宏大。②三足龟。③通"坟"，隆起。④通"偾"，覆败。
3. 读作 bì。①文饰，光采。②卦名。

【殷】

一、诗韵上平十二文，于斤切 yīn，众也，大也，中也，作乐之盛称殷，正也，当也，忧也，姓。情殷，殷勤觅，殷周，又删、吻韵异。

宋·方回·律诗颔联
绝望都俞参稷契，劣能损益记周<u>殷</u>。

宋·戴复古·律诗颔联
数朝相款曲，杯酒接<u>殷</u>勤（慇懃）。

宋·赵师秀·律诗首联
小壶纯素无文采，验是<u>殷</u>商物至今。

二、诗韵上平十五删，乌间切 yān，赤黑色，又文、吻韵异。

  宋·文同·律诗颈联
  财利文书犹络绎，边防田地已朱殷。

  唐·岑参·绝句首联
  百尺原头酒色殷，路傍骢马汗斑斑。

  宋·陆游·律诗颈联
  山围小市烟初敛，霜著横林叶半殷。

三、诗韵上声十二吻，于谨切，音隐 yǐn，亦作磤，雷发声也，盛貌。文、删韵俱异。

  宋·郭印·律诗颈联
  老马频嘶草，寒蛩空殷床。

  宋·赵蕃·绝句首联
  反照入江雷殷然，直疑飞雨堕谈间。

  宋·张耒·绝句首联
  岁事先教蟋蟀催，暮云楼阙殷轻雷。

[附录]

(一) 殷字分录于文、删、吻三韵。异义，不通用。释义及使用与新四声类同。

(二) 殷字新四声

1. 读作 yīn。情深，恳切：殷切。
2. 读作 yīn。①盛大：殷祀太庙。②丰富：殷实。③乐舞：五年而再殷祭（《公羊传》）。④众多：士与女，殷其盈矣（《诗经》）。⑤居中，处于：地殷江汉。⑥当，正对着：衡殷南斗。⑦朝代名：殷商。⑧姓。
3. 读作 yān。赤黑色：花色殷红。
4. 读作 yǐn。①震动：梵放时出寺，钟残仍

殷床（杜甫）。②形容雷声：雷声殷殷。

【闻】

一、诗韵上平十二文，无分切 wén，耳知声也，姓。远闻，博闻，声闻，闻声，闻望，问韵异。

  宋·黄庭坚·律诗颈联
  有心便醉声闻酒，空手须磨般若刀。

  宋·杨亿·律诗尾联
  子真漫说耕岩石，不奈声名四远闻。

  宋·欧阳修·律诗首联
  嘉闻嘉誉蔼淮壖，又看吴帆解画船。

二、诗韵去声十三问，文运切 wèn，声彻也，声所至也，名达曰闻。令闻，仁闻，谀闻，声闻，言闻，嘉闻，闻望，闻誉，与文韵异。

  宋·杜范·诗句
  空言漫浩渺，实行较分寸。
  为官志何在，监州民可问。
  以此百纸忠，解彼千里愠。
  有守矧更贤，往哉同令闻。

  宋·陈普·绝句尾联
  仲由勇义能如此，令闻无穷百世师。

  宋·廖行之·律诗颈联
  不信民情容易得，可能仁闻镇长流。

  宋·家铉翁·绝句尾联
  要向儒科著声闻，先从讲学下工夫。

  宋·李祥·律诗首联
  声闻江淮满，文章燕许期。

[附录]

(一) 闻字分录于文、问二韵。"声闻"字面相同，义异，不通用。问韵"名达之闻"义，从仄声。文韵"耳知声"义，从平声。诗例多从平声。

(二) 闻字新四声读作 wén。①听见。②见闻。③音讯。④传达。⑤名望。⑥著名。⑦趁。⑧姓。

【坟】

一、诗韵上平十二文，符分切 fén，坟籍也，墓也，大也，吻韵异。

宋·孟浩然·律诗首联
行乏憩予驾，依然见汝<u>坟</u>。

宋·刘克庄·律诗尾联
拈起祈招犹未识，安知五典与三<u>坟</u>。

宋·朱继芳·律诗颈联
汉土一抔无处觅，白<u>坟</u>三尺有人怜。

二、诗韵上声十二吻，房吻切 fěn，土膏肥也，地坟，壤坟，白坟，黑坟，赤埴坟，与文韵异。暂无诗例。

[附录]

(一) 坟字分录于文、吻二韵，同录作"墳"。异义，不通用。诗例多作平声，宜取平声。参阅新四声释义。

(二) 坟字新四声

1. 读作 fén。①墓。②堤岸，高地。③古籍名。④顺从。划分。

2. 读作 fèn。①高起，隆起。②肥土。

【汶】

一、词林文韵，谟奔切 mén，汶濛，玷辱也。又水名，堑汶，徐汶，青汶，北汶，嬴汶，柴汶，牟汶。

宋·苏颂·诗句
忆昔初读南华篇，但爱闳辨如川源。
……
宋荣犹然在讥世，其于毁誉方<u>汶汶</u>。
(自注：音门)

宋·陈杰·律诗颈联
我逃微责去<u>汶</u>远，公坐高名出昼迟。

二、诗韵去声十三问，文运切 wèn，水名。会汶，封汶，东汶，浮汶，大小汶，汶篁，汶水，汶上。

宋·文天祥·律诗首联
去岁营船隩，今朝馆<u>汶</u>阳。

宋·贺铸·律诗颔联
远违沙漠雪，不下<u>汶</u>阳田。

宋·魏了翁·律诗颔联
归疆才<u>汶</u>上，勒石未燕然。

[附录]

(一) 汶字诗韵录于问韵，从仄声，文韵无字头。词林分录于文、问二韵，今增录。异义，不通用。

(二) 汶字新四声

1. 读作 wèn。①水名。②地名。③姓。

2. 读作 mén。汶汶，昏暗不明：安能以身之察察，受物之汶汶者乎（《楚辞》）。

【熏】

一、诗韵上平十二文，许云切 xūn，通作薰。火烟上出也。火气盛貌。和悦也。东南曰熏风。傍晚曰熏夕。香熏，熏笼，熏染，熏沐，熏炉，熏陶，熏灼，熏蒸。

宋·苏轼·浣溪沙下片
日暖桑麻光似泼，风来蒿艾气如<u>熏</u>。使君元是此中人。

宋·陆游·律诗颔联
回思岁月一甲子，尚记门墙三沐<u>熏</u>。

二、词林问韵，吁运切 xùn，灼也。三熏三沐。暂无诗例。

[附录]
㈠熏字诗韵录于文韵，从平声，问韵无字头。词林分录于文、问二韵，今增录。诗例多作平声，宜取平声。参阅新四声释义。
㈡熏字新四声
1. 读作 xūn。①火烟。②用烟火炙。③气味刺激：臭气熏天。④侵染，受影响：熏陶。
2. 读作 xūn。①熏香。②温和：熏风。③通"曛"，熏夕，即傍晚。
3. 读作 xùn。①方言。窒息中毒：煤气熏着了。②臭名昭著。

【皲】

一、诗韵上平十二文，拘云切，音君 jūn。足坼也，手足冻裂也。手皲，皲瘃，瘃：冻疮也。

宋·曾丰·律诗尾联
脚<u>皲</u>莫患无堪软，四海多情涂柳州。

宋·陆游·诗句
大风从北来，汹汹十万军。
草木尽偃仆，道路瞑不分。
……
夜艾不知雪，但觉手足<u>皲</u>。

二、词林问韵，俱运切，音君去声。义同。暂无诗例。

[附录]
㈠皲字诗韵录于文韵，从平声，问韵无字头。词林分录于文、问二韵，今增录。诗例多作平声，宜取平声。
㈡皲字新四声读作 jūn。皮肤受冻而开裂：皲裂。

【宛】

一、诗韵上平十三元，于袁切 yuān，屈草自复，西域国名，又县名，姓，大宛，守宛。又阮韵异。

宋·刘克庄·诗句
文人何琐碎，夫子独雄尊。
击水移南海，追风出大<u>宛</u>。
黑潭龙怒起，碧宇鹘孤骞。

宋·蔡戡·律诗首联
何必穷搜到大<u>宛</u>，仰山龙种出天然。

二、诗韵上声十三阮，于阮切 wǎn，宛然，屈草自复也，丘名。句宛，大宛，小宛，宛转，宛在，宛洛，宛如，元韵异。

宋·文同·律诗颈联
新蔬宛宛生晴圃，浅溜涓涓出暖沙。

宋·张舜民·律诗首联
再到崆峒寺，题名尚宛然。

[附录]
㈠宛字分录于元、阮二韵。释义注：屈草自复也，通用，诗例多作仄声。参阅新四声释义。
㈡宛字新四声
1. 读作wǎn。①曲折。②仿佛。③微小。④通"郁"：寒湿气宛笃不发（《史记》）。⑤姓。
2. 读作yuān。大宛国，古代西域地名。

【阮】

一、诗韵上平十三元，愚袁切yuán，郡名，五阮郡，阮韵异。暂无诗例。
二、诗韵上声十三阮，虞远切ruǎn，古代国名，又乐器名，姓，与元韵异。

宋·陈师道·律诗尾联
从此竹林须小阮，只今未可弃山王。

宋·戴复古·律诗尾联
王谢功名有遗恨，争如刘阮醉陶陶。

[附录]
㈠阮字分录于元、阮二韵。异义，不通用。诗例多作仄声。参阅新四声释义。
㈡阮字新四声
1. 读作ruǎn。①乐器名。②商代国名。③姓。
2. 读作yuán。五阮关（古关名）。

【敦】

一、诗韵上平十三元，都昆切dūn，迫也，厚也，怒也，诋也，勉也，盛也，大也，姓。敦勉，敦煌，敦睦，敦洽。又寒、队、愿韵并异。

宋·张耒·律诗颔联
内敦勤俭德，阴辅太平基。

宋·王令·诗句
青山何岩岩，江流自浑浑。
……
携琴写古声，酌泉求清源。
适时固虽疏，谋道岂不敦。

二、诗韵上平十四寒，徒官切，音团tuán，聚貌，瓜系蔓之貌。有敦瓜苦，烝在栗薪（《诗经·东山》）。有敦，敦敦，元、队、愿韵俱异。

唐·韩愈·诗句
江汉虽云广，乘舟渡无艰。
流沙信难行，马足常往还。
……
嗟余与夫子，此义每所敦。

三、诗韵去声十一队，都内切，音对duì。黍稷器也，以敦盛食，玉敦，瓦敦。元、寒、愿韵俱异。暂无诗例。
四.诗韵去声十四愿，都困切dùn，竖也，通"顿"，邱成曰敦邱。又太岁在子曰困敦。又浑敦。又与元、寒、队韵俱异。暂无诗例。

[附录]
㈠敦字分录于元、寒、队、愿四韵。异义，不通用。诗例多取元韵义，宜作平声。参阅新四声释义。
㈡敦字新四声
1. 读作dūn。①厚道。②劝，逼迫。③怨恨。④和睦。⑤崇尚。⑥大，多，盛，富。⑦通"屯"，屯驻。⑧通"团"，形容聚拢，圆球形的。⑨姓。
2. 读作duì。①古器具。②治理。③形容独处。④比试。

【沌】

一、词林元韵，徒浑切，音屯tún。水势也，波相随貌：沌沌混混，状如奔马。暂无诗例。

二、诗韵上声十三阮，徒损切dùn，混沌，元气未判也。不开通之貌。沌沌。又"坉"同，或作"敦"。

宋·赵友直·律诗颈联
朦胧咫尺人难辨，混沌东西路不分。

宋·方回·绝句首联
大虚空重片光悬，何异初开混沌天。

宋·郑清之·绝句首联
推篷滉漾失船踪，万顷玻璃在沌东。

宋·陆游·律诗颔联
鼍作夜风经沌口，鹳鸣秋雨宿杭头。

[附录]
㈠沌字诗韵录于阮韵，从仄声，元韵无字头。词林分录于元、阮二韵，今增录。水势也，从平声，暂无诗例。元气也，从仄声，异义，不通用。诗例多作仄声。
㈡沌字新四声
1. 读作dùn。①天地混沌。②形容无知，亦作浑沌。③沌沌：形容水势汹涌。④愚昧无知。
2. 读作zhuàn。地名，沌口。

【蕴薀】

一、诗韵上平十三元，录作蕴，本薀字，乌昆切wēn，吻、问韵异，蕴藻。

唐·白居易·诗句
况此梦中梦，悠哉何足云。
假如金阙顶，设使银河渍。
既未出三界，犹应在五蕴。

二、诗韵上声十二吻，录作蕴，於粉切，积也，一作薀，通作缊。元、问韵俱异。内蕴，情蕴，幽蕴，道蕴，潜蕴，蕴藻，精华蕴。又五蕴，底蕴，易缊。

宋·杨亿·律诗首联
五蕴已空诸漏尽，冢间行道十年馀。

宋·黄庭坚·诗句
二生对曲肱，圭玉发石蕴。
大小穷鹏鹖，短长见椿槿。
欲闻寂时声，黄钟在龙笋。

宋·郑清之·诗句
草木虽无知，叶落能粪本。
……
空言出好事，孰与津燥吻。
赠君拟条冰，差胜羞藻蕴。

三、诗韵去声十三问，录作蕰，於问切，习也。元、吻韵俱异。

宋·宋祁·诗句
长夏宜高明，缓带散烦暍。
凭轩一超然，目与天共尽。
……
自公况多暇，冲臆无留蕰。

宋太宗·绝句尾联
若向此中明此义，十洲洞府蕰馨香。

宋·虞俦·诗句
吴兴鱼稻乡，来视刺史印。
适丁饥馑后，仓廪无馀蕰。
当馈下不噍，宁望馔中隽。

四、词林元韵，蕰藻，水草也，即金鱼藻。暂无诗例。

五、词林吻韵，於粉切，音缊。积也，聚也，蓄也。蕰藻，聚藻。暂无诗例。

六、词林问韵，於问切，义同。暂无诗例。

[附录]
(一) 蕰字诗韵分录于元（录作蕰，本蕰字）、吻（录作蕰，一作蕰）、问（录作蕰）三韵。词林分录于元（录作蕰）、吻（录作蕰）、问（录作蕰）三韵，今增录。释义注"蕰藻即蕰藻"通用，暂无此义项诗例。余义异，不通用。诗例多作仄声。宜取仄声。参阅新四声释义。

(二) 蕰字新四声
1. 读作 yùn。①积聚，包含：蕰藏。蕰藉：宽容。②事理的深奥处，精蕰。③闷，闷热。蕰结，郁结。④通"缊"，乱麻：束蕰请火

(《韩诗外传》)。⑤蕰沦，小波浪。
2. 读作 wēn。蕰藻，水草。

(三) 蕰字新四声
1. 读作 yùn。积聚。
2. 读作 wēn。蕰藻，水草的一种，即金鱼藻。

【圈】

一、词林元韵，驱圆切，音犬_{平声} quān。义同愿韵。

宋·李洪·律诗颈联
栗棘金圈提祖令，奎文宝墨闷宸章。

宋·陈杰·律诗尾联
几神千载悟，纸上更须圈。

宋·朱继芳·绝句首联
动静无端画一圈，分明擘破又浑全。

宋·马廷鸾·绝句首联
纷纷顶板尽圈红，伯仲高骞槐市风。

清·尤侗·诗句
小人原有数亩田，前年尽被满州圈。
身与庄头为客作，里长尚索人丁钱。

二、诗韵上声十三阮，求晚切，又其卷切，兽栏。虎圈，笼圈，猪圈，于菀圈，愿韵异。

宋·宋庠·律诗颈联
虎圈周原绿，敖仓汉粟红。

三、诗韵去声十四愿，其券切，又具愿切 juàn，养畜之闲（栅栏）也。猪圈，虎圈。又地名。阮韵异。又与棬（曲

木做的饮器)同，厄匦之属，屈木所为也。

宋·宋白·绝句首联
萧萧宫树正秋风，虎圈门开辇路通。

宋·郑清之·律诗首联
隔篱野圈犉眠犊，带雨村春鸡唤雏。

宋·陆游·诗句
寒雨山陂远，参差烟树晚。
闻笛翁出迎，儿归牛入圈。

[附录]

(一)圈字诗韵录于阮、愿二韵，从仄声，元韵无字头。词林分录于元、阮、愿三韵，今增录。阮、愿二韵通用。余义异，不通用。参阅新四声释义。

(二)圈字新四声

1. 读作 quān。①环形的东西。②画个环形。③划范围；围：圈地。④量词：一圈铁丝。
2. 读作 juàn。①养家畜的栅栏：猪圈。②姓。
3. 读作 juān。①把禽兽关在栅栏里。②关闭，拘禁。

【钻】

一、诗韵上平十四寒，借官切 zuān，刺也，所以穿也，雕钻，研钻，钻灼，钻刺，钻空。又翰韵。

宋·陆游·绝句首联
我钻故纸似痴蝇，汝复孳孳不少惩。

宋·陆游·律诗首联
槐火初钻燧，松风自候汤。

宋·苏轼·律诗颔联
窗间但见蝇钻纸，门外唯闻佛放光。

宋·楼钥·诗句
我老不复仕，行将挂衣冠。
……
邑有李与丰，况复居二潘。
尚友更从游，问学加研钻。

宋·张耒·绝句首联
浮世荣枯理易观，不劳重取朽龟钻。

二、诗韵去声十五翰，子算切 zuàn，锥子，穿器也，石钻，灼钻，金刚钻，又寒韵。

唐·章孝标·律诗首联
木钻钻盘石，辛勤四十年。

[附录]

(一)钻字分录于寒、翰二韵，同录作"鑽"，钻字1.、2.义项的异体。异义，不通用，诗例多取"穿刺"义，从平声。参阅新四声释义。

(二)钻字新四声

1. 读作 zuān。①穿刺，打孔：钻探。②进入，穿过：刀山火海也敢钻。③深入研究：钻研。④投机，钻营：钻空子。⑤通"攒"，聚。⑥姓。
2. 读作 zuàn。①穿孔的工具：电钻。古代的一种刑具。②钻石，即金刚钻。
3. 读作 qián。①同"钳"。②楔子。

【单】

一、诗韵上平十四寒，都寒切 dān，单，复之对也，大也，尽也，又薄也，姓。又先、铣韵并异。

宋·范成大·绝句首联
五月江吴麦秀寒，移秧披絮尚衣<u>单</u>。

宋·戴复古·绝句尾联
妻病无钱供药物，自寻野草试<u>单</u>方。

二、诗韵下平一先，市连切chán，单于，又寒、铣韵俱异。

宋·岳珂·绝句首联
塞垣战罢五<u>单</u>于，北驿吹尘捧国书。

三、诗韵上声十六铣，常演切shàn，大也，县名，姓，又寒、先韵并异。

宋·刘克庄·律诗颔联
自古人惟称<u>单</u>父，至今我尚爱桐乡。

[附录]
(一) 单字分录于寒、先、铣三韵，同录作"單"。异义，不通用。参阅新四声释义 1.、3.、4. 义项。

(二) 单字新四声
1. 读作 dān。①奇数。②只，光：单说不做。③种类，项目或变化少：单调。④通"殚"，完，尽。⑤单据，名单。
2. 读作 dàn。厚。
3. 读作 shàn。①县名。②姓。
4. 读作 chán。单于。

【莞】

一、诗韵上平十四寒，胡官切guán，草可为席者，苇莞，青莞，蒲莞，莞簟，似蔺而圆可为席，姓。又潸韵异。

宋·苏轼·诗句
江南佳公子，遗我锦绣端。
揽之温如春，公子焉得寒。
……
雪堂初覆瓦，上簟无下<u>莞</u>。

宋·王令·诗句
一病百志堕，起逢秋物阑。
……
不知秋叶疏，但怪朝影斑。
羸躯便偃侧，藉有藁与<u>莞</u>。

宋·毛滂·诗句
雪意不肯休，垂垂阁云端。
……
不然学农圃，趁此筋力完。
年丰得饱饭，日晏眠茅<u>莞</u>。

宋·曾丰·律诗颔联
大庚岭高梅挺拔，东<u>莞</u>天远海汪洋。

二、诗韵上声十五潸，户板切wǎn，莞尔而笑，小笑貌，又东莞，地名也，又寒韵异。

宋·杨万里·律诗颈联
初喜晓光将<u>莞</u>尔，竟羞午影不嫣然。

宋·王安石·诗句
荒哉我中园，珍果所不产。
朝暮惟有鸟，自呼车载板。
楚人闻此声，莫有笑而<u>莞</u>。

宋·陆游·诗句
我生无他长，所得静而简。
出仕三十年，不殖一金产。
……
浮生固如此，正可付一<u>莞</u>。

宋·王炎·律诗首联
清香燕寝憩儒先，出对湖山一莞然。

[附录]
(一)莞字分录于寒、潸二韵。异义，不通用。藁与莞，从平声。笑而莞，从仄声。参阅新四声释义1.、3. 义项。
(二)莞字新四声
1. 读作 guān。①蒲草可织席。②姓。
2. 读作 guǎn。东莞：广东一市名。
3. 读作 wǎn。形容微笑：莞尔一笑。

【滩】

一、诗韵上平十四寒，他干切 tān，水滩，沙滩，七里滩，子陵滩，滩头。与翰韵异。

宋·秦观·律诗颔联
云归邃谷知无雨，风卷寒溪没近滩。

宋·戴复古·绝句尾联
青衫着了寻归路，莫过羊裘七里滩。

明·唐寅·绝句首联
山意炊笼酿早寒，数家茅屋是渔滩。

明·汪广洋·绝句尾联
兰溪三日桃花雨，夜半鲤鱼来上滩。

二、诗韵去声十五翰，奴案切，水奔流貌，又寒韵异。暂无诗例。

[附录]
(一)滩字分录于寒、翰二韵，同录作"灘"。异义，不通用。诗例多作平声，宜取平声。
(二)滩字新四声读作 tān。①险滩。②滩涂。

【弹】

一、诗韵上平十四寒，徒干切 tán，射也，击也，鼓也，鼓爪曰弹，纠也，纠弹。又翰韵异。

宋·刘克庄·律诗颈联
遍尝忧患肱三折，已过光阴指一弹。

二、诗韵去声十五翰，徒案切 dàn，行丸，喻小也，弹丸，弹丸转地，弹雀珠，又寒韵。

宋·杨万里·绝句尾联
又与山禽争口腹，执竿挟弹守樱桃。

宋·王安石·绝句首联
城郭千家一弹丸，蜀冈拥肿作蛇蟠。

宋·方岳·绝句首联
日月无根走弹丸，年来年去几椒盘。

[附录]
(一)弹字分录于寒、翰二韵，同录作"彈"。异义，不通用。参阅新四声释义。
(二)弹字新四声
1. 读作 dàn。①弹弓：援弹飞丸，应弦而落。②弹丸：泥丸。③有杀伤力的爆炸物：炮弹。
2. 读作 tán。①有弹性：弹簧。②弹射：有鸟莫令弹。③用手指弹击：弹冠相庆。④拨弄或敲打：弹琴。⑤弹劾：揭发和追究法律责任。⑥瞪大：弹眼睛。⑦挥洒：男儿有泪不轻弹。

【汗】

一. 诗韵上平十四寒，胡安切，又河干切hán，突厥主称可汗，又县名，翰韵异。

宋·文天祥·绝句首联
狼心那顾歃铜盘，舌在纵横击可汗。

二. 诗韵去声十五翰，侯旰切hàn，热也，人液也，水广大无际貌。血汗，流汗，挥汗，汗青，汗牛，汗马功，汗衫，汗简，与寒韵异。

宋·杨亿·律诗颈联
虎观清风留汗简，鹓原高韵忆吹筼。

宋·姜夔·律诗首联
京尘吹帽汗淋衣，相见频年只道归。

[附录]
㈠汗字分录于寒、翰二韵。异义，不通用。释义及使用与新四声类同。
㈡汗字新四声
1. 读作hàn。出汗或如出汗。
2. 读作hán。可汗。

【摊】

一. 诗韵上平十四寒，他丹切tān，开也，缓也。人摊，分摊，计口摊，摊饭，摊书。翰韵异。

宋·陆游·律诗首联
润入盆山绿叶稠，倦摊书帙小窗幽。

宋·董嗣杲·菱花·律诗首联
珠团绿锦趁晴摊，凉荫龟鱼六月寒。

宋·高翥·律诗颔联
笑捻白须传阵法，手摊黄纸说君恩。

二. 诗韵去声十五翰，奴案切nàn，按也，按摊也，与寒韵异。暂无诗例。

[附录]
㈠摊字分录于寒、翰二韵，同录作"摊"。释义"摊开"从平声。异义，不通用。诗例多作平声，宜取平声。
㈡摊字新四声读作tān。①展开，摆开：摊牌。②摊子：售货摊。③分担：摊派。④量词：一摊水。⑤匀开：摊煎饼。

【胖】

一. 诗韵上平十四寒，蒲官切pán，大也，安舒也，心广体胖，外胖，翰韵异。

宋·楼钥·绝句首联
但使心如水在槃，坐令四体自然胖。

宋·史尧弼·律诗颈联
吏隐宁官冷，心清则体胖。

宋·吴潜·律诗尾联
明年定赛今年熟，野老心腴更体胖。

二. 诗韵去声十五翰，普半切pàn，牲之半体。火传阳燧，水溉阴精。太公胖俎，傅说和羹（唐《郊庙歌辞·享太庙乐章》）。肬胖，右胖，一胖，左胖，鹄鸮胖。与寒韵异。

宋·吴潜·律诗首联、尾联
不数玄真与木难，也休翦彩缀林端。
忍寒袖手青灯畔，解字闲书胖与胖。
（自注：前胖字去声，后胖字平声）

[附录]
㈠胖字分录于寒、翰二韵。"体胖"之胖，从平声。祭祀用的半体牲，从仄声。异义，不通用。诗例多作平声。参阅新四声释义。
㈡胖字新四声
1. 读作pán。安泰舒适，心广体胖。
2. 读作pàn。①古祭祀用的半体牲。②半边。
3. 读作pàng。肥；胖妞；胖娃娃。

【拌】

一、诗韵上平十四寒，普官切，音潘，俗作"拚"，捐弃也。久拌，先拌，难拌，谁拌。

宋·孔武仲·律诗尾联
把酒须拌醉，还家不隔城。

宋·陈著·律诗颈联
杜鹃入洛啼拌死，鸿雁辞南去有归。

明·程嘉燧·律诗颔联
已拌浓艳随黄土，转觉欢娱恼白头。

二、词林旱韵，普半切。与"判"通，分也，割也，镌石取玉，拌蚌取珠。暂无诗例。

[附录]
㈠拌字诗韵录于寒韵，俗作"拚"，释义"弃捐"从平声，旱韵无字头。词林旱韵录作"拌"，今增录。异义，不通用。诗例多作平声。参阅收录于"平仄亦通亦异多音字"中"拚"字的音义项。
㈡拌字新四声
1. 读作bàn。①搅和；拌菜。②争吵；拌嘴。
2. 读作pàn。①舍弃，不顾惜：只得拌命前进（《朱子语类》）。②施展，表露：临醉欲拌娇（李商隐）。③通"判"，分开，剖割：镌石拌蚌，传卖于市（《史记》）。

【鲜】

一、诗韵下平一先，相然切xiān，洁也，善也，生也，明也，又国名，又姓，又鸟兽新杀曰鲜，铣韵异。

宋·葛绍体·绝句首联
重吟坡老芳鲜句，饮客西湖半醉中。

宋·戴复古·律诗颈联
村酒新篘浊，溪鱼出网鲜。

宋·陆游·长歌行
不羡骑鹤上青天，
不羡峨冠明主前，
……
胡星澹无光，龙庭为飞烟。
西琛过葱岭，东戍逾朝鲜。

宋·刘克庄·排律首联
险绝朝鲜国，微茫海四环。

二、诗韵上声十六铣，息浅切xiǎn，少也，俗作尟，寡也，罕也，尽也。鲜知，终鲜，惠鲜，闻见鲜，鲜能，与先韵异。

宋·范成大·律诗首联
青灯相对话儒酸，老去羁游自鲜欢。

宋·张舜民·律诗颈联
松风生籁延虚室，瀑水喷珠缀鲜花。

宋·刘克庄·律诗首联
方寸忧勤匝四封，兵厨不爨鲜欢惊。

唐·张九龄·诗句
郡庭日休暇，湖曲邀胜践。
……
岁徂风露严，日恐兰若剪。
佳辰不可得，良会何其鲜。

宋·刘克庄·绝句首联
万株绛翠图难画，一种甘滋味鲜知。

宋·刘克庄·律诗颈联
插萸兄弟悲终鲜，把菊先生唤不回。

宋·刘克庄·律诗首联
主人尤爱竹，老病鲜窥园。

[附录]
㈠ 鲜字分录于先、铣二韵。异义，不通用。"惠鲜、击鲜、芳鲜、朝鲜国"从平声，暂无仄声例句。"鲜欢、鲜知、终鲜"从仄声，暂无平声例句。参阅新四声释义。
㈡ 鲜字新四声
1. 读作xiān。①活鱼。②味道好。③新鲜。④纯净，艳丽。⑤夭折，短命。
2. 读作xiǎn。①善，好。②通"献xiàn"，进献。③姓。
3. 读作xiǎn。①少：鲜为人知。②孤，寡，鲜民：孤子。

【钱】

一、诗韵下平一先，昨仙切qián，《周礼》注云：钱货泉也，其藏曰泉，其行曰布，取名流行无不遍也。藏曰钱行，又姓。青钱，金钱，铸钱，沽酒钱，铣韵异。

宋·曾巩·绝句首联
秫地成来多酿酒，杏林熟后亦留钱。

宋·杨亿·律诗颈联
雷火悲三上，金钱困一囊。

二、诗韵上声十六铣，即浅切jiǎn，钱：铫也，钱镈，田器。又酒器。为钱，雀钱也。先韵异。暂无诗例。

[附录]
㈠ 钱字分录于先、铣二韵，同录作"錢"。异义，不通用。暂无仄声诗例，宜取平声。
㈡ 钱字新四声
1. 读作qián。①货币。②重量单位。③费用。④姓。
2. 读作jiǎn。古农具名，类似铁铲。

【扁】

一、诗韵下平一先，方连切，纰延切，并音篇piān。小舟也，扁舟，铣韵异。

宋·贺铸·律诗首联
西来载病一扁舟，建业江山负胜游。

二、诗韵上声十六铣，补典切biǎn，又薄泫切biàn。扁：与匾同，楣扁，署门户之文也。器物不圆也，卑也，姓。扁鹊，扁扁，先韵异。

宋·苏轼·绝句尾联
夜来春睡浓于酒，压<u>扁</u>佳人缠臂金。

宋·刘克庄·律诗尾联
危亭更着文公<u>扁</u>，日落山空未忍回。

宋·王迈·律诗颔联
每羡君才如<u>扁</u>鹊，能为后学发醯鸡。

[附录]
(一)扁字分录于先、铣二韵。异义，不通用。参阅新四声释义。
(二)扁字新四声
1. 读作 biǎn。①扁额，今作匾。②比实际情况差：把人看扁了。③通"遍"，普遍：扁然万物自古以固存（《庄子》）。④物体平而薄：压扁了。⑤姓。
2. 读作 piān。①小：一叶扁舟。②通"偏"，边远，偏僻：吾之国也扁（《吴越春秋》）。

【卷】

一、诗韵下平一先，巨员切，音权 quán，曲也，卷曲。善卷舒，卷卷。大卷，黄帝乐。与铣、霰韵异。

宋·释文珦·律诗首联
拥肿仍<u>卷</u>曲，知经几度春。

宋·洪咨夔·律诗颔联
<u>卷卷</u>行已训，历历读书箴。

宋·王洋·绝句首联
顽石连<u>卷</u>裹绿苔，人传桑苎手亲开。

宋·刘子翚·诗句
晨起偶无事，携筇出潭川。
……
雄观发新奇，胜地穷攀缘。
据石弄惊急，班荆荫连<u>卷</u>。

宋·俞桂·律诗尾联
不才为世弃，徒自咏<u>卷</u>阿。

二、诗韵上声十六铣，居转切 juǎn，舒卷，膝曲也，与捲同，又人名，先、霰韵并异。

南北朝·鲍照·诗句
昨辞金华殿，今次雁门县。
寝卧握秦戈，栖息抱越箭。
忍悲别亲知，行泣随征传。
寒烟空徘徊，朝日乍舒<u>卷</u>。

宋·王安石·律诗首联
<u>卷卷</u>缥帷轻，空堂昼哭声。

宋·章谦亨·律诗颈联
宝殿鳞鳞章佛界，珠帘<u>卷卷</u>向山清。

唐·王昌龄·绝句首联
大漠风尘日色昏，红旗半<u>卷</u>出辕门。

宋·释宗杲·绝句首联
荆棘林中善<u>卷</u>舒，更於骊颔探神珠。

三、诗韵去声十七霰，录作"卷"，居倦切，音眷 juàn，卷：弩弓，连弩也，又与卷同，诗卷，残卷，画卷，开卷，书卷，与先、铣韵俱异。

宋·傅察·诗句
蜗舍蓆为门，清风无所扇。

闲视才半寻，起行空百转。
对食不下喉，流汗常被面。
矧复凫鹜行，摘尾抱大<u>卷</u>。

宋·张耒·律诗颔联
诗倚醉豪连<u>卷</u>写，酒逢勍敌百分斟。

[附录]
(一) 卷字分录于先（录作"卷"）、铣（录作"卷"）、霰（录作"卷"，卷同）三韵，"卷卷""连卷"非通用，应依音、义辨读。"大卷、卷舒"从仄声，暂无平声例句。参阅新四声释义。先韵又字头"棬"与霰韵"棬"，释义"连弩"通用，余义亦异。"棬"字收录在诗韵字表"不常用字"中。
(二) 卷字新四声
1. 读作 juǎn。①卷帘。②收，藏。③卷制食品。④通"紾"，把腰、袖束紧。
2. 读作 juàn。①书卷。②试卷。③卷宗。④通"圈"。
3. 读作 quán。①膝曲。②通"婘"，美好。③通"拳"，挚爱。④通"惓"，卷卷：忠诚，恳切。
4. 读作 quān。①地名。②通"棬"。

【先】

一、诗韵下平一先，苏前切 xiān，先后也。祖、父殁曰先。姓。又霰韵异。

宋·苏轼·绝句尾联
成佛莫教灵运後，著鞭从使祖生<u>先</u>。

宋·叶适·律诗首联
九曲弦歌满巷传，儒林声价有谁<u>先</u>。

宋·陈宓·绝句尾联
正人况值为侯牧，抚字催科审后<u>先</u>。

二、诗韵去声十七霰，先见切 xiàn，先之也，男先，后先，乘韦先，驾马先。先后犹娣姒，凡在前者谓之先，则平声；先而导前，与当后而先之，则去声。先韵异。

明·高启·诗句
嘉陵美山水，亦复富文彦。
……
平生眼无人，遇我独相善。
陌头每并出，两骑无后<u>先</u>。

[附录]
(一) 先字分录于先、霰二韵。诗例多作平声，宜取平声。
(二) 先字新四声读作 xiān。①次序，与后相对。②古代的。③先导，引导。④当时，先前。⑤占先。⑥事先联系或介绍。⑦姓。

【燕】

一、诗韵下平一先，因肩切，音烟 yān，燕然山，又国名，又州名，又姓，霰韵异。

宋·张舜民·律诗尾联
莫怪子云知遇晚，勒铭终欲上<u>燕</u>然。

宋·张舜民·诗句
朱户当昼扃，霜帘达夜悬。
……
今兹睹秋闱，犹欲争相先。
枯鱼傍江湖，疲马忆蓟<u>燕</u>。

毛泽东·浪淘沙上片一、二句
大雨落幽燕，白浪滔天。

宋·杨亿·律诗颔联
雄豪结客欺燕侠，懆慄悲秋笑楚骚。

宋·张舜民·律诗首联
梁苑瑶池醉梦阑，忽随北客度燕山。

二、诗韵去声十七霰，于甸切yàn，玄鸟也，亦称元鸟。先韵异。

宋·仇远·律诗颈联
小楼兀坐思猿鹤，好客相期避燕鸿。

宋·范仲淹·律诗颈联
厌入市廛如海燕，可堪云水属江鸥。

[附录]
(一) 燕字分录于先、霰二韵。异义，不通用。参阅新四声释义。
(二) 燕字新四声
1. 读作yàn。①候鸟。②安闲，安息。③接近，亲近。④亵渎，轻漫。⑤喜悦，欢爱。⑥通"宴"。
2. 读作yān。①古国名。②姓。

【县】

一、诗韵下平一先，胡涓切xuán，系也，与"悬"同。倒县，孤县，县挂，县厓，县壶。霰韵异。

宋·魏了翁·律诗首联、颔联
怕放红楼目，浮云断复连。
远看壶聚拓，近视室如县。

宋·王安石·诗句
潼关西山古蓝田，有气郁郁高拄天。
……
欲献天子无由缘。朝廷昨日钟鼓县。

宋·王安石·诗句
山公游何处，白马鸣翩翩。
檀栾十亩碧，五月浮寒烟。
留客听其间，风吹江海县。

二、诗韵去声十七霰，形甸切，音现。郡县也，县，悬也，悬系于郡也，姓，先韵异。

宋·楼钥·律诗首联
壮县人歌第一奇，过庭为有宁馨儿。

宋·李焘·律诗首联
壮矣府中县，索如城外村。

[附录]
(一) 县字分录于先、霰二韵，同录作"縣"。
释义：与"悬"同，从平声。释作："郡县也"从仄声。异义，不通用。诗例多作仄声，宜取仄声。参阅新四声释义。《诗韵》未录"悬"字，俱以"縣"通"悬"。《词林正韵》先韵录有"悬"，今增录于诗韵字表。
(二) 县字新四声
1. 读作xiàn。①地方行政区划。②姓。
2. 同"悬"，悬挂，悬殊。

【煎】

一、诗韵下平一先，子仙切jiān，熟煮，熬也，有汁而干之曰煎，烹煎，霰韵异。

宋·陆游·绝句首联
雪液清甘涨井泉，自携茶灶就羹煎。

宋·张舜民·律诗首联
都城人事日烹煎，跳出都门意已仙。

二、诗韵去声十七霰，子贱切jiàn，甲煎：《本草》注，以甲香同沉香治成，可作口脂及焚爇也。香名，甲煎。豉煎，梅煎，荧煎。与先韵"熬也"别。

宋·陆游·律诗尾联
一杯尝豉煎，寒影对崚嶒。

宋·贺铸·律诗首联
小阁烧香麝煎浓，翠苔庭院绿阴风。

唐·李商隐·律诗颔联
沉香甲煎为庭燎，玉液琼苏作寿杯。

[附录]
(一)煎字分录于先、霰二韵。异义，不通用。诗例多从平声。宜取平声。
(二)煎字新四声
1. 读作jiān。①一种烹饪法。②熬，煮。③消溶，熔炼。④形容焦灼痛苦。
2. 读作jiàn。用同"饯"。

【禅】

一、诗韵下平一先，市连切chán，静也。与霰韵封禅也，义异。

宋·戴复古·绝句首联
欲参诗律似参禅，妙趣不由文字传。

二、诗韵去声十七霰，时战切shàn，圭禅，禅让，传受。除地祭，又禅代也，先韵异。

宋·杨亿·律诗尾联
公暇好裁封禅颂，圣皇将欲驾云亭。

[附录]
(一)禅字分录于先、霰二韵，同录作"禪"。异义，不通用。
(二)禅字新四声
1. 读作shàn。①古帝王登封降禅。②以帝位让人。③转化，替代，引申为继承。
2. 读作chán。佛教名词，指静思。

【扇】

一、诗韵下平一先，式连切shān，"煽"同。扇凉，驱扇(驱策煽动)，代扇，弥扇(更加厉害)，广扇，吹扇，右扇。霰韵异。

宋·薛田·诗句
混茫不变造西阡，物象熙熙被一川。
……
薜庭嫩笋青参参，风槛新荷绿扇扇。

二、诗韵去声十七霰，式战切shàn，扉也。羽扇，摇扇，题扇，雉尾扇，桃花扇，扇面，与先韵异。

宋·范成大·绝句尾联
去年团扇题诗处，依旧疏帘细雨中。

宋·张镃·绝句首联
别开庭院近莲塘，油樾栏干小扇窗。

宋·董嗣杲·长耳相·律诗尾联
想知自丑难遮断，两扇禅扉及早关。

[附录]

(一) 扇字分录于先、霰二韵。义异，不通用。诗例多作仄声，宜取仄声。参阅新四声释义。

(二) 扇字新四声

1. 读作 shàn。①掌扇。②门扇。③量词：一扇磨。④通"骟"，阉割。⑤姓。
2. 读作 shān。①通"搧"：(1)摇动扇子生风：扇炉子。(2)用手击：扇耳光。②通"煽"，(1)煽动，鼓动。(2)炽盛：颓风已扇，雅道日沦（《晋书》）。③（风）起，吹：夕风已扇（陆云）。④遮蔽：画屏低扇（汤显祖）。

【延】

一、诗韵下平一先，以然切 yán。迁延，相延，蔓延，绵延，苟延，延揽，延纳，延贤，延寿。

宋·陆游·律诗颈联
家塾竞延师教子，里门罕见吏征租。

宋·蔡格·绝句首联
硬着脊梁休放肩，肩挑重负路漫延。

二、词林霰韵，以浅切，音演，冤顶的覆版。又于线切，音羡，及也，互相周通。暂无诗例。

[附录]

(一) 延字诗韵录于先韵，从平声，霰韵无字头。词林分录于先、霰二韵，今增录。异义，不通用。诗例多作平声，宜取平声。

(二) 延字新四声读作 yán。①远，长：延颈秀项（曹植）。②伸展，引长，推迟：延年益寿。③引进，聘请：延医调治。④迎候，等待：空余华构延风月（王安石）。⑤搬运，

延石千里（刘向）。⑥通"埏"，墓道。⑦通"綖"，冕顶的覆版。⑧姓。

【涎】

一、诗韵下平一先，夕连切 xián，慕欲口液也。垂涎，馋涎，流涎，龙涎，吐涎。

宋·苏轼·律诗首联
山鸦噪处古灵湫，乱沫浮涎绕客舟。

宋·戴复古·律诗尾联
山僧惯蔬食，清坐莫流涎。

宋·刘克庄·律诗颈联
麝房吾割爱，鲍肆尔垂涎。

二、词林霰韵，于线切，音羡，涎涎，水流貌。迆涎，逦迆相连也。

宋·李纲·西江月上片
意态何如涎涎，轻盈只恐飞飞。
华堂偏傍主人栖。好与安巢稳戏。

唐·孟郊·峡哀·诗句
峡乱鸣清磬，产石为鲜鳞。
喷为腥雨涎，吹作黑井身。
怪光闪众异，饿剑唯待人。

[附录]

(一) 涎字诗韵录于先韵，从平声，霰韵无字头。词林分录于先、霰二韵，今增录。异义，不通用。诗例多取"口液"义，从平声。参阅新四声释义。

(二) 涎字新四声

1. 读作 xián。①唾液，口水：垂涎三尺。②羡慕，贪图：眈眈涎我边境（梁启超）。

③嬉笑。涎着脸笑道……（《红楼梦》）。
2. 读作diàn。涎涎：光亮，衔泥燕……尾涎涎（韦应物）。

【跣】

一、词林先韵，苏前切，音先。蹁跹，亦作翩跹，旋行貌，亦曰舞容。暂无诗例。

二、诗韵上声十六铣，苏典切，音铣xiǎn。足亲地也。徒跣，袒跣，裸跣，一脚跣，跣足。

宋·范成大·律诗颈联
村妇犹多跣，山猿逐少啼。

宋·刘克庄·律诗首联
晴久方池可跣行，萍枯惟有草纵横。

[附录]
㈠跣字诗韵录于铣韵，从仄声，先韵无字头。词林分录于先、铣二韵，今增录。异义，不通用。诗例多作仄声，宜取仄声。
㈡跣字新四声读作xiǎn。光着脚：不及衣冠，跣出击鼓（《魏书》）。

【昭】

一、诗韵下平二萧，止遥切，音招zhāo，明也，光也，著也，觐也，姓。昭穆，昭示，昭苏，昭明，昭令，昭昭，又筱韵异。

宋·戴复古·律诗尾联
世间无哭处，吾欲哭昭陵。

宋·释心月·绝句首联
昭昭心目色尘里，晃晃色尘心目间。

二、诗韵上声十七筱，止小切zhǎo，明也，马行貌，萧韵异。

宋·魏了翁·律诗尾联
潜复虽深终是昭，停舣且待夜深还。

[附录]
㈠昭字分录于萧、筱二韵。义异，不通用。诗例多作平声，宜取平声。
㈡昭字新四声读作zhào。①光。②彰明，显扬。③明白。④昭雪。⑤昭穆：古时表示长幼。⑥通"韶"。⑦通"照"，恩昭九族（《三国志》）。⑧姓。

【佋】

一、诗韵下平二萧，市昭切zhāo，庙佋穆也，亦作"昭"，筱韵异。暂无诗例。

二、诗韵上声十七筱，市沼切shào，佋介，通"绍"，宾佋，萧韵异。暂无诗例。

[附录]
㈠佋字分录于萧、筱二韵。异义，不通用。参阅新四声释义。
㈡佋字新四声
1. 读作shào。佋介：介绍。
2. 读作zhāo。①佋侥：矮个子。②同"昭"。

【娆】

一、诗韵下平二萧，如招切ráo，妍

媚貌。娇娆，窈娆，妖娆，烦娆，娆娆，筱、啸韵并异。

　　宋·戴复古·律诗尾联
　　歌舞不容人不醉，樽前方见童娇娆。

　　宋·袁说友·律诗颔联
　　袅娜熟眠杨柳绿，夭娆浓醉海棠红。

　　宋·王禹偁·绝句首联
　　春憎窈窕教无子，天为妖娆不与香。

二、诗韵上声十七筱，奴鸟切niǎo，尔绍切rào。乱也，苛酷也。又扰。嬲娆，美貌。苛娆，又戏弄也。又萧韵、啸韵。

　　宋·苏轼·诗句
　　我梦游天台，横空石桥小。
　　……
　　何人识此志，佛眼自照了。
　　我梦君见之，卓尔非魔娆。

　　宋·陈造·律诗尾联
　　翻忆黄公酒垆夜，略无忧患娆灵台。

三、诗韵去声十八啸，火吊切，㜺娆，不仁也。又萧、筱韵并异。暂无诗例。

[附录]
(一)娆字分录于萧、筱、啸三韵，同录作"娆"。异义，不通用。诗例多作平声。参阅新四声释义。
(二)娆字新四声
1. 读作rǎo。烦扰，扰乱。
2. 读作ráo。①柔弱。②艳丽：妖娆。

【剽】

一、诗韵下平二萧，毗霄切piáo，大钟曰镛，中为剽。小也，轻也，末也。勇剽，中剽，攻剽，啸韵异。

　　宋·范成大·律诗尾联
　　牙门列校俱剽锐，檄与河边秃发知。

二、诗韵去声十八啸，匹妙切piào，强取也，又轻也，截也，剥也，急也，砭刺也，又劫也，耳剽，攻剽，稚剽，剽掠，剽剥，萧韵异。

　　明·高启·诗句
　　衍师本儒生，眉骨甚疏峭。
　　轩然出人群，快若击霜鹞。
　　……
　　乾纲会中颓，四海起攘剽。

　　宋·方回·律诗颈联
　　朽老宁孤瘦，飞扬勿剽轻。

　　宋·陈襄·诗句
　　朝廷厌烦苛，往还按察诏。
　　四方小大官，政恶日无谯。
　　……
　　山林剽遁逃，道路剪攻剽。

[附录]
(一)剽字分录于萧、啸二韵。异义，不通用。诗例多作仄声。参阅新四声释义。
(二)剽字新四声
1. 读作piāo。①砭刺：古人用石针治病。②抢劫，掠夺：剽掠。③窃取，抄袭：剽窃。
④攻击：剽剥。⑤截分，削除：剽去不义

诸侯（贾谊）。⑥敏捷：剽疾如猿猴（《清稗类钞》）。⑦强悍：勇剽若豹螭（曹植）。⑧剽姚：勇猛劲疾。汉代作武官名。
2. 读作biāo。末梢：长其尾而锐剽（《荀子》）。

【漂】

一、诗韵下平二萧，匹消切piāo，浮也，动也，高飞貌，清凉貌，漂萍，风雨漂，水漂，漂漂，漂摇，漂然，啸韵异。

唐·杜甫·律诗颈联
波漂菰米沉云黑，露冷莲房坠粉红。

宋·杨万里·绝句尾联
伞作旅亭泥处坐，水漂地灶雨中薪。

二、诗韵去声十八啸，匹妙切piào，水中击絮也，水漂，清漂，漂母，漂纱，蛮妇漂，萧韵异。

宋·曹勋·律诗颔联
鸣榔秋水阔，击漂晓溪寒。

宋·陈与义·律诗颈联
书生投老王官谷，壮士偷生漂母家。

宋·王汶·诗句
排云上殊庭，备物俨神道。
含酸步逶迤，积疹思遐漂。
乘风来帝旁，驾说落穷岛。

[附录]
(一)漂字分录于萧、啸二韵。异义，不通用。诗例多取"漂浮"义，从平声。参阅新四声释义。

(二)漂字新四声
1. 读作piāo。①浮行。②冲走。③流浪，奔波。④志节高远：漂然有节概（《汉书》）。⑤通"飘"：(1)吹，使飘荡。(2)形容轻。
2. 读作piǎo。用水洗去杂质。
3. 读作piào。①美观：漂亮。②落空：打水漂。

【劭】

一、诗韵下平二萧，祈尧切，音翘qiáo，精异义，劝勉也，又美也，清劭，令名劭，啸韵异。

宋·晁说之·律诗尾联
久负梁园能赋客，且遵汉诏善劭农。

宋·魏了翁·律诗首联
方春不及与劭农，十月郊行劳岁功。

二、诗韵去声十八啸，实照切shào，自强也，美也，劝勉也，奉劭，许劭，功劭，声劭，何劭，清劭，汉《法言》：年弥高而德弥劭，萧韵异。

宋·杨公远·律诗尾联
翻忆昔年成感慨，长官出郭劭耕民。

唐·徐夤·律诗颔联
十年小怨诛桓劭，一檄深雠报孔璋。

明·周滨·诗句
去国思旧游，寻山发幽眺。
遥凌天门石，恍对临海峤。
……
行矣庶无欺，忠信将可劭。

[附录]
(一) 劭字分录于萧、啸二韵。释义注"美也，劝勉"通用，暂无通用的诗例。"许劭，劭农，德劭"常见用于诗词。诗例多作仄声。
(二) 劭字新四声读作 shào。①劝勉，自强。②美好：年高德劭。

【徼】

一、诗韵下平二萧，古尧切 jiāo，求也，抄也，要也。惠徼，幸徼，徼倖，徼福，徼求，啸韵异。

> 宋·苏轼·诗句
> 刘生望都民，病羸寄空窑。
> ……
> 笔砚耕学苑，戈矛战天骄。
> 壮大随尔好，忠孝福可<u>徼</u>。

> 宋·文同·律诗颈联
> 恩泽非<u>徼</u>幸，官荣悉治功。

> 宋·王安石·律诗颔联
> 太史有书能叙事，子云於世不<u>徼</u>名。

> 宋·方回·律诗尾联
> 可惜科场废，难<u>徼</u>笔砚灵。

二、诗韵去声十八啸，吉吊切 jiào，循也，小道也，遮绕也，塞也。延边也，海徼，长游徼，淮海徼，青衣徼，徼幸。又妙也。有欲以观其徼（《老子》）。与萧韵别。

> 宋·范成大·绝句尾联
> 劝君观妙还观<u>徼</u>，先作顽仙地上行。

> 宋·文同·律诗首联
> 得数常奇懒下筹，肯来荒<u>徼</u>治繁囚。

[附录]
(一) 徼字分录于萧、啸二韵。异义，不通用。参阅新四声释义。
(二) 徼字新四声

1. 读作 jiāo。①边界，又指边境上的城堡：深沟壁垒，分卒守徼乘塞（《史记》）。②巡视。③通"邀"：(1)谋求。(2)拦截。
2. 读作 jiǎo。①窃取，抄袭：恶徼以为智者（《论语》）。②激发：发士卒佐之以徼其志（《史记》）。
3. 同"侥 jiǎo"某义项，今多作侥幸。

【调】

一、诗韵下平二萧，徒聊切 tiáo，和也，调和，揉伏也，嘲笑，欺也，又姓，尤、啸韵并异。

> 宋·方蒙仲·绝句尾联
> 君王曾梦商岩否，此物差堪与燮<u>调</u>。

> 宋·刘克庄·律诗首联、颔联
> 画檐一夜雨飘萧，际晓阴霾扫碧霄。
> 有日暂看旗脚展，无风初觉鼓声<u>调</u>。

二、诗韵下平十一尤，张流切 zhōu，本又音条，朝也，《诗经》云：怒如调饥。萧、啸韵并异。暂无诗例。

三、诗韵去声十八啸，徒吊切 diào，选调也，韵调也，度也，求也。调度，声调，又愕调，萧、尤韵俱异。

> 宋·戴复古·律诗首联
> 掇取高科如拾芥，爱君才<u>调</u>望君深。

宋·秦观·诗句
一钩五十犗，始具任公钓。
揭竿趣灌渎，与尔不同调。
先生本西蜀，侠气见英妙。

宋·林逋·律诗尾联
堪笑胡雏亦风味，解将声调角中吹。

宋·文同·律诗尾联
谢郎风调将谁奈，独倚书床拥鼻吟。

宋·王禹偁·律诗首联
数年侍从立丹墀，掌诰长惭格调卑。

宋·王禹偁·律诗颈联
又移郡印三年调，未报君恩两鬓斑。

[附录]
(一) 调字分录于萧、尤、啸三韵。异义，不通用。参阅新四声释义。
(二) 调字新四声
1. 读作 tiáo。①协调，调和。②调节，拨弄。③配，和。④嘲弄，挑逗。⑤调理。⑥平均。
2. 读作 diào。①征调。②声调。③计算。④格调。⑤互换。⑥通"朝"，早晨。

【夭】

一、诗韵下平二萧，于娇切 yāo，和舒之貌，杙木盛貌，灾也。桃夭，夭桃，伐夭，筱、皓韵并异。

宋·司马光·律诗首联
田家繁杏压枝红，远胜桃夭与李秾。

宋·王安石·律诗颔联
栩栩幽人梦，夭夭老者居。

宋·张耒·绝句首联
江城梅子青时节，嫩紫夭红扫地无。

唐·白居易·律诗尾联
杭州苏小小，人道最夭斜。

宋·蔡戡·律诗首联
自古维扬厥草夭，露红烟紫不胜娇。

唐·皮日休·律诗颈联
药销美禄应夭折，医过芳辰定鬼憎。

二、诗韵上声十七筱，伊鸟切，音咬 yǎo，屈也，短折也，伐夭。夭寿，萧韵异。

宋·刘克庄·律诗颈联
束瀑为题犹夭矫，吞山入句尚苍寒。

宋·戴复古·律诗尾联
再生仍再夭，无路问鸿钧。

南北朝·庾信·诗句
愦愦天公晓，精神殊乏少。
一郡催曙鸡，数处惊眠鸟。
……
天下有情人，居然性灵夭。

宋·白玉蟾·绝句尾联
风主庭前花寿夭，水占溪上柳安危。

唐·柳宗元·诗句
迥穷两仪际，高出万象表。
驰景泛颓波，遥风递寒筱。
……
生同胥靡遗，寿比彭铿夭。

三、诗韵上声十九皓，乌皓切 wò，轩辕国有诸夭之野。未壮也，胎夭，夭夭，与萧韵异，筱韵通。暂无诗例。

[附录]

㈠夭字分录于萧、筱、皓三韵。异义，不通用。参阅新四声释义。

㈡夭字新四声

1. 读作yāo。①短命。②屈抑。
2. 读作yāo。草木茂盛。
3. 读作ǎo。初生的禽兽或草木。
4. 读作wāi。夭斜：(1)弯曲斜出。(2)姿态轻盈：扬州苏小小，人道最夭斜（白居易）。

【桡】

一、诗韵下平二萧，如招切ráo，楫也。酒桡，画桡。短桡，归桡，停桡，轻桡，仙桡。效韵异。

　　宋·苏轼·绝句首联
　献花游女木兰<u>桡</u>，细雨斜风湿翠翘。

　　宋·刘戡·绝句首联
　酒欲醒时邻已静，斗横月落尚闻<u>桡</u>。

二、诗韵去声十九效，奴教切，音闹nào。曲木也。又弱也，栋桡（《易》）。屈也，毋或柱桡（《礼》）。散也，桡万物者，莫疾乎风（《易·说卦》）。摧折也，柔桡。屋饰也，层桡。与萧韵别。

　　宋·梅尧臣·诗句
　韩子於文章，所贵不相效。
　譬彼古今人，同心不同貌。
　……
　遂令吾乡民，绸直无曲<u>桡</u>。

　　宋·王迈·诗句
　我生麋鹿群，岩穴性所乐。
　……
　我辈航一苇，无缘出泥淖。
　世道日以艰，大厦摧栋<u>桡</u>。

[附录]

㈠桡字分录于萧、效二韵，同录作"桡"。异义，不通用。释作"桨、船"从平声。古"桡"同"挠"。诗例多作平声。

㈡桡字新四声读作ráo。①桨；船：片片流云送画桡（陈云伯）。②通"挠náo"。

【瞭】

一、词林萧韵，落萧切，又连条切，并音"了"平声。义同。暂无诗例。

二、诗韵上声十七筱，朗鸟切，音了。目睛明也。眸子瞭，矇而瞭，明瞭，清瞭，双目瞭，童子瞭。

　　宋·刘克庄·律诗颔联
　此翁书眼真盲矣，之子心眸愈<u>瞭</u>然。

[附录]

㈠瞭字诗韵录于筱韵，从仄声，萧韵无字头。词林分录于萧、筱二韵，今增录。

㈡瞭字新四声

1. 读作liǎo。①眼珠明亮。②通"杳"，遥远。
2. 读作liào。远看：瞭望。

【矫】

一、词林萧韵，居妖切，音骄。矢跃出也。矫矫：高举貌，贾生矫矫，弱

【矫】

二、诗韵上声十七筱，居夭切，音骄。上声 jiǎo。夭矫，轻矫，孤鸿矫，矫饰，矫柱，矫情，矫揉。

唐·杜甫·律诗颈联
雁矫衔芦内，猿啼失木间。

宋·陆游·绝句首联
眈眈丑石黑当道，矫矫长松龙上天。

宋·林季仲·绝句尾联
矫矫先生竟何往，痴儿犹认石为羊。

[附录]
(一)矫字诗韵录于筱韵，从仄声，萧韵无字头。词林分录于萧、筱二韵，今增录。诗例多作仄声，宜取仄声。
(二)矫字新四声读作 jiǎo。①纠正，使曲变直。②假托，伪称：矫饰。③举起，昂起：矫首。④抑制。⑤违逆。⑥勇健，迅捷：矫龙。⑦君主即位。⑧姓。

【镣】

一、诗韵下平二萧，洛萧切，音聊，白金谓之银，美者谓之镣。有孔炉，炉镣。暂无诗例。

二、词林啸韵，力吊切，音料，美金。镣子：庖人之别称。暂无诗例。

[附录]
(一)镣字诗韵录于萧韵，从平声，啸韵无字头。词林分录于萧、啸二韵，今增录。
(二)镣字新四声读作 liào。①纯美的银子。银，美者谓之镣。②刑具，脚镣。

【翛】

一、诗韵下平二萧，先彫切 xiāo，飞羽声。翛翛，羽敝也。戏翛。

宋·陆游·律诗首联
挥汗驱蚊废夜眠，清晨一雨便翛然。

宋·晁说之·诗句
徂岁若飞羽，去矣不可招。
谅积寒暑多，我发觉翛翛。
是身一枯木，引忧自焚烧。

二、词林屋韵，式竹切，音叔。飞疾之貌。又余六切，音毓。义同。或作"倏"。暂无诗例。

[附录]
(一)翛字诗韵录于萧韵，从平声，屋韵无字头。词林分录于萧、屋二韵，今增录。"翛翛，翛然"多作平声，暂无仄声诗例，宜取平声。参阅新四声释义。
(二)翛字新四声读作 xiāo。①无拘束，自由自在：翛然而来矣（《庄子》）。②翛翛：(1)残破。(2)斑斓。(3)象声词。③萧条冷落：林木翛然。④通"倏 shū"，迅疾：佳雨濯烦暑，翛然生晓凉（司马光）。

【廖】

一、词林萧韵，落萧切，音聊，人名。暂无诗例。

二、诗韵去声二十六宥，力救切，音溜，国名。又力吊切 liào，姓也。暂无诗例。

[附录]

㈠廖字诗韵录于宥韵,从仄声,萧韵无字头。词林分录于萧、啸二韵,今增录。异义,不通用。参阅新四声释义。

㈡廖字新四声

1. 读作liào。姓。
2. 读作liáo。①人名用字。②同"寥",空旷:廖廓。

【潦】

一、词林萧韵,怜萧切liáo,水名。潦倒。暂无诗例。

二、诗韵上声十九皓,鲁皓切,道上停水也。亦作涝,雨大貌。又郎到切,劳去声,与涝同,淹也,积水也。水潦,泥潦,黄潦,行潦,潦倒,潦降,潦水净。

宋·陆游·律诗颔联
报国有心身<u>潦</u>倒,养生无术病侵寻。

宋·项安世·律诗颔联
鲋鱼踯躅遵行<u>潦</u>,龙马腾凌出大荒。

[附录]

㈠潦字诗韵录于皓韵,从仄声,萧韵无字头。词林分录于萧、皓二韵,今增录。诗例多作仄声,宜取仄声。

㈡潦字新四声

1. 读作lǎo。①雨水大。②雨后积水。
2. 读作liáo。①水名。②草率,不工整,不认真:潦草。③落拓,不得志:潦倒。
3. 同"涝"某义项,雨水过多。

【獠】

一、诗韵下平二萧,录作"獠",连条切liáo,夜猎也,今江东呼猎为獠。夜獠,罢獠。暂无诗例。

二、诗韵上声十八巧,录作"獠",同"獠"。竹绞切,音杳。古西南少数民族称谓,夷獠,土獠,村獠,苗獠,洞獠。皓韵同。

宋·陆游·律诗颔联
纫缝一<u>獠</u>婢,樵汲两蛮奴。

宋·释正觉·诗句
汭山水牯牛,禅人聚头咬。
……
可怜负春人,唤作岭南<u>獠</u>。

宋·刘克庄·绝句首联
始犹飘洒忽严凝,村<u>獠</u>初看尽失惊。

宋·柴望·律诗颈联
羸马病僮旋雇倩,寺禽山<u>獠</u>亦欷嘘。

宋·陆游·律诗尾联
惟余数卷残书在,破箧萧然笑<u>獠</u>奴。

三、诗韵上声十九皓,录作"獠",同"獠"。卢皓切,音老lǎo,西南夷名。夷獠,苗獠,山獠,群獠。与巧韵通。

宋·黄庭坚·诗句
乙丑越洞庭,丙寅渡青草。
似为神所怜,雪上日杲杲。
我虽贫至骨,犹胜杜陵老。
行矣勿迟留,蕉林追獦<u>獠</u>。

宋·王汶·诗句
排云上殊庭，备物俨神道
……
宝璐列中华，韶音被夷獠

宋·郑刚中·诗句
轻寒拥山城，远绿生春草。
迎神乐元夜，笑语闻蛮獠。

四、词林啸韵，鲁皓切。暂无诗例。
[附录]
㈠獠字诗韵分录于萧（录作"獠"）、巧（录作"獠"，同"獠"）、皓（录作"獠"，同"獠"）三韵。词林分录巧、啸二韵。并录作"獠"，今增录。
㈡獠字新四声
1. 读作liáo。①凶恶。②打猎，夜猎。
2. 读作lǎo。骂人的词。

【鞘韒】

一、诗韵下平三肴，录作"鞘"，所交切shāo，鞭鞘，鸣鞘，挥鞘。又刀室也，啸韵别。

宋·司马光·律诗首联
驺娑蚩廉次第开，鸣鞘传跸自天来。

宋·魏了翁·绝句首联
有次鞭鞘陆续鸣，赭袍当殿万簪缨。

唐·李咸用·诗句
花骢蹀蹀游龙骄，连连宝节挥长鞘。
凤雏麟子皆至交，春风相逐垂杨桥。

二、诗韵去声十八啸，私妙切qiào，录作"鞘"。"刀鞘"与"刀鞘"同，

刀室也。剑鞘，刀鞘，锦鞘，三尺鞘。

唐·王涯·绝句首联
天骄远塞行，出鞘宝刀鸣。

宋·林逋·律诗首联
湛卢生涩鞘秋尘，方册谁谈礼乐因。

宋·梅尧臣·绝句首联
鞍傍带剑鱼皮鞘，马後携童越葛衫。

[附录]
㈠鞘字分录于肴（录作"鞘"）、啸（录作"鞘"，"韒"同）二韵。释义注"刀室也"通用。余异义，不通用。释义及使用与新四声类同。
㈡鞘字新四声读作qiào。①装刀剑的套子。②通"梢shāo"，鞭梢。

【佼】

一、诗韵下平三肴，古肴切jiāo，交也。郊也，与郊同。尸佼，周佼，巧韵异。暂无诗例。

二、诗韵上声十八巧，古巧切jiǎo，庸人之敏，交也，好也，健也，姓。
佼佼：月出皓兮，佼人懰（美好）兮（《诗经》）。佼好貌，又壮佼，肴韵异。

宋·王迈·诗句
先生诗笔觑天巧，国中往往无曹鲍。
一读快如橄愈头，抓痒底用麻姑爪。
千古词林有若人，谁复庸中夸佼佼。

唐·周昙·绝句首联
庸中佼佼铁铮铮，百万长驱入帝京。

[附录]
(一) 佼字分录于肴、巧二韵。释义注"交也"通用。余异义，不通用。诗例多作仄声，宜取仄声。
(二) 佼字新四声读作 jiǎo。①美好；出众的。②通"狡"，狡诈。③通"交"，来往；交际。④姓。

【姣】

一、诗韵下平三肴，胡茅切 xiáo，音肴，姣媱，淫也。长姣，研姣，毛嫱姣，文君姣，佣中姣，姣淫，巧韵异。暂无诗例。

二、诗韵上声十八巧，吉巧切 jiǎo，妖媚也，美也。夭姣，朝云姣，长姣，美姣，西子姣。姣美，姣好，肴韵异。

宋·王令·律诗颈联
鉴面只知西子<u>姣</u>，照心难见比干真。

宋·张九成·诗句
嗟余命偏奇，一生堕枯槁。
……
静观天宝间，脂泽逞淫<u>姣</u>。

[附录]
(一) 姣字分录于肴、巧二韵。异义，不通用。诗例多从仄声。
(二) 姣字新四声
1. 读作 jiāo，①姿容美好。②同"娇"。③姣姣即佼佼，出众。
2. 读作 xiáo。淫乱。

【咬】

一、诗韵下平三肴，于交切 yāo，古肴切 jiāo，鸟叫声：咬咬黄鸟（嵇康）。哇咬，哑咬。咬咬：宣城酒熟花覆桥，沙晴轻鸭鸣咬咬（温庭筠）。

宋·司马光·律诗尾联
莫使乡愁乱，<u>咬</u>咬信子规。

唐·常建·诗句
湖南无村落，山舍多黄茆。
淳朴如太古，其人居鸟巢。
牧童唱巴歌，野老亦献嘲。
泊舟问溪口，言语皆哑<u>咬</u>。

二、诗韵上声十八巧，五巧切 yǎo，啮也，与"齩"同，俗作咬。啮骨也，啮咬、厮咬、口咬、龁咬、虎狼咬、咬菜根。

宋·刘克庄·律诗颈联
饥<u>咬</u>菜根美熊掌，穷烧柏子当龙涎。

宋·方回·诗句
常恐马蹄响，无罪被擒讨。
逃奔深谷中，又惧虎狼<u>咬</u>。
一朝稍甦处，追胥复纷扰。

[附录]
(一) 咬字分录于肴（录作"咬"）、巧（录作"齩"，咬的异体字）二韵。异义，不通用。参阅新四声释义。
(二) 咬字新四声
1. [齩异] 读作 yǎo。①用牙齿夹住或弄碎东西。②紧跟不放：咬住敌人。③话说得很肯定：一口咬定。④伤害别人：反咬一口。⑤正确地念出字音；过分地计较字义：咬字；咬文嚼字。⑥狗叫：鸡飞狗咬。
2. 读作 yáo。咬哇：庸俗歌曲，呜呜咬哇，不入里耳（柳宗元）。
3. 读作 jiāo。咬咬：鸟鸣声。

【炮】

一、诗韵下平三肴，蒲交切 páo，裹物烧也，与庖通。烹炮，教民炮，以炮，山炮，炮烙，炮煨。羞炮脍炙以御宾客也（《七发》）。

宋·陆游·律诗颔联
粳香等炊玉，韭美胜炮羔。

唐·孟郊·诗句
无火炙地眠，半夜皆立号。
冷箭何处来，棘针风骚劳。
霜吹破四壁，苦痛不可逃。
高堂搥钟饮，到晓闻烹炮。

宋·吴泳·绝句首联
官事无穷类海潮，寸肠忍使自煎炮。

宋·陆游·律诗尾联
吾儿能问事，梨栗且炮煨。

宋·范仲淹·绝句尾联
子孙何事为炮烙，不念嘻吁祝网时。

二、词林效韵，披教切 pào，灼也，炮肉。

宋·张耒·律诗颔联
喜逢山色开眉黛，愁对江云起砲车。

[附录]
(一) 炮字诗韵录于肴韵，从平声，效韵无字头。词林分录于肴、效二韵，今增录。异义，不通用。参阅新四声释义。诗韵效韵录有"礟"。词林效韵录有"礟"，同"礟"。俱与"炮"异，古四声"礟""炮"分两个字头。诗例"砲车"应作"礟"，不作"炮"。
(二) 炮字新四声
1. 读作 pào。①一种重型武器。②爆竹：鞭炮。
2. 读作 páo。①加工制成中药，如法炮制。②焚烧：炮烙。③烧烤食品。
3. 读作 bāo。一种烹饪法：炮羊肉。
(三) 礟字新四声识作：同"炮1."。
(四) 礟字新四声识作："炮1."的异体字。
(五) 砲字新四声识作："炮1."的异体字。

【鉋刨】

一、诗韵下平三肴，录作"鉋"，刨的异体字。蒲交切 páo，削也。平木刨，郢匠刨，刨刷。

现代·聂绀弩·律诗颈联
千朵锄刨飞玉屑，一兜手捧吻冰姿。

唐·元稹·诗句
花砖水面斗，鸳瓦玉声敲。
方础荆山采，修椽郢匠鉋。

二、词林效韵，皮教切 bào，平木器，铁刃，状如铲，木工工具也。暂无诗例。

[附录]
(一) 鉋字诗韵录于肴韵，"刨"的异体字，从平声，效韵无字头。词林效韵，录作"鉋"，

从仄声，肴韵无字头。今增录。异义，不通用。参阅新四声释义。
(二)铇字新四声注：刨"1."的异体字。
(三)刨字新四声
1. 读作bào。①刨子或刨床。②用刨子或刨床削平。
2. 读作páo。①挖掘：刨山芋。②减，除去：刨去。

【剿勦】

一、**诗韵**下平三肴，录作"勦"，初交切，音抄，又取也。轻捷。不剿，剿袭。暂无诗例。

二、**词林筱韵**，分录"勦""剿"二字头。又啸韵，录作"勦"。子小切jiǎo，绝也。

　　唐·雍裕之·古绝
扫却烟尘寇初<u>剿</u>，深水高林放鱼鸟。
鸡人唱绝残漏晓，仙乐拍终天悄悄。

　　宋·潘大临·诗句
我游匡山夏将杪，赤日青天万山绕。
……
香炉高峰危欲堕，石门细路人心<u>剿</u>。

[附录]
(一)剿字诗韵录于肴韵，录作"勦"，从平声，筱韵无字头。词林筱韵分录作"勦""剿"。又啸韵录作"勦"。俱从仄声，肴韵无字头。今增录。异义，不通用。诗例多释作"剿灭"从仄声。宜取仄声。参阅新四声释义。
(二)剿字新四声读作jiǎo。"勦"是"剿"的异体字。①讨伐，消灭。②劳累。③削断。④狡猾。⑤通"抄"，抄取，抄袭。

【涝】

一、**诗韵**下平四豪，鲁刀切láo，滩名，大波也，淹也。水名，又皓、号韵同，余异。

　　唐·柳宗元·诗句
凤抱丘壑尚，率性恣游遨。
……
归诚慰松梓，陈力开蓬蒿。
卜室有鄠杜，名田占沣<u>涝</u>。

二、**诗韵**上声十九皓，卢皓切，音老lǎo，水名，义同。旱涝，水涝，豪、号韵俱同。暂无诗例。

三、**诗韵**去声二十号，郎到切lào，淹也，水名，或作潦，义同。旱涝，秋涝，九涝，甘涝，与潦同，积水也，又霖雨也，与豪、皓韵俱异。又水名同。

　　明·钟惺·律诗尾联
近日江南新<u>涝</u>后，稻虾难比往年肥。

　　宋·卫宗武·绝句首联
积<u>涝</u>初收喜气浮，三农不负稻粱谋。

　　宋·阳枋·律诗颈联
属邑近方忧水<u>涝</u>，单车不复待秋凉。

　　宋·杨万里·绝句尾联
自古浙西长苦<u>涝</u>，近来无<u>涝</u>恰三年。

　　宋·黄庶·律诗首联
路想多归户，庭应绝<u>涝</u>民。

[附录]
㈠涝字分录于豪、皓、号三韵。释作"旱涝"从仄声。诗例多作仄声，宜取仄声。参阅新四声释义。

㈡涝字新四声
1. 读作láo。①水名。②大波。
2. 读作lào。①因雨多被淹。②因雨多积水。

【咎】

一、诗韵下平四豪，古劳切，音高gāo，古"皋"字，"皋陶"古作"咎繇"，有韵异。

   唐·柳宗元·诗句
  夙抱丘壑尚，率性恣游遨。
  ……
  捍御盛方虎，谟明富伊<u>咎</u>。

二、诗韵上声二十五有，其九切jiù，罪愆也，恶也，过也，灾也，罪病也。豪韵异。

   宋·郑侠·诗句
  吾生鲜儿女，汝次今居首。
  ……
  三者无所阙，汝则无大<u>咎</u>。

   宋·戴复古·律诗颈联
  休<u>咎</u>占天意，悲欢见物情。

[附录]
㈠咎字分录于豪、有二韵。异义，不通用。
㈡咎字新四声读作jiù。①灾祸。②过失，罪过。③憎恶。④姓。

【操】

一、诗韵下平四豪，七刀切cāo，持也，又姓。对操，亲操，手操，分操，操索，操斧，操作，操持，操戈，操心，与号韵异。

   宋·王禹偁·律诗颔联
  坐衙衫强着，判案笔须<u>操</u>。

   宋·刘克庄·律诗颔联
  犯颜屡抗涂归疏，断腕难<u>操</u>起复麻。

   宋·释守净·绝句尾联
  未解语言先作赋，一<u>操</u>直取状元来。

   宋·赵蕃·绝句
  腊中要雪逢三白，春日还霑雨似膏。
  天意于农亦良厚，何须未耜我家<u>操</u>。

   宋·黄庭坚·律诗首联
  平生湖海鱼竿手，强学来<u>操</u>制锦刀。

二、诗韵去声二十号，七到切cào，持念也，志也，所守也，风调曰操，又琴曲也。节操，雅操，琴操，德操，贞操，风操，霜雪操，凌云操，渔阳操，豪韵异。

   宋·王令·诗句
  世味久已谙，多恶竟少好。
  ……
  不知何时休，定讫死与耄。
  因疑今世人，恐有我同<u>操</u>。

   宋·蔡襄·绝句尾联
  琴中一弄履霜<u>操</u>，人静当庭月正圆。

　　　　宋·陈普·咏史·绝句尾联
不为犬羊残士类，肯教曹操识卢龙。

　　　　宋·刘克庄·律诗颔联
曾有餐之充雅操，又云饮者享高年。

　　　　宋·胡寅·绝句尾联
饥寒共保凌霜操，未羡重裘食万钱。

　　　　宋·刘筠·鹤·律诗颔联
仙经若未标奇相，琴操何因寄恨声。

　　　　宋·章鉴·律诗颔联
雨后更添猿鹤操，夜寒真是水龙吟。

　　　　唐·戴叔伦·律诗尾联
欲彰贞白操，酌献使君行。

　　　　唐·潘纬·律诗尾联
风续水山操，坐生方外心。

[附录]
(一)操字分录于豪、号二韵。异义，不通用。参阅新四声释义。
(二)操字新四声读作cāo。①持，拿。②掌握。③操作。④从事，担任。⑤处理，对待。⑥品行，行为。⑦奏，击，琴曲或鼓曲。⑧姓。

【膏】

一、诗韵下平四豪，古劳切gāo，脂也，神之液也，泽也，肥也。兰膏，续骨膏，民膏，雨如膏，膏雨，膏乳，膏泽，膏脂，膏腴地，号韵异。

　　　　宋·黄庭坚·律诗首联
数面欣羊胛，论诗喜雉膏。

　　　　宋·曹勋·律诗颈联
春风多可移花性，夜雨无声入土膏。

　　　　清·纳兰性德·律诗颈联
花承暖日迎来骑，柳带新膏绾去旌。

　　　　元·王冕·安分·律诗颈联
夜照明膏竹，朝餐净露薇。

二、诗韵去声二十号，古到切gào，润也，膏车，阴雨膏，雨如膏。霾风携万物，暴雨膏九州（王安石）。豪韵异。暂无诗例。

[附录]
(一)膏字分录于豪、号二韵。异义，不通用。诗例多作平声。
(二)膏字新四声
1. 读作gāo。①脂肪。②膏肓。③肥沃。④甘美。⑤物之精华。
2. 读作gào。①在车轮或机械上涂油膏。②滋润。

【劳】

一、诗韵下平四豪，鲁刀切láo，倦也，勤也，病也，爱也，事功，姓。效劳，劬劳，辞劳，汗马劳，劳动，劳乏，劳军，劳人，劳苦，劳勉，劳心。又孟劳，宝刀名。号韵异。

　　　　宋·戴复古·律诗颈联
览胜苦不足，登危不惮劳。

　　　　宋·王安石·绝句首联
百战疲劳壮士哀，中原一败势难回。

唐·李建勋·律诗颔联
虚堂看向曙，吟坐共忘劳。

清·方文·律诗尾联
漫劳铁匣藏枯井，此日流传血已丹。

二、诗韵去声二十号，郎到切lào，劳，慰也。慰劳，郊劳，田间劳，劳酒，劳问，劳军，与豪韵异。

宋·王令·诗句
寥萧枝上风，蜩蛰以秋告。
黯黪道旁树，荫绿凉可冒。
……
踟蹰竚归步，风作冷相劳。

宋·苏轼·律诗尾联
里堠消磨不禁尽，速携家饷劳骎骎。

唐·杜荀鹤·律诗颈联
蚕无夏织桑充寨，田废春耕犊劳军。

唐·元稹·诗句
年年买马阴山道，马死阴山帛空耗。
……
屯军郡国百馀镇，缣绅岁奉春冬劳。

唐·韩愈·诗句
周诗三百篇，雅丽理训诰。
……
救死具八珍，不如一箪犒。
微诗公勿诮，恺悌神所劳。

[附录]
㈠劳字分录于豪、号二韵，同录作"劳"。异义，不通用。诗例多作平声。
㈡劳字新四声读作láo。①劳动。②辛勤，劳苦。③功绩。④烦，费。⑤通"痨"。⑥役使。⑦慰劳。⑧通"捞"，夺取。⑨通"耢"，耙。⑩通"辽"，广阔。

【旄】

一、诗韵下平四豪，莫袍切máo，旄钺，羽旄，节旄，执旄，麾旄，旄头，旄旌，号韵异。

宋·王安石·律诗首联
远迹荒郊谢俊豪，春风谁与驻干旄。

宋·黄庭坚·律诗颔联
黄金妆佩剑，猛兽画旗旄。

唐·胡曾·绝句首联
汉祖西来秉白旄，子婴宗庙委波涛。

南北朝·庾信·诗句
八风占阵气，六甲候兵韬。
置府仍张幕，麾军即秉旄。
长旗临广武，烽火照成皋。

二、诗韵去声二十号，莫报切mào，狗足旄尾。麐毛鬣长也，又老旄，同耄。与豪韵异。暂无诗例。

[附录]
㈠旄字分录于豪、号二韵。异义，不通用。诗例多作"旗旄"义，从平声，宜取平声。
㈡旄字新四声读作máo。①古代用牦牛尾巴做旗杆头装饰的旗子。②牦牛尾。③山丘前高后低。④通"耄"，年老，昏乱。

【缫】

一、诗韵下平四豪，苏遭切sāo，释茧为丝，与缲同，绎茧也，缫茧，缫

丝，与皓韵异。

宋·陆游·律诗颈联
从宦虽如棋已决，治经窃比茧初缲。

宋·杨万里·绝句首联
晴缲金线不胜垂，寒勒青针未放齐。

宋·陆游·律诗尾联
自此年光应更好，日驱秧马听缲车。

宋·方岳·绝句尾联
花片已肥红欲绽，柳丝烟重绿如缲。

二、诗韵上声十九皓，子皓切，音早 zǎo，杂五彩文，华缲，垂缲，豪韵异。暂无诗例。

[附录]

㈠缲字分录于豪、皓二韵。诗例多释作"缲丝"义，从平声，宜取平声。释义及使用与新四声类同。

㈡缲字新四声

1. 读作 sāo。把蚕茧浸在沸水中抽丝。
2. 读作 zǎo。①同"璪"。②圭、璋等玉器的垫子。③通"藻"，五彩丝绳。

【韬】

一、诗韵下平四豪，土刀切 tāo，剑衣也。义也。杠也。宽也。同"弢"，六弢即六韬。兵韬，戎韬，韬楗，韬真，韬钤，韬晦，韬略。

宋·曹翰·律诗首联
三十年前学六韬，英名常得预时髦。

宋·谭用之·律诗颈联
雄应垓下收蛇阵，滞想溪头伴豹韬。

二、词林号韵，叨号切，音套。臂衣也，或作"韬"，同韬。暂无诗例。

[附录]

㈠韬字诗韵录于豪韵，从平声，号韵无字头。词林分录于豪、号二韵，今增录。诗例多作平声，宜取平声。

㈡韬字新四声

1. 读作 tāo。①弓或剑的套。②隐藏，隐蔽：韬光养晦。③容纳：有韬世之量。④用兵的计谋：韬略。⑤宽，缓。⑥同"弢"。
2. [韜]同韬。

【焘】

一、词林豪韵，徒刀切，音陶，义同。暂无诗例。

二、诗韵去声二十号，徒到切 dào，普照也，覆也，又尤韵一作"帱"，覆帱。焘诂为覆，若《周书》"焘以黄土"之类是也。《释文》：焘，徒报反，一本作"涛"，音同。

宋·司马光·律诗颈联
才薄无由神覆焘，命奇不得报劬劳。

宋·曾巩·诗句
高松高干云，众木安可到。
汤汤鸣寒溪，偃偃倚翠蠹。
……
凤凰引众禽，此木阴可焘。

唐·韩愈·诗句
俗流知者谁，指注竞嘲傲。
圣皇索遗逸，髦士日登造。
庙堂有贤相，爱遇均覆焘。

唐·元稹·诗句
年年买马阴山道，马死阴山帛空耗。
臣有一言昧死进，死生甘分答恩焘。

[附录]
㈠焘字诗韵录于号韵，录作"焘"，从仄声，豪韵无字头。词林分录于豪、号二韵，并录作"焘"，今增录。
㈡焘字新四声
1. 读作dào。又读tāo。①同"帱某义项"。如天之无不焘也（《史记》）。②荫庇。
2. 读作tāo。人名用字。

【和】

一、诗韵下平五歌，户戈切hé，笙之小者谓之和。顺，谐，不刚不柔诸义，又温也，适也。调和，亦州名，又姓，又个韵异。

宋·戴复古·律诗尾联
边头又报真消息，鞑使来朝乞讲和。

宋·贺铸·律诗首联
城中厌雨过清和，偶出西郊野意多。

二、诗韵去声二十一个，胡卧切hè，声相应，索和，寡和，吹箫和，六和，附和，莺声和，和者少，和巴人，与歌韵异。

宋·戴复古·律诗尾联
老夫阅遍人间事，欲和寒山拾得诗。

宋·王禹偁·律诗尾联
邻封唱和如多暇，三载须成一集归。

宋·蔡襄·诗句
君家有美竹，绕庐千百个
……
石间鸣溜去，烟外哀禽和。

宋·陆游·律诗颔联
诗缘遇兴玲珑和，酒为逢知烂熳倾。

[附录]
㈠和字分录于歌、个二韵。异义，不通用。释义及使用与新四声1.、2. 义项类同。
㈡和字新四声
1. 读作hé。①平静。②和谐。③温暖。④调治，调和。⑤汇合，结合。⑥交易。⑦数学名词。⑧小笙。⑨连词。⑩姓。
2. 读作hè。跟着唱。和诗。跟随，附和。
3. 读作hú。打麻将和牌，得胜。
4. 读作huó。和面。
5. 读作huò。混和，掺合。哄骗。量词。

【磨】

一、诗韵下平五歌，莫婆切mó，磨砺，石谓之磨。铁砚磨，研磨，琢磨，消磨，剑初磨，磨砻，磨砺，磨灭，磨研，磨光，个韵异。

宋·戴复古·律诗尾联
几人登览皆磨灭，唯有前峰压不低。

宋·释道潜·律诗颈联
一朝美事谁能纪，百尺苍崖尚可磨。

宋·郑思肖·律诗首联
愤气填膺奈若何，千生万死不消磨。

宋·郑侠·律诗尾联
自古英贤有穷达，谁能朋友谢磨砻。

宋·王禹偁·绝句尾联
谁家宝镜新磨出，玉匣参差盖未交。

二、诗韵去声二十一个，模卧切 mò，石硙（石磨）也。茶磨，马磨，入磨，驴磨，推水磨，歌韵异。

宋·王安石·律诗颔联
紫磨月轮升霭霭，帝青云幕卷寥寥。

宋·戴复古·律诗颔联
独守空虚室，那逢耗磨辰。
（自注：正月十三日称耗磨辰）

宋·王禹偁·诗句
去年七月七，直庐闲独坐。
西日下紫微，东窗晕青琐。
……
客计鱼脱泉，年光蚁旋磨。

宋·司马光·律诗首联
达磨自云传佛心，绪言迷世到于今。

[附录]
(一) 磨字分录于歌、个二韵。异义，不通用。动作义（磨砺），从平声；名物义（石磨），从仄声。参阅新四声释义。
(二) 磨字新四声
1. 读作 mó。①研磨。②阻碍，挫折。③消灭，消耗。④拖延，耗时间。⑤纠缠。⑥通"摩"，挨近。
2. 读作 mò。①磨粉工具。②磨面。③移动，掉转。

【驮】
一、诗韵下平五歌，徒何切 tuó，驮骑也，负也，同驼，个韵异。

宋·王禹偁·律诗颔联
趁朝鸡唤起，残梦马驮行。

宋·苏轼·律诗首联
二八佳人细马驮，十千美酒渭城歌。

明·宗泐·律诗颈联
衮觉青貂敝，经烦白马驮。

二、诗韵去声二十一个，唐佐切，音佗上声 tuò，马负也，鞍驮，负驮，重驮，细马驮，与歌韵异。

宋·陆游·律诗首联
危阁闻铃驮，湍流见硙船。

宋·陆游·诗句
流年去不还，老状来无那。
虽甚颜原贫，尚胜夷齐饿。
再归又六年，疲马欣解驮。

宋·苏轼·诗句
我生天地间，一蚁寄大磨。
归田不待老，勇决凡几个。
幸兹废弃余，疲马解鞍驮。

宋·陆游·律诗颈联
野寺锺鱼思下担，山邮鞍驮忆登途。

[附录]
(一) 驮字分录于歌（录作"馱"，同"驮"）、个（录作"馱"）二韵。异义，不通用。释义及使用与新四声类同。
(二) 驮字新四声
1. 读作 tuó。①牲口用背负物。②地名。
2. 读作 duò。牲口负载之物：疲马欣解驮

(陆游)。

【荷】

一、诗韵下平五歌，胡歌切 hé，芙蓉，碧荷，新荷，荷芰，荷盖，荷风，荷衣，荷叶伞，与哿韵异。

　　宋·贺铸·绝句首联
　　十亩荒池涨绿萍，南风不见芰荷生。

二、诗韵上声二十哿，胡可切 hè，负也，担也，负荷，重荷，薄荷，荷蓑，荷锄归，歌韵异。

　　宋·陆游·律诗颈联
　　薄荷时时醉，氍毹夜夜温。

　　宋·陆游·律诗颈联
　　熟闻高卧常扃户，剩欲频来共荷锄。

　　宋·赵师秀·律诗首联
　　闲人闲处住，载酒荷高情。

　　宋·王禹偁·律诗颈联
　　傅岩偶梦谁调鼎，彭泽高歌自荷锄。

[附录]
(一) 荷字分录于歌、哿二韵。异义，不通用。释义及使用与新四声类同。
(二) 荷字新四声
1. 读作 hé。①莲。②国名。
2. 读作 hè。①扛，担。②负重。③承受恩惠。④通"苛"，繁琐，烦扰。

【娑】

一、诗韵下平五歌，素何切 suō，婆娑舞者之容，摩娑，驱娑，与哿韵异。

　　宋·郑思肖·律诗颈联
　　慷慨歌声闻屋外，婆娑剑影落灯前。

　　宋·陈师道·律诗颈联
　　劝相秋郊开稔熟，摩娑苔壁吊荒亡。

　　宋·李师中·律诗首联
　　坏壁摩娑少旧题，高情应怪赏音稀。

二、诗韵上声二十哿，苏可切 suǒ，驱 sà 娑：马迅疾貌，借为殿名，又歌韵异。

　　宋·司马光·律诗首联
　　驱娑茧廉次第开，鸣鞘传跸自天来。

[附录]
(一) 娑字分录于歌、哿二韵。异义，不通用。摩娑，平声独用；殿名（驱 sà 娑），仄声独用。
(二) 娑字新四声
1. 读作 suō。①娑娑：轻扬。②婆娑。③逗引。
2. 读作 suò。逻娑：吐蕃都城名，今拉萨市。

【献】

一、诗韵下平五歌，素何切 suō，献樽，亦作牺，愿韵异。暂无诗例。

二、诗韵去声十四愿，许建切 xiàn，羹献，进也，进献，又贤也，与歌韵异。

宋·苏轼·诗句
春兰如美人，不采羞自献。
时闻风露香，蓬艾深不见。
丹青写真色，欲补离骚传。

宋·陈耆卿·律诗尾联
醒庵文献知多少，一子雍容尚耐官。

[附录]
㈠献字分录于歌、愿二韵，同录作"獻"。异义，不通用。宜取仄声。参阅新四声释义。

㈡献字新四声
1. 读作xiàn。①古代祭品中的犬。②进奉。③表现，显露。④庆贺。⑤贤者。⑥文献。⑦姓。
2. 读作suō。古酒器，献尊即牺尊。
3. 同"桸"，勺子。

【那】
一、诗韵下平五歌，诺何切nuó，都也，于也，尽也，多也，安也，又何也，又姓。不那，禅那，遮那，罗那，檀那，婀那，猗那，一刹那，那罗陀，哿、个韵并异。

宋·张耒·诗句
受暑若作釜，付之无如何。
岂阴阳知争，变起一刹那。

宋·张舜民·律诗颔联
寒云飞陇首，残叶下朝那。

宋·王安石·律诗首联
单已安那示入禅，草堂难望故依然。

宋·方回·律诗颔联
猗那谁与敌，羌塞尚堪传。

宋·释慧开·偈颂首联
茅庵草舍住山深，无奈檀那错访寻。

二、诗韵上声二十哿，奴可切nǎ，何也。俗言那事。娇无那，与歌、个韵异。暂无诗例。

三、诗韵去声二十一个，奴个切nuò，语助也。那边，那勘，那何，那抛得，歌、哿韵俱异。

宋·曾巩·诗句
柳黄半出年将破，溪溜浸苔强万个。
溪头蒲苇各萌芽，山梅最繁花已堕。
物色撩人思易狂，况跻别馆情何那。

宋·王禹偁·绝句首联
宴罢回来日欲斜，平康坊里那人家。

宋·陈与义·律诗尾联
湘波见说清人骨，恨不移家阿那州。

宋·范成大·律诗颔联
花片不禁寒食雨，鬓丝犹那涌金春。

宋·杨万里·绝句首联
敬亭宛水故依然，叠障双溪阿那边。

唐·王昌龄·绝句尾联
更吹羌笛关山月，无那金闺万里愁。

唐·徐凝·绝句尾联
杨花道即偷人句，不那杨花似雪何。

[附录]
㈠那字分录于歌、哿、个三韵。异义，不

通用。古四声释义及使用与新四声2.、3.、4. 义项类同。

(二)那字新四声

1. 读作nà。①指示代词。远指人或事，与"这"相对：那人。②那么：那好吧。
2. 读作nuó。①多。②美好。③安乐。④对于。⑤奈何的合音，怎样：那作商人妇，愁水复愁风（李白）。⑥通"挪"，移动。⑦姓。
3. 读作nuò。①语助词，吗。②奈：强欲从君无那老（王维）。
4. 读作nǎ。旧同"哪"某义项，表示疑问：那能如此自在（鲁迅）。
5. 读作né又读nuó。同"哪"某义项，那吒即哪吒。
6. 读作něi。同"哪"某义项。"哪一"的合音：那位？
7. 读作nèi。"哪一"的合音：那位！
8. 读作nā。姓。

【摩】

一、诗韵下平五歌，莫婆切mó，相切磋也。揣摩也。消摩也。手摩，三摩，研摩，摩抚，摩空，摩顶，摩挲，摩天岭。

宋·戴复古·律诗首联
揭来问讯病维<u>摩</u>，花满溪堂竹满坡。

二、词林个韵，莫卧切，音"磨"去声。按摩也：折枝案摩，折手节，解罢枝也。暂无诗例。

[附录]

(一)摩字诗韵录于歌韵，从平声，个韵无字头。词林分录于歌、个二韵，今增录。诗例多作平声，宜取平声。

(二)摩字新四声

1. 读作mā音妈。摩挲：指用手轻按着一下一下地移动。
2. 读作mó。①接触，蹭：摩肩接踵。②接近：摩天大楼。③抚摸。④研究，切磋：揣摩。⑤通"磨"，摩灭。

【锉】

一、词林歌韵，昨禾切，音矬。暂无诗例。

二、诗韵去声二十一个，寸卧切cuò，釜也，蜀人呼釜为锉。通"挫"，又同"剉"。药锉，土锉，冷锉，烟锉，锉针。

宋·释文珦·律诗颔联
啖柏自然闲土<u>锉</u>，制荷曾不费金针。

[附录]

(一)锉字诗韵录于个韵，从仄声，歌韵无字头。词林分录于歌、个二韵，今增录。诗例多作仄声，宜取仄声。

(二)锉字新四声

1. 读作cuò。①磨削工具。②用锉磨东西。
2. 读作cuò。①小锅：荆扉深蔓草，土锉冷疏烟（杜甫）。②通"挫"，兵锉兰田（《史记》）。

【垛】

一、词林歌韵，都戈切。

宋·王禹偁·诗句
极望似江沱，漫漫起素波。

……
雨打重归水，庵盛更覆襄。
盐风吹作片，烈日晒成垛。

二、诗韵上声二十哿，杜果切duǒ，堂塾也，又射箭垛也。射垛，粉垛，堆垛，两垛。

宋·文天祥·绝句首联
真州送骏已回城，暗里依随马垛行。

[附录]
(一)垛字诗韵录于哿韵，从仄声，歌韵无字头。词林分录于歌、哿二韵，今增录。
(二)垛字新四声
1. 读作duò。①堆积，垛草堆。②成堆的东西，柴垛。③跺。
2. 读作duǒ。①垛子，城垛。②箭靶，箭垛。

【婀娿】

一、诗韵下平五歌，录作"娿"，"婀"的异体字。于何切ē，婷ān婀，不决也。

唐·韩愈·石鼓歌·诗句
张生手持石鼓文，劝我试作石鼓歌。
……
中朝大官老于事，讵肯感激徒婷婀。

二、词林哿韵，倚可切ě，婀娜，弱态貌，亦姓。

宋·王之道·律诗首联
娜婀风前竹，空蒙雨外山。

宋·魏了翁·绝句首联
露渍风揉娇婀娜，烟笼日炙绿鬅鬙。

[附录]
(一)婀字诗韵录于歌韵（录作"娿"），从平声，哿韵无字头。词林分录于歌（录作"娿"）、哿（录作"婀"）二韵，今增录。异义，不通用。
(二)婀字新四声读作ē，"娿"是"婀"的异体字。①婀娜：(1)轻盈柔美。(2)草木茂盛。②婷婀：无主见。也指无主见的人。

【杷】

一、诗韵下平六麻，蒲巴切pá，枇杷。收麦器，鸟杷，摘杷，狼杷，又祃韵作田器亦通。

宋·戴复古·绝句尾联
东园载酒西园醉，摘尽枇杷一树金。

二、诗韵去声二十二祃，白驾切bà，田器，犁杷。麻韵同，余异。

宋·释慧开·绝句首联
不经南陌与西阡，犁杷年来怕上肩。

宋·释安永·偈颂尾联
拽杷牵犁偿宿债，尾巴再露与人看。

[附录]
(一)杷字分录于麻、祃二韵。释义注"田器"通用，暂无此义项平声诗例。余异义，不通用。参阅新四声释义。
(二)杷字新四声
1. 读作pá。①农具，用工具耙疏聚拢。②枇杷。③姓。

2. 读作bà。①同"耙"某义项。②器物的柄。

【哑】

一、诗韵下平六麻，于加切，音鸦yā，哑呕，小儿学语。声也，咿哑，呕哑，哑咿，马、陌韵并异。

宋·欧阳修·诗句
李师琴纹如卧蛇，一弹使我三咨嗟。
五音商羽主肃杀，飒飒坐上风吹沙。
……
李师一弹凤凰声，空山百鸟停呕<u>哑</u>。

宋·陆游·律诗首联
哎咀初成药，咿<u>哑</u>半掩扉。

宋·陆游·律诗颔联
寂寂不闻秋鼓动，<u>哑哑</u>实厌水车翻。

宋·陆游·律诗首联
诘曲穿桑径，呕<u>哑</u>响竹门。

二、诗韵上声二十一马，倚下切yǎ，不言也，聋哑，咿哑，喑哑，呕哑，麻、陌韵并异。

宋·刘克庄·律诗尾联
山歌亦自谐音节，莫管人嘲似<u>哑</u>钟。

宋·苏轼·诗句
青山在屋上，流水在屋下。
……
抚掌笑先生，年来效瘖<u>哑</u>。

唐·李贺·诗句
洛郊无俎豆，弊厩惭老马。
小雁过炉峰，影落楚水下。

岂解有乡情？弄月聊呜<u>哑</u>。

三、诗韵入声十一陌，乌格切è，笑声，笑貌，呜哑，笑哑，哑尔，哑哑，麻、马韵俱异。

宋·梅尧臣·诗句
雪压古寺深，中有卧病客。
访之语久清，饥马啮庭柏。
……
明日未央朝，执手笑<u>哑哑</u>。

[附录]
(一)哑字分录于麻、马、陌三韵，同录作"啞"。异义，不通用。
(二)哑字新四声
1. 读作yǎ。①说不出话：哑口无声。②[哑然](1)笑声：哑然失笑。(2)寂静：哑然无声。
2. 读作yà。①叹词或语气词。②哑吒：指人声或鸟声，哑吒满船闻鲁语(范成大)。
3. 读作yā。鸦叫或哑哑学语。

【咤】

一、诗韵下平六麻，陟加切zhā，同"吒"，达利咤，祃韵异。

宋·释了惠·偈颂首联
虎生三子尾<u>咤</u>沙，咂舌垂涎开爪牙。

宋·释守净·绝句首联
析尽尸骸没一些，从兹遍界是那<u>咤</u>。

宋·释如净·颂古尾联
那<u>咤</u>八臂空惆怅，夜半三更白昼行。

宋·姜特立·绝句尾联
佳人例属沙吒利，春去春来能啭无。

宋·释宗杲·颂古首联
塗路波吒数十州，传言送语当风流。

唐·杜牧·绝句首联
初岁娇儿未识爷，别爷不拜手吒叉。

二、诗韵去声二十二祃，陟驾切zhà，叱，怒也，悲也，"吒"同"咤"。三咤，叹咤，叨咤，仰咤，麻韵异。

宋·秦观·诗句
严冬百草枯，邻曲富休暇。
土井时一汲，柴车久停驾。
……
饮酬更献酬，语阕或悲吒。

宋·耿南仲·律诗颈联
夸吒争求胜，疲劳忽自忘。

宋·刘过·律诗首联
叮咛天语听传呼，叱咤雷霆压万夫。

[附录]

㈠咤字分录于麻、祃二韵，同录作"咤"，"吒"是"咤"的异体字，又"哪吒"独用。人名"那吒、沙吒利"作平声。释义"叱、怒、叹"作仄声，异义，不通用。诗例多作仄声。参阅新四声释义。

㈡咤字新四声读作zhà。①吃东西有声。②叱咤：怒斥；呼喝；形容威力大。③慨叹；痛惜：慷慨悲咤之声不闻（邹容）。④通"诧chà"，夸耀，惊异。

【杈】

一、诗韵下平六麻，初加切chā，岐枝木也。捕鱼具，渔叉。杈杷。

宋·陆游·绝句尾联
常思南郑清明路，醉袖迎风雪一杈。

二、词林祃韵，楚嫁切chà，行马。收草具。暂无诗例。

[附录]

㈠杈字诗韵录于麻韵，从平声，祃韵无字头。词林分录于麻、祃二韵，今增录。异义，不通用。释义及使用与新四声类同。

㈡杈字新四声
1. 读作chā。①树枝，丫杈。②叉取禾草的农具。③鱼叉。
2. 读作chà。①行马：旧官府门前的木制路障。②口语读音：树杈儿。

【笆】

一、诗韵下平六麻，伯加切bā，有刺竹篱也。新笆，篱笆。

宋·释绍嵩·律诗颔联
采茶寻远涧，护药插新笆。

宋·赵希逢·绝句首联
茅舍围围护刺笆，寂寥无处着纷拏。

二、词林马韵，补下切，音把。竹名，竹有刺者（笆竹笋，味甘苦，既食，落人鬓发）。又部下切，义同。暂无诗例。

[附录]

㈠笆字诗韵录于麻韵，从平声，马韵无字

头。词林分录于麻、马二韵，今增录。异义，不通用。
(二)笆字新四声读作bā。①用竹片或枝条编成的器物：笆斗，篱笆。②一种有刺的竹子。

【划】

一、诗韵下平六麻，录作"划"，户花切，拨进船也。

宋·张镃·绝句首联
破艇争划忽罢喧，野童村女闯篱边。

二、词林陌韵，录作"劃"，"划"的繁体字。呼麦切huà，锥刀。作事也。以刀划破物也。方音读若话，俗呼小船为划子。

宋·文天祥·绝句首联
月到中天云划开，断桥幻出玉楼台。

宋·曾巩·律诗首联
收科同日曳华裾，耆划惊闻刃有余。

宋·杨万里·绝句首联
近船古岸不胜高，浪划涛剜似削刀。

宋·刘克庄·绝句尾联
却须擘划千馀岁，多买丹砂置女僮。

[附录]
(一)划字诗韵录于麻韵(录作"划")，从平声，陌韵无字头。词林分录于麻(录作"划")、陌(录作"劃")二韵，今增录。麻韵释义同新四声1.①义项。陌韵释义同新四声2.、3.部分义项。余异义，不通用。诗韵十一陌又字头录作"畫"(简体字"画")，

注释：某义项通"划"，呼麦切huà，锥刀曰也；作事也；以刀划破物也。
(二)划字新四声
1. [划]读作huá。①拨水前进：划船。②猜拳叫划拳。③合算：划不来。
2. [劃]读作huà，"划"的繁体字。①划分。②计划：谋划。③转移：划账。④忽然：划见公子面(杜甫)。⑤同画：汉字的一笔叫一划或一画。
3. [劃]读作huá，"划"的繁体字。①割开：划玻璃。②擦，擦过：划火柴。

【量】

一、诗韵下平七阳，吕张切liáng，量，度轻重、多少、长短，商量。丈量，考量，量度，量才尺，与漾韵异。

毛泽东·律诗颈联
牢骚太盛防肠断，风物长宜放眼量。

二、诗韵去声二十三漾，力让切liàng，斗斛曰量，度量能容之谓量，限也，审也。酒量，器量，力量，大量，雅量，阳韵异。

宋·苏轼·律诗颈联
浅量已愁当酒怯，非才尤觉和诗忙。

[附录]
(一)量字分录于阳、漾二韵。异义，不通用。参阅新四声释义1.、2. 义项。
(二)量字新四声
1. 读作liàng。①量具。②气度：肚量。③法度，准则。④数量：流量。⑤估计：忖量。⑥布满。⑦通"緉liǎng"。双。

2. 读作 liáng。测量，丈量，量体温。
3. 读作 liang。①思量：考虑。②商量：商讨。③打量：观察。④掂量：估量。

【苍】

一、诗韵下平七阳，七刚切 cāng，草色也，茂也，老也。昊苍，九苍，鬈毛苍，苍野，苍烟，苍龙，苍生，又姓，又养韵异。

宋·戴复古·律诗尾联
连岁经行淮上路，忧时赢得鬈毛<u>苍</u>。

唐·许浑·律诗尾联
云间二室劳君画，水墨<u>苍苍</u>半壁阴。

二、诗韵上声二十二养，采朗切 cǎng，莽苍，寒状，与阳韵异。

宋·陆游·律诗颔联、颈联
江湖南北雁，原野雨晴鸠。
莽<u>苍</u>新阡陌，凋零旧辈流。

宋·陆游·律诗颔联
莽<u>苍</u>郊原来暮色，飕飗林壑起秋声。

宋·梅尧臣·律诗尾联
莽<u>苍</u>山川在，渔歌属野人。

[附录]
(一) 苍字分录于阳、养二韵，同录作"蒼"。
莽苍：寒状，仄声独用。异义，不通用。诗例多作平声。
(二) 苍字新四声
1. 读作 cāng。①青色，深绿色，灰白色。②茂盛。③苍茫。④苍劲。⑤通"仓"，仓猝。⑥姓。

2. 读作 cǎng。"苍莽"义同"苍茫"，苍莽千里（苏轼）。

【庆】

一、诗韵下平七阳，墟羊切，音羌 qiāng，福也。具庆，余庆，农夫庆，笃其庆，叶平声敬韵同。积善之家，必有余庆，叶"殃"（《易·坤》）；万邦惟庆，叶"祥"（《书·伊训》）；则笃其庆，叶"光"（《诗·大雅·皇矣》）；孝孙有庆，叶"强"（《诗·小雅·楚茨》）。

明·唐时升·诗句
郁郁千尺松，所忧斧与斨。
离离三寸草，所患牛与羊。
……
为善实良图，敢谓有余<u>庆</u>。

二、诗韵去声二十四敬，丘敬切 qìng，福也，与阳韵通。又庆贺，又州名，又姓，独用。

宋·欧阳修·诗句
岁律忽其周，阴风惨辽夐。
孤怀念时节，朽质惊衰病。
……
归来见亲识，握手相吊<u>庆</u>。

宋·杨亿·律诗首联
缭垣峣阙<u>庆</u>云深，画烛熏炉对拥衾。

宋·王禹偁·律诗尾联
最喜吾家有余<u>庆</u>，凤毛还直凤池头。

[附录]

㈠庆字分录于阳、敬二韵，同录作"慶"。平声叶韵音"羌qiāng"。诗例多作仄声。参阅新四声释义。

㈡庆字新四声

1. 读作qìng。①祝贺。②奖赏。③幸福，好运。④通"卿qīng"，庆士即卿士。⑤姓。
2. 读作qiāng。语气词，用于句首。

【炀】

一、诗韵下平七阳，与章切yáng，烁金也，或作烊。炎炀，南炀，不炀，前人炀，又漾韵异。

宋·王安石·律诗颔联
翛翛短褐方炀火，冉冉青烟已被辰。

宋·朱熹·诗句
秋风萧爽天气凉，此日何日升斯堂。
堂中老人寿而康，红颜绿鬓双瞳方。
家贫儿痴但深藏，五年不出门庭荒。
灶陉十日九不炀，岂办甘脆陈壶觞？

二、诗韵去声二十三漾，弋亮切yàng，炙燥也，对火也，暴也，热也。火炽也，冬炀，炎炀，炀灶，阳韵异。

宋·牟巘·绝句
何事区区外谍光，五浆先馈岂其当。
尽渠争炀仍争席，物我而今已两忘。

唐·徐夤·律诗颈联
隋炀远游宜不反，奉春长策竟何如。

宋·楼钥·诗句
不戬将自焚，前辙有狂炀。
……
功高归未晚，会见登弼亮。

宋·宋祁·绝句尾联
客心将炀灶，同是一寒灰。

[附录]

㈠炀字分录于阳、漾二韵，同录作"煬"。异义，不通用。参阅新四声释义。

㈡炀字新四声

1. 读作yáng。①熔化金属。②谥号用字。
2. 读作yàng。①旺烈。②烘烤，就火炀之（沈括）。③照亮。

【傍】

一、诗韵下平七阳，蒲光切páng，近也，侧也。亦作旁，又旁午。道傍，路傍，傍支，傍人啼，漾韵异。

宋·苏轼·律诗颈联
不作雍容倾坐上，翻成肮脏倚门傍。

宋·苏轼·律诗首联、颔联
丞相祠堂下，将军大树傍。
炎云骈火实，瑞露酌天浆。

宋·苏轼·律诗颈联
惯眠处士云庵里，倦醉佳人锦瑟傍。

二、诗韵去声二十三漾，蒲浪切bàng，倚也，亦近也。依傍也，倚傍，傍山吟，傍水栽，傍花眠，傍小桥，傍山行，阳韵异。

宋·辛弃疾·绝句
三峰一一青如削，卓立千寻不可干。
正直相扶无倚傍，撑持天地与人看。

宋·苏洄·绝句尾联
未觉六朝兴废迹，凄凉先傍眼边来。

唐·李白·律诗颔联
山从人面起，云傍马头生。

[附录]
㈠傍字分录于阳、漾二韵。阳韵亦作"旁"，今宜用"旁"本字。余义异，不通用。诗例多作仄声，宜取仄声。
㈡傍字新四声读作bàng。①靠近，临近。②依附，依靠。③沿着，趁着。④通"旁páng"。⑤通"彷páng"。⑥姓。

【丧】
一、诗韵下平七阳，息郎切sāng，挽丧，奔丧，居丧，治丧，丧礼，丧祭，亡也，漾韵异。

宋·曾巩·诗句
吾性虽嗜学，年少不自强。
所至未及门，安能望其堂。
……
呻吟千里外，苍黄值亲丧。

二、诗韵去声二十三漾，苏浪切sàng，沮丧，沦丧，彫丧，斯文丧，丧朋，丧家狗，阳韵异。

宋·苏轼·诗句
十年不还乡，儿女日夜长。
岂惟催老大，渐复成凋丧。

每闻耆旧亡，涕泫声辄放。

宋·陆游·律诗颔联
民贫乐岁尚艰食，道丧异端方肆行。

[附录]
㈠丧字分录于阳、漾二韵，同录作"喪"。异义，不通用。
㈡丧字新四声
1. 读作sāng。①跟人死亡有关的事。②姓。
2. 读作sàng。①失去。②人死。③灭亡。④逃亡。
3. 读作sàng。神态不乐：沮丧。

【张】
一、诗韵下平七阳，陟良切zhāng，张施也。开张，张罗，张帆，张旭。又星名，又姓。又漾韵。

宋·戴复古·律诗颔联
才能今管乐，人物旧张韩。

宋·张舜民·绝句首联
马息山前见海棠，群仙会处锦屏张。

二、诗韵去声二十三漾，知亮切zhàng，张施，自侈大也。张大。又张饮，同"帐"，与阳韵异。按：张弦之张，平、去亦通用。暂无诗例。
[附录]
㈠张字分录于阳、漾二韵，同录作"張"。
释义注：张弦之张，平、去亦通用，暂无通用的诗例。诗例多作平声，宜取平声。
㈡张字新四声
1. 读作zhāng。①弓上弦。②紧，急。③夸大。④扩大。⑤伸展。⑥铺排，陈设。⑦看，望。盛。⑧分离。⑨量词。⑩姓。
2. 读作 zhàng。①通"帐"，帐幔。②通"胀"：(1)鼓胀。(2)骄傲自大。

【王】

一、诗韵下平七阳，雨方切 wáng，大也，君也，姓。漾韵异。

　　唐·韦庄·律诗尾联
　　瑶池宴罢归来醉，笑说君<u>王</u>在月宫。

　　宋·苏轼·绝句尾联
　　此意自佳君不会，一杯当属水仙<u>王</u>。

　　宋·苏轼·绝句首联
　　两本新图宝墨香，樽前独唱小秦<u>王</u>。

二、诗韵去声二十三漾，于放切 wàng，霸王也，据其身临天下而言，曰王，则去声。又盛也，又气王，与"旺"同。神王，当王，春王，分王，王气，王天下，与阳韵异。

　　宋·文同·诗句
　　余于岐雍间，屡走官道上。
　　终南百里近，不得迂马访。
　　徒常铁双眼，引首旦夕望。
　　群峦突天起，气势颇豪<u>王</u>。

　　唐·李白·诗句
　　本家陇西人，先为汉边将。
　　功略盖天地，名飞青云上。
　　……
　　英烈遗厥孙，百代神犹<u>王</u>。

[附录]
(一)王字分录于阳、漾二韵。释义注：据其君临天下，曰王，则去声。诗例多作平声，宜取平声。参阅新四声释义。
(二)王字新四声
1. 读作 wáng。①君主，首领，高的爵位。②姓。
2. 读作 wàng。①统治，称王：王此大邦（《诗经》）。②通"旺"，兴旺。③通"往"wǎng，去。

【长】

一、诗韵下平七阳，直良切 cháng，长短也，养、漾韵俱异。

　　宋·戴复古·律诗首联
　　独坐观星斗，一襟秋思<u>长</u>。

　　宋·叶绍翁·律诗颈联
　　船聚知村近，牛闲觉昼<u>长</u>。

二、诗韵上声二十二养，展两切 zhǎng，长幼。助长，郡长，草木长，家长，消长，春草长，长官，长者，与阳、漾韵并异。

　　宋·戴复古·律诗尾联
　　三尺儿童辈，皆知好<u>长</u>官。

　　宋·赵师秀·律诗颔联
　　欲消冰似雪，初<u>长</u>麦如蔬。

三、诗韵去声二十三漾，知丈切 zhǎng，度长短也，又多也，余也，世说平生无长物，阳、养韵俱异。

宋·司马光·律诗首联
文章真长物，堪叹又遗贤。

宋·赵师秀·律诗颔联
旧友误称吟笔长，诸亲争笑罢官贫。

[附录]
㈠ 长字分录于阳、养、漾三韵，同录作"長"。异义，不通用。参阅新四声释义。
㈡ 长字新四声
1. 读作cháng。①空间距离或时间间隔。②长度。③擅长。④形容进展迅速。
2. 读作zhǎng。①生长，增长。②抚养：长我育我（《诗经》）。③重视，崇尚。④年高。⑤尊重。⑥领导人。
3. 读作zhàng。多余，别无长物。

【藏】

一、诗韵下平七阳，昨郎切cáng，匿也，蓄也。潜藏，行藏，秘藏，包藏，藏垢，藏本，藏锋，藏身，漾韵异。

宋·戴复古·律诗颈联
登山犹矍铄，照水见昂藏。

二、诗韵去声二十三漾，徂浪切zàng，藏货财处，又经数曰藏，阳韵异。

宋·黄庭坚·诗句
武昌赤壁吊周郎，寒溪西山寻漫浪。
汀洲源雁未安集，风雪牖户当塞向。
有人出手办兹事，正可隐几穷诸妄。
水清石见君所知，此是吾家秘密藏。

宋·杨亿·律诗颈联
一乘了义刳心学，三藏真文盥手开。

[附录]
㈠ 藏字分录于阳、漾二韵。异义，不通用。参阅新四声释义。
㈡ 藏字新四声
1. 读作cáng。①躲藏，隐藏。②收存，储藏。③姓。
2. 读作zàng。①储存东西的地方，宝藏。②西藏，藏族。③同"脏"，内脏。
3. 读作zāng。①草名。②通"臧"，善。

【创】

一、诗韵下平七阳，初良切chuāng，伤，始造之。塞创，金创，故创，同疮伤也，漾韵异。

宋·陆游·诗句
士生始堕地，弧矢志四方，
……
寒灯照不寐，抚枕慨以慷。
李靖闻征辽，病愈更激昂，
裴度请讨蔡，奏事犹衷创。

宋·司马光·律诗颔联
谁曾缚汝安同解，彼自无创勿误伤。

宋·苏轼·绝句首联
人间斤斧日创夷，谁见龙蛇百尺姿。

宋·陆游·绝句尾联
功名无分身空在，犹指金创说战时。

二、诗韵去声二十三漾，初亮切chuàng，始也，造也，伤也，惩也。

创始也，又惩创也，开创，创见，创制，创业，创基，与阳韵异。

宋·刘克庄·律诗颔联
峰排神女峡，寺<u>创</u>德宗朝。

宋·刘克庄·绝句首联
当日封崇殊草<u>创</u>，末年付授绝悲哀。

[附录]
㈠创字分录于阳、漾二韵，同录作"創"。义异，不通用。
㈡创字新四声
1. 读作 chuàng。①开始，首先做。②撰写。③惩治，惩戒。
2. 读作 chuāng。①外伤。②伤害。③通"疮"。

【将】

一、诗韵下平七阳，分录二个字头：
将①，即良切 jiāng，送也，行也，助也，又剑名，漾韵异。
将②，千羊切 qiāng，请也，将子无怒（《诗经》）。又严正也，应门将将（《诗经》）。与本韵异。

宋·杨万里·绝句首联
拣得新开便折<u>将</u>，忽然到晚敛花房。

宋·陆游·律诗颈联
去日不留春渐老，归舟已具客<u>将</u>行。

宋·王安石·律诗颈联
万物天机何得丧，百年心事不<u>将</u>迎。

宋·杨万里·绝句尾联
天赐生朝千斛水，一年一斛送<u>将</u>来。

唐·王勃·绝句首联
长江悲已滞，万里念<u>将</u>归。

二、诗韵去声二十三漾，子亮切 jiàng，将帅也，与阳韵异。

宋·刘克庄·绝句
壮士如驹出渥洼，死眠牖下等虫沙。
老儒细为儿郎说，名<u>将</u>皆因战起家。

[附录]
㈠将字分录于阳、漾二韵，同录作"將"。异义，不通用。释义及使用与新四声类同。
㈡将字新四声
1. 读作 jiāng。①扶助，带领。②将就。③秉承。④保养。把。⑤取，拿，用。⑥将要。⑦打算。⑧且，又。⑨用言语刺激。⑩姓。
2. 读作 jiàng。①将领；军衔名。②统率。③能手，能人。
3. 读作 qiāng。①愿，请。②将将：(1) 高兴。(2) 雄壮。(3) 象声词。

【倡】

一、诗韵下平七阳，尺良切 chāng，女乐也；倡优也。亦作"猖"，倡狂。或作"娼"。《佩文韵府》阳韵"倡"字注：又漾韵。

宋·蒋堂·律诗颈联
席客咏持蟹，女<u>倡</u>歌采菱。

宋·滕岑·诗句
白马紫游缰，意气何飘扬。
五陵富贵子，人谓天上郎。
……

吹弹陈妙伎，歌舞集名倡。

宋·梅尧臣·律诗首联
少为轻薄悮，失行落优倡。

唐·王琚·诗句
东邻美女实名倡，绝代容华无比方。
浓纤得中非短长，红素天生谁饰妆。

元·杨维桢·古绝
高楼有独妇，白昼弹空桑。
门前谁下马？不是五楼倡。

元·张宪·诗句
蓬松云髻作懒妆，丫鬟手擎红锦囊。
人言天宝宫中女，我意梨园旧乐倡。

明·钟惺·律诗首联
巴舡吴榜簇江干，市侩村倡半倚滩。

二、诗韵去声二十三漾，未录"倡"字，字头"唱"字注释：尺亮切chàng，发歌，又导也，亦作"倡""誯"（①《集韵》同"唱"。②人名：崇誯）。今以《佩文韵府》释义增入，"唱"亦作"倡"。

唐·白居易·律诗颈联
垂鞭晚就槐阴歇，低倡闲冲柳絮行。

宋·李石·律诗尾联
寥寥蜀学谁为倡，东去江流注海门。

宋·楼钥·诗句
公家忠献公，勋名照穹壤。
南轩传圣学，后进斗山仰。
……
当为不可胜，有和谨毋倡。

宋·刘克庄·律诗颔联
野老说侯游豫少，醉翁与客倡酬多。

宋·成钦亮·律诗颈联
诗倡珠玑跳月峡，酒行杯斝湿春晖。

宋·范成大·律诗首联
燃萁烘暖夜窗幽，时有新诗趣倡酬。

宋·方岳·律诗颈联
别修花史为题品，高倡离骚伴寂寥。

宋·陆游·诗句
我力日愈衰，人事不敢倡。
穷巷春多泥，何以税客鞅。
诸君顾何取，勤恳问亡恙。

[附录]
（一）倡字诗韵录于阳韵（录作"倡"），漾韵"唱"字亦作"倡"。音、义并异，不通用。释义及使用与新四声类同。《唐韵》《集韵》《正韵》"倡"字，并尺亮切，音唱chàng。和也，"倡予和汝"。又"一倡而三叹（《礼记·乐记》）"，注："倡，发歌句也"。与"唱"通。

（二）倡字新四声
1. 读作chàng。①唱；领唱。②发动；宣扬：倡议。
2. 读作chāng。①古代歌舞乐人：有如市倡抹青红（苏轼）。②通"猖"，肆其猖狂（苏轼）。③通"娼"，妓女。

【装】

一、诗韵下平七阳，侧羊切zhuāng，装束也。裹也。赍也。藏也。轻装，戎装，装点，装潢，装载。

唐·孟浩然·闺情·律诗颈联
畏瘦疑伤窄，防寒更厚裝。

宋·杨亿·律诗首联
君住武夷乡，思归便促裝。

唐·苏颋·律诗首联
灵媛乘秋发，仙裝警夜催。

唐·王建·律诗颈联
玉裝剑珮身长带，绢写方书子不传。

二、词林漾韵，侧亮切，音壮。

南北朝·吴均·诗句
故人杯酒别，天清明月亮。
露下寒葭中，风起秋江上。
衣染潺湲泪，棹犯参差浪。
匕首直千金，七宝雕华裝。

[附录]

(一) 装字诗韵录于阳韵，从平声，漾韵无字头。词林分录于阳、漾二韵，今增录。诗例多作平声，宜取平声。

(二) 装字新四声读作zhuāng。①衣服，服装。②故意做作，假装。③打扮，修饰：装潢。④安放，安装。⑤书籍，精装。⑥字画，装裱。⑦包裹，行囊：整装待发。

【慌】

一、词林阳韵。

宋·马文斌·律诗颈联
立观峭峻成山岳，动必摇形见者慌。

二、诗韵上声二十二养，不分明。慌悦，慌惘，慌忘。

唐·韩愈·诗句
官不自谨慎，宜即引分往。
胡为此水边，神色久悦慌。

[附录]

(一) 慌字诗韵录于养韵，从仄声，阳韵无字头。词林分录于阳、养二韵，今增录。

(二) 慌字新四声读作huāng。①忙乱，急急匆匆。②害怕：吓慌了。③难以忍受：累得慌。④通"恍 huǎng"，恍惚。

【快】

一、词林阳韵，于良切，音央。央然：自大之意也。暂无诗例。

二、诗韵上声二十二养，怅也，不服怼也，情不满足也。心怏怏，常悒怏。暂无诗例。

三、诗韵去声二十三漾，于两切，详注见养韵。

宋·陈师道·律诗颔联
不谓江山开悒怏，正缘风味得淹留。

唐·牟融·律诗首联、尾联
十年学道困穷庐，空有长才重老儒。
寄语故人休怅怏，古来贤达事多殊。

唐·裴说·律诗尾联
悒怏寒江上，谁人知此情。

[附录]

(一) 怏字诗韵分录于养、漾二韵，从仄声，阳韵无字头。词林分录于阳、养二韵，今增录。异义，不通用。诗例多作仄声，宜取仄声。

(二)怏字新四声读作yàng。①不高兴,不满意:怏然不悦。②勉强,强求:无夜无明怏着他(《牡丹亭》)。

【盟】

一、诗韵下平八庚,眉兵切méng,盟约,杀牲歃血也。订盟,结盟,鸥盟,背盟,会盟,主盟,同盟,城下盟,敬韵异。

宋·戴复古·律诗尾联
借问金华老仙伯,几人无忝入诗<u>盟</u>。

宋·王安石·绝句尾联
不忘君惠常加首,要使欢<u>盟</u>未可寒。

清·袁枚·绝句首联
到底君王负旧<u>盟</u>,江山情重美人轻。

二、诗韵去声二十四敬,莫更切mèng,誓盟,诅盟,盟津即孟津也,庚韵异。又明也,告其事于神明也。盟礼:杀牲歃血,告誓神明也。暂无诗例。

[附录]
(一)盟字分录于庚、敬二韵。释作"盟约、盟礼:杀牲歃血"通用。诗例多作平声,宜取平声。
(二)盟字新四声读作méng。①缔约。②盟誓。③同盟。

【横】

一、诗韵下平八庚,户肓切héng,纵横也,县名,姓。纵横,雁阵横,斗柄横,花影横,宝刀横,横幅,横斜,横波,横塘,横舟,横眉,横空,敬韵异。

宋·刘克庄·绝句首联
少年意气慕<u>横</u>行,不觉蹉跎过一生。

唐·杜甫·绝句首联
庾信文章老更成,凌云健笔意纵<u>横</u>。

唐·李绅·绝句首联
自报金吾主禁兵,腰间宝剑重<u>横</u>行。

二、诗韵去声二十四敬,户孟切hèng,非理来。暴横,强横,横逆,横行,横议炽,与庚韵异。

宋·文同·诗句
陵阳官居遇久旱,发喘浑如起新病。
已惊赤日晨可畏,更恨炎风午尤盛。
徒嗟禾黍尽焦落,无奈蝇虻转豪<u>横</u>。

宋·王安石·诗句
织芦编竹继檐宇,架以松栎之条枚。
岂惟宾至得清坐,因有余地苏陪台。
愬阳陵秋更暴<u>横</u>,燄我欲作昆明灰。

宋·戴复古·律诗首联
房<u>横</u>干戈密,官清财赋强。

[附录]
(一)横字分录于庚、敬二韵。异义,不通用。释义及使用与新四声类同。
(二)横字新四声
1. 读作héng。①与纵相对。②横向动作。③汉字笔画名称。④纷杂,充溢。⑤蛮横,凶恶。⑥广,远。⑦通"黉"。⑧姓。

2. 读作 hèng。①凶恶，粗暴，强横。②意外，不测。③不走正道，放纵。④冤枉。

【迎】

一、诗韵下平八庚，疑京切 yíng，逆数也。逢也。逢迎，欢迎，送迎，奉迎，相迎，下阶迎，扫径迎，笑相迎，迎岁，迎战，迎合，迎春，迎风，迎驾，敬韵略异。

宋·杨亿·律诗首联
二年假守栝苍城，郡榻唯师即送迎。

唐·白居易·律诗颈联
宾拜登华席，亲迎障幰车。

二、诗韵去声二十四敬，鱼敬切 yìng，迓也，凡物来而接之则平声，物未来而往迓之则去声。亲迎，庚韵异。

宋·赵温之·踏莎行上片
妖艳相偎，清香交喷。
花王尤喜来亲迎。
有如二女事唐虞，
群芳休更夸相并。

[附录]
(一) 迎字分录于庚、敬二韵。释义注："迎"，"候接之"从平声；"往迓之"从仄声。诗例多作平声，宜取平声。参阅新四声释义。
(二) 迎字新四声
1. 读作 yíng。①迎接。②奉承。③面向着。④预测，推算。
2. 读作 yìng。迎娶，迎亲。

【盛】

一、诗韵下平八庚，是征切，音成 chéng，盛受也，黍稷在器也，成也，盛服也。珠盘盛，金钵盛，宝函盛，瓦盆盛，玉碗盛，敬韵异。

宋·文同·诗句
学文二十年，语气殊未成。
所以文房中，四谱无一精。
……
遂剪十袭巾，加以重筷盛。

宋·刘克庄·绝句尾联
说与厨人稀作粥，老夫留腹要盛书。

宋·王禹偁·绝句首联
赐来三载锦囊盛，今日重看倍觉荣。

二、诗韵去声二十四敬，承政切 shèng，多也，长也，极也，受物曰盛，地名，姓。茂盛，丰盛，花木盛，才华盛，盛夏，盛名，盛服，盛怒，盛年，盛世，庚韵异。

毛泽东·律诗颈联
牢骚太盛防肠断，风物长宜放眼量。

宋·晏殊·律诗颈联
上苑盍簪延景刻，北都投辖盛官仪。

[附录]
(一) 盛字分录于庚、敬二韵。异义，不通用。释义及使用与新四声类同。
(二) 盛字新四声
1. 读作 shèng。①深厚，丰茂。②极力。③极点。④赞美，美好。⑤姓。

2. 读作chéng。①用器装物。②装物之器。③容纳，承受。④通"成"：(1)成就：功业。(2)变成，成为。

【轻】

一、诗韵下平八庚，丘京切qīng，重轻，重之对也。柳絮轻，身轻，言轻，名利轻，鸿毛轻，轻骑，轻佻，轻狂，轻盈，轻尘，轻裘，轻车，轻心，轻风，轻寒，轻烟，轻薄子，敬韵异。

> 宋·陆游·律诗首联
> 头风初愈喜身轻，书卷时开觉眼明。

二、诗韵去声二十四敬，牵正切qìng，疾也，小而轻疾也，秦师轻而无礼（《左传》）。庚韵异。暂无诗例。

[附录]

(一) 轻字分录于庚、敬二韵，同录作"輕"。诗例多作平声，宜取平声。

(二) 轻字新四声读作qīng。①与重相对。②程度浅。③随便，不庄重。④灵巧。⑤宽容。⑥减少。⑦不以为重要。⑧姓。

【橙】

一、诗韵下平八庚，除耕切chéng，柚属，橘属。霜橙，金橙，柚橙，甘橙，橙黄，径韵异。

> 宋·黄庭坚·绝句首联
> 解缚华堂一座倾，忍堪支解见姜橙。

> 宋·陆游·律诗颔联
> 泛罢杯觞余菊苦，玩残指爪带橙香。

二、诗韵去声二十五径，都邓切dèng，几属，几橙也，悬橙，庚韵异。暂无诗例。

[附录]

(一) 橙字分录于庚、径二韵。异义，不通用。诗例多作"橘属"义，宜取平声。参阅新四声释义。

(二) 橙字新四声

1. 读作chéng。①广柑，广橘。②橙色。
2. 同"凳"。

【顷】

一、诗韵下平八庚，志营切qīng，头不正也，器名：顷筐。西顷，山名。与梗韵异。暂无诗例。

二、诗韵上声二十三梗，去颖切qīng，田百亩为顷。又顷刻也，俄顷。地名。数顷，千顷，万顷，顷刻花，顷刻留，与庚韵异。

> 宋·苏轼·律诗颔联
> 五车书已留儿读，二顷田应为鹤谋。

> 宋·李曾伯·绝句首联
> 俄顷钟声到枕边，朦胧晓色试霜天。

[附录]

(一) 顷字分录于庚、梗二韵。诗例多作"田亩"义，或"顷刻"义，从仄声，宜取仄声。

(二) 顷字新四声

1. 读作qīng。①地积单位。②短时间。③当时。④通"跬huǐ"，顷步即半步。
2. 读作 qīng。①通"倾"。②姓。

【睛】

一、诗韵下平八庚，子盈切 jīng，目珠子也。双睛：鸟名。龙睛，青睛，点睛，睛不转。梗韵异。

宋·文天祥·绝句首联
燕颔鸢肩都易写，从前只道点睛难。

宋·黄庭坚·律诗颔联
白牯狸奴心即佛，铜睛虎眼主中宾。

二、诗韵上声二十三梗，七静切，音请 qǐng，眙睛，目不悦貌，又庚韵异。暂无诗例。

[附录]
(一) 睛字分录于庚、梗二韵。诗例多作平声，宜取平声。
(二) 睛字新四声读作 jīng，眼珠，视力。

【榜】

一、诗韵下平八庚，薄庚切 bēng，所以辅弓弩也，养、敬韵并异。暂无诗例。

二、诗韵上声二十二养，北朗切 bǎng，木片也。通作榜标也。金榜，放榜，秋榜，门榜，龙虎榜，题榜，标榜，榜样，与漾韵"搒"作"榜"及庚、敬韵并异。

宋·楼钥·绝句尾联
标榜未应专一壑，此山何处不忘归。

宋·姚勉·绝句首联
龙榜凤池俱细事，十年身到待何如。

宋·释云岫·偈颂尾联
洞房花烛夜，金榜状元归。

三、诗韵去声二十四敬，北孟切 bàng，榜人，船人也。进船也，又笞也。吴榜，龙榜，歌榜，归榜，漾韵"搒"通，庚、养韵异。

宋·陆游·绝句尾联
好事谁家斗歌舞，方舟齐榜出花阴。

宋·林逋·律诗颈联
吴榜自能凌晚汰，湘纍何苦属芳荪。

唐·李贺·绝句首联
催榜渡乌江，神骓泣向风。

清·金农·绝句首联
古县萧条对岸开，大江行色榜人催。

元·梁寅·律诗颔联
亥市尘嚣迂竹径，午桥烟雨榜溪船。

[附录]
(一) 榜字分录于庚、养、敬三韵。异义，不通用。释义及使用与新四声类同。
(二) 榜字新四声
1. 读作 bǎng。①木牌。②揭榜。③告示。④题署。
2. 读作 bēng。①矫正弓弩的器具。②古刑法之一，泛指击打。
3. 读作 bàng。①船桨，也借指船。②划船，苏轼诗句：孤舟夜榜鸳鸯起。
(三) 膀字新四声识作：榜的异体字。

【庭】

一、诗韵下平九青，特丁切 tíng，门庭，直也。帝庭，家庭，宫庭，闲庭，庭宇，庭外，庭帏，庭阶，庭除，天庭，紫薇庭，与径韵异。

　　宋·王禹偁·律诗颈联、尾联
　衣拂茶烟寻水寺，枕欹梅雨泊沙汀。
　归期莫过中秋节，侍宴甘泉月满庭。

　　宋·洪咨夔·律诗首联
　萱草径庭寂，橘花窗户明。

二、诗韵去声二十五径，他定切，音听 tìng。按：广韵无此字，今从庄子释文添入，"大有径庭"。隔远也，青韵异。暂无诗例。

[附录]
㈠庭字分录于青、径二韵。诗例多作平声，宜取平声。
㈡庭字新四声读作 tíng。①厅堂。前庭后院。②直，正。③径庭：(1)过分，(2)悬殊。④通"廷"，朝廷。⑤官名。

【钉】

一、诗韵下平九青，当经切 dīng，炼饼黄金也。竹钉，竹头钉，眼中钉，径韵异。

　　宋·欧阳修·律诗首联
　万钉宝带烂腰环，赐宴新陪一笑欢。

　　宋·杨万里·绝句首联
　细雨无声忽有声，乱珠跳作万银钉。

　　宋·郑獬·律诗首联
　宝钉万数拥寒枝，寂寞幽香蝶亦稀。

二、诗韵去声二十五径，丁定切 dìng，以钉钉物也，青韵异。

　　宋·杨万里·绝句首联
　临平放目渺无涯，莲荡蘋汀不钉牌。

　　宋·汪元量·律诗首联
　重门犹钉旧桃牌，惆怅行人去不回。

[附录]
㈠钉字分录于青、径二韵。异义，不通用。参阅新四声释义。
㈡钉字新四声
1. 读作 dīng。①钉子。②紧跟，监视。③催，追。④同"盯"。⑤同"叮"，叮咬。
2. 读作 dìng。①用钉子固定东西。②缝缀。

【蜓】

一、诗韵下平九青，特丁切 tíng，蜻蜓，螟蛄别名，一名庚伊，青蜓。蝘蜓，铣韵异。

　　宋·杨万里·绝句尾联
　小荷才露尖尖角，早有蜻蜓立上头。

　　宋·秦观·律诗颈联
　翡翠侧身窥渌酒，蜻蜓偷眼避红妆。

二、诗韵上声十六铣，徒典切，音殄。蝘蜓：一名守宫，俗称壁虎，古籍多与蜥蜴、蝾螈等相混。又青韵异。

唐·张说·诗句
小暑夏弦应，徽音商管初。
愿齐长命缕，来续大恩余。
……
合丹同蜾蠃，灰骨共蟾蜍。

[附录]
(一) 蜓字分录于青、铣二韵。蜻蜓，从平声；蜾蜓，从仄声。异音异义，不通用。
(二) 蜓字新四声读作 tíng。①蜻蜓。②蜓蚰，又名蟮蛐。

【娉】

一、诗韵下平九青，滂丁切 pīng，娉婷，美好貌，敬韵异。

宋·张耒·律诗颔联
翠被一方都盖覆，红妆数子尚娉婷。

宋·杨万里·律诗首联
红红白白定谁先，嫋嫋娉娉各自妍。

宋·陈师道·绝句首联
春风永巷闲娉婷，长使青楼误得名。

唐·杜牧·绝句首联
娉娉袅袅十三余，豆蔻梢头二月初。

二、诗韵去声二十四敬，匹正切 pìn，媒娉，交娉，娶也，通作聘。问也，访也，又青韵异。

唐·长孙佐辅·诗句
忆昔逢君新纳娉，青铜铸出千年镜。
意怜光彩固无瑕，义比恩情永相映。

[附录]
(一) 娉字分录于青、敬二韵。异义，不通用。仄声通"聘"义，敬韵另录有字头"聘"。诗例多作平声，宜取平声。参阅新四声释义。
(二) 娉字新四声
1. 读作 pīng。①体态美好。②美人。
2. 同"聘"某义项。

【冥】

一、诗韵下平九青，莫经切，音铭 míng。冥昧也。青冥，天也。北冥，海也。玄冥，水神。窈冥，幽也，夜也，草深也。晦冥，雨冥冥，渺冥，苍冥，幽冥。

宋·陆游·律诗首联
川云漠漠雨冥冥，浊酒闲倾不满瓶。

宋·姜夔·绝句首联
苑墙曲曲柳冥冥，人静山空见一灯。

宋·周南·绝句尾联
更有晦冥风雨在，可能相见不依然。

唐·徐夤·律诗颈联
玄冥借与三冬景，谢氏输他六出花。

二、词林迥韵，母迥切，音铭上声，冥冥，昏晦也。又莫定切，音铭去声，义同。又眠见切，音面，冥眴，视不见。暂无诗例。

[附录]
(一) 冥字诗韵录于青韵，从平声，迥韵无字头。词林分录于青、迥二韵，今增录。诗

例多作平声，宜取平声。

(二)冥字新四声读作míng。①昏暗，夜。②愚昧。③幽深，深沉。④高远，远离。⑤冥府。⑥通"溟"，大海。⑦通"瞑"，睡眠。⑧姓。

【惺】

一、诗韵下平九青，先青切xīng，惺忪，了慧貌。悟也。静也。惺惺，惺忪。

　　宋·戴复古·律诗首联
　　汝在何乡何姓名，路途凡百爱惺惺。

　　宋·杨万里·绝句首联
　　宿酲作恼未惺忪，一对湖光酒病空。

　　宋·范成大·绝句尾联
　　上座独超三昧地，诺惺庵里证般舟。

　　宋·陆游·绝句首联
　　飞来山鸟语惺惚，却是幽人半睡中。

二、词林梗韵，铣挺切，音醒，亦悟也。静中不昧曰惺。元·王哲诗句：奉报那人如惺悟。惺悟，犹醒悟。

　　宋·梅尧臣·诗句
　　四叶及王游，共家原坂岭
　　岁摘建溪春，争先取晴景。
　　……
　　屑之云雪轻，啜已神魄惺。

[附录]
(一)惺字诗韵录于青韵，从平声，梗韵无字头。词林分录于青、梗二韵，今增录。异义，不通用。诗例多作平声，宜取平声。

(二)惺字新四声读作xīng。①醒，惺忪。②惺惺：(1)清醒。(2)聪慧。(3)惺惺相惜。

【兴】

一、诗韵下平十蒸，虚陵切xīng，盛也，举也，善也，动也，州名，姓。起也，例：事业济中兴（杂句）。晓鼓却随鸦鹊兴（苏轼）。为传钟鼓到西兴（苏轼）。如地名：吴兴、宜兴，又兴废皆作平声。与径韵异。

　　宋·陆游·律诗首联
　　一夜茅檐雨，晨兴乃尔凉。

　　宋·张耒·律诗尾联
　　敢辞鸡黍费，农事及春兴。

　　宋·宋庠·律诗首联
　　云构崔嵬敞梵筵，皇家基运此兴先。

　　宋·张嵲·律诗颔联
　　湖外频无岁，汉傍连有兴。

　　宋·苏轼·律诗颈联
　　精贯天人一言足，云兴岳渎万灵趋。

　　宋·苏轼·律诗尾联
　　独掩陈编吊兴废，窗前山雨夜浪浪。

　　宋·苏轼·绝句首联
　　符离道士晨兴际，华岳先生尸解馀。

二、诗韵去声二十五径，许应切xìng，象也，意思也，感物而发，兴之言喜也。比兴，又兴趣。例：老来渐减金钗兴（苏轼）。秋来有佳兴（苏轼）。从仄声。蒸韵异义。

宋·曾巩·律诗颈联
能供水石三秋兴，不负江湖万里心。

宋·陆游·律诗颔联
把卷昏眸常欲闭，投床睡兴却先阑。

宋·杨万里·律诗首联
几年今夕一番逢，千古何人此兴同？

宋·王安石·绝句首联
有兴提鱼就公煮，此言虽在已三年。

宋·王安石·绝句尾联
忽忆西岩道人语，杖藜乘兴得幽寻。

宋·陆游·律诗尾联
晚窗生酒兴，洗盏一陶然。

[附录]

(一) 兴字分录于蒸、径二韵，同录作"興"。"此兴、有兴"非通用。应依音、义辨读。参阅新四声释义。

(二) 兴字新四声

1. 读作 xīng。①兴盛，流行。②开始，发动。③推举。④起来。⑤准许。⑥征收。⑦姓。
2. 读作 xìng。①兴致。②喜欢。③起兴。

【乘】

一、诗韵下平十蒸，食陵切 chéng，驾也，胜也，登也，守也，乘复也，因也，治也，计也，姓。佛法又上乘，径韵异。大乘，乘势，乘马，乘兴，乘除，乘舟，乘风，乘凉，乘龙婿。

宋·戴复古·律诗尾联
欲悟浮生事，思参小大乘。

宋·秦观·律诗尾联
偶成二老风流事，不是三乘宿草庵。

宋·杨亿·律诗颈联
秦关百二聊乘兴，汉牍三千待叫阍。

宋·晁说之·律诗首联
海岳登临许远游，上乘云气下扁舟。

宋·蒲寿宬·题深省庵·律诗尾联
常谈且接头陀伴，欲说上乘空费辞。

二、诗韵去声二十五径，食证切 shèng，车乘，物双曰乘，物四数曰乘。千乘，万乘，超乘，别乘，后乘，蒸韵异。

宋·曾巩·诗句
晓出城南罗卒乘，皂纛朱旗密相映。貔貅距跃良家子，鹅鹳弥缝司马令。

宋·杨亿·律诗颈联
何幸紫微容托乘，更烦红袖与传杯。

宋·郑侠·律诗尾联
暂陪游乐乘，此日是何辰。

宋·杨亿·律诗颔联
群公共结二林社，万乘曾回六尺舆。

[附录]

(一) 乘字分录于蒸、径二韵。异义，不通用。参阅新四声释义。

(二) 乘字新四声

1. 读作 chéng。①骑，坐。②利用，趁。③升，登。④欺凌。⑤佛教教派或教法。⑥算术运算方法。⑦姓。
2. 读作 shèng。①古时一车四马为一乘。

②古物数以四为一乘。③春秋时晋国史书称"乘"，后把历史记载称史乘。

【称】

一、诗韵下平十蒸，处陵切 chēng，知轻重也，扬也，言也，举也，诠也，姓。名称，美称，自称，尊称，并称，称快，称善，称颂，称贺，称觞量，径韵异。

　　宋·黄庭坚·诗句
　　洪河壮观游，太府佳友朋。
　　春色挽我出，东风如引绳。
　　……
　　出干大农部，才术见嗟称。

　　宋·苏辙·律诗尾联
　　和熹盛东汉，从此不称贤。

　　宋·陆游·绝句首联
　　药粗野老偏称效，诗浅山僧妄谓工。

　　宋·刘克庄·律诗首联
　　虽拜龙图号，自称槃涧翁。

　　宋·戴复古·律诗首联
　　爱竹旧称王子猷，今君异世等风流。

二、诗韵去声二十五径，昌孕切 chèng，惬意，是也，相等也，诠也，举也，适物之宜也，度也。称，正斤两也。相称，名实称，称职，称量，称其服，称所长，蒸韵异。

　　宋·王令·诗句
　　久撄末俗喧，脱就绿野静。
　　方随巾屦便，那暇宾客命。
　　……
　　时逢瓶盎酒，亦有肴核称。

　　宋·杨亿·律诗颈联
　　言成纶綍终非称，室蔼芝兰幸得亲。

　　宋·王禹偁·律诗颈联
　　不称禁中批紫诏，犹教淮上拥朱轮。

　　宋·王禹偁·律诗首联
　　七十年华鬓未霜，道情偏称宰丰阳。

　　宋·王禹偁·律诗首联
　　中郎亭树据江乡，雅称诗翁赋醉章。

　　宋·杨亿·律诗首联
　　一径雨苔深，新居雅称心。

　　宋·杨亿·律诗首联
　　月兔湘筠巧制全，何人大手称如椽。

[附录]
(一) 称字分录于蒸、径二韵，同录作"稱"。"不称、偏称"依音义辨读。异义，不通用。参阅新四声释义。
(二) 称字新四声
1. 读作 chēng。①测量轻重。②名称。③声誉。④叫，呼，说。⑤赞许。⑥举起。⑦声称。⑧显扬，闻名。⑨借贷。⑩姓。
2. 读作 chèn。①适合，符合。②美好。③随，根据。④整套衣服。⑤通"趁"，利用机会。
3. 同"秤"。

【犹】

一、诗韵下平十一尤，以周切 yóu，同猷，又尚也，似也，姓。兽多疑者。相犹，犹犹，夷犹，仇犹，犹豫，宥韵训犹豫亦通。

宋·郑思肖·律诗颈联
日近望犹见，天高问岂知。

宋·叶绍翁·律诗颔联
水国逢春梅未见，山城到午雾犹深。

二、诗韵去声二十六宥，余救切yòu，兽如麂善登木，又多疑虑，故曰犹豫，与尤韵同，余不通。暂无诗例。

[附录]
(一)犹字分录于尤、宥二韵，同录作"猶"。诗例多作平声，宜取平声。
(二)犹字新四声读作yóu。①猴类，善攀树。②像，如。③还，尚且。④太，更。从。⑤过失，责怪。⑥犹豫。⑦姓。

【留】

一、诗韵下平十一尤，利求切liú，止也，迟也，久也，徐也，治也，不决也，地名，姓。住也。羁留，久留，停留，留滞，留意，留题，留宿，留恋，与宥韵异。

宋·范成大·律诗颔联
事如梦断无寻处，人似春归挽不留。

宋·王珪·绝句首联
殿下排场击土牛，君王玉仗久迟留。

宋·陆游·律诗颈联
暂住便成闲啸咏，欲归更复小迟留。

二、诗韵去声二十六宥，力救切liù，宿留，停待也，宿留海上。迟留

尤韵异。暂无例诗。

[附录]
(一)留字分录于尤、宥二韵，同录作"畱"。诗例多作平声，宜取平声。
(二)留字新四声
1. 读作liú。①不离去。②阻止。③存留，保存。④注意力放在某方面。⑤通"流"。⑥姓。
2. 读作liǔ。昴星的别名。

【油】

一、诗韵下平十一尤，以周切yóu，膏也，和谨貌，云盛貌，禾黍光悦貌，水名，苏轼诗句：一水淡如油，与宥韵异。

宋·黄庭坚·律诗首联
数行嘉树红张锦，一派春波绿泼油。

宋·梅尧臣·律诗尾联
我已暮年殊趣向，浓油一盏案边身。

宋·陆游·律诗颈联
野饭香炊玉，村醪滑泻油。

宋·苏轼·律诗颈联
要知玉雪心肠好，不是膏油首面新。

宋·黄彦平·律诗颈联
纳纳三江暮，油油万壑倾。

二、诗韵去声二十六宥，余救切yòu，物有光也，珍膏油之。浩油，地名，又膏油，其面光也。油油，尤韵异。暂无例诗。

[附录]

(一) 油字分录于尤、宥二韵。异义，不通用。诗例多作平声，宜取平声。

(二) 油字新四声读作 yóu。①脂质物。②用油涂抹。③浮滑。④油然：(1) 兴盛。(2) 自然而然。⑤油油：(1) 形容光润。(2) 形容恭敬。

【收】

一、诗韵下平十一尤，式州切 shōu，聚也，取也，息也，报也。敛也，又捕也，宥韵异。又并收，备收，又与宥韵同。

   宋·叶绍翁·绝句首联
  家贫地上却钱流，朽贯年深不可<u>收</u>。

二、诗韵去声二十六宥，舒救切，音狩 shòu，获多也。早收也，凡物可收者，去声。秋收，备收，并收，尤韵通。

   韩愈·南山诗·诗句
  吾闻京城南，兹惟群山囿。
  东西两际海，巨细难悉究。
    ……
  或行而不辍，或遗而不<u>收</u>。

[附录]

(一) 收字分录于尤、宥二韵。释义注：凡物可收者，去声。诗例多作平声，宜取平声。

(二) 收字新四声读作 shōu。①收集。②接纳。③结束。④获得。⑤拘押。⑥收割。⑦约束。⑧藏。⑨通"纠"，纠合，联合。⑩姓。

【湫】

一、诗韵下平十一尤，七由切 qiū，水池名，潭湫，灵湫，清湫，涧湫，寒湫，湫隘，筱韵异。

   宋·杨亿·诗句
  迹寄浮屠教，心将汗漫游。
  无眠长达曙，却立动经秋。
    ……
  诛茅探虎穴，投仗涸龙<u>湫</u>。

   宋·范成大·绝句尾联
  龙<u>湫</u>雁荡经行处，断取松风万壑来。

   唐·李商隐·律诗颈联
  神护青枫岸，龙移白石<u>湫</u>。

二、诗韵上声十七筱，子了切，音剿 jiǎo。湫：隘也。龙湫，隘湫，仲孙湫，尤韵异。

   宋·赵蕃·律诗颔联
  龙<u>湫</u>平渊蓄，灵山列岫寒。

   宋·赵蕃·律诗首联
  只知嫌<u>湫</u>隘，何意落崎岖。

[附录]

(一) 湫字分录于尤、筱二韵。异义，不通用。"龙湫"字面相同，应依音、义辨读。诗例多作"深潭"义，从平声。参阅新四声释义。

(二) 湫字新四声

1. 读作 jiǎo。①低洼，贫居苦湫隘，无术逃炎曦（司马光）。

2. 读作 qiū。①深潭。②凄凉，清净。③终尽。④姓。

【缪】

一、诗韵下平十一尤，莫彪切 móu，枲之十絜也，相缪，绸缪，宥、屋韵并异。

宋·王安石·律诗尾联
疑此冶容诗所忌，故将樛木比绸<u>缪</u>。

宋·范成大·六言诗
何处温泉火井，谁家熊席狐裘。
堂燕几番炎热，冰蚕一茧绸<u>缪</u>。

二、诗韵去声二十六宥，靡幼切，音谬 miù，纰缪，错缪也。纠缪，差缪，又姓，尤、屋韵俱异。

宋·梅尧臣·诗句
茫茫九土中，天网该时秀。
有凤不收罗，有麟不获狩。
……
虫鱼倪无施，捉撮不乖<u>缪</u>。

宋·刘克庄·律诗颈联
笑金谷友望尘<u>缪</u>，经紫阳翁考古详。

三、诗韵入声一屋，莫六切 mù，与穆同，礼记有缪公，古书"穆"多作"缪"。谥法，尤、宥韵俱异。桓缪，秦缪，于礼缪。暂无诗例。

[附录]
(一) 缪字分录于尤、宥、屋三韵。异义，不通用。参阅新四声释义。
(二) 缪字新四声

1. 读作 miào。姓。
2. 读作 móu。①绸缪。②通"穆"：(1)肃穆。(2)恭敬。(3)沉思状。
3. 读作 miù。①假装，欺诈。②异，不同。③通"谬"，错误；荒谬。④通"纠 jiū"，缠绕；纠正。⑤通"摎 jiū"，绞。

【不】

一、诗韵下平十一尤，甫鸠切 fōu，又方鸠切，音浮。弗，鸟飞翔不下，未定之辞也。健不，有不，好不，有酒不，寄书不，再来不，与有韵"否"义通，物韵异。

宋·苏轼·律诗尾联
元嘉旧事无人记，故垒摧颓今在<u>不</u>。

宋·方岳·律诗尾联
小迟须有佳晴日，待试山翁已健<u>不</u>。

宋·韩维·绝句尾联
归时不及家无有，但问松安竹健<u>不</u>。

宋·邓深·律诗尾联
稚松戢戢存遗爱，不用诗来问好<u>不</u>。

宋·章甫·律诗首联
天意诚难测，人言果有<u>不</u>。

宋·陆游·诗句
雪落红丝砚，香动银毫瓯。
爽如闻至言，余味终日留。
不知叶家白，亦复有此<u>不</u>。

二、诗韵入声五物，分勿切，与弗同。岂不，鄂不，独不，又官名同，礼服不，氏服不，服百兽者，尤韵异。又押鄂不，亦与虞韵"柎"字同。

宋·王十朋·律诗首联
瀑水声中夜<u>不</u>眠，星河影动半秋天。

宋·陆游·律诗尾联
区区僻见君不怪，人固终身有<u>不</u>能。

宋·赵师秀·律诗首联
虽说京华住，西湖岂<u>不</u>清。

宋·连文凤·律诗颔联
爱之似君子，好<u>不</u>在花枝。

唐·刘得仁·律诗颔联
闲能资寿考，健<u>不</u>换公卿。

[附录]

(一) 不字分录于尤、物二韵。异义，不通用。用在句末表疑问，从平声。与弗同义，从仄声。诗例多作仄声。不字在入声者，方音各殊。或读逋入声，或读杯入声。或逋骨切，或帮铺切。虽入声转平，其义则一也。

(二) 不字新四声

1. 读作bù。①否定词。②用在句末表疑问（古同否）。③无。④语气助词无义。⑤通"丕"：大。

2. 同"柎"某义项：花萼。

3. 读作fōu。姓。

【妯】

一、诗韵下平十一尤，丑鸠切chōu，心动也，悼也。暂无诗例。

二、词林锡韵，直六切，音逐，兄弟之妻，相呼曰妯娌。又卢谷切，音禄，动也。

宋·陈襄·律诗颔联
白沙有路鸳鸯泊，芳草无情<u>妯</u>娌花。

宋·邵雍·律诗颔联
庭闱乐处儿孙乐，兄弟和时<u>妯</u>娌和。

[附录]

(一) 妯字诗韵录于尤韵，从平声，锡韵无字头。词林分录于尤、锡二韵，今增录。异义，不通用。妯娌，从仄声。参阅新四声释义。

(二) 妯字新四声

1. 读作zhóu。妯娌：兄弟之妻的合称。

2. 读作chōu。扰动，不平静：忧心且妯（《诗经》）。

【纠】

一、词林尤韵，吉酉切jiū，绳三合也。举也，发举其愆过。察也，以纠万民。又收也，合也。告也，督也，参也，急也，戾也。暂无诗例。

二、诗韵上声二十五有，举夭切，音矫。窈纠：舒之姿也，舒窈纠兮（《诗经》）。合绳曰纠。又举也。绳纠，结纠，弹纠，纷纠，纠正，纠缪，纠剔，纠绞，纠诉。

宋·王迈·律诗颔联
齐霸分明诛子<u>纠</u>，唐宗决裂用雠臣。

宋·王安石·诗句
余闻古之人，措法贻厥后。
……
永惟东南害，茶法盖其首。

私藏与窃贩，犴狱常纷纠。

宋·魏了翁·律诗颈联
此意春融泄，中年俗纠缠。

宋·晏殊·绝句尾联
农皇药录真无谓，不向萱丛辩纠纷。

宋·陈景沂·绝句尾联
别离自是无聊赖，于甚垂杨有纠牵。

[附录]
(一)纠字诗韵录于有韵，从仄声，尤韵无字头。词林分录于尤、有二韵，今增录。释义注"合绳，举也"通用，暂无此义项例句。诗例多作仄声。
(二)纠字新四声读作 jiū。①三股合成的绳索，引申为缠绕：纠缠不清。②结集，连合。③督察。④检举，告发。⑤矫正。⑥通"赳"，形容武勇：赳赳武夫（《诗经》）。⑦窈纠：形容行走舒缓。佼人僚兮，舒窈纠兮（《诗经》）。⑧姓。

【临】

一、诗韵下平十二侵，力禁切 lín，莅也，大也，监也，又姓。君临，光临，亲临，喜气临，临幸，临难，临深，临池，临楷，临风，临危，沁韵异。

宋·赵师秀·律诗首联
何人可与话登临，徒倚危栏日又沈。

宋·司马光·律诗首联
嵩峰远叠千重雪，伊浦低临一片天。

二、诗韵去声二十七沁，力禁切 lìn，偏向，哭临也，侵韵异。

唐·王维·律诗
兰殿新恩切，椒宫夕临幽。
白云随凤管，明月在龙楼。
人向青山哭，天临渭水愁。
鸡鸣常问膳，今恨玉京留。

[附录]
(一)临字分录于侵、沁二韵，同录作"臨"。异义，不通用。哭临：哭吊死者谓也，仄读独用。诗例多作平声，宜取平声。参阅新四声释义。
(二)临字新四声
1. 读作 lín。①从高处下视。②面对。③到，来。④将要。⑤接近，靠近。⑥摹仿。⑦统治，治理。⑧姓。
2. 读作 lìn。哭吊死者，哀临三日（《汉书》）。

【深】

一、诗韵下平十二侵，式针切 shēn，远也，又水名。水深，怨深，浅深，言深，资深，恩深，临深，情深，交深，深厚，深邃，深沉，深远，深藏，深闺。沁韵异。

宋·文同·律诗首联
群山护秦陇，转去转幽深。

宋·欧阳修·绝句尾联
不知芳渚远，但爱绿荷深。

二、诗韵去声二十七沁，式禁切 shèn，不浅也。周礼以土圭测别土深度，深浅也，侵韵别。暂无诗例。

[附录]

(一)深字分录于侵、沁二韵。异义,不通用。诗例多作平声,宜取平声。度土之深,深谓日景长短之深也。宋·陈襄诗:地道不可寻,以其幽且深。土圭测日影,可以分照临。

(二)深字新四声读作shēn。①与浅相对。②重大。③深奥。④程度高。⑤颜色浓。⑥时间久长。⑦隐藏。⑧深知,精通。⑨严酷,苛刻。⑩险要。⑪茂盛。⑫严密,牢固。

【喑】

一、诗韵下平十二侵,于金切yīn,聋喑,鸡喑,近臣喑,喑哑,啼极无声,又不能言,与沁韵异。

宋·范成大·律诗首联
静极孤鸿响,寒疑万籁喑。

清·龚自珍·绝句首联
九州生气恃风雷,万马齐喑究可哀。

二、诗韵去声二十七沁,于禁切yìn,声也,又聚气貌,与侵韵异。

唐·韩愈、孟郊·同宿联句
儒门虽大启,奸首不敢闯。
义泉虽至近,盗索不敢沁。
清琴试一挥,白鹤叫相喑。

[附录]

(一)喑字分录于侵、沁二韵。异义,不通用。诗例多作平声,宜取平声。参阅新四声释义。

(二)喑字新四声

1. 读作yīn。①痛哭过度而气咽无声。②哑,不出声:万马齐喑。也作喑哑:喑哑不能言(《八大山人传》)。

2. 读作yìn。①相应而鸣:清琴试一挥,白鹤叫相喑(韩愈)。②[喑哑]怒喝:生平喑哑如霹雳声(《聊斋志异》),也作喑噁。

【沉沈】

一、诗韵下平十二侵,直深切chén,录作"沈",俗作"沉",没也,又星名,寝、沁韵并异。落日沉,深沉,升沉,夜沉沉,沉默,沉滞,沉着,沉寂,沉吟,沉涵,沉溺,沉酣,沉思,沉香木,沉迷,沉浸,沉沦。

宋·苏轼·诗句
人皆种榆柳,坐待十亩阴。
我独种松柏,守此一片心。
……
池塘得流水,龟鱼自浮沈。

宋·陆游·律诗颈联
竹院沉沉闻漏永,玉绳耿耿看星移。

唐·张九龄·诗句
未央钟漏晚,仙宇蔼沈沈。
武卫千庐合,严扃万户深。
左掖知天近,南窗见月临。

二、诗韵上声二十六寝,式任切shěn,录作"沈",国名,又姓。东阳沈,沈约,沈炯,沈充,沈郎腰,侵、沁韵俱异。

宋·苏轼·诗句
我本山中人，寒苦盗寸廪。
……
高言追卫乐，篆刻鄙曹<u>沈</u>。
先生周孔出，弟子渊骞寝。

三、诗韵去声二十七沁，录作"沈"，直禁切。投物水中也，亦没也，狸沈，与侵、寝韵俱别。暂无诗例。

[附录]

(一) 沈(沉)字诗韵分录于侵、寝、沁三韵。
1. 侵韵录作"沈"，俗作"沉"，没也，从平声。诗韵"沉"字未另录字头。
2. 寝韵录作"沈"，姓也，从仄声。另有字头录作"瀋"，瀋陽。
3. 沁韵录作"沈"，亦没也，暂无诗例。侵、寝、沁三韵，异义，不通用。侵、沁二韵释义注："没也，亦没也"通用，暂无此义项例句。参阅新四声释义。

(二) 沈字新四声
1. [沈]读作shěn。①古国名。②姓。
2. [瀋]读作shěn。①汁。②沈阳市简称。瀋为沈字的繁体字。
3. [沈]同"沉"。
4. [沈]读作tán。形容宫室深邃：沈沈蓬莱阁（魏征）。

(三) 沉字新四声读作chén。①水中污泥。②往下落，与浮、升相对：夕阳西沉。③使降落，向下放。④深切：沉痛。⑤分量重。⑥阴，暗：天沉四山黑（王安石）。⑦沦落：消沉。⑧灭亡，消失。

【吟】

一、诗韵下平十二侵，<u>鱼金切</u>yín，叹也，呻吟也，哦也，鸣也。咏也，古作唫，与寝韵异。与沁韵同。又叹也，独用。哀吟，苦吟，清吟，高吟，醉吟，呻吟，行吟，悲吟，狂吟，吟榻，吟讽，吟啸。

宋·戴复古·律诗首联
有感中来不自禁，短长亭下短长<u>吟</u>。

二、诗韵上声二十六寝，噤，唫口，急也，与侵韵异。暂无诗例。

三、诗韵去声二十七沁，宜禁切yìn，长咏也，义通噤。虽有舜禹之智，吟而不言（《史记》）。侵韵通。暂无诗例。

[附录]

(一) 吟字分录于侵（录作"吟"）、寝（录作"唫"）、沁（录作"吟"）三韵。侵韵注：古作唫。沁韵另录字头"噤"，与寝韵同。诗例多作平声，宜取平声。寝韵录有"噤""唫"两个字头。
1. 噤：音禁，寒而口闭也，沁韵"噤"同。
2. 唫：音近。(1)闭口，吸。(2)吟1.的异体字。

(二) 吟字新四声
1. 读作yín。①咏，诵。②叹息：昼吟霄哭（《战国策》）。③鸣，啼。④姓。
2. 读作jìn。通"噤"，闭口不言：吟而不言（《史记》）。

【参】

一、诗韵下平十二侵，<u>所今切</u>shēn，参星：星名。又姓。商参，扪参，参横，参辰，参商，参夕，参差荇，又覃、勘韵并异。

  宋·晁补之·绝句尾联
  车马凄凉人夜别，出门落月与横<u>参</u>。

二、诗韵下平十三覃，仓含切cān，参承，参觐也，三数也，又朝参，静中参，俗作叁。参考，参酌，参拜，参赞，参禅，侵、勘韵并异。

  宋·黄庭坚·六言诗
  置酒未容虚左，论诗时要指南。
  近笑天香满袖，喜公新赴朝<u>参</u>。

  宋·杨万里·绝句首联
  花光泉响不相<u>参</u>，城市山林难两兼。

三、诗韵去声二十八勘，七绀切càn，曲名，又参鼓，同掺。侵、覃韵并异。

  南北朝·庾信·诗句
  玉阶风转急。长城雪应暗。
  新绶始欲缝。细锦行须纂。
  声烦广陵散。杵急渔阳<u>参</u>。

  唐·李商隐·绝句
  城头叠鼓声，城下暮江清。
  欲问渔阳<u>参</u>，时无祢正平。

[附录]
(一) 参字分录于侵、覃、勘三韵。异义，不通用。参阅新四声释义1.、2.义项。
(二) 参字新四声
1. 读作cān。①参与：加入。②参考。③进见。④弹劾。⑤配，等同。⑥凌，逼近。⑦商讨，研究。⑧检验。⑨通"掺càn"。⑩鼓曲名。⑪通"糁sǎn"，混杂。

2. 读作shēn。①星名。②海参。③人参。④姓。
3. 读作cēn。参差，长短高低不齐。
4. 同"叁"。

【湛】
一、诗韵下平十二侵，直深切chén，久雨，又辅湛，星名，姓。与沉同。浮湛，深湛，旱湛，覃、赚韵并异。

  宋·胡寅·律诗首联
  别来鱼雁半浮<u>湛</u>，一日掀杯酒便深。

  宋·苏颂·律诗首联
  雅丽文园令，深<u>湛</u>扬大夫。

二、诗韵下平十三覃，丁含切dān，湛乐，乐且湛，义同耽。侵、赚韵并异。

  宋·刘克庄·诗句
  中年别作恶，大老何以堪。
  ……
  亦有嗜江水，远汲劳肩担。
  今汝一何幸，琴瑟和且<u>湛</u>。

  宋·林景熙·诗句
  书阅扬州贡，功观禹化覃。
  ……
  不用千头富，聊资一饷<u>湛</u>。

  宋·刘宰·诗句
  退之抗表出潮阳，高风万世为美谈。
  ……
  留连信宿苦未厌，一笑相属乐且<u>湛</u>。

三、诗韵上声二十九赚，宅减切

zhàn，水貌，又没也，安也，亦姓。露盛貌，又澄也，澹也，又水深，又水名。黯湛，秋云湛，清湛，湛然。月遄日湛（扬雄《太玄经》）：遄，疾也，湛，舒徐也。侵、覃韵俱异。

宋·梅尧臣·诗句

卞和无足定抱宝，乘骥走行天下老。
玉已累人马不逢，皇皇何之饥欲倒。
……
其锋虽锐我敢犯，新语能如夏侯<u>湛</u>。
于今穷困人已衰，不见悬金规吕览。

宋·李曾伯·律诗颈联

况从席上分邹<u>湛</u>，细向楼头访仲宣。

宋·苏轼·绝句首联

<u>湛</u>湛清池五月寒，小山无数碧巉屼。

宋·司马光·绝句尾联

客少有时全不用，天然水竹<u>湛</u>余清。

[附录]

(一) 湛字分录于侵、覃、豏三韵。异义，不通用。参阅新四声释义1.、2. 义项。

(二) 湛字新四声

1. 读作 zhàn。①清澈。②厚重，浓重。③深，精湛。④满，安。⑤徐缓。⑥通"沉"，沉没，沉淀。⑦淬火。⑧姓。
2. 读作 dān。①喜乐。②逸乐无度。
3. 同"浸"：湛诸美酒（《礼记》）。

【渗】

一、词林侵韵，千寻切，音侵，与"浸"同，浸淫，渐渍也，或作"渗淫"。又疏簪切，音森，淋渗，毛羽

始生貌：鹤子淋渗。

唐·张祜·律诗颔联、颈联

两峰高崒屼，一水下淫<u>渗</u>。
凿石西龛小，穿松北坞深。

二、诗韵去声二十七沁，所禁切 shèn，下漉也，滋液渗漉。渗漓，流貌。泽名。血渗，水渗，淋渗，泽渗，忧旱渗，渗滴，渗沥。

宋·范成大·律诗颔联

雨归陇首云凝黛，日漏山腰石<u>渗</u>金。

宋·张公庠·绝句首联

仙篰梅开淡淡春，夜来微雨<u>渗</u>轻尘。

宋·曾丰·律诗颔联

长专太白山涵润，独淹中秋月<u>渗</u>清。

[附录]

(一) 渗字诗韵录于沁韵，从仄声，侵韵无字头。词林分录于侵、沁二韵，今增录。异义，不通用。诗例多作仄声。参阅新四声释义。

(二) 渗字新四声

1. 读作 shèn。① 液体慢慢透入或漏出。②水干涸：远陂春旱渗，犹有水禽飞（司空图）。③害怕：人（心里）发渗。
2. 读作 qīn。渗淫：同浸淫。

【浸】

一、词林侵韵，七林切，音侵。浸淫，渐渍也。

####### 宋·林季仲·律诗尾联
插向鬓边犹得在，未须笑我老浸寻。

二、诗韵去声二十七沁，子鸩切 jìn，渍也，浸彼苞稂（《诗经》）。润也，浸彼稻田（《诗经》）。渐也。没也。涵也，沉也，泽名也。月浸，江海浸，沉浸，五湖浸，浸润，浸灌，浸碧晖。

####### 宋·陈师道·律诗颔联
皓魄光连鲛室午，疏星冷浸洞庭秋。

####### 宋·刘克庄·律诗颈联
狂欲片帆浮巨浸，老扶双拐到危巅。

####### 宋·文同·律诗颔联
恩波同海浸，刑网比天疏。

####### 宋·杨亿·绝句首联
天碧银河欲下来，月华如水浸楼台。

####### 宋·朱槔·绝句首联
一溪春涨午晴初，日透波光绿浸裾。

####### 宋·陈杰·律诗尾联
当初若听苞桑计，未必江涛许浸淫。

####### 宋·马之纯·律诗尾联
有时更取龙皮浸，凛凛如飞六月霜。

[附录]

(一) 浸字诗韵录于沁韵，从仄声，侵、寝二韵无字头。词林分录于侵、寝、沁三韵，今增录。义异，不通用。"浸淫"从仄声，暂无平声例句。诗例多作仄声，宜取仄声。

(二) 浸字新四声读作 jìn。①泡，淹没。②渗入。③灌溉。④大的河泽：太湖为东南巨浸。⑤逐渐，愈益：其势浸盛。⑥通"侵"，牧守多浸渔百姓（《资治通鉴》）。⑦浸寻；浸浔：逐渐，渐进。⑧［浸淫］(1)渐渐，渐进。(2)浸湿。(3)侵蚀，侵害。(4)流淌：大汗浸淫（《聊斋志异》）。(5)沉浸：浸淫数年不松懈。

【澹】

一、诗韵下平十三覃，徒甘切 tán，水动貌。又澹台，复姓，感、勘韵并异。

####### 宋·韩元吉·律诗尾联
然犀不用照，拔剑忆澹台。

####### 宋·汪应辰·绝句尾联
问我此行何所得，未尝识面有澹台。

二、诗韵上声二十七感，杜览切 dàn，澹，水貌。又恬静，薄味也。一作淡，又恬澹。黯澹，雅澹，旷澹，闲澹，平澹，冷澹，清澹，澹妆，澹烟，澹墨，覃韵异，勘韵同。

三、诗韵去声二十八勘，徒滥切 dàn，水摇动貌，又安也。人澹，容澹，澹荡，覃韵异，感韵同。

####### 宋·秦观·诗句
昔者曾中书，门户实难瞰。
笔势如长淮，初源可觞滥。
经营终入海，欲语焉能暂。
斯人今则亡，悲歌风惨澹。

####### 宋·司马光·律诗首联
嘉李繁相倚，园林澹泊春。

宋·魏了翁·律诗颔联
竹影移枰风澹荡，芰荷摇艇月黄昏。

宋·欧阳修·律诗首联
李径阴森接翠畴，押帘风日澹清秋。

宋·晏殊·律诗颈联
野水有波增澹碧，霜林无韵湿疏黄。

宋·姜夔·绝句首联
湖上风恬月澹时，卧看云影入玻璃。

[附录]
㈠澹字分录于覃、感、勘三韵。释义注："水动貌"通用，暂无此义项例句。复姓：澹台，覃韵独用。诗例多作仄声，宜取仄声。参阅新四声释义。
㈡澹字新四声
1. 读作dàn。①波浪起伏。②触动。③同"淡"某义项，淡泊，安静。④洗涤。⑤通"赡"，供给，供应。
2. 读作tán。澹台，复姓。

【憨】
一、诗韵下平十三覃，呼甘切hān，痴也。性成憨，酒憨，愚憨，狂憨，憨酒，憨愚，勘韵异义。

宋·陆游·律诗首联
平生万事付憨痴，兀兀腾腾到死时。

唐·虞世南·绝句
学画鸦黄半未成，垂肩鬈袖太憨生。
缘憨却得君王惜，长把花枝傍辇行。

当代·柳亚子·绝句首联
张娘妩媚史娘憨，复壁摇灯永夜谈。

二、诗韵去声二十八勘，下瞰切，害也，果决也。又呼滥切，愚也，痴也。真憨，狂憨，酒憨，心太憨，一味憨，性尤憨。与覃韵异。暂无诗例。

[附录]
㈠憨字分录于覃、勘二韵。释义注"痴也"通用，暂无此义项例句。诗例多作平声。
㈡憨字新四声读作hān。①傻气：憨笑。②朴实，天真：憨厚。

【占】
一、诗韵下平十四盐，职廉切zhān，视兆问也，隐占也，候也。渭水占，龟占，占对，占星，占候，占验，占卜，艳韵异。

宋·杨亿·律诗颔联
北堂送喜应占鹊，南国思归不为鲈。

宋·范成大·律诗尾联
留得本来真面目，行藏何假问龟占。

唐·罗隐·绝句首联
不论平地与山尖，无限风光尽被占。

明·王廷陈·律诗首联
草动三江色，林占万壑晴。

宋·刘克庄·律诗尾联
更残自算明年事，不就君平卦肆占。

明·刘炳·律诗颈联
载车有猎曾占渭，鼓枻无歌岂濯湘。

二、诗韵去声二十九艳，章艳切zhàn，固有也，隐度其辞。占据也。

僧人占，纷纷占，坐占，稳占，强占，山叟占，占先。与盐韵异。

宋·黄庭坚·律诗颔联
归燕略无三月事，残蝉犹占一枝鸣。

宋·王安石·绝句尾联
眠分黄犊草，坐占白鸥沙。

唐·白居易·律诗颈联
宫城烟月饶全占，关塞风光请半分。

清·纳兰性德·南海子·律诗颔联
草色横粘下马泊，水光平占晾鹰台。

[附录]
(一) 占字分录于盐、艳二韵。异义，不通用。释义"占据"从仄声。释作"视兆，卜问"取平声。
(二) 占字新四声
1. 读作 zhān。①卜问，预测：占卦。②窥察：占其山川云物（魏源）。③征兆：山崩川竭，国土将亡之占也（《水经注》）。④验证，判断。⑤姓。
2. 读作 zhàn。口授。作诗随口念出：口占一绝。
3. 读作 zhàn。佔，具有，居：占优势。

【盐】
一、诗韵下平十四盐，移廉切，音阎 yán，咸也。煮盐，白盐，井盐，石盐，撒盐，梅盐，食无盐，盐井，盐豉，盐城，盐梅，盐铁。姓，又州名，并与艳韵异。

宋·王禹偁·律诗颈联
鱼盐多近海，桑柘润连淄。

宋·陆游·绝句尾联
齑盐二十年前梦，尚想长廊撼夜铃。

二、诗韵去声二十九艳，以赡切，音艳 yàn，以盐腌也，盐韵异。

宋·赵蕃·绝句首联
湘山越岭纵怀归，可废当年麋盐诗。

[附录]
(一) 盐字分录于盐、艳二韵，同录作"鹽"。异义，不通用。平声，食盐也；仄声，以盐腌物也。诗例多作平声。参阅新四声释义。
(二) 盐字新四声
1. 读作 yán。①食盐。②姓。
2. 读作 yàn。①用盐腌物。②古乐曲名。③通"艳"，美好，羡慕。

【潜】
一、诗韵下平十四盐，昨盐切 qián，水伏流，又水名，又藏也，又人名，姓，艳韵亦作藏意。隐潜，深潜，潜伏，潜逸，潜蛟，陶潜。

宋·胡寅·律诗颈联
虎鼠乘时争用舍，鸢鱼适意自飞潜。

宋·刘克庄·律诗颔联
龙潜不付茧丝手，蜑俗争看玉雪人。

宋·陆游·律诗颈联
力守谁能发底火？深潜自足美灵根。

宋·苏轼·绝句尾联
不独江天解空阔,地偏心远似陶潜。

二、诗韵去声二十九艳,慈艳切,藏也,飞潜,深潜,龙潜,洗潜,盐韵同,余异。暂无诗例。

[附录]

㈠潜字分录于盐、艳二韵,同录作"潜"。释义注"藏也"通用,暂无此义项例句。诗例多作平声,宜取平声。

㈡潜字新四声读作qián。①隐藏。②秘密地。③专一。④深处。⑤姓。

【沾】

一、诗韵下平十四盐,张廉切zhān,水名。沾,益也。轻也。沾喜,沾唇,沾濡,沾恩,沾沾,沾泥絮。艳韵亦作水名。

宋·王令·诗句
微阳未复老阴壮,计去暖律时犹淹。
青天何可一日失,渐恐此去无由瞻。
日驭自惧不得脱,略出急入地下潜。
凭阴托寒恣凌铄,风伯得意欣沾沾。

宋·王令·绝句首联
何须别子始沾衣,久有江南去梦飞。

清·龚自珍·绝句首联
娇小温柔播六亲,兰姨琼姊各沾巾。

二、诗韵去声二十九艳,都念切diàn,古县名。水名,盐韵同,余异。暂无诗例。

[附录]

㈠沾字分录于盐、艳二韵。异义,不通用。释义注:"水名"通用。诗例多作平声,宜取平声。

㈡沾字新四声

1. 读作zhān。浸湿,浸润。

2. 同"添"。

3. 读作zhān。①沾沾自喜。②沾光。③有着,带着。④充溢。⑤接触。⑥通"觇"chān",观察,观看。

【髯】

一、诗韵下平十四盐,汝盐切rán,美须髯,在颐曰须,在颊曰髯。皓髯,松髯,髭髯,虬髯,疏髯,长髯,虎髯,龙髯,老君髯。

宋·戴复古·律诗首联
客里几逢端午节,看成雪鬓与霜髯。

宋·苏轼·绝句
陶令思归久未成,远公不出但闻名。
山中只有苍髯叟,数里萧萧管送迎。

二、词林艳韵,而艳切,音染,颔毛。暂无诗例。

[附录]

㈠髯字诗韵录于盐韵,从平声,艳韵无字头。词林分录于盐、艳二韵,今增录。诗例多作平声,宜取平声。

㈡髯字新四声读作rán。泛指胡子:美髯公。长须人:何处识老髯(袁宏道)。

【监】

一、诗韵下平十五咸，居衔切 jiān，领也，监临下土也。察也，立监，郡置监。与陷韵异。三监，太史监，太师监，上卿监，监史，监殷，监守，监河侯。

> 宋·陆游·律诗颈联
> 贷监河粟元知误，乞尉迟钱更觉痴。

> 宋·邵雍·律诗颈联
> 二年乃正三监罪，七日能尸两观囚。

> 宋·刘克庄·绝句尾联
> 晚知王自取，误杀老监军。

> 唐·白居易·绝句首联
> 谏垣几见迁遗补，宪府频闻转殿监。

> 明·程嘉燧·绝句首联
> 十分飞盏任君衔，四座无声罢酒监。

二、诗韵去声三十陷，居忏切 jiàn，领也，姓。又中书监，又贺监，义同。鉴书人无于水监，当于民监，咸韵异。酒监，三监，宫监，黄门监，百工监，监军。

> 宋·司马光·律诗颔联
> 相国舍人虽骤见，将军马监岂相知。

> 唐·刘禹锡·律诗首联
> 高楼贺监昔曾登，壁上笔踪龙虎腾。

> 宋·刘克庄·绝句首联
> 本朝耆旧数吾宗，老监轩昂洛社中。

[附录]

(一) 监字分录于咸、陷二韵，同录作"监"。释义注："领也"通用，暂无此义项例句。余义异，不通用。参阅新四声释义。

(二) 监字新四声

1. 读作 jiān。①监视，督察。②监禁。③牢狱。④统领，主管。
2. 读作 jiàn。①太监。②监生。③同"鉴"：(1)镜子；照映，明察。(2)借鉴；考察。④姓。

【掺】

一、诗韵下平十五咸，所咸切 shān，女手好貌，"掺掺"亦作"攕"。纤纤筊筊。杂句：纤掺整鬓迟。赚韵异。

> 宋·韩维·诗句
> 群峰罗立青巉巉，中有佛庙名香严。
> 或凝如盖覆宛宛，或散如指长掺掺。

> 宋·魏了翁·律诗颔联
> 掺掺竹柏青垂地，炯炯宾朋玉立山。

二、诗韵上声二十九豏，所斩切 shǎn，执揽(擥)也，揽掺，挥掺，咸韵异。

> 宋·梅尧臣·诗句
> 微生守贱贫，文字出肝胆。
> 一为清颍行，物象颇所览。
> ……
> 试知不自量，感涕屡挥掺。

> 宋·司马光·律诗首联
> 繁弦凝渌水，叠鼓掺渔阳。

> 宋·梅尧臣·律诗尾联
> 共被方为乐，军中莫掺挝。

> 唐·李商隐·绝句尾联
> 欲向渔阳掺，时无祢正平。

[附录]
㈠掺字分录于咸、赚二韵。异义，不通用。参阅新四声1.、2. 义项。
㈡掺字新四声
1. 读作shǎn。持，握。掺袂何所道（李白）。
2. 读作shān。①纤细而美：掺掺女手，可以缝裳（《诗经》）。②通"搀"。杂，混。
3. 读作càn。鼓曲名。城头叠鼓声，城下暮江清。欲问渔阳掺，时无祢正平（李商隐）。

古平新仄多音字

（子目录）

（按"上平一东"至"下平十五咸"顺序排列）

【筒】	514	【依】	520	【辚】	526	【圳】	531
【冲】	514	【储】	520	【闽】	526	【哮】	531
【风】	515	【赳】	520	【纫】	526	【茭】	532
【蒙】	515	【俱】	521	【份】	526	【跑】	532
【江】	516	【雩】	521	【埈】	527	【唠】	532
【衙】	516	【吁】	521	【轩】	527	【搔】	532
【倥】	516	【俞】	521	【浑】	527	【臊】	533
【蛩】	516	【臾】	522	【燉】	528	【阿】	533
【佣傭】	517	【糊】	522	【坛壇】	528	【蛾】	533
【杠】	517	【沽】	522	【栏】	528	【叉】	534
【移】	517	【呕嘔】	523	【抟】	528	【凉】	534
【疑】	518	【喻】	523	【掸】	529	【场】	534
【弥彌】	518	【懦】	523	【杆】	529	【浆】	534
【耆】	518	【瘐】	524	【蝉】	529	【钢】	535
【禧】	519	【篦】	524	【链】	530	【跄】	535
【椅】	519	【崽】	525	【姚】	530	【踉】	535
【伎】	519	【媒】	525	【桥】	530	【眶】	536
【妃】	519	【来】	525	【翘】	531	【磅】	536
【肥】	520	【驯】	525	【嫖】	531	【绷】	536

【瞪】	536	【滝】	538	【休】	539	【衿】	541
【趟】	537	【棱】	538	【侯】	540	【泔】	541
【汀】	537	【恒】	539	【遛】	540	【猷】	541
【澄】	537	【楞】	539	【搂】	540	【崭】	541
【绳】	538	【稠】	539	【淋】	540		

【说明】

本汇录的字头在古四声作平声，不作仄声。分三项内容：

一、诗韵某韵，收录该字头在"诗韵"中的本读音、本释义。

二、附录，收录其他韵书的读音、释义，供参考或参照使用。

三、新四声读作：仄声或平、仄两读，分列出音、义供参阅，以辩识新四声、古四声的异同，以免混用。

另外字有多种读音、释义，多则达十余个音、义项。本章节以"现代普及版字典（《袖珍字海》江苏教育出版社）"音、义分项为基准，选录古"韵书""字书"中部分音、义项，不相关的音、义项从略。

"附录"中多有使用到繁体字、异体字。

【筒】

一、诗韵东韵： 徒红切 tóng，竹名。又与本韵"箺"互用。

二、附录：

[筒]
1.《广韵》《正韵》徒红切，《集韵》《韵会》徒东切，并音同 tóng。竹名：射筒。《韵府》蜀郫县大竹，截为筒，盛酒，曰郫筒。酒忆郫筒不用沽（杜甫诗）。
2.《广韵》《集韵》《韵会》《正韵》并徒弄切，音洞，通作"洞"。

[箺]
1.《广韵》《正韵》徒红切，《集韵》《韵会》徒东切，并音同 tóng。①竹筒也。制十二箺以听凤之鸣，为律本。②或鲊或箺，若盛钱藏饼，而用受书，投于其中也。③捕鱼钩。箺、灊，皆钩名。
2.《集韵》杜孔切，音动 dòng。候管。
3.《集韵》《韵会》《正韵》并尹竦切，音勇 yǒng。箭室。

三、新四声：

[筒] 读作 tǒng 又读 tóng。①粗大的竹管。②管形、筒状器物。③古捕鱼用具：渔人收筒及未晓（苏轼）。④量词：一筒茶叶。

[箺] "筒"的异体字。

【冲】

一、诗韵东韵： 录作"冲"，同"沖"，直弓切 chōng，涌摇也。和也。深也。声也。

二、诗韵冬韵： 录作"衝"，尺容切 chōng，通路也。动也。当也。向也。突也。

三、附录：

[冲]
诗韵未录作字头。《正韵》昌中切，音 chōng。同"沖"。和也。深也。稚也。凿冰声：凿冰冲冲（《诗经·豳风》）。垂貌：鞗革冲冲（《诗经·小雅》）。

[沖]
《唐韵》直弓切，《集韵》《韵会》持中切，并音 chōng。涌摇也。虚也。和也。深也。飞也。幼小也。声也。又垂饰貌。又姓。

[衝]
1.《唐韵》尺容切，《集韵》《韵会》昌容切，并音 chōng。通道也。动也。当也。向也。突也。车也。蒙衝：船名。折衝都尉：官名。天衝：星名。中衝：脉也。衝衝：行也。
2.《集韵》蠢勇切，音 chǒng，《类篇·行部》衝菶：相人貌。骚扰衝菶（司马相如《大人赋》）。
3. 昌用切 chòng。衝要也。

四、新四声：

1. [冲] 读作 chōng。①冲泡：冲鸡蛋。②水力撞击：大水冲了龙王庙。③空、虚：大盈若冲。④抵销：冲账。⑤谦和，淡泊：胸怀冲淡。⑥幼小：冲龄。⑦山区的平地：韶山冲。⑧通"充"，冒充。⑨[冲冲](1)形容感情激动。(2)忡忡：忧虑。(3)象声词。⑩姓。
2. [衝繁] 读作 chōng。①交通要道：要冲。②向前闯，撞击：冲锋。冲天。③天文学名词。④星相术语：相忌相克叫作冲。⑤中医学名词：冲脉。
3. [衝繁] 读作 chòng。①朝着；对着：冲他笑了笑。②猛烈：冲劲儿。③单凭：冲你这句话。④气味浓烈刺鼻：臭味冲人。⑤机械冲压：冲床。

4. [冲]同"冲"。

【风】

一、诗韵东韵： 方戎切fēng，《说文》：风动虫生，故虫八日而化。《韵会》：天地之使曰风。《元命苞》：阴阳怒而为风也。《庄子》：大块噫气，其名为风。又上行下效谓之风，又风俗也，风化也，又在疾也，又姓：黄帝之臣风后。又去声送韵异作讽（送韵未录"风"本字）。送韵录字头"讽"，方凤切，讽刺、讽议也，通作"风"。

二、附录：

1.《唐韵》方戎切，《集韵》方冯切，《正韵》方中切，并音枫fēng。

2.《广韵》方凤切，音讽fēng。《诗经·关雎序》：上以风化下，下以风刺上，主文而谲谏，言之者无罪，闻之者足戒，故曰风。《释文》："下以风刺上"之风，福凤反，风刺同也。

三、新四声：

1. 读作fēng。①流动着的空气。②习俗；风气。③作风；风度。④景色。⑤兽类雌雄相诱：风马牛不相及。⑥讹传。⑦风声；消息。⑧中医认为的一种病因。⑨嬉戏；胡闹。⑩民歌：采风。⑪同"疯"。⑫姓。

2. 读作fèng。①吹拂：春风风人（《说苑》）。②感化：上以风化下，下以风刺上（《诗经·序》）。③通"讽"fěng。(1)讽刺。(2)诵读：风诵。

【蒙】

一、诗韵东韵： 莫红切méng，昧也，稚也，易卦名。《广韵》：覆也，奄也，被也，欺也。又谦词曰蒙。又草名，《尔雅·释草》：玉女也。又地名，山名，又姓。

二、附录：

[蒙]

1.《唐韵》莫红切，《集韵》谟蓬切，并音濛méng。

2.《韵会》母总切měng，柳宗元文：鸥夷蒙鸿（自注：上声）。

3. 莫凤切，音孟mèng，与"雺"同，有蜕蒙霜，上下合也（《汉书》引《易经·传》）。

三、新四声：

1. [蒙]读作méng。①菟丝草。②幼稚。③裹；覆盖。④关联，符合：各不相蒙（徐霞客）。⑤承接；遭受：蒙难。⑥六十四卦之一。⑦敬词，得到。⑧谦词，犹言愚：蒙之所见，及此而已（柳宗元）。⑨姓。

2. [濛繁]读作méng。蒙蒙：形容雨点细小，蒙蒙细雨即濛濛细雨。

3. [矇繁]读作méng。①眼睛失明。②昏暗。③蒙昧即矇昧。④将眼眯成缝。

4. [懞繁]读作méng。忠厚。

5. [矇繁]读作mēng。①又读méng。欺骗：别蒙（矇）人。②昏迷：他给打蒙（矇）了。③胡乱猜测：这回蒙（矇）对了。

6. [蒙]读作měng。①蒙古族。②蓂蒙：形容飞扬。

【讧】

一、诗韵东韵： 户公切 hóng，溃乱也。一曰讼言相陷也。内讧，兵讧，蛮讧。

二、附录：

1.《唐韵》户工切，《集韵》《韵会》《正韵》胡公切，并音洪 hóng。溃也，败也，乱也。《诗经·大雅》：蟊贼内讧。争讼相陷人之言也。

2.《集韵》胡贡切，音洪去声 hòng，义并同。

三、新四声：

读作 hòng。吵闹；溃败：内讧。

【衕】

一、诗韵东韵： 徒红切 tóng，《说文》：通街也。《六书统》：从同，在行中，众所同由也。又送韵义同(送韵未录字头)。

二、附录：

1.《唐韵》徒红切，《集韵》《韵会》徒东切，并音同 tóng。《玉篇·行部》：下也。亦通街也。"衕衕"或写作"胡同"。

2.《广韵》徒弄切，音洞 dòng。《山海经·中山经》：劳水出焉，而西流注于潏水，是多飞鱼，其状如鲋鱼，食之已痔衕。

三、新四声：

[衕]

1. 读作 tòng。"同2"的异体字。
2. 读作 dòng。腹泻之病。

[同]

1. 异体字作"仝"，音 tóng。义项略。
2. 读作 tòng。胡同即衕衕：巷；小街。

【倥】

一、诗韵东韵： 苦红切 kōng，倥侗：无知也。与"悾"通。又董韵(董韵未录字头)。

二、附录：

1.《广韵》《正韵》苦红切，《集韵》《韵会》枯公切，并音空 kōng。

2.《正韵》康董切，音孔，倥偬：事迫促也。

3.《集韵》《韵会》并苦贡切，音控，倥偬：困貌。《楚辞·九叹》：愁倥偬于山陆。

三、新四声：

1. 读作 kōng。①倥侗：蒙昧无知。②低垂：倥着脸，不言不语（《西游记》）。

2. 读作 kǒng。①倥偬：(1)急迫匆忙：戎马倥偬。(2)穷困：愁倥偬于山陆（《楚辞》）。

【蛩】

一、诗韵冬韵： 录作"蛬"，渠容切 qióng，兽名。秦谓蝉蜕曰蛩。

二、附录：

1.《唐韵》《集韵》《韵会》《正韵》并渠容切，音邛 qióng。①蛩蛩：兽也，状如马，即巨虚也，一走百里。②蛩蛩：忧思貌。③蝗也。④秦谓蝉蜕为蛩。

2.《集韵》古勇切，音拱 gǒng。蟲名，百足也。《尔雅注疏》：蚰蜒即蚰蜓，江东人呼蛩，音巩。

三、新四声：

[蛩]

1. 读作 qióng。①蝗虫。②蟋蟀：秋蛩挟户吟（鲍照）。③[蛩蛩](1)忧惧：心蛩蛩而怀顾兮（《楚辞》）。(2)传说中的异兽。

2. 读作 gǒng。虫名。①蚰蜒：俗称草鞋虫，像蜈蚣而略小，多足，触角长。②马陆：蚈（虫名），百足虫，亦名马蚿，节肢动物。
[蛩] 同"蛩"。

【佣傭】

一、诗韵冬韵：录作"傭"，余封切 yōng，均直也。一曰雇作谓之傭。诗韵未录"佣"字。

二、附录：

1.《广韵》《集韵》《韵会》并余封切，音 yōng。雇役于人。受直也。

2.《广韵》丑凶切，《集韵》《韵会》痴凶切，并音 chōng。均也。《诗经·小雅》：昊天不傭。傭，作也，用也。

三、新四声：

1. [傭] 读作 yōng。①被雇佣的人：女佣。②工钱：陆运之佣四十万贯（《旧唐书》）。③庸俗；平凡：佣中佼佼者也（《后汉书》）。
2. [佣] 读作 yòng，佣金：买卖时给介绍人的手续费。
3. [傭] 读作 chōng。均；公平：昊天不傭（《诗经》）。

【杠】

一、诗韵江韵：古双切 gāng，床前横木也，今人谓之床桯。竿也。又星名。诗韵未录"槓"字。

二、附录：

1.《唐韵》《集韵》《韵会》古双切，《正韵》居郎切，并音 gāng。床前横木也，或谓之床桯。旌旗竿也。铭橦也。小桥谓之杠。

又举也。

2.《唐韵》杠音工，古音也。《集韵》《类篇》沽红切，音公 gōng。古地名，《汉书》：攻杠里，大破之。

三、新四声：

1. [槓异体字] 读作 gàng。《辞源》：今字槓 gàng 杆，一种助力器械。①闩门或抬物的粗棍。②体育器械：高低杠。③线条：一记耳光打得他脸上起了五条红杠。④划线条删去：将那段话杠掉。
2. [杠] 读作 gàng。①床前的横木。②桥：石杠飞梁（左思）。③竹木竿、杆：牛羊满田野，解絁束空杠（韩愈）。

【移】

一、诗韵支韵：弋支切 yí，迁也，遗也，延也，徙也，易也。《说文》：禾相倚移也，凡种稻先苗之后移之，移秧也。又官曹公府不相临敬，则为移疏笺表之类，文书移于属县也。又姓：汉有弘农太守移良（《风俗通》）。

二、附录：

1.《唐韵》弋支切，《集韵》《韵会》余支切，《正韵》延知切，并音匜 yí。

2.《集韵》《韵会》并以豉切，音异 yì。移之言羨也。雀得鹤言，意甚不移，目如擘椒，跳萧二翅（曹植《鹤雀赋》）。

3.《集韵》敞尒切，音侈 chǐ。

三、新四声：

1. 读作 yí。①挪动。②动摇；改变。③推延；延及。④去；除。⑤靠拢；归向。⑥施予；给予。⑦旧时公文的一种：知县本不肯行移（《水浒传》）。⑧通"侈 chǐ"。(1)

多；多余：饮食移味（《大戴礼记》）。(2)广；大。⑨姓。

2. 读作yí。使人羡慕：意甚不移（曹植）。

【疑】

一、诗韵支韵：语其切yí，惑也，不定也，恐也，嫌也，似也。

二、附录：

1.《唐韵》语其切。《集韵》鱼其切。《韵会》凝其切。并音宜yí。

2.《韵会》疑陵切。《正韵》鱼陵切。并音凝níng。安静之义，故为定也。《诗经·大雅》：靡所止疑，云徂何往。

3.《集韵》《韵会》并偶起切，音你nǐ。同"拟"。《礼记·射义》：不以公卿为宾，而以大夫为宾，为疑也。注：疑，自下上至之辞也。疏：疑，拟也。是在下比拟於上，故云自下上至之辞也。"拟"本字见纸韵。

三、新四声：

1. 读作yí。①不相信：疑心。②以为；认为：床前明月光，疑是地上霜（李白）。③不分明的；难以确定的：疑案。

2. 读作nǐ。①安定；止息：靡所止疑（《诗经》）。②通"拟"，比拟。

【弥彌】

一、诗韵支韵：武移切mí，益也，长也，久也，满也，又姓。沙弥，须弥，弥天，弥坚。又纸韵(纸韵未录"彌"字)。

二、附录：

[彌]

1.《广韵》武移切，《集韵》《韵会》民卑切，并音迷mí。又《类篇》绵披切，音迷mí，《礼记·杂记》注：嬰彌，婴兒也。

2.《韵会》母婢切，音弥上声mǐ。《类篇》：止也。《韵会》：息也。《周礼》：弥灾兵。《汉书·李广传》：弥节白檀。注：弥节，少安之意。《韵会》通作"弭"。《集韵》："彌"，古作"㢽"。

[弥]

《玉篇》同"彌"。

三、新四声：

1. [彌繁]读作mí。①久；远：弥历千载。②遍；满：弥天大谎。③更加：欲盖弥彰。④补救；填合：弥补。⑤终于；尽于：履霜坚冰，弥不可长（《新唐书》）。⑥姓。

2. [彌繁]读作mǐ。①通"弭"。止息。②收敛：狐之捕雉，必先卑体弥耳以待其来也（《淮南子》）。

3. [彌繁]mí，简体字亦作"弥"。诗韵"彌"见支、纸、荠韵。

【耆】

一、诗韵支韵：渠支切qí，老也，长也，强也，至也，言至老境也。村耆，耆艾，耆英，耆年，耆旧。

二、附录：

1.《广韵》渠脂切，《集韵》《韵会》渠伊切，《正韵》渠宜切，并音祁qí。

2.《集韵》轸视切，音旨zhǐ。致也，《诗经·周颂》：耆定尔功。

3.《集韵》时利切，音视shì。"嗜"亦作"耆"。《礼记》：节耆欲定心气。"嗜"本字见置韵。

三、新四声：

1. 读作qí。①老：耆年。②强横：不懦不耆（《左传》）。③憎恶：上帝耆之（《诗经》）。④通"嗜shì"，爱好。⑤兽的背脊。⑥中药黄耆的省称。⑦姓。
2. 读作zhī。致使；达到：耆定尔功（《诗经》）。

【禧】

一、诗韵支韵：许其切xī，福也；吉也。告也。通"釐"，《贾谊传》：上方受釐宣室。注：言受神之福。通"熙"，《汉书·礼乐志》：熙事备成。与"禧"同。

二、新四声：
读作xǐ，幸福，吉祥：恭贺新禧。

【椅】

一、诗韵支韵：於离切yī，木名。梓实桐皮。桐椅，青椅。

二、附录：
1. ①《唐韵》於离切，《集韵》《韵会》《正韵》於宜切，并音猗yī。三国陆玑《草木疏》：梓实桐皮曰椅。楸，梓也。槚，楸也。然则椅、梓、楸、槚，一物而四名也。②《集韵》於义切，音意，义同。
2. 《正韵》隐绮切，音倚yǐ。①《正字通·木部》：坐具后有倚者。俗呼坐凳为椅子。②《类篇·木部》：椅柅：木弱貌。《说文》：椅柅作"檹柅"。

三、新四声：
1. 读作yī。山桐子。落叶乔木。
2. 读作yǐ。①有靠背的坐具。②椅柅：草木纤弱。

【伎】

一、《词林正韵》增入支韵。

二、附录：
1. 《集韵》《韵会》巨绮切，音芰jì。才也，伎巧，伎俩。
2. 《广韵》巨支切，音歧qí。通"跂"，足多指也。舒貌：《诗经·小雅》：鹿斯之奔，维足伎伎。

三、新四声：
1. 读作jì。①同"技"，才智；技艺。②歌舞；杂戏。③歌女；舞女；百戏杂技艺人：凄凉蜀故伎，来舞魏宫前（刘禹锡）。
2. 读作qí。[伎伎]行步舒徐：鹿斯之奔，维足伎伎（《诗经》）。

【妃】

一、诗韵微韵：芳非切fēi，《左传》：嘉偶曰妃。《说文》：匹也。《尔雅》：媲也，对也。后妃，妃嫔。又队韵字头"配"，注：古通作"妃"，偶也。

二、附录：
1. 《广韵》芳非切。《集韵》《韵会》《正韵》芳微切，并音霏fēi。又《集韵》盈之切，音怡yí。与"姬"同，众妾总称。
2. 《广韵》《集韵》《韵会》《正韵》并滂佩切，音配pèi。妃：配也。《诗经·卫风》：丧其妃（pèi）偶。

三、新四声：
1. 读作fēi。①古时泛指妻子，后世专指皇帝之妾，太子、王侯之妻。②女神的尊称。③妃色：即绯色，淡红色。
2. 读作pèi。①通"配"，配合；婚配。②妃色：女色，为财产妃色而生争（章炳麟）。

【肥】

一、诗韵微韵：符非切féi，《说文》：多肉也。又国名，又姓。肥沃，稻梁肥，肥美，肥马，肥瘠。

二、附录：

1.《唐韵》《集韵》《韵会》《正韵》并符非切，音腓féi。

2.《集韵》补美切，音秕bǐ。①薄也，《列子·黄帝》：口所偏肥，晋国黜之。②水名，肥者通作"淝"。

三、新四声：

1. 读作féi。①胖，脂肪多。②肥沃，使肥沃。③肥料：化肥。④壮，大，厚：叶肥花繁。⑤因不正当的收入而富裕：肥了少数人。⑥衣着过于宽大：裤管太肥了。⑦古族名。⑧姓。

2. 读作bǐ。薄，刻薄：口所偏肥，晋国黜之（《列子》）。

【依】

一、诗韵微韵：於希切yī，倚也，凭也，附也，据也。皈依，偎依，依恋，依依。

二、附录：

1.《广韵》《集韵》《韵会》《正韵》并於希切，音衣yī。

2.《集韵》《韵会》并隐岂切，音倚yǐ。①《诗经·大雅》：于京斯依。②斧依，与"扆"通，《仪礼·觐礼》：天子设斧依于户牖之间。③喻也，譬喻也，《礼记·学记》：不学博依，不能安诗。"扆"本字见尾韵。

三、新四声：

1. 读作yī。①依靠；依赖：相依为命。②按照：依次。③倚，傍着：唇齿相依。④顺从，答应：百依百顺。⑤仍旧：依然如故。⑥通"哀"。⑦通"殷"，茂盛：依彼平林（《诗经》）。⑧爱：思媚其妇，有依其士（《诗经》）。

2. 读作yǐ。①譬喻：不学博依，不能安诗（《礼记》）。②通"扆"，古代宫殿中的屏风：天子当依而立（《礼记》）。

【储】

一、诗韵鱼韵：直鱼切chú，音除。偫zhì也。储副。又姓。

二、附录：

《广韵》直鱼切，《集韵》《韵会》陈如切，《正韵》长鱼切，并音除chú。偫zhì也：积储。储备。副也：储副，东储。又储胥。储舆。又姓。

三、新四声：

读作chǔ。①积蓄；储藏：储蓄。②储君；太子：立储。③等待：储乎广庭（《东京赋》）。④姓。

【趄】

一、诗韵鱼韵：七余切jū，趑趄：趋不进貌。与"次且"义同。

二、附录：

《广韵》七余切，《集韵》千余切，并音疽jū。①《说文》：趑趄也。②《集韵》或作且跙。《易经·夬》：其行次且qiè。《释文》：本作"趑趄"或作"跙跙"。趑趄：行止之碍也。

三、新四声：

1. 读作qiè。①歪斜：他已有八分醉意，脚步趄了（《水浒传》）。②趔liè趄qiè：脚步踉跄，立脚不稳。③破损的。④忐忑，慌乱。

2. 读作jū。①趑趄：(1)犹豫不进。(2)留恋；盘桓：趑趄文墨笔砚（柳宗元）。(3)凶暴；狂妄：负固阻兵，趑趄不庭（司马光）。(4)盘据；骚扰：趑趄江北（《隋书》）。②阻隔。

【俱】

一、诗韵虞韵：举朱切jū，皆也。赖有萧萧翠竹俱（苏轼）。偕也，具也。又姓。

二、附录：

《唐韵》举朱切，《集韵》《韵会》恭于切，并音拘jū。皆也。偕也。具也。又读jù。《庄子》：道可载而与之俱也。又姓。

三、新四声：

读作jù。①全；都：面面俱到。②一样；相同。③共同，一起：泥沙俱下。④具有：年未三十忠义俱（杜甫）。⑤姓。

【雩】

一、诗韵虞韵：羽俱切yú，请雨，祭名。舞雩，夏雩，龙见雩。

二、附录：

1.《唐韵》羽俱切，《集韵》《韵会》云俱切，并音於yú。①雩，夏祭，吁嗟求雨之祭也。②地名：雩娄。

2.《集韵》《类篇》并王遇切，音芋yù。《尔雅·释天》：螮蝀：虹也。谓之雩，俗呼美人虹，江东呼雩。又《释文》：雩，於句切。

三、新四声：

1. 读作yú。①古时求雨的祭祀。②春秋宋国地名。③山名。

2. 读作yù。虹。

【吁】

一、诗韵虞韵：况于切，又匈于切xū，叹也。

二、附录：

1.《唐韵》况于切，《集韵》《韵会》匈于切，并音訏xū。惊也，疑怪之辞。叹也。《诗经·周南》：云何吁矣！

2.①《集韵》《正韵》并休居切，音须xū。与"嘘"同。《论衡》：猪马以气吁之。②《广韵》《集韵》并王遇切，音芋yù。义同。

3. 诗韵遇韵录有"籲"，《六书正伪》：籲俗作"籲"，《字汇补》："籲"与"籲"同，疾首号呼也。诗韵未录"籲""籲"二字，新四声"籲"是"吁2"的繁体字。"籲"同"吁2"。

三、新四声：

1. [吁]读作xū。①叹气：长吁短叹。②出气声：气喘吁吁。③叹词。表示惊叹、疑怪或不同意。④忧愁：云何吁矣（《诗经》）。⑤姓。

2. [籲繁]读作yù。为某种要求而呼喊：呼吁。

【俞】

一、诗韵虞韵：羊朱切yú，然也，答也。《说文》：空中木为舟也。又姓。又宥韵（宥韵未录字头）。

二、附录:

1.《唐韵》羊朱切,《集韵》《韵会》容朱切,《正韵》云俱切,并音臾 yú。然也,答也。又姓。

2.《集韵》勇主切,音愈 yù,俞俞:容貌和恭也。又《正韵》偶许切,音愈 yù,俞务俞远(《荀子》)。又《韵会》俞戍切,音臾去声 yù,响俞,色仁也。

3.《集韵》春遇切,音输去声 shù。《说文》:北陵西隃,鹰门是也。"隃"或作"俞"。又《集韵》春朱切,音输 shū,国名,一曰人名。

三、新四声:

1. 读作 yú。①允许,同意。②通"愉"。安乐。③通"愈 yù"。(1)更加。(2)病愈。④姓。

2. 读作 shù,俞穴即腧穴,人身上的穴位。

【臾】

一、诗韵虞韵:羊朱切 yú,善也,又姓。须臾。

二、附录:

1.《广韵》羊朱切,《集韵》《韵会》容朱切,《正韵》云居切,并音余 yú。《中庸》:道也者,不可须臾离也。

2.《集韵》《韵会》并勇主切,音庾 yǔ。夹、臾之弓,合五而成规。又《韵补》叶俞戍切,音裕。奉天期兮不得须臾(汉《广陵王歌》)。

3.《正韵》尹竦切,音勇 yǒng,纵臾即怂恿。

4.《唐韵》《集韵》求位切,音匮 kuì。草器也。

三、新四声:

1. 读作 yú。①须臾:一会儿;片刻。②同"腴",土壤肥沃。③姓。

2. 读作 yǔ。古弱弓名。

3. 读作 yǒng。纵臾:怂臾即怂恿。

4. 读作 kuì。竹、草编成的筐。

【糊】

一、诗韵虞韵:户吴切 hú,粘也(本作黏)。"糊"亦作糊。模糊,含糊。本韵又字头"餬"。

二、附录:

1.《广韵》户吴切,《集韵》《韵会》《正韵》洪孤切,并音胡 hú,粘也。模糊,漫貌。

2.《字彙补》许骨切,音忽 hù。糊涂音忽突。

三、新四声:

1. [餬异、粘异]读作 hú。①稠粥。②糊口:本义是吃粥,比喻生活困难,勉强度日。③粘贴:糊风筝。

2. [糊]读作 hù。①浓像稠粥一样的面糊、浆糊。②欺骗;蒙混:糊弄。

3. [糊]读作 hū。①用较厚的糊状物涂抹、封闭:糊上一层泥;糊墙。②叠用作词缀:粘糊糊。

4. [糊]读作 hú。烧焦。

【沽】

一、诗韵虞韵:古胡切 gū。买也,又水名。待沽,市沽,沽名,沽酒。

二、附录:

1.《唐韵》古胡切,《集韵》《韵会》《正韵》攻乎切,并音孤 gū。卖也,买也,又水名。

2.《广韵》公户切,《集韵》《韵会》古五切,《正韵》公五切,并音古 gǔ。①卖酒者。②略也。③物之粗恶者曰沽。
3.《广韵》《集韵》《韵会》《正韵》并古慕切,音顾,义同。

三、新四声:
1. 读作 gǔ。①买:沽一角酒来。②卖:待价而沽。③获取:沽名钓誉。④古水名。
2. 读作 gǔ。①卖酒的人。②粗劣;简略。

【呕喁】

一、诗韵虞韵:羌于切 xū。《韵会》:悦言也。与尤韵"呕"异。又与有韵"欧"异。又遇韵(遇韵未录字头)。呕哑,呢呕,相呕。

二、诗韵尤韵:乌侯切 ōu,小儿语也。与"讴"通。与虞韵"呕"异。又有韵"欧"注:吐也,或作"呕"同。呕呢,啜呕,噎呕,呕心,呕呕。

三、附录:
1.《广韵》《集韵》《韵会》《正韵》并乌侯切,音欧 ōu,呢呕:小儿语也。与"讴"通。
2.《集韵》《韵会》《正韵》并匈于切,音訏 xū。悦言也,慈爱之声,《史记》:项王见人恭敬慈爱,言语呕呕。
3.《广韵》乌后切,《韵会》《正韵》於口切,并音 ǒu,吐也,与"欧"同。
4.《集韵》《韵会》威遇切,并音妪 yù,和悦貌。

四、新四声:
读作 ōu。①吐:呕心沥血。②呕气。③通"讴 ōu",歌唱。④通"煦平声 xū",(1)和悦,

(项王)言语呕呕(《史记》)。(2)养育。也作呕咐。⑤象声词。

【喻】

一、诗韵虞韵:容朱切 yú,呕喻,和悦貌。又歌也。遇韵"谕"亦作"喻"异。

二、附录:
1.《集韵》容朱切,音俞 yú。①呕喻:和悦貌。《书·王褒传》:呕喻受之。②《集韵》:一曰哼喻,歌也。
2.《广韵》羊戍切,《韵会》俞戍切,并音裕 yù。①晓也。本作"谕",譬谕也,谏也。《论语》:君子喻於义,小人喻於利。诗韵"谕"本字见遇韵。②姓,《广韵·遇韵》:喻,音树。

三、新四声:
读作 yù。①说明;告知:不可理喻。②明白;了解:家喻户晓。③比方:比喻。④通"愉 yú",愉快。⑤姓。

【愞】

一、诗韵虞韵:人朱切 rú,弱也,驽弱者也。铣、个韵"愞"作"愞"并同。

二、诗韵铣韵:[愞],而兖切 ruǎn,弱也。亦作"愞""偄"。虞、翰、个韵并同。

三、诗韵个韵:[愞],乃卧切 nuò,愞怯也。与虞、铣、翰韵并同。

四、诗韵翰韵:[偄],奴乱切 nuàn,弱也。虞韵"愞"及铣、个韵"愞"字

同。

五、附录：

[懦]

1. ①《唐韵》人朱切，《集韵》《韵会》汝朱切，并音儒rú。驽弱者也。《汉书·倪宽传》：善属文，然懦于武。②《集韵》《正韵》并奴乱切，同"愞"。义并同。③《广韵》而兖切。又《集韵》乳兖切，音耎ruǎn。
2.《集韵》奴卧切，音糯nuò，《孟子·万章下》：懦夫有立志。

[愞]

1. ①《广韵》而兖切，《集韵》乳兖切，并音软ruǎn。弱也。或作"懦""偄"。②《集韵》乳尹切。《玉篇》《广韵》《集韵》并奴乱切，义同。
2.《集韵》奴卧切，音糯nuò。怯也。

[偄]

《唐韵》《正韵》并奴乱切，音渜去声nuàn。弱也。"儒"作"偄"（鲁峻孟鬱郭仲奇碑）。

六、新四声：

[懦]

读作nuò。①软弱；胆怯：懦弱。②懦夫：夫何激哀懦（杜甫）。③柔软：丰肩懦体（《红楼梦》）。

[愞]

同"懦"。

[偄]

读作ruǎn。懦弱。

【瘐】

一、《词林正韵》增入虞韵。

二、附录：

1.《集韵》容朱切，音俞yú。或作"瘉"。义同。注："瘉"分录于诗韵虞、麌二韵。
2.《集韵》《韵会》并勇主切，音庾yǔ。《尔雅》：瘐瘐：病也。注：贤人失志，怀忧病也。《集韵》：因以饥寒而死曰"庚（瘐）"。《汉书》："庚（瘐）"死狱中。注：囚徒病，律名为"庚（瘐）"。

三、新四声：

读作yǔ。①旧指罪犯因受刑或饥寒而致病。②瘐瘐：忧郁病。

【篦】

一、诗韵齐韵：边兮切pí，眉篦。同"笓见本韵"。又置韵（置韵未录字头）。

二、附录：

[篦]

1.《唐韵》边兮切，《集韵》《韵会》《正韵》边迷切，并音鎞。钗篦。又竹器。《说文·竹部》：导也，俗谓之篦。《广韵·齐韵》：眉篦。
2.《集韵》频脂切pí，同"笓"，取虾具也。

[笓]

《广韵》部迷切，《集韵》频脂切，并音鼙pí。取虾竹器。《集韵·齐韵》簿必切，音邲。或作"篦"。

三、新四声：

[篦]

1. 读作bì。①一种梳头用具：篦梳。②用篦子梳：篦头。③通"鎞bī"，古治眼病的器械：病膜谁将宝篦刮（苏舜钦）。④古代的一种旗饰。
2. 读作pí。①同"笓①"。②古刑具：打四十竹篦。③植物茎叶。

[笓]

读作pí。①捕虾的竹器。②笓篱：篱笆。

又作饴笤、笤饴。③同"箧1."义项。

【崽】

一、《词林正韵》增入佳韵。

二、附录：

1.《广韵》《集韵》山皆切，音箖shāi。崽子也，江湘间凡言是子谓之崽。按《广韵》山皆切，又山佳切，音近腮sāi。

2.《玉篇》子改切，音宰zǎi。湘沅之间凡言子曰崽。

三、新四声：

读作zǎi。①孩子。一般指儿子。②幼小的动物：牛崽。

【媒】

一、诗韵灰韵：莫杯切méi，谋也，谋合二姓也。媒介，媒妁，龙媒。

二、附录：

1.《广韵》莫杯切，《集韵》《韵会》谟杯切，并音枚méi。①谋也，谋合二姓以成婚媾也。②凡相因而至曰媒。③龙媒：骏马也。④媒，酒酵也。

2.《集韵》《正韵》并莫佩切，音妹mèi。媒媒，即昧昧也。《庄子·知北游》：媒媒晦晦，无心而不可与谋。"昧"本字见队韵。

三、新四声：

1. 读作méi。①婚姻介绍人，媒妁。②导致两者发生关系的人或事物：凤媒。③引荐，引荐人：有儒生自媒能治之（《列子》）。④通"谋"，求取：以媒富贵（李纲）。⑤酵母。〔媒孽〕〔媒糵〕酿。⑥姓。

2. 读作mèi。媒媒：昏惑愚昧。

【来】

一、诗韵灰韵：落哀切lái，至也，及也，还也。古作"徕见灰、队韵"，亦作"倈诗韵无字头"。又麦名，亦作"秾见本韵"。又姓。归来，从来，去又来，来历，来处，来宾。又队韵（队韵未录字头）。

二、附录：

1.《广韵》落哀切，《集韵》《韵会》《正韵》郎才切，并音赖平声lái。

2.《集韵》落代切，音赖lài。抚其至曰来。《孟子·滕文公上》：劳之来之。

三、新四声：

1. 读作lái。①由彼及此，由远而近。②未来的：来年。③以来：几年来。④用在名词前表动作：来钱。⑤用在动词前表要做某事：你来念。⑥用在数量词后表约数：百来个。⑦跟"得"或"不"连用表示能够、合算等：划得来。⑧作衬字：正月里来是新春。⑨麦，来牟、来麰：天公似欲富来麰（陆游）。⑩来孙：玄孙之子曰来孙。⑪姓。

2. 读作lài。①勤勉，劝勉：力来农事，以丰年谷（《汉书》）。②同"赉"，赐；给。

【驯】

一、诗韵真韵：详遵切xún。马顺也。扰也。从也。善也。

二、附录：

1.《唐韵》详遵切，《集韵》《韵会》松伦切，《正韵》详伦切，并音旬xún。

2.《集韵》吁运切，音训xùn。《史记·孝文本纪》：列侯亦无由教驯其民。《正义》：驯，古"训"字。

三、新四声：

读作xùn。①马驯服。②善良：皆有驯行（《史记》）。③渐进：驯致其道（《易经》）。④熟悉。⑤通"训xùn"，教导；解释。

【辚】

一、诗韵真韵：力珍切lín。车声。又轸韵（轸韵未录字头）。

二、附录：

1.《广韵》力珍切，《集韵》《韵会》离珍切，并音邻lín。①车声。②通作"邻"。③殷盛貌。④户限也，楚人谓户限曰辚。《淮南子》：亡马不发户辚。

2.《广韵》《集韵》《正韵》并良刃切，音遴去声lìn。轹也，车轮碾过。《说文·车部》：车所践也。轥，车轹也。《汉书·灌夫传》：轥轹宗室。注：践踏也。

三、新四声：

1. 读作lín。①辚辚：车声。车辚辚，马萧萧（杜甫）。②门槛：亡马，不发户辚（《淮南子》）。③轮子。

2. 读作lìn。碾轧；蹂躏：掩兔辚鹿（司马相如）。

【闽】

一、诗韵真韵：眉贫切mín，闽越。东南越，蛇种。又文韵（文韵未录字头）。

二、附录：

《唐韵》武巾切，《集韵》《韵会》眉贫切，《正韵》弥邻切，并音珉mín。

三、新四声：

读作mǐn。①闽越族。②古代国名：闽国。③福建省的简称。④姓。

【纫】

一、诗韵真韵：女邻切rén。缠绳也。衣裳绽裂，纫针请补缀。缝纫。《佩文韵府》注：又轸韵（轸韵未录字头）。

二、附录：

1.《广韵》女邻切，《集韵》尼邻切，并音靷平声rén。

2.《集韵》居觐切，音抑jìn。合丝为绳。

三、新四声：

读作rèn。①搓绳；捻线。②引针穿线：纫箴请补缀（《礼记》）。③缝补；做衣服；缝纫机。④连缀：纫秋兰以为佩（《楚辞》）。⑤按摩：裸体纫胸称疾（《管子》）。⑥敬词：感佩不忘，敬纫高谊。⑦姓。

【份】

一、《词林正韵》增入真韵：诗韵未录"份"字。诗韵问韵"分"字释作：名分也。均也。分剂也。分位也。职分也等义项与新四声"份"字义类同。

二、附录：

《玉篇》《集韵》并作古文"彬bīn"字。《说文》："份"字，文质备也。

三、新四声：

1. 同"彬"：文质份份（《论语》）。

2. 读作fèn。①整体中的一部分：也作"分"，但"部分"不作"部份"。②名位；职责；身份，份内事，也作"分"。③轻重；

程度；限度：有份量，也作"分"。④份子，也作"分子"。⑤成份，也作"成分"。⑥用于计数：一份礼物。⑦表示划分的单位：省份，年份。

【竣】

一、诗韵真韵： 七伦切，音逡qūn。止也，颜竣。偻也。改也。先韵异。

二、诗韵先韵： 此缘切，音圈。退也。真韵异。

三、附录：

1.《广韵》《集韵》《韵会》《正韵》并七伦切，音逡qūn。止也，事毕也。退立也。偻也。改也。《国语》：有司已事而竣。

2.《韵会》逡缘切，音圈。

3.《集韵》壮伦切，音谆zhūn。伏貌。

四、新四声：

读作jùn。①退；返回。②完毕；结束：竣工。

【轩】

一、诗韵元韵： 虚言切xuān，车也，轩车。又屋高敞曰轩。

二、附录：

1.《广韵》《集韵》《韵会》并虚言切xuān。主指曲辀幡车，楼亭廊台。

2.《集韵》《韵会》并许建切，音宪xiàn。《礼记》：麋鹿、田豕、麏皆有轩。注：切肉大如藿叶也。

三、新四声：

1. 读作xuān。①古代供大夫乘坐的车，也泛指车。②车厢。③车前高（轻）后低（重）的样子。[轩轾]高低；轻重：不分轩轾。④飞，上举，高扬：气宇轩昂。⑤楼板；栏槛；窗户；房室。⑥堂前屋檐下的平台。⑦较敞亮的建筑物，如亭、阁、廊等。⑧[轩辕](1)古帝王：轩辕黄帝。(2)车辆，前有轩辕。(3)星座名，轩辕。(4)运行：轩辕於高闳（龚自珍）。⑨姓。

2. 读作xiàn。肉片。

【浑】

一、诗韵元韵： 户昆切hún。浑浊也，又姓。又阮韵"混"通作"浑"。混流，又混沌：阴阳未分。

二、附录：

1.《唐韵》户昆切，《集韵》《韵会》《正韵》胡昆切，并音魂hún。①《说文》：混流声。沌沌浑浑（枚乘《七发》）。注：浑浑，波相随貌。②浊也。《道德经》：浑兮其若浊。③大也。浑元运物（班固《幽通赋》）。④胚浑，言如胚胎之浑然也。类胚浑之未凝（郭璞《江赋》）。⑤齐同也。浑万象以冥观（孙绰《游天台山赋》）。

2. 古本切，音衮gǔn。与"滚"同。大水流貌。财货浑浑如泉源（《荀子》）。

3. 诗韵未录"滚"字，《词林正韵》增录阮韵。

三、新四声：

1. 读作hún。①水不清；污浊。②糊涂；不明事理。③天然的：浑然天成。④通"混hùn"。混沌；混合：浑然一体。⑤全，满：浑身。⑥简直：浑欲不胜簪（杜甫）。⑦姓。

2. 读作gǔn。浑浑，即滚滚：财货浑浑如泉源（《荀子》）。

【燉】

一、诗韵元韵：录作"燉"，徒浑切，音屯 tún。火炽貌，火色。又燉煌：郡名敦煌也。

二、附录：

[燉]

1.①《玉篇》徒昆切，《集韵》徒浑切，《正韵》徒孙切，并音屯 tún。(1)火盛貌，火色。(2)燉煌：郡名。②《广韵》《集韵》并他昆切，音暾，义同。

2. 与"焞"通。

[炖]

1.《集韵》他昆切，音暾。风与火也，火盛炽之貌。赤色也。

2.《集韵》徒浑切，音屯 tún，火盛貌。

3.《类篇》杜本切，音遁上声 dǔn，义同。

4. 诗韵未录"炖"字。

三、新四声：

[燉]

1. 读作 dùn。①用汤煨煮食品：燉鸡。②隔水加热：燉蛋。③通"暾 tūn"，温暖。

2. 读作 tún。火旺。

[炖]

同"燉"。

【坛壇】

一、诗韵寒韵：徒干切 tán，封土祭祀处。诗韵覃韵录字头"壜"，简体亦作坛，异。

二、附录：

1.《广韵》《集韵》《韵会》唐干切，《正韵》唐阑切，并音弹 tán。古代凡盟誓、拜将、祭祀皆封土为壇。

2.《集韵》《韵会》徒案切，《正韵》杜晏切，并音但 dàn。壇曼，宽广貌。壇以陆离（《史记·司马相如列传》）。案衍壇曼（司马相如《子虚赋》）。

三、新四声：

1. [壇繁]读作 tán。①高台：天坛。②指文艺界、体育界等：诗坛，棋坛。③讲学或发表言论的场所：讲坛，论坛。④通"坦"，平坦：栖之深林，游之坛陆（《庄子》）。

2. [壇繁]读作 dàn。坛漫。宽广：平原唐其坛漫兮（《文选》）。也作坛曼。

3. [罈繁、壜异、罎异]读作 tán。一种口小肚大的陶器：酒坛。

【栏】

一、诗韵寒韵：落干切 lán。木名。与"阑"同。井栏，石栏，倚栏，曲栏，雕栏。

二、附录：

1.《唐韵》落干切，《集韵》《韵会》《正韵》郎干切，并音拦 lán。①木栏也，谓阶际木勾栏。②牛圈曰栏。③通"阑"。

2.《集韵》郎甸切，音练 liàn。木名。

三、新四声：

1. [欄繁]读作 lán。①栏杆。②养家畜的圈：牛栏。③报刊、书籍划分的版面：专栏。④表格分项的格子：备注栏。

2. [欄繁]读作 liàn。木名，即楝。

【抟】

一、诗韵寒韵：度官切 tuán，圆也，又击也。鹏抟，风抟，云抟，万里抟。

二、附录：
1.《唐韵》度官切，《集韵》《韵会》《正韵》徒官切，并音团 tuán。圜也。以手圜之也。搏之言拍也。专也。鸟名：幽人谓之黄莺，齐人谓之搏黍。
2.《唐韵》持兖切，《集韵》《韵会》《正韵》柱兖切，并音篆 zhuàn。①束也。《礼记》：十羽为审，百羽为抟。②与"缚"同，卷也。《周礼·冬官》：卷而抟之，欲其无迆也。
3.《集韵》朱遄切，音专 zhuān。①擅也，一曰并合制领也。②通"专"。

三、新四声：
1. 读作 tuán。①集聚，揉聚成团：抟泥球。②盘旋，环绕：方为笼中闭，仰慕天际抟（苏辙）。
2. 同"专"。
3. 读作 zhuàn。①把东西卷紧：卷而抟之，欲其无迆也（《周礼》）。②量词。束，捆。

【掸】
一、诗韵寒韵：徒干切 tán，音檀。触也。《韵会》西南夷国名。
二、附录：
1.《唐韵》徒旱切，《集韵》荡旱切，并但上声 dǎn。《说文》：提持也。提祸掸掸（扬雄《太玄经》）。注：掸掸，敬也。持祸而自儆戒也。
2.《唐韵》徒干切，《集韵》《韵会》唐干切，《正韵》唐阑切，并音檀 tán。①触也。②通"弹"，鼓弦也。③古国名，掸国西南通大秦。又读音 shàn。
3.《唐韵》《集韵》《韵会》徒案切，《正韵》杜案切，并音惮 dàn。亦触也。

4.①《唐韵》市连切，《集韵》时连切，并音蝉 chán。掸援，牵引也。②《集韵》澄延切，音缠。(1)相缠不去也。(2)人名。

三、新四声：
1. 读作 shàn。①古书上对傣族的一种称呼。②古国名，在今缅甸掸邦。
2. 读作 dǎn。拂尘：掸桌子。

【杆】
一、《词林正韵》增入寒韵：诗韵未录"杆""桿"二字。
二、附录：
[杆]
1.《集韵》《韵会》居安切，《正韵》居寒切，并音干 gān。僵木也。木挺也。俗作"栏杆"。
2.《唐韵》古按切，《集韵》《韵会》居案切，并音幹 gàn，木名，檀木也。柘也。
[桿]
《篇海》侯干切，音汗 hàn。木名。《正字通》：俗"杆"字。

三、新四声：
1. [杆]读作 gān。细长的木头或类似物：旗杆，电线杆。
2. [杆]读作 gàn。木名。柘木。
3. [桿异]读作 gǎn。①像棍子的细长器物：秤杆。②量词，用于杆状物：一杆秤。

【蝉】
一、诗韵先韵：市连切 chán。蜩也，古书上指蝉。捕蝉，秋蝉，鸣蝉，蝉蜕，蝉噪。

二、附录：

1.《唐韵》市连切，《集韵》《韵会》时连切，并音禅chán。蝉，楚谓之蜩。

2.《正韵》上演切，音善shàn。蜿蝉：舞盘曲貌。乘六蛟兮蜿蝉（王逸《九思》）。注：群蛟之形也。

三、新四声：

1. 读作chán。①昆虫名：知了。②形容丝绸薄如蝉翼。③蝉鸣连续不断引申喻为"蝉联"。④蝉鬓：古代妇女的一种发型。

2. 读作shàn。蜿蝉：盘曲迤逦而行。乘六蛟兮蜿蝉（《楚辞》）。也作婉蝉。

【链】

一、《词林正韵》增入先韵：诗韵未录链字。

二、附录：

1.《唐韵》力延切，《集韵》陵延切，并音连lián。铅矿也。《六书故》：今人以银铠之类相连属者为链。

2.《集韵》抽延切，音脡chān。义同。一曰廿也，《周礼·地官·廿人》注：廿之言礦也。

三、新四声：

1. 读作liàn。①金属环节相连而成的索：表链。②国际通用海上长度单位。

2. 读作lián。铅矿。

【姚】

一、诗韵萧韵：余昭切yáo。姚悦，美好貌。又姓。

二、附录：

1.《广韵》《集韵》《韵会》《正韵》并余昭切，音遥yáo。

2. 弋笑切，音耀yào。票姚：劲疾貌。汉以名兵官。《汉书·霍去病传》：去病为票姚校尉。《史记》：作"剽姚"。

三、新四声：

1. 读作yáo。①美好；姚冶：女子姿态妖艳。②通"遥"，远：其功盛姚远矣（《荀子》）。③通"佻"，轻薄；轻佻。也作姚佚，姚易。④姓。

2. 读作yào，嫖姚，剽姚，票姚。

【桥】

一、诗韵萧韵：巨娇切qiáo。水梁也。又姓。又木名。鹊桥，灞桥，浮桥。又筱、啸韵（筱、啸韵未录字头）。

二、附录：

1.《唐韵》巨娇切，《集韵》《韵会》渠娇切，《正韵》祁尧切，并音乔qiáo。水梁也。

2.《韵会》渠庙切，《正韵》古吊切，并音叫jiào。《礼记》：奉席如橋衡。"橋"通"轎"也。

3.《正韵》吉了切，音皎jiǎo。《荀子·儒效》：橋饰其情性。《汉书·武帝纪》：陈汤橋发兵，斩郅支。"橋"通"矫"也。

4. 诗韵"轿"本字见萧、啸韵。"矫"本字见筱韵。"挢"本字见筱韵。"槁"本字见皓韵。

三、新四声：

1. 读作qiáo。①桥梁。②通"乔"，高：山有桥松（《诗经》）。③通"骄"：桥泄者人之殃也（《荀子》）。④井上桔槔。⑤木名。⑥姓。

2. 读作 jiǎo。①通"矫"。②山轿。③通"挢"，翘起；伸出。④通"槁"，干枯：一蛇羞之，桥死於中野（《吕氏春秋》）。

【翘】

一、诗韵萧韵：渠遥切 qiáo，举也。悬也。企也。众也。危也。高貌。远貌。

二、附录：

1.《广韵》渠遥切，《集韵》《韵会》《正韵》祁尧切，并音 qiáo。举也。又鸟尾也，尾长毛也。翘翘，高貌。《诗经·周南》：翘翘错薪。《诗经》：予室翘翘。注：危也。《左传》：翘翘车乘。注：远貌。

2.《广韵》巨要切，《集韵》祁要切 qiào，尾起也。

三、新四声：

1. 读作 qiào。①向上昂起：翘尾巴。②人死：翘辫子。③旧指女子小脚：见陶家妇，爱其双翘（《聊斋志异》）。

2. 读作 qiáo。①鸟尾的长羽。②物体变形：家具都翘了。③举起：翘首以待。④揭露。⑤高；突出：翘楚、翘秀。⑥古妇女首饰：金鞍汗血马，宝髻珊瑚翘（梁简文帝）。

【嫖】

一、《词林正韵》增入萧韵。诗韵未收录"嫖、票"二字。"剽"录于萧、啸韵。

二、附录：

1.《广韵》抚招切，《集韵》纰招切，并音 piāo。《说文》：轻也。亦作僄。

2.《集韵》匹妙切，音勡 piào。又毗召切，音骠 piào。

3. 俗谓邪淫曰"嫖"，音瓢 piáo。

三、新四声：

1. 读作 piào 又读 piāo。[嫖姚] 也作票姚、剽姚、嫖狡。①勇猛迅疾：征马噪金河，嫖姚向北河（李元纮）。②汉代官名，也特指霍去病：借问大将谁？恐是霍嫖姚（杜甫）。

2. 读作 piáo。玩弄妓女的人：嫖客。

【坳】

一、诗韵肴韵：于交切，音凹 āo。地不平也，亦作凹。

二、附录：

1.《广韵》《集韵》《韵会》《正韵》并於交切，音凹 āo。窊下也。覆杯水于坳堂之上，则芥为之舟（庄子《逍遥游》）。

2.《集韵》於教切，音拗 ào，义同。

三、新四声：

读作 ào。洼地；山间平地：山坳。

【哮】

一、诗韵肴韵：许交切 xiāo。哮啖。

二、附录：

1.《唐韵》许交切，《集韵》《韵会》《正韵》虚交切，并音嚆 xiāo。豕惊声。哮赫，大怒也。哮啖(dàn)。哮阚：《诗经·大雅》：阚如哮虎。

2.《集韵》孝狡切，音烋上声 xiǎo，与"嗃"同，大呼也。

3.《广韵》呼教切，唤也。《集韵》许教切，并音孝 xiào，呼也。

三、新四声：

读作 xiào。①吼叫：咆哮如雷。②病名：

哮喘病。

【茭】

一、诗韵肴韵：古肴切jiāo，干刍也。刍茭，菱茭，湖茭，青茭。

二、附录：

1.《唐韵》古肴切，《正韵》居肴切，并音交jiāo。

2.《集韵》下巧切xiǎo，茭根也。

三、新四声：

1. 读作jiāo。①喂牲口的干草。②马芹，又名野茴香。③草绳；竹苇编的索。④茭白，即菰。

2. 读作xiǎo。草根。

【跑】

一、诗韵肴韵：薄交切páo，足跑地也。虎跑泉：二虎跑地涌泉，因号虎跑泉。

二、附录：

1.《广韵》薄交切，《集韵》《韵会》《正韵》蒲交切，并音咆páo。足跑地也。《临安新志》：虎跑泉：二虎跑地涌泉，因号虎跑泉。

2.《广韵》蒲角切，《集韵》弼角切，并音雹。《广雅·释言》：趵也。

三、新四声：

1. 读作pǎo。①奔：赛跑。②逃；躲。③去；走。④失掉：跑油。⑤为某种事务奔走：跑单帮。

2. 读作páo。①兽用脚刨土：虎跑泉。②泛指刨。

【唠】

一、诗韵肴韵：勅交切，音颫chāo。遵韵府拾遗增入。

二、附录：

[唠]

1.《广韵》勅交切，《集韵》丑交切，并音颫chāo。《说文·口部》：唠呶讙也。

2. 郎刀切，音劳láo。同"謰"。详"謰"字注。

[謰]

1.《集韵》《类篇》并郎刀切，音劳láo。声也。

2.《集韵》《类篇》并郎到切，音劳去声lào。声多也。《集韵·豪韵》："謰"或作"唠"。

三、新四声：

[唠]

1. 读作láo。唠叨；叨唠：说话啰苏。

2. 读作lào。方言，唠嗑。说；交谈：有话慢慢唠。

[謰]

读作láo。说话声。

【搔】

一、诗韵豪韵：苏遭切sāo，爬刮。爬搔，隔靴搔，痒不搔，鸟雀搔。

二、附录：

1.《唐韵》《集韵》《韵会》《正韵》并苏曹切，音骚sāo。刮也，手爬也。

2. 侧绞切，音爪zhǎo。手足甲也，通"爪"。

3. 先到切，音臊sào。攫搏也。

三、新四声：
1. 读作sāo。①抓挠；挠痒。②通"骚"。③通"爪"。指甲。
2. 读作sào，攫取：种园得果仅偿劳，不奈儿童鸟雀搔（范成大）。

【臊】

一、诗韵豪韵：苏遭切，音骚sāo。腥臊。

二、附录：
《唐韵》《集韵》苏遭切，《韵会》《正韵》苏曹切，并音骚sāo。豕膏臭也。一曰犬臊也。凡肉之腥者皆曰"臊"。

三、新四声：
1. 读作sào。①臊子：肉末。②羞；难为情：害臊。
2. 读作sāo。腥臊；骚气：尿臊味。

【阿】

一、诗韵歌韵：乌何切ē。曲也。近也。倚也。亦姓。

二、附录：
1.《唐韵》《集韵》《韵会》《正韵》并於何切，音婀ē。大丘陵。水岸也，邸也。阿丘。倚也，阿衡，商官名。阿母，乳母也。四阿重屋，谓之四柱也。《诗经·小雅》：隰桑有阿。枝条阿阿然长美也。曲也。地名，东阿。宫名，阿房宫。阿，近也，故名。剑名。姓。
2.《集韵》倚可切，音婀上声ǎ。①与"猗"同，柔貌。《诗经·桧风·隰有苌楚》：猗傩其枝。《集韵·哿韵》："猗"或作"阿"。②《韵会小补》：音屋。家中有阿谁（《乐府诗集·横吹曲辞》）。阿耶无大儿。阿妹闻姊来（《木兰诗》）。《世说新语》：一门则有阿大中郎。
3.《字汇补》阿葛切，音遏è。《释典》：阿难。
4. 猗（音yī、yǐ又音ē）或作"阿"。猗傩，音、义同"婀娜"，柔美的样子。

三、新四声：
1. 读作ā。①用在姓名称呼前：阿姨。②译音用字：阿訇。③通"啊"。
2. 读作ē。①大土山。②凹曲处：山阿。③偏袒；徇私：刚正不阿。④迎合；曲从：阿谀。⑤屋宇：正梁。⑥近。阿房宫。颜师古训：房或作旁，近旁也，故号阿房宫。⑦译音用字：阿弥陀佛。⑧细缯。⑨地名：东阿县。⑩通"婀"，柔美：隰桑有阿（《诗经》）。⑪姓。
3. 读作ǎ。惊讶声：阿！他胜啦？
4. 读作à。吴方言中表示询问：阿好？阿去？

【蛾】

一、诗韵歌韵：五何切é，蚕蛾。又姓。又音蚁yǐ。

二、附录：
1.《唐韵》五何切，《集韵》《韵会》《正韵》牛何切，并音莪é。蚕蛾。飞蛾。蛾眉。又姓。与"俄"同。
2.《广韵》鱼倚切，音舣上声yǐ。

三、新四声：
1. 读作é。①昆虫。②[蛾眉](1)喻美女眉毛。也省称蛾：扬蛾微眺（曹丕）。(2)指美貌女子：何处蛾眉有怨词（苏曼殊）。(3)喻指远山、弯月等：吴山蛾眉春入窗（萨都剌）。③通"俄"，不久；俄顷。

2. 读作 yǐ。①同"蚁",蛾术:比喻勤学。②姓(又读é)。

【叉】

一、诗韵麻韵:初牙切 chā,交手。指相交也。

二、附录:

1.《唐韵》初牙切,《集韵》《韵会》《正韵》初加切,并音差 chā。①手指相错也。拱手曰叉手。入郡腰常折,逢人手尽叉(柳宗元)。②《酉阳杂俎》:苏都识匿国有夜叉城。③《正韵》:妇人歧笄,同钗。④两枝也。

2.《唐韵》楚佳切,《集韵》初佳切,《正韵》初皆切,并音钗。义同。

三、新四声:

1. 读作 chā。①一头分歧的简单工具:鱼叉,衣叉。②用叉子刺取:叉鱼,叉衣。③插:双手叉腰。④夜叉。

2. 读作 chá。方言。卡住;堵塞:管道给叉住了。

3. 读作 chǎ。分开:叉着腿。

【凉】

一、诗韵阳韵:录作"凉异体字",吕张切 liáng,薄也,亦寒凉也,凉同凉。又漾韵(漾韵未录字头)。

二、附录:

1.《唐韵》《集韵》《韵会》吕张切,《正韵》龙张切,并音良 liáng。

2.《唐韵》《集韵》《韵会》力让切,《正韵》力仗切,并音亮 liàng。①佐也,《诗经·大雅》:凉彼武王。本亦作"谅"。②信也,《诗经·大雅》:凉曰不可。

三、新四声:

1. 读作 liáng。①微寒:秋凉。②不热:凉开水。③比喻灰心或失望。④薄:凉德。⑤薄酒。⑥姓。⑦"凉"是异体字。

2. 读作 liàng。①降低温度:开水凉一凉再喝。②辅佐:凉彼武王(《诗经》)。③通"谅"。信。

【场】

一、诗韵阳韵:直良切 cháng,祭神道处,又治谷地也。战场,文场,沙场,登场,场屋,场圃,名利场,众妙场,打谷场,百戏场。

二、附录:

《唐韵》直良切,《集韵》《韵会》《正韵》仲良切,并音长 cháng。祭神道也。收禾圃曰场。校士曰文场。战争之地曰战场。释氏曰佛场。

三、新四声:

1. 读作 cháng。①平坦的空地:打谷场。②菜圃:皎皎白驹,食我场苗(《诗经》)。③道路。④方言,市集:赶场。⑤物质存在的专有名称:电磁场、引力场等。⑥量词,表次数:一场雨,大哭一场。

2. 读作 chǎng。①泛指处所或地点:会场,场所。②场面,局面:冷场,排场。③戏剧中的段落:第二场。也指演员上场。

【浆】

一、诗韵阳韵:即良切 jiāng,浆水。壶浆,琼浆,酪浆,椰子浆。

二、附录：

《唐韵》即良切，《集韵》《韵会》《正韵》资良切，并音将 jiāng。①酢浆也。一曰水米汁相将也。②黎浆，水名。③寒浆，草名。④蚌曰含浆，亦曰含浆。

三、新四声：

1. 读作 jiāng。①泛指较浓的液体：酒浆。②水：渴饮坚冰浆（陆机）。
2. 读作 jiàng。浆糊：用面等制成作粘贴用的物品。

【钢】

一、诗韵阳韵：古郎切，音冈 gāng。钢铁也。精钢，百炼钢。

二、附录：

1. 《广韵》古郎切，《集韵》《韵会》《正韵》居郎切，并音冈 gāng。炼铁也，精铁百炼成钢。凡刀剑诸刃皆是钢铁也。
2. 《广韵》古浪切，《集韵》居浪切，并冈去声。义同。

三、新四声：

1. 读作 gāng。含碳量低于百分之二的铁和碳的合金。
2. 读作 gàng。①把刀用力磨几下：刀不快了，要钢一钢。②刀斧等钝后回火加钢。

【跄】

一、诗韵阳韵：七羊切 qiāng，动也。趋跄，跟跄，跄跄。

二、附录：

1. 《唐韵》七羊切，《集韵》《韵会》《正韵》千羊切，并音锵 qiāng。动也。巧趋貌。《诗经·大雅》：跄跄济济。《尚书·益稷》：鸟兽跄跄。《释文》：舞貌。
2. 《集韵》七亮切 qiàng，与"蹡"同。走也。

三、新四声：

读作 qiàng。①走路有节奏：巧趋跄兮（《诗经》）。②起舞：敢以鹓鹏比凤跄（俞樾）。③用头撞地：呼天跄地。④踉跄；跄跄：走路不稳。

【踉】

一、诗韵阳韵：吕张切 liáng，跳踉也。又鲁当切 láng，踉蹡欲行貌。

二、附录：

1. 《广韵》《集韵》《韵会》吕张切，《正韵》龙章切，并音良 liáng。跳踉也。跳踉乎井干之上（《庄子·秋水》）。
2. ①《广韵》鲁当切，《集韵》卢当切，并音郎 láng。《玉篇·足部》：踉蹡欲行貌。《类篇·足部》：行遽貌。②《集韵》郎宕切，音浪。义同。
3. 《广韵》力让切，音亮 liàng，踉跄（踉蹡）：行不迅也。已踉蹡而徐来（潘岳《射雉赋》）。

三、新四声：

1. 读作 liàng。踉跄，也作踉蹡：①跌跌撞撞，走路不稳。②喻指颠沛、不正：世途多踉跄（陆龟蒙）。③行走缓慢的样子：已踉蹡而徐来（潘岳）。
2. 读作 liáng。跳踉，也作跳梁：①跳踉小丑。②强横：跋扈。
3. 读作 láng。踉蹡（急行）：苦弓鞋无任踉蹡（《双珠记》）。

【眶】

一、诗韵阳韵：去王切 kuāng。目眶也。通作"匡"。眼眶，涕满眶，泪盈眶。

二、附录：

《广韵》去王切，《集韵》《韵会》《正韵》曲王切，并音筐 kuāng。眼眶也。通作"匡"。《集韵》或作"䁗"。

三、新四声：

读作 kuàng。眼圈：热泪盈眶。

【磅】

一、诗韵阳韵：普郎切 pāng，石落声。陨石声，砰磅。

二、附录：

1.《广韵》《正韵》普郎切，《集韵》《韵会》铺郎切，并音滂 pāng。石落声。山名：磅磄山。磅磄：广大磅磄也。磅硠：石声。伐何鼓之磅硠（张衡《思玄赋》）

2.《集韵》披庚切，音烹。义同。

三、新四声：

1. 读作 bàng。①用磅秤称量：磅体重。②英制重量单位。

2. 读作 páng。①[磅礴](1)浩大：气势磅礴。(2)充满：磅礴于全世界。②[磅礴]广大也。其处磅礴千仞（宋玉）。

3. 读作 pāng。象声词。

【绷】

一、诗韵庚韵：录作"繃异体字"，北萌切 bēng。束也。束儿衣。小儿衣。或作绷。锦绷，罗绷，围绷，绣绷，小儿绷。

二、附录：

《广韵》北萌切，《集韵》悲萌切，《韵会》晡横切，并音 bēng。《正韵》补耕切，音伻。《说文》：束也。《广韵·耕韵》：束儿衣。

三、新四声：

1. 读作 bēng。①束；包扎；缠绕：绷带。②婴儿的包被。③拉紧：绷直。④勉强支撑：绷场面。

2. 读作 běng。板着；强挣着；忍着：绷脸。

3. 读作 bèng。①裂开：绷了一道口子。②很：绷脆。

【瞪】

一、诗韵庚韵：宅耕切，直视貌。又蒸、径韵（诗韵蒸、径韵未录字头）。瞪目，瞪视，怒目瞪。

二、《词林正韵》增入径韵：丈证切。

三、附录：

1.《广韵》宅耕切，音橙 chéng。又《广韵》直陵切，《集韵》持陵切，并音澄 chéng。直视也，瞪眸不转。

2.《广韵》丈证切，《集韵》《韵会》澄应切，并澄去声 dèng。义并同。

3.《集韵》与"盯（诗韵未录）、眙（词林支韵，诗韵置韵）"同。《正字通》：通作"瞠（见诗韵庚韵）"。

四、新四声：

读作 dèng。①怒目而视：瞪了他们一眼。②眼睛发愣：目瞪口呆。

【趙】

一、诗韵庚韵： 竹盲切 zhēng。跃貌，雀豹趙。趨趨，跳跃。

二、附录：

[趙]

1. ①《广韵》竹盲切，音征 zhēng。《玉篇》：趙 zhāo 趙，行貌。《广韵·庚韵》趙，跳跃貌。相残雀豹趙（韩愈·城南联句）。②《广韵》豬孟切，音倀。

2.《集韵》除庚切，音成 chéng，义同。

[蹚]

1. ①《集韵》他郎切，音汤 tāng。与"踼"同。跌踼。行不正也。"踼"与"踼"异。②踼：音汤 tāng。跌踼。行不正。③又音唐 táng。跌踼也。一曰搶也。顿伏貌。④又音儻 tǎng。申足伏卧。又音宕 dàng。义同。

2. ①抽庚切，音瞠 chēng。蹚，距也。②除庚切，音 chéng。义同。

[蹡]

《集韵》齿两切，音敞 chǎng。《玉篇·足部》：踞也。

[趾]

《篇韵》同"趾"，音止。足也。

三、新四声：

1. [蹚异、蹡异] 读作 tàng。①[量词]（1）遍，次：去了一趟上海。(2) 套路：打几趟拳。(3) 行；排：耕两趟地。②步子；步伐：跟不上趟。

2. [蹚异、蹡异、趾异] 读作 tāng。①涉过浅水：趟水。②翻土除草：趟地。③踩；踏；地上趟出一条路。④溜；跑；放腿一趟，就是三里。

3. [趙] 读作 zhēng，腾跃：相残雀豹趙（韩愈）。

【汀】

一、诗韵青韵： 他丁切 tīng，水际平沙也，又敬韵（敬韵未录字头）。浅汀，鸥汀，沙汀，鹭满汀，汀湾，汀蘭，汀洲。

二、附录：

1.《唐韵》他丁切，《集韵》《韵会》汤丁切，《正韵》他经切，并音听 tīng。又《集韵》唐丁切，音庭，义同。

2.《唐韵》《集韵》《正韵》并他定切，音听去声 tìng。汀濙，不遂志也。或曰：汀濙，小水。

3.《集韵》待鼎切，音挺 dǐng。汀泞，泥淖也。

三、新四声：

1. 读作 tīng。①水中或水边的平地。②〔汀濙〕(1)小水面：不测之渊，起于汀濙（《抱朴子》）。(2)形容水清澈：曲江汀濙水平盃（韩愈）。

2. 读作 dìng。汀泞：稀泥浆。

【澄】

一、诗韵蒸韵： 录作"澂异体字"，直陵切 chéng，清也，澂同澄。诗韵未录"澄"字头。

二、附录：

[澂]

《唐韵》直陵切，《集韵》《韵会》持陵切，并音惩 chéng。清也。又云南澂江府。亦作"澄"。

【澄】

1.《集韵》持陵切，音惩chéng。水静而清也。湛也。酒名。山名。

2. 直拯切，音惩上声chěng。义同。

3.《集韵》唐亘切，音邓dèng。清浊分也。

三、新四声：

1. [澂异] 读作chéng。①水清澈而不流动：澄碧。②明净；使明净：玉宇澄清万里埃（毛泽东）。③静：敛膝澄坐以养心（方孝孺）。④澂江：云南旧县名，今作澄江。

2. [澄] 读作dèng。使液体里的杂质沉淀下去：水澄清了再喝。

【绳】

一、诗韵蒸韵：
食陵切shéng，直也，又绳索。结绳，丝绳，准绳。

二、附录：

1.《广韵》食陵切，《集韵》《韵会》《正韵》神陵切，并音shéng。索也。木从绳则正，直也。戒也。度也。誉也。

2.《集韵》以证切，音孕yìng。《周礼》：秋绳而芟之。注：含实曰绳。

3.《集韵》弭尽切，音泯mǐn。绳绳：无涯际貌。一曰运动不绝意。

三、新四声：

1. 读作shéng。①麻绳，纱绳。②直；正；洁白清廉中绳（《吕氏春秋》）。③纠正：绳愆纠谬。④约束；制裁：绳之以法。⑤衡量：省其文采，以绳德厚（《礼记》）。⑥继续：绳其祖武（《诗经》）。⑦称誉：以绳文王之德（《吕氏春秋》）。⑧姓。

2. 读作yìng，草结子：秋绳而芟之（《周礼》）。

3. 读作mǐn，[绳绳] (1)众多；不绝：子孙绳绳（鲁迅）。(2)茫茫；无边际：绳绳不可名（《老子》）。

【渑】

一、诗韵蒸韵：
食陵切shéng，水名。又轸、铣韵（轸、铣韵未录字头）。

二、附录：

1.《广韵》食陵切，《集韵》《韵会》《正韵》神陵切，并音shéng。①水名，渑水出临淄县北。②巴国有巴遂山，渑水出焉。

2.《广韵》《集韵》《韵会》并弥兖切，音缅miǎn。渑池。

三、新四声：

1. 读作shéng。古水名。

2. 读作miǎn。渑池：县名。

【棱】

一、诗韵蒸韵：
庐登切léng，柧也，木之四方有角者。又威也。

二、附录：

1.《广韵》鲁登切，《集韵》《韵会》庐登切，并音楞léng。俗作"稜（棱的异体字）"。或作"楞"。①柧也，四方木也。②殿堂最高处曰柧棱。③神灵之威曰棱。④刚棱嫉恶。⑤模棱持两端，决事不明白也。

2.《集韵》闾承切，音陵，义同。

三、新四声：

1. 读作léng。①有四角的方木。②物体的尖角：棱角，三棱柱。③威势：威棱憺乎邻国（《汉书》）。④严厉：性刚棱疾恶（《后汉书》）。

2. 读作lèng。①田埂。约计田亩的单位：

千棱湖田入望远（金炜）。②通"楞"某义项。失神，发呆。
3. 读作 lēng。助词（不棱登）：黑不棱登。
4. 读作 líng。穆棱：黑龙江省县名。

【恒】

一、诗韵蒸韵：录作"恆异体字"，胡登切 héng，常也，久也。又州名。姓。

二、附录：
1.《广韵》《集韵》《韵会》并胡登切 héng。故也，因循故法也。山名。
2. 古邓切，音亘去声 gèng，月上弦而就盈。又遍也，遍种之也。

三、新四声：
1. 读作 gèng。①月上弦：如月之恒（《诗经》）。②遍，满：恒之秬秠（《诗经》），释为：遍种之也。③通"亘"，绵延。
2. 读作 héng。①长久，固定不变：恒温。②长久不变的意志：持之以恒。③经常，一般的；通常的。④卦名。⑤姓。

【楞】

一、《词林正韵》增入蒸韵。

二、附录：
1. 与"棱"同，四方木。
2. 楞严：浮屠书名。

三、新四声：
1. 读作 léng。同"棱"：①有四角的方木。②物体的尖角。
2. 读作 lèng。同愣。①呆；失神：楞（愣）头楞（愣）脑。②冒失；鲁莽：楞（愣）头青。③凶狠；蛮横：他楞（愣）不讲理。④词缀：扑楞着翅膀。

【稠】

一、诗韵尤韵：直由切 chóu，概也，多也，《韵会》：通作"绸"。

二、附录：
1.《唐韵》直由切，《集韵》《韵会》陈留切，《正韵》除留切，并音俦 chóu。多也。概也。秾也。又通作"绸"，《诗经》：稠直如髮。
2.《集韵》田聊切，音迢 tiáo。《庄子》：可谓稠适而上遂矣。本亦作"调"。
3.《集韵》徒吊切，音窕 tiào。动摇貌，《汉书》：天地稠𢾗。

三、新四声：
1. 读作 chóu。①多而密；浓厚：人口稠密。②姓。
2. 读作 tiào。①稠𢾗，动摇的样子。天地稠𢾗（《汉书》）。②通"调 tiáo"，调和。

【休】

一、诗韵尤韵：许尤切 xiū，美也，善也，庆也，又息止也，又木名。

二、附录：
1.《唐韵》许尤切，《集韵》《韵会》《正韵》虚尤切，并朽平声 xiū。《说文》：休在木部，人依木则休。
2.《集韵》呼句切，音煦 xù。①气以温之也。②同"咻"。《左传》：民人痛疾而或燠休之。注：燠休，痛念声。

三、新四声：
1. 读作 xiū。①歇息：休养，休假。②停止：罢休。③辞去，离弃：休官，休妻。④喜悦；美善；福禄：既见君子，我心则休（《诗经》）。⑤树荫，引申为荫庇：赖先人遗休。

⑥莫；不要：闲话休提。⑦完结：吾命休矣。⑧语气词，罢了：只是诗人薄命休（杨万里）。
2. 读作 xǔ。①通"煦 xù"，温和。②燠休：痛念之声。

【侯】

一、诗韵尤韵：户钩切 hóu，候也，何也，美也，语辞也。公侯，君也。又乃也。或云：方十尺曰侯，四尺曰鹄。本作"矦"。又姓。

二、附录：
《广韵》户钩切，《集韵》《韵会》《正韵》胡沟切，并后平声 hóu。公、侯，君也。何也。美也。语辞也。本作"矦"，从人，从厂，张布之状。从矢，取射义，古者以射选贤，射中者获封爵，故因谓之诸侯。又姓。

三、新四声：
1. 读作 hóu。①箭靶：终日射侯（《诗经》）。②君主。③爵位。④古时对士大夫的尊称，犹言"君"。⑤封官：封侯。⑥美丽：洵直且侯（《诗经》）。⑦乃；于是。⑧表疑问，用同"何"。⑨作语助，用同"惟"。⑩姓。
2. 读作 hòu。①通"候"，迎侯。②闽侯县，福建县名。

【遛】

一、诗韵尤韵：录作"遛"。力求切 liú，领兵不进也。逗遛。

二、附录：
《广韵》《集韵》《韵会》《正韵》并力求切，音留 liú。逗遛，不进也。

三、新四声：
读作 liù。①缓步行走：遛大街。②牵着牲畜慢慢走：遛马。③通"留 liú"，逗遛即逗留。

【搂】

一、诗韵尤韵：落侯切 lóu，探取也。挽搂，搂抱，搂伐。

二、附录：
《唐韵》洛侯切，《集韵》《韵会》郎侯切，《正韵》卢侯切，并音楼 lóu。《说文·手部》：曳聚也。又牵也，揽取也。《孟子·告子下》：五霸者，搂诸侯而伐诸侯者也。又抱持谓之搂。《孟子·告子下》：踰东家墙而搂其处子。

三、新四声：
1. 读作 lǒu。抱：搂抱。
2. 读作 lōu。①将东西聚集到自己面前：搂火柴。②撩起：搂起衣裙。③牵引；拉拢：搂他人之力，以自为固（柳宗元）。

【淋】

一、诗韵侵韵：力寻切 lín，以水沃也。雨淋，水淋，汗淋，露淋，淋漓，淋淋。

二、附录：
1.《唐韵》力寻切，《集韵》《韵会》犁针切，《正韵》犁沈切，并音林 lín。《说文》：以水沃也。
2.《集韵》力鸩切，音临去声 lìn。亦水沃也。

三、新四声：
1. 读作 lín。①浇：日晒雨淋。②[淋淋]
(1)水大；雨多：洪淋淋焉（枚乘）。(2)汗水、
泪水多：汗淋淋，泪淋淋。
2. 读作 lìn。滤：淋盐。
3. [麻异] 读作 lìn。淋病，因淋病球菌感
染引起的一种性病。

【衿】
一、《词林正韵》增入侵韵。
二、附录：
1.《唐韵》《集韵》《正韵》并居吟切，音
今 jīn。衣小带也。《诗经》：青青子衿。
青衿，青领也。
2.《玉篇》巨禁切，音妗 jìn。衿犹结也。《汉
书》：衿芰茄之绿衣兮。注：衿，带也。
三、新四声：
1. 读作 jīn。同"襟"某义项，胸襟：辞动
情端，志交衿曲（陶弘景）。
2. 读作 jìn。①系；束：衿芰茄之绿衣兮
（《汉书》）。②系衣的带子。

【泔】
一、诗韵覃韵：古三切 gān，米汁也。
二、附录：
1.《唐韵》古三切，《集韵》《韵会》《正韵》
沽三切，并音甘 gān。
2.《集韵》忽感切，音顉 hàn。泔淡，满也。
秬鬯泔淡（扬雄《甘泉赋》）。
三、新四声：
1. 读作 gān。①淘米水。②用淘米水浸渍。
③食物放久而变味。
2. 读作 hàn。[泔淡] 盛满；充满：流霞方

泔淡，别鹤邈翩翩（颜真卿）。

【猒】
一、诗韵盐韵：一盐切 yān，饱也，
足也。或作"饜见诗韵艳韵"。又艳韵
作"厭 yàn"异。叶韵作"厭 yà"异。
又俭韵（俭韵未录字头）。
二、附录：
1.《唐韵》《集韵》於盐切，《广韵》一盐切，
《韵会》幺盐切，并音愿 yān。《说文》：作
"猒"，饱也。《玉篇》：亦作"猒"，足也。
《广韵》：作"饜"。
2.《广韵》《集韵》《正韵》并於艳切，音
餍 yàn，义同。
3.《集韵》作"厭见诗韵艳、叶韵""厭见诗韵
盐韵"。《玉篇》於甲切，音押。《集韵》益
涉切，音魘 yā。或作"壓见诗韵洽韵"。义
并同。
三、新四声：
1. 同"饜 yàn"。饱；足；满足：饜足。
2. 同"厌"。①读作 yàn，(1)嫌；憎恶。(2)
满足。(3)通"餍 yān 又读 yàn"，美好。(4)通
"愿 yān"，安详，满足。病怵怵。安闲；安
稳：怵怵夜饮，不醉无归（《诗经》）。②读
作 yà：(1)符合。(2)通"压 yā"。(3)通"擪
yè"。

【巉】
一、《词林正韵》增入咸韵：录作"嶃
异"，又"巉繁"。
二、附录：
1.《广韵》《集韵》并锄咸切 chán。同"巉"，

嶄岩：山尖锐貌。嶄岩参差（司马相如《上林赋》）。

2.《广韵》《集韵》《韵会》《正韵》并士减切，音斩 zhǎn，山高峻貌。

读作 zhǎn。①高峻；高出：崭然见头角（韩愈）。②很；特别：崭新。③方言，好：滋味真崭。④通"巉 chán"，山险峻。

三、新四声：

古仄新平多音字

（子目录）

（按"上声一董"至"去声三十陷"顺序排列）

【偬】	546	【莆】	551	【茆】	557	【哄】	561
【拥】	546	【估】	552	【柅】	557	【综】	562
【靡】	546	【剖】	552	【娜】	557	【鼻】	562
【弛】	547	【体】	552	【颗】	557	【槌】	562
【捶】	547	【祢】	552	【髁】	558	【值】	563
【几】	547	【睞】	553	【打】	558	【锤】	563
【唯】	547	【待】	553	【痒】	558	【歘】	563
【揆】	548	【亥】	553	【仿】	558	【蒂】	564
【耳】	548	【诒】	553	【爽】	559	【硌】	564
【俟】	548	【苑】	554	【脏髒】	559	【呼譁】	565
【蚍】	549	【混】	554	【倘】	559	【踣】	565
【揣】	549	【焜】	554	【茗】	560	【拚】	565
【被】	549	【暖】	555	【酊】	560	【仆】	566
【跂】	550	【浅】	555	【欧】	560	【谜】	566
【匪】	550	【裔】	555	【赳】	560	【暂】	566
【唏】	550	【娈】	555	【殴】	560	【背】	567
【蜚】	551	【缥】	556	【喽】	561	【阆】	567
【抒】	551	【悄】	556	【甚】	561	【遴】	567
【脯】	551	【晁】	556	【奄】	561	【晕】	567

【蕹】	568	【捺】	569	【暇】	571	【镫】	573
【闷】	568	【颤】	569	【娅】	571	【溜】	573
【玩】	568	【肖】	570	【谅】	571	【究】	573
【矸】	568	【疗】	570	【诳】	572	【馏】	573
【挥】	569	【稍】	570	【徬】	572	【勘】	574
【孪】	569	【糙】	570	【净】	572		
【缳】	569	【播】	571	【帧】	572		

【说明】

本汇录的字头在古四声作仄声，不作平声。分三项内容：

一、诗韵某韵，收录该字头在"诗韵"中的本读音、本释义。

二、附录，收录其他韵书的读音、释义，供参考或参照实用。

三、新四声：读作平声或平、仄两读，分列出音、义供参阅，以辩识新四声、古四声的异同，以免混用。

另外字有多种读音、释义，多则达十余个音、义项。本章节以"现代普及版字典（《袖珍字海》江苏教育出版社）"音、义分项为基准，选录古"韵书""字书"中部分音、义项，不相关的音、义项从略。

"附录"中多有使用到繁体字、异体字。

【愡】

一、诗韵董韵：祖动切，不得志也，怔愡。

二、附录：

[愡]

1.《正韵》作孔切，音总 zǒng，愡恫，不得意貌。

2.《正韵》千弄切，义同。《玉篇》《集韵》：作"愡"。

[愡]《字彙》：俗作"愡"字。

三、新四声：

[愡]

1. 读作 còng。[愡恫]①形容不得志：愡恫酒悲生半酣（黄景仁）。②无知；鲁莽。③奔逐；钻营：愡恫官府之间（《抱朴子》）。

2. 读作 sōng。①明白；清醒：惺愡（天眼惺愡）。②同"松"，宽松。

[愡] 同"愡"。

【拥】

一、诗韵肿韵：于陇切，音雍上声 yǒng，抱也。云拥，雪拥，拥衾。

二、附录：

1.《唐韵》于陇切，《集韵》《韵会》委勇切，并音雍上声 yǒng。①抱也。②持也。③卫也，群从也。④拥、护、支、持，皆载任之义。

2.《集韵》于容切，音雍。遮也，犹障也。《礼记》：女子出门，必拥蔽其面。

三、新四声：

读作 yōng。①拥抱。②聚集；围着：前呼后拥。③挤着走。④占有；拥有。⑤拿；执持。⑥拥护：拥军爱民。⑦堆积；阻塞：雪拥山腰。

【靡】

一、诗韵纸韵：文彼切。侈靡也，无也，偃也，又靡曼美色也，披靡也。通支韵"縻"。

二、附录：

1.《集韵》《韵会》《正韵》并忙皮切，音米 mǐ。①分也，分散而共之。《集韵·纸韵》：通作"縻"。②灭也，《汉书》：日夜靡尽。③损也，《国语·越语》：靡王躬身。《荀子·君道》：无靡费之用。

2.《集韵》《韵会》并靡波切，音媚 mèi。偃也，曳也，散也。今朝廷纯正，遵道显义，并包书林，圣风云靡（扬雄《甘泉赋》）。又眉波切，音摩 mó。

3.《唐韵》文彼切，《广韵》文被切，《集韵》母被切，《韵会》母彼切，并音迷 mí。《说文·非部》：①披靡也。②侈靡，奢侈也。③私小也，细好也。④无也：靡日不思（《诗经·邶风》）。⑤奢侈，淫靡，是罪累也。⑥商俗靡靡，靡靡之乐也。⑦随也。⑧迟迟也，行迈靡靡。⑨靡徙，失正也。又施靡，犹连延。又江靡，崖也。又靡草，荠葶，蘼之属也。

三、新四声：

1. 读作 mǐ。①无；不。②华丽；细腻：靡颜腻理（《楚辞》）。③倒下：望风披靡。④顺服；使亲顺。⑤[靡靡](1)迟缓：行迈靡靡（《诗经》）。(2)萎靡不振：靡靡之音。(3)零落的样子：友靡靡而愈索（陆机）。(4)风吹草伏的样子：靡靡江离草（陆机）。⑥姓

2. 读作mí。①浪费：奢靡。②分散。③损坏；磨损。④通"縻"，碎烂。⑤通"湄"，水边。⑥通"摩"，摩擦；接触：刑者肩靡於道（《盐铁论》）。⑦通"磨"：与物相刃相靡（《庄子》）。

【弛】

一、诗韵纸韵：施是切。释也。弓解也。张弛，禁弛，弛张，徙弛。

二、附录：

1.《集韵》丑豸切，音耻chǐ。落也。通作"扡chǐ"，解脱，遗弃。

2.《广韵》施是切，《集韵》《韵会》赏是切，《正韵》诗止切，并音驰chí。弓解也。放也，以弓释弦曰弛，故云弛放。又相延易也。置也，舍也，缓也。释下之也。去离也。弛坏也。

三、新四声：

读作chí。①放松弓弦。②松开；松懈。③延缓。④解除。⑤衰减。⑥毁坏。⑦布施；散发：弛其文德（《礼记》）。

【捶】

一、诗韵纸韵：之累切zhuǐ，击也。鞭捶，轻捶。

二、附录：

1.《唐韵》之累切，《集韵》《韵会》《正韵》主蘂切，并锥上声zhuǐ。以杖击也，《魏志》：加其捶扑之罚。捣也，《礼记》：欲乾肉，则捶而食之。或从木作"棰"。

2.《集韵》是垂切，音甀，义同。又通作"搥chuí，词林录于灰韵"。击也。《唐书》：日未明，四刻槌一鼓，为一严；二刻槌二鼓，为再严；一刻槌三鼓，为三严。作乐鼓还槌（韩愈）。

三、新四声：

[捶、搥异] 读作chuí。①敲打：捶衣。②鞭；杖：一尺之捶，日取其半，万世不竭（《庄子》）。

【几】

一、诗韵纸韵：居履切jǐ。案属，亦作"机"。诗韵"幾""几"分录二个字头。"幾"字见微、尾、置韵。

二、附录：

《唐韵》居履切，《集韵》《韵会》举履切，《正韵》居里切，并寄上声jǐ。①《说文》：踞几也，人所凭坐也。《周礼》：五几：玉几，雕几，彤几，漆几，素几。汉制，天子玉几也。《玉篇·几部》：案也，亦作"机"。《左传》：设机而不倚。②几几，安重貌。《诗经》：赤舄几几。

三、新四声：

1. [几] 读作jī。小桌或矮桌：茶几。

2. [几] 读作jǐ。①形容鞋头装饰很美：赤舄几几（《诗经》）。②偕同；在一起：饮食几几（《太玄经》）。

3. [幾] 读作jī。①幾乎；将近：柔肠幾断。②大概；也许。③同"机"某义项。④姓。

4. [幾] 读作jǐ。①数量不多：所剩无幾。②表示数目：烧幾样菜。③询问数量的疑问词：今年幾岁？

【唯】

一、诗韵纸韵：以水切wěi，诺也。通支韵"惟某义项"，故支韵"惟"亦作"唯"异。

二、附录：

1.《唐韵》以水切,《集韵》《韵会》愈水切,并音wěi。①诺也,《礼记·曲礼》：必慎唯诺。②《诗·齐风》：其鱼唯唯。出入不制也。行相随顺之貌。

2.《广韵》以追切,《集韵》《韵会》夷佳切,并音惟wéi。独也。《韵会》六经"唯、维、惟"三字皆通,作语辞。

三、新四声：

[唯]

读作wéi。①同"惟⑥⑦⑧⑨义项"。②应答声：唯唯诺诺。

[惟]

读作wéi。①②③④⑤义项略。⑥只有；只是：惟我独尊。也作"唯、维"。⑦连词。也作"唯、维"。(1)与；和。(2)则；就。(3)即使；虽然。⑧介词。也作"唯、维"。以；由于。⑨助词。无义。也作"唯、维"。惟妙惟肖。⑩姓。

【揆】

一、诗韵纸韵：求癸切,音葵上声kuǐ,揆度也。揆测。

二、附录：

1.《唐韵》求癸切,《集韵》《韵会》巨癸切,并葵上声kuǐ。度也,《诗经·定之方中》：揆之以日。又百揆,官名。

2.《正字通》渠惟切,音葵kuí。《唐韵》《集韵》俱从纸韵,不入支韵。

三、新四声：

读作kuí。①揣度；揆情度理。②道理；准则。③掌管；管理：以揆百事。④事务；政务：百揆(也指官名)。

【耳】

一、诗韵纸韵：而止切ěr,辞也,主听也。

二、附录：

1.《唐韵》而止切,《集韵》《韵会》《正韵》忍止切,并音洱ěr。主听也。凡物象耳形者皆曰耳。又助语辞。又姓。

2.《集韵》《韵会》如蒸切,音仍réng。耳孙者,去曾高远,但耳闻之。

三、新四声：

1.读作ěr。听觉器官：耳朵。

2.读作réng。耳孙：远孙。

【俟】

一、诗韵纸韵：牀史切sì,待也,亦作"竢俟的异体"。又姓。静俟,俟时,俟命。

二、附录：

1.《唐韵》《集韵》《韵会》并床史切,音仕sì。行则俟俟：言兽之多也。

2.《集韵》渠之切,《正韵》渠宜切,并音奇qí。复姓：万俟qí。

三、新四声：

1.[竢,俟的异体字]读作sì。①等待：竢书出版后。②俟俟：兽行走的样子。

2.读作qí。万mò俟,复姓。

【蚍】

一、《词林正韵》增入纸韵。

二、附录：

1.《唐韵》房脂切。《韵会》频脂切，并音毗 pí。蚍蜉，大蚁。

2.①《集韵》普弭切，音 pǐ。草名，似葵，紫色。《尔雅》：荍，蚍衃。或作"芘"。②必至切，音畀，义同。

三、新四声：

读作 pí。①蚍蜉，大蚂蚁。②蚍衃 fú：虫名，即蚍蜉，大蚂蚁。蚍衃 fóu：也作蚍衃 pēi，植物名，即锦葵。

【揣】

一、诗韵纸韵：初委切 chuǎi，度也。量也。试也。除也。哿韵异。

二、诗韵哿韵：丁果切，音朵。摇也，又度量也。阴揣，研揣，默揣，细揣。纸韵异。

三、附录：

1.《唐韵》初委切，《集韵》《韵会》《正韵》楚委切，并音 chuǎi。量也，凡称量忖度皆曰揣。《广韵·纸韵》：试也。除也。又姓。

2.《唐韵》丁果切，《集韵》《韵会》都果切，《正韵》都火切，并音朵。摇也。或作"挆"。

3.《集韵》朱惟切，音锥 zhuī。一曰捶之。

四、新四声：

1. 读作 chuāi。①藏；塞：揣入怀里。②强加；捏造。

2. 读作 chuǎi。①估量；探求；猜；揣度。②持；抓。③通"团 tuán"，积聚：冬雪揣封乎其枝（马融）。④姓。

3. 读作 chuài。挣揣：挣扎。

4. 读作 zhuī。击；捶击：利剑已揣其喉（《后汉书》）。

【被】

一、诗韵纸韵：皮彼切 bèi，寝衣也，又姓。又置韵异。

二、诗韵置韵：平义切，音髲 bì。被服也。与纸韵异。

三、附录：

1.《唐韵》皮彼切，《集韵》《韵会》部靡切，并音 bèi。寝衣也，被覆人也。傅玄《被铭》：被虽温，无忘人之寒，无厚於己，无薄於人。

2.《说文》皮义切，音髲 bì。覆也，天被尔禄。及也，光被四表。具也，械器被具。负也，被羽先登。又表也。又带也。又加也。又把中也。又地名，被廬。

3.《韵会》攀麋切，音披 pī。①裼被，不带也。《离骚》：何桀紂之猖被兮。②荷衣曰被。《左传》：被苫盖。③又姓：被詹，被條。

4. 通作"披"。

5. 诗韵支韵录有"披"字，置韵录有"髲"字。

四、新四声：

1. 读作 bèi。①被子。②表面；外层：植被。③覆盖；布满。④备；具备。⑤施加：去乱而被之以治（《荀子》）。⑥遭；受。⑦表示被动：被杀了。⑧通"髲 bì"，假发。⑨姓。

2. 同"披 pī"。①覆盖在肩背上；被衣服；被髮。②打开；劈开；揭开；被卷；被肝沥胆。③开裂：竹竿被了。④分析；辨析：被究往说，各有其理（《魏书》）。⑤傍；靠近：妻子住在被房里（《儒林外史》）。也指披房：草被。⑥散乱：望风被靡。

【跂】

一、诗韵纸韵：丘弭切 qǐ，踶跂。《山海经》云：有跂踵国，人行，脚跟不着地，如人之跂足也。寘韵同。又支韵（支韵未录字头）。

二、诗韵寘韵：去智切 qì，垂足坐，又举足望也。支韵通（支韵未录字头）。

三、附录：

1.《广韵》丘弭切，《集韵》遣尒切，并音起 qǐ。与"企"同，望也，举踵也。《诗经·卫风·河广》：跂予望之。跂足，则可以望见之。

2.《广韵》《集韵》《韵会》并去智切，音器 qì。垂足坐，举足望。

3.《唐韵》巨支切，《集韵》《韵会》翘移切，并音岐 qí。足多指也。又与"蚑"同，虫爬行也。又《集韵》渠羁切，音奇。缓走。亦作"蚑"。

4. 诗韵支、寘韵录有"蚑"字；纸、寘韵录有"企"字。诗韵未录"蚑"字。

四、新四声：

1. 读作 qí。①多生的脚趾。②通"歧"，分叉。③通"蚑"，虫爬行状。

2. 读作 qǐ。①通"企 qǐ"。(1)踮起脚跟。(2)希望；企求。②飞；将飞。③单足跃：跂行。④靠着；傍着。⑤顶；最高处。

3. 读作 qì。垂足而坐，脚跟不落地。

【匪】

一、诗韵尾韵：府尾切 fěi，非也。匪人，匪匪。

二、附录：

1.《唐韵》《集韵》《韵会》府尾切，《正韵》甫尾切，并音非上声 fěi。①竹器方曰匪。《广韵·尾韵》器如竹筐，从竹为"篚见诗韵尾韵"，亦竹器也。②《说文》：一曰非也。③《周礼》：且其匪色。匪，采貌也。

2.《集韵》《正韵》并芳微切，音霏 fēi。《礼记》：车马之美，匪匪翼翼。《集韵》同"騑见诗韵微韵"，马行不止貌。

三、新四声：

1. 读作 fěi。①强盗。②同"篚"。③通"非"，匪夷所思。④通"斐"，有文彩：有匪君子（《诗经》）。⑤代词，他：言念匪民，久罹凶毒（唐高祖）。

2. 读作 fēi。匪匪：车马不停地行进。

【唏】

一、诗韵尾韵：虚岂切 xǐ，凡哀而不泣曰唏。嘘唏，唏嘘。

二、附录：

1.《唐韵》虚岂切，《集韵》《韵会》许岂切，并音稀上声 xǐ。《说文》：唏唏笑也。《玉篇》许几切，音喜。义同。唏，痛也，凡哀而不泣曰唏（扬雄《方言》）。

2.《集韵》香依切，音希 xī，叹声。一曰嘘唏，懼貌。

三、新四声：

读作 xī。①叹息：仰天而唏；嘘唏。②笑声：唏唏哈哈。

【蜚】

一、诗韵尾韵：府尾切，音斐fěi。虫名。未韵同。亦与"飞诗韵微韵"通。又兽名。

二、诗韵未韵：扶沸切。臭虫也。又兽名。与尾韵义通。山蜚，循蜚。

三、附录：

1.《广韵》府尾切，音斐fěi。兽名，曰蜚。行水则竭，行草则死。
2.《集韵》《韵会》并父沸切，音屝fèi。蠦蜚。臭恶之虫，害人衣物。
3.《正韵》芳未切，音费fèi。灾虫，负蠜也，见则天下大疫。
4.《集韵》匪微切，音非fēi。与"飞"通。三年不蜚，蜚将冲天(《楚世家》)。

四、新四声：

1. 读作fēi。通"飞"，流言飞语又作流言蜚语。
2. 读作fěi。①古书上记载的一种草虫。②传说中的灾兽，见则有灾疫。③蜚蠊即蟑螂。

【抒】

一、诗韵语韵：徐吕切，音序xù。渫水。又除也。疏通。又神吕切，除去。抒怀。

二、附录：

1. ①《唐韵》神与切，音纾上声shū。挹也。引而泄之也。取出也，抒米以出臼也。除也。解也。②《集韵》《韵会》并丈吕切，音佇。义同。
2.《广韵》徐吕切，《集韵》象吕切，并音叙xù。亦挹也。渫水也。

三、新四声：

读作shū。①舀出；汲出。②表达；发泄：各抒己见。③斜削。④通"纾"，解除；清除。

【脯】

一、诗韵虞韵：方矩切fǔ，干肉也，腊也。鹿脯。《周礼》注：薄析曰脯。

二、附录：

1.《唐韵》方武切，《集韵》《韵会》匪父切，《正韵》斐古切，并音甫fǔ。肉乾也，腊也。《广韵·虞韵》乾脯。《韵会》薄析曰脯，捶之而施薑椒曰锻脩。
2.《集韵》蓬逋切，音蒲pú。与"酺"通。大饮酒也。
3. "晡"，诗韵录于虞韵。

三、新四声：

1. 读作fǔ。①干肉：肉脯。②蜜饯果干：桃脯。③用同"晡"，傍晚：自旦及脯，无与之者(《太平广记》)。
2. 读作pú。胸脯。

【莆】

一、诗韵虞韵：方矩切fǔ，萐莆，尧之瑞草。

二、附录：

1.《唐韵》方矩切，音府fǔ。萐莆，尧之瑞草也。
2.《正韵》薄胡切，音蒲pú。地名：莆田，属兴化。又通"蒲见诗韵虞韵"。

三、新四声：

1. 读作pú。①蒲草。②姓。③地名，莆田。
2. 读作fǔ。蓲莆：也作蓲脯，大叶植物。

【估】

一、诗韵麌韵：公户切，音古gǔ。市税。论贷物。估值。

二、附录：

《广韵》公户切，《集韵》果五切，《正韵》公土切，并音古gǔ又读gū。市税。又论物货也。《新唐书》：乃高盐直，贱帛估。

三、新四声：

1. 读作gū。①商人：帝著商估服，饮宴为乐（《后汉书》）。②价格：使以贱估偿丝（《资治通鉴》）。③揣测；大致推算：估价。
2. 读作gù。估衣：出售旧衣服（估衣铺）。

【剖】

一、诗韵麌韵：方武切，音抚fǔ。判也，有韵同。劈剖，分剖，剖巨蚌。

二、诗韵有韵：普后切。判也，破也。麌韵通。击剖，剖判，剖决，剖割，剖析。

三、附录：

1. 《唐韵》《集韵》《韵会》普后切，《正韵》普厚切，并音瓿bù，又音捊póu。《玉篇》：判也，中分为剖。破也，剖巨蚌于回渊（左思《吴都赋》）。
2. 《唐韵》方武切，《集韵》斐父切，并音抚fǔ。义同。

四、新四声：

读作pōu。①破开：解剖。②明辨；分析；剖析。

【体】

一、诗韵荠韵：录作"軆"，他礼切tǐ，身也，又生也。

二、附录：

1. 《唐韵》他礼切，《集韵》土礼切，并涕上声tǐ。体，四肢也，脊脊臂臑之属也。《广韵》俗作"軆"。《集韵》俗作"躰"。《增韵》俗作"体"。
2. 体，古有本字，《广韵》蒲本切，《集韵》部本切，并音bèn。劣也，又粗貌，与"笨"同。輂车之夫曰体夫（方以智《通雅》）。"体夫"不作"軆夫"。诗韵未录"体"本字。

三、新四声：

1. 读作tǐ。①身体。物体。文体。②体验；实行。③体谅。④本质；主体。⑤姓。
2. 读作tī。体己，也作梯己。亲近的；贴身的；私房的（财物）。

【祢】

一、诗韵荠韵：录作"禰"。奴礼切nǐ，宗厥祖祢，又姓，出平原。

二、附录：

[禰]

《广韵》奴礼切，《韵会》乃礼切，《正韵》乃里切，并音瀰。亲庙也，父庙曰禰。生称父；死称考，入庙称禰。行主亦曰禰。姓，禰衡。

[祢]

《集韵》乃礼切，音鞠nǐ。宗厥祖祢（扬雄《蜀都赋》）。《字彙补》：同"禰"。诗韵未录"祢"本字。

三、新四声：

1.[祢繁]读作mí，姓。
2.[祢]读作nǐ。①奉祭亡父的宗庙，父死后入庙称祢。②随军的死者牌位。③继承；崇奉：能祢其祖也（林纾）。

【眯】

一、诗韵荠韵：莫礼切mǐ，物入目中。

二、附录：

[眯]
1.《唐韵》《正韵》莫礼切，《集韵》《韵会》母礼切，并音米mǐ。物入目中。尘粃迷视也：播糠眯目（《庄子》）。
2.《集韵》民卑切，音弥mí。眇目也。

[瞇]
1.《集韵》母婢切，音弭mǐ。眇目也。
2.弥计切，音谜mì，瞑也，左瞯右瞇，邪视也。

三、新四声：

1.[瞇]读作mī。①眼皮微合：瞇着眼睛笑。②小睡：瞇一会儿。
2.[眯]读作mí。灰沙进入眼中。
3.[眯]读作mì。梦魇：食之使人不眯（《山海经》）。

【待】

一、诗韵贿韵：徒亥切dài，待拟也，俟也。

二、附录：

《唐韵》徒在切，《集韵》《韵会》《正韵》荡亥切，并音殆dài。竢也。

三、新四声：

1.读作dài。①等候：严阵以待。②对待；招待：以礼相待。③需要：自不待说。④要；打算：正待出门。⑤姓。
2.读作dāi。停留；逗留：待一会儿再走。也作"呆"。

【亥】

一、诗韵贿韵：胡改切hài，辰名。亦姓。《唐书·礼乐志》：吉亥祀先农也。

二、附录：

《唐韵》《正韵》胡改切，《集韵》《韵会》下改切，并音害hài。①辰名。②亦姓。③亥市。明方以智《通雅》载：《青箱杂记》蜀有亥市。亥读作"皆jiē"，言如痎jiē瘧，间日一發也。讳痎，故云亥市。

三、新四声：

1.读作hài。①地支名称。②十二时辰之一。③七十三岁：午桥群吏散，亥字老人迎（刘禹锡）。④姓。
2.读作jiē。亥市，隔日交易一次的市集：亥市鱼盐聚（白居易）。

【诒】

一、诗韵贿韵：徒害切dài，同"给见本韵"，相欺。欺诒即欺绐。又支、置韵并异（支韵未录本字）。

二、诗韵置韵：羊吏切yì，遗也。贻也，馈诒。通"贻"。有平去二音。支韵通"贻"，贿韵异。

三、附录：

1.《唐韵》与之切，《集韵》《韵会》盈之切，并音怡yí。相欺诒也。一曰遗也。通作"贻"。诶诒：疑疾（懈倦貌）。

2.《集韵》《韵会》并羊吏切，音怡去声yì。贶也，馈诒。与"贻"通。有平去二音。

3.《广韵》徒亥切，《集韵》《韵会》《正韵》荡亥切，并音dài。欺诒即欺绐也。

四、新四声：

读作yí。①通"贻"，留传；赠送。②通"绐dài"，欺骗：骨肉相诒，朋友相诈，此大乱之道也（徐干《中论》）。③通"怠dài"，诶诒：疲倦委顿。

【苑】

一、诗韵阮韵：於阮切，苑囿也。

二、附录：

1.《集韵》《韵会》并纡原切，音怨yuàn。遭薮为圃，值林为苑（左思《吴都赋》）。

2.《唐韵》《正韵》於阮切，《集韵》《韵会》委远切，并音婉wǎn。①养禽兽曰苑。②苑风：扶摇大风也。③书名：文苑。④宫室名：内苑、禁苑。⑤星名：天苑。⑥药名：藗苑，即远志。⑦国名：善苑。

3.《韵补》叶音氲yūn。《诗经·秦风》：蒙伐有苑。注：苑，纹貌，读平声。

三、新四声：

1. 读作yuàn。①泛指园林、花园。②艺苑。③通"郁"，(1)茂盛。(2)积聚；郁结：我心苑结（《诗经》）。④枯萎：形苑而神壮（《淮南子》）。⑤姓。

2. 读作yūn。花纹：蒙伐有苑（《诗经》）。

【混】

一、诗韵阮韵：胡本切hùn，混流。又混沌，阴阳未分。通作"浑见诗韵元韵"。

二、附录：

1.《唐韵》《正韵》胡本切，《集韵》《韵会》户衮切，并音hùn。《说文》：丰流也，一曰杂流，或作"浑"。混沌，元气未分也。有物混成，先天地生（老子《道德经》）。

2.《集韵》胡昆切，音魂hún。

3.《集韵》《韵会》《正韵》并古本切，音滚gǔn。与"滚"同。大水流貌。《孟子·离娄下》：原泉混混。

三、新四声：

1. 同"浑hún"，水不清：混水摸鱼。又同"浑gǔn"，浑浑即滚滚。

2. 读作hùn。①水势盛大。②合在一起不可分。③搀和；混杂：混为一谈。④冒充：鱼目混珠。⑤苟且过活：混日子。⑥胡涂；胡乱：混话。⑦混沌。

【焜】

一、诗韵阮韵：胡本切hùn，火光，煌也。阴阳未分，通作"浑见诗韵元韵"。

二、附录：

1.《唐韵》《正韵》胡本切，《集韵》《韵会》户衮切，并音混hùn。煌也。光也。火貌。《左传》：焜耀寡人之望。又《集韵》胡昆切，音魂hún。义同。

2.《集韵》《类篇》并公浑切，音昆kūn。《左传》：焜耀：明也。

三、新四声：
读作kūn。①明亮：焜如星火。②通"昆"。③火光。

【煖】

一、诗韵旱韵：录作"煖"，乃管切nuǎn，火气。煖：媛、煗、暅并同。又元韵(元韵未录字头。《词林正韵》旱韵录作"暖")。

二、附录：
1.《广韵》乃管切，"暅"同，音馈nuǎn。温也。《礼记》：行春令则暖风来至。《礼记·乐记》：煖之以日月。
2.《集韵》许元切，音喧xuān。柔貌。有暖姝者(《庄子·徐无鬼》)。

三、新四声：
1.[媛异、煗异、暅异]读作nuǎn。温暖：春暖花开。
2.[煖]读作xuān。①[煖煖]柔婉：暖暖宫云缎，飞飞苑雪来(张居正)。②暖姝：洋洋自得。

【浅】

一、诗韵铣韵：七演切qiǎn，不深也。

二、附录：
1.《唐韵》《正韵》七衍切，《集韵》《韵会》此演切，并千上声qiǎn。水不深也。少闻曰浅。浅，虎皮浅毛也。凡兽之浅毛者皆曰浅。
2.《广韵》则前切，《集韵》将先切，并音笺jiān。与"溅见诗韵先、霰韵"通。《楚辞》：

石濑兮浅浅。

三、新四声：
1.读作qiǎn。①不深。②明白易懂。③程度不深；浮泛。④时间短。⑤颜色淡。⑥小：浅恩施一时，长患被九州(王安石)。
2.读作jiān。①[浅浅](1)水疾流：石濑兮浅浅(《楚辞》)。(2)流水声。(3)浅薄：疾小人浅浅面从，以成人之过(《盐铁论》)。②通"溅"。③通"贱"。

【脔】

一、诗韵铣韵：力兖切luǎn，肉脔。《说文》：曰臡也，一曰切肉也。

二、附录：
1.《唐韵》力沇切，《集韵》《韵会》力转切，《正韵》卢转切，并音变luǎn。"臡，脔同"：肉羹，做肉羹也。一曰切"肉脔也"。一曰块割也。脔，切千段也。鱼腹亦为脔。
2.《广韵》《集韵》并落官切，音銮luán。脔脔：瘠貌。

三、新四声：
读作luán。①瘦。②切成块状的瘦肉，也指将肉切成块。③[禁脔](1)喻指独占而不许他人染指的东西：前后百卷文，枕藉皆禁脔(杜甫)。(2)喻指帝王所爱重者。(3)喻指帝王女婿：国家盛时，禁脔多得明贤(楼钥)。

【娈】

一、诗韵铣韵：力兖切luǎn，婉娈，美好貌。霰韵同。

二、诗韵霰韵：力卷切，音恋。美好貌，又顺也。婉娈。思娈。铣韵通。

三、附录：

1.《唐韵》力兖切，《集韵》《韵会》力转切，《正韵》卢转切，并音脔luǎn。婉娈，美好貌，《诗经·齐风·甫田》：婉兮娈兮。顺也，慕也，《诗经·小雅》：思娈季女逝兮。

2.《广韵》力眷切，《集韵》《韵会》《正韵》龙眷切，并音恋。义同。

3.《广韵》落官切，《集韵》卢丸切，并音鸾luán。女名用字。

四、新四声：

1. 同"恋"，思慕。

2. 读作luán。美好：内惧娇妻，外惧娈童（《红楼梦》）。

【缥】

一、诗韵筱韵：敷沼切piǎo，青黄色。

二、附录：

1.《正韵》纰绍切，音漂piāo。轻举貌。《汉书》：凤缥缥其高逝兮。

2.《广韵》敷绍切，《集韵》《韵会》匹绍切，《正韵》普沼切，并音piǎo。帛青白色。一曰青黄色，《楚辞》：翠缥兮为裳。

三、新四声：

1. 读作piāo。缥缈：隐隐约约，若有若无。

2. 读作piǎo。①淡青色丝织品。②淡青色：动摇扬缥青（蔡邕）。

【悄】

一、诗韵筱韵：亲小切qiāo，悄悄，忧貌。

二、附录：

1.《唐韵》亲小切，《集韵》《韵会》《正韵》七小切，并音qiǎo。忧也。《诗经·柏舟》：忧心悄悄。《诗经·月出》：劳心悄兮。

2.《集韵》《韵会》《正韵》并七肖切，音俏qiào。急也。

三、新四声：

1. 读作qiāo。[悄悄](1)轻声：悄悄话。(2)形容静：静悄悄。(3)偷偷地：悄悄走了。

2. 读作qiǎo。①静寂无声：悄然无声。②形容忧愁：悄然不乐。③浑；直：百般悄如风汉（《西厢记》）。

【晁】

一、《词林正韵》增录筱韵。

二、诗韵萧韵：录作"鼌鼌简"，驰遥切cháo。蟲名，蠿鼌，或作匽鼌。姓，同晁，汉有鼌错。鼌，旦也，与"朝"同，《汉书》：鼌不及夕。

三、附录：

[晁]

1.《广韵》直遥切，《集韵》《正韵》弛遥切，并音潮cháo。《本传》：作"鼌"。师古曰："晁"古"朝"字，晁采琬琰（司马相如《上林赋》）。

2.《集韵》直绍切，音肇zhào。县名：晁阳，在东阳。

四、新四声：

[晁]

读作cháo。①通"朝zhāo"，早晨。②姓，也作"鼌、朝"。

[鼌鼌]

读作cháo。①通"朝zhāo"，清晨。②同

"晁",姓。

【茆】

一、诗韵巧韵：录作茆，莫饱切mǎo，凫葵也，蓴菜即莼菜也。通"茅见诗韵肴韵"。采茆，芹茆。有韵同义。

二、诗韵有韵：录作莔，或作茆，力久切，音柳 liǔ。凫葵，水草，芹茆，蓴菜即莼菜也。又巧韵通。采茆，水茆。

三、附录：

[茆]

1. ①《唐韵》莫饱切，音卯mǎo。凫葵，蓴菜，或谓之水葵。《诗经·鲁颂》：思乐泮水，薄采其茆。②或曰草丛生也。③与"茅"通。
2. 《说文》《玉篇》并音柳 liǔ。

[莔]

《唐韵》力久切，音柳 liǔ。《玉篇·艸部》即"茆"字。篆书"卯"字作"夘"；"酉"字作"丣"。故《说文》从艸，丣声，读作柳 liǔ。

四、新四声：

读作mǎo。①莼菜。②通"茅máo"。(1)茅草；茅屋。(2)姓。

【柁】

一、诗韵哿韵：徒可切duò，正舟木也，设于船尾。一作舵。与歌韵通(歌韵未录字头)。"舵"字从《词林正韵》增录哿韵。

二、附录：

1. 《唐韵》徒可切，《集韵》《韵会》待可切，并音duò。正船木也，设于船尾。一作舵。
2. 《集韵》他可切，音tuǒ。木坚貌。
3. 《集韵》唐何切，音驼tuó。木叶落也。

三、新四声：

1. 同"舵"。
2. 读作tuó。房架前后两个柱子之间的大横梁。

【娜】

一、诗韵哿韵：奴可切nuǒ，美貌。婀娜，嫋娜。

二、附录：

1. 《唐韵》奴可切，《集韵》乃可切，并音上声nuǒ。①婀娜，美貌，亦作嫋娜。花腰呈嫋娜(李白)。②舒迟貌，亦作阿那。③柔而长也。连笮动嫋娜(杜甫)。亦作袅那。
2. 《集韵》囊何切，音那nà。女子人名用字。

三、新四声：

1. 读作nuó。①婀娜：轻盈柔美；草木茂盛。②袅娜：细长柔美。③娜娜：纤柔；飘动。
2. 读作nà。女子人名用字。

【颗】

一、诗韵哿韵：苦果切kě，小头也。颗，谓土块也。蓬颗，丁香颗。

二、附录：

1. 《广韵》《集韵》《韵会》《正韵》并苦果切，音科上声kě。①《说文》小头也，引申为凡小物一枚之称。②珠琲(珠串)曰颗。豆粒曰颗。③与"堁"同，土块。东北人称土块为蓬颗。《汉书》：蓬颗蔽冢，谓块上生蓬者也。
2.《集韵》苦缓切，音款 kuǎn。药草名，《尔雅·释草》：菟奚，一曰颗涷，注：款冬也。又人名。《左传》：史颗，秦大夫。

三、新四声：

1. 读作 kē。①粒状物：红颗真珠诚可爱，白须太守亦何痴（白居易）。②量词。粒数：一颗黄豆。
2. 读作 kě。土块。

【踝】

一、诗韵马韵：胡瓦切 huà。足踝，足骨也。膝踝，两踝。

二、附录：

《广韵》胡瓦切，《集韵》《韵会》《正韵》户瓦切，并音化 huà。①足踝也。居足两旁，足之外也。《礼记》：负绳及踝以应直。注：踝，跟也。②踝踝，单独之言也。③踝，碓坚貌也。

三、新四声：

读作 huái。①小腿腕左右两侧凸起部分：踝骨。②脚跟，也指脚。③通"剐 guǎ"，割：今其甚者……踝妪矣，刺兄矣（贾谊）。

【打】

一、《词林正韵》增录马韵：诗韵"打"录于梗韵，德冷切 děng，异。

二、附录：

1.《唐韵》德冷切，《集韵》都冷切，并音等 děng。
2.《唐韵》《集韵》《韵会》并都挺切，音

顶 dǐng。击也。从手，丁声，捶打也。
3.《正韵》都那切，音 dǎ，击也，与"挞"同义。杨慎释读：德马切，音答上声 dǎ。

三、新四声：

1. 读作 dǎ。①击：打门。②撞损；毁坏。③攻击；攻打：打架。④用纸墨摹拓碑帖。⑤表示动作或行为：打草稿。⑥从；自。⑦姓。
2. 读作 dá。量词。十二个为一打。

【痒】

一、诗韵养韵：录作"痒"，余两切，皮痒，同"癢"。"痒"本字另义作平声。诗韵未录"癢"字。

二、附录：

1.[癢]简体字"痒"。《广韵》余两切，《集韵》以两切，《韵会》下朗切，并音 yǎng。皮癢，肤欲搔也。
2.[痒]《集韵》余章切，《正韵》移章切，并音阳 yáng。病也。《诗经·小雅》：癙忧以痒。《诗经·大雅》：稼穑卒痒。又与"疡"同，疮也。

三、新四声：

1.[癢]读作 yǎng。一种皮肤不适，引人欲搔的感觉。
2.[痒，癢的简体字]读作 yáng。①忧思成疾。②通"疡"。痈疮。③泛指病害：稼穑卒痒（《诗经》）。

【仿】

一、诗韵养韵：妃两切 fǎng，相似也。亦作"髣 诗韵未录"，"彷 见诗韵阳韵"，"倣 见本韵"。

二、附录：

[彷]

1.《集韵》符方切，音páng，同"仿"，彷徨也作彷徨。

2.《集韵》《韵会》抚两切，《正韵》妃两切，并方上声fǎng。仿佛也作"彷佛""髣髴""方弗""放弗"。

[倣]

《广韵》分罔切，《韵会》甫两切，《正韵》妃两切，并音纺fǎng。倣也，依也，通作"仿"。

三、新四声：

1.[倣异体字]读作fǎng。①仿效；效法。②似；相仿。

2.[髣]读作fǎng，仿佛，也作彷佛。好像；类似。

3.[彷]读作páng。①彷徉，彷洋，也作彷徉。游荡无定。②彷偟也作彷徨、傍偟、旁皇：(1)徘徊；犹豫不决。(2)游荡；逍遥。

【爽】

一、诗韵养韵：疎两切shuǎng，明也。差也。烈也。猛也。贵也。心爽悦也。又失也。

二、附录：

1.《唐韵》疎两切，《集韵》所两切，并音塽shuǎng。明也，清快也。

2.《类篇》师庄切，音霜shuāng。《左传》：唐成公如楚，有两肃爽马。马融曰：肃爽，雁也，马似之。《集韵》"骦"注：通作"爽"。

三、新四声：

1.读作shuǎng。①明亮：爽目。②开朗；直率：豪爽。③清凉。④差失；违背：毫厘不爽。⑤损减；损坏。⑥姓。

2.读作shuāng。肃爽：古代骏马。

【牂髒】

一、诗韵养韵：录作"髒"，子朗切zǎng，肮髒，体胖也。另"臟"字见漾韵。

二、附录：

1.《广韵》《集韵》《韵会》子朗切，《正韵》子党切，并音zǎng。骯髒即肮脏。体胖。

2.《集韵》《韵会》《正韵》则朗切，音葬zàng。抗髒：婞直之貌。婞直：犹刚直也。

三、新四声：

1.[髒]读作zāng。不干净：肮āng脏。

2.[髒]读作zǎng。[肮kǎng脏] (1)盘曲：梗楠千岁姿，肮脏空谷中（元好问）。(2)体胖：肮脏之马，无复千金之价（庾信）。(3)刚直；倔强：肮脏到头方是汉（文天祥）。

3.[臟]读作zàng。身体内部器官的总称。心脏。

【倘】

一、《词林正韵》增录养韵：倘佯同徜徉。另"倘"字见阳韵。

二、附录：

1.《集韵》齿两切，《正韵》昌两切，并音敞平声cháng。忽止貌。

2.《集韵》他朗切，音汤上声tǎng。云将见之，倘然止，贽然立（《庄子》）。

三、新四声：

1.读作tǎng。①惊疑自失。②假使；如果：

倘努力，定成功。

2. 读作cháng。倘佯同徜徉；徘徊；安闲地行走。

【茗】

一、诗韵迥韵：莫迥切，音酩mǐng，茗草，茶芽也。

二、附录：

《唐韵》《正韵》并莫迥切，音酩mǐng。茶芽也。又花名。茗邈，高貌。摇刖峻挺，茗邈苕峣（张载《七命》）。又山名。通"酩"，茗芋即酩酊。

三、新四声：

读作míng。①茶芽。②粗茶，即荈。③茶的统称：香茗；品茗。④通"酩mǐng"，茗芋即酩酊。

【酊】

一、诗韵迥韵：都挺切dǐng，酩酊。

二、附录：

《唐韵》《集韵》《韵会》都挺切，《正韵》都领切，并音顶dǐng。酩酊，醉也。《晋书·山简传》时有儿歌曰：日夕倒载归，酩酊无所知。《韵会》酩酊作茗芋。

三、新四声：

1. 读作dīng。液体药剂：碘酊。

2. 读作dǐng。酩酊。

【欧】

一、诗韵有韵：乌后切，音呕ǒu。吐也，或作"呕"。"呕"字见虞、尤韵。

二、诗韵尤韵：乌侯切ōu。欧阳复姓。韩欧，苏欧，欧冶子。与有韵异。

三、附录：

1.《广韵》《集韵》《韵会》《正韵》并乌侯切，音鸥ōu。通"讴"。气出而歌也。又欧欧，声也。又姓。

2.《玉篇》《集韵》《韵会》於口切，《唐韵》乌后切，并音呕上声ǒu。吐也，或作"呕"。

四、新四声：

1. 读作ōu。①同"讴"，歌颂。②通"殴"，捶；打。③通"驱qū"。(1)赶；驱逐。(2)行进；奔驰：疾欧疾战（杜牧）。④欧洲。⑤姓。

2. 同"呕ǒu"，吐。

【赳】

一、诗韵有韵：居黝切jiǔ，果毅之貌。武貌，赳赳。

二、附录：

1.《广韵》居黝切，《集韵》吉酉切，《正韵》举有切，并音久jiǔ。赳赳，武也。《诗经·周南》：赳赳武夫。

2.《集韵》祈幼切，音趴jiù。赳螑：龙伸颈行貌。

3.《集韵》居虬切，音樛jiū。义同。

三、新四声：

读作jiū。①[赳赳]威武强劲的样子：雄赳赳。②赳螑：龙蛇伸颈游走的样子。

【殴】

一、诗韵有韵：乌后切，音呕ǒu，殴击也。以杖击也。斗殴，杖殴。

二、附录：

1.《唐韵》乌后切，《集韵》於口切，并音呕ǒu。捶击物也。

2.《集韵》墟于切，音区qū。与"驱、欧"音义并同。

3.《集韵》亏侯切，音抠kōu。

三、新四声：

1. 读作ōu。①击打：斗殴。②同"呕"，呕吐。③同"欧"，姓。

2. 同"驱"：今殴民而归之农（《汉书》）。

【喽】

一、《词林正韵》增录有韵：录作"嘍"。

二、附录：

1.《广韵》郎斗切，《集韵》朗口切，并音㜘lǒu。《广韵·厚韵》烦貌，嘍嘍：说话啰嗦。

2.《广韵》落侯切，《集韵》郎侯切，并音楼lóu。《广韵·侯韵》喽㖒：鸟声。《集韵》本作"謱"。謰謱：言语支离繁琐。

三、新四声：

1. 读作lóu。喽啰：旧时指强盗的部下，多喻指追随恶人的人。

2. 读作lou。语气词：水开喽。

【甚】

一、诗韵寝韵：常枕切，剧过也。尤安乐也。沁韵同。

二、诗韵沁韵：时鸩切shèn，太过也，过甚也。与寝韵通。

三、附录：

1.《唐韵》《集韵》《韵会》《正韵》并时鸩切shèn。剧过也，尤安乐也。

2.《唐韵》常枕切，《集韵》食荏切，《正韵》食枕切，并音忍。义同。

四、新四声：

1. 读作shèn。①很；极：欺人太甚。②超过；胜于：关心他人甚于关心自己。

2. 读作shén。什么；怎么：管他作甚。甚相见匆匆如此。

【奄】

一、诗韵俭韵：衣检切yǎn，忽也，覆也，止也，藏也，取也，遽也，大有余也。又姓。

二、附录：

1.《广韵》《集韵》《韵会》衣检切，《正韵》於检切，并音厣yǎn。覆也，大有余也。一曰忽也，遽也。《诗经·周颂》：自彼成康，奄有四方。

2.《正韵》衣炎切，音淹yān。久观也。《诗经·周颂》：命我众人，庤乃钱镈，奄观铚艾。又国名。地名：商奄里。又於艳切，音愴yàn。奄人。

三、新四声：

1. 读作yān。①气息微弱：气息奄奄。奄忽：死亡。②通"淹"。久；停滞：奄留。③通"阉"，太监。

2. 读作yǎn。①覆盖；包括。②忽然；来去不定：奄忽。③昏暗；暗昧不明：奄然寡闻（《晏子春秋》）。④同"掩"：寂寞奄重门（龚自珍）。⑤古国名。⑥姓。

【哄】

一、诗韵送韵：胡贡切hòng，唱声，

众声。又鬨：鬭声(见本韵、绛韵)。

二、附录：

[哄]

1.《广韵》《集韵》并胡贡切，音hòng。唱声。

2.《集韵》《类篇》并呼公切，音灴hōng。

3.《集韵》居容切，音恭gōng。声也。

[鬨]

1.《广韵》《集韵》《韵会》《正韵》并胡贡切，音hòng。鬭声也。

2.《广韵》胡绛切，《集韵》《韵会》胡降切，并音巷。或作"閧xiàng"。

三、新四声：

[哄]

1. 读作hōng。①形容人声嘈杂：乱哄哄。②许多人同时说：哄传。

2. 读作hǒng。逗引；欺骗：哄人。

3. 鬨、閧，同为异体字。读作hòng。吵闹；扰乱：起哄。

[鬨]

1. 读作hòng。争斗：邹与鲁鬨(《孟子·梁惠王下》)。

2. "哄"的异体字。

【综】

一、诗韵宋韵：子宋切zòng，机缕也，理经也。错综，综括，综摄，青丝综。

二、附录：

《广韵》《集韵》《韵会》并子宋切，音琮去声zòng。机缕也。《玉篇》：持丝交。《列女传》：推而往、引而来者，综也。《易经·系辞》：错综其数。综谓总聚也。

三、新四声：

1. 读作zōng。①总聚；集合：综合。②主持；治理。③精通：博涉多通，兼综理数(徐光启)。④归纳；整理：综而言之。

2. 读作zèng。织布机上使经线交错分开以便梭子通过穿纬线的一种装置。

【鼻】

一、诗韵置韵：毗至切，音必bì，引气自畀也。

二、附录：

《唐韵》父二切，《集韵》毗至切，《正韵》毗意切，并音必bì。鼻，引气自畀也。

三、新四声：

读作bí。①人和动物的呼吸兼嗅觉器官。②创始；开端：鼻祖。③器物上的突起或凸出部分：印鼻。④器物上的嘴、口、孔部。

【槌】

一、诗韵置韵：驰伪切zhuì，蚕槌，架蚕簿之木也。与支韵、灰韵"鎚"异。

二、诗韵支韵：[鎚]直追切chuí。铁鎚也。与"锤"同。驰伪切zhuì，好铜半熟也。

三、诗韵灰韵：[鎚]都回切duī，治玉。锻也。

四、附录：

[槌]

1.《唐韵》《集韵》《正韵》并驰伪切，音坠zhuì。蚕槌，架蚕簿之木也。

2.《唐韵》《正韵》直追切，《集韵》《正韵》傳追切，并音椎chuí。击也。《孔雀东南飞》：

槌床便大怒。棒槌。击鼓之槌也。

五、新四声：

[槌]

读作chuí。①阁架蚕箔的木柱。②捶击的器具。③通"捶"。拍；敲击。

[鎚]

"锤"某义项的异体字。读作chuí。①捶击具，即榔头。②古兵器名：银鎚。③锻打；敲击：千鎚百炼。

【值】

一、诗韵置韵：直吏切zhì，持也。当也。措也。捨也。与"直诗韵职韵"通。职韵同。

二、附录：

《唐韵》《集韵》《韵会》并直吏切，音治zhì。持也。《诗经·陈风》：无冬无夏，值其鹭羽。注：值，植也。以鹭羽为翳，舞者所执以指麾也。与"直"通。物价曰值或作"直"。

三、新四声：

读作zhí。①价值；产值。②两者（物与价）相当。③值得：不值一提。④遇到；逢着：正值国庆。⑤持；拿：无冬无夏，值其鹭羽（《诗经》）。⑥轮到担任某项工作：值班。⑦数值。

【锤】

一、诗韵置韵：驰伪切zhuì，秤锤或作"鎚锤的异体字"。又锻器。又支韵"鎚"同。

二、附录：

[锤]

1.《广韵》直垂切，《集韵》重垂切，《正韵》直追切，并音chuí，古重量单位，六两曰锱，倍锱曰锤。又秤锤也。又重也。又同"垂"。

2.《广韵》《集韵》《韵会》驰伪切，《正韵》直类切，并音缒zhuì。秤锤也。《周礼·考工记》注：以为秤锤以起重。又之瑞切，锻器。

[鎚]

1.《广韵》《正韵》直追切，音chuí。铁鎚也，与"锤"同。

2.《广韵》直类切，《集韵》驰伪切，并音坠zhuì。好铜半熟也。

三、新四声：

[锤]

读作chuí。①秤砣。②古重量单位。③锤形物：纺锤。④垂挂。

[鎚]

锤的异体字，读作chuí。①捶击具：即榔头。②古兵器名：银鎚。③锻打；敲击：千锤百炼。

【欬】

一、诗韵置韵：去冀切，音器。謦欬，言笑也。咳嗽。俗谓嗽为欬。卦韵异，队韵同。

二、诗韵卦韵：于犗切，通食气也，同"餲ài"：打饱嗝。置韵、队韵俱异。

三、诗韵队韵：苦盖切，音慨kài。

欬瘶。欬唾音。大呼曰廣欬。置韵同，卦韵异。

四、附录：

[欬]

1.《唐韵》苦溉切，《集韵》《韵会》口溉切，并音慨kài。①逆气也。俗谓嗽为欬。②大呼曰广欬。③磬qìng欬kài，言笑也。

2.《集韵》去冀切，音器。义同。

3.《集韵》乙界切，音餩ài。与"噫ài，嗳气：打嗝"同。《说文·欠部》：饱食息也。通作"餩ài，打饱嗝"。

[咳]

本字见诗韵灰韵，遵《韵府拾遗》增入。

1.《唐韵》户来切，《集韵》《正韵》何开切，并音hái。小儿笑也。

2.《集韵》柯开切，音该gāi。奇咳术：奇秘非常之术也。或作"奇侅"。亦作"奇赅"。又与"该"同。

3.《玉篇》若代切，音慨kài。不敢喊噫嚏咳（《礼记·内则》）。幸闻咳唾之音（《庄子·渔父》）。《正韵》"磬欬"亦作"磬咳"。

五、新四声：

[欬]

咳1. 的异体字。

[咳]

1. 读作ké。①咳嗽，[咳唾] 咳嗽吐唾沫，借指话语、诗文：咳唾落九天，随风生珠玉（李白）。②通"侅gāi"，奇异：奇咳术。

2. 读作hāi。①伤感、后悔或惊奇声。②叹息声。③招呼人、提醒人注意。

3. 读作hái。①婴儿笑。②同"孩"，小孩。

【芾】

一、诗韵未韵：方味切fèi。小貌。蔽芾。又物韵"芾fú"作"芾"通，余异。

二、附录：

1.《唐韵》《韵会》《正韵》并方味切，音沸fèi。《诗经·召南》：蔽芾甘棠。傳：蔽芾。小貌。

2.《广韵》分物切，音弗fú。草木翳荟也。芾芾：茂也。《韵略》：与"芾"同。《诗经·曹风》：彼其之子，三百赤芾。

三、新四声：

1. 读作fèi。蔽芾：植株幼小或树叶初生。

2. 读作fú。①草木茂盛。②"芾"，古时礼服上的蔽膝：赤芾在股（《诗经》）。

【辂】

一、诗韵遇韵：洛故切lù，车辂。谓之辂者言行於道路也。龙辂，銮辂，翠辂。

二、附录：

1.《广韵》洛故切，《集韵》《韵会》《正韵》鲁故切，并音路lù。①大车也。②辂，谓以木缚於车上，以引而輓之也。

2.《集韵》历各切，《韵会》辖各切，并音核hé。

三、新四声：

1. 读作hé。①车辕上的横木。②挽；驾：服牛辂马，以周四方（《管子》）。③通"迓"，迎接。

2. 读作lù。大车。多指帝王所乘之车。

【呼謼】

一、诗韵遇韵：《说文》荒故切 hù。号謼，亦作"呼"。號謼与虞韵呼字同，余异。

二、附录：

[謼]

1.《唐韵》《集韵》《韵会》《正韵》并荒故切，音呼去声 hù。号謼也。或作"嘑"。《汉书·天文志》：鬼哭若謼。又姓。

2.《玉篇》《广韵》荒乌切，《集韵》《正韵》荒胡切，并音呼 hū。与"虖"同。大叫也。号呼也。

[呼]

1.《唐韵》荒乌切，《集韵》《韵会》《正韵》荒胡切，并音 hū。出息为呼，入息为吸。唤也。通作"虖"。通作"嘑"。又姓。

2.《广韵》《集韵》《正韵》并荒故切，音戽 hù。号呼也。

三、新四声：

1. [謼]呼的异体字。
2. [呼，嘑异]读作 hū。①吐气。跟"吸"相对。②喊：呼口号。③唤：呼之即来。④称呼：直呼其名。⑤鼾：打呼噜。⑥风吹声；动作声。⑦姓。
3. [謼异，虖异]读作 hū。①喊：呼口号。②鸣呼。

【跗】

一、诗韵遇韵：符遇切，音附 fù。足跗。与虞韵"趺"通。

二、附录：

[跗]

1.《广韵》《集韵》《韵会》并符遇切，音附 fù。足趾也。足上也。谓足背也。足跗也。跗注戎服，若袴而属於跗，与袴连。又"拊"通。

2.《广韵》甫无切，《集韵》《韵会》风无切，并音肤 fū。义同。

[趺]

《广韵》甫無切，《集韵》鳳無切，并音膚 fū。①与"跗"同。螭首龟趺（刘禹锡《奚陟碑》）。②《释名》：拜於丈夫为趺，趺然屈折，下视地也。③跏趺，结跏趺坐。

三、新四声：

[跗]

读作 fū。①脚背。泛指足。引申指山脚。②同"柎"，花萼或子房。③物体的足部：钟鼓之跗，以猛兽为饰。④剑杖等条状物的握手处，剑跗。⑤蛇腹下的横鳞。

[趺]

读作 fū。①同"跗①、②、③"义项。②双足交叠而坐：终朝危坐学僧趺（苏轼）。③足迹；脚印。④同"俯"。

【拊】

一、诗韵遇韵：博物切，音布 bù。拊持。

二、附录：

1.《唐韵》普胡切，《集韵》滂模切，并音铺 pū。扪持也。一曰舒也，布散也。《汉书》：尘埃拊覆。又击也。

2.《唐韵》《集韵》《韵会》《正韵》并博故切，音布 bù。

3.《唐韵》博孤切，《集韵》奔模切，并音逋bū。亦展舒也。又《集韵》蓬逋切，音蒲pú。亦持也。

三、新四声：

读作pū又读bù。①散布；铺展。②通"搏"，搏击。

【仆】

一、诗韵遇韵：芳遇切，音赴fù。曰顿也。僵仆，跌仆。与宥韵微异。

二、诗韵宥韵：敷救切，音否去声。前倒。又匹侯切，同"踣见诗韵职韵"。惊仆，颠仆。与遇韵微异。

三、附录：

[仆]

1.《唐韵》《集韵》《韵会》芳遇切，《正韵》芳故切，并音赴fù。偃也，僵也。《新唐书·房杜传赞》：兴仆植僵。

2.《集韵》普木切，音支pū，义同。

3.《集韵》《韵会》《正韵》并敷救切，音否去声。顿也。

[踣]

1.《广韵》《集韵》并匹侯切pòu。僵也。与"仆"同。《吕氏春秋》：将欲踣之，必高举之。又毙也。僵尸也。异。

2.《集韵》芳遇切，音赴。义同。

四、新四声：

[仆]

1.读作pū。向前跌倒：前仆后继。

2.读作pú。新四声"仆"作僕的简体字。僕本字见诗韵屋韵、沃韵。

[踣]

读作bó。①向前仆倒：屡踣屡起。也指倒毙。②陈尸：杀人者，踣诸市，肆之三日（《周礼·掌戮》）。③毁坏；败亡：设用无度，国家踣（《管子》）。④倾斜：星辰踣而颠（韩愈）。⑤挖；扒：睹一牛踣雪齕草

【谜】

一、诗韵霁韵：莫计切mì，隐言也。

二、附录：

1.《唐韵》莫计切，《集韵》《正韵》弥计切，并迷去声mì。隐语也。

2.《集韵》绵批切，音迷mí。言惑也。

三、新四声：

读作mí。①谜语：猜谜。②没弄明白或难以理解的事物：千古之谜。

【晢】

一、诗韵霁韵：征例切zhì。晢晢星光，亦作"晣"。又屑韵。

二、诗韵屑韵：旨热切zhé，光也，"晣"同。夜星腾晢。目晢。又霁韵。

三、附录：

[晢]

1.《唐韵》旨热切，《集韵》《韵会》《正韵》之列切，并音折zhé。《说文·日部》：昭晢，明也。

2.《广韵》《集韵》《韵会》并征例切，音制zhì。星光也。《诗经·陈风》：明星晢晢。《传》：晢晢，犹煌煌也。

[晣]

《集韵》之列切，音折zhé。明也。《诗经·小雅》：庭燎晣晣。

四、新四声：

[晢]

读作zhé又读zhì。①光亮：石壁映初晢（江淹）。②明察；明智。

[晣]

同"晢"。

【背】

一、诗韵队韵：补妹切bèi，肩背也。台背，相背，马背。背脊。

二、诗韵队韵：蒲昧切，相背也，违背，背叛，弃背。通作"倍"。又姓。

三、附录：

1.《唐韵》《韵会》并补妹切，《正韵》邦妹切，并音辈bèi。背脊。在后称也。手背。寿也：《诗经·大雅》：黄耇台背。

2.《广韵》《集韵》蒲昧切，《正韵》步昧切，并音旆。弃背。辜负也。反面也。

四、新四声：

1.[揹异]读作bēi。掮在肩背上：背书包。

2.[背]读作bèi。①脊背。②物体的上面、后面或反面。③背向着或靠着：背山面海。④离开：离乡背井。⑤违反；背叛：背信弃义。⑥不顺利：手气背。⑦冷僻：背街小巷。⑧背诵。⑨听觉不灵：耳背。⑩躲避：背着人。⑪姓。

【阂】

一、《词林正韵》增录队韵。

二、附录：

1.《唐韵》五溉切，《集韵》《韵会》牛代切，《正韵》牛盖切，并音硋ài。外闭也，止也。

《易经·蒙卦》：退则困险，进则阂山。进退不可，故蒙昧也。

2.《集韵》《类篇》并下改切，音亥hài。藏塞也。

3.《集韵》纥则切，音劾hé。碍也。

4.《韵补》叶音改。《汉书·郊祀歌》：历意迟九阂，纷纭六幕浮大海。

三、新四声：

读作hé。①阻隔；阻碍：恢万里使无阂（陆机）。②通"垓gāi"，重；层。九阂：九重天。

【遴】

一、诗韵震韵：良刃切，音吝lìn。行难也，又姓。

二、附录：

1.《唐韵》《集韵》《韵会》《正韵》并良刃切，音吝lìn。行难也。贪也，与"吝lìn"通。

2.《正字通》离呈切，音邻lín。谨选也，抡才谓之遴选。又姓。

三、新四声：

读作lín。①谨慎挑选：遴选。②行路难，也泛指艰难。③通"吝lìn"，吝啬。④姓。

【晕】

一、诗韵问韵：王问切，音运yùn。日月旁气也。

二、附录：

《广韵》《集韵》《韵会》王问切，《正韵》禹愠切，并音运yùn。晕，圈也，气在外圈结之也。日月俱然。

三、新四声：

1. 读作yūn。①昏眩：晕船。②昏厥：晕倒。
2. 读作yùn。①日、月周围的光圈：月晕而风，础润而雨（苏洵）。②光影色泽模糊的部分：墨晕。③浸润；扩散：晕出一片朦胧的烟霭。

【蔓】

一、诗韵愿韵：无贩切màn，瓜蔓。又姓。

二、附录：

1.《唐韵》《集韵》《韵会》《正韵》并无贩切，音曼màn。葛属。瓜蔓。枝长也。又姓。
2.《集韵》谟官切，音谩mán。蔓菁，菜也。

三、新四声：

1. 读作màn。①草本蔓生植物的枝茎叫作蔓：瓜蔓，葛蔓。②扩散；滋长：蔓衍。③蔓蔓，(1)长久：蔓蔓日茂，芝成灵华（《汉书》）。(2)比喻纠缠难解之事。
2. 读作wàn。口语音读作：瓜蔓儿。
3. 读作mán。蔓菁，又名芜菁。

【闷】

一、诗韵愿韵：莫困切mèn，懑也。

二、附录：

1.《广韵》《集韵》《韵会》《正韵》并莫困切，音懑mèn。《说文·心部》：懑也。《易经·乾》：遯世无闷。
2.《集韵》莫奔切，音门mén。《道德经》：其政闷闷，其民淳淳。

三、新四声：

1. 读作mèn。①心情不舒畅：烦闷。②密闭不透气：闷子车。
2. 读作mēn。①空气不通畅：闷热。②不出声或声音不响亮：闷声不响。③密闭着使不透气：茶刚泡，闷一会儿再喝。

【玩】

一、诗韵翰韵：五换切，音玩去声。弄也。通作"翫"，习也。珍也。

二、附录：

[玩]
《唐韵》《集韵》《韵会》《正韵》五换切，音玩去声wàn。弄也。戏也，《尚书·旅獒》：玩人丧德，玩物丧志。习也。珍也。

[翫]
"玩"的异体字。五换切，音wàn。《集韵·换韵》：或作"抏"。

[抏]
五换切，音玩wàn。与"翫"同。与"玩"通。又《唐韵》五丸切，《集韵》《韵会》《正韵》吾官切，并音岏wán。

三、新四声：

[翫异]读作wán。①游戏；消遣：玩耍。②玩弄；耍弄：玩手腕。③观赏：把玩。④玩赏的东西：古玩。⑤体会；研习：玩味。⑥忽视：玩忽。⑦刁顽：山民朴，市民玩（荀悦）。⑧喜欢；爱好：心玩，居常之安，耳饱，从谀之说（陆机）。

【矸】

一、诗韵翰韵：古案切gàn，石净貌也。南山矸。

二、附录：

1.《广韵》古案切，《集韵》居案切，并音旰gàn。

2.《集韵》居寒切,音干gān。山石貌。碪矸,石净貌。丹矸,丹砂也。

三、新四声:

1. 读作gān。①丹矸：朱砂。②夹杂在矿物里的石块：煤矸石。
2. 读作gàn。石色白净。

【攛】

一、诗韵翰韵：取乱切cuàn，诱人曰"攛繁"掇。掷也。

二、附录:

1.《集韵》《韵会》《正韵》并取乱切,音爨cuàn。掷也。
2.《集韵》七丸切,音镋cuān。义同。诱人为非曰攛掇。

三、新四声:

读作cuān。①抛掷。②匆忙地做：临时现攛。③方言，发怒：他攛儿了。④劝诱；怂恿：专意攛唆老公害人（《醒世恒言》）。⑤伸出；长出：叶间攛葶（《农政全书》）。

【孪】

一、诗韵谏韵：录作孿，生患切，双生子。李孿繁孿同。又所眷切。

二、附录:

[孿]
1.《唐韵》生患切,《集韵》数患切,并音涮。双产也。
2.《玉篇》《广韵》并力员切,音luán,义同。
[孪]
1.《广韵》同孿。
2.《集韵》数眷切,音xuàn,义同。或作"䎡"。

三、新四声:

读作luán。双生:孪生子。

【繯】

一、《词林正韵》增录谏韵。

二、附录:

1.《广韵》乎茗切,音泫huán,络也,环也,系也。旗上繫也。
2.《广韵》《集韵》并胡惯切,音患huàn。《广韵·谏韵》：缟文也。楚，宋、魏、陈、楚、江、淮之间谓之繯（扬雄《方言》）。

三、新四声:

读作huán。①旗上的结带。②绳套：投繯自缢。③绞杀：繯首。

【掾】

一、诗韵霰韵：以绢切yuàn，缘也。又官属也。官名：狱掾，丞掾，奏谳掾。

二、附录:

1.《唐韵》以绢切,《集韵》《韵会》俞绢切,并缘去声yuàn。
2.《正韵》倪甸切,音砚yàn。《说文》：缘也。一曰官属,公府掾吏也。
3.《集韵》重缘切,音传chuán。陈掾：驰逐也。

三、新四声:

1. 读作yuàn。佐助官吏。
2. 读作chuán。陈掾：竞争；驰逐。

【颤】

一、诗韵霰韵：之膳切zhàn，寒颤也。

四肢寒动也。
二、附录：
1.《广韵》《集韵》《韵会》《正韵》并之膳切，音战zhàn。四肢寒动也。
2.《集韵》《韵会》《正韵》并尸连切，音羶shān。《庄子》：鼻彻为颤。
三、新四声：
1. 读作chàn。①抖动；发抖：颤动，颤抖，发颤，颤悠，颤巍巍。②通"惮"。惧怕：天下颤恐而患之（《吕氏春秋》）。
2. 读作zhàn。颤栗；打颤。即战栗；打战。发抖。
3. 读作shān。①鼻子通畅。②通"膻"。

【肖】
一、诗韵啸韵：私妙切xiào，似也，小也，法也，象也。不肖，相肖，肖像。
二、附录：
1.《唐韵》私妙切，《集韵》仙妙切，并音笑xiào。似也。类也。
2.《韵会》思邀切，《正韵》先彫切，并音宵xiāo。衰微也。失散也。
三、新四声：
1. 读作xiāo。①通"消"。②同"萧"。姓。
2. 读作xiào。类似；相似：惟妙惟肖。

【疗】
一、诗韵啸韵：力照切，音料liào，治病也。疗病，疗饥。
二、附录：
1.《广韵》《集韵》力照切，《正韵》力弔切，

并音料liào。治也。《周礼·疡医》：凡疗疡，以五毒攻之。注：止病曰疗。
2.《集韵》式灼切，音铄shuò。与"瘵"同，病也。
三、新四声：
读作liáo。医治：疗伤。

【稍】
一、诗韵效韵：所教切shào，出物有渐也。均也，小也。
二、附录：
1.《唐韵》《集韵》《韵会》《正韵》并所教切，音哨shào。出物渐也。均也，小也。《周礼》：凡王之稍事。注：非日中大举时而间食，谓之稍事。渐也：余初不下喉，近亦能稍稍（韩愈）。
2.《集韵》《韵会》并山巧切，音少shǎo，亦渐也。
3.《集韵》师交切，音筲shāo，税也。
三、新四声：
1. 读作shāo。①禾的末梢，泛指事物的末端，今作"梢"。②略微：稍有差别。③逐渐：积功稍迁（《史记》）。④颇；很。⑤已经；随即；不久；只；但。⑥姓。
2. 读作shào。稍息：军事或体操口令。

【糙】
一、诗韵号韵：七刀切，米谷杂，粗米未舂。
二、附录：
《广韵》《集韵》《正韵》并七到切，音慥zào。粗米未舂。

三、新四声：
读作cāo。①米脱壳而未舂的粗糙状态：糙米。②不精致；不光滑：毛糙。③粗鲁：可见此子是个糙人。

【播】

一、诗韵个韵：补过切bò，种也，扬也，放也，弃也。《说文》：掩也。一曰布也。又姓。又箇韵（箇韵未录字头）。

二、附录：

1.《集韵》逋禾切，音波bō。①泽名，在豫州。②《说文》：通作"譒"。

2.《唐韵》《集韵》《韵会》《正韵》并补过切，音波去声bò。①种也，一曰布也。《诗经·豳风》：其始播百谷。②放也，弃也。《尚书·多方》：屑播天命。

3.《集韵》《韵会》《正韵》并补火切，音跛。义同。又摇也，与"簸"通。

三、新四声：

[播] 读作bō。①撒种：播种。②分散；传扬：广播。③迁徙；逃亡。④背弃；放弃：尔乃屑播天命（《尚书》）。⑤通"簸bǒ"。颠摇。⑥姓。
[譒] 同"播"。

【暇】

一、诗韵祃韵：胡驾切，音夏xià。闲也。闲暇。

二、附录：

《唐韵》《正韵》胡驾切，《集韵》《韵会》亥驾切，并音夏xià。闲也。《尚书·酒诰》：不敢自暇自逸。又与"假"同。聊暇日以销忧（王粲《登楼赋》）。

三、新四声：

读作xiá。①空闲：无暇。②从容；悠闲。③须；要：若能遥止渴，何暇泛琼浆（李峤）。④通"假jiǎ"，利用。

【婭】

一、诗韵祃韵：录作婭，衣嫁切yà。两婿相谓为亚，或作婭。婭姹。

二、附录：

《广韵》《集韵》《韵会》《正韵》并依嫁切，音稏yà。《尔雅·释亲》：两婿相谓曰婭，言相亚次也。通作"亚"。

三、新四声：

1. 读作yā。婭嬛：婢女。

2. 读作yǎ。[婭姹](1)美女：婭姹扶栏车两头（欧阳修）。(2)妖娆多姿：婭姹含情娇不语（和凝）。(3)象声词：婭姹鸟鸣春（陆游）。

3. yà。姐妹之夫相互的称谓，俗称连襟。

【谅】

一、诗韵漾韵：力让切liàng，信也。相也。佐也。又姓。

二、附录：

1.《唐韵》《集韵》《韵会》力让切，《正韵》力仗切，并良去声liàng。信诚也。相助也。《诗经·小雅》：谅不我知。

2.《集韵》《类篇》并吕张切，音良liáng。同"亮"。信也。通"良"。

三、新四声：

1. 读作liàng。①诚实可信。②料想；估计：谅必。③体察；原谅：谅解。④固执成见：君子贞而不谅（《论语》）。⑤诚然；的确：及尔如贯，谅不我知（《诗经》）。⑥姓。
2. 读作liáng。①谅阴：帝王贵人居丧。又作梁闇、亮阴。②通"良"。

【诳】

一、诗韵漾韵：居况切guàng，欺也。欺诳。亦作"迋见本韵"。

二、附录：

[诳]
《唐韵》居况切，《集韵》《韵会》《正韵》古况切，并音慭guàng。欺也。亦作"迋"。

[迋]
《唐韵》《集韵》《正韵》于放切，音旺wàng。①往也。②欺也。《诗经·郑风》：无信人之言，人实迋女。《左传》：是我迋吾兄也。③恐惧。魂迋迋若有亡（司马相如《长门赋》）。又《集韵》曲王切，《正韵》去王切，并音匡。又《集韵》渠王切，音狂。义并同。

三、新四声：

[诳]
读作kuáng。欺骗；迷惑：诳语。

[迋]
读作wàng。①义略。②通"诳guàng"，骗，是我迋吾兄也（《左传》）。③通"怔"，惊惧。

【徬】

一、诗韵漾韵：蒲浪切bàng，徬附也。相徬，依徬。

二、附录：

1.《唐韵》蒲浪切，音旁去声bàng。附行也。牵徬：在辕外輓牛也，人御之，居其前曰牵，居其旁曰徬。与"傍"通，或书作"徬"。又"彷"通。
2."徬"同"傍见诗韵阳、漾韵"，通"彷见诗韵阳韵"，通"旁见词林正韵阳韵"。

三、新四声：

读作páng，徬徨，也作旁皇、彷徨。

【诤】

一、诗韵敬韵：侧迸切zhèng，谏诤也，止也，亦作"争"。诤臣，诤友。

二、附录：

1.《唐韵》《集韵》《韵会》并侧迸切，音争去声zhèng。止也。救正也。
2.《集韵》《韵会》甾茎切，《正韵》甾耕切，并音争zhēng。讼也，《后汉书》：平理诤讼。

三、新四声：

读作zhèng又读zhēng。①直言劝告：诤谏。②诉讼：虚馆绝诤讼（谢灵运）。③通"争"，论诤方烈（鲁迅）。

【帧】

一、《词林正韵》增录敬韵。

二、附录：

《类篇》豬孟切，音政zhèng。张画缯也。

三、新四声：

读作zhēn。①画幅：装帧。②字画量名。幅：一帧画。③展开画卷。

【镫】

一、诗韵径韵：都邓切dèng，鞍镫也。执镫，宝镫，敲金镫，鸣金镫。

二、附录：

1.《广韵》都邓切，《集韵》《韵会》《正韵》丁邓切，并音嶝dèng。鞍镫。

2.《唐韵》都滕切，《集韵》《韵会》都腾切，并音登dēng。锭也，锭中置烛，故谓之镫。后别作"燈见诗韵蒸韵"。

三、新四声：

1. 读作dèng。马鞍两边的踏脚：马镫。
2. 读作dēng。①古代盛食的器具。②同"灯"。灯盏：楼中有镫，有人亭亭（龚自珍）。

【溜】

一、诗韵宥韵：力救切liù，水溜下也，一作"霤见本韵"。

二、附录：

1.《唐韵》《集韵》《韵会》《正韵》并力救切，音雷liù。水溜下也。醴泉涌溜于阴渠（孙绰《游天台山赋》）。《五经正义》：溜为檐下水滴之处。

2.《集韵》力求切，音留。义同。同"留"。通"流"。

三、新四声：

1. 读liū。①滑行：溜冰。②光滑：滑溜。③偷偷地跑开：溜走。④一种烹调法：溜黄鱼。⑤词缀：灰溜溜。
2. 读作liù。①水流：傍垂细溜，上绕飞蛾（庾信《对烛赋》）。②屋檐滴水处：三进及溜，而后视之（《左传》）。③瞥，迅速而短暂地看：眼睛一溜。④流利；婉转：雨细莺歌溜（陈荣杰）。⑤量词。用于排、条：一溜三间房。⑥通"遛"，慢步走。

【究】

一、诗韵宥韵：居祐切jiù，穷也，深也，谋也，尽也。学究，博究，研究。

二、附录：

《唐韵》《集韵》《韵会》《正韵》并居又切，音救jiù。①极也。②推寻也。③谋也。④竟也。⑤深也。穷尽也。⑥怀恶不相亲比之貌，《诗经·唐风》：自我人究究。究究：相憎恶也。⑦《广韵》：窟也。⑧《援神契》：士之孝曰究。⑨《扶南记》：山溪濑中谓之究。《水经注》：鬱水自九德浦，迳越裳究、九德究、南陵究。

三、新四声：

读作jiū。①溪流的尽处。②穷尽；终极。③仔细推求，钻研：研究。④达，贯彻：君令不下究（《韩非子》）。⑤追查：深究。⑥谋划。⑦毕竟：究属无理。⑧究究：憎恶的样子。

【馏】

一、诗韵宥韵：录作"餾"，力救切liù，饭气蒸也，馏饭。蒸馏，炊不馏。

二、附录：

1.《唐韵》《集韵》《韵会》《正韵》并力救切，音溜liù。

2.《广韵》《集韵》力求切，音刘。义同。

三、新四声：

1. [餾同] 读作 liù。北方方言，将熟食蒸热：馏馒头。
2. [餾繁] 读作 liú。加热使液体变成蒸汽，导出后再冷凝成液体：分馏。蒸馏水。

【勘】

一、诗韵勘韵：苦绀切 kàn，校也，校勘也。覆定也。勘狱，勘同异，丹铅点勘。

二、附录：

1. 《唐韵》《集韵》《正韵》并苦绀切，音堪去声 kàn。《说文》：校也。《玉篇》：覆定也。《增韵》：鞫囚也。
2. 《集韵》枯含切，音堪。能也。

三、新四声：

读作 kān。①校订；核对：校勘。②察看；实地调查：踏勘。③审问：勘问。④同"戡"，平定；剿除：勘剪凶虐（《隋书》）。

简体字头与繁体字、异体字辨识

（子目录）

【种】	577	【奸】	580	【伫】	584	【淀】	588
【松】	577	【闲】	581	【宁】	585	【个】	588
【凶】	577	【炮】	581	【听】	585	【舍】	588
【丰】	577	【洼】	581	【柁】	585	【蜡】	588
【尸】	577	【夸】	581	【瘅】	585	【向】	588
【飢饥】	577	【划】	581	【斗】	585	【谷】	589
【漓】	577	【姜】	581	【丑】	585	【筑】	589
【台】	578	【征】	582	【后】	585	【扑】	589
【离】	578	【苹】	582	【广】	586	【郁】	589
【余】	578	【并】	582	【范】	586	【欲】	589
【据】	578	【升】	582	【志】	586	【药】	589
【涂】	578	【凭】	582	【异】	586	【吃】	590
【于】	579	【球】	583	【气】	586	【核】	590
【须】	579	【鍼针】	583	【御】	587	【适】	590
【栖】	579	【沈】	583	【仆】	587	【札】	590
【才】	579	【帘】	583	【制】	587	【浙】	590
【坏坯】	579	【只】	583	【系】	587	【猎】	591
【云】	579	【枳】	584	【泄】	587	【辟】	591
【沄】	580	【几】	584	【达】	587	【腊】	591
【昆】	580	【里】	584	【医】	588		
【干】	580	【机】	584	【价】	588		

【说明】

本书编撰辨识均以《诗韵合璧》《佩文韵府》为蓝本,此二书出于清代,当时未有汉字简化推行使用之说。出现在书中的简体字头并非1954年中国文字改革委员会成立后公布的简体字。在字头所处的韵部,其读音、释义有别,汇录于下,以供辨识。

【种】

种字录于东韵，直弓切，音虫chóng。稚也。种僮，阮种。姓：汉司徒，种嵩。"种嵩"不作"種嵩"。

[附录]

1. 種字录于肿韵，之陇切，音肿zhǒng。種类，谷種。（種，种某义项的繁体字）
2. 種字录于宋韵，之用切，音众zhòng。種植也，種豆得豆。（種，种某义项的繁体字）

【松】

松字录于冬韵，思恭切，音嵩sōng。木名：苍松。江名：松江、松花江。又草名，甘松。州名，松州。"苍松"不作"苍鬆"。

[附录]

鬆字录于冬韵，私崇切sōng，蓬鬆，发乱貌，引申为疏散，放宽。（鬆，松某义项的繁体字）

【凶】

凶字录于冬韵，许容切xiōng，祸也，象地穿交陷其中，谓恶不可居，象地之堑也。恶可陷人也。通作"兇"。元凶，凶暴，凶焰，凶岁。

[附录]

兇字录于冬韵，许容切xiōng，恶暴也。殄兇，群兇，摧兇，兇相毕露，病势很兇，行兇。（兇，凶某义项的异体字）

【丰】

丰字录于冬韵，符风切fēng，丰茸，草盛貌。容色美好貌。丰茂，丰采，丰姿，丰标，华丰，张三丰。"丰采"不作"豐采"。

[附录]

豐字录于东韵，敷空切fēng，豆之丰满也。多大之名，盈足之义。茂也，盛也。豐岁，豐沛，豐硕，羽毛豐，豐衣足食。（豐，丰某义项的繁体字）

【尸】

尸字录于支韵，式之切shī，主也，古者立尸主神。陈也，利也，通"屍"。尸禄，尸位素餐。

[附录]

屍字录于支韵，式之切shī，终也。在床曰屍，在棺曰柩。屍体，梦屍，行屍，马革裹屍。《正字通》注："尸""屍"通用，但祭祀之"尸"不可借用"屍"字。（屍，尸某义项的异体字）

【饥饥】

飢字录于支韵，居夷切jī，饿也，谷不熟为飢。国名。又姓：汉有飢恬。"飢国"不作"饑国"；"飢恬"不作"饑恬"。余义飢、饑通用。古韵书分列支、微二韵。

[附录]

饑字录于微韵，纪衣切jī，谷不熟为饑。与支韵同，亦作"飢"。（飢、饑，饥的繁体字）

【漓】

漓字录于支韵。吕支切lí。水渗入

地，又浇漓也。雨声。浅薄。淋漓：充盛；酣畅。同醨，薄酒。

[附录]

灘字录于支韵。邻之切，音篱lí。渗灘，流貌。一曰水渗入地。山名。水名，灘江。淋灘，湘灘。（灘，漓某义项的繁体字）

【台】

1. 台字分录于支、灰二韵。支韵"台"，与之切，音怡yí，我也，察台深意（王禹偁）。祗台德先（《尚书·禹贡》）。灰韵异。"察台深意"不作"察臺深意"。

2. 灰韵"台"，土来切，音胎tāi，三台星，天台山，五台山，地名：台州。支韵异。"三台星"不作"三臺星"。

[附录]

臺字录于灰韵，徒哀切，音苔tái，观四方而高者曰臺。镜臺，亭臺，臺省，观星臺，臺湾省。（臺，台某义项的繁体字。又颱，颱风简体作台风。檯，简体作台，桌子）

【离】

离字录于支韵，丑知切chī，同螭，猛兽。

[附录]

1. 離字录于支韵，吕支切lí，水名，草名，卦名，又姓。别離，支離，陆離。

2. 離字录于霁韵，郎计切lì，偶也，著也，附離，相離。司天日月星辰之行，宿離不贷（《礼记》）。释为：相与宿偶，当审伺候，不得过差也。（支、霁韵"離"，同是离某义项的繁体字）

【余】

余字录于鱼韵，以诸切yú，起余，余怀。"余"同"予，我也"。又"姓"跟"馀"不通用，如现代作家"余秋雨"不作"馀秋雨"。

[附录]

餘字录于鱼韵，以诸切yú，饶也，一曰皆也，又残也，剩也。又姓：晋有餘頠，餘文仲。盈餘，乐有餘，餘力，餘生。"餘年不多"不作"余年不多"。（"餘"同"余"某义项）

【据】

据字录于鱼韵，九鱼切，音居jū，拮据。"拮据"不作"拮據"。

[附录]

據字录于御韵，居御切jù，凭依也，持也，引也，按也。割據，據险，據理力争。（據，据某义项的繁体字）

【涂】

涂字录于鱼韵，直鱼切chú，古水名，滁河。通"除"，涂月又称除月。又同都切tú，水名，涂水出阳邑。又沟涂也。又同"塗"，道路也。又涂涂，露厚貌。又石名：涂石。

[附录]

1. 塗字录于虞韵，同都切，音徒tú。泥也，污也。又地名。糊塗，椒涂，涂抹，涂炭。又麻韵异。

2. 塗字录于麻韵，宅加切，音茶chá。沮洳，涂饰。柳宗元诗：善幻迷冰火，齐谐笑柏

简体字头与繁体字、异体字辨识　579

塗。东门牛屡饭，中散虱空爬。又虞韵异。（塗，涂某义项的繁体字）

【于】

于字录于虞韵，羽俱切yú，往也，由也，国名，又姓。单于。"于、於"古为通用字。

[附录]

1. 於字录于鱼韵，央居切yú，居也，代也，语词也，又地名。姓，於越。虞韵异。

2. 於字录于虞韵，哀都切wū，古作於戲，即呜呼。鱼韵异。"单于"不作"单於"。（於，同"于"某义项）

【须】

须字录于虞韵，相俞切xū，所欲也，面毛也，俗作鬚。必须，何须，所须，须弥，须臾。"何须"不作"何鬚"。

[附录]

鬚字录于虞韵，相俞切xū，面毛也，本作须。虬鬚，长鬚，鬚眉，鬚发，触鬚。（鬚，须某义项的繁体字）

【栖】

栖字录于齐韵，先稽切xī，鸟栖，亦作"棲"。日在西方而鸟栖，古本作"西"字。凡物止息皆曰栖。栖迟：游息也。栖栖犹皇皇也，栖遑：忙碌不安。

[附录]

诗韵未录"棲"字，《词林正韵》齐韵录作"棲"。《玉篇》音qī，同"栖"。棲谓之

床：衡门之下，可以棲迟（《诗经》）。又释居处也。草名：水中浮草曰棲苴。又音xī，棲棲：简阅车马貌，孤零也。六月棲棲，戎车既饬（《诗经》）。棲屑：往来貌。棲息，棲身。（棲，栖某义项的异体字）

【才】

才字录于灰韵，墙来切，音裁cái，草木之初也，又用也，质也，力也。文才也，英才，才干，人才。能也，通作"材"。"英才"不作"英纔"。

[附录]

纔字录于灰韵，墙来切，音裁cái，仅也，方始，暂也，初纔。（纔，"才"某义项的繁体字）

【坏坏】

坏字录于灰韵，芳杯切，音胚pī。未烧瓦也。陶坏，砖坏（今作陶坯，砖坯）。又蒲枚切，音裴péi。通作"阫（《词林正韵》录于灰韵）"，亦作"坯（诗韵未收录该字头）"。"砖坏"不作"砖壞"。

[附录]

壞字录于卦韵，胡怪切huài。自毁也。又古壞切，音怪guài。与"敷"同，毁也。礼壞，朽壞，敗壞。（壞，坏某义项的繁体字）

【云】

1. 云字录于文韵，于分切yún，词也，言也，云何，人云亦云，不知所云。"人云亦云"不作"人雲亦雲"。

2. 又芸(见诗韵文韵)字："芸芸众生"不作"蕓蕓众生"。

[附录]
雲字录于文韵，于分切 yún，山川气也，又州名，姓。雲雾，白雲。(雲，云某义项的繁体字)

【沄】
沄字录于文、元二韵，王分切 yún，水流回旋，转流也。水流澐沄。玄沄，沸貌。

[附录]
澐字录于文韵，王分切 yún，《说文·水部》：江水大波谓之澐。涨涛涌澐。澐澐：水流汹涌。(澐，沄某义项的繁体字)

【昆】
昆字录于元韵，古浑切 kūn，兄也，后也，同也，又姓。昆仲，后昆。"后昆"不作"后崑"。

[附录]
崑字录于元韵，古浑切 kūn，"崑崙山"亦作"昆仑山"。(崑，昆某义项的异体字)

【干】
1. 干字录于寒韵，古寒切 gān，求也，犯也，触也，又姓。若干，江干，阑干，干禄，干犯，干城，干支，干云，干戈。"干支"不作"乾支"。"干城"不作"幹城"。
2. 乾字录于寒韵，古寒切 gān，乾湿，又桑乾河名，又姓。舌乾，露未乾，乾肉，乾枯。(乾，干某义项的繁体字)
3. 榦字录于寒韵，胡安切 hán，井垣也，井榦，断榦。《帝京景物略》：榦石三尺。(榦，干某义项的异体字)

[附录]
1. 乾字录于先韵，渠焉切 qián，天也，卦名，又州名，又姓。乾坤，乾元，乾道，乾天。("乾"字不简化作"干")
2. 幹字录于翰韵，古案切 gàn，才幹也，枝幹也，茎幹也，强也，又姓。或作"榦"。廉幹，桢幹，幹吏，身幹，千丈幹。(幹，干某义项的繁体字)
3. 榦字录于翰韵，古案切 gàn，筑垣板，亦作"幹"。桢榦，板榦，栽榦，枮榦。(榦，干某义项的异体字)

【奸】
奸字录于寒韵，古寒切 gān，犯也，犯非礼也。奸犯。犯：奸国之纪(《左传》)。犯：使神人各得其所，而不相奸(《汉书》)。请求：奸说秦昭王(《史记》)。又居颜切 jiān，私也，伪也(《尚书》)。以渔钓奸周西伯(《史记》)。

[附录]
姦字录于删韵，居颜切 jiān，私也，一曰诈也，淫也。寇贼姦宄(《尚书·舜典》)。注：劫人曰寇，杀人曰贼，在外曰姦，在内曰宄。姦民，姦计，汉姦，养姦，强姦。(姦，奸某义项的异体字)

【闲】

閑字录于删韵，何艰切xián，阑也，马阑也。木栏之类的遮拦物。限制；约束。规范。防也，习也。又通作"閒"。《正韵·删韵》注：俗作"闲"，分闲、閒二字，其义项或通或异。

[附录]

閒字录于删韵，何艰切xián，安也，暇也。通作"闲"。空闲。安静。平常；无关紧要。删韵又本韵录作"閒"，间也。（閒，①闲某义项的异体字。②同"间"）

【炮】

炮字录于肴韵，蒲交切páo，裹物烧也，与庖通。烹炮，炮制。教民炮，以炮，山炮，炮烙，炮煨。羞炮脍炙，以御宾客《七发》。

[附录]

礮字录于效韵，匹貌切pào，俗作"砲，异体字"，机石也。通作"抛"。今释义：一种重型武器。爆竹：鞭炮。（礮，同"炮"某义项。烹饪，烘炒，焚烧，烧烤诸义不与"礮、砲"通）

【洼】

洼字录于麻韵，古携切guī。姓，大鸿胪洼丹。又乌瓜切wā，渥洼。"洼丹"不作"窪丹"。

[附录]

窪字录于麻韵，乌瓜切wā，水名。与"洼"同。小水坑。低凹，深陷：洼地。潴积：泽天窪水《淮南子》。（窪，洼某义项的繁体字）

【夸】

夸字录于麻韵，苦瓜切kuā，奢也：贵而不夸。虚夸。通"姱"。通"跨"。又姓："夸父追日"不作"誇父追日"。

[附录]

誇字录于麻韵，苦瓜切kuā，大言也：誇誇其谈。或作侉，通作"夸"。自誇，浮誇。（誇，夸某义项的繁体字）

【划】

划字录于麻韵，户花切huá，划拨进船也，划船。猜拳：划拳。合算：划不来。

[附录]

劃字《词林正韵》录于陌韵，诗韵未录字头。诗韵陌韵"畫"注：通作"劃"。笔劃也作笔畫。劃，呼麦切huà，锥刀也，劃分。作事也，谋劃。以刀劃破物也，割开。（劃，划某义项的繁体字）

【姜】

姜字录于阳韵，居良切jiāng，姓也。邑姜，孟姜，太姜，齐姜。"孟姜女"不作"孟薑女"。

[附录]

薑字录于阳韵，居良切jiāng，植物名，御湿之菜。白芽薑，母薑，薑芥，薑桂辛。（薑，姜某义项的繁体字）

【征】

征字录于庚韵，诸成切zhēng，远行，征程。伐也，远征。收取，征粮。赋税，征税：有布缕之征，粟米之征（《孟子》）。"远征"不作"远徵"。

[附录]

1. 徵字录于蒸韵，陟陵切zhēng，成也。证明也，验证也：旁徵博引。召也；大昕鼓徵：教官击鼓以徵召学士。(徵，征某义项的繁体字)

2. 徵字录于纸韵，陟里切，音知上声zhǐ。五音之一，宫、商、角、徵、羽。(徵字不简化作征)

【苹】

苹字录于庚韵，符兵切píng，水草：葭，一曰蒲白，又萍别名，也叫藾萧、艾蒿。呦呦鹿鸣，食野之苹（《诗经》）。野苹，浮苹也作浮萍。

[附录]

蘋字录于真韵，符真切píng（新四声拼作pín）。大萍也，蕨类：田字草，又名四叶菜。于以采蘋（《诗经》）。登白蘋兮骋望（《九歌·湘夫人》）。蘋果也作苹果。(蘋，苹某义项的繁体字)

【并】

1. 并字录于庚韵，府盈切bīng，羁合也，又州名，又姓。太原市别称"并"。幽并，吞并，相并，兼并，并州。并州不作併州、並州或竝州。

2. 并字录于敬韵，畀政切bìng，专并也。同"併"。

[附录]

1. 併字录于敬韵，畀政切bìng，兼也，並也。兼併，合併，归併，併驱，併发症。与梗韵同。

2. 併字录于梗韵，部迥切bìng，相並也，合和也，同"并"，吞併，併偶。

3. 竝字录于迥韵，薄迥切bìng，比也，通作"並"。相竝，比竝，天地竝，竝行，竝称，竝坐，竝辔行，竝头莲。(併、竝、並，同为并某义项的异体字)

【升】

升字录于蒸韵，识蒸切shēng，量具，成也，布八十缕为升。市升，公升，超升，斗升，升降，升沉，升斗。"斗升"不作"斗昇"。

[附录]

昇字录于蒸韵。识蒸切shēng，本作升，俗加日，作"昇"。通作"陞，异体字"。日昇，飞昇，火云昇，昇东，昇平颂。(昇，升某义项的异体字)

【凭】

1. 凭字分录于蒸、径二韵。蒸韵"凭"，皮冰切píng，依几也，凭几。

2. 径韵"凭"，皮孕切，又皮证切、皮命切，并音凭去声，义同。(古四声"凭、憑"分两个字头)

[附录]

憑字录于蒸韵。皮冰切píng，亦作凴，依

也，托也。依憑，憑托，憑玉几。(憑，凭的繁体字)

【球】

球字录于尤韵，渠尤切qiú，美玉貌，玉磬也。舜球，琉球(国名)。

[附录]

毬字录于尤韵，渠尤切qiú，鞠丸也，抛毬，踢毬。(毬，球某义项的异体字)

【鍼针】

鍼字录于侵韵。亦作"针"，职深切，音斟zhēn。缝绣，通作"箴"。金针，穿针，乞巧针，针眼，针芒。与盐韵异。

[附录]

鍼字录于盐韵，"鍼"字不简化作"针"。巨淹切，音箝qián。面刑也，用铁钳夹取。侵韵异。(鍼，①针某义项的异体字。②不简化作"针"，读作qián，(1)用铁钳夹取。(2)姓)

【沈】

1. 沈字分录于侵、寝、沁三韵。侵韵"沈"，直深切chén，俗作沉，没也，浮沈，沈鱼落雁。
2. 寝韵"沈"，式任切shěn，西周国名，又姓，地名。任沈，代沈，沈约，沈丘。"沈约"不作"瀋约"。
3. 沁韵"沈"，直禁切，音鸩zhèn。没也，又投物水中。以貍沈祭山林川泽(《周礼》)。

[附录]

瀋字录于寝韵，昌枕切shěn，汁也，煮鳜为作瀋(元结)。墨瀋，流瀋，瀋阳。(瀋，沈某义项的繁体字。诗韵未录"沉"字，沈字录于侵、沁二韵，使用同"沉"。寝韵"沈、瀋"分录两个字头，不通用)

【帘】

帘字录于盐韵，离盐切lián，青帘，酒家望子。笑指邻楼一酒帘(杂句)。"酒帘"不作"酒簾"。

[附录]

簾字录于盐韵，力盐切lián，障蔽。窗簾，珠簾，垂簾，簾钩，簾幕。汉武起招灵阁，翠羽麟毫为簾。(簾，帘某义项的繁体字)

【只】

只字录于纸韵，诸氏切zhǐ，语已词，语助词。只有，只缘。"只缘"不作"隻缘"。

[附录]

1. 祇字录于支韵，巨支切qí，地祇：地神也，提出万物者也。又大也，安也。祇字读两音，音岐者，神祇之祇；音支者，训适，是也。也作"只zhǐ"。仅；仅仅：祇有一个。(祇，只某义项的繁体字)

2. 隻字录于陌韵，之石切，音炙zhī入声。一也，奇也。对偶也，持一隹曰隻，持二隹曰雙。形单影隻，片言隻语，隻手，隻身。(隻，只某义项的繁体字。新四声作阴平，古四声作入声字)

【枳】

枳字录于纸韵，诸氏切zhǐ，木名，木似橘。橘踰淮而化为枳。木高多刺，可为篱落。又枳，枳也。芳枳，橘为枳，江北枳，甘枳，枳棘，枳实，枳壳。

[附录]

樴字录于职韵，之翼切zhí入声，樴谓之杙，木桩。系牛杙。谓牵牲于杲，置杲之时，樴樴然作声。（樴：枳某义项的繁体字。新四声作阳平，古四声作入声字）

【几】

几字录于纸韵，居里切jǐ，案属：汉制，天子玉几；凡公侯，皆竹木几。或作机。几案，抚几，竹几。小桌或矮桌：茶几。"几案"不作"幾案"。"茶几"不作"茶幾"。

[附录]

1. 幾字录于微韵，居依切jī，微也，殆也，庶幾也，尚也，期也。又渠希切，音祈qí，近也。知幾，幾时。（幾，几某义项的繁体字）

2. 幾字录于尾韵，居狶切jǐ，幾何，幾多也。第幾，幾曾，幾倍。（幾，几某义项的繁体字）

3. 幾字录于置韵，几利切jì，未已也。（幾，几某义项的繁体字）

【里】

里字录于纸韵，良以切lǐ，邑也，路程，止也，又姓。北里，梓里

八百里。"梓里"不作"梓裏"。

[附录]

1. 裏字录于纸韵，良士切lǐ，中也；裏应外合。衣内也：袖裏乾坤大。（裏，里某义项的繁体字）

2. 裏字录于置韵，良志切，音吏，衣内也。（"裡"是"裏"的异体字）

【机】

机字录于纸韵，居里切jī，木名：单狐之山多机木（《山海经》）。机状似榆，即桤木也，注：機去声。"机"作"几"：堆案盈机，不相酬答（嵇康）。

[附录]

機字录于微韵，居依切jī，主发谓之機，又弩牙，一曰织具也。又巧术，变也，要也，会也，审也。军機，投機，危機，忘機，機巧，機轴，機械，機宜。（機，机某义项的繁体字）

【伫】

"伫简体字、佇异体字"录于语韵，直吕切zhù，久立也，久伫，伫候。瞻望弗及，伫立以泣（《诗经·燕燕》）。梦寐伫归舟（谢灵运）。惠风伫芳于阳林（孙绰）。"伫候"不作"儜候"。

[附录]

儜字录于庚韵，女耕切níng，儜，胆小，软弱也。困也。拘儜：拘束。韩愈诗：始知乐名教，何用苦拘儜。《新唐书》：鼓吹裴回，其声儋儜。注：相呼声。（儜，伫某义项的繁体字）

【宁】

宁字录于语韵，直吕切zhù，门屏之间谓之宁。当宁，庭宁。"庭宁"不作"庭寧"。

[附录]
1. 寧字录于青韵，奴丁切níng，安也，愿词也，又州名：寧州。归寧，康寧，社稷寧，四海寧。（寧，宁某义项的繁体字）
2. 甯字录于径韵，乃定切nìng。所愿也，邑名，又姓，甯戚。（甯，同"宁"某义项）

【听】

听字录于吻韵，宜引切yǐn，笑貌，大口谓之听。听，古"哂"字（杨慎）子虚听，大口听。（新四声未收录此义项）

[附录]
1. 聽字录于青韵，他丁切tīng，聆也。倾耳聽，聽松涛。（聽，听的繁体字）
2. 聽字录于径韵，他定切tìng，待也，聆也，谋也。偏聽，倾聽，聽命，聽政。

【柁】

柁字录于哿韵，唐何切。木叶落也。房架前后两个柱子之间的大横梁。与歌韵通（歌韵未录字头）。又同"舵"。正舟木也，设于船尾。一作"舵"。

[附录]
"舵"字从《词林正韵》增录哿韵。待可切duò。正船木也，设于船尾。

【痒】

痒字录于养韵，诗韵未录"癢"字。痒某义项通作"癢"，皮肤癢，搔癢。

[附录]
痒：余章切。病也。《诗经·小雅》：瘨忧以痒。《诗经·大雅》：稼穑卒痒。又与"疡"同，疮也。"卒痒"不作"卒癢"。（癢，痒某义项的繁体字）

【斗】

斗字录于有韵，当口切dǒu，量器：升十之也，宿名，酒器。北斗，刁斗，斗升，斗室。"五斗米"不作"五鬥米"。"北斗"不作"北鬥"。

[附录]
鬥字录于宥韵，都豆切dòu，斗，竞。遇也，又姓。格鬥，鬥棋，鬥茶，鬥妍，鬥牛。（鬥，斗某义项的繁体字。鬭，斗某义项的异体字。诗韵未录鬥字）

【丑】

丑字录于有韵，敕久切chǒu，辰名，地支名。女丑，丁丑，岁在丑。"丁丑"不作"丁醜"。

[附录]
醜字录于有韵，昌九切chǒu，不美也，又类也，窍也，如物臭秽也。小醜，群醜，醜恶，醜妇，露醜。（醜，丑某义项的繁体字）

【后】

1. 后字分录于有、宥二韵。有韵"后"，胡口切hòu，君也，后妃。后土。

2. 宥韵"后",胡遘切,音厚去声,义同。"皇后"不作"皇後"。"后土"不作"後土"。
[附录]
1. 後字录于有韵,胡口切hòu,先後,又迟也,又後嗣。启後,在後,後患,後悔,後代,後进。
2. 後字录于宥韵,胡茂切,音厚去声,义同。(後,后某义项的繁体字)

【广】

广字录于俭韵,疑检切yǎn,因广为屋。草广。崖广:开廊架崖广(韩愈)。"崖广"不作"崖廣"。
[附录]
1. 廣字录于养韵,古晃切guǎng,大也,阔也,廣大,又人名:李廣。
2. 廣字录于漾韵,古旷切guàng,东西为廣,南北为轮;横量曰廣,从廣曰轮:廣袤。兵车名,十五乘为一廣。左廣;右廣:盖兵车之名。(廣,广某义项的繁体字)

【范】

范字录于豏韵,防鋑切fàn,蜂。草也。又姓:范蠡。范飞冠而吐蜜(《玄览赋》)。通作"範"。
[附录]
範字录于豏韵,防鋑切fàn,法也,式也,模也,常也。又姓:宋有範昱。模範,懿範,示範,就範,防範,遺範。(範,范某义项的繁体字。又诗韵豏韵录有"笵"字,是範的本字)

【志】

志字录于置韵,职吏切zhì,志者,心之所至也,意所拟度也。意念,志向。期望,立志。德行,明志。记也,与"誌"同。通"帜",旗帜:不用麾志,举矛为行伍。
[附录]
誌字录于置韵,职吏切zhì,记也,记载。凡史传记事之文曰誌。地方誌,墓誌,碑誌。"同志"不作"同誌"。(誌,志的异体字)

【异】

异字录于置韵,羊吏切yì,叹也,退也,强举也。嶽曰:异哉!试可乃已(《尚书·尧典》),谓四嶽闻尧言惊愕而曰异哉也。
[附录]
異字录于置韵,以智切yì,奇也,特異。分也,离異。奇異,灵異,異常,異彩。(異,异的异体字)

【气】

气字录于未韵,去既切qì,云气。今作乞,以物与人也或与人物也,给予,乞求。
[附录]
氣字录于未韵,去既切qì。息也,屏氣。古同炁。锐氣,正氣,氣焰,氣候。(氣,气某义项的繁体字)

【御】

御字录于御韵，牛倨切yù，理也，御天下。侍也，进也，使也，又姓。侍御，御批，御厨，御寒，御驾。"御书房"不作"禦书房"。

[附录]

禦字录于语韵，鱼巨切yù，禁也，止也，应也，当也。禦寒，禦敌。守禦，防禦，禦寇，禦侮。（禦，御某义项的繁体字）

【仆】

1. 仆字录于遇、宥二韵。遇韵"仆"，芳故切fù，顿也。僵仆，醉仆，跌仆，惊仆，颠仆。
2. 宥韵"仆"，敷救切，音否去声，前倒，惊仆，颠仆。"前仆后继"不作"前僕后继"。

[附录]

1. 僕字录于屋韵，蒲木切pū入声，侍从人也，义僕，臣僕，僮僕，僕夫，僕从。
2. 僕字录于沃韵，蒲沃切pú入声，给事者也，僮僕。（僕，仆某义项的繁体字）

【制】

制字录于霁韵，征例切zhì，禁制，又断也，止也，胜也，制裁也。一丈八尺为制。节制，体制，控制，法制，制胜，制度。"法制"不作"法製"。

[附录]

製字录于霁韵，征例切zhì，製作，又裁也。如法炮製，美製，製锦，裁製，缝製，规製，

御製。（製，制某义项的繁体字）

【系】

系字录于霁韵，胡计切xì，继也，绪也。世系，帝系，谱系。"世系"不作"世繫"。

[附录]

繫字录于霁韵，古诣切jì，缚繫。结、扣；约束。又胡计切xì，易之繫辞。拴缚；关联。繫绳，渔舟繫。（繫，系某义项的繁体字）

【泄】

1. 泄字录于霁韵，余制切yì，水名。散也。舒徐貌：泄泄其羽（《诗经》）。众也。屑韵异。
2. 泄字录于屑韵，私列切xiè，与"洩"同。又姓。漏泄，发泄。霁韵异。

[附录]

诗韵未录"洩"字，屑韵注：与"洩"同。（洩，泄的异体字）

【达】

达字录于霁韵，他计切tì，足滑也。

（新四声未收录此义项）

[附录]

達字录于曷韵，唐割切dá入声，通也，亦姓。豁達，通達，達变，達人。又本韵他达切tà，往来貌。達，放恣也。挑達，踢達。（達，达的繁体字）

【医】

医字录于霁韵，于计切yì，藏弓弩矢器，通"翳"，盛箭器具。兵不解医（《国语》）。

[附录]

醫字录于支韵，於其切yī，治病工也，醫者。疗也，醫疗。国醫，学醫，醫治，醫国手。（醫，医某义项的繁体字）

【价】

价字录于卦韵，居拜切，音戒jiè。善也，佋价与诗韵卦韵"介"同。良价；价吏：古指供役使的人。

[附录]

價字录于祃韵，古讶切jià，價数，物直也。市價，连城價，價直，價几何。（價，价某义项的繁体字）

【淀】

淀字录于霰韵，荡练切diàn，浅水也。一曰陂淀，泊属。水淀，海淀。"白洋淀"不作"白洋澱"。

[附录]

澱字录于霰韵，堂练切diàn，滓涬也，沉积的泥滓。《尔雅·释草》：咸马蓝。澱澱，陂水之异名也。与"淀"通。亦作"靛"。淤澱，蓼澱，溪澱澱。（澱，淀某义项的繁体字）

【个】

个字录于个韵，古贺切gè，明堂四面偏室谓之个。天子居青阳左个（《礼记》）。

[附录]

简、個字录于个韵，古贺切gè，量词。枚数也，几也。（個，个某义项的繁体字，简是异体字）

【舍】

舍字录于祃韵，始野切，又书冶切shè，屋也，庐舍也。客舍，精舍，退避三舍。"客舍"不作"客捨"。

[附录]

捨字录于马韵，书冶切shě，省作"舍"，释也。通"赦"。取捨，施捨，捨弃，捨己。（捨，舍某义项的繁体字）

【蜡】

蜡字录于祃韵，助驾切，音乍zhà，蜡，索也。年终祭名，八蜡。子贡观于蜡（《礼记》）。

[附录]

蠟字录于合韵，力盍切，音臘là。蠟炬，蠟烛，蠟丸，蠟梅。（蠟，蜡某义项的繁体字）

【向】

1. 向字录于漾韵，许亮切xiàng，对也，北出牖也。与鄉、嚮通用。
2. 式亮切，音饷xiǎng，姓也，又地名：向县；颖川郡有向乡。"向县"不作"嚮县"。

[附录]

嚮字录于养韵，许两切xiǎng又读xiàng，

两阶间谓之罱：其受命也如罱（《易经·繋辞》）。罱晨，罱晦。（罱，向某义项的繁体字）

【谷】

谷字录于屋韵，古禄切 gǔ，溪谷出水。旸谷，日所出处。东风谓之谷风。中医穴位，谷穴。又姓，汉有谷永。峡谷，涧谷，谷口，山谷。又俞玉切 yù，古少数民族名，吐谷浑。又卢谷切 lù，谷蠡王(匈奴官名)。"峡谷"不作"峡穀"。

[附录]

穀字录于屋韵，古禄切 gǔ 入声，百穀之总名，或从米，作"穀"。良好，善也。生也。穀则异室，死则同穴（《诗经》）。俸禄也。赡养也。孺子也。又复姓：穀梁。五穀豐登，嘉穀，布穀，穀熟，穀旦。与"谷"同，《汉书》：穀风迅疾从东北来。（穀，谷某义项的繁体字）

【筑】

筑字录于屋韵，张六切 zhù，筑似筝十三弦，古击弦乐器：高祖击筑(《史记》)。贵阳市简称筑。又水名。琴筑，鸣筑，渐离筑，筑响。

[附录]

築字录于屋韵，张六切 zhù，捣也。居室，临水小築。建造；修盖。築路，版築，幽築，築坞，築舍，燕台築。（築，筑某义项的繁体字）

【扑】

扑字录于屋韵，普木切，音铺入声 pù。击打，亦作撲。鬻扑，扑朔，扑灭，扑蝶图。

[附录]

撲字录于觉韵，普木切 pù，相撲也。同"扑"。击撲，撲打，撲灭，撲挞，撲灯蛾。（撲，扑的繁体字。撲同"扑"）

【郁】

郁字录于屋韵，于六切 yù，地名。文盛貌，通彧。又姓。馥郁，醲郁，芳郁，郁郁，郁烈。

[附录]

鬱字录于物韵，纡物切 yù，香草。又气也。长也。幽也。滞也。腐臭也。悠思也。木丛生者。又姓：鬱壘。阴鬱，葱鬱，幽鬱，鬱积，鬱金香。（鬱，郁某义项的繁体字）

【欲】

欲字录于沃韵，余蜀切 yù，贪欲也。物欲，爱也，期愿之辞，与"慾"通。"望眼欲穿"不作"望眼慾穿"。"欲速不达"不作"慾速不达"。

[附录]

慾字录于沃韵，余蜀切 yù，嗜慾也，慾望：食慾。情所好也。恶乎失道于嗜慾（周武王杖铭）。（慾，欲字某义项的异体字）

【药】

1. 药字录于觉韵，於角切 yuè，白芷，秋药，芳药。药房，药韵同。

2. 药字录于藥韵，於略切 yào，白芷叶也。苴药，荃药，采药。药房，觉韵通。

[附录]

藥字录于藥韵，以灼切 yuè 又读 yào。治病草。又姓。芍藥简称"藥"。采藥，炼藥，和藥，藥藉，藥剂。（藥，药某义项的繁体字）

【吃】

吃字录于物韵，居乙切 chī 入声，为人口吃。与"喫"同。又欺讫切 qī 入声，吃吃，笑貌。"口吃"不作"口喫"。

[附录]

喫字录于锡韵，喆历切 chī 入声，进食也。啖，喫也。饮也。饱喫，喫食，喫笋。（喫，吃的异体字）

【核】

1. 核字录于月韵，下没切 hú 入声。果中实也，果核。蟠桃核。与陌韵同。
2. 核字录于陌韵：下革切 hé 入声，通作"覈"。果中核，殷核，空中核，汉核，丁香核，钻核，去核，怀其核，青田核。与月韵通。

[附录]

1. 覈字录于屑韵，奚结切，音协入声 xié。邀也，邀覈。与陌韵异。
2. 覈字录于陌韵，下格切，音核入声 hé。覈，验也。研覈，通作"核"，仔细查对，

覈实。真实；正确：其文直，其事覈（《汉书》）。细覈，考覈，捡覈，覈得失，覈事。又恨竭切 hé，通"籺"，米麦的粗屑。（覈，核字某义项的异体字）

【适】

适字录于曷韵，古活切，音括 kuò。疾也。人名：霍适，伯适，南宫适。姓。

[附录]

1. 適字录于陌韵，施隻切 shì，乐也，善也，悟也，往也，又姓。安適，適意，適用。（適，适某义项的繁体字）
2. 適字录于锡韵，都历切 dì，从也，与嫡同。莫適，无適。一国三公，吾谁適从（《左传》）。（適，适某义项的繁体字）

【札】

札字录于黠韵，侧八切 zhá 入声，牒也，载文於简，谓之简札。铠甲叶也。夭死也。拨水之櫂曰札。信件，书札。翰札，手札。又一黠切 yà，报也。

[附录]

劄字录于洽韵，竹洽切 zhá 入声，牋劄也，牋劄用以奏事，非表非状者谓之劄子。旧时的一种公文。奏劄，敕劄，书劄。又以针刺也。（劄，札某义项的异体字）

【浙】

浙字录于屑韵，之列切 zhè，江名，水名。浙，一曰汰米也。又征例切 zhì，通作"淛"。闽浙，浙水，浙江

潮。

[附录]

淛字录于霁韵，之列切zhè，水名。通作"浙"。见屑韵。又征例切zhì，江名，《山海经》：禹治水，以至淛河。（淛，浙的异体字）

【猎】

猎字录于药韵，七雀切què，兽名。通作"鹊"，犬名：宋鹊亦作宋猎（新四声未录此义项）。

[附录]

獵字录于叶韵，良涉切liè，取兽也，四时之田总名为獵，为田除害也。狩獵，渔獵，獵狗，獵骑还。（獵，猎的繁体字）

【辟】

1. 辟字录于陌韵，必益切bì，君位也：复辟。除也：避免或驱除。又姓。匡辟，辟寒，辟怨，辟召，辟恶。

2. 辟字录于陌韵，房益切pì，偏辟也，便也，又法也。八辟，刑辟，邪辟。

[附录]

闢字录于陌韵，房益切pì，启也，开也。翕闢，垦闢，闢户，闢门，闢贤路，开天闢地。（闢，辟某义项的繁体字）

【腊】

腊字录于陌韵，思积切xī入声，干肉：不食干腊（《金史》）。做成干肉：若得鱼，离而腊之（《庄子》）。久；极也：腊毒，极毒也。脯腊，美腊，烹腊。

[附录]

臘字录于合韵，卢盍切là，正月一日曰天臘。社臘，残臘，梅迎臘，臘八节。（臘，腊某义项的繁体字）。

词林正韵字表

(子目录)

第一部 ~~~~~~~~~~~~~~~~~~~~~596
平声：东韵，（冬、锺韵）通用
仄声：董韵，肿韵，送韵，（宋、用韵）通用

第二部 ~~~~~~~~~~~~~~~~~~~~~597
平声：江韵，（阳、唐韵）通用
仄声：讲韵，（养、荡韵），绛韵，（漾、宕韵）通用

第三部 ~~~~~~~~~~~~~~~~~~~~~598
平声：（支、脂、之韵），微韵，齐韵，（灰韵半）通用
仄声：（纸、旨、止韵），尾韵，荠韵，（贿韵半），（寘、至、志韵），未韵，（霁、祭韵），（泰韵半），（队、废韵半）通用

第四部 ~~~~~~~~~~~~~~~~~~~~~603
平声：鱼韵，（虞、模韵）通用
仄声：语韵，（麌、姥韵），御韵，（遇、暮韵）通用

第五部 ~~~~~~~~~~~~~~~~~~~~~604
平声：（佳、皆韵半），（灰、咍韵半）通用
仄声：（蟹、骇韵），（贿、海韵半），（泰韵半），（卦、怪、夬韵半），（队、代韵半）通用

第六部 ~~~~~~~~~~~~~~~~~~~~~606
平声：（真、谆、臻韵），（文、欣韵），（元、魂、痕韵半）通用
仄声：（轸、准韵），（吻、隐韵），（阮、混、很韵半），（震、稕韵），（问、焮韵），（愿、慁、恨韵半）通用

第七部 ~~~~~~~~~~~~~~~~~~~~~608
平声：（元韵半），（寒、桓韵），（删、山韵），（先、仙韵）通用
仄声：（阮韵半），（旱、缓韵），（潸、产韵），（铣、狝韵），（愿韵半），（翰、换韵），（谏、裥韵），（霰、线韵）通用

第八部 ~~~~~~~~~~~~~~~~~~~611
平声：（萧、宵韵），肴韵，豪韵通用
仄声：（筱、小韵），巧韵，皓韵，（啸、笑韵），效韵，号韵通用

第九部 ~~~~~~~~~~~~~~~~~~~613
平声：（歌、戈韵）独用
仄声：（哿、果韵），（个、过韵）通用

第十部 ~~~~~~~~~~~~~~~~~~~614
平声：（佳韵半），麻韵通用
仄声：马韵，（卦韵半），祃韵通用

第十一部 ~~~~~~~~~~~~~~~~~615
平声：（庚、耕、清韵），青韵，（蒸、登韵）通用
仄声：（梗、耿、静韵），（迥、拯、等韵），（敬、诤、劲韵），（径、证、嶝韵）通用

第十二部 ~~~~~~~~~~~~~~~~~616
平声：（尤、侯、幽韵）独用
仄声：（有、厚、黝韵），（宥、候、幼韵）通用

第十三部 ~~~~~~~~~~~~~~~~~618
平声：侵韵独用
仄声：寝韵，沁韵通用

第十四部 ~~~~~~~~~~~~~~~~~618
平声：（覃、谈韵），（盐、沾、严韵），（咸、衔、凡韵）通用
仄声：（感、敢韵），（俭、忝、俨韵）（赚、槛、范韵），（勘、阚韵），（艳、栝、验韵），（陷、鉴、梵韵）通用

第十五部 ~~~~~~~~~~~~~~~~~620
入声：屋韵，（沃、烛韵）通用

第十六部 ~~~~~~~~~~~~~~~~~621
入声：觉韵，（药、铎韵）通用

第十七部 ~~~~~~~~~~~~~~~~~621
入声：（质、术、栉韵），（陌、麦、昔韵），锡韵，（职、德韵），缉韵通用

第十八部 ~~~~~~~~~~~~~~~~~623
入声：（物、迄韵），（月、没韵），（曷、末韵），（黠、鎋韵），（屑、薛韵），（叶、帖韵）通用

第十九部 ~~~~~~~~~~~~~~~~~625
入声：（合、盍韵），（洽、业、狎、乏韵）通用

【说明】

一、本字表按《词林正韵》字头顺序排列，标示双竖线符号"‖"，符号之前为"常用字"，符号之后为"不常用字"且繁体字、异体字不做标识。

二、[诗韵、词林同收录]表示《佩文韵府》《诗韵合璧》与《词林正韵》在本韵部同收录的字。

三、[词林收录]表示《佩文韵府》《诗韵合璧》在本韵部未收录的字。

四、括号内的字头，如[椛欚词林、佩文韡合璧]，小号字表示《词林正韵》《佩文韵府》录作"欚"，《诗韵合璧》录作"韡"。

五、字表中字头之下加实心圆点的，如"东"，为韵目名称。

六、《词林正韵》翠薇花馆本影印版卷首发凡篇中曰：词韵与诗韵有别，然其源即出于诗韵，以诗韵分合之耳。又曰：自切韵、唐韵、广韵、韵略到集韵，非特可用之于诗，即用之于词亦无不可也。因以集韵为本，而字之次，字之音俱从焉。简而言之，词韵源于诗韵而有别于诗韵，是以诗韵总体框架为基础，词韵在收录时有所调整或作出变更。

本字表收录《词林正韵》全部字头，⑪、⑫、⑬、⑭、⑮、⑯六个字头加圆圈标志，(1)表示这些字头在词韵中是重字（多音字），(2)表示与诗韵有别，因为六个字头中有五个字头在诗韵都不录作重字。字头①"抮"诗韵单录于轸韵，词韵分录于轸、震二韵。字头②"元"诗韵单录于元韵，词韵分录于元、先二韵。字头③"宏"诗韵单录于耕韵，词韵分录于耕、登二韵。字头④"炎"诗韵单录于盐韵，词韵分录于盐、俭二韵。字头⑤"煜"诗韵单录于屋韵，词韵分录于屋、缉、叶三韵。字头⑥"禺"诗韵分录于冬、虞二韵（同平重字），词韵分录于冬又本韵、虞、遇三韵（平仄重字），二者之间变更极大，亦加标识。

第一部

平声：东韵，（冬、锺韵）通用
仄声：董韵，肿韵，送韵，（宋、用韵）通用

【平声东韵】

〖诗韵、词林同收录〗东通[侗词林又本韵]恫同童僮瞳疃铜峒桐筒潼笼[栊椸词林、佩文櫜合璧]聋咙昽胧珑砻[庞龒合璧、词林龎佩文]蓬篷蒙幪濛朦曚懞[匆怱异]聪璁[鬷駿异][棕椶异][丛叢繁]洪红鸿虹讧烘空倥公工功攻釭翁[丰豐繁]风枫[沨渢繁]嵩充终螽戎绒崇中衷忠忡盅[虫蟲繁][冲冲同，非衝字的简体]隆窿融肜雄熊弓躬宫穹芎[穷窮繁]‖涷蝀绸置峝箜穜衕鮦獞犝酮毣[戙同戙某义项]襱芃髼雩鵔鴿夔髳鋀猣蝾稯綩羖襚酘篸潀浺悾崆玒蠮酆[灃沣]癃渢薹棕莐琣帐[霿词林霿合璧、佩文]駥独茙潀𨶒㸌瘊霥浺霿〖词林收录〗箜崆蚣螉疯‖辢蓪狪通楝橦蕫烔鶇龓瀧翠輷驄蠓蠓緫鮗朡簺虹泟僼堸僌娀祌滽翀謽翎

【平声冬、锺韵】

〖诗韵、词林同收录〗冬彤农侬脓[松鬆繁]宗琮淙[锺钟某义项的繁体][鐘钟某义项的繁体]舂撞[冲衝繁]憧幪茸蚣

词林蚣合璧、佩文]淞淞枞鏦[纵縱繁][踪蹤异][松息中切，木名，今鬆字简体，见本韵]从蜂锋烽[峰合璧，佩文峯词林]封[逢逢同]缝[俸傛]重龙茏酕浓秾容庸廱镛铺榕蓉溶墉恭龚供共匈[胸胷]凶[讻合璧䜫词林、佩文][汹洶异]邕雍禺喁[蛩蛩]邛[筇笻]‖零鏊震賨悰佭彸踪惷鯼[鰫词林又本韵]秏[丰符风切，张三丰、丰采，今某义项作豐字简体]桻葑[遜合璧逄词林、佩文]蝩襛裕瑢跫雝䧱噰饔灉癕蛬

〖词林收录〗哝椶鬞‖㘇懅懷鱫妐鈊笻歑媸璁搝蜙夆釺麔鬤㯡鰫鱅珙鮥

【上声董韵】

〖诗韵、词林同收录〗董懂侗桶[动動繁]笼[拢攏繁]琫曚懵幪[总總繁]偬孔空汞‖琫唪菶埲蠓[鬆词林鬆同，合璧、佩文]蝘鞲㚇㘝蓊滃塕

〖词林收录〗恫峒俸矇捅‖董竦㘝蠢䅰蓯雺蝻齆蕦飝

【上声肿韵】

〖诗韵、词林同收录〗[肿腫繁][种種繁]踵尰冗悚悚[耸聳繁]捧冢宠陇[垄合璧、佩文壠词林]甬勇踊[恿慂异]俑涌蛹[汹洶异][訩讻]恐拱[巩鞏繁][拥擁繁]壅‖氄駷湩珙棋

〖词林收录〗㦁‖[氉同绒]埇[衞同

甬]碧

【去声送韵】

〖诗韵、词林同收录〗送凇[粽糭异]偬冻栋痛洞恸恫弄哄[閧同閧]控空贡[赣贛异,灡异][瓮甕异]蠓梦讽凤[众眾异]中仲‖緵襚涷詷哢鞚矓矼[霿见东韵"雺"]荟[賵词林赗合璧、佩文]

〖词林收录〗峒‖鳆鞚鰊䑜㵡憜萫霘筿唝

【去声宋、用韵】

〖诗韵、词林同收录〗宋综统用俸缝[纵縱繁]颂诵讼从[种種繁]重恐供共雍[壅词林塎同,合璧、佩文]‖葑瘲

〖词林收录〗踵拱‖謽唪渾縫灉

第二部

平声：江韵,（阳、唐韵）通用
仄声：讲韵,（养、荡韵）,绛韵,（漾、宕韵）通用

【平声江韵】

〖诗韵、词林同收录〗江豇扛杠矼釭腔跫降缸邦梆[庞龐词林、合璧龎佩文][逢词林、佩文逢合璧][双雙繁][窗词林、合璧窻佩文]摐淙[桩椿繁]幢撞‖茳椌泽𤥭[䃽合璧䃽佩文、词林]龙庬駹蚖尨哤䑃艭篢䜶躞摐泷

〖词林收录〗潨

【平声阳、唐韵】

〖诗韵、词林同收录〗阳炀扬徉佯洋疡飏杨羊芳妨方坊肪房防鲂亡忘望襄骧相[厢廂异]箱湘镶锵[将又本韵][枪槍繁]跄[浆漿繁]蒋详祥庠翔[墙牆]樯嫱蔷商觞[伤傷繁]殇[汤又韵]昌[倡通娼、通猖]闾猖菖章彰漳樟[獐麞异]常裳[尝嘗繁]偿攘霜孀创[庄莊繁][妆妝繁]装[床牀异]张伥长肠场良量[粮糧繁]梁梁[凉词林凉异,词林、合璧、佩文]娘香芗乡羌[姜薑繁]疆姜僵强央殃鸯泱秧王[惶词林又本韵][徨词林又本韵]匡筐眶狂唐[糖餹异]堂塘棠螳[当當繁]裆珰铛筜镗郎廊踉浪琅银榔狼囊彭滂磅傍芒茫桑丧[仓倉繁]苍沧臧[赃臟同]藏[糠穅异]康[冈岡繁]刚钢[纲綱繁]亢昂航杭行吭顽汪荒肓光洸胱黄皇遑喤璜簧篁煌隍潢湟凰蝗‖旸钖鹗枋蚄㝩铓䌈[纕词林又本韵]瓖[瀼词林又本韵]玱斨[鸧鶬词林又本韵]蚃戕鲳嫜鳠穰纕䰅瓤勷驤䓀𦟛[蜣词林、佩文蜣同,合璧]橿蟷鋹[餭词林又本韵]恇劻溏螗砀艚磋筤䅚蓈䖟䨱垟䡗桁㾮艎鰉

〖词林收录〗徜㣉疮怆奘涨瞠鞅怏闶[帮幫同]旁慷迒慌桄‖垟禓彷鳰襄蠰牄唴殍鶔蟵鶋墇鷞懹躟粻荔饕颸蹨[騡词林又本韵]麠漙韃鱺霙洴箳鱐鯒篖哴峎涹蠰挈蹐町騥犕苘印梖翧蚢眐洸幌繏煌鍠瑝埠騜鵻

【上声讲韵】
〖诗韵、词林同收录〗[讲講繁]港耩项缿棒玤蚌
〖词林收录〗[摃同扛]

【上声养、荡韵】
〖诗韵、词林同收录〗养痒象像橡[奖奬繁]蒋桨两鞅怏[强词林彊异,合璧、佩文]仰[抢搶繁]想掌爽敞氅[厂廠异廠同][响響繁][向嚮异]享[繈褓同,俗作襁]丈杖仗昶壤穰攘赏仿纺罔[网網繁]惘辋[仿倣异]枉往长上[荡盪异][党黨繁]谠傥朗曭榜莽蟒颡苍[髒脏某义项的繁体]沆吭慷泱盎晃幌慌[广廣繁]‖潒漾緉鬶蠁眆[㽘甋同]怳迒崵漫蕩曭稰灇髈溿磉驵块滉
〖词林收录〗魍鋩愴㙹[響飨同]蜩谎[瀇㳽同]倘惝闛嗓恍‖滕襐蜽緉餦抉[駃同驤]傲骜眭侹硞牓霶鏴鼜橪怳漾

【去声绛韵】
〖诗韵、词林同收录〗绛降泽巷糉辒幢撞
〖词林收录〗‖戅

【去声漾、宕韵】
〖诗韵、词林同收录〗漾[样樣繁]恙养炀飏访放舫妄忘望相酱将匠[餉词林、合璧、佩文饟异,合璧、佩文][向许亮切,通嚮;又本韵式亮切,姓、地名][唱亦作倡]障嶂瘴尚上[让讓繁][壮壯繁]创怆[状狀繁]帐胀涨怅畅仗长谅亮量两[酿醸繁]旺王[况況异]诳宕傥[荡盪异][当當繁]挡浪谤傍丧葬藏[臟脏某义项的繁体]吭行亢抗伉炕盎[旷曠繁][扩壙繁][纩纊繁]‖羕暴尩韔緉迋䀢踼砀搒桁阆醠
〖词林收录〗装杖[乡郷]桄‖眫鴊粻唴醠颭眼垠蹐

第三部

平声:(支、脂、之韵),微韵,齐韵,(灰韵半)通用

仄声:(纸、旨、止韵),尾韵,荠韵,(贿韵半),(寘、至、志韵),未韵,(霁、祭韵),(泰韵半),

（队、废韵半）通用

【平声支、脂、之韵】

〖诗韵、词林同收录〗支枝肢[栀梔繁][厄佩文厄异，合璧、词林][只词林祇合璧、佩文]氏施吹炊差嵯[衰又本韵]匙垂陲[儿兒]斯[厮合璧、佩文廝词林]雌觜髭疵[随隨]隋知摛螭魑[痴词林癡合璧、词林、佩文]驰篪池[离離]鹂蠡[丽麗]罹蓠[篱籬][漓合璧、佩文灕词林]璃骊蠃披陂[黑羆繁]碑皮疲糜靡卑椑脾[纰词林又本韵][弥彌瀰]移蛇[迤词林迆合璧、佩文][岐祇歧蠏[堕墮]窥规羁[奇又本韵]崎[牺犧]羲曦[敲敧佩文欹词林、合璧]崎骑锜漪猗椅宜仪涯为麾[亏虧]逶委萎危脂祗骓锥蓍师筛狮推谁葰私绥[虽雖]咨资[赍賫]姿茨瓷追墀迟椎鎚梨犁鳌蜊[累纍]尼夷姨痍[羸合璧、佩文彝词林]惟维遗漼帷伊咿饥肌[龟龜]馗耆鳍祁葵馗逵夔丕悲[毗词林、佩文毘合璧]比貔魮眉嵋湄楣麋之芝缁辎锱淄诗虫嗤时塒鲥而思緦丝司[兹又本韵]孜仔滋嵫词[辞辭词林辝合璧、佩文]祠慈磁[鹚鷀]笞治持[厘釐]嫠[狸貍]饴颐怡贻嬉禧熙[嘻词林熹合璧、佩文]欺姬基箕[其又本韵][其词林又本韵][医醫]疑嶷期[棋棊]旗琪蘄淇祺麒骐蜞‖[褆词林、佩文。合璧录于齐韵]眵菂

絁醨籭褆鍉倕呢痿漸瀸虒鸱訾觜眦[骴词林、佩文骶合璧]茈胵筿藜襹褵蘿樆醨孋劙錍詖郫醵藶廳庫襌篥陬埤栘匜樏庌酏瞝蚔軝攲羇剞噫巇觭踦[犠词林、佩文鸃合璧]鸝汭摛姒蝼泒佳雏[尸式之切，陈也、主也、利也、通屍，今屍字简体]鳲榱鸱荋綾粢齍餈䉈胝絺甄坻𥯤蚳嫠蘁[樆词林欐合璧、佩文]怩洟蛦鬐赘邳伾秠駓郿蘼蓲郫嫞颸藜髵洏胒陑橍鸸鲕偲罳甇耔嘅棃㝠[台与之切，今臺字简体]儓傣峕噫鬐綦

〖词林收录〗弛蜘錘缡岥偉伎芪掎崖隗砥蛳搥鰃呢唯岿琵枇挚仔眙‖綾袃赦鴲吱驪欙齹蚮樆媯紫鬐甄蟣鶐穛萆鵬礼墒䃣埼鰢鳱鳂溰蛁郗糙虆矗犯鮧蠦蚏[机今機的简体字]屻鮃笓陑苜筲徽鷉鯔苆辎葸蕬鏒鮢鯉诒瑎鵋

【平声微韵】

〖诗韵、词林同收录〗微薇霏菲妃非诽扉绯飞肥渒痱[机機繁][几幾繁]讥[饥饑繁]玑矶[归歸繁]希稀欷晞晖[辉词林、佩文煇合璧、佩文]挥徽祎䘳衣依威葳沂巍祈颀[旗旂异]畿圻[韦韋繁]违帏闱围‖溦绯斐騑腓鐖機犘鵗譩蝛犐

〖词林收录〗裶斐‖䃻俙桸鵯貚徽婔澨獮禕

【平声齐韵】

〖诗韵、词林同收录〗齐脐西［栖合璧、佩文棲词林］撕嘶犀妻萋［凄凄某义项的异体］悽［赍齎异］跻挤廝低梯题［啼嗁异］提［蹄蹏异］［堤隄异］泥黎［璃瓈异］鸡［稽鶏同］笄［溪豀词林、合璧、佩文蹊异，词林、佩文］醯兮奚傒蹊嵇倪［霓蜺异］圭闺奎［携攜异］蠵畦篦椑批鼙迷‖蛴栖霎氏磾鞮羝缇鹈媞褆绨幯秭荑锑騠蜥齎藜嫛嫛瞖堅黟磨齯祢輗鲵狔窒邦袿刲魳鑴鶺鎎［陸合璧、佩文狉词林］麝

〖词林收录〗醍乩麛砥‖檷鸍鯷鷈鸏蠵楑謍嫛郳鮭穖幌籭奾

【平声灰韵半】

〖诗韵、词林同收录〗（前半部）灰恢诙魁隈煨偎傀瑰回徊洄槐茴桅鬼堆鎚推雷罍崔催摧［杯合璧、佩文柸同，词林］［胚词林肧异，合璧、佩文］［坯某义项作坯］醅裵培陪枚梅莓媒煤‖豗怺悝椳緺磓蘹［鼪词林又本韵］漼禖脢鎚

〖词林收录〗（前半部）盉追［頯䫇繁䫇同］儡抔俳掊玫‖㟴欙［搥同搖］餽魋［攩同攩］挼隋环毸㲗

【上声纸、旨、止韵】

〖诗韵、词林同收录〗纸砥［只诸氏切，语助词，只缘、只有，今作隻、衹的简体，见陌支韵］咫枳弛豕侈是氏［尔爾繁］迤靡揣捶［蕊词林蘂异，词林、合璧、佩文］徙玺此泚紫髓豸廌迤旎［迤词林迆合璧、佩文］企跂跬绮掎技妓倚［蚁词林螘同，合璧、佩文］锜舣委毁诡跪俾髀婢㢮彼被麾旨指矢视水死姊秭雉履［垒壘繁］诔唯癸揆［几居履切，案属，亦作机，今幾字简体］［麂词林麎同，合璧、佩文］峞轨晷宄鄪［否合璧又本韵］痞圮美匕比妣秕止趾址芷祉［齿齒繁］始市恃耳駬珥滓史使驶士仕［柹佩文柿异，词林、合璧］俟子仔梓似巳祀姒耔汜［徵不简化作征］［耻恥异］峙痔［里良以切，邑也，路程、今裏字简体］理俚娌悝［里裏繁］李鲤以己苡矣喜起杞已纪［拟擬繁］儗［伱合璧、佩文你同，词林］‖坻轵哆夥諰鞾纚蓰酾［箠棰莚通］縈呲訾瀡觜襹陁酏頠踦剞薾燬郿堁鞞庀庳敉芉庢兕巋齽樏壈［机居里切，同几，今作機字简体］洧鲔簋甂汔兺秕沚鴕第胏厑漅枲籽屺芑薿

〖词林收录〗舓錘茈［椸词林又本韵］碕旖媱桅蚍謎塺薾累漯耒眯茝圯圳㭉唉嬉‖痏誃侈躧筵禰［葦见本韵筐］觜批鮨霼㳒杝觥觭犄觪偯硊鶕萎［鵝花同］闃烜樾頮裞鉈蛻竾仳瀶孈麈[恀同旨]滽𦬁澧跊屧疻薏苢跱嚭毚懿

【上声尾韵】

〖诗韵、词林同收录〗尾斐悱朏菲诽匪唏[岂豈繁][几幾繁]虺[蚁螘同]韪伟炜[苇葦繁]玮卉鬼‖亹篚棐榧豨巍亹虮頠暐韡尵

〖词林收录〗娓纬‖虆梶苢機羷觪

【上声荠韵】

〖诗韵、词林同收录〗荠洗济米[瀰弥的繁体字]陛邸底柢诋抵[体體繁]涕弟娣悌[递遞繁]礼醴澧蠡[祢禰繁][泥词林、合璧泜合璧、佩文][启啟异,合璧启繁,词林、佩文]‖缇醍鳢㮦絷

〖词林收录〗挤氏砥昵睨‖鲚稭姓泲坻[舐同抵]弤陛[嬭同奶]瓵垼祝

【上声贿韵半】

〖诗韵、词林同收录〗(前半部)贿悔[嵬词林巋同,合璧、佩文][汇匯繁,词林、合璧滙佩文]猥㥜每璀[罪词林辠异,璧、佩文][腿词林骽异,合璧、佩文][磊词林礧同,合璧、佩文]礧蕾儡‖瘣廆浼潅嶊崒㯟

〖词林收录〗(前半部)傀[块塊繁]棍痿瘣馁‖痏媁

【去声置、至、志韵】

〖诗韵、词林同收录〗寘翅音[施又本韵]豉恎吹瑞睡诿屣赐刺[积積繁]渍柴[眦眥异]智[槌锤][累词林、合璧、佩文橐繁,合璧、佩文]易企跂缢恚[戏戲繁]寄芰骑[义義繁]议谊为[伪僞繁]譬臂避比帔贲陂被至挚贽织嗜示[谥諡异]二贰出帅四肆次恣自邃粹睟谇祟翠醉遂燧隧穗萃[悴词林顇异,词林、合璧、佩文]地致[稚词林稺异,词林、合璧、佩文]治[迟同遟]利痢[莅词林苙合璧、佩文]腻[坠墜繁][类類同][泪涙异]肆[弃棄异]遗悸季器冀觊骥暨懿位[愧词林媿异,合璧、佩文]匮篑黉馈庇鼻寐[秘词林祕异,词林、合璧、佩文]毖泌㲺[备備繁]媚魅志[誌志同]识痣[帜幟繁]试炽埴侍饵使[厕词林、佩文廁异,合璧]事思伺寺嗣饲字孳[置寘异]值植吏[异異异]食记忌谄意‖忮觯罾䋲硾甄豙蚑䩺餧簸鬌鹜櫗驷泗栖佽禠旋瓗纏樕毵蹄䡾[愤词林、佩文攅合璧]屃緻怸勦廗蛦[屓合璧、佩文屭同,词林]咥愾洎葰剽畁[库词林、合璧庳佩文]悶䡾㕞秘䑵禷輔䄍蒔珥呭觢笥意恏

〖词林收录〗倕[离離异]㻍倚委跛视率瘁质雉瘗喟魏柜费驶亟薏‖鳀鞁莉庇载胾衪杝螠欯徛跨襞髀憁磎鬊欼槾鏒錋簅颶瀨瀨壒饐暳尉餽漀渼獮時鶓榴檍

【去声未韵】

〖诗韵、词林同收录〗未味[费词林又本韵]髴芾沸翡蜚忾[气氣繁]既溉衣毅胃谓纬渭[彙汇某义项的繁体]讳卉贵尉慰畏蔚魏‖饙扉跰饩塈爈翻摡愾洓尉

〖词林收录〗狒‖烯諪濭腓畖娟鮪蝟玮霨犚

【去声霁、祭韵】

〖诗韵、词林同收录〗霁济挤细[婿壻异]切砌妻剂齐闭薜谜帝谛嚏[蒂词林、合璧蔕佩文]缔替涕弟第娣[递遞繁]棣[丽麗繁][隶隸繁]俪庆荔唳泥[系胡计切，继也，世系，今作繫字简体，见本韵][繫系某义项的繁体]契计继髻蓟繄诣羿慧惠蕙桂祭际岁[脆词林脃异，合璧、佩文]彗世贯[势勢繁]掣制[製制某义项的繁体][晣词林晢合璧、佩文][浙淛异]誓噬逝税说毳赘芮憩揭偈[卫衛繁]蹶鱖滞巆例厉砺励[蛎蠣同，合璧、佩文蠣繁]，词林、合璧、佩文[秇艺藝繁]粝缀曳裔[洩词林泄合璧、佩文]锐[艺藝繁]，词林、合璧、佩文蓺同，词林]呓蔽敝[币幣繁][毙斃繁]弊袂‖碎唷憹睥蟟搿薙髢遰褅杕悷螇飈鯵茠禊臍[医于切，藏弓矢器，醫字简体，见支韵]嫕殪瞖瞖堄螇橇嚛罶僁鏯懘獘筮溎悦寱[橇词林、佩文，合璧另录]汭枘蜹

【去声泰韵半】

〖诗韵、词林同收录〗瘵猘纚劂增襨袘濿柲[樾词林橃同，合璧、佩文]鷙濊

〖词林收录〗些芥媲剃屉梯盻獘毻哕橛拽嚉‖隋醹梯袕颰蝪梫詍係锲㕤櫼蛞鰵堅薺齛桰檅緦罜跇绁蓙薑禠馀浼憖餲鶨劂瀛嚮[壡同壡]犙餕訨漢獩

【去声泰韵半】

〖诗韵、词林同收录〗(前半部)贝狈蜕兑酹霈沛旆眜最[会會繁]绘侩[会會繁，古外切kuài]脍狯桧荟[外又本韵]‖娧翃哕濊襘廥浍儋憎

〖词林收录〗(前半部)鲄茇桹駾沬昧軷璯譮霱

【去声队、废韵半】

〖诗韵、词林同收录〗(前半部)[队隊繁][逮又本韵]对碓敦退[攂同擂某义项]耒内[背又本韵蒲昧切]辈配佩[㭍词林辈合璧、佩文]悖焙妹瑁谇倅淬焠晬溃诲悔晦[块塊繁]废肺吠刈秽喙‖霸靅懟璹颣癐绩禶愦磑茷乂薉

〖词林收录〗(前半部)褙妃秾啐‖錞邶儽綷婑讀荁祓檅鷊餞澩

第四部

平声：鱼韵，（虞、模韵）通用
仄声：语韵，（虞、姥韵），御韵，（遇、暮韵）通用

【平声鱼韵】

〖诗韵、词林同收录〗鱼渔[于於繁]淤虚歔嘘墟袪祛居[据九鱼切,拮据,今据字简体]椐裾琚车渠蕖蘧璩胥疽蛆雎狙趄沮且徐蔬梳[疏词林疏合璧、佩文][书書繁]舒纾初诸[锄耡同]蜍如茹[猪豬繁]摅樗除储躇滁胪闾庐橹[驴驢繁][余以诸切,我也,今馀字简体,见本韵]予誉好舆[余餘繁]畬‖夻欤嘘陓胠腒鶋籚鑢碌釄湑稰蝑苴涑琋葅藸楮礎蠩洳駌[潴瀦]挐琚篨葕衈帤旟萸玙狳[鵌词林鵌合璧、佩文]雒

〖词林收录〗欤‖鮁鰆岨廛罝䶞澖悇鼶芧㕢

【平声虞、模韵】

〖诗韵、词林同收录〗虞禺愚娱嵎隅㖂[于羽俱切,单于,今於字简体,古通用]迂盂竽雩[污汙异]呼旴纡[区區繁]岖驱躯拘俱驹劬衢瞿敷麸孚俘枹[肤膚繁]趺[夫又本韵]扶符苻芙凫蚨无毋芜巫诬[须相俞切,所欲也,通鬚,今鬚字简体,见本韵][鬚須]需耎趋诹输英枢乌朱珠侏殊铢洙雏儒濡襦嚅株诛蛛

姝厨蹰娄蒌镂俞逾渝愉觎瑜榆臾腴揄谀褕模摹谟膜嫫铺逋晡蒲酺[苏蘇繁]酥[粗麤繁]租组都阇徒途[涂塗]荼图屠菟卢[炉鑪]垆颅[泸瀘繁]鲈轳[芦蘆繁]鲈鸬奴驽笯胡乎壶瓠葫瑚糊醐弧湖狐孤辜姑酤沽菰呱鸪蛄枯呼吾吴峿梧乌‖瀍蜎鯒釸玗杅訏姁勗[跨词林又本韵][鲜又本韵]獒跔疴约躣鸘枸荺秼桴[祔词林駙合璧、佩文]罦郛㒓痡鈇玞衻泏皷[缲词林又本韵][㲈词林、合璧毹佩文]邾殳醹跦鵌貐㒓偻溇窬媮楰歈㺄䠋蒲臉稌[涂盦]瘏駼駼瀘[栌櫨]纑璷㝓帑笓䖀䗕舳枫樟㒺刳錁珸䴷柮

〖词林收录〗抠㘜癉瓶庑祩䃄荼嬬瘐匍殂镀酴铲猢骷[谞同呼]㵒蜈铻呜浮‖昫䡎霂宇昫鲍蘁絒蚹玗䠦覒怃璑䲐礣薁㦰絑傲觡鱬踰瘐貐驸揄獌咋珨鷛壚婞𣤶洿邬穸

【上声语韵】

〖诗韵、词林同收录〗语敔圄圉[禦御某义项的繁体]许去举巨拒[柜木似柳也,柜柳]距钜讵炬[叙敘异]序绪屿咀沮所阻俎楚[础礎繁]暑鼠黍[煮合璧、佩文䰞同,词林]渚杵处墅纾抒汝茹[贮貯繁]著楮[伫佇异][苎苧繁][纻紵繁]杼吕膂旅侣女与予‖簃敔莒笡秬虡稰糈醑苴㵰鋙跙齼蜍癙敘褚

[宁直吕切，门屏之间，今作寧字简体] 狞苧
〖词林收录〗浒疸龃‖蛄椐 [酲同醸]
蝑醹诅荇

【上声麌、姥韵】

〖诗韵、词林同收录〗麌伛诩煦栩齲
踽矩羽禹雨宇抚拊甫府俯腑脯黼簠
斧莆 [父又本韵] 辅腐武舞侮妩虎鹉取
聚数主炷麈竖树乳拄柱缕偻嵝篓萎
庾 [愈瘉异] 姥莽普溥浦 [补補繁] 谱
圃簿部祖组 [睹覩异] 赌堵土吐杜肚
鲁 [虏虜繁] 卤鹵繁 橹艣怒弩虎
浒苦古诂 [鼓合璧、佩文鼓同，词林、合
璧、佩文，皷异] 瞽股贾 [蛊蠱繁] 牯估
酤户怙岵雇 [坞隖异] 五伍仵午‖嗾
俣昋 [欨煦同] 枸婺鄌珷䘞鯆忤膴瓿
籔醹护伛痡怏貐俎䇡琥䀋罟殁祜扈
𣎴邬
〖词林收录〗噢妪偊柎釜祔褛牡孥迕
缶否母某亩‖昫姁訏蜘椇豿蚁瓥稃
㒄砐黪溇洟軵柱䇡婣鄠篚潕

【去声御韵】

〖诗韵、词林同收录〗御驭语饫淤去
[据據繁] 踞锯遽絮 [觑覷同] 狙沮 [疏
合璧、佩文疏同，词林] 诅助恕庶 [处處
繁] 煮署曙茹著箸除 [虑慮繁] 女豫预
誉与‖椣瘀倨鐪醵怛詹洳鑢𣒑礜溮
蒎鷟

〖词林收录〗据俎薯 [宁直吕切，门屏之间，今作寧字简体]‖敛醧 [菸同烟] [譽同舆]

【去声遇、暮韵】

〖诗韵、词林同收录〗遇寓妪煦酗屦
句瞿蒟 [惧懼繁] 具芋雨裕 [谕又虞韵
喻] [籲䈣同] 赴讣 [仆芳故切，僵仆，今
僕字简体] 付傅赋附 [跗又虞韵跌] 赙驸
[务務繁] 婺雾鹜骛娶趣足戍输注註
炷铸树澍孺数驻住屡暮慕募墓怖铺
布步捕哺酺素诉塑措厝错醋作祚 [妒
词林妒同，合璧、佩文] 妵合璧、佩文妒
同，词林] 蠹兔吐度渡镀路辂赂璐露潞
鹭怒 [护護繁] 瓠互谞库胯 [顾顧繁]
雇故固锢酤痼 [污汙异] 恶误悟寤晤捂
忤‖鼩姁呴坿裋鲋蚹鞋䳕舗嗉阼胙
敷耗簬澦护婷柎洳

〖词林收录〗禹飓觑柎聚蚌袓佈愫溯
涸袴诂连妇负阜副富‖昫𩨸鞥绚垍
餼痖哇鞋遘懋笯姻䕋杇

第五部

平声：（佳、皆韵半），（灰、咍韵半）
通用

仄声：（蟹、骇韵），（贿、海韵半），
（泰韵半），（卦、怪、夬韵半），

（队、代韵半）通用

【平声佳、皆韵半】

〖诗韵、词林同收录〗（前半部）佳街鲑[鞋合璧、佩文鞵同，词林][涯词林又本韵]牌钗差柴皆偕[阶階繁]楷湝喈揩[挨词林捱同，合璧、佩文]谐骸乖怀槐淮[斋齋繁]豺侪排俳埋霾‖膎厓[筵合璧、佩文筶同，词林]欸䩺鍇樧

〖词林收录〗（前半部）崖睚捱崽‖溪䙆籭紫稭鸊蛣皆

【平声灰、咍韵半】

〖诗韵、词林同收录〗（后半部）开该垓陔咳孩颏哀[咳合璧唉词林、佩文]埃皑[呆獃异]胎[台臺繁]骀[抬擡同]苔[能奴来切]来徕莱崃[腮顋异]猜哉[灾災合璧、佩文哉异、词林]栽裁[才纔繁][才墙来切，文才也，通作材，今纔字简体]材财‖咍峔荄絯侅煁[台土来切，三台星，今臺字简体]邰鲐儓薹㟒秾駾惫[毸词林又本韵]

〖词林收录〗（后半部）赅‖孩痎鲶鼉愱敕鲦鳃偲

【上声蟹、骇韵】

〖诗韵、词林同收录〗[蟹合璧、佩文蠏同，词林][解佳买切，又本韵下买切]獬矮[枴拐某义项的异体][摆擺繁][罢罷繁][买買繁][洒灑繁][庋词林、合璧、佩文庋同，词林][奶嬭异]骇锴楷‖瀣躧駴騃

〖词林收录〗攃挨‖罫嘪鸍鞢纚絯骇鍇

【上声贿、海韵半】

〖诗韵、词林同收录〗（后半部）海醢[恺某义项通凯]铠改亥欸倍采[彩綵某义项的异体]宰载在待殆骀怠乃鼐‖塏寀茝绐嵦

〖词林收录〗（后半部）凯磴痱追逮‖闛嘅胲阂傻採採

【去声泰韵半】

〖诗韵、词林同收录〗（后半部）太泰汰带大赖癞濑籁奈[奈词林、佩文柰同，合璧]蔡害[盖蓋繁][丐词林匃异，合璧、佩文]蔼霭艾[外词林又本韵]‖忲餲壒

〖词林收录〗（后半部）贲繢暧灆鴂

【去声卦、怪、夬韵半】

〖诗韵、词林同收录〗（前半部）懈廨解隘派稗[卖賣繁][晒曬繁]债[眦眥异]怪蒯黄簀喟[坏壞繁]聩戒诫介界玠疥[届佩文届同，词林、合璧]芥械薤瀣[欬欸异]拜湃[惫憊繁][铩鎩繁][杀殺繁]祭狱快哙败呗迈寨虿‖粺瘥[砦寨某义项的异体][价居拜切，善也，

同介，今價字简体]髻魟齘輴瘵夬餲劦喐
〖词林收录〗(前半部)邂衸［块塊］啐‖
嶰搚嗌攦瓌衸魪精朒䏰［瀹浍］駃譮
［甆同甆］侎虆

【去声队、代韵半】

〖诗韵、词林同收录〗(后半部)代岱黛
［袋词林份同,合璧、佩文］［逮词林又本韵］
埭碍贷［态態］戴俫睞［贲賁繁］耐鼐
塞赛再载菜在慨忾嘅［咳欬异］铠溉
［概槩异］爱瑷暧［碍礙繁］‖䀹襶簳
繶蕿

〖词林收录〗(后半部)閡‖[玳瑇异]
襫採縩摡傻［瑷瑷]

第六部

平声：（真、谆、臻韵），（文、欣韵），
　　　（元、魂、痕韵半）通用
仄声：（轸、准韵），（吻、隐韵），（阮、
　　　混、很韵半），（震、稕韵），
　　　（问、焮韵），（愿、圂、恨韵
　　　半）通用

【平声真、谆、臻韵】

〖诗韵、词林同收录〗真甄振申身娠
伸呻绅瞋辰晨宸臣神人仁辛新薪［莘
词林又本韵］亲津秦［宾賓繁］滨频鬓嫔

蘋民彬贫珉岷闽旻缗泯珍陈[尘塵繁]
[邻鄰繁] 嶙潾磷璘辚麟鳞[燐磷的异
体] 纫因姻氤茵湮寅夤巾银狺垠谆春
纯莼醇淳鹑[唇脣异]荀询恂洵峋皴遵
旬巡循驯屯椿伦纶抡沦轮匀钧均筠
臻榛‖眕桭侲柛珒蓁［蠙词林又本韵］
嗔囷潾滕驎獜諲㰦禋闉駰闉錞滣紃
郇珣逡踆夋鶞迍窀鶨䑳昀囷箘蓁蓁
姺侁㭕牲毪

〖词林收录〗積缜嗔缤槟份絪裀惇肫
蓴仑瘭箘‖禛磌䳢袗瞋嫔纈㻱邠𩨺
㺉㹂陾硱蟫珢鬘焞薴惇挋瞚緄湎杶
輴櫄鱗汃頵蝹莻麕揱

【平声文、欣韵】

〖诗韵、词林同收录〗文纹闻[蚊词林
蝄异,合璧、佩文]雯芬纷分汾粉贲焚
[坟墳繁]氛[云雲繁][云于分切,人云
亦云,今雲字简体,见本韵]芸耘纭沄员贇
氲熏薰曛醺［勋勳异］莙君军皲[群羣
异]［裙合璧、佩文裠同,词林]欣炘昕
殷斤筋勤芹[听合璧、佩文䛐同,词林]‖
鸡雰昐祄餴鲼㝱虋濆轒橨䡾幩犿𤞤
麏妘䢵涽煊緼蝹䌄貗膹慜㤪憖惞
〖词林收录〗汶颁听‖玟馼㲽昐䢵榅
韫暉訢庡

【平声元、魂、痕韵半】

〖诗韵、词林同收录〗(前半部)魂浑[昆古浑切,后昆,今崑字简体,见本韵][昆崐合璧、佩文崐异,词林]鲲温昏婚坤奔贲喷盆溢门扪孙[飧词林飱异,合璧、佩文]村尊[樽罇异,词林、合璧、佩文鐏佩文]存蹲敦墩暾[燉词林、合璧、佩文炖同,词林]啍屯饨豚臀论[仑崙异]䯲痕根跟恩吞‖繀裈琨辊缊惛阍[髡髠同][璊词林又本韵][楣词林又本韵]荪㫰庉

〖词林收录〗(前半部)餫瘟薀犿汓囷‖焞獌錕蜫騉鶤猑楯滚鷷欳鼟縻搎袸

【上声轸、准韵】

〖诗韵、词林同收录〗轸诊赈祳缜稹哂肾蜃忍[尽盡繁]牝朕泯[黾黽繁]愍闵悯敏靷紧引蚓陨殒窘菌[准凖繁,凖同]蠢惷盾吮[笋筍异]隼尹允‖眕瞓紾畛纼賮箘楯篲狁

〖词林收录〗‖疢鬢顖剚畛䡄櫄尽蓋蜸筃憖矗縯釖磒涢愪鬊驐僤輴銃駨

【上声吻、隐韵】

〖诗韵、词林同收录〗吻抆刎忿粉愤坋惲隐谨䫟槿近‖紊堇[蚡合璧、佩文亂同,词林][昕宜引切,笑貌,又牛谨切,今作䑣字简体,见青、径韵]

〖词林收录〗蕴韫愠瑾‖脗忞鈖㡇䘦褑缊醖濦䃜轒䕰隇瘽

【上声阮、混、很韵半】

〖诗韵、词林同收录〗(前半部)混焜棍梱阃[壸苦本切]捆衮稳本畚损盾沌[遁遯异]很[恳懇繁][垦墾繁]‖惃绲辊鯀刌撙噂蓴鱒

〖词林收录〗(前半部)浑滚笨㶧忖囤龈‖繀緄袞錕棞䵻膒䫟

【去声震、稕韵】

〖诗韵、词林同收录〗震赈振娠祳慎曋刃仞[认認繁]轫傧鬓殡信讯迅汛晋搢播进烬[赆贐词林賷同,合璧、佩文]荩[衬襯繁]镇趁阵诊吝[躏合璧躙词林、佩文]蔺靷印[䰖釁繁][仅僅繁]觐瑾馑谆舜瞬顺闰润峻濬浚[俊词林儁异,合璧、佩文]骏殉徇‖侲切牣摈珸橁儭酳瑱疢楝敶㙷殣憗䰖鬊畯夋睃㕙㩒

〖词林收录〗燐(允)‖鬠韧卂阠廑瘽稕陵鵔稄僢㝢

【去声问、焮韵】

〖诗韵、词林同收录〗问闻紊抆汶忿[糞糞繁]扮[奋奮繁]分坋[运運繁]晕郓韵训[捃词林攟同,合璧攗同,佩文]郡[酝醖繁]薀靳近隐‖絻偾餴[韗合璧、佩文韗同,词林]慍緼焮

〖词林收录〗熏靷窘‖鈖潠繡鵵煴糂幩埁

【去声愿、圂、恨韵半】

〖诗韵、词林同收录〗(前半部)困喷闷逊寸顿敦钝[遁词林遯异，合璧、佩文]论嫩恨‖恩[溷浑某义项同]坌巽溉艮

〖词林收录〗(前半部)愠诨奔‖圂悎頫歎焌鬢捘鐏矜脂硍鬸

第七部

平声：(元韵半)，(寒、桓韵)，(删、山韵)，(先、仙韵)通用

仄声：(阮韵半)，(旱、缓韵)，(潸、产韵)，(铣、狝韵)，(愿韵半)，(翰、换韵)，(谏、裥韵)，(霰、线韵)通用

【平声元韵半】

〖诗韵、词林同收录〗(后半部)元原源沅羱鼋袁援媛[园園繁]垣辕湲[猿词林猨异，合璧、佩文]喧喧谖萱鸳鹓冤怨智言轩掀鸢犍翻旛幡番反藩樊蕃烦繁[矾礬同]燔‖嫄驠杬榞蚖爰貆昍咺鹓鞬縇鞿袢璠蹯膰燔鼇筟蘐蘩[樠又本韵][璊又本韵]

〖词林收录〗(后半部)壎圈‖邅悁誩棬鞥攘犍鯀

【平声寒、桓韵】

〖诗韵、词林同收录〗寒韩汗翰看刊干[干乾繁]肝竿玕鼾安鞍跚珊姗餐残单殚丹箪郸滩摊[叹嘆词林歎异，合璧、佩文][壇坛某义项的繁体]檀弹阑谰[栏欄繁][兰蘭繁]澜[难難繁]桓完丸洹纨莞萑欢宽官倌冠观棺剜潘[般词林又本韵][盘盤繁]胖瘢磐磻蟠瞞漫谩曼馒鳗酸[鑽钻某义项的繁体]攒端湍团[抟摶繁][鸾鸞繁]銮峦栾‖豻襌[瘅词林又本韵]嘽鳣岏汍綄芄讙貛鬞岏刓鼟髖蔓櫕穳愽溥羉

〖词林收录〗豻顸鼾杆襕皖[拚俗作拌]槃[䡒词林又本韵]颟墁崅峦‖邗靬幝瘕驒鱓糷捥骯簪憪糫痠霰赞褍稴鏉犏煓割鷒糰鱒巒圞

【平声删、山韵】

〖诗韵、词林同收录〗删潸关[瘝瘵同][弯彎繁]湾[还還繁]环寰鬟[奸姦异]菅颜班斑颁殷攀蛮山讪潺孱斓[闲防也、习也，亦作閒]娴悭[间閒词林，合璧、佩文又本韵][艰艱繁]殷鳏纶顽擐鐶锾闤䡇澴圜鬟皈[繵合璧、佩文鶨同，词林]鬒媥憪鷳繭

〖词林收录〗疝痫‖樠蟃飜豩鵌玢虥僝覝騛搫髐黰

第七部 词林正韵字表

【平声先、仙韵】

〖诗韵、词林同收录〗先千阡芊笺溅前[边邊繁]编辮骈眠颠巅滇天田佃[填徒年切]阗钿年莲[怜憐繁]零坚肩[牵牽繁]贤[弦絃异]舷[烟煙异]燕[咽嚥异]妍研涓鹃鸢渊仙[鲜鱻异]跹秈[迁遷繁]煎湔溅钱[膻羶异]扇[毡氈繁]禅婵蝉然缠连联涟鲢甄嫣延筵蜒[焉词林又本韵]愆骞乾虔犍键鞭篇偏扁翩便平[绵綿繁]棉宣诠铨痊佺筌荃[镌鑴同]旋[還是宣切, 通旋]全泉穿川专颛[砖甎异]遄船椽传挛沿铅捐鸢缘娟员圆卷[权權繁]拳颧鬈‖[辔轡同]镌諓戋邊楄编胼骿骐败碥沺猭岍汧枅稍蜎鋗骿痃鼗裖鞬髯嫣煇餰旇鶞遺驙鱣梴踵廛濂鳾蜒綖鋋薦鄢寋寒騨筵梗揎悛驋綖瑄瑗[淀合璧、佩文漩词林]栓簨篅瑞椽翾偄螺嫒悁棬踡蜷

〖词林收录〗跃踹癫湮狷[元]悬焮链拴倦‖骗蔼褊蜓鞙鉼鸼鰹菁蚈礛趼睍鞘鞘鸑篲欛遵嚼楠腱鲩纏䢒椿嫸姃漹擫捷瘑编嫇苪纾鹌䌟鏒嫙鳟剸璮勬絭癵愒蜷䰩䰩

【上声阮韵半】

〖诗韵、词林同收录〗(后半部)阮宛婉畹苑菀蜿远绻圈[楗键同][巘巘异]偃堰反返饭晚娩‖跪琬咺烜巘挭鄢[鼹同]鰋鰋

〖词林收录〗(后半部)沅谖卷挽‖畹椀鞔鞔愃晅棬擐蠉椼齞觋寋傆匽隁褗鷗鞁筅鶠

【上声旱、缓韵】

〖诗韵、词林同收录〗旱[罕词林䍐同,合璧、佩文]侃笴[秆稈异]散[伞词林繖异, 词林、合璧、佩文]趱瓒坦但袒诞[懒嬾异]缓[碗盌异椀异]款管琯盥满[懑㦖繁]伴算[纂簒异纂同]短断卵[暖词林煖异, 合璧、佩文]‖衍㒄亶癉蜑滻篹疳睆缵鄼㯖

〖词林收录〗谰莞拌缎‖晘厂㦖鬈舰纏抏綄梡挽遦鉾穳袒餪

【上声潸、产韵】

〖诗韵、词林同收录〗潸撰䩕绾版钣产[盏琖异]栈限简柬[拣揀繁]眼‖虥侃憪睅蝍崨滻㓰弗羼酸輚[峻词林㞊合璧、佩文栈同]

〖词林收录〗馔皖板阪汕铲‖狻蜸㩘招皉撢䡇戲襽

【上声铣、狝韵】

〖诗韵、词林同收录〗铣洗跣扁匾辫昤典腆靦䠧蜓[显顯繁]蚬[茧繭繁]犬狷鲜燹癣藓浅[剪翦繁]践饯[选選繁][隽雋异]吮阐善舛喘[软词林輭

异，合璧、佩文]缅涵沔辨辩免勉冕展[辗碾同]辇琏转篆变遣缱演衍兖寋謇键件[谦諫繁]卷‖毡姽艑愊辊睍襺岘睍蛚昄羂泫炫琄㹨揃戬戬髯[謇词林諆合璧、佩文謆同]倦幓煇埵塴[鱓词林鱓词林、合璧、佩文]荈劋硸螾譔褊谝谝怋勔葳瑑窎戭蜑寋嶲

〖词林收录〗饕颤嬗膳膊娩邅捲‖筅梘緪蒿溛渗挏齻鞈骿鋗婳籛翼嘽餫鳝鳟僎梗禣譧繎黄䗪螺沇騕擁襆璒辇

【去声愿韵半】

〖诗韵、词林同收录〗（后半部）[愿願繁]远券绻[劝勸繁]圈怨[献獻繁][宪憲繁]建健堰贩饭[万词林萬繁，词林、合璧、佩文]曼蔓‖楦

〖词林收录〗（后半部）瑗媛楗键‖綘𩨨虜畈鞔猨

【去声翰、换韵】

〖诗韵、词林同收录〗翰悍汗瀚[捍扞异擀通][焊釬异]汉叹看侃旰[干幹繁]骭[干榦异]按案岸散粲璨[灿燦繁][赞讚同]旦炭[叹歎繁]惮弹[烂爛繁]讕[难難繁]换唤奂焕涣贯冠观馆灌[罐词林鑵异，合璧、佩文]盥[鹳鸛词林、佩文鸛合璧]惋腕玩半绊判泮畔叛缦幔漫[筭同，词林算合璧笇佩文]蒜[窜

鼠繁]撺[鑽钻某义项的繁体]锻[断斷繁，又本韵]段[乱亂繁]‖畔豻埠闲衎盱洰嚌鷃遣裸瓘爟泮墁爒破豢禒偄

〖词林收录〗顸犴[繖同伞]趱瓚疸但斓婉伴攒缎‖榦軒厈蕃幓婺鬗襷魱欗瓓愾瘨鑌瓰娷羷沜鰻蘱

【去声谏、襉韵】

〖诗韵、词林同收录〗谏晏[雁鴈异]赝惯患宦豢慢谩讪汕疝铲栈绾孪篡间涧幻扮[盼某义项同盼，词林盼合璧、佩文]瓣[办辦繁]‖瞹鷃丱輘樏羦櫸嫚轏戯襇睍莧

〖词林收录〗缳袒‖骣睍䀔綑羼

【去声霰、线韵】

〖诗韵、词林同收录〗霰先茜倩[荐薦繁][殿堂练切，又本韵都甸切][电電繁]奠甸佃钿淀[填堂练切]练[炼鍊异][拣揀繁]楝[见胡甸切，又本韵通作现]蚬宴[醼宴某义项的异体][咽词林嚥异，合璧、佩文]燕砚[县縣繁]眩炫绚[遍徧异]片[面麪异麵繁]瞑昡[线線异]箭溅煎饯羡贱[选選繁]旋扇煽[战戰繁]颤缮禅膳擅钏穿[撰通饌词林籑繁，合璧、佩文][譔撰某义项的异体]缠辗唓转传[恋戀繁]衍遣掾缘绢狷彦唁谚援媛院眷倦便面[变變繁]卞汴弁‖蒨绪㳙碾澱睍[䩗合璧、佩文韃同，词林

倪嬮跜祋銜眗眀冒洒鬗緢[淀合璧、佩文漅词林]劓齼甋瑗俋怵
〖词林收录〗唸靛阋现绽嫸单撰遣碾延涎[谳讝繁]‖篶袴盷涑萰譾豽泫酺餰巇騑滇鏇縿嬱譓蝘堚圳壧倛腜璪豧螓悁褑锾瑗睕鞏扏珩

第八部

平声：（萧、宵韵），肴韵，豪韵通用
仄声：（筱、小韵），巧韵，皓韵，（啸、笑韵），效韵，号韵通用

【平声萧、宵韵】

〖诗韵、词林同收录〗萧箫貂雕刁[彫某义项作雕的异体]凋桃挑[条條繁，词林又本韵]迢跳佻髫调苕聊嘹僚寮寥辽撩料镣骁枭浇幺尧侥娆宵消霄逍绡销硝翛魈焦蕉椒樵憔谯飙剽标彯漂飘瓢漉苗描[猫貓异]烧昭招钊韶饶桡超[朝又本韵] [蟁某义项通麃]潮遥[傜徭同] [窑窯异]姚摇谣陶褕瑶要腰邀翘妖夭嚣骄娇乔侨峤桥轿荞‖彌舩佻[俸词林肇同，合璧、佩文]蜩[鲦鯈异]怊瞀飔懰敩橑篶潺鹩膮哓悩纱[嶤合璧、佩文尭同]垚痟挲嵉幓膲噍鐈鸐摽杓慓熛簨䁪傈彯溔[镳镖异]儦廄玿佋尧滧飘鯠铫怊鹩猺珧嘍萋芧鸮

枔歆猞甋鵤趨鑿
〖词林收录〗鲷䫇岧瞭嫽廖缭潦跷焱嫖螵洮矫‖笳橋飍虆爒鹍裯[艻艻同]庞眺[鮡词林又本韵]熮镣蟟螑憢蹻蘸颷猶難蟭醮蔉旐鸛谯穮珆飗嬈笯薵禝鷃㤭嶚搞蟜

【平声肴韵】

〖诗韵、词林同收录〗爻肴姣峝[淆通殽]交教咬[胶膠繁]郊茭蛟鲛敲哮坳包胞苞抛泡庖炮咆跑匏茅罞梢捎鞘钞抓巢啁嘲铙‖筊詨[芁词林、佩文芁某义项同，合璧]轇嘐鷄㙮虓恔颃獒謷磝脬鞄媌鬐䋧旓弰嫛笤蛸詾訬謰翼轈䬌咬譊憿
〖词林收录〗穀砲凹蚤艄挠‖誵痨肏鮹猇

【平声豪韵】

〖诗韵、词林同收录〗豪毫[號号]嗥濠蒿尻高[皋臯异]羔膏[糕餻异]篙敖翱熬[鰲词林鼇异，词林、合璧、佩文]螯鳌獒褒[词林襃异，合璧、佩文]袍毛髦氂旄骚搔缫臊艘操糟遭曹嘈槽漕刀饕叨[绦條异]韬滔陶淘涛逃萄桃劳涝牢醪捞猱‖薅囊蘩槔[嗷词林謷同，合璧、佩文]璈芼滶飍㦥艚蠦魛㓧舠惛殍飍翿殽鞠醄洮栲绹駒蛑箵螑猇

〖词林收录〗壕栲麈遨鳌熬掏帱唠痨 ‖ 蓉摮慠嗷鷔髝酕鱢艖篕禮僧詨艄騊詾

【上声筱、小韵】

〖诗韵、词林同收录〗［篠筱同］鸟朓窕挑掉了缭瞭蓼［袅合璧、佩文裊词林、合璧、佩文嬲异，词林、合璧、佩文］娆杳窈晓皎小悄少沼绍佋［扰擾繁］绕赵肇兆夭矫［褾裱某义项同］缥眇渺淼藐秒杪表殍 ‖ 篠衩嬲皛淼窅鷕皦袑遶旐䠷誂鮡溔［挢撟繁］譑蹻蟜醥篻摽

〖词林收录〗憭嫽缴侥［剿勦异］晁舀膘鳔 ‖ 礁謏茑嶌嬥舭醾釕墽［嬝嫋同袅同］騕葽窔磽膮璬校恔垗狣絩殀麃敿憍鱎虋篎

【上声巧韵】

〖诗韵、词林同收录〗巧绞狡搅铰姣佼［咬词林齩异，词林、合璧、佩文］拗饱鲍卯茆炒爪［獠词林獠同，合璧、佩文］‖ 笅泖媌昴瑶

〖词林收录〗稍笊抓 ‖ 曉齙鞄訬

【上声皓韵】

〖诗韵、词林同收录〗昊颢皓浩灏镐好考薨栲缟［稿稾合璧、佩文藁词林］槁媪燠［袄襖繁］宝葆鸨堡保褓抱媢嫂燥［掃佩文埽某义项通扫，词林、合璧］草早蚤澡缫［枣棗繁］藻造倒［捣擣异］祷［岛合璧、佩文嶋同，词林］讨［套套异］道稻老潦涝脑恼 ‖ 皞鄗杲菒務懆璪璅缲皁恅轑橑栳

〖词林收录〗拷懊櫜瑙 ‖［晧同皓］嵩鰝櫜笴毛慅［棹槔同］倴薃

【去声啸、笑韵】

〖诗韵、词林同收录〗啸［吊弔异］钓［粜糶繁］眺调掉嘹料尿［窍竅繁］叫徼笑肖［鞘词林、合璧鞘同，佩文］［峭词林陗异，合璧、佩文］哨醮釂爝诮少烧照诏邵劭绕召燎疗［燿某义项作耀的异体］曜耀要峤轿剽漂妙裱［庙廟繁］‖ 頫趒铫藋璙詔噭窔僬［噍嚼同］鹩鹞勡僄骠

〖词林收录〗跳嫽镣廖悄俏［勦同剿］饶獠票 ‖ 熽覞蓧帩嚼褄影

【去声效韵】

〖诗韵、词林同收录〗效［校居效切，又本韵胡教切］孝教觉较窖［乐樂繁］豹爆［炮砲异礮异，合璧礟词林，佩文］［疱皰异］貌稍钞罩踔［櫂棹某义项的异体］桡淖闹 ‖［傚效同］［斅敩］恔珓鞠袎儤窌笊趠

〖词林收录〗绞呦趵炮饱泡抓 ‖ 硗挍詨爆靤

【去声号韵】

〖诗韵、词林同收录〗號好犒靠诰告膏奥燠懊傲骜报暴帽冒瑁耄眊媢噪[謀同噪]操造糙[灶竈繁]躁漕到倒[导導繁]纛祷盗悼蹈[劳勞繁]‖郜隩暴皛耗愷翿嫪

〖词林收录〗号耗燥韜套潦‖樞醥鷱媚懆

第九部

平声：（歌、戈韵）独用
仄声：（哿、果韵），（个、过韵）通用

【平声歌、戈韵】

〖诗韵、词林同收录〗歌哥柯珂轲诃呵阿[婀嬰异]何河荷苛莪哦娥[峨词林莪合璧、佩文]鹅俄蛾娑[挲抄异]蹉搓磋嵯多[拖词林拕异，合璧、佩文]驼[佗词林，合璧、佩文又本韵]驮鼍沱陀跎酡[罗羅繁]萝箩啰锣那傩[挪词林捼异，合璧、佩文]戈过锅科窠蝌倭涡窝和禾讹波番颇坡婆皤摩磨[么麽繁]魔蓑莎梭矬[骡词林臝异，合璧、佩文]螺[靴鞾异]伽茄迦‖牁菏睋[髿词林又本韵]瑳佐醝鹾瘥驔鼧迟紽灑絅喎薖囮碦詑牠堶

【词林收录】疴些秒他椤逻哪髁陂鄱唆痤銼垜垎瘎‖袘峨萋裟漨荖髽艖猃袉锣襹鼙韈呔桬抄娖趖魦祪嬴稞鑣肥

【上声哿、果韵】

〖诗韵、词林同收录〗哿舸筜可轲坷荷我左[拖拕异]爹[柁某义项同舵]娜那娑果裹颗火祸[伙夥繁]跛簸颇叵[麽繁，么麽同]锁琐坐朵垛妥惰[堕墮繁]裸卵‖閜硪騀弹哆痤砢瑳輠螺堁媒婐胜髽埵[媠词林，合璧、佩文媠合璧、佩文]嬴蓏

〖词林收录〗桠[婀嬰异]舵逻播‖菏哦陊妸攞胯裹楇縒褤鬌嫷驮硰綊縒祩峻隋鲼

【去声个、过韵】

〖诗韵、词林同收录〗[个简异個繁][个古贺切，gè，明堂四面偏室。今作为個字简体]坷贺饿些磋左佐作驮大[逻邏繁]那过货课和[卧臥同]播簸破磨剉銼挫座坐唾惰婿‖瘥堁涴譒莝蓟齤嶓侳蔆桛

〖词林收录〗個呵呼蹉裹髁颇摩剁蜕捼懦糯缚‖䠠齞嶓佐䔖桛

第十部

平声：（佳韵半），麻韵通用
仄声：马韵，（卦韵半），祃韵通用

【平声佳韵半】

〖诗韵、词林同收录〗(后半部)[涯词林又本韵]娃哇娲蜗蛙 ‖ 緺䯱

〖词林收录〗(后半部)[佳又本韵]洼

【平声麻韵】

〖诗韵、词林同收录〗麻蟆苴巴芭笆爬杷琶些嗟邪斜奢赊车遮阇蛇沙纱裟鲨叉权差楂爹挝[茶词林槎同，合璧、佩文][拿拏异]筊耶[揶词林、佩文捓同，合璧]椰遐[虾蝦繁]霞瑕呀嘉加家瘕枷迦笳葭茄鸦[丫椏异]丫哑牙芽衙华划[哗譁异]花[夸誇繁]，夸苦瓜切，奢也，通姱、跨，又姓、夸父，今作誇的简体字]瓜[窊洼某义项的繁体][污汙异] ‖ 肥虵豝钯䒰砗䬯佘髽靽䑳楂麚厰稏髽麢槬秅䴥[琊词林、合璧瑘佩文]鍜椵猳碬䕡煆谺岈䎁珈跙痂犌椵麚齖枒骅鹎荂姱穼

〖词林收录〗疤砂渣查佗袈胯抓呱靴 ‖ 钯譇荼滹䃻訬攎藀鎃苿掱蟬

【上声马韵】

〖诗韵、词林同收录〗马把[写寫繁]泻且姐[舍词林捨词林、合璧、佩文][扯

者赭社惹若[洒灑繁][姁姐同]野也冶下夏厦贾假䯱瘕哑雅踝髁寡[剐词林，冎同，合璧、佩文]瓦 ‖ 炧鲊閜㓟檟庌輠

〖词林收录〗玛笆啥槎婭鲑打耍那 ‖ 痄椵搲鲑舿寋筲

【去声卦韵半】

〖诗韵、词林同收录〗(后半部)卦挂[画畫繁] ‖ 诖絓

〖词林收录〗(后半部)䍃

【去声祃韵】

〖诗韵、词林同收录〗祃骂怕霸[壩繁，词林，坝埧同，埧 jù：堤塘，合璧、佩文]灞靶杷卸[泻瀉繁]借谢榭藉[舍始野切，书冶切，shè，屋也，今捨字简体]赦柘蔗灸[射神夜切，又本韵羊谢切]麝贳诈乍[蜡助驾切，zhà，年终祭名，今蠟字简体][咤吒异][姁姐同]诧夜暇下夏罅驾架[价價繁]假嫁稼亚娅讶迓桦化跨胯 ‖ 杷䦏榓嗄䅟砑

〖词林收录〗鹧佗偌嚇哑华话汉权衩 ‖ 譇䅹蝑喑褙蹪厍骒筰䅉秅鶐嫁欹斞庌掷鰶宨踤掖

第十一部

平声：（庚、耕、清韵），青韵，（蒸、登韵）通用

仄声：（梗、耿、静韵），（迥、拯、等韵），（敬、净、劲韵），（径、证、嶝韵）通用

【平声庚、耕、清韵】

〖诗韵、词林同收录〗庚賡更[粳秔异] 羹[坑阬异]亨行衡珩蘅横黉觥烹彭棚[蟚词林蟚同,合璧、佩文]盲[撑佩文撑异,词林、合璧]瞠鬓兵平评坪枰[苹符兵切,水草,今蘋字简体,见真韵]明盟鸣生甥笙牲[鎗繁,又枪某义项的异体][枪槍繁][伧傖繁]京荆[惊驚繁]卿擎黥榮鲸迎英瑛[荣榮繁]嵘[莹瑩繁]兄耕铿[硜词林硻异,合璧、佩文]嘤鹦莺樱茎宏泓訇[轰轟繁]铮争筝峥丁橙瞪伫[狞獰繁][绷词林綳异,合璧、佩文]怦砰甍萌氓清精晶菁蜻睛旌情晴[并竝异,併异,並异]名[声聲繁][征诸成切,zhēng,行、伐、取、税也,今徵字某义简体,徵字见蒸、纸韵]正钲成城诚盛祯贞桢柽蛏呈程令盈楹嬴瀛赢轻婴缨营[茔塋繁]倾[琼瓊繁]萦‖鹒桁祊泙蛃栟振鮏麏勍霙祭硁牼娙罃闳纮翃鋐琤挈伻甹䴋鍚鮮骍栟洺鯖郕𪵬酲牼籯蠳嫈

〖词林收录〗浜澎膨铛淘狰妍町怔晟

甇篓鼜縢縢縢堋瞢髻罶繒譄掭緬靰
〖词林收录〗甑籢楞㊎‖陞硑愫縢棚
儚薆鮥峘

【上声梗、耿、静韵】

〖诗韵、词林同收录〗梗哽[鲠骾异]杏矿猛艋蜢[打德冷切，音等，击也]炳冷丙秉皿[省所景切，又本韵息井切]肯影景境警[檠檠同]永憬耿幸[黾黽繁]静靖靓请井整逞骋领[岭嶺繁]颈郢颍颖顷饼[并併异，竝异，並异]屏‖绠荇怲蚵䣝瘨璟[囧词林、佩文同，合璧]管裎惺瓔
〖词林收录〗埂浜儆倖悻婧阱狰惺‖昺疠璥暻諽黽鼆渹篁衿樗鉼

【上声迥、拯、等韵】

〖诗韵、词林同收录〗迥炯泂胫[并併异竝异並异]茗酩溟醒顶鼎酊挺艇[汀濎繁]拯洗等肯‖泂褧颎飼婞泞謦[到到]娙矴珽脡侱頲鋌梃娗莛庱殑
〖词林收录〗冥‖綗甇穎藊癓

【去声敬、诤、劲韵】

〖诗韵、词林同收录〗映敬竟镜更硬行横孟[侦词林又本韵]柄病命[庆慶繁][竞競繁]儆擎迎[咏詠异]泳净进[劲勁繁]轻诃[并合璧、佩文併异，词林、合璧、佩文。竝异並异]聘娉性姓倩[净净异]靓请[圣聖繁]正政[证証繁證繁]盛[郑鄭繁]令‖獍恲祭檾敻清窜遉
〖词林收录〗蛏[伥倀]帧炳摒‖璥皦褮絎幰瀞偩婧瀞

【去声径、证、嶝韵】

〖诗韵、词林同收录〗[径徑繁]经磬罄胫莹滢暝钉[定词林又本韵][听聽繁]庭锭[宁甯同]佞[泞濘繁][证証繁證繁]胜[称稱繁，亦作秤]乘[剩合璧、佩文賸异，词林、合璧、佩文]甑[凭依几，非憑字简体]孕兴[应應繁]凝磴镫凳[邓鄧繁]赠[亘词林、佩文互异，合璧]‖艳矴钉頠烝䲔陉嶝磴蹭堋偬
〖词林收录〗泾陉暝[订訂]奠甸瞪[凌同凌]蹭‖到甏磬褯膡瘬絙

第十二部

平声：（尤、侯、幽韵）独用
仄声：（有、厚、黝韵），（宥、候、幼韵）通用

【平声尤、侯、幽韵】

〖诗韵、词林同收录〗尤[邮郵繁]休麻猱惆鸠求裘仇逑[球毬异][球渠尤切，qiu，美玉貌，玉磬也，琉球，毬为异体字]牛

第十二部 词林正韵字表 617

[优優繁][忧憂繁]呦由游犹猷悠攸油蝣啁抽妯俦裯绸畴稠筹[留畱异]遛刘瘤蒥榴流骝[脩词林、合璧、佩文修合璧、佩文]羞秋鞦楸湫[揪挚异]啾囚泅遒道收周州洲舟雠酬柔揉蹂[揉某义项同搜，合璧、佩文搜词林]叟诌邹陬驺愁[不通否]浮桴蜉谋眸侔牟矛鍪侯猴喉篌讴呕[欧姓也]沤[区區繁]瓯鸥抠[钩鉤异][句勾][沟溝繁]篝抔哀诹兜偷[媮偷某义项的异体]头投骰娄楼偻髅搂蒌蝼幽黝彪滮闽[虬虯异]缪‖疣訧咻篤伏绿岣捄觩頄緅赇芁麀穋怮卣黈槱觕魷儵辀偢䳋帱紬鏐㽋浏鷚蟉箲鷟雓週靦鴳廇蔍揪擞簉黻薮覗靁鯕僂鞭獀樱璆[词林收录]邱蚯蚴揄踌球硫鎏滫鰌蟠飗涪枸搭纠‖髍烋劐魷釓朾燸瀀滶櫌蝓宓擣獒椁橪稤颻驷鷗䲛愀鞻楛鮈莜姻岄訽鄭锼猍媰媢螯錙莝瓿棓踣剽麌壊譹褛泑㳺朻

【上声有、厚、黝韵】
[诗韵、词林同收录]有右友朽槱九久玖韭臼舅咎酉牖诱琇莠缶否[妇婦繁]负阜酒首手守帚[丑醜异]受绶寿蹂肘[丑辰名、天干]纣[柳佩文栁异，词林、合璧]绺纽钮狃厚[后后土][后後繁]吼口扣垢苟狗殴偶耦藕掊剖培母

拇[亩畝繁]某牡叟嗾擞薮趣走[斗当口切，dǒu，量器、酒具。門：繁体字：鬭：异体字]陡蚪嵝篓黝纠赳‖羑卣槱薷滫[醢词林又本韵]鯸罶懰浏鷗辀恅杻罔扣荞泃笱枸蔰瓿鶵籔妞鈕壊麰穀朐蟉

【去声宥、候、幼韵】
[诗韵、词林同收录]宥又右佑祐囿救究疚灸[厩廄异][旧舊繁]柩[柚词林又本韵]副[覆某义项通复][仆芳故切]富[復复某义项的繁体]秀琇[绣繡异]宿岫袖就鹫狩守[兽獸繁]首臭[咒词林呪异，合璧、佩文]授绶寿售蹂瘦[绉縐繁][皱皺繁]骤[昼晝繁]畜[胄又本韵]宙籀溜馏瘤狃[候词林、佩文傉同，合璧]堠逅[后後繁][鲎鱟繁]后厚诟吼蔻寇扣[构構繁][购購繁]句沤戊茂袤懋姆贸漱嗽[凑湊异]辏蔟奏走[斗鬭异]透豆逗[窦竇繁][读讀繁]漏陋镂[耨合璧耨同，词林、佩文]幼谬缪‖侑酭齅犰鼬裦櫢鍑僦鞣簉氉偢咮酎雷廇溜窌粰鎨莓遘靚媾姤鷇雊楺瞀脵榴甃餖胫殶譳[词林收录]糗肉嗽嵝‖疛鮡鏉薚孂郰鉓釦講輶莍嫩嵞菆軥膇鶒

第十三部

平声：侵韵独用
仄声：寝韵，沁韵通用

【平声侵韵】

〖诗韵、词林同收录〗侵心[寻尋繁]镡浔深斟[针鍼异]箴谌忱湛壬任妊森簪岑[砧词林碪繁,合璧、佩文]琛郴[沈沉同]林临琳霖淋淫霪愔音[阴陰异][霵词林、佩文黔同阴,合璧]喑吟歆钦衾今金襟禁琴擒黔芩禽‖骎绶裖鷣灂燖鐔纴篸叅涔椹霓蟫瘁崟崯嶔﹝词林收录﹞浸渗掺梣窨衿‖杺棳鄩梣瑊葴煁荵㜯昑賝侺茋斿牀魿䈴瘆廞庨

【上声寝韵】

〖诗韵、词林同收录〗寝[审審繁][沈潘][姊嬸异]枕甚饪稔恁衽荏凛品朕廪凛锦噤饮‖锓寱谂瞫淰脍[葚同椹][訦痒䟙憛][唅吟某义项的异体]顉濈﹝词林收录﹞浸怎‖椮㮣覃魿棯㴸䑇騰黬

【去声沁韵】

〖诗韵、词林同收录〗沁浸枕甚[妊林妊同,合璧、佩文]任衽渗讖譖熸[临臨繁]赁禁噤[荫蔭繁]窨喑饮深吟‖裖偣[纴词林紝同,合璧、佩文]䔲堪儳

馞紟縿
﹝词林收录﹞㤈妗[撳揿异]森‖膌椮蔪㯕濛廕酯鐔薫

第十四部

平声：（覃、谈韵），（盐、沾、严韵），（咸、衔、凡韵）通用
仄声：（感、敢韵），（俭、忝、俨韵），（赚、槛、范韵），（勘、阚韵），（艳、桥、验韵），（陷、鉴、梵韵）通用

【平声覃、谈韵】

〖诗韵、词林同收录〗覃谭潭镡[昙曇繁][坛壜异]贪探眈酖湛眈婪岚南男[楠词林枏异,合璧、佩文]参[蚕蠶繁]唅㝓堪戡含函颔涵谙盦庵[庵菴异]谈痰[聃词林聃同,合璧、佩文]儋[担擔繁]蓝篮褴三[惭慙异]蚶憨坩甘泔柑酣邯‖樿蟫趯醰蕈妠諵毿鬖惨骖鐕岭酰[蜭词林又本韵]弇淦錎箊䲁嫸馠醶喭郯憛倓餤錟甜瓿莟尵鹹婘㮇臽䖑嵁㟌‖㔹鏩疘蚻‖醰撍嵞颐磨姏魽笘

【平声盐、沾、严韵】

〖诗韵、词林同收录〗[盐鹽繁]檐

第十四部　词林正韵字表　619

[阎閻同]　[纤纖繁]　暹[歼殲繁]　[签词林籤繁，词林、合璧、佩文]金尖渐潜苫詹瞻占[沾词林又本韵]蟾髯[楠柟词林、佩文枏合璧]廉[帘离盐切，酒望，今簾字简体]　[奁匳异]　镰[帘簾繁]　[粘黏同]炎淹阉崦钤[针鍼异]黔砭添簷甜恬拈谦兼嫌[严嚴繁]　[腌词林醃异，词林、合璧、佩文]‖ 阽[铦銛]襜瀸愖燅蕲灊鹣痁襝憺捵窀蚿蠊鲇唸箝湉鬑磏鲇縑鶼蒹鎌籭柗忺
〖词林收录〗厌厭掺拑钳‖橺闛誧梣绶孋灥锓燗燂烤薈鷵諈袡馦葡麣礹靬黚臧髻鲇馦櫐羷軴姦欿廞嵁

【平声咸、衔、凡韵】
〖诗韵、词林同收录〗咸鹹函缄[岩巖异，词林、合璧、佩文嵒异，词林、合璧、佩文]　谗馋喃衔监嵌衫髟杉芟樱[搀攙繁]巉镶凡帆‖諴鹹城械鶼晷儳毚狦詀縿劖騝
〖词林收录〗[纔才同]　[崭嶄异]‖緘鰔葴攕撏韂劖礹磣彡獑芝

【上声感、敢韵】
〖诗韵、词林同收录〗感[赣贑异，合璧、佩文灨异，词林]坎领撼菡惨眈菼敢橄喊敤錾嵌[胆膽繁]毯澹憺览[揽词林擥同，合璧、佩文榄]‖硶䶉黕欿顩颔埯[闇乌感切，隐晦也]墋憯黪寁歁歁祝

紞盔唅禫髧糂醰窞黕轗罱澉礉茮
〖词林收录〗埯黪啖淡‖鱤㤿壈蛤黚黚馣嚃狵褡肷嗿霻墰淊鸗䗁綅袡灠

【上声俭、忝、俨韵】
〖诗韵、词林同收录〗[焰燄异爓同]魇渐闪陕冉苒谄敛漱险狯检脸俭芡奄掩贬忝点玷簟歉慊俨‖剡厱襹檿泅飐𢄛渷㡇㵎嗛[广疑检切，因广为屋，今廣字简体]

〖词林收录〗㙻朕姌栬撿‖跾[𦨶同]炎㶕猃厴酓憸𥑁蕲規筧㪘菣嶮譣玁柟顩鹻拿掅罨裺婨埯崦醃疢餂銛秹淰鰜曮嬐唵鲶崦

【上声豏、槛、范韵】
〖诗韵、词林同收录〗豏[减減异]黵掺斩巉湛槛[舰艦繁]闟[范草也，蜂也，又姓]　[範范某义项的繁体]犯‖㺝譧灊韊黵𧍕[笵范某义项的本字]錽
〖词林收录〗‖槏薟撖箽槞猣

【去声勘、阚韵】
〖诗韵、词林同收录〗勘憨绀[贛词林灨异，合璧、佩文韒异]　[暗亦作闇]参阚瞰憨三暂錾[担擔繁]憺[啖啗异]淡澹赕滥缆‖琀淦瓺憾燅
〖词林收录〗晗喑㷊探嵌睒‖轗顣鵮黕闇諃馯偣撢醰𫺫醶

【去声艳、栝、验韵】

〖诗韵、词林同收录〗［艳豔异］［盐鹽繁］滟［厌厭繁］俺［堑塹同］椠掞占赡忝店［垫墊繁］唸念僭验酽砭敛殓潋［胁脅繁］欠剑‖餍魇惏巘韂蟾［栝某义项同］礏坫痁稴繱畬瞮唵齴窆

〖词林收录〗焰焱渐闪髯觇点玷‖煙襜磹礆橄燄

【去声陷、鉴、梵韵】

〖诗韵、词林同收录〗陷蘸站［赚词林赚同，合璧、佩文］［鉴鑑异］监［忏懺繁］镵梵帆［泛词林汎异，词林、合璧、佩文］‖韽韽

〖词林收录〗氾‖臽铭馅槧讝劖摲搇

第十五部

入声：屋韵，（沃、烛韵）通用

【入声屋韵】

〖诗韵、词林同收录〗屋哭毂［穀谷某义项的繁体］穀谷縠斛觳卜濮［樸朴某义项的繁体］［扑普木切，pū，击打，今撲字简体］［仆僕繁］暴瀑匐木沐鹜速蔟簇镞族秃牍读默犊椟渎独禄碌麓辘鹿福腹［複复某义项的繁体］幅辐［復某义项的繁体］蝠［覆某义项通复］伏

服袱馥鹏目睦缪牧苜穆肃凤宿蓿蹙颅蹴踧菽叔［俶儵某义项同］儵俶祝粥孰熟塾淑肉缩谡蠢竹竺筑［筑築繁］蓄［畜词林又本韵］逐柚轴舳六陆蓼［戮勠异］恧育毓昱煜鬻［曲麯异］掬踘鞠菊彧［郁于六切，yù，地名，文盛貌，通彧，又鬱字简体，见物韵］澳燠‖剧熰犰槲纆醭霂霂橇涑薮橄觫瘷诼䎬䉛殣髑漉湓渌篾麗渌攭蠪复鞭福菖蝮虙葰枞洬骳礭翻鳙噈柷朒蓞蹜遾穋淯愹氿鹠鹔奠

〖词林收录〗蹼扑朴籔录角鳆俶㴠搐妯噢国‖黩毂毂殕彀蘗潚馯嫫轐轐穙䟎蛛遨殔蠾碌暏㩪嬩匷瑱陾髑篼䁯鱳橔驌鋎鶋蒑欥珲軬榔垺瀟舳攊橚鹬驌𧜘𩽀娽㸠坓芄鲈蚰薩辁駼鲢𧎢肭鋿緕楯螗坿蜦餗晭鯯穊鶦栯

【入声沃、烛韵】

〖诗韵、词林同收录〗沃鹄酷筶告梏褥笃督毒纛［烛燭繁］［属词林又本韵］瞩束［触觸繁］蜀赎辱褥粟促足续俗幞躅［录錄繁］逯绿渌酴欲［慾欲某义项的异体］浴旭［勖合璧朂词林、佩文］曲局跼玉狱‖䤪熇牿裬蠋薄缛溽郻瘃［剭合璧厔词林、佩文］［箓籙繁］騄犳鹆项苗焗䕬

〖词林收录〗镤雹北啯镯趣数豖亍蓑臼倞‖鹬孛雁㲄碏烤碃郶攠蕻鞠

涘薄磚繃蠟倈膧鞠櫚剝呪薑欘嫚楝
鉛跫騆

第十六部

入声：觉韵，（药、铎韵）通用

【入声觉韵】

〖诗韵、词林同收录〗觉角桷榷较[珏佩文珏同，词林、合璧][搉词林搉异，合璧、佩文][確确同]学渥喔握幄[嶽岳某义项的异体]剥[驳駁异]爆璞[樸朴某义项同戤]镯搦荦 ‖ 捔縠愨埆鶑嚣岊偓鷟觳暴慄鮉婼洭潃汋鷟诼涿鸐

〖词林收录〗催确龌暴貌藐㮂掆齱啄躅趚 ‖ 毃彀謞滈嗃殻礐㬊娾鸐撲砎芼㪿棚擉箹搩鷟瀖礐

【入声药、铎韵】

〖诗韵、词林同收录〗[药藥繁][跃躍繁]篱[钥鑰繁]缚削踏鹊[猎祥亦切，xì，又音 xī，七雀切，què，兽名，犬名，今獵字简体]爵雀嚼爝铄烁灼勺酌妁[斫斮异]绰杓弱[袅嫋异]若箬芍[著着，合璧又本韵]逴踔略掠谑[却卻异]脚嚎约

药虐[疟瘧繁]矍攫铎度踱[托词林託异，词林、合璧、佩文]橐柝拓魄洛酪落络珞乐烙骆诺博襮搏[薄又本韵]膊粕泊箔磻亳莫幕漠膜摸瘼寞索错作柞昨酢[凿鑿繁，合璧又本韵]鹤貉涸壑恪各阁格恶噩谔鄂萼锷[鳄合璧、佩文鱷词林][获穫繁]镬霍藿攉廓郭 ‖ 袥爀龠[濼泺]鷟蠦碏骹鮨皭焯汋禚汋都蒻媖㚟蠌㾝釀[跞躒异]朦籰㠮懢蹕[鑠鑠]擭朥覆嬳剧泽掸犖钍硌鮥簿髀褥镈鏄椁膜镆绋怍崿部郝嗃薃熇曘垩咢遌崿鶚㺜蠖

〖词林收录〗瀹趵雒爆薄铂扩陌 ‖ 蹿䌾蕎掣㺚㖤㿛䈹遻曘㾝護覆轐鸎遌㦄㫤趹跅䩸挌䡈鶼洛餺獞髆㙣㨞䫻䘿割筰怍䂞膗鷠鰐碍唧濩餦樏㩉㚖爃癯䩨劇嗒㯶鸞艡

第十七部

入声：（质、术、栉韵），（陌、麦、昔韵），锡韵，（职、德韵），缉韵通用

【入声质、术、栉韵】

〖诗韵、词林同收录〗质桎蛭失室叱[实實繁寔异]日[率又本韵]帅蟀悉[膝词林、佩文厀同，合璧]七漆唧疾嫉

蒺必[毕畢繁]跸匹蜜谧笔弼密室咥
秩帙[侄姪异]栗慄[昵词林暱异，词林、
合璧、佩文]尼逸佚俏轶溢诘吉拮一壹
肸佶乙汨[术術繁]述秫出恤戌卒崒
茁黜怵朮律聿鹬橘栵瑟[虱蝨异]‖
锁哐櫍碩郅[隲词林、佩文騭合璧]祂驲
型罿饎鬐渾玬鞸佖馝苾鉍駜泌瑮挃
铚抶紩柣溧箖鷸冼镒蛣姞鴅颭扨猘
郵踤縡痛需滴繍[鴻词林、佩文鳿合璧]
驕瑟

〖词林收录〗蟋宓佛溧劫洁螯垤泭悴
捽淬讪壘‖劓哐踶裃襟榛喊蝍檞詇
湄彈覤鮄繹蕇鴨邲怭濌楶室螲猍瑮
槑颲懁詙馱妷欯佶怚咭趌部猾鮚貼
訅玳蛓怵窋遻疐跧侓脺逓㐱熵蠮鱋
蘜櫛浙

【入声陌、麦、昔韵】

〖诗韵、词林同收录〗陌驀拍魄霸珀
[百又本韵]伯迫柏白帛舶磔宅泽择赫
[吓嚇繁]客格[胳骼同]哑额眘虢碧
[索词林、佩文素通，合璧]窄隙[却卻
异]戟[剧劇繁]屐逆[麦麥繁]脉[佩
文脈异，词林、合璧]檗擘愬册栅责啧
帻赜摘谪[覈核某义项的异体]翮核隔革
鬲画[获獲繁]帼掴蜮苷[腊思积切，xī，
干肉，今臘字简体]惜刺磶蹐[积積繁]脊
迹鲫席蓆夕汐籍藉瘠释[适適繁]螫尺
赤斥[只隻繁]撠[跖词林蹠异，词林、合

璧、佩文]炙石硕[射词林又本韵]掷踯益
绎掖腋亦奕弈译驿液易蜴役疫[辟又
本韵][蹙蹸同]璧僻癖擗[辟闢繁]‖
貊貘[甋词林瓹异，合璧、佩文]幭觡湆
剨嗐绤霢覭篑撼膈搲[嗌词林又本韵]
婳戠舄碼瀉踖歺耤塉奭襫祏鼫醳帟
怿歝峄埸嬖

〖词林收录〗佰舶坼拆搦喀假擭迮蚱
舴薛楝涑筴槭槅嗝厄扼[划劃繁]啞
猎‖栢摤怶檡蟀蹅垎輅挌茖鵒蛒領
詻客謤瀺諙夔嚄濩岸筰虢剫彾齸钀
鼊搣犞鯖満籯阣鮠軛虩藋鴶輨漤
㴃剨碥煔蔦敵禎嵴㠲鵸蟦睪襗裲圛
煃澼

【入声锡韵】

〖诗韵、词林同收录〗锡[皙晰]析渐
蜥戚绩勷寂壁霹觅[幂冪异]汩的[吊
弔异][适適]嫡镝滴逖踢倜惕剔狄
[敌敵繁]踧迪覿[籴糴繁][涤滌繁]
笛荻翟[历歴同，合璧、佩文歷词林]霹
砾鬲枥沥栎怒溺檄阋[吃喫异]激[击
擊繁][鶂蜺异]‖裼緆鏚感甓蹢䩨樀
菂商𧼯顜箵疬檪轹厏莇敫覡獥鵙艦
藕鬩昊鶪殈

〖词林收录〗劈邊妯浂‖晰鏧礆頿幎
鼏㔸玓鬄歷噭磼皪瓅瀝欶𦣞鷔噭
謫黳洟鄴瞁

【入声职、德韵】

〖诗韵、词林同收录〗职织识饰式轼拭栻[实寔异]殖埴植食蚀侧仄昃色啬穑濇测恻崱息熄即稷陟敕饬直力朸匿弋翼翊翌殛亟棘焮亿忆臆抑极巇域魊洫副逼幅愎德得忒慝特勒肋北菔葍踣墨默塞则贼劾黑克剋刻或惑国冒 ‖ 檕湜稄汮晏鹥犆杙忕釴默瀷慝襋絉盡繶檍喊罭鯨鶒緎阈湢愊楅湢䲢扚仂泐飭繶鼟墄鰔蟿

〖词林收录〗值 ‖ 臁蠆蟻弒郎稙幀㥾廙溭蚋棘轙蒉筮埲䆐稢脢葳扐

【入声缉韵】

〖诗韵、词林同收录〗缉葺辑[习習繁]袭褶集[湿濕词林浧异,合璧、佩文]执汁十什拾入廿[涩澀词林翜同,合璧、佩文]戢縶蛰立粒笠[揖又本韵]挹熠吸歙翕泣急给级汲及笈邑浥悒岌 ‖ 霫鈒渫雭隰澺鰪苙眷渰潝伋裛唈

〖词林收录〗卌煜苃垯 ‖ 昰諿鞈喋渒秙楖謵溍鹢驫鰪箮瞌鉝繭謵撿闟㜣噏涪趿媢厭

第十八部

入声：（物、迄韵），（月、没韵），

（曷、末韵），（黠、鎋韵），（屑、薛韵），（叶、帖韵）通用

【入声物、迄韵】

〖诗韵、词林同收录〗物勿拂髴髯弗不韨黻绂佛[屈词林又本韵]诎厥倔掘崛[鬱郁某义项的繁体]菀蔚熨迄肸汔乞讫吃仡屹 ‖ 蚎汩芴䤵被茀綍[泼佩文、词林泧合璧]咈怫[弟词林岪异,合璧、佩文]坲刜裋甈釳

〖词林收录〗綳沸契扢疙 ‖ 佛趹霏忇柫颰烳鷝鰛獝䠯繻[㵾掇同]楒爩灃尉芑圪忔

【入声月、没韵】

〖诗韵、词林同收录〗月刖越钺曰粤樾阙厥劂[橜词林樂异,合璧、佩文][蹶词林、合璧、佩文屩同,词林]蕨鱖撅纥歇讦[揭词林搩同,合璧、佩文]羯竭碣楬谒暍[发髮繁][发發繁]伐罚阀筏[没沒同]殁孛勃悖渤醭饽猝[卒又本韵]捽崪咄讷竘鹘忽惚笏窟[崛某义项同崛]骨汨兀 ‖ 軏[词林又本韵]狨[蠥词林、合璧、佩文蠍同,词林]钀[蠍蝎同]猲堡敜韍詄㳅烽峰稡杮膌挨捙軏扢挏堀惽楎抈机矹屼危

〖词林收录〗瘀脖鹁倅呐吻 ‖ 絨蠛沕颭岉硩鯞趪襏咉瞾鍀藒颮茇墢侼埻梓駤怵馺葵堁艴獗䘒鱂阢

【入声曷、末韵】

〖诗韵、词林同收录〗曷褐喝渴葛割遏阔萨妲闼挞[达達又本韵他达切]獭[剌合璧、佩文刺词林][辣辢异]末袜沫抹秣[活又本韵]豁阔括聒栝筈鸹斡拨钵泼跋魃撮掇剟脱[夺奪繁]挦‖髡鞨鹖鞨[鞨合璧、佩文鞨异,词林]羯頞嶭蘖攃擦怛笪達濊佸[适古活切,疾也,人名,今作適字简体]萚袯鲅犮靯馞茇妭

〖词林收录〗蝎磕[盖葢]蘗䩞瘌捺‖瘌鹝縼黜狚鳜撧颰佽䎃銛掮墢鏺胈坺襏緢裞鮵胈

【入声黠、鎋韵】

〖诗韵、词林同收录〗黠戛嘎秸轧揠滑猾八拔杀铩察札苗瞎刮刹‖劼刮骺貉圠鳕蛹汃椴蛰窫萻鳖哧哳

〖词林收录〗楔捌叭[紮扎某义项异体]扎哒辖‖蘛鸹窫鳦硈婠乞朳乮鴷䝙唶犒

【入声屑、薛韵】

〖诗韵、词林同收录〗屑切[窃竊繁]节[疖癤繁][截词林截同,合璧、佩文][铁鐵繁]饕孼经凸跌迭哑蛭垤捩涅捏茶襒撷絜颉挈[契词林又本韵]锲结拮[洁潔繁]噎咽[咭齕异]臬[霓蜺异]穴血阕玦[决決异]诀谲抉[撒词林擎同,合璧、佩文]瞥氅薎巇箧薛褻[洩词林泄合璧、佩文]楔雪绝设掣浙[晢合璧、佩文晣词林][折又本韵]舌热[说词林又本韵]啜拙棁哲[彻徹繁]撤辙澈列烈洌冽裂辍畷醊劣子悦阅缺偈[杰词林傑繁,词林、合璧、佩文]桀[孽词林、佩文孼异,合璧蠥同,词林、合璧、佩文][讞讞繁][蘖词林、佩文糵异,合璧][鳖鼈异][灭滅繁][别又本韵]‖桨𥱼纈蛞闑陧脆氿魈趹[鴂词林、合璧、佩文鴃词林]蠛[绁词林、合璧、緤合璧]䐑渫魋[蹩蹩]苾揳歑[艺藝繁]蚓苪愶挈垀咸[蘖合璧蘗词林、佩文]鷩漖莂

〖词林收录〗頁桔祮憰瞥刷唰咧拽‖糏佸澁蜐鱡䲞䝓猰暍㹱搨祙鴶鑇湒馱妜劈䀣憜覢蠛鶨纎绁蟄咼鼜瘌灿蜗晣觼捌鴛鷙栵叕罬餟涭泹蛉鈘蚗莁朅惕㮿轞瓥鵬筡

【入声叶、帖韵】

〖诗韵、词林同收录〗[葉叶某义项的繁体。又本韵]魇[厌厭繁]厣笈妾接楫睫婕捷摄愶雯箑蕖耷摺涉辄[猎獵繁]聂镊蹑帖怗贴喋谍谍[叠疊异]堞蝶蹀蹀捻[协協繁]翩挟侠颊[荚词林又本韵]铗蛱箧惬燮浹‖楪鰈[撮词林摩合璧、佩文]䶩祓裛鯜涻楼荽[楫词林又本韵]鞢諜愖福譫朕鬣欇躞簫跕氍裸鬣鉿厣躠

第十九部

入声：（合、盍韵），（洽、业、狎、乏韵）通用

【入声合、盍韵】

〖诗韵、词林同收录〗[合又本韵古沓切]欲阁鸽蛤跋飒[卅词林，卉同币同，合璧、佩文][杂雜繁]答搭嗒沓踏拉纳衲盍磕阖[盖蓋繁，词林又本韵]嗑榼榻塔[腊臘繁][蜡蠟繁] ‖ 鞈姶哈靸钑

〖词林收录〗⑱极欱唈拾嗳邋[钻《广韵》托协切，音贴]叶 ‖ 偞繐赺偼嶪翣帹獵儠灂驪譤熻驜磼籋渫鰈蚻埱惀袷姢岋慊

驭嚃䐞黯㗙瀱諮遝湇駘魶溘搕阘

〖词林收录〗䢔盒頷㖫褡瞌闸塌遢[蹋词林又本韵]邋 ‖ 匌欱鮯媕妚帀呬魳趇轟薿鐋榙誻韐揞楷魶妠蛤匼譫搕厴轄顉鎓鯣匒碟囃剻噆傝毺騽濌鰈磼壛鑞燤撒

【入声洽、业、狎、乏韵】

〖诗韵、词林同收录〗[业業繁]邺[胁脅繁]㥯怯劫袷洽袷峡狎恰帢掐夹歃插眨萐剳狎匣甲胛押[压壓繁]鸭呷箑霅喋乏法 ‖ 鐷嚛跲郟筴鵊锸锸揠翣㕤

〖词林收录〗肽[扻词林又本韵]筴腌浥裛鰈 ‖ 㒎驜鶒擒刡祫䖳帢袷䌡霅譇溘騒䛇廅褋唊濇獵甗

汉字笔画检字

【检索说明】

一、字头按简化汉字总笔画数排列。

二、笔画数相等的字头按起笔（一 丨 丿 丶 →）为序排列。

三、部分字头附录该字繁体或异体，以供辨识。

四、字头之后标注该字所属韵部（有单韵部，有多韵部）。

五、字头分属两个以上韵部（多韵部）的即为多音字，可查"诗韵字表"的"子目录"，快速检索。如："单"字，笔画总数八画，可从页眉上找到"八画"所在的页面，起笔为左点"丶"，再按第二笔相向的右点"丿"顺序查找，即能较快查到"单"字，得知分属寒、先、铣三韵。查"诗韵字表"三个韵部中任意一个韵部，获知属于"平仄不通用多音字"；再从"平仄不通用多音字"的"子目录"查到该字头，可得到"单"字的读音、释义、诗例、注释等相关信息。

六、以点起笔"丶"，包括相向点如"单"，合三点如"兴"，竖两点如"冲"，竖三点如"江"等。以折起笔"→"，包括所有带转折的笔画，如：〈、丁、乙、阝、匚、乁、刁等。

七、字头右方不带页码，则表示该字头仅收录在"诗韵字表"。

八、字头右方带页码，打开该页面可查到该字头读音、释义。

九、入声字头右方带菱形标志，如"十◆缉韵"，则表示该字头新四声读音为阴平或阳平。入声字头右方无标志，则表示该字头新四声读音为上声或去声。若字头是不常用字也许不作标志。

一画

一◆ 质韵
乙 质韵

二画

【一】
二 置韵
十◆ 缉韵
厂 养韵
丁 庚青韵 128
七◆ 质韵

【丨】
卜 屋韵

【丿】
乂 队韵
八◆ 黠韵
人 真韵
入 缉韵
九 有韵
乃 贿韵
ㄅ 肴韵
匕 纸韵
儿兒 支齐韵 114
几 纸韵 584/547
几幾 微尾置韵 283

【一】

刁 萧韵
刀 豪韵
力 职韵
又 宥韵
了 筱韵

三画

【一】
三 覃勘韵 394
干 寒韵 580
亍 沃韵
于 虞韵 579
于於 鱼虞 118
亏 支韵
工 东韵
土 虞韵
士 纸韵
下 马祃韵 159
丈 养韵
大 泰个韵 181
万 愿韵
兀 月韵
与 鱼语御韵 418
才 灰韵 579
才纔 灰韵
寸 愿韵
弋 职韵

【丨】
上 养漾韵 163
口 有韵
巾 真韵

山 删韵

【丿】
千 先韵
乞 物韵
川 先韵
亿 职韵
久 有韵
及◆ 缉韵
个 个韵 588
丸 寒韵
义 置韵
勺◆ 药韵
凡 咸韵
么麽 歌哿韵 354
夕◆ 陌韵

【丶】
广 俭韵 586
广廣 养漾韵 162
亡 阳韵
门 元韵
丫 麻韵
之 支韵

【一】
尸 支韵 577
尸屍 支韵
己 纸韵
已 纸韵
巳 纸韵
弓 东韵
卫 霁韵

也 马韵
女 语御韵 140
刃 震韵
飞 微韵
习◆ 缉韵
叉 麻韵 534
小 筱韵
子 纸韵
子◆ 屑韵
马 马韵
乡 阳韵
幺 萧韵

四画

【一】
丰豐 东韵
丰 冬韵 577
王 阳漾韵 481
井 梗韵
开 灰韵
夫 虞韵
天 先韵
元 元韵
无 虞韵
韦 微韵
专 先韵
云 文韵 579
云雲 文韵
丏 泰韵
廿 缉韵
艺 霁韵

木	屋韵		冈	阳韵	介	卦韵	计	霁韵
五	虞韵		贝	泰韵	爻	肴韵	户	虞韵
支	支韵		见	霰韵	从	冬宋韵 260	订	径韵
厅	青韵				父	虞韵	讣	遇韵
卅	合韵		【丿】		仑	元韵	认	震韵
不	尤物韵 497		午	虞韵	今	侵韵	冗	肿
仄	职韵		牛	尤韵	凶	冬韵 577	讥	微韵
太	泰韵		手	有韵	分	文问韵 305	心	侵韵
犬	铣韵		毛	豪韵	乏◆	洽韵		
历	锡韵		气	未韵 586	公	东韵	【一】	
友	有韵		气氣	未韵	仓	阳韵	尹	轸韵
尤	尤韵		壬	侵韵	月	月韵	丑	有韵 585
厄	陌韵		升昇	蒸韵 582	氏	支纸韵 413	夬	卦韵
车	鱼麻韵 118		夭	萧筱皓韵 457	勿	物韵	尺	陌韵
扎紥◆	黠韵		长	阳养漾韵 481	欠	艳陷韵 191	引	轸震韵 148
屯	真元韵 122		仁	真韵	风	东韵 515	巴	麻韵
区	虞尤韵 120		什◆	缉韵	丹	寒韵	队	队韵
戈	歌韵		仃	青韵	匀	真韵	办	谏韵
匹	质韵		片	霰韵	乌	虞韵	以	纸韵
比	支纸置韵 280		仆	遇宥韵	凤	送韵	允	轸韵
互	遇韵			566/587/175	殳	虞韵	邓	径韵
巨	语韵		仆僕◆	屋沃韵			劝	愿韵
切◆	霁屑韵 180			192	【、】		双	江韵
牙	麻韵		化	祃韵	卞	霰韵	予	鱼语韵 417
瓦	马韵		仇	尤韵	六	屋韵	毋	虞韵
			仍	蒸韵	文	文韵	孔	董韵
【丨】			币	霁韵	亢	阳漾韵 371	书	鱼韵
止	纸韵		仂	职韵	方	阳韵	水	纸韵
少	筱啸韵 156		仅	震韵	忆	职韵	幻	谏韵
日	质韵		斤	文问韵 307	火	哿韵		
曰◆	月韵		爪	巧韵	为	支置韵 266		
中	东送韵 257		反	元阮韵 312	斗	有韵 585		
内	队韵		兮	齐韵	斗鬭	宥韵		
			刈	队韵				

五画

【一】

玉	沃韵	
刊	寒韵	
未	未韵	
末	曷韵	
击◆	锡韵	
戋戔	先韵	
示	置韵	
邘	虞韵	
巧	巧韵	
正	庚敬韵	378
卉	尾未韵	139
邛	冬韵	
功	东韵	
去	语御韵	140
甘	覃韵	
世	霁韵	
册	缉韵	
艾	泰韵	
芄	肴韵	
芀	蒸韵	
古	麌韵	
节◆	屑韵	
本	阮韵	
术術	置质韵	172
朮◆	质韵	
札◆	黠韵	590
可	哿韵	
丙	梗韵	
左	哿个韵	159
厉	霁韵	

丕	支韵	
右	有宥韵	165
石◆	陌韵	
布	遇韵	
戊	宥韵	
龙	冬韵	
劢	卦韵	
灭	屑韵	
平	先庚韵	125
打	马梗韵	558
扑	屋韵	589
扑撲	觉韵	
轧	黠韵	
扔	蒸韵	
扐	职韵	
㔷	哿韵	
匜◆	合韵	
东	东韵	

【丨】

北	队职韵	183
凸◆	月屑韵	198
占	盐艳韵	505
卢	虞韵	
业	洽韵	
旧	宥韵	
帅	置质韵	171
归皈	微韵	
且	鱼马韵	419
旦	翰韵	
目	屋韵	
冉	俭韵	
叶	叶韵	

申	真韵	
甲	洽韵	
叮	青韵	
号	豪号韵	348
电	霰韵	
田	先韵	
由	尤韵	
央	阳韵	
史	纸韵	
叭◆	黠韵	
兄	庚韵	
叽	微韵	
叱	质韵	
只祇	支韵	
只	纸韵	583
只隻◆	陌韵	
叫	啸韵	
叩	有韵	
叨	豪韵	
叹	寒翰韵	221
皿	梗韵	
凹	肴韵	
刅	职韵	
囚	尤韵	
四	置韵	

【丿】

生	庚韵	
失◆	质韵	
矢	纸韵	
乍	祃韵	
禾	歌韵	
丘	尤韵	

仕	纸韵	
仗	养漾韵	162
付	遇韵	
代	队韵	
仙	先韵	
仟	先韵	
仡	物韵	
仪	支韵	
仮◆	缉韵	
白	陌韵	
他	歌韵	
仞	震韵	
仔	支纸韵	
斥	陌韵	
卮	支韵	
瓜	麻韵	
丛	东韵	
乎	虞韵	
令	庚敬韵	376
用	宋韵	
印	震韵	
氐	齐荠韵	
句勾	虞尤遇宥韵	291
勾	泰韵	
册	陌韵	
卯	巧韵	
犯	豏韵	
外	泰韵	
处	语御韵	139
冬	冬韵	
鸟	筱韵	
务	遇韵	

六画 汉字笔画检字

乌	虞韵	许◆	月屑韵 198	发髪	月韵	老	皓韵	
包	肴韵	讧	东韵 516	孕	径韵	巩	肿韵	
钉	径韵	讨	皓韵	圣	敬韵	圾◆	缉韵	
饥	支微韵 577/113	让	漾韵	弁	寒霰韵 319	圹	漾韵	
乐	效觉药韵 185	礼	荠韵	对	队韵	圮	纸韵	
尔	纸韵	讪	删谏韵 223	台	支灰韵 578	圯	支	
		讫	物韵	台臺	灰韵	地	置韵	
【、】		训	问韵	矛	尤韵	场	阳韵 534	
主	麌韵	议	置韵	纠	尤有韵 498	耳	纸韵 548	
市	纸韵	必	质韵	驭	御韵	芋	虞遇韵 423	
疒	纸韵	写	马韵	母	虞有韵 422	共	冬宋韵 406	
立	缉韵	记	置韵	幼	宥韵	芊	先韵	
邝	阳韵	讯	震韵	辽	萧韵	芍◆	药韵	
玄	先韵	永	梗韵	丝	支	芄	寒韵	
忉	豪韵	切	震韵			茇◆	缉韵	
闪	俭韵			**六画**		芒	阳韵	
兰	寒韵	**【一】**				亚	祃韵	
半	翰韵	司	支置韵 274	**【一】**		芝	支韵	
头	尤韵	尼	支质韵 411	耒	队韵	芑	纸韵	
汁◆	缉韵	尻	豪韵	邦	江韵	芎	东韵	
汀	青韵 537	民	真韵	玎	青韵	芗	阳韵	
汇匯	贿韵	弗◆	物韵	玑	微韵	朽	有韵	
汇彙	未韵	弘	蒸韵	式	职韵	朴	屋觉韵 192	
氿	黠韵	疋	鱼马韵	刑	青韵	机	纸韵 584	
沁	纸韵	出	置质韵 172	邢	青韵	机機	微韵	
汉	翰韵	奷	先韵	戎	东韵	权	先韵	
氾	陷韵	奶	蟹韵	动	董韵	亘	径韵	
宁	语韵 585	召	啸韵	迁	虞韵	再	队韵	
宁寧宵	青径韵 386	加	麻韵	圭	齐韵	吏	置韵	
		奴	虞韵	寺	置韵	协◆	叶韵	
穴◆	屑韵	皮	支韵	吉◆	质韵	西	齐韵	
宄	纸韵	边	先韵	考	皓韵	压	洽韵	
冯	东蒸韵 112	发發	月韵			厌厭	艳叶韵 191	

厌猒	盐韵 541	臣	真韵	屼	月韵	伛	麌韵
戍◆	质韵	尧	萧韵	屿	语韵	伐◆	月韵
在	贿队韵 146	匠	漾韵	屹	物韵	延	先霰韵 452
有	有韵	划	麻陌韵 581/477	帆	咸陷韵 247	仲	送韵
百	陌韵	毕	质韵	岁	霁韵	件	铣韵
而	支韵	至	置韵	发◆	缉韵	仟	麌韵
页	屑韵	过	歌个韵 351	回	灰队韵 429	任	侵沁韵 390
存	元韵	邪	麻韵	岂	尾韵	伤	阳韵
夸誇	麻韵 581			屺	纸韵	伥	阳韵
夺◆	曷韵	【丨】		则◆	职韵	价	卦韵 588
灰	灰韵	此	纸韵	刚	阳韵	价價	祃韵
达	霁韵 587	乩	齐韵	网網	养韵	伦	真韵
达達◆	曷韵	贞	庚韵	肉	屋韵	份	真韵 526
戍	遇韵	师	支韵			伧	庚韵
列	屑韵	尘	真韵	【丿】		华華	麻祃韵
死	纸韵	尖	盐韵	年	先韵	仰	养漾韵 161
迈	卦韵	光	阳韵	朱	虞韵	伉	漾韵
成	庚韵	岁	屑韵	缶	有韵	仿	养韵 558
夹裌◆	洽韵	当	阳漾韵 363	先	先霰韵 449	伙夥	蟹哿韵 144
扛捍摔	翰韵	早	皓韵	牝	轸韵	伪	置韵
匡	阳韵	吁	虞韵 521	廷	青径韵 237	仵	语韵 584
扛	江韵	吐	麌遇韵 142	舌◆	屑韵	白	有韵
轨	纸韵	吓	陌韵	竹◆	屋韵	自	置韵
扣	有宥韵 166	曳	霁韵	迁	先韵	伊	支韵
托◆	药韵	虫蟲	东韵	乔	萧韵	血	屑韵
扢	月韵	曲◆	沃韵	迄	物韵	向	漾韵 588
执	缉韵	同	东韵	伟	尾韵	向嚮	养漾韵
扱◆	洽韵	吕	语韵	传	先霰韵 332	似	纸韵
扩	药韵	吊	啸锡韵 184	休	尤韵 539	后	有宥韵 165/585
扪	元韵	吃◆	物韵 590	伍	麌韵	后後	有宥韵 166
扫埽	皓号韵 158	因	真韵	伎	支韵 519	行	阳庚漾敬韵 373
扬	阳韵	吸◆	缉韵	伏◆	宥屋韵 190		
夷	支韵	团	寒韵	优	尤韵	彴	药韵

六画　汉字笔画检字

舟	尤韵		色	职韵	壮	漾韵	军	文韵
全	先韵		钇	药韵	冲冲	东韵 514	讴	尤韵
会	泰韵		饧	庚韵	冲衝	冬韵	讵	语御韵 139
杀◆	卦黠韵 182				妆	阳韵	讶	祃韵
合◆	合韵		【、】		兴	蒸径韵 492	礽	蒸韵
企	纸置韵 137		庄	阳韵	次	置韵	祁	支韵
众	送韵		庆	阳敬韵 478	汗	寒翰韵 445	讷	月韵
爷	麻韵		齐	齐霁韵 424	污	虞麻遇韵 294	许	语韵
伞	旱韵		刘	尤韵	汙	虞麻遇韵 294	讹	歌韵
兇	冬韵		衣	微未韵 416	江	江韵	䜣	文韵
创	阳漾韵 482		亦	陌韵	汏	泰曷韵 181	论	元愿韵 308
刖	月黠韵 197		邡	阳韵	汕	谏韵	讻	冬韵
肌	支韵		产	潸韵	汔	物韵	讼	宋韵
肋	职韵		交	肴韵	汋	觉药韵	农	冬韵
朵	哿韵		亥	贿韵 553	汐◆	陌韵	讽	送韵
杂◆	合韵		充	东韵	汍	寒韵	设	屑韵
凤	屋韵		妄	漾韵	汎泛	东陷韵 207	访	漾韵
危	支韵		忏	寒韵	汲◆	缉韵	诀◆	屑韵
旬	真韵		忖	阮韵	汜	纸韵		
旨	纸韵		忏	陷韵	汛	震韵	【一】	
旭	沃韵		忙	阳韵	池	支韵	聿	质韵
负	有韵		闬	翰韵	汝	语韵	寻	侵韵
刎	吻韵		闭	霁屑韵 178	汤	阳漾韵 372	那	歌哿个韵 472
犷	养梗韵 161		问	问韵	汊	祃韵	艮	愿韵
匈	冬韵		闯	沁韵	宇	麌韵	尽	轸韵
舛	铣韵		州	尤韵	决决◆	屑韵	异	置韵 586
名	庚韵		灯	蒸韵	守	有宥韵 165	异異	置韵
各	药韵		羊	阳韵	宅◆	陌韵	导	号韵
多	歌韵		并	庚梗迥敬韵	安	寒韵	弛	纸韵 547
兆	筱韵			582/378	冰	蒸韵	阱	梗韵
凫	虞韵		关	删韵	字	置韵	阮	元阮韵 439
争	庚韵		米	荠韵	讲	讲韵	迅	震韵
邬	虞韵		迂	遇韵	讳	未韵	阵	震韵

阳	阳韵		纫	真韵	526	坋	吻问韵	149	芪	阳韵	
收	尤宥韵	496	孙	元韵		坎	感韵		花	麻韵	
阪	阮韵		孖	支韵		均	真韵		芹	文韵	
阶	佳韵		丞	蒸韵		赤	陌韵		芥	卦韵	
阴	侵韵		巡	真韵		坞	麌韵		芩	侵韵	
防	阳漾韵	362				孝	效韵		芬	文韵	
阮坑	庚韵		**七画**			坟	文吻韵	437	苍	阳养韵	478
奸	寒韵	580				坑	庚韵		芪	支韵	
如	鱼御韵	290	**【一】**			坊	阳韵		芴	物韵	
妣	马祃韵	160				壳◆	觉韵		芡	俭韵	
奶	药韵		寿	有宥韵	166	志	置韵	586	芝	咸韵	
妇	有韵		玕	寒韵		块	队韵		芳	阳韵	
妃	微韵	519	弄	送韵		声	庚韵		严	盐咸韵	129
好	皓号韵	157	玖	有韵		却	药陌韵	200	苎	语韵	
戏	支置韵	414	麦	陌韵		劫◆	洽韵		芦	虞韵	
观	寒翰韵	316	玛	马韵		乘	董韵		劳	豪号韵	466
牟	尤韵		形	青韵		芙	虞韵		克	职韵	
欢	寒韵		进	震韵		芫	元韵		芭	麻韵	
买	蟹韵		戒	卦韵		芜	虞韵		苏	虞韵	
羽	虞韵		吞	元韵		苇	尾韵		苡	纸韵	
纤	虞韵		远	阮愿韵	150	邯	覃韵		杆	寒韵	529
红	东韵		违	微韵		芸	文韵		杠	江韵	517
驮	歌个韵	470	韧	震韵		芾	未韵	564	杜	麌韵	
纡	有韵		划	霁韵		芰	置韵		杕	霁韵	
纤	盐韵		运	问韵		苈	锡韵		杖	养韵	
纥◆	月韵		坛	寒韵	528	苞	元韵		杌	月韵	
驯	真韵	525	坏	卦韵		苣	语韵		材	灰韵	
纳	寒韵		址	纸韵		芽	麻韵		村	元韵	
约◆	啸药韵	184	走	有宥韵	165	芷	纸韵		杙	职韵	
级◆	缉韵		贡	送韵		芮	霁韵		杏	梗韵	
圹	漾韵		坝	祃韵		苋	谏韵		杉	咸韵	
纪	纸韵		攻	东韵		芼	豪号韵		巫	虞韵	
驰	支韵		圻	微韵		芙	皓韵		杓	萧药韵	

七画 汉字笔画检字

极◆	职韵		抔	尤韵		医	霁韵 588	
杞	纸韵		扰	筱韵		医醫	支韵	
杨	阳韵		扼	陌韵		求	尤韵	
权	麻祃韵 476		抠	尤韵		迉	祃韵	
李	纸韵		批	齐屑韵 300				
孛◆	队月韵 183		拒	语韵		【丨】		
甫	麌韵		轩	元韵 527		步	遇韵	
更	庚敬韵 377		扯	马韵		卤	麌韵	
束	沃韵		连	先韵		卣	尤有韵	
吾	虞麻韵 119		轫	震韵		邶	洽韵	
豆	宥韵		折◆	齐屑韵 427		坚	先韵	
两	养漾韵 162		抓	肴麻巧效韵 347		肖	啸韵 570	
邴	梗敬韵		扳	删韵		旰	翰韵	
酉	有韵		抡	真元韵 122		旱	旱韵	
丽	支霁韵 279		扮	谏韵		呈	庚韵	
辰	真韵		抢	阳养韵 366		里	纸韵 584	
励	霁韵		欤	鱼御韵		里裏	纸置韵 138	
邳	支韵		抑	职韵		吴	虞韵	
否	纸有韵 137		抛	肴韵		助	御韵	
还	删先韵 124		投	尤韵		县	先霰韵 450	
矴	径韵		扶	吻问韵 150		时	支韵	
矶	微韵		抗	漾韵		呓	霁韵	
盀	盐韵		抖	有韵		呆	灰韵	
夹裕◆	洽韵		护	遇韵		吠	队韵	
龙	江韵		抉	屑韵		园	元韵	
豕	纸韵		扭	有韵		吰	庚韵	
歼	盐韵		把	马韵		旷	漾韵	
来	灰韵 525		报	号韵		围	微韵	
忎	职韵		拟	纸韵		旸	阳韵	
扶	虞韵		扜	语韵 551		呕	虞尤韵 523/121	
抚	麌韵		匦	洽韵		呀	麻韵	
抟	寒韵 528		迆	真韵		町	青迥韵	
技	纸韵					足◆	遇沃韵 176	

虬	尤韵	
邮	尤韵	
男	覃韵	
串	谏韵	
员	文先问韵 307
呗	卦韵	
呐	屑韵	
困	愿韵	
听	吻韵 585
听聽	青径韵 384
吟唫	侵寝沁韵 501
吻	吻韵	
吹	支置韵 268
呜	虞韵	
吭	阳养漾韵 233
呋	屑韵	
邑	缉韵	
囵	元阮韵	
别◆	屑韵	
吰	轸铣韵 147
吼	有宥韵 166
岈	先韵	
怅	微韵	
岐	支韵	
岖	虞韵	
岠	语韵	
岈	麻韵	
岘	铣韵	
帐	漾韵	
岑	侵韵	
岚	覃韵	
兕	纸韵	

财	灰韵		佃	先霰韵 225	孚	虞韵	饪	寝韵
䭾	支寘韵		佚	质韵	含	覃韵	饫	御韵
			作	遇个药韵 175	邻	真韵	饧	职韵
【丿】			伯	◆ 陌韵	肝	寒韵	饭	阮愿韵 150
针	侵盐韵 583/128		伶	青韵	肚	虞韵	饮	寝沁韵 167
钉	青径韵 490		佣	冬韵 517	肘	有韵	系	霁韵 587
钊	萧韵		低	齐韵	肠	阳韵	系縶	霁韵
迕	虞韵		你	纸韵	邸	荠韵		
牡	有韵		住	遇韵	甸	霰韵	【丶】	
告	号沃韵 186		位	寘韵	奂	翰韵	言	元韵
犷	震韵		伴	旱韵	免	铣韵	亩	有韵
乱	翰韵		伫㝉	语韵 584	劬	虞韵	亨	庚韵
利	寘韵		佗	歌韵	龟	支尤韵 117	庑	虞麌韵 424
秃	◆ 屋韵		阜	皓韵	狂	阳韵	床	阳韵
秀	宥韵		身	真韵	犹	尤宥韵 494	库	遇韵
私	支韵		伺	寘韵	狈	泰韵	庇	寘韵
我	哿韵		佛	◆ 物韵	狄	◆ 锡韵	吝	震韵
每	贿韵		劭	萧笑韵 453	飏	阳漾韵 233	疗	青韵
伻	径韵		伽	歌韵	删	删韵	应膺	蒸径韵 387
估	麌韵 552		近	吻寘问韵 149	狙	有宥韵 166	疖	◆ 屑韵
体	荠韵 552		彻	屑韵	犴	轸韵	疗	啸韵 570
何	歌韵		役	陌韵	鸠	尤韵	庐	鱼韵
兵	庚韵		彷	阳韵	角	◆ 觉韵	远	阳韵
邱	尤韵		返	阮韵	彤	冬韵	序	语韵
佐	个韵		佘	麻韵	条	萧韵	辛	真韵
伾	支韵		余	鱼韵 578	卵	旱哿韵 151	肓	阳韵
佑	宥韵		余馀	鱼韵	炙	宥韵	弃	寘韵
佈	遇韵		希	微韵	岛	皓韵	忘	阳漾韵 232
伻	庚韵		佥	盐韵	邹	尤韵	忾	虞麌韵
佔	盐韵		坐	哿个韵 159	刨鉋	肴效韵 463	忮	寘韵
攸	尤韵		谷榖	屋韵 589	饨	元韵	怀	佳韵
但	旱韵		妥	哿韵	迎	庚敬韵 487	忧	尤韵
伸	真韵		豸	纸韵	忾	未韵	忡	东韵

七画　汉字笔画检字

忤	遇韵	沐	屋韵	完	寒韵	译	陌韵
忾	未队韵 174	沛	泰韵	宋	宋韵	诣	贿置韵 553/145
怅	漾韵	沔	铣韵	宏	庚韵		
忪	冬韵	汰	泰韵	弟	荠霁韵 144	【一】	
怆	阳养漾韵 235	沥	锡韵	牢	豪韵	君	文韵
忮	盐韵	沌	元阮韵 440	究	宥韵 573	灵	青韵
忭	霰韵	沤	尤宥韵 390	穷	东韵	即◆	职韵
忱	侵韵	沚	纸韵	冶	马韵	层	蒸韵
快	卦韵	沙	麻韵	灾	灰韵	尾	尾韵
忸	有韵	汩	质锡韵 195	良	阳韵	迟	支置韵 410
闰	震韵	汨	月韵	证	敬径韵 188	局◆	沃韵
闱	微韵	冲	东韵	诂	麌韵	尿	啸韵
闲 闲	删韵 581	汹	雾韵	诃	歌韵	改	贿韵
闵	庚韵	沃	沃韵	启	荠韵	张	阳漾韵 480
间	删谏韵 323	沂	微韵	评	庚敬韵 236	忌	置韵
闵	轸韵	沧	真韵	社	马韵	陆	屋韵
闱	漾韵	汹	冬肿韵 209	补	麌韵	际	霁韵
闷	愿韵 568	汾	文韵	初	鱼韵	阿	歌韵 533
灶	号韵	泛汛	东陷韵 207	礿	纸韵	陇	肿韵
灿	翰韵	沧	阳韵	祸	祸韵	㞎◆	屑韵
灼◆	药韵	沨	东韵	诅	御韵	陈	真韵
炀	阳漾韵 479	沟	尤韵	识◆	置职韵 173	贴	盐韵
羌	阳韵	没没	月韵	诇	迥敬韵 164	阻	语韵
判	翰韵	汧	霰韵	诎◆	物韵	阼	遇韵
冻	送韵	汶	文问韵 437	诈	祸韵	附	遇韵
状	漾韵	沆	养韵	诉	遇韵	坠	置韵
兑	泰韵	汩	支韵	罕	旱翰韵 152	陀	歌韵
况	漾韵	沪	麌韵	诊	轸震韵 148	陂	支置韵 409
冷	梗韵	沈瀋	寝韵 583	诋	齐荠韵 299	阫	青径韵
汪	阳韵	沈沉	侵寝沁韵 500	诌	尤韵	妍	先韵
汧	先霰韵	沁	沁韵	词	支韵	妩	麌韵
沅	元阮韵	沏	职韵	诏	啸韵	妘	文韵
沄	文元韵 580/123			诐	支置韵	妓	纸韵

妪	遇韵		纳	合韵	玦◆	屑韵	苦	盐艳韵 246
姒	纸韵		纴	侵沁韵	责◆	陌韵	苜	屋韵
妙	啸韵		孜	支韵	规	支韵	苴	鱼麻语韵
妠	黠韵		驳◆	觉韵	忝	俭艳韵 169	苗	萧韵
妊	侵沁韵 244		纵	冬宋韵 260	孟	虞韵	英	庚韵
妖	萧韵		纶	真删韵 122	卦	卦韵	苒	俭韵
妗	沁韵		纷	文韵	刲	齐韵	苗◆	质黠屑韵
姊	纸韵		纸	纸韵	邽	齐韵		194
妨	阳漾韵 370		纹	文韵	坩	覃韵	苻	虞韵
妫	支韵		纺	养韵	坷	哿个韵 158	苓	青韵
妒	遇韵		纻	语韵	坯坏	灰韵 579	茶◆	屑叶韵 200
姒	纸韵		驴	鱼韵	坪	庚韵	苟	有韵
努	麌韵		纠	轸韵	坫	艳韵	茆	巧有韵 557/157
妤	鱼韵		纽	有韵	垆	虞韵	茑	啸韵
邵	啸韵		纾	鱼语韵 214	坦	旱韵	苑	阮韵 554
劭	萧啸韵 455				坤	元韵	苞	肴韵
忍	轸韵				劼◆	黠韵	范	豏韵 586
到	迥韵		**八画**		者	马韵	苎	语韵
劲	敬韵				坼	陌韵	茔	庚韵
甬	肿韵		【一】		幸	梗韵	苾	质韵
邰	灰韵		奉	肿韵	坡	歌韵	茕	庚韵
矣	纸韵		拜	董讲韵 136	坳	肴韵 531	直◆	职韵
鸡	齐韵		珏	虞韵	其	支置韵 272	莿◆	物韵
纬	未韵		玩	翰韵 568	耶	麻韵	茗	萧韵
纭	文韵		玮	尾韵	取	麌有韵 141	茄	歌麻韵 127
纮	庚韵		环	删韵	苦	麌遇韵 143	茎	庚韵
纯	真元先轸韵		武	麌韵	昔◆	药陌韵 202	苔	灰韵
	433		青	青韵	苛	歌韵	茅	肴韵
驱	虞遇韵 293		现	霰韵	若	马药韵 160	枉	养韵
纰	支韵		玫	灰韵	茏	冬韵	林	侵韵
纱	麻韵		玠	卦韵	茂	宥韵	柿	队韵
驲	质韵		玱	阳韵	苃◆	曷韵	枝	支韵
纲	阳韵		表	筱韵	苹	庚韵 582	杯	灰韵

八画 汉字笔画检字 639

枥	锡韵		刺	置陌韵 172		转	铣霰韵 154		拇	有韵
枢	虞韵		枣	皓韵		拈	盐韵		拗	巧效韵 157
枇	支韵		雨	麌遇韵 141		斩	豏韵		顷	庚梗韵 488
柜	语韵		卖	卦韵		轮	真韵		卧	个韵
杪	筱韵		厓	佳韵		软輭	铣韵		瓯	尤韵
杳	筱韵		矸	翰韵 568		担	覃勘韵 395		欧	尤有韵 560
枘	霁韵		矼	江韵		抽	尤韵		殴	有韵 560
杵	语韵		郁	屋韵 589		押◆	洽韵		到	号韵
枚	灰韵		郁鬱	物韵		拙	屑韵		郅	质韵
枨	庚韵		矻	月韵		轰	庚韵		鸢	先韵
析◆	锡韵		矿	梗韵		扶	质韵			
板	潸韵		砀	阳漾韵		拖拕	歌哿韵 230		【丨】	
枞	冬韵		厕	置韵		拊	虞麌韵 423		叔◆	屋韵
枌	文韵		垄	肿韵		拍◆	陌韵		歧	支韵
松	冬韵 577		刻	虞韵		顶	迥韵		肯	迥韵
松鬆	冬韵		奈	泰个韵 181		拆	陌韵		齿	纸韵
枪	阳庚韵 127		奔	元愿韵 311		拥	肿韵 546		些	麻霁个韵 231
枫	东韵		奇	支韵		抵	纸荠韵 136		卓◆	觉韵
柳	阳韵		奄	俭韵 561		拘	虞韵		虎	麌韵
构	宥韵		奋	问韵		势	霁韵		虏	麌韵
枋	阳韵		态	队韵		抱	皓韵		非	微韵
杭	阳韵		殁	月韵		拄	麌韵		肾	轸韵
枓	有韵		郏◆	洽韵		拉◆	合韵		贤	先韵
杰◆	屑韵		抹	曷韵		拦	寒韵		尚	漾韵
述	质韵		助	阳韵		拌	寒旱韵 446		盱	虞韵
枕	寝沁韵 167		拑	盐韵		瓩	纸韵		旺	漾韵
扭	有韵		妻	齐霁韵 425		拂◆	物韵		具	遇韵
杷	麻祃韵 474		拓	药韵		招	萧韵		昊	皓韵
杼	语韵		拊	遇韵 565		披	支韵		旻	覃韵
丧	阳漾韵 480		拢	董韵		拔	曷韵		味	未韵
或	职韵		拔◆	曷黠韵 199		择◆	陌韵		杲	皓韵
画	卦陌韵 182		抨	庚韵		拚	寒问霰韵 318		果	哿韵
事	置韵		拣	潸霰韵 153		抬	灰韵		昃	职韵

昆	元韵	580	咏	敬韵	釭	东江韵	112	佹	萧筱韵	341
昆崘	元韵		呢	支韵	钊	霰韵		版	潸韵
国◆	职韵		咈	物韵	钓	啸韵		侄◆	质屑韵 195
昌	阳韵		呶	肴韵	钗	佳韵		岱	队韵
呵	歌个韵		哈	灰韵	垂	支韵		岯	纸韵
畅	漾韵		呦	尤韵	邽	虞韵		侦	庚敬韵 237
昕	文韵		岵	麌韵	制	霁韵	587	侗	东董韵 404
咙	东韵		岸	翰韵	知	支韵		侣	语韵
明	庚韵		岩	咸韵	迭◆	屑韵		侃	旱翰韵 152
刎◆	月韵		帖	叶韵	氛	文韵		侧	职韵
易	置陌韵 173		罗	歌韵	迮	药韵		侏	虞韵
昂	阳韵		峃	支纸置韵 211	牧	屋韵		侥	真韵
旻	真韵		岫	宥韵	物	物韵		凭	蒸径韵 240
昉	养韵		帜	置韵	乖	佳韵		凭憑	蒸韵 582
昇	置韵		帙	质韵	刮◆	黠韵		侨	萧
旺	庚韵		帕	黠韵	秆	旱韵		佥	置职韵 174
虮	尾韵		岭	梗韵	和	歌个韵 469		佺	先韵
迪◆	锡韵		迥	迥韵	籼	先韵		侩	泰韵
典	铣韵		岷	真韵	委	支纸韵 413		俏	质韵
固	遇韵		凯	贿韵	季	置韵		佹	纸韵
忠	东韵		岥	支置韵 415	竺	屋韵		货	个韵
咀	鱼语韵 286		峄	陌韵	秉	梗韵		佩	队韵
呻	真韵		囷	真轸韵	迤	支纸韵 280		侈	纸韵
呷◆	洽韵		败	卦韵	佳	佳韵		佻	萧筱韵 337
黾	轸铣梗韵 147		贩	愿韵	侍	置韵		佳	支韵
咒	宥韵		贬	俭韵	佶	质韵		侪	佳韵
咄◆	月曷韵 196		购	宥韵	岳	觉韵		佼	肴巧韵 461
咋◆	陌韵		贮	语韵	供	冬宋韵 258		依	微韵 520
呱	虞韵		图	青韵	使	纸置韵 138		伴	阳韵
呼諄	虞遇韵 565		图	虞韵	佰	陌韵		饮	置韵
鸣	庚韵		周	养韵	侑	宥韵		侘	麻祃韵
咆	肴韵				例	霁韵		侬	冬韵
咛	青韵		【丿】		侠◆	叶韵		史	虞韵 522

八画　汉字笔画检字

帛◆	陌韵	忿	吻问韵 149	狒	未韵	庚	庚韵
卑	支韵	瓮	送韵	咎	豪有韵 465	放	养漾韵 162
的	锡韵	肤	虞韵	备	置韵	於	鱼虞韵 579/118
迫	陌韵	肺	队韵	炙	祸陌韵 188	废	队韵
阜	有韵	肢	支韵	臬	萧韵	妾	叶韵
伴	尤韵	肱	蒸韵	饯	铣霰韵 154	盲	庚韵
质	质韵	胚	真韵	饰	职韵	刻	职韵
欣	文韵	肿	肿韵	饱	巧韵	劾◆	队职韵 183
征	庚蒸韵 582	朒	黠韵	迨	纸韵	育	屋韵
徂	虞韵	胀	漾韵	饲	置韵	氓	庚韵
往	养韵	肸◆	质物韵 194	饴	支韵	怔	庚韵
炮◆	觉韵	朋	蒸韵			怯	洽韵
爬	麻韵	股	虞韵	**【丶】**		怙	虞韵
彼	纸韵	肪	阳韵	变	霰韵	怵	质韵
径	径韵	肥	微韵 520	京	庚韵	怖	遇韵
所	语韵	服◆	屋韵	享	养韵	怦	庚韵
舍	马祸韵 588	胁脅◆	艳洽韵 191	庞	东江韵 112	怗◆	叶韵
金	侵韵			店	艳韵	怛	曷韵
郐	泰韵	周	尤韵	夜	祸韵	怏	阳养漾韵 485
命	敬韵	剁	个韵	庙	啸韵	忱	养韵
肴	肴韵	昏	元韵	府	虞韵	性	敬韵
剁◆	黠韵	郁	真韵	底	荠韵	怍	药韵
斧	麌韵	鱼	鱼韵	庖	肴韵	怕	祸韵
忩	肿韵	兔	遇韵	剂	支霁韵 414	怜	先韵
尪	阳韵	匋	豪韵	卒	质月韵 194	怩	支韵
籴◆	锡韵	狙	鱼御韵 285	郊	肴韵	怫	物韵
采	贿队韵 146	狎◆	洽韵	疠	霁韵	怊	萧韵
觅	锡韵	狐	虞韵	疟	药韵	怪	陌韵
受	有韵	忽◆	月韵	疝	删谏韵	怪	卦韵
乳	麌韵	狗	有韵	疙◆	物韵	怡	支韵
贪	覃韵	狝	铣韵	疚	宥韵	闸◆	合韵
念	艳韵	狞	庚韵	疡	阳韵	闹	效韵
贫	真韵	狖	宥韵	究	铣韵	炜	尾韵

炬	语韵		泱	质韵	定	径韵	祊	庚韵
炒	巧韵		泔	虞韵	宕	漾韵	衬	震韵
炘	文韵		泊♦	药韵	宠	肿韵	衫	咸韵
炊	支韵		泝	遇韵	宜	支韵	衩	祸韵
炕	漾韵		泠	霁韵	审	寝韵	诛	虞韵
炎	盐韵		泠	青韵	宙	宥韵	诜	真韵
炉	虞韵		泜	支韵	官	寒韵	话	卦韵
郑	敬韵		沿	先韵	空	东董送韵 257	诞	旱韵
券	愿韵		泖	巧韵	帘	盐韵 583	诟	宥韵
卷	先铣韵 448		泡	肴效韵 346	帘簾	盐韵	诠	先韵
列	屑韵		注	遇韵	穸♦	陌韵	诡	纸韵
单	寒先铣韵 442		泣	缉韵	穹	东韵	诣	霁韵
冼	迥韵		泫	铣韵	宛	元阮韵 438	询	真韵
净	敬韵		泮	翰韵	实寔♦	质职韵 195	诤	敬韵 572
沫	曷韵		泞濘	迥径韵 164			该	灰韵
浅	铣韵 555		沱	歌哿韵 358	宓	质韵	详	阳韵
法	洽韵		学♦	觉韵	诔	纸韵	诧	祸韵
泔	覃韵 541		泻	马祸韵 160	试	置韵	诨	愿韵
泄	霁屑韵 587/179		当	觉韵	郎	阳韵	诩	麋韵
沽	虞韵 522		泌	置质韵 171	诖	卦韵		
沭	质韵		泳	敬韵	诗	支韵	【一】	
河	歌韵		泥	齐荠霁韵 426	诘♦	质韵	建	愿韵
泷	江韵		泯	真轸韵 304	庚	霁韵	肃	屋韵
泙	庚韵		沸	未韵	肩	先韵	帚	有韵
沾	盐艳韵 507		泓	庚韵	房	阳韵	录	沃韵
泸	虞韵		沼	筱韵	诙	灰韵	隶	霁韵
泪	置韵		波	歌韵	戾	遇韵	居	支鱼韵 114
沮	鱼语御韵 288		泼♦	曷韵	诚	庚韵	届	卦韵
油	尤宥韵 495		泽♦	药陌韵 201	郓	问韵	刷♦	黠韵
泱	阳养韵 366		泾	青径韵 386	袆	支韵	屈♦	物韵
泂	迥韵		治	支置韵 274	祉	纸韵	弢	豪韵
泅	尤韵		宝	皓韵	视	纸韵	弧	虞韵
泗	置韵		宗	冬韵	祈	微韵	弥瀰	支纸荠韵

弥	支韵 518/210	承	蒸韵	昚	吻韵	垤◆	屑韵	
弦	先韵	线	霰韵			政	敬韵	
弨	萧韵	绀	勘韵			赴	遇韵	
陁	宥韵	绂	物韵	**九画**		赵	筱韵	
戕	阳韵	练	霰韵	【一】		赳	有韵 560	
陌	陌韵	驸	遇韵	耂◆	陌锡韵 203	贡	文元置韵 435	
阽	阳韵	孤	虞韵	籽	支纸韵	哉	灰韵	
陕	俭韵	驹	虞韵	契	霁屑韵 178	垢	有韵	
降	江绛韵 408	终	东韵	贰	置韵	荀	有韵	
陔	灰韵	驺	虞尤韵 120	奏	宥韵	垛	歌哿韵 473	
限	潸韵	绐	宥韵	春	真韵	郝	药韵	
妹	队韵	驻	遇韵	帮	阳韵	垓	灰韵	
姑	虞韵	绊	翰韵	珏◆	觉韵	垠	真文元韵 122	
姐	马韵	驼	歌韵	珂	歌韵	甚	寝沁韵 167/561	
妲◆	曷韵	贯	翰韵	珑	东韵	荆	庚韵	
妯	尤锡韵 498	驵	养韵	玷	俭韵	茸	冬肿韵 265	
姗	俭韵	组	麌韵	珊	寒韵	茜	霰韵	
姓	敬韵	绅	真韵	玳	队韵	荐	霰韵	
姁	虞遇韵	细	霁韵	珀	陌韵	茀◆	叶韵	
姗	寒韵	驷	纸韵	顸	寒翰韵	荑	齐韵	
始	纸置韵 138	织◆	置职韵 173	珍	真韵	茺	萧韵	
帑	虞养韵	孟	敬韵	玲	青韵	巷	绛韵	
弩	麌韵	驷	置韵	珌	质韵	贳	霁祃韵 178	
孥	虞韵	绋◆	物韵	珉	真韵	某	有韵	
驽	虞韵	绍	筱韵	珈	麻韵	革◆	陌韵	
姆	宥韵	驿	陌韵	毒	沃韵	茈	支纸韵	
虱◆	质韵	绎	陌韵	型	青韵	带	泰韵	
迢	萧韵	经	青径韵 380	韨	物韵	草	皓韵	
迦	歌麻韵 127	驸	灰贿韵 431	封	冬宋韵 406	茧	铣韵	
驾	祃韵	给	贿韵	垣	元韵	茵	真韵	
参	侵覃勘韵 501	丞◆	职韵	项	讲韵	茴	灰韵	
迨	贿韵	沓	合韵	城	庚韵	茉	虞韵	
艰	删韵	函	覃咸韵 129			莛	青迥韵	

荞	萧韵		南	覃韵		栀	支韵		斫斲斮◆	觉药
茯◆	屋韵		荚	蟹韵		柢	荠霁韵 144			韵 193
荏	寝韵		药	觉药韵 589/193		枸	虞麌有韵		砭	盐艳韵 246
荇	梗韵		荪	元韵		栅	谏陌韵 184		面	霰韵
荃	先韵		栈	潸铣谏韵 153		柳	有韵		奂	铣韵
荟	泰韵		标	萧筱韵 334		枹	虞肴尤韵 119		耐	队韵
荅◆	合韵		柰	泰韵		栎	锡韵		耏	支韵
茶	麻韵		柠	曷韵		柱	麌韵		奎	齐韵
荀	真韵		柑	覃韵		柿	纸韵		参	麻韵
荈	铣韵		柮	霁韵		栏	寒韵 528		牵	先霰韵 325
茗	迥韵 560		枯	虞韵		柁舵	驾韵 557/585		尥	灰尾韵
荠	支荠韵 281		栉	质韵		柲	置韵		虿	卦韵
荍	肴韵 532		柯	歌韵		枇	支纸韵		残	寒韵
荒	阳韵		柄	敬韵		枷	歌麻韵 127		殂	虞韵
荄	佳灰韵		柘	祃韵		柽	庚韵		殃	阳韵
垩	药韵		栊	东韵		树	麌遇韵 142		殇	阳韵
茨	支韵		枰	庚韵		勃◆	月韵		殄	铣韵
茳	江韵		枢	宥韵		刺	曷韵		殆	贿韵
茫	阳韵		栋	送韵		要	萧啸韵 335		拭	职韵
荡	养漾韵 161		栌	虞韵		酊	迥韵 560		挂	卦韵
荣	庚韵		查	麻韵		郦	锡韵		持	支韵
荤	文韵		相	阳漾韵 370		柬	潸韵		拮◆	质屑韵 195
荦	觉韵		枷	洽韵		咸	咸韵		拷	皓韵
荧	青韵		柚	宥屋韵 189		威	微韵		拱	肿韵
荥	青韵		栍	萧韵		研	先霰韵 326		挞	曷韵
故	遇韵		枳	纸韵 584		砖	先韵		挟◆	叶韵
胡	虞韵		枴	蟹韵		砗	麻韵		挠	豪巧韵 351
剌	职韵		柚	月韵		砒	齐韵		挝	麻韵
荩	震韵		柣	质韵		厚	有宥韵 165		轲	歌哿个韵 356
菝	萧韵		柞	药陌韵 201		研	祃韵		轳	虞韵
荫	沁韵		柎	虞麌韵		砌	霁韵		轴◆	屋韵
茹	鱼语御韵 287		柏	陌韵		砂	麻韵		轵	纸韵
荔	置霁韵 170		析	药韵		砚	霰韵		轶	质屑韵 195

轸	轸韵		临	侵沁韵 499	昭	萧筱韵 453	眺	豪韵
轵	锡韵		览	感韵	咥	置质屑韵 172	哜	霁韵
挡	漾韵		竖	麌韵	昇	霰韵	咬齩	肴巧韵 462
拽	霁韵		削◆	药韵	昳	铣韵	咳	灰韵
挏	董韵		省	梗韵	畏	未韵	咤吒	麻祃韵 475
挦	萧韵		尝	阳韵	胃	未韵	哝	冬韵
轻	庚敬韵 488		昧	队韵	胄	宥韵	峙	纸韵
挺	迥韵		眄	铣霰韵 155	贵	未韵	峘	寒韵
括	曷韵		是	纸韵	畋	先韵	岜	寒韵
挢	筱韵		郢	梗韵	界	卦韵	炭	翰韵
拴	先韵		眇	筱韵	毗	支韵	峡◆	洽韵
拾◆	缉韵		眈	号觉韵 187	眴	真韵	峣	萧韵
指	纸韵		盼	谏韵	虹	东绛韵 255	罘	尤韵
垫	艳韵		昽	东韵	虾	麻韵	帧	敬韵 572
挑	萧豪筱韵 339		眨	洽韵	蚁	纸尾韵 136	罚◆	月韵
挤	齐荠霁韵 298		眈	覃感韵 396	思	支置韵 269	峒	东董送韵 405
挖拖	歌哿韵 230		哇	佳麻韵 121	盅	东韵	峤	萧啸韵 338
按	翰韵		哄	送韵 561	虽	支韵	恰	洽韵
挥	微韵		哑	麻马陌韵 475	品	寝韵	峋	真韵
挪	歌韵		显	铣韵	咽	先霰屑韵 324	峥	庚韵
拯	迥韵		咺	元阮韵	骂	祃韵	帡	青韵
鸥	尤韵		冒	号职韵 187	哆	泰韵	贱	霰韵
皆	佳韵		映	敬韵	剐	马韵	贴◆	叶韵
毖	置韵		禺	冬虞遇韵 408	郧	文韵	贶	漾韵
鸦	麻韵		哂	轸韵	勋	文韵	贻	支韵
			星	青韵	咪	虞遇宥韵	骨	月韵
			映◆	屑韵	咻	尤虞韵	幽	尤韵
【丨】			昨◆	药韵	哗	麻韵		
背	队韵 567		昂	巧韵	囿	宥屋韵 190	【丿】	
战	霰韵		曷	曷韵	咿	支韵	钘	青韵
觇	盐艳韵		昱	屋韵	响	养韵	钛	霁泰韵
点	俭韵		昵	质韵	哈	卦韵	钜	语韵
虐	药韵		晈	萧韵	哆	麻纸哿马置韵	钝	愿韵
韭	有韵							

钞	肴效韵	346	种種	肿宋韵	136	信	震韵		食◆	置职韵	174
钟	冬韵		秭	纸韵		皇	阳韵		瓴	青韵	
钢	阳韵	535	秔	庚韵		叟	尤有韵	241	盆	元韵	
钣	潸韵		秋	尤韵		侵	侵韵		鸧	阳韵	
钚	冬江韵	113	科	歌韵		泉	先韵		胠	鱼御韵	
铃	盐韵		重	冬肿宋韵	263	鬼	尾韵		胚	灰韵	
钥	药韵		复復	宥屋韵	189	禹	麌韵		胧	东韵	
钦	侵韵		竿	寒韵		侯	尤韵	540	胪	鱼韵	
钧	真韵		笃	麌韵		徦◆	沃韵		胆	感韵	
钨	麌韵		笈◆	缉叶韵	203	追	支韵		胛	洽韵	
钩	尤韵		笃	沃韵		俑	肿韵		胐	尾队月韵	139
钫	阳韵		俦	尤韵		俟	纸韵	548	胜	蒸径韵	239
钮	有韵		段	翰韵		俊	震韵		胙	遇韵	
钯	麻韵		俨	俭韵		盾	轸阮韵	147	胗	轸韵	
卸	祃韵		便	先霰韵	327	迻	宥韵		胝	支韵	
缸	江韵		俪	霁韵		待	贿韵	553	胸	麌韵	
拜	卦韵		垡◆	月韵		徊	灰韵		胞	肴韵	
看	寒翰韵	221	贷	队韵		徇	震韵		胖	寒翰韵	445
矩	麌韵		俅	尤韵		徉	阳韵		脉	陌韵	
毡	先韵		顺	震韵		衍	铣霰韵	154	胎	灰韵	
牯	麌韵		修	尤韵		剑	艳陷韵	191	胫	迥径韵	164
怹	寝韵		俏	啸韵		律	质韵		鸰	皓韵	
郜	号韵		俚	纸韵		很	阮韵		匍	麌韵	
牲	庚韵		侯	麌韵		须	麌韵	579	欨	麌韵	
牴	荠韵		保	皓韵		须鬚	麌韵		勉	铣韵	
选	铣霰韵	154	俜	青韵		舣	纸韵		狨	东韵	
适	曷韵	590	促	沃韵		叙	语韵		狭◆	洽韵	
适適	陌锡韵	202	俄	歌韵		俞	麌韵	521	狮	支韵	
秕	纸韵		侮	麌韵		弇	覃韵		独◆	屋韵	
秬	语韵		俭	俭韵		剏	个韵		狯	泰卦韵	180
秒	筱韵		俗◆	沃韵		俎	语韵		忽匆	东韵	
香	阳韵		俘	麌韵		爰	元韵		狰	庚梗韵	
种	东韵	577	俛	铣韵		郛	麌韵		狡	巧韵	

飑	俭韵		疣	尤韵		恽	吻韵		前	先韵
飑	肴觉韵		疥	卦韵		恨	愿韵		茜	尤韵
狩	宥韵		疮	阳韵		闱	齐韵		首	有宥韵 164
狱	沃韵		疢	支韵		闻	文问韵 436		逆	陌韵
狮	元韵		疯	东韵		阂	曷韵		兹	支韵
訇	庚韵		疫	陌韵		闽	真韵 526		将	阳漾韵 483
逄	江韵		疤	麻韵		囿	鱼韵		奖	养韵
昝	感韵		施	支寘韵 271		阀◆	月韵		总	东董韵 404
逃	豪韵		弈	陌韵		阁◆	药韵		咨	支韵
贸	宥韵		奕	陌韵		阂	队韵 567		姿	支韵
怨	元愿韵 220		迹	陌韵		炳	梗韵		洼	麻韵 581
急◆	缉韵		亲	真震韵 433		炼	霰韵		洁◆	屑韵
饵	寘韵		音	侵韵		炽	寘韵		洪	东韵
饶	萧啸韵 228		彦	霰韵		炯	迥韵		洹	元寒韵 123
蚀◆	职韵		飒	合韵		炮礮砲	肴效韵 581/463		洒	蟹马韵 145
饷	养漾韵 163		帝	霁韵					洧	纸韵
胤	震韵		恸	送韵		烁	药韵		洏	支韵
盈	庚韵		恃	纸韵		洼	麌遇韵 143		举	语韵
饼	梗韵		恒	蒸韵 539		炫	霰韵		洌	屑韵
			恢	灰韵		烂	翰韵		浃◆	叶韵
【、】			恒	阳韵		羞	支佳麻韵 115		洭	阳韵
娈	寒韵		恍	养韵		养	养漾韵 161		洟	支韵
弯	删韵		恫	东送韵 405		美	纸韵		浇	萧韵
娈	铣霰韵 555/155		恺	贿韵		羑	有韵		洮	纸荠韵 137
孪	谏韵 569		恻	职韵		姜	阳韵 581		洸	阳韵
哀	灰韵		恬	盐韵		迸	敬韵		浊◆	觉韵
亭	青韵		恤	质韵		叛	翰韵		洞	董送韵 136
亮	漾韵		恰	洽韵		送	送韵		洄	灰韵
度	遇药韵 176		恂	真韵		眷	先霰韵		测	职韵
庭	青径韵 490		恼	冬肿韵		类	寘韵		洙	虞韵
麻	尤韵		恪	药韵		迷	齐韵		洗	荠铣韵 143
庠	阳韵		恌	萧韵		敉	语韵		活◆	曷韵
疬	锡韵		恼	皓韵		娄	虞尤韵 120		洪	屋韵

涎	先霰韵	452	窈	屑韵		鸩	沁韵		姱	麻韵
洎	置韵		穿	先霰韵	328	说◆	霁屑韵	179	姨	支韵
洫	职韵		客	陌韵		昶	养韵		娆	萧筱啸韵 453
派	卦韵		诚	卦韵		诵	宋韵		姪◆	质屑韵 195
洽	洽韵		冠	寒翰韵	321				帤	鱼韵
洵	真韵		诬	虞韵		【一】			姻	真韵
洮	冬肿韵	209	语	语御韵	140	郡	问韵		姝	虞韵
洺	庚韵		扁	先铣韵	447	垦	阮韵		娇	萧筱韵 227
洛	药韵		扃	青韵		退	队韵		姤	宥韵
洮	豪韵		袪	鱼韵		既	未韵		姽	纸韵
染	俭韵		祜	麌韵		屋◆	屋韵		姚	萧韵 530
浏	尤有韵		祐	宥韵		昼	宥韵		姣	肴巧韵 462
济	荠霁韵	144	袯◆	物韵		尽	纸韵		妍	庚韵
洨	肴韵		祖	麌韵		鸠◆	屑韵		姹	遇韵
浐	潸韵		神	真韵		屏	青梗韵 382	娜	哿韵 557
洲	尤韵		祝	屋韵		弭	纸韵		姦	删韵
洋	阳韵		祚	遇韵		费	未韵		拏	麻韵
浑	元韵	527	祔	遇韵		陡	有韵		怒	麌遇韵 142
浒	麌韵		祗	支韵		柯	歌韵		架	祃韵
浓	冬韵		祢	荠韵	552	眉	支韵		贺	个韵
觉◆	效觉韵	185	祎	微韵		胥	鱼韵		怼	置韵
津	真韵		诮	啸韵		陛	荠韵		枭	纸韵
浔	侵韵		衲	合韵		陟	职韵		勇	肿韵
洳	鱼御韵		袆	寝沁韵	167	陗	啸韵		奂	灰韵
宣	先韵		袄	皓韵		陧	屑韵		急	贿韵
宥	宥韵		衿	侵韵	541	陨	轸韵		癸	纸韵
剎	霁韵		袂	霁韵		除	鱼御韵 418	盅	皓韵
宦	谏韵		祠	支韵		险	俭韵		羿	霁韵
室	质韵		误	遇韵		院	霰韵		垒	纸韵
宫	东韵		诰	号韵		娃	佳麻韵 121	柔	尤韵
宪	愿韵		诱	有韵		姞◆	质韵		矜	蒸韵
突◆	月韵		诲	队韵		姥	麌韵		绒	东韵
窀	真韵		诳	漾韵	572	娅	祃韵 571	结◆	屑韵

绔	遇韵		泰	泰韵		氅	号韵		晋	震韵	
骁	萧韵		珥	纸韵		垺	屑韵		恶	虞遇药韵 423
绕	筱啸韵 156		珙	肿韵		恐	肿宋韵 136		莎	歌韵
経◆	屑韵		项	沃韵		壸	虞韵		莞	寒潸韵 443
䌷	真韵		珴	麻韵		盇	合韵		莹	庚径韵 237
细	真韵		班	删韵		埃	灰韵		莨	阳韵
骄	萧韵		珰	阳韵		耻	纸韵		莺	庚韵
骅	麻韵		珠	虞韵		耿	梗韵		真	真韵
象	翰韵		斑	迥韵		耽	覃韵		鸱	虞韵
绘	泰韵		珩	庚韵		聂	叶韵		莼	真韵
给	缉韵		珣	真韵		莆	虞韵 551		梛	江韵
绚	霰韵		敖	豪韵		莽	虞养韵 141		栻	职韵
绛	绛韵		珞	药韵		恭	冬韵		桂	霁韵
骆	药韵		珧	萧韵		莱	灰韵		桔◆	屑韵
络	药韵		珵	庚韵		莲	先韵		栲	豪皓韵
绝◆	屑韵		素	遇韵		莅	贿韵		栳	皓韵
绞	巧韵		䒷	宥韵		莫	药陌韵 200		栱	肿韵
孩	灰韵		蚕	覃韵		莳	置韵		桠	麻哿韵
骇	蟹韵		顽	删韵		莉	置韵		梛	侵韵
统	宋韵		盍	潸韵		莠	有韵		桓	寒韵
骈	先韵		恚	置韵		莪	歌韵		栖	齐韵 579
逊	愿韵		栽	灰队韵 429		莓	灰韵		栖	支韵
			埂	梗韵		荷	歌哿韵 471		桡	萧效韵 458
十画			载	贿队韵 146		莅	置韵		桎	质韵
			起	纸韵		茶	虞韵		桢	庚韵
【一】			盐	盐艳韵 506		荽	支韵		桃	阳漾韵
耕	庚韵		埋	佳韵		莩	虞韵		桐	东韵
耘	文韵		㘿	支纸韵 416		荟	感勘韵 168		株	虞韵
耗	号韵		埚	歌韵		获穫	遇药陌韵 176		栝	曷韵
艳	艳韵		埙	元韵					桥	萧韵 530
挈	屑韵		袁	元韵		莸	尤韵		桦	麻祃韵 230
秦	真韵		都	虞韵		获◆	锡韵		桁	阳庚漾韵
			者	支韵 518		莘	真韵		桧	泰韵

桅	灰纸韵	431	砢	哿韵		捎	肴韵		龀	震韵	
格◆	药陌韵	201	砺	霁韵		捏◆	屑韵		柴	佳寘韵	428
栘	支韵		砰	庚韵		捉◆	觉韵		赀	支韵	
桃	豪韵		砧	侵韵		捆	阮韵		鸬	虞韵	
桩	江韵		础	语韵		捐	先韵		虔	先韵	
校	效韵		砥	支纸荠韵	416	损	阮韵		虑	鱼御韵	286
核◆	月陌韵		砲礟炮	效韵		挹	缉韵		监	咸陷韵	508
	590/199		砾	锡韵		捌◆	黠韵		紧	轸韵	
样	漾韵		破	个韵		哲◆	屑韵		逍	萧韵	
栟	庚韵		硁	庚韵		逝	霁韵		党	养韵	
根	元韵		恧	屋职韵	193	捡	俭韵		昧	泰队韵	181
栩	麌韵		原	元韵		挫	个韵		哗	送韵	
索	药陌韵	200	套	皓韵		挦	曷韵		逞	梗韵	
逋	虞韵		逐	灰韵		挼	歌个韵		晅	元韵	
彧	屋韵		逐◆	屋韵		换	翰韵		晒	寘卦韵	171
哥	歌韵		耷	东送韵	255	挽	阮韵		晟	庚敬韵	
速	屋韵		烈	屑韵		赟	寘韵		眩	霰韵	
高◆	陌锡韵	203	殊	虞韵		挚	寘韵		眠	先韵	
豇	江韵		殉	震韵		热	屑韵		晓	筱韵	
逗	宥韵		翅	庚韵		捣	皓韵		眙	支寘韵	
栾	质韵		顾	遇韵		抄	歌韵		唝	董韵	
贾	麌马韵	141	捞	豪韵		捃	问韵		哮	肴韵	531
耍	肿韵		捕	遇韵		揭◆	沃韵		唠	肴韵	532
酎	宥韵		捂	遇韵		捅	董韵		鸭◆	洽韵	
酌◆	药韵		振	真震韵	302	挨	佳蟹韵	429	晃	养韵	
配	队韵		轲	职韵		匪	尾韵	550	哺	遇韵	
酏	支纸韵		轻	寘韵		顿	愿韵		哽	梗韵	
迺	纸韵		匿	职韵		毙	霁韵		晔	叶韵	
翅	寘韵		轿	萧啸韵	339	致	寘韵		剔◆	锡韵	
辱	沃韵		辂	尤韵		递	尤韵		晁	筱韵	556
唇	真韵		辂	遇韵	564				晏	翰谏韵	184
唇	遇药陌韵	177	较	效觉韵	185	【丨】			晖	微韵	
夏	马祃韵	160	轷	先青韵	125	彭	萧尤咸韵	126	晕	问韵	567

十画　汉字笔画检字

鸦	萧韵		唔	虞韵		铄	药韵		笫	纸韵	
趵	觉韵		罝	麻韵		铉	铣韵		笏	月韵	
跋◆	合韵		眾	虞韵		铊	麻韵		笋	轸韵	
眕	真轸韵		罦	东肴韵	112	铋	质韵		笆	麻马韵	476
蚌	讲韵		悄	萧韵		铍	支韵		俸	宋韵	
蚨	虞韵		峭	啸韵		铎◆	药韵		倩	霰敬韵	184
蚑	支寘韵		峨	歌哿韵	357	靑	梗韵		债	卦韵	
蚍	纸韵	549	峰	冬韵		缺◆	屑韵		俵	啸韵	
蚬	铣霰韵	155	悦	霁韵		氤	真韵		倖	梗韵	
蚡	吻韵		圆	先韵		毪	铣韵		借	祃陌韵	187
蚣	冬韵		觊	寘韵		特	职韵		偌	祃韵	
畔	翰韵		峻	震韵		牺	支韵		值	寘韵	563
蚊	文韵		贼◆	职韵		造	皓号韵	157	倚	纸韵	
蚪	有韵		贿	贿韵		牷	先韵		俺	艳韵	
蚓	轸韵		赂	遇韵		乘	蒸径韵	493	健	叶韵	
哨	萧啸韵	334	赃	阳韵		敌◆	锡韵		倾	庚韵	
囿	虞遇韵	142	赅	灰韵		舐	纸韵		倒	皓号韵	157
哭◆	屋韵		赆	震韵		秣	曷韵		倣	屋韵	
圄	语韵					秩◆	质韵		倬◆	觉韵	
哦	歌韵		【丿】			租	虞韵		俳	佳韵	
唏	尾韵	550	钱	先铣韵	447	秧	阳韵		倏儵◆	屋韵	
恩	元韵		钲	庚韵		积積◆	寘陌韵		倘	养韵	559
盎	养漾韵	163	钳	盐韵				173	俱	虞韵	521
鸯	阳韵		钵◆	曷韵		秩	质韵		倡	阳漾韵	483
唅	覃勘韵		铍	曷韵		透	宥韵		候	宥韵	
唤	翰韵		钺	月韵		称秤	蒸径韵	494	赁	沁韵	
唁	霰韵		钻	寒翰韵	442	秘	寘韵		恁	寝韵	
唧◆	质职韵	196	钾	洽韵		笄	齐韵		倭	支歌韵	117
唉	灰纸韵		钿	先霰韵	224	笓	齐韵		倪	齐韵	
唆	歌韵		铁	屑韵		筧	铣韵		俾	支纸韵	
悖	尤韵		铂◆	药韵		笔	质韵		倜	锡韵	
峡	灰韵		铃	青韵		笑	啸韵		隼	轸韵	
罢	蟹祃韵	145	铅	先韵		笏	效韵		隽	铣韵	

俯	虞韵		爹	麻哿韵 231	虓	肴韵	衰	支韵
倅	队韵		豻	寒删翰韵	豺	豪韵	衷	东送韵 255
做	养韵		豸	佳韵	狴	齐韵	高	豪韵
倍	贿韵		豹	效韵	狸	支韵	亳◆	药韵
倦	霰韵		舀	筱韵	狷	先铣霰韵 226	勍	庚韵
倌	寒韵		脊◆	陌韵	狳	鱼韵	郭◆	药韵
倥	东韵 516		舀	漾韵	猃	俭艳韵 169	席◆	陌韵
臬	屑韵		爱	队韵	狺	真文韵 122	座	个韵
臭	宥韵		奚	齐韵	逖	锡韵	斋	佳韵
射	祃陌韵 188		衾	侵韵	狼	阳韵	效	效韵
皋	豪韵		鸰	青韵	卿	庚韵	症	蒸韵
躬	东韵		颂	删韵	狻	寒韵	疳	覃韵
息◆	职韵		颂	宋韵	逢	东冬江韵 112	病	敬韵
健	愿韵		翁	东韵	桀	屑韵	痁	盐艳韵
郫	支韵		胴	支韵	留	尤宥韵 495	疽	鱼语韵
倨	御韵		胯	麻遇祃韵 360	袅	筱药韵 156	疸	翰韵
倔◆	物韵		胱	阳韵	晳	元寒韵 123	疾◆	质韵
俯	灰韵		脡	迥韵	盎	旱韵	痄	马韵
衄	屋韵		脍	泰韵	鸳	元韵	疹	轸韵
顾	微韵		脆	霁韵	皱	宥韵	痛	冬韵
徒	虞韵		脂	支韵	悖◆	月韵	疱	效韵
徕	灰队韵 430		胸	冬韵	饵	宥韵	疵	黠韵
虒	支韵		胳◆	陌韵	饿	个韵	痈	未韵
徐	鱼韵		朓	筱啸韵 156	馀	鱼韵	痂	麻韵
殷	文删吻韵 435		脏髒	养韵 559	馁	贿韵	疲	支韵
舰	赚韵		脏臟	漾韵	玺	纸韵	离	支韵
般	寒删韵 124		脐	齐韵	馂	震韵		
航	阳韵		胶	肴效韵 342			离離	支霁韵
舫	漾韵		脑	皓韵	【、】		衮	阮韵
舐◆	屑韵		胼	先韵	衷	麻韵	紊	问韵
途	虞韵		朕	轸寝韵 147	栾	寒韵	唐	阳韵
欲◆	合洽韵 204		脓	冬韵	挛	先韵	颃	阳漾韵
耸	肿韵		鸱	支韵	恋	霰韵	斾	泰韵

十画　汉字笔画检字　653

旄	豪号韵	467	烘	东韵		资	支韵		润	震韵	
旂	微韵		炟	阮韵		恣	置韵		涧	谏韵	
旅	语韵		烦	元韵		涛	豪韵		涕	荠霁韵	144
旃	先韵		烧	萧啸韵	228	涝	豪皓号韵	464	浪	阳漾韵	362
站	陷韵		烛◆	沃韵		浡◆	月韵		浸	侵寝沁韵	503
剞	麌有韵	552/141	烟	先韵		浦	麌韵		涨	阳漾韵	234
竞	敬韵		烨	叶韵		涑	尤屋韵		涩澀	缉韵	
部	麌韵		烙	药韵		凉	阳韵	534	涌	肿韵	
旁	阳韵		剗	俭韵		酒	有韵		浽	纸韵	
欬	置卦队韵		郯	覃韵		涟	先韵		浚	震韵	
		563/171	烬	震韵		浙渐	霁屑韵		害	泰韵	
畜	宥屋韵	190	殺	麌韵				590/180	宽	寒韵	
悖	队月韵	183	羞	尤韵		涉	叶韵		宸	真韵	
悚	肿韵		羔	豪韵		消	萧韵		家	麻韵	
悟	遇韵		恙	漾韵		娑	歌哿韵	471	宦	支韵	
悭	删韵		瓶	青韵		涅	屑韵		递	荠霁韵	144
悄	筱韵	556	拳	先韵		浞◆	觉韵		宵	萧韵	
悍	旱翰韵	153	凌	蒸径韵	388	涓	先韵		宴	铣霰韵	155
悝	灰纸韵		敉	纸韵		涡	歌韵		宾	真韵	
悃	阮韵		粉	吻韵		浥	缉韵		窍	啸韵	
悁	先韵		凇	冬送韵	208	涔	侵韵		宭	筱韵	
悒	缉韵		料	萧啸韵	342	浩	皓韵		窄	陌韵	
悔	贿队韵	146	益	陌韵		海	贿韵		容	冬韵	
悇	御韵		兼	盐艳韵	245	浜	庚梗韵		窈	肴效宥韵	
悯	轸韵		凄	齐韵		浠	霁韵		窕	筱韵	
悦	屑韵		朔	觉韵		涂塗	鱼虞麻韵		剜	寒韵	
悌	荠韵		桨	养韵				578/119	宰	贿韵	
恨	漾韵		浆	阳韵	534	浴	沃韵		案	翰韵	
俊	先韵		郸	寒韵		浮	尤韵		请	梗敬韵	163
阃	阮韵		涠	遇韵		涣	翰韵		朗	养韵	
阄	尤有韵		准	轸屑韵	149	浼	贿韵		诸	鱼韵	
阅	屑韵		调	萧韵		涤◆	锡韵		诹	虞尤韵	120
阆	阳漾韵		瓷	支韵		流	尤韵		诺	药韵	

读◆	宥屋韵 190			娩	阮韵		邕	冬韵
宸	尾韵			娴	删韵		烝	蒸径韵
冢	肿韵			娣	荠霁韵 144			
䜣◆	觉韵	【一】		娘	阳韵		十一画	
扇	先霰韵 451	恳	阮韵	娓	尾韵			
诽	微尾未韵 213	剥◆	觉韵	婀	歌哿韵 474		【一】	
祯	庚韵	展	铣韵	骼	虞麌韵		彗	置霁韵 170
袷◆	洽韵	剧	陌韵	娭	支韵		耜	纸韵
桃	萧韵	屑	屑韵	哿	哿韵		焘	豪号韵 468
袜	曷韵	屐◆	陌韵	饱	效韵		春	冬韵
祛	鱼韵	弱	药韵	舂	阮韵		班	真震韵
袒	旱韵	奘	阳养韵	能	灰蒸韵 121		琏	铣韵
袖	宥韵	陵	蒸韵	通	东韵		球毬	尤韵 583
袗	轸震韵 148	陬	尤韵	难	寒翰韵 320		琐	哿韵
袍	豪韵	牂	阳韵	逡	真韵		理	纸韵
祥	阳韵	蚩	支韵	㟴	东韵		琇	有宥韵 166
祥	元韵	崇	置韵	桑	阳韵		琀	勘韵
被	纸置韵 138/549	陲	支韵	豩◆	曷屑韵 199		麸	虞韵
被◆	曷韵	脾	支韵	预	御韵		琉	尤韵
课	个韵	陶	萧豪韵 126	绠	梗韵		琅	阳韵
冥	青迥韵 491	陷	陌韵	骊	支齐韵 114		堵	麌韵
诿	置韵	陪	灰韵	绡	萧韵		埴◆	置职韵 174
谁	支韵	娠	真震韵 217	骋	梗韵		域	职韵
谀	虞韵	姬	支韵	绢	霰韵		焉	先韵
谂	寝韵	娱	虞韵	绣	宥韵		场	陌韵
调	萧尤啸韵 456	娌	纸韵	验	艳韵		堆	灰韵
冤	元韵	娉	青敬韵 491	绤	陌韵		埤	支纸韵
谄	俭韵	娖	觉韵	绥	支韵		逵	支韵
谅	漾韵 571	娟	先韵	骍	庚韵		堋	蒸径韵
谆	真震韵 432	娲	佳麻韵 121	继	霁韵		赦	祃韵
谇	置队韵 171	挈	鱼韵	娣	齐韵		報	漂韵
谈	覃韵	恕	御韵	骏	侵韵		教	肴效韵 343
谊	置韵	娥	歌韵	骏	震韵			

十一画　汉字笔画检字　655

培	灰有韵	430	菲	微尾韵	283	梼	豪韵		敕	职韵
壶	阮韵		菖	阳韵		械	卦韵		豉	置韵
殼◆	觉韵		萌	庚韵		彬	真韵		票	啸韵
埽	皓号韵	158	萝	歌韵		梦	东送韵	256	郫	霰韵
埭	队韵		菌	真轸韵	218	梵	陷韵		酝	问韵
堀	月韵		萎	支置韵	210	婪	覃韵		酗	遇韵
聃	覃韵		萑	支寒韵	116	梗	梗韵		殹	宥韵
职◆	职韵		萸	虞韵		梧	虞韵		厢	阳韵
菶	董韵		菂	锡韵		梢	肴韵		戚◆	锡韵
基	支韵		菜	队韵		梲	青韵		戛◆	黠韵
聆	青韵		菔◆	屋职韵	193	梩	支纸韵		硎	青韵
聊	萧韵		菟	虞遇韵	297	梱	阮韵		硕	陌韵
聍	青韵		萄	豪韵		梣	侵韵		硖◆	洽韵
勘	勘韵	574	荮	感韵		梏	沃韵		硗	肴韵
娶	遇韵		菊◆	屋韵		梅	灰韵		硐	董韵
菁	庚韵		萃	置韵		检	俭韵		硇	队韵
著着	语御药韵		萋	叶韵		觊◆	锡韵		硃	虞韵
		140	菱	感韵		桜	支韵		硇	肴韵
菱	蒸韵		菏	歌韵		桴	虞尤韵	120	硌	药韵
萁	支韵		萍	青韵		桼	质韵		勔	铣韵
蓤	尤韵		菹	鱼韵		桷◆	觉韵		鸸	支韵
菥	锡韵		菅	删韵		梓	纸韵		瓠	虞遇韵	294
菘	东韵		菀	阮物韵	151	梳	鱼韵		鲍	肴韵
堇	文吻韵		萤	青韵		梲◆	月屑韵	198	奢	麻韵
黄	阳韵		营	庚韵		杪	歌韵		爽	养韵	559
勒	职韵		萦	庚韵		梯	齐韵		盔	灰韵
菴	覃韵		乾	寒先韵	124	根	阳韵		厩	宥韵
莲	叶洽韵	204	萧	萧韵		桹稬	青韵		敔	语韵
萋	齐韵		菉	沃韵		桶	董韵		聋	东韵
菢	号韵		萨	曷韵		梭	歌韵		龚	冬韵
葎	药韵		菇	虞韵		畣	职韵		袭◆	缉韵
勚	置韵		菌	感勘韵	168	副	宥屋职韵	191	豜	先韵
菽◆	屋韵		菑	支韵		曹	豪韵		豝	麻韵

殒	轸韵	掬◆	屋韵	常	阳韵	距	语韵	
殓	艳韵	掠	漾药韵 188	啈	董韵	趾	纸韵	
殍	筱韵	掖	陌韵	眭	阳韵 536	跃	药韵	
盛	庚敬韵 487	捽	月韵	眦	置霁卦韵 170	啮	屑韵	
赉	队韵	掊	灰肴尤有韵	啧◆	陌韵	跄	阳韵 535	
雩	虞韵 521		432	匙	支韵	略	药韵	
雪	屑韵	接◆	叶韵	野	马韵	蜗	梗韵	
捧	肿韵	掞	艳韵	啨	虞韵	蛎	霁韵	
揶	麻韵	掷	陌韵	晤	遇韵	蚶	覃韵	
措	遇韵	掸	寒韵 529	晨	真韵	蛄	虞韵	
描	萧韵	控	送韵	晌	真霰韵	蛆	鱼韵	
捱	佳韵	掀	霁屑韵 180	眵	支韵	蚰	尤韵	
捺	曷韵	探	覃勘韵 244	眺	啸韵	蚺	覃韵	
掎	支纸置韵 211	据	鱼韵 578	眯眯	荠韵 553	蛊	虞韵	
掩	俭韵	据據	御韵	眼	潸韵	蚱	陌韵	
捷◆	叶韵	掘	物月韵 196	眸	尤韵	蚯	尤韵	
辄◆	叶韵	掺	咸赚韵 508	悬	先韵	蛉	青韵	
掉	筱啸韵 156	掇	曷屑韵 199	啫	陌韵	蛙	遇韵	
辅	虞韵	郾	愿韵	喏	马韵	蚿	先韵	
排	佳韵	匦	置韵	勖	沃韵	蛇	支麻韵 117	
堑	艳韵	救	宥韵	曼	寒愿韵 316	蛏	庚韵	
捆◆	陌韵	區	铣韵	晦	队韵	蚴	尤有韵	
捶	纸韵 547			晞	微韵	累	支置韵 277	
推	支灰韵 116	【丨】		晚	阮韵	圉	语韵	
晢晰◆	霁屑韵 566	龁◆	月屑韵 198	冕	铣韵	鄂	药韵	
		砦	卦韵	啄	屋韵	呙◆	陌韵	
掀	元韵	逴	觉药韵 194	遏	锡韵	唱	漾韵	
捨	马祃韵 588	颅	虞韵	啑	洽韵	患	删谏韵 224	
授	宥韵	虚	鱼韵	啭	霰韵	啰	歌韵	
捻	叶韵	厗	虞韵	唯	齐韵	唾	个韵	
掏	豪韵	彪	尤韵	時	纸韵	唯	纸韵 547	
掐◆	洽韵	雀	药韵	趺	虞韵	唸	艳韵	
鸷	置韵	堂	阳韵	跂	纸置韵 550/138	啁	看尤韵 126	

十一画　汉字笔画检字

啖	勘韵	铿	阳韵	笱	旱哿韵 151	停	青韵	
啍	元韵	铁♦	叶韵	笼	东董韵 254	偻	尤虞宥韵 389	
啐	卦韵	铙	肴韵	笪♦	曷韵	偏	先韵	
啖	勘韵	铚	质韵	笛	锡韵	躯	虞韵	
唳	霁韵	铛	阳韵	笙	庚韵	皑	灰韵	
啸	啸韵	铜	东韵	筅	药韵	兜	尤韵	
唎♦	屑韵	铠	贿队韵 146	符	虞韵	皎	筱韵	
啜	屑韵	铢	虞韵	笥	宥韵	假	马祃韵 160	
惯♦	陌韵	铣	铣韵	笭	尤韵	偓	觉韵	
崧	东韵	铤	迥韵	笠	缉韵	衅	震韵	
崖	佳韵	铦	盐韵	笱	置韵	徙	纸韵	
崎	支韵	铨	先韵	第	霁韵	徘	灰韵	
崦	盐俭韵	铄♦	卦黠韵 182	笈	虞麻韵 119	徜	阳韵	
崭	咸韵 541	铭	青韵	笳	麻韵	得♦	职韵	
逻	歌哿个韵 359	铫	萧啸韵	答	支韵	衔	咸韵	
帼♦	陌韵	铮	庚韵	敏	轸韵	衒	霰韵	
帷	支韵	铰	巧韵	偾	问韵	舸	哿韵	
崔	灰韵	铲	谏韵	偭	霰韵	舻	虞韵	
崟	侵韵	银	真韵	偃	阮韵	舳♦	屋韵	
崤	肴韵	矫	萧筱韵 458	偕	佳韵	盘	寒韵	
崩	蒸韵	牿	沃韵	袋	队韵	舶♦	陌韵	
窒♦	质月韵 194	甜	盐韵	悠	尤韵	舲	青韵	
崇	东韵	鸹♦	曷黠韵 199	偿	阳漾韵 234	船	先韵	
崆	东韵	秸♦	黠韵	偶	有韵	鸼	尤韵	
崛♦	物韵	梨	支齐韵 115	偈♦	霁屑韵 179	舷	先韵	
赈	轸震韵 148	犁	支齐韵 115	偎	灰韵	舵	哿韵 557/585	
赇	尤韵	秽	队韵	偲	支韵	斜	麻韵	
婴	庚韵	移	支韵 517	傀	灰纸韵 301	龛	覃韵	
赊	麻韵	秾	冬韵	偶	虞韵	盒	合韵	
圈	元阮愿韵 441	逶	支韵	偷	尤韵	鸽♦	合韵	
		筅	先韵	偁	蒸韵	欷	微未韵 212	
【丿】		筇	冬韵	偬	董送韵 136	敛	俭艳韵 168	
铡	青韵	笨	阮韵	售	尤宥韵 243	欲	沃韵 589	

十一画

悉◆	质韵		馗	支尤韵 117	竞	敬韵	惯	谏韵
彩	贿韵		祭	霁卦韵 177	翊	职韵	阁	虞麻韵 120
领	梗韵		馄	元韵	啇◆	锡韵	阈	职韵
翎	青韵		馆	旱翰韵 151	商	阳韵	阉	盐韵
脚	药韵				望	阳漾韵 360	阊	阳韵
脖◆	月韵		【、】		袠	宥韵	阋	锡韵
脯	虞韵 551		鸾	寒韵	旅	虞韵	阍	元韵
胆	宥韵		毫	豪韵	率	质韵	阖	盐韵
脉	轸韵		孰◆	屋韵	情	庚韵	阕	月曷韵 197
豚	元韵		烹	庚韵	悴	梗韵	阐	铣韵
脢	灰队韵		庶	御韵	惜◆	陌韵	焊釬擀	翰韵
脸	俭韵		麻	麻韵	凄	齐韵	焕	翰韵
胙	哿韵		庵	覃韵	惭	覃韵	烽	冬韵
脬	肴韵		庚	虞韵	惬	叶韵	着著	语御药韵 140
脱◆	曷韵		庳	支纸置韵	悼	号韵		
脘	旱韵		痔	纸韵	悱	尾韵	羚	青韵
匐◆	屋职韵 193		痈	纸韵	惝	养韵	羝	齐韵
象	养韵		痪	支韵	惧	遇韵	凑	宥韵
逸	质韵		疵	支韵	惕	锡韵	盖	泰合韵 181
猜	灰韵		痌	东韵	悯	养韵	羕	漾韵
猪	鱼韵		痊	先韵	悸	置韵	眷	霰韵
猎	药韵 591		痎	佳韵	惟	支韵	砺	霁泰曷韵 177
猎獦	叶韵		痒	养韵 558/585	惆	尤韵	粘	盐韵
猫	萧韵		痕	元韵	悟	元韵	粗	虞韵
猗	支韵		廊	阳韵	惚◆	月韵	粕	药韵
凰	阳韵		庸	冬韵	惊	庚韵	粒	缉韵
猖	阳韵		康	阳韵	惇	元韵	断	旱翰韵 152
猁	霁韵		鹿	屋韵	悴	置韵	剪	铣韵
猊	齐韵		旌	庚韵	悼	翰韵	减	豏韵
猝	月韵		族◆	屋韵	惊	冬韵	兽	宥韵
斛◆	屋韵		旎	纸韵	控	东江韵 112	敖	霁韵
觖	屑韵		旋	先霰韵 329	惋	翰韵	盗	号韵
猛	梗韵		章	阳韵	惨	感韵	清	庚韵

渍	置韵		淬	队韵		谐	佳韵		堋	庚韵
添	盐韵		淤	鱼御韵 213		谑	药韵		弹	寒翰韵 444
渚	语韵		淯	尤韵		祷	皓号韵 157		隋	支哿韵 411
凌	蒸径韵 388		淯	屋韵		祸	哿韵		鄅	支韵
鸿	东韵		淡	勘韵		袿	齐韵		堕	支哿韵 415
淇	支韵		淙	冬江绛韵 407		袺◆	屑韵		随	支韵
淋	侵韵 540		淀	霰韵 588		袴	遇韵		媞	齐韵
淅◆	锡韵		涫	寒韵		裆	阳韵		隅	虞韵
淞	冬韵		涴	个韵		袇	真韵		隈	灰韵
渎◆	屋韵		深	侵沁韵 499		袜	虞韵		崇	啸韵
涯	支佳麻韵 116		渌	沃韵		袿	元韵		隍	阳韵
淹	盐陷韵 397		婆	歌韵		祲	侵沁韵		隗	支灰贿韵
涿◆	觉韵		渗	侵沁韵 503		谒	月韵		隆	东韵
凄	齐韵		涵	覃韵		谓	未韵		隐	吻问韵 149
渐	盐俭韵 397		淄	支韵		谔	药韵		婧	梗韵
渠	鱼韵		寇	宥韵		谕	遇韵		婷	迥韵
淑◆	屋韵		寅	支真韵 116		媛	元阮韵 312		娵	虞韵
淖	效韵		寄	置韵		逸	咸陷韵 399		媠	麻韵
掌	歌韵		寂	锡韵		谙	覃韵		媌	肴巧韵
渐	养韵		逭	翰韵		谚	霰韵		媢	陌韵
混	阮韵 554		宿	宥屋韵 189		谛	霁韵		婕◆	叶韵
涸◆	药韵		室	质韵		谜	霁韵 566		婢	纸韵
渑	蒸韵 538		窑	萧韵		谝	铣韵		婚	元韵
淮	佳韵		宛	筱韵		谞	鱼语韵		婵	先韵
淦	覃勘韵		宋	贿韵					婶	寝韵
渚	肴韵		密	质韵		【一】			婉	阮韵
渊	先韵		谋	尤韵		逮	霁队韵 178		袈	麻韵
淫	侵韵		谌	侵韵		逯	沃韵		颇	歌哿韵 355
淝	微韵		谍◆	叶韵		敢	感韵		颈	梗韵
渔	鱼韵		谎	养韵		尉	未物韵 174		悤	肿韵
淘	豪韵		谏	谏韵		屠	鱼虞韵 118		欸	灰贿韵
淳	真韵		扈	麌韵		屝	霁韵		翌	职韵
液	陌韵		靸	文问韵 438		艴◆	物月韵 196		绩	锡韵

绪	语韵		琫	董韵	越	月曷韵 196	葬	漾韵
绫	蒸韵		琵	支韵	趄	鱼韵 520	蒋	阳养韵 369
骐	支韵		琴	侵韵	趁	铣震韵 153	募	遇韵
续	沃韵		琶	麻韵	趋	虞韵	葺	缉韵
骑	支寘韵 276		琪	支韵	超	萧韵	葛◆	曷韵
绮	纸韵		瑛	庚韵	堤	齐韵	蒉	寘卦韵 171
绰	药韵		琳	侵韵	博◆	药韵	葶	药韵
绯	微韵		琦	支韵	颉	黠屑韵 200	董	董韵
绲	阮韵		琢◆	觉韵	喜	纸韵	葆	皓韵
绳	蒸韵 538		琥	麌韵	彭	阳庚韵 127	蒐	尤韵
骓	支韵		琲	贿队韵 147	煮	语韵	葩	麻韵
维	支韵		琨	元韵	堠	宥韵	敬	敬韵
绵	先韵		靓	梗敬韵 163	堃	屑韵	葱	东韵
绶	有宥韵 165		琼	庚韵	蛰	冬韵 516	葶	青韵
绷	庚韵 536		斑	删韵	裁	灰队韵 301	葹	支韵
绸	豪尤韵 127		琰	俭韵	堘	蒸韵	蒂	霁韵
绚	豪韵		琮	冬韵	壹◆	质韵	萋	虞尤麌韵 215
绺	有韵		琯	旱韵	堉	霁韵	葓	东韵
绻	阮愿韵 151		琬	阮韵	聉◆	曷韵	落	药韵
综	宋韵 562		琛	侵韵	联	先韵	萱	元韵
绽	谏韵		球	尤韵	期	支韵	韩	寒韵
绾	潸谏韵 153		琚	鱼韵	斯	支韵	戟	陌韵
绿	沃韵		琫	铣韵	欺	支韵	朝	萧韵
骏	稕韵		替	霁韵	惎	寘韵	葭	麻韵
缀	霁屑韵 179		鼋	元韵	葑	冬宋韵	幸	虞韵
缁	支韵		款	旱韵	葚	侵寝韵	葵	支韵
巢	肴韵		堪	覃韵	葫	虞韵	棒	讲韵
			堞◆	叶韵	軒	元韵	楮	语韵
			塔	合韵	靰	合韵	棱	蒸韵 538
十二画			埵	真韵	散	旱翰韵 152	棋	支韵
			堵	歌韵	葳	微韵	椰	麻韵
【一】			堍	先韵	葸	马韵	搭	麌韵
絜◆	屑韵		堰	阮愿霰韵 151	葳	铣韵	植◆	寘职韵 173

森	侵沁韵	394	棘◆	职韵	搭◆	合韵	掯	敬韵
棽	文韵		酣	覃韵	握	黠韵	搔	豪韵 532
焚	文韵		酤	虞麌遇韵 290	揩	佳韵	搽	纸韵 548
椷	职韵		酢	药韵	揽	感韵	揉	尤有韵 243
椟◆	屋韵		酥	虞韵	辊	阮韵	搽	霰韵 569
椅	支韵	519	酡	歌韵	辋	养韵	翘	萧韵 531
椓◆	觉韵		鹀	支齐韵 114	椠	感艳韵 168	雅	马韵
椒	萧韵		觌◆	锡韵	暂	勘韵		
棹	效觉韵		厫	沃韵	提	支齐韵 115	【丨】	
棍	阮韵		厨	虞韵	揮◆	缉韵	斳	真文阮韵 434
椤	歌韵		厦	马韵	揾	吻韵	紫	纸韵
椎	支韵		硬	敬韵	揭	霁屑韵 179	棐	尾韵
棉	先韵		硝	萧韵	揣	纸驾韵 549/137	辈	队韵
椑	支齐韵 114	碜	歌哿韵	辍	屑韵	斐	微尾韵 417
晢晣◆	屑韵		确	觉韵	揖	月韵	悲	支韵
赍齎	支齐韵 115	硫	尤韵	辎	支韵	凿◆	号药韵 187
棚	庚韵		雁	谏韵	揪	沁韵	辉	微韵
椿	元韵		敧欹	支韵	揪	尤韵	敞	养韵
棬	先韵		猋	萧韵	插◆	洽韵	棠	阳韵
棕椶	东韵		厥◆	物月韵 196	搜	尤韵	赏	养韵
棺	寒韵		尰	肿韵	揄	虞韵	掌	养韵
椀	旱韵		殖	职韵	搙	感韵	晴	庚韵
椰	阳养韵		裂	屑韵	援	元霰韵 310	喫◆	锡韵
楗	阮韵		雄	东韵	挽	咸韵	睐	队韵
棣	霁韵		殚	寒韵	蛰◆	缉韵	暑	语韵
椐	鱼御韵		殛	职韵	絷	缉韵	最	泰韵
椭	哿韵		颊◆	叶韵	搓	歌韵	晬	霁韵
鹁◆	月韵		雳	锡韵	搂	尤韵 540	量	阳漾韵 477
惠	霁韵		雯	文韵	揣	铣韵	晴	霰韵
惑	职韵		雯	文韵	搅	巧韵	睨	歌韵
逼◆	职韵		雱	阳韵	揎	先韵	晞	微韵
覃	覃韵		堪	沁韵	概	未韵	晻	感韵
粟	沃韵		揲	屑韵	握	觉韵	晥	潸韵

睇	霁韵		蛲	萧韵		嘅	队韵	
鼎	迥韵		蛭	质屑韵 195		喔◆	觉韵	
喷	元愿韵 219		蛳	支韵		喙	队韵	
戢◆	缉韵		蛛	虞韵		嵁	覃韵	
喋◆	叶洽韵 204		蜓	青铣韵 490		嵌	咸感韵 248	
嗒◆	合韵		蜒	先韵		嵘	庚韵	
喃	咸韵		蛤◆	合韵		幅◆	屋职韵 192	
猷	盐韵 541		蛴	齐韵		遄	先韵	
晶	庚韵		蛟	肴韵		胃	霰韵	
遇	遇韵		蝉	养韵		罦	虞尤韵	
喊	感赚韵 167		蜂	尤韵		詈	置韵	
喝	曷韵		畯	震韵		帽	号韵	
晷	纸韵		喁	冬虞韵 113		崛	虞韵	
景	梗韵		嗢	月韵		嵓	佳韵 525	
晬	队韵		喝◆	卦曷韵 182		嵝	药韵	
㗎	佳韵		喟	卦韵		崿	侵韵	
畴	尤韵		啹	咸韵		嵚	灰贿韵 300	
践	铣韵		睪	马韵		翙	泰韵	
跖◆	陌韵		喘	铣韵		嵯	支歌韵 117	
跋	曷韵		啾	尤韵		嵝	虞有韵 141	
跕	叶韵		唾	洽韵		嵫	支韵	
跌	屑韵		喤	阳庚韵 128		幄	觉韵	
跗	遇韵 565		喉	尤韵		嵋	支韵	
跔	虞韵		喻	虞韵 523		赋	遇韵	
跚	寒韵		㗲	覃韵		赌	虞韵	
跑	肴韵 532		鹃	先韵		赎◆	沃韵	
跊	药韵		喑	侵沁韵 500		赐	置韵	
跎	歌韵		喀	翰韵		赑	置韵	
跏	麻韵		啼	齐韵		赒	尤韵	
跛	哿韵		嗟	麻韵		赕	勘韵	
遗	支置韵 410		喽	有韵 561		黑	职韵	
蛙	佳麻韵 121		喧	元韵		骭	翰谏韵 183	
蛺◆	叶韵		喀	陌韵				

【丿】

铸	遇韵	
铺	虞遇韵 421
链	先韵 530
铿	庚韵	
销	萧韵	
锁	哿韵	
锄	鱼韵	
锅	歌韵	
锉	歌个韵 473
锋	冬韵	
锐	霁韵	
锑	齐韵	
银	阳韵	
锓	寝韵	
甥	庚韵	
掣	霁屑韵 179
牯	讲韵	
短	旱韵	
智	置韵	
矬	歌韵	
毳	霁韵	
毯	感韵	
犊◆	屋韵	
鹄	沃韵	
犍	元先韵 124
颏	迥韵	
剩	径韵	
稊	齐韵	
稍	效韵 570
程	庚韵	
稆	轸韵	
稀	微韵	

十二画　汉字笔画检字　663

稃	虞韵		焦	萧韵		舜	震韵		【、】		
黍	语韵		傍	阳漾韵	479	腊◆	陌韵	591	褎	屑韵	
税	霁韵		傧	真震韵	217	腊臘	合韵		蛮	删韵	
稂	阳韵		储	鱼韵	520	腓	微韵		离	铣韵	555
等	迥韵		催◆	觉韵		腇	铣韵		就	宥韵	
筑	屋韵	589	逴	阳韵		胰	虞韵		敦	元寒队愿韵	
策	陌韵		舄	陌韵		脾	支韵				439
筐	阳韵		皓	皓韵		腋	陌韵		哀	尤韵	
筆	质韵		皖	寒潸韵		腑	麌韵		廋	尤韵	
筛	支韵		舺	置韵		腔	江韵		麾	贿韵	
筜	阳韵		傩	歌哿韵	357	腕	翰韵		斌	真韵	
筒	东韵	514	粤	月韵		腒	鱼韵		痣	置韵	
筅	铣韵		奥	号韵		鲁	麌韵		痨	豪韵	
筈	曷韵		遁	阮愿韵	150	魴	阳韵		痛	虞韵	
筏◆	月韵		街	佳韵		猢	虞韵		痞	纸韵	
筵	先韵		惩	蒸韵		猩	庚韵		痢	置韵	
筌	先韵		衕	东韵	516	猲	月韵		瘁	队韵	
答◆	合韵		御禦	御语韵	587	猥	贿韵		痤	歌韵	
筋	文韵		徨	阳韵		猾◆	黠韵		痫	删韵	
筝	庚韵		循	真韵		猴	尤韵		痾	歌韵	
筊	肴巧韵		艇	迥韵		猨猿	元韵		痛	送韵	
鹅	歌韵		舒	鱼韵		飓	遇韵		赓	庚韵	
傲	号韵		畬	鱼麻韵	118	觓	阳韵		旐	筱韵	
傅	遇韵		逾	虞韵		舥	虞韵		竦	肿韵	
牍◆	屋韵		颌◆	合韵		猱	豪韵		童	东韵	
牌	佳韵		翕	缉韵		惫	卦韵		瓿	虞有韵	
翛	萧屋韵	459	彀	肴韵		颍	迥韵		竣	真先韵	527/123
條	豪韵		鸿	沃韵		飧	元韵		寘	置韵	
傥	养漾韵	162	番	元歌韵	124	然	先韵		额	灰贿韵	217
堡	皓韵		释	陌韵		馈	置韵		愤	吻韵	
徭	萧韵		禽	侵韵		馋	咸韵		慌	阳养韵	485
傒	齐韵		豸	觉韵		颖	梗韵		惰	哿个韵	159
集◆	缉韵		貂	萧韵					恸	铣韵	

愠	问韵		栖	齐韵	滑◆	月黠韵 197	窝	歌韵
惺	青梗韵 492		祼	质韵	湃	卦韵	窨	效韵
愒	霁泰韵 177		奠	霰韵	湫	尤筱韵 496	窗	江韵
愦	队韵		尊	元韵	渾	肿送韵	窘	轸韵
愕	药韵		道	尤韵	湟	阳韵	寐	置韵
惴	置韵		道	皓韵	溲	尤韵	谋	虞韵
愀	筱韵		遂	置韵	淑	语韵	幞	荠韵
愎	职韵		孳	支置韵 282	渝	虞韵	扉	微韵
惶	阳韵		装	阳漾韵 484	湷	覃俭韵	遍	霰韵
愧	置韵		曾	蒸韵	湲	元删先韵 123	雇	麌遇韵 142
愉	虞韵		敦	效韵	溢	元韵	祺	支韵
惚惚	董韵 546		桨	支韵	淘	庚韵	裸	翰韵
愔	侵韵		颉	董韵	湾	删韵	禋	麌韵
慨	队韵		湛	侵覃豏韵 502	渟	青韵	程	庚梗韵
惽	豪韵		港	讲韵	渡	遇韵	裕	遇韵
鹇	删韵		渫	屑韵	游	尤韵	禅	先霰韵 451
阑	寒韵		滞	霁韵	渒	盐韵	说	养韵
阒	锡韵		湖	虞韵	嵯	麻韵	裙	文韵
阓	队韵		渣	麻韵	娄	虞有韵	禄	屋韵
阔	曷韵		湘	阳韵	湔	先韵	幂	锡韵
阏	屑韵		渤◆	月韵	滋	支韵	误	屋韵
焯◆	药韵		湮	真韵	营	沃韵	谢	祃韵
焜	阮韵 554		涵	铣韵	溉	未队韵 174	谣	萧韵
煤	问韵		湝	佳韵	渥	觉韵	谤	漾韵
焰	俭韵		湜◆	职韵	湄	支韵	谥	置韵
焠	队韵		渺	筱韵	滑	鱼语韵	谦	盐韵
焙	队韵		湿◆	缉韵	滁	鱼韵	谧	质韵
欹◆	物韵		温	元韵	割◆	曷韵		
善	铣霰韵 154		渴	曷韵	寒	寒韵	【一】	
翔	阳韵		渭	未韵	富	宥韵	遐	麻韵
羡	霰韵		溃	队韵	鹈	齐韵	犀	齐韵
普	麌韵		湍	寒韵	寓	遇韵	属	遇沃韵 176
粪	问韵		减	先霰韵 330	寐	翰韵	屡	遇韵

十三画　汉字笔画检字　665

孱	删先韵	125	缅	铣韵		瑊	咸韵		聘	敬韵	
弼	质韵		缆	勘韵		鹈	虞韵		蓁	真韵	
强	阳养韵	367	缇	齐荠韵		瑁	队号韵	182	戡	覃韵	
粥◆	屋韵		缈	筱韵		瑞	置韵		斟	侵韵	
巽	愿韵		缉◆	缉韵		瑰	灰韵		蒜	翰韵	
疏	鱼御韵	289	缊	文元问韵		瑀	虞韵		著	支韵	
隔◆	陌韵		缋	队韵		瑜	虞韵		鄞	真韵	
骛	质韵		缌	支韵		瑗	先韵		勤	文韵	
隙	陌韵		缎	旱韵		遨	豪韵		靴	歌韵	
隘	卦韵		缠	先韵		骜	豪号韵	350	靳	问韵	
媒	灰韵	525	骕	支微韵	113	瑳	歌哿韵		靷	轸震韵	148
蝶	屑韵		缑	尤韵		瑄	先韵		靶	祃韵	
婿	哿个韵	159	缒	置韵		瑕	麻韵		鹊	药韵	
媚	皓号韵	158	缓	旱韵		瑑	铣韵		蓐	沃韵	
媪	皓韵		毵	霁韵		瑙	皓韵		蒲	虞韵	
媭	御韵		缔	齐霁韵	298	遘	宥韵		蓝	覃韵	
嫂	皓韵		缕	虞韵		骜	支韵		墓	遇韵	
媿	置韵		编	先韵		韫	吻韵		幕	药韵	
媮	尤韵		缙	真韵		魂	元韵		蓦	陌韵	
婷	覃韵		骙	支韵		填	真先震霰韵		蒨	霰韵	
媛	元霰韵	219	骚	豪韵				305	蓓	贿韵	
婷	青韵		缘	先霰韵	331	鄢	先阮韵		蒞	哿韵	
媚	置韵		飨	养韵		塨◆	合韵		蓊	董韵	
婿	霁韵		毵	筱韵		鼓	虞韵		蒯	卦韵	
氉	覃韵					塏	贿韵		蓟	霁韵	
登	蒸韵		十三画			跫	冬江韵	113	蓬	东韵	
皱	真韵		【一】			塕	董韵		蓑	歌韵	
翚	微韵					赪	庚韵		蒿	豪韵	
絮	纸韵		惷	轸韵		赧	职韵		蓆◆	陌韵	
婆	遇韵		瑟	置质韵	172	塘	阳韵		蒺	质韵	
鹜	遇韵		瑃	队韵		毂	屋韵		蒽	支韵	
缃	阳韵		瑚	虞韵		塓	锡韵		蒡	有韵	
缄	咸韵					毂	宥韵		蒟	虞遇韵	143

蒡	养韵		楯	轸韵	碌	屋韵	髡	元韵
蓄	屋韵		晢◆	锡韵	觊	铣韵	肆	置韵
蒹	盐韵		榆	虞韵	雷	灰韵	督◆	沃韵
蒲	虞韵		楹	庚韵	零	先青韵 125	频	真韵
蓉	冬韵		椸	支韵	雾	遇韵	龃	语韵
蒙	东韵 515		榇	震韵	雹◆	觉韵	龄	青韵
蓂	青韵		桐	鱼韵	摄	叶韵	觜	支纸韵
榦干	翰韵		搓	麻韵	摸	药韵	訾	支纸韵
蒻	药韵		楼	尤韵	搢	震韵	粲	翰韵
献	歌愿韵 471		榉	语韵	搏	药韵	虞	虞韵
蓣	御韵		楦	愿韵	辏	宥韵	鉴	陷韵
蒸	蒸韵		概	队韵	辐	宥屋韵 191	睛	庚梗韵 489
楔◆	屑韵		楣	支韵	摅	鱼韵	睹	麌韵
椿	真韵		椽	先韵	辑	缉韵	睦	屋韵
椹	侵寝韵		赖	泰韵	辒	元韵	睚	佳韵
楠	覃盐韵 129		剽	萧啸韵 454	输	虞遇韵 421	睫	叶韵
禁	侵沁韵 392		甄	真先韵 122	摆	蟹韵	尰	尾韵
楂	麻韵		酮	东韵	携	齐韵	嗷	豪韵
楚	语御韵 140		酪	迥韵	摇	萧啸韵 338	嗉	遇韵
楝	霰韵		酪	药韵	搊	尤韵	睡	置韵
楷	佳蟹韵 428		酬	尤韵	摛	支韵	睢	支置韵 273
榄	感韵		酦	冬韵	塘	阳韵	雎	鱼韵
想	养韵		蜃	轸震韵 148	摇	屋韵	睨	霁韵
椰◆	叶韵		感	感韵	搋	陌韵	睥	霁韵
楬◆	月黠屑韵 197		碛	陌韵	捌	觉韵	晬	置韵
			碏	药韵	摈	震韵	睒	俭韵
榠	灰贿韵		碕	微纸韵	推	觉韵	睩	屋韵
楞	蒸韵 539		碍	队韵	搿	觉韵	嗜	置韵
楀	月韵		碓	队韵	摊	寒翰韵 445	嗑	合韵
楸	尤韵		碑	支韵	颐	支韵	嗫	叶韵
楩	先韵		碎	队韵	裘	尤韵	鄙	纸韵
槐	佳灰韵 121		碇	径韵			暍◆	月曷韵 197
槌	置韵 562		碗	旱韵	【丨】		愚	虞韵

嗄	祃韵		蜉	尤韵		锥	支韵		傺	霁韵
暖	旱韵	555	蜂	冬韵		锦	寝韵		毁	纸韵
盟	庚敬韵	486	蜕	阳韵		锧	质韵		舅	有韵
煦	虞遇韵	142	蜕	霁泰韵	177	锬	覃韵		鼠	语韵
歇◆	月韵		蜋	阳韵		锭	径韵		魁	灰韵
暗闇	覃感勘韵		蜿	阮愿韵	150	键	先铣韵		僇	屋韵
暄	元韵		蛹	肿韵		锯	御韵		衙	鱼麻语韵 420
暇	祃韵	571	啜◆	霁屑韵	180	镏	支韵		微	微韵
照	啸韵		嗣	置韵		矮	蟹韵		徭	萧韵
暌	齐韵		嗤	支韵		雉	纸韵		徯	齐荠韵 216
遏	合韵		嗥	豪韵		氲	文韵		徬	漾韵 572
畸	支韵		嗡	东韵		辞	支韵		愆	先韵
跬	纸韵		嗌	陌韵		稚	置韵		艄	肴韵
跨	祃韵		嗛	俭韵		稗	卦韵		艇	虞遇韵 297
跷	萧韵		嗓	养韵		稔	寝韵		觯	虞韵
跸	置质韵	172	署	御韵		稠	尤韵	539	歆	虞韵
跣	先铣韵	453	置	置韵		颊	灰韵		愈瘉	虞麌韵 292
跹	先韵		罩	效韵		甃	宥韵		狟	元寒韵
跲◆	洽韵		罪	贿韵		擎	尤韵		貊	陌韵
跪	纸韵		遢	合韵		愁	尤韵		猻	尤韵
路	遇韵		蜀	沃韵		歃	洽韵		貉◆	药韵
跳	萧啸韵	341	幌	养韵		筹	尤韵		遥	萧韵
跻	齐韵		嵊	屑韵		筠	真韵		颔	覃感韵 396
跟	元韵		嵩	东韵		筮	霁韵		腻	置韵
遣	铣霰韵	154	毂	尤韵		筲	肴韵		滕	宥韵
蜘	洽韵					筼	文韵		腰	萧韵
蛸	萧肴韵		【丿】			筱	筱韵		腥	青韵
蜈	虞韵					签	盐韵		腮	灰韵
蜗	先铣韵		错	遇药韵	176	简	潸韵		腹	屋韵
蜗	佳麻韵	121	锜	支纸韵	279	僄	萧啸韵		膇	置韵
蜩	支韵		锡◆	锡韵		牒◆	叶韵		腯	月韵
蛾	歌韵	533	锢	遇韵		催	灰韵		腨	月韵
蜍	鱼韵		锣	歌韵		像	养韵		鹏	蒸韵
			锤	置韵	563					

塍	蒸韵		廇	宥韵	愢	质韵	溧	质韵
媵	径韵		廓	药韵	慥	号韵	溽	沃韵
腾	蒸韵		瘃◆	沃韵	慆	豪韵	源	元韵
腿	贿韵		廉	盐韵	慊	俭韵	誉	鱼御韵 284
鹏◆	屋韵		痱	微贿未韵 417	惆怃	锡韵	滥	豏勘韵 169
詹	盐韵		痹	置韵	阖◆	合韵	裟	麻韵
鲈	虞韵		痼	遇韵	阗	先霰韵 331	滉	养韵
鲊	马韵		痴	支韵	阘	合韵	涸	元愿韵
稣尠	虞韵		瘘	支贿韵	阙	月韵	滫	有韵
鲋	遇韵		瘅	置韵	煤	灰韵	塗	虞麻韵 119
鲍◆	陌韵		瘐	虞韵 524	煜	屋韵	滏	麌韵
鲍	巧韵		瘁	置韵	煨	灰韵	滔	豪韵
鲅◆	曷韵		瘃	御韵	煌	阳韵	溪	齐韵
鲐	灰韵		痰	覃韵	煖	旱韵	滃	董韵
肆	置韵		痱	寒匎个韵	煑	谏韵	溜	宥韵 573
猨	元韵		瘖	旱韵	粳	庚韵	溧	寒韵
颖	梗韵		廊	冬韵	粮	阳韵	滈	皓韵
鸽	咸韵		鹏	庚韵	数	麌遇觉韵 143	滳	药韵
猺	萧韵		麂	纸韵	煎	先霰韵 450	漓	支韵 577
飔	支韵		麀	尤韵	猷	尤韵	滚	阮韵
飕	尤韵		鹰	纸蟹韵 137	塑	遇韵	溏	阳韵
觥	庚韵		旒	尤韵	慈	支韵	滂	阳韵
触	沃韵		裔	霁韵	酱	漾韵	滀	屋韵
解	蟹卦韵 145		靖	梗韵	滟	艳韵	溢	质韵
遒	尤韵 540		新	真韵	溱	真韵	溯	遇韵
雏	虞韵		郭	阳韵	溘	合韵	滨	真韵
馏	宥韵 573		歆	侵韵	溠	叶韵	溶	冬肿韵 264
			韵	问韵	满	旱韵	滓	纸韵
【丶】			意	置韵	漭	养韵	溟	青迥韵 382
裹	缉叶韵		雍	冬宋韵 261	漠	药韵	鲎	宥韵
鹑	真韵		愫	遇韵	滢	径韵	溺	锡韵
禀	寝韵		愯	叶韵	滇	先韵	梁	阳韵
亶	旱韵		慎	震韵	溥	麌韵	滩	寒翰韵 444

十四画　汉字笔画检字　669

颡	御韵		【一】		剿勦	肴筱韵 464	榖	屋韵
塞	队职韵 183	群	文韵				韏	置韵
蹇	先韵	盝	屋韵		十四画		綦	支韵
寡	药韵	殿	霰韵				聚	虞韵
寘	置韵	辟	陌韵 591		【一】		蔷	阳韵
寙	虞韵	愬	轸韵		璈	豪韵	靼◆	曷韵
窥	支韵	障	阳漾韵 365		瑨	震韵	鞅	阳养韵 375
窨	宥韵	媾	宥韵		静	梗韵	蕨	屋韵
窠	歌韵	嫫	虞韵		碧	陌韵	暮	遇韵
宰◆	月韵	嫄	元韵		瑶	萧韵	摹	虞韵
窟◆	月韵	媳	霁韵		獒	豪韵	慕	遇韵
鹓	元韵	媾◆	质韵		赘	霁韵	蔓	愿韵 568
寝	寝韵	嫌	盐韵		熬	豪韵	蔑	屑韵
谨	吻韵	嫁	祃韵				薨	庚韵
禊	霁韵	嫔	真韵		璃瓈	支齐韵 115	莼	支纸韵
祺	灰韵	嫋	筱药韵 156		瑭	阳韵	蒇	盐韵
福◆	屋韵	媸	支韵		瑢	冬韵	蔡	泰韵
禋	真韵	勩	尤屋韵		觏	宥韵	蔗	祃韵
禔	齐韵	叠◆	叶韵		髮	支韵	蔟	宥屋韵 190
禖	啸韵	缙	震韵		韬	豪号韵 468	蕳	震韵
褚	语韵	缜	真轸韵 434		嗳	队韵	戩	铣韵
禘	霁韵	缚	药韵		墐	真震韵	蔽	霁韵
裶	微韵	缛	沃韵		墙	阳韵	蔈	鱼韵
裸	哿韵	綮	置韵		墚	养韵	蔻	宥韵
裼	锡韵	缝	冬宋韵 262		墟	鱼韵	蓿◆	屋韵
禅	支韵	骒	尤韵		墁	翰韵	蔼	泰韵
裯	虞豪尤韵 119	缘	灰韵		嘉	麻韵	蔚	未物韵 175
裾	鱼韵	缟	皓韵 158		截◆	屑韵	鹕	虞韵
漫	寒翰谏韵 222	缠	先霰韵 225		斠	御韵	兢	蒸韵
谪◆	陌韵	缡	支韵		鳌	冬韵	蝦	马韵
谑	铣韵	缢	置韵		赫	陌韵	蓼	筱屋韵 156
谬	宥韵	缜	盐韵		墉	冬韵	榦干	寒翰韵 322
		缤	真韵		境	梗韵	斡	曷韵

榛	真韵	酸	寒韵	撩	肴尤韵 126	蜥◆	锡韵	
楮	支韵	厮	支韵	熙	支韵	蜮	职韵	
榼◆	合韵	磙◆	屋韵			蝈◆	陌韵	
模	虞韵	碣◆	月屑韵 198	【丨】		蜴	陌韵	
榀◆	陌韵	破	翰韵	髬	尤韵	蝇	蒸韵	
榧	尾韵	魂	贿韵	髦	豪韵	蜩	养韵	
槛	豏韵	磋	歌个韵 229	髭	感韵	蜘	支韵	
槐	养韵	磁	支韵	龈	真文阮韵 434	蜺	渭韵	
榻	合韵	碥	铣韵	雌	支韵	蜩	萧韵	
榭	祃韵	愿	愿韵	睿	霁韵	蜷	先韵	
槔	豪韵	厥◆	月韵	蜚	尾未韵 551/139	蝉	先韵 529	
榴	尤韵	臧	阳韵	裴	灰韵	蜿	元阮韵 309	
槎	支韵	豨	微尾韵	翡	未韵	蜢	梗韵	
槁	皓韵	殡	震韵	裳	阳韵	嘘	鱼御韵 213	
榜	庚养敬韵 489	需	虞韵	颗	哿韵 557	鹗	药韵	
槟	真韵	霆	青韵	墅	语韵	嘤	庚韵	
榕	冬韵	霁	霁韵	瞎	质韵	嗯	愿韵	
榸	鱼韵	椿	冬韵	瞅	齐韵	嗾	有宥韵 166	
榷	觉韵	摽	萧筱啸韵	夥伙	蟹哿韵 144	嗷	感韵	
奁	霁韵	撂	鱼韵	嘈	豪韵	嘚	肴韵	
歌	歌韵	辕	元韵	嘎	黠韵	嘿	支韵	
遭	豪韵	匮	职韵	暧	队韵	禺	感韵	
僰◆	职韵	舆	鱼韵	鹖◆	曷韵	愚	支韵	
酵	效韵	辖	黠韵	暠	皓韵	慢	翰韵	
酽	艳韵	辗	铣霰韵 155	暝	青径韵 381	㦖	东董韵	
酺	虞遇韵 215	摧	灰韵	踌	尤韵	嶂	漾韵	
酾	支纸韵	撄	庚韵	踉	阳韵 535	赙	遇韵	
酲	庚韵	誓	霁韵	踢◆	沃韵	婴	庚韵	
酷	沃韵	摁	江韵	踊	肿韵	赚	陷韵	
酶	灰韵	摭◆	陌韵	靖	庚韵	骷	虞韵	
酴	虞韵	摘	陌锡韵 202	蜞	支韵	鹘	月黠韵 197	
酹	泰队韵 180	撇	屑韵	蜡	祃韵 588			
酿	漾韵	摺	叶韵	蜡蠟	合韵	【丿】		

十四画　汉字笔画检字　671

锲	屑韵		箪	寒韵		䐱	径韵		瘖	侵韵	
锴	蟹韵		箔◆	药韵		蜢	尾韵		瘥	歌卦韵	
锷	药韵		管	旱韵		鼐	贿队韵	147	瘕	麻马韵	231
锹	萧韵		箜	东韵		鲑	佳马韵		旗	支韵	
锰◆	洽韵		箫	萧韵		鲔	纸韵		旖	纸韵	
锤	冬韵		箓	沃韵		鲕	支韵		膂	语韵	
锻	翰韵		毓	屋韵		铜	东肿韵		廖	萧啸宥韵	459
锽	庚韵		僖	支韵		鲛	肴韵		辣	曷韵	
锾	删韵		僦	敬韵		鲜	先铣韵	446	彰	阳韵	
镀	虞遇韵	296	僚	萧筱韵	333	疑	支韵	518	竭◆	月屑韵	198
镂	虞宥韵	422	僭	艳韵		獐	阳韵		韶	萧韵	
锵	阳韵		僬俊	震韵		獍	敬韵		端	寒韵	
舞	麌韵		僦	宥韵		㯋	屋韵		慓	筱韵	
犒	号韵		僮	东韵		雒	药韵		慢	谏韵	
稷	个韵		僧	蒸韵		裔	真韵		慯	董韵	546
稳	阮韵		鼻	置韵	562	馑	震韵		慵	冬韵	
鹜	尤韵		魄	药陌韵	201	馒	寒韵		慷	阳养韵	235
概	置韵		魅	置韵					慘	萧韵	
熏	文问韵	438	魆◆	曷韵		【丶】			阚	豏勘陷韵	169
箦◆	陌韵		僭	潜韵		銮	寒韵		熄◆	职韵	
箸	御韵		僜	蒸韵		裹	哿韵		熇	萧屋沃药韵	
箕	支韵		慭	文韵		敲	肴效韵	229	鄙	霰韵	
箬	药韵		㮅	寒韵		豪	豪韵		煽	先霰韵	226
箠	叶洽韵	204	艋	梗韵		膏	豪号韵	466	精	庚韵	
箝	盐韵		鄩	歌韵		塾◆	屋韵		㮺	真韵	
箧	叶韵		貌	效觉韵		廑	文韵		粹	置韵	
算	旱翰韵	152	飖	萧韵		遮	麻韵		粽	送韵	
箇	个韵		膜	虞药韵	297	褒	宥韵		糁	感韵	
箩	歌韵		脯◆	药韵		腐	麌韵		歉	俭豏韵	168
箘	真轸韵		膈	陌韵		瘌	曷韵		槃	觉韵	
篁	支纸韵		脆	齐韵		瘗	霁韵		愳	陌韵	
劄◆	洽韵		膀	阳韵		瘟	元韵		鹔	支韵	
箙◆	屋韵		膑	轸韵		瘦	宥韵		弊	霁韵	

弊	别屑韵◆	窨	侵沁韵	嫩	愿韵	璀	贿韵	
潢	阳漾韵	窭	虞韵	嫖	萧韵 531	璎	庚韵	
潆	庚韵	窪洼	麻韵	嫚	谏韵	璁	东韵	
潇	萧韵	察	黠韵	嫘	支寘韵	璋	阳韵	
漆◆	质韵	蜜	质韵	嫜	阳韵	璆	尤韵	
漕	豪号韵 350	寤	遇韵	嫡◆	锡韵	璃	皓韵	
漱	宥韵	寥	萧韵	嫪	号韵	犛	肴韵	
漂	萧啸韵 455	谭	覃韵	熊	东韵	氂	支豪韵 118	
滫	真韵	肇	筱韵	凳	径韵	氂	支	
滷卤	虞韵	綮	荠韵	翟◆	陌锡韵 202	褫	队韵	
漫	寒翰韵 315	谮	沁韵	翠	寘韵	趣	有遇韵 164	
漯	合韵	禛	庚韵	翣	洽韵	趙	庚韵 537	
漉	翰韵	褡	合韵	瞀	尤宥觉韵	墺	号韵	
潭	东韵	梢	队韵	骛	遇屋韵 175	墦	元韵	
潍	灰贿韵	褐	曷韵	骠	啸韵	赭	马韵	
潲	蒸韵	褓	皓韵	缥	筱韵 556	墩	元韵	
潋	俭艳韵 169	褕	虞萧韵 118	缦	翰谏韵 183	墡	铣韵	
潴	鱼韵	褀	药韵	骤	歌韵	增	蒸韵	
漪	支韵	褛	虞韵	缨	庚韵	憨	觉韵	
漉	屋韵	褊	铣韵	骢	东韵	墀	支	
漩	先霰韵	褪	愿韵	缩◆	屋韵	觐	震韵	
漳	阳韵	谯	萧韵	缪	尤宥屋韵 497	鞋	佳韵	
滴◆	锡韵	谰	寒翰韵 222	缫	豪皓韵 467	鞍	寒韵	
漾	漾韵	谱	虞韵			蕙	霁韵	
演	铣韵	谲◆	屑韵	**十五画**		聩	卦韵	
潋	感韵					聪	东韵	
漏	宥韵	**【一】**		**【一】**		蕨◆	月韵	
潍	支韵	暨	寘未韵 170	慧	霁韵	蕤	支韵	
寨	卦韵	瓩	纸寘韵 137	耦	有韵	蕺	缉韵	
赛	队韵	噢	号韵	憃	冬江宋绛韵	蕾	东蒸送韵	
寨	先铣韵	隧	寘韵	瑾	震韵	蕛	齐韵	
寡	马韵	嫣	先韵	璜	阳韵	蕉	萧韵	
寪	虞韵	嫱	阳韵			蕃	元韵	

十五画　汉字笔画检字　673

蕣	震韵		醊	霁屑韵	179	撋	翰韵	569	踔◆	效觉韵 185
蕲	支文韵	116	厣	叶韵		撰	潸铣韵	153	踝	马韵 558
蕊	纸韵		魇	俭叶韵	169	赜◆	陌韵		踢◆	锡韵
蔬	鱼韵		餍	艳韵					踟	支韵
蕴蒕	元吻问韵 440		憾	锡韵		【丨】			踒	歌韵
			磕◆	泰合韵	181	髯	盐艳韵	507	踬	置韵
槽	霁韵		磊	贿韵		髴	未物韵	175	踘◆	屋韵
椿	江韵		磏	盐韵		髻	萧韵		踣	职韵
槿	吻韵		碟	陌韵		髮	置韵		踯◆	陌韵
横	庚敬韵	486	磅	阳韵	536	髳	东韵		踥	先韵
樯	阳韵		碾	铣霰韵	155	鋙	鱼虞语韵	214	踪	冬韵
槽	豪韵		碌	养韵		龀	觉韵		踠	阮韵
械	屋韵		乘	陌韵		觑	御韵		踞	御韵
樗	鱼韵		磹	震韵		歔	鱼韵		踏	合韵
樐	麻韵		礳	霁韵		瞌◆	合韵		蝶◆	叶韵
樏	支纸韵		憋	震韵		题	齐霁韵	425	蝶	庚韵
樱	庚韵		震	震韵		嘆	旱翰韵	152	蝠◆	屋韵
橡	养韵		霄	萧韵		瞒	寒韵		蝗	阮韵
槲◆	屋韵		霂	屋韵		瞋	真韵		蝎◆	月曷韵
樟	阳韵		霈	泰韵		暴	号屋韵	186	蝌	歌韵
樀	锡韵		撷	屑韵		瞎◆	黠韵		蝮	屋韵
橄	感韵		撕	齐韵		暝	青霰韵	381	蝗	阳韵
樛	尤韵		撅	月韵		嘻	支韵		蝓	虞韵
敷	虞韵		撩	萧韵		喳	屑韵		蝣	尤韵
鹕	锡韵		辘	屋韵		嘶	齐韵		蝼	尤韵
飘	萧韵		撑	庚韵		嘲	肴韵		蝤	尤韵
醋	遇韵		撮	曷韵		噸	冬韵		喎	卦韵
醃腌	盐洽韵 247		播	个韵	571	暹	盐韵		噍	萧尤啸韵
醐	豪韵		擒	侵韵		嘹	萧啸韵	335	噢	屋韵
醇	真韵		撚	铣韵		影	梗韵		噌	蒸韵
醉	置韵		撞	江绛韵	209	踏◆	药陌韵	202	嘱	沃韵
醅	灰韵		撒	屑韵		踦	支纸韵		颡	先韵
醁	沃韵		撙	阮韵		跋	屋锡韵	192	畱	有韵

幞◆	沃韵		簣	置卦韵 170	鲦	萧韵	憎	蒸韵
幡	元韵		篌	先韵	鲧	阮韵	憰◆	屑韵
嶓	歌韵		篁	阳韵	鲩	阮韵	熛	萧韵
幢	江绛韵 409		箷	尤韵	鲫	陌职韵 203	熠	缉韵
嶙	真轸韵 218		篓	尤麌有韵 242	獠	萧巧皓韵 460	羯◆	月韵
嶟	元韵		箭	霰韵	觯	支置韵	糊	虞韵 522
嶒	蒸韵		篇	先韵	馓	旱韵	糇	尤韵
嶝	径韵		篆	铣韵	馔	霰韵	遴	震韵 567
墨	职韵		僵	阳韵			糈	鱼语韵
䶈	支置韵		牖	有韵	【丶】		糇	宥韵
骼◆	陌韵		僺	先韵	熟◆	屋韵	翦	铣韵
骹	肴韵		儋	覃韵	摩	歌个韵 473	遵	真韵
骸	佳韵		鮡	养韵	麾	支韵	鹝	锡韵
			皞	皓韵	褒	豪韵	鹣	盐韵
			僻	陌韵	麈	先韵	餐	支韵
【丿】			德◆	置职韵 174	斋	齐韵	潜	盐艳韵 506
锲	叶韵		徵	纸韵	瘦	药韵	澍	遇韵
镆	药韵		艓	叶韵	瘰	删韵	澎	庚韵
镇	震韵		艎	阳韵	瘢	寒韵	澌	支齐置韵
镈◆	药韵		艘	豪韵	瘠◆	陌韵	潮	萧韵
镌	先韵		磐	寒韵	瘤	尤宥韵 243	潸	删潸韵 223
镐	皓韵		艖	麻韵	麃	萧肴筱韵	潭	覃韵
镒	质韵		艑	铣韵	颜	删韵	凛	寝韵
镕	冬韵		樊	元韵	毅	未韵	潦	萧皓韵 460
靠	号韵		虢◆	陌韵	螽	庚韵	鲨	麻韵
稹	真轸韵 218		鹝	萧啸韵	懂	董韵	澂	蒸韵 537
稽	齐荠韵 427		膝	质韵	憓	霁韵	鋈	沃韵
稷	职韵		膘臕	萧韵	憭	筱韵	潟	陌韵
稻	皓韵		滕	蒸韵	憯	感韵	澳	号屋韵 186
黎	齐韵		鲠	梗韵	憬	梗韵	潏	缉韵
稿	皓韵		鲢	先韵	憔	萧韵	潘	寒韵
稼	祃韵		鲤	纸韵	懊	号韵	潼	东韵
箱	阳韵		鲥	支韵	憧	冬绛韵 407	澈	屑韵
篑	侵韵							

澜	寒翰韵	314	缭	萧筱韵	340	薨	蒸韵	
潾	真韵		缮	霰韵		薛♦	屑韵	
潺	删先韵	125	缯	蒸韵		薇	微韵	
溴	愿韵		玑	微韵		薬	庚梗敬韵	379
澄	蒸韵	537				擎	庚韵	
鸯	元韵		**十六画**			薹	皓韵	
寮	萧韵					薪	真韵	
额♦	陌韵		【一】			蕙	职韵	
諴	铣屑韵	155	耩	讲韵		薮	有韵	
翩	先韵		擤	宥韵		薄♦	药韵	
褥	沃韵		虤	号韵		颠	先韵	
褴	覃韵		璞♦	觉韵		翰	寒翰韵	313
褫	支纸韵		璟	梗韵		薛	霁韵	
褊	支韵		靛	霰韵		蕹	豪韵	
谴	霰韵		噩	药韵		橇	萧霁屑韵	227
鹤	药韵		璠	元韵		樵	萧韵	
			螯	豪韵		檎	侵韵	
【一】			璘	真韵		橹	麌韵	
憨	覃勘韵	505	熹	支韵		橛	月韵	
熨	物韵		憙	置韵		樟	冬江韵	113
慰	未韵		毂♦	屋韵		樽	元韵	
劈♦	锡韵		磬	径韵		橙	庚径韵	488
履	纸韵		聚	青韵		橘♦	质韵	
屦	遇韵		燕	先霰韵	449	橼	先韵	
嬉	支纸韵	212	鞘	肴啸韵	461	整	梗韵	
嫽	萧筱啸韵		薑姜	阳韵		橐♦	药韵	
飔♦	叶韵		颟	寒韵		融	东韵	
戮	尤屋韵		薙	卦韵		翮♦	陌韵	
璎	董韵		蕾	贿韵		瓢	萧韵	
適	质韵		蕻	送韵		翱	虞韵	
螫	昔韵		蕨	月韵		醍	齐荠韵	
豫	御韵		薐	真韵		醒	青迥径韵	238
缬♦	屑韵		薯	御韵		醅	语韵	

膺	质韵							
磲	贿韵							
磔	鱼韵							
赝	谏韵							
飙	萧韵							
橜♦	月韵							
獭	文韵							
殣	霁韵							
霙	庚韵							
霖	侵韵							
霏	微韵							
霍	药韵							
霓	齐屑锡韵	216						
霎	叶洽韵	204						
霑	盐韵							
撼	感韵							
擂	队韵							
蟹	覃感勘韵	245						
辙♦	屑韵							
辚	真韵	526						
操	豪号韵	465						
撺	删谏韵							
擅	霰韵							
撒	有韵							
擗	陌韵							
瞖	霁韵							
鹥	齐韵							
臻	真韵							
【｜】								
髻	霁韵							
髭	支韵							
阑	送绛韵	170						

冀	置韵	螭	支韵	辥◆	月韵	鲭	庚韵
醝	歌韵	螗	阳韵	穆	屋韵	鲮	蒸韵
餐	寒韵	螃	阳韵	穄	霁韵	鲰	尤有韵
叡	霁韵	螟	青韵	篝	尤韵	鲲	元韵
遽	御韵	嚎◆	药韵	篥	质韵	鲳	阳韵
氅	养韵	嚣	置韵	筐	尾韵	鲵	齐韵
暄	霁韵	幪	东董送韵 207	篮	覃韵	鲷	萧韵
瞠	庚韵	嶫	阮铣韵 150	篡	谏韵	鲸	庚韵
瞰	勘韵	罹	支韵	篠	筱韵	獭	曷黠韵 199
噤	寝沁韵 167	蔚	未韵	篦	齐韵 524	獬	蟹韵
暾	元韵	幧	萧韵	麓	支韵	避	卦韵
曈	东韵	幨	盐艳韵	篷	东韵		
踳	轸韵	圜	删韵	篙	豪韵	【丶】	
踸	寝韵	鹦	庚韵	篱	支韵	憝	队韵
踹◆	叶韵	赠	径韵	儒	虞韵	磾	哿韵
踶	霁韵	默	职韵	儗	纸置队韵 138	邅	先铣韵
踵	肿韵	黔	侵盐韵 128	鮠	屑韵	鹧	祃韵
踽	麌韵	黙	感韵	劓	置韵	磨	歌个韵 469
蹀◆	药韵	骾	梗韵	翱	豪韵	廨	卦韵
蹄	齐韵	骹	贿韵	魍	养韵	赟	真韵
蹉	歌个韵 358			魉	养韵	廪	寝韵
蹁	先韵	【丿】		邀	萧韵	瘭	贿韵
踩	尤有宥韵 241	镖	萧韵	徼	萧啸韵 456	斓	删翰韵 323
螓	真韵	镗	阳韵	衡	庚韵	瘿	庚梗韵
蟒	养韵	镘	寒韵	艕	锡韵	癔	卦韵
蟆	麻韵	镛	冬韵	歙◆	缉叶韵 203	瘴	漾韵
螚	东韵	镞◆	屋韵	獝	寒韵	瘫	东韵
噪	号韵	镜	敬韵	貐	麌韵	瘸	歌韵
嚗	觉韵	镝◆	锡韵	膨	庚韵	瘳	尤韵
噬	霁韵	镠	尤韵	膳	霰韵	麋	真韵
噭	啸韵	赞	翰韵	腾	蒸职韵	麈	麌韵
噫	支卦韵	憩	霁韵	膝	蒸韵	辨	铣韵
噻	冬韵	穑	职韵	雕	萧韵	辩	铣韵

十七画　汉字笔画检字　677

嬴	庚韵		澶	芥韵		**十七画**		磷	真震韵 303
雍	冬肿宋韵 262		澡	皓韵				磴	径韵
懒	旱韵		濛	删韵		【一】		鹩	萧啸韵
憾	勘韵		激◆	锡韵		璨	翰韵	霜	阳韵
懆	皓韵		澹	覃感勘韵 504		璩	鱼韵	霞	麻韵
懁	先韵		澥	蟹韵		璐	遇韵	擩	宥韵
憯	感勘韵 168		澶	先韵		璪	皓韵	擿	陌韵
懈	卦韵		黉	庚韵		瞥	肴韵	擢◆	觉韵
懔	寝韵		澨	霁韵		戴	队韵	翳	霁韵
阔	删韵		澼	锡韵		壎	元韵	繄	齐韵
燎	萧筱啸韵 337		褰	先韵		螫	陌韵		
燘	盐韵		寰	删韵		壕	豪韵	【丨】	
燋	萧药韵		窿	东韵		縠◆	屋觉韵 192	髽	麻韵
燠	皓号屋韵 158		禧	支韵 519		磬	径韵	髃	觉韵
燔	元韵		禫	感韵		藉	祃陌韵 188	幽	真韵
燉	元韵 528		穄	筱韵		懃	文韵	壑	药韵
燊	庚韵		襚	寘韵		鞠◆	屋韵	斆◆	物韵
燐	真韵		褶	缉叶韵 203		鞟	送韵	瞫	寝韵
燧	寘韵					鞬	元铣韵	瞭	萧筱韵 458
燹	元寒韵 123		【一】			藏	阳漾韵 482	曚	东董韵 207
羲	支韵		壁	锡韵		薰	文韵	瞬	震韵
粞	寘韵		避	寘韵		薤	筱韵	瞳	东韵
糙	号韵 570		壂	霁韵		薜	铣韵	瞵	真震韵
糗	有韵		嬗	铣霰韵		藻	萧韵	瞩	沃韵
糖	阳韵		鹨	宥韵		橄◆	锡韵	瞪	庚径韵 536
糕	豪韵		颡	养韵		檐	盐韵	嚔	霁韵
甑	蒸径韵 389		缥	阳韵		檀	寒韵	曙	御韵
臀◆	屑韵		缱	铣霰韵 155		嫌	豏韵	嚅	虞韵
凝	蒸径韵 239		缫	皓韵		醢	贿韵	蹋	叶韵
濛	东韵		缳	谏韵 569		醣	漾韵	蹒	寒韵
濑	泰韵		缴	药韵		醚	支韵	蹟	先韵
濒	真韵		盥	旱翰韵 151		鄹	尤韵	蹋	合韵
潞	遇韵					磻	寒韵	蹈	号韵

蹖◆	陌韵	黏	盐韵	臊	豪韵 533	濡	虞韵	
蹊	齐韵	穙	语韵	膻	先韵	濬	震韵	
蟠	霁韵	𣪠	置韵	臆	职韵	濮◆	屋韵	
蟫	豪韵	魏	未韵	膡	蒸韵	濞	霁韵	
螵	萧韵	𦈢	霁韵	鲽◆	洽韵	濠	豪韵	
曈	旱韵	簧	阳韵	鳉	阳韵	濯◆	觉韵	
螳	阳韵	簌	屋韵	鲲	霁韵	豁	曷韵	
螺	歌韵	簋	旱韵	鳃	灰韵	謇	阮铣韵 150	
蟋◆	质韵	簊	屑韵	鳄	药韵	謇	铣韵	
蟀	质韵	籥	支韵	鳅	尤韵	邃	置韵	
蟏	筱韵	簏	屋韵	鳊	先韵	襭◆	屑韵	
羁	支韵	簇	屋韵	獯	文韵	襕	寒韵	
罿	东韵	簉	宥韵	螽	东韵	襁	养韵	
霢	蒸韵	篁	纸韵					
巍	支职韵 282	繁	元寒韵 123	【丶】		【一】		
赡	艳韵	黛	队韵	燮	叶韵	臀	元韵	
黜	质韵	儳	灰贿韵 431	襄	阳韵	檗	陌韵	
黝	有韵	鶊	萧韵	鹫	宥韵	甓	锡韵	
髁	歌马个韵 359	鼾	寒韵	糜	支韵	臂	置韵	
髀	纸荠韵 137	鼢	文韵	縻	支韵	擘	陌韵	
		皤	歌韵	膺	蒸韵	翼	职韵	
		皴	职韵	麋	支韵	懋	宥韵	
		魈	养韵	辫	铣韵	鹝	质韵	
		徽	微韵	赢	庚韵	鳌	尤韵	
【丿】		艚	豪韵	孺	虞韵 523	骤	宥韵	
镡	侵覃韵 128	龠	药韵	嚅㖃	铣个韵	孺	虞遇韵 296	
镢镬	药韵	貘	陌韵	嚅嚄	翰韵			
镣	萧啸韵 459	邈	觉韵	燥	皓韵			
镁◆	沃韵	貔	支韵	燧	纸韵	十八画		
镏	养韵	爵◆	药韵	糟	豪韵			
镫	径韵 573	繇	萧尤宥韵	糠	阳韵	【一】		
蟫	祸韵	谿	齐韵	戳◆	陌韵	璿	先韵	
䆅	蒸韵	朦	东韵	懑	旱韵	螯	豪韵	
穗	置韵							

十九画　汉字笔画检字　679

鏖厴	支韵	鼍晁	萧韵	鯷	庚韵	**十九画**		
鼟	虞韵	瞻	盐韵	鮴	虞韵	【一】		
譬	迥韵	曛	文韵	皦	筱韵	璨	支齐韵	115
藕	有韵	颢	皓韵	艟	东绛韵	405		
鞯	先韵	曜	啸韵	翻	元韵	瓂	纸韵	
鞮	齐韵	蹯	鱼药韵	420	鳍	支韵	鞴	置韵
鞨	曷韵	鹭	遇韵	鰥	删韵	鞿	药韵	
鞦	尤韵	蹢	锡韵	鳐	萧韵	藿	药韵	
鞭	先韵	蹯	阳韵	鰜	盐韵	邃	鱼韵	
鞠◆	屋韵	蟥	庚韵			孽	屑韵	
鞣	尤宥韵	蟪	霁韵	【丶】		蘅	庚韵	
藜	齐韵	蟠	寒韵	鹣	先韵	警	梗韵	
藤	蒸韵	嚣	萧豪韵	126	鹰	蒸韵	藻	皓韵
藩	元韵	點	點韵	癫	泰韵	薬	纸韵	
櫂	效韵	黟	支韵	癖	陌韵	麓	屋韵	
覆	宥屋韵	189	髑	虞韵	麖	虞麌韵	麴◆	屋韵
醪	豪韵	髅	尤韵	瀟	元韵	鬷◆	屑陌韵	200
厴	俭韵			憹	东冬董韵	208	醰	覃感韵
魘	屋韵	【丿】		爄	啸韵	醭◆	屋韵	
礓	阳韵	镬	药韵	颡	队韵	醮	啸韵	
爇	铣韵	镮	删韵	蹩◆	屑韵	醯	齐韵	
餮	屑韵	镯◆	觉韵	瀑	号屋韵	186	酃	青韵
雷	宥韵	镰	盐韵	瀍	萧尤韵	126	霪	侵韵
攇	队韵	鐏	元韵	鎏	尤韵	霭	泰韵	
豎	麌韵	馥	屋韵	襟	侵韵	霨	缉韵	
		簸	哿个韵	159			攉◆	药韵
【丨】		簠	麌韵	【一】		攒	寒翰韵	320
髇	蒸韵	簟	俭韵	壁	陌韵			
髻	先韵	簪	侵韵	戳◆	觉韵	【丨】		
鬃	东韵	簽	蒸韵	彝	支韵	髻	哿韵	
鬑	廉韵	鼩	尤韵	雝	冬韵	鬘	东韵	
矇	东韵	鮨	陌韵	邋◆	合韵	髯	先铣霰韵	
瞿	虞遇韵	293	鼬	宥韵			蕭	麌韵

蹰	虞韵	【丶】		趯	号韵	黪	感韵
蹶◆	霁月韵 178	勷	阳韵	壤	养韵	【丿】	
蹼	屋韵	颥	霰韵 569	馨	青韵		
蹻跷	筱药韵	靡	纸韵 546	蠚	药韵	镳	萧韵
蹯	元韵	癣	铣韵	蘩	元韵	鼜	支齐韵 115
蹴	屋韵	麒	支韵	蘖	屑韵	穟	萧韵
蹲	元韵	魔	齐韵	酿	鱼御药韵	籍◆	陌韵
蹭	径韵	鏖	豪韵	醴	荠韵	纂	旱韵
蹬	径韵	麝	庚韵	礧	贿队韵 147	隼	尤韵
蠖	药韵	辫	谏韵	霰	霰韵	鼯	虞韵
蠓	董韵	赢	骨韵	攘	阳养韵 367	魈	鱼韵
蠋◆	沃韵	赢	支韵			巍	屑韵
蟾	盐韵	爆	效觉韵 185	【丨】		礬矾	元韵
蠊	盐韵	亶	先韵	髻	支韵	臁	药韵
巅	先韵	羹	庚韵	氅	盐韵	鱖	霁月韵 178
翾	先韵	鳖◆	屑韵	鬓	震韵	鳝	铣韵
髆	药韵	瀚	翰韵	耀	啸韵	鳞	真韵
髋	寒韵	瀣	卦队韵 182	矍◆	药韵	鳟	阮韵
		瀛	庚韵	曦	支韵	獾	寒韵
【丿】		襦	虞韵	躁	号韵		
籁	泰韵	谶	沁韵	躅	沃韵	【丶】	
籍	宥韵			躃	陌韵	麽	元韵
簿	麌韵	【一】		蠛	屑韵	魔	歌韵
鼩	尤韵	襮	陌韵	蠔	豪韵	糯	个韵
魑	支韵	疆	阳韵	鼍	歌韵	灌	翰韵
艨	东韵	骥	置韵	嚳	问韵	瀼	阳韵
艦	麌韵	缱	旱韵	嚼◆	药韵	襫◆	沃药韵 193
鼙	寒韵			巇	支韵		
攀	删韵	二十画		巍	微韵	【一】	
鳔	筱韵			巉	咸赚韵 249	譬	置韵
鳗	寒韵	【一】		黩◆	屋韵	孽	屑韵
鳙	冬韵			黥	庚韵	孀	阳韵
蟹	蟹韵	瓒	旱韵	黦	物韵	骦	阳韵

二十一画 二十二画 二十三画以上 汉字笔画检字　681

骧　阳韵
鳌　霁韵

二十一画

【一】
蠢憃　轸韵
瓘　翰韵
瓔　阳韵
鞻　齐韵
糯　青韵
醺　文韵
礴◆　药韵
霸　祃陌韵 187
露　遇韵
霹◆　陌锡韵 203

【丨】
鬘　删韵
颟　真韵
囊　养韵
躏　震韵
黰　灰韵
黵　感韵
黯　赚韵
髓　纸韵

【丿】
籑　霰韵
鳢　荠韵
鳣　先韵

【丶】
劘　支歌韵 117
癫　先韵
麝　祃韵
赣　感送勘韵 168
爔　药韵
爝◆　啸药韵 184
夔　支韵
灏　皓韵
禳　阳韵

【㇇】
蠡　支齐荠韵 412

二十二画

【一】
懿　置韵
蘸　陷韵
鹳　翰韵
蘖　屑韵
蘼　支纸韵
蘘　阳韵
鹤鸟　阳韵
霾　佳韵

【丨】
鬻　蒸韵
饕　豪韵
躔　先韵
躐　叶韵
鞿　支韵

髑◆　屋韵

【丿】
镜　咸陷韵 399
镶　阳韵
穰　阳养韵
籧　鱼韵
爵　药韵
臞　虞韵

【丶】
瓢　阳韵
饔　冬韵
鹢　屋韵
襥　队韵

二十三画

【一】
趱　旱韵
颧　先韵
矗　屋韵
蠹　遇韵
醮　啸韵
醵醵　支韵
藿　药韵
纛　号沃韵 187
攫◆　药韵

【丨】
鬟　删韵
鼹　叶韵

蹙　叶韵
蠐　支齐韵 115

【丿】
罐　翰韵
籥　药韵
玃　药韵
衢　虞韵
鱤　齐韵
夔　药韵
镴　支齐韵 114
鱻鲜　先韵
齉　翰韵
籲　遇韵
鼷　齐韵

【丶】
髑　先韵
癣　冬韵
麟　真韵
灏　祃韵
襻　谏韵
灝赣　感送勘韵 168
魔　青韵
鏖　虞韵